Imię wiatru

Polecamy:

Cykl **„Kroniki królobójcy"** Patricka Rothfussa
Imię wiatru
Strach mędrca cz. I i II
oraz
Muzyka milczącego świata

Cykl **„Miecz Prawdy"** Terry'ego Goodkinda
Pierwsza Spowiedniczka
Pierwsze prawo magii
Kamień Łez
Bractwo Czystej Krwi
Świątynia Wichrów
Dusza ognia
Nadzieja pokonanych
Filary Świata
Bezbronne imperium
Pożoga
Fantom
Spowiedniczka
Wróżebna machina
Trzecie królestwo
Skradzione dusze
Serce Wojny
oraz
Dług wdzięczności

Cykl **„Kampanie cienia"** Django Wexlera
Tysiąc imion
Mroczny tron
Cena męstwa

PATRICK ROTHFUSS

Imię wiatru

Pierwszy tom trylogii
„Kroniki królobójcy"

Przełożył
Jan Karłowski

REBIS

DOM WYDAWNICZY REBIS
POZNAŃ

Tytuł oryginału
The Kingkiller Chronicles: Day One
The Name of The Wind

Redaktor
Małgorzata Chwałek

Mapy
Nathan Taylor

Opracowanie graficzne serii i projekt okładki
Jacek Pietrzyński

Ilustracja na okładce
© Ciruelo via Agentur Schlück GmbH

Wydanie I (dodruk)
Poznań 2016

ISBN 978-83-7510-060-0

Dom Wydawniczy REBIS Sp. z o.o.
ul. Żmigrodzka 41/49, 60-171 Poznań
tel. 61-867-47-08, 61-867-81-40; fax 61-867-37-74
e-mail: rebis@rebis.com.pl
www.rebis.com.pl

Mojej matce, która nauczyła mnie czytać książki
i otworzyła mi drzwi do Narnii, Pernu i Śródziemia

A także mojemu ojcu, który nauczył mnie,
że jeśli mam już coś zrobić,
powinienem się przyłożyć
i zrobić to dobrze

Cztery Strony Świata
Cywilizowanego
CEALD
Ralien
WSPÓLNOTA
Anilin
Uniwersytet
Imre
Hallowfell
Tarbean
Reft
YLL
Morze Centhe

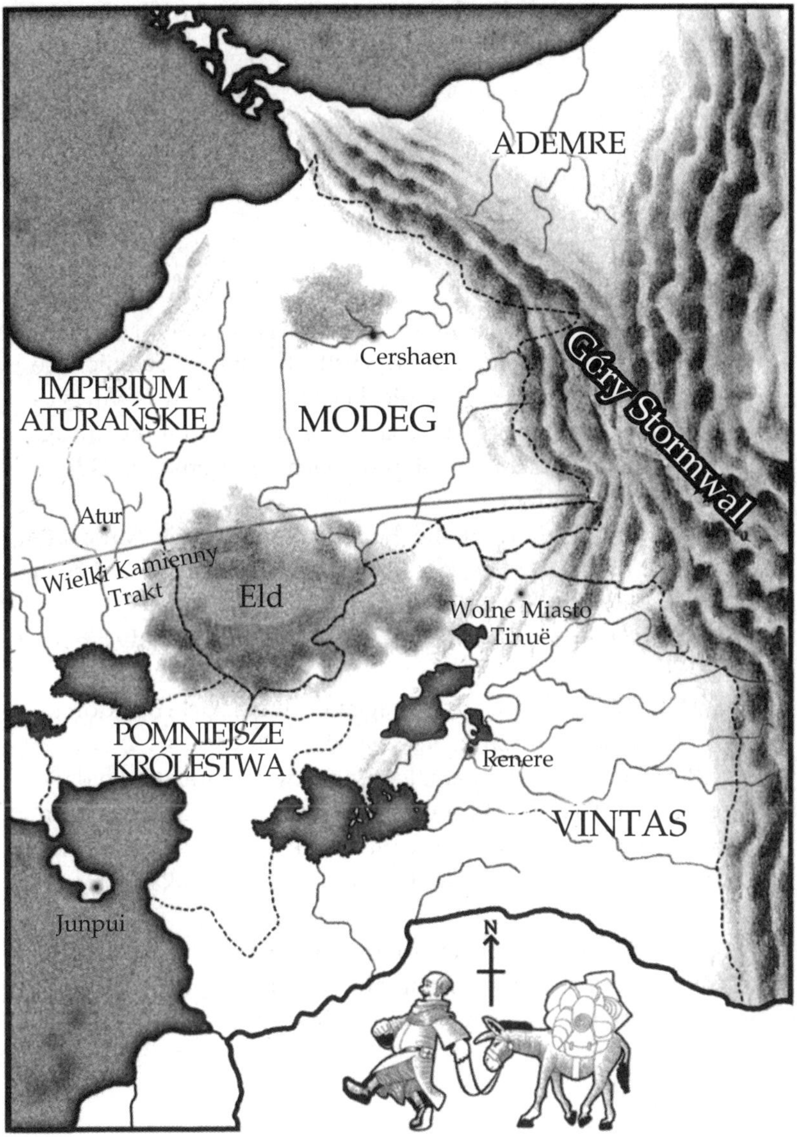
ADEMRE
Góry Stormwal
Cershaen
IMPERIUM
ATURAŃSKIE
MODEG
Atur
Wielki Kamienny
Trakt
Eld
Wolne Miasto
Tinuë
POMNIEJSZE
KRÓLESTWA
Renere
VINTAS
Junpui
N

Podziękowania

Dla…

…wszystkich czytelników wcześniejszych wersji książki. Jest was legion, zbyt wielu, aby wszystkich tutaj wymienić, ale nie nazbyt wielu, żeby was nie kochać. Dzięki waszym słowom otuchy ukończyłem tę książkę. Wasze krytyczne uwagi pomogły mi w doskonaleniu pisarskich umiejętności. Gdyby nie wy, nie wygrałbym…

…konkursu Writers of the Future. A gdyby nie warsztaty przez nich organizowane, nigdy bym nie spotkał wspaniałych kolegów z 18. tomu ich antologii ani…

…Kevina J. Andersona. Gdyby zaś nie jego rady, nigdy nie poznałbym…

…Matta Bialera, najlepszego z agentów literackich. Bez którego z kolei nigdy bym nie sprzedał książki…

…Betsy Wolheim, wspaniałego wydawcy i prezesa wydawnictwa DAW. To ona jest ostatecznie odpowiedzialna za książkę, którą trzymacie w ręku. Gdyby nie ona, byłaby to zupełnie inna książka. Być może podobna, ale z pewnością nie taka sama. Tej książki by nie było.

I na koniec panu Bohage'owi, mojemu nauczycielowi historii z liceum. W 1989 roku obiecałem mu, że wspomnę o nim w mojej pierwszej powieści. Właśnie wywiązuję się z tej obietnicy.

Prolog

Cisza na trzy ręce

Znów była noc. Karczmę „Ostaniec" spowijała cisza i była to cisza na trzy ręce.

Przede wszystkim grało w niej to puste, głuche echo, które pojawia się tam, gdzie milkną rzeczy, przyroda, ludzie. Gdyby wiał wiatr, to gwizdałby w gałęziach drzew, poruszał skrzypiącym na hakach godłem gospody i wymiótłby ciszę jak chmarę jesiennych liści. Gdyby w gospodzie panował tłok lub była w niej bodaj garstka klientów, ciszę wypełniłyby ich rozmowy, śmiech i zgiełk, które zawsze wylewają się z knajp ciemną, nocną godziną. Gdyby grała muzyka... ale nie, oczywiście muzyka nie grała. Po prawdzie nie było żadnej z wymienionych rzeczy i dlatego cisza trwała.

W „Ostańcu" dwoje ludzi skupiło się przy narożniku baru. Pili w milczeniu, unikając poważniejszych rozmów na temat niepokojących wieści. W ten sposób tworzyli drobny, posępny motyw w przestrzeni głuchej ciszy. Swego rodzaju inkluzję, kontrapunkt.

Trzecią melodię ciszy wyłowić było niełatwo. Gdyby posłuchać przez jakąś godzinę, być może usłyszałoby się ją w deskach podłogi pod nogami i w szorstkich, obłupanych klepkach beczek za barem. W wielkich kamieniach poczerniałego paleniska, które zachowały jeszcze ciepło dawno wygasłego ognia. W miarowych ruchach białej lnianej ścierki, poruszającej się w tę i we w tę po usłojeniu drewnianego kontuaru. I w dłoniach mężczyzny, który stał za nim, polerując mahoniową powierzchnię, i bez tych zabiegów już lśniącą jak lustro w świetle lamp.

Mężczyzna miał włosy rude jak płomień. W ciemnych oczach

czaiło się nieobecne spojrzenie; poruszał się z dufną swobodą znamionującą tych, którzy wiele wiedzą o różnych rzeczach.

„Ostaniec" należał do niego i do niego też należała trzecia melodia ciszy. Zresztą jak najbardziej stosownie, ponieważ była to najgłębsza partia ciszy, otulająca pozostałe. Była głęboka i długa niczym schyłek jesieni. I ciężka jak wielki kamień wygładzony przez wody rzeki. Cierpliwy, przywiędły oddech człowieka, który czeka na śmierć.

Rozdział 1

Miejsce dla demonów

To była noc dnia felling i w gospodzie „Ostaniec" zebrała się zwyczajowa gromadka gości. A choć pięciu mężczyzn trudno nazwać gromadką, oberżę ostatnio rzadko odwiedzało naraz więcej klientów, ponieważ czasy były, jakie były.

Stary Cob ze swadą grał rolę, w której czuł się najlepiej: bajarza i szafarza dobrych rad. Mężczyźni popijali przy barze i słuchali. W tylnym pomieszczeniu stał za drzwiami młody karczmarz i z uśmiechem przysłuchiwał się kolejnym odsłonom znanej opowieści.

– Obudziwszy się, Taborlin Wielki zrozumiał, że uwięziono go w wysokiej wieży. Że zabrano mu miecz i wszystkie instrumenty: klucz, moneta i świeca zniknęły. Ale nie to było najgorsze, rozumiecie... – Cob urwał dla spotęgowania efektu – ...najgorsze było to, że lampy na ścianach płonęły niebieskim płomieniem!

Graham, Jake i Shep pokiwali głowami. Trzem przyjaciołom dzieciństwo upłynęło na słuchaniu opowieści Coba i ignorowaniu jego rad.

Gawędziarz wbił spojrzenie w najnowszego, najbardziej pochłoniętego opowieścią słuchacza: czeladnika kowalskiego.

– Czy wiesz, co to znaczy, chłopcze?

Nikt nie zwracał się do czeladnika inaczej niż „chłopcze", mimo iż był o dłoń wyższy od wszystkich zgromadzonych. Ponieważ małe miasteczka były, jakie były, zapewne pozostanie „chłopcem", póki nie wyrośnie mu gęsta broda lub wreszcie, zdenerwowany przezwiskiem, nie rozkwasi czyjegoś nosa.

Chłopiec powoli pokiwał głową.

– Chandrianie.

– Racja – skwapliwie przyznał Cob. – Chandrianie. Wszyscy wiedzą, że niebieski płomień świadczy o ich obecności. A więc był...

– Ale jak go znaleźli? – wtrącił chłopiec. – I dlaczego go nie zabili, kiedy mieli szansę?

– Cicho, w końcu dowiesz się wszystkiego – skarcił go Jake. – Tylko daj mu opowiedzieć.

– Nie traktuj go tak ostro, Jake – wtrącił się Graham. – Chłopiec jest po prostu ciekawy. Pij, co masz nalane.

– Już wypiłem – odciął się Jake. – Mógłby mi ktoś nalać następnego, ale karczmarz wciąż patroszy szczury w kuchni. – Uniósł głos i postukał w krawędź kufla stojącego na kontuarze. Kufel odpowiedział głuchym echem. – Hej! Pić się chce!

Pojawił się karczmarz, niosąc pięć misek gulaszu i dwa okrągłe, jeszcze ciepłe bochny chleba. Z ostentacyjną sprawnością napełnił kufle Jake'a, Shepa i Starego Coba.

Opowieść musiała zaczekać, póki mężczyźni nie skończą posiłku. Stary Cob pierwszy z drapieżną zręcznością starego kawalera uporał się ze swą porcją i odsunął pustą miskę. Pozostali wciąż dmuchali na parujący posiłek, gdy on tymczasem przełknął ostatni kęs chleba i dalej snuł swoją historię.

– Taborlin wiedział, że musi jak najszybciej uciec z wieży, ale kiedy się rozejrzał, zobaczył, że komnata, w której go uwięziono, nie ma drzwi. Ani okien. Wokół widział tylko gładki, lity kamień. Gdyż trzeba wam wiedzieć, że zamknięto go w celi, z której nikt jeszcze nigdy nie uciekł. Wszelako Taborlin znał imiona wszystkich rzeczy i istot, a tym samym wszystkie rzeczy i istoty musiały słuchać jego rozkazów. Rzekł więc do kamienia: „Pęknij!", a kamień pękł. Ściana rozstąpiła się jak rozdarta kartka papieru, w szczelinie Taborlin zobaczył niebo, a twarz owionęło mu świeże powietrze wiosny. Podszedł do krawędzi otworu, spojrzał w dół i nie wahając się, dał krok w pustkę...

Oczy chłopca rozszerzyły się.

– Nie!

Cob z powagą pokiwał głową.

– Tak, Taborlin dał krok w pustkę i runął w dół, ale bez lęku.

Ponieważ znał imię wiatru i tym samym wiatr musiał mu być posłuszny. Przemówił więc do wiatru, a ten ukołysał i utulił go. I wreszcie zniósł go na ziemię delikatnie niczym puch dmuchawca i postawił tak miękko, jakby chodziło o pocałunek matki. A kiedy stał już na ziemi i macał bok, w który otrzymał pchnięcie, przekonał się, że rana nie jest poważna. Więc może po prostu tym razem dopisało mu szczęście. – Cob wszystkowiedzącym gestem postukał się w nos. – A może miało to coś wspólnego z amuletem, który nosił pod koszulą.

– Jakim amuletem? – zapytał niecierpliwie chłopiec z ustami pełnymi gulaszu.

Stary Cob rozparł się na stołku, zadowolony z okazji do kolejnej dygresji.

– Kilka dni wcześniej Taborlin spotkał na drodze druciarza. I choć sam nie miał wiele pożywienia, podzielił się ze starcem.

– I dobrze zrobił – cicho rzekł Graham do chłopca. – Wszyscy wiedzą: „Za przysługę druciarz odpłaca po dwakroć".

– Nie, nie – zaprotestował Jake. – Dokładnie to brzmi tak: „Za przysługę rada druciarza odpłaci po dwakroć".

Po raz pierwszy tego wieczora odezwał się karczmarz:

– Tak naprawdę, to nawet połowy nie zapamiętaliście – powiedział, stając w drzwiach za barem.

Druciarz zawsze spłaca długi:
W zwykły sposób, gdy chodzi o gażę,
Po dwakroć za wyświadczone przysługi,
Po trzykroć za doznaną obrazę.

Mężczyźni przy barze wydawali się nieomal zaskoczeni na widok stojącego za barem Kote'a. Od miesięcy pojawiali się w „Ostańcu" każdej nocy dnia felling, a Kote nigdy wcześniej sam z siebie się nie odzywał. Z drugiej strony, nikt tego po nim nie oczekiwał. W miasteczku był dopiero od jakiegoś roku. Wciąż traktowano go jak obcego. Czeladnik kowala mieszkał tu, odkąd skończył jedenaście lat, a wciąż mówiono o nim „ten chłopiec z Rannish", jakby miasteczko leżało gdzieś za granicą, a nie w odległości niecałych trzydziestu mil.

– Po prostu gdzieś mi to kiedyś wpadło w ucho – powiedział Kote w przedłużającej się ciszy, wyraźnie zakłopotany.

Stary Cob pokiwał głową, odkaszlnął i podjął przerwaną opowieść.

– Trzeba wam wiedzieć, że amulet ten był wart pełnego kosza złotych nobli, ale ze względu na przysługę, jaką mu Taborlin wyświadczył, druciarz sprzedał mu go za nie więcej niż trzy grosze: jeden żelazny, jeden miedziany i jeden srebrny. Amulet był czarny jak zimowa noc i w dotyku chłodny niczym lód, póki jednak wisiał na szyi Taborlina, żadne złe istoty nie mogły mu nic zrobić. Ani demony, ani żadne inne.

– W czasach, jakie nastały, dużo dałbym za taki amulet – ponuro wtrącił Shep.

Przez cały wieczór pił najwięcej ze wszystkich, a mówił najmniej. Wszyscy wiedzieli, że nocą ostatniego dnia cendling coś złego zdarzyło się na jego farmie, ale ponieważ byli jego przyjaciółmi, wiedzieli, że nie należy wyciągać z niego szczegółów. Przynajmniej nie od razu, nie na trzeźwo.

– No, któżby nie dał? – zauważył znacząco Stary Cob, a potem upił długi łyk.

– Nie wiedziałem, że Chandrianie to demony – zauważył chłopiec. – Słyszałem, że...

– To nie są demony – zdecydowanie oznajmił Jake. – To było pierwszych sześciu ludzi, którzy odmówili wejścia na drogę wskazaną przez Tehlu, za co on przeklął ich i rozproszył na wszystkie strony...

– Ty opowiadasz tę historię, Jacobie Walker? – ostro zapytał Cob. – Bo jeśli tak, pozwalam ci ją skończyć.

Przez dłuższą chwilę dwaj mężczyźni patrzyli na siebie ze złością. W końcu Jake odwrócił wzrok, mruknąwszy coś, co prawdopodobnie mogło być przeprosinami.

Cob znów zwrócił się do chłopca.

– Na tym polega tajemnica Chandrian – wyjaśnił. – Skąd przychodzą? Dokąd odchodzą, gdy już wykonają krwawe dzieło? Czy są ludźmi, którzy zaprzedali swe dusze? Demonami?

Duchami? Tego nie wie nikt. – Cob obrzucił Jake'a do szpiku pogardliwym spojrzeniem. – Choć każdy półgłówek wyobraża sobie, że to on właśnie wie...

W tym momencie opowieść przeszła w sprzeczkę na temat natury Chandrian, znaków, z których uważni obserwatorzy mogli wnosić o ich obecności, oraz kwestii tego, czy amulet ochroniłby Taborlina także przed bandytami, wściekłymi psami tudzież upadkiem z konia. Utarczka powoli stawała się coraz bardziej gorączkowa, gdy nagle z łoskotem otworzyły się frontowe drzwi.

Jake spojrzał w tamtą stronę.

– Akurat na ciebie czas, Carter. Wyjaśnij temu przeklętemu głupcowi różnicę między demonem a psem. Każdy wi... – Jake urwał w pół słowa, poderwał się i pobiegł ku drzwiom. – Na miłość boską, co ci się stało?

Carter wszedł w światło, twarz miał bladą i zakrwawioną. Do piersi przyciskał starą derkę. Miała dziwny, nieforemny kształt, jakby zawinięto w nią wiązkę chrustu.

Na jego widok pozostali przyjaciele też zeskoczyli ze stołków i podeszli bliżej.

– Nic mi nie jest – powiedział, wlokąc się na środek wspólnej sali. Oczy miał rozbiegane i dzikie jak nerwowy koń. – Nic mi nie jest. Nic mi nie jest.

Położył zawiniątko z derki na blacie najbliższego stołu i rozległ się głośny stuk, jakby w środku były kamienie. Jego ubranie znaczyły długie, proste rozcięcia. Szara koszula wisiała w strzępach; wyjątkiem były miejsca, gdzie przykleiła się do ciała ciemnymi, ponurymi plamami krwi.

Graham próbował posadzić go na krześle.

– Rany boskie. Siadaj, Carter. Co się stało? Siadaj.

Carter z uporem pokręcił głową.

– Mówię ci, że nic mi nie jest. To są właściwie draśnięcia.

– Ilu ich było? – zapytał Graham.

– Jeden – odrzekł Carter. – Ale to nie tak, jak myślisz...

– Do diaska. Mówiłem ci, Carter – wybuchnął Stary Cob, a w jego głosie pobrzmiewał ten rodzaj przerażenia pomieszanego z gniewem, na które stać tylko krewnych lub najbliższych przyjaciół. – Od miesięcy ci powtarzam. Nie możesz włóczyć się sam po okolicy. Nawet jeśli tylko do Baedn. To niebezpieczne.

Jake uspokajającym gestem położył dłoń na ramieniu starego.

– Usiądź chociaż – powiedział Graham, wciąż próbując zaciągnąć Cartera w kierunku krzesła. – Zdejmiemy ci koszulę, umyjesz się trochę.

Carter pokręcił głową.

– Nic mi nie jest. Trochę mnie poharatało, ale ta krew to głównie od Nelly. Skoczył na nią. Zabił ją jakieś dwie mile od miasta, za Mostem Starokamienia.

Po tych słowach zapadła pełna przejęcia cisza. Czeladnik kowalski położył ze współczuciem dłoń na ramieniu Cartera.

– Cholera. To straszne. Była przecież łagodna jak owieczka. Podczas podkuwania nigdy nie próbowała gryźć ani wierzgać. Najlepszy koń we wsi. Cholera. Ja... – Urwał. – Cholera. Nie wiem, co powiedzieć. – Bezradnie rozejrzał się po zebranych.

Cobowi w końcu udało się uwolnić od Jake'a.

– Mówiłem ci – powtórzył, wymachując palcem przed nosem Cartera. – Ostatnimi czasy kręcą się tu ludzie, którzy zabiliby za parę groszy, nie mówiąc już o koniu i wozie. Co teraz zrobisz? Sam się zaprzęgniesz?

W pełnym napięcia milczeniu Jake i Cob mierzyli się wściekłymi spojrzeniami, podczas gdy pozostałym najwyraźniej zabrakło słów – stali, nie wiedząc, jak mitygować przyjaciół.

Po milczącej scenie zastygłych postaci poruszał się tylko karczmarz. Mimo iż ręce miał pełne, zręcznie wyminął Shepa i na najbliższym stole zaczął rozkładać przyniesione przedmioty: miskę z gorącą wodą, szarpie, trochę czystego lnianego płótna, kilka szklanych butelek, igłę i katgut.

– To by się nigdy nie wydarzyło, gdybyś chciał mnie posłuchać – mruczał Stary Cob. Jake próbował go uciszyć, ale Cob nie zwracał na niego uwagi. – Mówię tylko, jak jest. To wstyd, co przez niego spotkało Nelly, ale teraz lepiej niech mnie posłucha, bo inaczej sam skończy martwy. Z takimi ludźmi nie ma co liczyć, że dwa razy dopisze szczęście.

Usta Cartera zacisnęły się w wąską kreskę. Wyciągnął rękę

i odsunął kraj zakrwawionego koca. Cokolwiek znajdowało się w środku, drgnęło, szarpnięte przez materiał. Carter pociągnął mocniej i wtedy rozległ się głośny stuk, jakby na blat stołu posypały się kamienie.

W środku znajdował się pająk wielki jak koło wozu i czarny jak łupek.

Czeladnik kowala odskoczył, uderzył plecami o stół, przewrócił go i omalże sam nie upadł na podłogę. Twarz Coba pobladła. Z gardeł Grahama, Shepa i Jake'a wydobyły się nieartykułowane odgłosy, cofnęli się jak jeden mąż, zasłaniając rękoma twarze. Sam Carter też drgnął lekko, jakby zdjęty nerwowym tikiem, cofnął się o krok. Cisza wypełniła salę niczym wilgotna mgła.

Karczmarz zmarszczył brwi.

– Wcześniej nie docierały tak daleko na zachód – powiedział cicho.

Gdyby nie grobowa cisza, zapewne nikt by go nie usłyszał. Niemniej usłyszeli. Sześć par oczu oderwało się od spoczywającej na stole istoty i wpatrzyło niemo w rudowłosego mężczyznę.

Jake pierwszy odzyskał głos.

– Wiesz, co to jest?

Karczmarz patrzył przed siebie nieobecnym wzrokiem

– To scrael – powiedział z roztargnieniem. – Myślałem, że w górach...

– Scrael? – wszedł mu w słowo Jake. – Na poczerniałe ciało Boga, Kote. Widziałeś już takie stwory?

– Co? – Rudowłosy karczmarz spojrzał na niego nie całkiem przytomnie, jakby dopiero w tej chwili przypomniał sobie, gdzie jest. – Och. Nie. Nie, oczywiście, że nie. – Nagle zorientował się, że jako jedyny stoi w zasięgu ręki ciemnego stwora, i spokojnie odsunął się o krok. – Tylko o nich słyszałem.

Pozostali wciąż nie odrywali odeń wzroku.

– Pamiętacie tego handlarza, który przejeżdżał tędy jakieś dwa cykle temu? – spytał.

Wszyscy pokiwali głowami.

– Drań próbował zedrzeć ze mnie dziesięć groszy za pół funta soli – zauważył odruchowo Cob, powtarzając już pewnie po raz setny tę samą skargę.

– Teraz żałuję, że od niego nie kupiłem – mruknął Jake.

Graham pokiwał głową.

– To był prawdziwy zły szeląg. – Cob splunął, najwyraźniej odnajdując rezon w znajomych słowach. – Mógłbym zapłacić dwa, bo czasy są ciężkie, ale dziesięć to zdzierstwo.

– Nie w sytuacji, gdy na drogach grasuje tego więcej – ponuro zauważył Shep.

Wszyscy spojrzeli na stwora leżącego na stole.

– Mówił mi, że niedaleko Melcombe mu o nich opowiadano – szybko podjął Kote, przyglądając się obliczom mężczyzn. – Uznałem, że po prostu chce w ten sposób wyśrubować ceny.

– Co jeszcze powiedział? – zapytał Carter.

Karczmarz jakby się zastanawiał, ale po chwili wzruszył ramionami.

– Nie wyciągnąłem z niego całej historii. Był w miasteczku tylko parę godzin.

– Nie lubię pająków – oznajmił czeladnik kowala. Trzymał się po przeciwnej stronie stołu, jakieś piętnaście stóp od stwora. – Zakryjcie go.

– To nie jest pająk – powiedział Jake. – Nie ma oczu.

– Pyska też nie ma – zauważył Cob. – Czym je?

– Co je? – ponuro zapytał Shep.

Karczmarz wciąż z ciekawością przyglądał się poczwarze. Pochylił się, wyciągnął rękę. I znów pozostali jak jeden mąż odsunęli się od stołu.

– Ostrożnie – ostrzegł Carter. – Łapy ma ostre jak noże.

– Bardziej jak brzytwy – poprawił go Kote. Smukłymi palcami musnął czarne, pozbawione cech anatomicznych ciało scraela. – Jest gładki i twardy jak ceramika.

– Nie ryzykuj – powiedział czeladnik kowala.

Karczmarz ostrożnie ujął jedną z długich, gładkich łap, a potem spróbował ułamać ją dwoma rękoma, jakby to była gałąź.

– Z pewnością nie jest to ceramika – sprostował. Oparł łapę na krawędzi stołu, nacisnął na nią całym ciężarem ciała. Złamała się z głośnym trzaskiem. – Bardziej coś jak kamień. – Spojrzał na Cartera. – Skąd się wzięły wszystkie te pęknięcia? – Wskazał palcem cieniutkie rysy pokrywające gładką powierzchnię korpusu.

– Nelly upadła na niego – odrzekł Carter. – Skoczył z drzewa i zaczął wdrapywać się po niej, tnąc łapami. Poruszał się tak szybko. Nie zdążyłem się nawet zorientować, co się dzieje. – W końcu usiadł na krześle, podsuniętym mu przez Grahama. – Zaplątała się w uprzęży i zwaliła na niego, łamiąc kilka łap. Potem rzucił się na mnie, dopadł mnie, biegał po mnie całym. – Skrzyżował ramiona na zakrwawionych piersiach, zadrżał. – Udało mi się go strącić i deptałem po nim co sił w nogach. Potem znowu wlazł na mnie... – Urwał, jego twarz przybrała barwę popiołu.

Karczmarz pokiwał głową do jakichś swoich myśli, nie zaprzestając oględzin poczwary.

– Nie ma krwi. Żadnych organów. W środku jest po prostu szary. – Dźgnął korpus stwora palcem. – Jak grzyb.

– Wielki Tehlu, zostaw go w spokoju – błagał czeladnik kowala. – Pająki czasami jeszcze się ruszają po tym, jak je zabijesz.

– Sami nie wiecie, co mówicie – zrugał go Cob. – Pająki nie są wielkie jak świnie. Wiecie, co to jest. – Rozejrzał się wokół, patrząc każdemu po kolei w oczy. – To demon.

Znowu spojrzeli na pokiereszowaną istotę.

– Och, daj spokój – powiedział Jake, protestując raczej już tylko z przyzwyczajenia. – Nie jest jak... – Wykonał niewyraźny gest dłonią. – Nie może być sobie...

Wszyscy wiedzieli, co mu chodzi po głowie. Rzecz jasna, demony żyły na świecie. Ale były jak anioły Tehlu. Były jak herosi i królowie. Należały do legend. Żyły w jakichś innych miejscach. Taborlin Wielki przyzywał ogień i błyskawicę, żeby zabijać demony. Tehlu kładł na nich swą karzącą dłoń i odsyłał, wyjące, do bezimiennej pustki. Przyjaciel z dzieciństwa nie deptał ich na śmierć na drodze do Baedn-Bryt. To było zupełnie bez sensu.

Kote przeczesał dłonią rude włosy. Wreszcie odezwał się, przerywając milczenie.

– Jest jeden sposób, żeby się upewnić – powiedział, sięgając do kieszeni. – Żelazo lub ogień. – Wyciągnął pękatą skórzaną sakiewkę.

– I imię Boga – wskazał Graham. – Demony boją się trzech rzeczy: chłodnego żelaza, czystego ognia i świętego imienia bożego.

Usta karczmarza zacisnęły się w cienką linię, której wszak nie sposób było do końca uznać za grymas otwartej niechęci.

– Oczywiście – powiedział i wysypał zawartość sakiewki na stół. Od razu zaczął rozgarniać stosik monet. Ciężkie srebrne talenty, cienkie sztuki srebra, miedziane joty, ukruszone półgroszówki i żelazne denary. – Ma ktoś szeląga?

– Weź denara – poradził Jake. – To dobre żelazo.

– Nie potrzebuję dobrego żelaza – odparł karczmarz. – Denar ma za dużo węgla. To prawie stal.

– Ma rację – oznajmił czeladnik kowala. – Z tym że nie chodzi o węgiel. Do wyrobu stali używa się koksu. Koksu i wapna.

Karczmarz z uznaniem skinął chłopakowi głową.

– Ty wiesz najlepiej, młody panie. W końcu to twój zawód. – Jego smukłe palce odnalazły w końcu szeląga w stosiku monet. Uniósł go na wysokość oczu. – Proszę, oto mamy.

– Po co to? – zapytał Jake.

– Żelazo zabija demony – głos Coba leciutko drżał – ale ten już jest martwy. Więc może nic się nie stanie.

– Jest jeden sposób, żeby się przekonać. – Karczmarz powiódł wzrokiem po obecnych, przyglądając się każdemu po kolei, jakby ich mierzył i ważył. Potem zdecydowanie odwrócił się do stołu, a oni cofnęli się jeszcze o krok.

Kote przycisnął żelazny szeląg do czarnego boku poczwary i wszyscy usłyszeli krótki, ostry odgłos niczym trzask sosnowego polana w płomieniach. Drgnęli, ale po chwili uspokoili się, widząc, że czarny stwór pozostał bez ruchu. Cob uśmiechnął się do towarzyszy, oni odpowiedzieli uśmiechami, jak chłopcy, których na moment przeraziła historia o duchach. Uśmiechy jednak zaraz zniknęły z ich twarzy, gdy pomieszczenie wypełnił słodko-kwaśny odór gnijących kwiatów i spalonych włosów.

Karczmarz uderzył szelągiem w blat stołu z głośnym brzękiem.

– No, tak – powiedział, wycierając ręce w fartuch. – Myślę, że sprawa jest jasna. Co robimy?

Wiele godzin później karczmarz stał w drzwiach „Ostańca”, pozwalając swym oczom odpoczywać w ciemnościach. Plamy światła wylewającego się z okien gospody kładły się na zabłoconej drodze i drzwiach kuźni po drugiej stronie. Droga nie była szczególnie szeroka ani też zbytnio uczęszczana. W przeciwieństwie do wielu innych dróg nie wyglądała na taką, która dokądkolwiek prowadzi. W pewnej chwili karczmarz wciągnął głęboko w płuca jesienne powietrze i niespokojnie rozejrzał się dookoła, jakby naszło go przeczucie bliskich wydarzeń.

Kazał nazywać się Kote. Starannie wybrał sobie takie imię, gdy przybył do miasteczka. O brzmieniu imienia zdecydowała większość zwykłych w takich wypadkach względów, jak i też kilka niezwykłych, wśród których nie najmniej ważnym było to, że doceniał wagę imion.

Uniósł wzrok i zobaczył tysiąc gwiazd migoczących na głębokim aksamicie bezksiężycowej nocy. Znał je wszystkie – towarzyszące im opowieści i nazwy. Znał je w sposób intymny, jak własne dłonie.

Wreszcie Kote opuścił wzrok, mimowolnie westchnął i wrócił do środka. Zaryglował drzwi i zawarł okiennice szerokich okien, jakby chciał odgrodzić się od gwiazd i bezliku ich nazw.

Metodycznie zamiótł podłogę, nie omijając żadnego kąta. Umył blaty stołów i powierzchnię kontuaru, a wszystko z cierpliwą starannością. Po godzinie sprzątania woda w jego wiadrze wciąż była tak czysta, że każda szlachetnie urodzona dama mogłaby w niej umyć ręce.

Na koniec wstawił sobie stołek za bar i zabrał się do polerowania potężnej baterii butelek, ustawionych między dwiema wielkimi beczkami. Zajęciu temu nie oddawał się nawet w połowie tak energicznie i metodycznie jak wcześniejszym obowiązkom, wkrótce więc dla każdego ewentualnego obserwatora stałoby się jasne, że stanowi ono tylko wymówkę, aby móc brać w dłonie i przez chwilę trzymać szkło o fantazyjnych kształtach. Nawet nucił przy tym cicho pod nosem, choć nie zdawał sobie z tego sprawy i przestałby, gdyby się zorientował.

Kiedy tak brał w smukłe, delikatne dłonie kolejne butelki i miarowo wycierał, tak dobrze znane ruchy sprawiły, że z jego twarzy zniknęło parę zmarszczek, czyniąc ją młodszą – z pewnością nie było to oblicze trzydziestolatka – raczej człowieka, któremu do trzydziestki jeszcze daleko. Wyglądał teraz zbyt młodo jak na karczmarza. I jak na człowieka, którego twarz mimo wszystko wciąż jeszcze znaczyły bruzdy zmęczenia.

Kote wszedł po schodach i otworzył znajdujące się na ich szczycie drzwi. Jego pokój był urządzony surowo, omal jak mnisia cela. W środku znajdował się kominek z czarnego kamienia, dwa fotele, małe biurko. Umeblowania dopełniało wąskie łóżko i wielki, czarny kufer w jego nogach. Ściany były pozbawione jakichkolwiek ozdób. Podłoga naga.

W korytarzu rozległy się kroki i do pokoju wszedł młody człowiek z miską parującego gulaszu mocno pachnącego pieprzem. Młodzieniec był smagłoskóry i czarujący, łatwo się uśmiechał, chytrze patrzyło mu z oczu.

– Od wielu tygodni nie zostawałeś w karczmie do tak później pory – powiedział, podając karczmarzowi miskę. – Zapewne dzisiejszego wieczora musiałeś usłyszeć jakieś interesujące historie, Reshi.

Reshi było to kolejne imię karczmarza, właściwie coś w rodzaju przydomku. Na jego dźwięk kącik jego ust wygiął ironiczny uśmiech, po chwili jednak mężczyzna zapadł się w głęboki fotel przed kominkiem.

– A więc czego się dzisiaj nauczyłeś, Bast?

– Dzisiaj, mistrzu, nauczyłem się, że wielcy kochankowie mają lepszy wzrok niż wielcy uczeni.

– A dlaczegóż miałoby tak być, Bast? – zapytał Kote głosem, w którym dźwięczały nutki rozbawienia.

Bast podszedł do drzwi, zamknął je, a potem wrócił, by zasiąść w drugim fotelu, wcześniej ustawiwszy go tak, żeby stał przodem do ognia i nauczyciela. Poruszał się z zadziwiającą lekkością i gracją, prawie jakby tańczył.

– Cóż, Reshi, wszystkie wartościowe książki przechowywane są w miejscach kiepsko oświetlonych. Natomiast piękne dziewczęta wolą dla siebie blask słońca, zatem przyglądając im się, nie ryzykujemy osłabienia wzroku.

Kote pokiwał głową.

– Ale inteligentny student może zabrać książkę na zewnątrz,

uwalniając się od lęku przed osłabieniem tak dlań cennych narządów poznania, jakimi są oczy.

– O tym samym sobie pomyślałem, Reshi. Ponieważ jestem, rzecz jasna, inteligentnym studentem.

– Rzecz jasna.

– Ale kiedy znalazłem sobie miejsce w słońcu, odpowiednie dla lektury, pojawiła się piękna dziewczyna i uniemożliwiła mi oddanie się pierwotnemu zamiarowi – odrzekł Bast, podkreślając ostatnie słowa ceremonialnym gestem.

Kote westchnął.

– Czy słusznie się domniemywam, że dziś nie udało ci się przeczytać ani jednego fragmentu z *Celum Tinture*?

Bast zdołał udać lekkie zawstydzenie.

Patrząc w ogień, Kote spróbował przybrać srogi wyraz twarzy, ale ostatecznie zrezygnował.

– Ach, Bast, mam nadzieję, że jej widok był równie słodki jak podmuch ciepłego wiatru w ponurym cieniu. Mówiąc to, z pewnością okazuję się kiepskim nauczycielem, ale jestem zadowolony. Teraz nie mam szczególnej ochoty na dłuższe lekcje. – Przez chwilę milczał. – Cartera zaatakował dzisiaj scraeling.

Swobodny uśmiech spełzł z twarzy Basta jak spękana gliniana maska, ujawniając oblicze wstrząśnięte i blade.

– Scrael? – Na poły poderwał się z fotela, jakby miał zamiar uciec z pokoju, po chwili jednak zmarszczył ze wstydem czoło i usiadł znowu. – Skąd wiesz? Kto znalazł ciało?

– Carter przeżył, Bast. To on przywiózł scraela. Był tylko jeden.

– Nie ma czegoś takiego jak pojedynczy scraeling – odrzekł beznamiętnie Bast. – Sam dobrze wiesz.

– Wiem – rzekł Kote. – A jednak był tylko jeden.

– I on go zabił? – dopytywał się Bast. – To nie mógł być scraeling. Może...

– Bast, to był scrael. Widziałem na własne oczy. – Kote spojrzał na tamtego z całkowitą powagą. – Miał szczęście, to wszystko. Mimo to porządnie oberwał. Czterdzieści osiem szwów. Zużyłem prawie cały zapas katgutu. – Kote wziął do rąk miskę z gulaszem. – Jeśli będą pytać, powiedz im, że mój ojciec był strażnikiem karawan i nauczył mnie, jak oczyścić i zszyć ranę. Dziś wieczorem byli zbyt wstrząśnięci, żeby o to zapytać, ale jutro może się w nich obudzić ciekawość. A tego nie chcę. – Podmuchał w miskę, przed jego twarzą uniósł się w powietrze kłąb pary.

– Co zrobiłeś z truchłem?

– Ja nic z nim nie zrobiłem – znacząco odrzekł Kote. – Ja jestem prostym karczmarzem. Te rzeczy są mi całkowicie obce.

– Reshi, nie możesz ich stawiać w sytuacji, w której sami będą musieli sobie z tym radzić.

Kote westchnął.

– Zabrali je do kapłana. Zrobił wszystko co należało, kierując się jak najbardziej niewłaściwymi przesłankami.

Bast otworzył usta, chcąc coś powiedzieć, ale Kote nie dopuścił go do głosu.

– Tak, zadbałem, aby dziura w ziemi była odpowiednio głęboka. Tak, zadbałem, aby w stosie znalazło się drewno jarzębiny. Tak, zadbałem, aby paliło się długo i gorącym płomieniem, zanim zagrzebali dziurę. Tak, zadbałem, aby nikt nie zachował bodaj fragmentu na pamiątkę. – Nachmurzył czoło, ściągnął brwi. – Nie jestem idiotą, przecież wiesz.

Bast rozluźnił się, wygodniej rozparł w fotelu.

– Wiem, że nie jesteś, Reshi. Ale połowa tych ludzi nie potrafi sikać z wiatrem bez pomocy. – Przez chwilę wyglądał, jakby się nad czymś zastanawiał. – Nie potrafię pojąć, dlaczego był tylko jeden.

– Może reszta zginęła podczas pokonywania gór – podsunął Kote. – Wszystkie prócz tego jednego.

– To możliwe – niechętnie zgodził się Bast.

– Może to ta burza sprzed paru dni – poddał myśl Kote. – Prawdziwa huśtawka wozów, jak mawialiśmy ongiś w wędrownej trupie. Ten deszcz i wiatr mogły odłączyć jednego od stada.

– Twoja pierwsza hipoteza znacznie bardziej mi się podoba, Reshi – niepewnie zauważył Bast. – Trzy lub cztery scraele przeszłyby przez to miasteczko jak... jak...

– Jak rozgrzany nóż na maśle?

– Bardziej jak kilka rozgrzanych do czerwoności ostrzy przez ciała kilku chłopów – sucho rzekł Bast. – Ci ludzie nie umieją się bronić. Założę się, że na całe miasteczko nie przypada więcej jak sześć mieczy. Choć oczywiście miecze na nic się nie przydadzą przeciwko scraelom.

Przed dłuższą chwilę siedzieli w milczeniu, każdy pogrążony we własnych myślach. W końcu Bast zaczął się niespokojnie wiercić.

– Jakieś wieści?

Kote pokręcił głową.

– Dzisiejszego wieczora nie doszliśmy do momentu, gdy zaczynają się wymieniać plotkami. Carter pojawił się w czasie, gdy jeszcze opowiadali sobie bajki. Ale przypuszczam, że coś wisi w powietrzu. Wrócą jutro wieczorem. Dzięki temu będę miał coś do roboty. – Machinalnie obracał łyżką w gulaszu. – Powinienem kupić scraela od Cartera – pomyślał na głos. – Przydałyby mu się pieniądze na nowego konia. Ludzie schodziliby się ze wszystkich stron, żeby go obejrzeć. Dla odmiany byłby jakiś ruch w interesie.

Bast obrzucił go pełnym grozy spojrzeniem, widać było, że na samą myśl zaparło mu dech w piersiach.

Kote uspokoił go gestem dłoni, w której trzymał łyżkę.

– Żartuję, Bast. – Uśmiechnął się słabo. – Niemniej, byłoby miło.

– Nie, Reshi, z całą pewnością nie byłoby miło – gorąco sprzeciwił się Bast. – Ludzie schodziliby się ze wszystkich stron, żeby go obejrzeć – powtórzył szyderczo. – Też coś.

– Mówiąc, że byłoby miło, miałem na myśli wyłącznie interes – wyjaśnił Kote. – Miło byłoby mieć coś do roboty. – Znowu zanurzył łyżkę w gulaszu. – Cokolwiek... byłoby miłe.

Potem znowu przez dłuższą chwilę siedzieli w milczeniu. Kote marszczył czoło, wbijając spojrzenie niewidzących oczu w miskę z gulaszem w dłoniach.

– Musisz strasznie się tutaj czuć, Bast – powiedział na koniec. – Pewnie umierasz z nudów.

Bast wzruszył ramionami.

– W miasteczku jest kilka młodych mężatek. Stadko córeczek. – Uśmiechnął się niewinnie jak dziecko. – Staram się jakoś zabawić.

– To dobrze, Bast. – I znowu kolejna chwila milczenia. Kote wziął do ust łyżkę gulaszu, przeżuł, połknął. – Uznali, że to demon, sam rozumiesz.

Bast wzruszył ramionami.

– No i bardzo dobrze. Najlepiej będzie, jak tak sobie pomyślą.

– Wiem. Po prawdzie, to sam im podsunąłem tę myśl. Ale zdajesz sobie sprawę, co to oznacza. – Spojrzał Bastowi prosto w oczy. – Przez następnych kilka dni interes kowala będzie się kręcił znakomicie.

Bast zadbał, by jego oblicze pozostało całkowicie bez wyrazu.

– Och.

Kote pokiwał głową.

– Nie będę cię winił, jeżeli zechcesz wyjechać. Jest wiele miejsc, w których ci będzie lepiej niż tu.

Tym razem na twarzy Basta odbiła się niekłamana groza.

– Nie mogę wyjechać, Reshi. – Kilka razy otworzył usta, chcąc coś powiedzieć, ale zamykał je, nie znajdując słów. – Kto inny zechce mnie uczyć?

Kote uśmiechnął się szeroko i przez chwilę wyglądał tak młodo, na tyle lat, ile miał w rzeczywistości. Pod zmarszczkami i opanowaniem karczmarza krył się człowiek równy wiekiem swemu ciemnowłosemu towarzyszowi.

– No właśnie, kto? – Machnął łyżką w kierunku drzwi. – A więc wracaj do swej lektury lub idź się naprzykrzać czyjejś córce. Z pewnością masz lepsze rzeczy do roboty, niż patrzeć, jak jem.

– Prawdę mówiąc...

– Precz, demonie! – rzekł Kote, przechodząc na mocno akcentowany temicki, którego wymowę dodatkowo zniekształcały usta pełne gulaszu. – *Tehus antausa eha!*

Zaskoczony Bast roześmiał się w głos, a potem wykonał ręką obsceniczny gest.

Kote przełknął i przeszedł na kolejny język:

– *Aroi te denna-leyan!*

– Och, daj spokój – skarcił go Bast, już się nie śmiejąc. – To już jest naprawdę obraźliwe.

– Na ziemię i kamień, wyklinam cię! – Kote zanurzył palce w kubku stojącym obok jego fotela, a potem skropił Basta kilkoma kroplami płynu. – Niech przeklęta będzie uroda!

– Cydrem? – Ocierając kroplę wilgoci ze swej koszuli, Bast wyglądał zarazem na rozbawionego i nieco rozdrażnionego. – Lepiej dla ciebie, żeby nie została plama.

Kote wrócił do swej kolacji.

– Idź, namocz. Jeśli stan koszuli okaże się beznadziejny, zalecam ci skorzystanie z którejś z licznych formuł na rozpuszczalnik, zawartych w *Celum Tinture*. Jeżeli dobrze pamiętam, rozdział trzynasty.

– Świetnie. – Bast wstał i podszedł do drzwi, stąpając z tą swoją dziwną, niedbałą gracją. – Zawołaj mnie, jeśli będziesz czegoś potrzebował. – Zamknął drzwi za sobą.

Kote jadł powoli, w końcu wytarł talerz resztką chleba. Jedząc, popatrzył w okno, a przynajmniej próbował, ponieważ w świetle lamp ciemność panująca za nim zmieniała szybę w lustro.

Jego spojrzenie bez ustanku wędrowało po pomieszczeniu. Kominek zrobiony był z czarnego kamienia, jak ten znajdujący się we wspólnej sali na dole. Zajmował środek pokoju, co stanowiło mały triumf sztuki inżynierskiej, z którego Kote był dość dumny. Łóżko było niewielkie, właściwie niewiele lepsze od pryczy, a kładąc się na nim, można było od razu stwierdzić, że materaca właściwie nie ma.

Uważny obserwator mógłby też zauważyć, że w pokoju było coś, przed czym spojrzenie Kote'a się wzbraniało. Tak jak unika się wzroku byłej kochanki podczas oficjalnego przyjęcia albo oczu starego wroga siedzącego pod przeciwległą ścianą zatłoczonej piwiarni późną nocą.

Kote spróbował się rozluźnić, ale nie udało mu się, więc siedział jak na szpilkach, wciąż zmieniając pozycję. Wreszcie, chcąc nie chcąc, jego spojrzenie spoczęło na kufrze stojącym w nogach łóżka.

Kufer wykonany był z roah, rzadkiego, ciężkiego drewna, czarnego niczym węgiel i gładkiego jak szkło. Cenione było tak bardzo przez wytwórców perfum i alchemików, że za kawałek wielkości kciuka już płacono złotem. Zrobienie zeń całej skrzyni dalece przekraczało najśmielszą ekstrawagancję.

Kufer był po trzykroć zamknięty. Na zamek z żelaza, na zamek z miedzi i na zamek, który był niewidzialny. Tego wieczora drewno wypełniało pokój prawie niewyczuwalną wonią cytrusów i hartowanego żelaza.

Kiedy spojrzenie Kote'a już spoczęło na kufrze, nie potrafiło się odeń oderwać. Widząc go, nie mógł udawać, że nie istnieje. Ale w tym samym momencie na jego twarz powróciły wszystkie zmarszczki, które wcześniej wygładziły proste przyjemności dnia. W okamgnieniu zniknął spokój, jaki ofiarowały mu jego flaszki i książki, w oczach pozostała tylko pustka i ból. Potem, na ulotny moment, przez jego twarz przemknęły tęsknota i żal.

Ale i one zaraz zniknęły i została zmęczona twarz karczmarza, człowieka, który kazał nazywać się Kote. Znów mimowolnie westchnął i wstał.

Minęło jeszcze dużo czasu, zanim przeszedł obok kufra i położył się do łóżka. Leżał, długo nie mogąc zasnąć.

Zgodnie z przypuszczeniem Kote'a, następnego wieczora wszyscy wrócili do „Ostańca" spragnieni jadła i napoju. Po kilku niezdecydowanych próbach zabawienia towarzystwa opowieściami okazało się, że nikt nie ma do nich serca. Nikt nie był w nastroju.

Stosunkowo wcześnie więc dyskusja dotknęła spraw bardziej doniosłych. Omawiano plotki, jakie dotarły do miasteczka, z których większość była dość niepokojąca. Król Pokutnik miał kłopoty z buntownikami w Resavek. Wieści o tym wzbudziły wprawdzie niepokój, ale jego źródło wydawało się dość odległe. Resavek było gdzieś daleko i nawet Cob, najbardziej obyty w świecie z nich wszystkich, miałby kłopoty ze wskazaniem go na mapie.

Rozmowa o wojnie toczyła się w perspektywie lokalnych spraw. Cob przewidywał trzeci podatek na zaciąg wojska po zbiorach. Nikt się z nim nie kłócił, choć w niczyjej też pamięci nie zachował się rok potrójnej taksy.

Jake uważał, że zbiory w tym roku będą wystarczająco dobre, aby trzeci podatek nie zrujnował większości rodzin. Wyjątkiem mogli być Bentleyowie, którym tak czy siak było nielekko. I Orissonowie, którym wciąż znikały owce. Oraz Szalony Martin, który tego roku posiał wyłącznie jęczmień. Każdy rolnik, który miał choć połowę mózgu, siał fasolę. To była jedyna dobra rzecz związana z wojną – żołnierze jedzą fasolę, więc ceny będą wysokie.

Po kilku kolejkach do głosu doszły poważniejsze troski. Na drogach pełno było dezerterów i innych łowców okazji, przez co nawet niedalekie podróże wiązały się ze sporym ryzykiem. Rzecz jasna drogi zawsze były niebezpieczne, podobnie jak zimy zawsze były srogie. Skarżono się, podejmowano odpowiednie środki ostrożności, a potem wszyscy na własną rękę starali się radzić sobie z kłopotami przynoszonymi przez życie.

Tym razem jednak chyba było nieco inaczej. W ciągu ostatnich dwóch miesięcy sytuacja na drogach stała się tak zła, że ludzie przestali się uskarżać. Ostatnia karawana kupiecka liczyła dwa wozy i czterech strażników. Kupiec żądał dziesięciu groszy za pół funta soli, piętnastu za głowę cukru. Pieprzu, cynamonu czy czekolady w ogóle nie miał. Natomiast miał mały woreczek kawy, za który policzył sobie dwa srebrne talenty. Z początku ludzie się śmiali. Potem, kiedy okazało się, że nie ma najmniejszego zamiaru spuścić z ceny, spluwali i przeklinali go.

Było to dwa cykle temu – dwadzieścia dwa dni. Od tego czasu do miasteczka nie zawitał ani jeden poważniejszy handlarz, mimo iż przypadała właśnie pora roku na handel idealna. Tak więc, choć we wszystkich głowach tłukły się myśli o trzecim podatku, ludzie zerkali do sakiewek i żałowali, że nie kupili trochę tego czy tamtego, na wypadek gdyby śnieg miał spaść wcześnie.

Nikt ani słowem nie wspomniał o wydarzeniach ubiegłej nocy ani o istocie, którą spalili i pogrzebali. Inni, rzecz jasna, gadali. Miasteczko trzęsło się od plotek. Z powodu ran Cartera wszystkie opowieści traktowano dość poważnie, ale nie całkiem. Słowo „demon" też przewijało się w rozmowach, ale towarzyszyły mu uśmiechy, skrywane częściowo za uniesionymi do ust dłońmi.

Tylko szóstka przyjaciół widziała tę istotę, zanim została

spalona. Jeden z nich był ranny, pozostali pili. Kapłan również widział, ale w końcu jego praca polegała na kontaktach z demonami. Demony napędzały jego interes.

Rzekomo karczmarz również go widział. Ale on nie był stąd. Nie był w stanie dostrzec prawdy, tak oczywistej dla wszystkich urodzonych i wychowanych tutaj: wprawdzie opowiadano tu sobie legendy i rozmaite historie, ale ich akcja zawsze działa się gdzie indziej. To nie było miejsce dla demonów.

Poza tym rzeczy miały się już i tak dostatecznie źle, żeby jeszcze brać sobie na barki dalsze kłopoty. Cob i pozostali wiedzieli, że nie ma sensu o niczym gadać. Gdyby nawet ze wszystkich sił próbowali przekonać pozostałych mieszkańców, zrobiliby tylko z siebie pośmiewisko, jak Szalony Martin, który już od lat próbował wykopać studnię wewnątrz własnego domu.

Mimo to każdy z nich kupił u kowala pręt z kutego na zimno żelaza, na tyle ciężki, żeby można wziąć nim porządny zamach – i żaden nie mówił, co naprawdę myśli. Zamiast tego uskarżali się na złą i pogarszającą się sytuację na drogach. Rozmawiali o kupcach, dezerterach, podatkach i kłopotach z solą, której nie starczy do wiosny. Wspominali, że trzy lata temu nikt nawet nie pomyślałby o zamknięciu drzwi na noc, nie wspominając już o zawarciu ich.

Od tego momentu rozmowa coraz bardziej kulała i choć nikt nie zdradził się ze swoimi myślami, wieczór dobiegł końca w ponurych nastrojach. Jak większość wieczorów ostatnio, ponieważ czasy były, jakie były.

Rozdział 2

Piękny dzień

To był jeden z tych niedoścignionych jesiennych dni, tak często opiewanych w opowieściach i tak rzadko przydarzających się w codziennym życiu. Było ciepło i sucho, a więc pogoda idealna dla dojrzewającej pszenicy czy kukurydzy. Po obu stronach drogi drzewa powoli zmieniały barwy. Wysokie topole przybrały szatę koloru maślanej żółci, a krzaczasty sumak wciskający się na drogę powlekły cętki wściekłej czerwieni. I tylko stare dęby wyraźnie niechętnie rozstawały się z latem, a ich liście na równi malowały złoto i zieleń.

Krótko mówiąc, trudno było sobie wyobrazić piękniejszy dzień na to, żeby sześciu maruderów uzbrojonych w łuki pozbawiło człowieka całości posiadanego majątku.

– Klacz właściwie nie zasługuje na miano konia – protestował Kronikarz. – Niewiele więcej niż zwierzę pociągowe, a kiedy pada deszcz...

Mężczyzna przerwał mu zdecydowanym gestem.

– Posłuchaj, przyjacielu, armia królewska dobrze płaci za wszystko, co ma cztery nogi i choćby jedno oko. Nawet gdybyś był szaleńcem i wybrał się w drogę na koniu na biegunach, też bym ci go zarekwirował.

Przywódca bandy roztaczał wokół siebie aurę władczości. Kronikarz domyślał się, że jeszcze niedawno musiał być młodszym oficerem.

– Nie marudź, wyskakuj z siodła – rzekł tamten, już całkiem poważnie. – Załatwmy tę sprawę i możesz ruszać swoją drogą.

Kronikarz zsiadł z konia. Parę razy w życiu zdarzyło mu się zostać obrabowanym i wiedział, że tym razem nic nie zyska, wykłócając się. Ci ludzie znali się na swojej robocie. Nie marnowali energii na pokaz czy próżne groźby. Teraz jeden z nich obejrzał konia: sprawdził kopyta, zęby, uprząż. Dwaj następni z wojskową sprawnością przetrząsnęli juki, rozkładając na ziemi cały jego materialny dobytek. Dwa koce, płaszcz z kapturem, oklapnięta skórzana torba i ciężki, nabity worek podróżny.

– To wszystko, dowódco – powiedział jeden z nich. – Oprócz jakichś dwudziestu funtów owsa.

Dowódca przyklęknął, otworzył skórzaną torbę, zajrzał do środka.

– Tam są tylko papiery i pióra – wyjaśnił Kronikarz.

Dowódca obejrzał się na niego przez ramię.

– Więc jesteś skrybą?

Kronikarz skinął głową.

– Tym zarabiam na utrzymanie. Wam na nic się nie przydadzą.

Tamten przetrząsnął zawartość torby, przekonał się, że wyjaśnienia Kronikarza są prawdziwe, i odłożył ją na bok. Potem wysypał zawartość worka podróżnego na rozłożony na ziemi płaszcz Kronikarza i zaczął grzebać w stosie rzeczy.

Przywłaszczył sobie większość soli i parę sznurowadeł. W końcu, ku rozgoryczeniu skryby, wybrał sobie koszulę, którą Kronikarz nabył w Linwood. Koszula była z delikatnego lnu, ufarbowanego na głęboki, prawie fioletowy granat, zbyt ładna, aby wkładać ją na drogę. Prawdę mówiąc, Kronikarz jeszcze ani razu nie miał okazji jej włożyć. Westchnął.

Pozostałe rzeczy dowódca zostawił w takim stanie, w jakim je wcześniej rozrzucił na płaszczu, i wstał. Teraz pozostali przystąpili do szperania w dobytku Kronikarza.

Dowódca powiedział:

– Masz tylko jeden koc, no nie, Janns?

Jeden z maruderów skinął głową.

– Weź ten, będziesz potrzebował drugiego, zanim zima dobiegnie końca – polecił dowódca.

– Jego płaszcz jest w znacznie lepszym stanie niż mój, dowódco – odezwał się inny.

– Weź go sobie, ale zostaw mu swój. To samo dotyczy ciebie, Witkins. Jeżeli zabierasz jego krzesiwo, musisz mu zostawić swoje stare.

– Gdzieś je zgubiłem, dowódco – tłumaczył Witkins. – Inaczej bym tak zrobił.

Cały proceder przebiegał w zaskakująco cywilizowany sposób. Kronikarz stracił wszystkie swoje igły prócz jednej, obie pary pończoch, garść suszonych owoców, głowę cukru, pół flaszki alkoholu oraz dwie kości do gry wykonane z kości słoniowej. Zostawili mu resztę jego ubrań, suszone mięso oraz na poły skonsumowany bochenek zupełnie czerstwego żytniego chleba. Zawartości płaskiej skórzanej torby nikt nawet nie tknął.

Podczas gdy maruderzy wrzucali jego dobytek z powrotem do podróżnego worka, dowódca zwrócił się do Kronikarza:

– Teraz sakiewka.

Kronikarz podał mu.

– I pierścień.

– Tyle w nim srebra co kot napłakał – wymamrotał Kronikarz, ściągając pierścień z palca.

– Co masz na szyi?

Kronikarz rozpiął koszulę; z rozcięcia wyłonił się matowy metalowy pierścień zawieszony na skórzanym rzemyku.

– To tylko żelazo.

Dowódca podszedł bliżej i sięgnąwszy ręką, potarł metal między palcami, a wreszcie pozwolił mu opaść na pierś Kronikarza.

– Wobec tego możesz go zatrzymać – rzekł łaskawie, wysypując na dłoń zawartość sakiewki. Kiedy przebierał palcami w monetach, z jego gardła wydobył się pełen zaskoczenia i satysfakcji odgłos. – Skrybom płaci się lepiej, niż można byłoby sądzić – skwitował, odliczając przypadającą na jego ludzi część.

– Mniemam, że nie jesteś gotów zostawić mi pensa lub dwóch? – zapytał Kronikarz. – Choć tyle, żeby mi wystarczyło na parę gorących posiłków?

Sześciu mężczyzn zapatrzyło się na Kronikarza, jakby nie do końca potrafili uwierzyć, że słyszą właśnie te słowa.

Dowódca pokręcił głową.

– Na Boga, naprawdę masz jaja, co? – W jego głosie pobrzmiewały tony niepozbawionego niechęci szacunku.

– Wydajesz się rozsądnym człowiekiem – wyjaśnił Kronikarz, wzruszając ramionami. – A jeść trzeba.

Po raz pierwszy od początku całej przygody dowódca uśmiechnął się.

– Z tym akurat mogę się zgodzić. – Z garści monet wybrał dwa grosze, uniósł w palcach, a potem wsunął z powrotem do sakiewki Kronikarza. – Oto para monet za twoją parę jaj. – Rzucił Kronikarzowi sakiewkę, podszedł do swojego konia i upchnął piękną ciemnogranatową koszulę w jukach.

– Dziękuję, panie oficerze – rzekł Kronikarz. – Zapewne wolałbyś wiedzieć, że we flaszce przywłaszczonej sobie przez jednego z twoich ludzi jest alkohol metylowy, którego używam do czyszczenia piór. Źle by się dla niego skończyło, gdyby go wypił.

Dowódca uśmiechnął się i pokiwał głową.

– Widzicie, ile można skorzystać na tym, jak się ludzi dobrze traktuje? – rzekł do swojej świty, wskakując na siodło. – Spotkanie z tobą było dla mnie prawdziwą przyjemnością, panie skrybo. Jeżeli zaraz ruszysz w drogę, może przed zmierzchem zdążysz do Brodu Abbotta.

Kiedy tętent kopyt bandy ucichł w oddali, Kronikarz przepakował worek podróżny, układając rzeczy we właściwym porządku. Zzuł jeden z butów, wyciągnął wkładkę i ciasne zawiniątko z monetami, wciśnięte mocno w czubek buta. Przełożył kilka do sakiewki. Potem rozwiązał spodnie, spod kilku warstw odzieży wydobył kolejne zawiniątko z monetami i z nich też odliczył kilka do sakiewki.

Cały dowcip polegał na tym, aby w sakiewce znajdowała się odpowiednia suma. Gdyby pieniędzy było zbyt mało, rozczarowani rabusie z pewnością szukaliby dalej. Gdyby było ich zbyt dużo, podnieciliby się i zaślepieni żądzą złota również szukaliby dalej.

W bochenku czerstwego chleba, którym zainteresowaliby się tylko najbardziej zdesperowani przestępcy, zapieczone było kolejne zawiniątko monet. Kronikarz zostawił rzeczy tak, jak się miały, nie tknął też całego talentu srebra, ukrytego w wypełnionym atramentem kałamarzu. W trakcie przeżytych w drodze lat powoli zaczął go traktować jako swój szczęśliwy talizman. Nikt nigdy go nie znalazł.

Po chwili zastanowienia musiał przyznać, że był to prawdopodobnie najbardziej cywilizowany rabunek, przez jaki w życiu przeszedł. Maruderzy okazali się przyzwoici, sprawni i niezbyt rozgarnięci. Utrata konia i uprzęży była bolesna, ale swobodnie mógł kupić jedno i drugie w Brodzie Abbotta, i wciąż zostanie mu dość pieniędzy na wygodne życie do czasu, póki nie załatwi tych głupot tutaj i nie spotka się ze Skarpim w Trei.

Reagując na naglący zew natury, Kronikarz przedarł się przez krwistoczerwone zarośla sumaka rosnącego na skraju drogi. Kiedy zapinał spodnie, w poszyciu coś się gwałtownie zaszamotało i spod pobliskich zarośli wyskoczył ciemny kształt.

Kronikarz szarpnął się do tyłu przestraszony i krzyknął, dopiero po chwili zrozumiał, że to tylko wrona z łopotem skrzydeł podrywająca się do lotu. Pośmiał się nad własną strachliwością, wygładził ubranie i poprzez zarośla sumaka wrócił na drogę, gdzie stał jeszcze przez chwilę i ocierał twarz z pajęczych nici.

Zarzucił na ramię worek podróżny oraz skórzaną torbę i jakoś tak nagle zrobiło mu się wyjątkowo lekko na sercu. Najgorsze miał już za sobą i wcale nie poszło tak źle. Wiatr zaigrał w gałęziach drzew, strącając liście topoli, które niczym złote monety spłynęły na porytą koleinami błotnistą drogę. Dzień był istotnie piękny.

Rozdział 3

Drzewo i słowo

Kote leniwie przerzucał karty książki, starając się nie zwracać uwagi na ciszę zalegającą w opustoszałej gospodzie, kiedy drzwi otworzyły się gwałtownie i do sali tyłem wszedł Graham.

– Właśnie skończyłem. – Graham z nadzwyczajną starannością manewrował wśród labiryntu stołów. – Miałem ci przynieść zeszłego wieczora, ale potem pomyślałem sobie: „Jeszcze jedna warstwa oliwy, wetrzeć i niech wyschnie". I nie mogę rzec, abym tego żałował. Panowie i panie, rzecz jest równie piękna jak wszystko, co kiedykolwiek wyszło spod tych rąk.

Między brwiami karczmarza pojawiła się głęboka pionowa zmarszczka. Dopiero gdy zerknął na płaskie zawiniątko w dłoniach tamtego, jego twarz rozjaśniła się.

– Ach! Podstawka! – Kote uśmiechnął się zmęczony. – Przepraszam, Graham. To już tyle czasu. Prawie zapomniałem.

Graham obrzucił go z lekka zdziwionym spojrzeniem.

– Cztery miesiące to wcale nie tak długo na to, żeby drewno dotarło tu aż z Aryen, zwłaszcza gdy sytuacja na drogach jest, jaka jest.

– Cztery miesiące – powtórzył Kote. Zorientował się, że Graham wciąż mu się przygląda, i pośpiesznie dodał: – To jak całe życie, jeśli się na coś naprawdę czeka. – Spróbował uśmiechnąć się krzepiąco, ale wyszło mu tylko słabe skrzywienie ust.

Po prawdzie Kote czuł się raczej słabo. Nie tyle był chory, ile jakby wymęczony. Nieswój. Niczym roślina, którą przesadzono w niewłaściwą dla niej glebę i która więdnie z braku żywotnych składników.

Graham zauważył zmianę w wyglądzie karczmarza. Jego gesty nie były tak żwawe. Głos stracił głębię. Z oczu zniknął blask, widoczny w nich jeszcze miesiąc temu. Kolor wyblakł. Już nie kojarzyły się tak jednoznacznie z morską pianą, ze świeżą zieloną trawą. Przypominały raczej rzeczne zielsko, dno butelki z zielonego szkła. Włosy przedtem były jak płomień. Teraz były po prostu... rude. Zwykłe rude włosy, nic więcej.

Kote odsunął płótno i zajrzał pod spód. Drewno o ciemnej barwie węgla z czarnym usłojeniem. Kiedy wziął je do ręki, okazało się ciężkie jak żelazna płyta. Nad wyżłobionym słowem znajdowały się trzy czarne kołeczki.

– „Szaleństwo" – przeczytał Graham. – Dziwne imię dla miecza.

Kote pokiwał głową, ale poza tym nie dał nic po sobie poznać.

– Ile ci jestem winien? – zapytał cicho.

Graham zastanawiał się przez chwilę.

– Odjąwszy to, co dałeś mi na koszt drewna... – W jego oczach zalśniły chytre błyski. – Gdzieś jeden... i trzy.

Kote podał mu dwa talenty.

– Resztę zatrzymaj. W tym drewnie bardzo trudno się pracuje.

– Co prawda, to prawda. – W głosie Grahama zabrzmiał lekki ton samozadowolenia. – Pod piłą zachowuje się jak kamień. Pod dłutem jak żelazo. A kiedy już się tak z nim namęczyłem, nie byłem w stanie wypalić napisu.

– Zauważyłem – stwierdził Kote, z ciekawością wodząc palcem po ciemniejszych rowkach, które składały się na wyżłobione w drewnie litery. – Jak ci się w końcu udało?

– Cóż – powiedział Graham, tym razem już wyraźnie z siebie zadowolony – po tym, jak zmarnowałem pół dnia, zaniosłem je do kowala. Chłopiec i ja w końcu daliśmy mu radę rozpalonym żelazem. Ponad dwie godziny zabrało nam opalanie. Ani smużki dymu, tylko smród palonej starej skóry i koniczyny. Przeklęta sprawa. Co to za drewno, co się nie pali?

Graham czekał dłuższą chwilę, ale karczmarz nie zareagował na jego słowa, jakby ich nie słyszał.

– Gdzie chcesz, żebym ją powiesił?

Kote ocknął się z zamyślenia, rozejrzał po sali.

– Myślę, że sam sobie z tym poradzę. Jeszcze nie wybrałem miejsca.

Graham rzucił na blat garść żelaznych gwoździ i skinął karczmarzowi na pożegnanie. Kote nie ruszył się zza baru, machinalnie przesuwał dłonią po drewnie i wypalonym napisie. Nie minęło wiele czasu, gdy z kuchni wyszedł Bast i zerknął nauczycielowi przez ramię.

Przez długą chwilę milczeli, jakby składali hołd zmarłym.

W końcu Bast się odezwał:

– Mogę zadać ci pytanie, Reshi?

Kote uśmiechnął się łagodnie.

– Oczywiście, zawsze możesz, Bast.

– Kłopotliwe pytanie?

– Takie są zazwyczaj najbardziej interesujące.

Przez kolejną chwilę w ciszy patrzyli na przedmiot spoczywający na kontuarze, jakby próbując wbić sobie ten widok w pamięć. „Szaleństwo".

Potem Bast otworzył usta, ale natychmiast je zamknął, w jego oczach rozbłysło rozczarowanie, znowu otworzył usta i znów je zamknął, wyraźnie zmagając się ze sobą.

– Dawaj – rzekł w końcu Kote.

– O czym sobie pomyślałeś? – zapytał Bast, a w jego głosie walczyły o lepsze troska i konsternacja.

Kote nie od razu odpowiedział.

– Ostatnio w ogóle za dużo myślę, Bast. Największe sukcesy odnosiłem, podejmując decyzje, nad którymi nie zastanawiałem się wcale i tylko odruchowo robiłem, co moim zdaniem zrobić należało. Nawet jeśli później nie potrafiłem wyjaśnić swojego postępowania. – Uśmiechnął się melancholijnie. – Nawet jeśli potrafiłem znaleźć wszystkie dobre powody dla tego, żeby nie zrobić tego, co robiłem.

Bast potarł dłonią policzek.

– A więc próbujesz zrobić wszystko, żeby nie przechytrzyć samego siebie?

Kote zawahał się.

– Można tak powiedzieć – przyznał.

– Ja mógłbym tak powiedzieć, Reshi – chytrze zauważył Bast. – Ty nie, ponieważ w ten sposób tylko niepotrzebnie byś wszystko dodatkowo skomplikował.

Kote wzruszył ramionami i ponownie spojrzał na podstawkę.

– A więc nie mamy nic innego do roboty, jak tylko znaleźć dla niej właściwe miejsce.

– Tutaj? – Na twarzy Basta odbiła się zgroza.

Kote uśmiechnął się paskudnie i w tej samej chwili jego twarz ożywiła się i stała taka jak dawniej.

– Oczywiście – stwierdził, napawając się reakcją Basta. Z namysłem rozejrzał się po ścianach, zacisnął usta. – A tak w ogóle, gdzie go schowałeś?

– Jest w moim pokoju – wyznał Bast. – Pod łóżkiem.

Kote pokiwał z roztargnieniem głową, wciąż się rozglądając po ścianach wspólnej sali.

– A więc idź i przynieś. – Odprawił tamtego nieznacznym gestem dłoni. Bast pospiesznie wybiegł z sali z nieszczęśliwą miną.

Kiedy wrócił z czarną pochwą zwisającą swobodnie z nadgarstka dłoni, bateria połyskujących flaszek znajdowała się na kontuarze, a Kote stał na pustej ladzie między dwiema wielkimi dębowymi beczkami, mocując podstawkę ponad jedną z nich. Obejrzał się za siebie i krzyknął ze zgrozą:

– Ostrożnie, Bast! To prawdziwa dama, a nie jakaś dziewka, którą możesz wywijać na tańcach w stodole.

Bast stanął jak wryty i posłusznie wziął pochwę w obie dłonie, i tak pokonał resztę drogi do kontuaru.

Kote wbił w ścianę dwa gwoździe, wygiął uchwyty z jakiegoś drutu i zawiesił podstawkę na ścianie. Wisiała stabilnie.

– Możesz mi podać? – poprosił dziwnie drżącym głosem.

Bast obiema rękoma podał mu broń, jak giermek wręczający miecz swemu rycerzowi w błyszczącej zbroi. Ale przecież nie było tu żadnego rycerza, tylko karczmarz, człowiek w fartuchu, który kazał mówić na siebie Kote. Wziął miecz od Basta i wyprostował się na ladzie za barem.

Prostym gestem dobył miecza. W jesiennym świetle zalewającym salę klinga zalśniła mętną szarą bielą. Miecz wyglądał jak nowy. Ani jednej szczerby lub plamki rdzy. Żadnych jaśniejszych zadrapań wzdłuż szarego brzeszczotu. Ale choć nie znać było po nim śladów wieku, był stary. A mimo iż ewidentnie był to miecz, kształt klingi nie kojarzył się z żadnym mieczem w tych stronach używanym. Przynajmniej nie skojarzyłby się nikomu z mieszkańców miasteczka. Broń wyglądała jakby jakiś alchemik dokonał destylacji kilkunastu mieczy, a kiedy tygiel ostygł, znalazł na dnie właśnie to: miecz w swej czystej formie. Smukły i pełen gracji. Śmiertelnie groźny, niczym ostra krawędź kamienia skryta w bystrym nurcie potoku.

Kote trzymał przez chwilę miecz pewną ręką. Potem położył go na podstawce. Szaro-biały metal lśnił na tle czarnego roah. Choć rękojeść też była widoczna, jej ciemna barwa właściwie zlewała się z drewnem. A wypalone ciemniejszą czernią znajdujące się pod nim słowo wyglądało niczym przygana: Szaleństwo.

Kote zeskoczył na podłogę. Przez chwilę on i Bast stali ramię w ramię, spoglądając w górę. Pierwszy przerwał milczenie Bast:

– Faktycznie robi wrażenie – rzekł takim tonem, jakby już żałował, że powiedział prawdę. – Ale... – Urwał, próbując znaleźć właściwe słowa. Zadrżał.

Kote poklepał go po plecach, nie wiedzieć czemu nagle poweselały.

– Nie musisz się martwić na mój rachunek. – Wyraźnie wstąpił weń nowy duch, jakby każda, nawet najdrobniejsza aktywność dodawała mu energii. – Mnie się podoba – oznajmił z nieoczekiwaną pewnością, a potem powiesił czarną pochwę na jednym z kołków podstawki.

Zaraz się okazało, że jest jeszcze mnóstwo rzeczy do zrobienia. Trzeba było wypolerować butelki i odstawić na miejsce. Ugotować obiad. Pozmywać po obiedzie. Jakiś czas obaj byli zajęci i dzięki temu było im wesoło. Przy pracy rozmawiali o zwykłych, codziennych sprawach. A choć ruszali się energicznie, bez chwili przerwy, było oczywiste, że odwlekają zakończenie każdej pracy, do której się zabierali, jakby w obawie, że kiedy zrobią wszystko, co jest do zrobienia, milczenie znów zalegnie w sali.

I wtedy nastąpiło niecodzienne zdarzenie. Drzwi otworzyły się i do „Ostańca" łagodną falą wpłynęły odgłosy z zewnątrz. Za nimi weszli do środka ludzie. Nie przestając rozmawiać, prosto na podłogę rzucili węzełki z dobytkiem. Wybrali sobie stoły, na oparciach krzeseł powiesili kaftany. Jeden z nich, w kolczudze z masywnych metalowych kółek, odpasał miecz i oparł go o ścianę. Dwóch na trzech miało noże przy pasach. Czterech na pięciu już domagało się czegoś do picia.

Kote i Bast przyglądali im się przez chwilę, a potem natychmiast wzięli się do roboty. Kote z uśmiechem przystąpił do nalewania. Bast skoczył na dwór, żeby sprawdzić, czy nie ma tam koni czekających na odprowadzenie do stajni.

W ciągu dziesięciu minut karczma zmieniła się nie do poznania. Monety zadzwoniły po kontuarze. Ser i owoce wylądowały na półmiskach, a wielki miedziany kociołek zawisł nad ogniem w kuchni. Goście przesunęli stoły i krzesła, aby wygodniej im było siedzieć w ponaddziesięcioosobowej kompanii.

Już w chwili, gdy weszli do środka, Kote wiedział, z kim ma do czynienia. Dwaj mężczyźni i dwie kobiety byli woźnicami, ogorzałymi od lat spędzonych na wolnym powietrzu – teraz ich oczy śmiały się na samą myśl o spędzeniu nocy w zaciszu. Trzej strażnicy o twardym spojrzeniu pachnieli żelazem. Druciarz z wydatnym brzuchem szczerzył się radośnie, ukazując pojedyncze zęby. I jeszcze dwaj młodzi mężczyźni, jeden słomianowłosy, drugi brunet, dobrze odziani, wyrażający się w elegancki sposób – wyraźnie podróżni, na tyle rozsądni, aby przyłączyć się do większej grupy zapewniającej bezpieczeństwo w drodze.

Przez jakąś godzinę czy dwie tamci zajmowali się rozlokowaniem. Targowano się o miejsca w pokojach. Po przyjacielsku kłócono, kto będzie z kim spał. Z wozów i juków dobywano najważniejsze rzeczy. Woda grzała się na jakże potrzebną kąpiel. Konie dostały siana, a Kote uzupełnił oliwę we wszystkich lampach.

Druciarz pospieszył na zewnątrz, żeby skorzystać z resztek dziennego światła. Powiódł swą zaprzężoną w muła dwukółkę po ulicach miasteczka. Dzieciaki biegły za nim, dopraszając się cukierków, opowieści i szelągów.

Szybko się okazało, że nic nie dostaną, i wtedy większość straciła zainteresowanie. Utworzyły kółko z jakimś chłopczykiem w środku i klaszcząc w dłonie, wybijały rytm dziecięcej piosenki, która już liczyła sobie kilka wieków, gdy śpiewali ją ich dziadkowie:

Kiedy niebieski płonie ogień,
Co robić? Co robić?
Zmykać czas. Kryć się w las.

Chłopiec w środku śmiał się i próbował wyrwać z kręgu, podczas gdy pozostałe dzieci starały się mu to uniemożliwić.

– Druciarz. – Głos starego brzmiał jak dzwon. – Garnki lutuję. Noże ostrzę. Różdżką z wierzby znajdę wodę. Korki przycinam. Liść-matka. Jedwabne chusty z miejskich ulic. Papier do pisania. Łakocie.

Ostatnie słowo znowu przyciągnęło uwagę dzieci. Skupiły się za wózkiem druciarza, towarzysząc mu niczym mały orszak po ulicach, gdy ten dalej zawodził:

– Skóra na paski. Czarny pieprz. Delikatne koronki i barwne pióra. Dziś wieczorem druciarz we wsi, jutro już go nie ma. Tyle pracy, ile światła wieczoru. Chodźcie, żony. Chodźcie, córki, mam bieliznę i różaną wodę.

Po jakimś czasie wrócił pod „Ostańca", ustawił napędzaną pedałem osełkę i zaczął ostrzyć jakiś nóż.

Kiedy dorośli zaczęli się gromadzić wokół starca, dzieci wróciły do swej zabawy. Tym razem w środku kręgu znalazła się dziewczynka, zakryła dłonią oczy i próbowała złapać któreś z pozostałych, a te tymczasem uciekały, klaszcząc w dłonie i śpiewając:

Kiedy oczy jego wronie?
Dokąd gonić? Dokąd gonić?
Tu i tam. Oto oni.

Druciarz po kolei obsługiwał klientów, czasami dwóch lub trzech naraz. Wymieniał ostre noże na tępe, każąc sobie płacić drobną monetą. Sprzedawał szarpie i igły, miedziane kociołki i maleńkie flakoniki, które kobiety skrzętnie chowały zaraz po zakupie. Handlował guzikami i torebkami z cynamonem, solą. Limony z Tinuë, czekolada z Tarbean, polerowany róg z Aerueh...

A przez cały czas dzieci śpiewały:

Widzisz gdzieś bez twarzy człeka?
Do kryjówki, do kryjówki uciekaj.
Co wiadomo o ich planie?
Chandrianie. Chandrianie.

Kote doszedł do wniosku, że podróżni muszą być razem w drodze od jakiegoś miesiąca, dostatecznie długo, aby swobodnie czuć się w swoim towarzystwie, ale na tyle krótko, aby jeszcze nie pojawiły się wśród nich niesnaski na tle różnych drobiazgów. Pachnieli pyłem drogi i końmi. Wdychał tę woń niczym perfumy.

Ale najlepszy ze wszystkiego był ten zgiełk. Skrzypienie skóry. Ludzki śmiech. Trzeszczące polana, posykujący ogień. Rozflirtowane kobiety. W pewnej chwili ktoś nawet potknął się o krzesło. Po raz pierwszy od bardzo dawna w karczmie „Ostaniec" nie panowała cisza. A jeśli nawet jakaś była, to zbyt głęboko schowana, aby można było ją usłyszeć.

Kote cały czas był w samym środku zgiełku i poruszał się niczym człowiek doglądający wielkiej, skomplikowanej maszynerii. Gdy tylko komuś chciało się pić, zaraz podawał, z właściwą, ale nie przesadną gotowością odzywał się i słuchał. Śmiał się z żartów, ściskał dłonie, uśmiechał się i łapał dzwoniące po kontuarze monety, jakby naprawdę potrzebował pieniędzy.

A później, kiedy przyszła pora na piosenki i każdy już zaśpiewał swoją ulubioną, ale nikomu jeszcze nie przeszła ochota na więcej, Kote zaintonował zza baru, dłońmi wyklaskując rytm. Ogień płonął w jego włosach, gdy odśpiewał im *Druciarza Tannera* w wersji obejmującej więcej zwrotek, niźli którykolwiek z nich wcześniej pamiętał czy bodaj słyszał.

Kilka godzin później, kiedy wspólna sala kąpała się w ciepłej jowialnej atmosferze, a Kote klęczał przy kominku, rozpalając ogień, usłyszał za sobą czyjś głos:

– Kvothe?

Karczmarz odwrócił się, na jego ustach zastygł niepewny uśmiech.

– Proszę?

To był jeden z tych dobrze ubranych podróżnych. Chwiał się lekko na nogach.

– Ty jesteś Kvothe.

– Kote, panie – odparł Kote pobłażliwym tonem, jakim matki zwracają się do dzieci, a karczmarze do pijanych.

– Kvothe Bezkrwisty. – Tamten z tępym uporem pijanego nie dawał się zbić z tropu. – Od początku wydawałeś mi się znajomy, ale nie potrafiłem połączyć twarzy z imieniem. – Uśmiechnął się z dumą i poklepał palcem po nosie. – I wtedy usłyszałem, jak śpiewasz, i od razu wiedziałem, że to ty. Raz już cię słyszałem, w Imre. Po koncercie wypłakałem oczy. Nigdy wcześniej i nigdy później nic takiego już nie słyszałem. Twoje pieśni złamały mi serce.

W miarę przemowy zdania młodzieńca stawały się coraz bardziej bezładne, ale na twarzy wciąż pozostawał ten sam wyraz upartej pewności.

– Wiedziałem, że to nie możesz być ty. Ale pomyślałem, że jesteś. Mimo wszystko. Bo kto jeszcze mógłby mieć twoje włosy? – Potrząsnął głową, bezskutecznie próbując zebrać myśli. – Widziałem to miejsce w Imre, gdzie go zabiłeś. Koło fontanny. Kamienie bruku wciąż są tam szczaskane. – Zmarszczył brwi, próbując poprawnie wymówić słowo. – Strzaskane. Mówią, że nikt nie potrafi ich zreperować.

Słomianowłosy znowu urwał. Mrużył oczy, wydawał się zaskoczony reakcją karczmarza.

Rudowłosy szczerzył się szeroko.

– Chcesz powiedzieć, że wyglądam jak Kvothe? Ten Kvothe? Też mi się tak zawsze wydawało. Mam jego rycinę w pokoju na tyłach. Mój pomocnik wciąż się ze mnie naśmiewa. Mógłbyś mu powiedzieć to, co właśnie powiedziałeś mnie?

Kote dorzucił do ognia ostatnie polano i wstał. Ale kiedy odchodził od kominka, jedna z nóg ugięła się pod nim i ciężko runął na podłogę, przewracając krzesło.

Paru gości pospieszyło z pomocą, ale karczmarz już stał na nogach, gestem każąc im wracać na miejsca.

– Nie, nie. Wszystko ze mną w porządku. Przepraszam, jeśli kogoś przestraszyłem. – Mimo iż wciąż się uśmiechał, widać było, że coś sobie zrobił. Twarz miał ściągniętą bólem, ciężko wsparł się o krzesło. – Dostałem strzałą w kolano podczas podróży przez Eld, trzy lata temu. Od czasu do czasu noga mnie zawodzi. – Skrzywił się i dodał ze smutkiem: – Dlatego właśnie musiałem zrezygnować z wesołego życia w drodze. – Sięgnął dłonią, by pomacać wygiętą pod nienaturalnym kątem nogę.

Odezwał się jeden z najemników:

– Przyłóż na to kompres, inaczej strasznie spuchnie.

Kote znów pomacał kolano i pokiwał głową.

– Widzę, żeś mądry, panie. – Odwrócił się do słomianowłosego młodzieńca, który wciąż się chwiejąc, stał przy kominku: – Mógłbyś wyświadczyć mi przysługę, synu?

Tamten tępo skinął głową.

– Zamknij komin. – Kote wykonał dłonią gest w stronę kominka. – Bast, pomożesz mi wejść na górę?

Bast pospieszył z pomocą, zarzucił sobie ramię Kote'a na barki. Ten bezwładnie opierał się na nim podczas każdego kroku w drodze za drzwi i po schodach.

– Strzałą w kolano? – zapytał szeptem Bast. – Naprawdę tak bardzo wstydzisz się zwykłego upadku?

– Dzięki Bogu, jesteś równie naiwny jak oni – ostro oznajmił Kote, gdy tylko zniknęli tamtym z oczu. Przeklinając pod nosem, wspiął się kilka ostatnich stopni o własnych siłach. Jego kolanu najwyraźniej nic nie dolegało.

Oczy Basta rozszerzyły się, ale natychmiast zmrużył je na powrót.

Kote zatrzymał się u szczytu schodów, przetarł powieki.

– Jeden z nich wie, kim jestem. – Zmarszczył czoło. – Podejrzewa.

– Który? – zapytał Bast, a w jego głosie odbiła się mieszanina zrozumienia i gniewu.

– Zielona koszula, słomiane włosy. Stał najbliżej mnie przy

kominku. Daj mu coś, żeby zasnął. Już dużo wypił. Nikt za bardzo nie będzie dociekał, jeśli straci przytomność.

Bast zastanowił się.

– Nighmane?

– Mhenka.

Bast uniósł brwi, ale posłusznie skinął głową.

Kote wyprostował się.

– Po trzykroć posłuchaj, Bast.

Bast mrugnął i pokiwał głową.

– Byłem strażnikiem z municypalną licencją z Ralien. Odniosłem ranę, skutecznie broniąc karawany. Strzałą w prawe kolano. Trzy lata temu. Latem. Wdzięczny kupiec z Ceald dał mi pieniądze na rozkręcenie interesu z karczmą. Ma na imię Deolan. Jechaliśmy z karawaną z Purvis. Wspomnij o tym niby przypadkowo. Zapamiętałeś?

– Słyszę cię po trzykroć, Reshi – ceremonialnie odrzekł Bast.

– Idź.

Pół godziny później, kiedy Bast przyniósł miskę do pokoju swego mistrza, mógł już go zapewnić, że na dole wszystko jest w porządku. Kote pokiwał głową, a potem krótko stwierdził, że przez resztę nocy nie chce być niepokojony.

Gdy Bast zamykał drzwi za sobą, na jego twarzy malowało się zmartwienie. Później stał dłuższą chwilę na szczycie schodów, próbując wymyślić, co powinien zrobić.

Trudno powiedzieć, co naprawdę aż tak bardzo niepokoiło Basta. Kote przecież nie zmienił się jakoś wyraźnie. Może tylko poruszał się nieco wolniej, a te drobne iskierki, które w jego oczach czasami rozpalały nocne zajęcia, teraz świeciły mdłym światłem. Po prawdzie, to ledwie można było je dostrzec. Po prawdzie, to być może już ich wcale nie było.

Kote siedział przed kominkiem i mechanicznie spożywał posiłek, jakby po prostu składował jedzenie w jakimś miejscu wewnątrz własnego ciała. Przełknął ostatni kęs, usiadł wyprostowany, zapatrzył się w pustkę, nie pamiętając, że jadł ani jak smakowało.

Dopiero gdy ogień zatrzeszczał na palenisku, mrugnął i rozejrzał się po pokoju. Potem spojrzał w dół na swoje dłonie – spoczywały na kolanach, jedna wtulona w drugą. Uniósł je, wyprostował ręce i zbliżył do ognia. Dłonie były smukłe, palce długie i delikatne. Wpatrywał się w nie z uwagą, jakby podejrzewając, że mogą zrobić coś powodowane własną wolą. Potem opuścił je na kolana, splótł jak poprzednio i znowuż zapatrzył się w ogień. Nieruchomo, z twarzą bez wyrazu siedział, póki na palenisku nie zostało nic prócz popiołu i żarzących się wiśniowo węgli.

Gdy rozbierał się do snu, ogień znienacka rozbłysnął płomieniem. Czerwone światło wydobyło delikatny rysunek jego ciała, pleców i ramion. Wszystkie blizny rozpełzały się po jego ciele jak błyskawice, jak linie łagodnej, ale uporczywej pamięci. Rozbłysk ognia wydobył je na krótko z mroku – wszystkie stare rany i wszystkie świeże. Blizny były gładkie i lekko błyszczące, z wyjątkiem jednej.

Płomień zamigotał i zgasł. W pustym łóżku sen czekał na niego jak kochanka.

Wczesnym rankiem podróżni ruszyli w drogę. Bast zatroszczył się o ich potrzeby, wyjaśniając, że kolano pana spuchło tak bardzo, iż uniemożliwiło mu zejście po schodach. Wszyscy okazali zrozumienie, wyjąwszy słomianowłosego syna kupca, który zresztą wciąż był zbyt oszołomiony, by cokolwiek rozumieć. Spoglądając na niego, strażnicy wymieniali uśmiechy i przewracali oczami, druciarz wygłosił naprędce zaimprowizowane kazanie na temat cnoty umiarkowania. Bast natomiast zalecił młodzieńcowi kilka niezbyt przyjemnych kuracji na kaca.

Kiedy tamci odjechali, Bast zajął się gospodą, co pod nieobecność gości nie było zbyt wyczerpującym zajęciem. Większość czasu spędził na wymyślaniu jakiejś ewentualnej rozrywki.

Wkrótce po południu Kote zszedł po schodach i zastał go na tłuczeniu orzechów na kontuarze za pomocą ciężkiej, oprawionej w skórę książki.

– Dzień dobry, Reshi.

– Dzień dobry, Bast – odparł Kote. – Jakieś wieści?

– Był chłopak Orrisona. Chciał wiedzieć, czy nie potrzebujemy baraniny.

Kote pokiwał głową w taki sposób, jakby niczego innego się nie spodziewał.

– Ile zamówiłeś?

Bast skrzywił się.

– Nienawidzę baraniny, Reshi. Smakuje jak mokre rękawiczki.

Kote wzruszył ramionami i poszedł ku drzwiom.

– Mam parę spraw do załatwienia. Zajmiesz się wszystkim, dobrze?

– Jak zawsze.

Za drzwiami karczmy „Ostaniec" powietrze zalegało ciężkie i nieruchome nad pustą bitą drogą, która biegła przez środek miasteczka. Niebo powlekała jednolita warstwa szarych chmur, które wyglądały, jakby chciały zalać ziemię deszczem, ale brakowało im na to energii.

Kote przeszedł przez ulicę, wkroczył w otwarte drzwi kuźni. Przez chwilę się przyglądał, jak kowal o krótko przyciętych włosach i gęstej krzaczastej brodzie uważnie przewleka dwa żelazne gwoździe przez obejmę łączącą ostrze kosy z jej zakrzywionym drewnianym styliskiem.

– Cześć, Caleb.

Kowal oparł kosę o ścianę.

– Co mogę dla ciebie zrobić, panie Kote?

– Czy chłopak Orrisona do ciebie też zaglądał?

Caleb skinął twierdząco głową.

– Wciąż giną im owce? – dopytywał się dalej Kote.

– Właściwie to znaleźli ścierwa kilku zaginionych sztuk. Strasznie poharatane, rozdarte na strzępy.

– Wilki? – drążył karczmarz.

Kowal wzruszył ramionami.

– To nie pora roku na wilki, ale cóż innego mogłoby być? Niedźwiedź? Przypuszczam, że po prostu starają się sprzedać te sztuki, którymi nie dają rady się zajmować, skoro, jak wiadomo, brakuje im rąk do pracy.

– Brakuje im rąk do pracy?

– Musieli zwolnić wynajętych ludzi ze względu na podatki, a wczesnym latem ich najstarszy syn przeszedł na żołd królewski. Teraz walczy z buntownikami w Menat.

– W Meneras – łagodnie sprostował Kote. – Jeśli zobaczysz jeszcze ich chłopaka, powiedz mu, że chętnie kupię jakieś trzy półtusze.

– Z przyjemnością. – Kowal obrzucił karczmarza domyślnym spojrzeniem. – Coś jeszcze?

– Cóż. – Kote uciekł wzrokiem, nagle zakłopotany. – Zastanawiałem się, czy nie masz gdzieś niepotrzebnego kawałka żelaznego pręta – powiedział, nie patrząc kowalowi w oczy. – To nie musi być nic porządnego, rozumiesz. Odrobina zwykłej, dobrej kutej surówki w zupełności wystarczy.

Caleb zachichotał.

– Już się zaczynałem zastanawiać, czy w ogóle się pokażesz. Stary Cob i pozostali byli tu przedwczoraj. – Podszedł do warsztatu i uniósł jakieś płótno. – Na wszelki wypadek zrobiłem kilka dodatkowych.

Kote wybrał sobie żelazny pręt długości około dwóch stóp i trzymając go w jednym ręku, z łatwością wykonał solidny zamach.

– Mądrze.

– Znam się na swojej robocie – oznajmił z dumą kowal. – Potrzebujesz czegoś jeszcze?

– Tak naprawdę, to tak – powiedział Kote, opierając wygodnie żelazny pręt na ramieniu. – Jest jeszcze jedna rzecz. Masz może zapasowy fartuch i parę rękawic?

– Może i tak – z wahaniem przyznał Caleb. – Po co ci?

– Za gospodą rośnie kępa jeżyn. – Kote wskazał głową w stronę „Ostańca". – Chciałbym je wyrwać i w przyszłym roku założyć ogródek. Ale nie mam ochoty wykrwawić się przy tym na śmierć.

Kowal pokiwał głową i gestem zaprosił Kote'a na tyły kuźni.

– Zachowałem swoje stare rzeczy – wyjaśnił, wyciągając skądś parę grubych rękawic i sztywny skórzany fartuch. Wszystkie części ubioru były w wielu miejscach przypalone i poplamione tłuszczem. – Nie wyglądają zbyt ładnie, ale jak mniemam, powinny wystarczyć.

– Ile byś sobie za nie życzył? – zapytał Kote, sięgając po sakiewkę.

Kowal pokręcił głową.

– Jota byłaby akurat. Nie przydadzą się na nic ani mnie, ani chłopcu.

Karczmarz podał mu monetę, a kowal schował ją do starego jutowego worka.

– Pewien jesteś, że wybrałeś sobie właściwą porę? – zapytał kowal. – Od jakiegoś czasu nie padało. Po wiosennych roztopach ziemia będzie bardziej miękka.

Kote wzruszył ramionami.

– Mój dziadek zawsze powtarzał, że jesień to najlepszy czas na pozbycie się czegoś, czego kłopotliwego nawrotu sobie nie życzysz. – Kote zaczął parodiować drżący głos starego człowieka: – W wiosenne miesiące wszystko jest zbyt pełne życia. Latem zbyt silne, żeby sobie poradzić. Jesienią... – Popatrzył dookoła po zmieniających barwy liściach drzew. – Jesień to najlepszy czas. Jesienią wszystko jest zmęczone i gotowe na śmierć.

Później tego samego popołudnia Kote odesłał Basta, żeby trochę się przespał. Sam zaś letargicznie krzątał się po karczmie, sprzątając po poprzedniej nocy. Nie było żadnych klientów. Kiedy wreszcie nadszedł wieczór, zapalił lampy i bez zainteresowania zabrał się do kartkowania książki.

Jesień to najbardziej pracowita pora roku, ale ostatnio podróżnych było jak na lekarstwo. Kote z ponurą pewnością myślał o długiej zimie.

Wcześnie zamknął karczmę, czego nigdy dotąd nie robił. Nawet nie chciało mu się pozamiatać. Zresztą podłoga zamiatania nie potrzebowała. Nie umył też stołów ani kontuaru, ponieważ nie były używane. Wypolerował jedną czy dwie butelki, zamknął drzwi na zamek i poszedł do łóżka.

Nie było nikogo, kto zauważyłby odstępstwo od codziennej rutyny. Nikogo prócz Basta, który obserwował swego mistrza, martwił się i czekał.

Rozdział 4

W pół drogi do Newarre

Kronikarz wędrował. Poprzedniego dnia utykał, a teraz bolały go już równomiernie całe stopy, więc utykanie nic nie pomagało. Próbował znaleźć konia i w Brodzie Abbotta, i w Rannish, oferując bajońskie sumy za bodaj najnędzniejszą szkapę. Ale w małych miasteczkach ludzie nie mieli koni na sprzedaż, zwłaszcza w porze szybko zbliżających się żniw.

Mimo iż przez cały dzień się nie oszczędzał, noc zastała go wciąż w drodze, a po zmroku po błotnistych koleinach nierównego traktu zaczęły tańczyć mgliste kształty. Jeszcze przez dwie godziny Kronikarz brodził w ciemnościach, nim dojrzał światełko migoczące zza drzew. Na jego widok porzucił wszelką nadzieję na dotarcie do Newarre przed świtem, postanawiając się zdać na gościnność chłopskiego gospodarstwa.

Zszedł z drogi, przedzierając się przez las, ruszył ku światłu. Ale ogień znajdował się znacznie dalej, niż początkowo uznał, poza tym był znacznie jaśniejszy. Nie było to światło lampy, wylewające się przez okno budynku, ani nawet łuna ogniska. To płonął stos, sycząc wśród ruin starego domu, z którego nie zostało już nic prócz skruszonych murów ścian. W załomie między dwiema ścianami kulił się człowiek. Miał na sobie gruby płaszcz z kapturem, którym otulał się ciasno, jakby był środek zimy, a nie łagodny jesienny wieczór.

Na widok niewielkiego ogniska, nad którym wisiał kociołek ze strawą, w Kronikarzu urosło serce. Ale gdy podszedł bliżej, w jego nozdrza uderzyła paskudna woń zmieszana z zapachem płonącego drewna. Odór przywodził na myśl palące się włosy i gnijące kwiaty. Kronikarz w jednej chwili zdecydował, że cokolwiek tamten gotuje w żelaznym kociołku, on tego do ust nie weźmie. Niemniej miejsce przy ogniu wydawało mu się wciąż znacznie atrakcyjniejsze niż zimna ziemia na poboczu drogi.

Kronikarz wstąpił w krąg światła.

– Zobaczyłem twój o... – Urwał, kiedy tamten poderwał się błyskawicznie na nogi i zamachnął trzymanym w obu dłoniach mieczem. Nie, to nie był miecz, ale jakaś długa, czarna pałka o kształtach zbyt regularnych, żeby wziąć ją za kawałek drewna na ognisko.

Kronikarz stanął jak wryty.

– Szukałem tylko miejsca na nocleg – wyjaśnił pospiesznie, ręką mimowolnie sięgając do żelaznego pierścienia wiszącego na szyi. – Nie chcę żadnych kłopotów. Zostawię cię z twoją kolacją. – Dał krok do tyłu.

Tamten uspokoił się, opuścił pałkę nisko, aż jej koniec zazgrzytał metalicznie na kamieniu.

– Na zwęglone ciało Boga, co tu robisz o tej porze, po nocy?

– Szedłem do Newarre i zobaczyłem światło twojego ogniska.

– I poszedłeś prosto w las za jakimś nieznanym światłem, po nocy? – Zakapturzony człowiek pokręcił głową. – Równie dobrze możesz podejść bliżej. – Skinął na Kronikarza i wtedy skryba zobaczył, że ręce tamtego chronią grube skórzane rękawice. – Tak czy siak, na Tehlu, czy przez całe życie miałeś pecha czy oszczędzałeś go sobie na dzisiejszą noc?

– Nie wiem, na kogo czekasz – powiedział Kronikarz, znów cofając się o krok. – Ale pewien jestem, że wolisz czekać w samotności.

– Zamknij się i słuchaj – ostro uciął tamten. – Nie wiem, ile czasu nam zostało. – Spuścił wzrok i potarł dłonią twarz. – Boże, nigdy nie wiem, ile wam, ludzie, można powiedzieć. Jeżeli mi nie uwierzysz, uznasz, że jestem szalony. Jeżeli mi uwierzysz, spanikujesz i na nic się nie przydasz, a nawet gorzej. – Znowu uniósł wzrok i przekonał się, że Kronikarz nawet nie drgnął. – Chodź tutaj, niech cię. Jeśli wrócisz na drogę, już po tobie.

Kronikarz zerknął za siebie, w mrok lasu.

– Dlaczego? Co tam jest?

Człowiek roześmiał się krótko, gorzko i zirytowany pokręcił głową.

– Szczerze? – Machinalnie przeczesał dłonią włosy, odrzucając kaptur na kark. W świetle ognia jego czupryna wydawała się niewyobrażalnie ruda, oczy płonęły zaskakującą zielenią. Znów popatrzył na Kronikarza, mierząc go wzrokiem. – Demony – odrzekł. – Demony w kształcie wielkich, czarnych pająków.

Kronikarz uspokoił się.

– Nie ma czegoś takiego jak demony. – Z tonu jego głosu łatwo można było wyczytać, że słowa te wcześniej musiał powtarzać już wielokrotnie.

Rudowłosy roześmiał się pełnym niedowierzania śmiechem.

– Cóż, w takiej sytuacji myślę, że możemy wszyscy udać się spokojnie do domów! – Obdarzył Kronikarza szalonym uśmiechem. – Posłuchaj, domyślam się, że jesteś człowiekiem wykształconym. Szanuję twój osąd, poza tym zasadniczo masz rację. – Jego twarz spoważniała. – Ale tu i teraz, dziś w nocy, mylisz się. Mylisz się tak, jak tylko mylić się można. A kiedy wreszcie to zrozumiesz, nie będziesz chciał stać po tamtej stronie ogniska.

Rzeczowa pewność, z jaką wypowiedział te słowa, sprawiła, że Kronikarzowi dreszcz przebiegł po plecach. I przeszedł ostrożnie na drugą stronę płonącego stosu, choć czuł się przy tym co najmniej głupio.

Mężczyzna obrzucił go przelotnym spojrzeniem.

– Nie przypuszczam, byś miał przy sobie jakąś broń?

Kronikarz pokręcił głową.

– Zresztą to bez znaczenia. Miecz na nic by ci się nie przydał. – Podał Kronikarzowi ciężkie polano. – Prawdopodobnie nie będziesz w stanie żadnego trafić, ale nie zaszkodzi spróbować. Są szybkie. Jeżeli któryś wlezie na ciebie, padnij. Spróbuj przewrócić się na niego, zmiażdżyć swoim ciałem. Przetocz się, jeśli będzie trzeba. Kiedy któregoś złapiesz, rzuć w ogień.

Naciągnął kaptur na głowę, z każdą chwilą mówiąc coraz szybciej.

– Jeżeli masz jakieś dodatkowe rzeczy, włóż na siebie. Jeżeli masz koc, którym mógłbyś się owinąć... – Urwał nagle i popatrzył na drugą stronę oświetlonego ogniem kręgu. – Oprzyj się plecami o ścianę – nakazał szybko, unosząc obiema dłońmi żelazną pałkę.

Kronikarz powiódł oczami za wzrokiem tamtego. Wśród drzew poruszały się jakieś czarne kształty.

Po chwili wtargnęły w krąg światła, przemieszczając się tuż przy ziemi: czarne sylwetki z licznymi nogami, wielkie jak koła wozu. Jeden, szybszy od pozostałych, bez wahania wkroczył na oświetlony teren, poruszając się z niepokojącą, wężową szybkością pełzającego robaka.

Nim Kronikarz zdążył unieść swoje polano, stwór wyminął ogień i skoczył na niego, szybki jak świerszcz. Kronikarz zdążył tylko unieść ręce, kiedy czarne monstrum uderzyło go w pierś i twarz. Zimne, twarde odnóża szukały oparcia, poczuł ostre ukłucia bólu na ramionach. Skryba zatoczył się do tyłu i przewrócił, wymachując rozpaczliwie rękoma.

Padając, zdążył jeszcze kątem oka zobaczyć, jak wygląda sytuacja w kręgu światła. Z ciemności wypadały kolejne czarne stwory, ich odnóża wystukiwały szybki rytm na korzeniach drzew, kamieniach i liściach. Po drugiej stronie ogniska czekał na nie zakapturzony człowiek z żelazną pałką w obu dłoniach. Stał całkowicie nieruchomo, w całkowitym milczeniu, gotów.

Przytłoczony ciężarem czarnej istoty Kronikarz w końcu upadł na ziemię i w tym momencie poczuł tępą, mroczną eksplozję bólu – tyłem głowy uderzył w kamienny mur za plecami. Świat zastygł na moment, rozmazał się i zgasł.

Kronikarz ocknął się. Przed oczyma tańczyły mu skłębione cienie i smugi światła z ogniska. Pod czaszką łupało. Na ramionach czuł wyraźne pręgi ostrego bólu, w lewym boku tępy ucisk, odzywający się za każdym razem, gdy brał oddech.

Leżał, dopóki nie był w stanie wyraźniej dostrzec otoczenia. Mężczyzna w płaszczu siedział obok. Nie miał już na sobie rękawic, a ciężki płaszcz zwisał w strzępach, poza tym wydawał się nietknięty. Kaptur wciąż miał naciągnięty na głowę, twarz kryła się w jego rozcięciu.

– Obudziłeś się? – zainteresował się. – To dobrze. Z urazami głowy nigdy nie wiadomo. – Kaptur pochylił się odrobinę w bok. – Możesz mówić? Wiesz, gdzie jesteś?

– Tak – ochrypłym głosem odparł Kronikarz. Już wypowiedzenie tego pojedynczego słowa wymagało ogromnie dużo wysiłku.

– Jeszcze lepiej. Dobra, najważniejsze jest trzecie pytanie. Myślisz, że dasz radę się podnieść i pomóc mi? Musimy spalić i pogrzebać ścierwa.

Kronikarz spróbował pokręcić głową i natychmiast zakręciło mu się w niej, poczuł mdłości.

– Co się stało?

– Chyba złamałem ci kilka żeber – wyjaśnił tamten. – Jeden z nich wlazł na ciebie. Nie miałem innego wyjścia. – Wzruszył ramionami. – Przykro mi, jeśli od tego w jakiś sposób poczujesz się lepiej. Już pozszywałem rany na twoich rękach. Powinny się ładnie zagoić.

– Już ich nie ma?

Kaptur się pochylił.

– Scraele się nie wycofują. Są jak osy z ula. Atakują, póki nie zginą wszystkie.

Na twarzy Kronikarza pojawił się wyraz ostatecznego przerażenia.

– Tych stworów jest cały ul?

– Na miłość boską, nie. Było tylko tych pięć. Mimo to na wszelki wypadek musimy je spalić i pogrzebać. Już naciąłem drewna, którego będziemy potrzebować: jesion i jarzębina.

Kronikarz roześmiał się z lekka histerycznie.

– Jak w dziecięcej piosence.

Powiem ci, co zrobić trza;
Wykop dół dziesięć na dwa.
Jesion, wiąz i jarzębina...

– Ba – sucho uciął opatulony płaszczem człowiek. – Zdziwiłbyś się, ile rozmaitych niespodzianek kryje się w dziecięcych piosenkach. Ale choć nie sądzę, abyśmy musieli kopać dół głęboki na dziesięć stóp, nie odmówiłbym pomocy... – Urwał znacząco.

Kronikarz pomacał dłonią tył głowy, obejrzał palce. Zaskoczyło go, że nie zobaczył krwi.

– Myślę, że ze mną wszystko w porządku – powiedział, ostrożnie unosząc się na łokciu, a potem siadając. – Jeśli mogę... – Oczy uciekły mu w głąb czaszki, ciało zwiotczało, bezwładnie opadł na plecy. Jego głowa uderzyła w ziemię, podskoczyła raz, a potem spoczęła nieruchomo, przekrzywiona lekko na bok.

Kote czekał cierpliwie przez dłuższy czas, obserwując nieprzytomnego. Kiedy nie doczekał się niczego więcej prócz regularnych oddechów poruszających piersi, sztywno się podniósł i przyklęknął obok Kronikarza. Uniósł powiekę leżącego, potem drugą, mruknął coś pod nosem, wyraźnie niezbyt zaskoczony tym, co zobaczył.

– Pewnie niewielkie są szanse, że ockniesz się powtórnie? – zapytał bez większej nadziei w głosie. Lekko poklepał Kronikarza po białym jak papier policzku. – Żadnych szans... – Kropla krwi spadła na czoło Kronikarza, wkrótce druga.

Kote wyprostował się i otarł krew. Niewiele zdziałał, ponieważ jego dłonie też były pokryte czerwienią.

– Przepraszam – rzucił roztargnionym tonem.

Westchnął głęboko i nasunął kaptur na głowę. Posklejane rude włosy lepiły się do czaszki, co najmniej połowę twarzy pokrywała skorupa zaschniętej krwi. Zaczął zdzierać z siebie strzępy płaszcza. Pod spodem miał skórzany fartuch kowala, również mocno poznaczony rozcięciami. Jego też zdjął, odsłaniając prostą szarą koszulę z ręcznie tkanego materiału. Ramiona i lewy rękaw były mokre i ciemne od krwi.

Przez chwilę Kote muskał palcami guziki koszuli, potem postanowił jej nie zdejmować. Chwiejnie powstał, wziął do ręki łopatę i powoli, rozdarty bólem zaczął kopać.

Rozdział 5

Kartki

Było już dobrze po północy, gdy Kote dotarł wreszcie do Newarre z bezwładnym ciałem Kronikarza na pokaleczonych ramionach. Domy miasteczka były ciemne, ciche i tylko w karczmie „Ostaniec" jasno było jak w dzień.

Bast stał w drzwiach, omal dygocząc ze zdenerwowania. Kiedy zobaczył zbliżającą się sylwetkę mistrza, wybiegł na ulicę, wymachując gniewnie kawałkiem papieru.

– Kartka? Wymykasz się potajemnie i zostawiasz mi kartkę? – syknął z wściekłością. – Kim ja jestem, jakąś portową kurwą?

Kote odwrócił się i strącił z ramion bezwładne ciało Kronikarza, prosto w ręce Basta.

– Wiedziałem, że tylko będziesz się ze mną kłócił, Bast.

Bast bez trudu utrzymał w wyprostowanych dłoniach ciało Kronikarza.

– A na kartce nie było nawet jednego dobrego słowa. „Jeśli czytasz te słowa, ja prawdopodobnie już nie żyję". Jak można pisać takie kartki?

– Miałeś ją znaleźć dopiero rano – ze zmęczeniem odparł Kote, kiedy ruszyli w stronę karczmy.

Bast spojrzał na niesionego człowieka takim wzrokiem, jakby go dopiero teraz zauważył.

– Kto to jest? – Potrząsnął tamtym lekko, obejrzał ciekawie, a potem z łatwością zarzucił sobie na ramię niczym jutowy worek.

– Jakiś nieszczęśliwy głupiec, który zaplątał się na drodze w nieodpowiednim czasie – zbył go Kote. – Nie trząś nim tak mocno. Coś mu się obluzowało w głowie.

– A tak w ogóle, po diabła uciekłeś? – wciąż dopytywał się Bast, gdy wchodzili już do karczmy. – Jeżeli już zostawiasz mi jakąś kartkę, mógłbyś przynajmniej napisać... – Oczy mu się rozszerzyły, gdy zobaczył Kote'a w świetle karczemnych lamp: bladego, zakrwawionego i brudnego.

– Możesz już sobie pofolgować i zacząć się martwić – sucho rzekł Kote. – Jest tak źle, jak wygląda.

– A więc jednak poszedłeś na nie zapolować, prawda? – syknął Bast, ale prawie natychmiast go olśniło. – Nie. Zatrzymałeś kawałek tamtego, którego zabił Carter. Nie mogę ci wierzyć. Okłamałeś mnie. Mnie!

Zmierzający do schodów Kote westchnął ciężko.

– Zdenerwowało cię kłamstwo czy fakt, że mnie na nim nie przyłapałeś? – zapytał, wchodząc na pierwszy stopień.

Bast wybuchnął:

– Zdenerwowało mnie to, że sądzisz, że nie możesz mi ufać.

Sprzeczka urwała się w momencie, gdy weszli do jednego z pokoi na pierwszym piętrze. Rozebrali Kronikarza, położyli i otulili kołdrą. Jego torbę i worek podróżny Kote postawił na podłodze obok łóżka.

Zamykając za sobą drzwi, powiedział:

– Ufam ci, Bast, ale nie chciałem wystawiać cię na niebezpieczeństwo. Wiedziałem, że sobie poradzę.

– Mogłem ci pomóc, Reshi. – Bast mówił tonem człowieka zranionego. – Wiesz, że mogłem.

– Wciąż mi możesz pomóc, Bast – powiedział Kote, gdy dotarli do jego pokoju, on sam zaś ciężko usiadł na skraju wąskiego łóżka. – Trzeba mnie pozszywać. – Zaczął rozpinać koszulę. – Mogę sam sobie poradzić. Ale z ramionami i plecami miałbym kłopoty.

– Gadasz głupstwa, Reshi. Ja się tym zajmę.

Kote gestem wskazał drzwi.

– Utensylia są na dole w piwnicy.

Bast parsknął lekceważąco.

– Wolę skorzystać z własnych igieł, dziękuję bardzo. Dobre, uczciwe kości. Nie chcę mieć do czynienia z twoim paskudnym szorstkim żelazem, które kłuje człowieka jak okruchy nienawiści. – Zadrżał. – Strumień i kamień, przerażający jest ten wasz ludzki prymitywizm. – Bast wybiegł z pokoju, zostawiając drzwi otwarte.

Kote powoli ściągnął koszulę, krzywiąc się i posykując, gdy trzeba było odrywać przyklejoną do ran skrzepniętą krwią materię. Ale kiedy Bast wrócił do pokoju z miską wody i wziął się do mycia, jego twarz odzyskała stoicki wyraz.

Spod skorupy zakrzepłej krwi wyłoniła się pajęczyna długich, prostych rozcięć. Znaczyły czerwienią jasną skórę karczmarza, jakby ktoś potraktował go brzytwą cyrulika lub kawałkiem stłuczonego szkła. Razem wszystkich rozcięć było może z tuzin, większość na ramionach, kilka na plecach i na rękach. Jedno zaczynało się na szczycie głowy i kończyło za uchem.

– Myślałem, że nie masz krwawić, Reshi – rzekł Bast. – Bezkrwisty i tego typu rzeczy.

– Nie wierz we wszystko, co mówią w opowieściach, Bast. Okłamują cię.

– Cóż... nie jest z tobą wcale tak źle, jak mi się z początku wydawało – stwierdził Bast, myjąc ręce. – Choć nie wiem, jakim cudem udało ci się uniknąć utraty kawałka ucha. Były ranne, jak ten, który zaatakował Cartera?

– Nie wydaje mi się – odparł Kote.

– Ile ich było?

– Pięć.

– Pięć? – powtórzył wstrząśnięty Bast. – Ile zabił ten drugi?

– Na chwilę udało mu się odciągnąć uwagę jednego – wspaniałomyślnie przyznał Kote.

– *Anpauen*, Reshi – rzekł Bast, przewlekając przez ucho kościanej igły nić z czegoś cieńszego i delikatniejszego niż katgut. – Powinieneś zginąć. Powinieneś zginąć po dwakroć.

Kote wzruszył ramionami.

– Nie byłby to pierwszy raz, Bast. Dobrze sobie radzę z unikaniem śmierci.

Bast pochylił głowę i zabrał się do pracy.

– Będzie trochę bolało – powiedział, a dotyk jego dłoni był zadziwiająco delikatny. – Szczerze mówiąc, Reshi, nie mam pojęcia, w jaki sposób udało ci się tak długo utrzymać przy życiu.

Kote znowu wzruszył ramionami i zamknął oczy.

– Ja też nie, Bast – powiedział. Jego głos był bez wyrazu, słychać było w nim tylko zmęczenie.

Kilka godzin później drzwi do pokoju Kote'a uchyliły się i Bast zajrzał do środka. Usłyszawszy tylko powolny, miarowy oddech, młodzieniec podszedł do łóżka i pochylił się nad śpiącym. Sprawdził, jak wygląda cera na jego policzkach, powąchał oddech, dotknął lekko czoła, nadgarstka i wgłębienia w krtani.

Potem przysunął sobie do łóżka fotel i usiadł w nim, obserwując mistrza i wsłuchując się w rytm jego oddechu. Po chwili sięgnął dłonią i odgarnął kosmyki rudych włosów z twarzy takim gestem, jak zrobiłaby to matka swemu śpiącemu dziecku. Na koniec zaczął cicho nucić melodię o dziwnym, rozkołysanym metrum, właściwie kołysankę:

Dziw to, śmiertelnik, co płonie jak pochodnia,
Potrafi tak przykro gasnąć z dnia na dzień,
A wszak dusza jego hubką jest dla ognia
I byle wiatr przekorny zrobi z nią, co chce.
Gdybym mógł, też bym iskrą podzielił się swą.
To twoje migotanie – ach, jakież wieszczy zło?

Głos śpiewaka ucichł powoli. Później Bast już tylko siedział bez ruchu, patrząc na wznoszącą się i opadającą pierś mistrza – i tak trwał przez długie godziny szarówki poranka.

Rozdział 6

Cena wspomnień

Wczesnym wieczorem następnego dnia Kronikarz zszedł po schodach do wspólnej sali karczmy „Ostaniec". Był blady, lekko chwiał się na nogach, pod pachą niósł swoją płaską skórzaną torbę.

Kote siedział za barem, wertując jakąś książkę.

– Och, nasz niespodziany gość. Jak głowa? – zapytał.

Kronikarz dotknął potylicy.

– Trochę pulsuje, jak kręcę głową, ale poza tym działa.

– Miło słyszeć – rzekł Kote.

– Czy to... – Kronikarz zawahał się, rozejrzał dookoła. – Czy jesteśmy w Newarre?

Kote pokiwał głową.

– Istotnie, znajdujesz się w samym centrum Newarre. – Przesadnym, dramatycznym gestem ręki objął otoczenie. – Kwitnącej metropolii. Oazy tłumów.

Kronikarz zapatrzył się w rudowłosego mężczyznę za barem. Oparł się o blat jednego ze stołów.

– Na zwęglone ciało Boga – wyrzekł bez tchu. – To naprawdę ty, czyż nie?

Na twarzy karczmarza pojawił się wyraz konsternacji.

– Proszę?

– Wiem, że będziesz zaprzeczał – ciągnął Kronikarz. – Ale to, co zobaczyłem zeszłej nocy...

Karczmarz uciszył go gestem dłoni.

– Zanim zaczniemy się zastanawiać, czy przypadkiem nie pomieszało ci się w głowie od tamtego uderzenia, powiedz mi najpierw, jak tam droga do Tinuë?

– Co? – zapytał wyraźnie zirytowany Kronikarz. – To nie Tinuë było celem mojej podróży. Zmierzałem... och. Cóż, nawet pomijając wydarzenia ubiegłej nocy, sytuacja na drodze wygląda raczej źle. Przy Brodzie Abbotta zostałem obrabowany i od tego czasu musiałem iść na piechotę. Ale opłaciło się, ponieważ naprawdę cię tu znalazłem. – Skryba zerknął na miecz wiszący nad barem, urwał, wciągnął głęboko powietrze, a na jego twarzy odbiło się lekkie zaniepokojenie. – Powinieneś wiedzieć, że nie przybyłem tu, aby sprawiać kłopoty. Nie jestem tu w związku z ceną wyznaczoną za twoją głowę. – Uśmiechnął się słabo. – Oczywiście, nawet sobie nie wyobrażam, że byłbym zdolny stać się dla ciebie kłopotem...

– Świetnie – wszedł mu w słowo karczmarz, wyciągając skądś białą szmatkę i zabierając się do polerowania kontuaru. – Kim więc jesteś?

– Możesz mnie nazywać Kronikarzem.

– Nie pytałem, jak mam się do ciebie zwracać – rzekł Kote. – Jak się nazywasz?

– Devan. Devan Lochees.

Kote uniósł wzrok.

– Lochees? Jesteś może spokrewniony z księciem... – Urwał, pokiwał głową, jakby właśnie coś mu przyszło do głowy. – Tak, oczywiście. Nie jesteś jakimś tam kronikarzem, tylko tym Kronikarzem. – Wbił w łysiejącego mężczyznę twarde spojrzenie, którym mierzył go od stóp do głów. – Proszę, proszę. Wielki demaskator we własnej osobie.

Kronikarz uspokoił się nieco, najwyraźniej zadowolony, że wyprzedziła go jego sława.

– Nie myśl, że chciałem coś ukryć. Po prostu od lat już nie myślałem o sobie jako o Devanie. Zrezygnowałem z tego imienia już dawno temu. – Rzucił karczmarzowi znaczące spojrzenie. – Jak mniemam, sam coś wiesz o tych sprawach...

Kote zignorował niewypowiedziane pytanie.

– Wiele lat temu zdarzyło mi się czytać twoją książkę. *Rytuały godowe draccusa pospolitego*. Całkiem inspirująca lektura dla młodzieńca z głową nabitą legendami. – Spuścił wzrok i znowu zaczął czyścić szmatką niewidoczne plamy na pięknym usłojeniu kontuaru. – Przyznaję, rozczarowany byłem, dowiadując się, że smoki nie istnieją. Dla chłopca to niełatwa lekcja.

Kronikarz się uśmiechnął.

– Szczerze mówiąc, sam byłem nieco rozczarowany. Wybrałem się na poszukiwanie legendy, a znalazłem jaszczurkę, choć owszem, fascynującą.

– A teraz dotarłeś tutaj – rzekł Kote. – Żeby dowieść, że ja nie istnieję?

Kronikarz zaśmiał się nerwowo.

– Nie. Rozumiesz, dotarły do nas plotki...

– Do nas? – powtórzył Kote.

– Podróżowałem z twoim starym przyjacielem. Ze Skarpim.

– Wziął cię pod swoje skrzydła, co? – mruknął Kote sam do siebie. – To dopiero ciekawe. Uczeń Skarpiego – rzekł głośniej.

– Tak naprawdę to bardziej kolega.

Kote pokiwał głową, nie zdradzając, co myśli.

– Powinienem zgadnąć, że jemu pierwszemu uda się mnie znaleźć. Para starych plotkarzy.

Uśmiech Kronikarza nabrał nieco kwaśnego wyrazu. Z wysiłkiem przełknął pierwsze słowa, które wyraźnie cisnęły mu się na usta. Jakiś czas zabrało mu odzyskanie maski spokoju.

– A więc, co mogę dla ciebie zrobić? – Kote odłożył na bok czystą jak przedtem lnianą szmatkę i uśmiechnął się swoim najbardziej profesjonalnym uśmiechem karczmarza. – Coś do jedzenia lub picia? Pokój na noc?

Kronikarz zawahał się.

– Wszystko u nas jest. – Kote zamaszystym gestem objął wnętrze. – Stare wino, delikatne i białe? Miód pitny? Ciemne piwo? Słodkie nalewki na owocach? Śliwowica? Wiśniówka? Jabłecznik na zielonych jabłkach? Może porzeczkówka z czarnej porzeczki? – Po kolei wskazywał butelki. – Daj spokój, z pewnością musisz mieć na coś ochotę? – W miarę jak mówił, jego uśmiech stawał się coraz szerszy, póki w końcu nie ukazał zdecydowanie zbyt wielu zębów, jak na przyjazny uśmiech karczmarza. Równocześnie jego oczy stawały się coraz bardziej zimne, twarde i złe.

Kronikarz spuścił wzrok.

– Pomyślałem sobie, że...

– Pomyślałeś – szyderczo wszedł mu w słowo Kote, a maska sztucznego uśmiechu zniknęła z jego twarzy. – Szczerze wątpię. W przeciwnym razie pomyślałbyś zapewne – przedostatnie słowo prawie wypluł z siebie – na jak wielkie wystawiasz mnie niebezpieczeństwo, pojawiając się tutaj.

Twarz Kronikarza poczerwieniała.

– Mówiono mi, że Kvothe nie zna strachu – oznajmił zapalczywie.

Karczmarz wzruszył ramionami.

– Tylko kapłani i głupcy nie znają strachu, a ja nigdy nie byłem w najlepszych stosunkach z Bogiem.

Kronikarz zmarszczył brwi, zdając sobie sprawę, że jest podpuszczany.

– Posłuchaj – rzekł już spokojniejszym głosem. – Zachowałem najdalej posuniętą ostrożność. Nikt oprócz Scarpiego nie wiedział, że się tu wybieram. Nikomu o tym nie wspomniałem. Przecież nawet nie spodziewałem się ciebie tu znaleźć.

– Ulga moja jest nieopisana – sarkastycznie podsumował Kote.

Kronikarz wyraźnie zaczynał tracić już nadzieję, mimo to powiedział jeszcze:

– Pierwszy jestem gotów przyznać, że moje pojawienie się tu jest pomyłką. – Urwał, dając karczmarzowi okazję zaprzeczyć jego słowom. Tamten nie skorzystał. Kronikarz więc westchnął tylko cicho i ciągnął: – Ale co się stało, to się nie odstanie. Czy byłbyś gotów bodaj wziąć pod uwagę...

Kote pokręcił głową.

– Minęło tak dużo czasu...

– Nawet nie dwa lata – protestował Kronikarz.

– ...a ja nie jestem już tym samym człowiekiem – skończył Kote, nie pozwalając wejść sobie w słowo.

– To znaczy kim, jeśli można spytać?

– Nie jestem Kvothe'em – odrzekł zwyczajnie, odmawiając dalszych wyjaśnień. – Teraz mam na imię Kote. Prowadzę karczmę. A to oznacza, że piwo kosztuje trzy szelągi, a pojedynczy pokój miedziaka. – Znów zaczął polerować kontuar, tym razem z jakąś dziką zawziętością. – Jak powiedziałeś, co się stało, to się nie odstanie. Legendy same sobie poradzą.

– Ale...

Kote uniósł wzrok i na mgnienie Kronikarz ujrzał w jego oczach coś głębszego niż wyzierający z nich gniew. Dostrzegł ból, obnażony i broczący, jak rana zbyt głęboka, aby można marzyć o jej wyleczeniu. Potem Kote odwrócił wzrok i znów został tylko gniew.

– Cóż mógłbyś mi takiego zaproponować, co warte byłoby ceny wspomnień?

– Wszyscy myślą, że nie żyjesz.

– Ale ty nie dałeś temu wiary, co? – Kote pokręcił głową, z mieszaniną zdumienia i irytacji. – Na tym cała rzecz polega. Kiedy nie żyjesz, nikt cię nie szuka. Starzy wrogowie nie próbują wyrównać rachunków. Ludzie nie proszą cię, abyś im o sobie opowiadał – zakończył kwaśno.

Tym razem Kronikarz nie spuścił wzroku.

– Są też tacy, którzy powiadają, że jesteś mitem.

– Jestem mitem – lekko zgodził się Kote, podkreślając swoje słowa ironicznym gestem. – Wyjątkowym rodzajem mitu, który sam siebie stwarza. Największe kłamstwa na mój temat to te, które sam wymyśliłem.

– Powiadają, że nigdy nie istniałeś – spokojnie sprostował Kronikarz.

Kote nonszalancko wzruszył ramionami, ale już się nie uśmiechał z taką swobodą.

Wyczuwając słaby punkt, Kronikarz drążył temat:

– W niektórych opowieściach nie jesteś nikim więcej, jak tylko zabójcą o rękach zbrukanych krwią.

– Nim też jestem. – Kote odwrócił się i zaczął polerować ladę z tyłu za barem. Znów wzruszył ramionami, ale już bez tej niefrasobliwości co wcześniej. – Zabijałem i ludzi, i istoty, które były czymś od nich większym. Nie było wśród nich nikogo, kto by nie zasłużył na śmierć.

Kronikarz powoli pokręcił głową.

– Opowieści mówią o zabójcy, a nie bohaterze. Kvothe Hermetyk i Kvothe Królobójca to imiona zaiste brzmiące inaczej.

Kote przerwał swe czynności i odwrócił się plecami do sali. Raz, krótko skinął głową.

– Są też tacy, co powiadają, że pojawił się nowy Chandrianin. Że noc znów pełna jest grozy. Że włosy ma czerwone jak krew, którą rozlewa.

– Ludzie, którzy się liczą, znają różnicę – rzekł Kote, ale takim głosem, jakby to siebie w pierwszym rzędzie próbował przekonać, głosem zmęczonym, zdesperowanym, pozbawionym przekonania.

Kronikarz roześmiał się cicho.

– Rzecz jasna. Na razie. Ale to ty ze wszystkich ludzi najlepiej powinieneś zdawać sobie sprawę, jak cienka jest linia między prawdą a przekonującym kłamstwem. Między historią a opowieścią ku rozbawieniu słuchaczy. – Kronikarz urwał na moment, chcąc, aby jego słowa dotarły do rozmówcy. – Sam wiesz, co w końcu zwycięży.

Kote trwał nieruchomo z twarzą zwróconą ku ścianie, jego dłonie spoczywały na ladzie. Głowę pochylił lekko, jakby dźwigał na ramionach wielki ciężar. Milczał.

Kronikarz wyczuwając zwycięstwo, podszedł bliżej.

– Są tacy, co powiadają, że była pewna kobieta...

– Co oni wiedzą? – Głos Kote'a zazgrzytał jak piła tnąca kość. – Co oni mogą wiedzieć o tym, co się stało?

Teraz mówił tak cicho, że Kronikarz musiał wstrzymywać oddech, aby go usłyszeć.

– Powiadają, że ona... – Słowa Kronikarza uwięzły mu w gardle, a salę spowiła nienaturalna cisza.

Kote stał wciąż odwrócony plecami do wnętrza, zupełnie nieruchomy, niewypowiedziane słowa strasznym milczeniem zalegały mu na ustach. Prawa dłoń, w której trzymał lnianą szmatkę, powoli zaciskała się w pięść.

Pękła butelka znajdująca się osiem cali od niego. Wraz z odgłosem pękającego szkła w powietrzu rozszedł się zapach truskawek. W tak wielkiej ciszy nawet ten stosunkowo cichy dźwięk zabrzmiał na tyle donośnie, by cisza rozpadła się na drobne, ostre okruchy. Kronikarza przeszył nagły zimny dreszcz, gdy zdał sobie sprawę, w jak niebezpieczną zabawia się grę.

A więc na tym polega różnica między opowiadaniem historii a uczestniczeniem w niej, pomyślał tępo. Chodzi o strach.

Kote odwrócił się.

– Któż z nich może cokolwiek o niej wiedzieć? – zapytał łagodnie.

Kronikarzowi zaparło dech w piersiach, gdy zobaczył jego twarz. Uprzejme oblicze karczmarza rozsypywało się niczym maska. Spod niego wyzierała twarz człowieka udręczonego, który patrząc na świat, sięga wzrokiem gdzie indziej... i wspomina.

Kronikarzowi przypomniała się opowieść, którą gdzieś usłyszał. Jedna z wielu zasłyszanych, o tym, jak Kote udał się na poszukiwanie przedmiotu pragnień swego serca. Aby go zdobyć, musiał zwieść demona. Ale kiedy miał już w ręku to, czego tak chciał, musiał walczyć z aniołem, aby to zatrzymać.

Wierzę – nagła myśl naszła Kronikarza. Przedtem była to tylko opowieść, ale teraz potrafię w nią uwierzyć. Tak właśnie wygląda twarz człowieka, który zabił anioła.

– Któż z nich może cokolwiek o mnie wiedzieć? – pytał dalej Kote. W jego głosie pobrzmiewał tępy gniew. – Co oni mogą o tym wiedzieć? – Wykonał gwałtowny gest, którym objął jakby wszystko: pękniętą butelkę, bar, świat.

Kronikarz zdołał wreszcie przełknąć ślinę.

– Tylko to, co im się powie.

Kap, kap, kap-kap. Krople alkoholu kapiące z pękniętej butelki wybijały nieregularny rytm na podłodze.

– Ach – Kote wydał długie westchnienie. Kap-kap, kap-kap, kap. – Mądrala. Wykorzystałeś przeciwko mnie moją najlepszą broń. Zaszantażowałeś mnie moją własną historią.

– Chętnie opowiem prawdę.

– Prócz prawdy nic nie może mi zaszkodzić. Cóż jest gorszego od prawdy? – Przez jego twarz przemknął blady, szyderczy uśmieszek. Przez dłuższą chwilę tylko delikatne kapanie kropli burzyło panowanie ciszy.

W końcu Kote wyszedł z sali przez drzwi za barem. Kronikarz został sam w pustym pomieszczeniu, niepewny, czy przypadkiem nie został właśnie odprawiony.

Po kilku minutach Kote wrócił, niosąc wiadro wody z mydłem. Nie obdarzywszy Kronikarza nawet jednym spojrzeniem, zaczął delikatnie, metodycznie myć flaszki. Jedną po drugiej podnosił, wycierał ich denka z truskawkowego wina i stawiał na barze między sobą a Kronikarzem, jakby mogły go przed uparciuchem obronić.

– A więc wybrałeś się na poszukiwanie mitu i znalazłeś człowieka? – zapytał zwyczajnie, choć wciąż nie unosząc wzroku. – Nasłuchałeś się opowieści i teraz chcesz poznać prawdę.

Rozpromieniony Kronikarz położył torbę na jednym ze stołów i z zaskoczeniem stwierdził, że ręce lekko mu drżą.

– Usłyszeliśmy o tobie jakiś czas temu. Początkowo były to tylko najcichsze plotki. Naprawdę nie spodziewałem się... – Kronikarz urwał, raptem tracąc kontenans. – Myślałem, że będziesz starszy.

– Jestem – odparł Kote. Na twarzy Kronikarza odbiło się zdumienie, ale zanim zdążył coś wtrącić, Kote już mówił dalej: – Co cię sprowadza na ten zapomniany przez wszystkich kraniec świata?

– Mam umówione spotkanie z hrabią Baedn-Bryt – odparł Kronikarz, prostując się. – Za trzy dni od dziś, w Trei.

Karczmarz przerwał na chwilę zajęcie, któremu się oddawał.

– Wydaje ci się, że w cztery dni dotrzesz na dwór hrabiego? – zapytał cicho.

– Jestem trochę spóźniony – przyznał Kronikarz. – Niedaleko Brodu Abbotta ukradziono mi konia. – Zerknął za okno na ciemniejące niebo. – Ale mogę zrezygnować ze snu. A rankiem zniknę i będziesz miał mnie z głowy.

– Cóż, żadną miarą nie chciałbym, abyś się przeze mnie nie wyspał – sarkastycznie zauważył Kote, a jego spojrzenie znów stwardniało. – Mogę ci wszystko opowiedzieć jednym zdaniem. – Odkaszlnął. – Grałem na scenie, wędrowałem, kochałem, cierpiałem, ufałem i zostałem zdradzony. Spisz sobie to i spal, ponieważ i tak nic ci z tego nie przyjdzie.

– Źle mnie zrozumiałeś – szybko powiedział Kronikarz. – Jeśli tak ci się spodoba, możemy przesiedzieć całą noc. I kilka godzin ranka.

– Cóż za łaskawość – warknął Kote. – Chcesz, żebym opowiedział ci moją historię w ciągu jednego wieczora? Nie dając mi najpierw czasu, abym się ogarnął? Abym się przygotował? – Jego wargi zacisnęły się w cienką kreskę. – Nie. Idź się zabawiać ze swoim hrabią. Mnie to nie interesuje.

Kronikarz wpadł w popłoch.

– Jeżeli naprawdę musisz...

– Tak. – Kote postawił na barze flaszkę, mocno, aż zadźwięczało szkło. – Można spokojnie powiedzieć, że będzie mi potrzeba znacznie więcej czasu. A dziś wieczorem i tak nic z tego nie wyjdzie. Żeby opowiedzieć prawdziwą historię, trzeba się najpierw przygotować.

Kronikarz nerwowo zmarszczył czoło, przeczesał dłonią włosy.

– Mógłbym cały jutrzejszy dzień poświęcić na wysłuchanie twojej opowieści... – Urwał, widząc, że Kote kręci głową. Po chwili znowu zaczął mówić, ale tym razem jakby zwracał się do samego siebie. – Gdyby udało mi się znaleźć konia w Baedn, mógłbym ci poświęcić cały jutrzejszy dzień, większość nocy i jeszcze trochę dnia następnego. – Potarł dłonią czoło. – Nienawidzę jeździć po nocy, ale...

– Będziemy potrzebowali trzech dni – uciął Kote. – Ani mniej, ani więcej.

Kronikarz zbladł.

– Ale... hrabia.

Kote zbył jego zastrzeżenia gestem dłoni.

– Trzy dni to dla każdego za długo – zdecydowanie oznajmił Kronikarz. – Przeprowadzałem wywiad z Orenem Velciterem. Z samym Orenem Velciterem. Ma osiemdziesiąt lat, a przeżył tyle, że starczyłoby na dwieście. Pięćset, jeśli liczyć wszystkie łgarstwa i przechwałki. Sam się do mnie zwrócił. – Kronikarz znacząco podkreślił słowa „do mnie". – Wszystko trwało tylko dwa dni.

– Nie zmienię zdania – rzekł karczmarz. – Albo zrobimy to porządnie, albo wcale.

– Czekaj! – Twarz Kronikarza rozbłysła. – Już wiem, wszystko pomyliłem – powiedział, kręcąc głową i dziwiąc się własnej bezmyślności. – Odwiedzę hrabiego, potem wrócę. I wtedy będę ci mógł poświęcić tyle czasu, ile tylko będziesz chciał. Mogę nawet przywieźć ze sobą Scarpiego.

Kote obrzucił Kronikarza pełnym niesmaku spojrzeniem.

– A co pozwala ci sądzić, że jeszcze tu będę, kiedy wrócisz? – zapytał z niedowierzaniem. – A jeśli już o tym mowa, co pozwala ci sądzić, że będziesz mógł sobie spokojnie stąd wyjechać, wiedząc to, co wiesz?

Kronikarz zamarł.

– Czy... – Przełknął ślinę i zaczął jeszcze raz. – Czy chcesz przez to powiedzieć, że...

– Opowieść zajmie trzy dni – wtrącił Kote. – Zaczynamy od jutra. To właśnie chcę powiedzieć.

Kronikarz zamknął oczy i potarł rękoma twarz. Rzecz jasna, hrabia będzie wściekły. Nie wspominając już o tym, co trzeba będzie zrobić, żeby na powrót wkraść się w jego łaski. Mimo to...

– Jeżeli nie ma innego sposobu, zgadzam się.

– Miło mi to słyszeć. – Karczmarz dał się udobruchać, na jego wargi wypełzł nieznaczny uśmiech. – Pozwól, że zapytam. Czy trzy dni to naprawdę tak dużo czasu?

Kronikarz spoważniał.

– Trzy dni to zupełnie niezwykłe. Z drugiej strony... – Jego wcześniejsza buta jakby się ulotniła. – Z drugiej strony – wykonał taki gest, jakby chciał powiedzieć, że słowa są tu bezużyteczne – ty jesteś Kvothe.

Człowiek, który kazał mówić na siebie: Kote, spojrzał na niego zza baterii flaszek. Teraz uśmiechał się już całkiem szeroko. W jego oczach lśniły iskierki wesołości. Wydawał się wyższy niż przed momentem.

– Tak, myślę, że nim jestem – powiedział Kvothe, a w jego głosie dźwięczało żelazo.

Rozdział 7

O zaczątkach imion rzeczy

Przez okna „Ostańca" wlewały się strumienie światła. Światło było chłodne i świeże, jak najbardziej odpowiednie na czas początku. Jego promienie muskały włosy młynarza, który przygotowywał młyńskie koło do codziennej pracy. Oświetlały kuźnię kowala, kiedy rozpalał palenisko po czterech dniach kucia zimnego żelaza. Pieściły sierść koni pociągowych, zaprzężonych do wozów, i sierpy, naostrzone i gotowe do pracy w jesienny dzień.

Wewnątrz „Ostańca" światło padało na twarz Kronikarza i czystą kartkę papieru – wyznaczając początek. Zalewało kontuar baru, iskrząc się tysiącem maleńkich, tęczowych początków w kolorowych flaszkach, wreszcie wspinało się po ścianie ku mieczowi, jakby tu poszukiwało jednoznacznego i ostatecznego początku.

Ale kiedy wreszcie jego promienie dotknęły miecza, żaden początek nie nastąpił. Światło odbijające się w mieczu było mętne, wypolerowane i stare niczym wieki. Patrząc na broń, Kronikarz przypomniał sobie, że choć to początek dnia, to równocześnie jest też jesień i robi się coraz chłodniej. Miecz promieniował wiedzą, że świt jest tylko nic nieznaczącym początkiem w porównaniu ze schyłkiem jesieni i końcem roku.

Kronikarz oderwał oczy od miecza, zdając sobie sprawę, że Kvothe coś powiedział, a on nie usłyszał ani słowa.

– Proszę?

– W jaki sposób ludzie normalnie zaczynają opowiadać swoje historie? – zapytał Kvothe.

– Większość po prostu mówi mi wszystko, co pamiętają. –

Kronikarz wzruszył ramionami. – Później zapisuję wydarzenia we właściwym porządku, skreślam niepotrzebne fragmenty, innym nadaję czystszy styl, upraszczam i tak dalej.

Kvothe zmarszczył brwi.

– Nie wydaje mi się, aby w naszym wypadku miało to się udać.

– Bardowie są inni. – Kronikarz uśmiechnął się nieśmiało. – Wolą, aby ich historie pozostały bez zmian. Ale zależy im też na uważnych słuchaczach. Ja zazwyczaj najpierw słucham, a potem zapisuję. Mam niemal doskonałą pamięć.

– Niemal doskonała to dla mnie za mało. – Kvothe przyłożył palec do ust. – Jak szybko potrafisz pisać?

Kronikarz uśmiechnął się ze zrozumieniem.

– Szybciej, niż człowiek potrafi mówić.

– Chętnie bym to zobaczył – rzekł zaintrygowany karczmarz.

Kronikarz otworzył torbę. Wyciągnął ryzę znakomitego białego papieru i kałamarz. Rozłożył je pieczołowicie na stole, umoczył pióro w atramencie i wyczekująco spojrzał na Kvothe'a.

Rudowłosy nachylił się w krześle i zaczął mówić szybko:

– Ja jestem. My jesteśmy. Ona jest. On jest. Oni będą. Ja, Kronikarz, niniejszym oświadczam, że nie potrafię ani czytać, ani pisać. Supinum. Infamia. Kawka. Kwarc. Lakier. Eggoliant. *Lhin ta Lu soren hea.* „Żyła raz młoda wdowa w Faeton, którą wszyscy mieli za świętą. Raz księdzu w sutannie, słowa dobierając starannie, rzekła, że w głowie jej tylko..." – Kvothe pochylił się jeszcze bardziej i przyglądał, jak Kronikarz pisze. – Interesujące... ach, możesz już przestać.

Kronikarz uśmiechnął się kolejny raz i wytarł pióro w szmatkę. Na leżącej przed nim stronicy widniała pojedyncza linia niezrozumiałych znaków.

– Jakiś szyfr? – zastanawiał się na głos Kvothe. – Zresztą bardzo zgrabny. Założę się, że nie marnujesz dużo papieru. – Odwrócił stronę, żeby dokładniej obejrzeć pismo.

– Nigdy nie marnuję papieru – żachnął się Kronikarz.

Nie podnosząc oczu, Kvothe pokiwał głową.

– Co znaczy słowo „eggoliant"? – zapytał Kronikarz.

– Hę? Och, nic. Wymyśliłem je. Chciałem się przekonać, czy

poradzisz sobie z nieznanym słowem. – Podniósł się, przysunął krzesło bliżej Kronikarza. – Jeszcze tylko pokaż mi, jak to odczytać, i możemy zaczynać.

Kronikarz popatrzył na niego z powątpiewaniem.

– To skomplikowana sprawa... – Widząc mars na czole Kvothe'a, westchnął. – Spróbuję. – Głęboko zaczerpnął powietrza i zaczął mówić, kreśląc kolejne symbole. – Mówiąc, posługujemy się jakimiś pięćdziesięcioma dźwiękami. Każdemu z nich przyporządkowałem symbol składający się z jednego lub dwu pociągnięć piórem. Chodzi tylko o dźwięki mowy. Dzięki temu mogę w miarę wiernie zapisać język, którego nawet nie rozumiem. – Wskazał palcem. – To są różne dźwięki samogłosek.

– Same pionowe linie – zauważył Kvothe, wpatrując się uważnie w kartkę.

Kronikarz milczał, zbity z tropu.

– Cóż... tak – mruknął w końcu.

– Wobec tego spółgłoski będą zapewne poziome? I będą się łączyć w taki sposób? – Kvothe wziął pióro do ręki i zapisał kilka znaków na papierze. – Sprytne. Całe słowo możesz zapisać za pomocą dwóch lub trzech znaków.

Kronikarz przyglądał mu się w milczeniu.

Kvothe nie odrywał wzroku od kartki, dlatego nie zauważył spojrzenia tamtego.

– Jeżeli to oznacza „ja", wobec tego to muszą być dźwięki oznaczające *a* – wskazał na grupę liter zapisanych przez Kronikarza. – *Ah*, *ay*, *aeh*, *auh*. Wobec tego to będą wszystkie *oh*. – Kvothe pokiwał głową i wcisnął z powrotem pióro do ręki Kronikarza. – Teraz pokaż mi spółgłoski.

Kronikarz machinalnie zaczął pisać, recytując równocześnie zgłoski. Po chwili Kvothe wziął od niego pióro i sam dokończył listę, prosząc oszołomionego Kronikarza, by go poprawił, jeśli gdzieś popełni błąd.

Kronikarz przyglądał się w milczeniu, gdy Kvothe uzupełniał listę. Od początku do końca cały proces zajął mu jakieś piętnaście minut. Nie pomylił się ani razu.

– Wspaniały, wydajny system – pochwalił Kvothe. – Bardzo logiczny. Sam go wymyśliłeś?

Minęła dłuższa chwila, nim Kronikarz odpowiedział, wciąż nie odrywając oczu od szeregu symboli na stronie przed Kvothe'em. Jednak, jakby nie zwracając uwagi na zadane pytanie, odpowiedział własnym:

– Naprawdę w ciągu jednego dnia nauczyłeś się tema?

Kvothe uśmiechnął się lekko i opuścił wzrok.

– To stara historia. Sam już prawie zapomniałem. Tak naprawdę zajęło mi to półtora dnia. Półtora dnia bez chwili snu. Czemu pytasz?

– Słyszałem o tym na Uniwersytecie. Zawsze uważałem to za bajkę. – Też spojrzał na kartkę ze swoimi symbolami, zapisanymi schludnym charakterem Kvothe'a. – W całości?

Kvothe spojrzał na niego, nie rozumiejąc.

– Co?

– Nauczyłeś się całego języka?

– Nie. Oczywiście, że nie – odparł Kvothe z lekką irytacją. – Tylko części. Sporej części, zapewne, ale osobiście nie wierzę, że można się czegoś w całości nauczyć, języka zwłaszcza. – Wreszcie zatarł dłonie. – Dobrze, jesteś gotów?

Kronikarz pokręcił głową, jakby chciał odzyskać jasność myśli, i wyciągnął nową stronicę.

Kvothe uniósł dłoń, dając mu do zrozumienia, żeby zaczekał jeszcze moment, i powiedział:

– Nigdy nie opowiadałem tej historii i wątpię, abym miał to zrobić po raz drugi. – Pochylił się w krześle. – Zanim zaczniemy, musisz pamiętać, że pochodzę z Edema Ruh. Opowiadaliśmy historie jeszcze przed spaleniem Calupteny. Zanim pojawiły się książki, w których można je było zapisać. Zanim pojawiła się muzyka. Kiedy człowiek rozpalił pierwsze ognisko, my, Ruh, siedzieliśmy przy nim, snując opowieści przy świetle migoczących płomyków. Skinął skrybie głową. – Znam otaczającą cię sławę wielkiego zbieracza opowieści i faktografa. – Jego oczy stały się nagle twarde jak dwa krzemienie i ostre niczym odłamki szkła. – Wspominam o tym, żeby ci nie przyszło do głowy zmieniać choćby słowa w tym, co powiem. Jeśli będzie ci się wydawać, że plątam się w dygresjach, że gubię wątek, pamiętaj, że prawdziwe opowieści rzadko podążają od początku do końca prostą drogą.

Kronikarz uroczyście pokiwał głową, próbując sobie wyobrazić inteligencję, której niecałą godzinę zajęło złamanie jego szyfru. Umysł, który w ciągu jednego dnia potrafił sobie poradzić z opanowaniem języka.

Kvothe uśmiechnął się łagodnie i rozejrzał po pomieszczeniu, jakby chciał jednym rzutem oka ogarnąć je w najdrobniejszych szczegółach. Kiedy Kronikarz umoczył pióro w atramencie, wbił wzrok w swoje złożone ręce i trzy razy głęboko zaczerpnął tchu.

Potem zaczął mówić.

– Można rzec, że wszystko się zaczęło, kiedy usłyszałem, jak ona śpiewa. Jej głos mieszał się z moim i odpowiadał mu polifonią. Był jak wizerunek jej duszy: dziki niczym ogień, ostry jak strzaskane szkło, słodki i czysty jak zapach koniczyny. – Kvothe pokręcił głową. – Nie. Zaczęło się na Uniwersytecie, dokąd się udałem, aby nauczyć się takiej magii, o jakiej mówią w bajkach. Magii Taborlina Wielkiego. Chciałem poznać imię wiatru. Chciałem ognia i błyskawic. Chciałem odpowiedzi na tysiące pytań i dostępu do ich archiwów. Ale to, co znalazłem na Uniwersytecie, bardzo różniło się od tego, co jest w bajkach. Przeżyłem głębokie rozczarowanie. Niemniej podejrzewam, że prawdziwym początkiem jest wydarzenie, które skłoniło mnie do pójścia na Uniwersytet. Nieoczekiwane ognie po nocy. Człowiek z oczyma przypominającymi lód na dnie studni. Zapach krwi i palących się włosów Chandrian. – Zamyślił się na chwilę. – Tak. Przypuszczam, że wtedy właśnie się wszystko zaczęło. Pod wieloma względami będzie to opowieść o Chandrianach. – Potrząsnął głową, jakby próbował się uwolnić od mrocznych myśli. – Ale przypuszczam też, że będziemy musieli się cofnąć w czasie jeszcze dalej. Jeśli ma to być coś w rodzaju księgi moich czynów, to wszystko musi zostać opowiedziane po kolei. Niemniej uważam, że warto poświęcić czas, jeśli mam zostać zapamiętany, jeśli już nawet nie pochlebnie, to przynajmniej w miarę wiernie. Cóż powiedziałby mój ojciec, gdyby usłyszał, że zabieram się w ten sposób do opowiedzenia mojej historii? „Zacznij od początku". Dobrze więc, jeśli ma być to opowieść, nich będzie porządną opowieścią.

Kvothe odchylił się w krześle.

– Na początku, przynajmniej z tego, co wiem, świat został wysnuty z bezimiennej pustki przez Alef, który każdej rzeczy nadał imię. Albo, w zależności od wersji legendy, odnalazł imiona, które wszystkie rzeczy już posiadały.

Kronikarz zaśmiał się krótko, choć ani na moment nie oderwał wzroku od kartki, na której pisał.

– Wiem, czemu się śmiejesz – ciągnął Kvothe, również uśmiechając się pod nosem. – Dobrze, dla ułatwienia załóżmy, że jestem centrum stworzenia. Dzięki temu założeniu będziemy mogli pominąć niezliczone nudne opowieści: powstania i upadki imperiów, sagi heroiczne, ballady o tragicznej miłości. Przejdziemy od razu do jedynej historii, która ma jakąkolwiek wagę. – Uśmiechnął się szerzej. – Mojej.

Nazywam się Kvothe. Imiona są ważne, ponieważ z nich można się dużo dowiedzieć o samym człowieku. Nosiłem więcej imion, niźli miałby prawo ktokolwiek nosić.

Adem mówią na mnie Maedre. Co, w zależności od tego, jak się słowo wymawia, może znaczyć: Płomień, Grzmot lub Złamane Drzewo.

Sens imienia „Płomień" jest oczywisty dla każdego, kto mnie kiedykolwiek widział. Mam rude włosy, jaskraworude. Gdybym urodził się kilkaset lat wcześniej, prawdopodobnie spalono by mnie na stosie jako demona. Włosy strzygę krótko, ale nie chcą mi się układać na głowie. Kiedy zapominam o nie zadbać, sterczą na wszystkie strony, a moja głowa wygląda, jakby otaczały ją płomienie.

„Grzmot" wiążę z tym, że mam silny baryton, a w młodości przygotowywałem się intensywnie do występowania na scenie.

Nigdy nie sądziłem, że z imieniem „Złamane Drzewo" powinienem wiązać jakieś głębsze znaczenie. Aczkolwiek z perspektywy czasu uważam, że przynajmniej w części okazało się ono prorocze.

Mój pierwszy nauczyciel nazywał mnie E'lir, ponieważ byłem bystry i zdawałem sobie z tego sprawę. Moja pierwsza prawdziwa kochanka mówiła do mnie Dulator, ponieważ lubiła dźwięk tego imienia. Byłem nazywany Shadicar, Lekkopalcy i Sześć Strun. Mówiono o mnie Kvothe Bezkrwisty, Kvothe Hermetyczny, Kvothe Królobójca. Zasłużyłem sobie na wszystkie te imiona. Zapłaciłem za prawo do ich noszenia.

Ale wychowany zostałem jako Kvothe. Mój ojciec powiedział mi kiedyś, że słowo to oznacza „wiedzę".

Rzecz jasna nazywano mnie też wszelkimi innymi imionami. Większość z nich może być uważana za obraźliwe, ale na większość z nich też sobie zasłużyłem.

Wykradałem księżniczki spod boku królów, śpiących jak spasione wieprze. Spędziłem noc z Felurian i uszedłem z życiem oraz zdrowymi zmysłami. Z Uniwersytetu wydalono mnie w wieku tak młodym, że większość, będąc w nim, nie marzy jeszcze nawet o przyjęciu na studia. Przemierzam przy świetle księżyca ścieżki, o których inni nawet nie ważą się wspomnieć za dnia. Rozmawiałem z bogami, kochałem kobiety i napisałem pieśni, które wyciskają łzy z oczu minstreli.

Być może o mnie słyszałeś.

Rozdział 8

Złodzieje, heretycy i dziewki

Jeśli ta opowieść ma w czymkolwiek przypominać moją księgę czynów, musimy zacząć od początku. Od istoty tego, kim naprawdę jestem. Ale aby tego dokonać, musisz pamiętać, że zanim stałem się kimkolwiek innym, byłem jednym z Edema Ruh.

Wbrew rozpowszechnionym przekonaniom nie wszyscy wędrowni aktorzy wywodzą się z Ruh. Moja trupa zaś nie była jakąś mierną zbieraniną kuglarzy, rozśmieszającą za grosze przechodniów na rozstajach i śpiewem zarabiającą na kolację. Byliśmy artystami nadwornymi, Ludźmi Lorda Greyfallowa. W większości miasteczek nasze przybycie było większym wydarzeniem niż Zimowy Karnawał i Igrzyska Solinade razem wzięte. Tabory naszej trupy zazwyczaj liczyły co najmniej osiem wozów, a w jej skład wchodziły ponad dwa tuziny wykonawców: aktorzy, akrobaci, muzykanci, magicy, klauni i błazny – jednym słowem moja rodzina. Mój ojciec był świetnym muzykiem i aktorem. Matka miała naturalny dar słowa. Oboje byli piękni, ciemnowłosi i skorzy do śmiechu. Do szpiku kości stanowili uosobienie Ruh i więcej chyba nie trzeba dodawać. Może tylko powinienem jeszcze wspomnieć, że moja matka wiodła życie szlachcianki, zanim przyłączyła się do trupy. Opowiadała mi później, że ojciec słodką muzyką i słodkimi słówkami wywabił ją z „żałosnego ponurego piekła". Mogę tylko zakładać, że miała na myśli Trzy Rozstaje, gdzie udaliśmy się w odwiedziny do jej krewnych, gdy byłem jeszcze bardzo mały. Raz.

Moi rodzice nigdy nie wzięli ślubu, to znaczy nigdy nie zatroszczyli się, aby zalegalizować swój związek w jakimkolwiek kościele. Bynajmniej się przez to nie czuję gorszy. Oni uważali się za małżeństwo i nie widzieli większego sensu w informowaniu o tym rządu czy Boga. Szanuję to. Po prawdzie to byli z pewnością bardziej zadowoleni i wierni sobie niż większość oficjalnie zaślubionych par, jakie w życiu widziałem.

Naszym patronem był baron Greyfallow, a jego imię otwierało przed nami wiele drzwi, które w normalnych warunkach pozostawałyby zamknięte przed Edema Ruh. W zamian nosiliśmy jego barwy – zielenie i szarości – i sławiliśmy jego imię, dokądkolwiek się udaliśmy. Raz na rok spędzaliśmy dwa cykle w jego posiadłości, bawiąc jego i jego domowników.

To było szczęśliwe dzieciństwo, upływające jakby pośrodku niekończącego się jarmarku. Podczas długich podróży wozami od jednego miasta do drugiego mój ojciec czytał mi klasyczne monologi. Zresztą po większej części recytował je z pamięci, a jego głos niosło wzdłuż drogi na ćwierć mili. Pamiętam, że z książką w ręku śledziłem tekst, odtwarzając partie dialogowe. Ojciec zachęcał mnie, abym szczególnie dobre fragmenty sam recytował i tak nauczyłem się czerpać przyjemność z pięknego słowa.

Razem z matką wymyślaliśmy piosenki. Rodzice niekiedy odgrywali romantyczne dialogi, którym przyglądałem się z otwartą na właściwych stronach książką. Wówczas wszystko to wydawało mi się jedną wielką zabawą. Nie zdawałem sobie sprawy, jak chytrze zaplanowali moją edukację.

Byłem dzieckiem pełnym ciekawości – zadawałem dużo pytań, chętnie przyswajałem sobie odpowiedzi. Ponieważ za nauczycieli miałem akrobatów i aktorów, nic dziwnego, że nigdy nie rozwinęła się we mnie niechęć do szkoły, cechująca większość dzieci.

W owych czasach drogi były znacznie bezpieczniejsze, mimo to bardziej przezorni wciąż woleli podróżować w towarzystwie naszej trupy. Często oni właśnie uzupełniali moją edukację. Od wędrownego adwokata, zbyt pijanego lub pysznego, aby zdać sobie sprawę, że przemawia do ośmioletniego chłopca, liznąłem urywki prawa Wspólnoty. U łowczego imieniem Laclith, który podróżował z nami prawie cały sezon, nauczyłem się, jak żyć i polować w lesie.

W kwestii niemoralnych rozgrywek na królewskim dworze w Modeg instruowała mnie... kurtyzana. Ale jak mój ojciec zwykł mawiać: „Na czarne mów czarne, na białe białe. Łopatę nazywaj łopatą. Ale zawsze nazywaj dziewkę damą. Życie tych pań jest wystarczająco ciężkie, by można im było okazać odrobinę grzeczności".

Tamta hetera pachniała lekko cynamonem, a mnie, dziewięciolatkowi wydawała się fascynująca, choć wówczas nie potrafiłbym powiedzieć dlaczego. Nauczyła mnie, że nigdy nie powinienem robić w tajemnicy niczego, o czym nie chciałbym, żeby mówiono publicznie, i żebym nie mówił przez sen.

A potem pojawił się Abenthy, mój pierwszy prawdziwy nauczyciel. Od niego nauczyłem się więcej niż od wszystkich pozostałych, w pewnym sensie postawił kropkę nad „i" mojej edukacji. Gdyby nie on, nigdy nie stałbym się tym człowiekiem, którym jestem.

Muszę cię prosić, abyś nie miał do niego o to pretensji. Chciał dobrze.

– Musicie jechać dalej – powiedział burmistrz. – Rozbijcie obóz za miastem, a nikt nie będzie się wam naprzykrzał, pod warunkiem że nie będziecie wszczynali żadnych bójek ani nikomu nic nie ukradniecie. – Rzucił memu ojcu znaczące spojrzenie. – I jutro rano możecie szczęśliwie ruszać w drogę. Żadnych występów. Powodują więcej kłopotów, niż są warte.

– Mamy licencję – odparł ojciec, wyciągając z wewnętrznej kieszeni kaftana zwinięty pergamin. – Która w istocie obliguje nas do występów.

Burmistrz pokręcił głową i nie wykonał żadnego gestu zdradzającego zainteresowanie naszym listem patronackim.

– Od tego lud się burzy – stwierdził zdecydowanie. – Ostatnim razem podczas przedstawienia rozpętała się diabelna awantura. Zbyt dużo alkoholu, zbyt wielkie podniecenie. Ludzie wyrwali drzwi ratusza i porozbijali stoły. A przybytek należy do miasta, więc sami rozumiecie. Miasto ponosi koszty wszystkich napraw.

W tym czasie nasze wozy zdążyły przyciągnąć uwagę mieszkańców. Trip już żonglował. Marion i jego żona improwizowali przedstawienie marionetkowe. Ja przyglądałem się ojcu z tyłu naszego wozu.

– Nie mamy zamiaru obrażać was ani waszego patrona – ciągnął burmistrz. – Ale miasto po prostu nie może sobie pozwolić na kolejny wieczór taki jak tamten. W geście dobrej woli oferuję miedziaka na głowę, czyli razem, powiedzmy, dwadzieścia groszy, wyłącznie za to, żebyście ruszyli w drogę i nie sprawiali nam tutaj kłopotów.

Musicie wiedzieć, że dwadzieścia groszy może oznaczać mnóstwo pieniędzy dla jakiejś trupy łachmaniarzy, żyjących z dnia na dzień. Dla nas suma była po prostu obraźliwa. Za pojedyncze wieczorne przedstawienie powinien nam zaproponować czterdzieści, darmowy postój w miejskim ratuszu, dobry posiłek i łóżka w gospodzie. Z tego ostatniego byśmy grzecznie zrezygnowali, jako że ich łóżka z pewnością były zawszone, podczas gdy nasze wozy nie.

Jeśli nawet mój ojciec był zaskoczony czy urażony, nic nie dał po sobie poznać.

– Zwijamy się! – krzyknął przez ramię.

Bez zwyczajowego zamaszystego ukłonu kończącego przedstawienie Trip pochował po rozmaitych kieszeniach kamienie, którymi żonglował. Kiedy marionetki zatrzymały się nagle w samym środku odgrywanej sceny i trafiły do kuferków, wśród kilkudziesięcioosobowego tłumu mieszkańców poniosły się szmery. Na twarzy burmistrza pojawiła się ulga, wyciągnął sakiewkę i odliczył z niej dwa srebrne grosze.

– Z pewnością poinformuję barona o twej hojności – spokojnie oznajmił ojciec, biorąc pieniądze.

Burmistrz zamarł.

– Barona?

– Barona Greyfallowa. – Ojciec urwał, szukając w oczach burmistrza iskierki rozpoznania. – Pana wschodnich marchii, Hudumbran-cis-Thiren i Wzgórz Wydeconte. – Ojciec rozejrzał się, obejmując wzrokiem okolicę. – Znajdujemy się na Wzgórzach Wydeconte, nieprawdaż?

– Cóż, owszem – odrzekł burmistrz. – Ale dziedzic Semelan...

– Ach, więc znajdujemy się w posiadłościach Semelana! – wykrzyknął ojciec, rozglądając się dookoła, jakby dopiero teraz do niego to dotarło. – Szczupły dżentelmen z małą schludną bródką? – Musnął palcami podbródek.

Burmistrz tępo pokiwał głową.

– Czarujący człowiek, śpiewak o świetnym głosie. – Ojciec wyraźnie bawił się zakłopotaniem tamtego. – Poznałem go, kiedy bawiliśmy barona podczas ostatniego Przesilenia Zimowego.

– Oczywiście – burmistrz znacząco zawiesił głos. – Mógłbym zobaczyć wasz list?

Przyglądałem się, jak czytał dokument. Zabrało mu to trochę czasu, ponieważ ojciec wcześniej nie zatroszczył się o wymienienie wszystkich tytułów barona, w tym wicehrabiego Montrone i lorda Trelliston. Ostatecznie wszystko sprowadzało się do prostej prawdy, że dziedzic Semelan był, owszem, panem tego miasteczka i otaczających je ziem, ale był też bezpośrednim lennikiem Greyfallowa. Mówiąc bardziej bezpośrednio: Greyfallow był kapitanem statku, a Semelan szorował pokład i mu salutował.

Burmistrz w końcu zwinął pergamin i oddał ojcu.

– Rozumiem.

I tyle. Pamiętam, że wstrząsnęło mną, gdy nie przeprosił ani nie zaproponował większej sumy pieniędzy.

Ojciec również odczekał chwilę, po czym podjął:

– Miasto jest pod twoją jurysdykcją, panie. Ale my i tak damy przedstawienie. Albo tutaj, albo tuż za granicami miasta.

– Nie możemy się zgodzić na udostępnienie miejskiego ratusza – zdecydowanie stwierdził burmistrz. – Nie dam go znowu zniszczyć.

– Możemy wystąpić tutaj. – Ojciec wskazał na miejski rynek. – Miejsca jest dosyć, a dzięki temu nikt nie będzie musiał opuszczać miasta.

Burmistrz zawahał się, a ja znów ledwo mogłem uwierzyć własnym oczom. Zdarzało się, że występowaliśmy na miejskiej łące, ponieważ żaden z budynków nie był dostatecznie obszerny. Dwa z naszych wozów zostały tak skonstruowane, aby w takim wypadku można z nich stworzyć scenę. Niemniej podczas dwunastu lat mego życia ledwie mogłem na palcach obu rąk policzyć sytuacje, kiedy zmuszano nas do występowania pod gołym niebem. A nigdy nie zdarzyło się to poza granicami miasta.

Niemniej tego ostatniego przynajmniej nam oszczędzono. Burmistrz w końcu skinął głową i gestem przywołał mego ojca. Zeskoczyłem z wozu i podszedłem bliżej. Zdążyłem usłyszeć jego ostatnie słowa:

– ...tu są sami bogobojni ludzie. Więc proszę, żeby to nie było nic wulgarnego ani heretyckiego. Mieliśmy już dość kłopotów z ostatnią trupą, która tędy przejeżdżała. Dwie bójki, skradzione pranie, a jedna z córek Branstona naraziła się rodzinie.

Przepełniała mnie wściekłość. Czekałem, aż mój ojciec da burmistrzowi zaznać ostrza swego języka i wyjaśni różnicę między zwykłymi wędrownymi komediantami a Edema Ruh. My nie kradliśmy. Nigdy nie pozwolilibyśmy, aby rzeczy wymknęły się spod kontroli i garstka pijaków zrujnowała nam przedstawienie.

Ale mój ojciec nie zrobił nic takiego, tylko skinął głową i wrócił do naszego wozu. Potem dał znak dłonią, a Trip znów zaczął żonglować. Marionetki wyszły ze swoich futerałów.

Kiedy ojciec znalazł się po drugiej stronie wozu, zobaczył mnie, na poły skrytego za końmi.

– Zdaje się, że słyszałeś wszystko – powiedział z krzywym uśmiechem. – Odpuść sobie, mój chłopcze. Należy mu się pełne uznanie za szczerość, choć nie za grzeczność. Zwyczajnie powiedział na głos to, co inni skrywają w głębi serca. Jak myślisz, czemu nie pozwalam nikomu chodzić samemu, gdy docieramy z występami do większego miasta?

Zrozumiałem, że słyszę prawdę. Dla młodego chłopaka była to jednak gorzka pigułka.

– Dwadzieścia groszy – wyrzuciłem z siebie napastliwie. – Jakby proponowali nam jałmużnę.

To jest najtrudniejsza część dzieciństwa Edema Ruh. Wszędzie jesteśmy obcy. Wielu uważa nas za włóczęgów i żebraków, podczas gdy inni widzą w nas tylko złodziei, heretyków i dziewki. Już jest dostatecznie ciężko, kiedy jest się niesprawiedliwie oskarżonym, a co dopiero wówczas, gdy z góry spogląda na człowieka prostak, który nigdy nie przeczytał książki ani nie podróżował dalej niż dwadzieścia mil od miejsca narodzin.

Ojciec roześmiał się i ręką wzburzył mi włosy.

– Zlituj się nad nim, mój chłopcze. My jutro ruszymy w drogę, on natomiast będzie musiał spędzić resztę życia w swym żałosnym towarzystwie.

– Jest ciemnym gadułą – oznajmiłem gorzko.

Teraz położył ciężką rękę na moim ramieniu, dając do zrozumienia, że posuwam się za daleko.

– Jak przypuszczam, takie są skutki zbliżania się do Atur. Jutro ruszymy na południe. Zieleńsze pastwiska, milsi ludzie, ładniejsze kobiety. – Przyłożył dłoń do ucha, spojrzał na wóz, a równocześnie szturchnął mnie łokciem.

– Słyszałam wszystko, co powiedziałeś – odezwała się z wnętrza uprzejmym głosem moja matka.

Ojciec wyszczerzył zęby i mrugnął.

– Więc jaką sztukę wystawimy? – zapytałem ojca. – Pamiętajcie, nic wulgarnego. Tu żyją ludzie bogobojni.

Znowu spojrzał na mnie.

– Co byś wybrał?

Przez dłuższą chwilę zastanawiałem się głęboko.

– Zagrałbym coś z Cyklu Jasnopolnego. *Kształtowanie drogi* albo coś w tym stylu.

Ojciec się skrzywił.

– To nie jest szczególnie dobra sztuka.

Wzruszyłem ramionami.

– Nie poznają się na tym. Poza tym jest do obrzydzenia pełna Tehlu, więc nikt się nie będzie uskarżał na wulgarność. – Spojrzałem na niebo. – Pozostaje tylko mieć nadzieję, że się nie rozpada w połowie przedstawienia.

Ojciec też objął wzrokiem gromadzące się nad głową ciężkie chmury.

– Rozpada się na pewno. Mimo to znam gorsze rzeczy, niż grać w deszczu.

– Jak na przykład grać w deszczu i dać się jeszcze oszukać przy okazji? – zapytałem.

W naszą stronę spieszył tymczasem burmistrz, wyciągając

nogi. Na jego czole lśniła cieniutka warstewka potu, był zadyszany, jakby biegł całą drogę.

– Omówiłem całą sprawę z kilkoma członkami rady miejskiej i zdecydowaliśmy, że możecie skorzystać z miejskiego ratusza, pod warunkiem że zadbacie o porządek.

Mowa ciała mojego ojca była aż nadto czytelna. Jasne było, że czuje się obrażony, ale jest zdecydowanie zbyt uprzejmy, żeby coś powiedzieć.

– Z pewnością nie chciałbym cię narażać... – zaczął.

– Nie, nie – pospiesznie wtrącił burmistrz. – To żaden kłopot. Po prawdzie, to nalegam.

– Jeśli nalegasz, to oczywiście się zgadzam.

Burmistrz uśmiechnął się i odszedł szybkim krokiem.

– Cóż, to trochę ułatwia całą sprawę – westchnął ojciec. – Nie będziemy jeszcze musieli zaciskać pasa.

– Pół grosza od głowy. Właśnie tak. Ktokolwiek nie ma głowy, wchodzi za darmo. Dziękuję panu.

Trip stał przy wejściu, dbając, by każdy zapłacił za możliwość obejrzenia przedstawienia.

– Półgroszówka od głowy. Choć wnosząc z różanych policzków twej damy, powinienem policzyć za półtorej głowy. Oczywiście proszę nie sądzić, że wtrącam się w nie swoje sprawy.

Trip miał najostrzejszy język ze wszystkich członków trupy, dzięki czemu najlepiej nadawał się do pilnowania, aby nikt wyszczekaniem lub przemocą nie wdarł się do środka. W pstrokatym, szaro-zielonym kostiumie błazna Trip mógł powiedzieć właściwie wszystko, a i tak uchodziło mu to na sucho.

– Witam mamusię, za małego nic nie liczymy, ale pamiętaj, że jak zacznie się drzeć, lepiej daj mu piersi albo szybko wyprowadź na zewnątrz – paplał bez końca Trip. – Właśnie tak, pół grosza. Tak, proszę pana, za pustą głowę też trzeba zapłacić pełną cenę.

Choć obserwowanie Tripa przy pracy zawsze dostarczało mi sporo radości, w tej chwili moją uwagę przykuwał głównie wóz, który jakiś kwadrans temu wtoczył się do miasta od przeciwległego krańca. Widziałem więc, jak burmistrz kłócił się ze starym woźnicą, po czym wreszcie pobiegł w swoją stronę. Teraz wracał do wozu w towarzystwie wysokiego człowieka z długą pałką, zapewne konstabla.

Ciekawość wzięła górę i też ruszyłem w stronę wozu, starając się nie rzucać w oczy. W chwili, gdy dotarłem na tyle blisko, aby coś słyszeć, burmistrz i starzec znów się kłócili. Konstabl stał nieopodal, na jego twarzy malowały się irytacja i niepokój.

– ...mówiłem ci. Nie mam licencji. Nie potrzebuję do niczego licencji. Czy handlarzowi potrzebna jest licencja? Czy druciarzowi potrzebna jest licencja?

– Nie jesteś druciarzem – upierał się burmistrz. – I nie próbuj się za niego podawać.

– Nie próbuję się za nikogo podawać – warknął stary. – Jestem i druciarzem, i handlarzem, i jeszcze kimś znacznie więcej. Jestem hermetykiem, ty cymbale.

– O to mi właśnie chodzi – upierał się burmistrz. – My tutaj jesteśmy ludem bogobojnym. Nie chcemy mieć do czynienia z mrocznymi sprawami, które lepiej zostawić w spokoju. Nie chcemy kłopotów, jakie zawsze idą w ślad za takimi jak ty.

– Za takimi jak ja? – zapytał starzec. – Co ty wiesz o takich jak ja? Najpewniej przez ostatnie pięćdziesiąt lat nie przejeżdżał tędy żaden hermetyk.

– I chcemy, żeby dalej tak było. Zawróć i odjedź drogą, którą przyjechałeś.

– Akurat spędzę tę noc na deszczu tylko dlatego, że ty nie jesteś nazbyt rozgarnięty – zapalczywie protestował stary. – Nie potrzebuję twojego pozwolenia, żeby gdzieś wynająć pokój i robić interesy na ulicy. Teraz daj mi już spokój albo namacalnie pokażę ci, jakie kłopoty mogą sprawiać tacy jak ja.

Strach przemknął po twarzy burmistrza, ale już po chwili zastąpiło go rozdrażnienie. Gestem ręki dał znak konstablowi.

– Wobec tego spędzisz noc w areszcie za włóczęgostwo i groźby pod adresem władzy. Rankiem puścimy cię w drogę, oczywiście, jeśli nauczysz się do tego czasu grzecznie wyrażać.

Konstabl zbliżył się do wozu, pałkę ostrożnie trzymając opuszczoną.

Stary najwyraźniej nie miał zamiaru się poddawać, uniósł

dłoń. W przedniej części jego wozu wezbrała mroczna czerwona poświata.

– Lepiej uważajcie – powiedział złowieszczo. – W przeciwnym razie będzie gorzej.

Po chwili zaskoczenia zorientowałem się, że dziwne światło rozsiewają dwie lampy sympatetyczne, które starzec miał zawieszone na wozie. Raz już widziałem taką w życiu – w bibliotece lorda Greyfallowa. Były jaśniejsze niż światło gazowe, świeciły równiej od świec i kaganków, poza tym mogłyby się palić chyba przez wieczność. Prócz tego były niewyobrażalnie drogie. Gotów byłbym się założyć, że w tym miasteczku nikt nawet o nich nie słyszał, nie wspominając już o zobaczeniu bodaj jednej.

Kiedy światła zaczęły się jarzyć, konstabl zamarł jak wryty. Ale gdy nic więcej się nie zdarzyło, zacisnął zęby i ruszył znów w kierunku wozu.

Na twarzy starca pojawił się niepokój.

– Dobra, zaczekajcie – powiedział, a równocześnie czerwone światła zaczęły przygasać. – Nie chcemy przecież...

– Zamknij paszczę, stary pierdzielu – powiedział konstabl. Złapał hermetyka za ramię, ale ostrożnie, takim gestem, jakby wkładał rękę w otwór piekarnika. Niemniej widząc, że znów nic się nie stało, uśmiechnął się i wyraźnie nabrał pewności siebie. – Nie myśl sobie, że cię nie zdzielę, jeśli spróbujesz jeszcze jakiegoś swojego diabelstwa.

– Dobra robota, Tom – pochwalił burmistrz, któremu wyraźnie ulżyło. Bierzemy go ze sobą, potem przyślemy kogoś po wóz.

Konstabl wyszczerzył zęby i wykręcił starcowi rękę. Hermetyk zgiął się wpół, jęknął krótko i boleśnie.

Z miejsca, gdzie się ukrywałem, zobaczyłem, jak wyraz twarzy hermetyka zmienia się w jednej chwili, przechodząc od niepokoju, poprzez ból, do gniewu. Dostrzegłem, jak milcząco porusza ustami.

Jakby znikąd nadleciał wściekły podmuch wiatru, niczym zapowiedź burzy, która rozpętała się bez uprzedzenia. Uderzył w wóz starego, który się przechylił i chwilę balansował na dwóch kołach, nim znowu stanął prosto. Konstabl zachwiał się jak uderzony karzącą dłonią Boga. Nawet w miejscu, gdzie się ukrywałem, czyli w odległości prawie trzydziestu stóp, wicher był tak silny, że popchnięty nim od tyłu, dla zachowania równowagi musiałem dać krok naprzód.

– Precz! – krzyknął gniewnie starzec. – Zostaw mnie! Sprawię, że krew zagotuje ci się w żyłach, a strach twój będzie jak lód i żelazo!

Słowa te brzmiały znajomo, ale nie potrafiłem sobie przypomnieć, z czym się kojarzyły.

Burmistrz i konstabl wzięli nogi za pas i uciekli, oczy mieli zbielałe i dzikie jak spłoszone konie.

Wicher ucichł równie szybko, jak wcześnie się pojawił. Cała zawierucha trwała nie dłużej niż pięć sekund. Ponieważ większość mieszkańców miasta gromadziła się właśnie wokół miejskiej gospody, zapewne nikt nie widział, co się stało, z wyjątkiem mnie, burmistrza, konstabla i osiołków starego, które spokojnie stały w uprzęży, zupełnie nieporuszone całym wydarzeniem.

– Przestań kalać swą obecnością to miejsce – mruczał pod nosem hermetyk, przyglądając się, jak uciekają. – Rozkazuję ci mocą mego imienia.

W końcu zorientowałem się, dlaczego jego słowa brzmią w mych uszach znajomo. Cytował wersy ze sceny egzorcyzmu ze sztuki *Daeonica*. A znana była ona nielicznym.

Stary stanął plecami do wozu i zaczął deklamować:

– Zmienię cię w masło w słońcu letniego dnia. Zmienię cię w poetę o duszy kapłana. Napcham cię cytrynowym sosem i wyrzucę przez okno. – Splunął. – Dranie.

Potem westchnął ciężko i głęboko i najwyraźniej gniew częściowo go opuścił.

– Cóż, gorzej pójść nie mogło – mruknął, rozcierając ramię wykręcone wcześniej przez konstabla. – Myślisz, że niedługo wrócą na czele wyjącej tłuszczy?

Przez moment myślałem, że stary mówi do mnie. Potem zrozumiałem. Rozmawiał ze swoimi osłami.

– Ja też sądzę, że jednak nie – kontynuował jednostronną pogawędkę. – Ale już wcześniej zdarzało mi się mylić. Może będziemy trzymać się blisko skraju miasta i zobaczymy, co z tą resztką owsa?

Wspiął się na burtę wozu i po chwili pojawił na powrót z wielkim wiadrem oraz sflaczałym workiem jutowym. Opróżnił zawartość worka do wiadra, z rozczarowaniem przyjrzał się rezultatom. Wziął dla siebie garść ziaren, czubkiem buta podsunął wiadro osłom.

– Nie patrzcie na mnie w ten sposób – skarcił je. – Od dawna żyjemy na zmniejszonych racjach. Wy przynajmniej możecie się paść. – Spożywając garstkę źle wymłóconego owsa, drugą ręką głaskał osła; od czasu do czasu przerywał, żeby wypluć omłot.

Ten widok uderzył mnie osobliwym smutkiem – stary człowiek sam w drodze, nie mający do kogo ust otworzyć, prócz swych osłów. Nam, Edema Ruh, też nie jest łatwo, ale przynajmniej mamy siebie. On nie miał nikogo.

– Za bardzo oddaliliśmy się od cywilizacji, chłopaki. Ludzie, którzy mnie potrzebują, nie ufają mi, a tych, którzy mi ufają, na mnie nie stać. – Stary zerknął do sakiewki. – Mamy półtora grosza, więc stajemy w obliczu dość ograniczonych możliwości wyboru. Wolicie dzisiaj moknąć czy jutro nie jeść? Ponieważ zapewne nie zrobimy tu żadnego interesu, czeka nas jedno albo drugie.

Wychyliłem się zza rogu budynku, aby móc przeczytać napis na burcie wozu starego. Głosił:

ABENTHY: HERMETYK NADZWYCZAJNY
Skryba. Różdżkarz. Chemik. Dentysta.
Egzotyczne towary. Kuracja dalegliwości.
Odnajdywanie zgub. Naprawa wszystkiego.
Żadnych horoskopów. Żadnych mikstur miłosnych.
Żadnych zgubnych poczynań.

Wychyliłem się z mojego ukrycia i Abenthy natychmiast mnie zobaczył.

– Witaj. Czym mogę służyć?

– Napisałeś z błędem „dolegliwości" – zauważyłem.

Wydawał się zaskoczony.

– Przecież to żart – wyjaśnił. – Warzę co nieco.

– Och. Ale – powiedziałem, kiwając głową. – Teraz rozumiem. – Wyciągnąłem rękę z kieszeni. – Możesz mi coś sprzedać za grosz?

Na jego twarzy odbiła się mieszanina rozbawienia i ciekawości.

– Czego szukasz?

– Chciałbym kupić trochę lacillium. – W ostatnim miesiącu ze dwanaście razy wystawialiśmy *Farien Złotowłosą* i mój młody umysł był zafascynowany intrygą oraz zabójstwem.

– Obawiasz się, że ktoś chce cię otruć? – zapytał zdziwiony.

– W sumie to nie. Ale myślę sobie, że jeśli zaczekam do czasu, aż będzie mi potrzebne antidotum, będzie już za późno, żeby je zdobyć.

– Myślę, że mogę ci je sprzedać za grosz – rzekł. – Będzie tego dawka akurat odpowiednia dla kogoś twoich rozmiarów. Pamiętaj jednak, że substancja sama w sobie jest niebezpieczna. Skutkuje tylko przeciwko określonym truciznom. Może ci zaszkodzić, jeśli zażyjesz ją w nieodpowiednim momencie.

– Ach – westchnąłem. – Tego nie wiedziałem. – W sztuce było zachwalane jako niezawodne panaceum.

Abenthy w zamyśleniu dotknął palcem ust.

– Może tymczasem odpowiedziałbyś mi na jedno pytanie?

Pokiwałem głową.

– Co to za trupa? – zapytał.

– Można rzec, że moja – odparłem. – Ale tak naprawdę mojego ojca, ponieważ on kieruje całym wędrownym widowiskiem i decyduje, dokąd pojadą wozy. Ale jest również barona Greyfallowa, ponieważ on jest naszym patronem. Jesteśmy Ludźmi Lorda Greyfallowa.

Stary obrzucił mnie rozbawionym spojrzeniem.

– Słyszałem o was. Dobra trupa. Solidna reputacja.

Przytaknąłem, nie widząc potrzeby bawienia się w fałszywą skromność.

– Myślisz, że twój ojciec byłby zainteresowany przyjęciem kogoś do pomocy? – zapytał. – Nie twierdzę, że jestem jakimś wielkim aktorem, ale przydaję się czasami. Mogę wam sporządzić farbę do twarzy i róż, które nie będą pełne ołowiu, rtęci oraz arszeniku. Potrafię też robić światła, szybko, czyste i jasne. Jeśli chcecie, we wszystkich kolorach.

Nad tym akurat nie musiałem się długo zastanawiać – świece były drogie i łatwo gasły, pochodnie brudne i niebezpieczne. A każdy w trupie już we wczesnym wieku uczył się, jak niebezpieczne potrafią być kosmetyki. Bo jak zostać weteranem aktorskiego życia, jeśli raz na trzy dni należało pomalować się trucizną, od której dostawało się pomieszania zmysłów przed upływem dwudziestego piątego roku życia?

– Być może posuwam się trochę za daleko – powiedziałem, podając mu rękę. – Ale pozwól mi być pierwszym, który powita cię w naszej trupie.

Jeżeli ma to być wyczerpujący i szczery obraz mego życia oraz czynów, powinienem chyba nadmienić, że powody, jakie mi przyświecały, kiedy zapraszałem Bena do naszej trupy, nie były w pełni altruistyczne. Prawdą jest, że zawsze znalazłby u nas zajęcie człowiek robiący dobre kosmetyki i jasne światła. Prawdą jest też, że pożałowałem starego człowieka samego na drodze.

Ale najgłębszą pobudką była ciekawość. Widziałem na własne oczy, jak Abenthy dokonał czegoś, czego wyjaśnić nie potrafiłem, czegoś dziwnego i cudownego. Nie chodziło o jego sztuczkę z sympatetycznymi lampami – tę przejrzałem od razu, dostrzegając w niej to, czym była, a więc zwykłe przedstawienie, blef mający otumanić głupich wieśniaków.

To, co zrobił później, miało zupełnie inny charakter. Wezwał wiatr i ten przybył. To była magia. Prawdziwa magia, o której słuchałem w opowieściach o Taborlinie Wielkim. Ta magia, w którą przestałem wierzyć, ukończywszy szósty rok życia. Teraz już nie wiedziałem, w co wierzyć.

A więc zaprosiłem go, żeby przystał do naszej trupy, w nadziei że znajdę odpowiedzi na swoje pytania. Choć naonczas jeszcze o tym nie wiedziałem, chciałem się dowiedzieć, jak brzmi imię wiatru.

Rozdział 9

Podróże z Benem w jego wozie

Abenthy był pierwszym hermetykiem, jakiego w życiu spotkałem; w oczach chłopca był postacią dziwną i ekscytującą. Orientował się we wszystkich naukach: w botanice, astronomii, psychologii, anatomii, alchemii, geologii, chemii...

Postać miał zażywną, nakrapiane tęczówki oczu, które biegały żywo po otoczeniu. Łysą czaszkę otaczał wianuszek stalowosiwych włosów, ale (i to najżywiej staje mi w pamięci zawsze, gdy go wspominam) brakowało mu brwi. To znaczy miał brwi, ale przez cały czas w stadium odrastania po tym, jak wypalał je sobie w trakcie kolejnych alchemicznych eksperymentów. Przez to wyglądał na zaskoczonego i zarazem zagadkowego.

Przemawiał łagodnie, śmiał się często i nigdy nie żartował sobie kosztem innych. Przeklinał jak pijany żeglarz ze złamaną nogą, ale tylko swoje oślice. Nosiły imiona Alfa i Beta, a Abenthy dawał im marchew i okruchy cukru, kiedy myślał, że nikt nie widzi. Szczególnie upodobał sobie chemię – ojciec twierdził, że nie spotkał jeszcze w życiu człowieka, który tak opanowałby sztukę destylacji.

Już drugiego dnia wspólnej podróży uparłem się, żeby podróżować na jego wozie, potem ten zwyczaj się utrwalił. Zadawałem mu niekończące się pytania, wysłuchiwałem odpowiedzi. Potem on prosił mnie o piosenki, a ja grałem mu je na lutni pożyczonej od ojca.

Od czasu do czasu nawet sam śpiewał. Miał mocny, drżący tenor, który zawsze w końcu wypadał z tonacji, szukając nut w niewłaściwych miejscach. W takich chwilach często urywał i śmiał się z siebie. Był dobrym człowiekiem i daremnie było szukać w nim śladu próżności.

Niedługo po tym, jak Abenthy przyłączył się do naszej trupy, zapytałem go, czym właściwie zajmuje się hermetyk.

Zareagował zamyślonym spojrzeniem.

– Spotkałeś już kiedyś jakiegoś hermetyka?

– Kiedyś zapłaciliśmy jednemu, żeby nam naprawił oś na drodze. – Urwałem, żeby się zastanowić. – Zmierzał w głąb lądu z karawaną wiozącą ryby.

Abenthy zbył mnie lekceważącym gestem.

– Nie, nie, chłopcze. Mówię o prawdziwym hermetyku. Nie jakimś magiku od chłodzenia, który w tę z powrotem przemierza szlaki karawan i dba, żeby nie zepsuło się świeże mięso.

– A jaka jest różnica? – zapytałem, zdając sobie sprawę, że tego po mnie oczekuje.

– Cóż... – zaczął. – Wyjaśnienia mogą zająć trochę czasu...

– Nie mam nic prócz czasu.

Abenthy obrzucił mnie łaskawszym spojrzeniem. Na to właśnie czekałem. To było spojrzenie, które mówiło: „Dojrzałe słowa, jak na kogoś tak młodego". Miałem nadzieję, że już wkrótce zrozumie, że ma do czynienia z kimś znacznie starszym, niż wskazywałby wygląd. To męczące, gdy wszyscy zwracają się do ciebie jak do dziecka, choćby się nawet było dzieckiem.

Wziął głęboki oddech.

– Jeśli nawet ktoś zna jedną czy dwie sztuczki, to nie znaczy jeszcze, że jest hermetykiem. Jeden z drugim może wiedzieć, jak złożyć kość, albo umieć czytać w eld vintic. Może nawet znać się na sympatii. Ale...

– Na sympatii? – wtrąciłem tak grzecznie, jak tylko umiałem.

– Ty zapewne nazwałbyś ją magią – niechętnie odrzekł Abenthy. – Ale tak naprawdę to żadna magia. – Wzruszył ramionami. – Lecz nawet odrobina wiedzy sympatycznej nie czyni jeszcze z człowieka hermetyka. Prawdziwy hermetyk to ten, który studiował Arkana na Uniwersytecie.

Na wzmiankę o Arkanach w mej głowie pojawiło się nagle dwadzieścia nowych pytań. Dwadzieścia, można by pomyśleć, to nie tak znowu dużo, jeśli jednak dodać je do pół setki pytań, jakie dręczyły mnie właściwie przez cały czas, to wprawiło mnie to w stan bliski eksplozji. Tylko dzięki nadludzkiemu wysiłkowi woli udało mi się zmilczeć i pozwolić Abenthy'emu, aby dalej ciągnął swe rozważania.

Niemniej starzec dostrzegł moją reakcję.

– A więc słyszałeś już o Arkanach, tak? – Wydawał się rozbawiony. – Wobec tego opowiedz mi, co słyszałeś.

Ta odrobina zachęty okazała się wszystkim, czego mi było trzeba.

– W Temper Glen słyszałem od jednego chłopaka, że na Uniwersytecie potrafią przyszyć odcięte ramię. Naprawdę potrafią? Niektóre opowieści twierdzą, że Taborlin Wielki udał się na Uniwersytet, żeby poznać imiona wszystkich rzeczy. Że tam jest biblioteka z tysiącem książek. Naprawdę jest ich tak wiele?

Pytania posypały się na niego tak szybko, że z tego powodu chyba postanowił odpowiedzieć tylko na to ostatnie.

– Naprawdę to jest ich więcej niż tysiąc. Dziesięć razy po dziesięć tysięcy ksiąg. A nawet jeszcze więcej. Więcej, niż jesteś w stanie w życiu przeczytać. – W słowach Abenthy'ego zabrzmiały tęskne tony.

Więcej książek, niż można w życiu przeczytać? Jakoś nie potrafiłem w to uwierzyć.

Ben tymczasem ciągnął:

– Ludzie, których widujesz, jak towarzyszą karawanom... specjaliści od uroków, które sprawiają, że jedzenie się nie psuje, różdżkarze, wróżbiarze, połykacze ropuch... są prawdziwymi hermetykami w takim stopniu, w jakim przydrożni komedianci są Edema Ruh. Mogą znać odrobinę alchemii, odrobinę sympatii, wiedzieć co nieco o medycynie. – Pokręcił głową. – Ale hermetykami nie są. Mimo to wielu z nich udaje. Wdziewają swoje szaty i zachowują się pompatycznie, aby nabrać ignorantów i naiwnych. Ale istnieje sposób, dzięki któremu można poznać prawdziwego hermetyka.

Abenthy ściągnął przez głowę łańcuszek z delikatnych ogniw i podał mi. Wtedy po raz pierwszy zobaczyłem guldena Arkanów. Wyglądał zresztą raczej mizernie, po prostu płaski kawałek ołowiu z wybitymi jakimiś niezrozumiałymi znakami.

– To jest prawdziwy *gilthe*. Albo gulden, jeśli wolisz – wyjaśnił Abenthy z pewną satysfakcją. – Tylko on powie ci, kto jest, a kto nie jest hermetykiem. Twój ojciec kazał mi go pokazać, zanim się zgodził, żebym przystał do waszej trupy. Z czego wynika, że jest człowiekiem obeznanym w sprawach świata. – Przyglądał mi się, nieśmiało udając brak zainteresowania. – Mało przyjemny w dotyku, co?

Zacisnąłem zęby i skinąłem głową. Gdy tylko dotknąłem guldena, natychmiast straciłem czucie w dłoniach. Miałem ogromną ochotę przyjrzeć się bliżej znakom na jego awersie i rewersie, ale nim zdążyłem dwa razy odetchnąć, rękę miałem zdrętwiałą do ramienia, jakbym spał na niej całą noc. Zacząłem się zastanawiać, czy całe ciało mi zdrętwieje, jeśli potrzymam go dostatecznie długo.

Nie dane mi było się przekonać, ponieważ wóz podskoczył na jakiejś wyboinie, a gulden Abenthy'ego omalże nie wypadł z moich odrętwiałych dłoni. Zdążył jednak go złapać i szybko zawiesił znów na szyi, chichocząc przy tym.

– Jak możesz to wytrzymać? – dopytywałem się, próbując rozetrzeć ręce.

– W ten sposób działa tylko na innych – wyjaśnił. – Pod dotykiem właściciela wydaje się po prostu ciepły. I właśnie po tym możesz odróżnić hermetyka od kogoś, kto ma tylko żyłkę do znajdowania wody albo przepowiadania pogody.

– Trip ma coś takiego – powiedziałem. – Wyrzuca same siódemki.

– To nie całkiem to samo – śmiał się Abenthy. – Nie każda rzecz z nie dających się na pozór wyjaśnić jest zaraz skutkiem posiadania żyłki do czegoś. – Zgarbił się na koźle. – I pewnie lepiej. Kilkaset lat temu ktoś, kto miał żyłkę, był właściwie nieboszczykiem, gdy tylko ludzie się zorientowali. Tehlanie nazywali to znakiem demona i palili takich ludzi na stosie. – Po dobrym nastroju Abenthy'ego nie zostało śladu.

– My też raz czy dwa razy musieliśmy pomagać Tripowi w ucieczce z więzienia – powiedziałem, próbując znów nadać weselszy ton rozmowie. – Ale na stosie nikt go spalić nie chciał.

Abenthy uśmiechnął się z wysiłkiem.

– Podejrzewam, że Trip ma parę spreparowanych kości albo umiejętności, które zapewne obejmują również karty. Dziękuję ci, że na czas mnie ostrzegłeś, ale żyłka to coś zupełnie innego. Nie mogłem znieść tego, że traktuje mnie z góry.

– Trip nie potrafiłby nikogo oszukać, nawet gdyby od tego zależało jego życie – powiedziałem nieco ostrzej, niż zamierzałem. – A każdy w tej trupie umie odróżnić dobre kości od złych. Trip wyrzuca siódemki. Niezależnie od tego, czyich kości używa, wyrzuca siódemki. Jeżeli na kogoś postawi, ten ktoś wyrzuca siódemki. Jeśli choćby wpadnie przypadkiem na stół, gdzie leżą kości, wypadają siódemki.

– Hm. – Abenthy pokiwał głową do jakichś swoich myśli. – Wobec tego przepraszam. To faktycznie wygląda jak żyłka. Chętnie bym się temu przyjrzał.

Przytaknąłem.

– Weź własne kości. Od lat nie pozwalamy mu grać. – Uderzyła mnie pewna myśl. – Być może to już nie działa.

– Z żyłką sprawa nie jest taka prosta, nie znika tak sobie. – Wzruszył ramionami. – W Staup, gdzie dorastałem, znałem jednego młodego człowieka, który miał niezwykłą żyłkę do roślin. – Uśmiech zniknął z twarzy Abenthy'ego, kiedy spojrzał w przestrzeń takim wzrokiem, jakby widział coś, co mi umykało. – Jego pomidory już były czerwone, podczas gdy inni mieli dopiero pnące się krzaki. Jego dynie były większe i słodsze, winogron właściwie nie trzeba było wsadzać do gąsiorów, a już zmieniały się w wino. – Urwał, zapatrzony przed siebie.

– Spalili go? – zapytałem z ponurą fascynacją, jaka zazwyczaj towarzyszy młodości.

– Co? Nie, oczywiście, że nie. Nie jestem aż taki stary. – Zmarszczył czoło i spojrzał na mnie z udawaną surowością. – Przyszła susza i wypędzono go z miasta. Jego biednej matce pękło serce.

Przez chwilę milczeliśmy. Słyszałem jak na drugim wozie przed nami Teren i Shandi ćwiczą dialogi ze *Świniopasa i słowika*.

Abenthy też chyba się przysłuchiwał, ale jakoś tak machinalnie. Kiedy Teren zagubił się w połowie ogrodowego monologu Faina, odwróciłem się i spojrzałem mu w oczy.

– Czy na Uniwersytecie uczą gry aktorskiej? – zapytałem.

Abenthy pokręcił głową, wyraźnie rozbawiony pytaniem.

– Uczą wielu rzeczy, ale tego nie.

Znów zerknąłem na Abenthy'ego i zobaczyłem, że on też mi się przygląda, rozbieganymi oczami.

– Mógłbyś mnie nauczyć trochę z tych pozostałych rzeczy? – zapytałem.

On uśmiechnął się i tak to się zaczęło.

Abenthy po kolei zapoznawał mnie z podstawami każdej z nauk. Choć jego największą miłością była chemia, wierzył we wszechstronne wykształcenie. Dowiedziałem się, jak działa sekstans, kompas, suwak logarytmiczny i liczydło. A co ważniejsze, nauczyłem się obchodzić bez nich.

W czasie jednego cyklu nauczyłem się rozpoznawać wszystkie chemikalia, jakie miał na wozie. W ciągu dwóch miesięcy potrafiłem destylować alkohol, póki nie robił się zbyt mocny do picia, opatrywać ranę, nastawiać kość i na podstawie symptomów diagnozować setki chorób. Zapoznałem się z procesem wytwarzania czterech różnych afrodyzjaków, trzech mikstur antykoncepcyjnych, dziewięciu przeciwko impotencji i dwóch napojów miłosnych, o których mówiło się po prostu „sojusznik panny". Abenthy dość niejasno wyrażał się na temat zastosowania tych ostatnich, ale ja miałem własne podejrzenia.

Wyuczyłem się formuł na kilkanaście trucizn i kwasów, jak też na setkę medykamentów i panaceów, wśród których zdarzały się nawet takie, co działały. Dwukrotnie powiększyłem rozmiary swego zielnika, jeśli nawet nie w materialnym sensie, to przynajmniej w teorii. To Abenthy zaczął na mnie mówić Rudy, a ja nazywałem go Ben, na początku z zemsty, później z przyjaźni.

Dopiero teraz zdaję sobie sprawę, jak umiejętnie Ben przygotowywał mnie na to, co mnie czeka na Uniwersytecie. To dlatego, że czynił to nadzwyczaj subtelnie. Raz czy dwa razy dziennie, niby to w ramach normalnych ćwiczeń, Ben dawał mi do rozwiązania krótkie ćwiczenia umysłowe, które musiałem opanować, zanim przechodziliśmy do czegoś innego. Kazał mi grać w Tirani bez planszy, śledząc w głowie położenie figur. Innymi razy przerywał rozmowę w połowie i kazał mi powtarzać wszystko, co zostało powiedziane w ciągu ostatnich kilku minut, słowo w słowo.

Był to zupełnie inny poziom niż proste zapamiętywanie tekstów sztuk. Moje myśli uczyły się podążania nowymi drogami, umysł krzepł. Odczuwałem go w taki sposób, jak odczuwa się ciało po całym dniu rąbania drewna, pływania lub seksu. Człowiek czuje się wyczerpany, słaby, a równocześnie prawie jak Bóg. Te uczucie było podobne, tyle że to mój intelekt był zmęczony i rozciągnięty, płynny, potencjalnie potężny. Czułem wręcz namacalnie, jak mój umysł zaczyna się budzić.

W miarę dokonywanych postępów czułem, jak proces ten przyspiesza – jakby woda podmywała tamę z piasku. Nie wiem, czy wiesz, co znaczy postęp geometryczny, ale w ten sposób można rzecz całą najlepiej opisać. A przez cały czas Ben wciąż podsuwał mi nowe ćwiczenia, które wówczas uważałem za czystą złośliwość z jego strony.

Rozdział 10

Alar i parę kamieni

Ben uniósł brudny polny kamień, odrobinę większy niż jego pięść.

– Co się stanie, jeśli upuszczę ten kamień?

Zastanawiałem się przez chwilę. W trakcie lekcji pytania, które z pozoru były proste, rzadko się takie okazywały. Na koniec postanowiłem udzielić oczywistej odpowiedzi:

– Prawdopodobnie spadnie.

Ben uniósł brew. Przez ostatnich kilka miesięcy nie dawałem mu spokoju, więc nie miał okazji, żeby je znowu sobie spalić.

– Prawdopodobnie? Czy jak dotąd zawsze nie spadał?

Pokazałem mu język.

– Nie próbuj mnie tu bałamucić. To jest sofizmat. Sam mnie uczyłeś.

Wyszczerzył zęby.

– Świetnie. Czyli zgodzisz się ze mną, jeśli powiem, że wierzysz, iż spadnie?

– Zgodzę się.

– Chciałbym, abyś uwierzył, że poleci do góry. – Jego uśmiech stał się jeszcze szerszy.

Spróbowałem. To było jak rodzaj gimnastyki umysłu. Po chwili skinąłem głową.

– W porządku, już.

– Jak mocno w to wierzysz?

– Niezbyt mocno – przyznałem.

– Chcę, abyś uwierzył, że ten kamień pofrunie. Uwierzył wiarą, która porusza góry i potrząsa drzewami. – Urwał na moment i po chwili podjął, jakby z nieco innej beczki: – Wierzysz w Boga?

– W Tehlu? W pewnym sensie.

– To nie wystarczy. Wierzysz w istnienie swoich rodziców?

Uśmiechnąłem się lekko.

– Od czasu do czasu. W tej chwili nigdzie ich nie widzę.

Parsknął i zdjął z haczyka packę, którą karcił Alfę i Betę, kiedy się leniwiły.

– A w to wierzysz, E'lir?

Nazywał mnie tak tylko wówczas, gdy uważał, że jestem szczególnie krnąbrny i oporny. Podsunął mi packę pod nos.

W jego oczach lśniło złośliwe rozbawienie. Postanowiłem nie kusić losu.

– Tak.

– Dobrze. – Uderzył swoim instrumentem w burtę wozu, rozległ się ostry trzask. Jedno z uszu Alfy poruszyło się w ślad za dźwiękiem, jakby oślica nie była pewna, czy jest, czy nie jest adresatką odgłosu. – O taką właśnie wiarę mi chodzi. Nazywa się *Alar*: wiara pejcza. Kiedy upuszczę ten kamień, odleci wolny niczym ptak.

Potrząsnął lekko packą.

– I porzuć swoje mętne filozofijki, bo w przeciwnym razie pożałujesz, że w ogóle zacząłeś.

Pokiwałem głową. Opróżniłem umysł za pomocą jednej ze sztuczek, które niedawno poznałem, i skupiłem się na wierze. Wkrótce pot wystąpił mi na czoło.

Po jakichś dziesięciu może minutach znowu pokiwałem głową.

Ben upuścił kamień. Kamień spadł.

Powoli zaczynała mnie boleć głowa.

Ben tymczasem podniósł kamień.

– Wierzysz, że poleciał?

– Nie! – Patrzyłem ponuro pod nogi, rozcierając skronie.

– Dobrze. Bo nie poleciał. Nigdy się nie oszukuj i nie wmawiaj sobie rzeczy, które nie istnieją. To jest najłatwiejsza droga, ale sympatia nie jest dla ludzi o słabej woli. – Znowu podniósł kamień. – Wierzysz, że pofrunie?

– Nie pofrunął!

– To nie ma znaczenia. Spróbuj znowu. – Potrząsnął dłonią, w której trzymał kamień. – Alar jest kamieniem węgielnym sympatii. Jeżeli chcesz narzucić światu swoją wolę, musisz zapanować nad tym, w co wierzysz.

Próbowałem i próbowałem. To była najtrudniejsza rzecz, z jaką kiedykolwiek przyszło mi się zmagać. Zabrało mi to prawie całe popołudnie.

W końcu wprawiłem się w taki stan, że potrafiłem niewzruszenie wierzyć, iż kamień nie upadnie, mimo że na własne oczy widziałem, iż spada.

Usłyszałem odgłos upadającego kamienia i spojrzałem na Bena.

– Już wiem, o co chodzi – oznajmiłem spokojnie, czując niemałe zadowolenie z samego siebie.

Spojrzał na mnie kątem oka, jakby nie do końca mi wierzył, ale nie chciał tego otwarcie przyznać. Postukał kilka razy palcem drugiej dłoni w trzymany kamień, wzruszył ramionami i znowu podniósł go do góry.

– Chciałbym, abyś, kiedy puszczę kamień, równocześnie wierzył, że spadnie i że nie spadnie. – Wyszczerzył zęby.

Do łóżka dotarłem dopiero późną nocą. Z nosa leciała mi krew, ale uśmiechałem się z satysfakcją. Dwa sprzeczne przekonania z jednakową pewnością tkwiły w moim umyśle, a ich śpiewna dysharmonia ukołysała mnie do snu.

Umiejętność myślenia naraz o dwóch sprzecznych ze sobą rzeczach, która zresztą nadzwyczaj się przydawała w praktyce, z grubsza rzecz biorąc przypominała zdolność śpiewania harmonicznego z samym sobą i stała się moją ulubioną rozrywką. Po kilku dniach ćwiczeń byłem już w stanie zaśpiewać trio. Wkrótce umiałem już wykonywać umysłowe odpowiedniki sztuczek karcianych i żonglerki nożami.

Potem nadeszły kolejne lekcje, ale żadna z nich nie była równie przełomowa jak Alar. Ben nauczył mnie Serca z Kamienia, ćwiczenia, które pozwalało odsunąć na bok emocje oraz przesądy i myśleć jasno, o czymkolwiek się chciało. Ben twierdził, że człowiek, który w pełni opanował Serce z Kamienia, jest w stanie iść na pogrzeb swej siostry i nie uronić nawet jednej łzy.

Nauczył mnie też gry zwanej Szukaniem Kamienia. Jej celem było takie pokierowanie swoim umysłem, aby jego część ukryła wyimaginowany kamień w wyimaginowanym pomieszczeniu. Następnie inna, odrębna część umysłu musiała ten kamień znaleźć.

W praktyce człowiek uczy się w ten sposób cennej kontroli nad umysłem. Kiedy ktoś naprawdę jest w stanie grać w Szukanie Kamienia, posiada już autentyczny i niewzruszony Alar, potrzebny dla praktykowania sympatii.

Niemniej, choć umiejętność myślenia równocześnie o dwu sprzecznych ze sobą rzeczach jest ogromnie pożyteczna, jej ćwiczenie w najlepszym wypadku okazuje się strasznie męczące, w najgorszym – co najmniej niepokojące.

Pamiętam, jak pewnego razu szukałem kamienia prawie godzinę, nim uległem i zapytałem tego siebie, który go ukrył, gdzie go ukrył, tylko po to, aby odkryć, iż wcale nie ukrywał nigdzie kamienia. Po prostu czekałem, aby się przekonać, jak długo będę szukał kamienia, nim się poddam. Zdarzyło ci się kiedyś być w tej samej chwili równocześnie złym na siebie i rozbawionym? Nie przesadzę, mówiąc, że jest to co najmniej interesujące uczucie.

Innym razem poprosiłem siebie o wskazówki i skończyło się na tym, że sam z siebie zacząłem drwić. Więc nic dziwnego, że wielu hermetyków wydaje się ludźmi ekscentrycznymi, jeśli nie wręcz z lekka szalonymi. Jak twierdził Ben, sympatia nie jest dla słabych na umyśle.

Rozdział 11

Wiązanie żelaza

Siedziałem na tyłach wozu Abenthy'ego. Miejsce to wydawało mi się wprost cudowne: skarbiec setek butelek i zawiniątek przesycony tysiącem woni. Mojej młodej ciekawości nastręczało zazwyczaj więcej emocjonujących perspektyw niż wóz druciarza. Ale nie dzisiaj.

W nocy mocno padało i droga zmieniła się w jedną warstwę błota. Ponieważ trupa nie była związana żadnym ściśle określonym programem występów, postanowiliśmy odpocząć przez dzień czy dwa, póki drogi nie wyschną. Tego rodzaju wydarzenie trudno było określić jako coś niezwykłego, ale tym razem stało się to akurat w idealnym momencie, aby Ben mógł się zająć mą dalszą edukacją. Takim więc sposobem siedziałem przy drewnianym warsztacie z tyłu wozu Bena i aż gotowałem się w środku, zmuszony do wysłuchiwania wykładu o rzeczach, które moim zdaniem dawno już zrozumiałem.

Moje myśli musiały wyraźnie odbijać się na twarzy, ponieważ w pewnym momencie Abenthy westchnął i usiadł obok.

– Nie całkiem tego oczekiwałeś, co?

Uspokoiłem się nieco, wiedząc, że ten ton zazwyczaj oznacza chwilową przynajmniej przerwę w wykładzie. On tymczasem wziął w dłoń garść żelaznych denarów i zaczął nimi potrząsać; metalowe monety cicho szczękały.

W końcu spojrzał na mnie.

– Umiesz już porządnie żonglować? Pięć kul równocześnie? Noże?

Lekko zarumieniłem się na samą myśl. Trip nigdy nie pozwolił mi użyć nawet trzech kul naraz. Kazał mi żonglować dwiema.

A nawet wówczas udało mi się parę razy je zgubić, o czym opowiedziałem Benowi.

– No, właśnie – rzekł Ben. – Opanuj tę sztuczkę, a zaczniesz się uczyć następnej.

Spodziewałem się, że po tej uwadze wstanie i wróci natychmiast do wykładu, ale on podał mi garść żelaznych denarów.

– Co możesz mi powiedzieć na ten temat? – Żelazo w jego garści zaszczękało.

– Pod jakim względem? – zapytałem. – Fizycznym, chemicznym, historycznym...

– Historycznym. – Uśmiechnął się. – Zadziw mnie opanowaniem historycznych szczegółów, E'lir.

Raz zapytałem go, co znaczy imię „E'lir". Twierdził, że „mądry", ale jakoś nie do końca mu wówczas uwierzyłem, widząc mimowolnie wygięte kąciki ust.

– Dawno, dawno temu ludzie, którzy...

– Jak dawno temu?

Spojrzałem na niego spod ironicznie zmarszczonych brwi.

– Mniej więcej dwa tysiące lat temu. Plemiona nomadów wędrujące po pogórzu u stóp gór Shalda zostały zjednoczone pod władzą jednego wodza.

– Jak miał na imię?

– Heldred. A jego synowie: Heldim i Heldar. Interesuje cię całe jego drzewo genealogiczne, czy mam przejść do rzeczy? – Spojrzałem na niego, tym razem z nieudawaną złością.

– Przepraszam pana. – Ben się wyprostował, a na jego twarzy tak gwałtownie pojawił się wyraz teatralnej powagi, że obaj uśmiechnęliśmy się jak na komendę.

Zacząłem znowu:

– Heldred ostatecznie podporządkował swojej władzy całe pogórze Shalda. Co oczywiście oznaczało, że kontroluje same góry. Jego ludzie zaczęli siać i zbierać plony, porzucili koczownicze obyczaje i powoli zaczęli...

– Do rzeczy, co? – przerwał mi Abenthy i rzucił denary na stół przede mną.

Ze wszystkich sił starałem się go ignorować.

– Na ich ziemiach znalazły się jedyne nadające się do eksploatacji pokłady metalu w okolicy, wkrótce więc pojawili się wśród nich zręczni metalurgowie. Niegdysiejsze plemiona wykorzystały okazję, zdobywając przy tym bogactwa i potęgę. Do owej epoki wymiana towarowa była zasadniczą metodą handlu. Kilka większych miast wprawdzie biło własną monetę, ale poza ich murami była ona warta tylko tyle, ile wynosiła cena metalu. Sztaby metalu znacznie lepiej nadawały się do wymiany, ale z kolei nastręczały trudności przy transporcie.

Ben poczęstował mnie swoją najlepszą miną znudzonego ucznia. Efekt tylko nieznacznie osłabiało to, że dwa dni wcześniej znowu opalił sobie brwi.

– Nie masz chyba zamiaru wgłębiać się w zalety pieniądza zdawkowego, nieprawdaż?

Odetchnąłem głęboko i raz na zawsze postanowiłem w duchu, że już nigdy nie będę się Benowi naprzykrzał w trakcie wykładów.

– Dawni nomadzi, zwący się obecnie Cealdianami, pierwsi ustanowili jednolity system walutowy. Dzieląc jedną z tych mniejszych sztabek żelaza na pięć części, otrzymujesz pięć denarów. – Aby naocznie uzasadnić swe stwierdzenie, zabrałem się do układania dwóch szeregów po pięć denarów każdy. Faktycznie razem przypominały trochę metalowy odlew. – Dziesięć denarów to tyle samo co miedziana jota. Dziesięć jot...

– Wystarczy już – wtrącił Ben, zupełnie mnie zaskakując. – A więc te dwa denary – podsunął mi dwa pod nos – mogą pochodzić z tej samej sztaby, racja?

– Tak naprawdę to chyba odlewane są oddzielnie... – Urwałem pod jego natarczywym spojrzeniem. – Jasne.

– A więc jest coś, co wciąż je łączy ze sobą, racja? – Znowu tak na mnie spojrzał.

Naprawdę to wcale tak nie uważałem, ale wiedziałem, że lepiej nie przerywać.

– Racja.

Położył oba denary na stole.

– A więc, kiedy poruszę jeden z nich, drugi też powinien się poruszyć, tak?

Zgodziłem się, bo widziałem, że tego po mnie oczekuje, i sięgnąłem po jedną z monet. Ale Ben schwycił moją rękę, pokręcił głową.

– Najpierw musisz im to zasugerować. Musisz je przekonać.

Wyciągnął skądś miseczkę i wlał do niej kleistą kroplę żywicy sosnowej. Zanurzył jeden z denarów w żywicy, a potem przykleił drugi do niego, wypowiedział kilka słów, których nie zrozumiałem, i powoli rozsunął obie monety, po chwili połączone już tylko pojedynczymi nitkami żywicy.

Jedną położył na stole, drugą wciąż trzymał w dłoni. Wymamrotał jeszcze coś, rozluźnił się.

Uniósł rękę, a denar na stole poruszył się w ślad za drugą monetą. Potem jego dłoń zatańczyła w serii skomplikowanych ruchów, a brązowy kawałek żelaza zaczął podskakiwać do taktu.

Przeniósł wzrok z mojej twarzy na monetę.

– Prawo sympatii jest jednym z podstawowych wymiarów magii. Stwierdza, że im bardziej podobne są dwa przedmioty, tym silniejsza więź sympatetyczna. A im silniejsza więź, tym łatwiej przedmioty oddziałują na siebie.

– To pokrętna definicja.

Położył monetę na blacie. A gdy z niewielkim powodzeniem próbował jakimś gałgankiem wytrzeć z ręki żywicę, poważny wyraz twarzy wykładowcy ustąpił miejsca szerokiemu uśmiechowi. Przez chwilę zastanawiał się nad odpowiedzią.

– W związku z tym jest raczej bezużyteczna, co?

Z wahaniem przytaknąłem, ponieważ tego rodzaju podchwytliwe pytania stanowiły istotną część procesu edukacji.

– Wolałbyś raczej się nauczyć, jak wzywać wiatr? – Znowu spojrzał mi prosto w oczy. Wymamrotał jakieś słowo, a plandeka wozu załopotała nad naszymi głowami.

Poczułem, jak wilczy uśmiech wypełza mi na twarz.

– Niedobrze, E'lir. – On też uśmiechał się dziko. – Zanim nauczysz się pisać, musisz poznać alfabet. Najpierw musisz nauczyć się chwytów, zanim zaczniesz śpiewać i grać.

Położył na stole skrawek papieru, zapisał na nim parę słów.

– Cała sztuczka polega na tym, aby w twoim umyśle trwał Alar. Musisz wierzyć, że są połączone. Musisz wiedzieć, że są połączone. – Podał mi papier. – Tu masz fonetyczny zapis wymowy. Nazywa się to Sympatetycznym Wiązaniem Ruchu Analogicznego. Ćwicz. – Skończył, a wyglądał przy tym jeszcze bardziej wilczo niż wcześniej: stary, posiwiały, bez brwi.

Poszedł umyć ręce. Oczyściłem umysł za pomocą Serca z Kamienia. Wkrótce już unosiłem się w morzu beznamiętnego spokoju. Skleiłem dwa kawałki metalu sosnową żywicą. Skoncentrowałem myśli w stanie Alar, wiary bicza, że dwa denary są w istocie połączone. Wypowiedziałem słowa, rozsunąłem monety, wypowiedziałem ostatnie słowo i czekałem.

Żadnego przypływu mocy. Żadnego dreszczu gorąca czy zimna. Nie uderzyła też we mnie jaskrawa pręga światła.

Doświadczenie to było raczej rozczarowujące. Przynajmniej poczułem coś na tyle zbliżonego do rozczarowania, na ile jest to możliwe, gdy człowiek znajduje się w stanie Serca z Kamienia. Uniosłem monetę trzymaną w dłoni, a leżąca na stole podniosła się, naśladując ruch tamtej. Bez wątpienia była to magia. Mimo to nie zrobiła na mnie właściwie żadnego wrażenia. Spodziewałem się... Nie wiem, czego się spodziewałem. Ale nie tego.

Resztę dnia spędziłem na eksperymentowaniu z prostym wiązaniem sympatetycznym, którego nauczył mnie Abenthy. Dowiedziałem się, że właściwie wszystko można związać ze sobą. Żelaznego denara i srebrny talent, kamień i kawałek owocu, dwie cegły, połać ziemi i jedną z oślic. Dwie godziny zabrało mi domyślenie się, że sosnowa żywica bynajmniej nie jest konieczna. Kiedy go zapytałem, Ben przyznał, że służy tylko jako pomoc w koncentracji. I chyba zdziwiony był, że się domyśliłem bez żadnych wyjaśnień.

Pozwolę sobie krótko podsumować, na czym polega sympatia, ponieważ i tak nikomu nie będzie potrzebne nic więcej niż ogólne zrozumienie, jak te rzeczy działają.

Po pierwsze, energia nie powstaje z niczego i nie ulega zniszczeniu. Kiedy podnosi się jeden denar, a równocześnie drugi unosi się ponad stół, ten, który trzyma się w ręku, staje się podwójnie ciężki, ponieważ w istocie podnosi się oba.

Tak jest w teorii. W praktyce ma się wrażenie, jakby się podnosiło trzy denary. Żadna więź sympatetyczna nie jest doskonała. Im bardziej różne od siebie są związane przedmioty, tym większe straty energii. Wyobraź sobie przeciekający akwedukt, którym woda płynie do młyńskiego koła. Porządna więź sympatetyczna przecieka w niewielu miejscach i większość energii zostaje wykorzystana. Kiepska więź jest pełna dziur i tylko niewielka część sił, które się w nią wkłada, zostaje wykorzystana dla osiągnięcia celu.

Spróbowałem na przykład połączyć kawałek kredy ze szklaną butelką, wypełnioną wodą. Między tymi dwoma przedmiotami istnieje niewielkie podobieństwo, więc choć butelka z wodą mogła ważyć jakieś dwa funty, podnosząc kredę, miałem wrażenie, że waży dobre sześćdziesiąt funtów. Natomiast najlepszą więź, jaką udało mi się odkryć, tworzyły dwie części gałęzi drzewa, którą wcześniej przełamałem na pół.

Kiedy już pojąłem ten niewielki fragment sympatii, Ben nauczył mnie innych jej rodzajów. Dziesiątek dziesiątków więzi sympatetycznych. Setki drobnych trików umożliwiających przepływ mocy. Każdy z nich był innym słowem w obszernym słowniku języka, którym właśnie uczyłem się mówić. Powiedzmy, że czasami było to mozolne, ale to określenie nawet w połowie nie oddaje prawdy.

Ben wciąż zasypywał mnie wiadomościami z innych dziedzin wiedzy: historii, arytmetyki i chemii. Niemniej tak naprawdę rzucałem się na wszystko, czego chciał mnie uczyć o sympatii. On zaś skąpo dzielił się swymi sekretami, każąc mi każdorazowo najpierw dowodzić, że dogłębnie opanowałem poprzedni. Ale najwyraźniej miałem do tego żyłkę, co w połączeniu z naturalnym darem przyswajania wiedzy sprawiało, że nigdy nie musiałem długo czekać.

Nie chcę tu twierdzić, że zawsze było łatwo. Ta sama ciekawość, która czyniła ze mnie tak pilnego ucznia, regularnie wpędzała mnie również w kłopoty.

Pewnego ranka gdy rozpalałem właśnie ogień na posiłek, matka przyłapała mnie na nuceniu rymowanki, którą usłyszałem poprzedniego dnia. Nie zdawałem sobie sprawy, że stoi za moimi plecami, więc usłyszała wszystko, co – pocierając jeden kawałek drewna o drugi – w roztargnieniu wyrecytowałem:

Lady Lackless siedem skarbów ma,
Skarby te skrywa sukni czarny kraj.
A więc pierścień cudowny,
Lecz nie do noszenia on służy.
A więc słowo dosadne,
Które nie ma obruszyć.
Tam, gdzie męża jej świeca się pręży,
Tam też i drzwi, bez sztab potężnych
W szkatule, bez wieka, bez zamka
Chowa Lackless klejnoty małżonka.
I stale w sobie taki sekret pieści,
Niby nie śpi, a jednak jej się śni.
Na gościńcu nie do podróżowania
Lackless ma pociąg do zagadek
Gmatwania.

Usłyszałem, jak śpiewała ją mała dziewczynka, bawiąc się skakanką. Usłyszałem ją tylko dwukrotnie, ale wpadła mi w ucho, ponieważ słowa były łatwe do zapamiętania, jak większość dziecięcych rymowanek.

Ale matka usłyszała, podeszła bliżej i stanęła przy ogniu obok mnie.

– Mówiłeś coś, kochanie? – W tonie jej głosu nie słychać było gniewu, ale szczególnie uszczęśliwiona również nie była.

– Coś, co usłyszałem w Fallows – odrzekłem wymijająco.

Zasadniczo zabraniano mi swobodnego biegania z wiejskimi dzieciakami. „Nieufność szybko przechodzi w niechęć", mawiał mój ojciec członkom naszej trupy, „więc kiedy jesteśmy w mieście, trzymajcie się razem i zachowujcie grzecznie". Dołożyłem parę grubszych polan do ognia i patrzyłem, jak zajmują się płomieniem.

Matka milczała przez chwilę, a kiedy już miałem nadzieję, że na tym się skończy, powiedziała:

– Nieszczególne słowa, żeby tak sobie je śpiewać. Zastanowiłeś się chociaż, co właściwie znaczą?

Tak naprawdę to nie. Piosenka wydawała mi się po prostu nonsensowną rymowanką. Ale kiedy jeszcze raz powtórzyłem ją sobie w głowie, natychmiast dostrzegłem dość oczywiste aluzje seksualne.

– Teraz rozumiem. Ale wcześniej to do mnie nie dotarło.

Wyraz jej twarzy nieco złagodniał. Pogłaskała mnie po włosach.

– Zawsze trzeba się zastanowić nad tym, co się śpiewa, kochanie.

Najwyraźniej miało mi się upiec, ale nie potrafiłem się powstrzymać i zapytałem:

– A czym się to różni od niektórych fragmentów *Choć tyle się naczekał*? Jak wtedy, gdy Fain pyta lady Perial o jej kapelusz? „Słyszałem o nim od tylu dżentelmenów, że zapragnąłem zobaczyć go na własne oczy i przymierzyć". Przecież to oczywiste, o co mu chodzi.

Przyglądałem się, jak zaciska usta, i choć nie złościła się na mnie, wyraźnie nie była zadowolona. Potem w jej twarzy coś drgnęło.

– Ty mi powiedz, na czym polega różnica – powiedziała.

Nienawidziłem podchwytliwych pytań. Różnica była oczywista: jedno słowo oznaczało dla mnie kłopoty, drugie nie. Odczekałem chwilę, żeby wyglądało, iż poświęciłem tej sprawie należytą uwagę, a potem pokręciłem głową.

Moja matka lekko przykucnęła nad ogniem, wyciągnęła do niego dłonie.

– Różnica polega na tym... może przyniósłbyś mi trójnóg? – Popchnęła mnie lekko, a ja szybko ruszyłem na tył wozu; ona tymczasem mówiła dalej: – Czym innym jest powiedzieć to do pewnej osoby, a czym innym o jakiejś osobie. W tym pierwszym wypadku można się czasami narazić na zarzut niegrzeczności, w tym drugim to będą zawsze plotki.

Przyniosłem trójnóg i pomogłem jej go ustawić nad ogniem.

– Poza tym lady Perial jest postacią fikcyjną. Pani Studzienka jest prawdziwą kobietą, której uczucia można urazić. – Popatrzyła na mnie.

– Nie wiedziałem – zacząłem się tłumaczyć.

Pewnie zrobiło jej się mnie żal, ponieważ przytuliła mnie i pocałowała.

– Nie ma co się mazać, malutki. Tylko pamiętaj, że zawsze powinieneś zastanawiać się nad tym, co robisz. – Przeczesała mi dłonią włosy i uśmiechnęła się promiennie. – Z pewnością możesz naprawić przykrość wyrządzoną zarówno lady Lackless, jak i mnie, jeśli narwiesz trochę słodkiej pokrzywy do garnka na wieczór.

Wystarczyło mi pierwszej lepszej wymówki, żeby uciec przed osądem i jeszcze pobawić się w gęstwinie drzew przy drodze. Nie było mnie, ledwie wymówiła ostatnie słowa.

Powinienem też wyjaśnić w tym miejscu, że większość czasu, jaki poświęcałem Benowi, był to mój czas wolny. Wciąż miałem na głowie swoje normalne obowiązki w trupie. Kiedy było trzeba, grałem role młodych paziów. Pomagałem malować dekoracje i szyć kostiumy. Wieczorami czesałem konie i trząsłem cynkową blachą za sceną, gdy potrzebny był odgłos grzmotu.

Ale nie żałowałem straty wolnego czasu. Niewyczerpana energia dziecka w połączeniu z moim nienasyconym pragnieniem wiedzy z następnego roku uczyniły najszczęśliwszy okres mego życia.

Rozdział 12

Pasujące fragmenty układanki

Pod koniec lata przypadkowo podsłuchałem rozmowę, która wytrąciła mnie ze stanu rozkosznej ignorancji. W dzieciństwie rzadko myślimy o przyszłości. Ta niewinność pozwala nam się cieszyć własnym życiem w stopniu, na jaki stać niewielu dorosłych. Dzień, w którym zaczynamy zamartwiać się o przyszłość, jest dniem końca naszego dzieciństwa.

Był wieczór, trupa obozowała przy drodze. Abenthy zadał mi nowe ćwiczenie z sympatii: Zasadę Zmiennego Ciepła Przekształconego w Ruch Stały, czy coś noszącego równie pretensjonalną nazwę.

Ćwiczenie wymagało sprytu, ale w końcu udało mi się je rozwiązać – jakbym składał liczne, ale pasujące do siebie fragmenty układanki – a wnosząc z tonu głosu Abenthy'ego, kiedy mi je zadawał, spodziewał się, że rozwiązanie zajmie mi co najmniej trzy godziny.

Tak więc poszedłem go poszukać. Po części po to, by dał mi następne zadanie, po części, aby się trochę pochełpić.

Znalazłem go w wozie rodziców. Już z pewnej odległości usłyszałem ich głosy. Ale tylko jako mamrotanie, rodzaj odległej muzyki, w którą zmienia się konwersacja, kiedy nie sposób wyróżnić słów. Dopiero gdy podszedłem bliżej, usłyszałem wyraźnie jedno słowo: „Chandrianie".

Usłyszawszy je, stanąłem jak wryty. Wszyscy w trupie wiedzieli, że mój ojciec pracuje nad pieśnią. Od ponad roku, gdziekolwiek się zatrzymywaliśmy na występy, wyciągał od wieśniaków stare opowieści i rymy.

Przez pierwszych kilka miesięcy były to opowieści o Lanre.

Potem zaczął zbierać też stare bajki, legendy o hobgoblinach i upiorach. A jeszcze później zaczął rozpytywać o Chandrian...

Zaczęło się to całe miesiące temu. Przez ostatnie pół roku zadawał coraz więcej pytań o Chandrian, a coraz mniej o Lanre, Lyrę i pozostałe postaci tamtego mitu. Większość pieśni, do których pisania zasiadał, ojciec układał przed końcem sezonu, podczas gdy praca nad tą przeciągała się już drugi rok.

A trzeba ci wiedzieć, że mój ojciec nigdy ni słowem, ni szeptem nie zdradzał treści tego, co pisał, póki pieśń nie była gotowa do wykonania. Tylko matkę dopuszczał do konfidencji – jej rękę zawsze było znać w tworzonych przez niego pieśniach. Błyskotliwe rozwiązania muzyczne pochodziły od niego. Najbardziej chwytliwe zwroty od niej.

Kiedy czeka się kilka cykli lub nawet miesiąc na wysłuchanie ukończonej pieśni, oczekiwanie tylko dodaje wartości utworowi. Ale po roku podniecenie oczekiwaniem przechodzi w swoje przeciwieństwo. A naonczas już półtora roku minęło i ludzie prawie wariowali z ciekawości. Czasami kończyło się to paroma przykrymi słowami, kiedy ktoś podszedł trochę zbyt blisko do wozu, w którym ojciec pracował z matką.

A więc podszedłem bliżej do ogniska domowego rodziców, starając się stąpać na palcach. Podsłuchiwanie to paskudny nawyk, ale od owego czasu udało mi się w sobie rozwinąć jeszcze gorsze.

– ...o nich niewiele – usłyszałem głos Bena. – Ale chętnie się dowiem.

– Cieszę się, że mogę porozmawiać na ten temat z człowiekiem wykształconym. – Silny baryton ojca stanowił miły kontrast z tenorem Bena. – Męczą mnie już przesądy wieśniaków i...

Któreś z nich dorzuciło do ognia i dalsze słowa ojca utonęły w trzaskaniu drew. Tak szybko, jak tylko śmiałem, dałem parę dalszych kroków i skryłem się w długim cieniu wozu rodziców.

– ...jakbym ścigał duchy tą pieśnią. Zebranie wszystkich fragmentów tej historii jest jak robota głupiego. Żałuję, że w ogóle się do niej zabrałem.

– Bzdury – wtrąciła matka. – To będzie twoje największe dzieło i sam dobrze o tym wiesz.

– A więc sądzisz, że istnieje jedna pierwotna opowieść, której te wszystkie są tylko odrostami? – zapytał Ben. – Historyczna prawda o Lanre?

– Wszystkie znaki na to wskazują – przyznał ojciec. – To tak, jakbym patrzył na tuzin wnucząt i widział, że połowa z nich ma niebieskie oczy. Stąd można wnosić, że babka też miała niebieskie oczy. Nie pierwszy raz coś takiego robię, więc jestem w tym niezły. W taki właśnie sposób napisałem „Pod murami". Ale...

Usłyszałem, jak wzdycha.

– Wobec tego, na czym polega problem? – zapytał Ben.

– Ta historia jest starsza – wyjaśniła matka. – Bardziej wygląda to tak, jakbyś patrzył na praprawnuki.

– Które na dodatek rozpierzchły się na wszystkie strony świata – poskarżył się ojciec. – A kiedy już uda mi się któreś odnaleźć, okazuje się, że ma pięcioro oczu: dwa zielone, niebieskie, piwne i jasnozielone z żółtymi cętkami. Następne zaś ma tylko jedno oko, które na dodatek zmienia kolor. W jaki sposób mam z tego coś wywnioskować?

Ben odkaszlnął.

– Niepokojąca analogia – powiedział. – Ale mimo to służę ci całą swoją wiedzą na temat Chandrian. Przez te wszystkie lata słyszałem dość opowieści na ich temat.

– Przede wszystkim chciałbym wiedzieć, ilu ich tak naprawdę jest – zaczął ojciec. – Większość legend wspomina o siedmiu, ale nawet one nie są dostatecznie jasne. Inne mówią o trzech, jeszcze inne o pięciu, a w *Upadku Feliora* pojawia się cała trzynastka: po jednym na każdy pontyfikat w Atur i dodatkowy na stolicę.

– Na to pytanie akurat znam odpowiedź – odparł Ben. – Siedmioro. I możesz tę liczbę traktować jako dość wiarygodną. Ponieważ stanowi to część ich miana. *Chaen* oznacza „siedem". *Chaen-dian* oznacza „ich siedmioro". Chandrianie.

– Tego nie wiedziałem – zadumał się ojciec. – *Chaen*. Z jakiego to języka? Yllish?

– Brzmi jak tema – wtrąciła matka.

– Masz dobre ucho – pochwalił ją Ben. – Ale tak naprawdę to jest temic. Starszy od tema o jakieś tysiąc lat.

– Cóż, to wiele upraszcza – usłyszałem, jak mówi ojciec. – Załuję, że nie zapytałem cię jakiś miesiąc temu. Ale nie podejrzewam, abyś wiedział, dlaczego robią to, co robią? – Z tonu głosu ojca potrafiłem się domyślić, że nie oczekuje odpowiedzi na swoje pytanie.

– To jest dopiero zagadka, co? – zachichotał Ben. – Myślę, że właśnie przez to są bardziej przerażający niż większość straszydeł, o których słyszy się w opowieściach. Duch pragnie zemsty, demon chce wziąć twoją duszę, upiór jest głodny i lodowaty. Przez co wszystkie stają się jakby mniej straszne. Nad istotami, które rozumiemy, możemy próbować zapanować. Ale Chandrianie pojawiają się jak grom z jasnego nieba. Siła wyłącznie niszczycielska. Żadnego sensu, żadnej logiki.

– W mojej pieśni będzie inaczej – z ponurą determinacją oznajmił ojciec. – Myślę, że po całym tym czasie udało mi się wreszcie odnaleźć sens. Złożyłem go do kupy ze szczątków i fragmentów opowieści. To właśnie mnie w tej całej sprawie najbardziej irytuje: najtrudniejszą część zadania mam już za sobą, a detale sprawiają mi tyle kłopotów.

– Wydaje ci się, że wiesz? – zainteresował się Ben. – Jaką masz teorię?

Ojciec roześmiał się cicho.

– Och, nie, Ben. Będziesz musiał poczekać wraz z całą resztą. Zbyt wiele potu wylałem nad tą pieśnią, żeby teraz wygadać się tuż przed samym końcem pracy.

Kiedy Ben się odezwał, wyraźnie słyszałem rozczarowanie w jego głosie:

– Prawie jestem pewien, że to tylko skomplikowany podstęp, który ma mnie skłonić do dalszego podróżowania z wami – utyskiwał. – Nie będę mógł odjechać, póki cała rzecz nie dojrzeje.

– Wobec tego pomóż nam ukończyć utwór – poprosiła matka. – Omeny Chandrian są kolejnym fragmentem informacji o nich, z którym mamy kłopoty. Wszyscy są zgodni co do tego, że określone znaki zwiastują ich obecność, ale nie ma zgody w kwestii, jakie to znaki.

– Pozwólcie mi się zastanowić – rzekł Ben. – Rzecz jasna, niebieski płomień. Ale wahałbym się przypisywać go Chandrianom w szczególności. Są opowieści, w których zwiastuje on obecność demonów. W innych chodzi o istoty baśniowe lub magię wszelkiego rodzaju.

– W niektórych spośród tych, jakie ja znam, stanowi również oznakę złego powietrza – podsunęła matka.

– Doprawdy? – zdziwił się ojciec.

Kiwnęła głową.

– Kiedy lampa pali się niebieskim płomieniem, wiadomo, że w powietrzu jest gaz kopalniany.

– Dobry Boże, gaz kopalniany w kopalni węgla – powiedział ojciec. – Albo zgasisz lampę i zgubisz się w ciemnościach, albo wszystko wyleci w powietrze. To bardziej przerażające niż jakieś tam demony.

– Muszę przyznać, że bywają hermetycy, którzy od czasu do czasu używają spreparowanych świec lub pochodni, aby wywrzeć wrażenie na łatwowiernych prowincjuszach – dodał Ben, znacząco odkaszlnąwszy.

Moja matka wybuchnęła śmiechem.

– Pamiętaj, z kim rozmawiasz, Ben. Nigdy nie będziemy mieli nikomu za złe odrobiny dramatycznej inicjatywy. Niebieskie świece w sam raz pasowałyby do naszego następnego wystawienia *Daeoniki*. Oczywiście, jeśli przypadkiem masz gdzieś parę schowanych.

– Zobaczę, co się da zrobić – powiedział Ben z nutką rozbawienia w głosie. – Inne znaki... jeden z nich to chyba, jak mniemam, oczy jak u kozy, brak oczu lub czarne oczy. Sporo o tym słyszałem. Słyszałem też, że kiedy Chandrianie są blisko, rośliny więdną, drewno butwieje, metal rdzewieje, kruszy się cegła... – Urwał. – Choć nie wiem, czy to pojedynczy omen czy kilka.

– Powoli zaczynasz rozumieć, jakie mam kłopoty – posępnie zauważył ojciec. – A wciąż otwarte pozostaje pytanie, czy każdemu z nich odpowiadają te same znaki, czy też każde zapowiadane jest przez odrębne.

– Mówiłam ci – wtrąciła zniecierpliwiona matka. – Jeden znak dla każdego. To znacznie bardziej sensowne.

– Ulubiona teoria mojej pani – skonstatował ojciec. – Ale nie pasuje do zebranych informacji. Są opowieści, w których jednym znakiem jest niebieski płomień. W innych zwierzęta zaczynają szaleć, ale brakuje niebieskiego płomienia. W jeszcze innych masz człowieka z czarnymi oczami i szaleństwo zwierząt, i niebieski płomień.

– Tłumaczyłam ci, jak to zinterpretować, żeby miało sens – odparowała matka tonem na tyle zirytowanym, że jasne było, iż nie pierwszy raz toczą tę dyskusję. – Nie muszą zawsze pojawiać się razem. Mogą wędrować trójkami, czwórkami. Jeśli jedno z nich powoduje, że ciemnieje płomień, wówczas może to sprawiać takie wrażenie, jakby wszyscy mieli tę moc. To tłumaczyłoby też rozbieżności w opowieściach. Rozmaita liczba Chandrian i rozmaite znaki w zależności od tego, jaka jest konfiguracja.

Ojciec mruknął coś pod nosem.

– Masz naprawdę bystrą żonę, Arl – oznajmił Ben, przerywając napiętą ciszę. – Ile za nią chcesz?

– Nieszczęśliwie się składa, że potrzebna mi jest do roboty. Ale gdybyś był zainteresowany krótkoterminowym wynajmem, jestem pewien, że moglibyśmy się jakoś doga... – Ostatnie słowo przerwał mu głuchy łomot, po którym nastąpił bolesny jęk w tonacji barytonu mego ojca. – Przychodzą ci do głowy jeszcze jakieś znaki?

– Mają być rzekomo lodowate w dotyku. Choć nie potrafię sobie wyobrazić, skąd ktokolwiek mógłby to wiedzieć. Słyszałem, że w ich bezpośredniej bliskości ogień nie płonie. Choć wydaje się, że stoi to w sprzeczności z teorią niebieskiego płomienia. Może...

Zerwał się wiatr, poruszając gałęziami drzew. Szelest liści zagłuszył słowa Bena. Skorzystałem z okazji, żeby podejść parę kroków bliżej.

– ...że są ujarzmieni cieniem, cokolwiek by to miało znaczyć – usłyszałem słowa ojca, gdy tylko podmuch wiatru znów zamarł.

Ben chrząknął.

– Ja również nie potrafię tego wyjaśnić. Słyszałem opowieść, w której cień ich zdradza, ponieważ wskazuje w przeciwną stronę, ku światłu. I jest jeszcze historia, w której o jednym z nich mówi się: „w chomącie cienia". Brzmiało to: „taki to a taki w chomącie cienia". Niech mnie, ale nie pamiętam imienia, choć...

– Jeśli już mówimy o imionach, to jest jeszcze jedna kwestia, która nastręcza mi trudności – zreflektował się ojciec. – Udało mi się zgromadzić ich kilkadziesiąt i chętnie wysłuchałbym twojej opinii na ich temat. Najczęściej...

– Tak po prawdzie, Arl – wtrącił Ben – to byłbym wdzięczny, gdybyś ich nie wymawiał na głos. To znaczy imion. Możesz je wyskrobać na ziemi, jeśli masz ochotę, albo ja skoczę po tabliczkę, ale byłbym znacznie spokojniejszy, gdybyś ich nie wymawiał. Lepiej dmuchać na zimne, jak powiadają.

Zapadła dłuższa chwila ciszy. Zatrzymałem się w pół kroku, z jedną nogą uniesioną, przestraszony, że mnie usłyszą.

– Przestańcie oboje tak na mnie patrzeć – wreszcie rzekł Ben z irytacją.

– Po prostu zaskoczyłeś nas, Ben – rozległ się łagodny głos mojej matki. – Nie wyglądasz na człowieka przesądnego.

– Bo nie jestem – mówił Ben. – Po prostu jestem ostrożny. A to co innego.

– Oczywiście – rzekł ojciec. – Nigdy bym...

– Zachowaj to sobie dla klientów z pieniędzmi, Arl – wszedł mu w słowo Ben, a w jego głosie brzmiała jawna irytacja. – Jesteś zbyt dobrym aktorem, aby to okazać, ale doskonale wiem, kiedy ktoś widzi we mnie głupca.

– Chcę tylko powiedzieć, że mnie to zaskoczyło, Ben – ciągnął ojciec polubownym tonem. – Ty jesteś wykształcony, a mnie już naprawdę zmęczyli ludzie macający żelazo na samą wzmiankę o Chandrianach. Staram się po prostu zrekonstruować opowieść, a nie parać mroczną sztuką.

– Cóż, wobec tego mnie posłuchajcie. Za bardzo was oboje lubię, żebym pozwolił wam mnie uważać za starego głupca – oznajmił Ben. – Poza tym muszę z wami później o czymś porozmawiać i chcę, żebyście potraktowali moje słowa serio.

Wiatr raz po raz się zrywał, dzięki czemu mogłem w miarę niesłyszalnie pokonać ostatnie kilka kroków. Przystanąłem za rogiem wozu moich rodziców i spojrzałem zza zasłony liści. We trójkę siedzieli wokół obozowego ogniska. Ben na pniaku drzewa, otulony swoim wystrzępionym brązowym płaszczem. Moi rodzice naprzeciw niego, pod jednym kocem, matka wsparta na ramieniu ojca.

Ben napełnił skórzany kubek z glinianego dzbana i podał mojej matce. Kiedy mówił, oddech krzepł w parę przed jego twarzą.

– Co myślą o demonach w Atur? – zapytał.

– Są przestraszeni. – Ojciec postukał się w czoło. – Od całej tej religii rozmiękają im mózgi.

– A co w Vintas? – dopytywał się dalej Ben. – Wielu tamtejszych mieszkańców to Tehlanie. Czy oni myślą podobnie?

Matka pokręciła głową.

– Oni raczej myślą, że to głupstwa. Wolą, by ich demony miały metaforyczną naturę.

– Wobec tego, czego się boją nocami w Vintas?

– Elfów – orzekła matka.

Ojciec odezwał się równocześnie:

– Draugarów.

– Oboje macie rację, ponieważ to zależy, o której prowincji kraju mowa – rzekł Ben. – A tutaj, we Wspólnocie, ludzie śmieją się w głos z obu strachów. – Gestem objął otaczające drzewa. – Ale gdy nadchodzi jesień, bardzo uważają, aby nie ściągnąć uwagi upiorów.

– Tak toczy się świat – zauważył mój ojciec. – Połowa talentu dobrego aktora polega na tym, by wiedzieć, o czym myśli publiczność.

– Wciąż podejrzewasz, że mam nie po kolei w głowie – stwierdził Ben w zamyśleniu. – Posłuchaj, załóżmy, że wjeżdżamy jutro do Biren, a ktoś wam mówi, że w lesie mieszkają upiory. Uwierzycie mu?

Ojciec pokręcił głową.

– A jeśli dwóch ludzi tak będzie twierdzić? – drążył Ben.

Kolejne zaprzeczenie.

Ben pochylił się naprzód.

– A jeśli twierdzić tak będzie kilkunastu ludzi, wszyscy na pozór całkiem poważnie, że widziano na polach upiory jedzące...

– Oczywiście, że bym im nie uwierzył – upierał się ojciec, już lekko zirytowany. – To nonsens.

– Naturalnie – zgodził się Ben, unosząc palec. – Ale właściwe pytanie brzmi: Czy poszedłbyś do lasu?

Ojciec przez dłuższą chwilę zastanawiał się w milczeniu.

Ben pokiwał głową.

– Byłbyś głupcem, ignorując ostrzeżenia połowy ludności wioski, nawet jeśli nie wierzysz w te same rzeczy co oni. Jeśli więc nie upiorów, to czego się boisz?

– Niedźwiedzi.

– Bandytów – dodała matka.

– Jak najbardziej rozsądne strachy, jak na aktorów z wędrownej trupy – przyznał Ben. – Strachy, których nie rozumieją mieszkańcy wiosek i miast. W każdym miejscu krzewią się inne zabobony i każdy śmieje się z tego, co myślą ludzie po drugiej stronie rzeki. – Obrzucił ich pełnym powagi spojrzeniem. – Ale czy którekolwiek z was słyszało bodaj raz prześmiewczą opowieść o Chandrianach? Stawiam grosz, że nie.

Po chwili namysłu moja matka pokręciła głową. Ojciec upił spory łyk z kubka, po czym poszedł za jej przykładem.

– Nie chcę przez to powiedzieć, że gdzieś istnieją jacyś Chandrianie, którzy uderzają jak grom z jasnego nieba. Ale wszędzie wszyscy się ich boją. W takich wypadkach zazwyczaj istnieje po temu powód. – Ben wyszczerzył zęby, a potem przechylił gliniany kufel tak, że ostatnie krople piwa pociekły na ziemię. – A imiona to dziwne rzeczy. Niebezpieczne rzeczy. – Obrzucił ich znaczącym spojrzeniem. – Tego jestem pewien, ponieważ jestem człowiekiem wykształconym. Jeśli przy okazji jestem też trochę przesądny... – Wzruszył ramionami. – Cóż, to mój wybór. Jestem stary. To wy powinniście mnie rozśmieszać.

– Dziwne, ale jakoś nie zwróciłem uwagi na to, że obraz Chandrian jest wszędzie taki sam. A przecież powinno mi się to rzucić w oczy. – Ojciec z namysłem potrząsnął głową, jakby chciał w ten sposób rozjaśnić myśli. – Myślę, że do kwestii imion możemy wrócić później. O czym chciałeś z nami porozmawiać?

Zacząłem się już zbierać do odwrotu, nim zostanę zauważony, ale to, co Ben powiedział później, sprawiło, że zamarłem.

– Prawdopodobnie trudno wam to dostrzec, ponieważ jesteście jego rodzicami i tak dalej... Ale wasz młody Kvothe to dość bystry dzieciak. – Ben napełnił ponownie swój kufel, a potem podsunął dzban ojcu, który jednak odmówił. – W istocie bystry to niedopowiedzenie.

Moja matka wpatrywała się w Bena znad brzegu swojego kubka.

– Każdy, kto spędzi z nim jakiś czas, łatwo się zorientuje, Ben. Nie rozumiem, po co robić wokół tego szum. A zwłaszcza do ciebie się to odnosi.

– Nie wydaje mi się, abyś w pełni rozumiała sytuację – powiedział Ben, wyciągając nogi tak, że stopy prawie dotykały ognia. – Ile czasu zabrała mu nauka gry na lutni?

Ojciec wydawał się zaskoczony, jak mi się zdawało, nagłą zmianą tematu.

– Nauczył się błyskawicznie, czemu?

– Ile miał lat?

Ojciec w milczeniu parę razy lekko szarpnął się za brodę. W zapadłej ciszy głos matki brzmiał niczym dźwięk fletu:

– Osiem.

– Postarajcie się sobie przypomnieć, kiedy wy się nauczyliście. Pamiętacie, ile wtedy mieliście lat? Pamiętacie trudności, na jakie natrafialiście?

Ojciec wciąż skubał brodę, ale już się wyraźnie zastanawiał, spojrzenie utkwił w dali.

Abenthy ciągnął:

– Założę się, że on uczył się każdego akordu, każdej palcówki w momencie, gdy mu je bodaj raz pokazano, żadnych potknięć, żadnych narzekań na trudności. A kiedy już popełniał pomyłkę, to też nigdy więcej niż raz, prawda?

Ojciec wyglądał na zakłopotanego.

– Zasadniczo, ale mimo to miewał trudności, tak samo jak wszyscy pozostali. Akord E. Miał kłopoty z E-dur i e-moll.

W tym momencie matka łagodnie weszła mu w słowo.

– Też sobie przypominam, ale sądzę, że po prostu miał za małe dłonie. Był strasznie młody...

– Założę się, że nie powstrzymało go to na długo – cicho stwierdził Ben. – Ma wspaniałe ręce. Moja matka powiedziałaby, że to ręce magika.

Ojciec uśmiechnął się.

– Ma je po swojej matce... delikatne, ale silne. Znakomite do szorowania garów, co, kobieto?

Matka dała mu klapsa, ale potem ujęła jego dłoń w swoje ręce i pokazała Benowi.

– Ma je po swoim ojcu, pełne wdzięku i delikatne. Znakomite do uwodzenia szlacheckich córek. – Ojciec zaczął protestować, ale zbyła go. – Z tymi oczyma i tymi dłońmi... kiedy już zacznie się uganiać za kobietami, żadna na całym świecie nie będzie bezpieczna.

– Kiedy zacznie się do nich zalecać, kochanie – sprostował łagodnie ojciec.

– Semantyka. – Wzruszyła ramionami. – Wszystko sprowadza się do pogoni, a kiedy wyścig się kończy, należy żałować cnotliwych kobiet, które zdecydowały się uciec, tak sądzę. – Oparła się na ramieniu ojca, trzymając jego dłoń na swym podołku. Lekko przechyliła głowę, a on zrozumiał, o co jej chodzi, i pocałował w kącik ust.

– Amen – rzekł Ben, unosząc kufel w toaście.

Ojciec otoczył ją ramieniem wolnej ręki i przytulił.

– Wciąż nie pojmuję, do czego zmierzasz, Ben.

– Jemu wszystko w ten sposób wychodzi, za jednym zamachem, praktycznie rzecz biorąc, bez pomyłek. Założę się, że pamięta każdą piosenkę, jaką kiedykolwiek mu zaśpiewaliście. Więcej ode mnie wie o tym, co trzymam na wozie. – Wziął do ręki dzban, odkorkował. – Jednak nie chodzi tylko o zapamiętywanie. On rozumie. Połowę rzeczy, jakie chciałem mu pokazać, wyrozumował na własną rękę. – Ben napełnił kubek matki. – Ma jedenaście lat. Czy znaliście kiedyś chłopaka w jego wieku, który by się w ten sposób wyrażał? Oczywiście w sporej części zawdzięcza to panującej wokół atmosferze. – Gestem dłoni objął stojące wokół wozy. – Ale większość najbardziej skrytych marzeń jedenastolatków ogranicza się do puszczania kaczek na wodzie i chwytania kotów za ogon.

Matka roześmiała się dźwięcznie jak dzwoneczek, ale twarz Abenthy'ego pozostała poważna.

– To prawda, moja pani. Miewałem znacznie starszych uczniów, którzy byliby zachwyceni choć w połowie takimi postępami. – Wyszczerzył zęby w uśmiechu. – Gdybym miał jego ręce i połowę jego inteligencji, za rok jadałbym ze srebrnych talerzy.

Przez jakiś czas żadne z nich nic nie mówiło. Wreszcie matka odezwała się cicho:

– Pamiętam, jak był malutki i jeszcze chodził na czworakach. I patrzył, przez cały czas patrzył. Jasnymi, błyszczącymi oczami, które wyglądały, jakby chciały pochłonąć cały świat. – Jej głos leciutko drżał.

Ojciec znowu ją objął, przytulił jej głowę do swej piersi.

Zapadła cisza, tym razem dłuższa. Przyszło mi do głowy, że powinienem się wreszcie stąd wynieść, gdy ojciec się odezwał.

– Co, twoim zdaniem, powinniśmy zrobić? – W jego głosie zatroskanie mieszało się z rodzicielską dumą.

Ben uśmiechnął się uspokajająco.

– Nic, może tylko zastanowić się, co mu zaproponujecie, gdy nadejdzie czas. Zmieni świat jak mało kto.

– Jako kto? – głębokim głosem zapytał ojciec.

– Sam zdecyduje. Jeśli zostanie z wami, zapewne stanie się następnym Illienem.

Ojciec uśmiechnął się. Illien jest bohaterem każdego wędrownego aktora. Jedynym naprawdę sławnym Edema Ruh w całej historii. Nasze najstarsze, najlepsze pieśni on właśnie napisał. A co więcej, jeśli wierzyć legendom, jako mistrz lutnik zastąpił archaiczną, kruchą i niewygodną dworską lutnię cudownym, wszechstronnym, siedmiostrunowym instrumentem, którym posługujemy się dzisiaj. Z tych samych opowieści wynika, że własna lutnia Illiena miała aż osiem strun.

– Illien. To mi się podoba – oznajmiła matka. – Królowie przebywający wiele mil, żeby posłuchać gry mojego Kvothe'a.

– Którego muzyka gasi knajpiane bójki i pograniczne wojny. – Ben uśmiechnął się.

– Dzikie kobiety na jego kolanach – entuzjazmował się ojciec – kładące piersi na jego głowie.

Na chwilę zapanowała pełna zdumienia cisza. W końcu matka powiedziała, z napięciem cedząc słowa:

– Chciałeś rzec: „dzikie zwierzęta kładące mu głowy na kolanach".

– Czyżby?

Ben odkaszlnął i ciągnął:

– Jeśli zdecyduje się zostać hermetykiem, założę się, że w dwudziestym czwartym roku życia będzie już pracował dla królewskiego dworu. Jeżeli wbije sobie do głowy, żeby zostać kupcem, pod koniec życia będzie posiadał pół świata.

Ojciec głęboko zmarszczył brwi. Ben uśmiechnął się i dodał:

– Tym ostatnim nie musisz się przejmować. Ma w sobie zbyt dużo ciekawości świata jak na kupca. – Urwał na chwilę, jakby zastanawiał się nad następnymi słowami, wreszcie rzekł: – Wiecie, że przyjmą go na Uniwersytet. Oczywiście nie od razu, muszą minąć jeszcze lata. Granica wieku wynosi chyba siedemnaście lat, ale nie mam żadnych wątpliwości, że...

Reszta słów Bena umknęła mi. Uniwersytet! Powoli zaczynałem o nim myśleć w taki sposób, w jaki większość dzieci wyobraża sobie dwór króla elfów – mityczne miejsce, scena, na której rozgrywają się marzenia. Szkoła wielkości niedużego miasteczka. Dziesięć razy po dziesięć tysięcy książek. Ludzie znający odpowiedzi na wszystkie pytania, jakie kiedykolwiek przyjdą mi do głowy...

Kiedy znowu zacząłem słuchać, oni tymczasem zamilkli.

Ojciec spoglądał na przytuloną do niego matkę.

– Co o tym myślisz, kobieto? A może dwanaście lat temu zdarzyło ci się wziąć do łoża jakiegoś wędrownego Boga? To byłoby niezłe rozwiązanie naszej małej zagadki.

Dała mu lekkiego klapsa, ale przez twarz przemknął jej wyraz zamyślenia.

– Jeśli już się nad tym zastanowić, faktycznie była pewna noc ze dwanaście lat temu, podczas której przyszedł do mnie mężczyzna. Zniewolił mnie pocałunkami i więzami akordów pieśni. Potem odebrał mi moją cnotę, a mnie samą uwiózł ze sobą. – Urwała. – Ale nie miał rudych włosów. Więc to nie mógł być on.

Uśmiechnęła się złośliwie do ojca, który wyglądał na lekko zażenowanego. Potem pocałowała go. Odpowiedział pocałunkiem.

W taki właśnie sposób lubię dziś ich wspominać. Ale wtedy tylko wymknąłem się w mrok, z myślami o Uniwersytecie galopującymi po głowie.

Rozdział 13

Interludium – ciało, a w nim krew

W gospodzie „Ostaniec" panowała cisza. Otulała swym płaszczem dwóch mężczyzn siedzących za stołem w pustej poza tym sali. Kvothe przerwał swoją opowieść i kiedy tak siedział, zdawałoby się wpatrzony w swe splecione na blacie dłonie, w istocie myślami błądził daleko. Na koniec uniósł wzrok i spojrzał na Kronikarza w taki sposób, jakby go niepomiernie zdumiał jego widok za stołem i z piórem zawieszonym w pół drogi do kałamarza.

Potem, jakby i o tym właśnie sobie przypomniał, wypuścił długo wstrzymywany oddech i dał znak Kronikarzowi, że może odłożyć pióro. Tamten po chwili posłuchał, wyczyściwszy jeszcze stalówkę czystą szmatką.

– Napiłbym się – oznajmił nagle Kvothe, tonem takim, jakby zaskoczyła go ta myśl. – Ostatnio niewiele opowiadam historii i zaschło mi w gardle. – Zgrabnie podniósł się z krzesła i przez labirynt stołów ruszył w kierunku pustego baru. – Mogę ci zaproponować właściwie wszystko, czego mógłbyś sobie życzyć: ciemne piwo, białe wino, przyprawiony cydr, czekoladę, kawę...

Kronikarz uniósł brew.

– Czekolada byłaby w sam raz, jeśli ją masz. Nie spodziewałem się, że ktoś mnie nią poczęstuje tak daleko od... – Odkaszlnął grzecznie. – Cóż, w tak dalekich stronach.

– W „Ostańcu" mamy wszystko – rzekł Kvothe, niedbałym gestem obejmując pustą salę. – Z wyjątkiem klientów, rzecz jasna. – Spod baru wyciągnął kamionkowy dzban i zdecydowanym ruchem postawił na kontuarze. Dzban wydał głuchy odgłos. Kvothe westchnął, zawołał na głos: – Bast! Przynieś trochę cydru, dobrze?

Zza drzwi na tyłach sali dobiegła nieartykułowana odpowiedź.

– Bast – skarcił tamtego Kvothe niemal zbyt cicho, żeby mógł usłyszeć.

– Sam zwlecz swój tyłek na dół i przynieś sobie, krwiopijco! – dobiegł okrzyk z piwnicy. – Ja jestem teraz zajęty.

– Chłopak do pomocy? – zapytał Kronikarz.

Kvothe oparł się łokciami o kontuar i uśmiechnął pobłażliwie.

Po chwili na drewnianych schodach rozległ się odgłos kroków ciężkich butów, który echo przyniosło do wnętrza sali. Do środka wszedł Bast, mrucząc coś pod nosem.

Ubrany był prosto: czarna koszula z długimi rękawami wetknięta w czarne spodnie; te z kolei wpuszczone w cholewy miękkich czarnych butów. Rysy twarzy miał wydatne, ale delikatne, niemal piękne; oczy uderzająco błękitne.

Postawił dzban na kontuarze i oddalił się z dziwną, choć miłą dla oka gracją.

– Jeden klient? – zapytał z naganą w głosie. – Nie mogłeś sam sobie przynieść? Oderwałeś mnie od *Celum Tinture*. A od miesiąca męczyłeś mnie, żebym ją wreszcie przeczytał.

– Wiesz, co robią na Uniwersytecie ze studentami, których przyłapią na podsłuchiwaniu nauczycieli? – zapytał sarkastycznie Kvothe.

Bast przyłożył dłoń do serca i zaczął zapewniać o swej niewinności.

– Bast... – Tym razem spojrzenie Kvothe'a było twardsze.

Młodzieniec zamknął usta i wyglądało na to, że zacznie się tłumaczyć, ale ostatecznie tylko się zgarbił.

– Skąd wiesz?

Kvothe zachichotał.

– Wciąż unikałeś tej książki. A więc albo raptem stałeś się wyjątkowo pilnym uczniem, albo robiłeś coś, czego należy się wstydzić.

– A co robią z podsłuchującymi studentami na Uniwersytecie? – z ciekawością zapytał Bast.

– Nie mam zielonego pojęcia. Mnie nigdy nie złapano. Myślę, że wystarczającą karą będzie, jak posiedzisz z nami i wysłuchasz mojej opowieści do końca. Ale zapominam o swoich obowiązkach – zreflektował się Kvothe, machając w kierunku sali. – Zaniedbujemy naszego gościa.

Kronikarz najmniej przypominał zaniedbywanego i znudzonego gościa. Gdy tylko Bast pojawił się w sali, zaczął mu się z zainteresowaniem przyglądać. W miarę jak tamci rozmawiali, twarz Kronikarza przybierała coraz bardziej skonsternowany i zarazem skupiony wyraz.

Trzeba nieco więcej powiedzieć o Baście. Na pierwszy rzut oka wydawał się przeciętnym, choć raczej dość atrakcyjnym młodzieńcem. Ale było w nim coś dziwnego, coś, co różniło go od innych. Na przykład, nosił czarne buty z miękkiej skóry. Przynajmniej one pierwsze rzucały się w oczy, gdy się na niego spojrzało. Jeśli jednak zerknęło się na niego kątem oka i jeśli stał akurat we właściwym oświetleniu, czy raczej cieniu, można było dostrzec kogoś zupełnie odmiennego.

A jeśli przy tym obserwator dysponował właściwą umysłowością tudzież okiem, które naprawdę widzi to, na co patrzy, wówczas mógł dostrzec, że naprawdę dziwne są oczy Basta. I jeśli umysł jego był z tego rodzaju, który nie pozwala, aby łudziły go własne przypuszczenia, wówczas mógł dostrzec w Baście kogoś naprawdę niezwykłego i cudownego.

I właśnie dlatego Kronikarz patrzył na ucznia Kvothe'a, próbując określić, na czym owa dziwność polega. Zanim tamci zamilkli, spojrzenie, jakim Kronikarz mierzył młodzieńca, zasługiwało już na miano co najmniej bacznego, a niewykluczone że i niegrzecznego. Gdy Bast w końcu odwrócił się od baru, oczy Kronikarza rozszerzyły się jeszcze bardziej, a z bladej już twarzy odpłynęły resztki krwi.

Kronikarz sięgnął za koszulę i ściągnął coś z szyi. Potem położył to na wyciągnięcie ręki między sobą a Bastem. Wszystko to zajęło mu ułamek sekundy. Nawet na moment nie spuszczał oczu z ciemnowłosego młodzieńca przy barze. Twarz Kronikarza była wciąż biała jak kreda, dwoma palcami dłoni przyciskał mocno metalowy krążek do blatu stołu.

– Żelazo – oznajmił. W jego głosie pobrzmiewały osobliwe echa, jakby właśnie wydał rozkaz i oczekiwał posłuchu.

Bast zgiął się wpół, jakby otrzymał cios w brzuch, obnażył zęby i wydał z siebie odgłos pośredni między warczeniem a krzykiem. Poruszając się z nadnaturalną, wężową szybkością, przyłożył dłoń do skroni i sprężył do skoku.

Wszystko nie trwało dłużej niż chwila, której potrzeba na nabranie płytkiego oddechu. Mimo to Kvothe zdołał schwycić smukłymi palcami nadgarstek Basta. Nieświadom tego czy po prostu lekceważąc gest, Bast skoczył ku Kronikarzowi... ale na nic się to zdało, ponieważ ręka Kvothe'a była niczym okowy. Bast zaczął się wściekle szarpać, chcąc się uwolnić, a Kvothe stał spokojnie za barem z wyciągniętą dłonią, niewzruszony jak skała.

– Stój! – rozkazał Kvothe, a w ciszy, która zapadła, echo słów jeszcze rozbrzmiewało surowo i groźnie. – Nie życzę sobie żadnych walk między przyjaciółmi. Już i bez tego zbyt wielu straciłem. – Spojrzenie jego oczu zetknęło się ze wzrokiem Kronikarza. – Odwołaj to albo zniszczę.

Kronikarz zamarł wstrząśnięty. Potem w milczeniu poruszył ustami i oderwał dłoń od ciemnego metalu leżącego na stole; dłoń leciutko drżała.

Napięcie opuściło Basta i przez moment zwisał bezwładnie niczym szmaciana lalka, tylko Kvothe wciąż go trzymał za nadgarstek. W końcu Bast zdołał stanąć o własnych siłach i drżąc, wsparł się o kontuar. Kvothe obrzucił go przeciągłym, badawczym spojrzeniem, wreszcie puścił.

Bast osunął się na stołek, wciąż nie spuszczając oczu z Kronikarza. Poruszał się teraz znacznie ostrożniej, jak człowiek ze świeżą raną.

I zmienił się. Jego oczy wciąż miały uderzającą barwę morskiego błękitu, ale teraz sprawiały wrażenie jednolitych kolorystycznie jak klejnoty albo głębokie leśne sadzawki, a miękkie skórzane buty zastąpiły rozdwojone kopytka.

Kvothe władczym gestem przywołał do siebie Kronikarza, potem odwrócił się, by – z pozoru zupełnie na ślepo – schwycić dwie szklanki z grubego szkła i butelkę. Postawił szklanki na kontuarze, podczas gdy Bast i Kronikarz podejrzliwie mierzyli się wzrokiem.

– Dobrze – ze złością zaczął Kvothe – obaj zareagowaliście w zrozumiały sposób, ale to wcale nie znaczy, że któryś zachował się właściwie. A więc równie dobrze możemy znów zacząć od początku. – Odetchnął głęboko. – Bast, chcę ci przedstawić Devana Locheesa, znanego także jako Kronikarz. Pod wszelkimi względami wielkiego gawędziarza, dziejopisa i zbieracza opowieści. A w dodatku, jeśli mnie wzrok nie myli, doświadczonego członka Arkanów, przynajmniej na poziomie Re'lar i jednego z kilkudziesięciu być może ludzi na świecie znających prawdziwe imię żelaza. Wszelako – kontynuował Kvothe – mimo tych wszystkich tytułów wydaje się niezbyt dobrze zorientowany w sprawach świata. Czego dowiódł, wykazując się poważnymi niedostatkami inteligencji, kiedy próbował przeprowadzić samobójczy właściwie atak na pierwszego przedstawiciela ludu, z którym w życiu jeszcze nie dane było mu się spotkać.

Podczas tej prezentacji Kronikarz stał bez ruchu, wpatrując się w Basta, jakby miał przed sobą węża.

– Kronikarzu, chciałbym ci przedstawić Bastasa, syna Remmena, Księcia Półmroku i Telwyth Mael. Najbardziej błyskotliwego, choć niestety jedynego ucznia, jakiego nieszczęśliwy los postawił na mojej drodze. Bałamuta, barmana i, było nie było, mojego przyjaciela. W ciągu stu pięćdziesięciu lat życia, nie wspominając już o dwóch latach pobieranych u mnie nauk, zdołał się nie nauczyć nawet kilku podstawowych prawd. Przede wszystkim zaś tej: próba zaatakowania członka Arkanów, który wie, jak związać żelazo, jest głupotą.

– On mnie zaatakował! – zaprotestował żywo Bast.

Kvothe zmierzył go chłodnym spojrzeniem.

– Nie powiedziałem, że twoje działanie było bezzasadne. Powiedziałem, że było głupie.

– Zwyciężyłbym.

– Zapewne. Ale oberwałbyś przy tym zdrowo, a on byłby ranny lub martwy. Pamiętasz, że przedstawiłem go jako swego gościa?

Bast milczał. Ale na jego twarzy wciąż trwał wojowniczy grymas.

– Dobrze – powiedział Kvothe z nieprzekonującym optymizmem. – Zostaliście sobie przedstawieni.

– Jestem zachwycony – lodowato rzekł Bast.

– Ja również – zrewanżował mu się Kronikarz.

– Nie ma powodu, abyście nie zostali przyjaciółmi – ciągnął już nieco zirytowany Kvothe. – A przyjaciele nie traktują się w ten sposób.

Bast i Kronikarz wciąż patrzyli na siebie wilkiem.

Kvothe mówił teraz cicho:

– Jeżeli nie macie zamiaru przestać się tak absurdalnie zachowywać, równie dobrze możecie się obaj zaraz wynosić. Jednemu z was zostanie skrawek opowieści, drugi może sobie poszukać nowego nauczyciela. Jest jedna rzecz, na którą nikomu nie pozwalam w swej obecności, a jest nią szaleństwo uporczywej pychy.

W cichym głosie Kvothe'a musiało być coś takiego, co w końcu przerwało pojedynek na spojrzenia. A kiedy się odwrócili, aby na niego spojrzeć, zdało im się, że zupełnie kto inny stoi za barem. Zniknął jowialny karczmarz, a jego miejsce zajął człowiek posępny i porywczy.

Jest taki młody – zadumał się Kronikarz. Nie może mieć więcej niż dwadzieścia pięć lat. Dlaczego wcześniej tego nie dostrzegłem? Mógłby mnie połamać w rękach jak drewno na podpałkę. Jak mogłem w ogóle, choć przez moment, wziąć go za zwykłego karczmarza?

I wtedy zobaczył oczy Kvothe'a. Ich zieleń była teraz omal czarna.

To jest ten, którego szukałem, myślał dalej Kronikarz. To jest człowiek, który doradzał królom i chadzał po starych ścieżkach, nie mając za przewodnika nic prócz własnego rozumu. To jest człowiek, którego imię stało się na Uniwersytecie zarówno laudacją, jak i klątwą.

Kvothe przyglądał się po kolei Bastowi i Kronikarzowi. Żaden długo nie mógł znieść jego spojrzenia. Po chwili pełnej skrępowania ciszy Bast wyciągnął dłoń. Kronikarz zawahał się przez ułamek sekundy, po czym podał mu swoją, szybko, jakby wkładał rękę w ogień.

Nic się nie stało, co wyraźnie obu zaskoczyło.

– Zdumiewające, co? – kąśliwie przyciął im Kvothe. – Pięć palców, ciało, a w nim krew. Można by podejrzewać, że dłoń ta jest przyrośnięta do prawdziwego człowieka.

Tamci się zawstydzili. Puścili swe dłonie.

Kvothe z zielonej butelki nalał czegoś do szklanek. Ten prosty gest odmienił go nie do poznania. Jakby zapadał się w sobie aż do chwili, póki nie został tylko ciemnowłosy mężczyzna, stojący za barem jeszcze parę chwil temu. Kiedy wreszcie Kronikarz spojrzał na karczmarza z lnianą serwetką przewieszoną przez rękę, poczuł tęsknotę za czymś utraconym.

– Dobrze. – Kvothe każdemu podsunął szklankę. – Wypijcie to, usiądźcie za stołem i porozmawiajcie. Porozmawiajcie sobie. Kiedy wrócę, nie chcę żadnego z was zastać martwego ani w płomieniach. Zgoda?

Bast uśmiechnął się zażenowany, a Kronikarz tylko wziął swoją szklankę i wrócił do stołu. W końcu Bast poszedł za nim i omal się nie przewrócił, gdy w pół drogi przypomniał sobie, że lepiej zabrać również butelkę.

– Uważajcie z tym – ostrzegł Kvothe, wychodząc tylnymi drzwiami. – Nie chcę, byście chichotali w trakcie mojej opowieści.

Gdy zasiedli za stołem i rozpoczęli urywaną, napiętą konwersację, Kvothe wycofał się do kuchni. Pojawił się kilka chwil później, niosąc ser, ciemny chleb, zimnego kurczaka, kiełbasę, masło i miód.

Przenieśli się do większego stołu. Kvothe wyciągał talerze i krzątał się sprawnie, jakby był w każdym calu karczmarzem. Kronikarz przyglądał mu się spod oka i wciąż nie potrafił uwierzyć, że ten nucący pod nosem przy krojeniu kiełbasy człowiek jest naprawdę tym samym, który jeszcze przed paroma minutami stał za barem, ciemnooki, przerażający.

Kiedy Kronikarz znów wziął do ręki papier i przybory do pisania, Kvothe zerknął na słońce za oknem, a na jego twarzy zagościł smutek. W końcu zwrócił się do Basta:

– Ile zdołałeś podsłuchać?

– Większość z tego, co powiedziałeś, Reshi – uśmiechnął się Bast. – Mam dobry słuch.

– To dobrze. Nie mamy czasu, aby się cofać do początków. – Wziął głęboki oddech. – Wobec tego zacznijmy, gdzie przerwałem. Uwaga, opowieść właśnie nabiera tempa. Grozy. Smutku. Na horyzoncie zaczynają się gromadzić chmury.

Rozdział 14

Imię wiatru

Dla wędrownej trupy aktorów zima to czas, gdy wszystko toczy się wolno, ale Abenthy potrafił z tego skorzystać i w końcu zaczął mnie poważnie uczyć sympatii. Wszakże, jak to się często dzieje w wypadku dzieci, oczekiwanie okazało się znacznie przyjemniejsze niż stojąca za nim rzeczywistość.

Nie można rzec, że sympatia w ścisłym słowa znaczeniu mnie rozczarowała. Ale szczerze mówiąc, nie tego oczekiwałem po magii.

Była pożyteczna. Temu nie sposób zaprzeczyć. Ben za pomocą sympatii tworzył światła dla naszych przedstawień. Dzięki niej można było rozpalić ogień bez krzesiwa albo podnieść spory ciężar bez niewygodnych konstrukcji z lin i krążków.

Ale za pierwszym razem, kiedy go ujrzałem, Ben przywołał wiatr. To nie była zwykła sympatia. To była magia z legend. To była tajemnica, którą nade wszystko pragnąłem poznać.

Wiosenna odwilż była już dobrze za nami i trupa wędrowała właśnie przez lasy i pola zachodniej Wspólnoty. Ja jechałem, jak mi to już weszło w zwyczaj, na koźle wozu Bena. Lato właśnie postanowiło dać o sobie znać, więc wszystko się zieleniło i rosło.

Mniej więcej od godziny panował zupełny spokój. Ben drzemał, trzymając luźno lejce w dłoniach, kiedy koło wozu znienacka najechało na kamień, wyrywając nas obu z właściwej każdemu marzycielskiej zadumy.

Ben wyprostował się na koźle i zwrócił się do mnie tonem, który już nauczyłem się nazywać Mam-Dla-Ciebie-Taką-Zagadkę.

– Jak zagotowałbyś wodę w garnku?

Rozejrzałem się wokół i zauważyłem wielki głaz obok drogi. Wskazałem na niego palcem.

– Ten kamień musi być rozgrzany od słońca. Zwiążę go z wodą w garnku i wykorzystam ciepło kamienia, żeby zagotować wodę.

– Wiązanie kamienia z wodą nie jest zbyt efektywne – skarcił mnie Ben. – Tylko jedna część ciepła na piętnaście nagrzeje wodę.

– Wystarczy.

– Zgoda. Ale pomysł jest mało oryginalny. Postaraj się bardziej, E'lir.

Zaczął pokrzykiwać na Alfę i Betę, co stanowiło u niego oznakę naprawdę dobrego nastroju. Oślice znosiły to spokojnie jak zawsze, mimo iż oskarżał je o rzeczy, których z całą pewnością żaden osioł nigdy z własnej woli nie robił, w szczególności zaś Beta, cechująca się nienagannie prawym charakterem.

Ben urwał nagle i zapytał:

– Jak strąciłbyś z nieba tego ptaka? – I wskazał jastrzębia kołującego nad polami obok drogi.

– Zapewne nie miałbym ochoty. Ptak nic mi nie zrobił.

– Hipotetycznie.

– Mówię właśnie, że hipotetycznie bym tego nie zrobił.

Ben zachichotał.

– Trafiony, E'lir. A więc jak właściwie byś tego nie zrobił? Proszę o szczegóły.

– Kazałbym Terenowi go zestrzelić.

Pokiwał głową w zamyśleniu.

– Dobrze, dobrze. Niemniej załóżmy, że sprawa jest między tobą a ptakiem. Jastrząb – machnął lekceważąco dłonią – powiedział coś niestosownego o twojej matce.

– Ach. Wówczas honor wymagałby, abym osobiście bronił jej dobrego imienia.

– Zaiste, tego by wymagał.

– Mam pióro?

– Nie.

– Święty Tehlu i... – Urwałem pod jego karcącym spojrzeniem. – Nigdy mi nic nie ułatwiasz, co?

– To denerwujący zwyczaj, którego nauczyłem się od pewnego ucznia, zbyt bystrego, aby mu to wyszło na dobre. – Uśmiechnął się. – A gdybyś miał pióro, co byś zrobił?

– Związałbym je z ptakiem i zanurzył w ługu.

Ben zmarszczył brwi, przynajmniej w takim stopniu, w jakim obecnie miał brwi.

– Jaki rodzaj wiązania?

– Chemiczne. Zapewne wtórne katalityczne.

Dłuższa chwila ciszy.

– Wtórne katalityczne... – Podrapał się po brodzie. – Aby rozpuścić tłuszcz, który spaja pióra?

Pokiwałem głową.

Zerknął w górę, na ptaka.

– Nigdy o tym nie pomyślałem – rzekł Ben z lekkim podziwem.

Potraktowałem to jako komplement.

– Niemniej – odwrócił się ku mnie – nie masz pióra. Jak byś strącił ptaka?

Zacząłem się zastanawiać, trwało to kilka minut, niczego jednak nie wymyśliłem. Postanowiłem więc zaryzykować i zrobić z tego lekcję na zupełnie inny temat.

– Zwyczajnie – rzekłem ostrożnie – przywołałbym wiatr i zmusił, aby to on strącił ptaka z nieba.

Ben obrzucił mnie uważnym spojrzeniem i od razu zrozumiałem, że doskonale zdaje sobie sprawę, do czego zmierzam.

– A jak byś to zrobił, E'lir?

Wyczułem, że może jest gotów podzielić się ze mną tajemnica, którą skrywał przez długie zimowe miesiące. Równocześnie coś przyszło mi do głowy.

Wziąłem głęboki oddech i wymówiłem słowa, które związały powietrze w moich płucach z powietrzem wokół mnie. Umysł skoncentrowałem bez reszty na Alar, przyłożyłem kciuk oraz palec wskazujący do ust i dmuchnąłem między nimi.

Poczułem lekki podmuch wiatru, który zburzył mi włosy i na chwilę wydął brezent pokrywający wóz. Mógł to być tylko zbieg okoliczności, niemniej jednak poczułem, jak triumfalny uśmiech wypełza mi na usta. Przez chwilę głupawo szczerzyłem się do Bena, widząc jego skamieniałe z niedowierzania oblicze.

Wtedy poczułem, że coś ściska mnie w piersiach, jakbym nagle znalazł się głęboko pod wodą.

Próbowałem nabrać tchu, ale nie mogłem. Zbity z tropu wciąż próbowałem. Czułem się tak, jak wówczas, gdy upadnie się płasko na plecy i całe powietrze zostaje wybite z płuc. Zdenerwowany zrozumiałem, co się stało. Zimny pot wystąpił mi na całym ciele, gwałtownie chwyciłem Bena za koszulę, wskazując na klatkę piersiową, szyję, otwarte usta.

Kiedy Ben spojrzał na mnie, jego twarz, dotąd pełna zdumienia, poszarzała jak popiół.

Wszystko wokół spowiła cisza. Nie poruszało się nawet źdźbło trawy. Nawet turkot kół wozu wydawał się stłumiony, jakby dobiegał z oddali.

Przerażenie zalało mnie bez reszty, tłumiąc wszelkie myśli. Wpiłem palce w gardło, rozrywając koszulę. Przez dzwonienie w uszach przebijał się łomot serca. Ból przeszywał, kłuł w piersiach desperacko próbujących zaczerpnąć tchu.

Ben zareagował z szybkością, jakiej jeszcze u niego nie widziałem. Schwycił mnie za poszarpaną koszulę i zrzucił z kozła. Potem sam zeskoczył za mną na pobocze drogi i cisnął na ziemię z taką siłą, że gdybym miał bodaj resztkę powietrza w płucach, straciłbym ją z pewnością.

Szarpałem się na oślep, łzy ciekły mi po twarzy. Wiedziałem, że umieram. Piekły nabiegłe krwią oczy. Rwałem bezradnie ziemię palcami, które były odrętwiały i zimne jak lód.

Słyszałem, że ktoś krzyczy, ale wydawało mi się, że strasznie daleko. Ben ukląkł nade mną, niemniej niebo za jego plecami już ciemniało. Wydawał się roztargniony, jakby nasłuchiwał czegoś, czego ja usłyszeć nie mogłem.

Wtedy spojrzał na mnie, a ostatnią rzeczą, jaką zapamiętałem z tej chwili, były jego oczy: nieobecne, pełne strasznej mocy, beznamiętne i zimne.

Spojrzał na mnie. Poruszył ustami. Wezwał wicher.

Zadrżałem niczym liść muśnięty błyskawicą. A grom, który nadszedł po niej, był mrokiem.

Gdy się ocknąłem, Ben pomagał mi powstać. Jak przez mgłę docierało do mnie, że inne wozy się zatrzymały i przyglądają nam się ciekawe oczy. Matka szła od strony swojego wozu, a Ben ruszył jej na spotkanie, uśmiechnął się i rzekł coś uspokajającego. Nie słyszałem słów, ponieważ zajęty byłem wyłącznie oddychaniem – wciąganiem i wypuszczaniem z płuc powietrza.

Pozostałe wozy ruszyły w drogę. W milczeniu powędrowałem za Benem do jego pojazdu. On zaczął udawać, że ma strasznie dużo przy nim do zrobienia, sprawdził wszystkie linki, które napinały brezent. Ja doszedłem jakoś do siebie i pomagałem jak mogłem, póki nie minął nas ostatni wóz trupy.

Kiedy wreszcie uniosłem wzrok, zobaczyłem w oczach Bena wściekłość.

– No? Co? Co sobie właściwie myślałeś?

Nigdy nie widziałem go w takim stanie: całe ciało skręcone w jeden węzeł gniewu. Aż się trząsł. Zamachnął się, żeby mnie uderzyć... opanował się. Po chwili dłoń opadła mu bezwładnie.

Bardziej metodycznie sprawdził ostatnie linki i wspiął się z powrotem na kozioł. Nie wiedząc, co innego mógłbym zrobić, poszedłem za jego przykładem.

Ben szarpnął lejce, Alfa i Beta ruszyły. Zajmowaliśmy teraz ostatnie miejsce w karawanie. Ben patrzył w przestrzeń przed sobą. Ja muskałem palcami przód podartej koszuli. Cisza panowała nieznośna.

Z dzisiejszej perspektywy wiem, że to, co zrobiłem, było niewyobrażalnie głupie. Kiedy związałem mój oddech z powietrzem wokół mnie, uniemożliwiłem sobie oddychanie. Moje płuca po prostu nie były dość silne, żeby poruszyć tymi całymi masami powietrza, jakie było wokół. Potrzebowałbym chyba klatki piersiowej jak żelaznego miecha. Tyle samo szczęścia miałbym, próbując wypić rzekę lub podnieść górę.

Wtedy chyba jakieś dwie godziny jechaliśmy w ponurym milczeniu. Słońce już wisiało na szczytach drzew, gdy Ben wreszcie westchnął głęboko. Podał mi lejce.

Kiedy popatrzyłem na niego, po raz pierwszy zobaczyłem, jaki jest stary. Zawsze wiedziałem, że zbliża się do sześćdziesiątki, ale nigdy nie widziałem go w takim stanie.

– Okłamałem twoją matkę, Kvothe. Widziała ostatnie chwile tego, co się działo, i martwiła się o ciebie. – Oczu wciąż nie odrywał od tyłu wozu przed nami i mówił dalej: – Powiedziałem jej, że pracujemy nad numerem do przedstawienia. To dobra kobieta. Nie zasłużyła na to, żeby ją okłamywać.

Potem znów jechaliśmy w niekończącej się udręce milczenia, ale wciąż zostało jeszcze parę godzin do zachodu, gdy usłyszałem krzyki:

– Szary kamień! – niosło się wzdłuż karawany.

Podskakiwanie wozu zjeżdżającego z drogi na łąkę wyrwało Bena z ponurego zamyślenia.

Rozejrzał się dookoła i po chwili zorientował, że słońce wciąż stoi na niebie.

– Dlaczego się już zatrzymujemy? Drzewo zwaliło się na drogę?

– Szary kamień. – Wskazałem na kamienną płytę wystającą ponad dachy wozów przed nami.

– Co?

– Od czasu do czasu natrafiamy na któryś z nich przy drodze. – Znowu wskazałem na szary kamień sterczący znad czubków drzewek obok drogi. Jak większość szarych kamieni, był z grubsza ociosanym prostokątem wysokim na jakieś dwanaście stóp. Gromadzące się wokół niego wozy sprawiały wrażenie drobnych przy solidnym masywie. – Słyszałem, że nazywa się je stojącymi kamieniami, ale widziałem wiele, które wcale nie stały, tylko leżały na boku. Kiedy natrafimy na któryś, zawsze robimy sobie postój na resztę dnia, chyba że strasznie nam się spieszy. – Urwałem, zdając sobie sprawę, że plotę trzy po trzy.

– Znam je pod innym mianem. Ostańce – cicho dodał Ben. Wciąż wyglądał na starego i zmęczonego. Po chwili zapytał: – Dlaczego się zatrzymujecie?

– Zawsze tak robimy. To dogodna okazja do przerwy w podróży. – Zastanawiałem się przez moment. – Myślę, że chyba przynoszą szczęście. – Żałowałem, że nie mam nic więcej do powiedzenia dla podtrzymania rozmowy, skoro już się zainteresował, ale jakoś nic wymyślić nie potrafiłem.

– Może i tak. – Ben zaprowadził Alfę i Betę na miejsce po przeciwnej stronie kamienia, z dala od pozostałych wozów. –

Przyjdź na kolację albo zaraz po. Musimy porozmawiać. – Nie patrząc na mnie, odwrócił się i zaczął wyprzęgać Alfę.

Nigdy dotąd nie widziałem Bena w takim nastroju. Przerażony, że zniszczyłem wszystko, co było między nami, pobiegłem do wozu rodziców.

Matka siedziała przed rozpalonym właśnie ogniem, powoli dorzucając doń kolejne gałęzie. Ojciec usiadł obok, rozcierając jej szyję i ramiona. Słysząc, jak biegnę, oboje odwrócili się w moją stronę.

– Mogę dziś zjeść kolację z Benem?

Matka popatrzyła na ojca, potem z powrotem na mnie.

– Nie powinieneś mu się naprzykrzać, kochanie.

– Zaprosił mnie. Jeśli mi pozwolicie, pomogę mu rozbić się na noc.

Poruszyła ramionami, a ojciec zaczął dalej je rozcierać. Uśmiechnęła się do mnie.

– Proszę bardzo, ale pozwól mu iść spać przed świtem. – Znowu się uśmiechnęła. – Pocałuj mnie. – Wyciągnęła do mnie ramiona, a ja uścisnąłem ją i pocałowałem.

Ojciec też mnie pocałował.

– Zostaw mi koszulę. Będę miał co robić, gdy matka gotuje kolację. – Zdjął ze mnie koszulę i przesunął palcami po brzegach rozdarcia. – Ta koszula jest cała w dziurach. Przecież to niedopuszczalne.

Zacząłem mamrotać jakieś wyjaśnienia, ale zbył je gestem.

– Wiem, wiem, wszystko ma swoje uzasadnienie. Ale bądź bardziej ostrożny, bo w przeciwnym razie sam będziesz szył sobie koszulę. Na wozie znajdziesz świeżą. Przy okazji przynieś mi igłę z nitką, jeśli mogę cię o to prosić.

Skoczyłem na tył wozu i znalazłem sobie świeżą koszulę. Kiedy grzebałem wśród rzeczy w poszukiwaniu igły i nitki, usłyszałem śpiew matki:

Wieczorami, gdy słońce zachodziło,
Wychodziłam cię wypatrywać na drogę.
Dzień twego powrotu już dawno minął,
Lecz kochać cię przestać nie mogę.

Ojciec zaśpiewał responsorium:

W ten wieczór, kiedy jak co dnia światło kona,
Droga wreszcie wiedzie z powrotem, ku bliskim,
Wiatr szepce w wierzb koronach,
Proszę, nie gaś ognia w palenisku.

Kiedy wyszedłem z wozu, trzymał ją w dramatycznym przechyle i całował. Położyłem igłę z nitką obok koszuli i czekałem. Pocałunek wydawał się nadzwyczaj kunsztowny. Przyglądałem im się bacznie, niejasno świadom, że w pewnym momencie mego życia też mogę zechcieć pocałować damę. A jeśli już, chciałem się z tego wywiązać porządnie.

Po chwili ojciec spostrzegł mnie i wypuścił matkę z objęć.

– To będzie pół grosza za przedstawienie, panie Podglądaczu – zaśmiał się. – Na co jeszcze czekasz, chłopcze? Postawię tę samą półgroszówkę, że chcesz zadać jakieś pytanie.

– Dlaczego przystajemy przy szarych kamieniach?

– Tradycja, mój chłopcze – oznajmił z dumą, rozrzucając ramiona. – I przesąd. Tak czy siak, jedno sprowadza się do drugiego. Zatrzymujemy się na szczęście i ponieważ każdy lubi nieoczekiwane święto. – Urwał. – Pamiętałem kiedyś wiersz na ich temat. Jak to szło...?

Jak kamień atrakcji w naszych snach,
Kamień stojący przy starej drodze
Do królestwa elfów wiedzie.
Porzucony głaz na wzgórzu czy w dolinie,
Szary kamień prowadzi coś tam, coś tam „inie".

Ojciec stał, patrząc w przestrzeń i szczypiąc dolną wargę. Na koniec pokręcił głową.

– Nie potrafię sobie przypomnieć zakończenia ostatniego wersu. Panie, ależ ja nie lubię poezji. Jak ktokolwiek potrafi zapamiętać słowa, do których nie ma muzyki? – Aż zmarszczył czoło, bezgłośnie szepcząc rozmaite słowa.

– Co to jest kamień atrakcji? – zapytałem.

– To stara nazwa dla magnesu – wyjaśniła matka. – Chodzi o fragmenty żelaza z gwiazdy, które przyciągają inne żelazo. Wiele lat temu widziałam jeden z nich w gabinecie osobliwości. – Zerknęła na ojca, który wciąż mamrotał pod nosem. – Widzieliśmy magnes w Peleresin, nieprawdaż?

– Hm? Co? – Pytanie wyrwało go z zamyślenia. – Tak, w Peleresin. – Znowu uszczypnął się w dolną wargę, marszcząc czoło. – Zapamiętaj to sobie, chłopcze, nawet gdybyś miał zapomnieć wszystko inne. Poeta jest pieśniarzem, który nie potrafi śpiewać. Jego słowa najpierw muszą trafić do ludzkiego umysłu, zanim dotrą do duszy, a ludzki umysł bywa żałośnie małym celem. Muzyka zaś bezpośrednio dotyka serca, niezależnie jak mały czy oporny umysł ma słuchacz.

Moja matka parsknęła, cicho, ale w sposób zupełnie nieprzystający damie.

– Sobek. Po prostu się starzejesz. – Westchnęła teatralnie. – Naprawdę, rzecz ma się jeszcze gorzej, w następnej kolejności wysiada pamięć mężczyzny.

Ojciec nadął się, przybierając urażoną pozę, ale matka zignorowała go i rzekła do mnie:

– Poza tym jedyną tradycją, która każe wędrownym trupom zatrzymywać się przy szarym kamieniu, jest lenistwo. Wiersz powinien brzmieć mniej więcej tak...

Jakąkolwiek porą roku
Wędruję po drogach,
Szukam tylko powodu,
Magnes czy ostaniec,
Żeby chwilę odpocząć.

Ojcu zaświeciły w oczach mroczne iskierki, stanął za jej plecami.

– Starzeję się? – zapytał. Mówił niskim głosem i zabrał się znowu do rozcierania jej ramion. – Kobieto, dowiodę ci, że się mylisz.

Uśmiechnęła się z przekąsem.

– Panie, pozwolę ci to udowodnić.

Postanowiłem zostawić ich z ich rozmową i ruszyłem chyłkiem w stronę wozu Bena, kiedy dobiegł mnie głos ojca:

– Poćwiczymy jutro skale po obiedzie? I drugi akt *Timbertina*?

– Dobrze. – Pobiegłem.

Kiedy znalazłem się znów przy wozie Bena, zobaczyłem, że wyprzągł już Alfę i Betę, a teraz czesał je zgrzebłem. Zacząłem rozpalać ogień – wokół kupki suchych liści ustawiłem koncentrycznie stosiki coraz grubszych gałązek. Skończyłem i usiadłem obok Bena.

Jakiś czas siedzieliśmy w milczeniu. Gołym okiem było widać, że szuka odpowiednich słów.

– Ile wiesz o nowej pieśni ojca?

– Tej o Lanre'u? – zapytałem. – Niewiele. Sam wiesz, jaki on jest. Nikt niczego nie wie, póki pieśń nie jest skończona. Nawet ja.

– Nie mówię o samej pieśni – wyjaśnił Ben. – Ale o historii, która stanowi jej tło. Historii Lanre'a.

Przypomniałem sobie dziesiątki opowieści, jakie mój ojciec rzekomo zebrał w ciągu ostatniego roku, i zastanowiłem się, co może je ze sobą łączyć.

– Lanre był księciem – powiedziałem. – Albo królem. Kimś ważnym. Chciał mieć więcej władzy niż ktokolwiek na świecie. Sprzedał swą duszę w zamian za potęgę, ale potem coś źle poszło i chyba na koniec oszalał albo nie mógł zasnąć albo... – Urwałem, gdy zobaczyłem, że Ben kręci głową.

– Nie sprzedał swojej duszy – powiedział. – To są kompletne bzdury. – Westchnął ciężko, ramiona mu jakoś dziwnie obwisły. – Źle się do tego zabieram. Zapomnijmy o pieśni twojego ojca. Porozmawiamy o niej, jak ją skończy. Po prostu znajomość historii Lanre'a mogłaby ci pomóc spojrzeć na rzecz całą z odpowiedniego punktu widzenia. – Po chwili zaczął znowu: – Przypuśćmy, że masz bezmyślnego sześciolatka. Jaką krzywdę może wyrządzić innym?

Nie odpowiedziałem od razu, niepewny, jakiej odpowiedzi po mnie oczekuje. Prawdopodobnie najlepiej odpowiedzieć prosto z mostu:

– Niewielką.

– Przypuśćmy, że ma lat dwadzieścia i wciąż pozostaje bezmyślny. W jakiej mierze będzie niebezpieczny?

Zdecydowałem konsekwentnie udzielać oczywistych odpowiedzi.

– Wciąż nie bardzo, ale bardziej niż w poprzednim wypadku.

– A jeśli dasz mu miecz do ręki?

I wtedy zrozumiałem, i aż musiałem zamknąć oczy.

– Bardziej, znacznie bardziej. Rozumiem, Ben. Naprawdę. Moc jest w porządku, a głupota jest zazwyczaj niegroźna. Ale moc i głupota razem tworzą niebezpieczną mieszaninę.

– Nigdy nie powiedziałem „głupota" – sprostował Ben. – Jesteś bystry. Obaj to wiemy. Ale potrafisz się zachowywać bezmyślnie. Bystry, ale bezmyślny człowiek jest jedną z najgorszych rzeczy, jakie sobie można wyobrazić. Co gorsza, od jakiegoś już czasu uczę cię dość niebezpiecznych rzeczy.

Ben wbił wzrok w stos, który dla niego ułożyłem, potem wziął do ręki liść i wymruczał parę słów, a pośrodku stosu drewna i gałązek rozjarzył się niewielki płomyczek. Odwrócił wzrok od ogniska i spojrzał na mnie.

– Mógłbyś się zabić, wykonując sztuczkę równie prostą jak ta. – Uśmiechnął się blado. – Albo szukając imienia wiatru.

Wyraźnie chciał coś jeszcze powiedzieć, ale w końcu zrezygnował i tylko potarł twarz dłońmi. Westchnął ostatni raz i znów się zgarbił. Kiedy odjął ręce od twarzy, zobaczyłem na niej skrajne zmęczenie.

– A więc ile masz lat?

– W przyszłym miesiącu dwanaście.

Pokręcił głową.

– Jak łatwo o tym zapomnieć. Nie zachowujesz się jak dzieci w twoim wieku. – Rozgrzebał ogień kawałkiem gałęzi. – Miałem osiemnaście lat, kiedy przyjęto mnie na Uniwersytet – dodał. – Miałem dwadzieścia, kiedy umiałem tyle co ty teraz. – Popatrzył w ogień. – Przepraszam cię, Kvothe. Ale dzisiejszej nocy chciałbym być sam. Muszę coś przemyśleć.

Bez słowa pokiwałem głową. Podszedłem do jego wozu, wyciągnąłem trójnóg, kociołek, naczynie z wodą i herbatę. Przyniosłem to wszystko do ognia, postawiłem obok Bena. Kiedy odchodziłem, wciąż patrzył w ogień.

Ponieważ wiedziałem, że moi rodzice przez czas jakiś jeszcze nie będą się mnie spodziewać, ruszyłem w las. Też miałem parę rzeczy do przemyślenia. Tyle przynajmniej byłem Benowi winien. Żałowałem, że nie mogę nic więcej dla niego zrobić.

Cały cykl dni zajęło, nim Ben wrócił do swego normalnego, jowialnego „ja". Ale nawet po tym czasie nic między nami nie było już tak samo. Wciąż pozostawaliśmy w przyjaźni, niemniej coś też zaległo między nami, a ja dostrzegłem, że Ben całkiem świadomie zachowuje rezerwę.

Lekcje właściwie się skończyły. Ben położył kres moim wstępnym studiom alchemicznym, ograniczając się do zwykłej chemii. Wprost odmówił uczenia mnie jakiejkolwiek sygaldrii, a na dodatek zaczął cenzurować wiedzę na temat sympatii, jaką w swoim mniemaniu mógł mi bezpiecznie przekazać.

Irytowały mnie te ograniczenia, nie buntowałem się jednak, wierząc, że jeśli udowodnię, że jestem odpowiedzialny i nadzwyczaj ostrożny, w końcu uspokoję go tym i rzeczy wrócą do normy. Byliśmy jak rodzina i wiedziałem, że wszelkie zatargi między nami znajdą w końcu wyjaśnienie. Potrzeba tylko trochę czasu.

Zupełnie nie zdawałem sobie sprawy, że czas spędzany razem szybko zbliża się do końca.

Rozdział 15

Rozrywki i pożegnania

Miasteczko nazywało się Hallowfell. Zatrzymaliśmy się w nim na kilka dni, ponieważ był w nim dobry wozownik, a prawie wszystkie nasze wozy potrzebowały mniej lub bardziej poważnych napraw. Podczas gdy oczekiwaliśmy na reperację, Ben otrzymał propozycję nie do odrzucenia.

Ona była wdową, dość bogatą, dość młodą, a dla moich niedoświadczonych oczu całkiem atrakcyjną. Oficjalna wersja całej historii brzmiała tak, że potrzebowała nauczyciela dla swego młodego syna. Niemniej każdy, kto widział ich oboje spacerujących, bez trudu domyślał się prawdy.

Mąż jej, który dwa lata temu utonął, był piwowarem. Próbowała sama prowadzić browar, najlepiej jak umiała, lecz nie posiadała stosownej wiedzy i doświadczenia, żeby cokolwiek z tego wyszło...

Jak sami rozumiecie, nie sądzę, aby można było na Bena zastawić bardziej zdradzieckie sidła.

Tymczasem nasze plany uległy zmianie i trupa została w Hallowfell kilka dni dłużej. Zbliżały się moje urodziny, które wedle wszelkich znaków na niebie i ziemi miały być równocześnie przyjęciem pożegnalnym dla Bena.

Żeby w pełni zrozumieć, co się przy takiej okazji dzieje, trzeba wiedzieć, że nikt tak bardzo się nie stara jak aktorzy występujący przed publicznością złożoną z kolegów po fachu. Dobrzy artyści starają się, aby ich występ stał się czymś specjalnym, choć na przedstawienie, jakie miało stać się moim udziałem, składać się miały numery, które moi towarzysze wykonywali już setki razy przed inną publicznością. Nawet najbardziej oddanym trupom wędrownym zdarzają się kiepskie przedstawienia, zwłaszcza gdy jest możliwe, że publiczność się w tym nie połapie.

Małe miasteczka, wiejskie karczmy – w takich miejscach nie potrafią odróżnić dobrych wykonawców od złych. Natomiast koledzy po fachu nie mają z tym żadnych problemów.

Spróbujcie więc sobie wyobrazić, jak można pokazać się ludziom, którzy widzieli już wasz numer tysiąc razy? Odkurza się stare sztuczki, próbuje zupełnie nowych. W nadziei zaskoczenia czymś publiczności. A wielkie kompromitacje, rzecz jasna, są równie zabawne jak wielkie triumfy.

Pamiętam tamten wieczór jako jeden cudowny łańcuch zlewających się uniesień, którym od czasu do czasu towarzyszyło rozczarowanie. Skrzypce, lutnie, bębny – wszyscy grali, tańczyli i śpiewali, jak im przyszła ochota. Ośmielę się powiedzieć, że swobodnie moglibyśmy rywalizować z najbardziej bajecznym świętem.

Dostałem prezenty. Trip dał mi nóż z rękojeścią owiniętą skórą, twierdząc, że każdy chłopiec powinien mieć coś, czym mógłby sobie zrobić krzywdę. Shandi dała mi cudowny płaszcz, który sama uszyła i zaopatrzyła w niezliczoną liczbę kieszeni na chłopięce skarby. Od rodziców dostałem lutnię, piękny instrument z gładkiego ciemnego drewna. Oczywiście musiałem coś zagrać, Ben śpiewał razem ze mną. Moje palce trochę niepewnie wędrowały po strunach nieznajomego instrumentu, a Ben raz czy dwa wypadł z tonacji, ale ostatecznie wyszło nam nieźle.

Ben otworzył małą baryłkę miodu pitnego, którą trzymał „na taką właśnie okazję". Pamiętam, że jego smak pasował do mojego ówczesnego nastroju: słodko-gorzki i lekko szczypiący.

Parę osób napisało wspólnie *Balladę o Benie, najlepszym piwowarze*. Mój ojciec wyrecytował ją tonem tak ponurym, jakby była genealogią rodu królewskiego Modegan, akompaniując sobie na lirze. Wszyscy zaśmiewali się aż do bólu, a Ben śmiał się dwa razy mocniej niż pozostali.

W pewnej chwili, gdy zabawa rozkręciła się już na całego, matka porwała mnie do wielkiego tanecznego kręgu. Jej śmiech brzmiał jak muzyka niesiona wiatrem. Oplatały mnie jej włosy i spódnica, gdy wirowała w tańcu. Pachniała beztroską, jak to zazwyczaj matki. Ten zapach i przelotny pocałunek, i śmiech zrobiły więcej dla złagodzenia bólu wynikającego z konieczności rozstania się z Benem niż wszystkie pozostałe rozrywki wieczoru.

Shandi zaproponowała, że zatańczy specjalnie dla Bena, ale pod warunkiem że pójdzie z nią do jej namiotu. Nigdy wcześniej nie widziałem Bena zarumienionego, teraz spiekł raka jak się patrzy. Wahał się, a kiedy wreszcie odmówił, widać było, że po ciężkiej walce ze sobą. Shandi protestowała i dąsała się pięknie, twierdząc, że ćwiczyła ten taniec już od dawna. Na koniec wreszcie jakoś go zaciągnęła do namiotu, a ich odejściu towarzyszył aplauz całej trupy.

Trip i Teren wystawili popis szermierczy, który po części był zapierającym dech w piersiach tańcem z mieczami, po części monologiem dramatycznym (wygłoszonym przez Terena), a po części bufonadą, którą wedle mojego przekonania Trip musiał wymyślać na poczekaniu. Echa numeru niosły się po całym obozie. Podczas walki Trip zdołał złamać swój miecz, skryć się pod damską suknią, dalej walczył kiełbasą i wykonywał tak fantastyczne akrobacje, że chyba tylko cudem nie zrobił sobie krzywdy. Choć pękły mu spodnie na pośladkach.

Daksa trzeba było gasić, ponieważ podpalił się, próbując wyjątkowo spektakularnego numeru z połykaniem ognia. Ostatecznie skończyło się tylko na nadpalonej brodzie i z lekka nadwerężonej dumie. Doszedł jednak szybko do siebie po tym, jak Ben go opatrzył, po kubku miodu i zapewnieniu, że nie każdy musi mieć piękne brwi.

Rodzice zaśpiewali *Słowo o sir Savienie Traliardzie*. Jak większość wielkich pieśni, tę również skomponował Illien i uważana była za jedno z jego koronnych dzieł.

To piękna pieśń, a mnie dodatkowo urzekła dlatego, że tylko kilka razy wcześniej słyszałem ją całą w wykonaniu ojca. Jest zresztą strasznie trudna, a ojciec prawdopodobnie jest jedynym członkiem naszej trupy, który potrafi oddać sprawiedliwość całej jej skomplikowanej urodzie. Choć starał się tego po sobie nie pokazywać, widziałem, że nawet on musiał się wznieść na wyżyny umiejętności. Matka śpiewała kontrapunkt, głosem miękkim i wibrującym. Nawet ogień jakby przygasał, gdy któreś z nich zaczerpnęło tchu. Czułem zarazem uniesienie i smutek. Płakałem tyleż nad tragiczną historią przedstawioną w pieśni, ile nad cudem ich głosów tak idealnie do siebie dostrojonych.

Tak, pod koniec pieśni płakałem. I wtedy, i za każdym razem, gdy przyszło mi usłyszeć tę pieśń. Wystarczyło, że odczytałem na głos tekst pieśni, a już łzy stawały mi w oczach. Moim zdaniem nikt, kogo ta pieśń nie porusza, nie jest w pełni człowiekiem.

Kiedy rodzice skończyli, zapadła chwila ciszy, ponieważ wszyscy ocierali oczy i wydmuchiwali nosy. Po stosownej chwili zadumy ktoś krzyknął:

– Lanre! Lanre!

Okrzyk został podjęty przez kolejne gardła.

– Tak, Lanre!

Ojciec uśmiechnął się krzywo i pokręcił głową. Nigdy nie wykonywał fragmentu pieśni, póki nie ukończył całości.

– Daj spokój, Arl! – zawołała Shandi. – Już dość długo ją dusisz w głowie. Uchyl rąbka tajemnicy.

Znów pokręcił głową, choć nie przestawał się uśmiechać.

– Jeszcze nie jest skończona. – Pochylił się i pieczołowicie umieścił lutnię w futerale.

– Chociaż kawałek, Arliden. – Tym razem to był głos Terena.

– Tak, na cześć Bena. To nie w porządku, że przez cały ten czas musiał wysłuchiwać twoich opowieści o niej, a teraz nawet...

– ...zastanawiamy się, co ty właściwie robisz na swoim wozie z żoną, jeśli nie...

– Śpiewaj!

– Lanre!

Trip w jednej chwili zmienił się w dyrygenta chóru głosów, które śpiewały, wyły właściwie, i którym ojciec zdołał się przeciwstawiać całą minutę, nim pochylił się i wyjął z powrotem lutnię z futerału. Rozległy się burzliwe oklaski.

Wszyscy umilkli, gdy usiadł. Nastroił jedną, drugą strunę, choć przecież przed momentem odłożył instrument. Rozprostował palce, dobył z lutni kilka próbnych dźwięków i tak płynnie przeszedł do samej pieśni, że zdałem sobie sprawę, że już jej słucham, zanim na dobre wiedziałem, iż się zaczęła. A potem głos ojca wzniósł się ponad falowaniem muzyki.

Siądźcie i słuchajcie, bo zaraz zaśpiewam
Pieśń, którą zrodził i zapomniał czas
Dawno miniony. Pieśń o człowieku.
O dumnym Lanrze, silnym jak drzewo,
Który tak chętnie brał do ręki miecz.
Jak walczył, padał i powstawał znów,
By znowu upaść. W ciemną toń snów.
Zgubiony za wiarę ojców – świętą rzecz,
I miłość do żony, Lyry, na której wezwanie,
Jak mówią ludzie, przeszedł śmierci wrota,
By w jej imię na świat przywrócon zostać.

Ojciec wziął głęboki oddech i zamarł z otwartymi ustami, jakby zaraz miał podjąć na nowo. Ale uśmiechnął się tylko łobuzersko i pochylił, by znowu schować lutnię. Ludzie zareagowali na to pojedynczymi okrzykami i narzekaniami, ale tym razem wszyscy wiedzieli, że mieli szczęście, usłyszawszy bodaj tyle. Ktoś zagrał do tańca i wkrótce wszelkie protesty ucichły.

Moi rodzice tańczyli razem, matka tuliła głowę do piersi ojca. Oczy obojga były zamknięte. Wydawali się tacy szczęśliwi. O szczęściu może mówić tylko ten, kto znajdzie w życiu kogoś takiego, kogoś, do kogo może się przytulić i zamknąć oczy. Nawet jeśli trwałoby to tylko chwilę lub jeden dzień. Po tych wszystkich latach, kiedy myślę o miłości, zawsze wyobrażam sobie ich dwoje delikatnie kołyszących się w takt muzyki.

Potem jeszcze Ben zatańczył z matką, krok miał pewny i stateczny. Zaskoczyło mnie to, jak pięknie wyglądali razem. Ben stary, siwy i pulchny, z pobrużdżoną twarzą i na poły spalonymi brwiami. Matka szczupła, świeża, promienna, o skórze jasnej i gładkiej w płomieniach ogniska. Stanowili układ kontrastów uzupełniających się wzajem. Aż mnie zabolało, gdy zrozumiałem, że być może nigdy ich już więcej razem nie zobaczę.

Wówczas niebo zaczęło jaśnieć na wschodzie. Ludzie powoli zaczynali się żegnać.

Nie pamiętam, co mu powiedziałem przed odjazdem. Pamiętam tylko, że słowa wydawały mi się rozpaczliwie nieodpowiednie, ale równocześnie wiedziałem, iż zrozumiał. Kazał mi obiecać, że nie będę się pakował w kłopoty, igrając z rzeczami, których mnie nauczył.

Pochylił się nieco, uściskał mnie, po czym wzburzył mi włosy. Tym razem zupełnie mnie to nie obeszło. Może trochę w charakterze zemsty spróbowałem przygładzić mu brwi, co zawsze chciałem zrobić.

Na jego twarzy pojawił się wyraz niebotycznego zdumienia. Znowu mnie uściskał. Potem poszedł sobie.

Rodzice obiecali, że kiedy będziemy przebywać w okolicy, postarają się odwiedzić miasteczko. Wszyscy pozostali aktorzy z trupy twierdzili, że ich nie trzeba będzie do tego namawiać. Ale mimo iż byłem jeszcze bardzo młody, znałem prawdę. Minie mnóstwo czasu, zanim znów go zobaczę. Lata całe.

Nie pamiętam, jak tamtego ranka ruszaliśmy w drogę, ale pamiętam, że próbowałem zasnąć, zupełnie sam, dręczony głuchą, słodko-gorzką udręką.

Kiedy po południu obudziłem się, obok mnie leżał nieduży pakunek. Owinięty był w kawałek lnu i obwiązany sznurkiem, do pakunku przyczepiony był kawałek białego papieru, który teraz powiewał na wietrze niczym miniaturowa flaga.

Rozpakowałem prezent i zobaczyłem oprawę książki. Była to *Retoryka i logika*, książka, z której Ben uczył mnie argumentacji. Jedyna z jego niewielkiej biblioteczki dwunastu książek, której nie przeczytałem od deski do deski. Nienawidziłem jej.

Otworzyłem książkę i na wewnętrznej okładce znalazłem list. Głosił:

Kvothe,

Radź sobie dobrze na Uniwersytecie. Chcę być z ciebie dumny.

Pamiętaj pieśń ojca. Wystrzegaj się głupoty.

Twój przyjaciel

Abenthy.

Ben nigdy ze mną nie rozmawiał o pójściu na Uniwersytet. Oczywiście marzyłem, że któregoś dnia się to stanie. Ale to były marzenia, o których nie śmiałbym nawet wspomnieć rodzicom. Gdybym miał wstąpić na Uniwersytet, musiałbym się rozstać z rodzicami, z trupą, ze wszystkimi i wszystkim, co w życiu znałem.

Szczerze mówiąc, sama myśl wydawała mi się z lekka przerażająca. Jak to może być, osiąść na jednym miejscu i to nie tylko na cykl dni, ale na całe miesiące? Lata? Żadnych występów? Koniec z akrobacją z Tripem, koniec z rolą pyszałkowatego młodego szlachcica w sztuce *Trzy grosze za nic*? Żadnych wozów? Koniec ze wspólnym śpiewaniem?

Nigdy nic mu nie powiedziałem, ale Ben z pewnością się domyślił. Przeczytałem powtórnie jego wpis do książki, popłakałem trochę i obiecałem mu w myślach, że zrobię wszystko, co będę mógł.

Rozdział 16

Nadzieja

W ciągu następnych paru miesięcy rodzice starali się jak mogli, żeby wypełnić pustkę powstałą w wyniku nieobecności Bena, nakłaniając innych członków trupy do wynajdywania mi konstruktywnych zajęć i dbając, abym nie pogrążał się w czarnych myślach.

W wędrownej trupie wiek nie ma większego znaczenia. Jeśli jest się dość silnym, żeby siodłać konie, to się to robi. Jeśli ma się dość sprawne ręce, żongluje się. Jeśli jest się ogolonym gładko i sukienka pasuje, gra się lady Reythiel w *Świniopasie i słowiku*. Wszystko jest mniej więcej tak właśnie proste.

Trip więc nauczył mnie żartować i wykonywać ćwiczenia akrobatyczne. Shandi przećwiczyła ze mną tańce towarzyskie pół dziesiątka krajów. Teren przymierzył mnie do rękojeści miecza i uznał, że jestem już dość duży, aby zacząć się uczyć podstaw szermierki. Aczkolwiek, co podkreślił z naciskiem, nie na tyle, by walczyć. Mimo to mogę się przydać na scenie.

O tej porze roku drogi były w dobrym stanie, więc z nadzwyczajną szybkością jechaliśmy na północ przez tereny Wspólnoty: pokonywaliśmy piętnaście, dwadzieścia mil dziennie, szukając miejsc, w których moglibyśmy grać. Ponieważ Bena nie było z nami, częściej dotrzymywałem towarzystwa ojcu, a on zaczął mnie poważnie szkolić do występów na scenie.

Rzecz jasna, wiedziałem już dość sporo. Ale to, co podchwyciłem od innych, stanowiło raczej bezładny galimatias. Ojciec natomiast przystąpił do wprowadzania mnie w tajniki zawodu aktora. Tłumaczył, jak drobne zmiany akcentu czy postawy sprawiają, iż człowiek wygląda nieporadnie, sprytnie bądź głupio.

Wreszcie matka postanowiła mnie nauczyć, jak mam się zachowywać w lepszym towarzystwie. Co nieco i na ten temat wiedziałem z naszych nieczęstych odwiedzin u barona Greyfallowa i wydawało mi się, że jestem już dostatecznie dobrze wychowany, aby nie musieć wkuwać na pamięć sposobów zwracania się do różnych osób, zachowania przy stole, wreszcie zawiłych subtelności rang i tytułów. W końcu tyle też matce powiedziałem.

– Kogo obchodzi, że wicehrabia Modegan przewyższa rangą spara-thaina Vintish? – protestowałem. – I kogo obchodzi, że do jednego należy się zwracać „wasza miłość", a do drugiego „mój panie"?

– Ich obchodzi – oznajmiła zdecydowanie matka. – Jeżeli będziesz przed nimi występował, musisz zachowywać się z godnością i nauczyć, jak nie kłaść łokcia w talerz z zupą.

– Ojciec w ogóle nie dba o to, jakiego używać widelca i kto ma wyższą pozycję niż kto – narzekałem.

Matka zmarszczyła czoło, spojrzała na mnie zmrużonymi oczyma.

– Kto ma od kogo wyższą pozycję – niechętnie sprostowałem.

– Twój ojciec wie znacznie więcej, niż zdradza na co dzień – powiedziała matka. – A czego nie wie, to mu wybaczają ze względu na jego wielki urok osobisty. Dzięki temu niektóre rzeczy uchodzą ma na sucho. – Ujęła mnie za podbródek. Oczy miała zielone ze złotą obwódką wokół źrenicy. – Chcesz tylko tego, żeby ci uchodziło na sucho? Czy chcesz, żebym była z ciebie dumna?

Na to pytanie była tylko jedna odpowiedź. Kiedy już zdecydowałem się nauczyć wszystkich tych rzeczy, przekonałem się, że to tylko inny rodzaj aktorstwa. Inny scenariusz. Matka układała rymowanki, żeby mi pomóc zapamiętać najbardziej absurdalne elementy etykiety. A razem napisaliśmy nieprzyzwoitą pioseneczkę pod tytułem *Biskup zawsze pod królową*. Śmialiśmy się z niej przez okrągły miesiąc, ona zaś surowo zabroniła mi wspominać ojcu o piosence, ponieważ mógłby ją kiedyś zaśpiewać przed niewłaściwymi ludźmi i wpędzić nas przez to w nieliche kłopoty.

– Drzewo! – rozległ się okrzyk na przedzie karawany. – Gigantyczny dąb.

Ojciec w pół słowa urwał monolog, który mi właśnie recytował, i westchnął zirytowany.

– Na dzisiaj koniec jazdy – mruknął, zerkając na niebo.

– Robimy postój? – zapytała matka z wnętrza wozu.

– Kolejne drzewo zwaliło się na drogę – wyjaśniłem.

– Niech mnie – zaklął ojciec, zjeżdżając na wolne miejsce. – To w końcu jest królewski trakt, czyż nie? Można by sądzić, że jesteśmy jedynymi podróżnymi. Kiedy była ta burza? Dwa cykle temu?

– Nie całkiem – odrzekłem. – Szesnaście dni.

– A drzewa wciąż tarasują drogę! Powoli mam ochotę wysłać do konsulatu rachunek za każde drzewo, które musieliśmy pociąć i usunąć z drogi. Przez to będziemy mieli kolejne trzy godziny spóźnienia. – Zeskoczył z wozu, kiedy ten przystawał.

– Mnie się to podoba – powiedziała matka, wychodząc zza wozu. – Dzięki temu może uda nam się coś zrobić – obrzuciła ojca znaczącym spojrzeniem – ciepłego do jedzenia. Powoli mam już dosyć obywania się byle czym, co trafi się pod koniec dnia, ciało ma swoje potrzeby.

Nastroje ojca wyraźnie ochłodły.

– Masz rację – powiedział.

– Kochanie? – zawołała do mnie matka. – Myślisz, że mógłbyś poszukać dla mnie trochę dzikiej szałwii?

– Nie mam pojęcia, czy tutaj rośnie – odrzekłem, wkładając w te słowa odpowiednią dozę niepewności.

– Nie zaszkodzi poszukać – zauważyła sensownie. Spojrzała na ojca kątem oka. – Jeżeli znajdziesz odpowiednio dużo, narwij całe naręcze. Ususzę na później.

Typowe – niezależnie od tego czy znajdę, czy nie znajdę tego, czego szukałem, nie miało to większego znaczenia.

Powoli wchodziło mi w zwyczaj oddalanie się wieczorami od wozów trupy. Zazwyczaj miałem do załatwienia jakąś sprawę, podczas gdy rodzice przygotowywali kolację. Ale najczęściej sprawy te stanowiły po prostu wymówkę, aby na jakiś czas od siebie odpocząć. W drodze trudno nawet o odrobinę prywatności, a im była ona potrzebna w takim samym stopniu jak mnie. A więc, jeżeli nawet godzinę zabierało mi znalezienie naręcza drewna na opał, im to nie przeszkadzało. A jeśli do czasu, aż wrócę, nie zasiądą do kolacji, cóż, była w tym jakaś sprawiedliwość, czyż nie?

Mam nadzieję, że tych kilka ostatnich godzin spędzili przyjemnie. Mam nadzieję, że nie zmarnowali ich na bezsensowne czynności: rozpalanie wieczornego ognia, krojenie warzyw na kolację. Mam nadzieję, że śpiewali razem, jak im się to często zdarzało. Mam nadzieję, że poszli pod plandekę wozu i spędzili czas we wzajemnych objęciach. Mam nadzieję, że po wszystkim leżeli obok siebie, rozmawiając cicho i czule. Mam nadzieję, że byli razem, zajęci miłością, kiedy przyszedł koniec.

To słaba nadzieja i tak naprawdę nic po niej. Tak czy siak, są martwi.

Mimo to pielęgnuję tę nadzieję.

Nie chce mi się opowiadać o tym, co robiłem w lesie tego wieczora, zabawiając się w gry, które dzieci wymyślają ku samotnej rozrywce. Ostatnich kilka beztroskich godzin mojego życia. Ostatnie chwile mego dzieciństwa.

Pomińmy to, co zobaczyłem, wróciwszy do obozu w chwili, gdy zachodziło słońce. Widok ciał porozrzucanych jak połamane kukiełki. Woń krwi i palonych włosów. Co czułem, wędrując bez celu, zbyt zdezorientowany, żeby wpaść w panikę, otępiały od szoku i zgrozy.

Najchętniej nie opowiedziałbym nic na temat reszty tego wieczora. Oszczędziłbym wam całego tego brzemienia, gdyby nie to, że jedna rzecz jest koniecznym elementem całej mej historii. Absolutnie decydującym. Na niej cała opowieść opiera się niby drzwi na zawiasach. Pod pewnym względem od tego właśnie moja opowieść się zaczyna.

A więc miejmy to już za sobą.

Tu i ówdzie wstęgi dymu wciąż jeszcze wisiały w powietrzu. Było cicho, jakby wszyscy członkowie trupy równocześnie czegoś nasłuchiwali. Jakby wszyscy naraz wstrzymali oddech. Zbłąkany podmuch wiatru zaszeleścił liśćmi drzew i pchnął w moją stronę smugę dymu niczym nisko płynącą chmurę. Wyszedłem z lasu, przeszedłem pośród dymu i ruszyłem do obozu.

Kiedy dym nad moją głową zrzedł, przetarłem załzawione oczy. Rozejrzałem się dookoła i zobaczyłem na poły przewrócony namiot Tripa, który już zdążył się zająć od ognia. Impregnowany materiał palił się kiepsko, gryzący, szary dym pełzł tuż nad ziemią w cichym wieczornym powietrzu.

Zobaczyłem ciało Terena leżące obok jego wozu, w dłoni wciąż ściskał złamany miecz. Szarości i zielenie, jakie zazwyczaj nosił, teraz były mokre i czerwone od krwi. Jedna z jego nóg pozostawała wygięta pod nienaturalnym kątem, obnażony fragment strzaskanej kości zdał mi się bardzo, bardzo biały.

Stałem, niezdolny oderwać oczu od zwłok Terena – szara koszula, czerwona krew, biała kość. Stałem i patrzyłem, jakbym miał przed sobą skomplikowany diagram w książce, który próbuję zrozumieć. Odrętwienie ogarniało powoli całe moje ciało. Wydawało mi się, że moje myśli pełzną powoli, jakbym miał jakiś syrop w głowie.

Jakąś niewielką, wciąż racjonalną częścią umysłu zdawałem sobie sprawę, że jestem w głębokim szoku. Stamtąd płynęła do mnie wciąż nawracająca myśl, starająca mi się to uzmysłowić. Wykorzystałem ćwiczenia Bena, żeby ją zignorować. Nie chciałem myśleć o tym, co widzę. Nie chciałem wiedzieć, co się tu stało. Nie chciałem wiedzieć, co to wszystko znaczy.

Po jakimś czasie oczy przesłoniło mi pasmo dymu. W oszołomieniu usiadłem przy najbliższym ognisku. To było ognisko Shandi, w zawieszonym nad nim małym kociołku bulgotały ziemniaki, co stanowiło widok zaskakująco normalny wśród otaczającego chaosu.

Skupiłem wzrok na kociołku. Coś normalnego. Za pomocą kawałka gałązki sprawdziłem stan ziemniaków i okazało się, że są już miękkie. Normalna sprawa. Zdjąłem kociołek z ognia i postawiłem na ziemi obok ciała Shandi. Ubranie miała porwane na strzępy. Spróbowałem odgarnąć jej włosy z twarzy i zaraz cofnąłem dłoń uwalaną we krwi. Płomienie odbijały się w jej pozbawionych wyrazu, pustych oczach.

Wstałem, bez celu rozejrzałem się dookoła. Minęło trochę czasu i namiot Tripa strawił ogień, a wóz Shandi, jak się okazało, stał jednym kołem w ognisku Marion. Wszystkie płomienie miały niebieskawy kolor, co sprawiało, że cała scena wydawała się oniryczna i nierealna.

Usłyszałem głosy. Zerknąłem zza wozu Shandi i zobaczyłem grupę nieznajomych mężczyzn i kobiet, siedzących wokół ogniska. Ogniska moich rodziców. Zakręciło mi się w głowie, wyciągnąłem rękę, żeby oprzeć się o koło wozu. Kiedy je schwyciłem, wzmacniająca koło żelazna obręcz ukruszyła mi się w dłoniach, sypiąc deszczem płatków brązowej rdzy. Kiedy cofnąłem dłoń, koło zaskrzypiało i zaczęło pękać. Odsunąłem się na krok, a wtedy koło załamało się pod wozem, który runął na ziemię w drzazgach, jakby był spróchniałym pniakiem.

Stałem na pełnym widoku od strony ogniska. Jeden z mężczyzn odchylił się do tyłu, a kiedy powstał, miał już w ręku miecz. Jego ruchy skojarzyły mi się z żywym srebrem wypływającym z dzbana na blat stołu: swobodne, zwinne. Na twarzy miał wyraz skupienia, ale ciało było jakby rozluźnione, jakby właśnie wstał i się przeciągnął.

Miecz jego był jasny i foremny. Przecinał powietrze, które pod ostrzem jakby się kruszyło. Przypomniała mi się cisza, panująca nad światem w najzimniejsze dni zimy, kiedy oddech parzy w płucach i wszystko zamiera.

Był jakieś dwadzieścia stóp ode mnie, ale widziałem go idealnie w zamierającym świetle zachodu. Do dziś pamiętam go tak wyraźnie, jak pamiętam twarz matki, czasami nawet lepiej. Jego oblicze było wąskie i miało ostre rysy, a także idealne piękno porcelany. Długie do ramion włosy okalały je luźnymi lokami koloru szronu. Był blady bladością zimy. Wszystko w nim było zimne, ostre i białe.

Z wyjątkiem oczu. Były czarne jak u kozy i pozbawione tęczówek. Jego oczy były jak jego miecz i żadne z dwojga nie odbijało promieni zachodzącego słońca.

Na mój widok wyraźnie się uspokoił. Opuścił czubek miecza i uśmiechnął się idealnymi zębami, jakby wykonanymi z kości słoniowej. Jego uśmiech miał wyraz twarzy nocnego koszmaru.

Poczułem ukłucie uczucia czy zrozumienia, które próbowało się przebić przez oszołomienie, którym otulałem się jak grubym ochronnym płaszczem. Coś zatopiło głęboko swe dłonie w mej piersi i ścisnęło. Być może był to pierwszy raz w życiu, gdy się naprawdę przestraszyłem.

Z dala przy ognisku łysy człowiek z siwą brodą roześmiał się w głos.

– Wychodzi na to, że przegapiliśmy małego króliczka. Uważaj, Popiół, może mieć ostre ząbki.

Ten, na którego mówiono Popiół, schował miecz do pochwy, czemu towarzyszył odgłos, z jakim drzewa pękają w zimie od mrozu. Nie zbliżając się bardziej, ukląkł. I znowu przyszedł mi na myśl sposób, w jaki porusza się rtęć. Teraz mógł mi spojrzeć prosto w twarz, a w jego matowoczarnych oczach rozbłysła troska.

– Jak masz na imię, chłopcze?

Stałem tylko, niezdolny się odezwać. Wrośnięty w ziemię jak przerażony jelonek.

Popiół westchnął i na moment spuścił wzrok. Kiedy znów go uniósł, dostrzegłem w jego pustych oczach litość.

– Młody człowieku – zaczął – gdzież to przebywają twoi rodzice? – Patrzył mi w oczy przez moment, a potem spojrzał przez ramię w kierunku ogniska, gdzie siedzieli pozostali. – Czy ktoś wie, gdzie są jego rodzice?

Któreś z nich zaśmiało się, śmiechem twardym i ostrym, jakby ktoś przed chwilą opowiedział szczególnie dobry żart. Jedno z nich, może dwoje zawtórowało w głos. Popiół odwrócił się do mnie i wszelka litość zniknęła z jego twarzy niczym popękana maska, zostawiając tylko koszmarny uśmiech.

– Czy to ognisko twoich rodziców? – zapytał ze straszliwą radością w głosie.

Tępo pokiwałem głową.

Uśmiech powoli zniknął z jego twarzy. Całkowicie pozbawionymi wyrazu oczyma zajrzał w głąb mej duszy, jego głos zabrzmiał cicho, chłodno i ostro.

– Czyiś rodzice – rzekł – śpiewali zupełnie niewłaściwe pieśni.

– *Popiół* – doleciał od strony ogniska czyjś głos.

Jego czarne oczy zwęziły się w irytacji.

– Co? – syknął.

– *Narażasz się na moje niezadowolenie. On nic nie zrobił. Odeślij go pod miękki i kojący koc snu.* – Chłodny głos potknął się lekko na ostatnim słowie, jakby miał kłopoty z jego wymówieniem.

Głos pochodził od mężczyzny, który siedział w niewielkiej odległości od pozostałych, otulony cieniem na skraju ogniska. Choć niebo wciąż rozświetlał blask zachodu i nic nie znajdowało się między ogniem a miejscem, gdzie siedział, cień rozlewał się wokół niego niczym kałuża tłustej oliwy. Płomienie syczały i tańczyły, żywe, ciepłe, niebieskawe, ale nawet promyczek światła nie miał doń dostępu. Wokół jego głowy cień jeszcze bardziej gęstniał. Mogłem dojrzeć tylko lekki zarys głębokiego kaptura, takiego, jakie noszą mnisi, ale pod nim cień był tak głęboki, że równie dobrze mógłbym zaglądać w jądro nocy.

Popiół zerknął przelotnie na zakapturzonego mężczyznę, po czym się odwrócił.

– Uważnie się przyglądasz, Haliax – warknął.

– *A ty chyba zapominasz, jaka jest nasza sprawa* – powiedział mroczny mężczyzna. W jego zimnym głosie zabrzmiały ostrzejsze tony. – *Albo może twoja sprawa jest inna od mojej?* – Ostatnie słowa zostały starannie dobrane, jakby miały szczególne znaczenie.

Arogancja Popioła opuściła go w jednej chwili, było to, jakby wylać z wiadra wodę.

– Nie – odrzekł, odwracając się z powrotem do ognia. – Nie, z pewnością nie.

– *To dobrze. Nie podoba mi się myśl, że nasza długa znajomość miałaby dobiec końca.*

– Podobnie jak mnie.

– *A więc może odświeżysz w mej pamięci, na czym polega nasz związek, Popiół* – powiedział zakapturzony, a w spokojnym głosie zadrżała leciutka nutka gniewu.

– Jestem... jestem twoim sługą. – Popiół wykonał pojednawczy gest.

– *Jesteś narzędziem w moim ręku* – delikatnie sprostował cień. – *Niczym więcej.*

W wyrazie twarzy Popioła pojawił się sprzeciw. Milczał przez moment, wreszcie zaczął:

– Nie...

Cichy głos stał się nagle twardy jak pręt z ramstońskiej stali.

– *Ferula.*

Rtęciowa płynność ruchów Popioła gdzieś zniknęła. Zachwiał się, ciało zesztywniało od nagłego bólu.

– *Jesteś narzędziem w moim ręku* – powtórzył zimny głos. – *Powiedz to.*

Przez chwilę Popiół gniewnie zaciskał szczęki, potem szarpnął się cały i krzyknął, co brzmiało bardziej jak głos zwierzęcia niż człowieka.

– Jestem narzędziem w twoim ręku – jęknął.

– *Lordzie Haliax.*

– Jestem narzędziem w twoim ręku, lordzie Haliax – błagalnie powiedział Popiół, drżąc cały i osuwając się na kolana.

– *Któż zna wewnętrzne ukształtowania twego imienia, Popiół?* – Słowa te zostały wypowiedziane ze spokojem i cierpliwością, z jakimi nauczyciel powtarza źle zapamiętaną przez ucznia lekcję.

Popiół schwycił się trzęsącymi rękoma za brzuch i zgiął wpół, przymykając oczy.

– Ty, lordzie Haliax.

– *Kto chroni cię przed Amyr? Śpiewakami? Sithe? Przed wszystkimi, którzy chcieliby wyrządzić ci krzywdę?* – pytał Haliax z nienaganną grzecznością, jakby rzeczywiście ciekawiła go odpowiedź.

– Ty, lordzie Haliax. – Głos Popioła był cichym jękiem bólu.

– *I czyjej służysz sprawie?*

– Twojej sprawie, lordzie Haliax – wykrztusił Popiół. – Twojej. Żadnej innej. – Wiszące w powietrzu napięcie rozwiało się, a ciało Popioła raptem zwiotczało. Osunął się na czworaki, krople potu spłynęły z jego twarzy na ziemię niczym deszcz. Białe włosy zwisły mokrymi pasemkami. – Dziękuję ci, panie – wydyszał z wdzięcznością. – Nigdy już się nie zapomnę.

– *Zapomnisz. Za bardzo lubujesz się w swoich drobnych okrucieństwach. Wszystkich was to dotyczy.* – Haliax pokręcił zakapturzoną głową, po kolei przypatrując się siedzącym przy ognisku.

Pod jego spojrzeniem poruszali się niepewnie. – *Cieszę się, że zdecydowałem się dziś wam towarzyszyć. Zapominacie się, folgujecie najdrobniejszym kaprysom. Niektórzy z was chyba zapomnieli, czego szukamy, do czego dążymy.*

Siedzący przy ogniu zaszemrali.

Wycięcie kaptura zwróciło się w stronę Popioła.

– *Ale tobie udzielam przebaczenia. Być może gdyby nie te napomnienia, sam byłbym zapomniał.* – Ostatnie słowa wymówił ostrzejszym tonem. – *Teraz skończ, coś...* – Urwał i powoli odchylił zakapturzoną głowę, by spojrzeć na niebo. Zapanowała pełna wyczekiwania cisza.

Siedzący wokół ognia znieruchomieli, na ich twarzach zastygł wyraz napięcia. Równocześnie unieśli głowy, jakby patrzyli w ten sam punkt wieczornego nieba. Jakby próbowali złowić jakiś zapach niesiony przez wiatr.

Poczułem, że jestem obserwowany. Jakieś napięcie, nagła zmiana w fakturze powietrza. Skupiłem się na tym, wdzięczny za coś, co odwróci moją uwagę i przez kilka chwil pozwoli nie myśleć jasno.

– *Przybywają* – cicho rzekł Haliax. Wstał, a cień zdawał się wylewać zeń niczym ciemna mgła. – *Szybko. Do mnie.*

Haliax rozłożył ramiona i otaczający go cień rozkwitł niczym rozwijające się płatki kwiatu. Potem każdy z pozostałych, z wystudiowaną swobodą, po kolei odwracał się i szedł w kierunku Haliaksa, zanurzając się w otaczający go cień. W tym momencie ich kroki stawały się wolniejsze, senne i jak postacie wykonane z piasku i rozwiewane przez wiatr znikali. I tylko Popiół obejrzał się za siebie, a w jego koszmarnych oczach rozbłysła iskierka złości.

A potem zniknęli.

Nie będę obarczał was opowieścią o tym, co nastąpiło później. Jak biegałem od ciała do ciała, rozpaczliwie szukając oznak życia zgodnie z tym, czego nauczył mnie Ben. O moich próżnych usiłowaniach wykopania wspólnego grobu. O tym, jak ryłem w ziemi gołymi rękoma, póki palców nie miałem obtartych i pokrwawionych. O tym, jak znalazłem rodziców...

Najczarniejszą godziną nocy znalazłem nasz wóz. Koń pociągnął go prawie sto jardów po drodze, zanim padł. Wewnątrz wszystko wyglądało normalnie, tak schludnie i spokojnie. Uderzyło mnie, jak bardzo wnętrze wozu pachniało nimi dwojgiem.

Zapaliłem każdą lampę i świeczkę, jakie znalazłem w wozie. Światło nie przyniosło mi ukojenia, ale przynajmniej płomienie paliły się szczerym złotem, nietkniętym niebieską poświatą. Znalazłem futerał z lutnią ojca. Położyłem się w łóżku rodziców, lutnię kładąc obok. Poduszka matki pachniała jej włosami i tamtym uściskiem z pamiętnej nocy. Nie miałem zamiaru spać, ale sen ogarnął mnie niepowstrzymanie.

Obudziłem się z kaszlem, wszystko wokół mnie stało w płomieniach. Przyczyną pożaru były oczywiście świece. Wciąż otępiały od szoku zebrałem pośpiesznie trochę rzeczy do torby. Nie potrafiłem się skupić, moje działania były powolne i bezcelowe, ale nie bałem się; wyciągnąłem spod mojego materaca książkę Bena. Cóż mi mógł zrobić ogień po wszystkim, przez co przeszedłem?

Włożyłem lutnię ojca z powrotem do futerału. Czułem się, jakbym ją kradł, ale nie potrafiłem wymyślić, co innego mógłbym wziąć po nim na pamiątkę. Dłonie obojga po tysiąc razy muskały to drewno.

Potem odszedłem. Ruszyłem prosto w las i nie zatrzymałem się, aż świt zaczął rozjaśniać wschodnie krańce nieba. Gdy rozśpiewały się ptaki, zatrzymałem się, położyłem torbę na ziemi. Wyciągnąłem lutnię ojca, przytuliłem. Potem zacząłem grać.

Palce bolały mnie strasznie, ale mimo to grałem. Grałem, póki krew nie zaczęła plamić strun. Grałem, póki promienie słońca nie zaczęły się przesączać między drzewami. Grałem, póki nie rozbolały mnie ręce. Grałem, próbując nic nie pamiętać, póki nie zmorzył mnie sen.

Rozdział 17

Interludium – jesień

Kvothe podał rękę Kronikarzowi i zwrócił się do swego ucznia, marszcząc czoło.

– Przestań tak na mnie patrzeć, Bast.

Bast wydawał się bliski łez.

– Och, Reshi – wykrztusił. – Nie miałem pojęcia.

Kvothe gestem dłoni uciął sprawę.

– Skąd miałeś wiedzieć, Bast. Poza tym nie ma co rozpaczać.

– Ale, Reshi...

Kvothe obrzucił swego ucznia surowym spojrzeniem.

– Co? Czy powinienem płakać i rwać włosy z głowy? Przeklinać Tehlu i jego anioły? Bić się w piersi? Nie. To byłby kiepski dramat. – Wyraz jego twarzy złagodniał. – Doceniam twoją troskę, ale to jest tylko fragment opowieści, zresztą bynajmniej wcale nie najstraszniejszy, a ja nie opowiadam jej po to, aby zdobyć sobie waszą sympatię. – Odsunął krzesło od stołu i wstał. – Poza tym, to wszystko zdarzyło się tak dawno temu. – Wykonał ręką lekceważący gest. – Czas jest najlepszym lekarzem i tak dalej. – Zatarł ręce. – Dobrze, teraz przyniosę drzewa, które starczy nam na całą noc. A noc będzie zimna, jeśli znam się na pogodzie. Kiedy mnie nie będzie, możecie przygotować parę bochenków chleba do upieczenia, poza tym spróbujcie wziąć się w garść. Rezygnuję z opowiadania, jeśli przez cały czas macie patrzeć na mnie wilgotnymi krowimi oczyma.

To rzekłszy, Kvothe obszedł bar i poszedł przez drzwi kuchenne ku tylnemu wyjściu z karczmy.

Bast niezgrabnie wytarł oczy, patrząc w ślad za swym mistrzem.

– Nie jest z nim źle, póki ma co robić – powiedział cicho.

– Proszę? – odruchowo zapytał Kronikarz. Wiercił się na krześle, jakby nie mogąc się zdecydować na powstanie, lecz nie potrafił wymyślić żadnej grzecznej wymówki, która pozwoliłaby mu odejść.

Bast uśmiechnął się do niego z sympatią, jego oczy znowu były po ludzku niebieskie.

– Byłem tak podniecony, kiedy się dowiedziałem, kim jesteś i że on chce opowiedzieć swoją historię. Ostatnio pogrążał się w coraz mroczniejszych nastrojach i nic nie było mu w stanie pomóc. Nic nie robił, tylko siedział i myślał. Pewien jestem, że wspomnienia lepszych czasów... – Skrzywił się. – Jakoś nie umiem tego powiedzieć. Przykro mi za tamto, wcześniej. Nie myślałem jasno.

– N... nie – pośpiesznie zająknął się Kronikarz. – To ja... to moja wina, przepraszam.

Bast pokręcił głową.

– Dla ciebie to musiało być straszne zaskoczenie, poza tym tylko próbowałeś mnie związać. – Po jego twarzy przemknął cień bólu. – Oczywiście, nie było to przyjemne. Przypomina to sytuację, kiedy ktoś cię kopnie między nogi, tylko że odczuwaną w całym ciele. Czujesz się obolały i słaby, niemniej to tylko ból. Tak naprawdę wcale mnie nie zraniłeś. –Teraz wydawał się zakłopotany. – A ja chciałem ci zrobić coś gorszego niż tylko zwykłą krzywdę. Mogłem cię zabić, zanim zdążyłbym się zastanowić.

Zanim cisza, jaka zapadła między nimi, zdążyła się zmienić w nastrój naprawdę krępujący, Kronikarz powiedział:

– Dlaczego nie uwierzymy mu na słowo, że cierpimy obaj na skrajną głupotę, i nie poprzestaniemy na tym? – Udało mu się półgębkiem uśmiechnąć, mimo to uśmiech wydawał się dość szczery w tych okolicznościach. – Pokój między nami? – Wyciągnął dłoń.

– Pokój.

Uścisnęli sobie ręce znacznie serdeczniej niż wcześniej. Kiedy Bast sięgnął przez stół, spod rękawa koszuli wyjrzał nadgarstek z ogromnym świeżym siniakiem. Odruchowo naciągnął z powrotem mankiet.

– To od tego, jak mnie chwycił – wyjaśnił szybko. – Jest silniejszy, niż się wydaje. Nie wspominaj mu o tym. Tylko byłoby mu przykro.

Kvothe wyszedł z kuchni, zamknąwszy za sobą drzwi. Rozejrzał się wokół, jakby zdumiony tym, że otacza go łagodne jesienne popołudnie, nie zaś wiosenny las z jego opowieści. Chwycił płytką taczkę i pomaszerował do lasu za karczmą, a suche liście szeleściły mu pod stopami.

Niedaleko za skrajem lasu znajdowały się zimowe zapasy drewna. Sągi dębu i jesionu stały jedne na drugich, tworząc wysoki krzywy mur między drzewami. Kvothe wrzucił na taczkę dwie kłody drewna, które wpadając do środka, wydały głuchy łomot. Po nich poszły następne dwie. Jego ruchy były precyzyjne, twarz pozbawiona wyrazu, oczy utkwione w przestrzeń.

Kiedy tak ładował taczkę, jego ruchy stawały się coraz wolniejsze, jakby maszyna się zatrzymywała. Na koniec znieruchomiał całkiem i stał tak dłuższą chwilę niczym posąg. I wtedy przestał panować nad sobą. I choć w pobliżu nie było nikogo, ukrył twarz w dłoniach i zapłakał cicho, a jego ciałem wstrząsnęły fale ciężkich, głuchych szlochów.

Rozdział 18

Drogi w bezpieczne miejsca

Niewykluczone, że największą władzą naszego umysłu jest zdolność radzenia sobie z bólem. Teorie klasyczne nauczają nas o czterech wrotach umysłu, przez które każdy przechodzi zgodnie z własną naturą i potrzebami.

Pierwsze to sen, który przynosi nam wytchnienie od świata i całego jego bólu. Sen wyznacza przemijanie czasu, narzuca nam dystans wobec krzywd, jakich doznaliśmy. Ranny człowiek często zapada w nieświadomość. Podobnie bywa z tym, który otrzyma przerażające wieści – często mdleje czy traci przytomność. Tak właśnie umysł może chronić sam siebie, przechodząc przez pierwsze wrota.

Drugie są wrota zapomnienia. Niektóre rany są zbyt głębokie, aby mogły się zabliźnić, albo zbyt głębokie, aby zagoiły się w miarę szybko. Dodatkowo wiele wspomnień po prostu ma bolesny charakter i nie ma w nich nic, co mogłoby zostać uzdrowione. Powiedzenie „czas leczy rany" jest fałszywe. Czas leczy większość ran. Reszta pozostaje ukryta za drugimi wrotami.

Trzecimi wrotami jest szaleństwo. Bywa, że umysł zostaje porażony takim ciosem, iż kryje się w szaleństwie. I choć z pozoru to wyjście wcale nie musi wydawać się korzystne, w istocie takie właśnie jest. Bywają chwile, w których rzeczywistość jest niczym innym jak tylko bólem, a żeby przed nim uciec, umysł musi porzucić rzeczywistość.

Czwarte wrota to śmierć. Ostatnia reduta. Po śmierci nie może nam się stać już nic złego, a przynajmniej tak powiadają.

Opuściwszy scenę mordu, wędrowałem coraz głębiej w las i spałem. Ciało domagało się snu, a umysł skwapliwie korzystał z szansy ucieczki przez pierwsze wrota. Rana się zasklepiła, czekając na czas, gdy nastąpi prawdziwe uzdrowienie. W obronie własnej spora część mojego umysłu w ogóle przestała pracować – śpij, śpij, jeśli chcesz.

Podczas snu umysłu wiele fragmentów wspomnień z poprzedniego dnia zostało wypchniętych przez drugie wrota. Nie całkiem jednak. Nie zapomniałem tego, co się stało, ale pamięć o tym była jakby zamglona, jakbym oglądał wydarzenia przez grubą warstwę gazy. Gdybym chciał, mógłbym przywołać z pamięci twarze zmarłych, postać mężczyzny o czarnych oczach. Ale nie chciałem. Odsuwałem od siebie te wspomnienia i pozwalałem, aby kurz zbierał się na nich w zatęchłym zakamarku mej głowy.

Śniłem, jednak nie o krwi, szklistych oczach i zapachu palonych włosów, ale o rzeczach znacznie bardziej poczciwych. I powoli miejsce, gdzie znajdowała się rana, ogarniało odrętwienie...

Śniłem, że wędruję przez las w towarzystwie Laclitha, drwala o pospolitej twarzy, który podróżował z naszą trupą w czasach, kiedy byłem jeszcze dzieckiem. Maszerował w całkowitej ciszy przez las, ja natomiast robiłem więcej hałasu niż zraniony wół ciągnący przewrócony wóz.

Po dłuższym milczeniu zatrzymałem się, żeby obejrzeć jakąś roślinę. On bezszelestnie stanął obok mnie.

– To szałwia brodata – wyjaśnił. – Można poznać po brzeżku.

Sięgnął zza moich pleców i delikatnie wskazał odpowiednią część liścia. Nie wyglądała wcale jak broda, ale pokiwałem głową.

– To jest wierzba. Korę żuje się, żeby złagodzić ból.

Kora wierzby była gorzka i lekko ziarnista.

– To ciemiężyca, nie dotykaj liści – ostrzegł.

Wcale nie miałem takiego zamiaru.

– To czerniec, te drobne owoce można jeść, kiedy są czerwone, ale nie należy ich ruszać, kiedy zmieniają odcień na zielony, później żółty i pomarańczowy – mówił dalej. – W taki sposób stawiasz stopy, jeżeli chcesz iść cicho.

Spróbowałem go naśladować i natychmiast rozbolały mnie łydki. W ten sposób cichutko rozsuwasz krzaki, na dodatek nie zostawiając po sobie śladów. W tym miejscu należy szukać suchego drewna. A tak chronić się przed deszczem, jeśli nie ma się brezentu. To protokorzeń. Można go jeść, ale jest niesmaczny. Tych – wskazał ręką – czyli pręcikowca i pasecznicy pomarańczowej pod żadnym pozorem nie bierz do ust. Ta roślina z kulkami to rzepiak. Możesz go jeść, ale tylko wówczas, gdy właśnie zjadłeś coś w rodzaju pasecznicy. Natychmiast zwrócisz wszystko, co masz w żołądku. Tak zastawiasz wnyki, jeśli chcesz mieć żywego królika. A tak, jeśli chcesz go zabić. – Splótł w pętlę kawał sznurka, najpierw jednym sposobem, potem innym.

Kiedy przyglądałem się, jak operuje sznurkiem, zdałem sobie sprawę, że to już nie Laclith, ale Abenthy. Jechaliśmy na wozie, a on uczył mnie robienia żeglarskich węzłów.

– Węzły są nadzwyczaj interesujące – mówił Ben, nie przestając wiązać. – Węzeł będzie albo najsilniejszym, albo najsłabszym elementem całej liny. Wszystko zależy od tego, jak się go zawiąże. – Uniósł dłonie, pokazując mi niemożliwie skomplikowany wzór między swoimi palcami. Oczy mu błyszczały. – Jakieś pytania?

– Jakieś pytania? – zapytał ojciec. Zatrzymaliśmy się wcześniej na noc przez wzgląd na szary kamień. On siedział i stroił lutnię, ponieważ w końcu miał zagrać matce i mnie swą pieśń. Tyle się naczekaliśmy. – Jakieś pytania? – powtórzył, siedząc wsparty plecami o wielki szary kamień.

– Dlaczego zatrzymujemy się przy ostańcach?

– Głównie chodzi o tradycję. Ale są ludzie, którzy twierdzą, że wyznaczają one szlaki, którymi biegły stare drogi... – głos ojca zmienił się w głos Bena – ...bezpieczne drogi. Czasami drogi w bezpieczne miejsca, czasami bezpieczne drogi prowadzące wprost ku niebezpieczeństwu. – Ben wyciągnął rękę w stronę kamienia, jakby chciał ogrzać ją przy ognisku. – Niemniej jest w nich moc. Tylko głupiec by temu przeczył.

A potem Ben zniknął i wokół mnie znajdowało się już wiele

stojących kamieni. Więcej niż dotąd widziałem zgromadzonych w jednym miejscu. Tworzyły podwójny krąg. Jeden kamień leżał poziomo na szczytach dwóch, tworząc wielki łuk, pod którym zalegał głęboki cień. Też sięgnąłem w jego stronę...

I się obudziłem. Mój umysł próbował zagrzebać świeży ból pod warstwą niezliczonych nazw korzeni i jagód, czterema metodami rozpalania ognia, dziewięcioma rodzajami wnyków wykonanych z kawałka sznurka za pomocą młodego drzewka oraz sposobami na znajdowanie świeżej wody.

Pozostała treść snów jakoś nie skłoniła mnie do myślenia. Ben nigdy nie uczył mnie węzłów żeglarskich. Ojciec nigdy nie skończył swej pieśni.

Zrobiłem przegląd posiadanych przedmiotów: brezentowy worek, niewielki nóż, kłębek sznurka, trochę wosku, miedziany grosz, dwa żelazne szelągi oraz *Retoryka i logika*, którą dostałem od Bena. I jeszcze ubranie, jakie miałem na sobie, oraz lutnia ojca. Nic więcej.

Wybrałem się na poszukiwanie wody zdatnej do picia.

– Woda jest najważniejsza – mawiał Laclith. – Bez pozostałych rzeczy możesz się obywać całymi dniami.

Rozejrzałem się wokół, zorientowałem w ukształtowaniu terenu i ruszyłem ścieżką wydeptaną przez zwierzęta. Kiedy wreszcie dotarłem do małego stawu wśród brzóz, do którego wpływał strumyczek, niebo ponad gałęziami drzew powlekała już purpura zachodu. Byłem strasznie spragniony, ale ostrożność zwyciężyła i wypiłem tylko parę łyków.

Następnie zebrałem chrust spod gęstych koron drzew, z dziupli wygrzebałem próchno. Zastawiłem proste wnyki. Znalazłem łodygi matki-liścia, roztarłem je w zakrwawionych i poszarpanych dłoniach. Szczypanie nie pozwoliło mi myśleć za dużo o tym, jak je doprowadziłem do takiego stanu.

Czekając, aż wyschnie roślinny sok, po raz pierwszy uważniej rozejrzałem się po otoczeniu. Dęby i brzozy walczyły ze sobą o przestrzeń życiową. Pod sklepieniem gałęzi ich pnie tworzyły naprzemienny wzór bieli i czerni. Po kamiennej odkrywce ze stawu wypływała rzeczka, kierując swój nurt na wschód. Okolica mogła być piękna, ale ja tego nie dostrzegałem. Nie potrafiłem tego dostrzec. Dla mnie drzewa stanowiły schronienie, poszycie leśne – źródło pożywienia, a światło księżyca odbijające się w stawie przypominało mi o pragnieniu.

W pobliżu stawu znajdował się wielki prostokątny głaz leżący na boku. Kilka dni wcześniej rozpoznałbym w nim szary kamień. Teraz widziałem tylko dobre schronienie przed wiatrem, coś, o co mogłem oprzeć plecy podczas snu.

Poprzez korony drzew ujrzałem gwiazdy. To znaczyło, że minęło już kilka godzin od czasu, jak spróbowałem wody. Ponieważ się nie rozchorowałem, zdecydowałem, że woda musi być dobra, więc po raz pierwszy mogłem się porządnie napić.

Ale zamiast dodać mi sił, woda sprawiła tylko tyle, że zrozumiałem, jak strasznie jestem głodny. Usiadłem na kamieniu nad brzegiem stawu. Oskubałem łodygę matki-liścia i zjadłem. Była włóknista, smakowała jak gorzki papier. Zjadłem resztę, ale okazała się zupełnie niepożywna. Napiłem się jeszcze wody, potem ułożyłem do snu, nie dbając, że kamień jest zimny i twardy, albo przynajmniej udając, że nie dbam.

Obudziłem się, napiłem wody i poszedłem sprawdzić zastawione wnyki. Zaskoczył mnie widok królika szarpiącego się w pętli. Wyciągnąłem nożyk i przypomniałem sobie wszystko, co Laclith mówił mi o oprawianiu królika. Potem wyobraziłem sobie całą tę krew, jej widok na moich rękach. Zemdliło mnie, zwymiotowałem. Uwolniłem królika i wróciłem nad staw.

Znów napiłem się wody, przysiadłem na kamieniu. W głowie lekko mi się kręciło, pamiętam, jak myślałem, że to chyba z głodu.

Po jakimś czasie myśli zaczęły płynąć jaśniej, skarciłem się za własną głupotę. Znalazłem jakieś grzyby rosnące na spróchniałym drzewie i zjadłem je, umywszy najpierw w stawie. Były ziarniste i smakowały jak ziemia. Zjadłem wszystkie, jakie udało mi się znaleźć.

Zastawiłem nowe wnyki, tym razem takie, które miały zabić schwytaną zwierzynę. Potem wyczuwając, że zbiera się na deszcz, wróciłem do szarego kamienia, aby schować gdzieś lutnię.

Rozdział 19

Palce i struny

Na początku zachowywałem się jak automat, bezmyślnie wykonując czynności, które miały mnie utrzymać przy życiu.

Zjadłem drugiego schwytanego królika, później trzeciego. Znalazłem połać poziomek. Szukałem korzonków. Pod koniec czwartego dnia miałem już wszystko, czego potrzebowałem do przeżycia: wyłożony kamieniami otwór na ognisko, schowek dla lutni. Udało mi się nawet zgromadzić niewielki zapas jedzenia, z którego mogłem skorzystać na wypadek konieczności.

Jednej rzeczy miałem w nadmiarze – czasu. Po tym, jak zatroszczyłem się o zaspokojenie najpilniejszych potrzeb, przekonałem się, że nic nie mam do roboty. Myślę, że właśnie w tym momencie zaczęła się budzić ta niewielka, ukryta część mego umysłu.

Nie chciałbym być źle zrozumiany, nie byłem sobą. A przynajmniej nie byłem tą samą osobą, którą byłem cykl dni temu. Wszystkiemu, czym się zajmowałem, poświęcałem całą uwagę i nie zostawało w duszy miejsca na wspomnienia.

Chudłem, robiłem się coraz bardziej obszarpany. Spałem w słońcu, na deszczu, na miękkiej trawie, wilgotnej ziemi, na ostrych kamieniach – a wszystko to w intensywnym napięciu emocjonalnym, które rodziło we mnie obojętność na niewygody, jaką tylko straszna rozpacz może wywoływać. Na otoczenie zwracałem uwagę, właściwie tylko kiedy padało, ponieważ nie mogłem wtedy grać na lutni, a to sprawiało mi ból.

Rzecz jasna grałem, kiedy mogłem. To było moje jedyne pocieszenie.

Pod koniec pierwszego miesiąca miałem na palcach odciski twarde jak kamienie i mogłem grać przez całe godziny bez przerwy. Więc grałem i grałem, wszystkie pieśni, jakie znałem. Potem grałem również te, które tylko na poły pamiętałem. Wreszcie przestałem grać znane pieśni i zacząłem wymyślać własne. Już wcześniej zdarzało mi się komponować, pomogłem nawet ojcu ułożyć wers czy dwa. Ale teraz poświęciłem się temu całkowicie. Niektóre z tamtych pieśni zostały ze mną po dziś dzień.

Wkrótce po tym, gdy zacząłem grać... jak mam to opisać? Zacząłem grywać coś innego niż pieśni. Kiedy słońce grzeje trawę, a lekki wiatr chłodzi czoło – to są swoiste odczucia. Grałem więc, póki nie udało mi się tych odczuć właściwie oddać. Grałem, póki moja muzyka nie brzmiała jak Rozgrzana Trawa i Chłodny Wietrzyk.

Grałem tylko dla siebie, ale byłem sam sobie surową publicznością. Pamiętam, jak spędziłem prawie trzy pełne dni na próbie oddania Wiatru Kołyszącego Liściem.

Pod koniec drugiego miesiąca potrafiłem wygrywać rzeczy równie łatwo, jak widziałem je i słyszałem: Chmura Przesłaniająca Słońce, Pijący Ptak, Rosa na Paprociach.

Gdzieś w trakcie trzeciego miesiąca przestałem rozglądać się po zewnętrznym świecie za rzeczami, które mógłbym grać, i zacząłem ich szukać w sobie. Nauczyłem się grać Jazdę na Wozie z Benem, Śpiewanie z Ojcem przy Ognisku, Oglądanie Tańca Shandi, Wkuwanie z Książek, kiedy na Dworze jest Pięknie, Uśmiech Matki...

Nie muszę mówić, że granie tych rzeczy bolało, ale był to ból, jakim odzywają się tylko nieprzyzwyczajone palce na strunach lutni. Pokrwawią trochę, a potem – miałem nadzieję – pojawią się odciski.

Pod koniec lata jedna ze strun pękła tak, że nie dało się jej zreperować. Większą część dnia spędziłem w cichej udręce, nie wiedząc, co robić. Mój umysł wciąż trwał w odrętwieniu, zajmując się głównie snem. Aby rozwiązać problem, próbowałem wezwać na pomoc swoją niezawodną inteligencję, ale pojawił się tylko jej blady cień. Kiedy zrozumiałem, że ani nie zrobię struny, ani znikąd nie zdobędę nowej, usiadłem i zacząłem się uczyć gry na sześciu strunach.

Nie minął nawet jeden cykl, a grałem już równie dobrze na sześciu strunach, jak przedtem na siedmiu. Trzy cykle później próbowałem zagrać Czekając, aż Przestanie Padać, kiedy pękła druga struna.

Tym razem nie wahałem się ani chwili, odczepiłem bezużyteczną strunę i zacząłem się uczyć na nowo.

W połowie Żniw zerwałem trzecią strunę. Przez pół dnia się męczyłem, nim zrozumiałem, że bez trzech strun nie da się grać. Więc spakowałem do poszarpanego brezentowego worka tępy już nożyk, pół kłębka sznurka i książkę od Bena. Zarzuciłem na ramię lutnię ojca i ruszyłem w drogę.

Próbowałem nucić Śnieg Sypiący razem z Liśćmi Później Jesieni, Odciski na Palcach i Czterostrunową Lutnię, ale to nie było to samo co gra na instrumencie.

Mój plan polegał na tym, żeby znaleźć drogę i nią dotrzeć do miasta. Nie miałem pojęcia, jak daleko jest do drogi lub miasta, gdzie je ewentualnie umiejscowić na mapie, a nawet, w którą stronę powinienem iść. Wiedziałem, że jestem gdzieś na terenach południowej Wspólnoty, ale dokładne miejsce mego pobytu pozostawało zagrzebane wraz z innymi wspomnieniami, których nie chciałem wydobywać na światło dzienne.

To pogoda wpłynęła na moją decyzję. Chłodna jesień ustępowała srogiej zimie. Wiedziałem, że na południu jest cieplej. A więc z braku lepszego planu ruszyłem tak, aby mieć słońce na lewym ramieniu, i ruszyłem tak szybko, ile tylko miałem sił w nogach.

Następny cykl okazał się prawdziwym wyzwaniem. Szybko się skończyła ta niewielka ilość jedzenia, jaką wziąłem w drogę, kiedy więc byłem głodny, musiałem się zatrzymywać i zdobywać pożywienie. Zdarzało się, że nigdzie nie mogłem znaleźć wody, a kiedy już ją znalazłem, nie miałem w co nabrać. Wąski trakt dla wozów po pewnym czasie doprowadził mnie do szerokiej drogi, którą z kolei dotarłem do drogi już prawdziwie godnej swego miana. Moje stopy pokryły się pęcherzami. Zdarzały się bardzo zimne noce.

Przy drodze były karczmy, ale wyjąwszy okazje, kiedy kradłem wodę z końskiego poidła, zazwyczaj omijałem je szerokim łukiem. Podobnie obszedłem też kilka miasteczek, ponieważ i tak potrzebne mi było większe skupisko ludzi. Farmerom nic po strunach do lutni.

Z początku na dźwięk zbliżającego się wozu lub stukot końskich kopyt, kulejąc, schodziłem z drogi i kryłem się w lesie na poboczu. Od tamtej nocy, gdy zginęła moja rodzina, nie otworzyłem ust do żywej duszy. Pewnie bardziej przypominałem dzikie zwierzę niż dwunastoletniego chłopca. W końcu jednak droga stała się tak uczęszczana, że więcej czasu spędzałem w ukryciu niż na wędrówce. Wreszcie zdobyłem się na odwagę i z ulgą odkryłem, że w zasadzie nikt nie zwraca na mnie uwagi.

Pewnego ranka, kiedy od niecałej godziny znajdowałem się w drodze, usłyszałem za plecami turkot kół wozu. Droga była w tym miejscu dość szeroka, aby dwa wozy mogły się swobodnie minąć, jednak mimo to zszedłem na trawę na poboczu.

– Hej, chłopcze! – dobiegł mnie z tyłu ochrypły męski głos. – Halo, chłopcze!

Nie oglądając się za siebie, zszedłem jeszcze dalej na porośnięte trawą pobocze. Wzrok trzymałem spuszczony nisko.

Wóz powoli przejechał obok mnie. Znowu usłyszałem ten sam głos, dwukrotnie głośniejszy niż poprzednio:

– Chłopcze. Chłopcze!

Uniosłem wzrok i ujrzałem pomarszczonego mężczyznę, który mrużąc oczy, patrzył pod słońce. Mógł mieć od czterdziestu do siedemdziesięciu lat. Na koźle obok niego siedział barczysty młodzieniec o pospolitej twarzy. Uznałem, że to ojciec i syn.

– Głuchyś, chłopcze? – Stary wymawiał to słowo jak „guchyś".

Pokręciłem głową.

– Wobec tego głupi?

Znowu pokręciłem głową.

– Nie. – Czułem się dziwnie, rozmawiając. Mój głos też dziwnie brzmiał w mych uszach. I niewyraźnie, jakby zardzewiał od nieużywania.

Spojrzał na mnie zmrużonymi oczyma.

– Idziesz do miasta?

Znów pokiwałem głową, nie mając ochoty mówić nic więcej.

– Więc wsiadaj. – Gestem wskazał na tył wozu. – Sam nie będzie miał nic naprzeciwko takiemu chudemu szczeniaczkowi jak ty. – Poklepał zad muła.

Łatwiej było się zgodzić, niż uciekać. Poza tym rany na nogach szczypały mnie od potu. Poszedłem na wskazane miejsce, wgramoliłem się z lutnią na otwartą skrzynię. Tył wozu do trzech czwartych burty wypełniały worki jutowe. Wypadło z nich parę okrągłych, guzowatych dyń i teraz toczyły się w tę i we w tę po skrzyni.

Stary szarpnął lejce.

– Wiśta!

Muł niechętnie ruszył w dalszą drogę. Pozbierałem dynie i wsadziłem do worka, z którego wypadły. Stary farmer uśmiechnął się do mnie przez ramię.

– Dzięki, chłopcze. Ja jestem Set, a ten tu to Kuba. Lepiej żebyś usiadł, bo kiedy wóz podskoczy na jakim wyboju, możesz wylecieć na drogę.

Usiadłem na jednym z worków, z niewiadomego powodu zdenerwowany, nie wiedząc, czego się spodziewać.

Stary farmer oddał lejce synowi i wyciągnął z worka przy boku wielki bochenek ciemnego chleba. Niedbałym ruchem odłamał spory kawałek, posmarował masłem i poczęstował mnie.

Ta naturalna uprzejmość sprawiła, że ścisnęło mnie w piersiach. Minęło już pół roku od czasu, gdy ostatni raz jadłem chleb. Ten był ciepły i miękki, a masło smakowało słodko. Wsadziłem do worka kawałek na później.

Po kwadransie, który spędziliśmy na jeździe w całkowitym milczeniu, stary znowu się odwrócił.

– Grasz na tym, chłopcze? – Gestem wskazał futerał lutni.

Przycisnąłem ją do ciała.

– Jest zepsuta.

– Ach – rzekł rozczarowany. Uznałem, że zaraz pewnie każe mi zsiadać, lecz on uśmiechnął się i pokiwał głową do siedzącego obok syna. – Wobec tego to my będziemy musieli cię bawić.

Zaczął śpiewać „Druciarza Tannera", pijacką piosenkę, która jest starsza niż czas. Po chwili syn przyłączył się do niego, a ich chrypliwe głosy układały się w prostą harmonię, która sprawiła, że ból ukłuł mnie do żywego, ponieważ przypomniałem sobie inne wozy, inne pieśni, na poły zapomniany dom.

Rozdział 20

Zakrwawione dłonie zaciśnięte w pięści

Było koło południa, kiedy wóz skręcił na inną drogę, tym razem szeroką jak rzeka i wybrukowaną kamieniami. Z początku spotkaliśmy na niej tylko garstkę wędrowców i jeden czy dwa wozy, ale dla mnie, po całym tym czasie spędzonym samotnie, wydawało się to wielką ciżbą.

Wjechaliśmy do miasta i po jakimś czasie niskie budynki przedmieść ustąpiły kilkupiętrowym sklepom i karczmom. Zamiast drzew i ogrodów były tu już tylko ulice i wozownie. Wielką rzekę drogi przegrodzili i zatamowali piesi, dziesiątki wozów drabiniastych i innych, a gdzieniegdzie także konni.

Wszędzie wokół rozbrzmiewał stukot końskich kopyt i ludzkie krzyki, owionął mnie zapach piwa, potu, śmieci, smoły. Zastanawiałem się, co to za miasto i czy byłem tu już wcześniej, zanim...

Zgrzytnąłem zębami, zmuszając się do myślenia o innych rzeczach.

– Jesteśmy prawie na miejscu. – Set uniósł głos, żeby przekrzyczeć harmider.

W końcu droga zaprowadziła nas na rynek. Wozy toczyły się po bruku wśród łoskotu przypominającego odległy grzmot. Ludzie targowali się i kłócili. Gdzieś w oddali wysokim, przeszywającym głosem płakało dziecko. Przez jakiś czas jechaliśmy bez celu, póki Set nie znalazł wolnego miejsca przed księgarnią.

Zatrzymał wóz, a ja zeskoczyłem na ziemię, podczas gdy oni rozprostowywali zesztywniałe w drodze kości. Bez słowa pomogłem im rozładować wybrzuszone worki, które stawialiśmy na ziemi obok wozu.

Pół godziny później odpoczywaliśmy na stosie worków. Set zerknął na mnie, osłaniając oczy dłonią.

– Co będziesz dziś porabiał w mieście, chłopcze?

– Potrzebuję struny do lutni – odparłem. Dopiero wtedy zdałem sobie sprawę, że nie mam pojęcia, gdzie się podziała lutnia ojca. Przerażony rozejrzałem się dookoła. Nie było jej na wozie, gdzie ją zostawiłem, nie stała oparta o ścianę, nie znajdowała się na stosie dyń. Ścisnęło mnie w dołku, póki nie spostrzegłem jej pod którymś z pustych worków. Podszedłem szybko i wziąłem w trzęsące się dłonie.

Stary farmer uśmiechnął się do mnie i wybrał dla mnie parę mniej atrakcyjnych dyń spośród tych, które rozładowaliśmy.

– Jak to się spodoba matce, kiedy przyniesiesz do domu kilka najlepszych pomarańczowych dyń maślanych po tej stronie Eld?

– Nie, nie mogę – jąkałem się, walcząc ze wspomnieniami zakrwawionych palców ryjących w ziemi i zapachu palonych włosów. – To zna... to znaczy, już dość od ciebie... – Urwałem, przyciskając mocniej lutnię do piersi i odsuwając się kilka kroków.

Przyjrzał mi się dokładniej, jakby widział mnie pierwszy raz. Nagle dotarło do mnie, jak musiałem wyglądać: obszarpany, wygłodzony. Jeszcze mocniej ścisnąłem lutnię i cofnąłem się jeszcze bardziej. Uśmiech zniknął z twarzy Seta.

– Och, chłopcze – powiedział cicho. Położył dynie na ziemi, odwrócił się do mnie i przemówił z łagodną powagą. – Ja i Kuba będziemy tu sprzedawać gdzieś do zmierzchu. Jeżeli do tego czasu znajdziesz to, czego szukasz, zapraszam cię do nas na farmę. Mojej pani i mnie z pewnością przyda się para dodatkowych rąk na kilka dni. Będzie ci u nas dobrze. No nie, Kuba?

Kuba również mi się przyglądał, na jego szczerej twarzy malowała się litość.

– Jasne, że tak, ojcze. Tak powiedziała, kiedy odjeżdżaliśmy.

Stary chłop wciąż przypatrywał mi się z powagą w oczach.

– To jest Plac Nabrzeżny. – Wskazał palcem bruk u swych stóp. – Będziemy tu do zmroku, może trochę dłużej. Jeżeli chcesz jechać z nami, bądź tu o czasie. – W jego oczach zamigotało zmartwienie. – Słyszysz mnie? Możesz jechać z nami.

Teraz już cofałem się bez ustanku, sam nie wiedząc, dlaczego tak się zachowuję. Wiedziałem tylko, że jak pojadę z nimi, będę musiał wszystko wyjaśnić, będę musiał sobie przypomnieć. A wszystko wydawało mi się lepsze niż otwieranie tamtych wrót...

– Nie. Nie, dziękuję – jąkałem się. – Bardzo mi pomogliście. Wszystko będzie dobrze. – Cofając się, wpadłem na człowieka w skórzanym fartuchu. Zaskoczony odwróciłem się i uciekłem.

Słyszałem, jak jeden z nich woła za mną, ale wkrótce ich głosy rozpłynęły się w tłumie. Biegłem, a serce ciążyło mi w piersi.

Tarbean jest tak dużym miastem, że w ciągu jednego dnia nie da się go przejść od krańca do krańca. Nawet jeśli uda wam się nie zgubić w plątaninie krętych uliczek, alejek i ślepych zaułków i nie zmitrężyć zbyt dużo czasu na wypytywanie o drogę.

Tak naprawdę jest zbyt wielkie. Ogromne, nieprzebyte. Ludzkie morze, dżungla budowli, drogi szerokie jak rzeki. Pachnie uryną, potem, węglem i smołą. Gdybym był w pełni władz umysłowych, zrobiłbym wszystko, żeby do niego nie trafić.

W godzinie mego przeznaczenia się zgubiłem. Skręciłem zbyt wcześnie lub za późno, potem próbowałem to nadrobić, skracając sobie drogę przez alejkę, która była niczym wąski parów między dwoma wysokimi budynkami. Wiła się jak wąwóz wyrzeźbiony przez rzekę, która dawno już odpłynęła w poszukiwaniu czystszego koryta. Śmieci wspinały się na ściany, wypełniały szczeliny między budynkami i ganki przed drzwiami. Po kilku zakrętach uderzył mnie odór padliny.

Skręciłem za róg i wtedy zachwiałem się, a w oczach rozbłysły mi gwiazdy. Ból. Poczułem, jak chwytają mnie brutalne ręce.

Otworzyłem oczy i zobaczyłem chłopaka znacznie starszego ode mnie. A także dwukrotnie wyższego. Miał ciemne włosy i dzikie oczy. Brudna twarz sprawiała, że wyglądał, jakby mu już rosła broda, nadając mu dziwnie okrutny wyraz.

Dwaj pozostali chłopcy oderwali mnie od ściany. Jęknąłem, gdy jeden z nich wykręcił mi rękę. Starszy uśmiechnął się i przeczesał palcami włosy.

– Co tu robisz, Nalt? Zgubiłeś się? – Wyszczerzył się jeszcze bardziej.

Próbowałem się uwolnić, ale jeden z chłopców wykręcił mi nadgarstek, więc szepnąłem:

– Nie.

– Myślę, że on się zgubił, Pike – powiedział chłopak po mojej prawej stronie. Ten po lewej zdzielił mnie łokciem w skroń, a alejka zakołysała się szaleńczo wokół mnie.

Pike roześmiał się.

– Szukam Stolarni – mruknąłem, z lekka oszołomiony.

W wyrazie twarzy Pike'a pojawiło się coś morderczego. Położył dłoń na moim ramieniu.

– Zadałem ci pytanie? – wrzasnął. – Powiedziałem, że możesz się odezwać?

Uderzył mnie czołem w twarz, usłyszałem ostry trzask, a potem przyszła eksplozja bólu.

– Hej, Pike. – Głos zdawał się dochodzić z jakiejś niewyobrażalnej strony. Czyjaś stopa trąciła futerał mojej lutni, wytrącając mi go z dłoni. – Hej, Pike, spójrz na to.

Pike spojrzał, ale dopiero wówczas, gdy futerał z głuchym łomotem uderzył o ziemię.

– Komu to ukradłeś, Nalt?

– Nie ukradłem.

Jeden z trzymających mnie za ramiona chłopców roześmiał się.

– Tak, tak, dał ci to wujek, żebyś mógł sprzedać na lekarstwa dla chorej babci.

Roześmiał się znowu, podczas gdy ja rozpaczliwie mrugałem, próbując przejrzeć na oczy.

Usłyszałem trzy szczęknięcia, kiedy otworzyli zatrzaski. Potem rozległ się charakterystyczny akord, który towarzyszy wyjmowaniu lutni z futerału.

– Twoja babcia nigdy ci nie wybaczy, że to zgubiłeś, Nalt – powiedział cichym głosem Pike.

– Tehlu, pokarz nas! – wybuchnął chłopak po mojej prawej. – Pike, ty wiesz, ile to jest warte? Złoto, Pike!

– Nie wzywaj imienia Tehlu nadaremno – powiedział chłopak po mojej lewej.

– Co?

– Nie wzywaj Tehlu, chyba że w wielkiej potrzebie, bo Tehlu sądzi wszystko na ziemi i w niebie – wyrecytował.

– Tehlu może mnie oszczać swoim wielkim jaśniejącym penisem, jeżeli ta rzecz nie jest warta dwudziestu talentów. Co znaczy, że dostaniemy od Dikena przynajmniej sześć. Wiesz, co można zrobić z taką ilością pieniędzy?

– Nie będziesz miał szans nic z nimi zrobić, jeśli nie przestaniesz tak mówić. Tehlu czuwa nad nami, ale jest mściwy. – W głosie drugiego chłopca brzmiały bojaźń i cześć.

– Znowu spałeś w kościele, co? Łapiesz religię jak ja pchły.

– Zaraz ci pokażę.

– Twoja mama to groszowa kurwa.

– Nie mów o mojej mamie, Lin.

– Daje za żelazne grosze.

W tym czasie udało mi się przejrzeć na oczy i w tle alejki zobaczyłem przykucniętego Pike'a. Wydawał się zafascynowany moją lutnią. Moją piękną lutnią. Trzymał ją, a w oczach miał marzycielski wyraz; nie przestawał jej obracać w swoich brudnych rękach. Przez mgłę bólu i strachu powoli docierało do mnie koszmarne przeczucie.

W miarę jak temperatura sporu po moich bokach narastała, czułem, jak wzbiera we mnie gniew. Sprężyłem się. Wiedziałem, że ich nie pokonam, ale gdyby udało mi się wyrwać im lutnię, mógłbym zagubić się w tłumie i znowu być bezpieczny.

– ...ale ona i tak daje na lewo i prawo. Teraz bierze już tylko pół grosza za numerek. Dlatego masz tak miękki łeb. Twoje szczęście, że nie masz w nim dziury. Więc się nie obrażaj, ale dlatego właśnie masz te religijne odpały – zakończył triumfująco pierwszy chłopak.

Poczułem, jak ten, który trzymał mnie za prawą rękę, tężeje. Ja również spiąłem się w sobie, gotów skoczyć.

– Ale dzięki za ostrzeżenie. Słyszałem, że Tehlu lubi się chować za wielkimi kupami końskiego łajna i...

Znienacka miałem oba ramiona wolne, ponieważ jeden chłopak przyparł drugiego do ściany. Błyskawicznie dałem trzy kroki w stronę Pike'a, złapałem lutnię za szyjkę i pociągnąłem.

Ale Pike okazał się szybszy, niż przypuszczałem, albo może

po prostu silniejszy. Lutnia nie znalazła się w moich dłoniach. Zatrzymałem się jak wryty, a Pike swobodnie wstał.

Przepełniały mnie poczucie zawodu i gniew. Puściłem lutnię i rzuciłem się na Pike'a. Rozpaczliwie sięgnąłem paznokciami do jego twarzy i szyi, ale on był weteranem zbyt wielu ulicznych walk, żeby pozwolić się trafić we wrażliwe miejsca. Jeden z moich paznokci rozorał jego policzek od ucha do brody. A potem on rzucił się na mnie, przyciskając do ściany.

Głową uderzyłem o ceglany mur i upadłbym, gdyby Pike nie przyciskał mnie do muru. Miałem kłopot ze złapaniem oddechu i dopiero wtedy zorientowałem się, że cały czas krzyczę.

Pike pachniał zastarzałym potem i zjełczałą oliwą. Przycisnął mi ręce do boków, wciąż mocniej przypierając mnie do kruszejącego muru. Przyszła mi do głowy myśl, że musiał upuścić lutnię.

Znowu spróbowałem zaczerpnąć tchu i szarpnąłem się szaleńczo, ponownie uderzając głową o ścianę. Zorientowałem się, że twarz mam wciśniętą w jego bark, i ugryzłem go z całej siły. Jego skóra ustąpiła pod moimi zębami, w ustach poczułem smak krwi.

Pike krzyknął i odskoczył ode mnie. Wreszcie mogłem odetchnąć, ale natychmiast skrzywiłem się, czując tępy ból w piersiach.

Zanim zdołałem się poruszyć lub choćby pomyśleć, Pike znowu mnie chwycił. Uderzył moim ciałem o mur, raz, drugi. Głowa latała mi w tył i w przód, odbijając się od cegieł. Potem schwycił mnie za gardło, odwrócił i cisnął na ziemię.

Wtedy właśnie usłyszałem ten hałas i cały świat jakby się nagle zatrzymał.

Po wymordowaniu mojej trupy zdarzały się chwile, gdy śniłem o moich rodzicach, żywych, rozśpiewanych. W snach ich śmierć była złudzeniem, nieporozumieniem, nową sztuką, którą ćwiczyli. I dzięki temu choć na kilka chwil znajdowałem ulgę od wielkiej rozpaczy, pod której brzemieniem się uginałem. Przytulałem się do nich, oni przytulali mnie i śmialiśmy się razem z moich głupich obaw. Śpiewałem razem z nimi i na moment wszystko było znowu cudowne. Cudowne.

Ale zawsze w końcu się budziłem, sam w ciemnościach, na brzegu leśnego stawu. Co ja tu robiłem? Gdzie byli moi rodzice?

Potem przypominałem sobie wszystko i było to jak otwarcie rany. Oni nie żyli, ja byłem zupełnie sam. I cały ten ciężar, który zdjęto ze mnie na moment, znów kładł się na moich barkach, gorszy niż wcześniej, ponieważ absolutnie nie byłem zdolny do jego podjęcia. Wtedy kładłem się na plecach, bolało mnie w piersiach, miałem kłopoty z oddychaniem, ponieważ w głębi duszy wiedziałem, że nigdy, przenigdy nic już nie będzie dobrze.

Kiedy Pike rzucił mnie na ziemię, byłem już zbyt obolały, aby zdać sobie sprawę, że zgniotłem właśnie lutnię ojca. I dopiero rozpaczliwy jęk miażdżonego korpusu instrumentu był prawdziwym końcem snu; równocześnie poczułem mdlący, dławiący ból w piersiach.

Rozejrzałem się dookoła i zobaczyłem Pike'a – ciężko łapał oddech, ściskał ramię. Jeden z chłopców siedział na piersiach drugiego. Zaprzestali już walki, obaj patrzyli na mnie ogłupiałym wzrokiem.

Ja gapiłem się tępo na swoje ręce, zakrwawione w miejscach, gdzie drzazgi drewna przebiły skórę.

– Mały drań mnie ugryzł – powiedział cicho Pike, jakby nie do końca potrafił uwierzyć w to, co się stało.

– Zejdź ze mnie – powiedział chłopak leżący na spodzie.

– Mówiłem ci, że nie powinieneś mówić takich rzeczy. Zobacz, co się stało.

Twarz Pike'a wykrzywił grymas, potem nabiegła czerwienią.

– Ugryzł mnie! – krzyknął i kopnął mnie mocno w głowę.

Próbowałem się uchylić, chroniąc przy tym lutnię. Dlatego jego kopniak trafił mnie w nerkę, przez co runąłem znowu na wrak lutni, roztrzaskując ją tym razem dokumentnie.

– Widzisz, co się dzieje, kiedy szydzisz z imienia Tehlu?

– Zamknij się z tym Tehlu. Zejdź ze mnie i łap tę rzecz. Być może Diken coś nam za nią jeszcze da.

– Zobacz, co zrobiłeś! – wydzierał się nade mną Pike.

Kolejny kopniak trafił mnie w bok, przetoczyłem się na brzuch. Powoli zaczynało mi się robić ciemno przed oczami.

Omal się z tego ucieszyłem. Ale ten ból, głęboko w duszy, wciąż tam był, nietknięty. Zacisnąłem okrwawione dłonie w pięści.

– Te wypustki wciąż są w porządku. Są ze srebra. Założę się, że coś nam za nie skapnie.

Pike spróbował znów mnie kopnąć. Ja uniosłem ręce, żeby się zasłonić, ale nie powstrzymałem ciosu i oberwałem w brzuch.

– Łap tamto...

– Pike. Pike!

Pike znów kopnął mnie w brzuch, zwymiotowałem słabo na kamienie bruku.

– Wy, tam, przestać! Straż miejska! – krzyknął jakiś obcy głos.

Nastąpiła chwila ciszy, a potem rozległ się tupot stóp uciekających. Sekundę później przebiegł obok mnie ktoś w ciężkich buciorach, następnie odgłos jego kroków ścichł w oddali.

Pamiętam tylko ból w piersiach. A potem ciemność.

Obudziłem się, czując, jak ktoś wywraca mi kieszenie na lewą stronę. Spróbowałem otworzyć oczy – bez powodzenia.

Usłyszałem czyjś głos, jego właściciel wyraźnie mówił do siebie:

– I to wszystko, co będę miał za uratowanie ci życia? Miedziak i kilka szelągów? Picie na jeden wieczór? Bezwartościowy mały gnojek. – Odkaszlnął z głębi piersi, owiała mnie woń nieprzetrawionego alkoholu. – I jeszcze tak się drzeć. Gdybym nie pomyślał, że to jakaś dziewczyna, w ogóle bym nie pobiegł za nimi.

Próbowałem coś powiedzieć, ale z ust wydobył mi się tylko jęk.

– Cóż, żyjesz. To przynajmniej coś, jak sądzę. – Podnosząc się, stęknął. Potem był jeszcze tylko tupot butów i nastała cisza.

Po jakimś czasie przekonałem się, że mogę już otworzyć oczy. Obraz otoczenia był rozmazany, nos wydawał się większy niż reszta głowy. Pomacałem go ostrożnie. Złamany. Pamiętając, czego uczył mnie Ben, objąłem go rękoma i skręciłem mocno, nastawiając na miejsce. Aż zazgrzytałem z bólu zębami, a łzy znowu popłynęły mi z oczu.

Mrugnąłem kilka razy i poczułem ulgę, ponieważ widok alejki był już normalny, a nie tak zamazany jak kilka chwil temu. Obok mnie na ziemi leżała zawartość mojego worka: pół kłębka sznurka, tępy nożyk, *Retoryka i logika* oraz resztka kawałka chleba, którym chłop poczęstował mnie na obiad. Tamta podróż na wozie wydawała się zresztą już odległa o całe wieki.

Chłop. Pomyślałem o Secie i Kubie. Miękki chleb i masło. Piosenki podczas jazdy. Propozycja schronienia, nowego domu...

Napływowi wspomnień towarzyszył nagły, mdlący strach. Rozejrzałem się wokół. Zbyt gwałtownie – natychmiast rozbolała mnie głowa. Bezmyślnie grzebiąc rękoma w śmieciach, znalazłem przerażająco znajome listewki. Przez czas jakiś wpatrywałem się w nie tępo, potem zorientowałem się, że wokół mnie lekko pociemniało. Zerknąłem na cienki pasek nieba nad głową i zobaczyłem, że pokrywa je purpura zachodu.

Która mogła być godzina? Pośpiesznie zebrałem resztki mojego dobytku, traktując książkę Bena z większym szacunkiem niż pozostałe przedmioty, i pokuśtykałem w kierunku, który powinien mnie doprowadzić na Plac Nabrzeżny.

Kiedy wreszcie znalazłem plac, resztki światła gasły już nad moją głową. Kilka wozów turkotało leniwie wśród paru zapóźnionych klientów. Kuśtykałem szaleńczo od narożnika do narożnika placu, szukając starego chłopa, który mnie podwiózł do miasta. Szukałem bodaj mgnienia jednej z tych guzowatych, paskudnych dyń.

Kiedy w końcu znalazłem księgarnię, przy której zatrzymał się Set, chwiałem się na nogach, ledwie chwytając dech. Ani Seta, ani jego wozu nigdzie nie było. Usiadłem wprost na bruku w miejscu, gdzie wcześniej stał jego wóz, i wtedy poczułem ból wszystkich obrażeń, który dotąd siłą woli ignorowałem.

Pomacałem każdy siniak i ranę. Bolały mnie żebra, aczkolwiek nie potrafiłem stwierdzić, czy są złamane, czy to tylko przerwana chrząstka. Kiedy zbyt szybko ruszałem głową, kręciło mi się w niej i chwytały mnie mdłości; prawdopodobnie miałem wstrząs mózgu. Nos był złamany, a na całym ciele więcej obrażeń i siniaków, niż mogłem zliczyć. Poza tym byłem głodny.

Ponieważ tylko z tą ostatnią rzeczą mogłem coś zrobić, wyjąłem resztkę chleba z południa i zjadłem. Nie zaspokoił mojego głodu, ale lepsze to niż nic. Napiłem się z końskiego koryta, a ponieważ byłem strasznie spragniony, nie dbałem o to, że woda jest niesmaczna i stęchła.

Pomyślałem o opuszczeniu miasta, ale w moim obecnym stanie zabrałoby mi to całe godziny. Poza tym poza miastem nie czekało na mnie nic prócz niekończących się pól uprawnych. Żadnych drzew, które skryłyby mnie przed wiatrem. Żadnego drewna na ognisko. Żadnych królików, które mógłbym łapać we wnyki. Korzonków. Ptasiego puchu na posłanie.

Byłem tak głodny, że żołądek skręcił mi się w ciasny supeł. Tu przynajmniej mogłem poczuć zapach pieczonego kurczaka, dolatujący zza jakiegoś okna. Poszedłbym szukać tego zapachu, ale kręciło mi się w głowie, a żebra bardzo bolały. Może jutro ktoś da mi coś do zjedzenia. Teraz byłem zbyt zmęczony. Nie chciałem nic, tylko spać.

Kamienie bruku oddawały resztki nagromadzonego za dnia ciepła, zrywał się wiatr. Schroniłem się przed nim w wykuszu drzwi księgarni. Już prawie zasypiałem, gdy właściciel otworzył drzwi i przepędził mnie kopniakiem, każąc zmykać i grożąc zawołaniem straży. Odkuśtykałem tak szybko, jak byłem w stanie.

Potem znalazłem w bocznej alejce jakieś puste skrzynie. Skuliłem się za nimi, obity i wycieńczony. Zamknąłem oczy, starając się nie myśleć, jak to jest, kiedy ma się ciepłe miejsce do spania i kochających ludzi obok.

Tak wyglądała moja pierwsza noc w mieście Tarbean, w którym miałem spędzić trzy lata.

Rozdział 21

Piwnica, chleb i kubeł

Było już po obiedzie. A raczej byłoby po obiedzie, gdybym miał cokolwiek do zjedzenia. Żebrałem na Rondzie Kupców i jak dotąd wyżebrałem dwa kopniaki (jeden od strażnika, drugi od najemnika), trzy kuksańce (dwa od wozaków, jeden od żeglarza), nieznane dotąd przekleństwo dotyczące niemożliwej konfiguracji anatomicznej (też od żeglarza), wreszcie splunięcie od raczej nieapetycznego starca nieokreślonej profesji.

I jednego żelaznego szeląga. Choć wejście w jego posiadanie przypisywałem raczej prawom prawdopodobieństwa niż ludzkiej życzliwości. Nawet ślepa świnia od czasu do czasu znajdzie żołędzia.

Mieszkałem w Tarbean niemalże od miesiąca, a poprzedniego dnia spróbowałem po raz pierwszy szczęścia w kradzieży. Początki okazały się mało efektowne. Zostałem przyłapany z ręką w kieszeni rzeźnika. Oberwałem za to w ucho z taką siłą, że do teraz kręciło mi się w głowie, gdy zbyt szybko próbowałem wstać lub chodzić. Nieszczególnie ośmielony tą pierwszą wycieczką do królestwa złodziei zdecydowałem, że to będzie dzień żebrów. Czyli mniej więcej tak jak zazwyczaj.

Głód ściskał mi żołądek, a czerstwego chleba za jednego szeląga nie starczy na długo. Zastanawiałem się właśnie nad zmianą ulicy, kiedy zobaczyłem chłopca, który podbiegł do siedzącego po drugiej stronie młodego żebraka. Przez chwilę rozmawiali z podnieceniem, po czym dokądś poszli.

Oczywiście ruszyłem za nim, gnał mnie blady cień mej niegdysiejszej ciekawości. Poza tym cokolwiek, co w środku dnia kazało im opuścić róg zatłoczonej ulicy, musiało być interesujące. Może Tehlanie znowu rozdawali chleb. Albo przewrócił się wózek z owocami. Albo straż kogoś wieszała. To wszystko warte było z pewnością pół godziny mojego czasu.

Szedłem za nimi po krętych ulicach, póki nie zobaczyłem, jak skręcają za róg i schodzą po schodach do piwnicy spalonego budynku. Zatrzymałem się – ledwie tlącą się iskierkę ciekawości stłumił odruch zdrowego rozsądku.

Tamci natomiast pojawili się chwilę później, każdy niósł w ręku kawałek płaskiego, ciemnego chleba. Przyglądałem im się, jak przechodzili obok mnie, śmiejąc się i dając sobie żartobliwe kuksańce. Młodszy – gdzieś w wieku sześciu lat – zobaczył, że patrzę, i pomachał mi.

– Jeszcze trochę zostało – zawołał z ustami pełnymi chleba. – Lepiej się pośpiesz.

Mój zdrowy rozsądek radykalnie zmienił zdanie. Ostrożnie ruszyłem po schodach w dół. U dołu schodów leżało kilka spróchniałych desek – wszystko, co zostało z wyważonych drzwi. Wewnątrz zobaczyłem krótki korytarz wychodzący na oświetlony słabym światłem pokój. Obok mnie przecisnęła się młoda dziewczyna o twardych oczach. Nawet na mnie nie spojrzała. Też przyciskała do piersi chleb.

Ponad połamanymi resztkami drzwi wkroczyłem w chłodną, wilgotną ciemność. Nie przeszedłem jeszcze dziesięciu kroków, kiedy niski jęk sprawił, że stanąłem jak wryty. Głos był prawie zwierzęcy, ale wyczulone ucho powiedziało mi, że dobywa się z ludzkiego gardła.

Nie miałem pojęcia, czego właściwie się spodziewałem, ale na pewno nie tego, co zobaczyłem. W dwóch starych lampach palił się rybi olej, ich płomienie ciskały mroczne cienie na kamienne ściany. Dwoje dzieci, właściwie prawie jeszcze niemowlęta, leżały na kocu na kamiennej podłodze przykryte stosem łachów. Chłopak w moim wieku siedział w ciemnym kącie z głową przyciśniętą do ściany.

Jeden z chłopców poruszył się lekko, jakby przez sen. Ale w jego poruszeniu coś było nie tak. Był to zbyt wysilony ruch. Przyjrzałem się dokładniej i zobaczyłem, że chłopiec jest przywiązany do pryczy. Wszyscy byli.

Tamten znowu szarpnął się w więzach, a z jego gardła wydobył się głos, który usłyszałem wcześniej w korytarzu. Teraz był głośniejszy – długi, zawodzący jęk.

Przez moment nie potrafiłem o niczym innym myśleć, jak tylko o wszystkich historiach na temat księcia Gibei. O tym, jak on i jego ludzie przez dwadzieścia lat porywali i torturowali ludzi, nim Kościół wkroczył i położył temu kres.

– Co, co – doleciał mnie głos z drugiego pokoju. Intonacja była dość dziwna, jakby to nie było wcale pytanie.

Chłopak na pryczy znów szarpnął się w więzach.

– Aaachbiiii.

Przez drzwi wszedł mężczyzna, ocierając dłonie o przód poszarpanej tuniki.

– Co, co – powtórzył tym samym, wyzbytym pytających akcentów tonem.

Głos miał stary, raczej zmęczony, ale przede wszystkim pełen cierpliwości. Cierpliwości, jaką może okazywać kamień albo kocica z kociętami. Nie był to głos, jakiego oczekiwałbym po kimś w rodzaju księcia Gibei.

– Co, co. Cii, cii, Tanee. Musiałem iść, ale tylko na chwilę. Już jestem z powrotem. – Jego stopy lekko kląskały na nagiej kamiennej podłodze. Był bosy.

Poczułem, jak powoli opuszcza mnie napięcie. Cokolwiek się tu działo, zupełnie nie pasowało do złowrogich podejrzeń, jakie się we mnie początkowo zbudziły.

Na widok mężczyzny chłopak przestał się szarpać w więzach.

– Iiiiiiaa – powiedział i raz tylko pociągnął za krępujący go sznur.

– Co? – Tym razem wyraźnie było to pytanie.

– Iiiiiiaa.

– Hmm? – Starzec rozejrzał się dookoła i zobaczył mnie. – Ach. Witaj. – Spojrzał znowu na chłopaka na łóżku. – Wyjątkowo jesteśmy dzisiaj bystrzy, nieprawdaż? Tanee zawołał mnie, aby powiedzieć, że mamy gościa!

Twarz Tanee'a rozciął szeroki uśmiech, on sam zaś wciągnął urywany, jękliwy oddech. Mimo iż dźwięk brzmiał wręcz boleśnie, jasne było, że się śmieje.

Bosy mężczyzna odwrócił się do mnie i powiedział:
– Nie znam cię. Byłeś tu już kiedyś?
Pokręciłem głową.
– Cóż, mam trochę chleba z przedwczoraj. Jeśli naniesiesz mi wody, możesz sobie wziąć, ile dusza zapragnie. – Znowu zmierzył mnie spojrzeniem. – W porządku?
Pokiwałem głową. Oprócz prycz jedyne umeblowanie pokoju stanowiły: krzesło, stół i beczka obok drzwi. Na stole leżały cztery wielkie, okrągłe bochny chleba.
On również skinął głową, po czym ostrożnie ruszył w stronę krzesła. Gdy wreszcie usiadł, wskazał mi beczkę przy drzwiach.
– Za drzwiami jest pompa i wiadro. Nie musisz się spieszyć, to nie wyścigi. – Mówiąc, założył nogę na nogę i machinalnie zaczął masować stopę.
Niewydolność krążenia, pomyślałem jakąś od dawna nieużywaną częścią umysłu. Zwiększone ryzyko infekcji i kłopoty z chodzeniem. Stopy i nogi należy unieść, masować, a potem moczyć w ciepłym roztworze z kory wierzby, kamfory oraz maranty.
– Nie lej wiadra do pełna. Nie chcę, żebyś sobie coś zrobił albo narozlewał wody. Już jest tu dosyć wilgotno. – Postawił stopę z powrotem na ziemi i pochylił się, by wziąć na ręce jedno z dzieci, które akurat zaczęło się niespokojnie poruszać na kocu.
W przerwach między wlewaniem kolejnych wiader do beczki popatrywałem na starca. Brodę miał wprawdzie siwą, lecz mimo iż poruszał się wolno i ostrożnie, nie był aż tak stary. Miał może czterdziestkę, może mniej. Ubrany był w długą tunikę, niemal wszędzie połataną i zacerowaną, tak że nie sposób było odgadnąć jej pierwotnego koloru czy kroju. Choć prawie tak samo obszarpany jak ja, był znacznie czystszy. Co oczywiście nie znaczy, że był idealnie wymyty, po prostu czystszy niż ja, co naprawdę nie było trudno osiągnąć.
Na imię miał Trapis. Pocerowana tunika była jedyną odzieżą, jaką posiadał. Praktycznie rzecz biorąc, każdą chwilę życia spędzał w zawilgoconej piwnicy, zajmując się ludźmi, którymi nikt inny nie chciał się zająć. Większość z nich stanowili młodzi chłopcy. Jednych, jak Tanee'a, trzeba było krępować, żeby nie

zrobili sobie krzywdy albo nie spadli z łóżka. Innych, jak Jaspina, który oszalał od gorączki dwa lata temu, trzeba było krępować, żeby nie zrobili krzywdy innym.

Kaleki, katatoniczny, spastyczny Trapis z niedowładem kończyn zajmował się nimi wszystkimi z jednakową, niewyczerpaną cierpliwością. Ani razu nie usłyszałem, aby się na coś uskarżał, nawet na swe bose stopy, które zawsze były spuchnięte i musiały przysparzać mu niemałych cierpień.

Nam, dzieciakom, pomagał jak mógł każdym kawałkiem jedzenia, jaki miał na zbyciu. Pracowaliśmy na to jedzenie, nosząc wodę, szorując podłogi, biegając na posyłki i tuląc dzieci, żeby nie płakały. Robiliśmy wszystko, o co nas prosił, a kiedy nie było jedzenia, zadowalaliśmy się choćby łykiem wody, jego zmęczonym uśmiechem, traktowaniem, jakiego odeń zaznawaliśmy – ponieważ widział w nas ludzi, a nie zwierzęta w łachmanach.

Czasami wydawało się, że jeden jedyny Trapis troszczy się o wszystkie skrzywdzone i poniżone istoty w naszej części Tarbean. W zamian kochaliśmy go z milczącą żarliwością, na jaką stać tylko zwierzęta. Gdyby ktoś kiedykolwiek podniósł na Trapisa rękę, tysiąc wyjących dzieciaków rozdarłoby go na strzępy pośrodku ulicy.

Podczas tych pierwszych miesięcy często zatrzymywałem się w piwnicy, z upływem czasu wszakże zdarzało mi się to rzadziej. Trapis i Tanee byli znakomitym towarzystwem. Żaden z nich nie był szczególnie rozmowny, co mi bardzo odpowiadało. Ale pozostałe dzieci ulicy napawały mnie lękiem i to przez nie starałem się nie odwiedzać piwnicy za często, przychodząc później właściwie tylko w nagłej potrzebie albo kiedy miałem coś do zaoferowania.

Mimo iż nie bywałem tam tak często, dobrze było wiedzieć, że jest miejsce, z którego mnie nie wyrzucą, gdzie nie poczęstują mnie kopniakiem, gdzie na mnie nie naplują. Kiedy samotny wędrowałem po dachach, myśl o tym, że Trapis i piwnica wciąż tam są, dodawała ducha. Kiedy się do niego przychodziło, było to prawie jak powrót do domu. Prawie.

Rozdział 22

Czas demonów

Podczas tych pierwszych miesięcy spędzonych w Tarbean nauczyłem się wielu rzeczy.

Nauczyłem się, w których karczmach i restauracjach wyrzucają najlepsze jedzenie oraz jak dalece może być zepsute, żeby nie zaszkodziło.

Nauczyłem się, że otoczony murem kompleks budynków w pobliżu doków jest świątynią Tehlu. Tehlanie czasami dawali nam chleb, wymagając jednak modlitwy w zamian za bochenek. Nie miałem nic przeciwko temu. Było to łatwiejsze niż żebranie. Czasami kapłani w szarych szatach próbowali zwabić mnie na modły do kościoła, ale w owym czasie usłyszałem już zbyt wiele plotek na ich temat i za każdym razem uciekałem, z chlebem lub bez.

Nauczyłem się kryć. Znalazłem sobie kryjówkę na budynku starej garbarni w miejscu, gdzie stykały się trzy dachy, dzięki czemu dzień i noc nie byłem wystawiony na wiatr i deszcz. Owiniętą w płótno książkę Bena chowałem na belce więźby dachowej. Rzadko brałem ją do ręki, jakby była jakąś relikwią. Stanowiła ostatni materialny fragment mojej przeszłości, dokładałem więc wszelkich starań, aby nic się jej nie stało.

Nauczyłem się, że Tarbean jest ogromne. Nie zrozumie tego nikt, kto nie widział miasta na własne oczy. Jest jak morze. Można opowiedzieć komuś o wodzie i falach, ale nigdy nie ogarnie się bezmiaru wód, jeśli nie stanie się na jego brzegu. Prawdę o morzu zna tylko ten, kto znalazł się wśród jego przestworu, zewsząd otoczony niekończącymi się falami. Dopiero wówczas człowiek zdaje sobie sprawę ze swej małości i bezsiły.

Po części to poczucie bezmiaru, jakie wywiera Tarbean, wypływa z faktu, że składa się ono z tysiąca drobnych fragmentów, z których każdy ma innych charakter, inną osobowość. Jest Dolina, Zaułek Woźniców, Pralnie, Środkowe Miasto, Łojarnie, Winiarnie, Doki, Smolarnie, Ulica Szwaczek... Można spędzić całe swoje życie w Tarbean i nie poznać go do końca.

Ale z grubsza i dla wszelkich praktycznych względów można podzielić Tarbean na dwie części: Nabrzeże i Wzgórza. Na Nabrzeżu ludzie są biedni, przez co stają się żebrakami, złodziejami i kurwami. Na Wzgórzach mieszkają bogaci. To czyni ich prawnikami, politykami i kurtyzanami.

Żyłem już w Tarbean od dwóch miesięcy, kiedy po raz pierwszy przyszło mi do głowy spróbować żebrania na Wzgórzach. Zima mocno trzymała miasto w kleszczach, a Karnawał Zimowy sprawiał, że ulice były jeszcze bardziej niebezpieczne niż normalnie.

To odkrycie okazało się dla mnie wstrząsające. Każdej zimy, od kiedy moja młoda pamięć sięgała, nasza trupa organizowała Karnawał Zimowy dla jakiegoś miasteczka. Ku ogólnej rozkoszy przebrani w maski demonów terroryzowaliśmy mieszkańców przez siedem dni Wielkiej Żałoby. Mój ojciec grał Encanisa tak przekonująco, że można było sądzić, iż przywoływał na świat jego ducha. Co wszak najważniejsze, potrafił być przerażający i czuły zarazem. Podczas świąt z naszą trupą nikomu nigdy nic się nie stało.

Ale w Tarbean rzeczy miały się inaczej. Formy święta były, owszem, identyczne. Ludzie w jaskrawo pomalowanych maskach demonów snujący się po mieście, płatający różne psoty. Encanis też się pojawiał, w tradycyjnej czarnej masce, i on naprzykrzał się bardziej dotkliwie. A choć nie zdarzyło mi się go zobaczyć, pewien byłem, że Tehlu w srebrnej masce też wędrował po lepszych dzielnicach, odgrywając swoją rolę. Jak rzekłem – formy święta były takie same.

Niemniej rzecz cała przebiegała inaczej. Przede wszystkim Tarbean było zbyt duże, żeby jedna trupa mogła dostarczyć demonów dla całego miasta. Sto wędrownych trup by nie wystarczyło. Więc zamiast zapłacić profesjonalistom, co byłoby sensowne i bezpieczne, kościoły w Tarbean wybrały bardziej zyskowną drogę, mianowicie sprzedawały maski demonów.

Tak więc pierwszego dnia Wielkiej Żałoby na miasto spuszczono dziesięć tysięcy demonów. Demonów amatorów, mających licencję na robienie psot, jakie im tylko przyjdą do głowy.

Z pozoru mogłoby to wyglądać na idealną okazję dla młodego złodzieja, ale było wręcz odwrotnie. Demony zawsze w największej liczbie plątały się po Nabrzeżu. I choć zdecydowana większość zachowywała się poprawnie – to znaczy uciekały na dźwięk imienia Tehlu i utrzymywały swe diabelstwa w rozsądnych granicach – wiele drwiło sobie z tego. W ciągu pierwszych kilku dni Wielkiej Żałoby odkryłem, że bynajmniej nie mogę czuć się bezpiecznie, toteż większość czasu spędzałem, trzymając się jak najdalej od ewentualnych kłopotów.

Ale kiedy nadeszła Pełnia Zimy, w mieście się nieco uspokoiło. Liczba demonów systematycznie malała, w miarę jak ludzie tracili maski albo nudzili się zabawą. Tehlu bez wątpienia wyłączył z karnawału swoją część, ale srebrna maska nie mogła przecież sprawić, że się rozdwoi. Niewielkie były szanse, aby przez siedem dni zdołał przemierzyć całe Tarbean.

Wycieczkę na Wzgórza postanowiłem sobie zrobić w ostatni dzień Żałoby. W Dniu Pełni Zimy nastroje są zazwyczaj dobre, a to oznacza pomyślność żebraków. A nade wszystko zastępy demonów do tego dnia przerzedziły się znacznie i na ulicach było dość bezpiecznie.

Ruszyłem w drogę zaraz po południu, głodny, ponieważ nigdzie nie zdołałem ukraść nawet kawałka chleba. Pamiętam nieokreślone podniecenie, jakie towarzyszyło mi podczas marszu na Wzgórza. Może pamięć podsuwała mi uczucia towarzyszące Pełni Zimy spędzanej z rodziną: ciepły posiłek, potem przytulne łóżko. Może zaraziłem się zapachem zielonych gałęzi, które gromadzono w stosy i podpalano dla uczczenia triumfu Tehlu.

Tego dnia nauczyłem się dwóch rzeczy. Dowiedziałem się, dlaczego żebracy trzymają się Nabrzeży i dlaczego, niezależnie od tego, co twierdzi Kościół, Pełnia Zimy jest czasem demonów.

Gdy wyszedłem z bocznej uliczki, natychmiast uderzyła mnie atmosfera tej części miasta, zupełnie inna od panującej w miejscu, z którego przyszedłem.

Na Nabrzeżu kupcy gorączkowo próbują zwabić klientów do swoich sklepów. Jeśli im nie wychodzi, nie stronią od wojowniczych zachowań – przeklinają, a nawet otwarcie zastraszają niedoszłych kupujących.

Tutaj właściciele sklepów tylko nerwowo zacierali ręce. Kłaniali się, drapali po głowach i byli nienagannie uprzejmi. Nikt nie podnosił głosu. Po brutalnym świecie Nabrzeży wydawało mi się, jakbym się znalazł na proszonym balu. Wszyscy mieli na sobie nowe ubrania. Wszyscy byli czyści i zachowywali się, jakby brali udział w jakimś skomplikowanym tańcu towarzyskim.

Ale tu także zalegały cienie. Rozglądając się, dostrzegłem dwóch mężczyzn przyczajonych w bocznym zauku naprzeciwko. Ich maski były całkiem niezłe: krwistoczerwone i groźne. Jeden miał rozdziawione usta, drugi szczerzył ostre białe zęby. Obaj mieli na sobie tradycyjne czarne szaty z kapturami, co od razu mi się spodobało. Tak wiele demonów na Nabrzeżu nie kłopotało się o detale swych kostiumów.

Para demonów ruszyła za dobrze ubraną młodą parą, idącą swobodnie pod ramię. Demony śledziły ich ukradkiem jakiś czas, po czym jeden z nich zerwał kapelusz z głowy dżentelmena i cisnął w pobliską zaspę śnieżną. Drugi objął kobietę dość nachalnie i podniósł ją. Ona krzyknęła, podczas gdy jej mężczyzna walczył z demonem o swoją laskę, najwyraźniej zbity z tropu całą sytuacją.

Na szczęście dama zachowała spokój.

– *Tehus! Tehus!* – krzyknęła. – *Tehus antausa eha!*

Na dźwięk imienia Tehlu dwie postaci w czerwonych maskach skuliły się, zawróciły i uciekły ulicą.

Obecni na ulicy zareagowali radością. Jeden ze sklepikarzy pomógł mężczyźnie odzyskać kapelusz. Byłem mocno zdumiony uprzejmością, jaka towarzyszyła całej scenie. Najwyraźniej w lepszej części miasta demony były grzeczne.

Ośmielony przyjrzałem się niewielkiemu tłumowi, oceniając swoje perspektywy. Podszedłem do młodej kobiety. Miała na sobie szarobłękitną suknię z narzutką z białego futra. Włosy długie i złote utrefione były w piękne loki wokół głowy.

Zmierzyła mnie wzrokiem i zatrzymała się. Usłyszałem, jak zaskoczona wciąga oddech, zasłaniając usta dłonią.

– Grosik, pani? – Wyciągnąłem dłoń i sprawiłem, że z lekka zadrżała. Mój głos również drżał. – Proszę? – Próbowałem wyglądać tak mizernie, jak się czułem. Przestępowałem z nogi na nogę na cienkiej warstwie śniegu zalegającej ulicę.

– Biedne maleństwo – westchnęła nieledwie szeptem.

Zaczęła grzebać w torebce, nie chcąc lub nie mogąc oderwać ode mnie oczu. Dopiero po chwili zerknęła do wnętrza torebki i wyciągnęła z niej coś. Kiedy zacisnąłem wokół tego czegoś swe palce, poczułem chłodny, godny zaufania ciężar monety.

– Dziękuję, pani – powiedziałem odruchowo. Spuściłem na moment wzrok i zobaczyłem srebro prześwitujące przez palce. Otworzyłem dłoń, leżał na niej srebrny grosz. Cały srebrny grosz.

Zagapiłem się nań zdumiony. Srebrny grosz wart był dziesięciu miedzianych groszy lub pięćdziesięciu żelaznych. Co więcej, oznaczał pełen brzuch przez pół miesiąca. Za żelazny grosz mogłem się przespać na podłodze w „Czerwonym Oku", za dwa – na kamieniach kominka przy żarze pozostałym z wieczornego ognia. Mogłem kupić sobie obszarpany koc, który wziąłbym na dach i który grzałby mnie przez całą zimę.

Uniosłem wzrok na kobietę, która wciąż patrzyła na mnie z litością w oczach. Nie mogła wiedzieć, ile to dla mnie znaczy.

– Pani, dziękuję ci – głos mi się łamał. Przypomniały mi się słowa, którymi pozdrawialiśmy ludzi w dawnych czasach, kiedy jeszcze żyłem w wędrownej trupie: – Niech wszystkie twoje historie kończą się szczęśliwie, a drogi będą gładkie i krótkie.

Uśmiechnęła się do mnie i być może odpowiedziałaby mi stosownie, ale w tym momencie poczułem dziwne mrowienie w karku. Ktoś mnie obserwował. Żyjąc na ulicy, albo człowiek rozwija w sobie wrażliwość na pewne rzeczy, albo jego życie staje się żałosne i krótkie.

Obejrzałem się za siebie i zobaczyłem któregoś ze sklepikarzy, rozmawiającego ze strażnikiem i wskazującego w moim kierunku. A nie był to strażnik w rodzaju tych, jakich się spotyka na Nabrzeżu. Ten był gładko ogolony, pełen godności. Miał na sobie czarny kaftan nabijany metalowymi ćwiekami, uzbrojony był w nabijaną mosiądzem pałkę długą jak jego ręka. Podchwyciłem parę słów z tego, co mówił sklepikarz.

– ...klienci. Kto zechce kupić ubranie, jeśli... – Gestem znowu wskazał w moją stronę i powiedział coś, czego nie usłyszałem. – ...ci płaci? Właśnie. Może powinienem wspomnieć...

Strażnik spojrzał w moją stronę. Jego wzrok zetknął się z moim. Odwróciłem się i uciekłem.

Skręciłem w pierwszą napotkaną uliczkę, moje cienkie buty ślizgały się na śniegu pokrywającym bruk. Za sobą usłyszałem tupot ciężkich buciorów. Natychmiast skręciłem w następną uliczkę.

Oddech palił mnie w płucach, a równocześnie rozglądałem się, dokąd pobiec, gdzie się ukryć. Ale zupełnie nie znałem tej części miasta. Nie było tu żadnych stert śmieci, w których można by się zagrzebać, żadnych wypalonych budynków, przez które można by się przesmyknąć. Poczułem, jak ostry odłamek lodu przecina cienką podeszwę buta. Ze wszystkich sił starałem się biec dalej, ale ból był okropny.

Skręciłem po raz trzeci i znalazłem się w ślepym zaułku. Zdołałem do połowy wspiąć się na jeden z murów, gdy poczułem rękę zaciskającą się wokół kostki i ściągającą mnie na ziemię.

Uderzyłem głową o kamień bruku i świat zawirował wokół mnie. Strażnik podniósł mnie z ziemi za włosy i nadgarstek.

– Bystry chłopiec, co nie? – wydyszał. Poczułem jego gorący oddech na twarzy. Pachniał skórą i potem. – Jesteś już dość stary, żeby wiedzieć, że nie należy uciekać.

Potrząsnął mną gniewnie, szarpnął za włosy. Ściany zaułka zakołysały się wokół mnie, krzyknąłem.

Przycisnął mnie brutalnie do ściany.

– Powinieneś też być na tyle mądry, żeby w ogóle nie przychodzić na Wzgórza. – Znów mną potrząsnął. – Zdurniałeś, chłopcze?

– Nie – odrzekłem oszołomiony, macając dłonią zimną ścianę. – Nie.

Moja odpowiedź wyraźnie go rozwścieczyła.

– Nie? – wypluł to słowo. – Narobiłeś mi kłopotów, chłopcze. Mogę trafić do raportu. A więc jeżeli nie jesteś durny, to należy ci się lekcja. – Odwrócił mnie i cisnął na ziemię. Poślizgnąłem się na warstewce śniegu. Łokciem uderzyłem w ziemię i straciłem czucie w ręce. Otworzyły się palce dłoni, w której trzymałem jedzenie na miesiąc, ciepłe koce i nowe buty. Wyleciało z niej coś strasznie cennego i wylądowało na ziemi bez jednego odgłosu.

Ledwie zdawałem sobie z tego sprawę. Powietrze zaświszczało, kiedy jego pałka wylądowała na mojej nodze. Warknął:

– Nie przychodź na Wzgórza, zrozumiano? – Pałka uderzyła mnie znowu, tym razem w łopatki. – Wszystko za Ulicą Odłogów jest dla was, małych gnojków, zakazane. Zrozumiano? – Uderzył mnie wierzchem dłoni w twarz i poczułem krew w ustach, a głowa podskoczyła mi na pokrytym śniegiem bruku.

Zwinąłem się w kłębek, a on tymczasem syczał:

– A Ulica Młyńska i Rynek Młyński to mój rewir, a więc nigdy nie przychodź tutaj znowu. – Każde słowo podkreślał uderzeniem pałki. – Zrozumiano?

Leżałem drżący na zdeptanym śniegu, mając nadzieję, że to już koniec. Że wreszcie sobie pójdzie.

– Zrozumiano? – Kopnął mnie w brzuch i poczułem, jak mi się coś w środku rozrywa.

Płakałem w głos, musiałem też coś bełkotać. Widząc, że się nie podnoszę, kopnął mnie jeszcze raz i poszedł sobie.

Musiałem pewnie zemdleć, a przynajmniej leżałem jakiś czas oszołomiony. Kiedy w końcu odzyskałem zmysły, był już zmierzch. Przemarzłem do szpiku kości. Czołgałem się po śnieżnej brei, wśród mokrych śmieci, i szukałem srebrnego grosza palcami tak odrętwiałymi z zimna, że ledwie mogłem je zginać. Jedno oko miałem opuchnięte, w ustach czułem smak krwi, ale szukałem do czasu, póki na niebie pozostała bodaj iskierka dziennego światła. Nawet po tym, jak w zaułku zapanowała smolista ciemność, wciąż przesiewałem śnieg rękoma, choć w głębi serca rozumiałem, że mam zbyt zdrętwiałe palce, aby wyczuć monetę, nawet gdybym na nią przypadkiem natrafił.

Trzymając się ściany, wstałem i spróbowałem iść. Zraniona

stopa dodatkowo utrudniała mi poruszanie się. Ból szarpał nogą przy każdym kroku, więc część ciężaru ciała starałem się przenieść na ścianę.

Dotarłem na Nabrzeże, do części miasta, którą bardziej mogłem kojarzyć z domem niż jakiekolwiek inne miejsce. Stopa zdrętwiała mi zupełnie z zimna, straciłem w niej czucie i choć wzbudzało to niepokój w racjonalnej części mej duszy, to inna, pragmatyczna część cieszyła się, że w ogóle jest coś, co mnie nie boli.

Od mej kryjówki dzieliły mnie jeszcze mile drogi, a kulejąc, poruszałem się wolno. W pewnej chwili musiałem się przewrócić. Nie pamiętam samego upadku, ale pamiętam, że leżałem w śniegu, myśląc o tym, jaki jest cudowny i wygodny. Sen kładł się na mnie jak gruby koc, jak śmierć.

Zamknąłem oczy. Pamiętam głęboką ciszę otaczającej mnie opustoszałej ulicy. Byłem zbyt odrętwiały i zmęczony, żeby się bać. Pogrążony w delirium, wyobrażałem sobie śmierć pod postacią wielkiego ptaka ze skrzydłami z ognia i cienia. Krążył nade mną, obserwując cierpliwie, czekając...

Zasnąłem, a wielki ptak otulił mnie płonącymi skrzydłami. Rozgorączkowaną wyobraźnią czułem tylko cudowne ciepło. Ale potem ptasie szpony wpiły się we mnie, rozszarpały...

Nie, to był tylko ból urażonych żeber – ktoś przewrócił mnie na plecy.

Uchyliłem powieki i jak przez mgłę ujrzałem stojącego nade mną demona. Ponieważ znajdowałem się w stanie całkowitego pomieszania i zaślepienia, widok człowieka w masce demona tak mnie przestraszył, że się obudziłem. Uwodzicielskie ciepło sprzed chwili zniknęło, a ciało znów miałem bezwładne i ciężkie jak ołów.

– Jest. Mówiłem ci. Dzieciak tu leży w śniegu! – Demon podniósł mnie z ziemi.

Całkiem już rozbudzony zobaczyłem, że jego maska ma barwę jednolitej czerni. To był Encanis, Pan Demonów. Postawił mnie na chwiejne nogi i zaczął otrzepywać ze śniegu.

Jednym okiem zobaczyłem postać w bladozielonej masce, stojącą w pobliżu.

– Daj spokój... – powiedziała nagląco demonica, a jej słowa

dobywały się głucho ze szczeliny między dwoma rzędami spiczastych zębów.

Encanis nie zwrócił na nią uwagi.

– Wszystko w porządku?

Nie potrafiłem wymyślić żadnej odpowiedzi na jego pytanie, więc skupiłem się na utrzymywaniu równowagi. Mężczyzna tymczasem wciąż otrzepywał ze mnie śnieg rękawem czarnej szaty. Z oddali dobiegły nas głosy rogów.

Demonica nerwowo zerknęła w głąb ulicy.

– Jeżeli nie uda nam się utrzymać przewagi, jesteśmy ugotowani – syknęła nerwowo.

Gdy już palcami czarnej rękawicy Encanis otrzepał ze śniegu moje włosy, pochylił się, żeby obejrzeć moją twarz. Jego czarna maska majaczyła dziwacznymi kształtami we mgle przesłaniającej mi wzrok.

– Na Boże ciało, Holly. Ktoś stłukł chłopaka na kwaśne jabłko. I to w Dzień Pełni Zimy.

– Straż – zdołałem wyskrzeczeć. Wraz ze słowem pojawił się w moich ustach smak krwi.

– Zamarzniesz – powiedział Encanis i zaczął rozcierać moje ręce i nogi, próbując przywrócić w nich krążenie krwi. – Musisz pójść z nami.

Rogi odezwały się znowu, bliżej. Towarzyszył im szmer tłumu.

– Nie bądź głupi – powiedziała demonica. – On nie jest w stanie gonić po mieście.

– Nie jest w stanie, w którym mógłbym go tu zostawić – warknął Encanis.

Wciąż mocno masował moje ręce i nogi. Powoli zaczynałem odzyskiwać w nich czucie, z początku w postaci szczypiącego, kłującego ciepła, które wydawało się bolesnym szyderstwem z kojącego ciepła, jakie czułem kilka chwil temu, gdy zapadałem w sen. Za każdym razem, gdy jego ręce trafiały na obrażenie na ciele, czułem ostre ukłucia bólu, ale byłem zbyt słaby, żeby się szarpać.

Demonica w zielonej masce podeszła bliżej i położyła dłoń na ramieniu przyjaciela.

– Musimy już iść, Gerrek! Ktoś inny się nim zajmie. – Próbowała go pociągnąć za sobą, ale jej się nie udało. – Jeżeli nas tu z nim znajdą, będą podejrzewać, że to my mu to zrobiliśmy.

Mężczyzna zaklął za czarną maską, potem pokiwał głową i zaczął czegoś szukać pod czarnym kostiumem.

– Tylko nie kładź się na ziemi – rozkazał. – I schowaj się do środka. Gdzieś, gdzie się rozgrzejesz.

Odgłosy tłumu były już tak bliskie, że mogłem wyróżnić pojedyncze głosy na tle stukotu końskich kopyt i skrzypienia drewnianych kół. Mężczyzna w czerni wyciągnął dłoń.

Chwilę zabrało mi, zanim zrozumiałem, co w niej trzyma. Był to srebrny talent, grubszy i bardziej masywny niż grosz, który straciłem. Tyle pieniędzy, że ledwie je sobie potrafiłem wyobrazić.

– No już, bierz.

Był postacią mroku: czarny płaszcz z kapturem, czarna maska. Czarne rękawice. Encanis stał przede mną, podając mi sztukę srebra, która lśniła w księżycowej poświacie. Przypomniałem sobie scenę z *Daeoniki*, kiedy Tarsus sprzedaje swoją duszę.

Wziąłem talent, ale dłoń miałem wciąż tak zdrętwiałą, że nie czułem w niej monety. Musiałem spojrzeć w dół, żeby się upewnić, iż ściskam ją w palcach. Wyobraziłem sobie ciepło promieniujące po mojej ręce, poczułem się silniejszy. Uśmiechnąłem się do mężczyzny w czarnej masce.

– Rękawice też weź. – Ściągnął je i przycisnął mi do piersi.

Zanim zdążyłem podziękować memu dobroczyńcy, kobieta w zielonej masce demonicy pociągnęła go za łokieć. Obserwowałem, jak się oddalają. W czarnych szatach wyglądali niczym dwa odłamki uciekających cieni na smolistym tle zalanych księżycową poświatą ulic Tarbean.

Nie minęła nawet minuta, jak ujrzałem wyłaniające się zza rogu pochodnie karnawału. Odgłosy śpiewu i okrzyki dobrej setki mężczyzn oraz kobiet zalały mnie niczym fala. Cofałem się, póki plecami nie dotknąłem ściany, i ostrożnie poruszałem się bokiem, aż natrafiłem na wnękę jakichś drzwi.

Stamtąd przyglądałem się pochodowi karnawału. Ludzie płynęli obok mnie wśród okrzyków i śmiechów. Na wozie ciągniętym przez cztery białe konie stał Tehlu, wyprostowany i dumny. Srebrna maska lśniła w świetle pochodni. Nieskazitelnie białe szaty były obrzeżone białym futrem na kołnierzu i przy mankietach. Kapłani w szarych szatach szli obok wozu, dzwoniąc i śpiewając. Wielu miało na szyjach ciężkie żelazne łańcuchy pokutników. Wrzawa głosów, dźwięk dzwonków, śpiewy i szczęk łańcuchów układały się w swego rodzaju muzykę. Wszystkie oczy zwrócone były na Tehlu. Nikt nie dostrzegł mojej sylwetki w cieniu drzwi.

Długo trwało, zanim zniknęli mi z oczu. Dopiero wtedy wyszedłem na ulicę i ostrożnie ruszyłem do domu. Szło mi wciąż bardzo powoli, ale sił dodawała trzymana w dłoni moneta. Co kilkanaście kroków upewniałem się, że wciąż ją mam, że nie wypadła ze zdrętwiałych palców. Chciałem włożyć otrzymane rękawice, ale bałem się, że upuszczę monetę, a ona zgubi się w śniegu.

Nie mam pojęcia, jak długo trwał mój powrót. Wędrówka nieco mnie rozgrzała, choć stopy wciąż były zdrętwiałe i jakby z drewna. Kiedy oglądałem się przez ramię, widziałem swój szlak znaczony plamami krwi przy każdym odcisku buta. Mimo wszystko dodawało mi to ducha. Krwawiąca stopa jest lepsza od zamarzniętej na kość.

Zatrzymałem się przy pierwszej znajomej mi gospodzie: „Śmiejącym się Człowieku". Z wnętrza dobiegały odgłosy muzyki, śpiewu, świętowania. Przeszedłem obok frontowych drzwi i skierowałem się na tyły budynku. W drzwiach kuchennych stały dwie dziewczyny, rozplotkowane i wyraźnie wymigujące się od pracy.

Pokuśtykałem w ich stronę, podpierając się o ścianę. Nie zauważyły mnie, póki właściwie na nie nie wpadłem. Młodsza spojrzała na mnie i westchnęła.

Podszedłem jeszcze krok.

– Moglibyście przynieść coś do jedzenia i koc? Zapłacę. – Wyciągnąłem dłoń i aż sam się przeraziłem, jak bardzo drżała. Poza tym cała była uwalana we krwi płynącej z mej twarzy. Czułem, jakbym wnętrze ust miał całkowicie poranione. Bolało każde słowo. – Proszę.

Przez chwilę patrzyły na mnie w osłupieniu. Potem popatrzyły po sobie, a starsza gestem posłała młodszą do środka. Tamta bez słowa zniknęła w gospodzie. Starsza dziewczyna, która mogła mieć wszystkiego z szesnaście lat, podeszła bliżej i wyciągnęła dłoń.

Dałem jej monetę i ręka ciężko opadła mi wzdłuż boku. Przyjrzała się srebru, potem mnie obrzuciła przeciągłym spojrzeniem, wreszcie również zniknęła we wnętrzu.

Zza otwartych drzwi doleciały mnie kojące, żywe odgłosy pełnej karczmy: niski szmer rozmów przerywany od czasu do czasu śmiechem, dźwięczny szczęk butelek i tępy stuk drewnianych kufli o blaty stołów.

A w tle całego tego gwaru cicho grała lutnia. Dźwięki były ledwie słyszalne, omalże ginęły w harmiderze, ale moje ucho wyłapywało je bez pudła tak samo, jak ucho matki zawsze usłyszy płacz dziecka, choćby znajdowała się kilka pokoi dalej. Ta muzyka była niczym wspomnienie o rodzinie, przyjaciołach i cieple bycia wśród ludzi. Skręciło mnie w żołądku, rozbolały zęby. Na moment dłonie przestały mnie boleć od zimna i poczułem, jak przepływa przez nie znajoma muzyka.

Powłócząc nogami, dałem niezgrabny krok. Powoli, wzdłuż ściany, cofałem się do miejsca, z którego nie mogłem już słyszeć muzyki. Potem cofnąłem się następny krok, póki ręce znów nie zaczęły mnie boleć od mrozu, a ból w piersiach stał się męką połamanych żeber. Wszystkie te prostsze cierpienia było łatwiej znieść.

Nie mam pojęcia, jak długo trwało, nim obie dziewczyny powróciły. Młodsza niosła koc, w którym coś było schowane. Przycisnąłem koc do obolałych piersi. Wydawał się nieproporcjonalnie ciężki, ale z drugiej strony ręce mi się trzęsły, nawet gdy nic w nich nie trzymałem, więc trudno było samym dotykiem stwierdzić, co w nim jest. Starsza dziewczyna podała mi małą, nabitą sakiewkę. Ją również wziąłem do ręki, zaciskając kurczowo, do bólu odmrożone palce.

Spojrzała na mnie.

– Możesz dostać kąt przy ogniu, jeśli chcesz.

Młodsza żywo pokiwała głową.

– Nattie nie będzie miała nic przeciwko. – Dała krok w moją stronę, wyciągnęła rękę, żeby ująć mnie za ramię.

Szarpnąłem się do tyłu, omalże nie przewracając.

– Nie! – Chciałem krzyknąć, ale tylko słabo wychrypiałem. – Nie dotykaj mnie. – Głos mi drżał, choć sam nie potrafiłem stwierdzić, ze strachu czy z gniewu. Zatoczyłem się, musiałem oprzeć o mur. Sam niewyraźnie słyszałem własne słowa. – Wszystko będzie dobrze.

Młodsza dziewczyna rozpłakała się, ręce opadły jej bezwładnie.

– Muszę gdzieś iść. – Głos załamał mi się, odwróciłem się i odszedłem tak szybko, jak tylko byłem w stanie. Nie byłem pewny, przed czym uciekam... chyba przed ludźmi. To była następna lekcja, której wyuczyłem się chyba nazbyt dobrze: ludzie oznaczają ból. Usłyszałem za sobą kilka stłumionych szlochów. Droga za róg uliczki wydała mi się strasznie długa.

Dotarłem w końcu do swojej kryjówki, gdzie dachy dwóch budynków spotykały się pod okapem trzeciego. Nie mam pojęcia, jak udało mi się tam wspiąć.

Dziewczyny zawinęły mi w koc całą flaszkę przyprawionego wina i bochenek świeżego chleba, a także pierś indyczą większą niż moje dwie złożone pięści. Owinąłem się kocem i schowałem przed wiatrem i wilgocią, ponieważ zaczął padać śnieg z deszczem. Cegły komina za moimi plecami wydawały się cudownie ciepłe.

Pierwszy łyk wina niczym ogień oparzył mi usta w poranionych miejscach. Drugi było już znacznie łatwiej przełknąć. Chleb był miękki, a indyk wciąż ciepły.

Obudziłem się o północy, kiedy zaczęły bić wszystkie dzwony w mieście. Ludzie wybiegli z krzykiem na ulicę. Skończyło się siedem dni Wielkiej Żałoby. Minęła Pełnia Zimy. Zaczął się nowy rok.

Rozdział 23

Płonące koło

Pozostawałem w mojej kryjówce przez całą noc, przespałem większość następnego dnia, by po obudzeniu przekonać się, że ciało jest jednym zesztywniałym kłębkiem bólu. Ponieważ wciąż miałem jedzenie i resztkę wina, zostałem u siebie, miast ryzykować upadek podczas schodzenia na ulicę.

Dzień był pochmurny, wiatr nie ustawał nawet na moment. Śnieg z deszczem zawiewało nawet pod osłonę okapu. Wprawdzie komin za moimi plecami wciąż był ciepły, ale nie aż tak, aby osuszyć koc czy przepędzić chłód, jaki mnie przejmował od mokrych rzeczy.

Dopiłem wino, dojadłem chleb, a potem spędziłem większość czasu na gryzieniu indyczych kości i próbach ogrzania śniegu w pustej butelce po winie, tak abym mógł się napić wody. Żadne z tych zajęć nie przyniosło spodziewanych rezultatów, skończyło się więc na tym, że zjadłem kilka garści lepkiego śniegu, od czego dostałem dreszczy, a w ustach zapiekło mnie posmakiem smoły.

Mimo obrażeń zasnąłem po południu i obudziłem się późną nocą cudownie rozgrzany. Odrzuciłem koc i odsunąłem się od zbyt nagrzanego komina, po czym kolejny raz obudziłem się przed świtem, drżący i przemoczony do nitki. Czułem się dziwnie: oszołomiony, jakby pijany. Skuliłem się znów przy kominie i resztę dnia spędziłem na przemian to zapadając w niespokojny, gorączkowy sen, to się budząc.

Nie pamiętam, jakim cudem udało mi się zejść z dachu, mimo iż miałem gorączkę, majaczyłem, właściwie byłem kaleką. Nie pamiętam, jak przeszedłem trzy czwarte mili dzielące Łojarzy od

Skrzyń. Pamiętam tylko, że spadłem ze schodów prowadzących do piwnicy Trapisa, w dłoni wciąż ściskając kurczowo sakiewkę z pieniędzmi. Leżąc drżący i spocony na podłodze, usłyszałem ciche plaskanie jego bosych stóp po kamieniach.

– Co, co – powiedział łagodnie, podnosząc mnie. – Cii, cii.

Trapis pielęgnował mnie przez długie dni gorączki. Owijał mnie kocami, karmił, a kiedy gorączka nie chciała przejść sama z siebie, wykorzystał przyniesione przeze mnie pieniądze, żeby kupić lek z dławisza. Kładł mi chłodne kompresy na twarz i dłonie, mrucząc równocześnie swe cierpliwe, delikatne: „Co, co. Cii, cii". A ja płakałem podczas niekończących się gorączkowych snów o umarłych rodzicach, Chandrianach i człowieku z pustymi oczami.

Obudziłem się bez gorączki, z jasną głową.

– Oooochriiii – głośno oznajmił Tanee z miejsca, gdzie leżał przywiązany do swej pryczy.

– Co, co. Cii, cii, Tanee – uspokoił go Trapis, kładąc jedno z niemowląt i biorąc na ręce drugie. Dziecko rozejrzało się szeroko rozwartymi, ciemnymi oczyma, ale chyba nie potrafiło samo utrzymać główki w górze. W pokoju panowała całkowita cisza.

– Ooooooochriiii – powtórzył Tanee.

– Na podłodze obok stoi kubek – spokojnie rzekł Trapis, głaszcząc główkę trzymanego dziecka.

– Oooooch oochrrrii iiiiiihhaa! – wrzasnął Tanee, a kolejne krzyki oddzielały od siebie osobliwe sapnięcia.

Hałas pobudził kilku innych, którzy niespokojnie zaczęli się poruszać na pryczach. Siedzący w kącie starszy chłopak ujął głowę w dłonie i jęknął. Potem zaczął się kołysać w tył i w przód, z początku łagodnie, potem coraz bardziej gwałtownie, aż w końcu bił już głową w gołe kamienie ściany.

Trapis znalazł się przy nim, zanim chłopak zdążył sobie zrobić krzywdę. Objął go ramieniem.

– Cii, cii, Loni. Cii, cii.

Chłopak kołysał się znacznie mniej gwałtownie, ale nie przestał.

– Tanee, wiesz przecież, że nie powinieneś robić takiego zamieszania. – Głos Trapisa był poważny, ale nie surowy. – Dlaczego sprawiasz tyle kłopotów? Loni mógł sobie zrobić krzywdę.

– Oorrahii – cicho powiedział Tanee. Wydało mi się, że w jego głosie słyszę nutę skruchy.

– Myślę, że chciałby usłyszeć historię – powiedziałem, sam zaskoczony tym pomysłem.

– Aaa – odezwał się Tanee.

– Tego chcesz, Tanee?

– Aaa.

Zapadła chwila ciszy.

– Nie znam żadnych historii – powiedział Trapis.

Tanee trwał w upartym milczeniu.

Każdy zna jakąś historię – pomyślałem. – Każdy zna przynajmniej jedną.

– Oooooorii!

Trapis rozejrzał się po pomieszczeniu, jakby w jego wnętrzu szukał natchnienia.

– Cóż – oznajmił z niechęcią. – Minęło już sporo czasu, odkąd opowiadaliśmy sobie jakąś historię, nieprawdaż? – Spojrzał na chłopca trzymanego w ramionach. – Chciałbyś usłyszeć historię, Loni?

Loni pokiwał gwałtownie głową, omal uderzając ciemieniem w brodę Trapisa.

– A będziesz grzeczny i posiedzisz spokojnie, kiedy będę opowiadał?

Loni niemal natychmiast przestał się kołysać. Trapis puścił go powoli i odsunął się. Patrzył na niego przez czas jakiś, żeby się upewnić, czy chłopak sobie nic nie zrobi, wreszcie wrócił na swoje krzesło.

– Cóż – mruknął pod nosem i pochylił się, aby znowu wziąć na ręce dziecko. – Czy mam coś do opowiedzenia? – rzekł cicho, patrząc w szeroko rozwarte oczy dziecka. – Nie. Nie mam. Czy dam radę sobie coś przypomnieć? Myślę, że powinienem.

Przez dłuższy czas siedział, nucąc kołysankę dziecku, z wyrazem namysłu na twarzy.

– Tak, oczywiście. – Wyprostował się na krześle. – Gotowi?

Oto opowieść z dawnych czasów. Jeszcze zanim którekolwiek z nas się urodziło. Zanim jeszcze przyszli na świat nasi ojcowie. To było dawno temu. Może... może jakieś czterysta lat. Nie, jeszcze dawniej. Pewnie z tysiąc lat. Ale może nie aż tak dużo.

To były złe czasy dla świata. Ludzie głodowali i chorowali. Szalał głód i wielkie zarazy. Ludzie toczyli wojny i działo się wiele innych złych rzeczy, ponieważ nie było nikogo, kto położyłby temu kres.

Najgorsze jednak w tych czasach było to, że demony chodziły po ziemi. Niektóre były małe i płatały figle w rodzaju ochwacania koni i psucia mleka. Ale inne były znacznie gorsze.

Były demony, które wchodziły w ludzkie ciała, sprawiając, że ludzie chorowali i dostawali obłędu. Ale nie te były najgorsze. Były demony jak wielkie bestie, które chwytały ludzi i pożerały żywcem, a ludzie wtedy krzyczeli – ale i te nie były najgorsze. Niektóre demony kradły ludzkie ciała i nosiły je jak ubrania, ale i one nie były najgorsze.

Był jeden demon, który stał na czele wszystkich innych. Encanis, łapczywy mrok. Dokądkolwiek wędrował, cień skrywał jego twarz, a skorpiony, którym zdarzało się go ukłuć, umierały od zgnilizny, jaką miał w sobie.

Lecz Tehlu, który stworzył świat i który nad światem panuje, przyglądał się sprawom ludzi. Widział, jak demony igrają sobie z nami i zabijają nas, i pożerają nasze ciała. Uratował więc ludzi, ale tylko nielicznych. Ponieważ Tehlu jest sprawiedliwy i ratuje tylko prawych, a w owych czasach pojedynczy tylko ludzie czynili cokolwiek choćby w imię własnego dobra, nie wspominając już o dobru innych.

I dlatego też Tehlu był niezadowolony. Ponieważ stworzył świat, żeby ludzie mieli dobre miejsce do życia. A jego Kościół też toczyło zepsucie. Kapłani okradali biednych i nie żyli zgodnie z prawem, jakie im dano...

Nie, czekajcie. Wtedy jeszcze nie było Kościoła, nie było też kapłanów. Tylko mężczyźni i kobiety, a spośród nich paru wiedziało co nieco o Tehlu. Mimo to nawet ci byli znieprawieni, a więc gdy wzywali pomocy Pana Tehlu, On nie miał zamiaru ich słuchać.

Niemniej po wielu latach przyglądania się światu Tehlu doczekał się wreszcie kobiety o czystym sercu i myślach. Na imię miała Perial. Matka wychowała ją w duchu Tehlu. A ona czciła go tak dalece, jak pozwalały niedogodne okoliczności. I choć życie miała niełatwe, Perial modliła się tylko za innych, nigdy za siebie.

Tehlu przyglądał się jej przez długie lata. Widział, że jej życie jest ciężkie, pełne nieszczęść i udręki, jakich doznawała z rąk demonów i złych ludzi. Ona jednak nigdy nie przeklęła jego imienia i nigdy nie potraktowała żadnego innego człowieka inaczej, jak tylko z życzliwością i szacunkiem.

Więc pewnej nocy Tehlu ukazał się jej we śnie. Stanął przed nią, a jego postać zdawała się cała z ognia i słonecznego światła. Przyszedł do niej w całej swej chwale i zapytał, czy wie, kim On jest.

– Oczywiście – orzekła. Rozumiecie, była całkiem spokojna, ponieważ myślała, że śni tylko dziwny sen. – Jesteś Panem Tehlu.

Pokiwał głową i zapytał ją, czy wie, dlaczego do niej przyszedł.

– Masz zamiar zrobić coś dla mojej sąsiadki Deborah? – zapytała. Ponieważ o to właśnie się modliła, zanim poszła spać. – Masz zamiar dotknąć swą dłonią jej męża Losela i uczynić go lepszym człowiekiem? To, jak on ją traktuje, nie jest w porządku. Mężczyzna nie powinien nigdy używać swych rąk wobec kobiety, chyba że w miłości.

Tehlu znał jej sąsiadów. Wiedział, że to ludzie niegodziwi, którzy robili niegodziwe rzeczy. Wszyscy w wiosce byli niegodziwi oprócz Perial. Wszyscy na świecie byli. Tyle też jej powiedział.

– Deborah była dla mnie zawsze uprzejma i dobra – zaprotestowała Perial. – A nawet Losel, który o nią nie dba, jest przecież też moim bliźnim.

Tehlu powiedział jej, że Deborah odwiedza łóżka wielu mężczyzn, a Losel pije w każdy dzień tygodnia, nawet w Żałobę. Nie, czekajcie – wtedy jeszcze nie było Żałoby. W każdym razie on dużo pił. Czasami potrafił się tak rozzłościć, że bił żonę. Póki była w stanie ustać o własnych siłach czy choćby krzyczeć.

W swym śnie Perial przez chwilę milczała. Wiedziała, że Tehlu mówi prawdę, ponieważ choć była czystego serca, nie była głupia. Podejrzewała, że jej sąsiedzi robią takie właśnie rzeczy, o jakich mówił Tehlu. Ale mimo to, że wiedziała z całą pewnością, sąsiedzi nie byli jej obojętni.

– Nie chcesz jej pomóc?

Tehlu powiedział, że mężczyzna i jego żona są wzajem dla siebie słuszną karą. Byli niegodziwi, a niegodziwi powinni być ukarani.

Wtedy Perial przemówiła z całą szczerością, być może dlatego, że sądziła, iż tylko śni, ale może na jawie powiedziałaby to samo, ponieważ Perial zazwyczaj mówiła to, co myślała.

– To nie ich wina, że życie jest takie trudne, samotne i głodne – rzekła. – Czego można oczekiwać od ludzi, którzy żyją z demonami?

Ale choć Tehlu nadstawił ucha na jej mądre słowa, powiedział jej tylko, że ludzkość jest niegodziwa, a niegodziwi powinni być ukarani.

– Wydaje mi się, że bardzo niewiele wiesz o tym, jak to jest być człowiekiem – zauważyła Perial. – A ja, gdybym mogła, tobym im pomogła – dodała rezolutnie.

– A więc niech tak się stanie – ogłosił Tehlu i sięgnął ręką do jej serca. A kiedy dotknął jej, poczuła się, jakby była wielkim złotym dzwonem, który właśnie wydał pierwszy głos. Otworzyła oczy, wiedząc, że nie był to normalny sen.

Dlatego też wcale się nie zdziwiła, gdy się okazało, że jest w ciąży. Po trzech miesiącach powiła pięknego chłopca o ciemnych oczach. Dała mu na imię Poprawa. W dniu, w którym się urodził, Poprawa potrafił już raczkować. Perial była zdziwiona, ale nie martwiła się, ponieważ wiedziała, że dziecko jest darem od Boga.

Niemniej Perial głupia nie była. Wiedziała, że ludzie zapewne nie zrozumieją. A więc chowała Poprawę przed światem, a kiedy z wizytą przychodzili przyjaciele i sąsiedzi, odsyłała ich.

To nie mogło trwać długo, ponieważ w małym miasteczku nie uchowają się żadne tajemnice. Ludzie wiedzieli, że Perial nie ma męża. A choć dzieci z nieprawego łoża były w owym czasie normalną sprawą, nie były normalną sprawą dzieci, które osiągały dorosłość w dwa miesiące. Ludzie bali się, że Perial zległa z demonem i że dziecko jest dzieckiem demona. W owych mrocznych czasach takie rzeczy też się zdarzały, więc ludzie się bali.

Takim to sposobem pierwszego dnia siódmego cyklu zebrali się wszyscy i ruszyli do domu, w którym mieszkała Perial ze swym synem. Przewodził ciżbie miasteczkowy kowal, który na imię miał Rengen.

– Pokaż nam chłopaka! – krzyknął. Z domu nie dobiegła żadna odpowiedź. – Wyprowadź chłopaka i pokaż nam, że jest zwykłym ludzkim dzieckiem.

W domu dalej panowała cisza i choć w tłumie było wielu mężczyzn, żaden nie chciał wejść do środka w obawie, że może to być dziecko demona. Więc kowal zawołał znowu:

– Perial, wyprowadź przed próg młodego Poprawę albo spalimy dom z wami w środku.

Drzwi otworzyły się, wyszedł przez nie mężczyzna. Żaden ze zgromadzonych go nie rozpoznał, gdyż choć od wyjścia z łona dzieliło go tylko siedem cykli, Poprawa wyglądał na siedemnastoletniego młodzieńca. Stanął przed nimi dumny, wysoki, z czarnymi jak węgiel włosami i oczyma.

– Jestem tym, którego macie za Poprawę – rzekł głosem głębokim i donośnym. – Czego ode mnie chcecie?

Na dźwięk jego głosu zamknięta w domu Perial westchnęła. Ponieważ nie tylko wówczas Poprawa przemówił po raz pierwszy, ale w jego głosie rozpoznała głos, który przed wieloma miesiącami przemówił do niej we śnie.

– Co chcesz powiedzieć przez słowa: którego mamy za Poprawę? – zapytał kowal, mocniej ściskając stylisko młota. Wiedział, że są demony, które wyglądają jak ludzie albo noszą ludzkie ciała niczym ubrania, przykrywając się nimi, jak ludzie mogą się przykrywać skórą owcy.

Chłopiec, który nie był chłopcem, powiedział:

– Jestem synem Perial, ale nie jestem Poprawą. I nie jestem demonem.

– Wobec tego dotknij żelaza mego młota – rzekł kowal, ponieważ wiedział, że demony obawiają się dwu rzeczy: chłodnego żelaza i czystego ognia.

Podsunął chłopakowi swój kowalski młot, który drżał w jego dłoniach, ale nikomu nie przyszłoby do głowy czynić mu z tego zarzutu.

Ten, który nie był Poprawą, podszedł i położył obie dłonie na żelaznej głowicy młota. Nic się nie stało. Perial, która obserwowała całą sytuację, stojąc w drzwiach swego domu, wybuchnęła płaczem, gdyż choć ufała Tehlu, częścią swej duszy obawiała się o syna.

– Nie jestem Poprawa, choć tak nazwała mnie matka. Jestem Tehlu, pan na wysokościach. Przyszedłem uwolnić was od demonów i niegodziwości waszych serc. Jestem Tehlu, syn swój. Niech niegodziwi usłyszą mój głos i zadrżą.

I zadrżeli. Mimo to niektórzy nie uwierzyli. Nazwali go demonem i zagrozili mu. W przerażeniu zaczęli mówić o nim złe rzeczy. Inni cisnęli kamienie i przeklęli go, i opluli jego i jego matkę.

Wtedy Tehlu rozgniewał się i byłby ich wszystkich zgładził, ale Perial podeszła doń i położyła kojącą rękę na jego ramieniu.

– A czego innego oczekiwać – zapytała cicho – od ludzi, którzy za bliźnich mają demony? Nawet dobry pies ugryzie, jeśli bić go często.

Tehlu rozważył jej słowa i zobaczył, że są mądre. Nie opuszczając rąk, spojrzał na Rengena, zajrzał głęboko w jego serce i powiedział:

– Rengenie, synu Engena, miałeś kochankę, której zapłaciłeś, aby z tobą zległa. Ludzie przychodzą do ciebie pracować, a ty ich oszukujesz i okradasz. I choć modlisz się w głos, nie wierzysz. Ja, Tehlu, stworzyłem ten świat i mam pieczę nad wszystkimi, którzy na nim żyją.

Kiedy Rengen to usłyszał, zbladł i upuścił młot na ziemię, ponieważ słowa Tehlu były prawdą. Tehlu tymczasem popatrzył po zgromadzonych. Zajrzał w serca mężczyzn i kobiet i powiedział, co w nich zobaczył. Wszyscy oni byli niegodziwi i to w takim stopniu, że Rengen był jednym z najlepszych.

Wtedy Tehlu narysował linię w pyle drogi tak, że oddzielała go od tych, którzy przyszli pod dom Perial.

– Ta droga jest jak kręty nurt życia. Można wybrać jedną z dwóch ścieżek, a biegną one obok siebie. Każde z was wędrowało już tamtą ścieżką. Musicie wybrać. Zostaniecie na swej ścieżce czy pójdziecie moją.

– Ale droga jest ta sama, czyż nie? Wciąż prowadzi na to samo miejsce – zapytał ktoś.

– Tak.

– Dokąd prowadzi droga?

– Do śmierci. Wszystkie żywoty kończą się śmiercią, z wyjątkiem jednego. Tak toczy się świat.

– Wobec tego jakie ma znaczenie, po której stronie znajdzie się człowiek? – To Rengen zadawał te wszystkie pytania. Był rosłym mężczyzną, jednym z kilku tylko spośród zgromadzonych, którzy byli wyżsi od ciemnookiego Tehlu. Ale wstrząsnęło nim to, co usłyszał i zobaczył w ciągu kilku ostatnich godzin. – Co jest po naszej stronie drogi?

– Ból – odparł Tehlu głosem twardym i zimnym jak kamień. – Kara.

– A po twojej stronie?

– Też ból – rzekł Tehlu tym samym głosem. – I też kara za wszystko, coście zrobili. Nie da się tego uniknąć. Ale i ja tu jestem, to moja ścieżka.

– Jak mam na nią wkroczyć?

– Żałuj, wyraź skruchę i pójdź do mnie.

Rengen przeszedł przez linię i stanął obok Boga. A potem Tehlu pochylił się i podniósł młot upuszczony przez kowala. Ale zamiast mu go oddać, uderzył go nim niczym pałką. Raz. Drugi. Trzeci. A po trzecim uderzeniu Rengen opadł ze łzami na kolana i krzyknął z bólu. Ale wtedy Tehlu odłożył młot, ukląkł i spojrzał Rengenowi w oczy.

– Byłeś pierwszym, który przeszedł linię – powiedział tak cicho, że tylko kowal mógł go usłyszeć. – To było bardzo odważne, bardzo trudne. Jestem z ciebie dumny. Nie masz już na imię Rengen, odtąd nosisz imię Wereth, wykuwający ścieżki. – I Tehlu objął go, a pod jego dotykiem prawie cały ból opuścił Rengena, który teraz nazywał się Wereth. Nie cały jednak ból, ponieważ Tehlu mówił prawdę, twierdząc, że kary nie da się uniknąć.

Jeden po drugim ludzie przechodzili przez linię i jednego po drugim Tehlu bił młotem. I kiedy mężczyźni i kobiety padali pod jego ciosami, Tehlu przyklękał i przemawiał do nich, nadając im nowe imiona i ujmując im część bólu.

W wielu ludziach kryły się demony, które uciekały z wrzaskiem, gdy tylko dotknął ich młot. Z tymi ludźmi Tehlu rozmawiał nieco dłużej, ale zawsze na końcu ich obejmował, za co byli mu wdzięczni. Niektórzy wręcz tańczyli z radości, uwolnieni od potwornych istot w nich żyjących.

Na koniec siedmioro tylko zostało po drugiej stronie linii. Tehlu trzy razy zapytał ich, czy nie przejdą, i trzy razy odmawiali. Po trzecim razie Tehlu przeskoczył przez linię i wymierzył każdemu z nich potężny cios, który obalił go na ziemię.

Nie wszyscy z nich byli ludźmi. Kiedy Tehlu uderzył czwartego, rozległ się syk żelaza i rozszedł wokół zapach palonej skóry. Ponieważ czwarty człowiek w ogóle nie był człowiekiem, tylko demonem w ludzkiej skórze. Kiedy to wyszło na jaw, Tehlu złapał demona, zgniótł w swych dłoniach i przeklinając jego imię, odesłał w ciemność poza światem, która jest domem dla tych stworzeń.

Pozostałych troje pozwoliło się uderzyć. Żadne z nich nie było demonem, choć demony opuściły kilka ciał tych, co pozostali. Skończywszy swe dzieło, Tehlu nie przemówił do żadnego z tej szóstki ani nie ukląkł, ani nie objął ich, ani nie złagodził ich bólu.

Następnego dnia Tehlu wyruszył, aby skończyć, co zaczął. Wędrował od wioski do wioski, proponując każdej miejscowości ten sam wybór co za pierwszym razem. I rezultaty były zawsze takie same; niektórzy przekraczali linię, inni zostawali po drugiej stronie, jeszcze inni wreszcie nie byli ludźmi, lecz demonami, i ci zostali zgładzeni.

Lecz był jeden demon, który wymykał się Tehlu. Encanis, którego twarz skrywała się w cieniu. Encanis, którego głos był jak nóż w głowach ludzi.

Gdziekolwiek Tehlu się zatrzymywał, by zaproponować ludziom wybór ścieżki, okazywało się, że Encanis był tam dosłownie przed chwilą, niszcząc zasiewy i zatruwając studnie. Encanis, który nakłaniał ludzi, by mordowali się wzajem, a nocami wykradał dzieci z kołysek.

Pod koniec siódmego roku stopy Tehlu przemierzyły już cały świat. Wypędził demony, które nas nękały. Wszystkie prócz jednego. Encanis wciąż był na wolności i czynił dzieło tysiąca demonów, niosąc zniszczenie i zepsucie, gdziekolwiek się znalazł.

Więc Tehlu go ścigał, a Encanis uciekał. Wkrótce Tehlu był o cykl dni za Encanisem, potem dwa dni za nim, wreszcie pół dnia. Na koniec znalazł się tak blisko, że czuł chłód ciągnący za demonem, widział miejsca, gdzie stopy i dłonie tamtego dotknęły ziemi, ponieważ miejsca te znaczył zimny, czarny szron.

Wiedząc, że jest ścigany, Encanis przybył do wielkiego miasta. Pan Demonów użył całej swej mocy i miasto legło w gruzach. Zrobił to w nadziei, że opóźni tym sposobem marsz Tehlu, i sam ucieknie, ale Wędrowny Bóg zatrzymał się tylko na moment, żeby wyznaczyć kapłanów, którzy mieli się zająć ludźmi ze zrujnowanego miasta.

Przez sześć dni Encanis uciekał i zniszczył w tym czasie sześć wielkich miast. Ale siódmego dnia Tehlu zdążył, zanim Encanis użył swej mocy, i miasto zostało ocalone. Dlatego właśnie siódemka jest szczęśliwą liczbą, a my świętujemy Chaen.

Sytuacja Encanisa była już skrajnie trudna, a on sam natężał wszystkie myśli, obmyślając sposób ucieczki. Jednak ósmego dnia Tehlu nie zatrzymał się na posiłek czy sen. I dlatego właśnie pod wieczór w Felling Tehlu dogonił Encanisa. Skoczył na demona i uderzył go kowalskim młotem. Encanis padł jak podcięte drzewo, ale strzaskany przy uderzeniu młot Tehlu legł w pyle drogi.

Przez całą długą noc Tehlu niósł bezwładne ciało demona i rankiem dziewiątego dnia dotarł do miasta Atur. Kiedy ludzie zobaczyli Tehlu dźwigającego nieprzytomnego demona, uznali, że Encanis nie żyje. Ale Tehlu wiedział, że to nie taka prosta sprawa. Żadne ostrze ani cios nie mogły zabić tamtego. I żadna cela ani kraty go nie powstrzymają.

Więc Tehlu zaniósł Encanisa do kuźni. Zawołał, by mu dali

żelazo, i ludzie przynieśli wszystko, co mieli. Choć nie odpoczął ani przez chwilę i nie zjadł nawet kęska, przez cały dziewiąty dzień Tehlu pracował. Ludzie pracowali przy miechach, a Tehlu wykuwał wielkie żelazne koło.

Przez całą noc pracował, a z pierwszym brzaskiem dziesiątego dnia Tehlu uderzył w koło po raz ostatni i dzieło było skończone. Wykute z litego czarnego żelaza było większe niż rosły mężczyzna. Miało sześć szprych, każda grubsza niż stylisko młota, a obręcz miała szerokość piędzi. Koło ważyło tyle co czterdziestu ludzi i było chłodne w dotyku. Dźwięk imienia, jakie mu nadano, był przerażający i nikt nie potrafił go wymówić.

Tehlu zgromadził ludzi, którzy przyglądali się pracy, i wybrał spośród nich kapłana. Potem kazał ludziom wykopać wielką dziurę w centrum miasta, szeroką na piętnaście stóp i głęboką na dwadzieścia.

Wschodziło słońce, gdy Tehlu kładł ciało demona na kole. Po pierwszym dotknięciu żelaza Encanis poruszył się we śnie. Ale Tehlu przykuł go ściśle do koła, łącząc okowy ściślej, niż mógłby to uczynić dowolny zamek.

Potem Tehlu odstąpił na bok i zobaczył, że Encanis porusza się znowu, jakby dręczony złym snem. W końcu otrząsnął się i obudził całkowicie. Potem zaczął się mocować z łańcuchami, wyginając ciało i szarpiąc okowy. W miejscach, gdzie żelazo dotykało jego ciała, szarpał go ból, jak noże, igły i pazury, jak parzący chłód lodu, jak tnące setki rozzłoszczonych much. Encanis rzucał się na kole i wył pod palącym, szarpiącym i lodowatym dotykiem żelaza.

W uszach Tehlu dźwięk ten brzmiał jak najsłodsza muzyka. Położył się na ziemi przy kole i zasnął głębokim snem, ponieważ był bardzo zmęczony.

Kiedy się obudził, był wieczór dziesiątego dnia. Encanis wciąż pozostawał przykuty do koła, ale już nie wył i nie walczył jak schwytane zwierzę. Tehlu pochylił się i z wielkim wysiłkiem podniósł koło z jednej strony, i oparł o pobliskie drzewo. Gdy tylko się zbliżył, Encanis przeklął go w językach, których nie znał żaden człowiek, próbował drapać i gryźć.

– Sam to na siebie ściągnąłeś – rzekł Tehlu.

Tego wieczora świętowano. Tehlu wysłał ludzi, żeby nacięli zielonych gałęzi i wrzucili je do ogniska rozpalonego na dnie wielkiej dziury, którą wcześniej wykopali.

Przez całą noc mieszkańcy miasteczka tańczyli i śpiewali wokół ogniska. Rozumieli, że najgroźniejszy z demonów został wreszcie złapany.

Przez całą noc Encanis wisiał na kole i obserwował ich, nieruchomy jak wąż.

Kiedy przyszedł poranek jedenastego dnia, Tehlu poszedł do Encanisa po raz trzeci i ostatni. Demon wyglądał na umęczonego i odziczałego. Jego skóra miała niezdrową barwę, sterczały spod niej kości. Lecz wciąż była przy nim jego moc, otaczająca go niczym płaszcz i kryjąca jego oblicze w cieniu.

– Encanisie – rzekł Tehlu. – Masz ostatnią szansę, żeby przemówić. Przemów więc, ponieważ wiem, że jest to w twojej mocy.

– Panie Tehlu, nie jestem Encanis. – Na chwilę w głosie demona zabrzmiały tak żałosne tony, że zgromadzonym zrobiło się smutno. Ale zaraz po tym rozległ się odgłos hartowanego żelaza, a koło zadźwięczało jak żelazny dzwon. Na ten dźwięk ciało Encanisa wygięło się boleśnie, by zwisnąć bezwładnie na rękach, gdy dźwięk umilkł.

– Nie próbuj żadnych sztuczek, mroczna istoto. Nie mów żadnych kłamstw – surowo upomniał go Tehlu, a jego oczy były przy tym tak twarde jak żelazo koła.

– Więc co mam zrobić? – syknął Encanis głosem przypominającym zgrzyt kamienia o kamień. – Co? Żebyś sczezł w boleściach, czego ode mnie chcesz?

– Twoja droga jest bardzo krótka. Ale wciąż możesz wybrać stronę, po której będziesz podróżował.

Encanis się roześmiał.

– Dajesz mi ten sam wybór co bydłu? Niech będzie, przejdę na twoją ścieżkę, żałuję więc i odczuwam skru...

Koło zadźwięczało znowu, długim i niskim głosem dzwonu. Encanis potężnie szarpnął się w łańcuchach, a echo jego krzyku wstrząsnęło ziemią, roztrzaskując kamienie na pół mili dookoła.

Kiedy wreszcie znów ścichł głos koła i wrzask demona, Encanis zwisł, dysząc i drżąc, w okowach.

– Mówiłem ci, żebyś nie kłamał, Encanisie – rzekł bezlitośnie Tehlu.

– A więc moją ścieżką! – wydarł się Encanis. – Niczego nie żałuję! Gdybym miał jeszcze raz wybierać, tylko uciekałbym szybciej. Wy, ludzie, jesteście jak bydło, na którym żeruje mój rodzaj! Zgorzel i zagłada ci, gdybyś dał mi pół godziny, pokazałbym ci takie rzeczy, że ci brudni, gapiący się chłopi oszaleliby ze strachu. Piłbym krew ich dzieci i kąpał się we łzach ich matek. – Przeklinałby jeszcze dalej, ale od szarpania się w łańcuchach zabrakło mu tchu.

– Dobrze więc – powiedział Tehlu i podszedł bliżej. Przez moment wydawało się, że chce objąć Encanisa, lecz on tylko położył dłonie na żelaznych szprychach koła. Po chwili z wysiłkiem uniósł koło nad głową. I zaniósł je w wyprostowanych ramionach do dziury w ziemi, i wrzucił Encanisa do środka.

Przez długie godziny nocy dwanaście wiecznie zielonych drzew dostarczało karmy dla ognia. Wczesnym rankiem płomienie zgasły, pozostawiając głębokie leże przygasających popiołów, które wiatr rozdmuchiwał iskrami.

Koło leżało na płask, Encanis wciąż był do niego przykuty. W pewnym momencie żar zapadł się na kilka cali, a wtedy z dziury wyleciał kłąb iskier i popiołu. Encanis leżał nad żarem paleniska, przykuty do żelaza, które paliło i kąsało jego ciało.

Choć płomienie bezpośrednio go nie dotykały, żar był tak intensywny, że ubiór Encanisa, nie płonąc, poczerniał i rozpadł się w zetlałe strzępy. Demon wciąż szarpał się w okowach, a wraz z każdym szarpnięciem koło coraz bardziej zagłębiało się w żar. Encanis krzyczał, ponieważ wiedział, że każdego demona można uśmiercić ogniem i żelazem. I choć był potężny, był też związany i płonął. Czuł, jak się rozgrzewa pod nim metal koła, jak czernieje od tego skóra na rękach i nogach. Wrzeszczał, ale nawet gdy jego skóra zaczęła dymić i czernieć, jego oblicze wciąż skrywał cień wypływający zeń niczym język ciemnego płomienia.

Wreszcie Encanis ucichł, a wtedy jedynym dźwiękiem stał się syk kropel potu i krwi demona, sączących się z jego kończyn. Nikt nie wiedział, jak długo trwała ta cisza. Po raz ostatni szarpnął się Encanis w łańcuchach przykuwających go do koła i zdało się wszystkim, że tym razem się wyrwie, choćby kosztem mięśni oderwanych od kości i ścięgien.

Wtedy rozległ się ostry dźwięk, jakby dzwon pękł, i ramię demona oderwało się od koła. Ogniwa łańcucha, rozgrzane do czerwoności od ognia, poleciały w górę, na świat, padając u stóp ludzi stojących w górze. I wtedy usłyszeli nagły wybuch dzikiego śmiechu Encanisa – jakby posypało się zbite szkło.

W jednej chwili demon uwolnił drugą rękę, nim jednak zrobił coś więcej, Tehlu rzucił się na niego, lądując z taką siłą, że zadźwięczało żelazo. Złapał ręce demona i przycisnął je z powrotem do koła.

Encanis wrzasnął z wściekłością i niedowierzaniem, ponieważ choć został przyciśnięty do płonącego koła i czuł, że siła Tehlu jest większa niż moc zerwanych okowów, zobaczył, jak Tehlu płonie.

– Głupcze! – zawył. – Zginiesz tu ze mną. Puść mnie, a ocalejesz. Puść mnie, a dam ci na zawsze spokój. – I tym razem koło milczało, ponieważ Encanis naprawdę był przerażony.

– Nie – rzekł Tehlu. – Twoją karą jest śmierć. I karę poniesiesz.

– Głupcze! Szaleńcze! – Encanis miotał się, ale na próżno. – Razem ze mną płoniesz i razem ze mną umrzesz!

– W popiół się wszystkie rzeczy obracają, więc i to ciało spłonie. Lecz ja jestem Tehlu. Syn swój. Ojciec swój. Byłem przedtem, będę i potem. Jeżeli mam się stać ofiarą, to będę ofiarą złożoną samemu sobie. A jeżeli będę potrzebny i wezwą mnie jak należy, przyjdę znów sądzić i karać.

I Tehlu trzymał demona przyciśniętego do płonącego koła i żadna z gróźb ani żaden z wrzasków Encanisa nie poruszyły go nawet odrobinę. I takim to sposobem Encanis odszedł z tego świata, a razem z nim odszedł Tehlu, który był Poprawą. Obaj spalili się na popiół w dole w ziemi, pod miastem Atur. Dlatego właśnie kapłani Tehlu noszą szaty barwy popiołu. I dlatego też wiemy, że Tehlu ma nad nami pieczę, obserwuje nas i chroni od...

Trapis urwał, ponieważ Jaspin zaczął wyć i szarpać się w swych więzach. Powoli zapadłem w nieświadomość, ponieważ skończyła się historia, która trzymała mnie na jawie.

Po tym wszystkim zbudziły się we mnie podejrzenia, które nigdy mnie do końca nie opuściły. Czy Trapis był kapłanem Tehlu? Jego szata była brudna i obszarpana, lecz dawno temu mogła mieć właściwy szary kolor. Chwilami jego historia była dość nieporadna, narracja się rwała, ale były w niej też znakomite momenty, jakby recytował ją z na poły zapomnianych wspomnień. Albo kazań? Czy może czytań z *Księgi Ścieżki*?

Nigdy o to nie zapytałem. I choć w późniejszych miesiącach często zachodziłem do jego piwnicy, nigdy nie słyszałem, by Trapis opowiedział kolejną historię.

Rozdział 24

Cienie, jakie są

Przez cały czas pobytu w Tarbean wciąż się uczyłem, choć większość lekcji była bolesna albo co najmniej niemiła.

Nauczyłem się żebrać. Można to traktować jako praktyczne zastosowanie gry aktorskiej przed nieco trudniejszą publicznością. Szło mi nieźle, z drugiej strony na Nabrzeżu było niewiele pieniędzy, a pusta miseczka żebracza oznaczała chłodną i głodną noc.

Drogą ryzykownych prób i błędów odkryłem właściwy sposób odcinania sakiewki i sięgania do kieszeni. Szczególnie dobrze szło mi z tym ostatnim. Zamki i rygle wszelkiego rodzaju też łatwo ujawniały mi swoje sekrety. Dla swoich zręcznych palców znalazłem zajęcie, o którym nawet nie śniło się moim rodzicom i Abenthy'emu.

Nauczyłem się zmykać natychmiast przed każdym, kto miał nienaturalnie biały uśmiech. Żywica dennera powoli wybiela zęby, a więc jeśli miłośnik słodyczy żyje dość długo, aby jego zęby stały się białe, prawdopodobnie sprzedał już wszystko warte sprzedania. Tarbean jest pełne niebezpiecznych ludzi, ale żaden z nich nie jest tak niebezpieczny jak miłośnik słodyczy. Gnany rozpaczliwym łaknieniem żywicy zabije cię za parę groszy.

Nauczyłem się, jak robić z łachmanów zaimprowizowane obuwie. Prawdziwe buty stały się dla mnie czymś, o czym śniłem. Przez pierwsze dwa lata wydawało mi się, że wciąż mam zmarznięte lub poranione nogi albo zmarznięte i poranione naraz. W trzecim roku moje stopy stały się niczym stara, wyprawiona skóra i mogłem godzinami biegać po kamieniach bruku miasta, niczego nie czując.

Nauczyłem się nie oczekiwać od nikogo pomocy. W naprawdę złych dzielnicach Tarbean krzyk o pomoc ściąga drapieżniki jak zapach krwi.

Sypiałem na dachu wtulony w miejsce, gdzie spotykały się wszystkie trzy moje dachy. Pewnego razu obudziłem się z głębokich snów, słysząc ochrypły śmiech i odgłos kroków na dole w alejce.

Odgłos bosych stóp ucichł i zaraz potem znowu rozległy się śmiechy i odgłos rozdzierania odzieży. Podpełzłem do skraju dachu i spojrzałem w dół. Zobaczyłem kilku wysokich chłopaków, prawie już mężczyzn. Ubrani jak ja: w brudne łachy. Było ich może pięciu, sześciu. Wyłaniali się i ginęli w cieniach, jakby sami byli cieniami. Piersi podnosił im ciężki oddech po biegu, słyszałem go wyraźnie aż na górze.

Ofiara pościgu stała pośrodku uliczki – chłopiec, najwyżej osiem lat. Jeden ze starszych chłopaków przyciskał go do ziemi. Nagie ciało chłopca lśniło blado w świetle księżyca. Znowu rozległ się odgłos darcia ubrania, chłopak zapłakał cicho, a jego płacz przeszedł w urwany szloch.

Pozostali się przyglądali, rozmawiając ze sobą gardłowymi, pełnymi napięcia głosami, na twarzach mieli twarde, głodne uśmiechy.

Kilka razy mnie też ścigano po nocy. Parę miesięcy wcześniej i mnie złapano. Teraz patrzyłem w dół, a w moim ręku nie wiadomo skąd znalazła się ciężka czerwona dachówka, gotowa do rzutu.

Ale zawahałem się, myśląc o mojej bezpiecznej kryjówce. Miałem tam łachman koca i pół bochenka chleba. Miałem tam pieniądze na czarną godzinę, osiem żelaznych groszy trzymanych na chwilę, gdy opuści mnie szczęście. A przede wszystkim znajdowała się tam książka Bena. I była bezpieczna. Jeśli nawet uda mi się trafić któregoś z nich, pozostali w jednej chwili znajdą się na dachu. I nawet jeżeli uda mi się uciec, nie będę miał już dokąd pójść.

Odłożyłem dachówkę. Wróciłem na miejsce, które stało się moim domem, i skuliłem we wnęce pod okapem dachu. Miąłem koc w dłoniach i zgrzytałem zębami, próbując nie słyszeć gardłowych głosów, słów, które wypowiadały, i wybuchów ochrypłego śmiechu. Oraz rozpaczliwych szlochów dobiegających z dołu.

Rozdział 25

Interludium – ciekawi przyczyn

Kvothe gestem dał znak Kronikarzowi, by odłożył pióro, a sam przeciągnął się, rozprostowując ręce wysoko ponad głowę.

– Dużo czasu minęło, odkąd ostatni raz wspominałem tamte czasy – powiedział. – Ale jeśli jesteście ciekawi przyczyn, dla których stałem się tym Kvothe, o którym krążą opowieści, powinniście szukać ich w tamtym okresie. Tak myślę.

Kronikarz zmarszczył czoło.

– Co właściwie masz na myśli?

Kvothe przez dłuższą chwilę nie odpowiadał, przyglądając się swym dłoniom.

– Wiecie, ile razy w życiu zostałem pobity?

Kronikarz pokręcił głową.

Kvothe podniósł na niego wzrok, uśmiechnął się szeroko i nonszalancko wzruszył ramionami.

– Ja też nie mam pojęcia. Można by pomyśleć, że o takich rzeczach się pamięta. Można by pomyśleć, że będę pamiętał, ile kości ludziom połamałem. Można by pomyśleć, że będę pamiętał szwy i bandaże. – Pokręcił głową. – Nie pamiętam. Pamiętam tamtego chłopca, łkającego w ciemnościach. Mam przed oczyma jego obraz, wyraźnie jak na dłoni, po tych wszystkich latach.

Kronikarz zmarszczył znowu brwi.

– Powiedziałeś, że nic nie mogłeś zrobić.

– Mogłem – poważnie rzekł Kvothe – i nie zrobiłem. Dokonałem wyboru i po dziś dzień go żałuję. Kości się zrastają. Żal zostaje z tobą na zawsze. – Odsunął się z krzesłem od stołu. – Tego chyba wystarczy na temat ciemnej strony Tarbean. – Wstał i znowu się przeciągnął.

– Dlaczego, Reshi? – Słowa wyrwały się z gardła Basta gwałtownie, jakby mimo woli. – Dlaczego tam zostałeś, jeżeli było tak okropnie?

Kvothe pokiwał w milczeniu głową, jakby tego pytania właśnie oczekiwał.

– A dokąd jeszcze mogłem pójść? Wszyscy, których znałem, nie żyli.

– Nie wszyscy – upierał się Bast. – Był Abenthy. Mogłeś iść go poszukać.

– Hallowfell znajdowało się o sto mil, Bast – rzekł Kvothe zmęczonym głosem, przechodząc przez salę i stając za barem. – Setka mil bez map ojca, którymi mógłbym się kierować. Bez wozu, którym mógłbym jechać i w którym mógłbym spać. Bez żadnej pomocy, pieniędzy, butów. Myślę, że nie była to niemożliwa podróż. Ale dla młodego chłopaka, wciąż otępiałego po stracie rodziców... – Pokręcił głową. – Nie. W Tarbean mogłem przynajmniej żebrać lub kraść. W lesie przetrwałem lato, ledwie. Co byłoby zimą? Umarłbym z głodu albo zamarzł na śmierć.

Kvothe napełnił kufel i dodał doń po szczypcie przypraw z rozmaitych pojemniczków, po czym podszedł do wielkiego kamiennego kominka.

– Oczywiście, masz rację. Wszędzie byłoby lepiej niż w Tarbean. – Zamyślony zapatrzył się w ogień. – Ale jesteśmy istotami, których naturę wyznacza przyzwyczajenie. Tak łatwo trzymać się kolein, które sami dla siebie żłobimy. Być może nawet wydawało mi się wówczas, że wszystko jest w porządku. Moja kara za to, że nie było mnie na miejscu, gdy Chandrianie przyszli po resztę mojej rodziny.

Bast już chciał coś powiedzieć, ale tylko wbił wzrok w blat stołu. Na jego czole zastygł mars.

Kvothe obejrzał się przez ramię i uśmiechnął łagodnie.

– Nie twierdzę, że zachowywałem się racjonalnie, Bast. Emocje z samej natury nie są racjonalne. Teraz tego tak nie odbieram, ale wtedy było inaczej. Pamiętam. – Odwrócił się do ognia. – Lekcje u Bena dały mi pamięć tak jasną i ostrą, że czasami muszę uważać, żeby się nie pociąć.

Kvothe wyjął z ognia kamień przyprawowy i wrzucił go do

swego drewnianego kufla. Rozległ się ostry syk. Powietrze w sali wypełnił zapach goździków i gałki muszkatołowej.

Wracając do stołu, łyżką z długim trzonkiem mieszał leniwie swój cydr.

– Musisz też pamiętać, że nie byłem całkiem przy zdrowych zmysłach. Większa część mej duszy wciąż pozostawała w szoku, spała, jeśli tak wolisz. Potrzebowałem czegoś, co mnie obudzi... lub kogoś.

Skinął głową Kronikarzowi, który potrząsnął dłonią, żeby ją rozluźnić, i odkręcił kałamarz.

Kvothe rozparł się wygodnie w krześle.

– Trzeba było mi przypomnieć wszystko, co zapomniałem. Potrzebowałem wyraźnego powodu do opuszczenia miasta. Minęły lata, zanim spotkałem kogoś, kto był w stanie to zrobić. – Uśmiechnął się do Kronikarza. – Zanim spotkałem Skarpiego.

Rozdział 26

Lanre Odmieniony

Kiedy zdarzyło się to, o czym opowiadam, mieszkałem już w Tarbean od lat. Trzykrotnie przeszły moje urodziny, niezauważone. Wiedziałem już, jak przeżyć na Nabrzeżu. Byłem już doświadczonym żebrakiem i złodziejem. Zamki i kieszenie otwierały się pod moją dłonią. Wiedziałem, które lombardy skupują towary „od wujka", nie zadając żadnych pytań.

Wciąż byłem obszarpany, nie dojadałem, ale prawdziwy głód już mi nie groził. Powoli rosła suma pieniędzy chowanych na czarną godzinę. Nawet po ciężkiej zimie, podczas której często musiałem płacić za ciepły kąt do spania, mój majątek liczył ponad dwadzieścia żelaznych groszy. Był dla mnie niczym skarb smoka.

Powoli wrastałem w otoczenie. Lecz poza pragnieniem dodania kolejnego grosza do pieniędzy na czarną godzinę nie miałem po co żyć. Nie miałem żadnego celu. Na nic nie czekałem. Dni spędzałem na rozglądaniu się za czymś, co mógłbym ukraść, albo zapewnianiu sobie jakiejś rozrywki.

Zmieniło się to kilka dni przed tym, o czym opowiem, a stało się to w piwnicy Trapisa. Usłyszałem wówczas młodą dziewczynę, która pełnym przejęcia głosem opowiadała o bajarzu, spędzającym wszystkie chwile w barze na Nabrzeżu o nazwie „Półmaszt". Najwyraźniej z każdym szóstym dzwonem opowiadał jakąś historię. Każdą historię, o którą się poprosiło, a którą on znał. Co więcej, jak mi powiedziała ta dziewczyna, bajarz przyjmował zakłady. Jeżeli zdarzyło mu się nie znać wspomnianej historii, dawał całego talenta.

Przez resztę dnia cały czas chodziły mi po głowie słowa dziewczyny. Wątpiłem w prawdziwość jej słów, ale nie mogłem przestać myśleć o tym, co zrobiłbym z całym srebrnym talentem. Mógłbym kupić buty, może nóż, dać pieniądze Trapisowi i wciąż zostałoby mi na podwojenie funduszy na czarną godzinę.

Nawet jeśli dziewczyna kłamała w sprawie zakładów, dalej rzecz wyglądała interesująco. Kiedy żyje się na ulicy, trudno o rozrywkę. Od czasu do czasu zdarzała się jakaś trupa nędznych obszarpańców, którzy wystawiali pantomimę na rogu ulicy, niekiedy mogłem też posłuchać skrzypka w barze. Jednak prawdziwa rozrywka kosztuje, a moje z trudem zarobione grosze były dla mnie zbyt cenne, żeby nimi szastać.

Nabrzeże ostatnio nie było dla mnie bezpiecznym miejscem. Powinienem wyjaśnić dlaczego. Jakiś rok wcześniej zobaczyłem na ulicy Pike'a. Po raz pierwszy od tamtego mojego pierwszego dnia w Tarbean, kiedy wraz z kolegami napadł na mnie w uliczce i zniszczył lutnię ojca.

Przez większą część dnia śledziłem go z najwyższą ostrożnością, trzymając się z dala i nie wyściubiając nosa z ocienionych miejsc. W końcu on wrócił do niewielkiego zaułka na Nabrzeżu, gdzie miał swój odpowiednik mojej kryjówki. Z porozbijanych skrzyń sklecił sobie tam schronienie przed złą pogodą.

Całą noc spędziłem na dachu, czekając do rana, aż sobie pójdzie. Potem zszedłem na dół do kryjówki ze skrzyń i rozejrzałem się. Była nawet przytulna, pełna drobnych przedmiotów zbieranych przez lata. Znalazłem butelkę, której zawartość wypiłem. Przegryzłem połową gomółki sera, a znalezioną koszulę przywłaszczyłem sobie, ponieważ była znacznie mniej obszarpana niż moja.

Po dalszych poszukiwaniach znalazłem wiele różnych przydatnych śmieci: świecę, kłębek sznurka, pionki do gry. Najbardziej zaskakujący okazał się pewnie kawałek żaglowego płótna z narysowaną węglem twarzą kobiety. Musiałem szukać jeszcze przez następne dziesięć minut, zanim znalazłem to, o co mi naprawdę chodziło. Na samym dnie zagrzebane było małe drewniane pudełko, które zdradzało ślady częstego zaglądania do środka. Był w nim bukiecik fiołków przewiązany białą wstążką i koń-zabawka, który stracił większość grzywy ze sznurka i lok blond włosów.

Kilka minut zabrało mi rozpalenie ognia za pomocą krzesiwa. Fiołki okazały się znakomitą hubką i nie minęło wiele czasu, nim kłęby dymu buchnęły wysoko w powietrze. Stałem i przyglądałem się, jak wszystko, co Pike kochał, ginie w płomieniach.

Ale zbyt długo napawałem się swoim triumfem. Pike i jakiś jego kolega już biegli zaułkiem. Ściągnął ich dym. Znalazłem się w pułapce. Wściekły Pike rzucił się na mnie. Był wyższy o sześć cali i o pięćdziesiąt funtów cięższy. Co gorsza, w dłoni trzymał kawałek szkła owinięty z jednej strony szpagatem, mogący służyć jako namiastka noża.

Udało mu się raz dźgnąć mnie w nogę tuż nad kolanem, zanim uderzyłem jego ręką o bruk, wytrącając z niej tę broń. Oberwałem jeszcze pięścią w oko i złamał mi parę żeber, zanim udało mi się kopnąć go między nogi i uciec. Kiedy się wycofywałem, wciąż kuśtykał za mną, odgrażając się, że mnie zabije.

Uwierzyłem mu, w końcu zrobiłem, co zrobiłem. Opatrzywszy nogę, wziąłem wszystkie pieniądze, które oszczędzałem na czarną godzinę, i kupiłem pięć pint berbeluchy – taniego, paskudnego alkoholu, tak mocnego, że szczypał w ustach. Potem pokuśtykałem na Nabrzeże i czekałem, aż Pike z kolegami mnie zobaczą.

Nie trwało to długo. Pozwoliłem, by on i jego dwaj koledzy gonili mnie przez pół mili – przez Ulicę Szwaczek aż do Łojarni. Trzymałem się głównych ulic, wiedząc, że nie odważą się zaatakować mnie przy świetle dnia na oczach ludzi. Kiedy jednak skręciłem w boczną uliczkę, przyspieszyli zdecydowanie, sądząc, że mogę im uciec. Musieli się zdziwić, kiedy skręcili za róg i nie zobaczyli nikogo.

Pike spojrzał w górę akurat w chwili, gdy wylałem mu na głowę wiaderko berbeluchy ze skraju niskiego dachu. Oblałem go porządnie – wstrętny płyn spływał mu po twarzy i piersiach. Wrzasnął, sięgnął dłońmi do oczu, osunął się na kolana. Wtedy zapaliłem fosforową zapałkę, którą wcześniej ukradłem, i upuściłem ją. Przyglądałem się, jak sycząc i iskrząc, opada.

Przepełniony czystą i bezwzględną nienawiścią dziecka wierzyłem, że zmieni się w słup ognia. Tak się nie stało, niemniej zapalił się. Wrzeszczał i zataczał się, podczas gdy jego koledzy klepali go rękoma, próbując ugasić ogień. Uciekłem, póki byli zajęci.

Minął rok. W tym czasie ani razu nie widziałem Pike'a. Nie próbował mnie znaleźć, a ja trzymałem się z dala od Nabrzeża, woląc niekiedy nawet milę nadłożyć, niż tam trafić. Był to rodzaj zawieszenia broni. Nie wątpiłem wszakże, iż Pike z kolegami zapamiętali, jak wyglądam, i gdyby mnie znaleźli, zechcieliby wyrównać rachunki.

Przemyślałem dokładnie całą sprawę z bajarzem i doszedłem do wniosku, że przygoda jest zbyt niebezpieczna. Nawet obietnica wysłuchania za darmo opowieści i wygrania srebrnego talenta nie była warta narażania się Pike'owi. Poza tym, o jaką opowieść mógłbym zapytać?

Pytanie to męczyło mnie przez kilka dni. O jaką opowieść mógłbym zapytać? Zatopiony w myślach wpadłem na dokera i zostałem przezeń odepchnięty, nim zdążyłem sięgnąć ręką do jego kieszeni. Jaką opowieść? Potem żebrałem na rogu ulicy naprzeciwko kościoła Tehlan. Jaką opowieść? Ukradłem trzy bochenki chleba i zaniosłem dwa w podarunku Trapisowi. Jaką opowieść?

Później, kiedy leżałem w swojej kryjówce, w miejscu, gdzie spotykały się trzy dachy, i już miałem zasnąć, przyszło mi coś do głowy. Lanre, oczywiście. Mógłbym go poprosić o prawdziwą opowieść o Lanrze. Opowieść, którą mój ojciec...

Serce zatrzepotało mi w piersi, ponieważ znienacka przypomniałem sobie rzeczy, o których przez lata nie chciałem pamiętać: ojciec brzdąkający na strunach lutni, matka śpiewająca obok niego na wozie. Odruchowo zacząłem się wycofywać ze strumienia wspomnień tak, jak nie myśląc, cofa się dłoń wsadzoną do ognia.

Zaskoczyło mnie wszakże to, że wspomnieniom towarzyszył tylko rodzaj tępego ucisku, a nie przemożny ból, jakiego oczekiwałem. I jeszcze odkryłem w sobie odrobinę budzącego się podniecenia na myśl, że usłyszę historię, której może poszukiwał mój ojciec. Historię, którą on sam mógłby opowiedzieć.

Mimo to doskonale zdawałem sobie sprawę, że byłoby szaleństwem iść na Nabrzeże tylko po to, aby usłyszeć opowieść.

Wszystko, czego przez lata nauczyły mnie twarde wymogi życia w Tarbean, kazało mi zostać w znajomym kąciku świata, gdzie byłem bezpieczny...

Pierwszą osobą, jaką ujrzałem po wejściu do „Półmasztu", był Skarpi. Siedział na wysokim stołku przy barze – stary człowiek z oczyma jak dwa diamenty i ciałem stracha na wróble wykonanego z naniesionego przez morze drewna. Był chudy, pomarszczony, jego ręce, czerep i twarz porastały gęste siwe włosy. Ich biel odznaczała się na tle głębokiej opalenizny, nadając mu wygląd człowieka spryskanego morską pianą.

U jego stóp zgromadziło się dwadzieścioro dzieci, niektóre były w moim wieku, inne młodsze. Stanowiły zaiste dziwną gromadkę, począwszy od brudnych, bosych urwisów jak ja, do stosunkowo dobrze odzianych, wymytych dzieci, które zapewne miały i domy, i rodziców.

Żadnego z nich nie znałem, ale wiedziałem, że nigdy nie wiadomo, kto może się okazać kolegą Pike'a. Stanąłem tuż przy drzwiach, oparłem się o ścianę i przykucnąłem.

Skarpi raz czy drugi odchrząknął w sposób, od którego zaraz zachciało mi się pić. Potem zerknął żałośnie do glinianego kufla stojącego przed nim i postawił go do góry dnem.

Dzieciaki podbiegły natychmiast, kładąc monety na kontuarze. Szybko policzyłem: dwie żelazne półgroszówki, dziewięć szelągów i denar. Wszystkiego razem nieco ponad trzy żelazne grosze w walucie Wspólnoty. Może zakład o srebrnego talenta należał już do przeszłości. A zapewne plotki, które słyszałem, były w ogóle nieprawdziwe.

Stary niemal niedostrzegalnie skinął głową barmanowi.

– Czerwone z Fallows. – Jego głos był głęboki, ochrypły, hipnotyzujący.

Łysy mężczyzna zza baru pozbierał monety i zgrabnie napełnił gliniany kufel Skarpiego.

– A więc o czym chcieliby wszyscy dziś posłuchać? – zagrzmiał Skarpi. Jego głęboki głos dudnił jak echo odległego grzmotu.

Na moment zapadła cisza, która ponownie uderzyła mnie

swą zrytualizowaną szacowną atmosferą. Potem dzieciaki zaczęły krzyczeć jedno przez drugie.

– Ja chcę bajkę o elfach!

– ...o Orenie i walce w Mnat's...

– Tak, Oren Velciter! Tę historię z baronem...

– O Lartam...

– O Myr Tariniel!

– O Illienie i niedźwiedziu!

– O Lanrze – powiedziałem niemal wbrew własnej woli.

Gdy w pomieszczeniu zaległa wreszcie cisza, Skarpi pociągnął z kufla. Dzieciaki obserwowały go z napiętą uwagą, która wydawała mi się skądś znajoma, choć nie wiedziałem skąd.

Skarpi siedział spokojnie, otoczony ciszą.

– Czy dobrze słyszałem – jego głos lał się powoli niczym gęsty miód – że ktoś powiedział: o Lanrze? – Spojrzał jasnym, przeszywającym wzrokiem wprost na mnie.

Pokiwałem głową, nie wiedząc, czego się spodziewać.

– Chciałabym usłyszeć o pustyniach za Stormwal – poskarżyła się któraś z młodszych dziewczynek. – O piaskowych wężach, które wyskakują spod ziemi jak rekiny. I o ludziach pustyni, którzy chowają się pod wydmami i zamiast wody piją ludzką krew. I... – Szybko została uciszona przez kilkanaście głosów otaczających ją dzieci.

Cisza zadźwięczała jeszcze głębszą nutą, gdy Skarpi pociągnął kolejny łyk. Obserwując dzieci przyglądające się starcowi, zrozumiałem, z czym mi się kojarzą – z osobą niespokojnie popatrującą na zegar. Uznałem, że kiedy skończy się wino w kuflu, dobiegnie też końca opowieść.

Skarpi napił się znowu – teraz był to tylko mały łyk – odstawił kufel na kontuar i obrócił się, zwracając twarzą do nas.

– Kto chciałby posłuchać opowieści o człowieku, który stracił oko i zyskał lepszy wzrok?

Coś w tonie jego głosu i w reakcji dzieci powiedziało mi, że było to czysto retoryczne pytanie.

– A więc Lanre i Wojna Stworzenia. Stara, stara opowieść. – Przebiegł wzrokiem po swych małych słuchaczach. – Usiądźcie i posłuchajcie, ponieważ będę mówił o lśniącym mieście, które wznosiło się ku niebu niegdyś, dawno, dawno temu i daleko stąd...

Dawno temu i daleko stąd było sobie Myr Tariniel. Lśniące miasto. Tkwiło wśród szczytów wysokich gór świata niczym klejnot w królewskiej koronie.

Wyobraźcie sobie miasto tak wielkie jak Tarbean, ale w którym na każdej ulicy skrzy się fontanna albo zieleni drzewo, albo wznosi pomnik tak piękny, że najdumniejszy mężczyzna by na jego widok zapłakał. Budynki tego miasta były wysokie i piękne, wyciosane w litej skale góry, z błyszczącego białego kamienia, który świecił jeszcze słonecznym światłem długo po tym, jak słońce zaszło.

Panem Myr Tariniel był Selitos. Wystarczyło, że Selitos zerknął na jakąś rzecz, a już wiedział, jakie jest jej ukryte imię, i rozumiał je. W owych czasach było wielu, którzy to potrafili, ale Selitos był najpotężniejszym dawcą imion ze wszystkich, jacy żyli w tej epoce.

Selitos był kochany przez lud, którego był obrońcą. Jego sądy były rzeczowe i sprawiedliwe i nikt nie potrafił zwieść go fałszywym słowem bądź pozorem. Potęga jego wzroku była tak wielka, że potrafił czytać w ludzkich sercach jak w otwartej księdze.

Niemniej w owych czasach na obszarze wielkiego imperium toczyła się również straszna wojna. Zwana była Wojną Stworzenia, a imperium nazywało się Ergen. A mimo że świat nigdy wcześniej ani później nie widział imperium równie wspaniałego oraz wojny równie strasznej, po obu zostały dziś już tylko opowieści. Nawet książki historyczne podają w wątpliwość owe opowieści, traktując je jako mity, które dawno temu pokrył już kurz czasu.

Wojna trwała od tak dawna, że ludzie ledwie pamiętali, jak wygląda niebo nie zasnute dymem płonących miasteczek i wsi. Zanim nastała, imperium mogło się poszczycić setkami dumnych miast. Teraz zostały po nich tylko ruiny zasłane ciałami zabitych. Szalał głód i zarazy, bywały miejsca, w których matkom nie zostało nawet tyle nadziei, aby chcieć nadawać imiona swym dzieciom. Mimo to osiem miast zostało. Były to: Belen, Antus,

Vaeret, Tinusa, Emlen oraz bliźniacze miasta Murilla i Murella. Ostatnim było oczywiście Myr Tariniel, najdumniejsze z nich wszystkich i jedyne nietknięte długimi wiekami wojny. Chroniły je góry i dzielność jego żołnierzy. Lecz prawdziwą przyczyną pokoju w Myr Tariniel był Selitos. Mocą swego wzroku mógł strzec przełęczy prowadzących do ukochanego miasta. Mieszkał w pokojach na najwyższych wieżach, dzięki czemu mógł dostrzec każdy atak, zanim ten stał się zagrożeniem.

Pozostałe siedem miast, które nie dysponowały mocą Selitosa, na czym innym próbowało opierać swoje bezpieczeństwo. Ich mieszkańcy ufali grubym murom obronnym z kamienia i stali. Ufali sile oręża, śmiałości, odwadze i krwi. I ufali Lanre'owi.

Lanre walczył od czasu, gdy był w stanie wziąć miecz do ręki, a w wieku, gdy głos dopiero zaczynał mu się łamać, potrafił już stawić czoło dziesięciu dorosłym mężczyznom. Poślubił kobietę imieniem Lyra, a jego miłość do niej gorzała z namiętnością silniejszą niż szał.

Lyra była kobietą przerażającą i mądrą, jej moc niewiele ustępowała mocy męża. Przez jakiś czas Lanre miał siłę swego ramienia i lojalność oddanych ludzi, a Lyra znała nazwy rzeczy, moc jej głosu zaś potrafiła zabić człowieka lub uciszyć burzę.

Lata mijały, a Lanre i Lyra walczyli ramię w ramię. Obronili Belen przed zaskakującym atakiem, ratując miasto przed wrogiem, który rzuciłby je na kolana. Gromadzili armie i działali na rzecz porozumienia miast w obliczu wspólnego wroga. Przez długie lata krok za krokiem odpierali wrogów imperium. Ludzie, którzy wcześniej byli otępiali z rozpaczy, teraz czuli w duszach cieplejsze iskierki nadziei. Zaczynali wierzyć w pokój, a całą, niewielką ich nadzieją był Lanre.

A był to czas Blac Żużlowego Szczytu. *Blac* oznacza „bitwę" w języku podówczas używanym, a Żużlowy Szczyt okazał się największą i najstraszniejszą bitwą tej wielkiej i strasznej wojny. Przeciwnicy walczyli bez przerwy przez trzy dni w świetle słońca i przez trzy noce w świetle księżyca. Żadna ze stron nie była w stanie pokonać drugiej, ale żadna też nie chciała odstąpić.

O samej bitwie mogę powiedzieć tylko jedno. Więcej ludzi zginęło pod Żużlowym Szczytem, niż żyje dziś na całym świecie.

Lanre był zawsze tam, gdzie trwał najbardziej zażarty bój, gdzie był najbardziej potrzebny. Miecz nawet na jedną chwilę nie odpoczywał w jego dłoni i ani razu nie znalazł się w pochwie. Pod sam koniec walki pokryty krwią Lanre stanął na polu śmierci wobec strasznego wroga. Była nim potężna bestia pokryta łuską z czarnego żelaza, której oddech był mrokiem dławiącym ludzi. Lanre walczył z bestią i zabił ją. Zapewnił zwycięstwo swoim towarzyszom, ale okupił je własnym życiem.

Gdy bitwa dobiegła końca, a wróg odparty został poza kamienne wrota, ocaleli znaleźli ciało Lanre'a, zimne, bez życia, obok zewłoka bestii, którą usiekł. Słowo o zgubie Lanre'a rozeszło się po polu bitwy jak płomień, a rozpacz wkradła do ludzkich serc. Wygrali bitwę i odwrócili losy wojny, ale każdy czuł mróz w sercu. Drobny płomyk nadziei, jaki płonął w sercu każdego z nich, zamigotał i zgasł. Całą ich nadzieją był Lanre, a on nie żył.

Wśród zapadłej ciszy Lyra stanęła przy ciele męża i wymówiła jego imię. W jej głosie brzmiał rozkaz. Dźwięczały stal i kamień. Jej głos kazał mu ożyć. Ale Lanre wciąż leżał nieruchomy i martwy.

Wśród wszechogarniającego strachu Lyra uklękła przy ciele Lanre'a i wyszeptała jego imię. Jej głos przyzywał. W jej głosie brzmiały miłość i tęsknota. Jej głos prosił go, by ożył. Ale ciało Lanre'a leżało zimne i martwe.

Wśród przejmującej serca rozpaczy Lyra rzuciła się na ciało Lanre'a i wyszlochała jego imię. Jej głos był szeptem. Jej głos brzmiał echem i pustką. Jej głos błagał go, by ożył. Ale Lanre leżał martwy, a jego piersi nie podnosił oddech.

Lanre nie żył. Lyra zapłakała rozdzierająco i dotknęła jego twarzy trzęsącymi się dłońmi. Stojący wokół odwrócili głowy, ponieważ widok pola krwi był mniej straszny niż widok rozpaczy Lyry.

I wtedy Lanre usłyszał jej wezwanie. Na dźwięk jej głosu zawrócił i przyszedł do niej. Zza bramy śmieci Lanre wrócił do Lyry. Wymówił jej imię i wziął w ramiona. Otworzył oczy i drżącymi rękoma zaczął nieporadnie ocierać łzy z jej policzków. W końcu wciągnął głęboko powietrze, a wraz z nim życie.

Ocaleli z bitwy zobaczyli, że Lanre się porusza, i własnym oczom nie mogli uwierzyć. Pełgająca iskierka nadziei na pokój, jaką każdy z nich piastował w sercu, rozgorzała płomieniem.

– Lanre i Lyra! – wykrzyknęli, a głos wielu gardeł poniósł się gromem. – Miłość naszego pana jest silniejsza niż śmierć! Głos naszej pani przywrócił go światu! Razem pokonali śmierć! Razem nie możemy nie zwyciężyć!

Tak więc wojna mogła toczyć się dalej, a Lanre i Lyra walczyli ramię w ramię, a przyszłość jawiła się mniej ponuro. Wkrótce wszyscy już znali historię o tym, jak Lanre umarł i jak jego miłość oraz moc Lyry wyrwały go ze szponów śmierci. Po raz pierwszy, odkąd pamiętali żyjący, ludzie mogli otwarcie mówić o pokoju i nikt nie traktował ich jak głupców czy szaleńców.

Lata mijały. Wrogowie imperium powoli upadali na duchu, a ich szeregi rzedły, wreszcie nawet najbardziej cyniczni zaczęli dostrzegać, że koniec wojny zbliża się szybkimi krokami. Wtedy zaczęły krążyć plotki o chorobie Lyry. O tym, że Lyrę porwano. Że Lyra umarła. A Lanre uciekł z imperium. Oszalał. Powiadano nawet, że Lanre zabił się i ruszył na poszukiwanie żony do krainy umarłych. Historii krążyło wiele, ale nikt nie wiedział, jaka jest prawda.

I wtedy Lanre przybył do trzęsącego się od tych plotek Myr Tariniel. Przybył sam, mając przy pasie srebrny miecz i odziany w kolczugę z czarnej łuski bez rękawów. Przylegała do jego ciała ściśle niczym druga skóra cienia. Wykuł ją z trupa bestii, którą zabił pod Żużlowym Szczytem.

Lanre poprosił Selitosa, by ten przeszedł się z nim za miasto. Selitos się zgodził, mając nadzieję, że pozna prawdę o kłopotach Lanre'a, a także aby ewentualnie służyć mu przyjacielską pociechą. Jeden często korzystał z rad drugiego, ponieważ obaj byli wielkimi panami wśród swych ludzi.

Selitos słyszał wcześniej krążące plotki i martwił się. Obawiał się o zdrowie Lyry, ale bardziej jeszcze bał się o los Lanre'a. Selitos był mądry. Wiedział, jak bardzo żałoba może wykoślawić ludzkie serce, jak namiętności potrafią doprowadzić mężczyzn do szaleństwa.

Razem powędrowali górskimi ścieżkami. Lanre prowadził, w końcu doszli do położonego wysoko w górach miejsca, skąd mogli ogarnąć wzrokiem całą krainę. Dumne wieże Myr Tariniel odbijały blask ostatnich promieni słońca.

Po dłuższej chwili Selitos powiedział:

– Słyszałem przerażające plotki o twojej żonie.

Lanre nie odrzekł nic, a jego milczenie upewniło Selitosa, że Lyra nie żyje.

Po pewnym czasie, Selitos spróbował znowu.

– Choć nie znam całej sprawy, wiedz, że w Myr Tariniel jest zawsze miejsce dla ciebie i wszelka pomoc, na którą możesz liczyć u przyjaciół.

– Dość już ci zawdzięczam, stary przyjacielu. – Lanre odwrócił się i położył dłoń na ramieniu Selitosa. – *Silanxi*, wiążę cię zaklęciem. W imię kamienia, bądź nieruchomy jak kamień. *Aeruh*, rozkazuję powietrzu. Niech ołowiem spocznie na twoim języku. *Selitos*, nazywam cię imieniem. Niech opuszczą cię wszystkie twoje władze duchowe prócz wzroku.

Selitos wiedział, że na całym świecie znajdzie się tylko trójka istot, którzy dorównują mu w umiejętności władania nazwami rzeczy: Alef, Iax i Lyra. Lanre nie miał żadnego daru władzy nad imionami – jego moc spoczywała w sile ramienia. Gdyby więc Lanre chciał związać Selitosa jego imieniem, byłoby to, jak gdyby chłopiec zaatakował doświadczonego żołnierza uzbrojony w wierzbową witkę.

Mimo to moc Lanre'a spoczęła na nim niczym przemożny ciężar lub szczęki żelaznego imadła – i Selitos przekonał się, że nie może ani się poruszać, ani wypowiedzieć słowa. Stał nieruchomy jak kamień i mógł tylko się zdumiewać: jak Lanre wszedł w posiadanie takiej mocy?

Zdjęty konfuzją i rozpaczą Selitos przyglądał się, jak noc spływa w góry. Wkrótce z przerażeniem dostrzegł, że część ogarniających wszystko ciemności to w istocie wielka armia idąca na Myr Tariniel. Co gorsza, nikt nie bił w dzwony na alarm. Selitos zaś mógł tylko stać i patrzeć, jak niewykryta armia podchodzi coraz bliżej.

Myr Tariniel zostało spalone, a jego mieszkańcy wyrżnięci i im mniej na ten temat się powie, tym lepiej. Białe ściany pokryła czerń sadzy, a fontanny spłynęły krwią. Przez całą noc i cały dzień Selitos stał bezradny obok Lanre'a i nie był w stanie nic zrobić, jak tylko patrzeć i przysłuchiwać się krzykom konających, szczękowi żelaza, trzaskom pękających kamieni.

Kiedy świt kolejnego dnia spłynął na sczerniałe wieże miasta, Selitos przekonał się, że może się już ruszać. Odwrócił się do Lanre'a i tym razem wzrok już go nie zwiódł. Zobaczył w sercu Lanre'a wielką ciemność i umęczonego ducha. Niemniej Selitos wciąż czuł skuwające go okowy czaru. Kiedy przemówił, wrzała w nim wściekłość i osłupienie.

– Lanre, cóżeś ty uczynił?

Lanre wciąż patrzył na ruiny Myr Tariniel. Zgarbił się, jakby na jego ramionach spoczął wielki ciężar. W głosie brzmiało zmęczenie, gdy rzekł:

– Czy uważano mnie za dobrego człowieka, Selitosie?

– Uważano cię za jednego z najlepszych wśród nas. Widzieliśmy w tobie człowieka bez skazy.

– A jednak zrobiłem to.

Selitos nie potrafił się zmusić, żeby spojrzeć na zrujnowane miasto.

– Zrobiłeś to – przyznał. – Dlaczego?

Lanre wahał się, zanim odpowiedział.

– Moja żona nie żyje. Stały za tym kłamstwo i zdrada, ale to ja mam na rękach jej krew. – Z trudem przełknął ślinę i popatrzył na rozciągającą się u stóp krainę.

Selitos pobiegł oczami za jego wzrokiem. Z wysokości mógł dostrzec pióropusze czarnego dymu wstające nad leżącą u stóp ziemią. Z przerażającą pewnością Selitos zrozumiał, że Myr Tariniel nie jest jedynym miastem, które dotknęła zguba. Sojusznicy Lanre'a zniszczyli ostatnie bastiony imperium.

Lanre odwrócił się.

– I to mnie uważano za jednego z najlepszych. – Na oblicze Lanre'a trudno było patrzeć. Rozpacz i żałoba wykrzywiły je w przerażającą maskę. – Ja, którego uważano za mądrego i dobrego, uczyniłem to wszystko! – Dzikim gestem objął krajobraz zniszczenia. – Wyobraź sobie, jakie niegodziwości muszą się kryć w głębi serca mniejszego ode mnie człowieka. – Lanre spojrzał na Myr Tariniel i spłynął na niego jakiś dziwny spokój. – Przynajmniej dla nich to już koniec. Są bezpieczni. Bezpieczni przed tysiącem nieszczęść dnia codziennego. Bezpieczni przed bólem niesprawiedliwego losu.

Selitos wtrącił cicho:

– Pozbawieni radości, jaką niesie życie...

– Nie ma żadnej radości! – krzyknął Lanre strasznym głosem. Na dźwięk tego głosu kamień pękł, a potem jego echo powróciło, chłoszcząc ich niczym uderzenia wichru. – Wszelką radość, jaka tu wzrasta, zaraz dławią chwasty. Nie jestem potworem, który niszczy dla chorobliwej przyjemności. Zaorałem ziemię i rozsypałem na niej sól, ponieważ wybór jest tylko między chwastami a ugorem.

Selitos nie dostrzegał w oczach Lanre'a już nic prócz pustki. Pochylił się, żeby podnieść poszarpany odłamek górskiej miki zaostrzony z jednej strony.

– Chcesz mnie zabić kawałkiem kamienia? – Lanre zaśmiał się głucho. – Chciałem tylko, żebyś zrozumiał, żebyś wiedział, że to nie szaleństwo popchnęło mnie do tych czynów.

– Nie jesteś szalony – przyznał Selitos. – Nie dostrzegam w tobie szaleństwa.

– Niewykluczone, że miałem nadzieję, iż przyłączysz się do mnie w tym, co zamierzam zrobić – przemówił Lanre z rozpaczliwą tęsknotą w głosie. – Ten świat jest jak przyjaciel, który odniósł śmiertelną ranę. Podana szybko gorzka cykuta tylko złagodzi ból.

– Zniszczyć świat? – zapytał cicho Selitos takim tonem, jakby się zwracał do samego siebie. – Nie jesteś szalony, Lanre. Wpadłeś w objęcia czegoś znacznie gorszego niż szaleństwo. Nie potrafię cię wyleczyć. – Musnął palcem ostry jak igła koniec odłamka trzymanego w dłoni.

– Zabijesz mnie, żeby mnie uleczyć, stary przyjacielu? – Lanre roześmiał się znowu, dzikim i strasznym śmiechem. Potem spojrzał na Selitosa z nagłą, rozpaczliwą nadzieją w pustych oczach. – Mógłbyś? – zapytał. – Mógłbyś mnie zabić?

Selitos, któremu wreszcie do reszty zasłona spadła z oczu, spojrzał na przyjaciela. Zobaczył, jak to się stało, że prawie oszalały z rozpaczy Lanre wybrał się na poszukiwanie mocy, która mogłaby przywrócić Lyrę do życia. Lanre z miłości do Lyry udał się na poszukiwanie wiedzy, którą lepiej zostawić w spokoju, a potem zdobył ją za straszną cenę.

Jednak nawet w pełni swej z ogromnym trudem zdobytej mocy nie potrafił wezwać Lyry z martwych. Bez niej życie Lanre'a było mu niczym więcej jak ciężarem, a moc, którą wziął na swoje barki, paliła umysł niczym rozgrzane ostrze. Szukając ucieczki przed rozpaczą i bólem, Lanre odebrał sobie życie. Skorzystał z ostatniej drogi ucieczki, jaka jest otwarta dla wszystkich ludzi, i schronił się za wrota śmierci.

Ale tak jak wcześniej miłość Lyry zawróciła go spoza ostatnich wrót, tak teraz jego moc nie pozwoliła mu odetchnąć w słodkim zapomnieniu. Przemocą wtłoczyła go z powrotem do ciała, każąc mu żyć dalej.

Selitos popatrzył na Lanre'a i zrozumiał wszystko. Pod mocą jego wzroku wszystkie te rzeczy odsłoniły się niczym mroczne draperie, wiszące w powietrzu nad drżącą postacią Lanre'a.

– Mogę cię zabić – powiedział Selitos i odwrócił wzrok na widok nagle pełnego nadziei wyrazu twarzy Lanre'a. – Na godzinę, może dzień. Ale wrócisz, przyciągany na świat jak żelazo przez magnes. Twoje imię płonie od mocy, jaką masz w sobie. Nie bardziej jestem w stanie ją zdmuchnąć, niż gdybym chciał za pomocą kamienia strącić księżyc z nieba.

Ramiona Lanre'a obwisły.

– Miałem nadzieję – rzekł po prostu. – Ale znałem prawdę. Nie jestem już tym Lanre'em, którego znałeś. Noszę nowe i straszne imię. Zwę się Haliax i nie zatrzymają mnie żadne drzwi. Wszystko straciłem, nie ma już Lyry, nie ma słodkiej ucieczki, jaką daje sen, nie ma rozkosznego zapomnienia, nawet możliwość szaleństwa została mi odebrana. Sama śmierć też nie potrafi zamknąć za mną swych wrót. Nie ma ucieczki. Miałem tylko nadzieję na zapomnienie, gdy wszystko przeminie, a Aleu spadnie bezimienny z nieba. – Lanre ukrył twarz w dłoniach, a jego ciałem wstrząsnął cichy, pełen udręki szloch.

Selitos popatrzył na ziemię u swych stóp i poczuł, jak w jego sercu rodzi się drobna iskierka nadziei. Nad położoną w dole krainą unosiło się sześć pióropuszy dymu. Myr Tariniel zginęło, a sześć miast zostało zniszczonych. Co znaczyło wszakże, że nie wszystko stracone. Jedno miasto ocalało...

Mimo wszystkiego, czego przyszło mu być niedawno świadkiem, Selitos spojrzał na Lanre'a z litością, a kiedy przemówił, w jego głosie brzmiał smutek.

– Nic więc nie zostało? Żadnej nadziei? – Położył dłoń na ramieniu Lanre'a. – Przecież jest słodycz w życiu. Nawet po tym wszystkim pomogę ci ją znaleźć. Jeśli tylko zechcesz spróbować.

– Nie – sprzeciwił się Lanre. Wyprostował się, za zmarszczkami żałoby twarz wciąż jaśniała królewską dumą. – Nie ma nic słodkiego. Będę sypał sól, żeby nie wschodziło trujące zielsko.

– Tak mi przykro – rzekł Selitos i też się wyprostował. Potem przemówił donośnym głosem:

– Nigdy dotąd jeszcze nic nie przyćmiło mego wzroku. Nie zdołałem dostrzec prawdy w twoim sercu. – Wciągnął głęboki oddech. – Oko me mnie oszukało, nigdy więcej... – Uniósł kamień i wbił sobie ostry czubek prosto w oko. Echo jego krzyku poniosło się wśród skał, on zaś opadł na kolana, ciężko dysząc. – Abym nigdy więcej nie okazał się równie ślepy.

Zapadła głęboka cisza, a z Selitosa opadły ostatnie okowy czaru. Cisnął kamień do stóp Lanre'a i powiedział:

– Wiążę cię mocą mojej krwi. Przeklinam cię na twe własne imię.

Selitos wymówił długie imię, które spoczywało na dnie serca Lanre'a, a na ten dźwięk słońce pociemniało, a wicher zaczął wyszarpywać kamienie z górskich zboczy.

– Taką rzucam na ciebie klątwę – ciągnął. – Niech twoje oblicze zawsze skrywa cień, czarny jak przetrącone wieże mego ukochanego Myr Tariniel. Taką rzucam na ciebie klątwę. Twoje imię będzie wykorzystywane przeciwko tobie i nie zaznasz spokoju. Taką rzucam na ciebie klątwę. Niech ciąży na tobie do końca świata, póki Aleu bezimienny nie spadnie z nieba.

Selitos stał i patrzył, jak ciemność zbiera się wokół Lanre'a. Wkrótce nie sposób już było dostrzec jego męskich rysów, tylko niejasny zarys nosa, ust i oczu. Całą resztę spowijał cień, czarny, lity.

Wreszcie Selitos wyprostował się i powiedział:

– Raz pokonałeś mnie podstępem, nigdy więcej ci się to nie uda. Teraz widzę jaśniej niż kiedykolwiek, odzyskałem swoją moc. Nie mogę cię zabić, ale mogę przepędzić cię z tego miejsca. Precz! Widok twój wydaje mi się tym bardziej paskudny, że wiem, iż kiedyś byłeś dobrym człowiekiem.

Ale gdy wymawiał te słowa, smakowały mu gorzko we własnych ustach. Lanre z twarzą skrytą w cieniu czarniejszym niż bezgwiezdna noc został zdmuchnięty przez wiatr niczym dym.

Na koniec Selitos pochylił głowę i jego palące krwawe łzy polały się na ziemię.

Dopiero kiedy Skarpi przestał mówić, zdałem sobie sprawę, jak dalece pochłonęła mnie jego opowieść. On tymczasem odchylił głowę i wypił resztkę wina z glinianego kufla. Potem przechylił go do góry nogami i postawił na barze z głośnym stukiem znamionującym finał.

Wśród dzieci, które w trakcie opowiadania siedziały nieruchomo jak kamienne posągi, teraz rozległ się cichy gwar pytań, komentarzy, próśb i podziękowań. Skarpi drobnym gestem dał znać barmanowi, który postawił na barze kufel piwa, dzieci tymczasem powoli wysypywały się na ulicę.

Czekałem, póki ostatnie z nich nie wyjdzie, dopiero wtedy podszedłem do niego. Kiedy spojrzał na mnie tymi swoimi diamentowobłękitnymi oczyma, zająknąłem się.

– Dziękuję. Chciałem ci podziękować. Mój ojciec pokochałby tę opowieść. To jest... – Urwałem. – Chciałem ci to dać. – Wyciągnąłem żelazną półgroszówkę. – Nie wiedziałem, czego mogę się spodziewać, więc nie zapłaciłem. – Głos powoli zaczynał mnie zawodzić. Prawdopodobnie wymówiłem właśnie więcej słów niż w ciągu ostatniego miesiąca.

Przyjrzał mi się uważniej.

– Zasady są takie – powiedział, podkreślając każdą z wymienionych odgięciem wykręconego palca. – Po pierwsze: nie mówić, póki ja mówię. Po drugie: dajesz drobną monetę, jeśli cię na to stać.

Spojrzał na leżącą na kontuarze półgroszówkę.

Nie chcąc się przyznać, jak bardzo by mi się przydała, szukałem słów, które byłyby stosowne do sytuacji.

– Znasz wiele opowieści?

Uśmiechnął się, a siatka zmarszczek pokrywających mu twarz poruszyła się, stając częścią uśmiechu.

– Znam tylko jedną opowieść. Ale często jej drobne fragmenty wydają się same opowieściami. – Napił się. – Ona rozwija się wszędzie wokół nas. W dworach posiadłości Cealdu i warsztatach Cealdów, za Stormwal w wielkim morzu piasków. W niskich kamiennych domach Adem, wypełnionych szeptem konwersacji. A czasami – uśmiechnął się – czasami opowieść rozwija się w podejrzanych barach w bocznych uliczkach Nabrzeża w Tarbean. – Jasnymi oczyma zajrzał mi głęboko w duszę, jakby była książką do czytania.

– Nie ma dobrej opowieści, która nie dotykałaby prawdy – powiedziałem, powtarzając słowa, które zwykł mawiać ojciec. Dziwnie się czułem, znowu z kimś rozmawiając; dziwnie, ale dobrze. – Przypuszczam, że tu jest tyle samo prawdy, ile gdzie indziej. Naprawdę źle, że świat poradziłby sobie z odrobiną mniej prawdy, za to z odrobiną więcej... – Urwałem, nie wiedząc, czego chciałbym bardziej. Wbiłem wzrok we własne dłonie i pożałowałem, że nie są czystsze.

Przesunął półgroszówkę w moją stronę. Wziąłem ją, a on się uśmiechnął. Szorstka dłoń lekko jak ptak spoczęła na moim ramieniu.

– Codziennie, z wyjątkiem Żałoby. Mniej więcej o szóstym dzwonie.

Odwróciłem się by wyjść, ale przystanąłem jeszcze na chwilę.

– To prawda? Ta historia. – Wykonałem bezładny gest dłonią. – Ta część, którą dzisiaj opowiedziałeś?

– Wszystkie historie są prawdziwe – stwierdził Skarpi. – Ale ta zdarzyła się naprawdę, jeśli o to pytasz. – Pociągnął niewielki łyk z kufla i uśmiechnął się znowu, a jego jasne oczy się zaświeciły. – W mniejszym lub większym stopniu. Trzeba być trochę kłamcą, żeby opowiedzieć historię właściwie. Zbyt dużo prawdy sprawia, że fakty się gmatwają. Za dużo szczerości sprawia, że brzmi to nieszczerze.

– Mój ojciec mawiał to samo. – Gdy tylko o nim wspomniałem, w gardle nabrzmiała mi niepokojąca gruda emocji. Dopiero gdy zobaczyłem, że Skarpi wodzi za mną oczyma, zdałem sobie sprawę, że nerwowo, tyłem wycofuję się do wyjścia. Zatrzymałem się i zmusiłem, żeby się odwrócić i właściwie przejść przez drzwi. – Przyjdę, jeśli będę mógł.

W głosie za plecami usłyszałem pobrzmiewający śmiech.

– Wiem.

Rozdział 27

Zasłona spadła mu z oczu

Wyszedłem z baru uśmiechnięty, zupełnie zapomniawszy, że wciąż jestem na Nabrzeżu i wciąż w niebezpieczeństwie. Czułem uniesienie, ponieważ wiedziałem, że wkrótce będę miał okazję wysłuchać następnej opowieści. Minęło już tyle czasu, odkąd zdarzyło mi się na coś czekać. Wróciłem na swój róg ulicy i zmarnowałem następne trzy godziny, nie zarobiwszy więcej niż cienkiego szylinga za wszystkie swoje wysiłki. Nawet to niepowodzenie nie popsuło mi nastroju. Jutro przypadała Żałoba, ale następnego dnia po niej miały być opowieści!

Niemniej kiedy siedziałem na miejscu, powoli w me serce wkradał się niejasny niepokój. Poczucie, że zapominam o czymś, co w istocie koliduje z moim tak rzadko doznawanym szczęściem. Próbowałem ignorować to odczucie, ale ono nie dawało mi spokoju przez półtora dnia, niczym komar, którego nie potrafię nawet zobaczyć, a co dopiero utłuc. Pod koniec następnego dnia byłem już pewien, że o czymś zapomniałem. O czymś związanym z opowieścią Skarpiego.

Bez wątpienia wy, którzy słuchacie tej opowieści tak zgrabnie ułożonej i przedstawionej, nie macie żadnych trudności z dostrzeżeniem jej sedna. Ale pamiętajcie, że ja od blisko trzech lat żyłem w Tarbean jak zwierzę. Fragmenty mego umysłu wciąż pozostawały w śpiączce, a moje bolesne wspomnienia gromadziły kurz za wrotami zapomnienia. Nauczyłem się odpychać je od siebie tak, jak kaleka uczy się odciążać chorą nogę.

Następnego dnia szczęście się do mnie uśmiechnęło – ukradłem z jakiegoś wozu tobołek łachmanów, które następnie sprzedałem łachmaniarzowi za cztery żelazne grosze. Zbyt byłem wygłodzony, żeby troszczyć się o jutro, kupiłem więc gruby kawałek sera i grzaną kiełbasę, a potem do tego jeszcze bochen świeżego chleba i ciepłą tartę jabłkową. Na koniec, kierując się już zupełnym kaprysem, zastukałem do tylnego wejścia pobliskiej karczmy i wydałem ostatni grosz na kufel mocnego piwa.

Siedziałem na stopniach piekarni przez ulicę od karczmy i przyglądałem się wchodzącym i wychodzącym z niej ludziom, smakując najlepszy posiłek, jaki jadłem od miesiąca. Wkrótce zmierzch ustąpił ciemności, a od wypitego piwa w głowie zaczęło mi się przyjemnie kręcić. Kiedy jednak jedzenie na dobre rozmościło się w moim żołądku, nieprzyjemne wrażenie powróciło ze zdwojoną siłą. Zmarszczyłem brwi zły, że coś takiego ma mi zepsuć pod każdym innym względem tak udany dzień.

Mrok nocy gęstniał, karczma po drugiej stronie ulicy kąpała się w kałuży światła. Kilka kobiet kręciło się przed frontowym wejściem. Mruczały coś przyciszonymi głosami, rzucając znaczące spojrzenia przechodzącym obok mężczyznom.

Wypiłem resztkę piwa i już miałem przejść przez ulicę, żeby zwrócić kufel, kiedy zobaczyłem migotanie zbliżającej się pochodni. Zerknąwszy w głąb ulicy, zobaczyłem charakterystyczne szarości kapłana Tehlu i zdecydowałem się zaczekać, póki nie pójdzie dalej. Byłem świeżo upieczonym złodziejem pijanym w dniu Żałoby i pragnąłem jak najmniej kontaktów z klerem.

Kapłan miał kaptur naciągnięty na czoło, a ponieważ pochodnię, którą oświetlał sobie drogę, niósł w ręce od mojej strony, nie widziałem jego twarzy. On tymczasem podszedł do grupki kobiet i zaczął z nimi cicho rozmawiać. W końcu usłyszałem charakterystyczny brzęk monet i schowałem się głębiej w cień ganku piekarni.

Tehlanin odwrócił się i ruszył w kierunku, z którego przyszedł. Przyczaiłem się bez ruchu, nie chcąc przyciągać jego uwagi. Nie bardzo mogłem uciekać, gdyż kręciło mi się w głowie. Ponieważ wciąż niósł pochodnię w tej samej ręce, tym razem oświetlała jego twarz z przeciwnej strony. A kiedy odwrócił się i spojrzał w moją stronę, nie zobaczyłem jego twarzy, tylko ciemność pod kapturem płaszcza, tylko cień.

On tymczasem szedł swoją drogą, nieświadom mojej obecności albo nie przejmując się nią. Ja wciąż trwałem na swym miejscu, niezdolny się poruszyć. Obraz zakapturzonego człowieka, którego twarz skrywał cień, otworzył jakieś wrota w moim umyśle i przez nie zaczęły wylewać się wspomnienia. Jak żywe stanęło mi przed oczami oblicze człowieka o pustych oczach i uśmiechu rodem z koszmaru, krew na jego mieczu. Człowiek o imieniu Popiół, który pytał lodowatym głosem: „To ognisko twoich rodziców?"

Ale natychmiast zrozumiałem, że to nie o niego chodzi. Że chodzi o tego, który w milczeniu siedział przy ognisku widocznym za jego plecami. O człowieka, którego twarz skrywały cienie. O Haliaksa. To właśnie była ta na poły zapomniana rzecz, która krążyła po obrzeżach mojej świadomości od czasu, gdy usłyszałem opowieść Skarpiego.

Pobiegłem na swój dach, tam skuliłem się pod kocem. Fragmenty opowieści i wspomnień powoli zaczynały układać się w całość. Krok za krokiem docierała do mnie niemożliwa prawda. Chandrianie istnieli naprawdę. Haliax był prawdziwy. Jeżeli historia, którą opowiedział Skarpi, była prawdziwa, wówczas Lanre i Haliax byli tą samą osobą. A Chandrianie zabili moich rodziców, całą moją trupę. Dlaczego?

Kolejne wspomnienia wypłynęły na powierzchnię mojej świadomości. Zobaczyłem człowieka o czarnych oczach, Popioła, klęczącego nade mną. Twarz miał pozbawioną wyrazu. Usłyszałem ostry i zimny głos: „Czyiś rodzice – powiedział wówczas – śpiewali całkowicie nieodpowiednią pieśń".

Zabili moich rodziców za to, że ci zbierali opowieści na ich temat. Całą moją trupę zabili z powodu pieśni. Całą noc przesiedziałem, nie śpiąc, a po głowie krążyły mi wciąż te same myśli. Powoli docierało do mnie, że to wszystko najczystsza prawda.

I cóż zrobiłem wówczas? Czy przysiągłem, że znajdę tamtych, że ich pozabijam za to, co zrobili? Może. Ale nawet jeśli tak zrobiłem, w głębi serca zdawałem sobie sprawę, że to niemożliwe. Tarbean nauczyło mnie myśleć trzeźwo i do bólu praktycznie. Pozabijać Chandrian? Zabić Lanre'a? Jak miałbym w ogóle przystąpić do czegoś takiego? Więcej szczęścia miałbym pewnie, próbując ukraść księżyc. Przynajmniej wiem, gdzie nocami go szukać.

Ale była jedna rzecz, którą mogłem zrobić. Następnego dnia zamierzałem zapytać Skarpiego o to ziarno prawdy w jego opowieściach. Nie było to wiele, ale zawsze coś. Być może zemsta pozostawała poza moim zasięgiem – przynajmniej na razie – niemniej wciąż miałem nadzieję na poznanie prawdy.

I tej nadziei trzymałem się w ciemnej nocnej godzinie, póki nie wzeszło słońce, a mnie nie zmorzył sen.

Rozdział 28

Baczne spojrzenie Tehlu

Następnego dnia ocknąłem się z mętnym wzrokiem na dźwięk wybijanej godziny. Naliczyłem cztery dzwony, ale nie miałem pojęcia, przy którym się ocknąłem. Otarłem sen z oczu i spróbowałem odgadnąć godzinę na podstawie położenia słońca. Uznałem, że jest pewnie koło szóstego dzwonu. Skarpi pewnie właśnie zaczynał swą opowieść.

Pobiegłem ulicami miasta, skracając sobie drogę przez zaułki. Moje bose stopy plaskały na nierównych kamieniach bruku, rozbryzgując kałuże. Ściany domów zlewały mi się przed oczyma, gdy łapałem w płuca hausty wilgotnego i stęchłego miejskiego powietrza.

Prawie biegiem wpadłem pod „Półmaszt" i zaraz usiadłem pod ścianą obok drzwi. Kątem oka spostrzegłem, że w karczmie jest więcej gości, niż zazwyczaj bywa o dość wczesnej wieczornej porze. Potem wciągnęła mnie historia Skarpiego i na nic już nie zwracałem uwagi, mając przed sobą jego błyszczące oczy, a w uszach głęboki, basowy głos.

...Selitos Jednooki wystąpił naprzód i rzekł:

– Panie, jeśli zrobię to, co każesz, czy otrzymam moc pomszczenia zguby tego lśniącego miasta? Czy zdołam pokrzyżować knowania Lanre'a i jego Chandrian, którzy zabili niewinnych i spalili me ukochane Myr Tariniel?

Alef odrzekł:

– Nie. Trzeba odłożyć na bok wszelkie osobiste sprawy, ty zaś musisz karać i nagradzać wyłącznie te rzeczy, których od dziś przyjdzie ci być świadkiem.

Selitos skłonił głowę.

– Przykro mi, ale me serce powiada, że powinienem się starać zapobiegać tym rzeczom, a nie czekać i karać za nie później.

Wśród ludu Ruach rozległy się szmery aprobaty. Kilku podeszło, aby stanąć obok niego, albowiem pamiętali Myr Tariniel i przepełniały ich gniew i gorycz po zdradzie Lanre'a.

Selitos podszedł do Alefa i ukląkł przed nim.

– Muszę odmówić, ponieważ nie potrafię zapomnieć. Ale dalej będę z nim walczył, mając przy boku wiernych z ludu Ruach. Widzę, że ich serca są czyste. Nazwiemy się Amyr na pamiątkę obróconego w perzynę miasta. Będziemy krzyżować zamiary Lanre'a i wszystkich jego wspólników. Nic nie splami naszych intencji walki o dobro.

Ostatecznie większość z Ruach poszła za Selitosem. Bali się i nie chcieli kłaść swego losu na szalę wagi większych spraw.

Wtedy jednak wystąpił naprzód Tehlu ze słowami:

– Sprawiedliwość nade wszystko jest droga memu sercu. Porzucę więc ten świat, ponieważ lepiej mogę mu służyć, służąc tobie. – Ukląkł przed Alefem, pochylił głowę, rozłożył ręce.

Pozostali poszli za jego przykładem. Tall Kirel, poparzony, ale ocalały z popiołów Myr Tariniel. Deah, która w walkach straciła dwóch mężów i której oblicze, usta i serce były twarde i zimne niczym kamień. Enlas, który nie przypasywał miecza ani nie jadł zwierzęcego mięsa i który nigdy w obecności żadnego człowieka nie odezwał się przykrym słowem. Piękna Geisa, która miała setkę zalotników w Belen, zanim mury runęły. Pierwsza kobieta, która poznała nieproszony dotyk mężczyzny.

Lecelte śmiejący się chętnie i często, nawet wówczas, gdy zmartwień miał bez liku. Imet, który ledwie wyrósł z wieku chłopięcego i który nigdy nie śpiewał, a zabijał szybko i bezlitośnie. Ordal, najmłodsza z nich wszystkich, której nie dane było nigdy być świadkiem niczyjej śmierci, a która stała teraz dzielnie przed Alefem z jaskrawą wstążką w złotych włosach. Wreszcie obok niej Andan o twarzy jak maska i tylko z oczyma płonącymi – a imię jego oznaczało gniew.

Podeszli do Alefa, pozwolili się dotknąć. Jego ręce spoczęły na ich dłoniach, oczach i sercach. Kiedy dotykał ich po raz ostatni, każde z nich poczuło ból, a na plecach wyrosły im skrzydła, aby mogli bez przeszkód udać się, dokąd zechcą. Skrzydła z ognia i cienia. Skrzydła z żelaza i szkła. Skrzydła z kamienia i krwi.

Potem Alef wymówił ich długie imiona, a ich sylwetki spowił biały ogień. Płomienie otoczyły ich skrzydła i zdobyli moc szybkiego przemieszczania się. Płomienie zamigotały w ich oczach i mogli odtąd zaglądać w głębię ludzkich serc. Płomienie zatańczyły w ich ustach i zaśpiewali pieśni mocy. Wreszcie pojedynczy płomień usadowił się na czole każdego i w jednej chwili stali się prawi, mądrzy i straszni w oczach zwykłych ludzi. Na koniec płomienie pochłonęły ich do cna i zniknęli z oczu śmiertelnych.

Odtąd nie potrafił ich dostrzec nikt oprócz najbardziej potężnych, a nawet wówczas tylko z najwyższym trudem i za cenę wielkiego ryzyka. Oni niosą sprawiedliwość światu, a Tehlu jest największy z nich wszystkich...

– Usłyszałem już dość. – Słowa te nie zabrzmiały głośno, niemniej równie dobrze mówiący mógłby krzyknąć na całe gardło. Kiedy Skarpi opowiadał, najdrobniejszy nawet odgłos był niczym ziarnko piasku w przeżuwanym właśnie kęsie chleba.

Na tyłach sali podniosło się dwóch mężczyzn w ciemnych płaszczach i ruszyło w stronę baru: jeden był wysoki i dumnie wyprostowany, drugi niski i zakapturzony. Po paru krokach dostrzegłem pod płaszczami mgnienie szarej szaty. Kapłani Tehlu. Co gorsza, kiedy rozejrzałem się po sali, zobaczyłem jeszcze dwóch mężczyzn w płaszczach narzuconych na zbroje. Póki siedzieli, byli niewidoczni, teraz jednak od pierwszego rzutu oka można było rozpoznać zbrojnych Kościoła. Oblicza mieli ponure, a układ fałd płaszczy jednoznacznie – przynajmniej w moich oczach – wskazywał obecność ukrytych pod nimi mieczy.

Nie byłem jedynym, który ich rozpoznał. Dzieciaki powoli wymykały się na ulicę. Sprytniejsze próbowały robić to jak gdyby niby nic, kilka jednak rzuciło się biegiem, zanim jeszcze znalazły się na zewnątrz. Wbrew wszelkiemu zdrowemu rozsądkowi trójka dzieci została na miejscach. Chłopak z Ceald z koronką przy koszuli, mała bosa dziewczynka i ja.

– Sądzę, że usłyszeliśmy już dość – przemówił wyższy

z dwóch kapłanów głosem cichym, lecz surowym. Był szczupły, wręcz chudy, zapadnięte oczy błyszczały jak żarzące się węgle. Precyzyjnie przystrzyżona, smoliście czarna broda okalała twarz bladą i pociągłą niczym ostrze sztyletu.

Podał swój płaszcz niższemu, zakapturzonemu kapłanowi. Ukazała się szara szata Tehlan. Na szyi zawieszoną miał srebrną wagę. Na ten widok poczułem, jak zamiera we mnie serce. Nie był to zwykły kapłan, ale Sędzia. W tej samej chwili dwójka pozostałych dzieci wyślizgnęła się za drzwi.

Sędzia rzekł:

– W imię bacznego spojrzenia Tehlu, oskarżam cię o herezję.

– Poświadczam – powiedział spod kaptura drugi kapłan.

Sędzia skinął na najemników.

– Związać go – rozkazał.

Uczynili to z brutalną sprawnością. Skarpi zniósł to traktowanie z całkowitym spokojem, nie odezwawszy się słowem.

Sędzia przyglądał się przez chwilę, jak jego zbrojni krępują nadgarstki Skarpiego, po czym odwrócił się od barda, jakby chcąc zapomnieć o jego istnieniu. Potoczył wzrokiem po pomieszczeniu, w końcu zatrzymując spojrzenie na łysym mężczyźnie w fartuchu, stojącym za barem.

– Niech cię T... Tehlu błogosławi! – wybełkotał gwałtownie właściciel „Półmasztu".

– Zaprawdę – spokojnie odrzekł Sędzia. Znowu rozejrzał się po pomieszczeniu. Na koniec zwrócił się do drugiego kapłana, który stał w pewnej odległości od kontuaru: – Antoniuszu, czy w tak przyzwoitym miejscu jak to mogli znaleźć schronienie heretycy?

– Wszystko może się zdarzyć, Sędzio.

– Ach – cicho westchnął Sędzia i po raz kolejny potoczył spojrzeniem po sali, jak wcześniej zatrzymując je w końcu na stojącym za kontuarem karczmarzu.

– Czy mógłbym zaproponować wysokiemu sądowi coś do picia? Oczywiście, nie chcę się narzucać – szybko powiedział właściciel karczmy.

Odpowiedziała mu cisza.

– Chciałem tylko... coś do picia dla ciebie i twoich braci. Niezła baryłka słomkowego białego? W charakterze podziękowania. Pozwoliłem mu tu bawić, ponieważ jego opowieści z początku wydały mi się interesujące. – Z trudem przełknął i pośpiesznie mówił dalej: – Ale potem zaczął mówić te okropne rzeczy. Bałem się go wyrzucić, ponieważ wydawał mi się jawnym szaleńcem, a wiadomo, że Bóg nie pochwala tych, którzy podnoszą rękę na szalonych... – Głos mu się załamał i w sali zapadła nagle grobowa cisza. Karczmarz powtórnie przełknął ślinę, a z mojego miejsca pod drzwiami wyraźnie usłyszałem, jak coś przeskoczyło mu w gardle.

– Szczodra propozycja – oznajmił na koniec Sędzia.

– Nadzwyczaj szczodra – zawtórował mu niższy kapłan.

– Niemniej, mocne napitki czasami kuszą ludzi do niegodziwych czynów.

– Niegodziwych – wyszeptał drugi kapłan.

– A niektórzy z naszych braci ślubowali wystrzegać się pokus ciała. Zmuszony jestem odmówić. – Głos Sędziego ociekał świętoszkowatym żalem.

Udało mi się złapać spojrzenie Skarpiego, uśmiechnął się do mnie kącikiem ust. W piersiach wciąż czułem wielką pustkę. Stary bajarz najwyraźniej nie zdawał sobie sprawy, w jakich opałach się znalazł. Równocześnie jednak w głębi mojej głowy jakiś egoistyczny głos szeptał: „Gdybyś przyszedł wcześniej go posłuchać i dowiedział się wszystkiego, na czym ci zależało, nie czułbyś teraz takiego żalu, co?"

Barman pierwszy przerwał milczenie:

– Może wobec tego przyjęlibyście cenę wzmiankowanej baryłki, panowie? Skoro już i tak jest wasza...

Sędzia przez chwilę nic nie mówił, jakby się zastanawiał.

– Dla dobra biednych dzieci – błagał łysy. – Wiem, że to do nich trafią me pieniądze.

Sędzia zacisnął usta.

– Proszę bardzo – rzekł po chwili – dla biednych dzieci.

W głosie niższego kapłana brzmiały nieprzyjemne nuty:

– Dla dzieci.

Karczmarz zdobył się na słaby uśmiech.

Skarpi spojrzał na mnie, przewrócił oczyma i mrugnął.

– Można by pomyśleć – jego słowa płynęły niczym gęsty miód – że tacy dostojnicy Kościoła jak wy mają lepsze rzeczy do roboty, niż aresztować bajarzy i wymuszać pieniądze od uczciwych ludzi.

Barman przerwał odliczanie monet i wydawało się, jakby cała sala wstrzymała oddech. Z wystudiowanym spokojem Sędzia odwrócił się plecami do Skarpiego, a potem przez ramię rzekł do niższego kapłana:

– Antoniuszu, najwidoczniej trafił nam się dobrze wychowany heretyk, co samo w sobie jest dziwne i wspaniałe! Moglibyśmy sprzedać go trupie Ruh, wszak w pewnej mierze wygląda jak gadający pies.

Zwracając się do pleców tamtego, Skarpi rzekł:

– Wcale nie oczekuję po was, że sami ruszycie na poszukiwanie Haliaksa i Siedmiu. „Małym ludziom małe czyny", zawsze powiadam. Trudno mi jednak sobie wyobrazić czyny dość małe, aby stosowne były dla takich jak wy. Niemniej z pewnością coś sobie znajdziecie. Możecie przecież wywozić śmieci albo szukać wszy w burdelowych łóżkach, które tak chętnie odwiedzacie.

Sędzia odwrócił się, porwał z kontuaru gliniany kubek i uderzył nim Skarpiego w głowę. Kubek rozpadł się na kawałki.

– Nie otwieraj ust w mej obecności! – wyskrzeczał. – Nic nie wiesz!

Skarpi pokręcił lekko głową, jakby chciał odzyskać jasność myśli. Strużka czerwieni spłynęła po jego porytej twarzy, ginąc w jednej z brwi białych jak morska piana.

– Jak mniemam, to akurat może być prawdą. Tehlu zawsze powiadał...

– Nie wymawiaj jego imienia! – wrzasnął Sędzia, a jego twarz nabiegła czerwienią. – Nie masz prawa kalać go swymi ustami.

– Och, daj spokój, Erlus – zaczął go strofować Skarpi takim tonem, jakby zwracał się do małego dziecka. – Tehlu nienawidzi cię jeszcze bardziej niż reszta świata, a to już jest naprawdę coś.

W pokoju zapadła prawie nadnaturalna cisza. Twarz Sędziego pobladła.

– Niech Bóg się nad tobą zlituje – rzekł chłodnym, drżącym głosem.

Skarpi przez moment patrzył na niego w milczeniu. Potem zaczął się śmiać. Całe jego ciało trzęsło się od donośnego, basowego, niepowstrzymanego śmiechu.

Sędzia wzrokiem dał znak jednemu ze zbrojnych, którzy wcześniej skrępowali bajarza. Bez ostrzeżenia mężczyzna o ponurym obliczu zdzielił Skarpiego pięścią. Raz w nerkę, drugi raz w kark.

Skarpi runął na ziemię. W sali zapanowała cisza. Łomot ciała padającego na drewniane deski podłogi ucichł, jak się zdawało, wcześniej niż odbijające się od ścian echo śmiechu bajarza. Wreszcie Sędzia gestem dał znak i jeden ze zbrojnych podniósł Skarpiego za kark. Ten zwisł w uchwycie jak szmaciana lalka, a jego stopy bezwładnie spoczywały na ziemi. Ale nie stracił przytomności, był tylko ogłuszony. Oczy bajarza wciąż jeszcze mogły się skupić na Sędzim.

– Nade mną ma się Bóg zlitować? – Z jego gardła wydobył się słaby skrzek, który w innej sytuacji byłby pewnie złośliwym chichotem. – Nie masz pojęcia, jak śmiesznie brzmią te słowa w twoich ustach.

Skarpi przemówił, zwracając się z pozoru do jakiegoś miejsca w przestrzeni przed sobą.

– Powinieneś stąd zmykać, Kvothe. Możesz tylko stracić, zadając się z tego rodzaju ludźmi. Uciekaj na swój dach. Schowaj się na jakiś czas w miejscu, gdzie cię nie znajdą. Mam w Kościele przyjaciół, którzy mogą mi pomóc, ale ty nie jesteś tu w stanie nic zrobić. Zmykaj.

Ponieważ nie patrzył na mnie, chwilę zajęło mi zrozumienie, że jego słowa adresowane są do mnie. Sędzia znowu wykonał nieznaczny gest i któryś ze strażników uderzył Skarpiego w tył głowy. Oczy bajarza uciekły w głąb czaszki, głowa bezwładnie zwisła na piersi. Przez drzwi wyślizgnąłem się na ulicę.

Wziąłem sobie do serca słowa Skarpiego i pędziłem już na mój dach, zanim tamci opuścili karczmę.

Rozdział 29

Wrota mego umysłu

Znalazłszy się z powrotem na dachu w mojej sekretnej kryjówce, owinąłem się kocem i zapłakałem. Płakałem tak, jakby w środku coś mi pękło i wszystko zaczęło się wylewać na zewnątrz.

Kiedy niepowstrzymany szloch wymęczył mnie do tego stopnia, że już dłużej płakać nie mogłem, była późna noc. Leżałem, patrząc w niebo, wyczerpany, ale niezdolny zasnąć. Myślałem o moich rodzicach, o trupie wędrownych aktorów zaskoczony, że wspomnienia te wydają mi się jakoś mniej gorzkie niż wcześniej.

Po raz pierwszy od lat wykorzystałem jedną ze sztuczek, jakich nauczył mnie Ben, których celem było uspokojenie i wyostrzenie umysłu. Poszło mi znacznie trudniej niż dawniej, ale w końcu się udało.

Jeśli kiedyś zdarzyło się wam przespać całą noc bez ruchu, a potem obudziliście się rano, z pewnością wasze ciała były całkowicie sztywne. Jeżeli pamiętacie, co się czuje, gdy po raz pierwszy człowiek się przeciągnie, jak przyjemne było to uczucie, cudowne i bolesne zarazem, wówczas może zrozumiecie, jak po tych wszystkich latach czuł się mój umysł, który przeciągnął się wtedy na dachach Tarbean.

Resztę nocy spędziłem, otwierając wrota mego umysłu. Wewnątrz znalazłem rzeczy dawno zaprzepaszczone: matkę układającą słowa pieśni, sceniczną wymowę, trzy recepty na napary uspokajające nerwy, palcówki na lutnię.

Moją muzykę. Czy naprawdę minęły całe lata, odkąd ostatnio trzymałem w ręku lutnię?

Długi czas spędziłem, myśląc o Chandrianach, o tym co zrobili mojej trupie, o tym, co mi zabrali. Wspominałem krew i zapach palonych włosów, czułem, jak w piersiach rodzi mi się głęboki, ponury gniew. Przyznaję – owej nocy po mej głowie krążyły mroczne, mściwe myśli.

Ale lata spędzone w Tarbean wypaliły na mnie piętno niewzruszonego pragmatyzmu. Wiedziałem, że myśl o zemście to nic więcej jak dziecięce rojenia. Miałem piętnaście lat. Cóż mogłem niby zrobić?

Zrobiłem jedną rzecz. Pomysł przyszedł mi do głowy, gdy leżałem bez ruchu, wspominając. Zrodził się z czegoś, co Haliax powiedział do Popioła. „Kto chroni cię przed Amyr? Śpiewakami? Sithe? Przed wszystkimi, którzy chcieliby wyrządzić ci krzywdę?"

Chandrianie mieli wrogów. Jeśli uda się mi ich znaleźć, pomogą mi. Nie miałem pojęcia, kim są śpiewacy lub Sithe, ale każde dziecko wiedziało, że Amyr to zakon rycerski, zbrojne ramię Imperium Aturańskiego. Niestety, tajemnicą poliszynela było również to, że od trzystu lat nie było żadnych Amyr na świecie. Zakon został rozwiązany po upadku imperium.

Niemniej Haliax mówił o nich w taki sposób, jakby wciąż istnieli. A z opowieści Skarpiego wynikało, że u początków Amyr znajdujemy imię Selitosa, a nie jak mnie zawsze uczono, Imperium Aturańskie. Najwyraźniej ta historia miała drugie dno, które powinienem odkryć.

Im bardziej się nad tą kwestią zastanawiałem, tym więcej rodziła pytań w mej głowie. Najwyraźniej Chandrianie bynajmniej nie zabijali wszystkich, którzy interesowali się pieśniami lub opowieściami na ich temat. Każdy znał jakąś opowieść o nich, a każde dziecko przynajmniej raz w życiu śpiewało niemądrą rymowankę na temat znaków towarzyszących ich obecności. Czym różniła się od nich pieśń moich rodziców?

Pytań było więcej. I oczywiście tylko jedno miejsce, w którym mogłem poszukać odpowiedzi.

Przejrzałem swój skromny dobytek. Dysponowałem złachmanionym kocem i jutowym workiem wypchanym paroma źdźbłami słomy, który służył mi za poduszkę. Miałem flaszkę pintowej objętości z korkiem, w połowie wypełnioną świeżą wodą. Płachtę nieprzemakalnego płótna żaglowego, którą obciążałem cegłami i używałem podczas zimnych nocy dla osłony przed wiatrem. Parę kryształków soli i jeden znoszony but, dla mnie zbyt mały, ale miałem nadzieję wymienić go na coś innego.

Oraz dwadzieścia siedem żelaznych groszy w drobnych monetach. Moje pieniądze na czarną godzinę. Kilka dni temu wydawały mi się wielkim skarbem, ale dzisiaj widziałem wyraźnie, że nie wystarczą.

Gdy wstało słońce, wyjąłem *Retorykę i logikę* z kryjówki pod okapem. Odwinąłem kawałek impregnowanego płótna, w który była zawinięta, i ucieszyłem się, że ochrona spełniła swoje zadanie. Pogładziłem dłońmi miękką skórę okładki. Podniosłem do twarzy i wciągnąłem w nozdrza zapach wozu Bena: przyprawy i drożdże z dodatkiem odrobiny kwasów i gorzkich soli. Ostatni materialny fragment mojej przeszłości.

Otworzyłem książkę na pierwszej stronie i przeczytałem dedykację, którą ręka Bena skreśliła ponad trzy lata temu.

Kvothe,
Radź sobie dobrze na Uniwersytecie.
Chcę być z ciebie dumny.
Pamiętaj pieśń ojca. Wystrzegaj się głupoty.
Twój przyjaciel
Abenthy.

Pokiwałem głową i przewróciłem stronicę.

Rozdział 30

Rozdarty grzbiet

Godło nad wejściem oznajmiało: ROZDARTY GRZBIET. Wziąłem to za pomyślny omen i wszedłem do środka.

Za biurkiem siedział jakiś człowiek. Przyjąłem, że to właściciel. Był wysoki i chudy jak tyczka, głowę pokrywały przerzedzone włosy. Podniósł wzrok znad ksiąg rachunkowych, w jego oczach pojawił się cień irytacji.

Postanowiłem do minimum ograniczyć uprzejmości, podszedłem więc od razu do biurka i podałem mu książkę.

– Ile mogę za to dostać?

Przerzucił jej karty w sposób znamionujący profesjonalne podejście, potarł papier między palcami, sprawdził grzbiet. Wzruszył ramionami.

– Kilka jot.

– Warta jest znacznie więcej! – obruszyłem się.

– Warta jest tyle, ile możesz za nią dostać – zauważył rzeczowo. – Dam jeden i pół.

– Dwa talenty i zachowuję prawo odkupienia jej po miesiącu.

Roześmiał się krótko i szczekliwie.

– To nie jest lombard. – Jedną ręką przesunął książkę po blacie biurka w moją stronę, do drugiej biorąc pióro.

– Dwadzieścia dni?

Zawahał się, znowu obrzucił książkę uważnym spojrzeniem, wreszcie sięgnął po sakiewkę. Wyciągnął z niej dwa ciężkie srebrne talenty. Takich pieniędzy nie widziałem już od bardzo, bardzo dawna.

Podsunął mi je po blacie biurka. Opanowałem odruch natychmiastowego sięgnięcia po nie i powiedziałem:

– Chciałbym dostać kwit.

Tym razem obrzucił mnie spojrzeniem tak przeciągłym i nieprzyjemnym, że zrobiłem się z lekka nerwowy. Lecz wtedy zrozumiałem, jak muszę wyglądać – pokryty rocznym brudem zbieranym z zaułków i domagający się kwitu na ewidentnie skradzioną książkę.

On jednak w końcu znowu wzruszył ramionami i wypisał mi kwit na jakimś świstku papieru. Na dole pociągnął piórem równą linię i wykonał nim zapraszający gest w moją stronę.

– Podpisz tutaj.

Zerknąłem na papier. Było na nim napisane:

> Ja, który podpisuję się poniżej, zaświadczam tym samym, że nie umiem ani czytać, ani pisać.

Spojrzałem na właściciela. Twarz nawet mu nie drgnęła. Zanurzyłem pióro w kałamarzu i napisałem litery „A A" w taki sposób, jakby to były inicjały.

Powachlował się papierkiem, susząc atrament, a potem podsunął mi mój „kwit".

– Od czego skrótem jest „A"? – zapytał, kryjąc lekki uśmiech.

– Anulowanie – powiedziałem. – Oznacza, że coś staje się nieważne lub anulowane, zazwyczaj dotyczy to umowy. Drugie „A" jest skrótem od *autodafe*. Co oznacza całopalenie.

Obrzucił mnie tępym spojrzeniem.

– *Autodafe* jest w Junpui karą za fałszerstwo – dodałem. – Zakładam, że fałszywy kwit mieści się w tej kategorii.

Dotąd nie zrobiłem jeszcze najmniejszego ruchu, żeby wziąć pieniądze lub kwit. Zapadła pełna napięcia cisza.

– Nie jesteśmy w Junpui – powiedział z kamienną twarzą.

– Prawda – przyznałem. – Wyraźnie znasz się na apropriacji. Być może powinienem dodać jeszcze trzecie „A".

Znowu się roześmiał krótkim, ostrym, urywanym śmiechem.

– Przekonałeś mnie, młody panie. – Wyciągnął z szuflady czystą kartkę papieru i podsunął mi. – Ty napiszesz kwit, a ja go podpiszę.

Wziąłem pióro do ręki i napisałem:

„Ja, niżej podpisany, zgadzam się zwrócić egzemplarz książki *Retoryka i logika* zaopatrzony w dedykację «dla Kvothe'a» okazicielowi niniejszego kwitu w zamian za dwa srebrne grosze, pod warunkiem że okaże on niniejszy kwit przed upływem..."

Uniosłem wzrok.

– Jaką mamy dzisiaj datę?

– Orden. Trzydziesty ósmy dzień.

Zupełnie zatraciłem nawyk śledzenia czasu. Kiedy żyje się na ulicy, jeden dzień niczym szczególnym nie różni się od drugiego, wyjątkiem może jest fakt, że ludzie zazwyczaj są bardziej pijani w Hepten, a bardziej szczodrzy w Żałobę.

Ale skoro był trzydziesty piąty, zostało mi tylko pięć dni, żeby się zapisać na Uniwersytet. Wiedziałem od Bena, że okres naboru trwa tylko do Cendling. Jeśli nie zdążę przed tym terminem, będę musiał poczekać dwa miesiące na początek nowego semestru.

Opatrzyłem kwit datą i narysowałem prostą linię, żeby księgarz mógł się podpisać. Wydawał się z lekka wstrząśnięty, kiedy podsunąłem mu papier do podpisu. Co więcej, nie zauważył, że na kwicie cena była podana w groszach, zamiast w talentach. Talenty były warte nieco więcej. Co oznaczało, że zgodził się oddać mi książkę za mniejszą sumę, niż mi za nią zapłacił.

Zadowolenie, jakie mnie opanowało, przybladło zaraz, gdy zdałem sobie sprawę, jakie to wszystko głupie. Grosze czy talenty – i tak za dwa cykle nie będę miał dość pieniędzy, żeby wykupić książkę. Jeśli wszystko pójdzie po mojej myśli, jutro już nie będzie mnie w Tarbean.

Więc mimo że kwit był właściwie bezużyteczny, osłodził mi nieco ból rozstania z książką, którą posiadałem od dzieciństwa. Podmuchałem na papier, złożyłem i pieczołowicie wsunąwszy do kieszeni, wreszcie wziąłem ze stołu moje dwa talenty. Zaskoczyło mnie, gdy tamten wyciągnął do mnie rękę.

Uśmiechnął się przepraszająco.

– Przepraszam za tamte słowa. Ale nie wyglądałeś na kogoś, kto ma zamiar wrócić po książkę. – Znowu wzruszył lekko ramionami. – Proszę. – Wsunął mi do ręki miedzianą jotę.

Zrozumiałem, że nie mam do czynienia z człowiekiem naprawdę złym. Uśmiechnąłem się do niego i przez chwilę było mi trochę przykro, że wpisałem na kwicie cenę w groszach.

Dręczyło mnie też lekkie poczucie winy w związku z trzema piórami, które mu ukradłem, ale trwało to tylko przelotny moment. A ponieważ nie wiedziałem, jak miałbym je zwrócić, przed wyjściem ukradłem też kałamarz z atramentem.

Rozdział 31

Szlachetna krew

Uspokajający ciężar dwóch talentów nie miał wiele wspólnego z tym, ile naprawdę ważyły. Każdy, kto dłuższy czas spędził bez żadnych pieniędzy, wie, o czym mówię. Pierwszą inwestycją, jaką poczyniłem, była dobra skórzana sakiewka. Zawiesiłem ją sobie pod ubraniem tak, aby przylegała do skóry.

Następną było porządne śniadanie. Talerz jajek na gorąco i plaster szynki. Chleb, świeży i miękki, mnóstwo miodu, masła, wreszcie szklanka mleka, nie więcej niż dwa dni od udoju. Zapłaciłem za wszystko pięć żelaznych groszy. Być może był to najlepszy posiłek, jaki w życiu jadłem.

Dziwnie się czułem, siedząc za stołem i jedząc widelcem i nożem. Dziwnie się czułem wśród ludzi. Dziwnie się czułem, kiedy ktoś mnie obsługiwał.

Kiedy wycierałem talerz resztką chleba, zorientowałem się, że mam kłopoty.

Zwracałem na siebie uwagę nawet w tej z lekka podejrzanej karczmie na Nabrzeżu. Zamiast koszuli nosiłem stary worek jutowy z dziurami na ręce i głowę. Spodnie miałem z płótna, o kilka rozmiarów za duże. Śmierdziały dymem, tłuszczem i zastałą wodą bocznych uliczek. W pasie przewiązywałem je kawałkiem liny, którą wygrzebałem na jakimś śmietniku. Byłem brudny, bosy i śmierdziałem.

Czy powinienem kupić sobie nowe rzeczy, czy zdecydować się na kąpiel? Gdybym najpierw się wykąpał, musiałbym włożyć na siebie stare ubranie. Z drugiej strony, gdybym poszedł na zakupy, wyglądając tak jak teraz, zapewne nawet nie wpuszczono by mnie do sklepu. I należało wątpić, czy ktokolwiek chciałby wziąć ze mnie miarę.

Karczmarz podszedł, żeby zabrać mój talerz, i wtedy zdecydowałem się najpierw wykąpać, głównie z tego powodu, że naprawdę miałem już dość tego, iż śmierdziałem niczym martwy od tygodnia szczur.

– Gdzie w pobliżu znajdę łaźnię?

– Na miejscu, jeśli masz jeszcze parę groszy. – Obejrzał mnie do stóp do głów. – Albo jeśli zgodzisz się odpracować. Dobra godzina ciężkiej pracy. Trzeba wyszorować palenisko.

– Będę potrzebował dużo wody i mydła.

– Wobec tego dwie godziny roboty. Mam też naczynia do pozmywania. Najpierw palenisko, potem kąpiel, potem talerze i gary. Pasuje?

Dobrą godzinę później ręce bolały mnie potwornie, a palenisko było czyste. Karczmarz zaprowadził mnie do pomieszczenia na tyłach z dużą drewnianą wanną i kratą na posadzce. W ściany wbito kołki na ubrania, cynowa blacha przybita do ściany służyła za zaimprowizowane lustro.

Przyniósł mi szczotkę, kubeł parującej wody i kawałek szarego mydła. Szorowałem się, póki skóra na całym ciele nie była czerwona i obolała. Wtedy karczmarz przyniósł mi następny kubeł gorącej wody, potem trzeci. Mogłem się tylko pomodlić w duchu za to, że najwyraźniej nie miałem wszy. Zapewne byłem tak brudny, że żadna szanująca się wesz nie chciała uczynić mnie swym gospodarzem.

Opłukałem się po raz ostatni i obrzuciłem wzrokiem zdjęte ubranie. Czystszy, niż zdarzyło mi się od lat, nie miałem ochoty nawet go dotykać, a co dopiero na siebie wkładać. Gdybym spróbował je uprać, zapewne rozeszłoby mi się w rękach.

Osuszyłem się i twardą szczotką spróbowałem rozczesać włosy. Okazały się znacznie dłuższe, niż na to wyglądały, kiedy były brudne. Wytarłem ręką prowizoryczne lustro, spojrzałem w nie i zamarłem zaskoczony. Wyglądałem staro, znacznie poważniej niż na swój wiek. I nie tylko to – na dodatek wyglądałem jak młodszy syn jakiegoś szlachcica. Moja twarz była pociągła i blada. Włosy z pewnością potrzebowały nożyczek, ale sięgały mi do ramion i były zupełnie proste, w zgodzie z obowiązującą modą. Jedyną rzeczą, jakiej mi brakowało, były odpowiednie dla szlachcica szaty.

I wtedy wpadłem na pomysł.

Wciąż nagi owinąłem się ręcznikiem i wyślizgnąłem tylnym wyjściem. Wziąłem oczywiście sakiewkę, ale schowałem ją pod ręcznikiem. Niedawno minęło południe i ulice były pełne ludzi. Nie muszę chyba opisywać licznych spojrzeń, jakie mnie ścigały. Ale nie zwracałem na nie uwagi i maszerowałem raźnym krokiem, nie próbując się chować. Na twarz przywdziałem maskę niecierpliwości i gniewu, bez śladu zażenowania.

Zatrzymałem się obok dwóch ludzi – zapewne ojca i syna – którzy ładowali jutowe worki na wóz. Syn był pewnie jakieś cztery lata starszy ode mnie i o głowę wyższy.

– Chłopcze – warknąłem. – Gdzie tu w pobliżu mogę kupić jakieś rzeczy do ubrania? – Znaczącym spojrzeniem objąłem jego koszulę. – Przyzwoite rzeczy – dodałem.

Przyjrzał mi się. Natomiast ojciec szybko zdjął kapelusz i dał krok naprzód.

– Jaśnie wielmożny pan może spróbować u Bentleya. Ma prosty przyodziewek, ale znajduje się ledwie ulicę czy dwie stąd.

Zmarszczyłem brwi.

– To jedyny sklep w okolicy?

Zaczął się jąkać:

– Cóż... może... jest jeszcze taki...

Gestem kazałem mu zamilknąć.

– Gdzie to jest? Pokaż po prostu palcem, ponieważ widzę, żeś nie w pełni władz umysłowych.

Pokazał, a ja poszedłem w tamtą stronę. Po drodze przypomniałem sobie partię młodego pazia, która zwykle w przedstawieniach trupy przypadała mnie. Paź miał na imię Dunstey i był nieznośnie aroganckim chłopcem, mającym ważnego ojca. Na moje potrzeby był doskonały. Zadarłem dumnie podbródek, nieco inaczej ułożyłem ramiona i dokonałem kilku poprawek w postawie psychicznej.

Gwałtownie otworzyłem drzwi i wparowałem do środka. Zobaczyłem tam człowieka w skórzanym fartuchu, w którym należało domyślać się Bentleya. Miał jakieś czterdzieści lat, był szczupły i łysiejący. Podskoczył na łomot drzwi uderzających o ścianę. Odwrócił się, spojrzał na mnie, a na jego twarzy zamarł wyraz niedowierzania.

– Przynieś mi szatę, półgłówku. Mdli mnie już od tego, jak się na mnie gapisz, ty i te pozostałe łajzy, którym dzisiaj zechciało się pójść na rynek. – Opadłem na krzesło, nachmurzyłem czoło. Kiedy nawet nie drgnął, spojrzałem na niego ze złością. – Może mówię niewyraźnie? A może na pierwszy rzut oka nie widać, czego mi potrzeba? – Demonstracyjnie szarpnąłem za skraj ręcznika.

Dalej stał bez ruchu, gapiąc się.

Zniżyłem głos i nadałem mu złowieszcze tony.

– Jeżeli nie przyniesiesz mi czegoś, w co mógłbym się ubrać... – Wstałem i wrzasnąłem: – Kamień na kamieniu nie zostanie z tego miejsca! Poproszę ojca, żeby na Pełnię Zimy dał mi w prezencie twoje jaja. A potem każę psom pokryć twego trupa. ZDAJESZ SOBIE SPRAWĘ, KIM JESTEM?

Bentley umknął na zaplecze, ja tymczasem rozsiadłem się na krześle. Jakiś klient, którego dostrzegłem dopiero teraz, spiesząc do wyjścia, ukłonił mi się przelotnie.

Zdusiłem śmiech nabrzmiewający w gardle.

Potem wszystko poszło już zaskakująco łatwo. Przez jakieś pół godziny kazałem Bentleyowi uwijać się wokół mnie, przynosić sobie kolejne sztuki ubrania. Wyśmiewałem materiał, krój i szycie wszystkiego, co mi podsuwał. Mówiąc krótko, zachowywałem się jak wzorowy rozpuszczony szczeniak.

Po prawdzie natomiast nie mogłem lepiej trafić. Ubrania były proste, ale dobrze wykonane. W samej rzeczy, gdyby wziąć pod uwagę, w co byłem ubrany jeszcze dziś rano, to czysty jutowy worek stanowiłby znaczny postęp.

Jeżeli nie zdarzyło wam się spędzić dłuższego czasu na jakimś dworze albo w wielkim mieście, nie zrozumiecie, dlaczego poszło mi tak łatwo. Pozwolę sobie więc wyjaśnić.

Synowie szlacheccy są jedną z najbardziej niszczycielskich sił przyrody, takich jak powodzie czy tornada. Kiedy na kogoś padnie tego rodzaju katastrofa, jedyna rzecz, jaką zwykły człowiek może zrobić, to zacisnąć zęby i starać się zminimalizować szkody.

Bentley doskonale zdawał sobie z tego sprawę. Poznaczył kredą koszulę i spodnie, pomógł mi się rozebrać. Włożyłem zaproponowaną mi tunikę, on tymczasem zaczął szyć w takim tempie, jakby czuł na karku oddech diabła.

Spokojnie rozsiadłem się na krześle.

– Równie dobrze możesz zapytać. Widzę, że umierasz z ciekawości.

Na moment oderwał wzrok od szycia.

– Panie?

– Okoliczności, których skutkiem jest mój aktualny stan dezabilu.

– Ach, tak. – Oderwał nitkę i zabrał się do spodni. – Przyznaję, że jestem cokolwiek ciekaw. Ale tylko odrobinę, nic niestosownego. Nie jestem z tych, co wtykają nos w nie swoje sprawy.

– Hmm. – Pokiwałem głową z udawanym rozczarowaniem. – Godna pochwały postawa.

Potem nastąpiła dłuższa chwila, podczas której jedynym dźwiękiem był szelest nitki przetykanej przez warstwy materiału. Poruszyłem się parę razy w krześle. W końcu podjąłem dalej, jakby faktycznie zapytał:

– Kurwa ukradła mi ubranie.

– Doprawdy, panie?

– Tak, próbowała suka przehandlować je ze mną za moją sakiewkę.

Bentley na chwilę uniósł wzrok, na jego twarzy rozbłysła niekłamana ciekawość.

– A więc pańska sakiewka nie znajdowała się w ubraniu?

Popatrzyłem na niego tak, jakby wstrząsnęło mną to przypuszczenie.

– Oczywiście, że nie. Ręka dżentelmena nigdy nie znajduje się daleko od jego sakiewki. Tak mawia mój ojciec. – Pomachałem sakiewką, jakbym chciał w ten sposób dowieść prawdziwości swych słów.

Zauważyłem, że ze wszystkich sił stara się nie roześmiać, i poczułem się od tego odrobinę lepiej. Jeżeli mam mu przysporzyć strapienia na przynajmniej godzinę, niech ma historię, którą będzie mógł opowiedzieć przyjaciołom.

– Powiedziała mi, że jeśli zależy mi na godności i przyzwoitości, oddam jej sakiewkę i będę mógł wrócić do domu w ubraniu. – Pokręciłem głową w udawanej naganie. – Rozpustnico, rzekłem do niej, godność dżentelmena nie leży w jego ubraniu. Gdybym wręczył ci sakiewkę tylko po to, aby uratować swoją godność, wówczas godność bym utracił.

Przez chwilę patrzyłem w przestrzeń, jakbym się zastanawiał, a potem dodałem, na pozór głośno myśląc:

– Wynika więc stąd, że godność dżentelmena tkwi w jego sakiewce. – Spojrzałem na mieszek i znowu umilkłem. – Wydaje mi się, że ojciec powiedział wczoraj coś w tym stylu.

Bentley udawanym atakiem kaszlu próbował zamaskować wybuch śmiechu, potem wstał i potrząsnął koszulą i spodniami.

– Proszę, panie, pasują teraz jak rękawiczka na dłoń. – Kiedy mi je podawał, w kącikach ust wciąż błąkał mu się uśmieszek.

Zdjąłem tunikę i naciągnąłem spodnie.

– Przypuszczam, że dzięki nim dotrę w miarę spokojnie do domu. Ile za twój kłopot, Bentley? – zapytałem.

Zastanawiał się jakąś sekundę.

– Jeden i dwa.

Zacząłem zawiązywać koszulę, nic nie mówiąc.

– Przepraszam, panie – rzekł pośpiesznie. – Zapomniałem, z kim mam do czynienia. – Przełknął ślinę. – Jeden wystarczy w zupełności.

Wyciągnąłem mieszek i wcisnąłem mu do ręki jeden srebrny talent, a potem spojrzałem mu głęboko w oczy.

– Przyda mi się trochę drobnych.

Jego usta zacisnęły się w cienką linię, ale pokiwał głową i odliczył mi dwie joty.

Schowałem je do sakiewki, którą wcisnąłem mocno pod koszulę, wreszcie obdarzyłem Bentleya znaczącym spojrzeniem i poklepałem sakiewkę przez koszulę.

Zobaczyłem, jak uśmiech po raz ostatni rozciąga mu kąciki ust.

– Do widzenia, panie.

Wziąłem ręcznik i opuściłem sklep, aby udać się w znacznie mniej demonstracyjny spacer z powrotem do karczmy, w której znalazłem śniadanie i kąpiel.

– Czym mogę służyć, młody panie? – zapytał karczmarz, kiedy podszedłem do baru. Uśmiechnął się i wytarł dłonie w fartuch.

– Stosem brudnych talerzy i ścierką.

Spojrzał na mnie przymrużonymi oczyma, po chwili roześmiał się.

– Uznałem, że uciekłeś nago na ulicę.

– Nie całkiem nago. – Położyłem ręcznik na kontuarze.

– Wcześniej było w tobie więcej brudu niż chłopca. I nie postawiłbym uczciwej marki na to, że masz czarne włosy. Naprawdę jesteś nie do poznania. – Przez sekundę dziwił się w milczeniu. – Chcesz odzyskać swoje stare ubranie?

Pokręciłem głową.

– Wyrzuć je... a tak naprawdę, to spal i upewnij się, że nikt przypadkowo nie odetchnie dymem.

Roześmiał się powtórnie.

– Ale miałem przy sobie jeszcze inne rzeczy – zauważyłem.

Pokiwał głową i postukał się po nosie.

– Racja. Chwileczkę. – Odwrócił się i zniknął w drzwiach z tyłu za barem.

Pozwoliłem spojrzeniu błądzić po sali. Teraz, gdy nie ściągałem już na siebie wrogich spojrzeń, wydawała się jakaś odmieniona. Kamienne palenisko z bulgoczącym czarnym kociołkiem. Lekko kwaskowa woń polerowanego drewna i rozlanego piwa. Niski szmer rozmów...

Zawsze lubiłem tawerny. Myślę, że takie upodobania rodzi życie spędzone w drodze. Tawerna jest miejscem bezpiecznym, swego rodzaju schronieniem. Pamiętam, że wtedy, w tej karczmie poczułem, jak wraca mi to poczucie bezpieczeństwa i chyba właśnie wtedy zrodziła się we mnie myśl, że dobrze byłoby prowadzić kiedyś taki przybytek.

– Oto twoje rzeczy. – Karczmarz położył na kontuarze trzy pióra, kałamarz z atramentem i mój kwit z księgarni. – One stanowiły dla mnie równie wielką zagadkę jak to, że uciekłeś bez ubrania.

– Wybieram się na Uniwersytet – wyjaśniłem.

Uniósł brew.

– Nie jesteś aby na to trochę za młody?

Na te słowa po plecach przebiegł mi chłodny dreszcz, ale postanowiłem na razie przejść nad tym do porządku.

– Przyjmują wszystkich.

Grzecznie pokiwał głową, jakby moje zamiary stanowiły znakomite wyjaśnienie stanu, w jakim się tu pojawiłem niedawno – bosy i śmierdzący brudem zaułków. Po chwili wyraźnego oczekiwania na jakieś dalsze słowa z mej strony barman nalał sobie.

– Bez obrazy, ale nie bardzo wyglądasz mi teraz na kogoś, kto miałby jeszcze ochotę zmywać naczynia.

Otworzyłem usta, żeby zaprotestować, ponieważ żelazny grosz za godzinę roboty wydawał mi się znakomitą okazją, której za nic nie powinienem przepuścić. Za dwa grosze można było dostać bochenek chleba, a ja nie potrafiłem zliczyć, ile razy ostatniej zimy chodziłem głodny.

Wtedy zobaczyłem swoje dłonie wsparte na kontuarze. Były różowe i czyste, prawie nie poznałem w nich swoich górnych kończyn. I zrozumiałem, że nie mam ochoty zmywać naczyń. Miałem ważniejsze rzeczy do zrobienia. Odsunąłem się na krok od baru i wyciągnąłem grosz z mieszka.

– Gdzie najprędzej znajdę karawanę wyruszającą na południe? – zapytałem.

– Na Placu Poganiaczy, na Wzgórzach. Ćwierć mili za młynem, przy ulicy Zielonej.

Usłyszawszy nazwę Wzgórz, poczułem nerwowy dreszcz. Przeszedłem nad tym do porządku i pokiwałem głową.

– Podoba mi się twoja karczma. Będę się uważał za szczęściarza, jeśli w twoim wieku będę mógł poszczycić się podobną. – Podałem mu grosz.

Uśmiechnął się szeroko i oddał mi monetę.

– Ktoś, kogo stać na tak zręczne komplementy, zawsze będzie tu mile widziany.

Rozdział 32

Miedziaki, szewcy i tłumy

Kiedy znalazłem się na ulicy, do południa pozostała jeszcze jakaś godzina. Świeciło słońce, ogrzewając kamienie bruku pod moimi stopami. Gwar rynku otaczał mnie coraz głośniejszym, regularnym szumem, a ja starałem się cieszyć tym, że jestem czysty i syty.

Mimo to gdzieś w żołądku czułem niejasny ucisk przypominający uczucie, jakie się ma, gdy ktoś przygląda nam się od tyłu. W końcu instynkt wziął górę i zanurkowałem w boczną uliczkę.

Oparty o mur jakiegoś domu odczekałem chwilę i powoli dziwne uczucie zaczęło się rozwiewać. Poczułem się głupio. Ufałem swoim instynktom, mimo iż od czasu do czasu zdarzał im się fałszywy alarm. Odczekałem więc jeszcze kilka minut, żeby się upewnić, i wróciłem na ulicę.

Prawie natychmiast ogarnął mnie niejasny niepokój. Starając się go ignorować, zastanawiałem się, jakie jest jego źródło. Po dłuższej chwili próżnych rozważań poddałem się i schroniłem znów w bocznej uliczce, skąd obserwowałem tłum przechodniów, próbując wyłowić wśród nich tego, który mnie śledził.

Daremnie. Dopiero po dobrej półgodzinie skręcania się w nerwowej udręce zrozumiałem, o co chodzi.

Nie potrafiłem się odnaleźć w tłumie ludzi.

W ciągu ostatnich kilku lat ludzka ciżba stała się dla mnie częścią scenerii miasta. W tłumie mogłem się ukryć przed strażnikiem lub sklepikarzem. Poprzez tłum przeciskałem się, zmierzając do jakiegoś miejsca. Zdarzało mi się oczywiście iść w tym samym kierunku co tłum, ale nigdy nie byłem jego częścią.

Przyzwyczajony do tego, że nie zwraca się na mnie uwagi,

omal nie uciekłem przed sklepikarzem, który próbował mi coś sprzedać.

Kiedy już zorientowałem się w naturze nękających mnie uczuć, odzyskałem spokój, przynajmniej po części. Strach zazwyczaj bierze się z niewiedzy. Zrozumienie istoty problemu czyni zeń problem właśnie, rzecz do rozwiązania, nie zaś coś, czego należałoby się bać.

Jak już wspomniałem, Tarbean rozpada się na dwa zasadnicze obszary: Wzgórza i Nabrzeże. Nabrzeże jest biedne. Wzgórza są bogate. Nabrzeże śmierdzi. Wzgórza są czyste. Na Nabrzeżu żyją złodzieje. Na Wzgórzach mieszkają bankierzy – przepraszam, krwiopijcy.

Opowiadałem już wam historię mojej jedynej, fatalnej wycieczki na Wzgórza. Łatwo zrozumieć, dlaczego, gdy tylko tłum przede mną rozstąpił się na moment, natychmiast w oczy wpadł mi ten, którego cały czas wypatrywałem. Żołnierz straży miejskiej. W jednej chwili skoczyłem w najbliższe drzwi, serce łomotało mi w piersiach.

Chwilę zabrało mi przekonanie siebie samego, że nie jestem już tym samym brudnym małym urwisem, który przed laty odebrał tu srogie lanie. Byłem dobrze odziany i czysty. Wyglądałem, jakby tu właśnie było moje miejsce. Niemniej stare nawyki umierają powolną śmiercią. Musiałem zmagać się z narastającą furią, choć nie potrafiłem powiedzieć, przeciwko komu była skierowana – mnie samemu, strażnikowi czy światu? Zapewne po części przeciwko wszystkim.

– Jeszcze chwileczkę – dobiegł mnie głos zza przesłoniętych zasłoną drzwi.

Rozejrzałem się po sklepie. Wnikające przez szybę wystawową światło padało na warsztat ze spiętrzoną robotą oraz dziesiątki par butów leżących na półkach. W sumie mogłem sobie wybrać znacznie gorsze miejsce.

– Niech zgadnę... – usłyszałem powtórnie głos dobiegający z tyłu warsztatu. Zza zasłony wyszedł siwy, posunięty w latach mężczyzna, trzymając w ręku długi kawał skóry. Poza tym był niski i przygarbiony, ale zmarszczki na twarzy rozciągał szeroki uśmiech. – ...potrzebujesz butów. – Tym razem uśmiechnął się nieśmiało, jakby jego żart był starą parą butów, które nosił już zbyt długo, ale jakoś nie potrafił się ich pozbyć.

Zerknął na moje nogi. Wbrew sobie podążyłem spojrzeniem za jego wzrokiem.

Oczywiście byłem bosy. Butów nie miałem już od tak dawna, że przestałem w ogóle o nich myśleć. Przynajmniej latem. Zimową porą śniłem o butach.

Oderwałem spojrzenie od bosych stóp. Oczy starego biegały w tę i we w tę, jakby nie miał pewności, czy wybuch śmiechu nie będzie go kosztować utraty klienta.

– Przyznaję, buty by się przydały – odparłem.

Roześmiał się w głos, a potem usadził mnie na krześle i palcami zdjął rozmiar moich bosych stóp. Na szczęście nie padało, więc na nogach miałem tylko kurz z bruku.

– Zobaczymy, czy mam coś, co ci się spodoba i w odpowiednim rozmiarze. Jeżeli nie, mogę zrobić lub przerobić dla ciebie buty w ciągu godziny czy dwóch. A więc, jakich butów potrzebujesz? Na wędrówkę? Do tańca? Do jazdy konnej? – Siedząc wciąż na stołku, odchylił się i sięgnął po parę butów na półkę.

– Na wędrówkę.

– Tak sobie właśnie pomyślałem. – Zręcznie włożył mi na nogi parę skarpet, jakby był przygotowany na wizytę bosego klienta. A potem wsunął moje stopy w coś czarnego ze sprzączką. – Pasują? Wstań, to się przekonamy.

– Hmm...

– Są trochę ciasne. Tak też myślałem. Nie ma nic bardziej denerwującego niż but, który ciśnie. – Zdjął mi buty, a potem na ich miejsce zgrabnym ruchem wsunął następną parę. – A te?

Te były z fioletowego aksamitu, a przynajmniej takie się wydawały pod stopą.

– Są...

– Nie całkiem to, o co ci chodziło? Naprawdę nie mogę mieć do ciebie pretensji, niszczą się strasznie szybko. Chociaż kolor ładny, wywierają wrażenie na damach. – Wzuł mi nową parę na stopy. – A te?

Buty były z prostej brązowej skóry i pasowały tak znakomicie, jakby zostały wykonane na miarę. Oparłem się mocniej na stopie, a but jakby ją objął. Zapomniałem już, jak cudownie może czuć się stopa w dobrym bucie.

– Ile? – zapytałem niepewnie.

Zamiast odpowiedzieć od razu, wstał i rozejrzał się po półkach.

– Na podstawie stóp wiele można o człowieku powiedzieć – zamyślił się. – Zdarzają się ludzie, którzy przychodzą tu roześmiani i rozgadani, w czyściutkich, wypastowanych butach i wypudrowanych pończochach. Ale kiedy zdejmą buty, okazuje się, że ich stopy pachną po prostu paskudnie. To są ludzie, których cechuje sekretność. Mają mnóstwo brzydko pachnących sekretów i starają się je ukryć, jak ukrywają swoje stopy. – Odwrócił się i spojrzał na mnie. – Ale to się nie może udać. Jedynym sposobem, aby twoje stopy nie pachniały brzydko jest przewietrzenie ich od czasu do czasu. Z sekretami pewnie jest tak samo. Choć na nich akurat się nie znam. Znam się na butach. – Zaczął grzebać w galimatiasie na warsztacie.

– Przychodzą tu też niektórzy młodzieńcy z dworu, wachlują twarze i rozprawiają na temat ostatniej tragedii. Ale ich stopy są takie miękkie i różowe. Od razu widać, że nigdy donikąd nie wędrowali na własnych nogach. Wiadomo, że nigdy w życiu nikt im nie wyrządził prawdziwej krzywdy.

Znalazł w końcu to, czego szukał, i uniósł w górę parę butów nadzwyczaj podobnych do tych, które miałem na nogach.

– Oto one. Należały do mojego Jakuba, kiedy był w twoim wieku. – Usiadł na taborecie i rozwiązał sznurowadła butów znajdujących się na moich nogach. – A ty – mówił dalej – masz twarde podeszwy stóp, jak na kogoś tak młodego: blizny, odciski. Z takimi stopami mógłbyś biegać przez cały dzień po kamieniach, nie potrzebując żadnych butów. Jest tylko jeden sposób, żeby chłopak w twoim wieku dorobił się takich stóp.

Uniósł wzrok, dając w ten sposób do zrozumienia, że jest to pytanie. Skinąłem głową.

Uśmiechnął się i położył mi rękę na ramieniu.

– Pasują?

Wstałem, żeby przejść się w kolejnych butach. Jeśli to w ogóle możliwe, to były jeszcze wygodniejsze niż tamta nowa para, ponieważ były lekko znoszone.

– Więc widzisz, te buty – pomachał trzymanymi w ręku kamaszami – są nowe. Nikt nie przeszedł w nich jeszcze nawet mili, a za takie nowe buty liczę sobie talent, może talent i dwa. – Wskazał palcem moje stopy. – Natomiast te buty są używane, a ja nie sprzedaję używanych butów.

Odwrócił się do mnie plecami i zabrał do porządkowania warsztatu, ale raczej dość chaotycznie, i przez cały czas nucił pod nosem. Sekundę mi zabrało, zanim rozpoznałem melodię piosenki *Opuść miasto, druciarzu.*

Wiedziałem, że chce mi wyświadczyć przysługę i jeszcze tydzień temu skwapliwie skorzystałbym z okazji zdobycia darmowych butów. Ale teraz z jakiegoś względu wykorzystywanie szewca wydało mi się nie w porządku. W milczeniu zebrałem swoje rzeczy i zanim wyszedłem, zostawiłem mu na zydlu dwie miedziane joty.

Dlaczego? Ponieważ duma to dziwne zwierzę i ponieważ hojność potrzebuje w rewanżu hojności. Ale głównie dlatego, że wydawało mi się to rzeczą właściwą, a to jest wystarczający powód.

– Cztery dni. Sześć, jeśli będzie padać.

Roent był trzecim woźnicą, którego zagadnąłem na temat podróży do Imre, miasta położonego w pobliżu Uniwersytetu. Postawny mężczyzna z Caeld o twarzy porośniętej gęstą czarną brodą, która nadawała mu wygląd zawadiaki, wypowiedziawszy do mnie te słowa, odwrócił się i zaczął przeklinać w siaru człowieka, który ładował na jego wóz bele materiału. Kiedy mówił w rodzimym języku, jego słowa brzmiały jak łoskot kamiennej lawiny.

Gdy znów zwrócił się do mnie, ton jego głosu przeszedł w basowy pomruk grzmotu.

– Dwa miedziaki. Dwie joty. Żadnych groszy. Możesz jechać na wozie, jak znajdzie się miejsce. Nocami możesz sypiać pod wozem. Jeść będziesz wieczorem, razem z nami. Na obiad tylko chleb. Kiedy wóz utknie, pomagasz pchać.

Urwał znowu, żeby pokrzyczeć na swoich ludzi. Wozy były

cztery. Trzy wypakowane towarami na handel, czwarty boleśnie znajomy – jeden z tych domów na kółkach, w których przyszło mi spędzić dzieciństwo. Żona Roenta, Reta, siedziała właśnie przed tym wozem. Jej aparycja zmieniała się jak barwy nieba – począwszy od surowej, kiedy patrzyła na ludzi, do roześmianej, gdy rozmawiała ze stojącą nieopodal dziewczynką.

Przyjąłem, że dziewczynka jest pasażerem, jak ja. Była w moim wieku, może o rok starsza, ale w tym okresie życia rok to spora różnica. Tahlanie mają powiedzenie na temat dzieci w naszym wieku. „Chłopcy rosną, ale dziewczynki dorastają". Odziana była w praktyczny strój podróżny – spodnie i koszula – i była jeszcze na tyle młoda, by ubiór ten nie nasuwał nieprzyzwoitych skojarzeń. Nosiła się zresztą w taki sposób, że gdyby była bodaj o rok starsza, musiałbym w niej widzieć już prawdziwą damę. Rozmawiając z Retą, wydawała się w jednej chwili pełna łagodnego wdzięku, w następnej zaś dziecięcej przesady. Miała długie ciemne włosy i...

Mówiąc krótko, była piękna. Minęło już tak dużo czasu, odkąd widziałem coś naprawdę pięknego...

Roent podążył spojrzeniem za moim wzrokiem i podjął na nowo:

– Wszyscy pomagają wieczorem rozbijać obóz. Każdy po kolei pełni wartę. Jeśli zaśniesz podczas swojej warty, koniec podróży. Jesz z nami, cokolwiek ugotuje moja żona. Zaczniesz się skarżyć, koniec podróży. Będziesz szedł zbyt wolno, koniec podróży. Zaczniesz naprzykrzać się dziewczynie... – Przesunął dłonią po czarnej brodzie na wysokości szyi. – Może się przydarzyć nieszczęście.

Chcąc jak najszybciej odwrócić jego myśli od niemiłego tematu, zapytałem:

– Kiedy skończy się załadunek wozów?

– Za dwie godziny – powiedział z ponurą pewnością, jakby chciał tym samym sprowokować robotników, by mu się sprzeciwili.

Jeden z tamtych wyprostował się na wozie, i osłoniwszy oczy dłonią, zawołał głośno, żeby przekrzyczeć zgiełk rżących koni, turkoczących wozów i rozmów ludzi wypełniających plac.

– Nie daj się zastraszyć, chłopcze! Mimo tego gadania to przyzwoity człowiek.

Roent tylko wyciągnął w jego stronę gruby palec i tamten natychmiast wrócił do pracy.

Właściwie niepotrzebna była mi ta uwaga. Człowiekowi, który zabiera w drogę swoją żonę, zazwyczaj można zaufać. Poza tym cena była uczciwa, a wyjazd tego samego dnia. Skorzystałem więc z okazji i wyciągnąłem z mieszka dwie joty, aby je wręczyć Roentowi.

Popatrzył mi w oczy.

– Dwie godziny. – Podkreślił swe słowa uniesieniem wyprostowanego palca. – Spóźnisz się i koniec podróży.

Uroczyście skinąłem głową.

– *Rieusa, tu kialus A'isha tua.* „Dziękuję ci, że pozwalasz mi przebywać w pobliżu swej rodziny".

Roent uniósł krzaczaste brwi. Szybko jednak otrząsnął się ze zdumienia i skinął głową, krótko, ale zdecydowanie, jakby się kłaniając.

– Ludzie są pełni niespodzianek.

Odwróciłem się i zobaczyłem robotnika, który wcześniej krzyczał do mnie z wozu. Wyciągnął rękę.

– Derrik – przedstawił się.

Podałem mu swoją, czując się nieco niezręcznie. Minęło już tyle czasu, odkąd prowadziłem z kimś normalną rozmowę, że przepełniały mnie wahanie i świadomość własnej niezgrabności.

– Kvothe.

Derrik uniósł ręce nad głowę i przeciągnął się, krzywiąc usta. Nie sięgałem mu nawet do ramienia, miał pewnie ze dwadzieścia lat; wysoki blondyn.

– Roent mocno się zdziwił. Gdzie się nauczyłeś mówić w siaru?

– Pewien hermetyk trochę mnie nauczył – wyjaśniłem.

Roent podszedł do żony, by z nią porozmawiać. Ciemnowłosa dziewczynka spojrzała w moją stronę i uśmiechnęła się. Uciekłem wzrokiem, nie wiedząc, jak zareagować.

Derrik wzruszył ramionami.

– Dobrze, dam ci spokój, żebyś mógł zebrać swoje rzeczy. Roent dużo gada, ale choć przyzwoity z niego człowiek, nie zaczeka ani chwili, gdy będzie miał załadowane wozy.

Pokiwałem głową, choć nie miałem żadnych „rzeczy". Ale powinienem poczynić pewne sprawunki. Powiadają, że w Tarbean można dostać wszystko, jeśli tylko ma się dość pieniędzy. Przeważnie mają rację.

Zszedłem po schodach do piwnicy Trapisa. Dziwnie się czułem w tym miejscu w nowych butach. Zdążyłem się już przyzwyczaić do chłodnego, wilgotnego kamienia pod stopami.

Kiedy przemierzałem krótki korytarz, ze znajdującego się za nim pokoju wyszedł chłopiec w łachmanach z małym, pomarszczonym zimowym jabłkiem w ręku. Na mój widok stanął jak wryty, zmarszczył czoło i spojrzał zwężonymi, podejrzliwymi oczami. Potem spuścił wzrok i przemknął obok mnie.

Nie myśląc, odtrąciłem jego rękę, którą sięgał po moją sakiewkę, i popatrzyłem za nim, zbyt zdumiony, żeby cokolwiek powiedzieć. Wypadł na zewnątrz, a ja stałem zmieszany i wytrącony z równowagi. Nigdy nie okradaliśmy się wzajem. Na ulicy każdy troszczył się o siebie, ale piwnica Trapisa była miejscem najbardziej zbliżonym do nietykalnego sanktuarium – czy może kościoła – jakie posiadaliśmy. Żaden z nas nie ryzykowałby jego zbezczeszczenia.

Doszedłem do głównego pomieszczenia i z ulgą dostrzegłem, że poza tym nic się nie zmieniło. Trapisa nie było, zapewne udał się po prośbie na środki utrzymania dla siebie i dzieci. Tylko sześć pryczy, wszystkie zapełnione, i parę dzieciaków leżących na podłodze. Kilku brudnych urwisów stało wokół koszyka na stole, ściskając zimowe jabłka. Odwrócili się i popatrzyli na mnie twardo, z pogardą w oczach.

Wtedy zrozumiałem. Żaden z nich mnie nie rozpoznał. Czysty i dobrze ubrany, wyglądałem jak normalny chłopak, który tu zabłądził. Nie należałem już do nich.

W tej samej chwili wrócił Trapis, niosąc pod jedną pachą kilka płaskich bochenków chleba, a pod drugą wrzeszczące dziecko.

– Ari! – zawołał jednego z chłopców. – Pomóż. Mamy nowego gościa, a jej trzeba zmienić pieluszki.

Chłopak podbiegł i wziął dziecko z rąk Trapisa, ten zaś położył chleb na stole obok koszyka. Wszystkie spojrzenia dzieci spoczęły na nim, w oczach widać było napięcie. Ścisnęło mnie w żołądku. Trapis nawet na mnie nie spojrzał. A jeśli on też mnie nie rozpoznał? A jeśli każe mi wyjść? Ponieważ nie miałem pojęcia, jak to zniosę, zacząłem się powoli wycofywać w kierunku drzwi.

Trapis po kolei interesował się dziećmi.

– Niech no zobaczę. Dawid, wylej wodę z beczki i wyszoruj ją. Powoli robi się stęchła. Natan, kiedy skończy, nalej świeżej z pompy.

– Mogę wziąć podwójną porcję? – zapytał Natan. – Dla brata.

– Twój brat może sam przyjść po swój chleb – delikatnie skarcił go Trapis, a potem uważniej przyjrzał się chłopcu, jakby coś przeczuwając. – Stało mu się coś?

Natan spuścił wzrok i pokiwał głową.

Trapis położył rękę na ramieniu chłopca.

– Przyprowadź. Zajmiemy się nim.

– Chodzi o jego nogę – wybuchnął Natan, bliski łez. – Jest cała gorąca, nie może na niej stanąć.

Trapis przytaknął i gestem wskazał następnego dzieciaka.

– Jen, ty pomożesz Natanowi przyprowadzić brata.

Chłopcy wybiegli.

– Tam, skoro Natana nie ma, przyniesiesz wodę – komenderował dalej Trapis.

– Kvothe, biegnij po mydło. – Podał mi półgroszówkę. – Idź do Many w Pralniach. Da ci więcej, jeśli jej powiesz, dla kogo to.

Poczułem wielką kluchę w gardle. Poznał mnie. Nie jestem w stanie wyjaśnić, jaką mi to wówczas sprawiło ulgę. Na całym świecie Trapis był dla mnie kimś najbardziej zbliżonym do członka rodziny. Myśl o tym, że mógłby przestać mnie znać, napełniała mnie grozą.

– Nie mam czasu, aby biegać na posyłki, Trapis – oznajmiłem z wahaniem. – Wyjeżdżam. Jadę w głąb lądu, do Imre.

– Doprawdy? – zapytał, obrzucając mnie uważniejszym spojrzeniem. – Cóż, faktycznie wyglądasz, jakbyś wyjeżdżał.

Oczywiście. Trapis nigdy nie zwracał uwagi na ubranie, tylko na dziecko w środku.

– Wszedłem tu tylko po to, aby ci powiedzieć, gdzie zostawiłem swoje rzeczy. Nad warsztatem produkującym świece jest miejsce, gdzie łączą się trzy dachy. Zostawiłem tam trochę rzeczy: koc, flaszkę. Nie będą mi już potrzebne. Gdyby ktoś potrzebował, to jest to dobre miejsce na sen, suche. Nikt o nim nie wie... – Urwałem.

– To miło z twojej strony. Poślę tam jednego z chłopców – powiedział Trapis. – Podejdź bliżej. – Sam do mnie podszedł i uścisnął niezgrabnie, brodą drapiąc w policzek. – Zawsze się cieszę, widząc, jak jedno z was wynosi się z miasta – powiedział mi na ucho. – Wiem, że świetnie sobie poradzisz, ale zawsze możesz wrócić, jeśli będzie trzeba.

Jedna z dziewczynek na pobliskiej pryczy zaczęła się rzucać i jęczeć. Trapis odsunął się ode mnie i poszedł zobaczyć, co z nią.

– Co, co – mówił już uspokajająco, gdy tymczasem jego bose stopy kląskały po podłodze. – Co, co. Ci, ci.

Rozdział 33

Morze gwiazd

Wróciłem na Plac Poganiaczy z workiem przewieszonym przez ramię. Miałem w nim zmianę bielizny, dużego suchara, trochę suszonego mięsa, skórzane naczynie z wodą, igłę z nitką, krzesiwo, pióra i atrament. Mówiąc krótko – wszystko, co inteligentny człowiek bierze w podróż na wszelki wypadek.

Jednakowoż przedmiotem, który napawał mnie największą dumą, był granatowy płaszcz, zakupiony z wózka gałganiarza za ledwie trzy joty. Płaszcz był ciepły, czysty i jeśli nie myliła mnie intuicja, dopiero niedawno rozstał się z pierwotnym właścicielem.

Kiedy się rusza w drogę, dobry płaszcz wart jest więcej niż wszystkie inne rzeczy razem wzięte. Kiedy nie znajdzie się dachu do spania, może posłużyć za łóżko i koc. Osłoni grzbiet przed deszczem, a twarz przed słońcem. Można pod nim ukryć wszelką broń, jeśli jest się dość bystrym, a jeśli nie, to przynajmniej jedną sztukę broni.

Poza tym jeszcze dwie rzeczy przemawiają za płaszczem. Po pierwsze, niewiele jest widoków równie uderzających jak dobrze znoszony płaszcz, powiewający lekko na wietrze. Po drugie, najlepsze płaszcze zazwyczaj wyposażone są w niezliczone kieszonki, które dla mnie zawsze miały irracjonalny i nieodparty urok.

Jako się rzekło, to był dobry płaszcz i miał sporo tych kieszonek. Upchnąłem w nich sznurek, wosk, trochę suszonych jabłek, krzesiwo, kulkę w małym skórzanym woreczku, woreczek soli, haczyk i katgut.

Starałem się wydać wszystkie moje pieczołowicie gromadzone pieniądze Wspólnoty, zatrzymując twardą walutę cealdańską na podróż. Grosze miały swoją wartość tutaj, w Tarbean, ale pieniądze cealdańskie respektowano niezależnie od tego, w jakim kącie świata się je oferowało.

Gdy przybyłem na miejsce, trwały ostatnie gorączkowe przygotowania. Roent przechadzał się między wozami niczym niespokojne zwierzę, sprawdzając wszystko bez końca. Reta surowym okiem obserwowała robotników, karcąc ich zaraz, gdy zrobili coś niezgodnie z jej wymaganiami. Mnie na szczęście wszyscy ignorowali do czasu, aż karawana wyruszyła z miasta, kierując się ku Uniwersytetowi.

Wraz z każdą milą dzielącą mnie od miasta czułem, jak z moich ramion powoli opada wielki ciężar. Cieszyłem się dotykiem ziemi pod podeszwami butów, zapachem świeżego powietrza, cichym szumem wiatru w wiosennych źdźbłach pszenicy na polach. Raz po raz łapałem się na tym, że szczerzę zęby bez innego powodu, jak tylko poczucie ogarniającego mnie szczęścia. My, Ruh, nie jesteśmy stworzeni do długiego przebywania w jednym miejscu. Wciągnąłem głęboki oddech i o mało nie wybuchnąłem głośnym śmiechem.

Podczas podróży nie narzucałem się nikomu, ponieważ wciąż czułem się niezręcznie w towarzystwie innych. Roent i najemnicy chętnie zostawiali mnie samemu sobie. Derrik od czasu do czasu żartował ze mną, ale zasadniczo zniechęcała go moja rezerwa.

Zostawała mi więc tylko ostatnia pasażerka, Denna. Pierwsze słowa wymieniliśmy dopiero pod koniec pierwszego dnia podróży. Jechałem wtedy na wozie w towarzystwie jednego z najemników i akurat mechanicznie obdzierałem z kory wierzbową witkę. Moje palce poruszały się bez udziału myśli i oglądałem jej profil, podziwiając linię szczęki oraz krzywiznę szyi w miejscu, w którym łączy się z ramionami. Zastanawiałem się, dlaczego podróżuje sama i dokąd zmierza. W samym środku tych rozmyślań ona odwróciła się i przyłapała mnie na podglądaniu.

– Grosz za twoje myśli? – zapytała, odsuwając z twarzy zabłąkany kosmyk włosów.

– Zastanawiałem się, co właściwie tutaj robisz – odrzekłem na poły szczerze.

Uśmiechnęła się, nie przestając patrzeć mi w oczy.

– Kłamca.

Wykorzystałem starą sztuczkę sceniczną, pozwalającą opanować niechciany rumieniec i z najgłębszą, na jaką mnie było stać, obojętnością wzruszyłem ramionami, a potem spojrzałem na witkę w swoich dłoniach. Po kilku chwilach usłyszałem, jak Denna wraca do przerwanej rozmowy z Retą. Ogarnęło mnie osobliwe rozczarowanie.

Obóz był już rozbity na noc, kolacja bulgotała w kociołku, a ja tymczasem włóczyłem się bez celu wokół wozów, sprawdzając węzły, którymi przymocowany był ładunek. W pewnym momencie usłyszałem za sobą kroki, a odwróciwszy się, zobaczyłem nadchodzącą Dennę. Ścisnęło mnie w żołądku i dopiero głęboki oddech pozwolił mi nad sobą zapanować.

Zatrzymała się jakieś dziesięć kroków ode mnie.

– Wymyśliłeś już? – zapytała.

– Proszę?

– Co ja tu robię. – Uśmiechnęła się delikatnie. – Rozumiesz, przez większość życia sama się nad tym zastanawiam. Uznałam, że może ty wpadniesz na jakiś pomysł... – Obrzuciła mnie ironicznym, a zarazem pełnym nadziei spojrzeniem.

Pokręciłem głową, zbyt skonfundowany sytuacją, żeby odnaleźć w jej słowach coś śmiesznego.

– Domyśliłem się tylko, że dokądś zmierzasz.

Poważnie pokiwała głową.

– Na to sama też wpadłam. – Urwała i potoczyła wzrokiem po okręgu, jaki wokół nas tworzył horyzont. Wiatr zburzył jej włosy, tym samym ruchem co wcześniej odgarnęła je do tyłu. – Może przypadkiem wiesz, dokąd zmierzam?

Dopiero teraz poczułem, że uśmiech wypełza na moją twarz. Dziwne było to uczucie. Zdecydowanie wyszedłem z wprawy.

– A ty wiesz?

– Mam swoje podejrzenia w tej sprawie. Aktualnie sądzę, że do Anilin. – Zakołysała się na nogach. – Ale już wcześniej zdarzyło mi się mylić.

Rozmowa się urwała. Denna spuściła wzrok, bawiąc się pierścieniem, który miała na palcu. Dostrzegłem błysk srebra i jakiś bladoniebieski kamień. Nagle opuściła ręce i spojrzała mi w oczy.

– A dokąd ty zmierzasz?

– Na Uniwersytet.

Uniosła brew, co nadało jej wygląd osoby o dziesięć lat starszej.

– Taki jesteś tego pewny. – Uśmiechnęła się i znienacka znów stała się młoda. – Jak to jest, kiedy się zna cel swej drogi?

Nie potrafiłem wymyślić zgrabnej repliki, ale uratowała mnie Reta, wzywając wszystkich na kolację. Razem z Denną poszedłem w kierunku ogniska.

Ranek następnego dnia podróży upłynął mi na niezdarnych próbach zalotów. Denna podobała mi się, ale nie chciałem, żeby się to rzucało w oczy, więc powoli krążyłem wokół niej, póki wreszcie nie znalazłem powodu, aby się zbliżyć.

Denna natomiast zachowywała się z całkowitą swobodą. Resztę dnia spędziliśmy już jak starzy przyjaciele. Żartowaliśmy, opowiadaliśmy sobie historie. Uczyłem ją rozpoznawać różne typy chmur i pogodę, jaką zwiastują. Ona opowiadała mi o kształtach, które w nich dostrzega – róża, harfa, wodospad.

Tak nam minął dzień. Wieczorem, kiedy ciągnęliśmy losy ustalające kolejność wart, Dennie i mnie przydarzyło się wyciągnąć dwie pierwsze warty. Nie umawiając się, spędziliśmy cztery godziny razem. Siedzieliśmy tuż przy ogniu, rozmawialiśmy z cicha, aby nie zbudzić pozostałych, i przez cały czas właściwie nie mogliśmy oderwać od siebie oczu.

Trzeci dzień podróży minął nam podobnie. Wzajemne towarzystwo sprawiało nam przyjemność, nie musieliśmy nawet dużo rozmawiać, po prostu razem oglądaliśmy mijane krajobrazy, wymieniając się myślami, które akurat przyszły nam do głowy. Tę noc spędziliśmy w przydrożnej karczmie, gdzie Reta kupiła paszę dla koni i inne zapasy.

Reta w towarzystwie męża szybko udała się na spoczynek, informując pozostałych, że dla każdego umówiła z karczmarzem kolację i łóżko. Kolacja okazała się zresztą całkiem smaczna: bekon, zupa ziemniaczana, świeży chleb z masłem. Łóżko wypadało w stajni, ale to i tak było znacznie wygodniejszym noclegiem niż te, z którymi oswoiłem się w Tarbean.

Wspólna sala karczmy pachniała dymem, potem i rozlanym piwem. Ucieszyłem się więc, kiedy Denna zaproponowała spacer. W ciepłej ciszy bezwietrznej wiosennej nocy spacerowaliśmy po dzikim zagajniku na tyłach gospody i rozmawialiśmy. Wreszcie dotarliśmy na sporą polanę, okalającą staw.

Na samym skraju wody znajdowała się para ostańców. Powierzchnia kamieni lśniła srebrem na tle czerni nieba i wody. Jeden stał prosto niczym palec wskazujący w górę. Drugi leżał na płask, sięgając ku wodzie niczym krótki kamienny pomost.

Nawet jedna fala nie marszczyła powierzchni stawu, kiedy więc wspięliśmy się na leżący kamień, mieliśmy wokół siebie podwójny nieboskłon – nad głowami i u stóp. Było tak, jakbyśmy siedzieli pośród morza gwiazd.

Rozmawialiśmy przez długie godziny, późno w noc. Żadne z nas nie wspomniało o własnej przeszłości. Wyczuwałem, że są rzeczy, o których ona wolałaby nie mówić, a ponieważ unikała pewnych pytań, wywnioskowałem, że doszła do podobnych wniosków na mój temat. Rozmawialiśmy o sobie, o rzeczach niesamowitych, puszczaliśmy wodze radosnej wyobraźni. Wymieniałem nazwy wskazywanych na niebie gwiazd i konstelacji. Ona opowiadała mi o nich legendy, jakich jeszcze w życiu nie słyszałem.

Ale moje oczy zawsze w końcu zwracały się ku Dennie. Siedziała obok mnie, rękoma obejmując kolana. Jej skóra lśniła jaśniej niż księżyc, oczy były bardziej bezkresne niż niebo, głębsze od wody w stawie, ciemniejsze od nocy.

Powoli łapałem się na tym, że coraz dłuższe są chwile, kiedy bez słowa wpatruję się w nią. Zagubiony w myślach, zagubiony w jej urodzie. Lecz na jej twarzy ani razu nie pojawiła się uraza czy rozbawienie. Wydawało się, jakby też wpatrywała się w rysy mojej twarzy, jakby na coś czekała.

Miałem ochotę wziąć ją za rękę. Chciałem musnąć jej policzek czubkami palców. Chciałem jej powiedzieć, że przez trzy lata moje oczy ślepe były na piękno i dopiero teraz przejrzały. Że kiedy widzę, jak ziewa, zasłaniając usta grzbietem dłoni, oddech więźnie mi w gardle. Że gubię czasami sens jej słów w słodkiej melodii jej głosu. Chciałem jej powiedzieć, że gdyby była cały czas ze mną, uwierzyłbym, iż nic złego mnie już nie spotka.

I w tej sekundzie, gdy zabrakło mi tchu, omalże nie zapytałem jej. Czułem, jak pytanie nabrzmiewa mi w gardle. Pamiętam, że nabrałem tchu i się zawahałem – cóż mógłbym rzec? Chodź ze mną? Zostań ze mną? Chodź ze mną na Uniwersytet? Nie. Nagła pewność ścisnęła mi pierś chłodną ręką. O cóż mógłbym ją zapytać? Cóż mógłbym jej zaproponować? Nic. Wszystko, co powiem, będzie brzmiało jak głupawe dziecięce urojenia.

Zasznurowałem usta i spojrzałem na staw. Denna podążyła za moim wzrokiem. Czułem ciepło bijące od jej ciała. Pachniała kurzem drogi, miodem i tym zapachem, który wisi w powietrzu na krótko przed gwałtowną letnią ulewą.

Ostatecznie żadne z nas nic nie powiedziało. Zamknąłem oczy. Jej bliskość była najsłodszą i najbardziej dojmującą rzeczą, jaką w życiu przeżyłem.

Rozdział 34

Musi się jeszcze nauczyć

Następnego ranka wstałem po ledwie dwóch godzinach snu ze sklejonymi oczyma, wdrapałem się na któryś z wozów, a potem drzemałem z przerwami prawie do południa. Dopiero wtedy zdałem sobie sprawę, że podczas ostatniej nocy spędzonej w karczmie przybył nam nowy pasażer.

Na imię miał Josn i zapłacił Roentowi za przejazd do Anilin. Josn był miły w obejściu, raczył wszystkich szczerym uśmiechem. Z pozoru wydawał się człowiekiem poważnym. Nie polubiłem go.

Powód był prosty. Cały dzień spędził, jadąc na wozie obok Denny. Obsypywał ją bezczelnymi komplementami i żartował, że mogłaby zostać jedną z jego żon. Ona natomiast sprawiała takie wrażenie, jakby zeszłą noc spędziła w łóżku, była świeża i promieniejąca jak zawsze.

Skutek był taki, że cały dzień męczyła mnie irytacja i zazdrość, podczas gdy udawałem, iż wcale tak nie jest. Ponieważ byłem zbyt dumny, żeby po prostu włączyć się do ich rozmowy, zostawiono mnie samemu sobie. Cały dzień spędziłem, obracając w głowie ponure myśli, próbując ignorować dźwięk głosu Josna, wspominając niekiedy wygląd Denny z zeszłej nocy, kiedy poświata księżyca kładąca się na wodzie stawu okalała jej sylwetkę.

Umyśliłem sobie, że wieczorem, po tym jak wszyscy położą się spać, znów zaproszę Dennę na spacer. Ale nim do niej podszedłem, Josn już wracał od wozów, niosąc wielki czarny futerał wyposażonym z boku w mosiężne klamry. Na ten widok ugięły się pode mną kolana.

Wyczuwając oczekiwanie podróżnych – nie licząc, rzecz jasna, mojego – Josn powoli odpiął mosiężne klamry i z wystudiowaną obojętnością wyciągnął lutnię. Instrument był z tych, na jakich grali aktorzy wędrownych trup – na widok długiej wdzięcznej szyjki i obłego korpusu aż mnie coś zakłuło w piersiach. Tymczasem pewny uwagi wszystkich zgromadzonych Josn przechylił na bok głowę i przebiegł palcami po strunach, od czasu do czasu przerywając, żeby wsłuchać się w dźwięk. Potem, kiwając głową, zagrał.

Dysponował niezłym tenorem i dość zręcznymi palcami. Zagrał balladę, potem lekką, szybką piosenkę biesiadną, wreszcie powolną, smutną melodię, której towarzyszyły słowa w nieznanym mi języku; podejrzewałem, że mógł to być yllish. Na koniec zagrał *Druciarza Tannera* i wszyscy dołączyli do chóru. Wszyscy oprócz mnie.

Siedziałem nieruchomy jak kamień, swędziały mnie palce. Miałem ochotę grać, nie słuchać. Ochota nie jest tu zresztą właściwym słowem. Łaknąłem gry jak głodny jedzenia. I bynajmniej nie napawa mnie dumą fakt, iż myślałem wówczas, aby wyrwać mu lutnię i zniknąć z nią w ciemnościach nocy.

Piosenkę zakończył przygrywką, a wtedy Roent kilka razy klasnął w dłonie, by zwrócić uwagę wszystkich.

– Czas kłaść się spać. Za późno wstajecie...

Derrik wszedł mu żartobliwie w słowo:

– ...koniec podróży. Wiemy, mistrzu Roent. Z pierwszym brzaskiem będziemy gotowi do drogi.

Josn roześmiał się i stopą otworzył futerał swojej lutni. Ale zanim zdążył ją schować, zawołałem do niego:

– Mógłbym ją na chwilę zobaczyć? – Ze wszystkich sił starałem się, aby w moim głosie nie brzmiała desperacja, lecz zwyczajne niezobowiązujące zainteresowanie. Nienawidziłem samego siebie za tę prośbę. Pytać muzyka, czy można potrzymać jego instrument, to jak pytać mężczyznę, czy można pocałować jego żonę. Ci, którzy nie są muzykami, tego nie zrozumieją. Instrument jest jak towarzyszka i kochanka. A obcy proszą o możliwość dotknięcia go i potrzymania z denerwującą regularnością. Wiedziałem więc dobrze, mimo to nie potrafiłem się powstrzymać. – Tylko na moment...

Zobaczyłem, jak sztywnieje z lekka, reagując instynktowną niechęcią. Ale podtrzymywanie przyjaznego wrażenia jest częścią profesji minstrela w takiej samej mierze jak muzyka.

– Oczywiście – powiedział z jowialnością, która w moich uszach zabrzmiała równie fałszywie, jak prawdziwie zapewne zabrzmiała dla wszystkich pozostałych. Podszedł do mnie i podał mi lutnię. – Tylko uważaj...

Potem odszedł na kilka kroków i dał nadzwyczaj przekonujące przedstawienie całkowitej swobody. Ja jednak widziałem lekko napięte ramiona i gotowość, by w każdej chwili podbiec i wyrwać mi instrument z ręki.

Podniosłem lutnię do oczu. Obiektywnie rzecz biorąc, nie było w niej nic szczególnego. W oczach mojego ojca nie byłaby czymś lepszym niż drewno na podpałkę. Musnąłem dłonią korpus. Przytuliłem do piersi.

Nie unosząc wzroku, powiedziałem:

– Jest piękna. – Mój głos był ochrypły od targających mną emocji.

Była piękna. Była najpiękniejszą rzeczą, jaką widziałem od trzech lat. Piękniejszą niż obraz wiosennych pól po trzech latach spędzonych w robaczywej kloace miasta. Piękniejszą niż Denna. Niemal.

Szczerze mogę powiedzieć, że wciąż nie byłem do końca sobą. Ledwie cztery dni dzieliły mnie od życia na ulicy. Nie byłem tym samym człowiekiem, którym byłem w czasach, gdy podróżowałem z wędrowną trupą, ale bynajmniej nie byłem też jeszcze tym człowiekiem, o którym słyszeliście w opowieściach. Tarbean zmieniło mnie. Nauczyłem się w nim wielu rzeczy, bez których spokojnie mógłbym się obejść.

Ale siedząc przy ogniu, pochylony nad lutnią, poczułem, jak pękają te twarde, nieprzyjemne rysy osobowości, jakich nabyłem w Tarbean. Niby gliniana forma odpadły od chłodnego żelaza; zostało coś czystego i twardego.

Przesunąłem palcami po strunach, dotykając każdej po kolei. Kiedy uderzyłem trzecią, odezwał się lekko rozstrojony ton, więc nie myśląc, podkręciłem lekko kołek.

– Słuchaj, tego nie dotykaj – Josn starał się mówić niedbałym głosem – rozstroisz instrument.

Ale ja już go nie słyszałem. Śpiewak i cała reszta naszej gromadki nie mogliby być dalej, gdybym nawet przebywał na dnie morza Centhe.

Trąciłem ostatnią strunę i ją również lekko dostroiłem. Schwyciłem prosty akord, pozwoliłem mu wybrzmieć. Był silny i idealnie harmonijny. Przesunąłem palec i akord zabrzmiał w skali minorowej w sposób, który zawsze sprawiał w mych uszach wrażenie, jakby lutnia mówiła: „smutek". Znowu zmieniłem ustawienie dłoni i z lutni dobyły się dwa akordy, szepczące do siebie wzajem. Potem, nie zdając sobie nawet sprawy, co robię, zacząłem grać.

Struny zachowywały się dziwnie pod moimi palcami, jakbym był świadkiem ponownego spotkania przyjaciół, którzy już zapomnieli, co ich łączyło. Grałem cicho i powoli, dźwięki z pewnością nie rozbrzmiewały dalej niż krąg zakreślany przez światło ogniska. Palce i struny prowadziły cichą rozmowę, jakby ich taniec kreślił linie wzajemnego zauroczenia.

Poczułem, jak coś we mnie pęka, i muzyka wylała się ze mnie w otaczającą ciszę. Moje palce tańczyły, zwinnie i szybko, snując pośrodku kręgu światła rzucanego przez nasze ognisko coś delikatnego jak pajęczyna i zarazem drżącego. Muzyka płynęła niczym nić babiego lata poruszana lekką bryzą, zmieniała kierunek jak liść spadający z drzewa, budząc emocje, jakie mogą się zrodzić z trzech lat spędzonych na Nabrzeżu w Tarbean, które pozostawiają w człowieku pustkę i palce obolałe od szczypiącego mrozu.

Nie mam pojęcia, jak długo grałem. To mogło być dziesięć minut, mogła być godzina. Ale moje dłonie odwykły od wysiłku. Wreszcie palce osłabły, a muzyka rozsypała się na kawałki niczym sen, z którego budzi się śniący.

Uniosłem wzrok i zobaczyłem wokół siebie nieruchome sylwetki towarzyszy podróży, a na ich twarzach całą gamę uczuć, począwszy od wstrząsu po zdumienie. Po chwili, jakbym swoim spojrzeniem przełamał zaklęcie, wszyscy w jednej chwili się poruszyli. Roent poprawił się na siedzeniu, dwaj najemnicy spojrzeli na siebie spod uniesionych brwi. Derrik obrzucił mnie takim spojrzeniem, jakby mnie pierwszy raz w życiu widział.

Reta nawet nie drgnęła, dłońmi wciąż zasłaniając usta. A Denna skryła twarz w dłoniach i zaczęła płakać cichym, pozbawionym nadziei szlochem.

Josn tylko stał nieporuszony. Twarz miał wykrzywioną i bezkrwistą, jakby go właśnie ktoś pchnął nożem.

Podałem mu lutnię, nie wiedząc, czy mam dziękować czy przepraszać. Wziął ją sztywnymi palcami. Po chwili, niezdolny wymyślić, co należy powiedzieć, zostawiłem ich przy ogniu i powędrowałem w stronę wozów.

I w taki właśnie sposób Kvothe spędził swoją ostatnią noc przed przybyciem na Uniwersytet – w łóżku, przykryty płaszczem i kocem. Leżał, za nim był krąg ognia, a przed nim leżał cień, jak płaszcz otulający świat. Oczy miał otwarte, to jedno jest pewne, ale któż z nas może rzec, co widział?

Więc zamiast tego zerknijmy może w krąg światła rzucanego przez ognisko, a Kvothe'a zostawmy na razie samemu sobie. Każdemu należy się chwila samotności, kiedy już przyjdzie na nią czas. A jeśli nawet z jego otwartych oczu płynęły łzy, wybaczmy mu. Mimo wszystko był tylko dzieckiem i musiał się jeszcze nauczyć, czym naprawdę jest smutek.

Rozdział 35

Rozstanie

Pogoda dopisywała, tak że wozy wjechały do Imre jeszcze przed zachodem słońca. Czułem się przybity, świat jawił mi się w czarnych barwach. Cały dzień Denna jechała na wozie z Josnem, a ja, jak zawsze pełen głupiej dumy, trzymałem się od niej z dala.

Gdy tylko karawana się zatrzymała, zawrzała gorączkowa aktywność. Nim jeszcze jego wóz stanął na dobre, Roent już wszczął sprzeczkę z gładko ogolonym człowiekiem w aksamitnym kapeluszu. Po wstępnych targach kilkunastu ludzi wzięło się do rozładowywania bel materiału, baryłek melasy i worków z kawą. Wszystko to pod surowym spojrzeniem Rety. Josn tymczasem kręcił się dookoła, pilnując, by jego bagaż nie został uszkodzony lub skradziony.

Z moim bagażem nie było nawet w połowie tyle kłopotów, ponieważ mieścił się cały w jednym worku podróżnym. Wyciągnąłem go po prostu spod jakichś bel materiału i nie miałem już nic więcej do roboty przy wozach. Zarzuciłem więc worek na ramię i poszedłem szukać Denny.

Zamiast niej natknąłem się na Retę.

– Bardzo się nam przydałeś w drodze – stwierdziła. Jej aturański był znacznie lepszy niż Roenta, ledwie ze śladem siaruańskiego akcentu. – Przyjemnie jest podróżować z kimś, komu nie trzeba patrzeć na ręce podczas wyprzęgania konia. – Wręczyła mi pojedynczą monetę.

Wziąłem ją, nawet się nie zastanawiając. Był to odruch, który ukształtowały u mnie lata spędzone na żebrach. Jakby odwrotność instynktu każącego nam cofać rękę od ognia. Dopiero gdy moneta znalazła się w moim ręku, rzuciłem na nią okiem. Cała miedziana jota, czyli połowa tego, co zapłaciłem za podróż do Imre. Kiedy spojrzałem na Retę ponownie, już szła z powrotem ku wozom.

Nie wiedząc, co myśleć, powędrowałem bez celu, aż natknąłem się na Derrika siedzącego na skraju koryta z wodą dla koni. Spojrzał na mnie, osłaniając oczy przed słońcem.

– Idziesz więc swoją drogą? Już prawie zacząłem myśleć, że zostaniesz z nami przez jakiś czas.

Pokręciłem głową.

– Reta właśnie zapłaciła mi całą jotę.

Skinął głową.

– Wcale nie jestem zaskoczony. Większość ludzi, których zabieramy ze sobą, nie przydaje się bardziej niż bela materiału. – Wzruszył ramionami. – Poza tym spodobała jej się twoja muzyka. Myślałeś kiedyś, żeby spróbować sił jako minstrel? Mówią, że Imre to dobre miejsce dla muzyków.

Skierowałem rozmowę z powrotem na osobę Rety:

– Nie chcę, żeby Roent się na nią zdenerwował. Jemu chyba bardzo zależy na pieniądzach.

Derrik się roześmiał.

– A jej nie?

– Zapłaciłem Roentowi – sprecyzowałem. – Gdyby chciał mi część z nich zwrócić, przypuszczam, że zrobiłby to osobiście.

– Oni to załatwiają inaczej. Mężczyzna nigdy nie powinien oddawać pieniędzy.

– O to mi właśnie chodzi – kontynuowałem. – Nie chcę, żeby przeze mnie miała kłopoty.

Derrik gwałtownie zamachał rękoma, przerywając mi.

– Chyba źle ci to tłumaczę – powiedział. – Roent wie o wszystkim. Zapewne sam ją do ciebie wysłał. Ale dorośli mężczyźni z Ceald nie oddają pieniędzy. To jest postrzegane jako rzecz kobieca. Jeśli mogą tego uniknąć, to starają się nawet nic nie kupować. Nie zauważyłeś, że to właśnie Reta targowała się o cenę naszych noclegów i jedzenia w tej karczmie, w której spaliśmy kilka dni temu?

Teraz, kiedy o tym wspomniał, przypomniałem sobie.

– Ale dlaczego? – zapytałem.

Derrik wzruszył ramionami.

– Po prostu takie są ich zwyczaje. Ale z tego właśnie powodu tyle cealdańskich karawan jest prowadzonych przez tandemy złożone z męża i żony.

– Derrik! – zza któregoś z wozów dobiegło wołanie Roenta.

Westchnął, podniósł się.

– Obowiązki wzywają – powiedział. – Na razie.

Wsunąłem jotę do kieszeni, zastanawiając się nad tym, co powiedział Derrik. Prawda była taka, że z moją trupą nigdy nie dotarłem tak daleko na północ, żeby móc powiedzieć, iż byłem w Shald. A więc nie byłem tak obyty w świecie, jak wcześniej sądziłem. Niepokojąca myśl.

Zarzuciłem worek na ramię i po raz ostatni rozejrzałem się wokół, myśląc, że zapewne lepiej będzie sobie oszczędzić denerwujących pożegnań. Denny nigdzie nie było w pobliżu. Niech więc tak będzie. Odwróciłem się, by odejść...

...i niemal nadziałem się na nią. Uśmiechnęła się niepewnie, ręce trzymała za plecami. Była piękna jak kwiat i zupełnie nie zdawała sobie z tego sprawy. Nagle zaparło mi dech w piersiach, zapomniałem o wszystkim: o swej irytacji, poczuciu krzywdy.

– Odchodzisz więc? – zapytała.

Przytaknąłem.

– Mógłbyś udać się razem z nami do Anilin – zaproponowała. – Powiadają, że tam ulice są wybrukowane złotem. Mógłbyś nauczyć Josna grać na tej lutni, którą wszędzie ze sobą targa. – Uśmiechnęła się. – Pytałam go i twierdził, że nie miałby nic przeciwko temu.

Może jednak? Na mgnienie oka przyszło mi na myśl, żeby porzucić cały plan i być z nią choć odrobinę dłużej. Ale moment minął i tylko pokręciłem głową.

– Nie patrz w ten sposób – droczyła się ze mną, uśmiechając się. – Zostanę tam przez jakiś czas. Mówię o tym na wypadek, gdyby tu ci się nie powiodło. – Z nadzieją zawiesiła głos.

Nie miałem pojęcia, co zrobię, jeśli tu mi się nie powiedzie. Wszystkie moje nadzieje wiązałem z Uniwersytetem. Poza tym

Anilin znajdowało się setki mil stąd. A ja miałem ledwie to jedno ubranie na grzbiecie. Poza tym, jak miałbym ją znaleźć?

Coś z tych myśli musiało się odbić na mojej twarzy. Denna uśmiechnęła się figlarnie.

– Przypuszczam więc, że to ja będę musiała przyjechać i ciebie poszukać.

My, Ruh, jesteśmy wędrowcami. Nasze życie składa się z powitań i pożegnań, a przerwy między nimi wypełniają przelotne, intensywne związki z ludźmi. Wiedząc o tym, znałem prawdę. Namacalnie czułem ciężar pewności w pustej przestrzeni w miejscu serca – nigdy jej już nie zobaczę.

Zanim zdążyłem coś powiedzieć, obejrzała się za siebie nerwowo.

– Lepiej, jak już pójdę. Odszukaj mnie kiedyś. – Jeszcze raz uśmiechnęła się swym psotnym uśmiechem, po czym odwróciła się i odeszła.

– Znajdę cię! – zawołałem w ślad za nią. – Spotkamy się na rozstajach dróg.

Zerknęła przez ramię i zawahała się na moment, ale potem tylko pomachała mi i odbiegła w półmrok wczesnego wieczoru.

Rozdział 36

Minus trzy talenty

Noc przespałem pod miastem Imre na miękkim łożu z wrzosów. Rankiem obudziłem się późno, umyłem w pobliskim strumieniu i ruszyłem na zachód, ku Uniwersytetowi.

W trakcie marszu co rusz unosiłem wzrok, spodziewając się ujrzeć na horyzoncie najwyższą budowlę Uniwersytetu. Z opisu Bena wiedziałem, jak powinna wyglądać: masywny, lity blok szarego kamienia. Większy niż cztery spichlerze razem wzięte. Żadnych okien, żadnych ozdób, tylko pojedyncze drzwi z szarego kamienia. Dziesięć razy po dziesięć tysięcy książek. Archiwa.

Wiele powodów stało za moją decyzją udania się na Uniwersytet, ale ten był decydujący. W Archiwach znajdowały się odpowiedzi, a ja miałem wiele pytań. Wśród nich najważniejsze – jaka jest prawda o Chandrianach i Amyr? Od momentu, w którym usłyszałem historię Skarpiego, dręczyło mnie pytanie – ile jest w niej prawdy?

W miejscu, gdzie drogę przecina rzeka Omethi, znajduje się stary kamienny most. Zapewne wiecie, o czym myślę. Jedna z tych gigantycznych starożytnych budowli, które spotykamy na całym świecie, tak starych i solidnych, że stały się już częścią krajobrazu i nikomu nie przychodzi do głowy zastanawiać się, kto je zbudował tudzież dlaczego. Akurat ten most był szczególnie imponujący, ponieważ miał ponad dwieście stóp długości, szeroki był na tyle, by dwa wozy mogły się na nim minąć swobodnie, rozpięto go zaś ponad kanionem, jaki rzeka Omethi wyrzeźbiła w litej skale. A kiedy znalazłem się w najwyższym punkcie mostu, zobaczyłem budynek Archiwów wystający niczym jakiś ogromny szary kamień ponad szczyty drzew.

Uniwersytet otacza niewielkie miasteczko. Choć po prawdzie, trudno je w ogóle określić tym mianem. W niczym nie przypomina bowiem Tarbean, z jego krętymi uliczkami i spowijającą wszystko wonią gnijących odpadków. Bardziej już typowa prowincjonalna mieścina z szerokimi ulicami i czystym powietrzem. Domy i sklepy otoczone trawnikami i ogrodami.

Ale ponieważ miasteczko wyrosło na gruncie specyficznych potrzeb Uniwersytetu, uważny obserwator bez trudu mógł dostrzec drobne osobliwości, z jakimi nie spotkałby się nigdzie indziej. Były tu na przykład dwa warsztaty zajmujące się dmuchaniem szkła, trzy sporych rozmiarów apteki, dwie introligatornie, cztery księgarnie, dwa zamtuzy i oszałamiająca liczba tawern. Do drzwi jednej z tych ostatnich ktoś przybił wielki drewniany szyld głoszący: ŻADNEJ SYMAPATII! Nie mogłem się nie zastanawiać, co o tym napisie myślą sobie klienci nie związani ze sztukami hermetycznymi.

Sam Uniwersytet składał się z jakichś piętnastu budynków wzniesionych w radykalnie odmiennych stylach architektonicznych. Oficyny miały kształt rotundy, od której symetrycznie odchodziło osiem skrzydeł, nadając im wygląd róży wiatrów. Nyże były niewyszukanymi prostopadłościanami z witrażami w oknach, na których przedstawiony był Teccam w klasycznej pozie – u wejścia do jaskini, przemawiający do grupy uczniów. Maius najbardziej się wyróżniało – zajmowało niemal półtora akra i wyglądało, jakby sklecono je z wielu mniejszych, nie pasujących do siebie budynków.

Kiedy znalazłem się przed wejściem do Archiwów, ich szary, pozbawiony okien masyw jeszcze bardziej skojarzył mi się z gigantycznym ostańcem. Poza tym trudno mi było uwierzyć, że po tych wszystkich latach czekania wreszcie tutaj dotarłem. Ruszyłem wzdłuż muru budynku, póki nie trafiłem na wejście – masywne podwójne drzwi z kamienia były otwarte na oścież. Nad nimi, wyżłobione głęboko w kamieniu, widniały słowa: *Vorfelan Rhinata Morie*. Nie znałem języka, z którego pochodziły. Nie było to siaru... więc może yllish lub temic. Kolejne pytanie, na które chciałbym poznać odpowiedź.

Za kamiennymi drzwiami był niewielki korytarz, w którego przeciwległej ścianie znajdowały się zwyczajne drewniane drzwi. Otworzyłem je i poczułem na twarzy powiew chłodnego powietrza. Zobaczyłem nagie ściany z szarego kamienia oświetlone charakterystycznym nie migoczącym, czerwonawym światłem lamp sympatetycznych. Na blacie wielkiego drewnianego biurka leżało otwartych kilka sporych tomów przywodzących na myśl księgi rachunkowe.

Za biurkiem siedział młodzieniec wyglądający na Cealdanina pełnej krwi o typowej, czerwonawej skórze, smolistych włosach i czarnych oczach.

– Czym mogę służyć? – zapytał z twardym akcentem języka siaru.

– Chciałbym się dostać do Archiwów – odpowiedziałem głupawo. W żołądku ściskało mnie ze zdenerwowania. Pociły mi się ręce.

Zmierzył mnie wzrokiem, wyraźnie próbując ocenić mój wiek.

– Jesteś studentem?

– Wkrótce będę – zapewniłem go. – Jeszcze nie przeszedłem egzaminu wstępnego.

– Najpierw będziesz musiał to zrobić – powiedział poważnie. – Nie mogę wpuścić nikogo, kogo nie ma w książce. – Gestem wskazał grube tomy leżące przed nim.

Mój żołądek się uspokoił. Z drugiej strony nawet się nie starałem ukryć rozczarowania.

– Nie mógłbym się tu trochę rozejrzeć? Przebyłem strasznie daleką drogę... – Popatrzyłem na dwoje drzwi wiodących z pomieszczenia, na jednych był napis CZYTELNIA, na drugich MAGAZYN. Za biurkiem znajdowały się jeszcze trzecie, małe drzwiczki, nad nimi widniało ostrzeżenie TYLKO DLA SKRYBÓW.

Wyraz jego twarzy odrobinę złagodniał.

– Nie mogę. Miałbym kłopoty. – Znów spojrzał na mnie badawczo. – Naprawdę chcesz przystąpić do egzaminów? – Mimo ciężkiego akcentu w jego głosie bez trudu można było usłyszeć sceptycyzm.

Przytaknąłem.

– Tutaj chciałem przyjść najpierw – wyjaśniłem, rozglądając się po pustym pomieszczeniu. Przez cały czas się zastanawiałem, jak go przekonać, żeby mnie wpuścił do środka.

Zanim zdążyłem coś wymyślić, powiedział:

– Jeżeli chcesz się starać o przyjęcie, powinieneś się pospieszyć. Dzisiaj jest ostatni dzień. Bywa, że kończą przed południem.

Serce zaczęło mi mocniej i szybciej bić. Zakładałem, że mam co najmniej cały dzień.

– Gdzie się odbywają egzaminy?

– W Nyżach. – Gestem wskazał zewnętrzne drzwi. – Prosto, potem w lewo. Niski budynek z... kolorowymi oknami. Dwa duże... drzewa przed frontem. – Urwał. – Klony? Są takie drzewa?

Skinąłem głową, szybkim krokiem wyszedłem na zewnątrz i już wkrótce maszerowałem wskazaną drogą.

Dwie godziny później wciąż jeszcze byłem w Nyżach i z zaschniętym gardłem wspinałem się na scenę pustego audytorium. W pomieszczeniu było ciemno, wyjątek stanowił wielki krąg światła, w którym tkwił stół mistrzów. Podszedłem, stanąłem na krawędzi światła i czekałem. Rozmowy między dziewięcioma mistrzami powoli cichły, po kolei każdy skupiał na mnie wzrok.

Siedzieli za ogromnym stołem w kształcie półksiężyca. Stał na podwyższeniu, tak że nawet siedząc, mogli na mnie spoglądać z góry. Wszyscy wyglądali strasznie poważnie, najmłodszy był już dojrzałym mężczyzną, najstarszy – starcem u schyłku życia.

Jeszcze przez chwilę czekałem w całkowitej ciszy i dopiero wtedy siedzący pośrodku dał mi znak.

– Podejdź, żebyśmy cię mogli widzieć. Dobrze. Dzień dobry. Jak masz na imię, chłopcze?

– Kvothe, panie.

– I po co tu przybyłeś?

Spojrzałem mu prosto w oczy.

– Chcę uczęszczać na Uniwersytet. Chcę zostać hermetykiem. – Przyjrzałem się każdemu po kolei. Kilku wydawało się rozbawionych. Żadnego szczególnie nie zaskoczyły moje słowa.

– Zdajesz sobie sprawę – zaczął rektor – że na Uniwersytecie kontynuuje się edukację, a nie zaczyna?

– Tak, panie rektorze. Wiem o tym.

– To świetnie – rzekł. – Mógłbym zobaczyć twój list polecający?

– Nie mam takowego, panie – odparłem bez wahania. – Czy jest absolutnie konieczny?

– Przyjęte u nas jest posiadanie poręczyciela – wyjaśnił. – Najlepiej, żeby sam był hermetykiem. List zazwyczaj informuje nas o poziomie twojej wiedzy. O tym, jakie są twoje słabe i mocne strony.

– Hermetyk, który mnie uczył, miał na imię Abenthy, panie. Ale nigdy nie wręczył mi listu polecającego. Może sam mógłbym dostarczyć wymaganych informacji?

Rektor z powagą pokiwał głową.

– Nieszczęśliwie się składa, ale bez jakiegoś dowodu nie mamy jak stwierdzić, że naprawdę uczyłeś się u hermetyka. Może masz coś innego na potwierdzenie swoich słów? Na przykład inne listy?

– Kiedy się rozstaliśmy, dał mi książkę, panie. Zadedykował mi ją i podpisał dedykację swoim imieniem.

Rektor uśmiechnął się.

– To znakomicie. Masz może tę książkę przy sobie?

– Nie. – Pozwoliłem, aby w moim głosie znalazła odbicie gorycz, którą czułem. – Zastawiłem ją w Tarbean.

Słysząc moją uwagę, siedzący obok rektora mistrz retoryki Hemme prychnął pogardliwie, co ściągnęło nań zirytowane spojrzenie tego pierwszego.

– Daj spokój, Herma – rzekł Hemme, uderzając ręką w stół. – Jak na dłoni widać, że chłopak kłamie. Dziś jeszcze mam mnóstwo ważnych spraw do załatwienia.

Rektor zganił go spojrzeniem.

– Nie dałem ci prawa zabierania głosu, mistrzu Hemme. – Przez dłuższą chwilę obaj patrzyli sobie w oczy, aż wreszcie Hemme spuścił wzrok i zmarszczył czoło.

Rektor zauważył poruszenie wśród pozostałych mistrzów.

– Tak, mistrzu Lorren?

Wysoki, chudy mistrz patrzył na mnie obojętnym wzrokiem.

– Jaki tytuł miała książka?

– *Retoryka i logika*, panie.

– I gdzie ją zastawiłeś?

– W „Rozdartym Grzbiecie" na Placu Nadmorskim.

Lorren zwrócił się do rektora.

– Jutro jadę do Tarbean po materiały do nauki na przyszły semestr. Jeżeli znajdę książkę, przywiozę ją. Wtedy się okaże, czy chłopak mówi prawdę.

Rektor lekko skinął głową.

– Dziękuję ci, mistrzu Lorren. – Wygodniej rozmościł się w swoim krześle i splótł dłonie na blacie stołu. – Tę sprawę uznajemy za załatwioną. Czego byśmy się dowiedzieli z listu Abenthy'ego, gdyby ten go napisał?

Wciągnąłem głęboki oddech.

– Napisałby, że zgłębiłem w całej rozciągłości pierwsze dziewięćdziesiąt wiązań. Że potrafię przeprowadzać podwójną destylację, miareczkować, zwapniać, sublimować i strącać roztwory. Że zdobyłem niezłe wykształcenie historyczne, gramatyczne, medyczne i geometryczne, jak też z zakresu argumentacji.

Rektor wyraźnie musiał dokładać starań, żeby rozbawienie nie odbiło się na jego twarzy.

– Niezłe osiągnięcia. Pewien jesteś, że niczego nie pominąłeś?

Przez chwilę milczałem.

– Prawdopodobnie wspomniałby również o moim wieku, panie.

– A ile masz lat, chłopcze?

– Kvothe, panie.

Kąciki ust rektora wygiął tłumiony uśmiech.

– Kvothe.

– Piętnaście, panie.

Wśród mistrzów zapanowało poruszenie: jedni wymieniali spojrzenia, inni unosili brwi, jeszcze inni kręcili głowami. Hemme wzniósł wzrok ku niebu.

Tylko rektor pozostał nieporuszony.

– Jakimi słowami wspomniałby o twoim wieku?

Uśmiechnąłem się leciutko.

– Prosiłby, aby nie zwracać na to uwagi.

Zapadła głęboka cisza. Rektor odchylił się na oparcie krzesła.

– Bardzo dobrze. Mamy do ciebie kilka pytań. Czy zechciałbyś zacząć, mistrzu Brandeur? – Skinął jednemu z siedzących u skraju stołu.

Spojrzałem na Brandeura. Korpulentny i łysiejący, był na Uniwersytecie mistrzem arytmetyki.

– Ile granów jest w trzynastu uncjach?

– Sześć tysięcy dwieście czterdzieści – odrzekłem natychmiast.

Uniósł lekko brwi.

– Gdybym miał pięćdziesiąt srebrnych talentów i wymienił je na monetę Vintish, i z powrotem na talenty, ile zostałoby mi po obu operacjach przy założeniu, że Cealdanin za każdym razem liczy sobie cztery procent marży z transakcji?

Zacząłem mozolnie przeliczać kursy wymiany, ale w jednej chwili uśmiechnąłem się, zdając sobie sprawę, że to nie jest konieczne.

– Czterdzieści sześć talentów i osiem denarów, jeśli bankier byłby uczciwy. Czterdzieści sześć, gdyby nie był.

Znów pokiwał głową, tym razem przyglądając mi się uważniej.

– Masz dany trójkąt – zaczął powoli. – Jeden bok ma siedem stóp, drugi trzy stopy. Jeden kąt liczy sześćdziesiąt stopni. Jak długi jest trzeci bok?

– Czy mówimy o kącie między danymi bokami?

Pokiwał głową. Przymknąłem oczy na mgnienie, potem otworzyłem je znowu.

– Sześć stóp, sześć cali. Dokładnie tyle.

Mruknął coś pod nosem, a tym razem niekłamane zaskoczenie odbiło się na jego twarzy.

– Całkiem nieźle. Mistrzu Arwyl?

Arwyl zadał swoje pytanie, zanim miałem czas odwrócić się i spojrzeć na niego.

– Jakie są medyczne właściwości ciemiernika?

– Działa przeciwzapalnie, antyseptycznie, łagodnie uspokajająco i nasennie. Oczyszcza krew – odpowiedziałem, spoglądając na mężczyznę w okularach, wyglądającego jak ideał dziadka. – Trujące w wypadku nadmiernej dawki. Niebezpieczny dla kobiet w ciąży.

– Wymień elementy anatomiczne ręki.

Wymieniłem alfabetycznie dwadzieścia siedem kości. Potem mięśnie, od największego do najmniejszego. Szybko, rzeczowo podawałem nazwę każdego z nich, wskazując jego położenie na własnej uniesionej ręce.

Szybkość i precyzja moich odpowiedzi najwyraźniej wywarły na nich wrażenie. Niektórzy starali się je ukryć, u innych otwarcie malowało się na twarzy. Musiałem tak postępować. Z dawnych rozmów z Benem pamiętałem, że aby dostać się na Uniwersytet, trzeba mieć pieniądze lub inteligencję. Im więcej masz jednego z tych walorów, tym mniej potrzebujesz drugiego.

A więc oszukiwałem. Wcześniej wślizgnąłem się do Nyż tylnym wejściem, udając chłopca na posyłki. Potem otworzyłem sobie dwa zamki i ponad godzinę przyglądałem się egzaminom innych studentów. Usłyszałem setki pytań i tysiące odpowiedzi.

Przy okazji zorientowałem się też, jak wysokie może być czesne. Najniższa suma, o jakiej usłyszałem, wynosiła cztery talenty i sześć jot, ale zazwyczaj było tego dwukrotnie więcej. Jednego ze studentów zobowiązano do zapłacenia ponad czterdziestu talentów. Łatwiej by mi było zdobyć fragment Księżyca niż takie pieniądze.

W kieszeni miałem dwie miedziane joty i żadnych perspektyw na zdobycie choć złamanego grosza. A więc musiałem wywrzeć na nich odpowiednie wrażenie. Nie tylko. Musiałem zadziwić ich swoją inteligencją. Oszołomić.

Skończyłem wymieniać mięśnie dłoni i przeszedłem do ścięgien, kiedy Arwyl gestem kazał mi przestać i zadał następne pytanie.

– Kiedy puszcza się krew pacjentowi?

Pytanie zbiło mnie z tropu.

– Kiedy się chce go zabić? – zapytałem z powątpiewaniem.

Pokiwał głową, zresztą głównie chyba do jakichś swoich myśli.

– Mistrzu Lorren?

Mistrz Lorren był blady i nawet siedząc, wydawał się nadnaturalnie wysoki.

– Kto był pierwszym oficjalnym królem Tarvintas?

– Pośmiertnie? Feyda Calanthis. W przeciwnym razie może chodzić tylko o jego brata, Jarvisa.

– Dlaczego upadło Imperium Aturańskie?

Tym razem nie odpowiedziałem od razu, ponieważ zdumiał mnie zakres pytania. Żadnego z pozostałych studentów nie pytano o tak rozległy materiał.

– Cóż, panie – zacząłem powoli, dając sobie tym samym chwilę na ułożenie myśli w głowie. – Po części dlatego, że lord Nalto okazał się nieudolnym egocentrykiem. Po części dlatego, że w Kościele nastąpiła rewolucja, której następstwem był proces zakonu Amyr, stanowiącego trzon sił zbrojnych Atur. Wreszcie dlatego, że armia zmuszona była równocześnie toczyć trzy wojny najeźdźcze, a wysokie podatki wywołały bunty na ziemiach wcześniej przyłączonych do imperium. – Obserwowałem wyraz twarzy mistrza w nadziei, że wyczytam z niej, kiedy będę mógł przestać. – Ponadto zdeprecjonowano walutę, podważając uniwersalność parytetu żelaza, i zrażono Adem. – Wzruszyłem ramionami. – Rzecz jasna, cała sprawa była znacznie bardziej skomplikowana.

Wyraz twarzy mistrza Lorrena nie zmienił się nawet na jotę, niemniej pokiwał głową.

– Kto był największym człowiekiem ze wszystkich kiedykolwiek żyjących na świecie?

Kolejne pytanie, jakiego jeszcze nie słyszałem. Zastanawiałem się chyba przez minutę.

– Illien.

Mistrz Lorren tylko mrugnął raz, jego twarz pozostała bez wyrazu.

– Mistrzu Mandrag?

Mandrag był tak gładko wygolony, że skóra na jego twarzy aż lśniła, natomiast dłonie – które przy tym wydawały się niezwykle kościste i żylaste – miał poplamione chyba sześcioma różnymi barwnikami.

– Gdybyś potrzebował fosforu, gdzie go zdobędziesz?

Mówił głosem tak podobnym do Abenthy'ego, że zupełnie zapomniałem, gdzie jestem, i przemówiłem bez chwili wahania:

– W aptece?

Jeden z mistrzów siedzących przy przeciwległym krańcu stołu zachichotał krótko, a ja natychmiast ugryzłem się w przeklęty język.

Mistrz Mandrag również uśmiechnął się lekko i dopiero wtedy odetchnąłem.

– A nie mając jej w pobliżu?

– Można go wydestylować z uryny – dodałem prędko. – Jeśli ma się piec i odpowiednio dużo czasu.

– Ile by było potrzeba surowca, żeby uzyskać dwie uncje czystego fosforu? – W roztargnieniu strzelił palcami.

Urwałem i zastanawiałem się przez czas jakiś, ponieważ to było również nowe pytanie.

– Przynajmniej czterdzieści galonów, mistrzu Mandrag, w zależności od jakości surowca.

Nastąpiła dłuższa chwila ciszy, podczas której on wciąż wyłamywał palce.

– Jakie są najważniejsze zasady obowiązujące w pracy chemika?

To wiedziałem od Bena.

– Jasne oznaczanie. Dwukrotne odmierzanie. Zakaz jedzenia przy pracy.

Pokiwał głową, wciąż się uśmiechając tym swoim cieniem uśmiechu.

– Mistrzu Kilvin?

Kilvin był Cealdaninem. Jego potężne ramiona i czarna krzaczasta broda rodziły nieodparte skojarzenia z niedźwiedziem.

– Racja – zadudnił, splatając potężne dłonie na stole przed sobą. – Jak zabrałbyś się do zbudowania wiecznej lampy?

Pozostali mistrzowie zareagowali zniecierpliwieniem.

– Co? – zapytał ostro Kilvin, tocząc wokół siebie zirytowanym wzrokiem. – Takie jest moje pytanie. Więc je zadaję. – Znów spojrzał na mnie. – Dobrze. Więc jak byś ją zbudował?

– Cóż – powiedziałem powoli. – Zapewne zacząłbym od jakiegoś rodzaju wahadła. Potem związałbym je z....

– *Kraem*. Nie. Nie tak – Kilvin burknął jeszcze kilka niezrozumiałych słów i uderzył kilkakrotnie pięścią w stół, a każdemu uderzeniu towarzyszyło staccato błysków czerwonawego światła eksplodującego z jego zaciśniętej dłoni. – Żadnej sympatii. Nie chcę lampy, która będzie wiecznie świecić. Chcę lampy, która się będzie wiecznie palić. – Znów spojrzał na mnie i wyszczerzył zęby, jakby chciał mnie zjeść.

– Sól litu? – zapytałem, nie myśląc, i dopiero chwilę później zacząłem się wycofywać: – Nie, olej sodowy palący się w zamkniętej.... nie, a niech to. – Wydałem jeszcze kilka pomruków, żeby się uspokoić. Żadnemu z pozostałych egzaminowanych nie zadawano takich pytań.

Przerwał mi ostrym gestem ręki.

– Wystarczy. Porozmawiamy później. Elxa Dal.

Chwilę zajęło mi zrozumienie, że Elxa Dal to imię następnego mistrza. Odwróciłem się w jego stronę. Wyglądał w każdym calu jak archetyp złego maga, bez którego nie może się obejść większość sztuk aturańskich. Surowe czarne oczy, szczupła twarz, krótka czarna broda. I tylko przyjazny wyraz twarzy jakoś był u niego nie na miejscu.

– Jakie słowa wymawia się podczas pierwszego równoległego wiązania kinetycznego?

Płynnie wyrzuciłem je z siebie.

Nie wydawał się zaskoczony.

– Jakim wiązaniem mistrz Kilvin posłużył się przed chwilą?

– Kondensatorową kinetyczną jasnością.

– Jaki jest okres synodalny?

Spojrzałem na niego zdziwiony.

– Księżyca? – Pytanie wydało mi się bez związku z poprzednimi dwoma.

Pokiwał głową.

– Siedemdziesiąt dwa i jedna trzecia dnia. Mniej więcej.

Wzruszył ramionami i uśmiechnął się krzywo, jakby sądził, że wyłożę się na tym ostatnim pytaniu.

– Mistrzu Hemme?

Hemme spojrzał na mnie znad złożonych dłoni.

– Ile rtęci potrzeba, żeby zredukować ćwierć kwarty białej siarki? – zapytał napastliwie, jakby już słyszał moją złą odpowiedź.

W trakcie tej godziny ukradkowej obserwacji dowiedziałem się między innymi tego, że mistrz Hemme jest największym nikczemnikiem wśród nich wszystkich. Sprawiało mu przyjemność dręczenie studentów i robił wszystko, żeby mieszać im szyki. Poza tym lubił podchwytliwe pytania.

Na szczęście pytanie, które padło, zadawał już wielokrotnie pozostałym. Rozumiecie, nie da się zredukować białej siarki za pomocą rtęci.

– Cóż – zacząłem powoli, udając, że się zastanawiam. Z każdą sekundą chytry uśmieszek Hemme'a stawał się coraz szerszy. – Zakładając, że chodziło ci o czerwoną siarkę, potrzeba będzie mniej więcej czterdziestu jeden uncji. Panie. – Uśmiechnąłem się do niego drapieżnie. Całym garniturem zębów.

– Wymień dziewięć podstawowych błędnych rozumowań.

– Uproszczenie. Uogólnienie. Błędne koło. Redukcja. Analogia. Błędna implikacja. Ekwiwokacja. Irrelewancja... – Urwałem, niezdolny przypomnieć sobie oficjalnej nazwy ostatniego z nich. Ben i ja na własny użytek nazywaliśmy je „Nalt", od imienia imperatora Nalto. Zdenerwowałem się, że nie mogę sobie przypomnieć, mimo iż przed kilkoma dniami czytałem przecież o nim w *Retoryce i logice.*

Przepełniająca mnie irytacja musiała odbić się na mojej twarzy. Hemme spojrzał na mnie złym wzrokiem i powiedział:

– A więc jednak nie wiesz wszystkiego? – Odchylił się na oparcie krzesła, na jego twarzy zamarł wyraz satysfakcji.

– Nie byłoby mnie tutaj, gdybym nie musiał się jeszcze wiele nauczyć – odparłem złośliwie, zanim znowu ugryzłem się w język.

Przy drugim końcu stołu Kilvin zachichotał głębokim basem.

Hemme już otwierał usta, ale zanim cokolwiek zdążył powiedzieć, rektor uciszył go spojrzeniem.

– Dobrze więc – zaczął rektor – myślę, że...

– Ja też chętnie zadałbym parę pytań – odezwał się człowiek siedzący po prawicy rektora.

Mówił z akcentem, którego nie potrafiłem do końca umiejscowić. A może po prostu to jego głos miał dziwne brzmienie. Kiedy przemówił, wszyscy przy stole poruszyli się lekko, a potem natychmiast zamarli, niby liście muśnięte przelotnym podmuchem wiatru.

– Mistrzu Imion – zgodził się rektor, a w jego głosie szacunek mieszał się z lękiem.

Elodin był młodszy od pozostałych o przynajmniej kilkanaście lat. Gładko ogolony, głęboko zapadnięte oczy. Średniego wzrostu, średniej budowy ciała, nie miał w sobie nic szczególnie uderzającego, wyjąwszy może to, w jaki sposób siedział przy stole – w jednej chwili czymś zainteresowany, w następnej znudzony, błądząc wzrokiem wśród wysokich belek sklepienia nad głowami. Sprawiał wrażenie dziecka zmuszonego do siedzenia z dorosłymi.

Poczułem na sobie wzrok mistrza Elodina, aż musiałem stłumić wewnętrzny dreszcz.

– *Soheketh ka Siaru krema'teth tu?* – zapytał. „Jak dobrze znasz siaru?"

– *Rieusa, ta krelar deala tu.* „Niezbyt dobrze, niestety".

Uniósł dłoń z palcem wskazującym skierowanym ku górze.

– Ile uniosłem palców?

Zawahałem się przez moment, a więc zapewne nieco dłużej, niż na to zasługiwało pytanie.

– Co najmniej jeden – odpowiedziałem. – Prawdopodobnie nie więcej niż sześć.

Uśmiechnął się szeroko i wyciągnął spod stołu drugą rękę z wyprostowanymi dwoma palcami. Pomachał nią przed oczami pozostałych mistrzów z beztroskim, dziecięcym entuzjazmem. Potem położył dłonie przed sobą na blacie stołu i znienacka spoważniał.

– Czy znasz siedem słów, które sprawią, że kobieta cię pokocha?

Popatrzyłem mu w oczy, zastanawiając się nad ewentualną ukrytą treścią tego pytania. Kiedy nic mi nie przyszło do głowy, odpowiedziałem po prostu:

– Nie.

– Ale one istnieją – zapewnił mnie i z wyrazem zadowolenia na twarzy rozsiadł się swobodniej w krześle. – Mistrzu lingwisto? – Skinął głową rektorowi.

– W ten sposób chyba przerobiliśmy większość materiału akademickiego – powiedział rektor takim tonem, jakby mówił do siebie. Odniosłem wrażenie, że coś mu nie daje spokoju, ale zbyt dobrze panował nad sobą, żebym mógł odgadnąć, co to jest. – Pozwolisz mi zadać sobie kilka pytań mniej uczonej natury?

Nie mając wyboru, skinąłem głową.

– Dlaczego Abenthy nie dał ci listu polecającego?

Zawahałem się z odpowiedzią. Nie wszyscy wędrowni artyści cieszą się takim poważaniem jak nasza trupa, więc – co zrozumiałe – nie wszyscy ludzie ich szanują. Ale wątpiłem, aby kłamstwo było dobrym wyjściem z sytuacji.

– Trzy lata temu pożegnał się z moją trupą. Od tego czasu go nie widziałem.

Mistrzowie popatrzyli na mnie jak jeden mąż. Niemal mogłem dostrzec na ich twarzach rachunki, jakich dokonywali w myślach, odliczając mój wiek.

– Och, dajcie spokój – z niesmakiem powiedział Hemme, robiąc taki ruch, jakby chciał wstać.

Rektor spojrzał na niego ponuro, uciszając głos sprzeciwu.

– Dlaczego chcesz wstąpić na Uniwersytet?

Pytanie spadło na mnie jak cios. Było jedynym, na które zupełnie nie byłem przygotowany. Co miałem odpowiedzieć?

„Dziesięć tysięcy książek. Wasze Archiwa. Kiedy byłem młody, marzyłem, że będę tu kiedyś czytał książki". Byłyby to odpowiedzi prawdziwe, ale zbyt dziecinne. „Chcę się zemścić na Chandrianach". Zbyt dramatyczne. „Chcę stać się tak potężny, aby nikt już nigdy nie mógł mnie zranić". Zbyt przerażające.

Uniosłem więc wzrok, popatrzyłem na rektora i zrozumiałem, że milczę już zbyt długo. Niezdolny do wymyślenia niczego innego, wzruszyłem ramionami i powiedziałem:

– Nie wiem, panie. Przypuszczam, że tego również będę się musiał nauczyć.

W tym momencie oczy rektora nabrały naprawdę dziwnego wyrazu, ale najwyraźniej zdecydował nie drążyć tematu i rzekł:

– Jest coś jeszcze, o czym chciałbyś nam powiedzieć? – Zadawał to pytanie również innym kandydatom, ale żaden z nich nie skorzystał z okazji. Wydawało się zresztą właściwie pytaniem retorycznym, rytualnym gestem, który należy mieć za sobą, nim mistrzowie przejdą do omawiania wysokości czesnego.

– Tak, jeśli mogę prosić – powiedziałem, zaskakując ich. – Jest coś, o co chciałbym prosić, oczywiście poza przyjęciem mnie na studia. – Wciągnąłem głęboki oddech, pozwalając, by spoczęły na mnie oczy wszystkich. – Dotarcie tutaj zabrało mi prawie trzy lata. Mogę wydawać się młody, ale moje miejsce jest tutaj, należy mi się bardziej niż jakiemuś paniczykowi, który nie potrafi po smaku odróżnić soli kuchennej od cyjanku. – Urwałem. – Jednakowoż w tej chwili mam w sakiewce tylko dwie joty i na całym świecie nie mam skąd wziąć pieniędzy. Nie mam też nic do sprzedania, czego już bym nie sprzedał. Wobec tego, jeśli ustalicie mi wysokość czesnego na więcej niż dwie joty, nie będę w stanie studiować. Jeśli zaś okaże się niższe, będę tu każdego dnia, podczas gdy wieczorami będę się zajmował tym, czym będzie trzeba, abym mógł za dnia się uczyć. Będę spał w zaułkach i stajniach, zmywał naczynia w zamian za resztki z kuchni, żebrał o grosze, żeby kupić pióra. Zrobię wszystko, co będzie trzeba. – Ostatnie słowa wymówiłem gwałtownie, prawie krzycząc. – Ale jeśli pozwolicie mi studiować za darmo i dacie mi trzy talenty, z których będę mógł pokryć wydatki na utrzymanie i właściwą naukę, będę najlepszym studentem, studentem, jakiego jeszcze nie mieliście.

Na mgnienie oka zapadła cisza, którą przerwał grzmot śmiechu Kilvina.

– Ha! – ryknął. – Gdyby choć jeden student na dziesięciu miał tyle gwałtowności, uczyłbym ich za pomocą pasa i krzesła, a nie kredy i tablicy. – Uderzył ciężką ręką w blat stołu przed sobą.

I wtedy wszyscy zaczęli mówić równocześnie, każdy w specyficzny dla siebie sposób. Mnie natomiast rektor odprawił nieznacznym gestem, wycofałem się więc i usiadłem na krześle stojącym na krawędzi plamy światła.

Dyskusja ciągnęła się dłuższy czas. Ale w moich oczach nawet dwie, trzy minuty zdawałyby się wiecznością w sytuacji, gdy zmuszony byłem bezczynnie czekać, podczas gdy grupa starych ludzi decydowała o mojej przyszłości. Żaden nie podnosił głosu, ale dużo gestykulowali, przede wszystkim mistrz Hemme, któremu chyba w tym samym stopniu nie przypadłem do gustu, co on mnie.

Nie byłoby tak źle, gdybym mógł zrozumieć, o czym rozmawiają, ale nawet moje wyczulone do podsłuchiwania uszy nie potrafiły rozróżnić słów.

Rozmowa skończyła się nagle, a rektor spojrzał w moją stronę i przywołał mnie gestem.

– Proszę zaprotokołować – oznajmił oficjalnie – że Kvothe, syn... – Urwał i spojrzał na mnie wyczekująco.

– Arlidena – podpowiedziałem. Dźwięk imienia ojca zabrzmiał dziwnie w moich uszach po tych wszystkich latach.

Mistrz Lorren spojrzał w moją stronę i zmrużył oczy.

– ...syn Arlidena został przyjęty na Uniwersytet w celu kontynuowania edukacji w czterdziestym trzecim dniu miesiąca Equis. Jego przyjęcie w poczet Arkanów uzależnione będzie od przedstawienia dowodu na to, że opanował podstawowe zasady sympatii. Oficjalnym poręczycielem staje się niejaki Kilvin, mistrz rzemiosła. Wysokość czesnego ustala się na mniej niż trzy talenty.

Poczułem, jak oczy przesłania mi ciemność. Zamiast trzech talentów równie dobrze w grę mogłyby wchodzić całe pieniądze świata, jeśli wziąć pod uwagę szanse ich zdobycia przed rozpoczęciem semestru. Praca w kuchni, bieganie na posyłki za grosze – gdyby mi dopisało szczęście, w ten sposób mógłbym przez cały rok tyle zarobić.

Pozostawała jeszcze desperacka nadzieja, że zdobędę je, opróżniając kieszenie. Ale zdawałem sobie sprawę, że ta nadzieja jest właśnie tylko taka – desperacka. Ludzie, którzy dysponują takimi pieniędzmi, zazwyczaj nie trzymają ich w sakiewce.

Oszołomiony nie zorientowałem się, że mistrzowie już wstali

zza stołu, dopóki jeden do mnie nie podszedł. Uniosłem wzrok i zobaczyłem mistrza archiwistę.

Lorren był wyższy, niż mi się wcześniej wydał, miał ponad sześć i pół stopy wzrostu. Pociągła twarz i długie kości dłoni skojarzyły mi się ze skazańcem, którego rozciągnięto na kole.

– Powiedziałeś, że ojciec miał na imię Arliden? – zapytał.

Pytanie zadał mi z całkowitym spokojem, w jego głosie nie było śladu żalu ani bodaj pojedynczej przeprosinowej nuty. Poczułem nagły przypływ gniewu – oto najpierw odbiera mi wszelkie szanse studiowania, a potem podchodzi i swobodnie pyta o ojca tonem, jakim mógłby mi życzyć miłego dnia.

– Tak – odpowiedziałem przez ściśnięte gardło.

– Arliden bard?

Mój ojciec zawsze uważał siebie za wędrownego aktora. Nigdy nie mienił się bardem czy minstrelem. Słysząc, że tak się o nim mówi, zirytowałem się jeszcze bardziej, jeśli to w ogóle możliwe. Nie uznałem za stosowne odpowiedzieć, tylko krótko skinąłem głową.

Jeśli uznał moją odpowiedź za graniczącą z niegrzecznością, niczym tego po sobie nie okazał.

– Zastanawiałem się tylko, w której trupie występował.

Zewnętrzna warstwa opanowania pękła.

– Och, zastanawiałeś się – powiedziałem, wkładając w swe słowa cały jad, na który było stać mój wyostrzony w trupie aktorów język. – Cóż, może powinieneś się zastanawiać jeszcze jakiś czas. Ja obecnie jestem uosobieniem ignorancji. Sądzę, że i tobie przyda się jej odrobina. Kiedy wrócę tu z zarobionymi trzema talentami, możesz wówczas zapytać mnie powtórnie. – Obrzuciłem go wściekłym spojrzeniem, jakbym chciał spalić oczami.

Nie zareagował na moje słowa i dopiero później dowiedziałem się, że zburzenie opanowania mistrza Lorrena jest równie prawdopodobne, jak zmuszenie kamiennej kolumny, aby mrugnęła.

Z początku wydawał się lekko skonsternowany, potem urażony, wreszcie, mimo iż wciąż mierzyłem go wściekłym wzrokiem, uśmiechnął się blado, ledwie dostrzegalnie i w milczeniu podał mi zwitek papieru.

Rozwinąłem go. Było tam napisane:

„Kvothe. Semestr wiosenny. Czesne: –3 tln”. Minus trzy talenty. Oczywiście.

Poczucie ulgi zalało mnie niczym wielka fala. Nogi się pode mną ugięły, usiadłem na podłodze i zapłakałem.

Rozdział 37

Z płonącymi oczyma

Lorren poprowadził mnie przez dziedziniec.

– To był zasadniczo przedmiot sporu – wyjaśniał, a jego głos brzmiał przez cały czas równie beznamiętnie, jakby kamień ze mną rozmawiał. – Musieliśmy ci wyznaczyć jakieś czesne. Takie są zasady.

Wcześniej doszedłem już do siebie i nawet zdążyłem przeprosić za skandaliczne zachowanie. Przyjął to spokojnym skinieniem głowy i zaproponował, że zaprowadzi mnie do prefekta, aby z góry rozwiać wszelkie wątpliwości dotyczące mojej „opłaty" za semestr studiów.

– Po tym, jak już uzgodniliśmy, żeby cię przyjąć, uwzględniając twoją prośbę... – Lorren zrobił krótką, ale znaczącą pauzę, dając mi w ten sposób do zrozumienia, że bynajmniej nie było to takie proste – ...pojawił się kolejny poważny problem, ponieważ nie ma precedensu pozwalającego refundować studentom czesne. – Urwał znowu. – Sama prośba była zresztą również raczej niespotykana.

Lorren zaprowadził mnie do następnego kamiennego budynku, przeszliśmy przez hall, a potem zeszliśmy na dół po schodach.

– Witaj, Riem.

Prefekt był starszym, nerwowym mężczyzną, którego irytacja jeszcze wzrosła, gdy usłyszał, że ma wyasygnować pieniądze, zamiast je otrzymać. Kiedy już dostałem swoje trzy talenty, mistrz Lorren wyprowadził mnie z budynku.

Przypomniałem sobie coś i sięgnąłem do kieszeni, wdzięczny zresztą za okazję do zmiany tematu rozmowy.

– Mam kwit z „Rozerwanego Grzbietu". – Podałem mu kawałek papieru, zastanawiając się, co sobie pomyśli właściciel, gdy pojawi się u niego mistrz archiwista z Uniwersytetu, żeby odzyskać książkę zastawioną przez brudnego ulicznego włóczęgę. – Mistrzu Lorren, doceniam twoją życzliwość i mam nadzieję, że nie uznasz mnie za niewdzięcznego, jeśli poproszę o coś jeszcze...

Lorren zerknął na kwit, wsunął go do kieszeni, a potem spojrzał na mnie z uwagą. Nie, nie z uwagą. Ani też nie badawczo. Na jego twarzy nie było żadnego wyrazu. Śladu ciekawości. Śladu irytacji. Nic. Gdyby nie to, że wbijał we mnie spojrzenie, uznałbym, iż zapomniał o moim istnieniu.

– Proś, śmiało – zaproponował.

– Ta książka. To wszystko, co mi zostało po... po tamtym okresie mojego życia. Byłbym bardzo szczęśliwy, mogąc ją odkupić od ciebie któregoś dnia, kiedy już będę miał pieniądze.

Pokiwał głową, a jego oblicze wciąż pozostawało nieodgadnione.

– Możemy i tak to urządzić. Nie marnuj czasu na zamartwianie się o książkę. Będzie u mnie równie bezpieczna jak wszystkie pozostałe pozycje Archiwów.

Uniósł dłoń, przywołując gestem mijającego nas studenta. Słomianowłosy chłopak stanął jak wryty, po chwili podszedł do nas, nie kryjąc zdenerwowania. Z wyraźnym szacunkiem ukłonił się mistrzowi archiwiście.

– Tak, mistrzu Lorren?

Lorren wskazał na mnie długimi palcami.

– Simmon, to jest Kvothe. Trzeba go oprowadzić. Zapisać na zajęcia i tak dalej. Kilvin chce go w rzemiośle. Poza tym kieruj się swoim wyczuciem. Zajmiesz się nim?

Simmon skłonił się znowu i odgarnął włosy opadające na oczy.

– Tak, panie.

Lorren bez słowa odwrócił się i odszedł długimi krokami, a czarna szata mistrza powiewała za nim.

Mimo że kilka lat ode mnie starszy, Simmon był młody jak na studenta. Był też wyższy ode mnie i tylko twarz miał chłopięcą, a także chłopięcą nieśmiałość w obyciu.

– Znalazłeś sobie już mieszkanie? – zapytał, gdy ruszyliśmy przed siebie. – Pokój w gospodzie czy co?

Pokręciłem głową.

– Jestem tu od dzisiaj. Myślałem tylko o tym, żeby się dostać.

Simmon zachichotał.

– Sam wiem, jak to jest. Na początku każdego semestru wciąż budzę się zlany potem. – Wskazał ręką w lewo. Na szeroką alejkę obrośniętą z obu stron drzewami. – Wobec tego chodźmy najpierw do Oficyn.

Zatrzymałem się.

– Nie mam dużo pieniędzy – przyznałem. W ogóle nie zamierzałem wynajmować pokoju. Przyzwyczaiłem się do spania na dworze, a poza tym rozumiałem, że za moje trzy talenty będę musiał nabyć ubrania, jedzenie, papier i najlepiej, żeby mi jeszcze starczyło na czesne za następny semestr. Nie mogłem dwa razy z rzędu liczyć na hojność mistrzów.

– Egzaminy nie poszły zbyt dobrze, co? – współczująco powiedział Simmon, biorąc mnie pod ramię i prowadząc ku jednemu z szarych budynków Uniwersytetu. Był dwupiętrowy, z licznymi oknami, od centralnej budowli odchodziło kilka skrzydeł. – Nie przejmuj się. Za pierwszym razem mnie też zjadły nerwy i obciąłem się. W metaforycznym sensie słowa.

– Aż tak źle nie było – sprostowałem, a trzy talenty w sakiewce zaciążyły mi nagle. – Ale chyba obraziłem mistrza Lorrena. Wydawał się trochę...

– Oziębły? – zapytał Simmon. – Zdystansowany? Jak nieruchomy kamienny słup? – Roześmiał się. – Lorren zawsze jest taki. Plotka głosi, że Elxa Dal wyznaczył nagrodę dziesięciu złotych marek dla tego, kto rozśmieszy Lorrena, i nagroda wciąż jest do odebrania.

– Och – uspokoiłem się nieco. – To dobrze. Jest ostatnią osobą, którą chciałbym do siebie zrazić. Mam nadzieję spędzać sporo czasu w Archiwach.

– Byleś tylko ostrożnie postępował z książkami, a wszystko będzie dobrze. On jest zawsze strasznie sztywny, pod warunkiem że w grę nie wchodzą jego książki. – Uniósł brwi i pokręcił głową. – Wtedy staje się bardziej przerażający niż niedźwiedzica broniąca młodych. Zresztą wolałbym raczej wpaść w łapy niedźwiedzicy, niż żeby mnie Lorren przyłapał na zaginaniu strony w książce. – Simmon kopnął jakiś kamień, który potoczył się na kamieniach bruku. – Dobra. W Oficynach masz możliwość wyboru. Za jeden talent dostaniesz pryczę i kartki na jedzenie. – Wzruszył ramionami. – Nic specjalnego, ale można przeżyć. Za dwa talenty będziesz miał dwuosobowy pokój, za trzy samodzielny.

– Co to są kartki na jedzenie?

– Jedzenie wydaje się w Mesie trzy razy dziennie. – Wskazał palcem długi budynek z niskim dachem po drugiej stronie alejki. – W sumie nie jest takie złe, jeśli tylko nie zastanawiasz się zbyt głęboko nad jego pochodzeniem.

Szybko dokonałem obliczeń w myślach. Talent za dwa miesiące posiłków trzy razy dziennie i suche miejsce do spania to nie było dużo. Uśmiechnąłem się do Simmona.

– To chyba coś akurat dla mnie.

Simmon pokiwał głową i otworzył drzwi do Oficyn.

– Wobec tego prycze we wspólnej sali. Chodź, poszukamy prefekta i się zapiszesz.

Prycze dla studentów nie uczęszczających do Arkanów znajdowały się na czwartym piętrze wschodniego skrzydła Oficyn, czyli najdalej od położonych na parterze łazienek. Warunki były takie, jak mi Simmon przedstawił – czyli nic wielkiego. Niemniej na wąskim łóżku leżała czysta pościel, a obok stał kufer z zamkiem, w którym będę mógł schować swój skromny dobytek.

Wszystkie dolne prycze były już zajęte, wybrałem więc sobie jedną z górnych w odległym kącie pomieszczenia. Kiedy leżąc na swoim łóżku, wyjrzałem przez okno, przypomniała mi się moja kryjówka na dachach Tarbean. Skojarzenie wydało mi się osobliwie kojące.

Na obiad była miska gorącej zupy ziemniaczanej, fasola, cienkie plasterki tłustego boczku i świeży ciemny chleb. Zbite z desek stoły zajęte były prawie w połowie, choć w sumie mogły pomieścić jakieś dwie setki studentów. Pomieszczenie wypełniał niski szmer rozmów, przerywany okazjonalnymi wybuchami śmiechu i zgrzytem łyżek oraz widelców o cynowe tacki.

Simmon zaprowadził mnie do oddalonego kąta długiej sali. Na nasz widok siedzący tam dwaj studenci unieśli wzrok.

Simmon wskazał mnie tamtym gestem dłoni, stawiając swoją tacę na stole.

– Poznajcie się, to jest Kvothe. Nasz najnowszy, świeżo upieczony pierwszoroczniak. – Potem przedstawił mi tamtych. – Kvothe, to są najgorsi studenci, jakimi mogą się poszczycić Arkana: Manet i Wilem.

– Już się poznaliśmy – powiedział Wilem. Był tym ciemnowłosym Cealdaninem z Archiwów. – Naprawdę poszedłeś na egzamin – powiedział z lekka zaskoczony. – Myślałem, że mi wciskasz fałszywe żelazo. – Podał mi rękę. – Witam.

– Tehlu... i tak dalej – mruknął Manet, mierząc mnie wzrokiem od stóp do głów. Miał przynajmniej pięćdziesiąt lat, rozczochrane włosy i posiwiałą brodę. Patrzył lekko nieprzytomnie, jakby się właśnie obudził. – Czy to ja jestem taki stary? Czy on taki młody, na jakiego wygląda?

– I to, i to – wesoło odpowiedział Simmon, siadając. – Kvothe, siedzący tu Manet studiuje w Arkanach dłużej niż my wszyscy razem wzięci.

Manet parsknął.

– Nie obrażaj mnie. Jestem w Arkanach dłużej, niż którykolwiek z was chodzi po tym świecie.

– I wciąż jeszcze jesteś nędznym E'lirem – zauważył Wilem, a jego ciężki siaruański akcent uniemożliwiał zorientowanie się, czy ironizuje, czy mówi poważnie.

– Nie ma to jak być E'lirem – pogodnie oznajmił Manet. – Wy, chłopcy, pożałujecie, jeśli uda się wam zajść dalej. Wierzcie mi. Tylko więcej roboty i wyższe czesne.

– W odróżnieniu od ciebie my chcemy zdobyć swoje gulden, Manet – tłumaczył Simmon. – Najlepiej jeszcze przed śmiercią.

– Te wasze guldeny też są mocno przeceniane – powiedział Manet, odrywając kawałek chleba z bochenka i maczając go w zupie.

Docinki wymieniano w przyjacielskiej atmosferze, widać było, że ta rozmowa toczy się już od dawna.

– Jak ci poszło? – zapytał Wilema Simmon.

– Siedem i osiem – mruknął Wilem.

Simmon wydawał się zaskoczony.

– Na miłość boską, co się stało? Przyłożyłeś któremuś?

– Pomyliłem się w obliczeniach – ponuro odrzekł Wilem. – A Lorren spytał mnie o wpływ subfeudacji na walutę modegańską. Kilvin musiał mi przetłumaczyć pytanie. I nawet wtedy nie potrafiłem odpowiedzieć.

– Strasznie mi cię żal – lekko skwitował to Sim. – Przez ostatnie dwa semestry byłeś znacznie lepszy ode mnie, w końcu los musiał się odwrócić. Teraz będę płacił równo pięć talentów. – Wyciągnął rękę. – Dawaj.

Wilem sięgnął do kieszeni i podał Simowi miedzianą jotę.

Spojrzałem na Maneta.

– Ty w to nie wchodzisz?

Kudłacz parsknął pogardliwym śmiechem i pokręcił głową.

– Nie miałbym szans – powiedział z pełnymi ustami.

– To ciekawe, a może jednak powiesz – zapytał z westchnieniem Simon. – Ile w tym semestrze?

– Jeden i sześć – oznajmił Manet, szczerząc się jak wilk.

Zanim któremuś z nich przyszło do głowy zapytać mnie o moje czesne, sam się odezwałem.

– Słyszałem o kimś, komu naliczyli czesne w wysokości trzydziestu talentów. Często to się zdarza?

– Nie, jeśli masz dość rozsądku, żeby trzymać się na dole rankingów – mruknął Manet.

– Tylko szlachcie tyle liczą – wyjaśnił Wilem. – Dranie *kraemlish,* które nie mają żadnego interesu tu studiować. Przypuszczam, że sami podbijają sobie czesne, żeby się potem skarżyć.

– Mnie to nie przeszkadza – powiedział Manet. – To znaczy ich pieniądze. Dzięki temu moje czesne jest niższe.

Podskoczyłem na dźwięk uderzającej w stół tacy.

– Jak mniemam, o mnie mówicie. – Właściciel tacy miał niebieskie oczy, elegancko przystrzyżoną brodę, wystające kości policzkowe Modeganina i ogólnie należało go chyba nazwać przystojnym. Ubranie miał kolorowe, w ładnych przytłumionych barwach. Przy pasie nóż z rękojeścią z plecionki. To była pierwsza broń, jaką zdarzyło mi się widzieć na Uniwersytecie.

– Sovoy? – Simmon był zbity z tropu. – A ty co tu robisz?

– Sam sobie zadaję to pytanie. – Sovoy mierzył wzrokiem ławkę. – Czy tutaj nie ma normalnych krzeseł? – Zajął miejsce za stołem. Jego ruchy cechowało dziwne połączenie elegancji i sztywności, która wynikała chyba z urażonej godności. – Świetnie. Będę jadał z deseczki do krojenia i rzucał za siebie kości psom.

– Etykieta wymaga, aby to było lewe ramię, wasza wysokość – śmiejąc się, wybełkotał Manet z ustami pełnymi chleba.

W oczach Sovoya zapaliły się iskierki gniewu, ale zanim zdążył coś powiedzieć, Simmon wtrącił:

– Co się stało?

– Wysokość mojego czesnego została ustalona na sześćdziesiąt osiem strehlaum – oznajmił z odrazą.

Simmona najwyraźniej to nie wzruszyło.

– To dużo?

– Tak. To dużo – sarkastycznie oznajmił Sovoy. – I to bez żadnych miarodajnych powodów. Odpowiedziałem na ich pytania. Podpadłem im i tyle. Mandrag mnie nie lubi. Ani Hemme. Poza tym wszyscy wiedzą, że ze szlachty zdziera się po dwakroć tyle.

– Simmon też jest ze szlachty – powiedział Manet. – A jakoś sobie radzi.

Sovoy parsknął przez nos.

– Ojciec Simmona jest papierowym książątkiem, zginającym karku przed marionetkowym królem w Atur. Konie mojego ojca mają dłuższe rodowody niż genealogie połowy aturańskiej szlachty.

Simmon zesztywniał, ale nie ruszył się z miejsca i nawet nie podniósł oczu znad talerza. Natomiast Wilemowi najwyraźniej nie spodobały się słowa Sovoya. W jego oczach pojawiły się zaczepne błyski. Nim jednak zdążył coś powiedzieć, tamten zgarbił się i potarł czoło dłonią.

– Przepraszam, Sim, w imieniu mego domu i własnym. Po prostu... w tym semestrze wszystko miało się układać lepiej, ale zamiast tego sprawy poszły jeszcze gorzej. Moja pensja nie pokryje nawet czesnego, a nikt już nie chce mi udzielić kredytu. Zdajesz sobie sprawę, jakie to upokarzające? Musiałem wyprowadzić się z moich pokoi pod „Złotym Kucem". Mieszkam teraz na trzecim piętrze w Oficynach. O mało co, a dzieliłbym z kimś pokój. Co ojciec by powiedział, gdyby się dowiedział?

Simmon wzruszył ramionami, a ponieważ usta miał pełne, wykonał łyżką gest oznaczający, że nic się nie stało.

– Może poszłoby ci lepiej, gdybyś nie poszedł na egzamin wystrojony jak paw – zauważył Manet. – Zapomnij o jedwabiach na czas egzaminów.

– A więc o to chodzi? – zapytał Sovoy i wyraźnie krew w nim znów zawrzała. – Mam się ukorzyć? Posypać głowę popiołem? Rozedrzeć na sobie ubranie? – W miarę jak się coraz bardziej wściekał, wyraźniej słuchać było jego śpiewny akcent. – Nie. Żaden z nich nie jest lepszy ode mnie. Nie muszę przed nikim zginać karku.

Po ostatnich słowach przy stole zapadła pełna skrępowania cisza. Zauważyłem, że kilku studentów z sąsiednich stolików przygląda się przedstawieniu.

– *Hylta tiam* – ciągnął Sovoy. – Nie ma tu u was ani jednej rzeczy, której bym nie nienawidził. Wasza pogoda jest dzika i straszna. Wasza religia jest barbarzyńska i pruderyjna. Wasze dziwki są nieznośnie durne i niewychowane. A wasz język ledwie radzi sobie z subtelną możliwością wyrażenia tego, jak paskudne jest to miejsce...

Im dłużej Sovoy mówił, tym cichsze stawały się jego słowa, aż na koniec można było odnieść wrażenie, że mówi tylko do siebie.

– Moja krew sięga pięćdziesięciu pokoleń wstecz, starsza jest niż drzewa i kamienie. A ja tymczasem znalazłem się w takim stanie... – Skrył twarz w dłoniach, zerkając na cynową tackę. – Jęczmienny chleb. Bogowie na niebiosach, człowiek powinien jeść pszenicę.

Przyglądałem mu się, żując kęs świeżego ciemnego chleba. Smakował wspaniale.

– Nie mam pojęcia, co sobie wcześniej myślałem – oznajmił

nagle Sovoy, podnosząc się od stołu. – Nie wytrzymam tego. – Pobiegł do wyjścia, zostawiając tackę na stole.

– Cały Sovoy – szepnął do mnie Manet. – Nie jest zły, ale rzadko bywa tak pijany jak dzisiaj.

– Jest Modeganinem?

Simmon się roześmiał.

– Nie ma nikogo bardziej modegańskiego niż Sovoy.

– Nie powinieneś mu dokuczać – powiedział Wilem do Maneta.

I znowuż mówił z tak mocnym akcentem, że nie mogłem się domyślić, czy faktycznie chce skarcić starszego kolegę. I tylko na smagłym cealdańskim obliczu widać było zdecydowaną przyganę. Przypuszczałem, że ponieważ sam był obcy, rozumiał trudności, jakie miał Sovoy z przystosowaniem się do języka oraz kultury Wspólnoty.

– Faktycznie nie jest mu łatwo – przyznał Simmon. – Pamiętacie, co się działo, kiedy musiał zwolnić służącego?

Manet, który wciąż rytmicznie przełykał posiłek, wykonał rękoma takie gesty, jakby grał na skrzypcach. Przewrócił też oczami, ale wyraz jego twarzy nie miał w sobie nic ze złośliwej uciechy.

– Tym razem musiał sprzedać swoje pierścienie – dodałem.

Wilem, Simmon i Manet spojrzeli na mnie zaciekawieni.

– Na palcach miał obrączki z jaśniejszej skóry – wyjaśniłem, unosząc dłoń.

Manet przyjrzał mi się jeszcze bardziej badawczo.

– No, no! Nasz nowy kolega wydaje się strasznie bystry – zwrócił się do Wilema i Simmona. – Chłopaki, nastrój mi się już poprawił. Stawiam dwie joty, że nasz młody Kvothe zostanie przyjęty do Arkanów przed końcem trzeciego semestru.

– Trzy semestry? – zapytałem zaskoczony. – Powiedzieli mi, że muszę tylko dowieść opanowania podstawowych zasad sympatii.

Manet uśmiechnął się do mnie wyrozumiale.

– Każdemu to mówią. Zasady sympatii musisz zaliczyć, zanim zostaniesz E'lirem. – Znowu wyczekująco spojrzał na Wilema i Simmona. – I co? Dwie joty?

– Przyjmuję zakład. – Wilem spojrzał na mnie i przepraszająco wzruszył ramionami. – Bez urazy. Stawiam na prawdopodobieństwo.

– Co chcesz tu studiować? – zapytał Manet, gdy zakład został przybity.

Pytanie spadło na mnie znienacka.

– Wszystko. Tak myślę.

– Mówisz jak ja trzydzieści lat temu – zachichotał Manet. – Od czego chcesz zacząć?

– Od Chandrian – odparłem. – Chciałbym się dowiedzieć o nich ile się tylko da.

Manet zmarszczył czoło, po chwili wybuchnął śmiechem.

– Cóż, myślę, że to świetnie, wręcz znakomicie. Nasz Sim studiuje naturę elfów i skrzatów. Nasz Wil wierzy we wszystkie możliwe cholerne cealdańskie duchy powietrza i temu podobne. – Nadął się absurdalnie. – A ja uwielbiam impy i upiory.

Poczułem, jak ze wstydu palą mnie policzki.

– Na miłość boską, Manet – wtrącił Sim. – Co w ciebie wstąpiło?

– Właśnie postawiłem dwie joty na chłopaka, który chce studiować bajki opowiadane dzieciom przed zaśnięciem – poskarżył się Manet, wskazując mnie widelcem.

– Chodziło mu o folklor. Tego rodzaju rzeczy. – Wilem spojrzał na mnie. – Chcesz pracować w Archiwach?

– Po części chodzi o folklor – wycofałem się szybko, chcąc zachować twarz. – Chcę się przekonać, czy baśnie ludowe rozmaitych kultur potwierdzają teorię Teccama na temat kulturowych zanieczyszczeń.

Sim przeniósł z powrotem wzrok na Maneta.

– Widzisz? Co w ciebie dziś wstąpiło? Kiedy ostatni raz się wyspałeś?

– Nie mów do mnie tym tonem – warknął Manet. – W nocy złapałem parę godzin snu.

– Której nocy? – naciskał go Sim.

Manet urwał, wbił wzrok w tacę.

– W Felling?

Wilem pokręcił głową, mrucząc coś pod nosem w siaru.

Simmon przeraził się nie na żarty.

– Manet, wczoraj było Cendling. Nie spałeś od dwóch dni?

– Chyba nie – niepewnie odrzekł Manet. – Podczas sesji zawsze tracę poczucie czasu. Nie ma żadnych zajęć. To burzy mi porządek dnia i nocy. Poza tym zupełnie mnie pochłonął ten projekt w Rzemiosze. – Urwał, potarł twarz rękoma, potem spojrzał na mnie. – Mają rację. Chyba jestem dziś trochę nie w sosie. Zanieczyszczenie Teccama, folklor i te rzeczy. Dla mnie to trochę zbyt książkowe, ale jako przedmiot studiów... czemu nie? Nie chciałem cię urazić.

– Nic nie szkodzi – powiedziałem szybko i skinąłem głową w stronę tacy Sovoya. – Możecie mi ją przysunąć? Jeśli nasz młody szlachcic nie ma zamiaru tu wrócić, zjem jego chleb.

Gdy Simmon pomógł mi zapisać się na zajęcia, poszedłem do Archiwów, żeby po tylu latach czekania wreszcie móc zobaczyć te wszystkie książki.

Tym razem, kiedy wszedłem do środka, za biurkiem siedział młody dżentelmen i stukał piórem w kawałek papieru, na którym znać było ślady licznych poprawek i skreśleń. Kiedy się zbliżyłem, zmarszczył czoło i skreślił kolejną linijkę. Jego twarz była jakby stworzona do ponurych dąsów. Dłonie miał miękkie i blade. Oślepiająco biała lniana koszula i kamizelka w bogatym kolorze błękitu aż ociekały pieniądzem. Ta część mnie, która jeszcze nie zapomniała o Tarbean, nalegała, żeby opróżnić mu kieszenie.

Stukał piórem w papier, aż w końcu ze zirytowanym westchnieniem odłożył je na biurko.

– Imię – powiedział, nie unosząc wzroku.

– Kvothe.

Przewertował opasłą księgę, znalazł właściwą stronę, zmarszczył brwi.

– Nie ma cię w książce. – Dopiero wtedy zerknął na mnie przelotnie, raz jeszcze zmarszczył brwi i powrócił do swego wiersza, nad którym się tak biedził. Kiedy nie spieszyłem się z wyjściem, strzepnął palcami, jakby płosząc owada. – Możesz się wynosić.

– Ja tylko...

Znowu odłożył pióro.

– Słuchaj – powiedział wolno, jakby tłumaczył coś głupkowi. – Nie ma cię w książce. – Zamaszystym gestem obu dłoni wskazał tom o rozmiarach księgi rachunkowej. – Nie wchodzisz do środka. – Kolejnym gestem wskazał drzwi. – Koniec.

– Właśnie zdałem egzaminy wstępne...

Uniósł ręce, wyraźnie wytrącony z równowagi.

– A więc nic dziwnego, że nie ma cię w książce.

Sięgnąłem do kieszeni po świadectwo zdanych egzaminów.

– Mistrz Lorren dał mi to osobiście.

– Nie obchodziłoby mnie to, nawet gdyby cię tu przyniósł na własnym grzbiecie – upierał się, znaczącym gestem zanurzając znów pióro w kałamarzu. – Dobra, przestań marnować mój czas. Mam robotę.

– Marnuję twój czas? – zaprotestowałem, tracąc powoli cierpliwość. – Czy masz pojęcie, przez co przeszedłem, żeby tu dotrzeć?

Spojrzał na mnie, nagle rozbawiony.

– Poczekaj, niech zgadnę – rzekł i opierając się rękoma o blat, wstał. – Zawsze byłeś bystrzejszy od innych dzieci w swoim Piździajewie, czy jak się tam nazywało to twoje miasteczko z jedną dziwką na wszystkich mieszkańców. Twoja umiejętność czytania i pisania wprawiała w zdumienie wieśniaków.

Usłyszałem, jak zewnętrzne drzwi otwierają się i zamykają za moimi plecami, ale ten naburmuszony pyszałek nie zwrócił na to uwagi, tylko obszedł biurko i usiadł na nim.

– Twoi rodzice wiedzieli, że jesteś kimś szczególnym, a więc oszczędzali przez kilka lat, kupili ci parę butów i uszyli koszulę ze świńskiego kocyka. – Wyciągnął rękę i zmiął fałdę mojego nowego ubrania między palcami. – Całe miesiące trwała twoja wędrówka, setki mil podrygiwania na tyłach wozów drabiniastych zaprzężonych w muły. Ale w końcu... – Wykonał zamaszysty gest oboma rękoma. – Chwała Tehlu i jego aniołom! Dotarłeś! Z płonącymi oczyma i pełen marzeń!

Usłyszałem śmiech, odwróciłem się i ujrzałem dwóch mężczyzn oraz kobietę, którzy weszli do środka w trakcie jego tyrady.

– Na miłość boską, Ambrose. Co cię opętało?

– Przeklęci pierwszoroczniacy – warknął Ambrose, wracając na swoje miejsce za stołem. – Przychodzą tu ubrani jak łachmaniarze i zachowują się, jakby wszystko było ich.

Troje przybyłych przeszło przez drzwi z napisem MAGAZYN. Musiałem z całej siły walczyć, żeby nie zarumienić się pod ich bacznym spojrzeniem.

– Dalej jesteśmy na wieczór umówieni w „Eolu"?

Ambrose pokiwał głową.

– Oczywiście. O szóstym dzwonie.

– Nie masz zamiaru sprawdzić, czy oni są w książce? – zapytałem, kiedy drzwi się za tamtymi zamknęły.

Ambrose z powrotem odwrócił się ku mnie, uśmiechał szeroko, ale bynajmniej nie przyjaźnie.

– Słuchaj, dam ci za darmo dobrą radę. U siebie w domu byłeś kimś wyjątkowym. Tu jesteś tylko jeszcze jednym dzieciakiem z niewyparzoną gębą. A więc mów do mnie Re'lar, wracaj na swoją pryczę i dziękuj swojemu pogańskiemu Bogu, do którego się modlisz, że nie jesteśmy w Vintas. Mój ojciec i ja przykulibyśmy cię do słupa, jak wściekłego psa. – Wzruszył ramionami. – Albo nie. Zostań tutaj. Zrób scenę. Zacznij płakać. A jeszcze lepiej, spróbuj mnie uderzyć. – Uśmiechnął się. – Dam ci lanie, a potem za ucho wywlokę za drzwi. – Wziął do ręki pióro i wrócił do swojej bazgraniny.

Wyszedłem.

Może wam się wydawać, że zniechęciło mnie to wydarzenie. Może wam się wydawać, że poczułem się zdradzony, że moje dziecięce marzenia o Uniwersytecie prysły jak bańka mydlana.

Przeciwnie. Tylko utwierdziłem się w swoich zamiarach. Od przybycia na Uniwersytet czułem się trochę jak ryba wyjęta z wody, dopiero Ambrose w swój niezrównany sposób uświadomił mi, że nie ma wielkiej różnicy między tym miejscem a ulicami Tarbean. Niezależnie gdzie się znajdziesz, ludzie pozostają zasadniczo tacy sami.

Poza tym gniew rozgrzewa w zimne noce, a urażona duma potrafi popchnąć człowieka do wielkich rzeczy.

Rozdział 38

Sympatia w Maius

Maius był najstarszym gmachem Uniwersytetu. Przez wieki rozrastał się powoli we wszystkich kierunkach, wchłaniając mniejsze budowle i kolejne dziedzińce. Na pierwszy rzut oka kojarzył się z jakimś ambitnym architektonicznym porostem, który postanowił pokryć tyle akrów ziemi, ile tylko zdoła.

Zgubić się w nim było łatwo. Korytarze zakręcały w dziwnych kierunkach, nieoczekiwanie kończyły się ślepymi ścianami albo prowadziły na miejsce długą, krętą i okrężną drogą. Przejście z jednej sali do drugiej mogło zabrać dwadzieścia minut, mimo iż dzieliła je odległość ledwie pięćdziesięciu stóp. Starsi stażem studenci znali, rzecz jasna, odpowiednie skróty, wiedzieli, przez które warsztaty i sale wykładowe można przejść, aby szybciej dotrzeć do celu.

Ale na przykład jeden z dziedzińców był właściwie całkowicie odcięty od reszty gmachu i dostać się nań można było jedynie przez okno. Krążyły plotki, że są w budynku pokoje całkiem zamurowane, niektóre ze studentami w środku. Powiadano, że ich duchy krążą nocami po korytarzach, opłakując swój los i wyciem uskarżając się na jedzenie w Mesie.

Pierwsze zajęcia miałem mieć właśnie w Maius. Na szczęście koledzy z sypialni ostrzegli mnie, że trudno się tam odnaleźć, a więc choć się faktycznie zgubiłem, spokojnie zdążyłem na czas.

Kiedy dotarłem wreszcie do sali, w której miałem mieć pierwsze zajęcia, zaskoczyło mnie, że wygląda jak niewielki teatr. Krzesła wznosiły się ku górze kolejnymi rzędami w kształcie półokręgów, na dole w środku znajdowała się mała scena. W większych miastach mojej trupie zdarzało się występować w miejscach niezbyt się od tego różniących. Myśl ta sprawiła, że zrobiło mi się nieco raźniej na duszy, kiedy szukałem sobie miejsca na tyłach.

Przyglądając się studentom powoli wchodzącym do sali, czułem narastające podniecenie. Wszyscy byli przynajmniej o parę lat ode mnie starsi. Kiedy amfiteatr powoli się wypełniał, odświeżałem w pamięci pierwszych trzydzieści wiązań sympatetycznych. Zebrała się nas może pięćdziesiątka, a sala wypełniła się w jakichś trzech czwartych. Niektórzy mieli pióra i papier, książek w sztywnych okładkach używali jako podkładek do pisania. Inni przynieśli woskowe tabliczki. Ja nic nie wziąłem ze sobą, ale nie przejmowałem się tym. Zawsze miałem świetną pamięć.

Mistrz Hemme wszedł do sali i natychmiast ruszył w kierunku sceny, żeby zająć miejsce za wielkim kamiennym warsztatem. W czarnych szatach wyglądał naprawdę niesamowicie i wystarczyło kilka sekund, aby rozszeptani i wiercący się w ławkach studenci ucichli.

– A więc chcecie być hermetykami? – zapytał. – Chcecie magii takiej, o jakiej słyszeliście w bajkach na dobranoc. Słuchaliście pieśni o Taborolinie Wielkim. Wyjące płachty ognia, magiczne pierścienie, płaszcze niewidki, nietępiące się miecze i mikstury, dzięki którym można latać. – Pokręcił głową z niesmakiem. – Cóż, jeśli tego szukacie, możecie od razu wyjść, ponieważ tu tego nie znajdziecie. A nie znajdziecie, ponieważ te rzeczy nie istnieją.

W tym momencie do środka wszedł jakiś student, zorientował się, że się spóźnił, i szybko usiadł na pierwszym lepszym wolnym miejscu. Hemme jednak wypatrzył go bez pudła.

– Witam, cieszę się, że zdecydowałeś się wziąć udział w zajęciach. Jak masz na imię?

– Gel – odpowiedział nerwowo chłopak. – Przepraszam. Miałem trochę trudności...

– Gel – przerwał mu Hemme. – Po co tu przyszedłeś?

Gel przez chwilę gapił się na niego w milczeniu, wreszcie wykrztusił:

– Na wykład z zasad sympatii?

– Nie toleruję spóźnialskich na moich zajęciach. Zechcesz na jutro przygotować referat na temat budowy zegarów sympatetycznych, różnic między nimi a starszymi, mniej dokładnymi zegarami, wykorzystującymi ruch harmoniczny, oraz skutków, jakie ich wprowadzenie miało dla lepszego zarządzania czasem.

Chłopak zmienił pozycję w ławce.

– Tak, panie.

Hemme wydawał się usatysfakcjonowany jego reakcją.

– Bardzo dobrze. A więc, czym jest sympatia?

Kolejny chłopak wpadł do sali, ściskając pod pachą gruby tom. Był młody, to znaczy wyglądał na ledwie rok czy dwa starszego ode mnie. Hemme zatrzymał go, zanim zdążył usiąść w ławce.

– Witam – powiedział przesadnie uprzejmym tonem. – A ty kto jesteś?

– Basil, panie.

Chłopak stanął niezgrabnie w przejściu między siedzeniami. Poznałem go. Był jednym z tych, których egzaminom potajemnie się przysłuchiwałem.

– Basil, nie jesteś aby przypadkiem z Yll? – zapytał Hemme, uśmiechając się drapieżnie.

– Nie, panie.

– Ach – westchnął Hemme z udawanym rozczarowaniem. – Słyszałem, że plemiona yllańskie wyznaczają czas, kierując się pozycją Słońca, i przez to w ogóle nie znają punktualności. Niemniej słysząc, że nie jesteś Yllaninem, nie potrafię znaleźć usprawiedliwienia dla twego spóźnienia. A ty?

Przez chwilę usta Basila poruszały się w całkowitym milczeniu, jakby mełł w nich jakąś wymówkę, ale w końcu najwyraźniej zdecydował, że lepiej będzie zmilczeć.

– Nie, panie.

– To dobrze. Na jutro przygotujesz referat porównawczy o kalendarzu lunarnym Yll i dokładniejszym, bardziej cywilizowanym kalendarzu aturańskim, z którym powinneś być już obznajmiony. Usiądź.

Jak zbity pies Basil osunął się bez słowa na najbliższą ławkę.

Tymczasem Hemme zrezygnował już z udawania, że prowadzi wykład, i tylko czekał na następnego spóźnialskiego. Dlatego też, gdy ten wszedł do sali, panowała w niej pełna napięcia cisza.

Tym razem była to kobieta mająca może osiemnaście lat. Swoista rzadkość. Liczebność mężczyzn do kobiet na Uniwersytecie miała się jak dziesięć do jednego.

Hemme jakby złagodniał, gdy zobaczył, z kim ma do czynienia. Zszedł po schodach i ruszył jej na powitanie.

– Ach, moja droga. Tak się cieszę, że jeszcze nie zaczęliśmy dzisiejszego dyskursu. – Wziął ją pod ramię i zaprowadził na najbliższe wolne miejsce.

Ona zaś wyraźnie była skonsternowana uwagą, jaka jej przypadła w udziale.

– Przepraszam, mistrzu Hemme. Maius jest większe, niż sądziłam.

– Nie przejmuj się – powiedział Hemme, starając się być uprzejmy. – Znalazłaś salę i tylko to się liczy. – Troskliwie pomógł jej rozłożyć papier i ustawić kałamarz, a potem wrócił na swoje miejsce.

Wydawało się, że może tym razem przejdzie do właściwego wykładu. Ale zanim zaczął, jeszcze raz spojrzał na dziewczynę.

– Przepraszam, panienko. – Była jedyną kobietą w sali. – Wykazałem się niewybaczalnym brakiem manier. Jak masz na imię?

– Ria.

– Ria to skrót od Rian?

– Tak – uśmiechnęła się.

– Rian, czy mogłabyś założyć nogę na nogę?

Prośba była wypowiedziana z taką powagą, że nikomu nawet nie przyszło do głowy się roześmiać. Rian, wyraźnie zbita z tropu, założyła nogę na nogę.

– Teraz, kiedy bramy piekła są już zamknięte – powiedział Hemme swoim normalnym, szorstkim tonem – możemy zacząć.

I zaczął, ignorując Rię przez całą resztę wykładu. Co, jak należy rozumieć, było z jego strony mimowolną uprzejmością.

To było długie dwie i pół godziny. Słuchałem z uwagą, przez cały czas w nadziei, że usłyszę coś, o czym wcześniej nie wspominał Abenthy. Ale niczego takiego się nie doczekałem. Szybko zdałem sobie sprawę, że choć Hemme faktycznie omawia zasady sympatii, robi to na bardzo podstawowym poziomie. Te zajęcia były ogromną stratą czasu.

Kiedy Hemme skończył wykład, a wszyscy wyszli z sali, zbiegłem po schodach i dogoniłem go w momencie, gdy wychodził przez niższe drzwi.

– Mistrzu Hemme?

Spojrzał na mnie.

– Ach, tak, nasze cudowne dziecko. Nie wiedziałem, że chodzisz na moje zajęcia. Nie mówiłem za szybko dla ciebie?

Wiedziałem, że lepiej nie mówić otwarcie.

– Mistrzu, wyłożyłeś podstawy nadzwyczaj jasno. Zasady, które dzisiaj omawiałeś, z pewnością stanowić będą znakomity punkt wyjścia dla pozostałych studentów. – Dyplomacja jest częścią zawodu wędrownego aktora.

Nadął się z lekka, słysząc mój pretensjonalny komplement, ale po chwili spojrzał na mnie bacznie.

– Pozostałych studentów? – zapytał.

– Myślę, że już przyswoiłem sobie te podstawy, panie. Znam trzy prawa i czternaście lematów. Jak również pierwsze dziewięćdziesiąt...

– Tak, tak. Rozumiem – wszedł mi w słowo. – W tej chwili jestem dość zajęty. Możemy pomówić jutro, przed zajęciami. – Odwrócił się i odszedł żwawym krokiem.

Pół bochenka to lepiej niż nic. Wzruszyłem ramionami i poszedłem do Archiwów. Jeśli i tak nie miałem się niczego nauczyć z wykładów Hemme'a, równie dobrze mogłem zacząć uczyć się sam.

Tym razem, kiedy wszedłem do Archiwów, za biurkiem siedziała młoda kobieta. Była uderzająco piękna – długie czarne włosy i jasne, błyszczące oczy. Zdecydowana poprawa od dyżuru Ambrose'a.

Uśmiechnęła się, kiedy podszedłem.

– Jak masz na imię?

– Kvothe – powiedziałem. – Syn Arlidena.

Pokiwała głową i zaczęła wertować księgę.

– A ty? – zapytałem, żeby czymś wypełnić ciszę.

– Fela – odparła, nie unosząc oczu. Potem znowu skinęła głową i postukała palcem w otwartą księgę. – Jesteś tu, możesz wejść.

Skierowałem się ku drzwiom z napisem MAGAZYN. To było to, czego potrzebowałem. Magazyn pełen książek. Wielkie stosy książek. Niekończące się półki pełne książek.

Już trzymałem dłoń na klamce, gdy zatrzymał mnie głos Feli.

– Przepraszam. Pierwszy raz tu jesteś, prawda?

Przytaknąłem, nie puszczając klamki. Byłem już tak blisko. Co teraz miało zniweczyć moje marzenia?

– Magazyn jest tylko dla studentów Arkanów – powiedziała przepraszająco. Wstała zza biurka i podeszła do drugich drzwi. – Tędy, pokażę ci.

Z wahaniem puściłem klamkę i poszedłem za nią.

Obiema rękami otworzyła skrzydło masywnych drewnianych drzwi, za którymi ukazało się wielkie pomieszczenie z wysokim sufitem i szereg długich stołów. W różnych miejscach sali siedziało kilkunastu studentów pochylonych nad lekturą. Pomieszczenie było dobrze oświetlone niemrugającym światłem kilkunastu lamp sympatetycznych.

Fela pochyliła się ku mnie i powiedziała cicho:

– To jest główna czytelnia. Znajdziesz tu wszystkie książki potrzebne do większości podstawowych kursów. – Przytrzymała drzwi stopą, a potem wskazała dłonią na półki mieszczące trzysta, może czterysta ksiąg. Więcej niż kiedykolwiek w życiu w jednym miejscu widziałem.

Tymczasem Fela wciąż wyjaśniała mi przyciszonym głosem:

– Tutaj należy zachować ciszę. Nie mówimy inaczej jak szeptem.

Wcześniej już zauważyłem, że w sali panuje nienaturalna cisza.

– Jeżeli potrzebujesz książkę, której nie ma na miejscu, możesz złożyć zamówienie na biurku – wskazała dłonią. – Znajdą książkę i przyniosą ci.

Odwróciłem się do niej, żeby zadać jakieś pytanie, i dopiero wówczas uświadomiłem sobie, jak blisko mnie stoi. Chyba nic bardziej dobitnie nie świadczy o moim zauroczeniu Archiwami niż to, że zupełnie nie zdawałem sobie sprawy, iż jedna z najatrakcyjniejszych kobiet na Uniwersytecie stoi ledwie sześć cali ode mnie.

– Ile czasu zabiera zazwyczaj odszukanie książki? – zapytałem cicho, starając się na nią nie patrzeć.

– Różnie bywa. – Ruchem głowy odrzuciła długie czarne włosy na plecy. – Czasami jesteśmy bardziej zajęci, innym razem mniej. Jedni szybciej odnajdują poszukiwane książki, innym idzie to wolniej. – Wzruszyła ramionami, a jej włosy zakołysały się i kilka pasm musnęło moją rękę. – Normalnie możesz liczyć, że dostaniesz ją w godzinę.

Pokiwałem głową rozczarowany, że nie będę mógł przejrzeć całości Archiwów, ale wciąż skręcało mnie z podniecenia.

– Dzięki, Fela.

Wszedłem do środka, a ona zamknęła drzwi. Jednak chwilę później weszła za mną.

– Ostatnia rzecz – powiedziała cicho. – To znaczy, powinno się to rozumieć samo przez się, ale jesteś tu pierwszy raz... Książki pod żadnym pozorem nie mogą opuścić sali. Nic nie wychodzi na zewnątrz z Archiwów – powiedziała z powagą.

– Oczywiście – zgodziłem się. – Naturalnie. – Nie wiedziałem o tym.

Fela uśmiechnęła się i skinęła głową.

– Chciałam się tylko upewnić. Parę lat temu mieliśmy tu młodego szlachcica, który przywykł do tego, że wolno mu było wynosić książki z biblioteki ojca. Nigdy wcześniej nie widziałam, aby Lorren bodaj zmarszczył brew, nie wspominając już o podniesionym głosie. Ale kiedy złapał tamtego chłopaka na ulicy z jedną z książek... – Potrząsnęła głową, jakby nie potrafiła opisać, co tam się wówczas stało.

Spróbowałem sobie wyobrazić wysokiego, opanowanego mistrza w gniewie i nie udało mi się.

– Dzięki za ostrzeżenie.

– Nie ma za co. – Fela wróciła z powrotem do przedpokoju. Ja natomiast podszedłem do biurka, które mi wskazała.

– Jak mógłbym zamówić książkę? – cicho zapytałem siedzącego za nim skrybę.

Pokazał mi wielką księgę do połowy zapisaną imionami studentów i ich zamówieniami. Jedne dotyczyły książek danego autora lub o określonym tytule, ale inne zasadniczo były prośbami o informację. Jeden z wpisów wpadł mi w oko: „Basil – Yllański kalendarz lunarny. Historia kalendarza aturańskiego". Rozejrzałem się po sali i zobaczyłem chłopaka z zajęć Hemme'a, zgarbionego nad książką i swoimi notatkami.

Napisałem: „Kvothe – Historia Chandrian. Doniesienia na temat Chandrian i towarzyszących im znaków: czarne oczy, niebieski płomień etc."

Podszedłem do półek i zacząłem przeglądać książki. Jeden czy dwa tytuły rozpoznałem z czasów moich studiów u Bena. W pomieszczeniu panowała całkowita cisza, zmącona jedynie skrzypieniem piór po papierze albo ledwie słyszalnym szelestem przewracanych kart – jakby ptak rozkładał skrzydła. O dziwo jednak cisza, zamiast denerwować, wydawała mi się dziwnie uspokajająca. Później dowiedziałem się, że czytelnię studenci ze względu na nastrój w niej panujący nazywali „Grobem".

W końcu moją uwagę zwróciła książka zatytułowana *Obyczaje godowe draccusa pospolitego* i wziąłem ją ze sobą do jednego ze stołów. Wybrałem ją głównie dlatego, że miała na okładce wytłoczonego stylizowanego smoka, ale kiedy zacząłem czytać, szybko przekonałem się, że jest ona uczoną analizą kilku rozpowszechnionych mitów.

Byłem w połowie tytułowego artykułu, wyjaśniającego, jak wedle wszelkiego prawdopodobieństwa mit smoka powstał na podstawie obserwacji znacznie powszechniej występującego draccusa, kiedy podszedł do mnie skryba.

– Kvothe?

Przytaknąłem, on zaś podał mi niewielki tom w niebieskiej płóciennej oprawie.

Otworzyłem książkę i prawie natychmiast spotkało mnie rozczarowanie. To był zbiór bajek. Przejrzałem książkę w nadziei, że znajdę w niej coś użytecznego, ale były w niej tylko cukierkowe historie przygodowe napisane ku rozrywce dzieci. Znacie te historie: dzielny sierota wyprowadza w pole Chandrian, zdobywa bogactwa, żeni się z księżniczką i żyje długo i szczęśliwie.

Westchnąłem i zamknąłem książkę. Na poły czegoś takiego się właśnie spodziewałem. Póki Chandrianie nie zabili mojego ojca, też myślałem, że nie są niczym więcej jak postaciami z bajek dla dzieci. Takie poszukiwania zapewne donikąd mnie nie doprowadzą.

Podszedłem znowu do biurka i stałem tam, długo zastanawiając się nad nowym wpisem. Wreszcie napisałem: „Kvothe – Historia zakonu Amyr. Pochodzenie Amyr. Obyczaje Amyr". Dotarłem do końca karty i zamiast pisać dalej w linii poniżej, zerknąłem na skrybę za biurkiem.

– Tak naprawdę to interesuje mnie wszystko na temat Amyr – powiedziałem.

– Jesteśmy teraz trochę zajęci – odparł, wskazując salę. Od czasu mojego przybycia pojawiło się w niej następnych kilkunastu studentów. – Ale przyniesiemy ci coś, gdy tylko trochę się uspokoi.

Wróciłem do stołu i znowu zacząłem kartkować książkę dla dzieci, w końcu zrezygnowałem z niej na rzecz bestiariusza. Tym razem czekałem znacznie dłużej i zdążyłem się już zagłębić w dziwny zwyczaj hibernacji letniej występujący u Susquinian, kiedy poczułem lekki dotyk na ramieniu. Odwróciłem się, spodziewając się ujrzeć skrybę z naręczem książek lub może Basila, który chciałby się przywitać. Zaskoczył mnie widok mistrza Lorrena, który stał nade mną w czarnych szatach.

– Chodź – powiedział cicho i dał mi gestem znak, abym poszedł za nim.

Nie wiedząc, o co chodzi, wyszedłem za nim z czytelni. Za biurkiem skryby w przedpokoju znajdowały się małe drzwiczki, za nimi klatka schodowa wiodąca do małego, skromnego pokoiku ze stołem i dwoma krzesłami. Archiwa pełne były tego rodzaju pomieszczeń, swego rodzaju gabinetów, w których członkowie Arkanów mogli spokojnie usiąść i prowadzić badania.

Lorren położył na stole księgę z zamówieniami z Czytelni.

– Zobaczyłem twój wpis, kiedy towarzyszyłem jednemu

z młodych skrybów w trakcie wypełniania obowiązków – powiedział. – Interesujesz się Chandrianami i Amyr, tak? – zapytał.

Skinąłem głową.

– Czy to w związku z ćwiczeniem zadanym ci przez któregoś z nauczycieli?

Przez chwilę chciałem mu powiedzieć prawdę. O tym, co przydarzyło się moim rodzicom. O historii, jaką usłyszałem w Tarbean.

Ale reakcja Maneta na moją wzmiankę o Chandrianach nauczyła mnie ostrożności. Póki nie zobaczyłem Chandrian na własne oczy, też nie wierzyłem w ich istnienie. A gdyby wówczas ktokolwiek twierdził, że ich widział, pomyślałbym, że oszalał. W najlepszym wypadku Lorren pomyślałby, że miałem halucynacje, w najgorszym uznałby mnie za durne dziecko. Nagle szczególnie jasno zdałem sobie sprawę, że stoję w miejscu, które jest jednym z kamieni węgielnych naszej cywilizacji, i przed obliczem mistrza Archiwów Uniwersytetu.

Dzięki temu mogłem ujrzeć wszystko w innej perspektywie. Opowieści starca w jakiejś tawernie na Nabrzeżu nagle wydały mi się odległe i pozbawione znaczenia.

Pokręciłem głową.

– Nie, panie. Chcę tylko zaspokoić swoją ciekawość.

– Mam wielki szacunek dla ciekawości – powiedział Lorren głosem wypranym z intonacji. – Chętnie pomogę ci w jej zaspokojeniu. Kiedy Imperium Aturańskie wciąż jeszcze było silne, Amyr stanowiło część Kościoła. Ich credo brzmiało: *Ivare Enim Euge*, co można z grubsza przetłumaczyć: „dla wyższego dobra". Byli czymś w rodzaju skrzyżowania błędnych rycerzy i policji obywatelskiej. Mieli uprawnienia sędziowskie i mogli sądzić tak w świeckich, jak i kanonicznych sądach. Wszyscy, choć w różnym stopniu, stali ponad prawem.

Większość z tego, co mówił, była mi znana.

– Ale jakie są ich początki? – zapytałem. Tylko tak ośmielałem się nawiązać do opowieści Skarpiego.

– Ich początki sięgają wędrownych sędziów – wyjaśnił Lorren. – Ludzi, którzy podróżowali z miasta do miasta, niosąc im rządy prawa.

– A więc w Atur należy szukać ich początków?

Spojrzał na mnie dziwnie.

– A niby gdzie?

Nie potrafiłem się zmusić, żeby mu powiedzieć prawdę: że przez wzgląd na opowieść usłyszaną z usta starego człowieka podejrzewam, iż Amyr mają znacznie starsze korzenie niż Imperium Aturańskie. Że mam nadzieję, iż wciąż mogę gdzieś ich znaleźć w dzisiejszym świecie.

Lorren wziął moje milczenie za odpowiedź.

– Udzielę ci dobrej rady – powiedział łagodnie. – Amyr są typem idealnym postaci heroicznych. Kiedy byliśmy młodzi, wszyscy udawaliśmy Amyr i toczyliśmy bitwy na wierzbowe witki. To naturalne, że chłopców pociągają takie historie. – Spojrzał mi prosto w oczy. – Wszelako mężczyzna hermetyk musi się skoncentrować na sprawach realnych, codziennych. Praktycznych. – Nie przestając patrzeć mi w oczy, ciągnął: – Jesteś młody. Wielu będzie cię osądzać tylko na tej podstawie. – Wciągnąłem oddech, ale on uniósł dłoń. – Nie oskarżam cię o folgowanie chłopięcym fantazjom. Radzę ci tylko, abyś unikał zachowania, które może cię narazić na takie oskarżenia. – Potem spojrzał na mnie oczyma bez wyrazu, a twarz miał równie spokojną jak zawsze.

Pomyślałem o tym, jak potraktował mnie Ambrose, i pokiwałem głową, czując rumieniec wypełzający na policzki.

Lorren wyciągnął pióro i zamazał mój pojedynczy wpis do księgi.

– Wielce szanuję ciekawość – powtórzył. – Ale inni nie myślą tak jak ja. Nie chcę, aby pierwszy semestr twojej nauki niepotrzebnie komplikowały tego rodzaju sprawy. Spodziewam się, że i tak będzie ci dostatecznie trudno bez dodatkowych zmartwień.

Pochyliłem głowę, mając wrażenie, jakbym go rozczarował.

– Rozumiem. Dziękuję, panie.

Rozdział 39

Dostatecznie długi sznur

Następnego dnia przyszedłem na wykład Hemme'a dziesięć minut wcześniej i usiadłem w pierwszym rzędzie. Miałem nadzieję porozmawiać z nim, zanim wykład się zacznie, i oszczędzić sobie konieczności wysłuchiwania go do końca.

Niestety on nie przyszedł wcześniej. Sala wykładowa była pełna, gdy wreszcie wszedł przez niższe drzwi i pokonał trzy stopnie prowadzące na drewniane podwyższenie. Rozejrzał się jednak po sali, wyraźnie mnie szukając.

– Ach, tak, nasze cudowne dziecko. Wstań, proszę.

Niepewny, czego oczekiwać, wstałem.

– Mam dla wszystkich miłą wiadomość – powiedział. – Nasz pan Kvothe zapewniał mnie po ostatnim wykładzie, że w pełni opanował już zasady sympatii. Równocześnie zaproponował, że chętnie poprowadzi dzisiejszy wykład. – Wykonał w moją stronę ceremonialny gest, zapraszając mnie na scenę. Cały czas uśmiechał się do mnie oczyma o twardym spojrzeniu. – Panie Kvothe?

Szydził ze mnie oczywiście, oczekując, że zapadnę się w krześle, zastraszony i zawstydzony.

Ale w moim życiu spotkałem już wielu, którzy próbowali mnie zastraszyć. Wspiąłem się więc na scenę i uścisnąłem jego dłoń. Wyćwiczonym scenicznym głosem przemówiłem do studentów:

– Dziękuję mistrzowi Hemme, że zgodził się dać mi taką szansę. Pozostaje mi tylko mieć nadzieję, że pomogę mu rzucić odrobinę światła na ważny, było nie było, przedmiot.

Ponieważ Hemme sam zaczął tę grę, nie mógł jej teraz skończyć, by nie wyjść na głupca. Ściskając moją dłoń, obrzucił mnie spojrzeniem, jakiego po wilku mógłby się spodziewać kot. Uśmiechając się pod nosem, zszedł ze sceny i zajął opuszczone przeze mnie miejsce w pierwszym rzędzie. Pewny mojej niewiedzy chciał, żeby maskarada trwała.

Nigdy by mi się nie upiekło, gdyby nie dwie z licznych wad Hemme'a. Po pierwsze, jego ogólna głupota, nie pozwalająca mu uwierzyć w to, co usłyszał ode mnie wczoraj. Po drugie, pragnienie ujrzenia, jak się kompromituję na całej linii.

Mówiąc krótko, dawał mi dostatecznie długi sznur, żebym mógł się na nim powiesić. Najwyraźniej nie zdawał sobie sprawy, że zadzierzgnięta pętla pasuje na jedną szyję tak samo dobrze jak na drugą.

Zwróciłem się do studentów.

– Dzisiaj zilustruję wam na przykładzie działanie praw sympatii. Aczkolwiek, ponieważ dysponujemy ograniczonym czasem, potrzebna mi będzie pomoc w przygotowaniach. – Na chybił trafił wskazałem jednego ze studentów. – Czy byłbyś tak miły i przyniósł mi jeden włos mistrza Hemme?

Hemme z przesadną gracją podał mu jeden ze swoich włosów. Kiedy student przyniósł mi go, Hemme już się uśmiechał, autentycznie rozbawiony, pewien, że im bardziej imponujące moje przygotowania, tym większa sromota czeka mnie na końcu.

Skorzystałem z tej niewielkiej zwłoki i dokonałem przeglądu instrumentów, za pomocą których miałem pracować. Na skraju sceny stał piecyk, w pośpiesznie przeszukanych szufladach odkryłem kredę, pryzmat, zapałki siarkowe, szkło powiększające, jakieś świeczki i kilka dziwnie ukształtowanych kawałków metalu. Wziąłem trzy świece, resztę zostawiłem na miejscu.

Student podał mi włos mistrza Hemme i dopiero wtedy rozpoznałem Basila, chłopaka, którego Hemme zadręczał wczoraj.

– Dziękuję, Basil. Czy mógłbyś przynieść ten piecyk tutaj i rozpalić go jak najszybciej?

Postąpił, jak mu kazałem, a ja, widząc z bliska piecyk, ucieszyłem się, ponieważ był wyposażony w niewielki miech. On nalał alkoholu na węgle i podpalił, a ja tymczasem zwróciłem się do studentów: – Kategorie sympatii nie są wcale takie łatwe do przyswojenia. Trzeba wam jednak wiedzieć, że u podstaw wszystkiego leżą trzy proste prawa. Po pierwsze, doktryna korespondencji, która głosi: „Podobieństwo sprzyja sympatii". Po drugie, zasada pokrewieństwa, wedle której: „Fragment rzeczy przedstawia całą rzecz". Po trzecie, prawo zachowania, mówiące: „Energia nie ginie ani nie powstaje z niczego". Korespondencja, Pokrewieństwo i Zachowanie. KPZ.

Urwałem i wsłuchałem się w skrzypienie pół setki piór zapisujących moje słowa. Za moimi plecami Basil pracowicie dął w miechy. Zrozumiałem, że mógłbym to polubić.

– Nie przejmujcie się, jeśli jeszcze nie ma to dla was sensu. Demonstracja wyjaśni wszystko w najdrobniejszych szczegółach.

Spojrzałem za siebie i zobaczyłem, że piecyk pięknie się nagrzewa. Podziękowałem Basilowi i powiesiłem nad węglem płytkie metalowe naczynie, po czym wrzuciłem do środka dwie świece, żeby się stopiły. Trzecią umieściłem w uchwycie na stole i zapaliłem siarkową zapałką z szuflady. Zdjąwszy naczynie z ognia, ostrożnie wylałem jego płynną zawartość na stół, tworząc kleks wosku wielkości pięści. Wreszcie spojrzałem na studentów.

– Gdy będziecie się parać sympatią, większość waszych działań będzie polegać na zmianie kierunku przepływu energii. Więzi sympatetyczne określają, jak przepływa energia. – Pozbyłem się knotów i zacząłem ugniatać wosk, tworząc z niego laleczkę w kształcie ludzkiej sylwetki. – Pierwsze prawo, o którym wspomniałem, czyli podobieństwo sprzyja sympatii, oznacza po prostu, że im bardziej rzeczy są do siebie podobne, tym silniejsza będzie między nimi więź sympatetyczna. – Uniosłem niezgrabną lalkę, żeby wszyscy mogli ją zobaczyć. – To – powiedziałem – jest mistrz Hemme. – Po sali przetoczyła się fala tłumionych śmiechów. – A tak naprawdę jest to moja sympatetyczna reprezentacja mistrza Hemme. Czy ktoś spróbowałby odpowiedzieć, dlaczego nie jest zbyt dobra?

Zapadła cisza. Pozwoliłem jej trwać jakiś czas, widząc, że mam do czynienia z chłodną publicznością. Hemme przestraszył ich wczoraj i słabo reagowali. Na koniec odezwał się jakiś student z tylnych rzędów:

– Ma niewłaściwe rozmiary?

Skinąłem głową, ale dalej rozglądałem się po sali.

– On nie jest zrobiony z wosku.

Znowu przytaknąłem.

– W pewnym stopniu jest do niego podobna, jeśli brać pod uwagę ogólny kształt i proporcje. Niemniej jest to bardzo kiepska reprezentacja sympatetyczna. I ze względu na to więź sympatetyczna będzie raczej słaba. Jej efektywność może sięgać zapewne jakichś dwu procent. Jak moglibyśmy ją zwiększyć?

Znów zapadła cisza, tym razem krótsza.

– Mógłbyś powiększyć laleczkę – zaproponował ktoś.

Skinąłem głową i czekałem. Odezwały się kolejne głosy:

– Można by wyrzeźbić na niej twarz mistrza Hemme.

– Pomalować.

– Ubrać w jakieś rzeczy.

Wszyscy się śmiali.

Gestem uniesionej ręki poprosiłem o ciszę i zdziwiłem się, że tak szybko zapadła.

– Odłóżmy na razie na bok praktyczne trudności i załóżmy, że wykonaliśmy wszystkie te zalecenia. W pełni ubrana lalka o wysokości sześciu stóp z artystycznie wyrzeźbioną twarzą mistrza Hemme stoi obok mnie. – Podkreśliłem swoje słowa odpowiednim gestem dłoni. – Nawet przy całych tych staraniach w najlepszym razie można liczyć na dziesięcio- czy piętnastoprocentową więź sympatetyczną. Niezbyt dobrze, właściwie wcale nie dobrze. Dlatego w tym miejscu trzeba wspomnieć o drugim prawie, o zasadzie pokrewieństwa. Najprościej można streścić ją słowami: „Raz złączone, zawsze połączone". Dzięki uprzejmości mistrza Hemme dysponuję jednym z jego włosów. – Podniosłem włos i ceremonialnie osadziłem w głowie laleczki. – W ten prosty sposób tworzymy więź sympatetyczną o efektywności w granicach trzydziestu, trzydziestu pięciu procent.

Przez cały czas obserwowałem Hemme'a. Choć na początku zdawał się chyba coś podejrzewać, teraz już tylko uśmiechał się ironicznie. Wiedział, że bez odpowiedniego wiązania i właściwie skupionego Alar wszystkie włosy i cały wosk świata będą na nic.

Pewny, że ma mnie za kompletnego durnia, wskazałem palcem świecę i zapytałem go:

– Za twoim pozwoleniem, mistrzu?

Teatralnym gestem udzielił mi wszelkiej możliwej zgody i rozsiadłszy się na krześle, zaplótł ręce na piersiach, pewny swego.

Oczywiście znałem wiązanie. Powiedziałem mu przecież. A Ben nauczył mnie dużo na temat Alar – wiary pejcza – w wieku dwunastu lat.

Ale na razie nie miałem zamiaru wykorzystywać nic z tej wiedzy. Po prostu wsadziłem nogę laleczki w płomień świecy; zasyczała natychmiast i zaczęła pryskać roztopionym woskiem.

Zapadła pełna napięcia cisza, gdy wszyscy wyciągnęli szyje, żeby lepiej widzieć mistrza Hemme.

Ten wzruszył ramionami, udając zdumienie. Ale w jego oczach było to spojrzenie, które ma się na widok zatrzaskujących się szczęk pułapki. Kącik ust wygiął ironiczny uśmiech, on zaś zaczął się podnosić z krzesła.

– Nic nie czuję. Co...

– Właśnie – powiedziałem, nadając głosowi ostre brzmienie, przez co wszyscy znów spojrzeli na mnie. – A dlaczego tak jest? – Rozejrzałem się wyczekująco po sali.

– Otóż ze względu na trzecie prawo, o którym mówiłem wcześniej. Prawo zachowania. „Energia nie ginie ani nie powstaje z niczego, tylko zmienia miejsce". Gdybym trzymał świeczkę pod stopą naszego szacownego mistrza, efekt byłby skromny. A ponieważ tylko jakieś trzydzieści procent energii przechodzi przez wiązanie, efekt jest w istocie jeszcze mizerniejszy.

Urwałem, skłaniając słuchaczy do chwili zastanowienia.

– To jest zasadniczy problem sympatii. Skąd wziąć energię. W tym wypadku wszakże odpowiedź jest prosta.

Zdmuchnąłem świecę, a następnie rozpaliłem ją od piecyka, mrucząc pod nosem kilka niezbędnych słów.

– Tworząc nową więź sympatetyczną, mianowicie między świecą i znacznie mocniejszym ogniem... – Podzieliłem umysł na dwie części, jedną związałem Hemme'a i laleczkę, drugą świecę i piecyk – ...otrzymujemy pożądany efekt.

Ostrożnie przysunąłem nóżkę laleczki mniej więcej na cal do płomienia świecy ponad nim; to miejsce w istocie ma najwyższą temperaturę.

Z miejsca, gdzie siedział Hemme, rozległ się pełen bólu i zaskoczenia okrzyk.

Nie patrząc w tamtą stronę, kontynuowałem wykład, posługując się najbardziej poważnym tonem głosu.

– I wygląda na to, że tym razem nam się udało.

Sala wybuchnęła śmiechem.

Zdmuchnąłem świecę.

– Jest to też dobry przykład potęgi, jaką ma do swej dyspozycji bystry sympatyk. Wyobraźcie sobie, co by się stało, gdybym laleczkę cisnął w ogień? – Trzymałem ją nad piecykiem.

Jakby na rozkaz, w tym właśnie momencie Hemme wtargnął na scenę. Być może były to tylko igraszki mojej wyobraźni, ale chyba opierał ciężar ciała na lewej nodze.

– Wygląda na to – zauważyłem – że mistrz Hemme postanowił sam kontynuować wykład.

Fala śmiechu przeszła po sali, tym razem głośniejsza.

– Dziękuję wam wszystkim za łaskawą uwagę, drodzy przyjaciele studenci. W tym miejscu kończy się wykład waszego pokornego sługi.

Odwołałem się do jednej ze sztuczek scenicznego rzemiosła. Pewna tonacja głosu i znaki mowy ciała stanowią sygnał dla publiczności, że można zacząć klaskać. Nie potrafię wyjaśnić, na jakiej zasadzie się to dokładnie odbywa, ale odniosło spodziewany skutek. Podziękowałem skinieniem głowy, a potem zwróciłem się w stronę Hemme'a, wśród oklasków, które choć może dalekie od ogłuszających, były zapewne znacznie bardziej gromkie, niż jemu zdarzyło się kiedykolwiek otrzymać.

Kiedy z odległości kilku kroków zobaczyłem jego twarz, o mało się nie przestraszyłem. Oblicze nabiegłe czerwienią, żyła pulsująca na skroni – wyglądał, jakby miał zaraz eksplodować.

Tylko szkolenie sceniczne, jakie otrzymałem, pozwoliło mi zachować spokój. Spokojnie spojrzałem mu w oczy i podałem rękę. Ze sporą dozą satysfakcji przyglądałem się, jak szybko zerka na wciąż wiwatującą salę, przełyka ślinę i ściska mi dłoń.

Uścisk okazał się wręcz boleśnie mocny. Z pewnością byłby jeszcze gorszy, gdybym wcześniej nie przesunął nad piecykiem jego laleczką. W tym momencie bowiem kolor jego twarzy się zmienił – szybciej, niż uważałbym, że jest to możliwe – od krwistej czerwieni w biel popiołu. Uścisk jego ręki przeszedł podobną przemianę i łatwo uwolniłem swoją dłoń.

Jeszcze raz skinąłem głową siedzącym studentom i nie oglądając się za siebie, wyszedłem z sali wykładowej.

Rozdział 40

Na rogach

Wieści o moim wyczynie na zajęciach u Hemme'a szerzyły się po Uniwersytecie jak pożar lasu. Z reakcji studentów wnosiłem, że mistrz Hemme nie jest szczególnie lubiany. Siedziałem sobie na kamiennej ławie przez Oficynami, a przechodzący studenci uśmiechali się do mnie. Inni machali dłońmi albo unosili kciuki.

Choć cieszyła mnie nagle zdobyta popularność, w głębi ducha zaczynałem się czuć nieswojo. Zrobiłem sobie wroga z jednego z dziewięciu mistrzów. Należało popytać, w jak głębokie kłopoty się wpakowałem.

Na kolację w Mesie był ciemny chleb z masłem, gulasz i fasola. Kiedy przyszedłem, Manet już był na miejscu, rozczochrane włosy nadawały mu wygląd wielkiego białego wilka. Później przyszli Simmon i Sovoy i teraz z wisielczym humorem dyskutowali na temat mięsa, które posłużyło do zrobienia gulaszu. Dla mnie, którego niecały cykl oddzielał od ulic Tarbean, taki posiłek wciąż wydawał się szczytem marzeń.

Niemniej w obliczu tego, co słyszałem od przyjaciół, szybko traciłem apetyt.

– Nie zrozum mnie źle – mówił Sovoy. – Masz jaja. Tego nie kwestionuję. Mimo to... – wykonał gest ręką, w której trzymał łyżkę – powieszą cię za to.

– Jeśli będzie miał szczęście – dodał Simmon. – Chodzi mi o to, że jest to wykroczenie przeciwko regulaminowi, nieprawdaż?

– Wielka mi rzecz – powiedziałem znacznie pewniejszym

głosem, niż się czułem. – Trochę przypiekłem mu stopę, to wszystko.

– Wykorzystanie sympatii w celu wyrządzenia komuś krzywdy podpada pod wykroczenie przeciwko regulaminowi. – Manet machnął w moim kierunku trzymanym w ręku kawałkiem chleba, a dzikie, posiwiałe brwi zbiegły się groźnie nad jego nosem. – Musisz się przygotować, chłopie. Nie zadzieraj z mistrzami. Jak już trafisz na ich czarną listę, mogą ci zrobić z życia piekło.

– On zaczął – poskarżyłem się z ustami pełnymi fasoli.

Jakiś młody chłopak podbiegł do naszego stolika bez tchu.

– Ty jesteś Kvothe? – zapytał, mierząc mnie wzrokiem.

Skinąłem głową, czując, jak mnie znienacka ściska w żołądku.

– Chcą, żebyś przyszedł do Komnaty Mistrzów.

– A gdzie to jest? – zapytałem. – Jestem tu dopiero od paru dni.

– Któryś z was mógłby mu pokazać? – poprosił chłopak, rozglądając się po siedzących za naszym stołem. – Ja muszę powiedzieć Jamisonowi, że go znalazłem.

– Dobrze – rzekł Simmon, odsuwając miskę. – I tak nie jestem głodny. – Zaczął się podnosić z krzesła.

– Czekaj – zaprotestowałem, wskazując łyżką swoją tacę. – Jeszcze nie skończyłem.

Na twarzy Simmona widniał niekłamany niepokój.

– Nie wierzę, że chce ci się jeść – rzekł. – Ja nie mogę przełknąć ani kęsa. Jak ty możesz jeść?

– Jestem głodny – wyjaśniłem. – Nie mam pojęcia, co mnie czeka w Komnacie Mistrzów, ale wolę stawić temu czoło z pełnym żołądkiem.

– Idziesz na rogi – powiedział Manet. – Jeśli cię wzywają o tej porze dnia, to nie może być innego powodu.

Nie miałem pojęcia, o co mu chodzi, ale nie chciałem w obecności wszystkich manifestować swej ignorancji.

– Mogą poczekać, aż skończę. – Nabrałem kolejną łyżkę gulaszu.

Simmon usiadł z powrotem za stołem, zaczął grzebać łyżką

w jedzeniu. Prawdę mówiąc, wcale nie byłem już głodny, ale nie podobało mi się, że po tym całym głodowaniu w Tarbean ktoś może mnie tak bezceremonialnie odrywać od jedzenia.

Kiedy w końcu Simmon i ja wstaliśmy od stołu i wyszliśmy z Mesy, do drzwi odprowadzała nas nienaturalna cisza oraz dziesiątki spojrzeń. Wiedzieli, jaki mnie czeka los.

Na zewnątrz Simmon wsadził ręce do kieszeni i ruszył mniej więcej w kierunku Nyży.

– Żarty żartami, ale zdajesz sobie sprawę, że masz poważne kłopoty?

– Miałem nadzieję, że Hemme się zawstydzi i nie będzie chciał rozdmuchiwać całej sprawy – przyznałem. – Relegacje często się zdarzają? – Chciałem, żeby to zabrzmiało jak żart.

– W tym semestrze jeszcze nikogo nie wyrzucili – odparł Sim z tym swoim nieśmiałym uśmiechem niebieskich oczu. – Ale zajęcia trwają dopiero od dwóch dni. Może ustanowisz swego rodzaju rekord.

– To nie jest śmieszne – powiedziałem, ale przekonałem się, że sam się też uśmiecham. Simmon umiał mnie rozśmieszyć, nieważne, co się działo.

Do Nyży doszliśmy znacznie szybciej, niż mi się to podobało. Simmon niepewnie pomachał mi na pożegnanie, a ja otworzyłem drzwi i wszedłem do środka.

Czekał na mnie Jamison. Nadzorował wszystkie sprawy, którymi nie kierował któryś z mistrzów: kuchnie, pralnie, stajnie, magazyny. Przypominał z wyglądu ptaka, zachowywał się równie nerwowo. Człowiek z ciałem wróbla i oczyma jastrzębia. Zaprowadził mnie do wielkiego, pozbawionego okien pomieszczenia ze znajomym stołem w kształcie półksiężyca. Rektor siedział pośrodku, jak w czasie egzaminów. Tym razem jednak stół nie znajdował się na podwyższeniu i siedzący za nim mistrzowie mieli oczy na poziomie mej twarzy.

A oczy te bynajmniej nie patrzyły przyjaźnie. Jamison zaprowadził mnie na miejsce przed stołem. Teraz dopiero zrozumiałem sens pojęcia „być na rogach". Tymczasem Jamison zasiadł na uboczu, za mniejszym stolikiem, i zanurzył pióro w kałamarzu.

Rektor splótł dłonie i przemówił bez wstępów.

– W drugim dniu Caitelyn Hemme zwołał spotkanie wszystkich mistrzów. – Pióro Jamisona skrzypiało po papierze, od czasu do czasu przerywał, żeby zanurzyć je w kałamarzu. Rektor oficjalnym tonem ciągnął dalej: – Czy wszyscy mistrzowie są obecni?

– Mistrz medyk – powiedział Arwyl.

– Mistrz archiwista. – Twarz Lorrena była jak zawsze pozbawiona wyrazu.

– Mistrz arytmetyk. – Brandeur w roztargnieniu wyłamywał palce.

– Mistrz rzemiosła – mruknął basem Kilvin, nie unosząc wzroku.

– Mistrz alchemik – odezwał się Mandrag.

– Mistrz retoryki. – Twarz Hemme'a była czerwona, jego oczy płonęły.

– Mistrz sympatyk – powiedział Elxa Dal.

– Mistrz imion. – Elodin szczerze się do mnie uśmiechnął. Nie było to grzecznościowe skrzywienie warg, ale autentyczny, ciepły uśmiech.

Z ulgą wciągnąłem drżący oddech, zadowolony, że przynajmniej jeden z obecnych nie ma ochoty powiesić mnie za kciuki.

– I mistrz lingwista – powiedział rektor. – Wszystkich ośmiu... – Zmarszczył brwi. – Przepraszam. Proszę to wykreślić. Wszystkich dziewięciu mistrzów obecnych. Przedstaw swoją skargę, mistrzu Hemme.

Hemme nie wahał się ani chwili.

– Dzisiaj student pierwszego semestru Kvothe, który nie jest studentem Arkanów, w złych zamiarach uczynił mnie częścią więzi sympatetycznej.

– Proszę zaprotokołować, że mistrz Hemme wniósł dwie skargi przeciwko Kvothe'owi – surowo oznajmił rektor, nie spuszczając ze mnie wzroku. – Pierwsza skarga: nieautoryzowane użycie sympatii. Jaka jest za to stosowna kara, mistrzu archiwisto?

– Za nieautoryzowane użycie sympatii prowadzące do uszczerbku na ciele winny student zostanie związany i otrzyma odpowiednią liczbę batów, nie mniej niż dwa i nie więcej niż dziesięć uderzeń pojedynczym biczem przez plecy – powiedział Lorren takim głosem, jakby odczytywał przepis kulinarny.

– Ilu batów domaga się strona wnosząca skargę? – Rektor spojrzał na Hemme'a.

Ten zastanawiał się przez chwilę.

– Pięciu.

Poczułem, jak krew odpływa mi z twarzy. Żeby się uspokoić, zmusiłem się do długiego, powolnego oddechu przez nos.

– Czy któryś z mistrzów ma coś do powiedzenia w tej sprawie? – Rektor rozejrzał się dookoła, ale wszystkie usta pozostały zaciśnięte, a oczy surowe. – Druga skarga: wykroczenie przeciwko regulaminowi. Mistrzu archiwisto?

– Od czterech do piętnastu batów pojedynczym biczem i wydalenie z Uniwersytetu – oznajmił Lorren bezbarwnym głosem.

– Ilu batów domaga się strona skarżąca?

Hemme spojrzał mi prosto w oczy.

– Ośmiu.

Trzynaście batów i relegacja. Poczułem, jak oblewa mnie zimny pot, a żołądek skręcają mdłości. Znałem strach. W Tarbean nigdy nie odstępował mnie na długo. Strach pozwalał utrzymać się przy życiu. Ale nigdy wcześniej nie czułem tak rozpaczliwej bezradności. Strachu nie tylko o to, że mogę doznać jakiejś cielesnej krzywdy, ale o to, że całe moje życie legnie w ruinie. Zaczęło mi się kręcić w głowie.

– Czy rozumiesz zarzuty, jakie ci przedstawiono? – surowo zapytał rektor.

Wziąłem głęboki oddech.

– Nie całkiem, panie. – W tej chwili nienawidziłem brzmienia swego głosu: drżącego i słabego.

Rektor uniósł dłoń, a Jamison przestał pisać.

– Prawo Uniwersytetu zabrania studentom, którzy nie są studentami Arkanów, używania sympatii bez zezwolenia mistrza. – Wyraz jego twarzy sposępniał. – Ale z całkowitą surowością, jednoznacznie i bezwarunkowo zabrania się używania sympatii w celu wyrządzenia komuś krzywdy, zwłaszcza zaś mistrzowi. Kilkaset lat temu hermetyków ścigano i palono na stosach właśnie za takie rzeczy. Nie tolerujemy tu takiego zachowania.

W głos rektora wkradły się twarde tony i dopiero wtedy zrozumiałem, jak jest wściekły. Odetchnął głęboko.

– Teraz już rozumiesz?

Roztrzęsiony pokiwałem głową.

On tymczasem dał Jamisonowi kolejny znak, a ten znów zaczął pisać.

– Czy ty, Kvothe, rozumiesz zarzuty, jakie ci przedstawiono?

– Tak, panie – powiedziałem, starając się panować nad tonem głosu. Wszystko wokół wydawało mi się jakieś takie rozjarzone, kolana lekko się pode mną trzęsły. Próbowałem nad tym zapanować, ale od tych wysiłków zatrzęsły się chyba jeszcze bardziej.

– Czy masz coś do powiedzenia na swoją obronę? – zapytał krótko rektor.

Chciałem tylko jak najszybciej się stąd wydostać. Czułem ciążące na sobie spojrzenia mistrzów. Ręce miałem wilgotne od potu i zimne. Prawdopodobnie pokręciłbym głową i wyszedł z pomieszczenia, gdyby rektor nie odezwał się powtórnie.

– Cóż? – spytał niecierpliwie. – Nie będziesz się bronił?

Słowa te poruszyły jakąś strunę w mej duszy. Były to bowiem te same słowa, którymi setki razy zadręczał mnie Ben podczas naszych niekończących się dyskusji. Niby przygana jego słowa wróciły teraz do mnie: „Co? Nie będziesz się bronił? Każdy mój uczeń musi być w stanie bronić swych idei. Nieważne, co będziesz robił w życiu, twoja inteligencja zawsze będzie bronią silniejszą niż miecz. Więc ćwicz ją!"

Zaczerpnąłem tchu, zamknąłem oczy, skoncentrowałem się. Po dłuższej chwili poczułem, jak ogarnia mnie chłodna obojętność Serca z Kamienia. Przestałem się trząść.

Otworzyłem oczy i usłyszałem własny głos, który mówił:

– Miałem pozwolenie na użycie sympatii, panie.

Rektor zmierzył mnie przeciągłym spojrzeniem, wreszcie zapytał:

– Co?

Kuliłem się wewnątrz Serca z Kamienia, jak otulony ochronnym płaszczem.

– Miałem pozwolenie od mistrza Hemme, wyrażone i wyraźnie, i implicite.

Mistrzowie poruszyli się skonsternowani.

Rektor bynajmniej nie wyglądał na uradowanego.

– Wyjaśnij.

– Po pierwszym wykładzie podszedłem do mistrza Hemme i powiedziałem mu, że jestem już obznajomiony z omawianymi przez niego kategoriami. Poinformował mnie, że porozmawiamy o tym następnego dnia. Kiedy nazajutrz pojawił się na wykładzie, oznajmił, że to ja będę prowadził wykład, którego tematem będą zasady sympatii. Zorientowawszy się, jakimi materiałami dysponuję, przeprowadziłem eksperyment, który zademonstrował mi mój pierwszy mistrz. – Oczywiście nie była to prawda. Jak już wspominałem, mój pierwszy eksperyment z sympatii sprowadzał się do garści opiłków żelaza. Więc kłamstwo, choć jak najbardziej prawdopodobne.

Wnioskując z zadziwienia malującego się na twarzach mistrzów, moje wyjaśnienia były dla nich czymś nowym. Gdzieś w głębi Serca z Kamienia coś się we mnie rozluźniło, ponieważ irytacja mistrzów najwyraźniej opierała się na prawdzie, którą Hemme zniekształcił w gniewie.

– Zrobiłeś eksperyment na wykładzie? – zapytał rektor, zanim podjąłem dalej. Zerknął na Hemme'a, potem znów na mnie.

Grałem niewiniątko.

– Prosty eksperyment. Czy to takie niesłychane?

– Trochę dziwne – rzekł rektor, spoglądając na Hemme'a. Znów wyczułem przepełniający go gniew, który tym razem jednak nie był chyba skierowany przeciwko mnie.

– Pomyślałem, że być może w ten sposób mam dowieść opanowania materiału, dzięki czemu mógłbym przejść na bardziej zaawansowany poziom – kontynuowałem niewinnie. Kolejne kłamstwo, ale jak poprzednie, wiarygodne.

– Na czym polegał eksperyment? – odezwał się Elxa Dal.

– Woskowa laleczka, włos z głowy mistrza Hemme i świeca. Zrobiłbym coś innego, ale miałem pod ręką tylko takie materiały. Uznałem, że to być może część testu: wykorzystać to, co się ma. – Wzruszyłem ramionami. – Nie potrafiłem wymyślić nic innego, mając tylko to.

Rektor spojrzał na Hemme'a.

– To prawda, co chłopak mówi?

Hemme otworzył usta, jakby chciał zaprzeczyć, ale najwyraźniej przypomniał sobie grono studentów, którzy byli świadkami eksperymentu. Nie powiedział nic.

– Niech cię, Hemme – wybuchnął Elxa Dal. – Pozwalasz chłopakowi, żeby zrobił twoje simulacrum, a potem prowadzisz go do nas za wykroczenie przeciwko regulaminowi? – Prawie wypluł te słowa. – Zasługujesz na coś gorszego niż to, co cię spotkało.

– E'lir Kvothe nie mógł wyrządzić mu żadnej krzywdy tylko za pomocą świeczki – mruknął Kilvin. Spojrzał na swoje palce, jakby się nad czymś zastanawiał. – Jeśli dysponował tylko włosem i woskiem. Może gdyby miał krew i glinę...

– Proszę o spokój. – Głos rektora był cichy, ale stanowczy. Spoglądał to na Elksę Dala, to na Kilvina. – Kvothe, odpowiedz na pytanie mistrza Kilvina.

– Stworzyłem drugie wiązanie między świeczką a piecykiem, żeby zademonstrować prawo zachowania.

Kilvin wciąż trzymał wzrok spuszczony.

– Wosk i włos? – mruknął, jakby wciąż nie zadowalały go moje wyjaśnienia.

Spojrzałem na niego lekko zakłopotany.

– Sam tego nie rozumiem, panie. W najlepszym wypadku powinienem uzyskać dziesięcioprocentowy przekaz. Nie powinno być tego tyle, żeby wywołać oparzenie pierwszego stopnia, a co dopiero poważniejsze. – Zwróciłem się do Hemme'a: – Naprawdę nie chciałem zrobić nic złego, panie – powiedziałem swoim najlepszym tonem przerażenia. – Chciałem tylko podgrzać pańską stopę, żeby pan podskoczył. Płomień nie palił się dłużej niż pięć minut i nie wyobrażałem sobie, że tak słaby płomień przy dziesięciu procentach efektywności może panu wyrządzić krzywdę. – Zacząłem nawet trochę załamywać dłonie, grając ideał przerażonego swoim uczynkiem studenta. To było dobre przedstawienie. Ojciec byłby dumny.

– Cóż, tak się jednak stało – zauważył gorzko Hemme. – A tak poza tym, gdzie jest ta przeklęta kukiełka? Domagam się, abyś mi ją natychmiast zwrócił!

– Nie mogę, panie. Zniszczyłem ją. Nie można pozwalać, żeby takie niebezpieczne rzeczy walały się gdzie popadnie.

Hemme obrzucił mnie podejrzliwym spojrzeniem.

– To bez znaczenia – mruknął.

Rektor postanowił zapanować nad sytuacją.

– To w istotnym sensie zmienia obraz sytuacji. Hemme, wciąż wnosisz skargę przeciwko Kvothe'owi?

Hemme spojrzał wściekle i nic nie powiedział.

– Oznajmiam, że nie widzę podstaw żadnej ze skarg – oznajmił Arwyl. Słowa starego medyka zaskoczyły chyba wszystkich. – Jeśli Hemme kazał mu stanąć na swoim miejscu, tym samym dał pozwolenie. A trudno mówić o wykroczeniu, jeśli daje się własny włos i przygląda, jak uczeń umieszcza go na głowie kukiełki.

– Spodziewałem się, że w większym stopniu będzie panować nad tym, co robi – powiedział Hemme, obrzucając mnie jadowitym spojrzeniem.

– To nie jest wykroczenie – z uporem powtórzył Arwyl, mierząc wzrokiem Hemme'a zza okularów; na jego obliczu dobrodusznego dziadka widniał zły grymas.

– W takim wypadku rzecz podpada pod niebaczne posługiwanie się sympatią – chłodno wtrącił Lorren.

Czy to wniosek o odrzucenie dwóch skarg i zastąpienie ich skargą o niebaczne posługiwanie się sympatią? – zapytał rektor, próbując przywrócić oficjalny charakter spotkania.

– Tak – zgodził się Arwyl, wciąż patrząc groźnie na Hemme'a zza okularów.

– Wszyscy są za wnioskiem? – zapytał rektor.

Wszyscy potwierdzili, wyjąwszy Hemme'a.

– Przeciw?

Hemme milczał.

– Mistrzu archiwisto, jaka jest kara za niebaczne posługiwanie się sympatią?

– Jeżeli w wyniku niebacznego posługiwania się sympatią

komuś stanie się krzywda, winny student zostanie wychłostany pojedynczym biczem, nie więcej niż siedem batów przez plecy.

Zastanawiałem się, z jakiej to księgi cytuje mistrz Lorren.

– O ile batów wnosi skarżący?

Hemme patrzył po twarzach zebranych mistrzów, rozumiejąc, że są przeciwko niemu.

– Mam nogę oparzoną aż do kolana – zgrzytnął zębami. – Trzy baty.

Rektor odkaszlnął.

– Czy któryś z mistrzów sprzeciwia się wyrokowi?

– Tak – powiedzieli jak jeden mąż Elxa Dal i Kilvin.

– Kto jest za anulowaniem kary? Głosujemy przez podniesienie rąk.

Elxa Dal, Kilvin i Arwyl unieśli dłonie, po chwili rektor do nich dołączył. Mandrag, Lorren, Brandeur i Hemme nie podnieśli rąk. Elodin wyszczerzył się do mnie radośnie, ale też nie uniósł ręki. Przeklinałem samego siebie za swą ostatnią wyprawę do Archiwów, podczas której wywarłem nie najlepsze wrażenie na mistrzu Lorrenie. Gdyby nie to, może głosowałby na moją korzyść.

– Cztery i pół głosu za anulowaniem kary – oznajmił po chwili rektor. – Kara zostaje utrzymana: trzy baty jutro, trzeciego Caitelyna, w południe.

Ponieważ trwałem zanurzony w głębi Serca z Kamienia, czułem tylko lekką analityczną ciekawość, myśląc o tym, jak to jest, kiedy zostanie się publicznie wychłostanym. Wszyscy mistrzowie zbierali się już do wyjścia, ale zanim spotkanie dobiegło formalnego końca, odezwałem się:

– Panie rektorze?

Ze zdumienia chyba zaparło mu dech, ale po chwili zapytał spokojnie:

– Tak?

– Podczas moich egzaminów powiedziano mi, że zostanę przyjęty w poczet Arkanów, jeśli dowiodę, iż opanowałem podstawowe zasady sympatii. – Zacytowałem jego samego, niemalże słowo w słowo. – Czy sytuacja, która była przedmiotem dyskusji, może być traktowana jako tego rodzaju dowód?

Hemme i rektor otworzyli równocześnie usta, żeby coś powiedzieć. Hemme był szybszy.

– Ja ci dam, ty wstrętny bachorze!

– Hemme – warknął rektor. Potem zwrócił się do mnie: – Obawiam się, że dowód opanowania sztuki wymaga czegoś więcej niż stworzenia prostego wiązania sympatetycznego.

– Podwójnego wiązania – sprostował Kilvin.

Wtedy przemówił Elodin, wyraźnie zaskakując tym wszystkich siedzących za stołem:

– Znam studentów, niedawno przyjętych do Arkanów, którzy mieliby spore trudności ze stworzeniem podwójnego wiązania, nie wspominając już o oparzeniu ludzkiej nogi aż do kolana. – Zapomniałem już, jak subtelny głos Elodina potrafi trącać różne struny w ludzkiej duszy. Znowu uśmiechnął się do mnie szeroko.

Mistrzowie zastanawiali się przez jakiś czas.

– Zaiste, racja – przyznał Elxa Dal, przyglądając mi się uważniej.

Rektor długo wbijał wzrok w blat pustego stołu. Potem wzruszył ramionami, uniósł oczy i uśmiechnął się nadspodziewanie spontanicznie.

– Wszyscy, którzy są za uznaniem, że niebaczne posłużenie się sympatią przez studenta Kvothe kwalifikuje się jako dowód opanowania podstawowych zasad sympatii, głosują przez podniesienie ręki.

Kilvin i Elxa Dal unieśli dłonie w jednej chwili. Arwyl moment później. Elodin pomachał mi swoją. Po krótkiej chwili rektor też uniósł dłoń i powiedział:

– Pięć i pół głosu za dopuszczeniem Kvothe'a do Arkanów. Wniosek przeszedł. Koniec posiedzenia. Chroń nas, Tehlu, głupców i dzieci zarówno. – Ostatnie słowa powiedział bardzo cicho, chowając twarz w dłoniach.

Hemme wypadł z pomieszczenia, Brandeur w ślad za nim. Kiedy znikali w drzwiach, usłyszałem, jak Brandeur mówi:

– Nie miałeś przy sobie grama?

– Nie, nie miałem – odwarknął Hemme. – I nie mów do mnie takim tonem, jakby to była moja wina. Równie dobrze możesz oskarżać kogoś napadniętego tuż przy jego domu, że nie miał na sobie zbroi.

– Wszyscy powinniśmy uważać – powiedział uspokajająco Brandeur. – Wiesz równie dobrze... – Ostatnie słowa uciął trzask zamykanych drzwi.

Kilvin powstał, wzruszył ramionami, przeciągnął się. Popatrzył na mnie, drapiąc się po krzaczastej brodzie, a na jego twarzy pojawił się wyraz zamyślenia. Podszedł do mnie.

– Znasz już się na sygaldrii, Kvothe?

Popatrzyłem na niego tępo.

– Masz na myśli runy, panie? Chyba nie.

Kilvin przeczesał rękoma brodę, dalej przyglądając mi się z namysłem.

– Nie przejmuj się, że się zapisałeś na podstawy rzemiosła. Zamiast tego bądź jutro w moim warsztacie. W południe.

– Mistrzu Kilvin, w południe czeka mnie inne spotkanie.

– Hm. Tak. – Zmarszczył czoło. – Wobec tego o pierwszym dzwonie.

– Obawiam się, że po południowym spotkaniu chłopaka czeka spotkanie z moimi asystentami, Kilvin – powiedział Arwyl, a w oczach skrzyły mu się iskierki rozbawienia. – Po wszystkim niech cię ktoś zaprowadzi do Medicum, chłopcze. Pozszywamy cię do kupy.

– Dziękuje, panie.

Arwyl pokiwał głową i wyszedł z komnaty.

Kilvin znów spojrzał na mnie.

– Mój warsztat. Pojutrze. W południe. – Z tonu jego głosu wynikało, że nie jest to pytanie.

– Będę zaszczycony, mistrzu Kilvin.

Mruknął coś w odpowiedzi i odszedł w towarzystwie Elksy Dala.

Zostałem sam z siedzącym za stołem rektorem. Patrzyliśmy na siebie, podczas gdy odgłosy kroków tamtych cichły w korytarzu. Wyswobodziłem się spod władzy Serca z Kamienia i natychmiast poczułem ukłucie lęku oraz oczekiwania na wszystko, co miało się zdarzyć.

– Przykro mi, że na samym początku sprawiam tyle kłopotów, panie – powiedziałem z wahaniem.

– Och? – zapytał. Od kiedy zostaliśmy sami, wyraz jego twarzy stracił dużo ze swej surowości. – Jak długo zamierzałeś z tym poczekać?

– Przynajmniej cykl, panie. – Katastrofa, której cudem udało mi się uniknąć, pozostawiła po sobie poczucie lekkości w duszy. Poczułem, jak na twarz wypełza mi niepowstrzymany uśmiech.

– Przynajmniej cykl – mruknął rektor.

Schował twarz w dłoniach, a kiedy znów na mnie spojrzał, widniał na niej ironiczny uśmiech. Zdałem sobie sprawę, że nie był wcale taki stary w chwili, gdy twarz na zawsze skrzepła mu w grymasie powagi. Zapewne dopiero po czterdziestce.

– Nie wyglądasz mi na kogoś, kto rozumie, że jutro ma być wychłostany – zauważył.

Odsuwałem od siebie tę myśl.

– Wyobrażam sobie, że jakoś wyzdrowieję, panie.

Znowu obrzucił mnie osobliwym spojrzeniem, w którym dopiero po chwili rozpoznałem coś, co często wcześniej widywałem w oczach aktorów z mojej trupy. Otworzył usta, ale wszedłem mu w słowo, zanim zdążył je wypowiedzieć.

– Nie jestem taki młody, na jakiego wyglądam, panie. Ja o tym wiem. Po prostu chciałbym, żeby inni też wiedzieli.

– Potrafię sobie bez trudu wyobrazić, że wkrótce się dowiedzą. – Wstał zza stołu i podał mi rękę. – Witamy w Arkanach.

Uroczyście uścisnąłem ją i tak się rozstaliśmy. Wyszedłem na dwór i z zaskoczeniem stwierdziłem, że jest już noc. Wciągnąłem w płuca haust słodkiego wiosennego powietrza i uśmiechnąłem się swobodnie.

Wtedy poczułem na ramieniu czyjąś dłoń. Podskoczyłem chyba na dwie stopy w górę i o mało co nie rzuciłem się na Simmona z wyciem, pazurami i obnażonymi zębami, co stanowiło jedyną moją technikę walki w Tarbean.

Odstąpił na krok, zaskoczony wyrazem mojej twarzy.

Ja natomiast próbowałem uspokoić rozkołatane serce.

– Simmon. Przepraszam. Tylko... kiedy się do mnie zbliżasz, rób trochę hałasu. Łatwo mnie przestraszyć.

– Mnie też – mruknął drżącym głosem, ocierając czoło wierzchem dłoni. – Ale w końcu nie mogę cię winić. Jazda na rogach potrafi to zrobić z najlepszymi z nas. Jak poszło?

– Wychłostają mnie i przyjmą do Arkanów.

Spojrzał na mnie z ukosa, starając się zorientować, czy nie żartuję.

– Słucham? Gratulacje... – Uśmiechnął się do mnie nieśmiało. – Mam ci kupić bandaż czy piwo?

Odpowiedziałem uśmiechem.

– Jedno i drugie.

Plotki o tym, że mnie nie relegowano i przyjęto do Arkanów, dotarły na czwarte piętro Oficyn przede mną. Powitał mnie aplauz moich kolegów z sypialni. Hemme nie był zbyt lubiany. Od kilku współlokatorów otrzymałem z lekka spłoszone gratulacje, a Basil specjalnie wystąpił naprzód, żeby uściskać mi rękę.

Usiadłem właśnie na swojej pryczy i wyjaśniałem Basilowi różnicę między pojedynczym biczem a pejczem o sześciu rzemieniach, kiedy prefekt trzeciego piętra przyszedł mnie szukać. Kazał mi spakować rzeczy, wyjaśniając, że studenci Arkanów mieszkają w zachodnim skrzydle.

Cały mój dobytek nieodmiennie mieścił się w worku podróżnym, a więc była to prosta sprawa. Kiedy wychodziłem za prefektem z sypialni, żegnał mnie chór studentów pierwszego semestru.

Prycze w zachodnim skrzydle niewiele różniły się od tej, którą przyszło mi opuścić. Stałem w obliczu rzędów wąskich łóżek, z tym że tutaj nie były one piętrowe. Poza tym każdy właściciel łóżka oprócz kufra miał do dyspozycji niewielką szafę i biurko. Nic niesamowitego, ale z pewnością jakiś postęp.

Najbardziej odmienne okazały się reakcje moich współlokatorów. Kwaśne miny i złe spojrzenia – zasadniczo jednak ostentacyjnie mnie ignorowano. Powitanie było więc chłodne, zwłaszcza w kontekście tego, którym niedawno ucieszyli mnie moi koledzy nie będący studentami Arkanów.

Nietrudno było to pojąć. Większość studentów uczęszcza na Uniwersytet przez kilka semestrów, zanim zostają przyjęci w poczet Arkanów. Wszyscy tu obecni ciężko się napracowali nad zdobyciem swojej pozycji. Ja nie.

Prycze były zajęte tylko w jakichś trzech czwartych. Wybrałem sobie jedną w oddalonym kącie pomieszczenia, z dala od pozostałych. Powiesiłem w szafie zapasową koszulę i płaszcz, worek schowałem do kufra stojącego u stóp łóżka.

Położyłem się, wbiłem wzrok w sufit. Moja prycza znajdowała się poza obrębem światła rozsiewanego przez świece i lampy sympatetyczne pozostałych studentów. W końcu zostałem studentem Arkanów – a więc trafiłem w to miejsce, w którym przez cały czas chciałem się znaleźć.

Rozdział 41

Krew przyjaciela

Następnego ranka obudziłem się wcześnie, umyłem się i zjadłem coś w Mesie. Później, przez wzgląd na to, że nie miałem co robić przed chłostą wyznaczoną na południe, ruszyłem na swobodną przechadzkę po Uniwersytecie. Minąłem dwie apteki i sklep z butelkami, po drodze podziwiając znakomicie utrzymane trawniki i ogrody.

W końcu przysiadłem na kamiennej ławie pośrodku wielkiego dziedzińca. Zbyt zdenerwowany, aby zrobić coś konkretnego, siedziałem sobie tylko i cieszyłem się świeżym powietrzem, przyglądając się, jak wiatr toczy po bruku jakieś strzępy papieru.

Nie minęło wiele czasu, nim pojawił się Wilem i przysiadł bez zaproszenia. Jego charakterystyczne cealdiańskie włosy i oczy sprawiały, że wyglądał na starszego od Simmona i mnie, choć miał z lekka niezgrabny wygląd chłopaka, który jeszcze nie przywykł do ciała mężczyzny.

– Zdenerwowany? – zapytał tym swoim zgrzytliwym głosem, jaki nadaje językowi Wspólnoty akcent siaru.

– Tak po prawdzie, to próbuję o tym nie myśleć – odparłem.

Wilem odkaszlnął. Przez dobrą minutę obaj milczeliśmy, obserwując przechodzących obok studentów. Kilku z nich oderwało się od rozmów, żeby wskazać na mnie.

Szybko mnie to zmęczyło.

– Masz teraz jakieś zajęcia?

– Siedzę sobie – odparł po prostu. – Oddycham.

– Mądrze. Teraz już rozumiem, czemu jesteś w Arkanach. A przez następną godzinę co będziesz robił?

Wzruszył ramionami i spojrzał na mnie pytająco.

– Mógłbyś mi pokazać, gdzie pracuje mistrz Arwyl? Powiedział, żebym wpadł do niego... później.

– Jasne – rzekł, wskazując jedno z wyjść z dziedzińca. – Medicum jest po drugiej stronie Archiwów.

Okrążyliśmy masywny, pozbawiony okien budynek, w którym mieściły się Archiwa. Wilem wskazał dłonią.

– To jest Medicum.

Budowla była spora, choć kształt miała dziwny. Wyglądała jak wyższa, mniej bezładna wersja Maius.

– Większy, niż sobie wyobrażałem – zamyśliłem się. – Wszystko dla studentów medycyny?

Pokręcił głową.

– Aktywnie zajmują się też opieką nad chorymi. Nigdy nikomu nie odmawiają, nawet jeśli nie może zapłacić.

– Naprawdę? – Przyglądałem się Medicum, myśląc o mistrzu Arwylu. – Zdumiewające.

– To znaczy, nie trzeba płacić z góry – sprecyzował. – Kiedy wyzdrowiejesz... – urwał, a ja wyraźnie usłyszałem niewypowiedziane słowa: „jeżeli wyzdrowiejesz" – ...regulujesz rachunek. Jak nie masz pieniędzy, pracujesz, póki twój dług nie zostanie... – znowu urwał. – Jak tłumaczy się *sheyem*? – zapytał, wyciągając dłonie wnętrzem ku górze, a potem ruszając nimi, jakby były szalkami wagi.

– Zrównoważony? – zaproponowałem.

Pokręcił głową.

– Nie. *Sheyem*. – Wypowiedział słowo z naciskiem i zatrzymał dłonie na równym poziomie.

– Och. – Powtórzyłem jego gest. – Wyrównany.

Przytaknął.

– Pracujesz, póki dług, jaki masz w Medicum, nie zostanie wyrównany. Niewielu opuszcza wcześniej to miejsce.

Zachichotałem ponuro.

– To już nie jest takie zdumiewające. Jaki sens uciekać przed hermetykiem, który ma kilka kropli twojej krwi?

W końcu wyszliśmy na kolejny dziedziniec. Pośrodku znajdował się pręgierz, a pod nim kamienna ławka. Nie musiałem szczególnie łamać głowy, żeby zgadnąć, kto zostanie doń przywiązany za godzinę czy dwie. Wokół kręciła się setka studentów, nadając otoczeniu osobliwie karnawałowy nastrój.

– Zazwyczaj nie ma tu tyle ludzi – przepraszająco wyjaśnił Wilem. – Niestety paru mistrzów odwołało zajęcia.

– Zgaduję, że Hemme i Brandeur.

Wilem pokiwał głową.

– Hemme lubi chować urazy. – Zawiesił głos, żeby podkreślić wymowę słów. – Będzie tu razem z całą swoją koterią. – Ostatnie słowo wymówił z lekkim trudem. – To jest właściwe słowo? Koteria?

Upewniłem go skinieniem głowy, a Wilem przez chwilę wyglądał na zadowolonego z siebie.

– Przypomniało mi się coś dziwnego w związku z waszym językiem. – Zmarszczył brwi. – Ludzie zawsze pytają o drogę do Tinuë. Bez końca powtarzają: „Jak droga do Tinuë?" Co to znaczy?

Uśmiechnąłem się.

– To idiom językowy. Idiom to...

– Wiem, co to jest idiom – przerwał mi Wilem. – Ale co znaczy ten konkretny?

– Och – jęknąłem z lekka zawstydzony. – To pozdrowienie. Jakbyś zapytał kogoś: „Jak się układa?" albo „Jak leci?"

– To też są idiomy – jęknął Wilem. – Wasz język jest pełen nonsensów. Czasami zastanawiam się, jak się rozumiecie. „Jak leci?" Leci dokąd? – Pokręcił głową.

– Najwyraźniej do Tinuë. – Wyszczerzyłem zęby. – *Tuan volgen oketh ama* – powiedziałem, cytując jeden z moich ulubionych idiomów w siaru. Znaczy: „Nie daj się zwariować", ale literalne tłumaczenie brzmi: „Nie pchaj sobie z tego powodu łyżki do oka".

Wyszliśmy z dziedzińca i wędrowaliśmy bez celu po Uniwersytecie. Wilem pokazał mi jeszcze parę godnych uwagi przybytków, w tym kilka dobrych tawern, kompleks alchemiczny, cealdańską pralnię oraz sankcjonowane i nieusankcjonowane burdele. Przeszliśmy obok litej i pozbawionej elementów zdobniczych ściany Archiwów, obok bednarza, introligatora, aptekarza...

Przyszło mi coś do głowy.

– Znasz się na ziołach?

Pokręcił głową.

– Głównie studiuję chemię, trochę się pawie w Archiwach z Pajacem.

– Bawię – poprawiłem, podkreślając głoskę „b". – Pawie to coś zupełnie innego. Kim jest Pajac?

Wil nie od razu odpowiedział.

– Niełatwo powiedzieć. – Machnął ręką, zbywając pytanie. – Później cię przedstawię. Co chcesz wiedzieć o ziołach?

– Nic, tak tylko pytam. Zrobisz coś dla mnie?

Zgodził się, a ja wskazałem najbliższą aptekę.

– Idź i kup mi dwa skrupuły nahlrouta. – Podałem mu dwa żelazne denary. – Powinno wystarczyć.

– Dlaczego ja? – zapytał ostrożnie.

– Ponieważ nie chcę, żeby facet w środku potraktował mnie spojrzeniem w rodzaju: taki młody... – Zmarszczyłem brwi. – Dziś nie chcę tego przeżywać.

Wilem długo nie wracał. Kiedy się pojawił, nosiło mnie już z niecierpliwości.

– Był zajęty – wyjaśnił, widząc wyraz mojej twarzy. Podał mi mały papierowy pakiecik i parę drobnych reszty. – Co to jest?

– To na żołądek – wyjaśniłem. – Śniadanie mi się burzy w brzuchu, a nie chcę zwymiotować w środku chłosty.

W pobliskim pubie kupiłem nam obu cydr, swoim popiłem nahlrout, próbując się nie krzywić od gorzkiego, kredowego smaku. Nie minęło dużo czasu, gdy usłyszeliśmy, jak na wieży dzwon wybija południe.

– Chyba muszę iść na zajęcia. – Wilem próbował zachować swobodę, ale słychać było, że ma ściśnięte gardło. Spojrzał na mnie skonsternowany i trochę blady pod smagłą skórą. – Nie lubię widoku krwi. – Uśmiechnął się niepewnie. – Mojej krwi... krwi przyjaciela.

– Nie mam zamiaru poważnie krwawić – powiedziałem. – Ale nie martw się. Pomogłeś mi przetrwać najtrudniejsze chwile, chwile oczekiwania. Dziękuję.

Rozstaliśmy się, a ja stłumiłem narastające poczucie winy.

Nie znając mnie dłużej niż trzy dni, Wilem zdecydował się zapomnieć o swoich obowiązkach i pomóc. Mógł wybrać prostszą drogę i zazdrościć mi szybkiego przyjęcia do Arkanów, jak postąpili pozostali. Zamiast tego zachował się jak przyjaciel, pomógł mi znieść trudne chwile, a ja zrewanżowałem mu się kłamstwami.

Idąc w kierunku pręgierza, czułem na sobie oczy tłumu. Ilu ich mogło tu się zebrać? Dwie setki? Trzy? Po osiągnięciu krytycznego punktu liczby przestają cokolwiek znaczyć i pozostaje tylko pozbawiona twarzy tłuszcza.

Dzięki scenicznemu szkoleniu trzymałem się dzielnie pod ich wzrokiem. Szedłem prosto ku pręgierzowi przez morze szeptów i pomruków. Nie trzymałem się zbyt dumnie, ponieważ wiedziałem, że zwróciliby się przeciwko mnie. Ale też nie korzyłem się. Po prostu starałem się z godnością stawić czoło sytuacji, jak uczył mnie ojciec, a na mojej twarzy nie było ani strachu, ani skruchy.

Wtedy poczułem, że nahlrout zaczyna działać. Byłem całkowicie przytomny, podczas gdy wszystko wokół stało się boleśnie jasne. Kiedy doszedłem na środek dziedzińca, czas zwolnił. Przyglądałem się swoim stopom wzbijającym drobne obłoczki kurzu. Poczułem, jak podmuch wiatru szarpie krawędź płaszcza i wciska się pod niego, chłodząc zlane potem plecy. Zdawało mi się, że gdybym tylko chciał, mógłbym policzyć – niczym kwiaty na łące – twarze w otaczającym mnie tłumie.

W ciżbie nie zobaczyłem żadnego z mistrzów, z wyjątkiem Hemme'a. Stał obok pręgierza, a zadowolenie odbijające się na twarzy nadawało mu wygląd wieprza. Zaplótł ramiona na piersiach, a rękawy jego czarnej szaty mistrza zwisały swobodnie po bokach. Nasze spojrzenia się spotkały, kącik jego ust wykrzywił uśmieszek, o którym wiedziałem, że jest przeznaczony wyłącznie dla mnie.

Postanowiłem, że raczej odgryzę sobie język, niż pozwolę mu zobaczyć przerażenie lub choćby zatroskanie na mojej twarzy. Więc tylko uśmiechnąłem się szeroko, pewnie, a potem spojrzałem w bok, jakby przestał mnie obchodzić.

I już byłem przy pręgierzu. Usłyszałem czyjś głos odczytujący słowa, ale były dla mnie tylko jednostajnym bzyczeniem. Zdjąłem płaszcz i położyłem go na kamiennej ławie stojącej u stóp słupa. Potem zacząłem rozpinać koszulę z taką swobodą, jakbym szykował się do kąpieli.

Powstrzymała mnie czyjaś dłoń na nadgarstku. Człowiek, który przed chwilą odczytał sentencję wyroku, próbował mi dodać odwagi uśmiechem.

– Nie musisz zdejmować koszuli – powiedział. – W niej będzie mniej bolało.

– Przecież nie zmarnuję znakomitej koszuli – odparłem.

Spojrzał na mnie dziwnie, wzruszając ramionami, i przesunął kawał sznura przez żelazny pierścień nad moją głową.

– Daj mi ręce.

Obrzuciłem go pustym spojrzeniem.

– Nie musisz się bać, że ucieknę.

– Gdybyś miał zemdleć, to zapobiegnie upadkowi.

Mój wzrok stwardniał.

– Kiedy zemdleję, możesz sobie robić, co chcesz – powiedziałem zdecydowanie. – Do tego czasu nie dam się związać.

Coś w moim głosie powstrzymało go. Nie kłócił się dalej, a ja wspiąłem się na kamienną ławę pod pręgierzem i wyciągnąłem ręce, chwytając pierścień. Był chłodny i gładki, ale, o dziwo, jego dotyk uspokoił mnie. Skupiłem więc całą uwagę na pierścieniu, a sam zapadłem w Serce z Kamienia.

Usłyszałem, jak tłum odsuwa się od pręgierza. Potem wszyscy umilkli i pozostał tylko cichy syk i świst rozwijającego się za moimi plecami bicza. Czułem ulgę, że będzie to bicz pojedynczy. W Tarbean widziałem, jak potworną miazgę potrafi z pleców człowieka uczynić poszóstny pejcz.

Zapadła całkowita cisza. Potem, zanim zdążyłem się przygotować, rozległ się ostry trzask. Poczułem smagnięcie ciemnoczerwonego ognia przez plecy.

Zgrzytnąłem zębami. Ale nie było tak źle, jak myślałem. Mimo przedsięwziętych środków ostrożności spodziewałem się ostrzejszego, gorszego bólu.

Potem następny cios spadł na moje plecy. Tym razem trzask

był głośniejszy i wyczuło go raczej moje ciało, niż usłyszały uszy. Poczułem w plecach dziwne rozluźnienie. Wstrzymałem oddech, wiedząc, że skórę mam rozdartą i krwawię. Na chwilę świat zaszedł czerwienią. A ja oparłem się o szorstkie, nasmołowane drzewo pręgierza.

Trzeci cios spadł na mnie, zanim zdążyłem się przygotować. Koniec bicza liznął moje lewe ramię, a potem rozdarł skórę prawie do lewego biodra. Zacisnąłem zęby, za żadną cenę nie chcąc wydać z siebie głosu. Oczy miałem otwarte, więc widziałem, jak na moment świat sczerniał na krawędziach pola widzenia, a potem natychmiast stał się ostry, wyraźny i jasny.

Ignorując palący ból w plecach, stanąłem stopami na ławce i rozwarłem palce zaciśnięte na żelaznym pierścieniu. Z boku podskoczył jakiś młodzieniec, jakby spodziewał się, że będzie mnie musiał podeprzeć. Spojrzałem na niego złym wzrokiem i się cofnął. Potem zebrałem koszulę i płaszcz, przewiesiłem starannie przez ramię i opuściłem dziedziniec, nie zważając na otaczający mnie milczący tłum.

Rozdział 42

Bezkrwisty

Mogło być gorzej, tyle mogę rzec. – Okrągła twarz mistrza Arwyla była poważna, kiedy oglądał mnie od tyłu. – Miałem nadzieję, że skończy się na zwykłych pręgach. Ale z twoją skórą... powinienem wiedzieć lepiej.

Siedziałem na skraju długiego stołu w Medicum. Arwyl delikatnie badał palcami moje plecy, nie przestając mówić.

– Ale, jak powiadam, mogło być gorzej. Dwa rozcięcia i jeśli już o nich mowa, to zapewne nie mogło skończyć się lepiej. Czyste, płytkie i proste. Jeżeli zrobisz, co każę, zostaną ci tylko gładkie białe blizny, które będziesz mógł pokazywać damom i chwalić się, jaki to jesteś odważny. – Stanął przede mną i entuzjastycznie uniósł siwe brwi za szkłami okularów. – Co?

Nie mogłem się nie uśmiechnąć.

– Idź i sprowadź następnych Re'larów w kolejności – zwrócił się do młodego człowieka stojącego przy drzwiach. – Powiedz im, że mają przynieść tylko to, czego potrzeba do zaszycia prostego, płytkiego uszkodzenia ciała. – A mnie pocieszył: – Będziesz znakomitym przedmiotem ćwiczeń dla jednego z moich Re'larów. Twoje rozcięcie jest czyste, nie powinno być komplikacji, z drugiej strony jesteś taki chudy... – Szturchnął mnie w pierś pomarszczonym palcem, zakląskał językiem o zęby. – Tylko skóra i kości. Łatwiej nam pracować, gdy jest więcej ciała. Ale – wzruszył ramionami, unosząc je prawie do uszu – nie zawsze ma się wszystko, czego się chce. Tego przede wszystkim musi się nauczyć młody medyk.

Spojrzał na mnie, jakby oczekiwał, że zareaguję. Poważnie pokiwałem głową.

Chyba uznał to za wystarczające, ponieważ na twarz powrócił mu uśmiech. Podszedł do jednej z szaf pod ścianą i otworzył ją.

– Daj mi chwilę, a poradzę coś na ból, który musisz odczuwać w plecach. – Zaczął przebierać wśród butelek na półce, szkło zabrzęczało.

– Wszystko w porządku, mistrzu Arwyl – powiedziałem ze stoickim spokojem. – Możesz mnie zszyć bez niczego. – Dwa skrupuły nahlrouta osłabiły czucie w moich nerwach, a zdawałem sobie sprawę, że lepiej nie mieszać środków przeciwbólowych.

Zamarł z jedną ręką w szafce. Powoli wyciągnął ją i spojrzał na mnie.

– Nakładano ci już kiedyś szwy, chłopcze?

– Tak – odpowiedziałem szczerze.

– Bez środków łagodzących ból?

Przytaknąłem znowu.

Ponieważ siedziałem na blacie stołu, moje oczy znajdowały się nieco wyżej niż jego. Spojrzał na mnie z powątpiewaniem.

– Wobec tego zobaczmy – rzekł takim tonem, jakby mi nie do końca wierzył.

Podciągnąłem nogawkę nad kolano i aż zgrzytnąłem zębami, kiedy przy okazji naciągnąłem skórę na plecach. W końcu ukazała się długa na piędź blizna na prawym udzie ponad kolanem, pozostała po ciosie zadanym przez Pike'a nożem z butelkowego szkła.

Arwyl przyjrzał się jej uważnie, przytrzymując jedną ręką okulary. Przesunął delikatnie palcem po tkance, wyprostował się.

– Niechlujne – oznajmił z lekkim niesmakiem.

Osobiście uważałem, że wyszło mi całkiem nieźle.

– W połowie szycia urwała mi się nitka – rzekłem sztywno. – Poza tym warunki pracy odbiegały od ideału.

Przez czas jakiś Arwyl milczał, głaszcząc palcem górną wargę i przyglądając mi się spod półprzymkniętych powiek.

– Lubisz takie rzeczy? – zapytał z powątpiewaniem.

Na widok wyrazu jego twarzy roześmiałem się, ale urwałem, kiedy ból szarpnął mi plecy.

– Nie, mistrzu. Po prostu znalazłem się w trudnej sytuacji.

Wciąż patrzył na mnie, nie przestając się gładzić po wardze.

– Pokaż mi, w którym miejscu pękł katgut.

Pokazałem. Takich rzeczy się nie zapomina.

Tym razem uważniej obejrzał starą bliznę i kilkukrotnie pomacał palcem, wreszcie wyprostował się jak poprzednio.

– Chyba mówisz prawdę. – Wzruszył ramionami. – Nie wiem. Ale powiedziałbym, że jeśli... – Urwał i z namysłem popatrzył mi w oczy. Potem sięgnął i odsunął mi jedną powiekę. – Popatrz w górę – polecił.

Zmarszczył brwi, ujął jedną z moich dłoni, mocno nacisnął na czubki paznokci i przez chwilę przyglądał się efektom. Zmarszczka na jego czole pogłębiła się, przysunął się jeszcze bliżej, uniósł mój podbródek jedną dłonią, otworzył usta, powąchał oddech.

– Tennasin? – zapytał, a potem sam sobie odpowiedział na swoje pytanie. – Nie. Oczywiście nahlrout. Chyba się starzeję, skoro tego wcześniej nie zauważyłem. To też wyjaśnia, dlaczego nie zakrwawiłeś mi w całości nowego stołu. – Popatrzył na mnie z powagą. – Ile?

Nie miałem pojęcia, jak mógłbym zaprzeczyć.

– Dwa skrupuły.

Przez jakiś czas Arwyl tylko na mnie patrzył w milczeniu. Potem zdjął okulary i energicznie wytarł szkła o rękaw. Wsadził z powrotem na nos, popatrzył mi prosto w oczy.

– Nic dziwnego w tym, że chłopiec ze strachu przed chłostą bierze opiaty. – Zerknął na mnie spod oka. – Ale dlaczego, jeśli aż tak się boi, zdejmuje przedtem koszulę? – Jak poprzednio, na czoło wypełzł mu mars. – Chciałbym, żebyś mi to wszystko wyjaśnił. Jeżeli wcześniej skłamałeś, przyznaj się teraz i wszystko będzie dobrze. Rozumiem, że czasami chłopcy zmyślają. – Za szkłami okularów jego oczy błyszczały. – Ale jeśli mnie teraz okłamiesz, ani ja, ani nikt z moich ludzi cię nie zszyje. Nie pozwolę się okłamywać. – Skrzyżował ramiona na piersiach. – Więc proszę bardzo. Wyjaśnij. Nie rozumiem. A tego nie lubię najbardziej ze wszystkiego.

Prawda, moja ostatnia reduta.

– Mistrz mój, Abenthy, nauczył mnie ile zdołał o sztuce medycznej – wyjaśniłem. – Kiedy zrządzeniem losu musiałem żyć na ulicach Tarbean, radziłem sobie jak mogłem. – Wskazałem swoje kolano. – A dzisiaj nie włożyłem koszuli, ponieważ mam tylko dwie koszule i jest to znacznie więcej, niż posiadałem już od bardzo dawna.

– A nahlrout?

Westchnąłem.

– Nie pasuję tutaj, panie. Jestem młodszy od reszty i wielu uważa, że nie mam tu czego szukać. Studentów zdenerwowało, że tak szybko przyjęto mnie do Arkanów. I udało mi się rozgniewać mistrza Hemme. Wszyscy ci studenci, a oprócz tego Hemme i jego przyjaciele, przyszli na mnie popatrzeć, czekając na jakieś oznaki słabości. – Urwałem, nabrałem tchu w płuca. – Wziąłem nahlrout, ponieważ nie chciałem zemdleć. Chciałem, żeby wiedzieli, że nie mogą mi nic zrobić. Nauczyłem się, że najlepszym sposobem zapewnienia sobie bezpieczeństwa jest przekonanie wrogów, że nic mi nie mogą zrobić. – Powiedziane wprost brzmiało to dość paskudnie, ale taka była prawda. Uniosłem wzrok i wyzywająco spojrzałem na mistrza Arwyla.

Zapadła długa cisza, podczas której on też patrzył mi w oczy spod przymrużonych powiek, jakby próbował coś zobaczyć w mojej duszy. Jeszcze raz pogładził górną wargę palcem, zanim powoli rzekł:

– Przypuszczam, że gdybym był starszy – rzekł cicho, jakby mówił do siebie – powiedziałbym, że zachowujesz się irracjonalnie. Że nasi studenci są dorosłymi ludźmi, a nie kłótliwymi, napastliwymi szczeniakami. – Umilkł znowu, dalej głaszcząc w roztargnieniu wargę. Potem zmarszczki uśmiechu pojawiły się w kącikach jego oczu. – Ale taki stary jeszcze nie jestem. Hmm. Jeszcze nie. Wcale nie. Każdy, kto w chłopcach widzi tylko ucieleśnienie niewinności i słodyczy, sam nigdy chłopcem nie był albo całkiem zapomniał, jak to jest. A każdy, kto sądzi, że mężczyźni czasami nie bywają okrutni i bezduszni, nie powinien zbyt często wychodzić na świat. I z pewnością nigdy nie był medykiem. Albowiem to my częściej niż inni mamy okazję obserwować skutki ludzkiego okrucieństwa.

Zanim zdążyłem odpowiedzieć, dodał:

– Zamknij usta, E'lir Kvothe, albo poczuję się zmuszony wlać ci w nie jakiegoś paskudnego roztworu. Aha, już idą. – Ostatnie słowa odnosiły się do dwóch studentów, którzy właśnie wchodzili do sali: jednym okazał się ten sam asystent, który mnie do niej przyprowadził, drugim młoda kobieta, której widok w tym miejscu naprawdę mnie zaskoczył.

– Ach, Re'lar Mola – ucieszył się Arwyl, a wszelkie ślady po naszej niedawnej poważnej rozmowie zniknęły z jego twarzy jak zdmuchnięte. – Wiesz już, że twój pacjent ma dwa proste i czyste rozcięcia. Co przyniosłaś ze sobą, żeby na to zaradzić?

– Wygotowane bandaże, igłę z haczykiem, katgut, alkohol i jodynę – odrzekła energicznie. Miała zielone oczy, których barwa ładnie kontrastowała z bladą cerą.

– Co? – zapytał Arwyl napastliwie. – Żadnego wosku sympatetycznego?

– Nie, mistrzu Arwyl – odpowiedziała, blednąc lekko.

– Dlaczegóż to nie?

Zawahała się.

– Ponieważ nie będzie mi potrzebny.

Arwyl wydawał się udobruchany.

– Tak. Oczywiście, że nie będzie. Bardzo dobrze. Umyłaś ręce przed przyjściem?

Mola żywo pokiwała głową, aż zakołysały się pasma jej blond włosów.

– Wobec tego był to tylko niepotrzebny wydatek sił i czasu – rzekł surowo. – Pomyśl o tych wszystkich chorobotwórczych zarazkach, które mogły się do ciebie przyczepić podczas długiej drogi korytarzem. Umyj je jeszcze raz i zaczniemy.

Umyła się szybko w stojącej nieopodal miednicy. Arwyl pomógł mi położyć się na brzuchu.

– Czy pacjent otrzymał środek otępiający? – zapytała.

Choć nie mogłem widzieć jej twarzy, usłyszałem lekkie powątpiewanie w głosie.

– Środek znieczulający – poprawił Arwyl. – Masz dobre oko do szczegółów, Mola. Nie, nie otrzymał. Ale dobrze. Co byś zrobiła, gdyby E'lir Kvothe zapewnił cię, że nie potrzebuje tego rodzaju środków? Twierdzi, że jest bardziej zahartowany niż sztaba ramstońskiej stali i nawet nie mrugnie, kiedy go będziesz zszywać. – Ton głosu Arwyla był poważny, ale gdzieś w głębi potrafiłem wychwycić nutkę rozbawienia.

Mola spojrzała na mnie, potem przeniosła wzrok na Arwyla.

– Powiedziałabym mu, że zachowuje się głupio – orzekła po krótkiej chwili zastanowienia.

– A gdyby się upierał, że naprawdę nie potrzebuje środka znieczulającego?

Tym razem Mola milczała dłużej.

– Ponieważ z pozoru prawie wcale nie krwawi, przystąpiłabym do operacji. Wyjaśniłabym mu także w sposób nie pozostawiający wątpliwości, że jeśli będzie się zbyt dużo wiercił, przywiążę go do stołu i potraktuję tak, jak uznam za stosowne, w celu przywrócenia go do zdrowia.

– Hmm... – Arwyl wydawał się z lekka zaskoczony taką odpowiedzią. – Tak. Bardzo dobrze. A więc, Kvothe, dalej nie chcesz środków znieczulających?

– Dziękuję – oznajmiłem grzecznie. – Obejdę się bez nich.

– Bardzo dobrze – zgodziła się Mola z rezygnacją. – W pierwszym rzędzie oczyścimy i wysterylizujemy ranę.

Alkohol piekł, ale nie to było najgorsze. Jak mogłem starałem się rozluźnić, jednak Moli przez całą operację nie zamykały się usta. Arwyl natomiast szafował radami i komentarzami. Nie pozostawało mi więc nic innego, jak zająć umysł swoimi sprawami i starać się nie podrygiwać podczas kolejnych stłumionych przez nahlrout ukłuć igły.

Mola skończyła szybko, a potem zaraz zabrała się do nakładania bandaży ze sprawnością, której nie mogłem u niej nie podziwiać. Kiedy jedną ręką pomagała mi się podnieść, drugą zaś przeciągała bandaż przez moją pierś, zastanawiałam się, czy wszyscy studenci Arwyla są równie dobrze wyuczeni jak ona.

Wiązała mi właśnie bandaż za plecami, gdy poczułem na ramieniu słabe, właściwie lekkie jak piórko dotknięcie, omal niewyczuwalne pod otępiającym działaniem nahlroutu.

– Ma taką delikatną skórę – usłyszałem, jak powiedziała do Arwyla.

– Re'lar! – upomniał ją surowo mistrz. – Takie komentarze

są skrajnie nieprofesjonalne. Jestem rozczarowany twoją postawą.

– Mówiłam tylko o tym, jakiej może się spodziewać blizny – odpowiedziała urażona. – Jak rozumiem, nie będzie to nic więcej jak cienka blada kreska, pod warunkiem oczywiście, że uda mu się uniknąć otworzenia rany.

– Hmm – mruknął Arwyl. – Tak, rzecz jasna. A jak ma do tego nie dopuścić?

Mola stanęła przede mną.

– Unikaj takich ruchów – wyciągnęła ręce prosto przed siebie – albo takich – uniosła je nad głowę. – Unikaj wszystkich gwałtownych poruszeń, czyli biegania, skakania, wspinaczki. Za dwa dni będzie można zdjąć bandaże. Nie zamocz ich w tym czasie. – Zerknęła na Arwyla.

Pokiwał głową.

– Bardzo dobrze, Re'lar. Możesz odejść. – Potem spojrzał na młodszego od Moli chłopaka, który w milczeniu obserwował całą procedurę. – Ty również możesz odejść, Geri. Jakby ktoś pytał, będę w moim gabinecie. Dziękuję wam.

W jednej chwili Arwyl i ja znów zostaliśmy sami. Przyglądał się w milczeniu z dłonią przyłożoną do ust, kiedy wkładałem koszulę. Na koniec chyba podjął decyzję.

– E'lir Kvothe, czy zechciałbyś studiować tutaj, w Medicum?

– Bardzo, mistrzu Arwyl – odrzekłem szczerze.

Pokiwał głową do jakichś swoich myśli, dłoń wciąż trzymając przy ustach.

– Wróć za cztery dni. Jeżeli będziesz miał dość rozumu, żeby nie porozrywać szwów, przyjmę cię do siebie. – Zmrużył powieki.

Rozdział 43

Migoczące światło

Dzięki pobudzającym skutkom nahlroutu miałem umysł trzeźwy i odczuwałem stosunkowo niewielki ból, postanowiłem więc zajrzeć do Archiwów. Ponieważ byłem już studentem Arkanów, mogłem swobodnie wybierać sobie książki z półek – a jak już wielokrotnie wspominałem, czekałem na to całe życie.

Co ważniejsze, skoro nie miałem obowiązku uciekać się do pomocy skrybów, moje lektury nie zostaną odnotowane w rejestrach Archiwów. Dzięki temu będę mógł do woli badać kwestie związane z Chandrianami oraz Amyr i nikt, nawet Lorren, nie dowie się o moich „dziecinnych" zainteresowaniach.

Wszedłem do oświetlonych czerwonawym światłem pomieszczeń Archiwów i przy biurku stojącym przy wejściu natychmiast dojrzałem Ambrose'a i Felę. Stanowiło to widok przyjemny i zarazem nieprzyjemny, jeśli coś takiego istnieje.

Ambrose nachylał się nad nią, mówiąc coś przyciszonym głosem. Ona miała na twarzy ten szczególny wyraz kobiety, która zdaje sobie sprawę z bezskuteczności grzecznej odmowy. Jedną dłonią opierał się na jej kolanie, druga spoczywała na jej karku. Z pewnością chciał, żeby wyglądało to czule i uczuciowo, lecz w jej sylwetce każdy mógł dostrzec napięcie, jakie widuje się u przestraszonych jeleni. Prawda była taka, że więził ją w swoim uścisku, jak trzyma się psa za skórę na karku, żeby nie uciekł.

Kiedy wszedłem do środka, a drzwi zamknęły się za mną z trzaskiem, Fela uniosła wzrok, spojrzała na mnie, a potem odwróciła oczy zawstydzona swym położeniem. Jakby to była jej wina. Wystarczająco wiele razy widywałem takie spojrzenia na ulicach Tarbean. Zapłonęła we mnie iskra starego gniewu.

Podszedłem do biurka, robiąc znacznie więcej hałasu, niż to było konieczne. Na jego przeciwległym krańcu stał kałamarz, leżały pióro i kartka papieru w trzech czwartych pełna skreśleń oraz poprawek. Wedle wszelkich znaków Ambrose próbował stworzyć poemat.

Przystanąłem przy biurku. Oczy Feli biegały po całym pomieszczeniu, starannie omijając mnie i Ambrose'a. Niespokojnie wierciła się na krześle, ale wyraźnie chciała za wszelką cenę uniknąć sceny. Odkaszlnąłem znacząco.

Ambrose zerknął przez ramię, zmarszczył czoło.

– Masz paskudne wyczucie czasu, E'lir. Wróć później. – Odwrócił się, ignorując moją osobę.

Parsknąłem i pochyliłem się nad biurkiem, wyciągając szyję, żeby odczytać pismo na leżącej tam kartce.

– Ja mam paskudne wyczucie czasu? A ty co? Zobacz, tu masz w wersie trzynaście sylab. – Postukałem palcem w kartkę. – Jamb to też nie jest. W ogóle nie potrafię się tu dopatrzyć żadnego metrum.

Znowu się odwrócił, żeby na mnie spojrzeć, tym razem już poważnie zirytowany.

– Uważaj, co mówisz, E'lir. Dzień, w którym przyjdę cię prosić o ocenę mojej poezji, będzie dniem...

– ...będzie pierwszym dniem, w którym znajdziesz dwie godziny wolnego – wtrąciłem. – Dwie pełne godziny i to tylko na początek. Tako też północ swą zna śpiewny drozd? – przeczytałem. – Nawet nie miałbym pojęcia, jak się zabrać do krytyki tego wersu. Przecież tu wszystko jest na wierzchu.

– Co ty możesz wiedzieć o poezji? – rzucił Ambrose, nawet się nie odwróciwszy w moją stronę.

– Nie mam większych trudności z rozpoznaniem kulawych rymów – powiedziałem. – Ale to nie są nawet kulawe rymy. One też mają jakiś rytm. A to wygląda tak, jakby ktoś spadał po schodach. Nierównych. U dołu których znajduje się śmietnik.

– To jest półrym – powiedział głosem sztywnym i pełnym urazy. – Nie oczekuję, że znasz to pojęcie.

– Półrym? – Wybuchnąłem pełnym niedowierzania śmiechem. – Jest to półrym w takim samym sensie, w jakim można być w połowie w ciąży albo w połowie wyskoczyć z rozpędzonego wozu.

Ambrose odwrócił się w końcu do mnie zmuszony zdjąć prawą rękę z kolana Feli. Mogłem więc mówić o połowicznym zwycięstwie, ponieważ jego druga dłoń wciąż opierała się na jej karku, przygważdżając ją do krzesła gestem pozornej pieszczoty.

– Tak sobie właśnie pomyślałem, że dzisiaj się pojawisz – powiedział z fałszywą wesołością. – A więc z góry sprawdziłem w książce. Jeszcze nie jesteś na liście. Będziesz musiał iść do Czytelni albo przyjść jutro, kiedy już zaktualizują książkę.

– Bez obrazy, ale może byś sprawdził jeszcze raz? Nie jestem pewien, czy mogę ufać umiejętnościom czytania kogoś, kto rymuje „drozd" z „gwizd". Nic dziwnego, że musisz siłą przytrzymywać kobiety, aby chciały cię wysłuchać.

Ambrose zesztywniał, zdjął rękę z oparcia krzesła i bezwładnie opuścił. Na jego obliczu widniał czysty jad.

– Kiedy będziesz starszy, E'lir, zrozumiesz, że to, co mężczyzna i kobieta robią razem...

– A cóż to takiego można robić w zaciszu przedpokoju Archiwów? – Objąłem gestem otoczenie. – W imię Boga, przecież to nie jest burdel. A na wypadek, gdybyś tego nie zauważył, to jest studentka, a nie jakaś pantera, za której walenie zapłaciłeś. Natomiast jeśli już masz zamiar przemocą posiąść kobietę, to miej dość przyzwoitości i zrób to w ciemnej alejce. Tam przynajmniej będzie mogła krzyczeć.

Twarz Ambrose'a nabiegła krwią, dłuższą chwilę mu zabrało, zanim odzyskał język w gębie.

– Nic nie wiesz o kobietach.

– Z tym przynajmniej mogę się zgodzić – powiedziałem lekko. – Po prawdzie, to jest jeden z powodów, dla których dzisiaj tu przyszedłem. Chciałbym znaleźć coś na ten temat. – Postukałem w księgę dwoma palcami, mocno. – A więc sprawdź moje imię i wpuść mnie.

Ambrose otworzył książkę, zaczął ją przerzucać, znalazł właściwą stronę, odwrócił tom w moją stronę.

– Tu. Jeśli znajdziesz tu swoje imię, to możesz sobie do woli grzebać w magazynie. – Jego usta były ściągnięte w ponurym uśmieszku. – W przeciwnym razie możesz wracać za cykl lub dwa. Do tego czasu z pewnością zaktualizujemy księgi.

– Poprosiłem mistrzów, żeby zaopatrzyli mnie w notę na wypadek, gdyby były jakieś wątpliwości, czy jestem na liście studentów Arkanów – powiedziałem, ściągając koszulę przez głowę. Potem odwróciłem się, pokazując mu plecy pokryte bandażami. – Przeczytasz ją z takiej odległości czy mam podejść bliżej?

Ambrose milczał, więc opuściłem koszulę i zwróciłem się do Feli, jakby jego w ogóle nie było w pomieszczeniu.

– Moja pani skrybo – rzekłem, kłaniając się. Ukłon był płytki, ponieważ stan moich pleców na bardziej ceremonialny nie pozwalał. – Czy byłabyś tak dobra i pomogła mi zlokalizować książkę traktującą o kobietach? Człowiek lepszy ode mnie polecił mi zorientować się w tym subtelnym temacie.

Fela uśmiechnęła się słabo, ale uspokoiła odrobinę. Mimo iż Ambrose zdjął rękę z oparcia krzesła, wciąż siedziała sztywno, w niewygodnej pozycji. Podejrzewałem, że zna Ambrose'a na tyle dobrze, aby wiedzieć, że gdyby teraz wybuchła i tym sposobem postawiła go w kłopotliwej sytuacji, zemściłby się na niej później.

– Nie mam pojęcia, czy mamy taką pozycję.

– Może być pierwsza lepsza propedeutyka – zauważyłem z uśmiechem. – Zapewnia mnie się w sposób jak najbardziej autorytatywny, że nie wiem nic o kobietach, w związku z tym każda rzecz niepomiernie wzbogaci moją wiedzę.

– Coś z obrazkami? – Ambrose wypluł z siebie te słowa.

– Jeśli w naszych poszukiwaniach upadniemy tak nisko, z pewnością cię zawołam – rzekłem, nie patrząc w jego stronę. Uśmiechnąłem się do Feli. – Może bestiariusz – powiedziałem łagodnie. – Słyszałem, że kobiety to osobliwe stworzenia, różniące się od mężczyzn.

Na twarzy Feli rozkwitł szeroki uśmiech, potem roześmiała się w głos, choć cicho.

– Myślę, że możemy pójść się rozejrzeć.

Ambrose popatrzył na nią ponuro.

Machnęła mu dłonią w pojednawczym geście.

– Wszyscy wiedzą, że on jest w Arkanach, Ambrose – powiedziała. – Nic się nikomu nie stanie, jeśli go wpuścimy do środka.

Ambrose wciąż patrzył na nią wściekle.

– Dlaczego nie pobiegniesz do Czytelni i tam nie zajmiesz się odgrywaniem słodkiej, małej dziewczynki na posyłki? – zapytał chłodno. – Ja sam sobie tu ze wszystkim poradzę.

Fela wstała sztywno zza biurka, wzięła książkę, którą widocznie wcześniej próbowała czytać, i skierowała się do Czytelni. Kiedy otworzyła drzwi, obejrzała się za siebie i chciałbym wierzyć, że w jej oczach dostrzegłem ulgę oraz wdzięczność. Ale może były to tylko igraszki mojej wyobraźni.

Kiedy drzwi zamknęły się za nią, w pomieszczeniu zrobiło się jakby odrobinę ciemniej. Nie chodzi o poetyckie wyrażenie. Naprawdę przygasło światło. Omiotłem wzrokiem wiszące wokół lampy sympatetyczne, zastanawiając się, co się dzieje.

Dopiero po chwili poczułem narastające pieczenie w plecach i zrozumiałem. Nahlrout powoli przestawał działać.

Większość silnych środków przeciwbólowych powoduje efekty uboczne. Tennasin w niektórych wypadkach może spowodować delirium lub omdlenia. Lacillium jest trujące. Ophalum w wysokim stopniu uzależnia. Mhenka jest zapewne najsilniejsza z nich wszystkich, ale nie bez powodu nazywa się ją diabelskim korzeniem.

Nahlrout jest wśród wszystkich wymienionych wyżej najsłabszy, lecz za to znacznie bezpieczniejszy. Ma lekkie działanie przeciwbólowe, pobudzające, a także zwęża naczynia krwionośne, dzięki czemu podczas chłosty nie krwawiłem jak zarzynana świnia. Ale na jego korzyść przede wszystkim przemawia to, że nie ma poważniejszych skutków ubocznych. Niemniej, jakąś cenę zawsze trzeba zapłacić. Kiedy nahlrout przestaje działać, człowiek znajduje się w stanie cielesnego i umysłowego wyczerpania.

Lecz przyszedłem tu przecież pobuszować wśród półek z książkami. Byłem obecnie studentem Arkanów i nie zamierzałem się stąd wynosić, dopóki nie zajrzę do środka. Stanąłem na powrót przed biurkiem, zdecydowany nie ustąpić.

Ambrose obrzucił mnie przeciągłym, badawczym spojrzeniem i westchnął.

– Dobra – powiedział. – Może się dogadamy? Ty nie powiesz nikomu o tym, co tu dzisiaj widziałeś, a ja nagnę trochę zasady i wpuszczę cię, mimo że oficjalnie twojego imienia nie ma na liście. – Zerknął na mnie niepewnie. – Co ty na to?

Kiedy się odezwałem, zdałem sobie sprawę, że pobudzające działanie nahlrouta zdecydowanie należy już do przeszłości. Ciało zdawało mi się ociężałe i zmęczone, myśli biegły leniwie, jakby w gęstej mazi. Chciałem unieść dłonie i rozetrzeć nimi twarz, ale od razu poczułem ból zszytych pleców.

– Niech będzie – odparłem ochrypłym głosem.

Ambrose otworzył jeden z grubych jak księgi rachunkowe tomów i westchnął, przewracając strony.

– Ponieważ po raz pierwszy wchodzisz do właściwych archiwów, będziesz musiał zapłacić magazynowe.

Na języku czułem dziwny, cytrynowy smak. To był efekt uboczny, o którym Ben nigdy mi nie wspominał. Przez niego nie potrafiłem się skupić i dlatego dopiero po chwili zauważyłem, że Ambrose przygląda mi się wyczekująco.

– Co?

Tym razem spojrzał na mnie mocno zdziwiony.

– Magazynowe.

– Nie było żadnej opłaty – protestowałem. – Za pierwszym razem, kiedy korzystałem z Czytelni.

Ambrose zmierzył mnie takim wzrokiem, jakbym był w jego oczach kompletnym idiotą.

– To dlatego, że jest to magazynowe, czyli opłata za korzystanie z magazynów. – Spuścił wzrok i zerknął w książkę. – W normalnych okolicznościach wnosi się ją razem z opłatą za pierwszy semestr studiów w Arkanach. Ale ponieważ ty ominąłeś normalną drogę, musisz ją teraz uregulować.

– Ile wynosi ta opłata? – zapytałem, sięgając po sakiewkę.

– Jeden talent – powiedział. – I musisz zapłacić, zanim wejdziesz do środka. Takie są reguły.

Po zapłaceniu za pryczę w Oficynach talent to było niemal wszystko, co mi zostało. Boleśnie byłem świadom, że muszę skrzętnie gospodarować środkami finansowymi, żeby oszczędzić na następny semestr nauki. Gdy tylko zabraknie mi pieniędzy, będę musiał opuścić Uniwersytet.

Mimo to cena nie była wysoka, jak na coś, o czym śniłem przez całe życie. Wyciągnąłem talent z sakiewki i wręczyłem mu.

– Muszę gdzieś podpisać?

– Tego nie wymagamy – powiedział Ambrose i otworzył którąś z szuflad, wyciągając z niej niewielki metalowy krąg. Oszołomiony już lekko skutkami ubocznymi nahlrouta, dopiero po chwili zdałem sobie sprawę, co mam przed oczyma: przenośną lampę sympatetyczną.

– W Magazynie jest ciemno – rzeczowo oznajmił Ambrose. – Jest zbyt duży, żeby go oświetlać w całości, poza tym na dłuższą metę nie byłoby to korzystne dla książek. Przenośna lampa kosztuje półtora talenta.

Zawahałem się.

Ambrose pogrążył się w zamyśleniu, potem pokiwał głową.

– W trakcie pierwszego semestru wielu studentom brakuje pieniędzy. – Sięgnął do niższej szuflady i dłuższy czas w niej grzebał. – Przenośne lampy kosztują półtora talenta i nic na to nie poradzę. – Wreszcie wyciągnął z biurka czterocalową cienką świeczkę. – Ale świeca jest za pół grosza.

Pół grosza za świeczkę to nie było dużo. Wyciągnąłem grosz.

– Wezmę dwie.

– Ta niestety jest ostatnia – szybko rzekł Ambrose. Rozejrzał się wokół nerwowo, dopiero potem wcisnął mi ją w rękę. – Powiem ci coś. Możesz mieć ją za darmo. – Uśmiechnął się. – Tylko nie mów nikomu. To będzie nasza mała tajemnica.

Wziąłem świeczkę, mocno zdumiony. Musiałem go chyba nieźle przestraszyć swoją na wiatr rzuconą pogróżką sprzed chwili. Albo to, albo ten niegrzeczny i dęty syn szlachcica nie był takim draniem, za jakiego go uważałem.

Ambrose pośpiesznie wypchnął mnie przez stosowne drzwi, nie zostawiając nawet czasu na zapalenie świeczki. Kiedy z trzaskiem zamknęły się za mną, okazało się, że w środku jest ciemno niczym w grobie i tylko przez szpary w drzwiach za mną sączą się smużki poświaty lamp sympatetycznych.

Ponieważ nie miałem przy sobie zapałek, musiałem się uciec do sympatii. W normalnych okolicznościach skrzesanie magicznego ognia nie zajęłoby mi więcej niż okamgnienie, ale zmęczony nahlroutem umysł miał trudności z koncentracją. Zgrzytnąłem zębami, siłą narzuciłem Alar swoim myślom i po paru sekundach poczułem, jak chłód wkrada się w moje ciało – skutek zaczerpnięcia z niego odpowiedniej ilości ciepła, żeby knot świecy obudził się do migoczącego życia.

Książki.

Ponieważ nie było okien, przez które wpadałoby światło dnia, półki spowijał całkowity mrok, z wyjątkiem skromnej przestrzeni oświetlonej drobnym płomieniem mojej świecy. W ciemnościach ginęły kolejne rzędy półek. Więcej książek, niż byłbym w stanie choćby obejrzeć, nawet przeznaczywszy na to cały dzień. Więcej książek, niż byłbym w stanie przeczytać w życiu.

Powietrze było chłodne i suche. Pachniało starą skórą, pergaminem i zapomnianymi tajemnicami. Błądząc myślami, zastanawiałem się, jak w budynku bez okien powietrze może być tak świeże.

Osłoniłem zwiniętą dłonią płomień świecy i z migoczącym światłem ruszyłem wzdłuż półek, smakując tę chwilę, rozkoszując się każdą drobiną jej trwania. Cienie rzucane przez kołyszący się na lewo i prawo płomień tańczyły dziko na suficie. W plecach rwał ból, moje myśli krążyły ciężko i bezwładnie, czułem się, jakbym miał gorączkę albo otrzymał poważny cios w tył głowy. Wiedziałem, że nie mam co marzyć o jakiejś poważniejszej lekturze, ale nie potrafiłem się zmusić do wyjścia. Po tym wszystkim, co przeszedłem, żeby tu dotrzeć?

Wędrowałem bez celu jakiś czas, badając wnętrze magazynów. Odkryłem kilka maleńkich kamiennych pokoików z drewnianymi drzwiami i stołami w środku. Ich przeznaczeniem najwyraźniej było stworzenie przestrzeni, w której mogą się spotykać niewielkie grupki osób, aby dyskutować, nie zakłócając doskonałej ciszy Archiwów.

Odkryłem schody wiodące do góry i na dół. Budynek Archiwum liczył sześć pięter wraz z parterem, ale nie miałem pojęcia, czy ma jakieś piwnice. A jeśli tak, to jak głęboko rozciąga się pod ziemią? Ile tysięcy książek czeka na mnie pod mymi stopami?

Nie potrafię wręcz opisać, jak wspaniale się czułem w chłodnej, cichej ciemności. Dawno już nie odczuwałem takiego zadowolenia jak teraz, zagubiony wśród niekończących się rzędów książek. Ogarnęło mnie poczucie bezpieczeństwa, ponieważ wiedziałem, że gdzieś tu czekają odpowiedzi na wszystkie moje pytania.

Niemal przypadkowo natrafiłem na czwórpanelowe drzwi. Zrobione były z jednolitej płyty szarego kamienia o takim samym kolorze jak otaczające ściany. Framuga miała osiem cali szerokości i też składała się z jednolitego bloku kamienia. Drzwi pasowały do framugi tak ściśle, że w szczelinę między nimi nie dałoby się wetknąć szpilki.

Zawiasów nie było. Żadnej klamki. Ani okienka czy przesuwanej płytki. Drzwi nie miały nawet śladu ozdób, prócz czterech twardych miedzianych paneli. Ozdoby osadzone były gładko w powierzchni podwoi, która ściśle pasowała do framugi, najwyraźniej bezspoinowo tkwiącej w ścianie. Można było przesunąć dłonią przez całą powierzchnię drzwi od prawa do lewa i praktycznie rzecz biorąc, nie wyczuć żadnych szczelin.

Mimo braku szczelin zwyczajowo spotykanych w drzwiach, bez wątpienia były to drzwi. To się po prostu wiedziało. Każdy miedziany panel miał dziurkę w środku i choć ich kształt w niczym nie przypominał normalnych dziurek od klucza, to o nic innego nie mogło chodzić. Drzwi stały przede mną niczym góra, milcząca i obojętna jak morze w bezwietrzny dzień. To nie były drzwi, które się otwiera. To były drzwi, które mają pozostać zamknięte.

W środku, między nietkniętymi nawet jedną plamką śniedzi miedzianymi panelami, w kamieniu wyżłobiono słowo VALARITAS.

Na Uniwersytecie znajdowało się sporo zamkniętych drzwi, strzegących miejsc, w których trzymano rzeczy niebezpieczne, miejsc, gdzie spały zapomniane tajemnice – ciche i ukryte. Drzwi, których nie wolno było otwierać. Drzwi, których progów nikt nie przekraczał, do których klucze zostały zniszczone, zgubione albo dla bezpieczeństwa zamknięte za innymi drzwiami.

Wszystkie one jednak bladły w porównaniu z czwórpanelowymi drzwiami. Przyłożyłem dłoń do ich gładkiej powierzchni i pchnąłem, wbrew sobie mając nadzieję, że uchylą się pod dotykiem. Ale okazały się masywne i niewzruszone jak szary kamień. Spróbowałem zerknąć przez dziurki w miedzianych panelach, ale światło świecy uniemożliwiało mi zobaczenie tego, co może kryło się po drugiej stronie.

Miałem tak straszną ochotę, by zobaczyć to, co kryło się po drugiej stronie, że czułem ją niemal namacalnie w głowie. Prawdopodobnie w tym dobitnie wyraża się perwersyjna strona mej osobowości – że znalazłszy się w końcu w Archiwach, wśród niezliczonych tajemnic, tak naprawdę chciałem odkryć tylko tę, którą skrywały jedyne zamknięte drzwi. Być może w naturze ludzkiej leży poszukiwanie rzeczy ukrytych. Być może tylko w mojej naturze.

I wtedy dostrzegłem czerwone niemrugające światło lampy sympatetycznej, wędrujące między półkami. Pierwszy znak obecności innego studenta. Odsunąłem się o krok od drzwi i postanowiłem zaczekać na tego – kimkolwiek był – który tu zmierzał, żeby ewentualnie zapytać go, co kryje się za tymi drzwiami. Lub choćby co znaczy słowo *valaritas*.

Czerwone światło systematycznie stawało się coraz jaśniejsze, aż wreszcie zza rogu wyszło dwóch skrybów. Stanęli jak wryci, a potem jeden podskoczył ku mnie i wyrwał mi z ręki świecę. Gwałtownie próbował ją zgasić, przy okazji oblewając mi rękę woskiem. Patrzył na mnie w taki sposób, jakbym trzymał w dłoni czyjąś odciętą głowę.

– Co ty tu robisz z otwartym ogniem? – zapytał najgłośniejszym szeptem, jaki zdarzyło mi się słyszeć w życiu. Po chwili jednak ściszył głos i machając w moją stronę zgaszoną świecą, powtórzył pytanie: – Na zwęglone boskie ciało, co z tobą?

Starłem gorący wosk z wierzchu dłoni. Choć byłem już skrajnie obolały i wyczerpany, spróbowałem jakoś zebrać myśli.

Oczywiście, pomyślałem, przypomniawszy sobie minę Ambrose'a, kiedy wciskał mi do ręki świecę i wypychał przez drzwi. Nasza mała tajemnica. Oczywiście. Powinienem wiedzieć.

Jeden ze skrybów poprowadził mnie do wyjścia z Magazynu, podczas gdy drugi pobiegł poszukać mistrza Lorrena. Kiedy znaleźliśmy się w przedpokoju, na nasz widok Ambrose zręcznie udał zdumienie i szok. Oczywiście przesadził z tym mocno, niemniej w oczach towarzyszącego mi skryby przedstawienie musiało być przekonujące.

– Co on tu robi?

– Znaleźliśmy go, jak się włóczył po Magazynie – wyjaśnił skryba. – Ze świeczką!

– Co? – Wyraz twarzy Ambrose'a był ucieleśnieniem przerażenia. – Cóż, ja go nie wpuszczałem – dodał. Przerzucił karty księgi. – Nigdzie nie ma wpisu. Sam zobacz.

Nim padły kolejne słowa, do pomieszczenia wbiegł Lorren. Na jego zawsze idealnie opanowanej twarzy malowały się wzburzenie i zawziętość. Przyszło mi do głowy coś, co Teccam napisał w *Teofanii*. „Trzech rzeczy obawiają się mądrzy ludzie: morza w czasie sztormu, nocy bez księżyca i gniewu łagodnego człowieka".

Lorren stanął przed biurkiem, przy którym wpisywano odwiedzających.

– Co się stało? – zapytał stojącego obok skrybę. Gardło miał ściśnięte ze złości.

– Micah i ja zobaczyliśmy wśród półek migoczące światło i pomyśleliśmy, że ktoś ma kłopoty z lampą. Poszliśmy zobaczyć i znaleźliśmy go w pobliżu południowo-wschodniej klatki schodowej. Miał w ręku to. – Podniósł do góry moją świecę. Pod spojrzeniem Lorrena jego ręka lekko drżała.

Lorren odwrócił się do siedzącego za biurkiem Ambrose'a.

– Jak to się stało, Re'lar?

Ambrose bezradnie uniósł ręce.

– Przyszedł za wcześnie i nie chciałem go wpuścić, ponieważ nie było go na liście. Pokłóciliśmy się, Fela była świadkiem części naszej dyskusji. – Przeniósł spojrzenie na mnie. – W końcu powiedziałem mu, że musi sobie stąd pójść. Zapewne wślizgnął się, kiedy poszedłem na tyły po atrament. – Wzruszył ramionami. – A może dostał się do środka obok stołu w Czytelni.

Stałem tylko zupełnie oszołomiony. Tymi resztkami mojego umysłu, które nie były otępiałe ze zmęczenia, myślałem tylko o palącym bólu w plecach.

– To... nieprawda. – Popatrzyłem na Lorrena. – Sam mnie wpuścił. Odesłał Felę, a potem mnie wpuścił.

– Co? – Ambrose zagapił się na mnie, jakby mu mowę odebrało. Mimo iż go nie cierpiałem, należało oddać sprawiedliwość mistrzowsko odegranej roli. – Dlaczegóż, w imię boże, miałbym to zrobić?

– Ponieważ zawstydziłem cię przed obliczem Feli – odrzekłem. – Świecę też mi sprzedał. – Potrząsnąłem głową, próbując odzyskać jasność myśli. – Nie, podarował mi.

Twarz Ambrose'a wyrażała jawne niedowierzanie.

– Spójrzcie na niego! – Roześmiał się. – Smarkacz jest pijany albo co.

– Niedawno mnie wychłostano! – protestowałem. We własnych uszach mój głos brzmiał histerycznie.

– Przestańcie! – krzyknął Lorren górujący nad nami niby filar gniewu.

Na dźwięk jego głosu skrybowie pobledli.

Lorren odwrócił się do mnie bokiem i wykonał drobny pogardliwy gest w kierunku biurka.

– Re'lar Ambrose otrzymuje oficjalne upomnienie za niedbałość w wywiązywaniu się z obowiązków.

– Co? – Tym razem uraza Ambrose'a nie była udawana.

Lorren zmarszczył brwi, a Ambrose umilkł. Do mnie mistrz natomiast rzekł:

– E'lir Kvothe otrzymuje zakaz wstępu do Archiwów. – Zwróconym ku mnie wierzchem dłoni wykonał taki gest, jakby przecinał powietrze.

Rozpaczliwie próbowałem wymyślić, co mógłbym rzec na swoją obronę.

– Mistrzu, nie chciałem...

Lorren ruszył na mnie. Na widok jego twarzy, dotąd zawsze

tak spokojnej, a teraz pełnej zimnego, przerażającego gniewu, mimowolnie cofnąłem się o krok.

– Nie chciałeś? – powiedział. – Nie obchodzą mnie twoje zamiary, E'lirze Kvothe, niezależnie, z jak zwodniczych czy uczciwych wyrastałyby przesłanek. Liczy się tylko twoje postępowanie. W twojej ręce była świeca. Wina jest więc po twojej stronie. Taką lekcję muszą sobie przyswoić wszyscy dorośli.

Wbiłem wzrok w posadzkę, desperacko szukając słów. Jakiegoś argumentu na swoją obronę. Ołowiane myśli wciąż jeszcze ciężko pełzły w mej głowie, kiedy Lorren wyszedł z pomieszczenia.

– Nie rozumiem, czemu mam ponieść karę za jego głupotę – skarżył się Ambrose skrybom, kiedy ja powoli wlokłem się ku drzwiom.

Niestety, przed wyjściem popełniłem jeszcze tę pomyłkę i odwróciłem się, żeby na niego spojrzeć. Wyraz jego twarzy był poważny, w pełni nad nią panował. Ale jego oczy iskrzyły się rozbawieniem.

– Szczerze mówiąc, chłopcze – powiedział na pożegnanie – nie mam pojęcia, co sobie myślałeś. Student Arkanów naprawdę powinien być mądrzejszy.

Ruszyłem w kierunku Mesy, młyny moich myśli powoli kręciły się w głowie. Rzuciłem swoją kartkę na jedzenie na jedną ze zmatowiałych cynowych tac i nałożyłem sobie porcję puddingu gotowanego na parze, kiełbasę i odrobinę wszechobecnej tu fasoli. Tępym wzrokiem rozejrzałem się po sali, póki nie wypatrzyłem Simmona i Maneta, siedzących przy ich zwykłym stole w północo-wschodnim kącie.

Idąc do stołu, przyciągałem liczne spojrzenia. Nic w tym dziwnego, mając na względzie, że ledwie dwie godziny temu zostałem przywiązany do pręgierza i publicznie wychłostany. Usłyszałem czyjś szept:

– ...nie krwawił, kiedy go bili. Ani kropla nie popłynęła.

To oczywiście było zasługą nahlroutu. Powstrzymywał krwawienie. W tamtym czasie wydawało mi się to dobrym pomysłem. Teraz przeklinałem samego siebie za głupotę i małostkowość. Ambrose'owi nigdy nie udałoby się tak łatwo mnie zwieść, gdybym nie stępił wcześniej naturalnej podejrzliwości. A pewien jestem, że Lorrenowi też byłbym w stanie jakoś wytłumaczyć wszystko.

Wędrując do odległego krańca pomieszczenia, zrozumiałem prawdę. Przehandlowałem dostęp do Archiwów w zamian za odrobinę sławy wśród studentów.

Niemniej nie pozostało mi nic innego, jak cieszyć się tym, co mam. Jeżeli odrobina reputacji ma być wszystkim, co mi zostanie z tej katastrofy, powinienem się postarać, aby była jak największa. Z uniesioną głową podszedłem do stołu Simmona i Maneta, postawiłem tacę z jedzeniem na blacie.

– Nie ma czegoś takiego jak magazynowe, co? – zapytałem cicho, wsuwając się na swoje miejsce i próbując nie krzywić od bólu w plecach.

Sim popatrzył na mnie nierozumiejącym wzrokiem.

– Magazynowe?

Manet parsknął w miskę z fasolą.

– Już od paru lat o tym nie słyszałem. Kiedy pracowałem jako skryba, nabieraliśmy pierwszoroczniaków, każąc sobie płacić grosz za dostęp do Archiwów. Nazywaliśmy to magazynowym.

Sim spojrzał na niego z przyganą.

– To okropne.

Manet asekurancko uniósł dłonie.

– To tylko taki mały, nieszkodliwy żarcik. – Obrzucił mnie uważnym spojrzeniem. – Dlatego masz takie smutne oczy? Ktoś cię oskubał z miedziaka?

Pokręciłem głową. Nie miałem zamiaru się przyznawać, że Ambrose wyłudził ode mnie cały talent.

– Zgadnijcie, kto właśnie otrzymał zakaz wstępu do Archiwów? – rzuciłem ponuro, a równocześnie oderwałem kawałek chleba z pajdy i wrzuciłem do talerza z fasolą.

Spojrzeli na mnie nierozumiejąco. Po chwili Simmon wyartykułował oczywiste podejrzenie:

– Hmm... ty?

Przytaknąłem i zanurzyłem łyżkę w fasoli. Tak naprawdę nie byłem głodny, ale uznałem, że odrobina jedzenia pomoże mi pozbyć się wywołanego przez nahlrout otępienia. Poza tym to wbrew naturze, nie korzystać z nadarzającej się okazji do spożycia posiłku.

– Zostałeś zawieszony już pierwszego dnia? – zapytał Simmon. – To znacznie utrudni twoje studia nad folklorem Chandrian.

Westchnąłem.

– Można tak powiedzieć.

– Na jak długo zostałeś zawieszony?

– Powiedział: „zakaz wstępu" – odrzekłem. – Nie wspomniał na jak długo.

– Zakaz wstępu? – Manet przyjrzał mi się uważniej. – Od ponad dziesięciu lat nikt nie otrzymał zakazu wstępu. Co zrobiłeś? Nasikałeś na książkę?

– Dwóch skrybów przyłapało mnie w środku ze świecą.

– Litościwy Tehlu. – Manet odłożył widelec i po raz pierwszy na jego twarzy pojawiła się powaga. – Stary Mądrala musiał się wściec.

– Wściec się jest tu jak najbardziej właściwym określeniem.

– Co w ciebie wstąpiło, żeby wejść do środka z otwartym ogniem? – zapytał Simmon.

– Nie było mnie stać na przenośną lampę – wyjaśniłem. – Skryba za biurkiem dał mi zamiast tego świecę.

– Nie zrobił tego – zaprotestował Sim. – Żaden skryba nie...

– Czekaj – wtrącił Manet. – To był taki facet z ciemnymi włosami? Dobrze ubrany? Surowa twarz, ściągnięte brwi? – Na jego czole odmalował się przesadny mars.

Pokiwałem smutno głową.

– Ambrose. Spotkaliśmy się wczoraj. Nadepnąłem mu na odcisk.

– Jego trudno nie spotkać – rzekł z wahaniem Manet, wskazując wzrokiem na siedzących wokół ludzi. Zauważyłem, że spora ich część przysłuchiwała się naszej rozmowie. – Ktoś powinien cię ostrzec, żebyś trzymał się od niego z daleka – dodał już spokojniejszym tonem.

– A niech to – rzekł Simmon. – Ze wszystkich ludzi, z którymi lepiej nie zadzierać...

– Cóż, co się stało, to się nie odstanie – zauważyłem. Powoli czułem się coraz bardziej sobą, zmęczenie mijało, myśli krążyły żwawiej. Albo ustępowały skutki uboczne nahlroutu, albo mój gniew powoli wypalał mgłę spowijającą umysł. – Przekona się, że mogę zadzierać z najlepszymi. Pożałuje, że kiedykolwiek w życiu mnie spotkał, a co dopiero, że się wtrącał w moje sprawy.

Simmon chyba trochę się zaniepokoił.

– Naprawdę nie powinieneś grozić innym studentom – powiedział i roześmiał się nerwowo, jakby tym sposobem chciał zmienić mój komentarz w żart. Ciszej dodał: – Nie rozumiesz. Ambrose jest dziedzicem baronii w Vintas. – Zawahał się, spojrzał na Maneta. – Panie, jak mam w ogóle zacząć?

Manet pochylił się ku mnie i też uderzył w bardziej konfidencjonalne tony.

– Nie należy do tych szlachciców, którzy zabawiają się tu nauką przez semestr czy dwa, a potem wyjeżdżają. Siedzi tu od lat, zdobył tytuł Re'lara. Nie jest też żadnym siódmym synem. To pierworodny. A jego ojciec należy do kilkunastu najbardziej potężnych ludzi w całym Vintas.

– Po prawdzie, to jest szesnasty w rankingu parów – rzeczowo stwierdził Simmon. – Najpierw idzie rodzina królewska, książęta regenci, Maer Alveron, księżna Samista, Aculeus i Meluan Lackless... – Urwał pod spojrzeniem Maneta.

– Jest bogaty – prosto z mostu rzekł Manet. – I ma przyjaciół, jakich zawsze kupują pieniądze.

– Oraz ludzi, którzy chętnie wyrządzą przysługę jego ojcu – dodał Simmon.

– Wszystko sprowadza się do tego – poważnie rzekł Manet – że lepiej mu nie podpadać. W trakcie pierwszego roku jego studiów jeden z alchemików zalazł mu za skórę. Ambrose wykupił jego długi od lichwiarza w Imre. Kiedy tamten nie mógł zapłacić, wtrącili go do więzienia dla dłużników. – Manet przełamał na pół chleb i posmarował masłem. – Zanim rodzina go wyciągnęła, miał już gruźlicę. Facet był ludzkim wrakiem. Nigdy nie wrócił na Uniwersytet.

– A mistrzowie na to pozwolili? – chciałem wiedzieć.

– Wszystko odbyło się w całkowitej zgodzie z prawem – odrzekł Manet, wciąż przyciszonym głosem. – Mimo to Ambrose nie był na tyle głupi, żeby osobiście skupować jego długi. – Manet lekceważąco machnął dłonią. – Podstawił kogoś, ale równocześnie zrobił wszystko w taki sposób, żeby nikt nie miał wątpliwości.

– Poza tym jest jeszcze Tabeta – ponuro zauważył Sim. – Na prawo i lewo rozpowiadała, że Ambrose ma się z nią ożenić. A potem zniknęła.

To z pewnością wyjaśniało, dlaczego Fela tak bała się go obrazić. Gestem uspokoiłem Sima.

– Nikomu nie grożę – oznajmiłem niewinnie, unosząc głos, żeby wszyscy w pobliżu mogli mnie słyszeć. – Po prostu cytuję jedno z moich ulubionych dzieł. Cytat pochodzi z czwartego aktu *Daeoniki*, gdzie Tarsus mówi:

Spuszczę na niego głód i ogień.
Póki nie stanie wśród świata ruin,
A wszystkie demony z ciemności poza światem
Nie spojrzą zdumione i nie rzekną, że
Zaiste zemsta jest imieniem człowieka.

Przy pobliskich stolikach zapadła na chwilę pełna zdumienia cisza. Ogarnęła większą część Mesy, niż oczekiwałem. Najwyraźniej nie doceniałem liczby tych, którzy podsłuchiwali. Wbiłem wzrok w talerz i powziąłem w duchu postanowienie, aby na razie dać spokój tej sprawie. Byłem zmęczony, obolały i na dziś miałem już dość kłopotów.

– To, co powiem, na nic ci się na razie nie przyda – cicho powiedział po dłuższej chwili Manet. – Skoro i tak masz zakaz wstępu do Archiwów i tak dalej. Mimo to myślę, że powinieneś wiedzieć... – Odkaszlnął, zbierając się w sobie. – Nie musisz kupować przenośnej lampy. Po prostu podpisujesz przy biurku, że ją wziąłeś, i oddajesz, wychodząc. – Przez cały czas patrzył na mnie niepewny, jakiej może się spodziewać reakcji.

Zmęczony pokiwałem głową. Miałem wtedy rację. Ambrose nie był nawet w połowie takim draniem, za jakiego go uważałem. Był dziesięć razy gorszym.

Rozdział 44

Zapalone szkła

W Rzemiosze odbywała się większość prac ręcznych całego Uniwersytetu. W budynku znajdowały się warsztaty dmuchaczy szkła, stolarnie, piece do wypalania ceramiki i szklarnie. A także wielka kuźnia i piec hutniczy, które z pewnością mogłyby nawiedzać w snach każdego metalurga z prawdziwego zdarzenia.

Warsztat Kilvina potocznie nazywano Rzemiochą. Był obszerny jak wnętrze spichlerza, w środku stało co najmniej dwadzieścia warsztatów o blatach z grubego drewna. Leżały tam niezliczone narzędzia, których nazw ani funkcji nie potrafiłem się domyślić, jak też rozpoczęte prace. Warsztat był sercem Rzemiochy, a Kilvin – sercem warsztatu.

Kiedy przybyłem, Kilvin zajmował się właśnie wyginaniem poskręcanego żelaznego pręta w jakiś bardziej – jak należało domniemywać – pożądany kształt. Widząc, że zaglądam do środka, zostawił pręt w imadle na stole i wyszedł mi na spotkanie, wycierając ręce o koszulę.

Przyjrzał mi się krytycznie.

– Dobrze się czujesz, E'lirze Kvothe?

Wstałem wcześnie i po krótkich poszukiwaniach znalazłem sobie korę wierzby. Zżułem ją i choć plecy wciąż mnie paliły i swędziały, było to już w miarę znośne.

– Całkiem nieźle, mistrzu Kilvin.

Pokiwał głową.

– Dobrze. Chłopcy w twoim wieku nie powinni się przejmować takimi drobiazgami. Wkrótce będziesz jak nowo narodzony.

Próbowałem wymyślić jakąś uprzejmą odpowiedź, kiedy mój wzrok przyciągnęło coś nad naszymi głowami.

Kilvin podążył wzrokiem za moim spojrzeniem i jego brodatą twarz rozciął szeroki uśmiech.

– Ach – powiedział z ojcowską dumą. – Moje ślicznotki.

Wysoko pod krokwiami warsztatu wisiało na żelaznych łańcuchach jakieś pół setki szklanych kul. Różniły się rozmiarami, lecz żadna nie była wiele większa od ludzkiej głowy.

I paliły się.

Widząc moje zaintrygowanie, Kilvin machnął zapraszająco ręką.

– Chodź – powiedział i zaprowadził mnie do wąskich schodów z kutego żelaza.

Weszliśmy po nich na górę, w dalszą drogę udaliśmy się po cienkich żelaznych pomostach zawieszonych dwadzieścia pięć stóp nad podłogą, które wiły się wśród grubych krokwi poddasza. Po chwili błądzenia w labiryncie żelaza i drewna doszliśmy do szeregu wiszących szklanych kul, w których wnętrzu paliły się ognie.

– To są moje lampy – oznajmił Kilvin.

Dopiero wtedy zorientowałem się, co mam przed sobą. W niektórych znajdował się jakiś płyn i knoty, w czym niewiele różniły się od zwykłych lamp, ale konstrukcja większości była mi całkowicie obca. W jednej nie było zupełnie nic prócz kłębiącego się szarego dymu, który od czasu do czasu migotał. W innej kuli z srebrnego drucika w całkowicie pustym wnętrzu zwisał knot, który mimo braku paliwa płonął stałym, białym płomieniem.

Kolejne dwie lampy miały bliźniaczą konstrukcję, a mimo to jedna świeciła niebieskim płomieniem, podczas gdy druga jaskrawopomarańczowym, jak ogień w kuźni. Jedne lampy były małe jak śliwki, inne wielkie niczym melony. Dostrzegłem kolejną, w której znajdowały się z pozoru tylko kawałek czarnego węgla i białej kredy – złączone razem dawały wściekły czerwony płomień, który miotał się na wszystkie strony.

Kilvin pozwolił mi się przyglądać jakiś czas, potem podszedł bliżej.

– Wśród Cealdan opowiada się legendy o wiecznych lampach. Osobiście sądzę, że ongi takie osiągnięcia znajdowały się w zasięgu naszej sztuki. Od dziesięciu lat szukam rozwiązania problemu. Zrobiłem mnóstwo lamp, niektóre są bardzo dobre i bardzo długo świecą. – Popatrzył mi w oczy. – Ale nie ma wśród nich lamp wiecznych.

Przeszedł po pomoście, żeby mi wskazać jedną z wiszących kul.

– Wiesz, co to jest, E'lir Kvothe?

W środku kuli nie było nic prócz grudki zielono-szarego wosku, który płonął zielono-szarym płomieniem. Pokręciłem głową.

– Hmm. A powinieneś. Biała sól litu. Wymyśliłem ją na trzy cykle przed twoim przybyciem do nas. Jak dotąd pali się znakomicie, dwadzieścia cztery dni, i spodziewam się, że potrwa to znacznie dłużej. – Znów przeniósł wzrok z lampy na mnie. – Zaskoczyło mnie, że zgadłeś, ponieważ ja przez wiele lat nad tym myślałem. Twoja druga hipoteza, olej sodowy, nie była już tak interesująca. Wypróbowałem ją wiele lat temu. Świeciła jedenaście dni.

Przeszedł wzdłuż rzędu lamp, wreszcie wskazał pustą kulę z nieruchomym białym płomieniem.

– Siedemdziesiąt dni – oznajmił z dumą. – Nie mam nadziei, że to ona okaże się sukcesem, ponieważ nadzieja jest matką głupich. Ale jeśli będzie świecić jeszcze przez sześć dni, okaże się najlepszą lampą, jaką wykonałem w ciągu tych dziesięciu lat.

Przez chwilę przyglądał mi się z zadziwiająco rzewnym wyrazem twarzy.

– Ale nie żywię nadziei – powtórzył zdecydowanie. – Tworzę nowe lampy, robię pomiary. To jedyna droga postępu.

Bez słowa zeszliśmy na podłogę warsztatu. Odwrócił się ku mnie.

– Ręce – powiedział tonem nie dopuszczającym sprzeciwu. I sam zachęcająco wyciągnął swe wielkie dłonie.

Nie wiedząc, czego ode mnie oczekuje, uniosłem ręce. Wziął je w swoje, a jego uchwyt był zaskakująco delikatny. Odwrócił je wnętrzem do góry, przyjrzał się uważnie.

– Masz cealdańskie ręce – padł z jego ust mimowolny komplement. Potem podsunął mi pod nos swoje dłonie. Miały grube palce i szerokie nadgarstki. Zacisnął je w pięści, które bardziej przypominały młoty niż kułaki. – Minęło wiele lat, zanim te dłonie nauczyły się, jak być cealdańskimi rękoma. Ty masz szczęście. Będziesz pracował tutaj. – Tylko nieznaczne skinienie głowy zmieniło to szorstkie stwierdzenie w rodzaj zaproszenia.

– Och, tak. To znaczy, chciałem podziękować, panie. Jestem zaszczycony, że ty...

Przerwał mi niecierpliwym gestem.

– Jeśli tylko wpadniesz na jakiś pomysł w związku z wiecznymi lampami, zaraz do mnie przychodź. Jeżeli masz głowę równie bystrą, jak zręczne wydają się twoje ręce... – Coś, co mogło być cieniem uśmiechu, skrywała bez reszty gruba broda, ale w ciemnych oczach zamigotały iskierki, kiedy drocząc się ze mną, niemal figlarnie rzekł: – Jeżeli. – Uniósł palec, którego czubek był tak duży jak główka młotka. – A wtedy ja i moi ludzie pokażemy ci różne rzeczy.

– Musisz się zdecydować, do kogo się przyssasz – powiedział Simmon. – Mistrz opiekuje się tobą aż do osiągnięcia tytułu Re'lara. A więc powinieneś wybrać sobie jednego i przykleić się doń jak gówno do jego podeszwy.

– Ślicznie powiedziane – sucho wtrącił Sovoy.

Sovoy, Wilem, Simmon i ja siedzieliśmy przy stole w głębi sali „U Ankera", z dala od tłumu, który wieczorem w Felling wypełniał pomieszczenie cichym szmerem rozmów. Dwa dni wcześniej zdjęto mi szwy i teraz świętowaliśmy koniec pierwszego mojego pełnego cyklu w Arkanach.

Żaden z nas nie był szczególnie pijany ani też zupełnie trzeźwy. Precyzyjne określenie naszej pozycji pomiędzy tymi przeciwstawnymi stanami pozostaje oczywiście kwestią bezprzedmiotowych dywagacji, toteż nie będę tu marnował na nią czasu.

– Ja staram się popisywać błyskotliwością – wyjaśnił Sovoy. – I czekam, aż któryś z mistrzów ją dostrzeże.

– I jak się to sprawdza z Mandragiem? – zapytał Wilem z jednym z rzadkich u niego uśmiechów.

Sovoy obrzucił go ponurym spojrzeniem.

– Mandrag to koński zad.

– To wyjaśnia, dlaczego groziłeś mu szpicrutą – powiedział Wilem.

Zakryłem usta dłonią, uśmiechając się pod nosem.

– Naprawdę?

– Nie mówią ci wszystkiego – powiedział Sovoy, wyraźnie urażony. – Pominął mnie przy promocji na korzyść innego studenta. A potem opóźniał moje postępy, żebym wciąż za darmo pracował u niego w terminie, zamiast mnie awansować na Re'lara.

– A ty pogroziłeś mu szpicrutą – nie ustępował Wilem.

– Pokłóciliśmy się – spokojnie wyjaśnił Sovoy. – A ja akurat miałem przy sobie szpicrutę.

– Więc pomachałeś mu nią przed nosem – sprecyzował Wilem.

– Wracałem z końskiej przejażdżki! – zapalczywie protestował Sovoy. – Gdybym przed zajęciami był na dziwkach i pomachał mu przed nosem gorsetem, nikt by się dwa razy nad tym nie zastanawiał!

Na chwilę cisza zapadła przy naszym stole.

– Ja się właśnie drugi raz zastanowiłem – powiedział Simmon i wraz z Wilemem wybuchli śmiechem.

Sovoy zwrócił się do mnie, wyraźnie tłumiąc uśmiech.

– Sim ma rację w jednej sprawie. Powinieneś skupić wysiłki na jednym przedmiocie. W przeciwnym razie skończysz jak Manet, wieczny E'lir. – Wstał, wygładził ubranie. – Jak wyglądam?

Sovoy nie był w ścisłym sensie słowa ubrany w zgodzie z ostatnim krzykiem mody, ponieważ nad lokalny styl zdecydowanie przedkładał modegański. Ale trudno było zaprzeczyć, że wygląda naprawdę nieźle w subtelnych barwach jedwabi i zamszów.

– A jakie to ma znaczenie? – zapytał Wilem. – Chcesz iść z Simem na randkę?

Sovoy się uśmiechnął.

– Tak się składa, że muszę was opuścić. Mam umówione spotkanie z damą, a wątpliwe, aby nasze drogi zaprowadziły nas dziś jeszcze w tę część miasta.

– Nie powiedziałeś nam, że jesteś z kimś umówiony – protestował Sim. – Tylko we trzech nie da się porządnie zaszaleć.

To, że Sovoy w ogóle tu z nami przyszedł, już było ustępstwem z jego strony. Często krzywił się na tawerny, które wybierali Wil i Sim. „U Ankera" było knajpą wystarczająco niskiej klasy, żeby napitki były tanie, a zarazem dość wysokiej, żeby się nie martwić, iż ktoś cię zaczepi albo obrzyga. Podobało mi się tu.

– Jesteście dobrymi przyjaciółmi i dobrą kompanią – powiedział Sovoy. – Ale żaden z was nie jest kobietą ani też, z ewentualnym wyjątkiem Simmona, żadnego z was nie można nazwać ślicznym. – Sovoy mrugnął do Sima. – A tak szczerze mówiąc, który z was nie zostawiłby pozostałych, gdyby dama na niego czekała?

Rozległ się nasz chóralny szmer powściągliwego potwierdzenia. Sovoy pokazał w uśmiechu bielutkie, proste zęby.

– Zapłacę dziewce, żeby przyniosła wam kolejkę – powiedział i odwrócił się do wyjścia. – Żeby złagodzić gorzki smak rozstania ze mną.

– Nie jest taki zły – stwierdziłem, gdy już sobie poszedł. – Jak na szlachtę.

Wilem pokiwał głową.

– Z nim jest tak, jakby wiedział, że jest lepszy od ciebie, ale nie patrzy na ciebie z góry, ponieważ wie, że to nie twoja wina.

– A więc komu będziesz właził w dupę? – zapytał Sim, opierając łokcie na stole. – Domyślam się, że to nie będzie Hemme.

– Ani Lorren – powiedziałem gorzko. – Przeklęty Ambrose, przeklęty po dwanaście razy. Podobałaby mi się praca w Archiwach.

– Brandeur też odpada – rzekł Sim. – Jeśli Hemme się kogoś czepia, Brandeur mu w tym pomaga.

– A może rektor? – zapytał Wilem. – Lingwistyka? Już mówisz w siaru, choć akcent masz barbarzyński.

Pokręciłem głową.

– Co myślicie o Mandragu? Mam niejakie doświadczenie w chemii. Stąd do alchemii tylko mały krok.

Simmon się roześmiał.

– Wszyscy myślą, że chemia i alchemia są podobne, ale to

nieprawda. Nie są nawet spokrewnione. Po prostu mieszkają w tym samym domu.

Wilem powoli pokiwał głową.

– Ładnie powiedziane.

– Poza tym – kontynuował Simmon – w ostatnim semestrze Mandrag wziął do siebie jakichś dwudziestu nowych E'lirów. Sam słyszałem, jak się skarżył, że zrobił mu się tłok.

– Jak zdecydujesz się na Medicum, to trochę czasu ci zleci – objaśniał dalej Wilem. – Arwyl jest uparty jak żelazna surówka. Nie ugnie się przed nikim. – Wykonał taki gest dłońmi, jakby coś rozrywał. – Sześć semestrów na E'lira. Osiem semestrów na Re'lara. Dziesięć semestrów na El'the.

– Co najmniej – dodał Simmon. – Mola jest u niego Re'larem już prawie trzy lata.

Spróbowałem sobie wyobrazić, skąd wezmę pieniądze na sześć lat czesnego.

– Na to mi chyba nie starczy cierpliwości – oznajmiłem.

Pojawiła się dziewka służebna z tacą napitków. Sala była wypełniona tylko do połowy, a więc uwijania się miała tylko na tyle, żeby lekko pokraśniały policzki.

– Przyjaciel panów zapłacił za tę kolejkę i za następną – poinformowała nas.

– Z każdą chwilą coraz bardziej lubię Sovoya – zauważył Wilem.

– Aczkolwiek – dziewczyna trzymała napitek Wila z dala od jego dłoni – nic zapłacił za przywilej trzymania dłoni na moich pośladkach. – Każdemu z nas popatrzyła po kolei w oczy. – Ufam, że wy trzej uregulujecie ten dług przed wyjściem.

Sim jąkając się, wymamrotał przeprosiny.

– On... nie chciał... W jego kulturze taka rzecz jest właściwie na porządku dziennym.

Przewróciła oczami, ale wyraz jej twarzy złagodniał.

– Cóż, w tej kulturze szczodry napiwek uznawany jest za wystarczające przeprosiny. – Podała Wilowi jego naczynie i odeszła, wspierając pustą tacę o biodro.

– Zauważyłem, że odzyskał swoje pierścienie – odezwałem się w końcu.

– Świetnie mu poszło wczoraj w bassata – wyjaśnił Simmon. – Miał sześć podwójnych pod rząd i rozbił bank.

– Za Sovoya. – Wilem podniósł cynowy kufel. – Niech szczęście dopisuje mu przy jego staraniach, a nam przy piciu. – Wznieśliśmy toast, wypiliśmy, a potem Wilem wrócił do przerwanego toku rozmowy. – Zostają ci Kilvin i Elxa Dal. – Podniósł dwa palce.

– A co z Elodinem? – wtrąciłem.

Obaj popatrzyli na mnie z całkowitym niezrozumieniem.

– Co z nim? – powtórzył pytanie Simmon.

– Wydaje się miły – powiedziałem. – Nie mogę u niego studiować?

Simmon wybuchnął donośnym śmiechem. Wilem zareagował rzadkim u siebie uśmiechem.

– Co jest? – zdenerwowałem się.

– Elodin niczego nie uczy – wyjaśnił Sim. – Wyjąwszy może zaawansowane dziwactwa.

– Musi czegoś uczyć – zaprotestowałem. – Jest mistrzem czy nie?

– Sim ma rację. Elodin jest niemożliwy. – Wil postukał się palcem w skroń.

– Walnięty – sprostował Simmon.

– Walnięty – zgodził się Wil.

– Faktycznie wydaje się trochę... dziwny – powiedziałem.

– Szybko się orientujesz – sucho rzekł Wil. – Nic dziwnego, że dostałeś się do Arkanów w tak młodym wieku.

– Spokojnie, Wil. On jest tu zaledwie od cyklu. – Simmon zwrócił się do mnie. – Jakieś pięć lat temu Elodin był jeszcze rektorem.

– Elodin? – Nie potrafiłem ukryć niedowierzania. – Ale on jest tak młody i... – Urwałem, bo przyszło mi na myśl: „zwariowany".

Simmon za mnie skończył zdanie:

– ...błyskotliwy. A poza tym nie jest taki młody, jeśli wziąć pod uwagę, że został przyjęty na Uniwersytet, kiedy miał zaledwie czternaście lat. – Simmon spojrzał mi w oczy. – A kiedy miał osiemnaście, był już pełnym hermetykiem. Potem przez kilka lat został na Uniwersytecie jako giller.

– Giller? – wtrąciłem.

– Gillerowie to hermetycy, którzy zostają na Uniwersytecie – wyjaśnił Wil. – Zajmują się nauczaniem. Znasz Cammara z Rzemiochy?

Pokręciłem głową.

– Wysoki, z bliznami. – Wil wskazał gestem policzek. – Z jednym okiem.

Pokiwałem ponuro głową. Cammara trudno było nie zauważyć. Całą lewą stronę jego twarzy pokrywała siatka blizn, jakby rozchodzących się promieniami, tak że czarne włosy i brodę przecinały łysiejące pręgi. Na lewym oczodole nosił czarną przepaskę. Był chodzącym dowodem na to, jak niebezpieczna może być praca w Rzemiosze.

– Widziałem go. Jest pełnym hermetykiem?

Wil przytaknął.

– Jest zastępcą Kilvina. Nowych studentów uczy sygaldrii.

Sim odkaszlnął.

– Jak już mówiłem, Elodin był najmłodszym studentem, najmłodszym hermetykiem i najmłodszym rektorem.

– Nawet jeśli – powiedziałem. – Musisz przyznać, że jak na rektora jest trochę dziwny.

– Wtedy nie był – poważnie rzekł Simmon. – To było, zanim to się wydarzyło.

Kiedy nikt nie spieszył z dalszymi wyjaśnieniami, podpowiedziałem im:

– To?

Wil wzruszył ramionami.

– Coś. Nikt nic nie mówi na ten temat. Zamknęli go w Wariatkowie, dopóki nie odzyskał zmysłów.

– Nie lubię o tym myśleć – powiedział Simmon, wiercąc się nerwowo na krześle. – To znaczy, każdego semestru paru studentów wariuje, racja? – Popatrzył na Wilema. – A Slyhth?

Wil ponuro przytaknął.

– To się mogło zdarzyć każdemu z nas.

Długą chwilę popijali w milczeniu, patrząc gdzieś w przestrzeń. Chciałem zapytać o szczegóły, ale widziałem, że temat jest drażliwy.

– Tak czy siak – cicho powiedział Simmon – słyszałem, że z Wariatkowa wcale go nie wypuścili. Słyszałem, że uciekł.

– Żadnego hermetyka godnego swego imienia nie da się zatrzymać w celi – powiedziałem. – Więc nic dziwnego.

– Byłeś tam kiedyś? – zapytał Simmon. – Ściany są tak zbudowane, żeby zatrzymać właśnie hermetyków. Wszystko z topionego kamienia. Zabezpieczenia na drzwiach i w oknach. – Pokręcił głową. – Nie potrafię sobie wyobrazić, jak ktoś mógł się stamtąd wydostać, nawet hermetyk.

– To wszystko nie ma żadnego znaczenia – zdecydowanie oznajmił Wilem, przywołując z powrotem temat rozmowy. – Kilvin zaprosił cię do Rzemiochy. Jeśli zrobisz na nim odpowiednie wrażenie, masz otwartą drogę do zostania Re'larem. – Wodził spojrzeniem między nami. – Racja?

– Racja – przytaknął Simmon.

Pokiwałem głową, ale młyny w moim umyśle już pracowały. Myślałem o Taborlinie Wielkim, który znał imiona wszystkich rzeczy. Myślałem o historiach, które usłyszałem od Skarpiego w Tarbean. Nie wspominały o hermetykach, tylko o władcach imion.

I myślałem o Elodinie, mistrzu imion, i o tym, jak mógłbym zwrócić na siebie jego uwagę.

Rozdział 45

Interludium – jakaś tawerniana historyjka

Na znak dany przez Kvothe'a Kronikarz otarł stalówkę pióra i rozluźnił dłoń. Bast przeciągnął się, ramionami sięgając aż za oparcie krzesła.

– Prawie już zapomniałem, jak szybko się wszystko działo – zamyślił się Kvothe. – To są prawdopodobnie pierwsze historie, jakie ktokolwiek na mój temat opowiadał.

– Wciąż je opowiadają na Uniwersytecie – rzekł Kronikarz. – Słyszałem trzy różne wersje tego twojego wykładu. Twojej chłosty też. To wtedy zaczęli na ciebie mówić Kvothe Bezkrwisty?

Kvothe skinął głową.

– Zapewne.

– Skoro już zadajemy pytania, Reshi – nieśmiało wtrącił Bast – zastanawiałem się, dlaczego nie odszukałeś Skarpiego?

– A cóż mogłem zrobić, Bast? Posmarować twarz sadzą z lampy i po nocy odbić go z więzienia? – Kvothe zaśmiał się krótko, niewesoło. – Aresztowali go pod zarzutem herezji. Wszystko, co mogłem zrobić, to wierzyć, że naprawdę ma przyjaciół w Kościele. – Westchnął głęboko. – Ale najprostsze powody są również najmniej zadowalające, jak mniemam. Prawda jest taka: nie żyłem w opowieści.

– Nie rozumiem, Reshi – odparł zmieszany Bast.

– Pomyśl o tych wszystkich historiach, które słyszałeś w życiu. Jest młody chłopak, bohater. Jego rodzice zostają zabici. Wyprawia się na poszukiwanie zemsty. Co się dzieje dalej?

Bast zawahał się, na jego twarzy wciąż widniało skonsternowanie. Na pytanie odpowiedział Kronikarz:

– Znajduje pomoc. Bystrą gadającą wiewiórkę. Starego pijanego szermierza. Szalonego pustelnika w lesie. Te rzeczy.

Kvothe pokiwał głową.

– Właśnie! Znajduje szalonego pustelnika w lesie, dowodzi swej wartości i uczy się od niego imion wszystkich rzeczy, tak jak Taborlin Wielki. A potem, dysponując na każde życzenie tą potężną magią, co robi?

Kronikarz wzruszył ramionami.

– Znajduje złoczyńców i ich zabija.

– Oczywiście – łaskawie przyznał Kvothe. – Czysto, szybko i łatwo jak w każdym kłamstwie. Wszyscy wiemy, jak rzecz się skończy, zanim się nawet zacznie. Dlatego właśnie lubimy opowieści. Jest w nich jasność i prostota, których brakuje naszemu życiu.

Kvothe pochylił się nad stołem.

– Gdyby to była jakaś tawerniana historyjka, ze wszystkimi półprawdami i absurdalnymi przygodami, opowiedziałbym, jak czas nauki na Uniwersytecie spędziłem w czystości swego powołania. Jak nauczyłem się tam wiecznie zmiennego imienia wiatru, jak ruszyłem w drogę i wziąłem pomstę na Chandrian. – Strzelił głośno palcami. – Ot tak. – Po chwili podjął: – Ale choć byłaby z tego rozrywkowa historia, nie byłoby w niej prawdy. Prawda jest taka, że przez trzy lata pogrążony byłem w żałobie po śmierci rodziców, póki ból nie stał się tępym mrowieniem. – Zrobił pojednawczy gest, uśmiechnął się kącikami ust. – Nie będę was okłamywał. Zdarzały się chwile późną nocą, kiedy leżałem bezsennie, straszliwie samotny na wąskiej pryczy w Oficynach, chwile, w których dławił mnie smutek tak bezkresny i daremny, że bałem się, iż mnie zadławi. Były chwile, kiedy widziałem matkę kołyszącą dziecko albo ojca uśmiechającego się do syna i budził się we mnie gniew, furia na wspomnienie krwi i zapachu palonych włosów. – Wzruszył ramionami. – Ale w życiu miałem inne sprawy prócz zemsty. Musiałem zmagać się z zupełnie realnymi przeciwnościami, które los ciskał mi pod nogi. Z biedą. Z podłym pochodzeniem. A wrogowie, których narobiłem sobie na Uniwersytecie, byli groźniejsi od Chandrian.

Gestem nakazał Kronikarzowi, by ten wziął znów pióro do ręki.

– Ale niezależnie od tego, com wyżej powiedział, wszyscy rozumiemy przecież, że w najbardziej nawet fantastycznych opowieściach tkwi ziarno prawdy, ponieważ rzeczywiście znalazłem kogoś, kto niewiele różnił się od szalonego pustelnika z lasu. – Kvothe uśmiechnął się. – I naprawdę za wszelką cenę chciałem poznać imię wiatru.

Rozdział 46

Wiecznie zmienny wiatr

Okazało się, że Elodina strasznie trudno znaleźć. Miał biuro w Nyżach, ale najwyraźniej nigdy z niego nie korzystał. Kiedy poszedłem do Ksiąg i Rachunków, odkryłem, że ma tylko jedne zajęcia: nierealną matematykę. Niemniej ta wiedza nie przydała mi się właściwie do niczego, ponieważ zgodnie z zapisem w księdze termin zajęć przypadał „teraz", a ich miejsce określone było jako „wszędzie".

W końcu czystym przypadkiem wypatrzyłem go po drugiej stronie zatłoczonego dziedzińca. Miał na sobie czarne szaty mistrza, co było rzadkością. Szedłem właśnie do Medicum na obserwację, ale zdecydowałem, że lepiej się spóźnić na zajęcia, niż stracić okazję do porozmawiania z nim.

Zanim przecisnąłem się przez tłum i dogoniłem go, znaleźliśmy się na północnym skraju Uniwersytetu, a właściwie już na polnej drodze wiodącej do lasu.

– Mistrzu Elodin – zacząłem, podbiegłszy do niego. – Zależało mi na rozmowie z tobą.

– To zaiste smutny i trywialny cel – odparł, nie zwalniając kroku i nie patrząc w moją stronę. – Powinieneś mierzyć wyżej. Młodego człowieka powinny rozsadzać wielkie ambicje.

– Wobec tego powiem, że zależy mi na studiowaniu imion – kontynuowałem, zajmując miejsce obok niego.

– To z kolei jest zamierzeniem zbyt ambitnym – stwierdził rzeczowo. – Spróbuj jeszcze raz. Niech to będzie coś pośredniego.

Minęliśmy zakręt polnej drogi i drzewa przesłoniły widok Uniwersytetu za naszymi plecami.

– Zależy mi na tym, żebym mógł u ciebie studiować – spróbowałem jeszcze raz. – I żebym mógł się od ciebie nauczyć, czego nauczyć mnie zechcesz.

Elodin zatrzymał się raptownie i po raz pierwszy spojrzał mi w oczy.

– Świetnie – oznajmił. – Idź i znajdź mi trzy sosnowe szyszki. – Złączył w krąg palec wskazujący i kciuk. – Takie duże, bez żadnych odłamanych fragmentów. – Usiadł pośrodku drogi i zaczął poganiać mnie gestami dłoni. – Idź. Pospiesz się.

Skoczyłem między otaczające drzewa. Kiedy po chwili podrapany i z ubraniem w nieładzie wróciłem na drogę, okazało się, że Elodin zniknął.

Rozejrzałem się ogłupiały dookoła i zakląwszy, upuściłem szyszki i pobiegłem drogą na północ. Dogoniłem go szybko, ponieważ szedł w spacerowym tempie, przyglądając się drzewom.

– A więc czego się nauczyłeś? – zapytał Elodin.

– Że wolisz, aby cię zostawiono w spokoju?

– Szybko się uczysz. – Rozłożył ramiona i dramatycznie oznajmił: – Na tym kończy się lekcja! Tu kres swój znalazły ambicje E'lira Kvothe, aby znaleźć sobie we mnie mistrza!

Westchnąłem. Jeśli teraz dam sobie spokój, być może zdążę jeszcze na wykład w Medicum, jednak nie mogłem się pozbyć podejrzeń, że to tylko następny test, jakkolwiek dziwny. Być może Elodin chciał się upewnić, czy naprawdę mi zależy, zanim mnie zaakceptuje jako swojego studenta. W opowieściach zazwyczaj tak to się właśnie działo – młodzieniec musiał dowieść swego oddania wobec starego pustelnika z lasu, nim tamten wziął go pod swoje skrzydła.

– Odpowiesz mi na kilka pytań? – zapytałem.

– Oczywiście – odparł, unosząc złożony kciuk i palec wskazujący. – Trzy pytania. Jeśli obiecasz, że potem zostawisz mnie w spokoju.

Zastanawiałem się chwilę.

– Dlaczego nie chcesz mnie uczyć?

– Ponieważ z Edema Ruh wywodzą się wyjątkowo mierni studenci – odparł szorstko. – Mogą się uczyć takich rzeczy, które wymagają wkuwania na pamięć, ale studia nad imionami wymagają wielkiego oddania, oddania, jakie rzadko daje się odnaleźć u tych ciemniaków.

Słowa te wzbudziły we mnie gniew tak gwałtowny i namiętny, że namacalnie poczułem żar występujący mi na skórę. Zaczęło się to od twarzy, a następnie objęło piersi i ramiona. Włosy mi się zjeżyły na rękach.

Wziąłem głęboki oddech.

– Pozostaje mi przeprosić za to, że najwyraźniej twoje doświadczenia z Ruh pozostawiły przykre wspomnienia – powiedziałem, uważając na słowa. – Chciałbym równocześnie zapewnić, że...

– Bogowie – westchnął Elodin z obrzydzeniem. – Na dodatek jeszcze lizus. Brakuje ci kręgosłupa i pary w jajach, żeby zostać moim studentem.

Tym razem zapiekło mnie do żywego, ale znów zapanowałem nad sobą. Podpuszczał mnie.

– Nie mówisz mi prawdy – powiedziałem. – Dlaczego nie chcesz mnie uczyć?

– Z tego samego powodu, dla którego nie wezmę sobie szczeniaka! – krzyknął Elodin, machając gwałtownie rękoma jak chłop próbujący przegnać wrony z pola. – Ponieważ jesteś za niski, żeby być dawcą imion. Masz oczy zbyt zielone. Nie masz właściwej liczby palców u rąk. Wróć, kiedy będziesz wyższy i znajdziesz gdzieś przyzwoitą parę oczu.

Przez dłuższy czas patrzyliśmy na siebie. W końcu on wzruszył ramionami i podjął przerwany spacer.

– Świetnie. Pokażę ci dlaczego.

Poszliśmy drogą na północ. Elodin zachowywał się, jakby był w świetnym nastroju – podnosił kamienie z drogi i ciskał nimi w drzewa. Podskakiwał, obrywając liście z nisko wiszących gałęzi i zadzierając przy tym zupełnie niestosownie swoje szaty mistrza. W pewnej chwili zatrzymał się i stał dobre pół godziny, obserwując kołyszącą się na wietrze paprotkę.

Ja jednak z pełnym samozaparciem trzymałem język za zębami. Nie zapytałem: „Dokąd idziemy?" ani „Czemu się tak przyglądasz?" Znałem setki historii, w których młodzi chłopcy przekreślali szansę na zdobycie odpowiedzi na pytania lub spełnienie życzeń przez to, że nieopatrznie zdradzali ich treść. Zostały mi jeszcze dwa pytania i nie zamierzałem ich marnować.

Na koniec wyszliśmy z lasu. Droga zwężała się w zwykłą ścieżkę wiodącą przez trawnik do wielkiego dworu. Budynek był w istocie większy nawet od Rzemiochy, przy tym znacznie bardziej elegancki, kryty czerwoną dachówką, miał wysokie okna, sklepione łukami drzwi, kolumnadę. Otaczały go fontanny, kwiaty, żywopłoty...

Ale coś tu nie pasowało. Im bliżej byliśmy bramy, tym bardziej wątpliwe wydawało mi się, aby była to rezydencja jakiegoś szlachcica. Może coś w założeniu ogrodów albo to, że płot z kutego żelaza otaczający trawniki miał niemal dziesięć stóp wysokości i wydawał się zupełnie nie do przejścia moim wyćwiczonym złodziejskim oczom...

Bramę otworzyli nam dwaj mężczyźni o poważnych wejrzeniach i doszliśmy tą samą ścieżką aż pod drzwi frontowe.

– Słyszałeś już o Azylu?

Pokręciłem głową.

– Mówi się też o nim inaczej: Ptaszarnia, Wariatkowo... Uniwersytecki szpital dla umysłowo chorych.

– Jest ogromny. Dlaczego... – Urwałem, zanim zdążyłem zadać prawdziwe pytanie.

Elodin wyszczerzył się szeroko, wiedząc doskonale, że omal mnie nie złapał.

– Jeremy – zawołał do potężnego mężczyzny, który stał przy drzwiach. – Ilu mamy gości obecnie?

– Przy biurku mają listę, panie – rzekł tamten, wyraźnie speszony.

– A mniej więcej? – naciskał Elodin. – Jesteś wśród przyjaciół.

– Trzystu dwudziestu? – rzekł tamten, wzruszając ramionami. – Trzystu piętnastu?

Elodin zapukał palcami w ciężkie drewniane drzwi, a tamten podszedł mu je otworzyć.

– A ilu jeszcze moglibyśmy pomieścić, gdyby zaszła taka potrzeba?

– Z łatwością stu pięćdziesięciu – odparł Jeremy, z wysiłkiem otwierając ciężkie drzwi. – Znacznie więcej, gdyby się ścieśnili, tak myślę.

– Widzisz, Kvothe? – Elodin mrugnął do mnie. – Jesteśmy gotowi.

Westybul był ogromny – wielkie okna z witrażami, sklepienia. Na posadzce marmur wypolerowany tak, że lśnił jak lustro.

Wszędzie panowała niesamowita cisza. Nie mogłem tego zrozumieć. Przytułek Reftview w Tarbean nie był nawet w połowie taki duży, a panował w nim jazgot jak w burdelu pełnym rozzłoszczonych kotów. W miejskim zgiełku i tak słychać go było na milę dookoła.

Elodin podszedł do wielkiego biurka, za którym stała młoda kobieta.

– Dlaczego nikt nie wyszedł na powietrze, Emmie?

Uśmiechnęła się do niego, ale dość niepewnie.

– Dzisiaj wszyscy za bardzo dziczeją, panie. Sądzimy, że to przez nadciągającą burzę. – Zdjęła z półki grubą księgę. – Zbliża się też pełnia księżyca. Wiesz, jak to jest.

– Jasne, wiem. – Elodin przyklęknął i zaczął rozwiązywać sznurowadła. – Gdzie tym razem zamknęli Whina?

Przerzuciła parę kart w księdze.

– Drugie piętro, wschodnie skrzydło, pokój dwieście czterdzieści siedem.

Elodin wyprostował się, buty postawił na biurku.

– Możesz mi ich popilnować?

Obdarzyła go kolejnym niepewnym uśmiechem i skinęła głową.

Odsunąłem od siebie kolejne pytania cisnące się na usta.

– Wygląda, że ten przybytek musi sporo kosztować Uniwersytet – zauważyłem.

Elodin zignorował moje słowa i w skarpetkach poszedł w kierunku szerokiej marmurowej klatki schodowej. Z niej wyszliśmy na długi, biały korytarz z licznymi drewnianymi drzwiami osadzonymi w regularnych odstępach w ścianach. Po raz pierwszy usłyszałem odgłosy, których można oczekiwać po takim miejscu. Jęki, szlochy, niekończącą się paplaninę, wrzaski, ale wszystko nadzwyczaj przytłumione.

Elodin przebiegł kilka kroków, po czym w samych skarpetkach puścił się w ślizg po marmurowej posadzce; poły szaty mistrza powiewały za jego plecami. Potem powtórzył całą praktykę: kilka szybkich kroków i długi ślizg z ramionami dla równowagi wyciągniętymi na boki.

Szedłem szybko, starając się dotrzymać mu kroku.

– Po prostu można by sądzić, że mistrzowie znajdą inny, bardziej akademicki sposób spożytkowania funduszy Uniwersytetu.

Elodin nawet na mnie nie spojrzał. Krok. Krok, krok, krok.

– Próbujesz wyciągnąć ode mnie odpowiedzi na pytania, których nie zadajesz. – Ślizg. – Nie uda ci się.

– Próbujesz podstępem skłonić mnie do zadania pytania, panie – zauważyłem. – To co mam robić?

Krok, krok, krok. Ślizg.

– A więc czemu mi, do cholery, zawracasz głowę? – zapytał Elodin. – Kilvin ma o tobie wystarczająco dobre mniemanie. Dlaczego nie wstąpisz do jego drużyny?

– Wydaje mi się, że znasz się na rzeczach, których nikt inny mnie nie nauczy.

– Na przykład jakich?

– Rzeczach, które chcę poznać od momentu, gdy widziałem, jak ktoś wezwał wiatr.

– A więc chodzi o imię wiatru, tak? – Elodin uniósł brwi. Krok. Krok. Krok, krok, krok. – Ryzykowna sprawa. – Śliiiiizg. – Co każe ci myśleć, że wiem cokolwiek o wzywaniu wiatru?

– Doszedłem do tego drogą eliminacji – wyjaśniłem. – Żaden z pozostałych mistrzów nie wykłada tego typu rzeczy, a więc musi być to twoja dziedzina.

– Wedle tej logiki powinienem być także koniokradem, specjalistą od tańców Solinade i szycia.

Dotarliśmy do końca korytarza. W pół ślizgu Elodin omalże nie wpadł na potężnie zbudowanego mężczyznę, niosącego księgę w twardej okładce.

– Proszę o wybaczenie, panie – rzekł tamten, choć oczywiście nie była to jego wina.

– Timothy. – Elodin wykonał palcem gest w jego stronę. – Chodź z nami.

Mistrz poprowadził nas kilkoma krótszymi korytarzami, póki nie dotarliśmy do ciężkich drewnianych drzwi z przesuwaną klapką na wysokości oczu. Elodin odsunął ją i zajrzał do środka.

– Jak on się czuje?

– Jest spokojny – odpowiedział osiłek. – Ale chyba nie może spać.

Elodin spróbował otworzyć drzwi. Kiedy nie ustąpiły, z ponurym wyrazem twarzy zapytał tamtego:

– Zamknęliście go?

Potężnie zbudowany mężczyzna był o głowę wyższy od Elodina i zapewne ważył dwa razy tyle, niemniej w jednej chwili pod twardym spojrzeniem mistrza z jego twarzy odpłynęła krew.

– To nie ja, mistrzu Elodin. To...

Elodin przerwał mu gwałtownym gestem.

– Otwórz.

Timothy zaczął przebierać w pęku kluczy.

Elodin wciąż gromił go spojrzeniem.

– Nie pozwalam zamykać Aldera Whina. Może wychodzić i wracać, kiedy mu się podoba. Nie wolno mu nic dodawać do jedzenia, chyba że sam wyraźnie poprosi. Jesteś za to przede mną osobiście odpowiedzialny, Timothy Generoy. – Elodin stuknął olbrzyma w pierś długim palcem. – Jeżeli się okaże, że Whin otrzymał środki uspokajające albo został skrępowany, pognam cię nago po ulicach Imre, jak małego różowego kucyka. – Oczy mu zalśniły. – Zmykaj.

Tamten odszedł szybko, niemal biegnąc.

Elodin zwrócił się do mnie:

– Możesz wejść, ale nie rób hałasu i nie wykonuj żadnych gwałtownych ruchów. Nie odzywaj się, póki on się do ciebie nie odezwie. Jeśli już będziesz mówił, mów cicho. Zrozumiano?

Skinąłem głową i otworzyłem drzwi.

W środku pomieszczenie wyglądało zupełnie inaczej, niż można by oczekiwać. Przez wysokie okno wlewały się promienie słońca, oświetlając spore łóżko i stół z krzesłami. Ściany, sufit i podłoga wyłożone były grubym białym materiałem, tłumiącym zapewne wszystkie dźwięki docierające z korytarza. Otulony w ściągnięte z łóżka koce siedział pod ścianą chudziutki mężczyzna w wieku może trzydziestu lat.

Elodin zamknął za sobą drzwi, a myszowaty mężczyzna drgnął lekko.

– Whin? – zapytał Elodin, podchodząc bliżej. – Co się stało?

Alder Whin spojrzał na nas szeroko rozwartymi oczami. Z bliska było widać, że jest chudy jak patyk, że nie ma na sobie koszuli, włosy ma rozczochrane, a oczy dzikie. Odezwał się cichym głosem, który załamywał się chwilami.

– Czułem się dobrze. I dobrze mi szło. Ale ta cała ludzka gadanina, szczekanie psów, turkot na bruku... Po prostu nie mogłem tego wytrzymać.

Whin wbił się w ścianę, a koc opadł z jego kościstych ramion. Z zaskoczeniem zobaczyłem ołowiany gulden wiszący na jego szyi. Ten człowiek był hermetykiem w pełnym znaczeniu słowa.

Elodin pokiwał głową.

– Dlaczego siedzisz na podłodze?

Whin zerknął na łóżko, w jego oczach rozbłysła panika.

– Spadnę – poskarżył się cichym głosem, w którym mieszało się przerażenie i zawstydzenie. – Poza tym tam są sprężyny, ramy. Gwoździe.

– Jak się czujesz? – delikatnie dopytywał się Elodin. – Chciałbyś, żebym zabrał cię ze sobą?

– Nieeee! – krzyknął rozpaczliwie Whin, zamykając oczy i otulając się ciaśniej kocem. Jego cienki, przeszywający głos sprawił, że błaganie zdawało się znacznie bardziej przejmujące, niż gdyby wył.

– W porządku. Możesz zostać – cicho zapewnił go Elodin. – Ja cię będę odwiedzał.

Słysząc to, Whin otworzył oczy, wyraźnie pobudzony.

– Nie ściągaj grzmotu – powiedział nagląco. Wyciągnął spod koca chudą rękę i schwycił Elodina za koszulę. – Ale będę potrzebował kociego gwizdka, niebieskodolnego, i kości też. – W jego głosie brzmiało coraz większe napięcie. – Kokonokości.

– Przyniosę – zapewnił go Elodin, nakazując mi gestem wyjść z pokoju. Wyszedłem.

Elodin zamknął drzwi za nami, wyraz jego twarzy był mroczny.

– Whin wiedział, w co się pakuje, kiedy został gillerem. – Odwrócił się i ruszył korytarzem. – Ty nie wiesz. Nic nie wiesz o Uniwersytecie. O ryzyku i niebezpieczeństwach. Tobie się wydaje, że to miejsce to kraina bajek, plac zabaw. Tak nie jest.

– Racja – warknąłem. – To jest plac zabaw i wszystkie pozostałe dzieci są zazdrosne, ponieważ ja mogę się bawić w wychłostanego z zakazem wstępu do Archiwów, a one nie.

Elodin zatrzymał się, odwrócił w moją stronę.

– Oczywiście. Udowodnij, że się mylę. Udowodnij, że wszystko dokładnie przemyślałeś. Dlaczego Uniwersytet nie mający nawet tysiąca pięciuset studentów miałby mieć szpital dla umysłowo chorych wielkości królewskiego pałacu?

Myśli jak szalone galopowały w mojej głowie.

– Większość studentów pochodzi z dobrze sytuowanych rodzin – powiedziałem. – Prowadzą beztroskie życie. Zmuszeni do...

– Źle – lekceważąco przerwał mi Elodin i odwrócił się, by pójść dalej. – Dzieje się tak przez wzgląd na to, co badamy. Dlatego, że ćwiczymy nasze umysły w wyzwalaniu się ze skostniałych ograniczeń.

– A więc ludzie wariują od arytmetyki i gramatyki – powiedziałem, dokładając starań, żeby nie zabrzmiało to jak pytanie.

Elodin znów się zatrzymał i otworzył pierwsze lepsze drzwi. Na korytarz wylały się pełne trwogi wrzaski.

– ...WE MNIE! SĄ WE MNIE! SĄ WE MNIE! SĄ WE MNIE! – Za otwartymi drzwiami widziałem młodego człowieka, który szarpał się w skórzanych pasach, krępujących go za nogi, brzuch, szyję i kostki do łóżka.

– Od trygonometrii i schematów logicznych ludzie nie wariują – powiedział Elodin, patrząc mi w oczy.

– SĄ WE MNIE! SĄ WE MNIE! SĄ WE... – Wrzask powtarzał się bez końca, jak bezsensowna piosenka, jak niekończące się, pozbawione sensu szczekanie psa po nocy. – MNIE! SĄ WE MNIE! SĄ WE MNIE! SĄ...

Elodin zamknął drzwi. Choć wciąż słyszałem z drugiej strony słabe krzyki, cisza spadła na mnie jak uderzenie.

– Wiesz, dlaczego nazywają to miejsce Ptaszarnią? – zapytał Elodin.

Pokręciłem głową.

– Ponieważ tu trafiasz, kiedy odlatujesz. – Zaśmiał się dziko. Jego śmiech brzmiał strasznie.

Elodin zaprowadził mnie przez kolejne korytarze do drugiego skrzydła Wariatkowa. Zobaczyłem tam zupełnie nowy widok: miedziane drzwi.

– Lubię tu zachodzić, kiedy jestem w okolicy – oznajmił Elodin, otwierając drzwi własnym kluczem. – Sprawdzam pocztę. Podlewam rośliny i tak dalej.

Ściągnął skarpetkę, zawiązał na niej supeł i zablokował nią otwarte drzwi.

– Miejsce jest przyjemne i warto je czasem odwiedzić, ale sam rozumiesz... – Szarpnął drzwi, żeby się upewnić, iż nie zamkną się same. – Nigdy więcej.

Pierwszą rzeczą, jaka mnie uderzyła, było coś dziwnego w powietrzu. Z początku pomyślałem, że pewnie pomieszczenie też jest dźwiękoszczelne jak pokój Aldera Whina, ale rozejrzawszy się, zobaczyłem tylko szary kamień sufitu i ścian. Potem zdało mi się, że pachnie stęchlizną, póki – wciągnąwszy głęboko powietrze przez nos – nie wyczułem woni lawendy i świeżego prania. Mimo to od atmosfery panującej w pokoju czułem ucisk w uszach, jakbym znajdował się pod wodą. Pomachałem dłonią przed oczyma, na poły spodziewając się, że powietrze będzie inne pod palcami, lepkie. Tak nie było.

– Denerwujące, co?

Odwróciłem się i zobaczyłem, że Elodin mi się przygląda.

– Po prawdzie to jestem zdumiony, że się zorientowałeś – oznajmił. – Większość nic nie czuje.

Pokój był zdecydowanie bardziej komfortowy niż kwatera Aldera Whina. Łóżko z baldachimem i zasłonami, puchata sofa, pusta biblioteczka i duży stół z wieloma krzesłami. A nade wszystko przestronne okna wychodzące na trawniki i ogrody. Za oknami widziałem balustradę balkonu, choć nie prowadziło nań żadne wyjście.

– Popatrz na to – powiedział Elodin.

Podszedł do jednego z drewnianych krzeseł o wysokich oparciach, uniósł obiema rękoma, wziął zamach z półobrotu i cisnął nim w okno. Skuliłem się w sobie, ale zamiast straszliwego brzęku tłuczonej szyby rozległ się tylko trzask pękającego drewna. Krzesło spadło na podłogę kupą drewnianych szczątków i wyściółki.

– Godzinami potrafiłem się tak zabawiać – poinformował mnie mistrz, wciągając głęboko powietrze i z nostalgią rozglądając się po pokoju. – Stare, dobre czasy.

Podszedłem do okna. Szyby były grubsze niż normalnie, ale nie aż takie grube. Wydawały się zwykłe, wyjąwszy delikatne czerwonawe żyłki jakby wtopione w szkło. Przyjrzałem się ramie. Też była miedziana. Powoli omiotłem spojrzeniem pokój, przyglądając się uważnie nagim kamiennym ścianom. Wciąż czułem ten ciężar powietrza. Zauważyłem, że w drzwiach nie ma nawet klamki, nie wspominając już o zamku.

Dlaczego ktoś miałby zadać sobie tyle trudu, żeby sporządzić lite miedziane drzwi?

Zdecydowałem się zadać drugie pytanie.

– Jak się wydostałeś?

– W końcu się wydostałem – odpowiedział Elodin, a w jego głosie słychać było delikatną nutę irytacji. – Opadł na sofę. – Sam wiesz. Pewnego razu, dawno temu, Elodin Wielki przekonał się, że uwięziono go w wysokiej wieży. – Ogarnął gestem pokój, w którym się znajdowaliśmy. – Zabrano mu miecz i wszystkie instrumenty: moneta, klucz i świeca, zniknęły. Poza tym jego cela nie miała żadnych porządnych drzwi. I żadnego okna, które można by strzaskać. – Lekceważąco machnął ręką. – A nawet imię wiatru zostało przed nim ukryte w wyniku chytrych machinacji tych, co go uwięzili.

Elodin wstał i zaczął się przechadzać po pomieszczeniu.

– Wokół widział tylko gładki, lity kamień, gdyż była to cela, z której nikt jeszcze nigdy nie uciekł. – Przestał spacerować i dramatycznym gestem uniósł palec. – Wszelako Elodin Wielki znał imiona wszystkich rzeczy i istot, a tym samym wszystkie rzeczy i istoty musiały słuchać jego rozkazów. – Stanął twarzą do szarej ściany, pomiędzy oknami. – Rzekł więc do kamienia: „Pęknij!"... – Urwał i przekrzywił głowę, jakby czymś zaciekawiony. Zmrużył oczy. – Niech mnie, przerobili to – cicho rzekł do samego siebie. – Hmm. – Podszedł do ściany i położył na niej dłoń.

Pozwoliłem myślom powędrować gdzie indziej. Wil i Sim mieli rację, ten człowiek miał nie w porządku w głowie. Co by się stało, gdybym wybiegł z pokoju, odblokował drzwi, a potem je zatrzasnął? Czy otrzymałbym podziękowania od pozostałych mistrzów?

– Och – westchnął nagle Elodin i roześmiał się. – Całkiem sprytnie, ale nie dość sprytnie. – Odsunął się na dwa kroki od ściany. – *CYAERBASALIEN.*

Zobaczyłem, jak ściana się porusza. Zafalowała niczym draperia potrącona kijem. A potem zwyczajnie... upadła. Jak ciemna woda wylewająca się z wiadra, tony drobnego szarego piasku rozlały się falą po podłodze, pokrywając stopy Elodina aż po łydki.

Do pokoju wpadły światło słońca i śpiew ptaków. Tam, gdzie przedtem był gruby na stopę szary kamień, teraz ziała dziura dość szeroka, by przejechał przez nią wóz.

Ale nie była to dziura na wylot, ponieważ w jej świetle rozpięty był jakiś zielony materiał. Na pierwszy rzut oka przypominał brudną, splątaną sieć, ale był zbyt nieregularny. Bardziej kojarzył się z chropawym, poszarpanym dziełem pająka.

– Tego tu wcześniej nie było – przepraszająco rzekł Elodin, uwalniając stopy z szarego piasku. – Za pierwszym razem wyglądało to znacznie bardziej dramatycznie, zapewniam cię.

Ja zaś stałem jak słup, całkowicie ogłuszony tym, czego przed chwilą dane było mi być świadkiem. To nie była sympatia. To nie było nic, z czym się zetknąłem w życiu. W głowie tłukł mi się tylko stary wers z setek na pół zapomnianych opowieści: „I Taborlin Wielki rzekł do kamienia: «Pęknij!», a kamień pękł..."

Elodin oderwał jedną nogę od wraku krzesła i za jej pomocą zaczął się pozbywać splątanej zieleni rozpostartej w otworze w ścianie. Część pękała łatwo lub odchodziła płatami. Tam, gdzie była grubsza, posługiwał się drewnem jak dźwignią, podważając całe fragmenty. W miejscach, gdzie zieleń pękała, jej wnętrze błyszczało jasno w świetle słońca.

To znowu miedź, pomyślałem. Żyły miedzi zatopione w blokach kamienia, z którego wykonano ścianę.

Elodin upuścił nogę od krzesła i przeszedł przez szczelinę. Za szybą okienną mogłem dostrzec, jak oparł się o balustradę z białego kamienia na balkonie.

Poszedłem za nim. Gdy tylko się tam znalazłem, powietrze w jednej chwili przestało mi się wydawać ciężkie i nieruchome.

– Dwa lata – powiedział, patrząc na ogrody w dole. – Widziałem ten balkon, ale nie mogłem postawić na nim stopy. Widziałem wiatr, ale nie mogłem go usłyszeć, poczuć na twarzy. – Przerzucił jedną nogę przez balustradę, chwilę siedział na niej okrakiem, potem zeskoczył w dół kilka stóp i wylądował na dachu poniżej. Ruszył nim, oddalając się od budynku.

Sam też przeskoczyłem przez balustradę i poszedłem za nim do krawędzi dachu. Znajdowaliśmy się na wysokości jakichś dwudziestu stóp nad ziemią. Ogrody i fontanny tworzyły spektakularny widok u naszych stóp. Elodin stał niebezpiecznie blisko krawędzi, jego mistrzowskie szaty łopotały za plecami niczym czarna flaga. Naprawdę stanowiłby godny zapamiętania obraz, gdyby zignorować to, że jest w jednej tylko skarpetce.

Podszedłem bliżej i stanąłem obok niego na krawędzi dachu. Wiedziałem już, jakie będzie moje trzecie pytanie.

– Co muszę zrobić – zapytałem – żeby studiować u ciebie imiona rzeczy?

Spokojnie spojrzał mi w oczy, jakby szacował, ile jestem wart.

– Skocz – powiedział. – Skocz z tego dachu.

Dopiero wtedy z całą jasnością zdałem sobie sprawę, że wszystko to był tylko test. Od początku naszego spotkania mierzył mnie i ważył. A przecież odnosił się, chcąc nie chcąc, z szacunkiem do mego uporu. Naprawdę zaskoczyło go, że wyczułem coś dziwnego w powietrzu jego pokoju. Prawie był już gotów zaakceptować mnie jako studenta.

Ale potrzebował czegoś więcej, dowodu mego oddania. Pokazu. Skoku w wiarę.

I kiedy tak stałem, przypomniał mi się fragment opowieści: „Tak, Taborlin dał krok w pustkę i runął w dół, ale bez lęku. Ponieważ znał imię wiatru i wiatr musiał mu być posłuszny. Przemówił więc do wiatru, a ten ukołysał i utulił go. I wreszcie zniósł go na ziemię delikatnie niczym puch dmuchawca i postawił tak miękko, jakby chodziło o pocałunek matki".

Elodin znał imię wiatru.

Wciąż patrząc mu w oczy, dałem krok za krawędź dachu.

Wyraz twarzy Elodina stanowił widok naprawdę godny zapamiętania. W życiu nie widziałem tak zdziwionego człowieka. Spadając, odwróciłem się lekko, więc mogłem cały czas na niego patrzeć. Zobaczyłem, że odruchowo unosi lekko dłoń, jakby chciał mnie złapać.

Nie czułem swego ciężaru, zdawało mi się, że frunę.

Potem uderzyłem w ziemię. Bynajmniej nie lekko, niczym opadające piórko. Mocno. Jak cegła spadająca na kamienie bruku. Wylądowałem na plecach z podwiniętą pod siebie ręką. Kiedy tyłem głowy uderzyłem w ziemię, zrobiło mi się ciemno przed oczami, straciłem oddech.

Świadomości nie straciłem. Leżałem tylko, nie mogąc ani oddychać, ani się poruszyć. Pamiętam, że całkiem poważnie myślałem, iż już nie żyję. Że oślepłem.

W końcu przejrzałem na oczy i zamrugałem, ponieważ oślepiło mnie nagłe światło niebieskiego nieba. Ramię szarpnął mi ból, w ustach poczułem smak krwi. Oddychać wciąż nie mogłem. Próbowałem się przetoczyć, żeby uwolnić rękę, ale ciało nie chciało mnie słuchać. Skręciłem sobie kark... złamałem kręgosłup...

Po dłuższej chwili pełnej grozy udało mi się wziąć płytki oddech, potem drugi. Westchnąłem z ulgą, a potem zrozumiałem, że poza wszystkim innym muszę mieć złamane przynajmniej jedno żebro, niemniej lekko spróbowałem poruszyć palcami u rąk, potem u nóg. Udało się. Nie złamałem kręgosłupa.

Kiedy tak leżałem, w myślach licząc uśmiechy szczęścia i złamane żebra, stanął nade mną Elodin.

Spojrzał w dół.

– Gratuluję – powiedział. – To była najgłupsza rzecz, jaką

zdarzyło mi się widzieć. – Na jego obliczu malowała się mieszanina lęku i niedowierzania. – W życiu.

I w taki właśnie sposób zdecydowałem się poświęcić szlachetnej sztuce rzemiosła. Po prawdzie, to wielkiego wyboru nie miałem. Zanim Elodin pomógł mi dokuśtykać do Medicum, zupełnie jednoznacznie stwierdził, że ktoś tak lekkomyślny, aby skoczyć z dachu, nie ma prawa nawet łyżką posługiwać się w jego obecności, a co dopiero studiować kwestie równie „głębokie i ulotne" jak imiona rzeczy.

Jednakowoż nie mogę powiedzieć, abym poczuł straszny zawód, słysząc odmowę Elodina. Niezależnie od bajkowej magii, jaka tu wchodziła w grę, nieszczególnie spieszyło mi się studiować u człowieka, u którego pierwsze zajęcia skończyły się dla mnie trzema złamanymi żebrami, lekkim wstrząsem mózgu i wywichniętym barkiem.

Rozdział 47

Kolce

Po tych niełatwych początkach dalsza część pierwszego semestru upłynęła mi nadspodziewanie gładko.

Studiowałem w Medicum, poznając kolejne tajemnice ciała i jego kuracji. Ćwiczyłem siaru z Wilemem i w zamian pomagałem mu przy aturańskim.

Zasiliłem szeregi studentów Rzemiosła, gdzie uczyłem się dmuchać szkło, mieszać stopy, ciągnąć drut, grawerować w metalu i rzeźbić w kamieniu.

Większość wieczorów zajmowała mi praca w warsztacie Kilvina. Odłupywałem formy z brązowych odlewów, zmywałem naczynia laboratoryjne, mełłem rudę na stopy. Praca nie była wymagająca, ale co cykl Kilvin dawał mi miedzianą jotę, czasami dwie. Podejrzewałem, że w tym swoim metodycznym umyśle ma tablicę rachunkową, na której skrupulatnie odnotowuje liczbę godzin, jakie każdy z nas przepracował.

Uczyłem się również rzeczy mniej akademickiej natury. Kilku moich współlokatorów z Arkanów nauczyło mnie gry w karty zwanej „ziajanie". Ja rewanżowałem się zaimprowizowanymi wykładami z psychologii, rachunku prawdopodobieństwa i zręczności manualnej. Zdążyłem wygrać prawie dwa talenty, zanim przestali mnie zapraszać do gry.

Zadzierzgnąłem ściślejsze więzy przyjaźni z Wilem i Simmonem. Miałem też innych przyjaciół, ale nikt nie był mi tak bliski. To, że tak szybko zostałem E'lirem, zraziło do mnie większość pozostałych studentów. Czy mi zazdrościli, czy mnie podziwiali – tak czy siak, w zasadzie trzymali się z daleka.

I był jeszcze Ambrose. Określić nas jako zwykłych wrogów

to nie rozpoznać prawdziwego charakteru naszych stosunków. Bardziej wyglądało to, jakbyśmy stworzyli spółkę z nieograniczoną odpowiedzialnością, aby jeszcze skuteczniej realizować wspólne interesy, polegające na wzajemnej nienawiści.

Jednak mimo wendety przeciwko Ambrose'owi wciąż miałem dużo wolnego czasu. Skoro nie mogłem go spędzać w Archiwach, poświęcałem się pielęgnowaniu mej rozkwitającej reputacji.

Rozumiecie, dramatyczne okoliczności towarzyszące mojemu wstąpieniu na Uniwersytet wzbudziły niejakie poruszenie. W trzy dni dostałem się do Arkanów, co normalnie zajmuje trzy semestry. Byłem członkiem o dwa lata młodszym od najmłodszego. Otwarcie wystąpiłem przeciwko jednemu z mistrzów i uniknąłem relegacji. Wychłostany nie krzyczałem ani nie krwawiłem.

A na dodatek udało mi się najwyraźniej doprowadzić do szału mistrza Elodina, który zrzucił mnie z dachu Wariatkowa. Nie prostowałem tej plotki, ponieważ była znacznie wygodniejsza od smutnej prawdy.

Ogólnie rzecz ujmując, tego wystarczyło, aby moja osoba cieszyła się nieustającym zainteresowaniem plotkarzy – postanowiłem więc skorzystać z okazji. Reputacja jest jak rodzaj zbroi czy broni, o które trzeba dbać na wypadek potrzeby. Zdecydowałem, że jeśli mam być hermetykiem, równie dobrze mogę zostać sławnym hermetykiem.

A więc sam puszczałem w obieg rozmaite informacje: że przyjęto mnie bez listu polecającego. Że zamiast kazać mi zapłacić czesne, mistrzowie dali mi trzy talenty, aby stać mnie było na studia. Że całe lata przeżyłem na ulicach Tarbean wyłącznie dzięki własnej inteligencji.

Ode mnie wyszło też kilka plotek, które były już czystą bzdurą, kłamstwami tak horrendalnymi, iż ludzie powtarzali je, wiedząc, że nie ma w nich nawet krztyny prawdy. W moich żyłach krążyła krew demona. Potrafiłem widzieć w ciemnościach. Potrzebowałem tylko godziny snu każdej nocy. Podczas pełni mówiłem przez sen w dziwnym języku, którego nikt nie rozumiał.

W rozpowszechnianiu tych plotek pomagał mi Basil, mój były współlokator z Oficyn. Ja wymyślałem historie, on powtarzał je kilku wybranym osobom, a potem razem obserwowaliśmy, jak szerzyły się niczym pożar lasu. To było naprawdę zabawne hobby.

Ale do ugruntowania mojej reputacji bardziej niż cokolwiek innego przyczyniła się waśń z Ambrose'em. Ludziom nie mogło się pomieścić w głowach, że otwarcie rzuciłem wyzwanie pierworodnemu możnego szlachcica.

Podczas tego pierwszego semestru mieliśmy kilka spektakularnych utarczek. Nie będę was tu zamęczał szczegółami. Kiedykolwiek krzyżowały się nasze ścieżki, on zazwyczaj improwizował jakiś obraźliwy komentarz tak głośno, żeby wszyscy wokół słyszeli. Albo kpił ze mnie pod płaszczykiem komplementu. „Musisz mi powiedzieć, kto strzyże twoje włosy..." i temu podobne.

Każdy, kto ma choć odrobinę oleju w głowie, wie, jak postępować z arogancką szlachtą. Krawiec, którego sterroryzowałem w Tarbean, wiedział, co robić. Trzeba odżałować straty, położyć uszy po sobie i mieć całą rzecz za sobą ile możności najszybciej.

Ale ja zawsze odpłacałem pięknym za nadobne, a choć Ambrose był inteligentny i dość wygadany, nie mógł dorównać mojemu ostremu językowi, wykształconemu w wędrownej trupie aktorów. Wychowałem się na scenie, a wrodzona przebiegłość Ruh gwarantowała, że zawsze byłem górą.

Mimo to Ambrose wciąż mnie szukał, jak pies zbyt głupi, by unikać jeżozwierza. Warczał na mnie, a potem zmykał z pyskiem pełnym kolców. I za każdym razem, gdy nasze drogi się rozchodziły, nienawidziliśmy się odrobinę bardziej.

Oczywiście nie uszło to niczyjej uwagi i pod koniec semestru otaczała mnie już sława odważnego do szaleństwa. Prawda jest jednak taka, że po prostu w ogóle się nie bałem.

Rozumiecie, jest różnica. W Tarbean nauczyłem się, jak wygląda prawdziwy strach. Bałem się głodu, zapalenia płuc, strażników w podkutych buciorach, starszych chłopców z nożami zaimprowizowanymi z butelkowego szkła. Ambrose w ogóle nie wzbudzał we mnie lęku. Toteż stawienie mu czoła nie wymagało w istocie żadnej brawury. Widziałem w nim nadętego błazna. Uważałem, że jest niegroźny.

Byłem głupcem.

Rozdział 48

Interludium – inny rodzaj ciszy

Bast siedział w karczmie „Ostaniec" i próbował zapanować nad nerwowymi ruchami rąk złożonych na kolanach. Odczekał piętnaście oddechów od czasu, gdy Kvothe powiedział ostatnie słowo, a niewinna cisza otaczająca trzech mężczyzn niczym kałuża zaczęła nabierać innego charakteru. Bast wziął następny oddech – szesnasty – i przygotował się na moment, o którym wiedział, że kiedyś nadejdzie, i którego się obawiał.

Oczywiście stwierdzenie, że Bast niczego się nie bał, bynajmniej nie świadczyłoby o nim dobrze, ponieważ tylko głupcy i kapłani niczego się nie boją. Prawdą jest jednak, że niewiele rzeczy potrafiło go wyprowadzić z równowagi. Wysokości, na przykład, raczej nie lubił. A wielkie letnie burze, które przetaczały się przez te okolice po czarnym niebie, wyrywając wielkie dęby z korzeniami, sprawiały, że czuł się nieprzyjemnie mały i słaby.

Ale kiedy przychodziło co do czego, tak naprawdę nie przerażało go nic, ani burze, ani wysokie drabiny, ani nawet scraele. Bast był odważny, ponieważ zasadniczo nie znał strachu. Trudno sobie było wyobrazić, żeby zbladł w obliczu czegoś, a nawet jeśliby krew odpłynęła mu z twarzy, to nie na długo.

Cóż, z pewnością nie cieszył się na myśl, że ktoś mógłby mu wyrządzić krzywdę. Dźgnąć go gorzkim żelazem, przypalić rozżarzonym węglem, tego rodzaju rzeczy. Ale to, że nie lubił myśli o własnej krwi wylewającej się z jego ciała, nie oznaczało jeszcze, że naprawdę tego się boi. Po prostu nie chciał, aby coś takiego się zdarzyło. A naprawdę czegoś się bać to znaczy nosić te obawy wszędzie ze sobą w głowie. A ponieważ nie było nic takiego, co prześladowałoby myśli Basta w dzień i w nocy, jego serce nie lękało się niczego.

Niemniej można zmienić czyjeś serce. Dziesięć lat wcześniej Bast stracił uchwyt, gdy wspinał się na wysokie drzewo po owoc dla dziewczyny, która wpadła mu w oko. Poślizgnął się i wisiał przez długą chwilę głową w dół, nim spadł. Wówczas odrobina strachu zapuściła korzonki w jego sercu i odtąd została już z nim na zawsze.

Podobnie Bast poznał ostatnio nowy strach. Rok temu był jeszcze bez lęku – przynajmniej tak dalece, jak bez lęku pragnie być zdrowy na umyśle człowiek – ale teraz Bast bał się ciszy. Nie tej codziennej, która bierze się z nieobecności źródeł hałasu. Bast bał się głębokiej, męczącej ciszy, która czasami gromadziła się wokół jego mistrza, spowijając go niewidzialnym całunem.

Bast znowu zaczerpnął tchu – po raz siedemnasty. Zmagał się z rozpaczliwą potrzebą wyłamywania palców, czekając, by głęboka cisza zaanektowała pomieszczenie. Czekał, aż się skrystalizuje, aż pokaże kły na obrzeżach spokojnego milczenia, które teraz dominowało w „Ostańcu". Wiedział, jak nadejdzie – jak mróz, którym broczą szczeliny ziemi popękanej od zimy, jak mróz, który zmienia w lód czystą wodę, zostawianą przez rosę w koleinach traktów.

Nagle Kvothe się wyprostował i gestem nakazał Kronikarzowi odłożyć pióro. Bast omal się nie rozpłakał, gdy poczuł, jak groźna cisza idzie w rozsypkę niczym spłoszone stado ptaków.

Kvothe westchnął na poły z irytacją, na poły z rezygnacją.

– Muszę się przyznać – powiedział – że nie bardzo wiem, jak się zabrać do następnej części opowieści.

W obawie, aby cisza się nie przeciągnęła, Bast pisnął:

– Dlaczego nie opowiesz najpierw o tym, co jest najważniejsze? Potem mógłbyś wrócić do pozostałych rzeczy, jeśli zajdzie potrzeba.

– Ach, gdyby to było takie proste – ostro zareagował Kvothe. – A co jest najważniejsze? Moja magia czy moja muzyka? Moje triumfy czy szaleństwa?

Bast poczuł, że twarz oblewa mu żar, i przygryzł wargę.

Kvothe głośno wypuścił powietrze przez usta.

– Przepraszam, Bast. To dobra rada, jak zresztą większość z pozoru prostych rad, których mi udzielasz. – Odsunął krzesło od stołu. – Zanim zaczniemy, muszę zareagować na zew natury. Za moment będę z powrotem.

Kronikarz i Bast również wstali, żeby rozprostować nogi i usłuchać zewu natury, który i ich gnał. Potem Bast zapalił lampy. Kvothe wyciągnął ser, chleb i mocno przyprawioną kiełbasę. Jedli i nawet próbowali w trakcie jedzenia nawiązać niezobowiązującą rozmowę, ale myślami błądzili gdzie indziej, rozmyślając nad opowieścią.

Bast zjadł tyle samo co tamci dwaj razem wzięci. Kronikarz też sobie nie żałował, choć była to znacznie skromniejsza porcja. Kvothe ledwie skubnął kęs czy dwa, i w końcu powiedział:

– Wobec tego zacznijmy. Muzyka i magia. Triumf i szaleństwo. Zastanówcie się. Co jeszcze powinno się znaleźć w naszej opowieści? Jakiego istotnego elementu jeszcze jej brak?

– Kobiet, Reshi – natychmiast odpowiedział Bast. – Twoją opowieść cechuje niedostatek kobiet.

Kvothe się uśmiechnął.

– Nie kobiet, Bast. Kobiety. Tej jednej jedynej. – Popatrzył na Kronikarza. – Nie wątpię, że słyszałeś to i owo. Opowiem ci prawdę o niej. Choć obawiam się, że być może zadanie to mnie przerasta.

Kronikarz wziął już pióro do ręki, zanim jednak zdążył je umoczyć w kałamarzu, Kvothe uniósł dłoń.

– Zanim zacznę, pozwolę sobie jeszcze jedno powiedzieć. W przeszłości opowiadałem różne historie, malowałem słowami zdumiewające obrazy, kreśliłem rozkoszne kłamstwa i gorzkie prawdy. Raz zaśpiewałem ślepemu prawdę o kolorach. Grałem przez siedem godzin, ale kiedy skończyłem, on je widział: zielenie, czerwienie, złota. Podejrzewam, że tamto było prostsze od tego, co przede mną staje. Jak mam za pomocą słów sprawić, żebyście ją zrozumieli? Przecież nigdy jej nie widzieliście, nigdy nie słyszeliście jej głosu. Skąd macie wiedzieć?

Kvothe dał znak Kronikarzowi, by wziął pióro do ręki.

– Mimo to spróbuję. Stoi w kulisach, czekając na swoją kwestię. Przygotujmy scenę na jej wejście...

Rozdział 49

Istota dzikości

Ze wszystkimi prawdziwie dzikimi istotami rzecz ma się tak, że należy przystępować do nich ostrożnie. Chytrość tu na nic. Dzikie istoty rozpoznają w chytrości od razu to, czym jest, znaczy się kłamstwo i pułapkę. Dzikie istoty same mogą się w nią bawić, a przez to czasami paść ofiarą własnej chytrości, ale nigdy nie zostaną za jej pomocą schwytane.

Cóż, więc... Z należytą ostrożnością, ale bez śladu chytrości podejmijmy kwestię pewnej kobiety. Dzikość, która ją rozpiera, jest tak wielka, że nawet w słowach wahałem się potraktować ją zbyt gwałtownie. Gdybym pozwolił sobie na lekkomyślność i brawurę, nakreślona samymi słowami jej postać mogłaby się spłoszyć i rzucić do ucieczki.

A więc w imię należnej ostrożności opowiem najpierw o tym, jak ją spotkałem. W tym celu muszę nakreślić wydarzenia, jakie zawiodły mnie, całkiem zresztą mimowolnie, na drugi brzeg rzeki, do Imre.

Pod koniec pierwszego semestru moje zasoby pieniężne składały się z trzech srebrnych talentów i jednej jedynej joty. Pozostawało mieć nadzieję, ze starczy tego na opłacenie czesnego za następny semestr i na pryczę w Oficynach.

W ostatnim cyklu każdego semestru na Uniwersytecie przypadały egzaminy. Zajęcia zawieszano, a mistrzowie poświęcali po kilka godzin każdego dnia na przepytywanie studentów. Wysokość czesnego za następny semestr zależała od tego, jak komu pójdzie podczas występu. Termin, dzień i godzinę przystąpienia do egzaminów wyznaczano w drodze loterii.

Dużo zależało od tego krótkiego spotkania z mistrzami. Brak odpowiedzi na kilka pytań mógł oznaczać podwojenie czesnego, dlatego też dalsze miejsca w kolejce były przez wszystkich bardzo pożądane – dzięki temu zostawało więcej czasu na naukę i przygotowania. Po zakończeniu loterii rozpoczynał się gorączkowy handel terminami egzaminacyjnymi. Każdy starał się załatwić sobie termin najbardziej mu pasujący, a pieniądze i zobowiązania rewanżu zmieniały właścicieli.

Miałem szczęście i wylosowałem termin w południe Cendling, ostatniego dnia egzaminów. Gdybym chciał, mógłbym go przehandlować, ale też wolałem mieć kilka dni więcej na przygotowania. Zdawałem sobie sprawę, że muszę wypaść świetnie, ponieważ kilku mistrzów miało na mój temat obecnie niezbyt pochlebną opinię. Poprzednia sztuczka z podsłuchiwaniem innych egzaminowanych była poza dyskusją. Już wiedziałem, że grozi za to relegacja i nie mogłem aż tak ryzykować.

Mimo że długie dni spędzaliśmy wraz z Wilem i Simem na nauce, egzaminy okazały się trudne. Wprawdzie na wiele pytań odpowiedziałem śpiewająco, ale Hemme zachowywał się wobec mnie z otwartą wrogością i zadawał mi pytania, na które nie ma jednej, poprawnej i wyczerpującej odpowiedzi, więc nic z tego, co mówiłem, nie mogło zyskać uznania w jego oczach. Brandeur też mi sprawiał trudności, najwyraźniej pomagając Hemme'owi uregulować zadawnione rachunki. Twarz Lorrena jak zawsze pozostawała nieodgadniona, wyczuwałem jednak jego dezaprobatę.

Po wszystkim spacerowałem nerwowo, czekając, aż mistrzowie ustalą wysokość mojego czesnego. Z początku ich głosy były spokojne i przytłumione, później zrobiło się burzliwie. Pod koniec Kilvin wstał i zaczął palcem wygrażać Hemme'owi, drugą pięścią bił w stół i krzyczał. Hemme i tak zachował zimną krew, czego ja zapewne bym nie potrafił w obliczu ważącego dwadzieścia kamieni, wściekłego, rozwrzeszczanego mistrza rzemiosła.

Kiedy rektor zdołał wreszcie opanować sytuację, zostałem wezwany i otrzymałem kwit.

„E'lir Kvothe. Semestr jesienny. Czesne: 3 tln. 9 jt. 7 fe."

Osiem jot więcej, niż miałem. Wychodząc z Komnaty Mistrzów, starałem się ignorować mdlące ssanie w brzuchu i myślałem nad sposobem zdobycia jakichś pieniędzy do południa nazajutrz.

Na krótko zabawiłem w dwu cealdańskich kantorach po tej stronie rzeki. Jak podejrzewałem, nie chcieli mi pożyczyć nawet złamanego szeląga. I choć nie byłem tym zaskoczony, uświadomiłem sobie jasno, jak bardzo różnię się od innych studentów. Oni mieli rodziny, które za nich płaciły czesne i dawały zapomogi na pokrycie kosztów utrzymania. Nosili szacowne nazwiska, dzięki którym mogli w jednej chwili uzyskać pożyczkę. Mieli dobytek, który mogli zastawić w lombardzie lub sprzedać. A gdyby przyszło do najgorszego, mieli domy, do których mogli wrócić.

Ja nie miałem nic z tych rzeczy. Jeśli nie zdobędę gdzieś dodatkowych ośmiu jot na czesne, w całym świecie nie będę miał się gdzie podziać.

Pożyczka od przyjaciół wydawała się najprostszym rozwiązaniem, ale za bardzo ceniłem sobie swe nieliczne przyjaźnie, żeby ryzykować je w związku z pieniędzmi. Jak mawiał mój ojciec: „Są dwa pewne sposoby na to, żeby stracić przyjaciela: pożyczyć mu pieniądze albo od niego pożyczyć".

Poza tym dokładałem wszelkich starań, żeby o mojej rozpaczliwej biedzie nikt się nie dowiedział. Duma to głupia rzecz, lecz potężna siła. Nie poprosiłbym ich o pieniądze, chyba że w ostateczności.

Przemknęło mi przez myśl, czyby nie spróbować szczęścia w roli kieszonkowca, ale z góry wiedziałem, że to kiepski pomysł. Gdyby mnie złapano z ręką w czyjejś kieszeni, skończyłoby się znacznie gorzej niż tylko ciosem w ucho. W najlepszym razie trafiłbym do więzienia, a potem stanął przed żelazną ręką sprawiedliwości. W najgorszym – skończyłbym na rogach i został relegowany za zachowanie nieprzystające członkowi Arkanów. Tego też nie mogłem ryzykować.

Potrzebny mi był gaelet, czyli jeden z najbardziej niebezpiecznych spośród tych, którzy pożyczają pieniądze ludziom w potrzebie. Być może słyszeliście, jak romantycznie nazywa się ich „jastrzębiami miedziaków", ale najczęściej ludzie mówią: dusigrosz albo lichwiarz. Działają wszędzie. Trudno ich wszak odnaleźć. Raczej trzymają się w cieniu, ponieważ ich interes nawet w najlepszym wypadku jest tylko na poły legalny.

Ale życie na ulicach Tarbean nauczyło mnie jednej czy dwóch rzeczy. Spędziłem trochę czasu, odwiedzając podejrzane tawerny wokół Uniwersytetu, nawiązując luźne rozmowy, zadając niezobowiązujące pytania. Potem odwiedziłem lombard zwany „Złamanym Groszem" i zadałem jeszcze kilka, tym razem bardziej jednoznacznych pytań. W końcu się dowiedziałem, dokąd muszę się udać. Za rzekę, do Imre.

Rozdział 50

Pertraktacje

Imre leży w odległości ponad dwu mil od Uniwersytetu, na wschodnim brzegu rzeki Omethi. Ponieważ szybkim powozem do Tarbean jest tylko dwa dni drogi, wielu szlachciców, polityków i dworzan pobudowało sobie tutaj domy. Wygodnie można się stąd dostać do rządowego centrum Wspólnoty, no i jest przyjemnie daleko od zapachu gnijącej ryby, gorącej smoły i wymiocin pijanych żeglarzy.

Imre jest przybytkiem sztuki. Mieszkają w nim muzycy, dramatopisarze, rzeźbiarze, tancerze i adepci setki pomniejszych sztuk, w tym nawet najpodlejszej z nich – poezji. Wykonawcy ściągają tu gromadnie, ponieważ Imre ma pod dostatkiem tego, czego każdemu artyście najbardziej potrzeba – życzliwej i bogatej publiczności.

Imre korzysta z bliskości Uniwersytetu. Łatwy dostęp do wodociągów i lamp sympatetycznych zdecydowanie poprawia jakość powietrza w mieście. Łatwo w nim kupić szkło dobrej jakości, a więc szyby i zwierciadła są tu na porządku dziennym. Również okulary i inne przyrządy wykorzystujące szlifowane soczewki, choć drogie, można bez trudu nabyć na miejscu.

Mimo to oba miasta nie pałają do siebie szczególną miłością. Większości mieszkańców Imre sen z powiek spędza bliskość tysiąca umysłów parających się mrocznymi siłami, które lepiej zostawić w spokoju. Gdyby posłuchać opinii przeciętnych obywateli, można by się zdziwić, że w tej części świata już od prawie trzech stuleci nie spalono na stosie żadnego hermetyka.

Żeby zachować bezstronność, należy dodać, że na Uniwersytecie w modzie jest lekka pogarda dla mieszkańców Imre, których postrzega się jako zblazowanych dekadentów. Sztuki, które taką estymą cieszą się w Imre, na Uniwersytecie uważane są za frywolne. O studentach, którzy porzucili Uniwersytet, często się mawia, że „przeszli za rzekę", co w domyśle oznacza, iż intelektualnie nie dorośli do wymogów akademii i musieli się ograniczyć do sztuki.

Niemniej w opinii obu stron nie sposób nie dojrzeć sporej dawki hipokryzji. Studenci Uniwersytetu, którzy uskarżają się na frywolnych muzyków i nadętych aktorów, grzecznie ustawiają się w kolejce, aby płacić za możliwość oglądania ich na scenie. Natomiast populacja Imre narzekająca na nienaturalne sztuki praktykowane w odległości dwu mil, bez namysłu wzywa inżynierów i doktorów kształconych na Uniwersytecie, gdy tylko zepsuje się akwedukt lub ktoś nagle zachoruje.

Ogólnie rzecz biorąc, oba miasta pozostają ze sobą w stosunkach przypominających przewlekły i niepewny rozejm, na który obie strony się uskarżają, zarazem traktując się nawzajem z powściągliwą tolerancją. Mimo wszystko ci ludzie mogą się na coś przydać, a jeśli nawet nikt nie wydałby za takiego córki, cóż...

Skoro Imre jest tak świetnym przybytkiem muzyki i teatru, zapewne podejrzewacie, że spędzałem w nim sporo czasu, ale nic bardziej błędnego. Tylko raz tam byłem. Wilem i Simmon zabrali mnie do karczmy, w której grało trio zręcznych muzykantów: lutnia, flet i bęben. Za pół grosza kupiłem sobie małe piwo i usiadłem zrelaksowany, chcąc spędzić przyjemny wieczór w towarzystwie przyjaciół...

Nie udało mi się. Ledwie kilka chwil po rozpoczęciu koncertu uciekłem z sali. Wątpię, czy będziecie w stanie pojąć dlaczego, niemniej muszę spróbować wytłumaczyć, jeśli to, co opisuję, ma mieć w ogóle jakiś sens.

Nie mogłem znieść bliskości muzyki, nie wspominając już, że sam miałbym zagrać. To było niczym przyglądanie się, jak ukochana kobieta idzie do łóżka z innym mężczyzną. Nie. Nie tak. To było jak...

To było jak z tymi „miłośnikami słodyczy", których widywałem w Tarbean. Żywica dennera jest substancją objętą prohibicją, ale większa część miasta nic sobie z tego nie robi. Żywicę sprzedaje się zawiniętą w woskowy papier, jak cukierki do ssania lub toffi. Żucie jej napełnia człowieka euforią. Rozkoszą. Poczuciem zaspokojenia. Ale po paru godzinach się trzęsiesz, dręczony rozpaczliwym głodem kolejnej dawki, a głód ten narasta. Kiedyś w Tarbean widziałem dziewczynę najwyżej szesnastoletnią, z charakterystycznymi zapadniętymi oczyma i nienaturalnie białymi zębami skończonej narkomanki. Błagała jakiegoś żeglarza o „słodycze", które on złośliwie trzymał tuż poza jej zasięgiem. Powiedział jej, że dostanie, jeśli rozbierze się do naga i zatańczy przed nim, tam, na ulicy.

Zrobiła tak, nie dbając, kto może patrzeć, nie dbając, że jest prawie Pełnia Zimy, a ona stoi po kostki w śniegu. Zdjęła ubranie i zatańczyła, jej blade, chude członki podrygiwały rozpaczliwie, ich ruchy były żałosne i spazmatyczne. Później, kiedy żeglarz roześmiał się i pokręcił głową, uklękła przed nim na śniegu, błagając, płacząc, całując szaleńczo jego nogi i obiecując wszystko, wszystko...

Tak właśnie się czułem, przyglądając się grze muzykantów. Nie mogłem tego wytrzymać. Codzienny brak własnej muzyki był jak ból zęba, do którego przywykłem. Jakoś dawało się z tym żyć. Ale nie mogłem znieść, kiedy przed nosem machano mi tym, czego nie miałem.

Tak więc unikałem odwiedzin w Imre, póki problem z pieniędzmi na czesne za drugi semestr nie przywiódł mnie z drugiego brzegu rzeki. Poznałem bowiem imię – Devi – osoby, którą każdy może prosić o pożyczkę, niezależnie od tego, w jak rozpaczliwej znalazłby się sytuacji.

A więc przeszedłem przez Kamienny Most spinający brzegi Omethi i wkroczyłem do Imre. Devi prowadziła swój interes w bocznej uliczce. Wchodziło się tam wąską, otwartą klatką schodową za sklepem rzeźnika. Ta część Imre natychmiast skojarzyła mi się z Nabrzeżem w Tarbean. Smród gnijącego tłuszczu ze znajdującej się poniżej jatki był tak dławiący, że byłem wdzięczny za lekki wiatr, który zerwał się tego ranka.

Zawahałem się przed ciężkimi drzwiami, zerknąłem w dół, na uliczkę. Interes, który miałem za chwilę ubić, mógł się okazać niebezpieczny. W wypadku nieoddania długu cealdański bankier mógł pójść do sądu. Gaelet po prostu każe was pobić, obrabować albo jedno i drugie naraz. Nie było to mądre. Igrałem z ogniem.

Ale lepszych dróg wyjścia z sytuacji nie widziałem. Nabrałem powietrza, wyprostowałem się i zastukałem do drzwi.

Czekając, aż mi ktoś otworzy, wytarłem spocone ręce w płaszcz, żeby były suche, gdy przyjdzie mi ściskać rękę Devi. W Tarbean nauczyłem się, że najlepszym sposobem postępowania z tego rodzaju ludźmi jest spokój i pewność siebie. Ponieważ zysk przynosi im wykorzystywanie ludzkiej słabości.

Usłyszałem odgłos odsuwania ciężkiego rygla, potem drzwi otworzyły się, ukazując dziewczynę z prostymi ryżymi włosami okalającymi psotną twarz chochlika. Uśmiechnęła się do mnie, milutka jak nowe ciuchy.

– Tak?

– Szukam Devi – powiedziałem.

– Znalazłeś – odrzekła lekko. – Wchodź.

Wszedłem do środka, a ona zamknęła za mną drzwi i zasunęła żelazny rygiel. Pomieszczenie było pozbawione okien, lecz dobrze oświetlone i wypełnione zapachem lawendy, co stanowiło naprawdę miłą odmianę po smrodzie zaułka na zewnątrz. Na ścianach wisiały makatki, a całość umeblowania składała się z małego biurka, półki na książki i wielkiego łóżka z baldachimem. Zasłony były zaciągnięte.

– Proszę – powiedziała, wskazując gestem biurko. – Usiądź.

Sama zajęła miejsce po drugiej stronie, splatając dłonie na blacie. Jej sposób zachowania kazał mi zrewidować wcześniejsze przypuszczenia na temat wieku. Źle go odgadłem przez wzgląd na drobną figurę, niemniej i tak zapewne niedawno przekroczyła dwudziestkę.

Devi spojrzała na mnie, mrużąc śliczne oczy.

– Potrzebna mi jest pożyczka.

– Może najpierw się przedstawisz? – Uśmiechnęła się. – Moje imię już znasz.

– Kvothe.

– We własnej osobie? – Uniosła brew. – Słyszałam już to i owo o tobie. – Zmierzyła mnie spojrzeniem od stóp do głów. – Myślałam, że będziesz wyższy.

To samo mógłbym powiedzieć, pomyślałem. Nieoczekiwany rozwój sytuacji wytrącił mnie z równowagi. Przygotowany byłem na widok umięśnionego zbira i pertraktacje pełne ledwie zawoalowanych gróźb oraz przechwałek. Nie miałem pojęcia, co sądzić o tej uśmiechniętej sierocie.

– Co słyszałaś? – zapytałem dla podtrzymania rozmowy. – Mam nadzieję, że nic złego.

– Dobrze rzeczy, złe rzeczy. – Uśmiechnęła się szeroko. – Ale nic nudnego.

Splotłem dłonie, żeby pohamować odruch nerwowego przebierania palcami.

– A więc, jak to się odbywa?

– Niezbyt jesteś rozmowny, co? – powiedziała, westchnąwszy z wyraźnym rozczarowaniem. – No dobrze, przejdźmy do interesów. Ile potrzebujesz?

– Około talenta, nie więcej – wyjaśniłem. – Ściśle rzecz biorąc, osiem jot.

Z powagą pokręciła głową, jej ryże włosy zakołysały się.

– Nie wchodzi w grę. Półgroszowe pożyczki nie są warte mojego czasu.

Zmarszczyłem brwi.

– A jakie są warte twojego czasu?

– Cztery talenty – powiedziała. – To minimum.

– A procent?

– Pięćdziesiąt procent za każde dwa miesiące. A więc jeżeli interesuje cię minimalna suma pożyczki, to będzie dwa talenty na koniec semestru. Wtedy też, jeśli będziesz chciał, możesz spłacić mi cały dług w wysokości sześciu talentów. Ale póki nie dostanę z powrotem podstawowej kwoty, za każdy semestr liczę kolejne dwa talenty.

Pokiwałem głową, w istocie niezbyt zaskoczony. Było tego mniej więcej cztery razy tyle, ile zażyczyliby sobie najbardziej chciwi bankierzy.

– Ale będę musiał płacić procent od pieniędzy, które nie są mi potrzebne.

– Nie – zaoponowała, spoglądając mi z powagą w oczy. – Będziesz płacił procent od pożyczonych pieniędzy. Taka jest umowa.

– A może dwa talenty? – zapytałem. – W ten sposób pod koniec...

Devi machnęła ręką, wchodząc mi w słowo.

– Tu się nie targujemy. Informuję cię po prostu, jakie są warunki pożyczki. – Uśmiechnęła się delikatnie. – Przepraszam, że nie wyjaśniłam tego na samym początku.

Przyjrzałem się jej – jak trzymała głowę, jak mnie mierzyła wzrokiem.

– W porządku – rzekłem zrezygnowany. – Gdzie mam podpisać?

Obrzuciła mnie z lekka skonsternowanym spojrzeniem, na jej czole pojawiły się drobne zmarszczki.

– Niczego nie musisz podpisywać. – Otworzyła szufladę i wyciągnęła z niej niewielką brązową butelkę ze szklanym korkiem. Postawiła na biurku, obok niej położyła długą szpilkę. – Wystarczy odrobina krwi.

Siedziałem jak wmurowany, ręce bezwładnie zwisały mi wzdłuż boków.

– Nie przejmuj się – uspokajała mnie. – Szpilka jest czysta. I potrzebne mi będą tylko trzy grubsze krople.

W końcu odzyskałem głos.

– Chyba żartujesz.

Devi przechyliła głowę na bok, w kąciku jej ust igrał drobny uśmieszek.

– Nie wiedziałeś? – zapytała zdumiona. – Rzadko pojawia się tu ktoś, kto nie zna całej historii.

– Nie wierzę, że ktoś naprawdę mógłby... – Zająknąłem się, zabrakło mi słów.

– Nie wszyscy, to oczywiste – odrzekła. – Zazwyczaj robię interesy ze studentami i byłymi studentami. Ludzie po tej stronie rzeki z pewnością chętnie ujrzeliby we mnie wiedźmę lub demona czy inne bzdury. Członkowie Arkanów doskonale wiedzą, do czego potrzebna mi jest krew i co z nią mogę zrobić.

– Też jesteś członkinią Arkanów?

– Byłą – powiedziała, a jej uśmiech z lekka przybladł. – Zanim odeszłam, zdobyłam tytuł Re'lara. Umiem dostatecznie dużo, aby dzięki tej drobinie krwi uniemożliwić ci ukrycie się przede mną. Znajdę cię wszędzie.

– I parę innych rzeczy też mi możesz zrobić – powiedziałem sceptycznie, myśląc o woskowej kukiełce Hemme'a, którą ulepiłem na początku semestru. A tam użyłem tylko włosa. Krew tworzyła znacznie skuteczniejszą więź. – Możesz mnie zabić.

Spojrzała mi głęboko w oczy.

– Jesteś strasznie tępy, jak na wschodzącą nową gwiazdę Arkanów. Zastanów się. Czy utrzymałabym się w interesie, gdybym na co dzień w ten sposób zawodziła zaufanie klientów?

– Mistrzowie o tym wiedzą?

Roześmiała się.

– Oczywiście, że nie. Nie wie też konstabl, biskup i moja matka. – Wskazała palcem na swoją pierś, potem na moją. – Wiemy tylko ty i ja. Zazwyczaj to wystarcza, żeby współpraca między dwiema stronami dobrze się układała.

– A co z niecodziennymi sytuacjami? – zapytałem. – Co, jeśli pod koniec semestru nie będę miał dla ciebie pieniędzy? Co wtedy?

Rozłożyła ręce i beztrosko wzruszyła ramionami.

– Wtedy będziemy musieli razem coś wymyślić. Zdecydować jak rozsądni ludzie. Może mi to odpracujesz. Opowiesz jakieś tajemnice. Wyświadczysz przysługę. – Uśmiechnęła się i obrzuciła mnie od stóp do głów przeciągłym, lubieżnym spojrzeniem; potem zaśmiała się na widok mego skrępowania. – Jeżeli przyjdzie do najgorszego, a ty okażesz się nadzwyczaj niechętny do współpracy, prawdopodobnie sprzedam twoją krew komuś, kto pokryje mi poniesione straty. Każdy ma wrogów. – Beztrosko wzruszyła ramionami. – Ale jeszcze nigdy mi się nie zdarzyło, żeby sprawy potoczyły się aż tak źle. Sama groźba zazwyczaj wystarcza, żeby druga strona okazała chęć do współpracy.

Musiała zobaczyć uczucia malujące się na mojej twarzy, ponieważ spuściła wzrok.

– Daj spokój – powiedziała łagodnie. – Przyszedłeś tutaj, spodziewając się jakiegoś mięśniaka gaeleta z pobliźnionymi kłykciami. Gotów byłeś dobić targu z kimś, kto zbiłby cię tak, że miałbyś siniaki we wszystkich dwunastu kolorach piekła, gdybyś się bodaj o dzień spóźnił. Ja proponuję ci lepszy układ. Prostszy.

– To jakieś szaleństwo – powiedziałem, wstając. – Mowy nie ma.

Uśmiech na twarzy Devi rozwiał się niczym dym.

– Opanuj się – powiedziała z wyraźnie widoczną, narastającą irytacją. – Zachowujesz się jak jakiś chłop, który myśli, że sprzedaje mi duszę. A chodzi tylko o odrobinę krwi, żebyś mi nie uciekł. To rodzaj ubezpieczenia. – Wykonała uspokajający gest dłońmi, jakby gładziła powietrze. – Dobrze, niech będzie. Pozwolę ci pożyczyć połowę minimalnej sumy. – Spojrzała na mnie wyczekująco. – Dwa talenty. Teraz się zgadzasz?

– Nie – odrzekłem. – Przepraszam, że zmarnowałem twój czas, ale nie mogę tego zrobić. Czy w okolicy znajdę innego gaeleta?

– Oczywiście – zapewniła mnie chłodno. – Ale jakoś nie mam ochoty informować cię gdzie. – Pytająco przekrzywiła głowę. – Tak na marginesie, dzisiaj jest Cendling, nieprawdaż? Potrzebujesz swoje czesne na jutro rano?

– Sam go znajdę – warknąłem.

– Nie mam najmniejszych wątpliwości, bystrzaku. – Devi odprawiła mnie machnięciem dłoni. – Możesz już iść. Za dwa miesiące, kiedy jakiś zbir będzie ci wybijał zęby ze ślicznej buźki, pomyśl sobie ciepło o miłej Devi.

Po wyjściu od Devi poszedłem ulicami Imre niespokojny, zdenerwowany, próbując odzyskać ład w myślach i coś wymyślić.

Szanse na spłacenie w terminie dwutalentowej pożyczki miałem w istocie całkiem spore. Zapewne wkrótce awansuję w szeregach pracowników Rzemiochy. Kiedy wolno mi będzie pracować nad własnymi projektami, zacznę zarabiać prawdziwe pieniądze. Trzeba tylko utrzymać się na Uniwersytecie. Wtedy będzie to tylko kwestia czasu.

Tak naprawdę to chciałem pożyczyć czas. Jeszcze jeden semestr. Któż mógł wiedzieć, jakie sposobności nadarzą mi się w ciągu następnych dwóch miesięcy?

Ale tak przekonując samego siebie, znałem przecież prawdę. Wiedziałem, że to kiepski pomysł. Dopraszanie się o kłopoty. Lepiej było przełknąć dumę i zapytać, czy Wil, Sim lub Sovoy nie mogą mi pożyczyć brakujących ośmiu jot. Westchnąłem, w myślach już wyobrażając sobie spanie na dworze przez cały semestr i wygrzebywanie obiadu ze śmietników. Niemniej, z pewnością nie mogło się to okazać gorsze niż podczas tych lat spędzonych w Tarbean.

Właśnie miałem ruszyć w powrotną drogę na Uniwersytet, kiedy bezcelowa wędrówka zawiodła mnie w pobliże lombardu. Zerknąłem na jego wystawę, poczułem stare świerzbienie i ból w palcach...

– Ile za siedmiostrunową lutnię? – zapytałem. Po dziś dzień nie bardzo pamiętam, jakim sposobem znalazłem się we wnętrzu przybytku.

– Równo cztery talenty – wesoło odrzekł właściciel. Uznałem, że musi być nowy w tej pracy albo jest pijany. Właściciele lombardów rzadko bywają weseli, nawet w tak bogatych miastach jak Imre.

– Ach – westchnąłem, nie starając się ukryć rozczarowania. – Mógłbym ją zobaczyć?

Podał mi instrument. Nie bardzo było na co patrzeć. Usłojenie drewna było nierówne, lakierunek zmatowiały i porysowany. Wykonane z katgutu progi zdecydowanie domagały się wymiany, co dla mnie zresztą nie miało większego znaczenia, jako że zwykle grywam bez progów. Korpus był z drewna różanego, co oznaczało, że dźwięk nie będzie szczególnie subtelny. Z drugiej jednak strony w zatłoczonym barze drewno różane mogło sprawdzić się lepiej, ponieważ dźwięk lutni przebije się łatwo przez szmer rozmów. Postukałem palcem w korpus, odpowiedział rezonansem. Solidnym, choć nieszczególnie pięknym. Zacząłem ją stroić, żeby móc jeszcze przez chwilę potrzymać w dłoniach.

– Mogę spuścić do trzech i pięciu – oznajmił człowiek stojący za kontuarem.

Nadstawiłem uszu, ponieważ w tonie jego głosu usłyszałem szczególną nutę – desperację. Przyszło mi do głowy, że w mieście pełnym szlachty i prosperujących muzyków taka brzydka, używana lutnia zapewne nie cieszy się wielkim wzięciem. Pokręciłem głową.

– Struny są stare. – Tak naprawdę były w dobrym stanie, ale nie musiał tego wiedzieć.

– Prawda – przyznał, utwierdzając mnie w przekonaniu o swej ignorancji – ale struny są tanie.

– Może – oznajmiłem z powątpiewaniem. Z rozmysłem nastroiłem każdą strunę o włos poza tonacją pozostałych. Uderzyłem akord i wsłuchałem się w zgrzytliwy efekt. Spojrzałem na szyjkę lutni kwaśnym, pełnym namysłu wzrokiem. – Wydaje mi się, że szyjka jest pęknięta. – Uderzyłem akord molowy, który zabrzmiał jeszcze mniej zachęcająco. – Czy to brzmi w twoich uszach jak pęknięta szyjka? – Uderzyłem znowu, mocniej.

– Trzy i dwa? – zapytał z nadzieją.

– Lutnia nie jest dla mnie – powiedziałem, jakbym korygował jego słowa. – Jest dla mojego młodszego brata. Mały drań nie chce mi dać spokoju.

Raz jeszcze przesunąłem palcami po strunach i skrzywiłem się.

– Może nie przepadam za małym diablęciem, ale nie jestem na tyle okrutny, żeby mu kupować lutnię z popsutą szyjką. – Znacząco zawiesiłem głos. Kiedy właściciel nie zareagował, podpowiedziałem mu: – Przynajmniej nie za trzy i dwa.

– Równe trzy? – zapytał z nadzieją.

Każdy, kto by mnie wówczas widział, z pewnością uznałby, że trzymam lutnię niedbale, nieuważnie. Ale w myślach tuliłem ją tak mocno, że aż mi bielały wyobrażone palce. Nie mogę od was oczekiwać, że to zrozumiecie. Od kiedy Chandrianie zabili moją trupę, nie było w świecie nic, co mógłbym nazywać rodziną lub domem. Ale kiedy lutnia mego ojca pękła w Tarbean, było to pod jakimś względem jeszcze gorsze. Było to jak strata któregoś z członków ciała, oka czy innego żywotnego narządu. Bez muzyki latami włóczyłem się po Tarbean na pół żywy, niby okaleczony weteran którejś z wojen albo żywy trup.

– Posłuchaj, mogę ci dać dwa i dwa. – Wyciągnąłem sakiewkę. – Albo weźmiesz, ile proponuję, albo to paskudztwo może sobie zbierać kurz na półce przez następne dziesięć lat.

Spojrzałem mu w oczy, starając się za wszelką cenę, aby z mojej twarzy nie wyczytał, jak bardzo jej potrzebuję. Zrobiłbym wszystko, żeby wejść w posiadanie tej lutni. Zatańczyłbym nago na śniegu. Całowałbym jego nogi, drżący i oszalały, obiecując mu wszystko, wszystko...

Odliczyłem dwa talenty i dwie joty na kontuar, czyli prawie wszystkie pieniądze, jakie zaoszczędziłem na czesne. Każda moneta wydawała krótki brzęk, gdy przyciskałem ją mocno do blatu.

Obrzucił mnie przeciągłym, taksującym spojrzeniem. Odliczyłem ostatnią jotę i czekałem. I czekałem. Kiedy w końcu wyciągnął rękę po pieniądze, na jego twarzy gościł ten wymizerowany wyraz, jaki zawsze widywałem na obliczach właścicieli lombardów.

Devi otworzyła drzwi, uśmiechnęła się.

– Cóż, po prawdzie to nie spodziewałam się ujrzeć cię znowu. Wejdź. – Zaryglowała za mną drzwi i podeszła do biurka. – Ale nie mogę też powiedzieć, abym była rozczarowana. – Zerknęła przez ramię i obrzuciła mnie swoim psotnym uśmiechem. – Miałam ochotę ubić z tobą ten maleńki interes. – Usiadła. – A więc co, dwa talenty?

– W istocie to lepiej cztery – odparłem. Ledwie dość, żeby starczyło na czesne i pryczę w Oficynach. Mimo iż mogłem spać na dworze na wietrze i w deszczu. Lecz lutnia zasługiwała na coś lepszego.

– Świetnie – powiedziała, wyciągając znów buteleczkę i szpilkę.

Czubki palców musiałem mieć nietknięte, więc nakłułem grzbiet dłoni i przyglądałem się, jak trzy krople krwi najpierw zbierają się na nim, a potem powoli spływają do maleńkiej brązowej buteleczki. Podałem ją Devi.

– Szpilkę też wrzuć do środka.

Tak zrobiłem.

Devi potarła korek jakąś przezroczystą substancją, a potem wcisnęła go w szyjkę buteleczki.

– Sprytny przylepczyk od twoich przyjaciół zza rzeki – wyjaśniła. – W ten sposób nie mogę otworzyć butelki, nie rozbijając jej. Kiedy spłacisz dług, otrzymasz ją nienaruszoną i będziesz mógł spać spokojnie, wiedząc, że nawet kropli nie zatrzymałam dla siebie.

– Pod warunkiem że nie masz rozpuszczalnika – zauważyłem.

Devi spojrzała na mnie znacząco.

– Nie bardzo ufasz ludziom, co? – Pogrzebała w szufladzie, wyciągnęła trochę wosku na pieczęcie i zaczęła podgrzewać go nad płomieniem lampy stołowej. – Zakładam, że nie masz żadnej pieczęci, sygnetu czy czegoś w tym rodzaju? – zapytała, zalewając korek buteleczki woskiem.

– Gdybym miał biżuterię na sprzedaż, nie byłoby mnie tutaj – odrzekłem uczciwie i odcisnąłem swój kciuk w wosku. Został po nim dość wyraźny ślad. – Ale to powinno wystarczyć.

Diamentowym rylcem Devi wyskrobała na buteleczce jakiś numer, a potem wyciągnęła kawałek papieru. Przez chwilę pisała coś na nim, po czym potrząsała w powietrzu, żeby atrament wysechł.

– Możesz to zanieść do któregokolwiek bankiera po obu stronach rzeki – oznajmiła wdzięcznie, podając mi czek. – Przyjemnie robi się z tobą interesy. Nie zapomnij o mnie.

Z pieniędzmi w sakiewce i miłym ciężarem lutni na ramieniu skierowałem się ku Uniwersytetowi. Lutnia była używana, paskudna i kosztowała mnie niemało – pieniędzy, krwi i spokoju ducha.

Kochałem ją, jakby była moim dzieckiem, moim tchnieniem, moją prawą ręką.

Rozdział 51

Smoła i cyna

Z początkiem nowego semestru Kilvin udzielił mi zgody na studiowanie sygaldrii. Ściągnęło to na mnie kilka zdziwionych spojrzeń, ale nie spośród grona Rzemiochy, gdzie znany już byłem jako oddany pracownik i pilny student.

Krótko rzecz ujmując, sygaldria jest narzędziem służącym do przekazywania sił. Coś jakby zmaterializowaną sympatią.

Jeśli na przykład wyżłobić na jednej cegle literę alfabetu runicznego *ule*, a na drugiej runę *doch*, spowodują one, że obie cegły przylgną do siebie jakby spojone zaprawą.

Z drugiej strony nie jest to takie proste. W rzeczywistości dwie runy rozerwą cegły na kawałki siłą swego przyciągania. Aby się przed tym zabezpieczyć, trzeba każdą cegłę wyposażyć w literę *aru*. Ta litera sprawia, że dwa kawałki wypalonej gliny będą trwać w niezmienionej postaci i to rozwiązuje problem.

Tyle tylko że *aru* i *doch* nie pasują do siebie. Żeby zmienić ich kształt, trzeba dodać parę runów łączących: *gea* i *teh*. A dla zachowania równowagi druga cegła również powinna je mieć. Wtedy cegły się połączą, nie pękając na kawałki.

Ale tylko wtedy, gdy wykonane są z gliny. Najlepiej więc domieszać do cegły ceramicznej żelaza, zanim się ją wypali. Oczywiście wtedy trzeba użyć litery *fehr* zamiast *aru*. I zamienić miejscami *teh* i *gea*, żeby końcówki do siebie pasowały...

Nietrudno dostrzec, że zastosowanie zaprawy jest znacznie prostszym i pewniejszym sposobem łączenia cegieł.

Sygaldrię studiowałem u Cammara. Oszpecony, jednooki mężczyzna był profosem u Kilvina. Dopiero kiedy on uznał, że dany student przyswoił sobie podstawy sygaldrii, otrzymywał pozwolenie na coś w rodzaju swobodnego terminowania u jednego z bardziej doświadczonych rzemieślników. U nich pracowało się na posadzie asystenta, za co w zamian dzielili się tajemnicami sztuki.

Runów jest sto dziewięćdziesiąt siedem. Przyswajanie ich sobie było jak nauka nowego języka mającego blisko dwieście nieznanych liter, którego słowa zazwyczaj trzeba wymyślać samemu. Większość studentów musiała poświęcić przynajmniej miesiąc nauki, nim Cammar uznał ich za gotowych do pójścia dalej. Niektórzy potrzebowali całego semestru.

Mnie zajęło to siedem dni.

Jak to możliwe?

Po pierwsze, miałem motywację. Inni mogli sobie pozwolić na studia w spacerowym tempie. Ich rodzice, opiekunowie lub sponsorzy pokrywali wszystkie nadprogramowe wydatki. Moja sytuacja różniła się diametralnie – musiałem szybko awansować w szeregach pracowników Rzemiochy, aby zacząć zarabiać pieniądze na własnych projektach. Moim priorytetem nie było już czesne, lecz Devi.

Po drugie, byłem błyskotliwy. Nie w zwykłym sensie, w jakim zazwyczaj nadużywa się tego komplementu. Byłem nadzwyczajnie błyskotliwy.

Na koniec wreszcie... dopisało mi szczęście. I tyle.

Wędrowałem po nieregularnej szachownicy dachów Maius z lutnią przewieszoną przez plecy. Był ciemny, pochmurny wieczór, ale od jakiegoś czasu nieźle się już orientowałem w tym miejscu. Miałem przy sobie smołę i cynę, ponieważ wiedziałem już, że czerwone dachówki i szary łupek dają kiepskie oparcie stopom.

W trakcie nieustannej przebudowy Maius jeden z dziedzińców został całkowicie odizolowany od reszty budynku. Dostać się nań można było tylko przez wysokie okno w jednej z sal wykładowych albo schodząc po poskręcanej jabłonce, jeśli się akurat było na dachu.

Przychodziłem tu, żeby ćwiczyć na lutni. Moja prycza we

wspólnej sypialni Oficyn nie bardzo się nadawała do tego. Nie tylko po tej stronie rzeki muzykę postrzegano jako coś frywolnego, ale zwyczajnie narobiłbym sobie kolejnych wrogów, gdybym grał, podczas gdy moi współlokatorzy próbowali się uczyć lub spać. Więc przychodziłem tutaj. Miejsce było idealne – odosobnione i praktycznie tuż za progiem.

Na dziedzińcu żywopłoty zdążyły już zdziczeć, a trawnik zamienił się w dżunglę chwastów i kwitnących roślin. Niemniej pod jabłonką znajdowała się ławka znakomicie się nadająca dla moich celów. Zazwyczaj przychodziłem tu w nocy, gdy Maius było zamknięte i opustoszałe. Dziś jednak był Theden, co oznaczało, że jeśli szybko uwinę się z kolacją, znajdę jeszcze godzinę między zajęciami z Elksą Dalem a moją pracą w Rzemiosze. Mnóstwo czasu na to, żeby trochę poćwiczyć.

Kiedy już znalazłem się nad dziedzińcem, zobaczyłem oświetlone okna. Wykład Brandeura musiał się dziś przeciągnąć. Zostałem na dachu. Okna do sali wykładowej były zamknięte, nie groziło mi więc, że ktoś mnie podsłucha. Oparłem się plecami o pobliski komin i zacząłem grać. Wkrótce światła zgasły, doszedłem jednak do wniosku, że lepiej nie marnować czasu na schodzenie, i zostałem na miejscu.

Byłem w połowie *Stepującego Tima*, kiedy słońce wyjrzało zza chmur. Dach zalało złote światło, przelewając się przez jego krawędź w szczelinę dziedzińca poniżej.

Wtedy usłyszałem ten odgłos. Raptowny szelest, jakby po dziedzińcu buszowało jakieś przestraszone zwierzę. Ale w dźwięku tym było coś jeszcze, jakaś nuta, której nie mogłaby wydać żadna wiewiórka ani królik w żywopłocie. Brzmiał bowiem twardo, trochę metalicznie, jakby ktoś upuścił ciężką żelazną sztabę.

Przestałem grać, a przerwana w połowie melodia wciąż toczyła się echem w mojej głowie. Może jakiś inny student był na dole i słuchał? Zamknąłem lutnię w futerale, podszedłem do krawędzi dachu i spojrzałem w dół.

Niczego nie mogłem dojrzeć za grubym, zdziczałym żywopłotem porastającym wschodnią krawędź dziedzińca. Może ten student wszedł przez okno?

Zmierzch zapadał szybko i zanim zgramoliłem się po jabłonce na dół, dziedziniec spowijał już cień. Z miejsca, gdzie się znalazłem, widziałem, że okno jest zamknięte – a więc nikt tamtędy nie wyszedł. Choć robiło się coraz ciemniej, ciekawość zwyciężyła nad ostrożnością. Ruszyłem w kierunku żywopłotu.

Okazał się mocno przerzedzony. W niektórych miejscach prześwity były tak duże, że pod zielonymi gałęziami znajdowało się dość miejsca, aby się wygodnie skulić – jakby w skorupie zielonej muszli. Odnotowałem sobie w pamięci, że gdybym nie miał w przyszłym semestrze dość pieniędzy na pryczę w Oficynach, tu znajdę znakomity nocleg.

Nawet w przygasającym świetle widziałem, że jestem na dziedzińcu sam. Nie było tu dość miejsca na kryjówkę dla niczego większego niż królik. Lecz w półmroku nie byłem w stanie zobaczyć tego czegoś, co przed chwilą wydało ten metaliczny dźwięk.

Nucąc wpadający w ucho refren *Stepującego Tima,* przepełzłem na drugą stronę żywopłotu. Dopiero gdy się tam znalazłem, zobaczyłem kratkę ściekową. Już wcześniej widywałem podobne na terenie całego Uniwersytetu, ta jednak była starsza, większa. Wylot studzienki był tak duży, że gdyby usunąć kratkę, zmieściłby się w nim człowiek.

Z wahaniem schwyciłem jeden metalowy pręt i pociągnąłem. Ciężka kratka uchyliła się na zawiasie na jakieś trzy cale, potem coś ją zatrzymało. W mętnym świetle nie potrafiłem stwierdzić, dlaczego nie da się jej ruszyć dalej. Pociągnąłem mocniej, ale nic mi z tego nie przyszło. Poddałem się i opuściłem ją z powrotem na miejsce. Znowu rozległ się ten twardy odgłos, brzmiący odrobinę metalicznie.

Wtedy moje palce wymacały coś, co umknęło oczom – gmatwaninę żłobień na powierzchni prętów kratki. Pochyliłem głowę i rozpoznałem niektóre z runów, jakich uczyłem się pod okiem Cammara, między innymi *ule* i *doch*.

Wtedy coś jakby przeskoczyło mi w głowie. Refren ze *Stepującego Tima* nagle ułożył się w jedną całość z runami, które studiowałem u Cammara przez ostatnie kilka dni.

Ule i *doch* są,
Żeby wiązać,
Kel, żeby szperać,
Reh, żeby dążyć,
Klucz *gea,*
Woda *pesin,*
Zamek *teh,*
Skała *resin.*

Zanim posunąłem się dalej, wybił szósty dzwon. Jego głos wyrwał mnie z zadumy. Ale kiedy sięgnąłem ręką, żeby się podeprzeć, dłoń nie trafiła na zeschłe liście i ziemię. Dotknęła czegoś okrągłego, twardego i gładkiego – zielonego jabłka.

Wyplątałem się z żywopłotu i poszedłem na północno-zachodni kraniec dziedzińca, gdzie rosła jabłonka. Wokół niej nie było na ziemi żadnych jabłek, pora roku była na to zbyt wczesna. Co więcej, żelazna kratka znajdowała się po przeciwnej stronie dziedzińca. Jabłko nie mogło się potoczyć tak daleko. Ktoś musiał je tam zanieść.

Niepewny, co myśleć, ale przekonany, że i tak spóźnię się na wieczorną zmianę w Rzemiosze, wspiąłem się na jabłonkę, zabrałem lutnię i pospieszyłem do warsztatu Kilvina.

Później tego samego wieczora podłożyłem muzykę pod pozostałe runy. Zabrało mi to sporo czasu, ale kiedy już skończyłem, miałem wrażenie, jakbym w głowie miał tablicę ze schematem. Następnego dnia Cammar poddał mnie trwającemu dwie godziny egzaminowi, który zdałem.

Następny etap mojej edukacji w Rzemiosze miałem spędzić pod opieką Maneta, starego, rozczochranego studenta, którego poznałem podczas pierwszych dni na Uniwersytecie. Manet studiował od prawie trzydziestu lat i wszyscy go znali jako wiecznego E'lira. Choć jednak oficjalnie mieliśmy ten sam tytuł, Manet miał większe doświadczenie w sprawach Rzemiochy niż kilkunastu prymusów razem wziętych.

Manet był cierpliwy, uprzejmy i staranny. Kojarzył mi się z moim starym nauczycielem Abenthym. Może tylko pomijając to, że Abenthy włóczył się po świecie jak podszyty wiatrem druciarz, natomiast wszyscy wiedzieli, że szczytem marzeń Maneta było pozostanie na Uniwersytecie przez resztę jego dni.

Manet zaczął od prostych rzeczy, zapoznając mnie z rudymentarnymi formułami w rodzaju tych, jakich wymaga utwardzone szkło czy chłodnice cieplne. Pod jego kierunkiem uczyłem się rzemiosła tak szybko, jak zazwyczaj uczyłem się wszystkiego innego, i nie minęło wiele czasu, nim przeszliśmy do bardziej złożonych projektów pochłaniaczy ciepła i lamp sympatetycznych.

Rzemiosło na naprawdę zaawansowanym poziomie – jak zegary sympatetyczne i przekładnie wzmacniające – wciąż pozostawało poza moim zasięgiem, ale wiedziałem, że to tylko kwestia czasu. Na moje nieszczęście miało się okazać, że czasu nie mam dużo.

Rozdział 52

Ogień

Dzięki lutni odzyskałem swoją muzykę, wkrótce jednak trzy lata braku ćwiczeń dały o sobie znać. Ostatnie parę miesięcy pracy w Rzemiośle utwardziło i wzmocniło moje ręce, lecz nie tak, jak chciałem. Minęło kilka pełnych rozgoryczenia dni, zanim mogłem swobodnie grać dłużej niż godzinę.

Dokonywałbym szybszych postępów, gdybym nie był tak zajęty studiami. Każdego dnia spędzałem dwie godziny w Medicum – cały czas na nogach – przeciętnie dwie godziny wykładów i ćwiczeń poświęcałem na matematykę, wreszcie trzy godziny zabierała mi Rzemiocha, gdzie uczyłem się tajników fachu.

Do tego należy dodać wykłady z zaawansowanej sympatii z Elksą Dalem. Poza salą wykładową Elxa Dal był czarujący, łagodny i czasami nawet zabawny, kiedy akurat był w odpowiednim nastroju. Lecz jako nauczyciel stawał się czymś pośrednim między szalonym prorokiem a poganiaczem niewolników na galerach. Każdego dnia na jego zajęcia poświęcałem trzy godziny, a kosztowały mnie tyle wysiłku, jakby tych godzin było pięć.

Jeśli dodać do tego płatną pracę w warsztatach Kilvina to zostawało mi ledwie czasu na jedzenie, sen i naukę – a już zupełnie nie mogłem ofiarować lutni tego, na co zasługiwała.

Muzyka jest dumną, chimeryczną kochanką. Jeśli poświęci się jej tyle czasu i uwagi, ile jej się należy, wówczas będzie cała wasza. Jeśli ją zaniedbywać, przyjdzie dzień, w którym się od was odwróci. Więc żeby do tego nie dopuścić, zacząłem mniej sypiać.

Pod koniec cyklu, podczas którego żyłem w zgodzie z takim harmonogramem, zmęczenie po raz pierwszy dało o sobie znać.

Po trzech cyklach wciąż jakoś sobie radziłem, ale tylko dzięki ponurej, zawziętej determinacji. Gdzieś w piątym cyklu poczułem się wypalony.

Właśnie podczas tego piątego cyklu miałem rzadką okazję cieszyć się wspólnym lunchem z Wilemem i Simmonem. Oni zamawiali posiłki na wynos z pobliskiej tawerny. Ja nie mogłem pozwolić sobie nawet na wydanie jednego denara na jabłko i pierożek z mięsem, więc musiałem się zadowolić kawałkiem jęczmiennego chleba i pełną chrząstek kiełbasą z Mesy.

Siedzieliśmy na kamiennej ławce pod pręgierzem, przy którym mnie wychłostano. Miejsce to przez jakiś czas budziło we mnie trwogę, więc żeby sobie coś udowodnić, zmuszałem się i odwiedzałem je jak najczęściej. Później, kiedy wreszcie oswoiłem się z pręgierzem, siadałem pod nim, kontentując się spojrzeniami innych studentów. Na koniec przychodziłem dlatego, że czułem się tu dobrze. To było moje miejsce.

A ponieważ spędzaliśmy razem sporo czasu, przychodzili tu również Wilem i Simmon. Jeżeli nawet mój pociąg do tego miejsca ich dziwił, nic na ten temat nie wspominali.

– Ostatnio rzadko cię widujemy – mówił Wilem z ustami wypełnionymi kawałkiem mięsnego pierożka. – Chorowałeś?

– No, no – sarkastycznie mruknął Simmon. – Chorował przez cały miesiąc.

Wil popatrzył na niego złym wzrokiem i mruknął coś z pełnymi ustami. Na moment skojarzył mi się z Kilvinem.

Na widok wyrazu jego twarzy Simmon się roześmiał.

– Wil jest bardzo uprzejmy. Ja gotów jestem się założyć, że cały wolny czas spędzasz na wędrówkach do Imre i z powrotem. Zalecając się do jakiejś bajecznie pięknej pieśniarki. – Gestem wskazał lutnię leżącą obok mnie.

– Wygląda, jakby był chory. – Wilem przyglądał mi się krytycznym okiem. – Twoja kobieta nie troszczy się o ciebie.

– Jest chory z miłości – wymądrzał się Simmon. – Nie może jeść. Nie może spać. – Zwrócił się do mnie: – Myślisz o niej, zamiast wkuwać rachunki.

Nie wiedziałem, co mam powiedzieć.

– Widzisz? – Sim mówił znowu do Wila. – Nie tylko ukradła mu serce, ale przez nią zapomniał języka w gębie. Z nikim prócz niej nie potrafi rozmawiać. A już na pewno nie z nami.

– Czasu dla nas również nie ma – powiedział Wilem, kierując swe słowa do resztek pierożka.

Rzecz jasna była to prawda, zaniedbywałem przyjaciół jeszcze bardziej niż siebie. Poczułem ukłucie winy. Nie mogłem powiedzieć im całej prawdy – że muszę jak najlepiej wykorzystać ten semestr, ponieważ zapewne może być moim ostatnim. Byłem bankrutem.

Jeżeli nie potraficie zrozumieć, dlaczego nie byłem w stanie im o tym powiedzieć, to dlatego, że nigdy nie byliście naprawdę biedni. Wątpię, abyście byli w stanie pojąć, jak to jest, mieć tylko dwie koszule i samemu obcinać sobie włosy, gdyż na fryzjera was nie stać. Zgubiłem guzik i nie mogłem nawet szeląga przeznaczyć na dopasowany do pozostałych. Rozdarłem spodnie na kolanie i musiałem je zaszyć nitką w zupełnie innym kolorze. Nie stać mnie było na sól do posiłków ani na napitki podczas rzadkich wycieczek z przyjaciółmi do tawerny.

Pieniądze zarabiane w warsztacie Kilvina szły na najpotrzebniejsze rzeczy: atrament, mydło, struny do lutni... Jedyną rzeczą, której miałem pod dostatkiem, była duma. Nie mogłem znieść myśli, żeby moi dwaj najlepsi przyjaciele dowiedzieli się, w jak rozpaczliwej jestem sytuacji.

Gdyby naprawdę dopisało mi szczęście, mógłbym jakoś wyskrobać dwa talenty, żeby zapłacić procenty od mojego długu u Devi. Ale chyba tylko bezpośrednia boska interwencja mogła sprawić, żebym zebrał dość pieniędzy na spłatę Devi i na czesne za następny semestr. Nie miałem pojęcia, co robić, gdybym został na przykład relegowany z Uniwersytetu, ale jakoś udało mi się uregulować dług u Devi. Zapewne zaryzykowałbym i pojechał do Anilin, żeby poszukać Denny.

Popatrzyłem po nich, nie wiedząc, co rzec.

– Wil, Simmon, tak mi przykro. Po prostu ostatnio byłem bardzo zajęty.

Simmon znienacka spoważniał i wtedy zrozumiałem, że naprawdę ubodła go moja niewyjaśniona nieobecność.

– Przecież wiesz, że my też jesteśmy zajęci. Mam na głowie retorykę i chemię, poza tym uczę się siaru. – Zwrócił się do Wila: – Myślę, że powinieneś wiedzieć, że dopiero zaczynam uczyć się twojego języka, a już go nienawidzę, ty nędzny draniu.

– *Tu kralim* – wesoło odpowiedział młody Cealdianin.

Następne słowa Simmona adresowane były do mnie i brzmiały zaskakująco szczerze.

– Chodzi o to, że chętnie widywalibyśmy cię częściej niż raz na kilka dni po drodze z Maius do Rzemiochy. Dziewczyny są wspaniałe, zgoda, ale kiedy jedna z nich zabiera mi przyjaciela, robię się trochę zazdrosny. – Obdarzył mnie nieoczekiwanym, radosnym uśmiechem. – Oczywiście, nie mówię o tobie.

Z trudem przełknąłem grubą kluchę nabrzmiewającą mi w gardle. Nie potrafiłem sobie przypomnieć ostatniego razu, kiedy ktoś za mną zatęsknił. Tak długo nie miałem na świecie nikogo takiego. Oczy zaczęły mi zachodzić łzami.

– Wcale nie chodzi o żadną dziewczynę. – Przełknąłem z trudem, próbując odzyskać panowanie nad sobą.

– Sim, myślę, że jest coś, o czym nie wiemy. – Wilem przyglądał mi się dziwnym wzrokiem. – Spójrz na niego.

Simmon spojrzał na mnie badawczo. Pod ich spojrzeniami prawie zupełnie się rozkleiłem i omal otwarcie nie rozpłakałem.

– Dobra – powiedział Wilem, jakby zaczynał wykład. – Od ilu semestrów nasz młody E'lir uczęszcza na Uniwersytet?

Na szczerej twarzy Simmona pojawił się błysk zrozumienia.

– Och.

– Może któryś z was mi to powie? – zapytałem sarkastycznie.

Wilem zignorował moją zaczepkę.

– Na jakie zajęcia chodzisz?

– Na wszystkie – odparłem zadowolony, że mam okazję się poskarżyć. – Geometria. Badania w Medicum. Zaawansowana sympatia z Elksą Dalem, poza tym termin u Maneta w Rzemiosze.

Simmon wyglądał na zaskoczonego.

– Nic dziwnego, że wyglądasz, jakbyś od cyklu nie zmrużył oka – powiedział.

Wilem pokiwał głową do jakichś swoich myśli.

– I dalej pracujesz w warsztacie Kilvina, racja?

– Kilka godzin każdego wieczora.

Na twarzy Simmona malowało się najczystsze przerażenie.

– I jeszcze uczysz się grać na instrumencie? Oszalałeś?

– Muzyka jest jedyną rzeczą, która pozwala mi zachować zdrowe zmysły – powiedziałem, sięgając dłonią, aby musnąć futerał lutni. – Poza tym nie uczę się grać. Po prostu muszę trochę poćwiczyć.

Wilem i Simmon wymienili spojrzenia.

– Jak myślisz, ile jeszcze wytrzyma?

Simmon zmierzył mnie wzrokiem.

– Półtora cyklu, maks.

– O co wam chodzi?

Wilem pochylił się w moją stronę.

– Wcześniej czy później każdemu z nas zdarza się wziąć na barki więcej, niż jest w stanie unieść. Ale są studenci, którzy nie wiedzą, kiedy przestać. Wypalają się. W ogóle nie podchodzą do egzaminów albo je beznadziejnie oblewają. Inni pękają psychicznie. – Postukał się w głowę. – I zazwyczaj zdarza się to studentom pierwszego roku. – Rzucił mi znaczące spojrzenie.

– Wcale nie wziąłem na siebie za dużo – zaprotestowałem.

– Spójrz do lustra – bezceremonialnie poradził mi Wil.

Już otworzyłem usta, aby zapewnić Wila i Sima, że wszystko ze mną w porządku, ale wtedy właśnie wybiła godzina i starczyło mi tylko czasu na pośpieszne pożegnania. A nawet wówczas musiałem biec, żeby zdążyć na Zaawansowaną Sympatię.

Elxa Dal stał między dwoma mosiężnymi piecykami średniej wielkości. Ze starannie przystrzyżoną brodą, w ciemnych szatach mistrza wciąż kojarzył mi się ze stereotypową postacią złego maga, która występuje w tak wielu aturańskich sztukach.

– Wszyscy powinniście zapamiętać, że sympatyk pozostaje w szczególnie intymnych związkach z płomieniem – oznajmił. – Jesteśmy jego panami i jego sługami. – Schował dłonie w szerokich rękawach i znowu zaczął się przechadzać. – Jesteśmy panami płomienia, ponieważ mamy nad nim pełnię władzy. – Uderzył płaską dłonią w najbliższy piecyk, metal cicho zadźwięczał. Węgle zajęły się ogniem, który gwałtownie skoczył w górę. – Energia zgromadzona we wszystkich rzeczach należy do hermetyka. Rozkazujemy ogniowi, a ogień jest nam posłuszny.

Dal powoli przeszedł na drugą stronę pomieszczenia. Piecyk za jego plecami przygasł, a tymczasem w drugim pojawiły się iskry na węglach i po chwili rozgorzał płomień. Nie miałem innego wyjścia, jak przyklasnąć dramatycznemu wyczuciu mistrza.

Dal zatrzymał się i znowu zwrócił do studentów:

– Ale jesteśmy też sługami ognia. Ponieważ ogień jest najbardziej powszechną postacią energii, a bez niej nasze sympatetyczne talenty nie na wiele by się zdały. – Stanął plecami do klasy i starł wzory napisane na tablicy. – Spakujcie się, a potem zobaczymy, kto dziś weźmie się za bary z E'lirem Kvothe. – Na czystej tablicy zaczął wypisywać listę imion. Moje znajdowało się na samej górze.

Od trzech cykli na zajęciach Dala odbywały się zawody między studentami. On nazywał je pojedynkami. A choć stanowiły pożądane wytchnienie w monotonii wykładów, ostatnio zaczynała je otaczać lekko złowieszcza aura.

Każdego roku studia w Arkanach kończyło stu studentów, może jakaś jedna czwarta z nich otrzymywała guldeny. To oznaczało, że co roku świat wzbogacał się o setkę ludzi wykształconych w używaniu sympatii. Ludzi, którym z takiego czy innego powodu każdy z nas mógł wejść w drogę. Choć Dal nigdy tego wyraźnie nie powiedział, rozumieliśmy, że uczy nas czegoś więcej niż tylko koncentracji bądź pomysłowości. Że uczy nas walczyć.

Elxa Dal skrupulatnie odnotowywał rezultaty naszych zmagań. Spośród trzydziestu ośmiu studentów uczęszczających na jego zajęcia tylko ja dotąd ani razu nie zostałem pokonany. Tak więc wszyscy prócz najbardziej niechętnych mi tudzież tępych kolegów musieli przyznać, że moje wczesne przyjęcie do Arkanów było czymś więcej niż tylko szczęśliwym uśmiechem losu.

Na pojedynkach można było zarobić parę groszy, ponieważ towarzyszyły im potajemne zakłady. Kiedy Sovoy i ja obstawialiśmy pojedynki, w których każdy z nas brał udział, jeden czynił to za drugiego. Choć ja rzadko miewałem dość pieniędzy na zakłady.

Trudno więc to nazwać przypadkiem, że Sovoy i ja wpadliśmy na siebie, pakując się po wykładzie. Podałem mu pod stołem dwie joty.

Nie patrząc na mnie, wsunął je do kieszeni.

– Proszę, proszę – mruknął. – Ktoś tu bardzo wierzy w siebie.

Nonszalancko wzruszyłem ramionami, choć w głębi ducha czułem lekką tremę. Semestr zacząłem bez grosza przy duszy, od tego czasu żyłem niepewny jutra. Ale wczoraj Kilvin zapłacił mi za dwa dni pracy w Rzemiosze – dwie joty. To był cały mój majątek.

Sovoy zaczął grzebać w szufladzie, po chwili wyciągnął z niej wosk sympatetyczny, szpagat i kilka kawałków metalu.

– Nie wiem, co będę mógł dla ciebie zrobić. Stawki są coraz niższe. Sądzę, że dzisiaj nie wywinduję ich wyżej niż na trzy do jednego. Dalej stawiasz?

Westchnąłem. Stawki były niekorzystną stroną mojej niekwestionowanej pierwszej pozycji w rankingu. Wczoraj wynosiły dwa do jednego, co oznaczało, że aby wygrać grosz, musiałem zaryzykować dwa.

– Coś wymyśliłem – powiedziałem. – Nie stawiaj, póki nie zostaną ustalone warunki. Wtedy będziesz miał szansę na zakład nawet w stosunku trzy do jednego przeciwko mnie.

– Przeciwko tobie? – mruknął, gromadząc naręcze swych przyborów. – Musiałbyś chyba się zmierzyć z Dalem.

Odwróciłem twarz, żeby nie dostrzegł na niej uśmiechu zażenowania wywołanego komplementem.

Mistrz klasnął w dłonie i wszyscy pobiegli na swoje miejsca. Znalazłem się w parze z chłopakiem z Vintas, Fentonem. W rankingu znajdował się zaraz za mną. Szanowałem go zresztą jako jednego z nielicznych, którzy w odpowiednich okolicznościach mogli rzucić mi wyzwanie.

– Dobra, zaczynamy – powiedział Elxa Dal, zacierając energicznie ręce. – Fenton, masz niższą pozycję, ty wybierasz broń.

– Świece.

– A więź? – rytualnie zapytał Dal.

W wypadku świec zawsze chodziło albo o bawełnę, albo o wosk.

– Knot. – Uniósł kawałek knota, żeby wszyscy mogli zobaczyć.

Dal zwrócił się do mnie.

– Więź?

Sięgnąłem do kieszeni i teatralnym gestem uniosłem moją więź.

– Słomka.

Wśród studentów poniósł się szmer. Więź była idiotyczna. W najlepszym razie mogłem liczyć na trzyprocentowy przekaz energii, może pięcioprocentowy. Bawełna z knota Fentona sprawdzi się pięć razy lepiej.

– Słomka?

– Słomka – powiedziałem z większym przekonaniem, niźli naprawdę czułem. Jeżeli to nie przechyli szali stawek na moją niekorzyść, to już nie wiem, co miałbym zrobić.

– Wobec tego niech będzie słomka – łatwo zgodził się Dal. – E'lirze Fenton, ponieważ Kvothe jak dotąd nie został pokonany, do ciebie należy wybór źródła.

Cichy śmiech przebiegł po sali.

Poczułem, jak upada we mnie serce. Tego się nie spodziewałem. W normalnych okolicznościach źródło wybierał przeciwnik tego, który określał grę. Umyśliłem sobie, że wybiorę piecyk, ponieważ ilość ciepła, jaką można było z niego zaczerpnąć, mogłaby zrównoważyć fory, jakie dałem memu przeciwnikowi.

Fenton wyszczerzył zęby, wyczuwając korzystną dla siebie sytuację.

– Bez zewnętrznego źródła.

Skrzywiłem się. Będziemy musieli czerpać wyłącznie z ciepła własnego ciała. Co w najbardziej sprzyjających okolicznościach było trudne, nie wspominając o tym, że nieco niebezpieczne.

Nie mogłem zwyciężyć. Więc nie tylko stracę uprzywilejowaną pozycję w rankingu, ale nie miałem też możliwości dać znaku Sovoyowi, by nie stawiał moich ciężko zarobionych jot. Próbowałem złowić jego wzrok, lecz on był już pogrążony w cichych pertraktacjach z garstką studentów.

Fenton i ja bez słowa podeszliśmy, by usiąść po przeciwnych stronach dużego warsztatu. Elxa Dal postawił przed każdym ogarek świecy. Pojedynek polegał na tym, aby zapalić świecę przeciwnika, a równocześnie nie dopuścić do zapalenia swojej. Wymagało to podzielenia umysłu na dwie części – jedna część próbowała utrzymać wiarę Alar w to, że własny kawałek bawełnianego knota (albo słomka, jeśli człowiek okazał się idiotą) jest tym samym co knot świecy, którą należało zapalić; potem trzeba było zaczerpnąć ze źródła energię, dzięki której mogło to nastąpić.

Tymczasem druga część umysłu zajmowała się podtrzymywaniem przekonania, że kawałek knota przeciwnika nie jest tym samym co knot własnej świeczki.

Jeżeli to wszystko brzmi skomplikowanie w waszych uszach, to wierzcie mi, nie znacie nawet połowy prawdy.

Całą sprawę utrudniało to, że żaden z nas nie dysponował poręcznym źródłem, z którego mógłby zaczerpnąć energię. Można wykorzystać samego siebie w roli źródła, ale trzeba uważać. Nie bez przyczyny ciało jest ciepłe. Źle znosi obniżenie temperatury.

Zaczęliśmy na znak dany przez Elksę Dala. Od razu wszystkie siły umysłu poświęciłem obronie własnej świeczki, a równocześnie gorączkowo się zastanawiałem. Nie, nie było sposobu, abym zwyciężył. Jakkolwiek zręcznym jest się szermierzem, na nic się to nie zda, jeśli przeciwnik ma klingę z ramstońskiej stali, a we własnym ręku tkwi wierzbowa witka.

Zanurzyłem się w Sercu z Kamienia. Potem, wciąż przede wszystkim skoncentrowany na obronie własnej świecy, wymamrotałem połączenie między swoją świeczką a świeczką Fentona. Wyciągnąłem rękę i przewróciłem świeczkę na bok, zmuszając go do tego, żeby złapał swoją, zanim – powtarzając ruch mojej – też się przewróci.

Spróbowałem wykorzystać jego chwilową dekoncentrację i zapalić jego świecę. Włożyłem w to całe swoje serce i natychmiast poczułem, jak aż po łokieć ziębnie mi ręka trzymająca słomkę. Nic się nie stało. Świeca na przeciwnym krańcu stołu pozostawała zimna i ciemna.

Schowałem koniec knota mojej świeczki za osłoną zwiniętej dłoni, przesłaniając mu widok. To był żałosny trik i przeciwko zdolnemu sympatykowi na nic by się zdał, ale nie dysponowałem żadnym atutem, mogłem tylko starać się go zdekoncentrować.

– Hej, Fen – powiedziałem. – Słyszałeś ten kawał o druciarzu, Tehlaninie, chłopskiej córce i maselnicy?

Fen nie zareagował. Jego blada twarz pozostawała skupiona w wyrazie absolutnej koncentracji.

Zrozumiałem, że nie powiedzie mi się próba odwrócenia jego uwagi. Fenton był zbyt bystry, żeby dać się w ten sposób podejść. Poza tym coraz więcej trudności sprawiało mi utrzymanie poziomu koncentracji, przy którym mogłem być spokojny o własną świecę. Zagłębiłem się jeszcze bardziej w Serce z Kamienia i zapomniałem o całym świecie prócz dwóch świec, kawałka knota i słomki.

Po minucie byłem pokryty lepkim, zimnym potem. Drżałem. Fenton zorientował się i uśmiechnął do mnie bezkrwistymi wargami. Zdwoiłem wysiłki, ale jego świeca zupełnie ignorowała wszelkie moje próby podłożenia pod nią ognia.

Minęło pięć minut, podczas których w sali panowała cisza jak makiem zasiał. Większość pojedynków nie trwała dłużej niż minutę, dwie, ponieważ zazwyczaj tyle czasu było trzeba, aby zatriumfowała czyjaś inteligencja lub wola. Obie ręce miałem już przemarznięte. Mięśnie na szyi Fentona drgały spazmatycznie, jak bok konia, który próbuje pozbyć się kąsającej go muchy. Trwał w postawie całkowicie nieruchomej, jakby próbował powstrzymać dreszcze. Z końca knota mojej świecy zaczęła się unosić smużka dymu.

Czułem coraz większe zmęczenie. W pewnej chwili zdałem sobie sprawę, że oddech świszczy mi między zębami, a usta rozciągają się w dzikim uśmiechu. Fenton chyba tego nie dostrzegł, jego oczy były szkliste i puste. Zadrżałem znowu, tak mocno, że omal nie zauważyłem, jak trzęsie mu się ręka. Po chwili głowa Fentona zaczęła powoli opadać na stół. Zamknął oczy. Zacisnąłem zęby i natychmiast z zadowoleniem zobaczyłem pasemko dymu unoszące się znad jego świecy.

Fenton sztywnym gestem uniósł głowę, ale zamiast się bronić, machnął tylko ciężką jak z ołowiu dłonią i złożył głowę w zagięciu ramienia.

Nie spojrzał nawet wtedy, gdy świeca stojąca obok jego łokcia z sykiem przebudziła się do życia. Po sali poniosły się skąpe oklaski i okrzyki zdumienia.

Ktoś uderzył mnie w plecy.

– I po co to wszystko? Wykończyłeś się.

– Nieprawda – odparłem ochrypłym głosem i sięgnąłem na drugą stronę stołu. Zesztywniałymi palcami rozwarłem uchwyt dłoni Fentona na knocie, w środku zobaczyłem krew. – Mistrzu Dal – powiedziałem ile możności energicznie. – On ma dreszcze. – Dopiero wypowiadając kolejne słowa, poczułem, jak zimne mam usta.

Ale Dal stał już przy moim przeciwniku, opatulając go kocem.

– Ty. – Wskazał na chybił trafił któregoś ze studentów. – Przyprowadź kogoś z Medicum. Już!

Student wybiegł z sali.

– Głupcy. – Mistrz wymruczał wiązanie ciepła. Spojrzał na mnie. – Rozruszaj się trochę. Nie wyglądasz dużo lepiej od niego.

Tego dnia nie było już więcej pojedynków. Reszta studentów przyglądała się tylko, jak Fenton powoli ożywa pod opieką Elksy Dala. Kiedy przybył starszy El'the z Medicum, Fenton ogrzał się już na tyle, że zaczął gwałtownie dygotać. Po kwadransie sympatetycznej terapii w ciepłych kocach mógł już wypić coś gorącego, choć jego dłonie wciąż drżały.

Gdy całe zamieszanie się skończyło, zrobił się już prawie trzeci dzwon. Mistrz Dal zdołał uspokoić rozgorączkowanych studentów w ławkach.

– Dzisiaj mieliśmy okazję zaobserwować dreszcze, które mogą być skutkiem tworzenia wiązania. Ciało jest delikatnym instrumentem i obniżenie jego temperatury o parę stopni może zaburzyć funkcjonowanie całego ustroju. Łagodne dreszcze oznaczają zwykłe uczucie zimna. Ale w skrajnych wypadkach można się doprowadzić do hipotermii. – Dal rozejrzał się po sali. – Czy ktoś może mi powiedzieć, na czym polegał błąd Fentona? – Zapadła chwila ciszy, potem podniosła się czyjaś ręka. – Tak, Brae?

– Wykorzystał swoją krew. Kiedy krew się ochładza, równomiernie obniża temperaturę całego ciała. Rozwiązanie takie nie zawsze jest korzystne, ponieważ kończyny mogą znieść znacznie większy spadek temperatury niż organy wewnętrzne.

– Dlaczego więc ktoś miałby w ogóle czerpać ciepło z krwi?

– Ponieważ można to zrobić znacznie szybciej niż z dowolnych innych organów.

– Ile mógł bezpiecznie zaczerpnąć? – Dal znowu rozejrzał się po sali.

– Dwa stopnie? – zaproponował ktoś.

– Półtora – sprostował Dal i napisał na tablicy kilka równań, z których wynikało, ile ciepła w ten sposób uzyska. – Biorąc pod uwagę symptomy, sądzicie, że ile zaczerpnął?

Znowu zapadła cisza. W końcu odezwał się Sovoy:

– Osiem lub dziesięć.

– Bardzo dobrze – chcąc nie chcąc, pochwalił go Dal. – Dobrze, że przynajmniej ktoś z was czyta lektury. – Twarz mu sposępniała. – Sympatia nie jest dla słabych na umyśle, ale nie jest też dla tych, którzy zanadto ufają w swoje siły. Gdyby nas nie było w pobliżu, żeby udzielić Fentonowi pomocy, zapewne zasnąłby spokojnie i umarł. – Urwał, żeby jego słowa głęboko zapadły w pamięć słuchaczy. – Lepiej, żebyście znali granice swoich możliwości, niż przeceniali je i tracili nad sobą kontrolę.

Wybił trzeci dzwon i pomieszczenie nagle wypełnił zgiełk, gdy studenci zaczęli się zbierać do wyjścia. Mistrz Dal uniósł głos, żeby było go słychać przez gwar.

– E'lir Kvothe, zechciałbyś zostać chwilę dłużej?

Skrzywiłem się. Sovoy przeszedł obok mnie, klepnął w ramię i mruknął:

– Szczęścia.

Nie wiedziałem, czy odnosił się do mojego zwycięstwa, czy życzył mi powodzenia w tym, co może mnie czekało.

Kiedy wszyscy wyszli, Dal odwrócił się i odłożył szmatkę, którą wycierał tablicę.

– A więc – powiedział tonem swobodnej konwersacji. – Jak ułożyły się stawki?

Nie byłem zaskoczony tym, że wiedział o zakładach.

– Jedenaście do jednego – przyznałem. Zarobiłem dwadzieścia dwie joty. Nieco ponad dwa talenty. Z takimi pieniędzmi w kieszeni czułem, jak mi serce rośnie.

Obrzucił mnie pełnym namysłu spojrzeniem.

– Jak się czujesz? Pod koniec sam byłeś dość blady.

– Miałem lekkie dreszcze – skłamałem.

Ale tak naprawdę w zamieszaniu, jakie nastąpiło po zasłabnięciu Fentona, wyślizgnąłem się na zewnątrz i spędziłem kilka przerażających minut w bocznym korytarzu. Dreszcze, które niewiele różniły się od drgawek, prawie uniemożliwiały mi ustanie na nogach. Na szczęście nikt nie widział, jak drżę, mocno zaciskając szczęki z obawy, że mi popękają zęby.

Moja reputacja pozostała nienaruszona.

Ze spojrzenia, jakim obrzucił mnie Dal, wynikało, że chyba podejrzewa prawdę.

– Podejdź tutaj. – Wskazał gestem jeden z wciąż płonących piecyków. – Odrobina ciepła ci nie zaszkodzi.

Nie protestowałem. Wyciągnąłem dłonie do ognia, rozluźniłem się odrobinę. I nagle zdałem sobie sprawę, jak bardzo jestem zmęczony. Oczy szczypały mnie od niedostatecznej ilości snu. W ciele czułem taki ciężar, jakby moje kości zrobione były z ołowiu.

Z ledwie dostrzegalnym westchnieniem odsunąłem dłonie od płomieni i otworzyłem oczy. Dal uważnie mi się przyglądał.

– Muszę już iść – powiedziałem z nutą żalu w głosie. – Dziękuję za troskę.

– Obaj jesteśmy sympatykami – powiedział Dal, machając mi na pożegnanie, gdy zbierałem swoje rzeczy i ruszałem do wyjścia. – Zawsze jesteś tu mile widziany.

Później tego wieczora zastukałem do drzwi Wilema. Otworzył.

– Niech mnie – powiedział. – Drugi raz jednego dnia. Czemu zawdzięczam ten zaszczyt?

– Myślę, że wiesz – mruknąłem i przecisnąłem się obok niego do maleńkiego jak mnisia cela pokoiku. Futerał z lutnią oparłem o ścianę, sam usiadłem w krześle. – Kilvin zakazał mi wstępu do warsztatu.

Siedzący na łóżku Wil pochylił się w moją stronę.

– A to czemu?

Rzuciłem mu porozumiewawcze spojrzenie.

– Podejrzewam, że dlatego, iż ty i Simmon wpadliście do niego i mu to zasugerowaliście.

Obserwował mnie przez chwilę, potem wzruszył ramionami.

– Domyśliłeś się szybciej, niż oczekiwałem. – Potarł dłonią twarz. – Nie wydajesz się mocno zdenerwowany.

Miotała mną wściekłość. Akurat kiedy los mój zaczął się odwracać, przez intrygi życzliwych przyjaciół straciłem pracę przynoszącą dochody. Ale zamiast od razu dać im posmakować mojej złości, poszedłem na dach Maius i tam grałem godzinę, aby ochłodzić rozpaloną głowę.

Jak zawsze muzyka mnie uspokoiła, a podczas gry przemyślałem sobie wiele rzeczy. Mój termin u Maneta przebiegał pomyślnie, ale nauki było po prostu za dużo: jak rozpalać piec do wypalania ceramiki, jak ciągnąć drut żądanej grubości, które stopy zastosować, by uzyskać pożądany efekt. Nie mogłem mieć nadziei, że znajdę na to wszystko sposób taki jak ten, dzięki któremu opanowałem runy. Pracując u Kilvina, nie byłem w stanie zarobić dość, żeby pod koniec miesiąca spłacić Devi, nie wspominając już o czesnym.

– Zapewne byłbym – przyznałem. – Ale Kilvin pokazał mi lustro. – Posłałem mu zmęczony uśmiech. – Wyglądałem potwornie.

– Wyglądasz jak potwór zbity na kwaśne jabłko – sprostował rzeczowo i urwał niezręcznie. – Cieszę się, że nie jesteś zły.

Rozległo się pukanie i w drzwiach ukazał się Simmon. Na mój widok na jego twarzy odmalowało się na poły poczucie winy, na poły zaskoczenie.

– Czy przypadkiem nie powinieneś być w... hmm... Rzemiosze? – zapytał tępo.

Roześmiałem się, a ulga Simmona była nieomal namacalna.

Wilem zdjął stos papierów z drugiego krzesła i Simmon osunął się na nie.

– Zostało wam przebaczone – oznajmiłem łaskawie. – Proszę was tylko o jedno: opowiedzcie mi wszystko, co wiecie o „Eolu".

Rozdział 53

Powolne kręgi

Miejsce, gdzie od dawna wyczekiwana aktorka czeka w kulisach, to „Eol". Nie zapomniałem, że to w jej stronę zmierza moja opowieść. Jeżeli nawet może się wydawać, że tylko powoli krążę wokół tematu, to jest to jak najbardziej stosowne, albowiem ona i ja zawsze powolnymi kręgami poruszaliśmy się wokół siebie.

Na szczęście Wilem i Simmon bywali już w „Eolu". Do spółki więc opowiedzieli mi wszystko, czego dotąd nie wiedziałem.

W Imre jest wiele miejsc, dokąd można pójść posłuchać muzyki. Po prawdzie, to w każdej karczmie, tawernie czy pensjonacie można zastać w określonych godzinach jakichś muzyków szarpiących struny, śpiewających czy dmuchających w instrumenty dęte. Ale „Eol" był inny. Gościł najlepszych muzyków miasta. Każdy, kto potrafił odróżnić dobrą muzykę od złej, wiedział, że w „Eolu" gra się najlepszą.

Wejście frontowymi drzwiami kosztowało całą miedzianą jotę. Za tę sumę można było zostać w środku, jak długo się chciało, i słuchać do woli.

Ale wniesienie opłaty za wejście nie dawało jeszcze muzykowi prawa zagrania w „Eolu". Kto chciał postawić stopę na scenie, musiał za ten przywilej oddzielnie zapłacić – całego srebrnego talenta. Tak właśnie było – ludzie płacili za to, żeby móc grać w „Eolu", a nie na odwrót.

Dlaczego ktoś miałby zapłacić tak skandalicznie wysoką sumę tylko po to, żeby zagrać swoją muzykę? Cóż, wśród tych, którzy tak chętnie rozrzucali srebro, znajdowali się oczywiście zblazowani bogacze. Dla nich talent nie był wielką ceną za możliwość pokazania się ludziom.

Ale poważni muzycy również płacili. Jeżeli wykonanie wywarło odpowiednie wrażenie na publiczności i właścicielach, w dowód uznania wykonawca otrzymywał maleńką fletnię ze srebra, którą można było przypinać szpilką do ubrania lub nosić na łańcuszku. Fletnie były prawdziwym wyróżnikiem talentu i otwierały drzwi do wszystkich najpoważniejszych karczem w promieniu dwustu mil od Imre.

Mając fletnię talentu, można było wejść do „Eola" za darmo i grać, kiedy się chciało.

Jedynym obowiązkiem, jaki związany był z posiadaniem fletni talentu, była konieczność występowania. Właściciel fletni musiał zagrać, kiedy go o to poproszono. Obowiązek zazwyczaj nie był ciężki, jako że szlachta gromadnie uczęszczająca do „Eola" chętnie obrzucała podobających się jej muzyków pieniędzmi i prezentami. Czyli coś w rodzaju stawiania kolejek skrzypkowi, tyle że w wersji klasy wyższej.

Zdarzali się też muzycy, którzy grali, mimo iż nie mieli większych szans na zdobycie fletni. Płacili za to, żeby móc grać, ponieważ nigdy nie było wiadomo, kto akurat może przebywać w „Eolu" i słuchać. Dobre wykonanie jednej piosenki zapewne nie gwarantowało zdobycia fletni, ale mogło zapewnić bogatego mecenasa.

W ogóle mecenasa.

– Nie zgadniesz, co słyszałem – powiedział pewnego wieczoru Simmon, kiedy siedzieliśmy na naszym zwyczajowym miejscu pod pręgierzem. Byliśmy sami, ponieważ Wilem smalił cholewki do jakiejś służącej „U Ankera". – Studenci skarżą się, że nocami w Maius rozbrzmiewają jakieś dziwne dźwięki.

– Doprawdy? – udałem brak zainteresowania.

Simmon upierał się przy swoim.

– Tak. Niektórzy twierdzą, że to duch studenta, który zgubił się w budynku i zagłodził na śmierć. – Postukał się palcem po nosie, jak wytrawny kłamca snujący swoją gawędę. – Mówią, że do dziś wędruje korytarzami, nie potrafiąc znaleźć wyjścia.

– Ach.

– Wedle innych poglądów, to zły duch. Powiadają, że męczy zwierzęta, zwłaszcza koty. Takie właśnie dźwięki słyszą po nocach studenci: kocią muzykę tortur. Co, jak rozumiem, może brzmieć naprawdę przerażająco.

Przyjrzałem mu się uważniej. Wyglądał, jakby zaraz miał wybuchnąć śmiechem.

– Och, powiedz to wreszcie – ponagliłem go z udawaną surowością. – Dalej. Zasłużyłeś sobie, jesteś przecież taki bystry. A tak na marginesie... w dzisiejszych czasach nikt już nie używa strun z kocich jelit.

Omal się nie zakrztusił od tłumionego śmiechu. Poczęstowałem się jednym z jego słodkich ciasteczek i zacząłem jeść, obmyślając dla niego lekcję pokory.

– A więc dalej jesteś zdecydowany?

Skinąłem głową.

Simmon wyglądał, jakby mu ulżyło.

– Myślałem, że może zmienisz plany. Ostatnio nieczęsto widywałem cię z lutnią.

– Nie było to konieczne – wyjaśniłem. – Teraz, kiedy mam dużo czasu na ćwiczenia, nie muszę jej nosić ze sobą wszędzie, by wyrwać parę minut na ćwiczenia.

Minęła nas grupka studentów, jeden z nich pomachał do Simmona.

– Kiedy masz zamiar to zrobić?

– W tę Żałobę – odrzekłem.

– Już? – zdziwił się Simmon. – Ledwie dwa cykle temu martwiłeś się, że twoje umiejętności zardzewiały. Tak szybko odzyskałeś sprawność?

– Nie do końca – przyznałem. – Miną lata, nim cała moja muzyka do mnie wróci. – Wzruszyłem ramionami i wsadziłem do ust ostatnie słodkie ciastko. – Ale znowu gra mi się łatwo. Muzyka nie zatrzymuje mi się już na rękach, po prostu... – Męczyłem się przez chwilę, szukając odpowiednich słów, w końcu wzruszyłem ramionami. – Jestem gotów.

Szczerze mówiąc, wolałbym jeszcze miesiąc na ćwiczenia, jeszcze rok na ćwiczenia, zanim zdecyduję się położyć na szali cały swój talent. Ale nie miałem tyle czasu. Semestr zbliżał się już do końca. Potrzebowałem pieniędzy na obsługę długu u Devi i na zapłacenie następnego czesnego. Nie mogłem dłużej zwlekać.

– Jesteś pewien? – zapytał Simmon. – Słyszałem ludzi próbujących swego talentu i byli naprawdę dobrzy. Z początkiem tego semestru jakiś stary śpiewał pieśń... o tej kobiecie, której mąż poszedł na wojnę.

– „W wioskowej kuźni"? – podsunąłem.

– Nieważne – zbył mnie Simmon. – Chcę powiedzieć tylko tyle, że był naprawdę dobry. Na przemian płakałem i śmiałem się do rozpuku. – Obrzucił mnie niespokojnym spojrzeniem. – Ale nie zdobył fletni.

Uśmiechem pokryłem dręczące mnie wątpliwości.

– Jeszcze nie słyszałeś, jak gram, co?

– Dobrze wiesz, że nie – powiedział z urazą.

Uśmiechnąłem się. Na początku, kiedy byłem przekonany, że wyszedłem z wprawy, za nic nie chciałem zagrać dla Wilema i Simmona. Na ich opinii zależało mi tak jak na ewentualnych słuchaczach w „Eolu".

– Cóż, będziesz miał okazję w Żałobę – drażniłem się z nim. – Przyjdziesz?

Simmon pokiwał głową.

– Wilem też przyjdzie. Chyba żeby było trzęsienie ziemi albo z nieba spadł deszcz krwi.

Zerknąłem na zachodzące słońce.

– Powinienem już iść – powiedziałem, wstając. – Praktyka czyni mistrza.

Sim pomachał mi, a ja ruszyłem do Mesy, gdzie zabawiłem tylko tyle czasu, ile zajęło mi wyskrobanie z miski fasoli i przeżucie cienkiego kawałka twardego szarego mięsa. Mały bochenek chleba wziąłem ze sobą, co ściągnęło na mnie zdziwione spojrzenia siedzących przy sąsiednich stołach studentów.

Podszedłem do pryczy i z kufra w nogach wyciągnąłem lutnię. Potem – przypomniawszy sobie plotki, o których mówił Sim – obrałem bardziej ryzykowną drogę na dach Maius, wspinając się po rynnach w ustronnym zaułku. Nie chciałem przecież, aby nocne zajęcia, jakim się tam oddawałem, ściągały dodatkową uwagę.

Było już całkiem ciemno. Kiedy dotarłem na odosobniony dziedziniec z jabłonką, nie paliło się już w żadnym oknie. Spojrzałem z krawędzi dachu, ale nie zobaczyłem nic prócz cieni.

– Auri! – zawołałem. – Jesteś tam?

– Spóźniłeś się – doszła do mnie cokolwiek bojaźliwa odpowiedź.

– Przepraszam – ciągnąłem. – Chcesz może wejść na górę? Krótka pauza.

– Nie. Zejdź na dół.

– Dziś księżyca jest mało – zachęcałem, jak umiałem. – Jesteś pewna, że nie chcesz wejść na górę?

Usłyszałem szelest w żywopłocie na dole, a potem ze zręcznością wiewiórki Auri wspięła się po drzewie. Przebiegła po krawędzi dachu i zatrzymała się kilka stóp ode mnie.

Wedle tego, co potrafiłem stwierdzić, Auri była ledwie kilka lat starsza ode mnie, z pewnością nie miała ich więcej niż dwadzieścia. Ubierała się w obszarpane łachmany, odsłaniające ręce i nogi, niższa była ode mnie gdzieś o stopę. Do tego chuda. Częściowo zapewne wskutek przyrodzonej budowy ciała, ale nie tylko. Policzki miała zapadnięte, nagie ramiona szczupłe jak u dziecka. Długie włosy tak delikatne, że unosiły się wokół jej głowy niczym mgiełka.

Sporo czasu zabrało mi wywabienie jej z ukrycia. Od pewnego czasu podejrzewałem, że na dziedzińcu ktoś przysłuchuje się moim ćwiczeniom, lecz minęły prawie dwa cykle, zanim zdołałem ją bodaj przelotnie dojrzeć. Zorientowałem się, że musi być wygłodzona, i zacząłem przynosić jej całe jedzenie, jakie mogłem wynieść z Mesy. Mimo to jeszcze jeden cykl minął, nim wdrapała się do mnie na dach, gdzie ćwiczyłem.

Rozmawialiśmy ze sobą dopiero od kilku dni. Za pierwszym razem sądziłem, że będzie osowiała i nieufna, ale nic nie mogło okazać się dalsze od prawdy. Była urzeczona spotkaniem ze mną, przez cały czas oczy jej się świeciły. Jej widok przypomniał mi okres spędzony w Tarbean, ale w istocie żadnych większych podobieństw między nią a mną z tamtych czasów nie było. Auri okazała się skrupulatnie czysta i pełna radości.

Nie lubiła otwartego nieba, jasnych świateł, ludzi. Podejrzewałem, że jest jakąś byłą studentką, która doznała pomieszania zmysłów i schowała się, zanim zamknęli ją w Azylu. Niewiele się o niej dotąd dowiedziałem, ponieważ wciąż cechowała ją nieśmiałość i pewna rezerwa. Kiedy zapytałem, jak ma na imię, uciekła pod ziemię i nie wychodziła przez kilka dni.

A więc sam wybrałem dla niej imię, Auri. Choć w głębi duszy myślałem o niej: mój księżycowy elf.

Auri podeszła kilka kroków, zatrzymała się, odczekała chwilę, potem znowu dała parę kroków. I tak kilkakrotnie, dopóki nie znalazła się tuż przede mną. Stanęła całkiem nieruchomo, a włosy okalały jej głowę niczym aureola. Ręce stuliła na piersiach, tak że dłonie znajdowały się tuż pod brodą. Sięgnęła i lekko szarpnęła mnie za rękaw, potem cofnęła dłoń.

– Co masz dla mnie? – zapytała z podnieceniem.

Uśmiechnąłem się.

– A co ty masz dla mnie? – przekomarzałem się z nią.

Uśmiechnęła się i wyciągnęła rękę. W świetle księżyca coś zalśniło.

– Klucz – oznajmiła dumnie, podając mi go.

Wziąłem go do ręki. Przyjemnie zaciążył mi w dłoni.

– Bardzo ładny – pochwaliłem. – Co otwiera?

– Księżyc – rzekła z dumą, a na jej twarzy zagościł wyraz powagi.

– Może się przydać – odparłem, oglądając uważnie klucz.

– Tak sobie właśnie pomyślałam – powiedziała. – Jeśli na Księżycu są jakieś drzwi, będziesz mógł je otworzyć. – Usiadła na dachu ze skrzyżowanymi nogami i uśmiechnęła się. – Aczkolwiek oczywiście nie pochwalałabym tego rodzaju lekkomyślnych zachowań.

Przykucnąłem i otworzyłem futerał z lutnią.

– Przyniosłem ci trochę chleba. – Podałem jej bocheneczek jęczmiennego chleba zawinięty w kawałek płótna. – I butelkę wody.

– Z twojej strony to też bardzo miło – podziękowała wdzięcznie. W jej drobnych dłoniach butelka wydawała się strasznie duża. – Co jest w wodzie? – zapytała, wyciągając korek i zaglądając do środka.

– Kwiaty – odparłem. – I ta część księżyca, której nie ma na niebie. Wsadziłem ją tam dla ciebie.

Uniosła wzrok.

– Ja pierwsza mówiłam o księżycu – powiedziała ze śladem nagany w głosie.

– Wobec tego niech będą tylko kwiaty. I blask grzbietu ważki. Chciałem kawałek księżyca, ale mogłem sięgnąć tylko błękitnego blasku ważki.

Przechyliła butelkę, napiła się.

– Jest śliczny – powiedziała, odsuwając z twarzy zabłąkane pasemka włosów.

Potem rozwinęła płótno i zaczęła jeść. Odrywała z bocheneczka maleńkie kęsy i żuła delikatnie, dzięki czemu wyglądało to naprawdę wytwornie.

– Lubię biały chleb – powiedziała między kęsami tonem, jakim prowadzi się konwersację przy posiłku.

– Ja też – powiedziałem, a potem usiadłem. – Ale nie zawsze mogę go dostać.

Pokiwała głową i zerknęła na rozgwieżdżone niebo oraz wiszący na nim sierp księżyca.

– Lubię też, kiedy jest pochmurno. Ale teraz też nie jest źle. Przytulnie, jak w Podspodziu.

– W Podspodziu? – zapytałem. Rzadko bywała tak rozmowna.

– Żyję w Podspodziu – spokojnie oznajmiła Auri. – Ciągnie się wszędzie.

– Podoba ci się tam na dole?

Jej oczy się rozjaśniły.

– Święty Boże, tak, jest wspaniale. Całą wieczność można patrzeć. – Odwróciła się i spojrzała na mnie. – Mam wieści – powiedziała, jakby się ze mną drocząc.

– Jakie? – zapytałem.

Odgryzła kolejny kęsek chleba i przeżuła go dokładnie, zanim się odezwała.

– Ostatniej nocy wyszłam na zewnątrz. – Nieśmiały uśmiech. – Na wierzch.

– Naprawdę? – zapytałem, nie starając się ukryć zaskoczenia. – Spodobało ci się?

– Było ślicznie. Poszłam się rozejrzeć – kontynuowała wyraźnie zadowolona z siebie. – Widziałam Elodina.

– Mistrza Elodina? – dopytywałem się. Przytaknęła. – Czy on też był na wierzchu?

Przytaknęła znów, przeżuwając.

– Widział cię?

Wybuchnęła radosnym śmiechem, przez co wyglądała bardziej na dziecko niż młodą kobietę.

– Nikt mnie nie widzi. Poza tym był zajęty, wsłuchiwał się w wiatr. – Złożyła dłonie wokół ust i wydała zawodzący odgłos. – Ostatniej nocy wiatr nadawał się do słuchania – dodała tajemniczo.

Kiedy próbowałem znaleźć jakiś sens w tym, co powiedziała, Auri skończyła jeść i z podnieceniem zaklaskała w dłonie.

– Teraz graj! – powiedziała bez tchu. – Graj! Graj!

Uśmiechając się, wyciągnąłem lutnię z futerału. Nie mogłem nawet marzyć o bardziej entuzjastycznej publiczności niż Auri.

Rozdział 54

Miejsce na to, żeby zapłonąć

Dzisiaj wyglądasz jakoś inaczej – zauważył Simmon.

Wilem mruknął potakująco.

– Czuję się inaczej – przyznałem. – Nie źle, tylko inaczej.

Nasza trójka deptała pył drogi prowadzącej do Imre. Dzień był słoneczny i ciepły, żadnemu z nas nigdzie się nie spieszyło.

– Wyglądasz... na spokojnego – ciągnął Simmon, przeczesując dłonią włosy. – Chciałbym być tak spokojny, na jakiego ty wyglądasz.

– Chciałbym być taki spokojny, na jakiego wyglądam – odmruknąłem.

Simmon nie chciał odpuścić.

– Wyglądasz jakoś bardziej solidnie. – Skrzywił się. – Nie. Wyglądasz... na bardziej sprężonego.

– Sprężonego? – Wybuchem śmiechu rozładowałem napięcie, które czułem od jakiegoś czasu. – Jak ktoś może wyglądać na sprężonego?

– Normalnie. – Wzruszył ramionami. – Sprężony, jak zwinięta sprężyna.

– To chodzi o sposób, w jaki się trzyma – wyjaśnił Wilem, przerywając swe zwyczajowe zamyślone milczenie. – Wyprostowany, sztywny kark, ramiona podane do tyłu. – Wykonał gest, który miał podkreślić jego słowa. – Kiedy idzie, dotyka ziemi całymi podeszwami stóp. Nie tylko czubkami, jakby biegł, ani obcasami, jakby się wahał. Maszeruje solidnie, zawłaszczając ziemię pod nogami.

Przez chwilę poczułem się nieswojo, ponieważ próbowałem zaobserwować u siebie opisane rzeczy, co nigdy się nie udaje.

Simmon spojrzał na Wilema z ukosa.

– Ktoś tu spędzał ostatnio dużo czasu z Pajacem, co?

Wilem wzruszył ramionami, co można było odczytać jako niejasne potwierdzenie, a potem cisnął kamieniem w drzewo rosnące przy drodze.

– Kim jest ten Pajac, o którym ciągle mówicie? – zapytałem po części po to, żeby odwrócić ich uwagę ode mnie. – Wiecie, że wkrótce śmiertelnie się rozchoruję z ciekawości.

– Jeżeli taka choroba w ogóle jest możliwa, to z pewnością właśnie ty na nią zapadniesz – skwitował Wilem.

– On spędza większość czasu w Archiwach – z wahaniem poinformował mnie Sim, wiedząc, że dotyka drażliwej kwestii. – Trudno mu ciebie przedstawić, skoro... sam wiesz...

Doszliśmy do Kamiennego Mostu, który łukiem szarych głazów spinał dwa brzegi rzeki Omethi między Uniwersytetem a Imre. Kamienny Most, który od krańca do krańca liczył ponad dwieście stóp, a na szczycie wznosił się na ponad sześćdziesiąt stóp, otaczało więcej legend niż jakikolwiek inny obiekt Uniwersytetu.

– Splińmy na szczęście – zachęcił nas Wilem.

Zaczęliśmy się wspinać po moście i natychmiast jak powiedział, tak zrobił. Simmon zaraz też z dziecinną przesadą splunął przez balustradę.

Omal nie powiedziałem: „Szczęście nie ma z tym nic wspólnego", cytując słowa mistrza Arwyla, tysiące razy wypowiadane z powagą w Medicum. Przez chwilę miałem je na końcu języka, zawahałem się i zamiast tego splunąłem.

„Eol" znajduje się w samym sercu Imre, jego drzwi wychodzą na wybrukowany centralny plac miasta. Na placu są jeszcze ławki, kilka kwitnących drzew i marmurowa fontanna, zlewająca wodą grupę satyra ścigającego ledwie odziane nimfy, których popłoch zresztą sprawia w najlepszym razie wrażenie udawanego. Wokół „Eola" kręcili się dobrze ubrani ludzie, przynajmniej jeden na trzech miał w ręku jakiś instrument. Samych lutni naliczyłem siedem.

Kiedy podeszliśmy, portier „Eola" uniósł dłoń do szerokoskrzydłego kapelusza i ukłonił się porozumiewawczo. Wysoki na przynajmniej sześć i pół stopy, był mocno opalony i umięśniony.

– To będzie jedna jota, paniczu – uśmiechnął się, a Wilem podał mu monetę.

Potem z tym samym rozpromienionym uśmiechem zwrócił się do mnie. Zerknął na futerał lutni i mrugnął znacząco.

– Dobrze widzieć nową twarz. Znasz zasady?

Skinąłem głową i podałem mu jotę.

Odwrócił się i wskazał mi wnętrze.

– Widzisz ten bar?

Trudno było nie zauważyć pięćdziesięciostopowego kontuaru, który wił się na tyłach pomieszczenia.

– Widzisz ten koniec, który zakręca ku scenie? – pytał dalej.

Przytaknąłem.

– Widzisz tego na stołku? Jeżeli zdecydujesz się spróbować powalczyć o fletnię, z nim musisz porozmawiać. To Stanchion – wyjaśnił portier.

Obaj równocześnie oderwaliśmy wzrok od wnętrza pomieszczenia. Szarpnięciem ramienia poprawiłem ułożenie lutni.

– Dziękuję... – Urwałem, nie wiedząc, jak się do niego zwracać.

– Deoch. – Uśmiechnął się znowu w swój niewymuszony sposób.

Tknięty nagłym bodźcem wyciągnąłem rękę.

– Deoch znaczy „pić". Pozwolisz sobie później postawić kolejkę?

Przyglądał mi się dłuższą chwilę i wybuchnął śmiechem. Śmiech był swobodny, pełny wewnętrznego zadowolenia, tryskał z głębi jego piersi. Radośnie uścisnął mi dłoń.

– Czemu nie? – Deoch puścił moją rękę, zerknął mi ponad ramieniem. – Simmon, ty nam go przyprowadziłeś?

– Tak naprawdę to on mnie tu przyprowadził. – Simmon wydawał się trochę zbity z tropu moją krótką wymianą zdań z portierem, ale nie potrafiłem zrozumieć dlaczego. – Nie sądzę, aby ktokolwiek mógł go gdziekolwiek zaprowadzić wbrew jego woli. – Podał Deochowi swoją jotę.

– Tak coś mi się wydaje – rzekł tamten. – Jest w nim coś, co mi się podoba. Jakieś takie nieokrzesanie. Mam nadzieję, ze zagra dziś dla nas.

– Ja też mam taką nadzieję – powiedziałem, gdy wchodziliśmy do środka.

Rozglądałem się po wnętrzu „Eola" jak najmniej zauważalnie. Prostopadle do falistego mahoniowego baru wystawała ze ściany okrągła scena. Kilka spiralnych klatek schodowych wiodło na piętro, które pod wszelkimi względami przypominało balkon w teatrze. Ponad nim widoczne było znacznie mniejsze pięterko, właściwie coś w rodzaju wysokiego mezzanino otaczającego łukiem całe pomieszczenie.

Całą salę zajmowały stoły z taboretami i krzesłami. W niszach w ścianach mieściły się ławki. Światło dawały na równi świece i lampy sympatetyczne, dzięki czemu pomieszczenie nie było zadymione i światło miało naturalny charakter.

– No, to był chytry trik. – Głos Simmona lekko się łamał. – Litościwy Tehlu, uprzedź mnie najpierw, zanim wykonasz jeden ze swoich numerów, dobrze?

– Co? – zapytałem. – Ta sprawa z portierem? Simmon, jesteś przewrażliwiony jak małoletnia dziwka. Zachowywał się przyjacielsko. Polubiłem go od razu. Co się złego stało, że mu zaproponowałem kolejkę?

– Deoch jest właścicielem tego miejsca – ostro zareagował Simmon. – I najbardziej nienawidzi, kiedy muzycy całują go w tyłek. Dwa cykle temu wyrzucił kogoś za to, że chciał dać mu pieniądze. – Obrzucił mnie przeciągłym spojrzeniem. – Naprawdę go wyrzucił. Tamten prawie doleciał do fontanny.

– Och – powiedziałem wstrząśnięty. Obejrzałem się przez ramię na Deocha, który żartował z kimś przy wejściu. Zobaczyłem, jak potężne mięśnie ramion napinają się i rozluźniają, gdy gestem zapraszał tamtego do wnętrza. – Myślisz, że się zdenerwował? – zapytałem.

– Nie, nie zdenerwował się. I to jest najdziwniejsze.

Podszedł do nas Wilem.

– Jeśli przestaniecie wreszcie plotkować jak wiejskie baby i usiądziecie przy stoliku, postawię wam pierwszą kolejkę, *lhin*?

Przepchnęliśmy się do stolika, który Wilem wybrał niedaleko miejsca, gdzie Stanchion siedział za barem.

– Czego się napijecie? – zapytał, gdy usiedliśmy, a ja położyłem futerał z lutnią na wolnym krześle.

– Miód z cynamonem – powiedział Simmon, nie zastanawiając się ani przez moment.

– Panienka – skomentował Wilem lekko oskarżycielskim tonem i pytająco spojrzał na mnie.

– Cydr – powiedziałem. – Lekki cydr.

– Dwie panienki – powiedział i powędrował do baru.

Ruchem głowy wskazałem Stanchiona.

– A co z nim? – zapytałem. – Pomyślałem, że to jest właściciel.

– Są współwłaścicielami. Stanchion zajmuje się sprawami muzycznymi.

– Jest coś, co powinienem o nim wiedzieć? – zapytałem. To, że dopiero co cudem uniknąłem katastrofy z Deochem, wzmogło mój niepokój.

Simmon pokręcił głową.

– Słyszałem, że też jest zabawny, ale nigdy z nim nie rozmawiałem. Nie rób nic głupiego, a wszystko będzie dobrze.

– Dzięki – rzuciłem sarkastycznie, a potem odsunąłem krzesło od stołu i podniosłem się.

Stanchion był średniej budowy ciała, elegancko odziany w ciemne zielenie i czernie. Miał okrągłą twarz okoloną brodą i nieduży brzuszek widoczny pewnie tylko dlatego, że siedział. Uśmiechnął się i dał mi gestem znak, żebym podszedł. W drugiej dłoni ściskał imponujących rozmiarów kufel.

– Witaj, cześć – oznajmił wesoło. – Wyglądasz obiecująco. Chcesz dzisiaj zagrać? – W zamyśleniu uniósł brew. Podszedłszy bliżej, zauważyłem, że włosy Stanchiona są rude, o głębokim, nienatarczywym odcieniu; barwy tej przy niewłaściwym świetle z pewnością nie sposób byłoby dostrzec.

– Mam nadzieję, panie – powiedziałem. – Choć być może nie od razu.

– Och, jasne. Nigdy nie pozwalamy nikomu spróbować swego talentu, póki jeszcze słońce stoi na niebie. – Urwał, napił się, a kiedy odwrócił głowę, zobaczyłem złotą fletnię w kolczyku. Westchnął i zamaszystym gestem wytarł usta w rękaw. – Na czym grasz, na lutni?

Skinąłem głową.

– Wiesz może, czym chciałbyś nas oczarować? – indagował dalej.

– To zależy, panie. Czy ktoś grał tu ostatnio *Balladę o sir Savienie Traliardzie*?

Stanchion uniósł brew, odkaszlnął. Wolną ręką pogładził brodę i rzekł:

– Cóż, nie. Parę miesięcy temu ktoś spróbował, ale wyraźnie przeliczył się z siłami. Zupełnie pomieszał akordy i w połowie zrezygnował. – Pokręcił głową. – Mówiąc krótko: nie. Przynajmniej nie ostatnio. Upił kolejny łyk z kufla i z namysłem przełknął, po czym przemówił znowu: – Zazwyczaj większość ludzi odkrywa, że nieco łatwiejsza pieśń pozwala im bardziej dobitnie zademonstrować swój talent – powiedział, ostrożnie dobierając słowa.

Wyczułem nie wypowiedzianą radę, lecz się nie obraziłem. *Sir Savien* jest najtrudniejszą pieśnią, jaką w życiu słyszałem. W całej naszej trupie tylko ojciec miał dość umiejętności, żeby ją poprawnie wykonać, a i tak tylko cztery, pięć razy słyszałem, jak grał ją przed publicznością. Trwa jakieś piętnaście minut, ale ten kwadrans wymaga tak szybkich i precyzyjnych akordów, że – kiedy zrobić to dobrze – lutnia zdaje się grać naraz dwoma głosami, melodycznym i harmonicznym.

Jest to poważne wyzwanie, ale z drugiej strony nic, czemu wprawny lutnista nie mógłby sprostać. Jednakże *Sir Savien* jest pieśnią, a warstwa wokalna tworzy w niej kontrapunkt do rytmu podawanego przez lutnię. Trudne. Jeśli pieśń zostaje wykonana właściwie, a więc głos męski i żeński śpiewają wersy na przemian, utwór komplikują jeszcze bardziej żeńskie kontrapunkty w refrenach. Znowuż, jeśli się wykona to dobrze, rzecz trafi do każdego serca. Na całe nieszczęście niewielu muzyków potrafi zachować spokój w oku cyklonu, jaki rozpętuje ta pieśń.

Stanchion pociągnął kolejny długi łyk z kufla i wytarł rękawem brodę.

– Będziesz sam śpiewał? – zapytał, mimo nie wypowiedzianych głośno ostrzeżeń wyraźnie podekscytowany. – Czy może przyprowadziłeś kogoś, kto zaśpiewa drugi głos? Któryś z tych dwóch chłopaków to kastrat?

Zdusiłem śmiech, który wzbudził we mnie obraz Wilema śpiewającego sopranem, i pokręciłem głową.

– Nie mam przyjaciół, którzy potrafiliby to zaśpiewać. Wymyśliłem sobie, że powtórzę trzeci refren, żeby dać komuś szansę wejść jako Aloine.

– W stylu aktorów z wędrownej trupy, co? – Przyjrzał mi się z powagą. – Synu, nie jest moją rolą ci to mówić, ale naprawdę chcesz spróbować zdobyć fletnię z kimś, z kim nigdy nie ćwiczyłeś?

Zapewniłem go, że zdaję sobie sprawę, jak może się to okazać trudne.

– Ilu fletni mogę się tu dziś mniej więcej spodziewać?

Namyślał się chwilkę.

– Mniej więcej? Ośmiu. Może tuzina.

– A więc wedle wszelkiego prawdopodobieństwa będą wśród nich trzy kobiety, które dowiodły swych talentów?

Stanchion pokiwał głową, przyglądając mi się z rosnącym zaciekawieniem.

– Cóż – powiedziałem, cedząc słowa. – Jeżeli wszystko, co mi mówiono, jest prawdą, jeżeli fletnię można zdobyć tylko prawdziwym mistrzostwem, wówczas któraś z tych kobiet będzie znała partię Aloine.

Stanchion napił się znowu, tym razem wolno i z namaszczeniem, przez cały czas obserwując mnie znad krawędzi kufla. Kiedy w końcu odstawił go na kontuar, zapomniał otrzeć brodę.

– Dumny jesteś, nieprawdaż? – zapytał z całą otwartością.

Rozejrzałem się po sali.

– Czy to nie „Eol"? Słyszałem, że to tutaj duma płaci srebrem i gra jak złoto?

– To mi się podoba – powiedział Stanchion, jakby mówił do siebie. – Gra jak złoto. – Z głuchym łomotem odstawił kufel na kontuar; coś pienistego chlupnęło przez krawędź. – Niech cię, chłopcze, mam nadzieję, że jesteś tak dobry, jak najwyraźniej ci się wydaje, że jesteś. Potrzebny mi tu ktoś, kto miałby w sobie ogień Illiena. – Przesunął dłonią po rudych włosach, żeby dwuznaczność wypowiedzi nie pozostawiała wątpliwości.

– Mam nadzieję, że to miejsce jest równie dobre, jak najwyraźniej wszystkim się wydaje, że jest – odrzekłem skwapliwie. – Potrzebne mi jest miejsce, w którym mógłbym zapłonąć.

– Nie wyrzucił cię – ironizował Simmon, kiedy wróciłem do stolika. – A więc pewnie nie poszło aż tak źle, jak mogło.

– Myślę, że poszło całkiem nieźle – odrzekłem machinalnie. – Ale czy na pewno?

– Jak możesz wątpić? – zaprotestował Simmon. – Widziałem, jak się śmiał. To musi być dobra oznaka.

– Niekoniecznie – zauważył Wil.

– Staram się przypomnieć sobie wszystko, co mówiłem – przyznałem. – Czasami usta same mi się otwierają i najpierw mówię, a potem myślę.

– Nie czasami, a często, co? – zauważył Wilem z jednym ze swoich rzadkich, skrytych uśmiechów.

Przekomarzania z przyjaciółmi uspokoiły mnie.

– Coraz częściej – wyznałem, szczerząc zęby.

Potem piliśmy i rozmawialiśmy o różnych mało istotnych sprawach: plotki o mistrzach, nieliczne dziewczyny, jakie wpadły nam w oko. O tym, kogo lubimy na Uniwersytecie, ale znacznie częściej o tym, kogo nie lubimy i dlaczego, a także co byśmy zrobili w tej kwestii, gdyby nadarzyła się szansa.

I tak mijał nam czas, a „Eol" powoli się wypełniał. Simmon ugiął się pod wpływem Wilema i zaczął pić scuttena, czyli mocne ciemne wino z winogron rosnących u podnóży gór Shalda, potocznie zwane korbą.

Skutki stały się dostrzegalne niemal od razu – śmiał się głośniej, szerzej i kołysał na krześle. Wilem natomiast pozostawał tym samym milczącym sobą. Następną kolejkę kupiłem ja – po dużym kubku cydru dla każdego. Na skrzywienie Wilema zwróciłem mu uwagę, że jeśli zdobędę dziś odznakę talentu, sprawię, iż popłynie do domu w tej swojej korbie, ale jeśli któryś z nich upije się przed moim występem, osobiście wygarbuję im obu skórę i utopię w rzece. Zgodzili się nie pić na razie za ostro, pocieszając się wymyślaniem sprośnych wersów do *Druciarza Tannera*.

Pozwoliłem im się bawić, a sam zatonąłem w rozważaniach o własnych sprawach. Głównie rozmyślałem nad tym, czy może jednak nie należy posłuchać rady Stanchiona. Próbowałem przypomnieć sobie jakąś inną pieśń wartą wykonania, która byłaby dostatecznie trudna, żeby na jej podstawie dowieść swych umiejętności, a zarazem łatwa na tyle, aby zostawiła mi miejsce na pokaz artyzmu.

Chwilami docierały do mnie pojedyncze słowa Simmona.

– Dawaj, jesteś dobry w rymach... – namawiał.

Zrekonstruowałem sobie w głowie ostatni fragment ich rozmowy, której słuchałem jednym uchem.

– Spróbuj „w tehlańskiej sutannie" – poradziłem bez głębszego zastanowienia. Byłem zbyt zdenerwowany, aby wyjaśniać, że jedną z najbardziej dokuczliwych przywar mego ojca stanowiła jego skłonność do nieprzyzwoitych limeryków.

Zarechotali uradowani, a ja wciąż zmagałem się z myślą o jakiejś innej pieśni. Miałem pustkę w głowie, kiedy Wilem przeszkodził mi znowu.

– Co?! – zapytałem rozzłoszczony i zobaczyłem te szkliste oczy, jakie miewa tylko wtedy, gdy zmuszony jest patrzeć na coś, co mu się naprawdę nie podoba. – Co? – powtórzyłem, tym razem bardziej polubownie.

– Ktoś, kogo wszyscy znamy i kochamy – powiedział ponuro, wskazując ruchem głowy drzwi.

Nie mogłem dostrzec tam nikogo znajomego. „Eol" był już prawie pełny, na poziomie parteru kłębiła się jakaś setka osób. W tle otwartych drzwi ujrzałem, że na dworze zapadła już noc.

– Stoi plecami do nas. Właśnie wypróbowuje swój śliski urok osobisty na damie, która zapewne go nie zna... po prawej stronie dżentelmena w czerwonym – kierował moim spojrzeniem Wilem.

– Sukinsyn – powiedziałem, zbyt oszołomiony, żeby wymyślić coś bardziej dosadnego.

– Osobiście widziałem w nim zawsze raczej potomka świni – sucho stwierdził Wil.

Simmon rozglądał się dookoła, mrużąc oczy jak sowa.

– Co? Kto tu jest?

– Ambrose.

– Na Boga – mruknął Simmon i oparł się górną częścią ciała na blacie stołu. – No masz. Wy dwaj jeszcze się nie pogodziliście? – zwrócił się do mnie.

– Ja najchętniej bym o nim zapomniał – protestowałem. – Ale on na mój widok nie może się powstrzymać i wtyka mi kolejną szpilę.

– Do kłótni trzeba dwóch – zauważył Simmon.

– Akurat – odparowałem. – Nie interesuje mnie, czyim jest synem. Nie położę się brzuszkiem do góry, jak jakiś nieśmiały szczeniak. Jeżeli jest takim debilem, żeby mnie szarpać, odgryzę mu rękę, którą to robi. – Wciągnąłem głęboki oddech, żeby się uspokoić, i spróbowałem bardziej rozsądnych słów: – W końcu się nauczy i da mi spokój.

– Mógłbyś nie zwracać na niego uwagi – zaproponował Simmon zaskakująco trzeźwym głosem. – Po prostu nie dawaj się podpuszczać, a szybko mu się odechce.

– Nie mogę – odpowiedziałem poważnie, patrząc Simmonowi w oczy. – Nie odechce mu się. – Lubiłem Simmona, ale chwilami zachowywał się jak niewinne dziecię. – Kiedy dojdzie do wniosku, że jestem słaby, rzuci się na mnie ze zdwojoną siłą. Znam ten typ.

– A oto nadchodzi – zauważył Wil, starając się nie patrzeć w tamtą stronę.

Ambrose zobaczył mnie, zanim dotarł do naszej części sali. Nasze oczy spotkały się i od razu zrozumiałem, że nie spodziewał się mnie tu spotkać. Powiedział coś do jednego z grupy towarzyszących mu wszędzie fagasów, a oni rozbiegli się w tłumie, szukając wolnego stolika. Ambrose tymczasem czekał, patrząc to na Wilema, to na Simmona, to na mnie, to na moją lutnię, wreszcie z powrotem na mnie. Na koniec odwrócił się i podszedł do stolika, który znaleźli jego przyjaciele. Zanim usiadł, jeszcze raz spojrzał w moją stronę.

Zdenerwowało mnie trochę to, że się nie uśmiechnął. Zawsze mogłem liczyć na jego przesadnie smutny, teatralny uśmiech i szyderstwo w oczach.

Wtedy zobaczyłem coś, co zdenerwowało mnie jeszcze bardziej. Miał przy sobie solidny kwadratowy futerał.

– Ambrose gra na lirze? – zapytałem.

Wilem wzruszył ramionami. W oczach Simmona dostrzegłem niepokój.

– Myślałem, że wiesz – rzekł słabo.

– Widziałeś go tu już wcześniej? – zapytałem. Sim skinął głową. – Grał?

– Właściwie recytował. Poezję. Recytował i brzdąkał sobie na lirze. – Simmon wyglądał jak śmiertelnie przestraszony królik.

– Zdobył fletnię talentu? – zapytałem ponuro. Wtedy postanowiłem, że jeśli Ambrose jest członkiem tego towarzystwa, ja nie chcę mieć z nim nic wspólnego.

– Nie – powiedział szybko Simmon. – Próbował, ale... – Urwał i przez chwilę toczył tylko dzikim wzrokiem.

Wilem uspokajającym gestem położył dłoń na moim ramieniu. Wciągnąłem głęboki oddech, przymknąłem powieki, spróbowałem się rozluźnić.

Powoli docierało do mnie, że to wszystko nie ma żadnego znaczenia. Co najwyżej, po prostu stawka dzisiejszego wieczoru wzrosła. Ambrose nie będzie w stanie zepsuć mojej gry. Będzie musiał siedzieć i słuchać. Słuchać, jak ja gram *Balladę o sir Savienie Traliardzie*, ponieważ w obecnej sytuacji nie mogło być mowy, abym zagrał co innego.

Wieczorne występy rozpoczął jeden z wyróżnionych fletnią muzyków, którzy zaszczycili swoją obecnością „Eola". Miał lutnię i udowodnił, że potrafi na niej grać równie dobrze jak każdy Edema Ruh. Jego druga pieśń była jeszcze lepsza – na dodatek nigdy wcześniej jej nie słyszałem.

Potem nastąpiła dziesięciominutowa przerwa, zanim publiczność wywołała na scenę kolejnego z odznaczonych za talent. Zagrał na organkach, lepiej niż ktokolwiek, kogo w życiu słyszałem. W następnej kolejności zaśpiewał namiętne epicedium w tonacji molowej. Bez akompaniamentu – tylko jego wysoki czysty głos, który wznosił się i płynął niczym dźwięk organków, na których grał niedawno.

Po jego występie nastąpiła kolejna przerwa. Zrozumiałem, że Stanchion z rozmysłem tak układa plan występów, żeby między pieśniami dać publiczności chwilę czasu na kręcenie się po sali i rozmowy. Ten człowiek znał się na swoim interesie. Przyszło mi do głowy, że może kiedyś był aktorem wędrownej trupy.

Wreszcie nadszedł czas pierwszego konkursowego występu tej nocy. Brodaty mężczyzna w wieku około trzydziestu lat został przez Stanchiona wprowadzony na scenę i przedstawiony publiczności. Grał na flecie. I grał dobrze. Zagrał dwie krótkie piosenki, które znałem, i jedną, której nie znałem. Jego występ trwał może dwadzieścia minut i pomylił się tylko raz, przynajmniej ja więcej pomyłek nie wyłapałem.

Po oklaskach flecista pozostał na scenie, podczas gdy Stanchion wędrował wśród tłumu słuchaczy i naradzał się. Służący przyniósł fleciście szklankę wody.

W końcu Stanchion wrócił na scenę. Sala umilkła, kiedy właściciel „Eola" podszedł do muzykanta i uroczyście uścisnął mu dłoń. Tamtemu mina zrzedła, ale zdołał uśmiechnąć się krzywo i ukłonić publiczności. Stanchion zaprowadził go do baru i kupił coś w wysokim kuflu.

Następną, która chciała poddać próbie swój talent, okazała się młoda kobieta ze złotymi włosami, bogato odziana. Po tym, jak Stanchion ją przedstawił, zaśpiewała arię głosem tak jasnym i czystym, że na jakiś czas zapomniałem o tremie i dałem się ponieść jej pieśni. Przez kilka chwil nie myślałem o sobie i nie robiłem nic, tylko słuchałem.

Zbyt szybko wszystko się skończyło, pozostawiając mi tkliwość w piersiach i lekkie szczypanie w oczach. Simmon trochę pociągał nosem, ocierając dłońmi twarz.

Potem ona zaśpiewała kolejną pieśń, akompaniując sobie na lirze. Patrzyłem w nią jak w obraz i przyznam, że nie tylko dla jej muzycznych umiejętności. Włosy miała barwy dojrzałej pszenicy. Z miejsca, gdzie siedziałem – jakieś trzydzieści stóp od sceny – widziałem jasny błękit jej oczu. Gładkie ramiona i drobne, delikatne dłonie, które żywo śmigały po strunach. A sposób, w jaki trzymała lirę między nogami... cóż, o takich rzeczach piętnastoletni chłopcy myślą niemal bez przerwy.

Głos jej brzmiał równie pięknie jak w poprzednim utworze – dość, żeby kłuło w sercu. Niestety jej gra nie dorównywała umiejętnościom wokalnym. W połowie drugiej pieśni pomyliła akord, pogubiła się, lecz w końcu jakoś pozbierała i dotarła do końca numeru.

Tym razem Stanchion dłużej naradzał się ze słuchaczami. Przewędrował trzy poziomy „Eola", konsultując się ze wszystkimi: młodymi, starymi, muzykami i słuchaczami.

Kiedy patrzyłem na artystkę, Ambrose zdołał przyciągnąć jej wzrok, a potem obdarzył ją uśmiechem lepkim w moich oczach i najwyraźniej czarującym w oczach kobiet. Potem przestał na nią patrzeć i jego spojrzenie wędrowało po sali, póki nie zetknęło się z moim. Uśmiech zniknął z jego twarzy, przez chwilę tylko mierzyliśmy się oczyma bez wyrazu. Żaden z nas nie skrzywił się szyderczo ani nie wypowiedział niemej obrazy. A jednak nasza pełgająca wrogość w tej chwili odrodziła się na powrót. Nie potrafię z całą pewnością stwierdzić, który z nas pierwszy odwrócił wzrok.

Po blisko kwadransie zbierania opinii Stanchion znowu wspiął się na scenę. Podszedł do złotowłosej i ujął za rękę, jak poprzedniego muzyka. Na jej twarzy odbił się taki sam zawód. Stanchion sprowadził ją ze sceny i jej też kupił – jak się zacząłem domyślać – kufel pocieszenia.

Następna porażka dotknęła kolejnego utalentowanego muzyka. Grał na skrzypcach i był równie świetny co dwoje występujących przed nim. Potem Stanchion wprowadził na scenę mężczyznę w mocno już podeszłym wieku, jakby on również chciał poddać próbie swój talent. Z oklasków, które go powitały, należało wnosić, że cieszy się równym uznaniem jak każdy z utalentowanych muzyków, którzy grali przed nim.

Szturchnąłem Simmona łokciem.

– Kto to jest? – zapytałem, kiedy siwobrody zaczął stroić lirę.

– Threpe – szeptem odpowiedział mi Simmon. – Tak naprawdę, to hrabia Threpe. Gra tu przez cały czas, od lat. Wielki mecenas sztuki. Całe lata temu przestał już się starać o fletnię. Teraz tylko gra. Wszyscy go kochają.

Threpe zaczął grać i natychmiast się zorientowałem, czemu nigdy nie zdobył swojej fletni. Nie potrafił utrzymać tonacji, jego głos łamał się do wtóru szarpanych strun liry. Rytm zmieniał się na chybił trafił, tak że trudno było stwierdzić, czy i kiedy wziął złą nutę. Pieśń wyraźnie była własnej kompozycji, słowa w dość szczery sposób opowiadały o nawykach prowincjonalnego szlachcica. Jednak mimo braku klasycznych wartości artystycznych śmiałem się głośno razem ze wszystkimi.

Kiedy skończył, otrzymał gromkie oklaski, niektórzy nawet bili pięściami w stoły i tupali nogami. Stanchion natychmiast wszedł na scenę i potrząsnął dłonią hrabiego, ale w odróżnieniu od poprzedników Threpe nie okazał nawet śladu zawodu. Stanchion poklepał go entuzjastycznie po plecach, a potem zaprowadził do baru.

Czas nadszedł. Wstałem i wziąłem do ręki lutnię.

Wilem klepnął mnie w ramię, a Simmon uśmiechnął się szeroko, ze wszystkich sił starając się nie okazać przyjacielskiej tremy. W milczeniu skinąłem każdemu głową i poszedłem w kierunku pustego teraz miejsca Stanchiona, czyli tam, gdzie koniec baru skręcał się w stronę sceny.

Wsadziłem rękę do kieszeni i ścisnąłem w palcach srebrny talent, gruby i ciężki. Jakaś irracjonalna część mojej duszy pragnęła go nie wypuszczać z ręki, zachować na później. Ale wiedziałem, że w sytuacji, z jaką będę się musiał zmierzyć za kilka dni, nic mi po jednym talencie. Natomiast mając fletnię przyznawaną za talent, będę mógł zarabiać, grając w lokalnych karczmach. A jeśli szczęście dopisze mi na tyle, żeby zwrócić uwagę jakiegoś mecenasa, zarobię dość, żeby uregulować dług u Devi i zapłacić czesne. Należało podjąć to ryzyko.

Stanchion powoli szedł na swoje miejsce za barem.

– Ja zagram w następnej kolejności, panie. Jeśli nie masz nic przeciwko. – Miałem nadzieję, że zdenerwowanie, jakie czułem, nie odbija się na mojej twarzy. Ściskałem lutnię ręką śliską od potu.

Uśmiechnął się do mnie i skinął głową.

– Masz niezłe oko, jeśli chodzi o publiczność, chłopcze. Ta właśnie dojrzała do smutnej pieśni. Wciąż chcesz wykonać *Savienа*?

Przytaknąłem.

Usiadł i pociągnął z kufla.

– No dobra, niech jeszcze parę minut sobie poczekają i wygadają się.

Skinąłem głową i oparłem się o bar. Zacząłem się bezsensownie zamartwiać rzeczami, na które nie miałem żadnego wpływu. Jeden z kołków mojej lutni był trochę luźny, a mnie zabrakło pieniędzy, żeby go naprawić. Na scenę nie trafiła jeszcze żadna utalentowana kobieta. Poczułem niepokój na myśl, że będzie to jedna z tych dziwnych nocy, kiedy jedynymi utalentowanymi muzykami w „Eolu" okażą się mężczyźni lub kobiety nie znające partii Aloine.

Niemniej wydawało mi się, że ledwie chwila minęła, nim Stanchion wstał i uniesieniem brwi dał mi znak. Skinąłem głową i wziąłem do ręki futerał z lutnią. W mojej wyobraźni nagle zmieniła się w strasznego rzęcha. Razem weszliśmy po schodach na scenę.

Gdy tylko stanąłem na scenie, publiczność przestała rozmawiać i słychać było jedynie stłumiony pomruk szeptów. Zdenerwowanie minęło, przegnane uwagą sali. Zawsze tak ze mną było. Poza sceną zamartwiam się i pocę. Na scenie jestem spokojny jak bezwietrzna zimowa noc.

Stanchion przedstawił mnie jako pretendenta ubiegającego się o fletnię talentu. Rytualne słowa wywierały uspokajający skutek. Kiedy wreszcie gestem dał mi znak, w przeciwieństwie do poprzednich występów nie rozległy się żadne brawa – zapadła pełna wyczekiwania cisza. Na mgnienie zobaczyłem siebie takiego, jakiego musiała mnie widzieć publiczność: znacznie gorzej odziany od poprzedników, po prawdzie to niemal w łachmanach. Młody, właściwie jeszcze dziecko. Czułem, jak ciekawość powoli zbliża ich do mnie.

Pozwoliłem więc, aby jeszcze przez czas jakiś narastała, i powoli otworzyłem zatrzaski mego sfatygowanego, używanego futerału, wyciągając zeń sfatygowaną lutnię z drugiej ręki. Na znajomy widok uwaga publiczności sięgnęła zenitu. Uderzyłem kilka cichych akordów, potem dotknąłem kołków, leciutko dostrajając instrument. Znów wydobyłem z lutni kilka delikatnych akordów, sprawdzając, słuchając, kiwając głową.

Z oświetlonego miejsca na scenie, gdzie siedziałem, reszta sali wydawała się pogrążona w lekkim półmroku. Kiedy na nią spojrzałem, miałem wrażenie, że tysiąc oczu patrzy na mnie. Simmon i Wilem, Stanchion przy barze. Deoch przy drzwiach. Poczułem ściskanie w żołądku, kiedy zobaczyłem Ambrose'a, wpatrującego się we mnie z cichą groźbą tlącego się paleniska.

Uciekłem wzrokiem i prześlizgnąłem się po brodatym mężczyźnie w czerwieniach, hrabim Threpe, parze staruszków trzymających się za ręce, ślicznej dziewczynie z ciemnymi włosami...

Moja publiczność. Uśmiechnąłem się do nich. Uśmiech uczynił mi ich jeszcze bliższymi i wtedy zaśpiewałem:

Cicho! Szaa! Prawda to, długoście na próżno siedzieli,
Lecz czyż próżnym kto nazwie czekanie w nadziei
Na pieśń tak uchu miłą? Pieśń, którą Illien we własnej osobie
przed stu laty ułożył. To geniuszu dzieło echem zabrzmi w sercu
O Savienie i Aloine, z którą ów stanął na ślubnym kobiercu.

Pozwoliłem, aby fala szmerów przeszła przez tłum. Ci, którzy znali pieśń, poruszeni nachylali się ku sąsiadom, ci, którzy jej jeszcze nie słyszeli, pytali, o co chodzi.

Położyłem rękę na strunach i wtedy oczy publiczności z powrotem spoczęły na mnie. Sala umilkła, zacząłem grać.

Muzyka swobodnie wypływała ze mnie, lutnia śpiewała drugim głosem. Moje palce lekko uderzyły struny i instrument zagrał trzecim głosem. W moim gardle rodziły się dumne, przejmujące tony pieśni o Savienie Traliardzie, największym z Amyr. Publiczność kołysała się w dźwiękach muzyki jak źdźbła trawy na wietrze. Śpiewałem partię sir Saviena i czułem, jak słuchacze zaczynają mnie kochać i bać się mnie.

Wcześniejsze ćwiczenia tak bardzo przyzwyczaiły mnie do samotnego wykonywania pieśni, że omal zapomniałem powtórnie zagrać trzeci refren. Przypomniałem sobie w ostatniej chwili, aż spociłem się ze strachu. Śpiewając go, tym razem przyglądałem się publiczności w nadziei, że usłyszę kobiecy głos, który zaśpiewa responsorium.

Dotarłem do końca refrenu, który oznaczał początek zwrotki Aloine. Uderzyłem pierwszy akord i słuchałem, jak jego echo cichnie powoli, nie wywołując odzewu wśród publiczności. Niemniej spokojnie przyglądałem się twarzom i czekałem. W każdej sekundzie tego oczekiwania wielka ulga zmagała się w moim sercu z wielkim rozczarowaniem.

I wtedy na scenę wpłynął głos delikatny jak muśnięcie piórkiem, śpiewał...

Savienie, skąd ty wtedy wiedziałeś,
Że to właśnie jest chwila, byś do mnie przybył?
Savienie, czy pamiętasz
Dni, któreśmy razem tak błogo trwonili?
Jak potem to, co od dawna tkwiło w mej duszy,
Tyś udźwignął z wdziękiem i łzy me osuszył.

Ona śpiewała partie Aloine, ja Saviena. W refrenach jej głos wibrował, naśladując mój i mieszając się z nim. Za wszelką cenę chciałem przebić wzrokiem znajdujący się przede mną tłum, wśród bezliku twarzy znaleźć tę jedną twarz kobiety, która śpiewała ze mną. Raz faktycznie spróbowałem, ale palce zadrżały na strunach, gdy oczy rozpaczliwie chciały odnaleźć oblicze, które pasowałoby do chłodnego niby księżycowa poświata głosu. Zdekoncentrowałem się i trąciłem niewłaściwą strunę, co spowodowało lekkie zaburzenie w fakturze pieśni.

Drobny błąd. Zacisnąłem zęby i skupiłem się na muzyce. Odepchnąłem od siebie wszelką próżną ciekawość i pochyliłem głowę, obserwując palce, żeby już ani razu nie ześlizgnęły się na strunach.

A jak śpiewaliśmy! Jej głos był niczym roztopione srebro, mój odpowiadał jej echem. Partia Saviena składa się z mocnych, silnie brzmiących wersów kojarzących się z gałęziami wiekowego dębu, a Aloine śpiewa niczym słowik, który uwija się między nimi śmiałym, okrężnym trzepotem.

Teraz już ledwie sobie zdawałem sprawę z istnienia publiczności, z tego, że moje ciało zlewa pot. Muzyka pochłonęła mnie do tego stopnia, że nie potrafiłbym powiedzieć, gdzie zaczyna się ona, a kończę ja.

W końcu jednak koniec nadszedł. Dwie zwrotki przed końcem pieśni. Uderzyłem akord rozpoczynający wers Saviena i usłyszałem przeszywający odgłos, który wyrwał mnie z odmętów muzyki i cisnął niczym rybę na suchy brzeg.

Struna pękła. Pękła wysoko na szyjce lutni, a naprężony metalowy drut smagnął mnie po wierzchu dłoni, zostawiając na nim cienką, krwawą pręgę.

Tępo wbiłem wzrok w instrument. Struna żadną miarą nie powinna pęknąć. Żadna z moich strun nie była jeszcze tak stara, żeby coś takiego się stało. Wszelako, cóż poradzę... ostatnie dźwięki rozpłynęły się w ciszy. Wyczułem raczej, niż usłyszałem pierwsze poruszenia wśród słuchaczy. Publiczność powoli otrząsała się z zasłuchania, ze snu, w który wprowadziły ją strofy pieśni.

W ciszy, która jeszcze trwała, zobaczyłem, jak moja muzyka rozpada się na kawałki – sen nie dośnił się do końca, cała moja praca na nic, wszystko na próżno. A przez cały ten czas, niedokończona, wciąż płonęła we mnie pieśń, pieśń... Pieśń!

Nie zastanawiając się nad tym, co czynię, położyłem z powrotem palce na strunach i zatopiłem się w sobie. Cofnąłem się w te lata, w których jeszcze nie miałem na dłoniach odcisków jak kamienic, a muzyka wypływała ze mnie lekko niczym oddech. Do czasu, kiedy grałem po to, aby odtworzyć odgłos Wiatru Poruszającego Liściem na lutni z sześcioma strunami.

I zacząłem grać dalej. Powoli, a potem, gdy ręce sobie przypomniały, szybciej. Zebrałem spłoszone wątki pieśni i pieczołowicie splotłem z powrotem w to, czym były jeszcze chwilę wcześniej.

Efekt nie był doskonały. Pieśni tak złożonej jak *Sir Saviena* nie da się idealnie wykonać na sześciu strunach. Ale znowu muzyka stała się całością, a w miarę mojej gry publiczność znowu ulegała czarowi, jaki dla niej tkałem.

Znów powoli zatracałem się w muzyce, aż w końcu zupełnie zapomniałem o słuchaczach. Moje dłonie tańczyły, później gnały po strunach, by w końcu zmienić się w migotanie palców, kiedy dobywałem z siebie wszystkich umiejętności, żeby dwa głosy lutni śpiewały razem z moim. W końcu, mimo iż oczy miałem wciąż otwarte, zapomniałem o słuchaczach, zapomniałem o wszystkim prócz pieśni.

Nadszedł refren i Aloine zaśpiewała znowu. Dla mnie nie była już wówczas kobietą ani nawet głosem, ale częścią samej pieśni, która płonęła we mnie.

I wtedy znów nadszedł koniec. Kiedy uniosłem głowę, żeby rozejrzeć się po sali, było to, jakbym wynurzał się na powierzchnię, chcąc zaczerpnąć powietrza. Znów stałem się sobą – zorientowałem się, że moja dłoń krwawi i cały jestem zlany potem. I wtedy koniec pieśni uderzył mnie jak cios pięścią w serce, ponieważ zawsze tak było, niezależnie od tego, co grałem lub czego słuchałem.

Ukryłem twarz w dłoniach i zapłakałem. Nie nad pękniętą struną, która mogła oznaczać kres mych marzeń. Nie nad uronioną krwią i skaleczoną ręką. Nie płakałem nawet nad tym chłopcem, który wiele lat temu nauczył się w lesie grać na sześciostrunowej lutni. Zapłakałem nad sir Savienem i Aloine, nad miłością utraconą i odnalezioną, i znów utraconą, nad okrutnym losem i ludzkim szaleństwem. I takim sposobem na chwilę zatraciłem się w żalu i nie miałem pojęcia, co się wokół mnie dzieje.

Rozdział 55

Płomień i grzmot

Cała moja rozpacz nad losem Saviena i Aloine trwała wówczas tylko kilka chwil. Mimo wszystko zdawałem sobie sprawę, że wszyscy na mnie patrzą, więc wziąłem się w garść i wyprostowałem na krześle, żeby spojrzeć na moją publiczność. Moją milczącą publiczność.

Muzyka inaczej brzmi w uszach tego, który ją gra. Taki przeklęty los muzyka. Mimo iż minęło tylko kilka chwil, koniec, który zaimprowizowałem, powoli rozwiewał się w mej pamięci. Jego miejsce zajmowało zwątpienie. A co, jeśli pieśń wcale nie była tak spójną całością, jaką mi się wydawała? Co, jeśli zakończenie nie oddało sprawiedliwości tragedii pieśni, i tylko mnie wydawało się inaczej? Co, jeśli moje łzy nie były niczym innym jak reakcją dziecka zawstydzonego własną kompromitacją?

I tak czekając, usłyszałem wreszcie ciszę, która się z nich wylewała. Publiczność trwała w milczeniu, w skupieniu, w napięciu, jakby pieśń przypaliła ją mocniej niż ogień. Każdy ze słuchaczy obejmował obolałą duszę, tuląc swój ból niczym największy skarb świata.

A potem rozległy się szlochy wyrywające się z kolejnych piersi, szlochy, na które ci, co mnie wysłuchali, mogli sobie wreszcie pozwolić. Westchnienia łez. Szmer poruszeń tych, którzy już dłużej nie potrafili stać bez ruchu.

I wreszcie aplauz. Grzmot oklasków niczym wycie płomienia, niczym grom po błyskawicy.

Rozdział 56

Mecenasi, dziewczęta i metheglin

Zdjąłem strunę z lutni. Żeby dać jakieś zajęcie rękom, póki Stanchion zbierał w tłumie opinie na temat mojego występu. Dłonie znalazły zajęcie w znajomej czynności, podczas gdy ja sam wolno się w środku gotowałem. Kiedy oklaski umilkły, ze zdwojoną siłą powróciły wątpliwości. Czy jednej pieśni wystarczy, żeby dowieść swych umiejętności? A jeśli publiczność zareagowała nie na mistrzostwo wykonania, ale na samą urodę utworu? A to improwizowane zakończenie? Może tylko w moich uszach pieśń była skończoną całością...

Kiedy pęknięta struna w całości znalazła się w moim ręku, zerknąłem na nią i wtedy poczułem, jak się we mnie coś załamuje.

Nie była ani stara, ani wadliwa, jak przyjąłem. Zerwany koniec był równy – jak przecięty nożem albo nożyczkami.

Przez moment tylko patrzyłem nierozumiejącym wzrokiem. Ktoś majstrował przy mojej lutni? Niemożliwe. Ani na moment nie spuszczałem jej z oka. Poza tym przed opuszczeniem Uniwersytetu sprawdziłem struny, drugi raz, zanim wyszedłem na scenę. Więc jak to się mogło stać?

Myśli bezładnie krążyły mi po głowie, kiedy zauważyłem, że tłum znowu milknie. Uniosłem wzrok i zobaczyłem, że Stanchion właśnie wraca na scenę. Pospiesznie wstałem i spojrzałem w jego stronę.

Minę miał uprzejmą, ale pod wszelkimi innymi względami nieodgadnioną. Z każdym krokiem, jaki dawał w moją stronę, czułem coraz większe ściskanie w żołądku, lecz zupełnie upadłem na duchu dopiero wówczas, gdy zobaczyłem, że wyciąga rękę w moją stronę – identycznie postąpił przecież z muzykami, których nie uznano za godnych.

Uśmiechnąłem się mimo wszystko i wyciągnąłem do niego dłoń. Byłem synem swego ojca i aktorem wędrownej trupy. Porażkę zniosę z niedościgniona godnością Edema Ruh. Prędzej ziemia rozstąpi się i pochłonie to snobistyczne, pełne blichtru miejsce, niż ja okażę choć ślad zawodu.

Poza tym gdzieś w przyglądającej mi się publiczności był też Ambrose. Ziemia musiałaby pochłonąć „Eola", Imre i całe morze Centhe, zanim dałbym mu bodaj odrobinę satysfakcji.

A więc uśmiechnąłem się promiennie i uścisnąłem dłoń Stanchiona. Dopiero po chwili się zorientowałem, że wcisnął mi coś twardego w rękę. Opuściłem wzrok i zobaczyłem błysk srebra. Moja fletnia talentu.

Z pewnością warto byłoby wówczas widzieć wyraz mojej twarzy. Popatrzyłem na Stanchiona. Przewrócił oczyma i mrugnął do mnie.

Odwróciłem się do sali i uniosłem w górę moją fletnię, żeby wszyscy mogli ją zobaczyć. „Eol" znowu eksplodował grzmotem oklasków. Tym razem usłyszałem w nim zaproszenie.

– Musisz mi obiecać – oznajmił całkiem poważnie Simmon; oczy miał wciąż zaczerwienione – że nigdy nie zagrasz tej pieśni, nie uprzedziwszy mnie najpierw. Nigdy.

– Tak źle było? – Uśmiechnąłem się psotnie.

– Nie! – omal nie krzyknął. – To było... Nigdy jeszcze... – Przez chwilę zmagał się ze słowami, potem skłonił głowę, skrył twarz w dłoniach i rozpaczliwie zapłakał.

Wilem otoczył go ramieniem, a Sim zupełnie bezwstydnie łkał mu w pierś.

– Nasz Simmon to wrażliwa dusza – powiedział łagodnie Wil. – Jak sądzę, chciał powiedzieć, że bardzo mu się podobało.

Zauważyłem, że kąciki oczu Wilema też były zaczerwienione. Dotknąłem palcami pleców Simmona.

– Za pierwszym razem, gdy ją usłyszałem, też poruszyła mną do głębi – zapewniłem go szczerze. – Moi rodzice wykonali ją podczas Karnawału Pełni Zimy, a ja miałem wówczas dopiero dziewięć lat i przez dwie godziny nie mogłem dojść do siebie. Musieli wyciąć moją rolę w *Świniarku i słowiku*, ponieważ nie byłem w stanie grać.

Simmon pokiwał głową i zrobił gest, z którego dość jednoznacznie wynikało, że wszystko z nim dobrze, ale jeszcze przez jakiś czas nie będzie zdolny do rozmowy, i że mam zająć się czymś innym, a jemu dać spokój.

Spojrzałem na Wilema.

– Już zapomniałem, że ludzie tak na nią reagują – powiedziałem głupawo.

– Proponuję scuttena – szczerze doradził Wilem. – Czyli korbę, jeśli już wyrażać się wulgarnie. Ale pamiętam chyba, jak nam obiecywałeś, że na twoich plecach przepłyniemy rzekę, jeśli zdobędziesz fletnię. Co dość nieszczęśliwie się składa, ponieważ mam na sobie podkute ołowiem buty, które zawsze wkładam na picie.

Usłyszałem za plecami chichot Stanchiona.

– To muszą być ci dwaj niewykastrowani przyjaciele, co?

To, że ktoś mówi o nim w kontekście kastracji, zbiło Simmona z tropu, tak że wziął się w garść i wytarł nos rękawem.

– Wilem, Simmon, to jest Stanchion.

Simmon skinął głową. Wilem wykonał nieznaczny, sztywny ukłon.

– Stanchion, mógłbyś nam pomóc dojść do baru? – poprosiłem. – Obiecałem, że im postawię kolejkę.

– I – sprostował Wilem. – Kolejki.

– Przepraszam, kolejki – zaakcentowałem ostatnią głoskę. – Nie znalazłbym się tutaj, gdyby nie oni.

– Ach – powiedział z uśmiechem Stanchion. – Teraz już rozumiem: mecenasi!

Kufel triumfu okazał się nieodróżnialny od kufla pocieszenia. Czekał już na mnie, gdy w końcu Stanchionowi udało się nas przeprowadzić przez ciżbę na nasze nowe miejsca przy barze. Uparł się nawet, żeby kupić po scuttenie dla Simmona i Wilema, twierdząc, iż mecenasi muszą mieć swój udział w łupach zwycięstwa. Podziękowałem mu wylewnie w imieniu gwałtownie chudnącej sakiewki.

Kiedy czekaliśmy na ich napitki, spróbowałem zerknąć do wnętrza kufla i przekonałem się, że wymaga to, abym stanął na stołku.

– Metheglin – poinformował mnie Stanchion. – Najpierw spróbuj, podziękujesz później. Tam, skąd pochodzę, powiadają, że człowiek potrafi wrócić z martwych, żeby się go napić.

Uchyliłem przed nim wyimaginowanego kapelusza.

– Do usług.

– Twoich i twej rodziny – odparł grzecznie.

Upiłem łyk z kufla, żeby dać sobie chwilę na zebranie myśli, i poczułem, jak w ustach rozpływa mi się coś cudownego – chłodny wiosenny miód, goździk, kardamon, cynamon, rodzynki, pieczone jabłka, słodkie gruszki i czysta woda ze studni. To wszystko, co mam do powiedzenia na temat metheglina. Jeśli go nie kosztowaliście, strasznie mi przykro, ale nie jestem w stanie go właściwie opisać. Jeśli próbowaliście, nie muszę wam przypominać, jak smakuje.

Zadowolony byłem, widząc, że korba została podana w szklaneczkach stosunkowo niewielkich rozmiarów. Stanchion dla siebie też zamówił jedną. Gdyby moi przyjaciele dostali czarne wino w kuflach, zapewne potrzebowałbym taczek, żeby ich dostarczyć na drugi brzeg rzeki.

– Za Saviena! – wzniósł toast Wilem.

– Jego zdrowie, jego zdrowie! – powtórzył Stanchion, unosząc szklaneczkę.

– Za Saviena – udało się powtórzyć Simmonowi, nim głos załamał mu się w tłumionym szlochu.

– ... i Aloine – dokończyłem i ostrożnie trąciłem się z każdym po kolei.

Stanchion wypił swego scuttena z nonszalancją, od której oczy same mi zaszły łzami.

– Więc, dobrze... – powiedział. – Zanim zostawię cię sam na sam z pochlebstwami kolegów artystów, muszę zapytać. Gdzie się tego nauczyłeś? To znaczy grać bez jednej struny?

Zastanawiałem się przez chwilę.

– Interesuje cię cała historia czy jej skrócona wersja?

– Na razie wolę skróconą.

Uśmiechnąłem się.

– Cóż, w takim razie powiem, że jest to coś, co po prostu gdzieś podchwyciłem. – Wykonałem lekceważący gest, jakbym coś od siebie odrzucał. – Pamiątka po utraconej młodości.

Stanchion przypatrywał mi się przez chwilę wyraźnie rozbawiony.

– No tak, sam się o to prosiłem. Następnym razem wysłucham całej historii. – Rozejrzał się po sali, a jego złoty kolczyk kołysał się i lśnił w świetle lamp. – Pójdę zmieszać się z tłumem. Dzięki temu nie rzucą się na ciebie wszyscy naraz.

Uśmiechnąłem się z ulgą.

– Dziękuję ci, panie.

Pokręcił głową, skinął stanowczo komuś za barem i natychmiast w jego dłoni znalazł się kufel.

– Wcześniej to było jak najbardziej grzeczne i stosowne. Ale teraz masz mi mówić: Stanchion. – Zerknął przez ramię w moją stronę, a ja uśmiechnąłem się i kiwnąłem głową. – A ja jak mam się do ciebie zwracać?

– Kvothe – odrzekłem. – Po prostu Kvothe.

– Po prostu Kvothe – wzniósł toast Wilem za moimi plecami.

– I Aloine – dodał Simmon i zaczął cicho płakać w zgięcie łokcia.

Hrabia Threpe był jednym z pierwszych, którzy do mnie podeszli. Z bliska wydawał się niższy i starszy. Niemniej oczy mu się świeciły i śmiał się w głos, kiedy wspominał moją pieśń.

– I wtedy pękła! – oznajmił, wykonując ręką zamaszysty gest. – A jedyną myślą, jaka się tłukła w mojej głowie, było: „Nie teraz! Nie przed końcem!" I wtedy zobaczyłem krew na twoim ręku i ścisnęło mnie w żołądku. Popatrzyłeś po nas, potem spojrzałeś na struny, a w całej sali robiło się coraz ciszej. I wtedy położyłeś znowu rękę na strunach, a ja myślałem tylko: To dopiero dzielny chłopak. Zbyt śmiały. Nie wie, że nie da rady uratować zniszczonej pieśni zniszczoną lutnią. Ale tobie się udało! – I zaśmiał się znowu, jakby uznał, że zrobiłem świetny kawał światu, a potem odtańczył kilka kroków giga.

Simmon, który wreszcie przestał płakać i powoli stawał się znowu sobą, śmiał się razem z hrabią. Wilem natomiast chyba nie bardzo wiedział, co o nim myśleć, i przyglądał mu się poważnym wzrokiem.

– Któregoś dnia musisz zagrać w moim domu – powiedział Threpe, a potem szybko uniósł dłoń. – Teraz nie będziemy o tym rozmawiać, a ja nie będę ci dłużej zajmował czasu. – Uśmiechnął się. – Ale zanim odejdę, muszę ci zadać jedno pytanie. Ile lat spędził Savien u Amyr?

Nad odpowiedzią nie musiałem się zastanawiać.

– Sześć. Trzy lata, żeby dowieść własnej wartości. Trzy lata na szkoleniu.

– Czy sześć wydaje ci się szczęśliwą liczbą?

Nie miałem pojęcia, do czego zmierza.

– W ścisłym sensie sześć nie jest szczęśliwą liczbą – zastrzegłem się. – Jeżeli interesuje cię szczęśliwa liczba, powinieneś raczej podnieść ją do siedmiu. – Wzruszyłem ramionami. – Albo opuścić do trzech.

Threpe myślał przez chwilę nad moimi słowami, klepiąc się palcem po brodzie.

– Masz rację. Ale sześć lat spędzonych u Amyr oznacza, że wrócił do Aloine w siódmym roku. – Sięgnął do kieszeni i wyciągnął garść monet w co najmniej trzech różnych walutach. Odliczył z nich siedem talentów i wcisnął w moją dłoń.

– Mój panie – zająknąłem się. – Nie mogę wziąć tych pieniędzy – powiedziałem oniemiały.

Threpe wydawał się zbity z tropu.

– Dlaczegóż to nie?

Przez moment stałem z otwartymi ustami. Była to jedna z tych rzadkich chwil w moim życiu, gdy naprawdę zabrakło mi słów.

Threpe zachichotał i ręką zacisnął moje palce na monetach.

– To nie jest nagroda za grę. Ale tak los zrządził, że dzięki mnie paru muzyków nie musi moknąć, nieprawdaż? – Na jego twarzy pojawił się nieśmiały uśmiech. – A więc Bóg dba o laur, podlewając go. A ja zadbam o paru muzyków, żeby nie musieli moknąć. I już mądrzejsze głowy od mojej zdecydują, kiedy jedno z drugim się spotka.

Dalej milczałem.

– Myślę, że jesteś znacznie mądrzejszy, niż sam o sobie sądzisz – udało mi się w końcu wykrztusić.

– Cóż – zakończył, starając się nie okazać radości z pochwały. – Cóż, nie mów o tym nikomu, bo wszyscy zaczną od mnie oczekiwać jakichś wielkich czynów. – Odwrócił się i natychmiast zniknął w tłumie.

Wsunąłem siedem talentów do kieszeni i poczułem, jak wielki ciężar spada mi z serca. To było niczym odroczenie egzekucji. Być może zresztą i tak było w zupełnie dosłownym sensie, ponieważ nie wiedziałem, co może zrobić Devi, żeby ściągnąć ze mnie dług. Po raz pierwszy od dwóch miesięcy odetchnąłem swobodniej. Poczułem się lepiej.

W następnej kolejności pojawił się jeden z wyróżnionych za talent muzyków, żeby złożyć mi gratulacje. Po nim cealdański bankier, który uścisnął mi dłoń i zaoferował kolejkę.

Dalej był pomniejszy szlachcic, jeszcze jeden muzyk i śliczna młoda dama, którą z początku uznałem za moją Aloine, póki nie otworzyła ust. Była córką miejscowego bankiera i rozmawialiśmy o rzeczach błahych, zresztą nadzwyczaj krótko, po czym ona również zniknęła w tłumie gości. Dopiero w ostatniej chwili przypomniałem sobie o manierach i ucałowałem na pożegnanie jej dłoń.

Po jakimś czasie twarze moich rozmówców zaczęły się ze sobą zlewać. Pojawiali się przede mną nieskończoną procesją, żeby pogratulować, skomplementować, uścisnąć rękę, doradzić, dać upust zazdrości i podziwowi. Choć Stanchion dotrzymał słowa i nie dopuścił, aby oblegli mnie wszyscy naraz, nie potrafiłem zapamiętać, kto jest kim. Metheglin też mi w tym nie pomagał.

Nie mam pojęcia, kiedy przyszło mi do głowy poszukać wzrokiem Ambrose'a. Przez jakiś czas rozglądałem się po sali, w końcu szturchnąłem łokciem Simmona. Spojrzał znad gry w szelągi, w którą bawił się z Wilemem.

– Gdzie jest nasz najlepszy przyjaciel? – zapytałem.

Simmon popatrzył na mnie pustymi oczyma i pojąłem, że zbyt wiele wypił już szklaneczek, żeby wyłapać sarkazm.

– Ambrose – wyjaśniłem. – Gdzie jest Ambrose?

– Zmył się – oznajmił Wilem, a w jego głosie brzmiały wojownicze nutki. – Gdy tylko skończyłeś grać. Nie zaczekał nawet, aż ci wręczą fletnię.

– Wiedział. Wiedział – zaintonował Simmon z radością. – Wiedział, że ją dostaniesz, i za nic nie mógł na to patrzeć.

– Nie wyglądał najlepiej, kiedy wychodził – dodał Wilem z kiepsko ukrywaną złośliwą radością. – Blady i drżący. Jakby się nagle zorientował, że przez cały wieczór ktoś mu sikał do wina.

– Może i tak było – wtrącił Simmon z niespotykaną u niego złością. – Ja z pewnością bym tak zrobił.

– Drżał? – zapytałem.

Wilem skinął głową.

– Trząsł się, jakby go ktoś zdzielił pięścią w brzuch. Linten musiał go podtrzymywać, kiedy wychodzili.

Objawy skojarzyły mi się dość jednoznacznie z dreszczami towarzyszącymi tworzeniu wiązania. I wtedy zrodziło się we mnie podejrzenie. Wyobraziłem sobie, co musiał czuć Ambrose, gdy słuchał mojego mistrzowskiego wykonania jednej z najpiękniejszych pieśni, jakie w życiu słyszał, i gdy zaczynało do niego docierać, że zdobędę fletnię.

Nie zrobiłby oczywiście nic, co mogłoby na niego ściągnąć gniew słuchaczy, ale może znalazł gdzieś luźną nitkę lub odłupał ze stołu długą drzazgę. Każda z nich dałaby mu jedynie najsłabszą z możliwych więzi sympatetyczną z moja lutnią: jeden procent w najlepszym wypadku, może jedna dziesiąta tego.

Wyobraziłem sobie dalej, jak Ambrose czerpie z ciepła swego ciała i koncentruje się, czując chłód powoli ogarniający ręce i nogi. Wyobraziłem sobie, jak drży, jak coraz trudniej mu oddychać, póki wreszcie struna nie pęka...

...A potem wbrew wszystkim jego wysiłkom dokończyłem pieśń. Uśmiechnąłem się na tę myśl. Były to oczywiście czyste spekulacje, niemniej nie miałem żadnych wątpliwości, że struna mojej lutni sama z siebie nie pękła, poza tym bez wątpienia

Ambrose spróbuje czegoś podobnego. Spojrzałem znów na Simmona.

– ...jemu i powiem: „Nie mam pretensji za tamto w Hucie, kiedy pomieszałeś moje sole, a potem prawie oślepłem na resztę dnia. Nie. Nie mam, napijmy się!" Ha! – zaśmiał się Simmon, pogrążony w swoich mściwych fantazjach.

Tymczasem pochód gratulacyjny zaczął się cokolwiek przerzedzać: kolega lutnista, utalentowany mistrz organków, którego widziałem na scenie, miejscowy kupiec. Mocno wyperfumowany dżentelmen z napomadowanymi włosami poklepał mnie po plecach i wręczył sakiewkę z pieniędzmi na „nowe struny". Nie spodobał mi się. Sakiewkę zatrzymałem.

– Dlaczego wszyscy w kółko mówią tylko o tym? – zapytał mnie Wilem.

– O czym?

– Połowa z tych, którzy tu przyszli uściskać twoją rękę, bełkocze na temat tego, jak piękna była pieśń. Druga połowa ledwie wspomina o pieśni, a zamiast tego gadają tylko o twojej grze bez jednej struny. Jakby w ogóle nie słyszeli muzyki.

– Pierwsza połowa nie zna się na muzyce – wyjaśnił Simmon. – Tylko ci, którzy poważnie do niej podchodzą, są w stanie docenić to, czego dokazał dzisiejszego wieczora nasz mały E'lir.

– To, co zrobiłeś, było trudne, tak? – drążył Wilem.

– Nigdy nie widziałem, aby ktoś zagrał choć *Wiewiórkę na dachu* bez kompletu strun – poinformował go Simmon.

– Cóż – rzekł Wil. – W twoim wykonaniu wyglądało to na łatwe. A skoro najwyraźniej poszedłeś po rozum do głowy i nie chcesz już pić tego yllskiego soczku z owoców, może postawię ci kolejkę znakomitego ciemnego scuttena, napoju królów Cealdu?

Potrafiłem usłyszeć nawet dwuznaczny komplement, ale nie miałem szczególnej ochoty na wino, skoro już powoli zaczynało mi się rozjaśniać w głowie.

Na szczęście przed koniecznością wymyślania jakichś wykrętów uratowała mnie Marea, która też przyszła złożyć mi gratulacje. To była ta śliczna złotowłosa harfistka, która ubiegała się o oznakę talentu i zawiodła. Przez chwilę myślałem nawet, że to ona śpiewała partię Aloine, ale po chwili wsłuchiwania się w brzmienie jej głosu doszedłem do wniosku, że to niemożliwe.

Niemniej była śliczna. Nawet ładniejsza, niż wydawała się na scenie, co nie zawsze się zdarza. Z rozmowy dowiedziałem się, że jest córką jednego z radnych Imre. Jasnoniebieska suknia podkreślała ciemny błękit oczu, okolonych burzą włosów w barwie głębokiego złota.

Mimo iż miałem przed sobą niekłamane kobiece piękno, jakoś nie bardzo potrafiłem się skupić na rozmowie. Myślałem już tylko o tym, żeby odejść od baru i poszukać tej, która zaśpiewała ze mną partię Aloine. Porozmawialiśmy więc krótko i uśmiechnęliśmy się do siebie, na pożegnanie wymieniając uprzejme słowa oraz obietnice kolejnego spotkania. Potem zniknęła w tłumie, a ja pożegnałem wzrokiem jej łagodne krągłości.

– O co chodziło w tej haniebnej demonstracji? – zapytał groźnie Wilem, gdy Marea zniknęła.

– Co? – nie zrozumiałem.

– Co? – przedrzeźniał mnie. – Czy ty jesteś imbecylem, czy tylko udajesz? Gdyby tak piękna dziewczyna spojrzała na mnie choć jednym okiem tak, jak na ciebie patrzyła oboma... Cóż, delikatnie rzecz ujmując, już byśmy byli razem w wynajętym pokoju.

– Była miła – broniłem się. – I rozmawialiśmy. Zapytała mnie, czy mógłbym jej pokazać parę palcówek na harfę, a ja odpowiedziałem, że już dawno nie miałem harfy w ręku.

– Dużo ci to zajmie czasu, jeśli będziesz ignorował taki podryw – otwarcie skarcił mnie Wilem. – Robiła właściwie wszystko prócz odpinania kolejnych guzików przy dekolcie.

Sim pochylił się ku mnie i położył rękę na moim ramieniu – idealny wizerunek zatroskanego przyjaciela.

– Kvothe, od dawna już chciałem z tobą porozmawiać na ten właśnie temat. Jeżeli całkiem szczerze twierdzisz, że nie miałeś pojęcia, że ona jest tobą zainteresowana, być może zechcesz przyznać, iż naprawdę jesteś imbecylem w sprawach kobiecych. I może zechcesz wziąć pod uwagę przywdzianie kapłańskiej szaty.

– Obaj jesteście pijani – powiedziałem, starając się nie rumienić. – Czy zorientowaliście się może z naszej rozmowy, że ona jest córką radnego?

– A czy ty się zorientowałeś – odpowiedział mi tym samym tonem Wil – jak ona na ciebie patrzyła?

Wiedziałem, że w kwestiach związanych z kobietami jestem żałośnie niedoświadczony, ale nie chciałem tego otwarcie przyznać. Zbyłem więc ich komentarze i zszedłem ze stołka.

– Jakoś nie potrafię sobie wyobrazić, że chodziło jej o szybką obłapkę za barem. – Napiłem się wody, wygładziłem fałdy płaszcza. – A teraz muszę już iść, poszukać Aloine i podziękować z całego serca. Jak wyglądam?

– A jakie to ma znaczenie? – zapytał Wilem.

Simmon trącił go w łokieć.

– Nie rozumiesz? Jego interesuje znacznie bardziej niebezpieczna zwierzyna niż jakaś córka radnego z głębokim dekoltem.

Skwitowałem ich lekceważącym gestem, odwróciłem się i zmieszałem z tłumem.

Nie miałem zielonego pojęcia, jak ją znajdę. Jakaś głupia romantyczna część mnie myślała sobie, że będę wiedział, kiedy ją tylko zobaczę. Gdyby była bodaj w połowie tak promienna jak jej głos, jaśniałaby niczym świeca w ciemnym pokoju.

Jednak choć takie myśli krążyły mi po głowie, mądrzejsza część mnie szeptała do drugiego ucha:

„Porzuć nadzieję – mówiła. – Porzuć wszelką nadzieję, że jakakolwiek kobieta może płonąć tak jasnym światłem jak głos, który śpiewał partię Aloine". – I choć szept ten nie dawał mi pocieszenia, wiedziałem, że jest mądry. Nauczyłem się wsłuchiwać weń na ulicach Tarbean, gdzie zawdzięczałem mu życie.

Błąkałem się po najniższym piętrze „Eola" i szukałem, nie wiedząc kogo. Niektórzy uśmiechali się do mnie i machali ręką. Po pięciu minutach przyjrzałem się już wszystkim i wszedłem na drugie piętro.

Było to coś w rodzaju teatralnego balkonu, ale zamiast rzędów siedzeń wznosiły się tam rzędy stolików, zza których można było oglądać niższy poziom. Przeciskałem się między nimi i szukałem mej Aloine, a tymczasem mądry głos szeptał mi do ucha: „Porzuć nadzieję. Czeka cię tylko rozczarowanie. Nie będzie tak piękna, jak sobie wyobrażasz, a wtedy pogrążysz się w rozpaczy".

Kiedy skończyłem przeszukiwać pierwsze piętro, na nowo zrodził się we mnie lęk. Mogła przecież wyjść, kiedy ja siedziałem za barem, upajając się metheglinem i pochwałami. Trzeba było jej poszukać do razu, paść na kolana, podziękować z całego serca. A jeśli sobie poszła? Jeśli nikt nie będzie wiedział, kim była i dokąd odeszła? Kiedy wchodziłem na ostatni poziom „Eola", ze zdenerwowania zaczynało mnie już ściskać w żołądku.

„A teraz zobacz, w co cię wpakowała twoja nadzieja – powiedział tamten głos. – Odeszła, a tobie zostaną tylko błyskotki głupich fantazji, którymi będziesz mógł się zadręczać".

Drugie piętro było najmniejsze ze wszystkich, ledwie wąski półksiężyc wciśnięty między trzy ściany wysoko ponad sceną. Stoły i ławki stały tu w znacznie większej od siebie odległości, liczba gości przy nich też była znacznie mniejsza. Zauważyłem, że poziom ten wybierały głównie pary, i przechodząc od stolika do stolika, zacząłem się czuć trochę jak podglądacz.

Dokładając wszelkich starań, żeby na takowego nie wyglądać, przyglądałem się twarzom siedzących i pijących. Im bliżej byłem ostatniego stolika, tym bardziej byłem zdenerwowany. Niby przypadkiem podejść do niego nie mogłem, ponieważ znajdował się w samym rogu. Siedząca za nim para siedziała plecami do mnie – jedno miało włosy blond, drugie włosy czarne.

Kiedy znalazłem się bliżej, pierwsza osoba zaśmiała się i zdołałem zobaczyć dumne oblicze o subtelnych rysach. Mężczyzna. Spojrzałem na ciemnowłosą kobietę. Moja ostatnia nadzieja. Wiedziałem, że to będzie moja Aloine.

Obszedłem stół i zobaczyłem jej twarz. Albo raczej jego twarz. Obaj byli mężczyznami. Moja Aloine sobie poszła. Utraciłem ją – a wraz z tą świadomością poczułem się tak, jakby serce wyrwano mi z piersi, a potem ciśnięto z pogardą gdzieś na ziemię u mych stóp.

Obaj unieśli wzrok, a jasnowłosy uśmiechnął się do mnie.

– Patrz, Thria, młody sześciostrunowiec przyszedł, żeby

okazać nam szacunek. – Zmierzył mnie wzrokiem od stóp do głów. – Ładny jesteś. Napijesz się z nami?

– Nie – bąknąłem zawstydzony. – Szukam kogoś.

– Cóż, znalazłeś kogoś – powiedział lekko, dotykając mej ręki. – Mam na imię Fallon, a to jest Thria. Siadaj i napij się z nami. Obiecuję, że nie pozwolę, aby obecny tu Thria zabrał cię do domu. Ma ogromną słabość do muzyków. – Uśmiechnął się do mnie czarująco.

Wymamrotałem przeprosiny i ruszyłem z powrotem, nazbyt zbity z tropu, żeby się zastanawiać, czy przypadkiem nie wyszedłem na osła.

Kiedy samotny wędrowałem ku schodom, moja mądrzejsza część skorzystała z okazji, żeby mnie zrugać:

Oto, do czego prowadzi nadzieja – mówiła. – Niedobrze. Mimo to lepiej, że jej nie spotkałeś. Jej postać nigdy nie byłaby w stanie dorównać głosowi. Ten głos, jasny i straszny niczym roztopione srebro. Jak poświata księżyca na rzecznych kamieniach, muśnięcie piórkiem po ustach.

Ruszyłem w kierunku schodów z oczyma wbitymi w podłogę, żeby nikt nie próbował wciągnąć mnie do rozmowy.

I wtedy usłyszałem głos, który zabrzmiał w moich uszach jak roztopione srebro, jak pocałunek. Uniosłem wzrok, serce we mnie urosło i w jednej chwili wiedziałem, że to moja Aloine. Zobaczyłem ją i wszystko, co byłem w stanie wymyślić, brzmiało: piękna.

Piękna.

Rozdział 57

Interludium – to, z czego się składamy

Bast powoli przeciągnął się i rozejrzał po sali. W końcu krótki lont jego cierpliwości dopalił się.

– Reshi?

– Hę? – Kvothe spojrzał na niego.

– A potem co, Reshi? Rozmawiałeś z nią?

– Oczywiście, że z nią rozmawiałem. Gdybym się do niej nie odezwał, nie byłoby tej historii. Zresztą opowieść o naszej rozmowie jest łatwa. Najpierw jednak chciałbym ją opisać. A nie jestem pewien, czy sobie z tym poradzę.

Bast poruszył się nerwowo.

Kvothe roześmiał się, szczerze, dzięki czemu z jego twarzy zniknęła niedawna irytacja.

– A więc dla ciebie opisanie pięknej kobiety jest równie łatwe jak przyglądanie się jej?

Bast wbił wzrok w blat stołu i zarumienił się, ale Kvothe z uśmiechem delikatnie położył mu rękę na ramieniu.

– Kłopot polega na tym, Bast, że ona jest bardzo ważna. Ważna dla opowieści. Po prostu nie potrafię znaleźć słów dla opisania jej, słów, które oddałyby jej sprawiedliwość.

– Myślę... myślę, że rozumiem, Reshi – powiedział Bast pojednawczym tonem. – Też ją widziałem. Raz.

Kvothe wyprostował się na krześle zaskoczony.

– Widziałeś, prawdaż. Zapomniałem. – Przyłożył dłoń do ust. – A więc, jak byś ją opisał?

Bast skwapliwie skorzystał z okazji. Też się wyprostował, zastanawiał przez chwilę, po czym powiedział:

– Miała doskonałe uszy. – Wykonał malowniczy gest obiema dłońmi. – Doskonałe małe uszy, jakby wyrzeźbione... z czegoś.

Kronikarz zaśmiał się, ale po chwili jakby zreflektował.

– Jej uszy? – zapytał najwyraźniej niepewny, czy dobrze usłyszał.

– Wiesz, jak trudno jest znaleźć ładną dziewczynę z odpowiednimi uszami... – stwierdził rzeczowo Bast.

Kronikarz zaśmiał się znowu, tym razem już jakby z większą swobodą.

– Nie – powiedział. – Nie, na pewno nie wiem.

Bast obrzucił zbieracza opowieści spojrzeniem, z którego jasno wynikało, jak bardzo jest mu go żal.

– Cóż, w takim razie musisz mi po prostu uwierzyć na słowo. Były niezwykłej urody.

– Myślę, że trąciłeś właściwą strunę, Bast – stwierdził Kvothe, również wyraźnie rozbawiony. Urwał na moment, a kiedy odezwał się znowu, mówił powoli, utkwiwszy wzrok w przestrzeń. – Kłopot polega na tym, że ona w niczym nie przypominała kogokolwiek ze znanych mi ludzi. Było w niej coś bezcielesnego, a zarazem coś narzucającego się, w takim sensie jak ciepło ognia ogarnia nas bez naszej woli, przemocą. Miała wdzięk, iskrę...

– Miała haczykowaty nos, Reshi – powiedział Bast, przerywając rozmarzonemu mistrzowi.

Kvothe zmierzył go wzrokiem, zmarszczka irytacji przecięła czoło.

– Co?

Bast w obronnym geście uniósł dłonie.

– Tyle w niej dostrzegłem, Reshi. Wszystkie kobiety w twojej opowieści są piękne. Nie mogę zaprzeczyć twoim słowom, jako że żadnej z nich nigdy nie widziałem. Ale ją widziałem. Jej nos był lekko zakrzywiony. A jeśli już mamy mówić szczerze, to jej twarz była trochę za wąska jak na mój gust. Żadną miarą nie można jej nazwać skończoną pięknością, Reshi. A jeśli ktoś się na tym zna, to ja. Poniekąd badałem te sprawy.

Kvothe przez dłuższą chwilę wpatrywał się w swojego ucznia, a wyraz jego twarzy pozostawał poważny.

– Jesteśmy czymś więcej niż to, z czego się składamy, Bast – powiedział ze śladem przygany w głosie.

– Nie twierdzę, że nie była śliczna, Reshi – szybko wtrącił Bast. – Uśmiechnęła się do mnie. Poczułem się wtedy... to było jak... jej uśmiech zapadał prosto w serce, jeśli rozumiecie, co chcę powiedzieć.

– Ja rozumiem, Bast. Ale pamiętaj, że ja ją poznałem. – Kvothe spojrzał na Kronikarza. – Kłopot polega na tym, że gdybym powiedział: „Miała czarne włosy", każdy z was pomyślałby sobie: „Znałem ciemnowłose kobiety, niektóre były śliczne". Ale te słowa nie oddadzą jej sprawiedliwości, ponieważ tamte kobiety, o których pomyśleliście, nic z nią nie miały wspólnego. Tamte kobiety nie miały jej żywej inteligencji, niewymuszonego czaru. Nie była podobna do nikogo, kogo spotkałem w życiu...

Kvothe urwał, spojrzał na swe złożone dłonie. Potem milczał tak długo, że Bast znowu zaczął się wiercić i nerwowo rozglądać dookoła.

– Myślę jednak, że nie ma sensu się z góry zamartwiać – powiedział na koniec Kvothe, unosząc wzrok i dając Kronikarzowi znak. – Jeśli w tej sprawie również zawiodę, świat się od tego nie zawali.

Kronikarz wziął do ręki pióro, ale zanim jeszcze zdążył je umoczyć w atramencie, Kvothe już mówił:

– Oczy miała ciemne, ciemne jak czekolada, ciemne jak kawa, ciemne jak polerowane drewno lutni mego ojca. Osadzone w regularnej twarzy, owalnej. Jak łza.

Kvothe urwał znienacka, jakby znów zabrakło mu słów. Cisza, która potem zapadła, była tak raptowna i głęboka, że Kronikarz na mgnienie oderwał wzrok od papieru, czego nigdy wcześniej nie czynił. Ale w tym samym momencie następne słowa wylały się z ust Kvothe'a niepowstrzymanym potokiem.

– Uśmiechała się z taką swobodą, że od samego jej uśmiechu mężczyźnie mogło stanąć serce. Jej usta były czerwone. Ale nie tą jaskrawą czerwienią, która w opinii tak wielu kobiet czyni je bardziej pożądanymi. Jej usta zawsze były czerwone, w dzień i w nocy. Jakby tuż przed tym, nim się na nią spojrzało, jadła właśnie słodkie porzeczki lub piła krew z samego serca. Nieważne gdzie stała, tam był środek całego otoczenia. – Kvothe zmarszczył brwi. – Nie zrozumcie mnie źle. Nie zachowywała się głośno, nie wynosiła się nad innych. W ogień wpatrujemy się godzinami, ponieważ iskrzy się, ponieważ pełga jego żywy żar. Wprawdzie jego światło przede wszystkim rzuca nam się w oczy, ale nasza fascynacja nie ma nic wspólnego z jego jasną formą. Do ognia przyciąga nas ciepło, które czujemy, kiedy się doń zbliżamy. To samo można powiedzieć o Dennie.

Kiedy Kvothe mówił, wyraz jego twarzy zmieniał się, jakby każde wypowiedziane słowo drażniło go coraz bardziej. A choć słowa były jasne, ton, jakim je wypowiadał, pasował do wyrazu twarzy, więc zdawało się, jakby każde słowo zostało potraktowane szorstkim pilnikiem, nim opuściło usta.

– Ona... – Głowa Kvothe'a znajdowała się już tak nisko nad stołem, że złożone na kolanach ręce wydawały się jedynym adresatem słów. – Co ja robię? – oznajmił w pewnym momencie słabo, jakby mówił ustami pełnymi szarego popiołu. – Co z tego przyjdzie? Jak mam o niej opowiedzieć, skoro sam nigdy nie zrozumiałem jej nawet odrobinę?

Kronikarz zapisał większość ostatnich słów, nim się zorientował, że Kvothe zapewne wcale by tego nie chciał. Zamarł na moment, potem dokończył zdanie. I czekał długą, milczącą chwilę, zanim zerknął na Kvothe'a.

Ich spojrzenia się spotkały. Oczy Kvothe'a były tymi samymi oczami, które Kronikarz widział już wcześniej. Oczy złego Boga. Przez chwilę Kronikarz rozpaczliwie starał się opanować, żeby nie uciec od stołu. Zapanowała lodowata cisza.

Kvothe wstał i wskazał kartkę leżącą przed Kronikarzem.

– Skreśl to – wyskrzeczał.

Kronikarz pobladł, na jego twarzy pojawił się taki wyraz, jakby otrzymał cios nożem.

Kiedy nie uczynił najmniejszego ruchu, Kvothe sięgnął ręką i spokojnie wyjął na poły zapisaną kartkę spod pióra Kronikarza.

– Jeżeli zupełnie nie potrafisz skreślać...

Spokojnie, metodycznie podarł kartkę, a wraz z szelestem papieru twarz Kronikarza robiła się coraz bielsza.

Z przerażającym rozmysłem Kvothe uniósł niezapisaną kartkę i położył przed oszołomionym skrybą. I tylko palcem postukiwał machinalnie w podartą stronicę, rozmazując mokry wciąż atrament.

– Przepisz – zażądał głosem zimnym i nieruchomym jak żelazo. Żelazo też było w jego oczach, twardych i ciemnych.

Kronikarz spokojnie skopiował wszystko do miejsca, gdzie palec Kvothe'a spoczywał na papierze.

Kiedy skończył, Kvothe zaczął mówić głosem rześkim i czystym, jakby odgryzał kawałki lodu:

– Jak można nazwać jej piękno? Zdałem sobie sprawę, że nie jestem w stanie oddać go w pełni. No, cóż. Skoro nie zdołam powiedzieć dość, przynajmniej postaram się nie powiedzieć zbyt wiele. Powiedzmy więc, że była ciemnowłosa. Kropka. Jej włosy były długie i proste. Miała ciemne oczy i jasną skórę. Kropka. Jej twarz miała kształt owalu, szczęka silna i delikatna. Powiedzmy, że była dumna i pełna wdzięku. Kropka. – Kvothe wciągnął głęboki oddech i dopiero potem ciągnął: – Na koniec powiedzmy, że była piękna. To właściwie wszystko, co można o niej powiedzieć. Że była cała i skończenie piękna, mimo wad czy niedostatków konwencjonalnie rozumianej urody. A przynajmniej była piękna w oczach Kvothe'a. Przynajmniej? Dla Kvothe'a była najpiękniejsza. – Kvothe zesztywniał, jakby chciał i tę kartkę wyrwać Kronikarzowi i podrzeć. Potem rozluźnił się jak żagiel, którego już nie wydyma wiatr. – Ale żeby nie skłamać, trzeba powiedzieć, że w oczach innych też była piękna...

Rozdział 58

Na początek imiona

Przyjemnie byłoby móc powiedzieć, że nasze oczy spotkały się, a ja lekko podszedłem do niej. Przyjemnie byłoby móc powiedzieć, że uśmiechnąłem się i zacząłem mówić jej słodkie słówka w dokładnie odmierzonym rytmie kupletów, jak Książę Wytworny z jakiejś bajki.

Nieszczęśliwie się składa, że życie rzadko kiedy podporządkowuje się wymogom scenariusza. Po prawdzie, to tylko stałem jak słup. Zobaczyłem bowiem Dennę, młodą kobietę, którą dawno temu spotkałem w karawanie Roenta.

No, może nie tak dawno... kiedy się nad tym zastanowić, minęło ledwie pół roku. Niezbyt długi czas, kiedy opowiada się o nim w historii, ale dostatecznie długi, jeśli się żyje, a zwłaszcza jeśli jest się młodym. A my byliśmy oboje bardzo młodzi.

Kiedy ją usłyszałem, Denna właśnie wspinała się na ostatni stopień wiodący na drugie piętro „Eola". Oczy miała spuszczone, twarz zamyśloną, prawie smutną. Odwróciła się i ruszyła w moją stronę, nie unosząc wzroku, nie widząc mnie.

Wraz z upływem miesięcy zmieniła się. Jeśli wcześniej była ładna, teraz zrobiła się piękna. Być może źródłem różnicy było to, że przedtem widziałem ją tylko w stroju podróżnym, a teraz miała na sobie suknię wieczorową. Ale bez żadnych wątpliwości była to Denna. Rozpoznałem nawet pierścień na jej palcu – błękitny kamień osadzony w srebrze.

Od kiedy się rozstaliśmy, w ukrytym zakamarku serca piastowałem czułe myśli poświęcone Dennie. Zastanawiałem się nad podróżą do Anilin i odnalezieniem jej, rozmyślałem o przypadkowym spotkaniu znów na drodze, o tym, że sama przyjeżdża do mnie na Uniwersytet. Ale w głębi ducha wiedziałem, że te myśli są tylko dziecięcymi rojeniami. Znałem prawdę: nigdy więcej jej nie zobaczę.

Lecz oto stała przede mną, a ja byłem całkowicie nieprzygotowany na to spotkanie. Czy choćby mnie pamięta – niezgrabnego chłopca, z którym dawno temu kilka dni spędziła w drodze?

Denna znajdowała się w odległości ledwie dziesięciu stóp, kiedy uniosła wzrok i zobaczyła mnie. Jej twarz pojaśniała, jakby ktoś zapalił w środku świeczkę, a ona promieniowała jej światłem. Podbiegła do mnie, pokonując dzielącą nas odległość kilkunastoma szybkimi, energicznymi krokami.

Przez chwilę zdawało mi się, że rzuci mi się w ramiona, lecz w ostatnim momencie zerknęła na otaczających nas ludzi i to ją powstrzymało. Na przestrzeni pół kroku radosny bieg zmienił się w nieśmiałe powitanie na odległość wyciągniętej ręki. I choć wdzięku nie sposób było mu odmówić, mimo to musiała wyciągnąć rękę i oprzeć się o mnie, żeby na mnie nie wpaść.

Wtedy uśmiechnęła się. Uśmiech był ciepły, słodki i nieśmiały, jak rozkwitający pąk kwiatu. Był przyjacielski i szczery, i trochę zakłopotany. Kiedy uśmiechnęła się do mnie, poczułem...

Szczerze mówiąc, nie potrafię wymyślić, jak miałbym to opisać. Kłamstwo byłoby łatwiejsze. Mógłbym skraść słowa z setek opowieści i poczęstować was fantazją tak znajomą, że przełknęlibyście ją gładko. Mógłbym powiedzieć, że ugięły się pode mną kolana. Że oddech uwiązł mi w gardle. Ale nie byłoby to prawdą. Moje serce ani nie kołatało się w piersiach ani nie stanęło. A właśnie takie rzeczy, jak powiadają, dzieją się w opowieściach. Bzdury. Hiperbole. Ciemnota. Niemniej...

Wyjdźcie kiedyś na dwór wczesną zimą, kiedy pierwsze mrozy skują ziemię. Znajdźcie oczko wodne z warstewką lodu na powierzchni, jeszcze świeżą, nowiutką i czystą jak szkło. Blisko brzegu lód was utrzyma. Ślizgajcie się ostrożnie nieco dalej. I dalej. W końcu znajdziecie miejsce, gdzie powierzchnia lodu ledwie będzie w stanie utrzymać wasz ciężar. Tam poczujecie to, co ja wtedy czułem. Lód trzeszczący pod stopami. Spójrzcie w dół i zobaczycie białe kreski pękającego lodu rozchodzące się jak szalone, misterne pajęczyny. Cisza będzie nieomal doskonała, ale poczujecie ten trzask przez podeszwy butów.

To właśnie nastąpiło, gdy Denna uśmiechnęła się do mnie. Nie chcę przez to powiedzieć, że poczułem się, jakbym stał na kruchym lodzie, który w każdej chwili może się pode mną załamać. Nie. Poczułem się jak ten lód, znienacka spękany, z białymi kreskami pęknięć rozchodzącymi się od miejsca, w którym wsparła się dłonią o moją pierś. Jedyny powód, dla którego wciąż byłem cały, stanowił fakt, że tysiące kawałków, na które się rozpadłem, trwało razem siłą bezwładności. Bałem się, że jeśli dam choć krok, rozpadnę się na dobre.

Być może wystarczy powiedzieć, że jej uśmiech poraził mnie jak grom. I choć to również brzmi jak wyrażenie z książki z bajkami, jest najbliższe prawdy ze wszystkiego, co potrafię wymyślić.

Słowa nigdy nie przychodziły mi z trudem. Przeciwnie – często zbyt łatwo mówiłem, co myślę, i nieraz miałem przez to dość kłopotów. Niemniej stojąc przed Denną, byłem zbyt oszołomiony, żeby się odezwać. Nie potrafiłbym wykrztusić słowa, nawet gdyby od tego zależało moje życie.

Jakoś tak mechanicznie, bez namysłu wszystkie maniery, które z takim trudem wpajała mi matka, nagle znalazły się pod ręką. Ująłem dłoń, którą się o mnie oparła, tak jakby sama mi ją podała. Potem cofnąłem się o pół kroku i złożyłem jej ceremonialny ukłon na trzy czwarte. Równocześnie wolną dłonią chwyciłem połę płaszcza i założyłem za plecy. Był to ukłon wyrażający sympatię, grzeczny, ale też nie do końca absurdalnie ceremonialny i całkiem stosowny w publicznym miejscu.

Co dalej? Tradycja nakazywała tu pocałunek w rękę, ale jaki pocałunek będzie najbardziej stosowny? W Atur tylko pochylają głowę ku dłoni. Cealdańskie damy, jak tamta córka bankiera, z którą rozmawiałem wcześniej, spodziewają się lekkiego muśnięcia wargami i odgłosu prawdziwego pocałunku. W Modeg przyciska się usta do własnego kciuka.

Ale znajdowaliśmy się we Wspólnocie, a w głosie Denny nigdy nie słyszałem cudzoziemskiego akcentu. Wobec tego zwykły pocałunek. Przyłożyłem usta do grzbietu jej dłoni na czas, jakiego potrzeba do wzięcia płytkiego oddechu. Jej skóra była ciepła i lekko pachniała wrzosem.

– Do usług, moja pani – powiedziałem, prostując się i uwalniając jej dłoń. Po raz pierwszy w życiu zrozumiałem, jaki jest cel tego rodzaju ceremonialnych powitań. Dzięki nim wiadomo, wedle jakiego scenariusza się zachowywać, kiedy absolutnie nie ma się nic do powiedzenia.

– Moja pani? – powtórzyła Denna, z lekka zaskoczona. – Bardzo dobrze, jeśli sobie tego życzysz. – Ujęła fałdkę sukni jedną ręką i ukłoniła mi się wdzięcznie, nieco prześmiewczo i figlarnie. – Twoja pani cię wita.

Słysząc jej głos, zrozumiałem, że moje podejrzenia były trafne. Miałem przed sobą swoją Aloine.

– Co porabiasz samotny w trzecim kręgu? – Rozejrzała się po balkonie o kształcie półksiężyca. – Jesteś sam, nieprawdaż?

– Jestem sam – odrzekłem. A potem, ponieważ nie potrafiłem wymyślić nic innego, zapożyczyłem wers z pieśni, która wciąż brzmiała w mej pamięci. – Oto niespodzianie Aloine przy mnie stoi.

Uśmiechnęła się, słysząc to, wyraźnie zadowolona.

– Co chcesz wyrazić słowem: niespodzianie? – zapytała.

– Prawie już zdążyłem sam siebie przekonać, że sobie poszłaś.

– Prawie tak się stało – powiedziała ironicznie Denna. – Dwie godziny czekałam na przybycie mego Saviena. – Westchnęła teatralnie, unosząc wzrok ku górze, niby posąg świętej. – Na koniec, zdjęta rozpaczą, zdecydowałam, że tym razem Aloine sama może wyprawić się na poszukiwania, a oryginał niech idzie do diabła. – Uśmiechnęła się psotnie.

– A więc byliśmy jak źle oświetlone statki po nocy... – zacytowałem.

– ...mijające się z bliska, ale nieświadome siebie – dokończyła Denna.

– *Upadek Felwarda* – powiedziałem z uczuciem zbliżonym do szacunku. – Niewielu czytało tę sztukę.

– Ja nie jestem wielu – odparowała.

– Nigdy o tym nie zapomnę. – Skłoniłem głowę z przesadnym respektem. Parsknęła szyderczo. Zignorowałem jej reakcję i ciągnąłem trochę poważniej: – Nie wiem, jak ci dziękować za pomoc.

– Nie wiesz? – zapytała. – Cóż, to doprawdy wstyd. A jak możesz mi podziękować?

Nie myśląc, sięgnąłem do kołnierza płaszcza i odpiąłem fletnię.

– Tylko tak – powiedziałem, podając jej srebrną odznakę talentu.

– Ja... – Denna zawahała się, wyraźnie spłoszona. – Nie mówisz chyba poważnie.

– Bez ciebie nie zdobyłbym jej – upierałem się. – I nie mam nic bardziej wartościowego, chyba że chcesz moją lutnię.

Ciemnymi oczyma Denna przyglądała mi się, jakby nie potrafiła stwierdzić, czy sobie żartuję.

– Nie wydaje mi się, abyś miał prawo dać komuś swoją fletnię...

– A właśnie że mogę – wyjaśniłem. – Stanchion wspomniał, że jeśli ją zgubię albo dam komuś, będę musiał zdobyć nową. – Ująłem jej rękę, rozwarłem palce i włożyłem srebrną fletnię w dłoń. – To oznacza, że mogę z nią zrobić, co zechcę, a chcę ci ją dać.

Denna popatrzyła na fletnię w swej dłoni, potem na mnie z jakimś osobliwym namysłem, jakby pierwszy raz mnie w życiu widziała. Przez chwilę nie potrafiłem myśleć o niczym innym, tylko o tym, jak wyglądam. Płaszcz był wyświechtany; nawet odziany w najlepsze rzeczy niewiele odstawałem od łachmaniarza.

Znowu przyjrzała się fletni i powoli zamknęła dłoń. Wreszcie spojrzała na mnie, a wyraz jej twarzy był nieodgadniony.

– Myślę, że jesteś cudownym człowiekiem – powiedziała.

Wciągnąłem głęboki oddech, ale Denna nie dopuściła mnie do głosu.

– Wszelako – rzekła – jako wyraz wdzięczności to zbyt wiele. Zapłata znacznie przekraczająca wartość pomocy, jakiej ci udzieliłam. W ten sposób ja stałabym się twoją dłużniczką. – Schwyciła mnie za rękę i wcisnęła w nią fletnię. – A wolałabym, aby było raczej na odwrót. – Raptem uśmiechnęła się szeroko. – I dalej jesteś mi coś winien.

Wokół mnie zrobiło się jakoś ciszej. Rozejrzałem się dookoła zdumiony, że zapomniałem, gdzie się znajduję. Denna przyłożyła palec do ust i wskazała za balustradę na scenę poniżej. Kiedy podeszliśmy, zobaczyłem na dole starego człowieka z brodą białą niczym mleko, który otwierał właśnie futerał instrumentu o zupełnie dziwacznym na pozór kształcie. Zaskoczony aż syknąłem, kiedy zobaczyłem, co trzyma w dłoniach.

– Co to jest? – zapytała Denna.

– To jest stara dworska lutnia – wyjaśniłem, a w moim głosie mimowolnie odbiło się zdumienie. – Nigdy w życiu nie było mi dane czegoś takiego widzieć.

– To jest lutnia? – Usta Denny przez dłuższą chwilę poruszały się w milczeniu. – Naliczyłam dwadzieścia cztery struny. Jak na tym w ogóle można grać? To więcej, niż mają niektóre harfy.

– Tak właśnie je budowano, całe lata temu, przed metalowymi strunami, zanim lutnicy nauczyli się giąć długie szyjki. To niewiarygodne. W tej łabędziej szyjce jest więcej myśli inżynieryjnej niż w trzech katedrach. – Przyglądałem się, jak stary człowiek odsuwa na bok długą brodę i sadowi się na krześle. – Mam nadzieję, że nastroił ją przed wejściem na scenę – dodałem cicho. – W przeciwnym razie przyjdzie nam godzinę czekać, aż skończy się zabawiać z kołkami. Ojciec mówił, że dawni minstrele potrafili spędzać dwa dni na zakładaniu strun i dwie godziny na strojeniu, żeby wydobyć dwuminutową muzykę ze starej dworskiej lutni.

Staremu tylko pięć minut zabrało, zanim jego struny zabrzmiały zgodnie. Potem zaczął grać.

Wstyd się przyznać, ale z pieśni jakoś nic nie zapamiętałem, mimo iż nigdy jeszcze nie widziałem dworskiej lutni, a co dopiero słyszeć jej grę. Moje myśli za bardzo zajmowała Denna, abym potrafił skupić jeszcze na czymś uwagę. Staliśmy obok siebie, opierając się o barierkę, a ja przyglądałem jej się kątem oka.

Ani razu nie zwróciła się do mnie po imieniu, nawet nie wspomniała o wspólnej podróży karawaną Roenta. To oznaczało, że mnie nie pamięta. Nie było to szczególnie zaskakujące, jak mniemam, że zapomniała obszarpanego chłopca, którego spotkała przelotnie w drodze. Niemniej trochę mnie to zabolało, ponieważ ja od miesięcy nie przestawałem o niej myśleć. Z drugiej strony, nie miałem jak wspomnieć o tamtej znajomości, żeby nie wyjść na głupca. Lepiej zacząć wszystko od początku i mieć nadzieję, że tym razem okażę się bardziej godny zapamiętania.

Zanim się zorientowałem, pieśń dobiegła końca, klaskałem więc entuzjastycznie, żeby choć tym zrewanżować się za nieuwagę.

– Wtedy, kiedy po raz drugi zaśpiewałeś refren, pomyślałam sobie, że się pomyliłeś – powiedziała Denna, gdy oklaski ucichły. – Nie mogłam uwierzyć, że naprawdę chcesz, aby obca kobieta włączyła się do twojej pieśni. Takie rzeczy widywałam tylko wieczorami przy obozowych ogniskach.

Wzruszyłem ramionami.

– Wszyscy mi zawsze mówią, że to tam grywają najlepsi muzycy. – Wykonałem zapraszający gest dłonią w jej stronę. – Wierzyłem, że ktoś będzie znał tę partię.

Uniosła brew.

– O mało co, a by ci się nie udało – powiedziała. – Czekałam, aż ktoś inny się włączy. Bałam się tak wdzierać w cudzy koncert.

Popatrzyłem na nią zbity z tropu.

– Dlaczego? Masz śliczny głos.

Skrzywiła się zawstydzona.

– Wcześniej tylko dwa razy słyszałam tę pieśń. Nie byłam pewna, czy pamiętam tekst.

– Dwa razy?

Denna pokiwała głową.

– Ale drugi raz zdarzyło się to ledwie cykl temu. Jakiś duet grał ją na proszonym obiedzie, na którym byłam w Aetni.

– Mówisz poważnie? – zapytałem z niedowierzaniem.

Uroczyście pokiwała głową, jakby przyłapana na drobnym łgarstwie. Ciemne włosy opadły jej przy tym na twarz, więc odgarnęła je niecierpliwym gestem.

– No dobrze, myślę, że mogłam słyszeć, jak tamten duet robił próby przed obiadem...

Dalej kręciłem głową, wciąż nie mogąc uwierzyć.

– To niesamowite. Harmonika jest tu tak strasznie trudna. A żeby zapamiętać słowa... – Przez chwilę zdumiewałem się w duchu, kręcąc głową. – Masz niezwykłe ucho.

– Nie jesteś pierwszym mężczyzną, który mi to mówi – zauważyła z przekąsem. – Ale niewykluczone, że jesteś pierwszym, który naprawdę przyjrzał się mojemu uchu. – Znacząco spuściła wzrok.

Już zacząłem się oblewać palącym rumieńcem, kiedy za plecami usłyszałem znajomy głos.

– Tu jesteś!

Odwróciłem się i zobaczyłem Sovoya, mego wysokiego, przystojnego przyjaciela i współspiskowca z zaawansowanej sympatii.

– Tu jestem – przytaknąłem zaskoczony, że chciało mu się mnie szukać. A podwójnie zaskoczony tym, że miał czelność przeszkadzać mi w konwersacji z młodą kobietą.

– Tu jesteśmy wszyscy razem. – Sovoy uśmiechnął się do mnie, podchodząc do Denny i otaczając ją ręką w talii. Zmarszczył czoło w udawanym gniewie. – Łażę i łażę po parterze, próbując pomóc ci odnaleźć twojego śpiewaka, podczas gdy wy dwoje jesteście tutaj i szepczecie sobie niczym złodzieje.

– Przypadkiem wpadliśmy na siebie – powiedziała Denna, przykrywając ręką jego dłoń spoczywającą na jej biodrze. – Wiedziałam, że wrócisz skończyć pić, jeśli już nie z żadnego innego powodu... – Skinieniem głowy wskazała najbliższy stolik, za którym nikt nie siedział, i tylko na blacie stały dwa kieliszki z winem.

Razem odwrócili się i ręka w rękę poszli do swojego stolika. Denna zerknęła przez ramię i leciutko, prawie niedostrzegalnie uniosła brwi. Nie miałem zielonego pojęcia, jak odczytać ten gest.

Dopiero Sovoy machnął do mnie, żebym się przyłączył, po czym przysunął mi do stolika niezajęte krzesło z sąsiedniego, żebym miał na czym usiąść.

– Ledwie mogłem uwierzyć, że to ty tam stoisz na scenie – wyjaśnił. – Wydawało mi się, że poznaję twój głos, ale... – Gestem dłoni objął mezzanino „Eola". – Choć trzeci krąg daje młodym kochankom tak pożądaną intymność, widok na scenę pozostawia wiele do życzenia. Nie wiedziałem, że masz zamiar zagrać. – Położył rękę na ramieniu Denny i uśmiechnął się czarująco swymi niebieskimi oczyma.

– Zdarza się – rzuciłem, siadając.

– Masz szczęście, że wybraliśmy się dzisiaj rozerwać właśnie do „Eola" – kontynuował Sovoy. – W przeciwnym razie echa i świerszcze śpiewałyby z tobą.

– Wobec tego mam u ciebie dług wdzięczności – powiedziałem, kłaniając mu się.

– Spłacisz mi go, biorąc Simmona za partnera, kiedy następnym razem będziemy grali w kąty – rzekł. – W ten sposób to ty zaliczysz wpadkę, kiedy ten narwany mały bękart będzie licytował wysoko, mając tylko parę.

– Zgoda – powiedziałem. – choć zimno mi się robi, kiedy o tym myślę. – Zwróciłem się do Denny: – A co z tobą? Mam u ciebie ogromny dług wdzięczności. Jak mógłbym go spłacić? Proś, o co chcesz, jeśli oczywiście będzie to w granicach moich możliwości.

– Wszystko w granicach twoich możliwości – powtórzyła frywolnie. – A więc co jeszcze potrafisz, nie licząc gry tak dobrej, że Tehlu i jego aniołowie, słysząc ją, ronią łzy?

– Jak myślę, stać mnie na wszystko – odparłem lekko. – Jeśli tylko poprosisz.

Roześmiała się.

– Kobietom nie należy mówić takich rzeczy – wtrącił Sovoy. – A zwłaszcza tej. Każe ci przynieść liść ze śpiewającego drzewa na drugim końcu świata.

Ona usiadła wygodniej na krześle i spojrzała na mnie groźnie.

– Liść ze śpiewającego drzewa – zamyśliła się. – Przyjemnie byłoby coś takiego mieć. Przyniósłbyś mi?

– Przyniosę – przyrzekłem i sam się zdziwiłem, że naprawdę tak myślę.

Przez chwilę jakby się zastanawiała nad moją odpowiedzią, potem wdzięcznie pokręciła głową.

– Nie mogę cię wysyłać tak daleko. Będę musiała swój dług wdzięczności odebrać u ciebie kiedy indziej.

Westchnąłem.

– A więc wciąż pozostanę twoim dłużnikiem.

– Och, nie! – wykrzyknęła. – Kolejna troska na barkach mojego Saviena...

– Powodem mojego zatroskania jest obawa, że nigdy nie poznam twojego imienia. Wprawdzie mogę myśleć o tobie jako o Felurian – powiedziałem. – Ale to mogłoby doprowadzić do niepotrzebnego zamieszania.

Obrzuciła mnie szacującym spojrzeniem.

– Felurian? Mogłoby mi się spodobać, gdybym cię nie uważała za kłamcę.

– Kłamcę? – rzekłem urażony. – Pierwszą myślą, jaka zrodziła się w mej głowie na twój widok, było: Felurian! Co uczyniłem? Wyrazy podziwu od moich kolegów muzyków, na które na dole zmarnowałem godziny, były stratą czasu. Gdybym mógł odzyskać te chwile, które tak beztrosko zmarnowałem, chciałbym spędzić je w mądrzejszy sposób, grzejąc się w świetle, które dorównuje promieniom słońca.

Uśmiechnęła się.

– Kłamca i złodziej. Ukradłeś tę linijkę z trzeciego aktu *Daeoniki*.

Daeonicę też znała?

– Przyznaję się do winy – stwierdziłem lekko. – Ale fakt ten bynajmniej nie godzi w prawdziwość samych słów.

Uśmiechnęła się do Sovoya, potem odwróciła do mnie.

– Pochlebstwa są miłe i przyjemne, ale dzięki nim nie poznasz mego imienia. Sovoy wspomniał, że dotrzymujesz mu kroku na Uniwersytecie. To oznacza, że parasz się mrocznymi siłami, które lepiej zostawić w spokoju. Gdybym ci powiedziała, jak mam na imię, uzyskałbyś nade mną straszliwą władzę. – Jej twarz pozostała poważna, ale w oczach i skłonie głowy prześwitywał utajony uśmiech.

– Zaiste, jest to prawda – oznajmiłem z taką samą powagą. – Ale zaproponuję ci umowę. W zamian za twoje imię podam ci moje. I wtedy sam znajdę się w twej mocy.

– Potrafiłbyś sprzedać mi moją własną bluzkę – zauważyła. – Sovoy wie, jak masz na imię. Przyjmując, że jeszcze mi go nie podał, mogę je z niego wydobyć z dziecinną łatwością.

– Prawda – przyznał Sovoy z niejaką ulgą, której źródłem było chyba to, że nie zapomnieliśmy całkiem o nim. Ujął jej dłoń i pocałował.

– Mnie też może powiedzieć, jak ty masz na imię – zbyłem jej argument. – Ale nie może ci go podać... tylko ja mogę to zrobić. – Położyłem dłoń na blacie stolika. – Oferta pozostaje w mocy: moje imię za twoje. Chcesz je? Czy zawsze już będę musiał myśleć o tobie jak o Aloine, a nigdy o tobie samej?

Przewróciła oczyma.

– Bardzo dobrze – powiedziała. – Ty zaczynasz.

Pochyliłem się ku niej, dałem jej znak gestem, żeby postąpiła tak samo. Puściła rękę Sovoya i nadstawiła ucha. Z powagą wyszeptałem w nie moje imię:

– Kvothe.

Lekko pachniała kwiatami, co zapewne zawdzięczała perfumom, ale pod nimi był jej własny zapach, coś jakby zielona trawa, a może polna droga po lekkim wiosennym deszczu.

Odchyliła się z powrotem na oparcie krzesła i przez moment chyba zastanawiała nad tym, co usłyszała.

– Kvothe – rzekła na koniec. – Pasuje do ciebie. Kvothe. – W jej oczach zatańczyły iskierki, jakby skrywała w głowie jakąś tajemnicę. Za drugim razem wymówiła moje imię powoli, smakując na języku, w końcu pokiwała głową. – Co ono oznacza?

– Oznacza wiele rzeczy – powiedziałem swoją najlepszą wersją głosu Taborlina Wielkiego. – Ale tak łatwo mnie nie zwiedziesz. Wywiązałem się ze swej części umowy i teraz jestem w twojej mocy. Podasz mi teraz swoje imię, żebym mógł się nim do ciebie zwracać?

Uśmiechnęła się i znów pochyliła ku mnie, ja poszedłem za jej przykładem. Odwróciłem głowę i poczułem, jak muska mnie zbłąkane pasemko jej włosów.

– Dianne. – Jej ciepły oddech był jak muśnięcie piórkiem po uchu. – Dianne.

Oboje usiedliśmy normalnie. Kiedy przez czas jakiś nic nie mówiłem, zapytała:

– No i?

– Mam je – zapewniłem ją. – Znam z taką samą pewnością, z jaką znam swoje.

– Powiedz je więc.

– Szanuję je – zapewniłem ją z uśmiechem. – Darami takimi jak ten nie wolno szafować.

Spojrzała na mnie.

Ugiąłem się pod jej wzrokiem.

– Dianne – powiedziałem. – Dianne. Pasuje do ciebie.

Przez dłuższą chwilę patrzyliśmy sobie w oczy. W końcu zorientowałem się, że Sovoy mierzy mnie wzrokiem, w którym nie ma nawet śladu delikatności.

– Powinienem wracać na dół – powiedziałem, wstając szybko od stolika. – Muszę się spotkać z ważnymi ludźmi. – W środku zaś aż się skuliłem, słysząc niezręczność swej wymówki, choć i tak nic mniej niezgrabnego nie potrafiłbym wymyślić.

Sovoy wstał i uścisnął mi rękę, bez wątpienia zadowolony, że się mnie pozbywa.

– Niezły byłeś dzisiaj, Kvothe. Do zobaczenia.

Odwróciłem się i zobaczyłem, że Denna też wstaje. Nasze spojrzenia spotkały się, ona się uśmiechnęła.

– Też mam nadzieję jeszcze cię spotkać. – Wyciągnęła rękę.

Uśmiechnąłem się najlepiej jak umiałem.

– Zawsze jest nadzieja. – Chciałem, żeby zabrzmiało to nadzwyczaj inteligentnie, ale słowa w moich uszach znowu wydawały się ucieleśnieniem dętej gadki nudziarza. Trzeba zmykać, zanim zrobię z siebie jeszcze większego osła.

Krótko uścisnąłem jej rękę. Miękką, delikatną i silną. Nie pocałowałem jej, ponieważ Sovoy był moim przyjacielem, a przyjaciele nie robią sobie takich rzeczy.

Rozdział 59

Cała ta wiedza

W swoim czasie i przy wydatnej pomocy Deocha oraz Wilema udało mi się upić.

I takim to sposobem głęboką nocą trzech studentów, lekko się chwiejąc, wracało na Uniwersytet. Musielibyście widzieć, jak wędrują, trochę tylko wężykiem. Jest cisza, a kiedy na dzwonnicy wybija późna godzina, nie tyle zakłóca ciszę, ile ją podkreśla. Świerszcze również szanują ciszę. Ich śpiewy są jak delikatne szwy w jej materii, omal zbyt drobne, żeby je zobaczyć.

Noc otacza nas ciepłym aksamitem. Gwiazdy, płonące diamenty na bezchmurnym niebie, srebrzą szarą poświatą drogę u naszych stóp. Uniwersytet i Imre są centrum nauki i sztuki, najmocniejszymi z czterech filarów cywilizacji. Na drodze między nimi nie ma nic prócz starych drzew i długiej trawy, kołyszącej się na wietrze. Noc jest idealna na swój dziki sposób, niemal złowieszczo piękna.

Trzech chłopców, jeden ciemnowłosy, drugi jasnowłosy, trzeci – z braku lepszego określenia – ognistowłosy, nie zwraca na noc żadnej uwagi. Być może jakieś części ich dusz tak, ale są przecież młodzi, pijani i skupieni na tkwiącej w ich sercach wiedzy, że żaden z nich się nie zestarzeje ani nie umrze. Wiedzą też, że są w towarzystwie przyjaciół i że łączy ich miłość, która nigdy ich nie opuści. Chłopcy wiedzą też o wielu innych rzeczach, lecz żadna nie wydaje im się równie ważna jak ta. Być może mają rację.

Rozdział 60

Los

Następnego dnia udałem się na loterię egzaminacyjną, dręczony pierwszym w życiu kacem. Byłem zmęczony, mdliło mnie trochę, ale nie miałem innego wyjścia jak stanąć w najkrótszej kolejce i starać się nie zwracać uwagi na harmider czyniony przez setkę studentów, którzy kręcili się dookoła, kupowali, sprzedawali, wymieniali i cały czas się uskarżali na wylosowane terminy.

– Kvothe, syn Arlidena – powiedziałem, kiedy w końcu dotarłem na początek kolejki.

Znudzona kobieta zaznaczyła na liście moje imię i z czarnego aksamitnego worka wyciągnęła tabliczkę. Było na niej napisane „Hepten: południe". Pięć dni od dzisiaj, mnóstwo czasu, żeby się przygotować.

Lecz kiedy zdecydowałem się na powrót do Oficyn i ruszyłem w stronę wyjścia, tknęła mnie pewna myśl. Ile właściwie potrzebuję czasu na przygotowania? A poza tym czego się jeszcze nauczę, skoro Archiwa są przede mną zamknięte?

Przemyślawszy całą sprawę, uniosłem rękę z wyprostowanym środkowym palcem i kciukiem, co oznaczało, że mam do sprzedania termin za pięć dni od dzisiaj.

Nie minęło wiele czasu, gdy podeszła do mnie jakaś nieznajoma studentka.

– Cztery dni – powiedziała, pokazując mi swoją tabliczkę. – Dam ci jotę za twoją.

Pokręciłem głową. Wzruszyła ramionami i odeszła.

Potem pojawił się Galven, Re'lar z Medicum. Pokazał mi wyprostowany palec wskazujący, co oznaczało, że ma termin na dzisiejsze popołudnie. Cienie pod oczyma i zalękniona twarz jednoznacznie wskazywały, że nie ma najmniejszej ochoty zaraz podchodzić do egzaminu.

– Zgodzisz się na pięć jot?

– Wolałbym cały talent...

Przez chwilę kiwał głową, obracając swoją płytkę między palcami. Moja cena była uczciwa. Nikt nie chciał zdawać egzaminów zaraz pierwszego dnia.

– Może później. Najpierw się trochę rozejrzę.

Pomyślałem, ile zmian może przynieść jeden dzień. Wczoraj pięć jot wydawałoby mi się wszystkimi skarbami świata. A dziś sakiewkę miałem ciężką... Zagubiony w niejasnych rozmyślaniach, kątem zobaczyłem Wilema i Simmona. Mimo smagłej cealdańskiej cery Wil wydawał się nieco blady. Uznałem, że on również odczuwa skutki naszego wczorajszego pijaństwa.

Sim natomiast był promienny i radosny jak zwykle.

– Zgadnij, kto wyciągnął dzisiejszy termin? – Skinieniem głowy wskazał kogoś za moimi plecami. – Ambrose we własnej osobie, jak też paru jego przyjaciół. Powoli zaczynam wierzyć, że jest sprawiedliwość na świecie.

Zanim zobaczyłem Ambrose'a, już usłyszałem jego głos.

– ...z tej samej torby, co oznacza, że nie wymieszali właściwie przeklętych losów. Powinni odwołać spieprzone losowanie. Inaczej to zwykły przekręt i...

Ambrose przechadzał się dookoła w towarzystwie kilku dobrze ubranych przyjaciół; oczy mieli wbite w tłum, szukali uniesionych rąk. Byli w odległości kilkunastu stóp, kiedy w końcu Ambrose zorientował się, że ręka, ku której zmierza, należy do mnie.

Zatrzymał się jak wryty i znienacka roześmiał gardłowo.

– Biedny chłopcze, masz czasu, ile tylko zamarzyć, i żadnych sposobów na spędzenie go z pożytkiem. Lorren cię jeszcze nie wpuścił?

– Młot i róg – zmęczonym głosem zaklął Wilem za moimi plecami.

Ambrose tymczasem promiennie się do mnie uśmiechał.

– Powiem ci coś. Dam ci pół grosza i jedną z moich starych

koszul za twój termin. W ten sposób będziesz miał co na siebie włożyć, piorąc tę w rzece.

Stojący za nim przyjaciele zachichotali, całkiem otwarcie wbijając we mnie spojrzenia.

Nie dałem nic po sobie poznać, chcąc mu oszczędzić nawet tej odrobiny satysfakcji. Z drugiej strony aż nadto świadom byłem, iż mam tylko dwie koszule, które po dwu semestrach ciągłego noszenia zrobiły się już nieco znoszone. Sfatygowane. Co więcej, naprawdę prałem je w rzece, ponieważ nie stać mnie było na pralnię.

– Nie chcę – oznajmiłem lekko. – Dół twojej koszuli jest zbyt mocno zafarbowany, jak na mój gust. – Słowa podkreśliłem szarpnięciem za przód swojej.

Kilku stojących w pobliżu studentów zachichotało.

– Nie łapię – usłyszałem, jak Simmon mówi do Wilema.

– Sugeruje, że Ambrose ma... – Wil urwał. – *Edamete tass*, chorobę, którą łapie się od dziwek. Towarzyszy jej wyciek...

– Dobra, dobra – szybko przerwał mu Sim. – Już rozumiem. Fuj. Nic dziwnego, że Ambrose ubiera się w zielenie.

Tymczasem Ambrose jakoś się zmusił, by dołączyć do chóru chichoczących z mojego dowcipu.

– Cóż, sam się chyba o to prosiłem – powiedział. – No dobrze, oto grosze dla biedaków. – Wyciągnął sakiewkę i potrząsnął nią. – Ile chcesz?

– Pięć talentów – odpowiedziałem.

Zamarł w trakcie otwierania sakiewki, wbił we mnie osłupiałe spojrzenie. Cena była horrendalna. Kilku przyglądających się szturchnęło sąsiadów łokciami, najwyraźniej oczekując, że nabiorę Ambrose'a i ten zapłaci mi kilkakrotnie więcej, niż mój termin był wart.

– Przepraszam – zacząłem – mam ci to przeliczyć?

Wszyscy wiedzieli, że podczas ostatnich egzaminów Ambrose wyłożył się na arytmetyce.

– Pięć to absurdalna cena – rzekł. – Będziesz mógł mówić o szczęściu, jeśli po południu dostaniesz talent.

Z udawaną beztroską wzruszyłem ramionami.

– Zgodzę się na cztery.

– Zgodzisz się na jednego – nalegał Ambrose. – Nie jestem idiotą.

Wciągnąłem głęboki oddech, wypuściłem go powoli, z rezygnacją.

– Nie przypuszczam, żebyś przystał na... jeden i cztery? – zapytałem sam zdegustowany tym, jak błagalnie brzmi mój głos.

Ambrose uśmiechnął się niczym rekin.

– Powiem ci coś – rzekł wspaniałomyślnie. – Dam ci jeden i trzy. Nie mam nic przeciwko niewielkiej jałmużnie od czasu do czasu.

– Dziękuję ci, panie – oznajmiłem pokornie. – Jestem ci bardzo wdzięczny. – Czułem rozczarowanie widzów obserwujących, jak przed pieniędzmi Ambrose'a płaszczę się na grzbiecie jak pies.

– Nie ma za co – rzekł z wyższością. – Zawsze chętnie pomagam potrzebującym.

– W walucie Vintish będzie to dwa rojale, sześć dwugroszówek, dwa grosze i cztery szelągi.

– Sam potrafię przeliczyć – warknął. – Od dzieciństwa wraz z orszakiem ojca podróżuję po świecie. Wiem, ile warte są pieniądze.

– Oczywiście, że wiesz. – Skłoniłem głowę. – Głupiec ze mnie. – Zerknąłem na niego z ciekawością. – A więc w Modeg też byłeś?

– Oczywiście – przyznał z roztargnieniem, wyciągając z sakiewki monety ze wszystkich stron świata. – Tak naprawdę to byłem nawet na wysokim dworze Cershaen. Dwukrotnie.

– Czy to prawda, że modegańska szlachta uważa, iż targowanie się nie przystoi ludziom wysoko urodzonym? – zapytałem niewinnie. – Słyszałem, że w jej oczach stanowi to oznakę, iż dana osoba jest podłego pochodzenia albo znalazła się w naprawdę rozpaczliwej sytuacji...

Ambrose spojrzał na mnie, gmerająca w sakiewce dłoń zamarła. Oczy mu się zwęziły.

– Jeżeli to prawda, ogromną uprzejmością z twojej strony było zniżenie się do mego poziomu, wyłącznie w celu zapewnienia mi niewinnej rozrywki. – Uśmiechnąłem się do niego szeroko. – My, Ruh, uwielbiamy się targować.

Po otaczającym nas tłumie poniósł się szmer śmiechów. Zgromadziło się już tymczasem kilkadziesiąt osób.

– Wcale tak nie jest – zaprotestował Ambrose.

Moja twarz stała się maską zatroskania.

– Och, tak mi przykro, mój panie. Nie miałem pojęcia, że znalazłeś się w kłopotach finansowych... – Dałem krok w jego stronę, wyciągając tabliczkę z zapisanym terminem. – Proszę, możesz mieć ją za pół grosza. Ja również nie mam nic przeciwko niewielkiej jałmużnie. – Stałem tuż przed nim, podając mu płytkę. – Proszę, wręcz nalegam, to miłe wspomóc potrzebującego.

Ambrose patrzył na mnie z wściekłością.

– Wsadź ją sobie w gardło i udław się – wysyczał cicho. – I pamiętaj o tym, kiedy będziesz żarł fasolę i prał w rzece. Gdy tobie w kieszeniach zostanie podszewka, ja będę stał z boku i patrzył. – Odwrócił się i odszedł. W każdym calu wizerunek urażonej godności.

Otaczający nas tłum studentów nagrodził mnie gromkimi oklaskami. Kłaniałem się w pas na wszystkie strony.

– Jak byś wypunktował tę wymianę? – zapytał Sima Wil.

– Dwa Ambrose, trzy Kvothe. – Sim spojrzał na mnie. – Bywało lepiej.

– Nie wyspałem się ostatniej nocy – przyznałem.

– Za każdym razem, gdy to robisz, zbiera ci się coraz bardziej – powiedział Wil.

– Możemy tylko na siebie warczeć, nic więcej – zaoponowałem. – Mistrzowie już o to zadbali. Gdy któryś posunie się za daleko, zostanie relegowany za zachowanie nie przystające członkowi Arkanów. Jak myślicie, dlaczego jeszcze nie zmieniłem mu życia w piekło?

– Bo jesteś leniwy – zasugerował Wil.

– Lenistwo jest jedną z moich największych cnót – zgodziłem się. – Gdybym nie był taki leniwy, mógłbym przecież przetłumaczyć sobie *Edemete tass* i strasznie się obrazić, ponieważ znaczy to „wysięk Edema". – Znowu uniosłem rękę z wyprostowanym kciukiem i palcem środkowym. – Zamiast tego przyjmę, że właściwie tłumaczenie odwołuje się po prostu do nazwy zarazka wywołującego chorobę czyli dwoinki, a tym samym nasza przyjaźń nie zostanie nadwerężona.

Ostatecznie sprzedałem swój termin zdesperowanemu niejakiemu Jaksimowi, Re'larowi z Rzemiochy. Targowałem się z nim twardo, aż w końcu stanęło na sześciu jotach i przysłudze, o którą mogłem go poprosić w dogodnej chwili.

Egzaminy poszły mi mniej więcej tak, jak można się było spodziewać, mając na względzie, że nie miałem gdzie się uczyć. Hemme wciąż żywił do mnie urazę. Lorren zachowywał się z ogromną rezerwą. Elodin cały czas trzymał głowę na blacie stołu i chyba spał. Czesne ustalono mi na całe sześć talentów, co postawiło mnie w ciekawej sytuacji...

Długa droga do Imre była prawie pusta. Promienie słońca przesączały się przez gałęzie drzew, wiatr niósł lekkie tchnienie chłodu – zwiastun jesieni. Najpierw skierowałem się do „Eola", żeby odzyskać lutnię. Zeszłej nocy Stanchion nalegał, abym ją zostawił, obawiając się, że z pewnością ją zniszczę w trakcie wędrówki do domu po pijanemu.

Przed drzwiami „Eola" zobaczyłem Deocha opartego o drzwi. Obracał w palcach monetę. Na mój widok uśmiechnął się.

– Witaj, cześć! Wczoraj tak się zataczaliście, że bałem się już, że skończyliście na dnie rzeki.

– Zataczaliśmy się każdy w inną stronę – wyjaśniłem. – Więc się wyrównywało.

Deoch się roześmiał.

– W środku jest twoja pani.

Opanowałem wypełzający na twarz rumieniec, ale zastanawiałem się, skąd wie, że chciałbym się spotkać z Denną.

– Ściśle rzecz biorąc, nie wiem, czy mam prawo nazywać ją moją panią. – Mimo wszystko Sovoy był przyjacielem.

Deoch wzruszył ramionami.

– Jakkolwiek ją nazwiesz, Stanchion ma ją za barem. Pośpieszyłbym się więc, zanim coś mu przyjdzie do głowy i zacznie ćwiczyć na niej swe palcówki.

Poczułem rodzący się gniew, ledwie zdołałem przełknąć cisnące się na usta zapalczywe słowa.

Lutnia. Mówił o mojej lutni, przypomniałem sobie. Prawie wbiegłem do środka.

Obszedłem wszystkie piętra „Eola", ale Denny nigdzie nie znalazłem. Wpadłem natomiast na hrabiego Threpe, który z entuzjazmem zaprosił mnie do stolika.

– Jak mniemam, niełatwo przyjdzie mi cię namówić do złożenia wizyty w moim domu? – zapytał nieśmiało. – Myślę o wydaniu skromnego obiadu, a znam paru ludzi, którzy z radością by cię poznali. – Mrugnął. – Wieść o twoim występie już się rozchodzi.

Poczułem niepokój, ale przecież zdawałem sobie sprawę, że prowadzanie się ze szlachtą stanowi coś w rodzaju zła koniecznego.

– Będę zaszczycony, panie.

Threpe się skrzywił.

– Czy naprawdę musisz się do mnie zwracać per panie?

W życiu aktora wędrownej trupy dyplomacja odgrywa sporę rolę, a częścią dyplomacji jest przestrzeganie tytułów oraz rang.

– Etykieta, panie – powiedziałem z żalem.

– Szczać na etykietę – zirytował się Threpe. – To zbiór zasad, do których ludzie się odwołują, żeby móc być dla siebie niegrzecznymi w miejscach publicznych. Urodziłem się w pierwszej kolejności jako Dennais, w następnej jako Threpe, a hrabią jestem na samym końcu. – Spojrzał na mnie ponaglająco. – W zdrobnieniu Denn?

Zawahałem się.

– Przynajmniej tutaj – prawie błagał. – Kiedy ktoś zaczyna mnie tutaj tytułować, czuję się jak chwast na grządce.

Uspokoiłem się.

– Jeśli naprawdę tego chcesz, Denn.

Zarumienił się, jakbym powiedział mu komplement.

– Opowiedz mi trochę o sobie. Gdzie mieszkasz?

– Po drugiej stronie rzeki – odrzekłem wymijająco. Prycze w Oficynach trudno było uważać za wspaniałe mieszkanie. Kiedy Threpe obrzucił mnie nie rozumiejącym spojrzeniem, wyjaśniłem: – Uczęszczam na Uniwersytet.

– Na Uniwersytet? – zapytał wyraźnie zmieszany. – Uczą już muzyki?

Słysząc to, omal nie roześmiałem się w głos.

– Nie. Studiuję w Arkanach.

I natychmiast pożałowałem tych słów. Threpe usiadł prosto jakby kij połknął i obrzucił mnie zalęknionym spojrzeniem.

– Jesteś czarownikiem?

– Och, nie – zbyłem jego niepokoje. – Tylko studiuję. Wiesz, gramatyka, matematyka... – Świadomie wybrałem dwa najbardziej niewinne przedmioty, jakie przyszły mi na myśl.

Wyraźnie się odprężył.

– Chyba pomyślałem sobie, że jesteś... – Urwał i zadrżał. – Dlaczego tam studiujesz?

Na to pytanie zupełnie nie byłem przygotowany.

– Zawsze... zawsze chciałem. Tyle można się nauczyć.

– Ale przecież nie jest ci to do niczego potrzebne, to znaczy... – szukał odpowiednich słów. – Pomyśl o tym, jak grasz. Z pewnością twój mecenas zachęca cię do całkowitego skoncentrowania się na muzyce.

– Nie mam mecenasa, Denn – powiedziałem z nieśmiałym uśmiechem. – Nie chcę przez to powiedzieć, że mam cokolwiek przeciwko samej instytucji.

Jego reakcja była zupełnie inna, niż mogłem oczekiwać.

– Niech cholera weźmie moje sczerniałe szczęście. – Uderzył dłońmi w blat stołu, z całej siły. – Założyłem, że ktoś nie chce się tobą chwalić, że trzyma cię w ukryciu. – Tym razem uderzył pięścią. – Cholera, cholera, cholera. – Wreszcie doszedł trochę do siebie i spojrzał mi w oczy. – Przepraszam. Chodzi o to... – Machnął ręką z irytacją i westchnął. – Czy słyszałeś kiedyś to przysłowie: Jedna żona, jesteś szczęśliwy, dwie już cię męczą...

Pokiwałem głową.

– ...trzy będą nienawidzić się wzajem...

– ...weź czwartą, to i ciebie znienawidzą – dokończył Threpe. – Cóż, to samo w dwójnasób odnosi się do mecenasów i ich muzyków. A właśnie wziąłem sobie trzeciego, początkującego flecistę. – Westchnął i pokręcił głową. – Wadzą się jak koty w worku, każdy uważa, że go zaniedbuję. Gdybym tylko wiedział, że spotkam kogoś takiego jak ty, zaczekałbym.

– Pochlebiasz mi, Denn.

– Rugam samego siebie i tyle – westchnął; w jego oczach dojrzałem poczucie winy. – To nie w porządku. Sephran jest dobry w tym, co robi. Oni wszyscy są dobrzy, ale nadopiekuńczy dla mnie, jak prawdziwe żony. – Spojrzał przepraszająco. – Gdybym wziął jeszcze ciebie pod swoje skrzydła, rozpętałoby się piekło. Już musiałem skłamać na temat tego drobnego upominku, który dałem ci zeszłej nocy.

– A więc jestem kimś w rodzaju twojej kochanki? – Uśmiechnąłem się.

Threpe zachichotał.

– Nie rozwijajmy tej analogii za daleko. Ale dobrze, powiedzmy, że zamiast tego będę twoim swatem. Pomogę ci znaleźć odpowiedniego mecenasa. W promieniu pięćdziesięciu mil znam wszystkich obdarowanych pochodzeniem i pieniędzmi, więc nie powinno być z tym wiele kłopotów.

– Bardzo by mi się to przydało – powiedziałem poważnie. – Kręgi towarzyskie po tej stronie rzeki stanowią dla mnie prawdziwą zagadkę. – Przyszło mi coś do głowy. – Jeśli już o tym mowa, spotkałem zeszłego wieczora młodą damę, ale niewiele byłem się w stanie od niej dowiedzieć. Skoro znasz miasto... – Z nadzieją zawiesiłem głos.

Obrzucił mnie domyślnym spojrzeniem.

– Ach, rozumiem.

– Nie, nie, nie – zaprotestowałem. – Chodzi o tę dziewczynę, która śpiewała ze mną. Moją Aloine. Chciałem się z nią spotkać i złożyć wyrazy uszanowania.

Threpe patrzył takim wzrokiem, jakby mi nie wierzył za grosz, ale też nie miał zamiaru podważać moich słów.

– Niech będzie, jak ma na imię?

– Dianne.

Threpe najwyraźniej czekał na coś więcej.

– Tyle tylko wiem – dodałem.

Hrabia parsknął.

– Jak wyglądała? Jeżeli musisz, zaśpiewaj mi to.

Poczułem, że się rumienię.

– Miała ciemne włosy, takiej mniej więcej długości – przyłożyłem dłoń do barku nieco poniżej ramienia. – Młoda, delikatna cera.

Threpe przyglądał mi się z wyczekiwaniem.

– Śliczna – zakończyłem.

– Rozumiem – zamyślił się, skubiąc wargę. – Miała fletnię talentu?

– Nie wiem. Może.

– Mieszka w mieście?

Znowu wzruszyłem bezradnie ramionami, z każdą chwilą czując się coraz głupiej.

Threpe się roześmiał.

– Naprawdę musisz mi powiedzieć coś więcej. – Zerknął przez ramię. – Czekaj, tam jest Deoch. Jeżeli ktoś zdoła znaleźć dla ciebie tę dziewczynę, to tylko on. – Uniósł rękę. – Deoch!

– Aż takie ważne to nie jest – wtrąciłem pośpiesznie.

Threpe zlekceważył moje zastrzeżenia i gestem przywołał potężnego mężczyznę do stolika.

Deoch podszedł, wsparł się na blacie.

– Co mogę dla ciebie zrobić?

– Nasz młody śpiewak potrzebuje trochę informacji na temat damy, którą spotkał tu zeszłej nocy.

– Nie jestem zaskoczony. Ostatniej nocy było tu mnóstwo pięknotek. Jedna czy dwie nawet pytały o ciebie. – Mrugnął do mnie. – Która wpadła ci w oko?

– To nie tak – protestowałem uparcie. – Chodzi mi o tę, która śpiewała w harmonii ze mną zeszłej nocy. Miała taki piękny głos, a teraz szukam jej, żeby trochę razem pośpiewać.

– Myślę, że znam melodię, o której mówisz. – Obdarzył mnie szerokim domyślnym uśmiechem.

Zarumieniłem się z wściekłości i dalej próbowałem protestować.

– Och, daj spokój, nikomu nie powiem. Nie powiem nawet Stanchionowi, bo to jest tak, jakby się powiedziało całemu miastu. Kiedy sobie trochę wypije, plotkuje jak pensjonarka. – Spojrzał na mnie wyczekująco.

– Była szczupła z wielkimi oczami w barwie ciemnej kawy – powiedziałem, zanim zdałem sobie sprawę, jak to zabrzmi. Szybko mówiłem dalej, chcąc uniemożliwić Threpe'owi czy Deochowi jakieś niewczesne żarty. – Ma na imię Dianne.

– Ach. – Deoch powoli pokiwał głową do jakichś swoich myśli z krzywym uśmiechem. – Powinienem wiedzieć.

– Mieszka w okolicy? – spytał Threpe. – Nie sądzę, żebym ją znał.

– Przypomniałbyś ją sobie – zapewnił go Deoch. – Ale nie, chyba nie mieszka w mieście. Widuję ją od czasu do czasu. Dużo podróżuje, w jednej chwili jest tutaj, w następnej już jej nie ma. – Potarł się dłonią po ciemieniu i usmiechnął się z zakłopotaniem. – Nie wiem, gdzie mógłbyś ją znaleźć. Poza tym uważaj, chłopcze, skradnie ci serce. Mężczyźni padają przed nią na kolana jak pszenica pod kosą.

Wzruszyłem ramionami, jakby moje myśli nie mogły być dalsze od takich rzeczy, i z zadowoleniem stwierdziłem, że Threpe przeszedł do plotek o jednym z lokalnych radnych. Chichotałem nad docinkami tamtych, póki nie wypiłem wina, potem pożegnałem się i poszedłem.

Pół godziny później stałem na klatce schodowej przed drzwiami Devi, próbując nie zwracać uwagi na wstrętny zapach docierający ze sklepu rzeźnika poniżej. Po raz trzeci przeliczyłem pieniądze i przemyślałem możliwości, jakie przede mną otwierała posiadana suma. Mogłem spłacić cały dług i wciąż mieć na czesne, ale wtedy zostałbym bez grosza. Miałem do uregulowania również inne długi, a choć strasznie chciałbym uwolnić się od Devi, nie uśmiechało mi się zaczynać semestru bez grosza w sakiewce.

Ku swojemu zaskoczeniu drzwi otworzyły się gwałtownie. Devi wyjrzała podejrzliwie przez niewielką szparę i na mój widok uśmiechnęła się promiennie.

– Co się tak czaisz? – zapytała. – Wedle wszelkich zasad dżentelmeni pukają. – Szerzej otworzyła drzwi i wpuściła mnie do środka.

– Po prostu zastanawiałem się nad swoimi możliwościami – wyjaśniłem, gdy ona tymczasem ryglowała drzwi za moimi plecami. Jej pokój nie zmienił się wiele od ostatniej wizyty, choć dziś pachniał cynamonem, nie lawendą. – Mam nadzieję, że nie będziesz miała nic przeciwko, jeśli dzisiaj zapłacę tylko procenty?

– Wcale nie – zapewniła mnie wdzięcznie. – Lubię sobie wyobrażać, że te pieniądze to moja inwestycja w ciebie. – Gestem wskazała mi krzesło. – Poza tym to oznacza, że zobaczę cię znowu. Byłbyś zaskoczony, jak niewielu miewam gości.

– Prawdopodobnie bardziej chodzi o to miejsce niż o ciebie – powiedziałem.

Zmarszczyła nos.

– Wiem. Na początku wzięłam je, ponieważ było tanie. Teraz muszę już tu tkwić, żeby klienci wiedzieli, gdzie mnie szukać.

Położyłem dwa talenty na biurku i przesunąłem w jej stronę.

– Mogę ci zadać pytanie?

Obrzuciła mnie spojrzeniem pełnym psotnego podniecenia.

– Niestosowne?

– Odrobinę – przyznałem. – Czy ktoś kiedyś próbował na ciebie donieść?

– No, cóż. – Pochyliła się ku mnie. – Pytanie to można zrozumieć na kilka sposobów. – Uniosła brew nad jednym z lodowato niebieskich oczu. – Grozisz mi czy po prostu jesteś ciekaw?

– Jestem ciekaw – powiedziałem szybko.

– Powiem ci coś. – Skinieniem głowy wskazała moją lutnię. – Zagraj mi piosenkę, a ja powiem ci całą prawdę.

Uśmiechnąłem się, otworzyłem futerał, wyciągnąłem lutnię.

– Co chciałabyś usłyszeć?

Zastanawiała się dłuższą chwilę.

– Potrafisz zagrać *Opuść miasto, druciarzu*?

Zagrałem szybko, z łatwością. Ona entuzjastycznie włączyła się do refrenu, a pod koniec klaskała w dłonie i śmiała się jak mała dziewczynka.

Jak dzisiaj o tym myślę, faktycznie nią była. Lecz wtedy wydawała mi się starszą kobietą, doświadczoną i pewną siebie. Trzeba pamiętać, że miałem niecałe szesnaście lat.

– Pewnego razu – zaczęła, kiedy odłożyłem lutnię – dwa lata temu pewien młody dżentelmen E'lir doszedł do wniosku, że zamiast spłacić swój dług, lepiej będzie poinformować konstabla.

Spojrzałem jej w oczy.

– I?

– I to tyle. – Beztrosko wzruszyła ramionami. – Przyszli, zadali mi kilka pytań, przeszukali to miejsce. Oczywiście nie znaleźli nic obciążającego.

– Oczywiście.

– Następnego dnia młody dżentelmen poszedł do konstabla i wyznał prawdę. Wymyślił całą historię, ponieważ odrzuciłam jego romantyczne zapędy. – Uśmiechnęła się szeroko. – Konstabl nie był szczególnie rozbawiony, a dżentelmen został ukarany grzywną za spotwarzenie damy, obywatelki miasta.

Nie potrafiłem powstrzymać uśmiechu.

– Nie mogę powiedzieć, żebym jakoś strasznie... – Urwałem, ponieważ po raz pierwszy od wejścia do pokoju coś zauważyłem. Wskazałem na półkę z książkami. – To jest może *Zasada wszech materii* Malcafa?

– O, tak – oznajmiła z dumą. – Całkiem nowa. W ramach częściowej spłaty długu. – Gestem wskazała półkę. – Nie krępuj się.

Podszedłem i wyciągnąłem tom.

– Gdybym mógł z niej skorzystać, nie oblałbym jednego pytania podczas dzisiejszych egzaminów.

– Sądziłam, że Archiwach zapewniają ci dostęp do wszystkich książek – powiedziała głosem nabrzmiałym zazdrością.

Pokręciłem głową.

– Mam zakaz wstępu – wyjaśniłem. – Wszystkiego razem udało mi się spędzić w Archiwach jakieś dwie godziny, z czego przez godzinę wywlekano mnie z nich za ucho.

Devi powoli pokiwała głową.

– Słyszałam, ale nigdy nie wiadomo, które plotki są prawdziwe. Wobec tego w jakimś sensie jedziemy na tym samym wózku.

– Powiedziałbym, że tobie powodzi się nieco lepiej – stwierdziłem, przeglądając zawartość półki. – Masz tu Teccama i *Heroboricę*. – Wodziłem palcem po grzbietach, szukając czegoś, w czym mógłbym znaleźć informacje na temat Amyr lub Chandrian, ale żaden z tytułów nie wydawał się szczególnie obiecujący. – Masz też *Rytuały godowe draccusa pospolitego*. Dotarłem do połowy, zanim mnie wyrzucili.

– Ostatnie wydanie – oznajmiła z dumą. – Uzupełnione nową ryciną i rozdziałem na temat Faen-Moite.

Przesunąłem palcem po grzbiecie książki, odsunąłem się od półki.

– Ładny zbiór.

– Cóż – powiedziała prowokująco. – Jeżeli mi obiecasz, że będziesz mył ręce, możesz tu czasem przyjść i coś sobie poczytać. A jeżeli przy okazji przyniesiesz lutnię i trochę mi pograsz, to może pożyczę ci książkę lub dwie, pod warunkiem że oddasz w rozsądnym terminie. – Uśmiechnęła się do mnie czarująco. – My, wygnańcy z domu wiedzy, musimy sobie pomagać.

Przez całą długą drogę na Uniwersytet zastanawiałem się, czy Devi flirtowała ze mną, czy po prostu była dla mnie miła. Czując już te trzy mile w nogach, wciąż do niczego nie doszedłem. Wspominam o tej sprawie, żeby wszystko było jasne. Oto ja – bystry, młody bohater z Alarem jak sztaba ramstońskiej stali. Ale nade wszystko piętnastoletni chłopiec. Kiedy idzie o kobiety, zagubiony jak jagnię w lesie.

Kilvina znalazłem w jego gabinecie, akurat trawił runy w szklanej półkuli – kolejna wisząca lampa. Cicho zastukałem w otwarte drzwi.

Gdy wszedłem do środka, uniósł wzrok.

– E'lir Kvothe, wyglądasz znacznie lepiej.

Chwilę zajęło mi przypomnienie sobie, że nawiązuje do sytuacji sprzed trzech cykli, kiedy to po interwencji Wilema zabronił mi wstępu do Rzemiochy.

– Dziękuję, panie. Czuję się znacznie lepiej.

Lekko przechylił głowę.

Sięgnąłem dłonią do sakiewki.

– Chciałbym uregulować swój dług.

Kilvin odchrząknął.

– Nic mi nie jesteś winien. – Z powrotem spuścił wzrok, wpatrując się w dzieło swych rąk.

– W takim razie mam dług wobec warsztatu – upierałem się. – Od jakiegoś czasu nadużywam twojej życzliwości, mistrzu. Ile jestem winien za materiały wykorzystane podczas nauki u Maneta?

Kilvin nie oderwał oczu od swej roboty.

– Jeden talent, siedem jot i trzy.

Precyzja i niezawodność, z jaką wymienił tę sumę, zaskoczyły mnie, ponieważ nie sprawdziłem wcześniej w rejestrze magazynowym. Nie miałem jednak ochoty się zastanawiać, ile ten podobny do niedźwiedzia mężczyzna nosi w swej głowie. Wyciągnąłem z sakiewki odliczoną sumę i położyłem na względnie wolnym rogu stołu.

Kilvin popatrzył na pieniądze.

– E'lir Kvothe, ufam, że w uczciwy sposób wszedłeś w posiadanie tych pieniędzy.

Mówił tak poważnym głosem, że aż się uśmiechnąłem.

– Zarobiłem je, grając w Imre wczorajszej nocy.

– Na muzyce za rzeką można tak dobrze zarobić?

Tym razem nie uśmiechnąłem się, tylko wzruszyłem ramionami.

– Nie mam pojęcia, czy da się tak zarobić każdej nocy. Poza tym to był mój pierwszy raz.

Kilvin wydał z siebie odgłos pośredni między rozbawionym parsknięciem a pogardliwym prychnięciem i wrócił do swej pracy.

– Elxa Dal zaraził cię dumą. – Uważnie pociągnął wyżłobienie w szkle. – Czy prawidłowo zakładam, że już więcej nie będziesz spędzał wieczorów w moim przybytku?

Wstrząsnęło mną to stwierdzenie, dopiero po chwili odzyskałem zdolność mówienia.

– Nigdy... Przecież przyszedłem tutaj, żeby porozmawiać z tobą....

„O powrocie do warsztatu" – dopowiedziałem w myślach. Pomysł, żeby zupełnie przestać pracować dla Kilvina, nawet mi nie przemknął przez głowę.

– Najwyraźniej muzyka przynosi ci większe profity niż praca tutaj. – Kilvin spojrzał znacząco na monety leżące na stole.

– Ale ja chcę tu pracować! – powiedziałem żałośnie.

Kilvin odsłonił w uśmiechu pełen garnitur zębów.

– Dobrze. Nie chciałbym cię stracić na rzecz drugiego brzegu rzeki. Muzyka jest wspaniała, ale metal jest trwalszy. – Postukał w blat dwoma grubymi palcami, żeby podkreślić wagę swoich słów. Potem odesłał mnie gestem dłoni, w której trzymał niedokończoną lampę. – Idź. Nie spóźnij się do pracy albo każę ci myć butelki i mleć rudę przez następny semestr.

Wychodząc, zastanawiałem się nad tym, co powiedział Kilvin. Była to pierwsza rzecz, jaką od niego usłyszałem, z którą nie potrafiłem się z całego serca zgodzić.

Metal rdzewieje, myślałem sobie. Muzyka jest wieczna.

Po wyjściu z Rzemiochy skierowałem się prosto do „Konia i Czwórcy", najlepszej zapewne karczmy po tej stronie rzeki. Karczmarz był łysym, pulchnym człowiekiem, którego wołano Caverin. Pokazałem mu swoją fletnię talentu, a potem targowałem się z nim przez miłe piętnaście minut.

Stanęło na tym, że w zamian za grę przez trzy wieczory w cyklu dostanę pokój i wyżywienie. Kuchnie „Czwórcy" słynęły w najbliższej okolicy, a pokój okazał się, praktycznie rzecz biorąc, małym apartamentem: sypialnia, garderoba, salonik. Wielki krok naprzód w porównaniu z wąską pryczą w Oficynach.

Najlepsze jednak ze wszystkiego było to, że zaoszczędzę każdego miesiąca dwa talenty. Omal absurdalna suma pieniędzy dla kogoś, kto tak długo jak ja żył w nędzy. Poza tym zostawały jeszcze prezenty i napiwki, jakie mogę otrzymać od bogatych gości.

Gra w karczmie, praca w Rzemiosze i bogaty mecenas majaczący na horyzoncie otwierały przede mną świetlane perspektywy – koniec z życiem biedaka. Będę w stanie kupić sobie rzeczy, których rozpaczliwie potrzebowałem: drugi zestaw garderoby, porządne pióra, papier, buty...

Jeśli nigdy nie znaleźliście się w rozpaczliwej nędzy, wątpię, abyście mogli zrozumieć, jaką ulgę wówczas czułem. Od miesięcy tylko czekałem, kiedy buty spadną mi z nóg, wiedząc, że nawet tak drobna katastrofa może mnie ostatecznie zrujnować. Odtąd nie miałem już żyć z dnia na dzień, obawiając się o następne czesne i spłatę procentów u Devi. Zniknie ciążące nade mną widmo relegacji z Uniwersytetu.

Zjadłem cudowną kolację złożoną z cielęcego kotleta, sałatki z zieleniny i miski delikatnie przyprawionej zupy pomidorowej. Do tego brzoskwinie i śliwki oraz świeży biały chleb ze słodkim śmietankowym masłem. Choć się nie domagałem, poczęstowano mnie też kilkoma szklaneczkami świetnego ciemnego wina z Vintish.

Po kolacji wróciłem na swe pokoje, gdzie od razu zasnąłem jak zabity na bezkresnym puchowym posłaniu.

Rozdział 61

Jakiś osioł

Zdane egzaminy oznaczały, że przed początkiem jesiennego semestru nie będę miał żadnych akademickich obowiązków. Dzielące mnie od niego dni spędziłem, nadrabiając zaległości w spaniu, pracując w warsztacie Kilvina i ciesząc się moim nowym, luksusowym mieszkaniem pod „Koniem i Czwórcą".

Sporo czasu spędzałem też na drodze do Imre, w którą puszczałem się pod pretekstem odwiedzenia Threpe'a albo spędzenia chwili w towarzystwie innych muzyków „Eola". Prawda była taka, że żyłem nadzieją spotkania z Denną.

Ale moja wytrwałość nie przyniosła żadnych owoców. Wyglądało na to, że zniknęła z miasta. Popytałem ludzi, o których wiedziałem, że nie będą plotkować, lecz nikt nie wiedział o niej więcej niż Deoch. Przez jakiś czas igrałem z myślą, żeby zapytać Sovoya, ale w końcu uznałem to za zły pomysł.

Po szóstej bezowocnej wyprawie do Imre postanowiłem na razie zapomnieć o całej sprawie. Po dziewiątej uznałem ją za stratę cennego czasu. Po czternastej doszedłem do wniosku, że nigdy już jej nie zobaczę. Odeszła na dobre. Znowu.

Podczas jednej z zakończonych nieznalezieniem Denny wypraw do „Eola" usłyszałem od hrabiego Threpe niepokojące wieści. Najwyraźniej Ambrose, pierworodny i majętny syn wpływowego barona Jakisa, uwijał się jak pszczółka w towarzyskich kręgach Imre. Rozsiewał plotki, rzucał pogróżki i zasadniczo nastawiał szlachtę przeciwko mnie. Choć nie potrafił nadszarpnąć mojej reputacji w oczach kolegów muzyków, najwyraźniej był w stanie zapobiec temu, aby jakiś bogaty mecenas wziął mnie pod swoje skrzydła. Słysząc te wieści, po raz pierwszy zerknąłem za zasłonę kłopotów, jakich Ambrose mógł przysporzyć komuś takiemu jak ja.

Threpe był przygnębiony, przepraszał mnie bez końca, podczas gdy ja gotowałem się ze złości. I takim sposobem udało nam się razem z hrabią wypić nierozsądną ilość wina, przy którym bez końca pomstowaliśmy na Ambrose'a Jakisa. W końcu Threpe'a wywołano na scenę, gdzie zaśpiewał ciętą przyśpiewkę własnej kompozycji, w której chłostał ostrzem satyry jednego z radnych Tarbean. Śmiechom i oklaskom nie było końca.

Stąd już niedaleko nam było do skomponowania pieśni, której bohaterem był Ambrose. Threpe był zaprzedanym plotkarzem z żyłką do wymyślania wulgarnych kalumni, ja zawsze miałem łatwość do chwytliwych melodii. Jakąś godzinę zabrało nam ułożenie naszego arcydzieła, które uroczo zatytułowaliśmy „Jakiś osioł".

Pozornie była to nieprzyzwoita piosenka o ośle, który chciał zostać hermetykiem. Inteligenta zabawa słowna nazwiskiem Ambrose'a stanowiła granicę tego, do czego odważyliśmy się posunąć, ani razu nie wymieniając go z imienia. Ale wszyscy mający choćby odrobinę oleju w głowach musieli wiedzieć, o kogo chodzi.

Było już późno, kiedy ja i Threpe weszliśmy na scenę, a nie byliśmy jedynymi wśród zgromadzonych, którzy nadużyli trunków. Kiedy skończyliśmy, rozległy się gromkie śmiechy i brawa – aplauz otrzymaliśmy od przytłaczającej części publiczności, która zresztą zaraz domagała się bisu. Wykonaliśmy więc utwór jeszcze raz, a wszyscy chórem odśpiewali refren.

Kluczem do sukcesu piosnki była jej prostota. Można było ją gwizdać lub nucić. Mógł ją zagrać każdy, kto miał bodaj trzy palce, a dysponując słuchem muzycznym i wiadrem, można było wystukać rytm. Wpadała w ucho, była wulgarna i złośliwa. Po Uniwersytecie szerzyła się niczym pożar lasu.

Pociągnąłem klamkę zewnętrznych drzwi Archiwów i wszedłem do westybulu; po chwili moje oczy przywykły do czerwonawego blasku lamp sympatetycznych. Powietrze tu było suche i chłodne, wypełniała je woń kurzu, skóry i starego atramentu. Wciągnąłem je głęboko w płuca, zachowując się jak głodujący obok piekarni.

Za biurkiem siedział Wilem. Wiedziałem, że akurat będzie w pracy. I że Ambrose'a nigdzie nie ma w pobliżu.

– Chciałbym tylko porozmawiać z mistrzem Lorrenem – powiedziałem szybko.

Wil się uspokoił.

– Teraz ma z kimś spotkanie. Chwilę może potrwać...

W drzwiach za biurkiem ukazał się wysoki, chudy Cealdanin. W przeciwieństwie do większości innych mężczyzn swojego ludu był gładko ogolony, długie włosy miał zebrane w kitkę. Oprócz tego w oczy rzucały się wielokrotnie reperowane skórzane spodnie myśliwego, spłowiały płaszcz podróżny i wysokie buty – wszystko pokrywał kurz drogi. Zamykając drzwi, drugą ręką machinalnie sięgnął do rękojeści miecza, żeby uchronić ją przed zawadzeniem o ścianę czy biurko.

– *Tetalia tu Kiaure edan A'siath* – powiedział w siaru, klepiąc Wilema po ramieniu i okrążając biurko. – *Vorelan tua tetam.*

Wil uśmiechnął się, co jak wiadomo stosunkowo rzadko mu się zdarzało.

– *Lhinsatva. Tua kverein.*

Mężczyzna roześmiał się, a kiedy całkiem wyszedł zza biurka, zobaczyłem, że prócz miecza ma także długi nóż. Nigdy dotąd nie widziałem na Uniwersytecie człowieka z bronią. Tu, w Archiwum, wydawał się nie na miejscu, jak owca na królewskim dworze. Zachowywał się jednak swobodnie i pewnie jak u siebie w domu.

Na mój widok zatrzymał się. Lekko przekrzywił głowę.

– *Cyae tsien*?

Nie rozpoznałem języka, jakim się do mnie zwrócił.

– Proszę?

– Och, przepraszam – powiedział doskonałym aturańskim. – Uznałem, że jesteś z Yll. Zmyliły mnie rude włosy. Ale nie jesteś, co? Jesteś jednym z Ruh. – Podszedł bliżej, wyciągając rękę. – Jedna rodzina.

Bez zastanowienia uścisnąłem ją. Ręka było solidna jak kawał skały, a opalenizna sprawiała, że jego ciemna cealdańska karnacja wydawała się jeszcze ciemniejsza, tym bardziej uwydatniając kilka bladych blizn znaczących kłykcie i dłonie.

– Jedna rodzina – powtórzyłem zbyt zaskoczony, żeby coś wymyślić.

– Ludy z rodziny rzadko się spotyka w tych stronach – zagaił swobodnie, mijając mnie w drodze do drzwi. – Pogawędziłbym chętnie, ale muszę dotrzeć do Evesdown przed zachodem, w przeciwnym razie statek mi ucieknie. – Otworzył zewnętrzne drzwi i korytarz zalało słońce. – Spotkamy się, jak znowu wrócę w te strony – powiedział, pomachał mi na pożegnanie i już go nie było.

Zwróciłem się do Wilema.

– Kto to był?

– Jeden z gillerów Lorrena – odrzekł Wil. – Viari.

– Jest skrybą? – zapytałem z niedowierzaniem, a równocześnie przed oczyma stanęli mi bladzi, cisi studenci pracujący w Archiwach i zajmujący się segregowaniem, pisaniną, przynoszeniem książek.

Wil pokręcił głową.

– Pracuje w akwizycji. Zajmują się sprowadzaniem książek z całego świata. To zupełnie inni ludzie.

– Tego się domyśliłem – powiedziałem, zerkając na drzwi.

– Z nim właśnie rozmawiał Lorren, więc pewnie możesz już wejść – powiedział Wil i wstał, żeby otworzyć drzwi za masywnym drewnianym biurkiem. – Przy końcu korytarza. Na drzwiach jest mosiężna tabliczka. Zaprowadziłbym cię, ale mamy kłopoty z personelem. Nie mogę odejść od biurka.

Pokiwałem głową i ruszyłem korytarzem. Uśmiechnąłem się pod nosem, kiedy usłyszałem, że Wil nuci cicho melodię *Jakiegoś osła*. A potem drzwi zamknęły się za mną ze stłumionym trzaśnięciem i w korytarzu zapanowała całkowita cisza, mącona tylko szmerem mojego oddechu. Zanim dotarłem do właściwych drzwi, ręce miałem lepkie od potu. Zapukałem.

– Wejść – odezwał się w środku głos Lorrena. Skojarzył mi się z powierzchnią gładkiej szarej płytki, tak bardzo był wyprany z emocji czy intonacji.

Otworzyłem drzwi. Mistrz siedział za wielkim biurkiem w kształcie półokręgu. W pomieszczeniu było tyle książek, że widoczne zza nich było tylko parę cali kwadratowych nagich ścian.

Lorren popatrzył na mnie chłodnym wzrokiem. Nawet siedząc, był prawie tak wysoki jak ja.

– Dzień dobry.

– Wiem, że mam zakaz wstępu do Archiwów, mistrzu – powiedziałem szybko. – Mam nadzieję, że go nie złamałem, przychodząc tu do ciebie.

– Nie, jeśli znalazłeś się tu z poczciwych powodów.

– Udało mi się zarobić trochę pieniędzy – powiedziałem, wyciągając sakiewkę. – I mam nadzieję odkupić moją *Retorykę i logikę*.

Lorren pokiwał głową, wstał. W ciemnych szatach mistrza, wysoki, gładko ogolony przywodził na myśl enigmatycznego Milczącego Doktora, postać występującą w licznych sztukach modegańskich. Stłumiłem dreszcz, którym przejęło mnie to skojarzenie – pojawienie się Doktora na scenie zawsze zwiastowało katastrofę w następnym akcie.

Lorren podszedł do jednej z półek i wyciągnął z niej niewielką książeczkę. Na pierwszy rzut oka rozpoznałem swoją własność. Na okładce była ciemna plama, skutek burzy w Tarbean, podczas której książka zamokła.

Walczyłem z rzemykami sakiewki, zaskoczony lekkim drżeniem rąk.

– O ile pamiętam, to były dwa srebrne grosze.

Lorren pokiwał głową.

– Mógłbym ci zaproponować nieco więcej? Gdybyś jej nie wykupił, byłaby dla mnie stracona na zawsze. Nie wspominając już o tym, że dzięki twej ofiarności zostałem w ogóle przyjęty na Uniwersytet.

– Dwa srebrne grosze całkowicie wystarczą.

Położyłem monety na jego biurku; zadźwięczały cicho wspomnieniem moich drżących palców. Lorren podał mi książkę. Zanim ją wziąłem, wytarłem spocone dłonie o koszulę. Otworzyłem na stronie z dedykacją od Bena i uśmiechnąłem się.

– Dziękuję, że się nią zaopiekowałeś, mistrzu Lorren. Jest dla mnie bardzo cenna.

– To dla mnie niewielki kłopot zadbać o jeszcze jedną książkę – powiedział Lorren, wracając na miejsce.

Czekałem, aż coś jeszcze powie. Nie doczekałem się.

– Ja... – Głos uwiązł mi w gardle. Przełknąłem ślinę. – Chciałem też powiedzieć, że przepraszam za.... – Nie potrafiłem wykrztusić z siebie słów na opisanie wejścia do Archiwów z otwartym ogniem. – ...za to, co zrobiłem. – Skończyłem głupawo.

– Przyjmuję twoje przeprosiny, Kvothe. – Lorren powrócił do książki, którą czytał, gdy wszedłem. – Dobrego ranka.

Znów chciałem przełknąć ślinę, ale w ustach miałem zupełnie sucho.

– Chciałem też zapytać, kiedy mogę mieć nadzieję na uzyskanie pozwolenia wstępu do Archiwów.

Lorren spojrzał na mnie.

– Przyłapano cię z żywym ogniem wśród moich książek – powiedział, a w jego głosie pojawiły się leciutkie emocjonalne tony, jakby tę szarą płytkę musnął promień zachodzącego słońca.

Całkowicie zapomniałem o argumentach, które sobie wcześniej pieczołowicie ułożyłem w głowie.

– Mistrzu Lorren – błagałem. – Tego dnia zostałem wychłostany i nie byłem całkiem przy zdrowych zmysłach. Ambrose...

Lorren uniósł leżącą na blacie biurka rękę o długich palcach i zobaczyłem jej wnętrze. Ten łagodny w istocie gest zamknął mi usta łacniej, niż gdybym otrzymał cios w twarz. Twarz mistrza pozostawała bez wyrazu niczym pusta stronica.

– Komu mam wierzyć? Re'larowi, którego znam od trzech lat, czy E'lirowi, którego po raz pierwszy zobaczyłem dwa miesiące temu? Skrybie, który u mnie pracuje, czy nieznanemu studentowi, winnemu niebacznego użycia sympatii?

Zdołałem nieco dojść do siebie.

– Rozumiem twoją decyzję, mistrzu Lorren. Ale czy jest coś, co mógłbym zrobić, aby uzyskać pozwolenie na wstęp do Archiwów? – zapytałem głosem, w którym mimo moich starań wciąż pobrzmiewały tony czystej desperacji. – Szczerze mówiąc, wolałbym raczej zostać powtórnie wychłostany, niż męczyć się kolejny semestr z zakazem. Dałbym ci wszystkie pieniądze, jakie mam w kieszeni, choć nie jest tego wiele. Pracowałbym długie godziny jako skryba, bez zapłaty, tylko żeby ci dowieść, jak mi zależy. Wiem, jakie masz kłopoty z personelem w czasie egzaminów...

Lorren przyjrzał mi się; w jego pozbawionych wyrazu oczach migotał cień czegoś, co mogło być zaciekawieniem. Wyczułem, że ta ostatnia prośba przemówiła doń.

– To wszystko?

– To wszystko – potwierdziłem skwapliwie, a nadzieja obudziła się w mym sercu. – To wszystko i każda kara, na jaką zasługuję.

– Dla anulowania zakazu wymagam tylko jednego – powiedział Lorren.

Zmagałem się z sobą, żeby nie chichotać niczym szaleniec.

– Abyś okazał cierpliwość i rozsądek, których jak dotąd ci brakło – oznajmił bezbarwnym głosem mistrz, a potem wrócił do lektury. – Dobrego ranka.

Następnego ranka jeden z chłopców na posyłki Jamisona wyrwał mnie ze smacznego snu na wielkim łożu pod „Koniem i Czwórcą". Poinformował mnie, że mam się stawić na rogach kwadrans przed południem. Zostałem oskarżony o zachowanie nieprzystające członkowi Arkanów. Ambrose w końcu połapał się w przedmiocie mej piosenki.

Następne kilka godzin spędziłem na zmaganiach z uczuciem ściskania w żołądku. Tego właśnie za wszelką cenę próbowałem uniknąć – okazji, przy której Ambrose i Hemme mogli uregulować ze mną rachunki. Co gorsza, ta sprawa z pewnością przyczyni się do pogorszenia opinii, jaką miał na mój temat Lorren, niezależnie od tego, jak wszystko miało się skończyć.

W Komnacie Mistrzów pojawiłem się wcześniej i poczułem ulgę, ponieważ panująca w niej atmosfera była znacznie swobodniejsza niż wówczas, gdy zostałem oskarżony o wykroczenie przeciwko Hemme'owi. Arwyl i Elxa Dal nawet uśmiechnęli się do mnie. Kilvin skinął mi głową. Ucieszyłem się, że mam wśród mistrzów życzliwe mi osoby, których obecność zrównoważy zakusy wrogów, jakich sobie narobiłem.

– W porządku – energicznie oznajmił rektor. – Mamy dziesięć minut, zanim zaczną się następne egzaminy. Nie mam zamiaru ich opóźniać, więc od razu przejdę do sedna sprawy. – Potoczył wzrokiem po pozostałych mistrzach, odpowiedzieli mu kolejnymi skinieniami głów. – Re'lar Ambrose, proszę przedstawić skargę. Proszę, żeby to nie trwało dłużej niż minutę.

– Leży przed wami tekst piosenki – zapalczywie zaczął Ambrose. – To potwarz. Zniesławia moje dobre imię. Hańba, żeby tak zachowywał się członek Arkanów. – Przełknął ślinę, pod skórą chodziły mu mięśnie szczęki. – To wszystko.

Rektor zwrócił się do mnie.

– Chcesz coś powiedzieć na swoją obronę?

– Piosenka nie jest w najlepszym guście, ale nigdy nie spodziewałem się, że zrobi taką karierę. Po prawdzie to zaśpiewałem ją tylko raz.

– Słusznie. – Rektor spojrzał na leżącą przed nim kartkę papieru. Odkaszlnął. – Re'lar Ambrose, czy uważasz się za osła?

Ambrose zesztywniał.

– Nie, panie – powiedział.

– A czy posiadasz – znowu odkaszlnął i przeczytał prosto z kartki – organ określony mianem, cytuję: pyta niedomyta?

Kilku mistrzów wyraźnie zmagało się ze sobą, żeby nie wybuchnąć śmiechem. Elodin śmiał się otwarcie.

Ambrose spłonął rumieńcem.

– Nie, panie.

– Wobec tego nie bardzo rozumiem, o co chodzi – krótko stwierdził rektor, pozwalając, by kartka opadła swobodnie na stół. – Wnoszę o zmianę zarzutu z zachowania nieprzystającego na niegodny figiel.

– Popieram – powiedział Kilvin.

– Wszyscy za wnioskiem?

Uniosły się wszystkie ręce prócz dłoni Hemme'a i Brandeura.

– Wniosek przeszedł. Jako karę przewiduje się oficjalny list przeprosinowy przedłożony...

– Na litość boską, Arthurze – wtrącił Hemme. – Niech to chociaż będzie list otwarty.

Rektor popatrzył z ukosa na Hemme'a i wzruszył ramionami.

– ...oficjalny list przeprosinowy, który zostanie podany do publicznej wiadomości przed początkiem jesiennego semestru. Wszyscy za wnioskiem?

Podniosły się wszystkie dłonie.

– Wniosek przeszedł. – Rektor oparł się na łokciach i spojrzał na Ambrose'a. – Re'lar Ambrose, na przyszłość proszę nie marnować naszego czasu bezzasadnymi oskarżeniami.

Prawie byłem w stanie wyczuć gniew promieniujący od Ambrose'a. Jakbym stał tuż przy ogniu.

– Tak, panie.

Zanim jednak zdążyłem odczuć zadowolenie z samego siebie, rektor zwrócił się do mnie.

– A ty, E'lir Kvothe, masz się w przyszłości zachowywać z większą kulturą.

Efekt surowych słów cokolwiek zepsuło zachowanie siedzącego tuż obok Elodina, który zaczął radośnie nucić pod nosem melodię do *Jakiegoś osła*.

Spuściłem wzrok, tłumiąc uśmiech.

– Tak, panie.

– Jesteście wolni.

Ambrose odwrócił się na pięcie i ruszył do wyjścia, ale nim zamknęły się za nim drzwi, Elodin zaśpiewał na głos:

Oto osioł krwi szlachetnej, zaraz widać po napuszonej etykiecie!
Za miedziaka każdy może się przejechać na jego grzbiecie!

Konieczność napisania publicznych przeprosin nie dawała mi spokoju przez jakiś czas. Ale, jak powiadają, najlepszą zemstą jest samemu korzystać z życia. Postanowiłem więc zignorować osobę Ambrose'a i cieszyć się dopiero co osiągniętym luksusem pod „Koniem i Czwórcą".

Ale takiej zemsty starczyło tylko na dwa dni. Trzeciego dnia „Koń i Czwórca" miał już nowego właściciela. Niskiego, jowialnego Caverina zastąpił wysoki, chudy mężczyzna, który od razu poinformował mnie, że rezygnuje z moich usług. Przed zmrokiem miałem opuścić swoje pokoje.

Było to irytujące, ale znałem przynajmniej jeszcze cztery, pięć cieszących się podobną reputacją oberż po tej stronie rzeki, które z radością zatrudnią muzyka odznaczonego fletnią talentu.

Okazało się jednak, że karczmarz w „Ostrokrzewie" w ogóle nie chciał ze mną rozmawiać. Pod „Białym Jeleniem" i „Koroną Królowej" byli całkowicie zadowoleni z zatrudnianych muzyków. Pod „Złotym Kucem" czekałem ponad godzinę, zanim zrozumiałem, że grzecznie się mnie ignoruje. Kiedy dotarłem do gospody „Królewski Dąb", gotowałem się ze złości.

Wyczuwałem rękę Ambrose'a. Nie miałem pojęcia, jak tego dokonał, ale wiedziałem, że to on. Może dawał łapówki, a może rozsiewał plotki, że karczma zatrudniająca pewnego rudowłosego muzyka niechybnie może liczyć na utratę licznej bogatej i szlachetnie urodzonej klienteli.

Obszedłem więc pozostałe karczmy po tej stronie rzeki. Wprawdzie w najlepszych nie chciano ze mną rozmawiać, pozostawały jednak jeszcze inne szacowne przybytki. Przez następne kilka godzin próbowałem w „Wytchnieniu Pasterza", „Łbie Odyńca", „Psie w Ścianie", „Pałkach" i „Fartuchu". Ambrose okazał się nadzwyczaj skrupulatny – nigdzie nie byli zainteresowani.

Był wczesny wieczór, kiedy dotarłem do „Ankera" i tylko posępność mego nastroju trzymała mnie jeszcze na nogach. Miałem zamiar spróbować w każdej karczmie na tym brzegu rzeki, zanim zapłacę znów za pryczę i kartki na jedzenie.

Kiedy wszedłem do oberży, Anker we własnej osobie stał na drabinie i przybijał do ściany długą cedrową deskę. Stanąłem u stóp drabiny, wtedy mnie zobaczył.

– A więc to ty – powiedział.

– Proszę? – zapytałem zmieszany.

– Jakiś facet wpadł do mnie i poinformował, że zatrudnienie pewnego młodego rudego gościa może się skończyć kupą kłopotów. – Skinął głową w kierunku mojej lutni. – To musisz być ty.

– No dobrze – powiedziałem, poprawiając na ramieniu pasek futerału. – Nie będę marnował twojego czasu.

– Jeszcze go nie zmarnowałeś – zapewnił mnie i zszedł z drabiny, wycierając dłonie o koszulę. – To miejsce skorzystałoby na odrobinie muzyki.

Przyjrzałem mu się badawczo.

– Nie boisz się?

Splunął.

– Cholernym ścierwojadom wydaje się, że mogą sobie kupić nawet słońce na niebie, co?

– Tego konkretnego ścierwojada zapewne byłoby na to stać – oznajmiłem ponuro. – A do tego księżyc, gdyby mu przyszła ochota na dopasowany zestaw biżuterii.

Parsknął lekceważąco.

– Nic mi, cholera, nie może zrobić. Ludzie jego pokroju do mnie nie przychodzą, więc nie przepłoszy mi klienteli. Poza tym jestem właścicielem tego miejsca, a więc nie wykupi mnie i nie zwolni, jak biednego Caverina...

– Ktoś kupił „Konia i Czwórcę"?

Spojrzał na mnie w zamyśleniu.

– Nie wiedziałeś?

Powoli pokręciłem głową, korzystając z chwili przerwy w rozmowie, aby przetrawić usłyszaną informację. Ambrose kupił „Konia i Czwórcę" tylko po to, żeby mnie stamtąd wykurzyć. Nie, na to był zbyt sprytny. Prawdopodobnie pożyczył pieniądze któremuś z przyjaciół i wszedł do interesu jako cichy wspólnik.

Ile mogła kosztować karczma? Tysiąc talentów? Pięć tysięcy? Nie miałem bladego pojęcia, ile wart jest taki na przykład „Koń i Czwórca". Ale znacznie bardziej niepokojące było tempo, w jakim wszystko załatwił.

Wreszcie cała sprawa ukazała mi się we właściwej perspektywie. Wiedziałem, że Ambrose jest bogaty, ale uczciwie przyznam, że w porównaniu ze mną każdy wydawał się zamożny. Ani przez chwilę się nie zastanawiałem, jaki jest jego majątek albo jak to może wykorzystać przeciwko mnie. Otrzymałem lekcję, na co stać wpływowego pierworodnego syna bogatego barona.

Po raz pierwszy cieszyłem się, że na Uniwersytecie obowiązuje surowy kodeks zachowania. Skoro Ambrose gotów był posunąć się aż tak daleko, nietrudno było sobie wyobrazić, co by zrobił, gdyby nie musiał zachowywać przynajmniej pozorów kultury.

Z zamyślenia wyrwał mnie głos młodej kobiety, która właśnie wychyliła się zza drzwi karczmy.

– Niech cię cholera, Anker! – wołała. – Nie mam zamiaru szarpać, kiedy ty będziesz tam sobie stał i drapał się po tyłku! Dawaj tu zaraz!

Anker mruknął coś pod nosem, po czym wziął drabinę i schował za rogiem budynku.

– A tak na marginesie, co właściwie zrobiłeś temu facetowi? – zapytał.

– Właściwie to tylko napisałem o nim piosenkę.

Kiedy Anker otworzył drzwi do karczmy, na ulicę wylał się cichy szmer rozmów.

– Chętnie bym ją usłyszał. – Wyszczerzył zęby. – Może wejdziesz i zagrasz?

– Na pewno tego chcesz? – zapytałem, nie do końca wierząc w swoje szczęście. – Będą kłopoty.

– Kłopoty – zachichotał. – Co taki chłopak jak ty może wiedzieć o kłopotach? Byłem już w opałach, zanim się urodziłeś. Miewałem kłopoty, których nie umiałbyś nawet nazwać. – Stojąc w drzwiach, odwrócił się w moją stronę. – Minęło już trochę czasu, odkąd regularnie grywali tu muzycy. Nie mogę powiedzieć, żebym był z tego powodu zadowolony. Porządna tawerna potrzebuje muzyki.

Uśmiechnąłem się do niego.

– W tej kwestii muszę się z tobą zgodzić.

– Prawda jest taka, że przyjąłbym cię choćby dlatego, aby utrzeć temu bogatemu cyckowi nosa – powiedział Anker. – Ale jeśli jeszcze na dodatek potrafisz grać...

Otworzył szerzej drzwi, zapraszając mnie do środka. W nozdrza uderzył mnie zapach trocin, uczciwego potu i pieczonego chleba.

Zanim noc dobiegła końca, wszystko mieliśmy omówione. W zamian za grę przez cztery wieczory w cyklu otrzymałem maleńki pokoik na trzecim piętrze i zapewnienie, że jeżeli znajdę się w pobliżu kuchni w porze posiłku, będę mógł sobie nabrać tego, co gotuje się w garnku. Przyznać trzeba, że Anker załatwił sobie usługi utalentowanego muzyka za okazyjną cenę, ale byłem zadowolony z umowy. Wszystko było lepsze od powrotu do Oficyn i milczącej przygany współlokatorów.

Sufit mojego pokoiku był nachylony, przez co wnętrze wydawało się mniejsze. Zapewne sprawiałoby wrażenie zatłoczonego, gdyby nie skąpe umeblowanie: małe biurko z drewnianym krzesłem i pojedyncza półka nad nim. Łóżko było płaskie i wąskie jak prycze w Oficynach.

Postawiłem na półce nad biurkiem lekko sfatygowany egzemplarz *Retoryki i logiki*. Futerał z lutnią znalazł wygodne miejsce w rogu pokoju. Za oknem mogłem dostrzec światła Uniwersytetu, niemigające w chłodnym jesiennym powietrzu. To był mój dom.

Patrząc na to z dzisiejszej perspektywy, uważam, że miałem wówczas prawdziwe szczęście, załapując się u Ankera. Prawda, goście nie byli tu tak bogaci, jak tamci pod „Koniem i Czwórcą", ale doceniali mnie w sposób, na jaki szlachty nigdy nie stać.

I choć moje apartamenty pod „Koniem i Czwórcą" wydawały się kwintesencją luksusu, maleńki pokój „U Ankera" był wygodny. Pomyślcie o tym jak o butach. Niepotrzebny jest wam największy rozmiar, jaki da się znaleźć. Potrzebne są buty, które pasują. Z czasem ten maleńki pokój stał się dla mnie bardziej domem niż jakiekolwiek miejsce w całym świecie.

Lecz w tamtej chwili byłem wściekły o wszystko, czego pozbawił mnie Ambrose. A więc kiedy zasiadłem do pisania oficjalnego listu przeprosinowego, na papier przelałem jadowitą szczerość. Sam list był pod tym względem prawdziwym dziełem sztuki. Z żalem biłem się w piersi. Płakałem i zgrzytałem zębami w obliczu złośliwości, jakich dopuściłem się kosztem kolegi studenta. Dołączyłem nawet do listu cały tekst inkryminowanej piosenki wraz z dwoma nowymi wersami i pełnym zapisem muzycznym. Potem w męczących detalach przeprosiłem za każdy wulgarny i spotwarzający zwrot utworu.

Na koniec wydałem z własnych pieniędzy cztery bezcenne joty na papier oraz atrament i udałem się do Jaksima, żeby wykorzystać przysługę, którą był mi winien w ramach handlu terminami egzaminów. Jaxim miał przyjaciela w drukarni i z jego pomocą wydrukowaliśmy ponad sto egzemplarzy listu.

A w nocy poprzedzającej początek jesiennego semestru Wil, Sim i ja rozlepiliśmy je na każdej płaskiej powierzchni, jaką udało nam się znaleźć po obu stronach rzeki. Skorzystaliśmy przy tym ze znakomitego alchemicznego kleju, który Simmon wysmażył na tę okazję. Rozsmarowywał się łatwo jak farba, potem krzepł w przezroczyste szkło twarde niczym stal. Gdyby ktoś chciał zedrzeć nasze plakaty, musiałby się posłużyć młotkiem i dłutem.

Z perspektywy wiem już, że było to równie głupie jak drażnienie wściekłego byka. A gdybym miał zgadywać, uznałbym, że ten akurat zestaw inwektyw był głównym powodem, dla którego Ambrose w końcu spróbował mnie zabić.

Rozdział 62

Liście

Stosując się do rad, jakimi chętnie podzieliło się ze mną kilka osób, w następnym semestrze ograniczyłem studiowane przedmioty do trzech. Dalej chodziłem na zaawansowaną sympatię do Elksy Dala, zatrzymałem swoją zmianę w Medicum i kontynuowałem termin u Maneta. Czas miałem w ten sposób przyjemnie wypełniony, a równocześnie nie uginałem się pod brzemieniem zbyt wielu obowiązków, jak w zeszłym semestrze.

Do studiów rzemieślniczych przykładałem się bardziej niż do pozostałych. Ponieważ poszukiwania mecenasa spełzły na niczym, doszedłem do wniosku, że najlepszym sposobem zarobienia na siebie będzie praca rąk. Na razie pracowałem dla Kilvina, który dawał mi dość podłe prace za dość niską płacę. Sytuacja miała się poprawić, dopiero gdy termin dobiegnie końca. A przede wszystkim będę mógł wówczas realizować własne projekty i brać za nie zapłatę jak za prace zlecone.

To znaczy – jeśli. Jeśli będę w stanie regularnie spłacać Devi. Jeśli znajdę źródło dochodów, z którego sfinansuję czesne. Jeśli ukończę pomyślnie termin u Maneta, unikając śmierci lub okaleczenia, którymi niebezpieczna praca w Rzemiosze groziła każdego dnia...

W warsztacie zebrało się nas czterdzieścioro, a może nawet więcej. Czekaliśmy na pokaz. Miało to być coś nowego. Niektórzy przysiedli na kamiennych warsztatach, co najmniej kilkunastu studentów zebrało się na żelaznych pomostach wśród krokwi, gdzie wisiały lampy Kilvina.

Wśród nich dostrzegłem Maneta. Trudno go było nie zauważyć – trzykrotnie starszy od pozostałych studentów, z rozwichrzonymi włosami i posiwiałą brodą. Ruszyłem ku schodom i wspiąłem się na miejsce obok niego. Uśmiechnął się, klepiąc mnie w ramię.

– Co ty tu robisz? – zapytałem. – Myślałem, że takie imprezy są tylko dla żółtodziobów, którzy jeszcze nic nie widzieli.

– Pomyślałem sobie, że dzisiaj będę obowiązkowym mentorem. – Wzruszył ramionami. – Poza tym ten akurat pokaz będzie naprawdę wart obejrzenia, nawet jeśli oglądać przyjdzie tylko twarze widzów.

Na blacie jednego z masywnych warsztatów stał solidny cylinder wysokości jakichś czterech stóp i szerokości dwóch. Krawędzie miał gładko złączone, nie wystawały żadne spoiny spawów, a opalizująca metaliczna powierzchnia była matowa – podejrzewałem, że nie jest to zwykła stal.

Wędrowałem spojrzeniem po pomieszczeniu, póki w pewnym momencie niespodzianie nie natknęło się na Felę – stała w tłumie, wraz z resztą czekając na początek pokazu.

– Nie wiedziałem, że Fela tu pracuje – powiedziałem do Maneta.

Pokiwał głową.

– Jasne, że tak. Już jakieś dwa semestry.

– Dziwne, że jej nigdy nie spotkałem. – Zamyśliłem się, przyglądając się, jak rozmawia z inną kobietą.

– Mnie też to dziwi – zauważył Manet, śmiejąc się cicho, porozumiewawczo. – Ale nie bywa tu zbyt często. Zajmuje się rzeźbą, a pracuje w wypalonej glinie i szkle. Do nas przychodzi, bo mamy odpowiednie narzędzia. Sygaldria jej nie interesuje.

Dzwon na zewnętrznej wieży wybił godzinę. Kilvin rozejrzał się dookoła, zerkając na każdego z zebranych. Ani przez moment nie wątpiłem, że doskonale wie, kogo brakuje.

– Co najmniej przez kilka cykli będziemy mieli to w warsztacie – oznajmił zwyczajnie, gestem wskazując stojący obok pojemnik. – Prawie dziesięć galonów płynnej lotnej substancji: *Regim Ignaul Neratum*.

– Tylko on tak go nazywa – cicho rzekł Manet. – Dla nas to jest koścismoła.

– Koścismoła?

Pokiwał głową.

– Jest żrąca. Jeżeli wylejesz sobie kroplę na rękę, w dziesięć sekund przeżre ciało aż do kości.

Podczas gdy wszyscy się przyglądali, Kilvin włożył grube rękawice i do szklanej fiolki odlał z pojemnika uncję ciemnego płynu.

– Należy pamiętać, żeby ochłodzić wcześniej fiolkę, ponieważ substancja paruje w temperaturze pokojowej. – Szybko zakorkował buteleczkę i podniósł do góry, żeby wszyscy mogli zobaczyć. – Potrzebny jest też doszlifowany korek, ponieważ płyn jest nadzwyczaj lotny. A jako gaz cechuje się napięciem powierzchniowym i lepkością jak rtęć. Jest cięższy od powietrza i nie ulega konwekcji. Wewnętrzna lepkość daje mu spoistość.

Bez dalszych wstępów Kilvin cisnął fiolkę do najbliższego kotła ogniowego. Rozległ się ostry, czysty odgłos pękającego szkła. Z wysokości, na jakiej się znajdowałem, widziałem, że kocioł ogniowy musiał być specjalnie wyczyszczony na tę okazję. Poza tym był całkiem pusty – tylko płytka, okrągła dziura w litym kamieniu.

– Szkoda, że mistrz nie ma w sobie więcej ze zgrywusa – cicho szepnął mi na ucho Manet. – Elxa Dal zrobiłby to znacznie lepiej.

Ciemny płyn tymczasem głośno syczał i bulgotał, ogrzewając się od kamienia kotła ogniowego; wkrótce zaczął wrzeć. Z wysokości widziałem, jak gęsty, oleisty dym powoli wypełnia dno kotła. W ogóle nie zachowywał się jak zwykły dym czy opary mgły. Nie mieszał się konwekcyjnie z powietrzem. Gromadził się kałużą, skupiony niczym maleńka, ciemna chmurka.

Manet klepnął mnie w ramię. Spojrzałem na niego w samą porę, żeby uniknąć oślepienia rozbłyskiem, gdy w chmurze nastąpił samozapłon. Zewsząd docierały zaniepokojone okrzyki – domyśliłem się, że większość dała się przyłapać. Manet wyszczerzył się do mnie i mrugnął porozumiewawczo.

– Dzięki – powiedziałem i odwróciłem się, by dalej obserwować. Po powierzchni oparów tańczyły zębate płomienie w barwach sodowej czerwieni. Dzięki temu, że dodatkowo ogrzewały parującą substancję, ta kipiała jeszcze szybciej, póki wreszcie płomienie nie zaczęły lizać znajdujących się na wysokości pasa mężczyzny brzegów kotła ogniowego. Nawet w miejscu, gdzie się znajdowałem, czyli wysoko na pomoście, czułem na twarzy ciepły podmuch.

– A jak, do diabła, to nazwiesz? – zapytałem cicho. – Ognimgła?

– Można i tak – odparł. – Kilvin prawdopodobnie powiedziałby: samozapłon wywołany kontaktem z powietrzem.

Jednak niemalże natychmiast ogień zgasł, zostawiając w pomieszczeniu kwaśny zapach rozgrzanego kamienia.

– Oprócz właściwości korozyjnych – ciągnął Kilvin – w stanie gazowym substancja jest łatwopalna. Kiedy ogrzeje się dostatecznie, zapala się od kontaktu z powietrzem. Wytwarzane w trakcie tego procesu ciepło wywołuje kaskadową reakcję egzotermiczną.

– Tworząc wodospad wielkiego, przeklętego ognia – mruknął pod nosem Manet.

– Jesteś lepszy niż chór w tragedii – cicho zwróciłem mu uwagę, próbując utrzymać kamienną twarz.

– Pojemnik jest tak skonstruowany – Kilvin wskazał ręką – że utrzymuje czynnik w niskiej temperaturze i pod ciśnieniem. Proszę, uważajcie, póki będzie w warsztacie. Nie zbliżajcie się do pojemnika z żadnym silnym źródłem ciepła. – Wypowiedziawszy te słowa, Kilvin odwrócił się i poszedł do swego gabinetu.

– To wszystko? – zapytałem.

Manet wzruszył ramionami.

– A co jeszcze można dodać? Kilvin nie pozwala pracować u siebie nikomu, kto nie jest ostrożny, a przed chwilą wszyscy usłyszeli, że mają zachować ostrożność.

– A dlaczego to w ogóle się tu znalazło? – dopytywałem się dalej. – Po co nam?

– Żeby straszyć pierwszoroczniaków. – Uśmiechnął się.

– A jakieś bardziej praktyczne zastosowanie?

– Strach ma bardzo praktyczne zastosowanie – rzekł. – Ale tę substancję można też wykorzystać do zbudowania nowego typu żarnika w lampach sympatetycznych. Wtedy zamiast zwykłego, czerwonawego światła otrzymujesz niebieskie. Oczy się mniej męczą. Ceny są niebotyczne.

Zerknąłem na dół, na zgromadzonych na podłodze warsztatu, ale w kłębiącym się tam tłumie nigdzie nie mogłem dostrzec Feli. Więc jeszcze raz zwróciłem się do Maneta:

– Chciałbyś dalej być sumiennym mentorem i pokazać mi, jak to się robi?

Roztargnionym gestem przeczesał rozwichrzone włosy i wzruszył ramionami.

– Jasne.

Później, tego samego wieczora, grałem właśnie „U Ankera", kiedy wpadła mi w oko piękna dziewczyna siedząca przy jednym z zatłoczonych stolików na tyłach sali. Pomyślałem sobie, że bardzo przypomina Dennę, a potem, że to nic innego jak igraszki wyobraźni. Tak bardzo chciałem ją zobaczyć, że od wielu dni ciągle wydawało mi się, że dostrzegam ją gdzieś kątem oka.

Spojrzałem jeszcze raz i wszelkie wątpliwości prysły...

To naprawdę była Denna i z połową gości „Ankera" śpiewała słowa do melodii *Córki Poganiacza*. Zorientowała się, że patrzę w jej stronę, i pomachała mi.

Jej widok był dla mnie takim zaskoczeniem, że zupełnie straciłem kontrolę nad tym, co wyprawiały moje palce, i wyłożyłem się na całej linii. Sala wybuchnęła śmiechem, a ja wstałem i ukłoniłem się głęboko, żeby skryć zmieszanie. Niemniej tamci jeszcze przez dobrą minutę wiwatowali na moją cześć i gwizdali, ciesząc się z klapy równie mocno, jak wcześniej z samej piosenki. Taka już jest ludzka natura.

Zaczekałem, aż o mnie zapomną, a potem ostrożnie ruszyłem do miejsca, gdzie siedziała Denna.

Wstała na moje powitanie.

– Dowiedziałam się, że grasz po tej stronie rzeki – zaczęła. – Ale nie potrafię sobie wyobrazić, jak utrzymujesz się w pracy, skoro za każdym razem, gdy jakaś dziewczyna do ciebie mrugnie, ty robisz klapę.

Poczułem, że lekko się rumienię.

– Aż tak często to się nie zdarza.

– Mruganie czy klapa?

Nie potrafiąc znaleźć języka w gębie, zarumieniłem się jeszcze bardziej. Roześmiała się.

– Jak długo jeszcze będziesz grał? – zapytała.

– Niedługo. – Skłamałem, ponieważ winien byłem Ankerowi jeszcze co najmniej godzinę.

Ucieszyła się.

– To dobrze. Przyjdź do mnie, jak skończysz, chciałabym się z kimś przejść.

Nie mogąc uwierzyć w swoje szczęście, ukłoniłem się.

– Służę całym sercem. Pozwól mi skończyć. – Poszedłem do baru, gdzie Anker z dwoma służącymi uwijali się przy nalewaniu trunków.

Ponieważ nasze spojrzenia nie chciały się spotkać, schwyciłem go za połę fartucha, kiedy przechodził obok. Zatrzymał się gwałtownie, omal nie rozlewając pełnej tacy napitków na jakichś klientów siedzących za stołem.

– Na Boga, chłopcze. Co jest z tobą?

– Anker, muszę iść. Dzisiaj nie zostanę do zamknięcia.

Mina mu zrzedła.

– Takie tłumy nie pojawiają się na zawołanie. Nie zostaną dłużej, jeśli nikt nie będzie im grał ani śpiewał.

– Zagram jeszcze raz. Długą piosenkę. Ale potem muszę iść. – Spojrzałem na niego z rozpaczą. – Przysięgam, że jakoś ci się zrewanżuję.

Przyjrzał mi się baczniej.

– Masz kłopoty?

Pokręciłem głową.

– Wobec tego chodzi o dziewczynę. – Odwrócił głowę w kierunku głosów domagających się kolejnych trunków, potem szybkim gestem odprawił mnie. – Dobra, idź. Ale pamiętaj, to ma być długa, dobra piosenka. I jeszcze jesteś mi winien.

Przeszedłem na przód sali i klasnąłem w dłonie, żeby przyciągnąć uwagę tłumu. Kiedy goście trochę się uspokoili, zacząłem grać. Nim uderzyłem czwarty akord, wszyscy już wiedzieli, że będzie to *Druciarz Tanner*. Najstarsza piosenka świata. Zdjąłem dłonie z lutni i zacząłem klaskać. Wkrótce sala wespół wybijała rytm, nogami o podłogę, kuflami o stoły.

Hałas zrobił się ogłuszający, ale ucichł, kiedy zaśpiewałem pierwszą zwrotkę. Potem cała sala zaśpiewała ze mną refren, niektórzy własnej kompozycji, inni do własnej tonacji. Kiedy skończyłem drugą zwrotkę, podszedłem do najbliższego stolika i znowu zachęciłem salę do śpiewania refrenu.

Wtedy zapraszającym skinieniem ręki wskazałem siedzących przy stoliku, proponując im śpiewanie własnych zwrotek. Minęło kilka sekund, zanim zrozumieli, o co mi chodzi, ale wyczekiwanie całej sali okazało się wystarczające, żeby natchnąć jednego z bardziej pijanych studentów do zaśpiewania własnej zwrotki. Otrzymał gromkie brawa i wiwaty. Później, kiedy wszyscy znów śpiewali refren, podszedłem do następnego stolika i postąpiłem tak samo.

Nie minęło dużo czasu, a goście z własnej woli śpiewali swoje zwrotki, zaraz po zakończeniu refrenu. W końcu dotarłem do miejsca, gdzie przy drzwiach czekała na mnie Denna i razem wyślizgnęliśmy się na świat spowity półmrokiem wczesnego wieczoru.

– To było naprawdę zmyślne – powiedziała, kiedy spacerkiem oddalaliśmy się od tawerny. – Myślisz, że długo tak pociągną?

– To zależy od tego, jak Anker będzie im szybko nalewał. – Gdy doszliśmy do uliczki biegnącej między tyłem karczmy Ankera i znajdującą się obok piekarnią, zatrzymałem się. – Chciałbym cię na moment przeprosić. Muszę zanieść lutnię.

– Chcesz ją zanieść w tę uliczkę? – zapytała.

– Chcę ją zanieść do pokoju. – Podskoczyłem lekko i zacząłem się wspinać po ścianie budynku. Prawa stopa: beczka z deszczówką, lewa: parapet okna, lewa ręka: żelazna rynna – szybkim ruchem podciągnąłem się na krawędź dachu nad parterem. Skoczyłem ponad uliczką na dach piekarni i uśmiechnąłem się, słysząc, jak jej lekko zaparło dech. Stamtąd jeden krótki krok w górę i już z łatwością przeskoczyłem na dach nad pierwszym piętrem „Ankera". Odsunąłem haczyk w moim oknie, sięgnąłem do środka i położyłem lutnię delikatnie na łóżku, a potem wróciłem tą samą drogą, którą wszedłem.

– Anker każe ci płacić grosz za każdym razem, gdy używasz schodów? – zapytała, gdy znajdowałem się już blisko ziemi.

Zeskoczyłem z beczki na deszczówkę i wytarłem dłonie o spodnie.

– Wracam i wychodzę o bardzo różnych porach – wyjaśniłem, doganiając ją. – Czy właściwie się domyślam, że szukasz, pani, dżentelmena, który ci dziś wieczorem będzie towarzyszył na spacerze?

Uśmiechnęła się kącikiem ust, spojrzała na mnie z ukosa.

– Niewykluczone.

– To się źle składa – westchnąłem. – Nie jestem dżentelmenem.

Teraz jej usta rozciągnęły się w uśmiechu.

– Myślę, że niewiele ci do niego brakuje.

– Wolałbym, żeby było tego jeszcze mniej.

– Wobec tego zapraszam na spacer.

– Bardzo to miło z twojej strony. Aczkolwiek... – Nieco zwolniłem kroku, uśmiech na twarzy zastąpił wyraz większej powagi. – Co z Sovoyem?

Jej usta zacisnęły się w cienką kreskę.

– A więc on już oficjalnie zgłosił roszczenia do mojej osoby?

– Cóż, ściśle biorąc, to nie. Ale kwestie takie jak te regulują określone zasady postępowania...

– Dżentelmeńska umowa? – zapytała kwaśno.

– Bardziej jak honor złodziei, jeśli wolisz.

Spojrzała mi prosto w oczy.

– Kvothe – powiedziała poważnie. – Skradnij mnie.

Ukłoniłem się i objąłem szerokim gestem cały świat.

– Jak rozkażesz.

Kontynuowaliśmy nasz spacer, księżyc lśnił, domy i sklepy kąpały się w jego bladej poświacie.

– A tak na marginesie, co u Sovoya? Od jakiegoś czasu go nie widuję.

Machnęła ręką, jakby chciała odpędzić od siebie wszelkie myśli o nim.

– Ja również nie. Ale nie dlatego, żeby nie próbował się ze mną zobaczyć.

Poczułem, jak we mnie serce rośnie.

– Naprawdę?

Przewróciła oczami.

– Róże! Można by uznać, że wszyscy mężczyźni czerpią romantyczne pomysły z tej samej książki. Kwiaty są piękne, każda dama lubi je dostawać. Ale zawsze są to róże, zawsze czerwone i zawsze, przynajmniej gdy je można dostać, idealne okazy z cieplarni. – Odwróciła się ku mnie. – Kiedy mnie widzisz, myślisz o różach?

Wiedziałem dość, żeby pokręcić głową i uśmiechnąć się z wyższością.

– A więc o czym? Jeśli nie róże, to co widzisz?

Wpadłem w pułapkę. Zmierzyłem ją wzrokiem od stóp do głów, jakbym naprawdę szukał odpowiedzi.

– Cóż – zacząłem powoli. – Nie powinnaś mieć tego za złe mężczyznom. Rozumiesz, to nie jest łatwa sprawa, dobrać kwiat pasujący do dziewczyny, jeśli mi wybaczysz niezręczne wyrażenie...

Skrzywiła się.

– Dobrać kwiat. Tak, tym razem wybaczę.

– Kłopot polega na tym, że kiedy daje się dziewczynie kwiaty, wybiera się spośród nieograniczonych możliwości interpretacji. Mężczyzna może dać ci różę, ponieważ uważa, że jesteś piękna, albo dlatego że podoba mu się ich forma, barwa lub miękkość, która kojarzy mu się z twoimi ustami. Róże są drogie, więc być może przez wartościowy prezent chce wyrazić, że ty również jesteś dlań cenna.

– Piękną przeprowadziłeś obronę róż – wtrąciła. – Prawdą jednak pozostaje, że ich nie lubię. Wybierz inny kwiat, który by do mnie pasował.

– Ale co znaczy pasował? Kiedy mężczyzna daje ci różę, to, jak ty to odbierasz, może okazać się całkowicie niezgodne z jego zamiarami. Pomyślisz sobie, że widzi cię delikatną lub kruchą. A równocześnie nie lubisz zalotników, którzy cię uważają za słodziutką, ale poza tym pustą. Zobaczysz kolce na łodydze i przyjmiesz, że on myśli, iż zapewne skaleczysz dłoń, która zbyt szybko po ciebie sięgnie. Z drugiej strony, jeżeli przytnie kolce, możesz uznać, że nie lubi tych, które potrafią się bronić. Całą rzecz można interpretować na tyle sposobów – zakończyłem. – Więc cóż ma począć myślący mężczyzna?

Znowu spojrzała na mnie z ukosa.

– Gdybyś to ty był tym mężczyzną, założę się, że tkałbyś pajęczynę barwnych słów i liczył, iż rzecz cała pójdzie w zapomnienie. – Przekrzywiła głowę. – A nie pójdzie. Jaki kwiat wybrałbyś dla mnie?

– No, dobrze, niech pomyślę. – Odwróciłem głowę, żeby na nią spojrzeć, lecz szybko uciekłem wzrokiem. – Mlecz mógłby pasować, jest taki jasny, a ty też masz jasność w sobie. Ale mlecz jest powszedni, a ty nie jesteś pospolitą istotą. O różach już mówiliśmy i odrzuciliśmy je. Psianka, nie. Pokrzywa... może.

Skrzywiła się z udawaną złością, pokazała mi język.

Dotknąłem placem swoich warg, jakbym się głęboko zastanawiał.

– Masz rację, nie licząc języka, faktycznie do ciebie nie pasuje.

Parsknęła i zaplotła ramiona na piersiach.

– Dziki owies! – wykrzyknąłem, wywołując u niej wybuch śmiechu. – Pasuje do ciebie jego dzikość, ale ma maleńkie i wstydliwe kwiatki. Z tego też jak i innych – odkaszlnąłem – bardziej oczywistych powodów myślę, że możemy uznać cię za dziki owies.

– Szkoda – powiedziała.

– Stokrotka też mogłaby być – ciągnąłem, nie pozwalając się zbić z tropu. – Wysoka, smukła, chętnie rośnie przy drogach. Porządny, prawdziwy kwiat, nic wydelikaconego. Stokrotka jest samowystarczalna. Myślę, że mogłaby ci pasować... Ale nie poprzestawajmy na tym. Irys? Zbyt efekciarski. Oset, zbyt niedostępny. Fiołek, za mały. Trillium? Hmm, to jest to. Ładne kwiaty. Nie daje się uprawiać w ogrodach. Faktura płatków... – zdobyłem się na najbardziej śmiały czyn w moim młodym życiu i delikatnie musnąłem jej szyję dwoma palcami – ...jest tak delikatna, że pasuje do twojej skóry, choć ledwie. Ale rośnie zbyt nisko nad ziemią.

– Przyniosłeś mi niezły bukiet – powiedziała łagodnie. Mimowolnie uniosła dłoń do szyi i dotknęła jej w miejscu, gdzie przedtem na ułamek sekundy spoczęły moje palce, potrzymała chwilę i opuściła.

Dobry znak, zły znak? Czy ocierała się po moim dotyku, czy chciała go tym sposobem zachować? Wątpliwości ogarnęły mnie ze zdwojoną siłą i postanowiłem ciągnąć zabawę dalej, ale już bez niepotrzebnego ryzyka. Przystanąłem.

– Kwiat iskra.

Zatrzymała się i spojrzała na mnie.

– I po tym wszystkim ty wybierasz kwiat, którego nie znam? Co to jest kwiat iskra? Dlaczego?

– To ciemnoczerwony kwiat, który kwitnie na grubych pnączach. Ich liście są ciemne i delikatne. Najlepiej rosną w zacienionych miejscach, ale kwiat jakoś potrafi wyłapać zabłąkane promienie słoneczne i w nich rozkwita. – Zerknąłem na nią. – Pasuje do ciebie. W tobie jest równocześnie tyle światła i cienia. Kwiat iskra rośnie w głębokim lesie i występuje rzadko, ponieważ tylko naprawdę utalentowani ogrodnicy potrafią go wyhodować. Ma cudowny zapach, jest nadzwyczaj poszukiwany, lecz znajduje się go rzadko. – Urwałem i demonstracyjnie się jej przyjrzałem. – Tak, skoro zmuszony jestem wybierać, wybieram iskra.

Zajrzała mi w oczy, potem uciekła spojrzeniem.

– Za wysoko mnie oceniasz.

Uśmiechnąłem się.

– Być może to ty oceniasz się za nisko.

Też zareagowała uśmiechem.

– Wcześniej byłeś bliższy prawdy. Stokrotki, zwykłe i słodkie. Stokrotki są drogą do mego serca.

– Będę o tym pamiętał. – Znowu podjęliśmy spacer. – A jaki kwiat ty byś mi przyniosła?

– Kwiecie wierzby – powiedziała bez namysłu.

Myślałem nad tym przez dłuższą chwilę.

– Wierzby kwitną?

Spojrzała w niebo, potem przeniosła wzrok na bok, zastanawiając się.

– Nie sądzę.

– Wobec tego byłby to naprawdę rzadki dar. – Zachichotałem. – Dlaczego kwiat wierzby?

– Przypominasz mi wierzbę – odrzekła od razu. – Silna, ukorzeniona i skryta. Kiedy nadchodzi burza, ulegasz jej łatwo, ale nigdy bardziej, niż sam chcesz.

Uniosłem dłoń, jakbym chronił się przed ciosem.

– Dość już tych słodkich słówek – protestowałem. – Chcesz mnie nagiąć do swej woli, ale to się nie uda. Twoje pochlebstwa są dla mnie puste, unosi je wiatr!

Przyglądała mi się przez moment, aby się upewnić, że już zakończyłem swoją perorę.

– Inaczej niż wszystkie inne drzewa – powiedziała, a na jej eleganckich ustach igrał lekki uśmieszek – wierzba porusza się, jak tego pragnie wiatr.

Odprowadziłem ją pod „Dębowe Wiosło", gdzie zatrzymała się w Imre. Z położenia gwiazd odczytałem, że minęło pięć godzin, lecz miałem wrażenie, że to ledwie chwila. Krótko staliśmy w drzwiach, a mnie się wydawało, że trwało to godzinę, gdyż rozpaczliwie zastanawiałem się, czy ją pocałować. Kiedy spacerowaliśmy i rozmawialiśmy, kusiło mnie kilkanaście razy – na Kamiennym Moście, z którego przyglądaliśmy się rzece w księżycowej poświacie, pod lipą w jednym z parków Imre...

I zawsze wtedy czułem, jak wkrada się między nas jakieś napięcie, pojawia się omal dotykalna bariera. Kiedy patrzyła na mnie z ukosa z tym swoim tajemniczym uśmiechem, kiedy przechylała głowę, kiedy spoglądała mi w oczy, zawsze miałem wrażenie, że oczekuje, iż zrobię... coś. Obejmę ją? Pocałuję? Skąd miałem wiedzieć? Skąd miałem wziąć pewność?

Nie wiedziałem skąd. A więc odpychałem od siebie jej czar. Nie chciałem, żeby pomyślała, że coś sobie wyobrażam, nie chciałem jej obrazić, nie chciałem znaleźć się w kłopotliwej sytuacji. Ostrzeżenie Deocha dodatkowo pogłębiało moją niepewność. Może to, co do niej czułem, było po prostu reakcją na naturalny powab Denny, na jej czar.

Jak wszyscy chłopcy w moim wieku, byłem idiotą, kiedy szło o kobiety. Różnica między mną a pozostałymi polegała na tym, że boleśnie zdawałem sobie sprawę ze swej ignorancji, podczas gdy inni – jak choćby Simmon – gnali na ślepo, przy okazji końskich zalotów wychodząc na durniów. Nie potrafiłem sobie wyobrazić nic gorszego niż moje niechciane awanse, a potem śmiech Denny z niezgrabnych poczynań. Niczego tak bardzo nie nienawidzę, jak robić coś źle.

A więc pożegnałem się i patrzyłem, jak znika we frontowych drzwiach „Dębowego Wiosła". Wziąłem głęboki oddech i ledwie się powstrzymałem, żeby nie tańczyć i nie śpiewać. W głowie miałem tylko ją – woń wiatru pieszczącego jej włosy, dźwięk jej głosu, cienie księżycowej poświaty na jej twarzy.

Potem powoli wróciłem na ziemię. Zanim dałem bodaj sześć kroków, osłabłem jak żagiel, który stracił wiatr. Kiedy wlokłem się przez miasto, obok śpiących domów i ciemnych gospód, nastroje moje wahały się w jednej chwili do uniesienia do rozpaczy.

Wszystko zniszczyłem. Wszystko, co powiedziałem, wszystko, co w swoim czasie wydawało się tak błyskotliwe, w istocie mogłoby wyjść z ust najgorszego głupca. A teraz ona była już w swoim pokoju i wzdychała z ulgą, że wreszcie się mnie pozbyła.

Ale uśmiechała się przecież. Śmiała się.

Nie pamiętała naszego pierwszego spotkania na drodze z Tarbean. Więc nie mogłem wywrzeć na niej aż takiego wrażenia.

„Skradnij mnie" – powiedziała.

Powinienem być śmielszy i pocałować ją na pożegnanie. Powinienem być ostrożniejszy. Zbyt dużo mówiłem. Powiedziałem za mało.

Rozdział 63

Spacer i rozmowa

Wilem i Simmon zdążyli już zjeść większość swego lunchu, kiedy pojawiłem się na naszym zwyczajowym miejscu na dziedzińcu.

– Przepraszam – powiedziałem, kładąc lutnię na bruku obok ławki. – Zapamiętałem się w targowaniu.

Byłem na drugim brzegu rzeki, żeby kupić dram żywego srebra i woreczek morskiej soli. Ta druga rzecz kosztowała mnie niemało, ale choć raz nie zależało mi na pieniądzach. Jeżeli los się do mnie uśmiechnie, wkrótce awansuję w hierarchii Rzemiochy, a to oznaczałoby koniec moich kłopotów finansowych.

Robiąc zakupy w Imre, przeszedłem też raz, oczywiście całkiem przypadkowo, obok karczmy, gdzie mieszkała Denna. Ale jej nie widziałem. Nie było jej też w „Eolu" ani w parku, gdzie rozmawialiśmy zeszłej nocy. Mimo to humor mi dopisywał.

Przewróciłem futerał z lutnią na bok, potem otworzyłem, żeby słońce mogło ogrzać nowe struny, pomagając im się odpowiednio naciągnąć. I dopiero wtedy sam usiadłem na kamiennej ławce pod pręgierzem, obok moich dwu przyjaciół.

– A więc gdzie byłeś zeszłej nocy? – zapytał trochę nazbyt lekkim tonem Sim.

Dopiero wtedy przypomniałem sobie, że umówiliśmy się na grę w kąty z Fentonem. Spotkanie z Denną sprawiło, że zupełnie mi to wyleciało z głowy.

– Och, Boże, przepraszam, Sim. Jak długo na mnie czekaliście?

Z jego spojrzenia wyczytałem wszystko.

– Tak mi przykro – powtórzyłem w nadziei, że wyglądam na równie winnego, jak się czułem. – Zapomniałem.

Sim wyszczerzył zęby, machnął ręką.

– Nie ma sprawy. Kiedy zrozumieliśmy, że nie przyjdziesz, poszliśmy do „Biblioteki", żeby popić i popatrzeć na dziewczyny.

– Fenton był zły?

– Wściekły – spokojnie odparł Wilem, decydując się w końcu włączyć do rozmowy. – Powiedział, że następnym razem, jak cię spotka, natrze ci uszu.

Uśmiech Sima stał się jeszcze szerszy.

– Nazwał cię pustogłowym E'lirem, który nie ma za grosz szacunku dla lepszych od siebie.

– Wysuwał też jakieś podejrzenia co do twojego pochodzenia i skłonności seksualnych na tle zwierząt – ciągnął Wilem z kamienną twarzą.

– „...w tehlańskiej sutannie!" – zanucił Sim z pełnymi ustami. Potem roześmiał się i zaraz zakrztusił.

Uderzyłem go parę razy w plecy.

– Gdzie byłeś? – dopytywał się Wilem, podczas gdy Sim łapczywie łapał oddech. – Anker powiedział, że wyszedłeś wcześnie.

Nie miałem ochoty im się zwierzać i opowiadać o Dennie.

– Spotkałem kogoś.

– Kogoś ważniejszego od nas? – zapytał Wilem bezbarwnym tonem, który można było odczytać jako uszczypliwość.

– Dziewczynę – przyznałem.

Uniósł brew.

– Tę, za którą tak się uganiasz?

– Za nikim się nie uganiam – protestowałem. – To ona mnie znalazła, „U Ankera".

– Dobry znak – skwitował Wilem.

Simmon z mądrą miną pokiwał głową, ale w oczach miał wesołe błyski.

– Zajmowaliście się muzyką? – Szturchnął mnie łokciem, ruszając znacząco brwiami. – Mały duecik?

Wyglądało to tak absurdalnie, że nawet się nie obraziłem.

– Żadnej muzyki. Chciała tylko, żeby ktoś ją odprowadził do domu.

– Odprowadził do domu? – powtórzył, znów wykonując sztuczkę z brwiami.

Tym razem wydał mi się znacznie mniej zabawny.

– Było ciemno – oznajmiłem poważnie. – Odprowadziłem ją z powrotem do Imre.

– Och – jęknął wyraźnie rozczarowany Sim.

– Wcześnie wyszedłeś od „Ankera" – wycedził Wil. – A my godzinami na ciebie czekaliśmy. Potrzeba dwóch godzin, żeby dojść do Imre i wrócić?

– To był długi spacer – przyznałem.

– Jak długi jest długi? – zapytał Simmon.

– Kilka godzin. – Spuściłem wzrok. – Sześć.

– Sześć godzin? – zdziwił się Sim. – Daj spokój, z nami możesz się podzielić paroma szczegółami po tym, jak przez ostatnie dwa cykle musieliśmy bez przerwy wysłuchiwać twojego ględzenia o niej.

Zacząłem się denerwować.

– Nie ględzę. Po prostu spacerowaliśmy – powiedziałem. – Rozmawialiśmy.

Sim nie wyglądał na przekonanego.

– Och, daj spokój. Przez sześć godzin?

Wilem klepnął go w ramię.

– Mówi prawdę.

Simmon spojrzał na niego.

– Skąd wiesz?

– Jego głos brzmi bardziej szczerze, niż kiedy kłamie.

– Jeżeli uciszycie się na chwilę, powiem wam wszystko. Zgoda?

Pokiwali głowami. Wbiłem wzrok w ziemię, próbując zebrać myśli, ale jakoś nie chciały mnie słuchać.

– Poszliśmy do Imre dłuższą drogą i na chwilę przystanęliśmy na Kamiennym Moście. Poszliśmy do parku za miastem. Siedzieliśmy nad rzeką. Rozmawialiśmy... o niczym szczególnym nie rozmawialiśmy. O miejscach, w których bywaliśmy. O piosenkach... – Zdałem sobie sprawę, że plotę trzy po trzy, i zamknąłem usta. Kolejne słowa dobierałem z większą ostrożnością. – Chciałem, żeby wydarzyło się coś więcej niż tylko spacer i rozmowa... – Urwałem. Nie miałem pojęcia, co powiedzieć.

Przez dłuższą chwilę obaj milczeli.

– Niech mnie – zdumiał się Wilem. – Wielki Kvothe ścięty z nóg przez kobietę.

– Gdybym cię nie znał, pomyślałbym, że się boisz – powiedział Simmon, nie do końca poważnie.

– Macie cholerną rację, boję się – szepnąłem nerwowo, wycierając ręce o spodnie. – Też byście się bali, gdybyście ją poznali. Ledwo wytrzymuję, tak tu siedząc, bo chciałbym biec do Imre, żeby zobaczyć ją bodaj przez okno albo minąć na ulicy. – Uśmiechnąłem się łzawo.

– Biegnij więc. – Simmon uśmiechnął się i popchnął mnie lekko. – Niech cię Bóg prowadzi. Gdybym znał taką kobietę, nie siedziałbym tu i nie jadł lunchu w towarzystwie takich jak wy dwaj. – Odgarnął włosy opadające na oczy, a wolną ręką drugi raz mnie popchnął. – Pędź.

Zostałem na miejscu.

– To nie takie proste.

– Z tobą nic nie jest proste – mruknął Wilem.

– Oczywiście, że jest – roześmiał się Simmon. – Idź i powiedz jej choć trochę z tego, co właśnie nam powiedziałeś.

– Racja – oznajmiłem z ponurym sarkazmem. – Jakby to było takie proste jak śpiewanie. Poza tym nie mam pojęcia, czy zechce wysłuchać. Ona jest inna... Czego mogłaby ode mnie chcieć?

Simmon popatrzył na mnie szczerze.

– Przyszła cię szukać. Najwyraźniej czegoś chce.

Na chwilę zapadła cisza, a ja pośpiesznie skorzystałem z okazji, żeby zmienić temat.

– Manet dał mi pozwolenie na rozpoczęcie pracy czeladnika.

– Już? – Sim popatrzył na mnie z niepokojem. – A Kilvin się zgadza? On nie lubi, jak ktoś chadza na skróty.

– Nie idę na żadne skróty – zaprzeczyłem. – Po prostu szybko się uczę.

Wilem parsknął z rozbawieniem, a Sim szybko się wtrącił, zanim się pokłóciliśmy.

– Jaki wybierzesz temat pracy? Lampa sympatetyczna?

– Każdy robi lampę – dodał Wilem.

Pokiwałem głową.

– Ja chciałem zrobić coś innego, może przekładnię wzmacniającą, ale Manet kazał mi trzymać się lampy. – Na wieży wybił czwarty dzwon. Wstałem, podniosłem futerał z lutnią, gotów iść na zajęcia.

– Powinieneś jej powiedzieć – poradził Simmon. – Jeżeli lubisz jakąś dziewczynę, lepiej, żeby o tym wiedziała.

– I jak się ta zasada sprawdza w twoim wypadku? – zapytałem zirytowany, że właśnie Sim, ze wszystkich ludzi, uważa się za mądrego na tyle, aby mi radzić w sprawach miłosnych.

Wilem starannie odwracał wzrok, podczas gdy ja i Sim mierzyliśmy się złymi spojrzeniami. Pierwszy uciekłem wzrokiem, czując ukłucie winy.

– Poza tym nie ma o czym mówić – mruknąłem. – Lubię spędzać z nią czas i wiem już, gdzie mieszka. To znaczy, że mogę ją znaleźć, jeśli tylko będę chciał.

Rozdział 64

Dziewięć w ogniu

Zrządzeniem losu następnego dnia udałem się do Imre. A potem, ponieważ akurat przypadkiem znalazłem się w sąsiedztwie, wstąpiłem do „Dębowego Wiosła".

Właściciel nie znał żadnej Denny lub Dianne, ale poinformował mnie, że wynajmuje u niego pokój śliczna ciemnowłosa dziewczyna o imieniu Dinnah. Akurat jej nie było, ale gdybym chciał zostawić kartkę... Nie skorzystałem z jego propozycji, pocieszając się świadomością, że skoro już wiem, gdzie Denna mieszka, znalezienie jej okaże się stosunkowo proste.

Wszelako w ciągu następnych dwóch dni szczęście mi jakoś nie dopisywało i ani razu nie zastałem Denny w gospodzie. Trzeciego dnia właściciel poinformował mnie, że dziewczyna wyprowadziła się w środku nocy, zabierając wszystkie swoje rzeczy, a zostawiając niezapłacony rachunek. Po bezowocnych odwiedzinach w kilku przypadkowych tawernach wróciłem na Uniwersytet, nie wiedząc, czy się martwić czy złościć.

Minęły kolejne trzy dni, podczas których odbyłem pięć daremnych wypraw do Imre. Ani Deoch, ani Threpe nie mieli dla mnie żadnych wieści na jej temat. Od Deocha dowiedziałem się, że ona często znika w taki właśnie sposób i że poszukiwania mają tyle sensu co przywoływanie kota. Wiedziałem, że to dobra rada. Zignorowałem ją.

Siedziałem w gabinecie Kilvina i próbowałem zachować spokój, podczas gdy potężny, kudłaty mistrz obracał w wielkich dłoniach moją lampę sympatetyczną. Pierwszy własnoręcznie wykonany przeze mnie projekt, debiut w roli rzemieślnika. Odlałem oprawę i wyszlifowałem soczewki. Dodałem do żarnika składnik domieszkujący, nie zatruwszy się przy okazji arszenikiem. A co najważniejsze, do mnie należał Alar i misterna sygaldria, która zmieniała zwykłe elementy w funkcjonalną przenośną lampę sympatetyczną.

Jeżeli Kilvinowi spodoba się ukończone dzieło, sprzeda je, a ja dostanę część pieniędzy jak zapłatę za pracę zleconą. A co jeszcze ważniejsze, zostanę rzemieślnikiem z pełnią praw, choć krótkim stażem. Będzie mi wolno stosunkowo swobodnie zajmować się własnymi projektami. To był spory krok wzwyż w hierarchii Rzemiochy, krok w kierunku tytułu Re'lara oraz finansowej wolności.

Na koniec mistrz uniósł wzrok.

– Ładnie zrobiona, E'lir Kvothe – powiedział. – Ale wzór jest dość nietypowy.

Skinąłem głową.

– Dokonałem kilku zmian, panie. Jeśli zechcesz ją odwrócić, zobaczysz...

Z gardła Kilvina wyrwał się niski odgłos, który mógł oznaczać rozbawienie albo irytację. Postawił lampę na stole i obszedł pomieszczenie dookoła, zbliżając nos do wszystkich lamp prócz jednej.

– Czy wiesz, ile lamp sympatetycznych eksplodowało w moich rękach przez wszystkie te lata, E'lir Kvothe?

Przełknąłem ślinę, kręcąc głową.

– Ile?

– Ani jedna – oznajmił ponuro. – Ponieważ zawsze zachowuję ostrożność. Zawsze wiem dokładnie, co trzymam w rękach. Musisz się nauczyć cierpliwości, E'lir Kvothe. Chwila namysłu jest lepsza niż dziewięć w ogniu.

Spuściłem wzrok i starałem się wyglądać na zganionego.

Kilvin zgasił jedyną świecącą lampę i pomieszczenie pogrążyło się w całkowitym niemal mroku. Po chwili z przenośnej lampy wylała się smuga charakterystycznego czerwonawego światła i padła na ścianę. Światło było słabe, słabsze od pojedynczej świecy.

– Przełącznik jest wyskalowany – powiedziałem szybko. – Właściwie to raczej potencjometr.

Kilvin pokiwał głową.

– Chytrze zrobione. W wypadku tak niewielkich lamp mało komu chce się tym zajmować. – Światło zrobiło się jaśniejsze, potem ściemniało, wreszcie znowu pojaśniało. – Sygaldria też wydaje się całkiem dobra – powoli kontynuował Kilvin, odstawiając lampę z powrotem na stół. – Ale ogniskowa soczewek jest wadliwa. Małe rozproszenie.

To prawda. Zamiast oświetlać całe pomieszczenie, moja lampa wyławiała z mroku wąski jego wycinek: róg warsztatu i połowę wielkiej czarnej płyty stojącej pod ścianą. Reszta pokoju nurzała się w mroku.

– Specjalnie tak to zrobiłem – powiedziałem. – Są zwykłe lampy, takie jak te, zwane lampami punktowymi.

Kilvin był tylko czarnym kształtem po drugiej stronie stołu.

– Te rzeczy są mi znane, E'lir Kvothe. – W jego głosie zabrzmiała lekka przygana. – Często wykorzystuje się je w niecnym procederze. Procederze, z którym przedsiębiorczy hermetycy nie powinni mieć wiele wspólnego.

– Myślałem, że używają ich żeglarze – powiedziałem.

– Używają ich włamywacze – poważnie rzekł Kilvin. – I szpiedzy, jak też wszyscy inni, którzy cichaczem załatwiają swe sprawy pod osłoną nocy.

Niejasny niepokój, który dotąd czułem, zaczynał się powoli wzmagać. Przed spotkaniem myślałem, że będzie ono czystą formalnością. Zdawałem sobie sprawę, że jestem sprawnym rzemieślnikiem, lepszym od wielu, którzy znacznie dłużej pracowali w warsztacie Kilvina. A teraz już raczej na serio martwiłem się, że oto popełniłem błąd i zmarnowałem trzydzieści godzin pracy na lampę, nie wspominając już o całym talencie z własnych pieniędzy wydanym na materiały.

Kilvin mruknął coś niezobowiązująco pod nosem, potem wydał jeszcze parę nieartykułowanych odgłosów. Znajdujące się w pomieszczeniu pół tuzina lamp oliwnych przebudziło się nagle do życia, napełniając je naturalnym światłem. Przez chwilę zdumiewałem się swobodą, z jaką mistrz stworzył poszóstne wiązanie. Nawet nie potrafiłbym zgadnąć, skąd zaczerpnął energię.

– Chodzi o to, że wszyscy na swój pierwszy projekt robią lampy sympatetyczne – powiedziałem, żeby wypełnić przedłużającą się ciszę. – Wszyscy zawsze stosują się do tego samego starego schematu. Chciałem zrobić coś innego. Chciałem sprawdzić, czy uda mi się zbudować coś nowego.

– Jak mniemam, chciałeś nam zademonstrować swoją nadzwyczajną inteligencję – stwierdził rzeczowo Kilvin. – I tym sposobem nie tylko zakończyć termin w czasie o połowę krótszym niż normalnie, ale przynieść mi lampę własnego, ulepszonego pomysłu. Bądźmy szczerzy, E'lir Kvothe. Zrobiłeś tę lampę, aby pokazać, że jesteś lepszy od przeciętnego czeladnika, nieprawdaż? – Mistrz patrzył mi prosto w oczy i przez moment w jego spojrzeniu nie widziałem nawet śladu zwykłego roztargnienia.

Poczułem, jak zasycha mi w ustach. Za zasłoną krzaczastej brody i ciężkiego aturańskiego akcentu Kilvin miał umysł ostry jak diamentowy nóż. Co mnie podkusiło, kiedy pomyślałem sobie, że mogę go okłamać i ujdzie mi to na sucho?

– Oczywiście, że chciałem zrobić na tobie wrażenie, mistrzu Kilvin – powiedziałem, spuszczając wzrok. – Sądzę, że to się rozumie samo przez się.

– Przestań się płaszczyć – mruknął. – Fałszywa skromność nie wywiera na mnie wrażenia.

Uniosłem wzrok i usiadłem sztywno jakbym kij połknął.

– W każdym razie, mistrzu Kilvin, jestem lepszy. Szybciej się uczę. Ciężej pracuję. Moje ręce są zręczniejsze. Umysł bardziej ciekawy. Ale jestem pewien, że wiesz o tym i nie muszę ci tego mówić.

Kilvin pokiwał głową.

– Już lepiej. I, rzecz jasna, masz rację, wiem. – Jego kciuk operował przełącznikiem lampy, kierując jej światło na coraz inne przedmioty w pomieszczeniu. – Szczerze mówiąc, jestem pod wrażeniem twoich umiejętności. Lampa jest zręcznie zrobiona. Sygaldria całkiem chytra. Żłobienie precyzyjne. Niezła robota.

Komplement sprawił, że się zarumieniłem.

– Ale w rzemiośle chodzi o coś więcej niż tylko umiejętności – ciągnął Kilvin. Postawił lampę na blacie, jego wielkie dłonie spoczęły bezwładnie obok niej. – Nie mogę sprzedać tej lampy. Powędrowałaby do złych ludzi. Gdyby włamywacza złapano z taką lampą, cień padłby na wszystkich hermetyków. Złożyłeś pracę czeladnika i dowiodłeś swych nieprzeciętnych umiejętności.

Odrobinę się uspokoiłem.

– Ale twój ogólny zamysł pozostaje poniekąd wątpliwy. Przypuszczam, że samą lampę będziemy musieli przetopić na metal – zakończył mistrz.

– Chcesz przetopić moją lampę? – Przez cały cykl pracowałem nad nią i w zakup materiałów zainwestowałem niemalże wszystkie posiadane pieniądze. Liczyłem na niezły zysk, kiedy Kilvin ją sprzeda, w obecnej sytuacji...

Kilvin pozostawał nieugięty.

– Wszyscy jesteśmy odpowiedzialni za reputację Uniwersytetu, E'lir Kvothe. Narzędzie takie jak to, jeśli trafi w niepowołane ręce, na nas wszystkich rzuci cień.

Próbowałem wymyślić jakiś sposób przekonania go, ale tylko machnął ręką, każąc mi się wynosić.

– Idź, przekaż Manetowi dobre wieści.

Zawiedziony poszedłem do warsztatu, gdzie powitał mnie odgłos setek dłoni pracowicie dłutujących drewno, obrabiających kamień i kujących metal. Powietrze pełne było woni kwasów trawiących, rozgrzanego żelaza i potu. W kącie znalazłem Maneta, który dorzucał do pieca. Poczekałem, aż zamknie drzwiczki i odejdzie na bezpieczną odległość; rękawem koszuli ocierał pot z czoła.

– Jak poszło? – zapytał. – Zdałeś czy mam przez cały następny semestr znów prowadzić cię za rączkę?

– Zdałem – próbowałem go zbyć. – Miałeś rację w kwestii usprawnień. Nie był zachwycony.

– Mówiłem – powiedział, ale bez szczególnego zadowolenia z siebie. – Nie zapominaj, że jestem tu dłużej od wszystkich pozostałych studentów. Kiedy ci mówię, że w głębi serca mistrzowie są konserwatystami, to nie gadam po próżnicy. Ja wiem. – Machinalnie przeczesał dłonią krzaczastą, siwiejącą brodę, przyglądając się falom ognia szalejącym w piecu. – Masz jakiś pomysł na to, co zrobisz teraz, kiedy już jesteś wolnym duchem?

– Myślałem o domieszkowaniu żarników paru niebieskich lamp – odparłem.

– Pieniądze w tym są – powoli rzekł Manet. – Ale to ryzykowne.

– Wiesz, że jestem ostrożny – zapewniłem go.

– Ryzykowne to ryzykowne – powtórzył Manet. – Jakieś dziesięć lat temu szkoliłem jednego faceta, jak mu było...? – Przez chwilę stukał się palcem po głowie, po czym wzruszył ramionami. – Trochę się pomylił. – Manet ostro pstryknął palcami. – Ale nic więcej nie trzeba, tylko drobnej pomyłki. Solidnie go poparzyło, stracił kilka palców. Potem już nie miał czego szukać w rzemiośle.

Spojrzałem na Cammara stojącego w przeciwległym krańcu pomieszczenia – bez jednego oka, łysy, z czaszką pełną blizn.

– Dotarło. – Nerwowo rozprostowywałem palce, patrząc na opalizujący metalowy pojemnik. Przez dzień, dwa po pokazie Kilvina ludzie obchodzili go szerokim łukiem, lecz wkrótce stał się tylko jeszcze jednym elementem wyposażenia. Po prawdzie bowiem w Rzemiosze można było zginąć na dziesięć tysięcy różnych sposobów, jeśli się było nieuważnym.

Postanowiłem zmienić temat.

– Mogę ci zadać pytanie?

– Dawaj – odparł, zerkając na pobliski piec. – Wal śmiało.

Przewróciłem oczami.

– Mówiłeś, że nikt tak dobrze jak ty nie zna Uniwersytetu?

Skinął głową.

– Nikt z żywych. Wszystkie brudne sekrety.

Ściszyłem głos.

– A więc gdybyś chciał, mógłbyś dostać się niepostrzeżenie do Archiwów?

Oczy Maneta zwęziły się.

– Mógłbym – odparł. – Ale nigdy bym tego nie zrobił.

Chciałem powiedzieć coś jeszcze, ale wszedł mi w słowo, a w jego głosie brzmiała nieskrywana irytacja:

– Posłuchaj, mój chłopcze, już o tym rozmawialiśmy. Po prostu zachowaj cierpliwość. Musisz dać Lorrenowi więcej czasu, żeby ochłonął. Minął dopiero semestr czy ile tam...

– Minęło już pół roku!

Pokręcił głową.

– Tobie się wydaje, że to dużo czasu, ponieważ jesteś młody. Uwierz mi, w pamięci Lorrena te wydarzenia są całkiem świeże. Pracuj przez następy semestr nad wywarciem odpowiedniego wrażenia na Kilvinie, potem poproś o orędownictwo w twojej sprawie. Uwierz mi. Uda się.

Zrobiłem moją najlepszą zbolałą minę.

– Mógłbyś zwyczajnie...

Zdecydowanie pokręcił głową.

– Nie. Nie. Nie. Nie pokażę ci. Nie powiem ci. Nie narysuję ci planu. – Wyraz jego twarzy trochę złagodniał, położył mi rękę na ramieniu, najwyraźniej próbując osłodzić gorycz odmowy. – Tehlu i tak dalej, po co ten pośpiech? Jesteś młody. Masz cały czas świata. – Pogroził mi palcem. – Ale jeśli cię relegują, to już na zawsze. A to się właśnie stanie, gdy cię przyłapią na włamaniu do Archiwów.

Spuściłem głowę pokonany.

– Pewnie masz rację.

– Racja, mam rację – zakończył Manet, zaglądając do pieca. – Teraz zmykaj. Przez ciebie nabawię się wrzodów.

Poszedłem więc, zastanawiając się głęboko nad radą Maneta i tym, co nieświadomie zdradził mi podczas rozmowy. Ogólnie rzecz biorąc, wiedziałem, że dał mi dobrą radę. Jeśli będę się właściwie zachowywał przez semestr czy dwa, w końcu wpuszczą mnie do Archiwów. Prosta, bezpieczna droga do tego, na czym mi zależało.

Na całe nieszczęście brakowało mi cierpliwości. Z niczego tak dobrze sobie nie zdawałem sprawy jak z tego, że ten semestr będzie moim ostatnim, jeżeli szybko nie zarobię większej sumy pieniędzy. Nie. Cierpliwość to nie dla mnie.

Po drodze do wyjścia zajrzałem do gabinetu Kilvina i zobaczyłem go za warsztatem; machinalnie wciąż gładził dłonią moją lampę. Na jego twarzy znów malował się zwykły wyraz roztargnienia, ale nie miałem żadnych wątpliwości, że wielka maszyneria jego mózgu zajęta jest myśleniem o kilku rzeczach naraz.

Zapukałem we framugę drzwi, żeby przyciągnąć jego uwagę.

– Mistrzu Kilvin?

Odwrócił się i spojrzał na mnie.

– Tak?

– Czy mógłbym odkupić moją lampę? – zapytałem. – Przydałaby mi się do czytania po nocy. Strasznie dużo pieniędzy wydaję na świece. – Przez chwilę zastanawiałem się nawet, czy nie załamywać rąk, ale zrezygnowałem. Zbyt melodramatyczne.

Kilvin zastanawiał się przez chwilę. Lampa w jego dłoniach pstryknęła głośno, gdy znowu ją włączył.

– Nie możesz przecież kupić czegoś, co zbudowały twoje własne dłonie – powiedział. – Czas pracy i materiały należą do ciebie. – Podał mi lampę.

Przeszedłem przez pomieszczenie, żeby ją wziąć, Kilvin jednak tymczasem cofnął dłoń i spojrzał mi w oczy.

– Żebyśmy mieli jasność – rzekł z powagą. – Nie możesz jej ani sprzedać, ani wypożyczyć. Nawet komuś, komu ufasz. Jeżeli gdzieś się zapodzieje, ostatecznie trafi w niepowołane ręce ludzi, których domem jest noc i którzy za jej pomocą dokonywać będą niegodziwych czynów.

– Daję słowo, mistrzu Kilvin. Nikt nie będzie jej używał prócz mnie.

Kiedy opuszczałem warsztat, bardzo uważałem, żeby na mojej twarzy nic się nie odbijało, ale w środku uśmiechałem się jak głupi, pełnym zadowolenia uśmiechem. Manet powiedział mi akurat tyle, ile chciałem wiedzieć. Była inna droga do Archiwów. Ukryta. A jeśli istniała, mogłem ją znaleźć.

Rozdział 65

Iskra

Obietnicą postawienia kolejki – na więcej mnie nie było stać – zwabiłem Wila i Sima do „Eola".

Rozumiecie, wpływy Ambrose'a mogły mi uniemożliwić znalezienie sobie bogatego mecenasa szlachetnej krwi, ale pozostawali jeszcze zwyczajni miłośnicy muzyki, którzy chętnie stawiali mi, zresztą znacznie więcej, niż byłem w stanie sam wypić.

Z całej tej sytuacji były dwa proste wyjścia. Mogłem zostać pijakiem albo skorzystać z machinacji, które funkcjonowały od momentu, w którym pojawiły się tawerny i muzycy. Słuchajcie, albowiem odsłonię wam od dawna skrywane tajemnice minstrelów...

Powiedzmy, że siedzicie sobie w karczmie. Słuchacie, jak gram. Śmiejecie się, płaczecie i ogólnie rzecz biorąc, podziwiacie moje umiejętności. Po wszystkim chcecie mi złożyć wyrazy podziwu, ale w odróżnieniu od bogatego szlachcica czy kupca nie macie środków na jakiś znaczący datek pieniężny. A więc proponujecie, że mi postawicie coś do picia.

Ale ja już siedzę nad szklaneczką. Albo kilkoma szklaneczkami. Albo chcę mieć jasną głowę. Może więc odmawiam? Oczywiście, że nie. To byłaby strata nadarzającej się okazji, poza tym zapewne ujrzelibyście we mnie snoba wynoszącego się nad innych.

Zamiast tego uprzejmie się zgadzam i proszę barmana o miód greysdale. Albo sounten. Albo określony rocznik jakiegoś białego wina.

Marka nie jest tu istotna. Ważne, aby takiego napitku w ogóle nie było. Barman podaje mi wodę.

Płacicie za wino, ja uprzejmie dziękuję i wszyscy są zadowoleni. Później barman, tawerna i muzyk dzielą wpływy równo między siebie.

A jeszcze lepiej, kiedy elegancki lokal z wyszynkiem pozwala odkładać wypicie swojego trunku na nieokreśloną przyszłość, coś w rodzaju odwróconego kredytu. „Eol" był właśnie takim lokalem.

Tak więc, mimo iż wciąż żyłem w stanie bliskim nędzy, na stół, za którym czekali Wil i Sim, przyniesiono mi całą butelkę scuttena.

Kiedy zajmowałem miejsce, Wil z aprobatą przyglądał się flaszce.

– Jakaś specjalna okazja?

– Kilvin przyjął moją lampę sympatetyczną. Macie przed sobą najmłodszego czeladnika rzemieślnika Arkanów – wyjaśniłem z zadowolony z siebie. Większość studentów spędza niemalże trzy lata nad pracą na zakończenie terminu. Kulisy mojej przeprawy z lampą postanowiłem zatrzymać dla siebie.

– Rychło w czas – sucho oznajmił Wil. – Ile ci to zabrało, prawie trzy miesiące? Ludzie zaczynają mówić, że się kończysz.

– Myślałem, że się bardziej ucieszycie – powiedziałem, odłupując wosk z szyjki butelki. – Czasy duszenia grosza chyba właśnie dobiegają końca.

Sim mruknął coś niezobowiązująco.

– Nie było aż tak źle – powiedział w końcu.

– Piję za twoje nieustające sukcesy rzemieślnicze – powiedział Wil, przechylając kubek w moją stronę. – Ponieważ wiem, że w przyszłości będzie to oznaczać dalsze picie.

– Poza tym – powiedziałem, zeskrobując resztkę wosku – zawsze jest szansa, że jeśli upiję was wystarczająco, pozwolisz mi któregoś dnia wślizgnąć się do Archiwów podczas swojego dyżuru. – Starałem się mówić tonem beztroskim i swobodnym, ale uważnie mu się przyglądałem.

Wil zanurzył usta w kubku, nie patrząc mi w oczy.

– Nie mogę.

Rozczarowanie aż zapiekło mnie w żołądku. Machnąłem lekceważąco ręką, jakbym nie mógł uwierzyć, że wziął mój żart na serio.

– Och, wiem...

– Myślałem o tym – przerwał mi Wil. – Ponieważ rozumiem, jak bardzo sobie nie zasłużyłeś na tę karę i jak bardzo ci ona doskwiera. – Napił się znowu. – Lorren od czasu do czasu zawiesza różnych studentów. Na kilka dni, za zbyt głośne rozmowy w Grobie. Na kilka cykli za nieostrożne obchodzenie się z książką. Ale zakaz wstępu to coś innego. To się nie zdarzyło od lat. Wszyscy wiedzą. Gdyby ktoś cię zobaczył... – Pokręcił głową. – Straciłbym pozycję skryby. Obu nas mogliby wyrzucić.

– Nie tłumacz się – powiedziałem. – Sam fakt, że się zastanawiałeś, znaczy dla mnie...

– Robimy się za bardzo sentymentalni – przerwał nam Sim, ze stukiem odstawiając szklankę na stół. – Otwieraj butelkę i wypijemy za to, abyś wywarł na Kilvinie takie wrażenie, by sam porozmawiał z Lorrenem i załatwił ci zniesienie zakazu.

Uśmiechnąłem się i zacząłem pracować nad korkiem.

– Mam lepszy pomysł – wyznałem. – Proponuję wypić za niekończące się udręki i pomyłki niejakiego Ambrose'a Jakisa.

– Myślę, że za to wszyscy wypijemy – powiedział Wil, podnosząc szklaneczkę.

– Wielki Boże – oznajmił nagle Simmon przyciszonym głosem. – Zobaczcie, kogo znalazł Deoch.

– O co chodzi? – zapytałem skupiony na tym, aby korek wyszedł z butelki w jednym kawałku.

– Znowu udało mu się zdobyć najpiękniejszą kobietę w całym lokalu. – W narzekaniach Sima słychać było tym razem wyjątkowo zrzędliwą nutę. – Tego faceta naprawdę można znienawidzić.

– Sim, twój gust, jeśli chodzi o kobiety, jest w najlepszym razie wątpliwy. – Korek wyszedł z butelki z miłym dla ucha odgłosem i podetknąłem go triumfalnie każdemu z nich pod nos. Żaden nie zwrócił na mnie uwagi, oczy mieli wbite w drzwi.

Odwróciłem się, żeby zobaczyć. Zamarłem z otwartymi ustami.

– To Denna.

Sim spojrzał na mnie.

– Denna?

Zmarszczyłem brwi.

– Dianne. Denna. To ta, o której wam opowiadałem. Ta, która ze mną śpiewała. Wychodzi na to, że posługuje się wieloma różnymi imionami. Nie mam pojęcia dlaczego.

Wilem obrzucił mnie pozbawionym wyrazu spojrzeniem.

– To twoja dziewczyna? – zapytał głosem pełnym niedowierzania.

– To dziewczyna Deocha – sprostował ponuro Simmon.

Wszystko na to wskazywało. Przystojny, umięśniony Deoch rozmawiał z nią równie swobodnie jak z innymi. Denna śmiała się i obejmowała go w taki sposób, jakby robiła to zawsze. Przyglądałem się ich rozmowie i czułem, jak coś ściska mnie w piersiach.

Potem Deoch odwrócił się i wskazał ręką. Powędrowała spojrzeniem za jego dłonią, nasze oczy spotkały się, a ona uśmiechnęła się do mnie radośnie. Odruchowo odpowiedziałem uśmiechem. Serce znowu zaczęło mi bić w piersi. Pomachałem do niej. Wymieniła jeszcze kilka słów z Deochem i ruszyła przez tłum w kierunku naszego stolika.

Łapczywie napiłem się scuttena, kątem oka widząc, jak Simmon patrzy na mnie z pełnym szacunku zdumieniem.

Dennę pamiętałem raczej w stroju podróżnym. Dzisiaj miała na sobie ciemnozieloną suknię odsłaniającą ramiona. Wyglądała oszałamiająco. Wiedziała o tym. Uśmiechała się.

Wszyscy trzej wstaliśmy, kiedy do nas podeszła.

– Miałam nadzieję cię tu znaleźć – powiedziała.

Ukłoniłem się lekko.

– Miałem nadzieję zostać znaleziony. To są moi najlepsi przyjaciele. Simmon. – Simmon uśmiechnął się promiennie i odgarnął włosy z oczu. – I Wilem. – Wilem skinął głową. – To jest Dianne.

Osunęła się na krzesło.

– Co dziś wieczorem sprowadza grupę tak przystojnych młodzieńców do miasta?

– Spiskujemy na zgubę naszych wrogów – odrzekł Simmon.

– I świętujemy – pospieszyłem dodać.

Wilem uniósł szklankę w toaście.

– Na pohybel naszym wrogom.

Simmon i ja poszliśmy za jego przykładem, ale szybko się zorientowałem, że Denna nie ma naczynia.

– Przepraszam – powiedziałem. – Napiłabyś się?

– Miałam nadzieję, że zaprosisz mnie na obiad – odparła. – Ale czułabym się winna, gdybym cię skradła twoim przyjaciołom.

Myśli galopowały w mojej głowie jak szalone, próbowałem wymyślić jakiś sposób taktownego uwolnienia się od nich.

– Bezpodstawnie zakładasz, że zależy nam na jego towarzystwie – powiedział Wilem, nawet nie mrugnąwszy. – Zrobiłabyś nam przysługę, gdybyś go od nas zabrała.

Denna pochyliła się impulsywnie, w różowych kącikach jej ust zaigrał uśmiech.

– Naprawdę?

Wilem ponuro pokiwał głową.

– Pije jeszcze więcej, niż gada.

Obrzuciła mnie przelotnym spojrzeniem

– Więc musisz sporo pić?

– Poza tym – wtrącił niewinnie Simmon – od wielu dni się dąsa, że nie może być z tobą. Gdybyś go tutaj zostawiła, zamęczyłby nas.

Poczułem, jak się oblewam rumieńcem. Nagle zdjęła mnie ochota udusić Sima. Denna tylko zaśmiała się słodko.

– Wobec tego sądzę, że lepiej będzie, jak go jednak zabiorę. – Wstała z wdziękiem wierzbowej gałązki, którą porusza wiatr, i podała mi dłoń. Ująłem ją. – Mam nadzieję, że wkrótce się spotkamy. Wilem. Simmon.

Pomachali do niej i ruszyliśmy do wyjścia.

– Spodobali mi się – powiedziała. – Wilem to kamień w głębokiej wodzie. Simmon jest jak chłopiec pluskający się w strumieniu.

Roześmiałem się zaskoczony.

– Sam nie ująłbym tego lepiej. Wspominałaś coś o obiedzie?

– Kłamałam – odparła z niewymuszoną rozkoszą. – Ale chętnie bym się napiła, skoro już zdążyłeś mi to zaproponować.

– Może do „Korków"?

Zmarszczyła nos.

– Zbyt wielu starych ludzi, za mało drzew. Noc jest tak wspaniała, że lepiej byłoby spędzić ją na dworze.

Gestem wskazałem drzwi.

– Prowadź.

Poszła przodem. Kąpałem się w odbitym od niej świetle i spojrzeniach zazdrosnych mężczyzn. Kiedy wychodziliśmy z „Eola", nawet Deoch wyglądał na lekko zazdrosnego. Ale gdy go mijałem, w jego oczach zobaczyłem iskrę czegoś innego. Smutku? Litości?

Nie zastanawiałem się nad tym ani przez chwilę. Byłem z Denną.

Kupiliśmy sobie bochenek ciemnego chleba i butelkę truskawkowego wina z Avennish. Potem znaleźliśmy zaciszne miejsce w jednym z publicznych parków, jakich wiele w Imre. Wiatr rozwiewał pod naszymi nogami pierwsze jesienne liście. Denna zdjęła buty i tańczyła trochę wśród cieni, rozkoszując się dotykiem trawy pod bosymi stopami.

Usiedliśmy na ławce pod wielką rozłożystą wierzbą, potem znaleźliśmy sobie wygodniejsze miejsce na ziemi, u stóp pnia. Chleb był mięsisty i ciemny, odłamywaliśmy go grubymi kawałkami, dzięki czemu nasze dłonie miały zajęcie. Wino okazało się słodkie i lekkie, a kiedy Denna napiła się z butelki, jej usta długo pozostawały wilgotne.

Czułem tę rozpacz, jaką zawsze przynosi ostatnia ciepła noc lata. Rozmawialiśmy o wszystkim i o niczym, a ja przez cały czas ledwie byłem w stanie oddychać, tak upajała mnie jej bliskość, sposób, w jaki się poruszała, dźwięk jej głosu w jesiennym powietrzu.

– Przed chwilą wpatrywałeś się daleko w przestrzeń – powiedziała. – O czym myślałeś?

Nie mogłem jej powiedzieć prawdy. Zdawałem sobie sprawę, że musi bezustannie wysłuchiwać komplementów od rozmaitych mężczyzn, komplementów, które z pewnością uważa za bardziej denerwujące niż róże. Wybrałem subtelniejszą drogę.

– Jeden z mistrzów Uniwersytetu powiedział mi pewnego

razu, że jest siedem słów, które sprawią, iż kobieta pokocha mężczyznę. – Wzruszyłem ramionami z rozmyślną niedbałością. – Po prostu zastanawiałem się, jak mogą brzmieć.

– Dlatego tyle bez przerwy mówisz? Masz nadzieję trafić na nie przypadkiem?

Otworzyłem już usta, żeby zaprzeczyć. Ale wtedy zobaczyłem jej roześmiane oczy i szybko się zamknąłem, próbując ukryć rumieniec. Położyła mi rękę na ramieniu.

– Nie chcę, żebyś przeze mnie nic nie mówił, Kvothe – powiedziała łagodnie. – Tęsknię za dźwiękiem twego głosu. – Napiła się wina z butelki. – Tak czy siak, nie masz się nad czym zastanawiać. Sam je do mnie wypowiedziałeś, kiedy pierwszy raz się spotkaliśmy. Powiedziałeś: Zastanawiałem się, co ty właściwie tutaj robisz. – Pomachała mi frywolnie dłońmi. – Od tamtej chwili jestem twoja.

Myślami wróciłem błyskawicznie do naszego pierwszego spotkania w karawanie Roenta. Odebrało mi mowę.

– Nie sądziłem, że zapamiętałaś.

Odłamywała właśnie z bochenka kawałek ciemnego chleba. Zatrzymała się w pół gestu i spojrzała na mnie pytająco.

– Co zapamiętałam?

– Mnie zapamiętałaś. Zapamiętałaś nasze spotkanie w karawanie Roenta.

– Daj spokój – droczyła się ze mną. – Jak mogłabym zapomnieć rudowłosego chłopca, który porzucił mnie dla Uniwersytetu?

Byłem wciąż zbyt ogłuszony, żeby bodaj wskazać, iż wcale jej nie porzuciłem. Przynajmniej nie na zawsze.

– Nigdy o tym nie wspomniałaś.

– Ty też nie – odparowała. – Może uznałam, że to ty o mnie zapomniałeś.

– Zapomnieć o tobie? Jak mógłbym?

Uśmiechnęła się na te słowa, ale oczy wciąż miała spuszczone.

– Byłbyś zaskoczony, o czym mężczyźni potrafią zapomnieć – powiedziała, potem dodała lżejszym tonem: – Ale z drugiej strony, może wcale nie. Nie wątpię, że zapominasz o wielu rzeczach, skoro przecież sam jesteś mężczyzną.

– Pamiętam twoje imię: Denna. – Przyjemnie było je poczuć znowu w ustach. – Dlaczego przybrałaś sobie nowe? A może Denna to było imię, które nosiłaś tylko w drodze do Anilin?

– Denna – powiedziała cicho. – Prawie o niej zapomniałam. To była głupia dziewczyna.

– Była jak rozkwitający kwiat.

– Wychodzi na to, że już całe lata temu przestałam być Denną. – Roztarła nagie ramiona i rozejrzała się dookoła, jakby znienacka przestraszona, że ktoś może nas zobaczyć.

– Wobec tego mam do ciebie mówić: Dianne? Wolałabyś to imię?

Podmuch wiatru poruszył zwisającymi gałęziami wierzby, a ona przechyliła głowę i spojrzała mi w oczy. Pasma jej włosów poruszały się w tym samym rytmie co gałęzie.

– Jesteś miły. Myślę, że w twoich ustach Denna bardziej mi się podoba. To imię brzmi inaczej, kiedy ty je wypowiadasz. Delikatniej.

– Wobec tego, niech będzie: Denna – oznajmiłem zdecydowanie. – A tak na marginesie, co się stało w Anilin?

Zabłąkany liść spłynął w dół i osiadł na jej głowie. Z roztargnieniem strzepnęła go.

– Nic szczególnie miłego – rzekła, unikając mojego spojrzenia. – Ale też nie było to wcale takie niespodziewane.

Wyciągnąłem rękę, podała mi bochenek chleba.

– Cóż, cieszę się, że wróciłaś – wyznałem. – Moja Aloine.

Z jej gardła wydobył się odgłos zdecydowanie nie przystający damie.

– Wybacz, jeśli któreś z nas jest Savienem, to ja. Ja przybyłam tu, żeby ciebie odszukać – zauważyła. – Dwukrotnie.

– Też cię szukam – protestowałem. – Po prostu nie umiem cię znaleźć.

Teatralnie przewróciła oczami.

– Gdybyś mogła wskazać jakieś odpowiednie miejsce i czas, w którym mógłbym cię szukać, toby wszystko zmieniło... – Słowa zamarły na moich ustach, przez co ostatnie zabrzmiały jak pytanie. – Może jutro?

Denna zerknęła na mnie z ukosa, uśmiechnęła się.

– Zawsze jesteś taki ostrożny – zauważyła. – Nigdy jeszcze nie znałam mężczyzny, który tak powoli stawiałby kroki. – Spojrzała mi w oczy, otwarcie, jakbym był zagadką, którą należy rozwiązać. – Przypuszczam, że jutrzejsze południe będzie odpowiednią porą. W „Eolu".

Poczułem, jak przyjemne ciepło zalewa mnie na myśl, że spotkam ją znowu.

– Zastanawiałem się, co właściwie tutaj robisz – zamyśliłem się na głos, wspominając rozmowę, którą odbyliśmy tak dawno temu. – Potem nazwałaś mnie kłamcą.

Pochyliła się ku mnie i uspokajającym gestem dotknęła mej dłoni. Pachniała truskawkami, a jej usta nawet w księżycowej poświacie barwiła groźna czerwień.

– Jak dobrze cię znałam, nawet wtedy.

Rozmawialiśmy godzinami, późno w noc. Ja zataczałem subtelne kręgi wokół tego, co naprawdę czułem, nie chcąc za bardzo się ośmielać. Myślałem, że może ona postępuje tak samo, ale nie mogłem mieć pewności. Przypominało to jeden z tych misternych tańców modegańskich, gdzie partnerzy znajdują się ledwie kilka cali od siebie, ale – jeśli dopisują im umiejętności – nigdy się nie dotykają.

Tak wyglądała nasza rozmowa. Ale nie tylko brakowało nam intuicji, która mogłaby pokierować naszymi krokami. Sama rozmowa sprawiała wrażenie, jakbyśmy byli oboje głusi. A więc tańczyliśmy ostrożnie, niepewni, jaką muzykę słyszy drugie, niepewni być może, czy drugie w ogóle tańczy.

Jak zawsze Deoch stał przed drzwiami „Eola". Skinął mi, żebym do niego podszedł.

– Mistrzu Kvothe. Obawiam się, że w środku nie znajdziesz już swoich przyjaciół.

– Tak sobie właśnie pomyślałem. Kiedy wyszli?

– Jakąś godzinę temu. – Rozprostował ramiona ponad głową, skrzywił się. Potem ze zmęczonym westchnieniem pozwolił im opaść swobodnie.

– Mieli pretensje, że z nimi nie zostałem?

Wyszczerzył zęby w uśmiechu.

– Nie bardzo. Sami poznali tu parę ślicznotek. Oczywiście, daleko im było do twojej pani. – Przez chwilę przyglądał mi się nieszczęśliwym wzrokiem, potem przemówił, nadzwyczaj ostrożnie dobierając słowa: – Posłuchaj... Kvothe. Wiem, że to nie jest moja sprawa, i mam nadzieję, że nie weźmiesz mi tego za złe. – Rozejrzał się dookoła i raptem splunął. – Cholera. Nie jestem w tym dobry.

Znowu spojrzał na mnie i wykonał jakiś niezbyt zrozumiały gest dłońmi.

– Kobiety to ogień, płomienie. Jedne są jak świeca, jasne i przyjazne. Drugie są jak pojedyncze iskry, jak żar, jak świetliki, które ściga się w letnie noce. Inne są jak ogniska obozowe: w nocy szafują światłem i ciepłem, ale za dnia chcą, żeby je zostawić w spokoju. Wreszcie są takie jak paleniska, z pozoru nie ma na co patrzeć, w głębi jednak znajdują się rozgrzane do czerwoności węgle, które mogą płonąć bardzo długo. Ale Dianne... Dianne jest jak snop iskier tryskających z żelaznego ostrza, które Bóg przyciska do kamienia osełki. Nie możesz się powstrzymać, żeby na nią nie patrzeć, żeby jej nie chcieć. Może się nawet zdarzyć, że na okamgnienie, jak te iskry, znajdzie się w twej dłoni. Ale nie dasz rady jej zatrzymać. Złamie ci serce...

Wieczór spędzony z nią był jeszcze zbyt świeży w mej pamięci, abym wziął sobie słowa Deocha do serca. Więc tylko się uśmiechnąłem.

– Deoch, moje serce wykonane jest z mocniejszego materiału niż szkło. Kiedy będzie chciała je złamać, przekona się, że jest silne jak mosiądz wzmocniony żelazem albo stop złota i adamantu. Nie wyobrażaj sobie, że jestem nieświadom, że jestem jak jeleń, który zamiera ze strachu, słysząc rogi myśliwych. To ona powinna uważać, ponieważ kiedy będzie chciała mi złamać serce, ono zadźwięczy tak pięknie i melodyjnie, że nie będzie miała innego wyjścia, jak rzucić się do ucieczki.

Na moje słowa Deoch zareagował śmiechem pełnym zakłopotania.

– Boże, ale jesteś odważny. – Pokręcił głową. – I młody. Chciałbym być taki odważny i młody jak ty. – Wciąż uśmiechnięty odwrócił się i wszedł do „Eola". – Wobec tego dobrej nocy.

– Dobranoc.

Deoch chciałby być taki jak ja? Jeden z największych komplementów, jakie usłyszałem w życiu.

Ale przyjemność z nim związana bladła w obliczu tego, że dni bezowocnych poszukiwań Denny dobiegły wreszcie końca. Jutro w południe w „Eolu": „obiad, spacer, rozmowa", jak to ujęła. Na myśl o tym czułem radosne uniesienie.

Jaki młody byłem. Jaki głupi. Jaki mądry.

Rozdział 66

Stan lotny

Rankiem następnego dnia obudziłem się wcześnie, lekko zdenerwowany na myśl o obiedzie z Denną. Zdawałem sobie sprawę, że już nie usnę, więc skierowałem się do Rzemiochy. Po ekstrawaganckich wydatkach ostatniej nocy w kieszeni zostały mi równe trzy grosze, z drugiej strony gnał mnie zapał natychmiastowego wykorzystania ledwie co zdobytej pozycji.

Zazwyczaj pracowałem nocami. Tego ranka więc Rzemiocha wydawała mi się zupełnie innym miejscem. Co najwyżej piętnastu, dwudziestu pracowników, trudzących się nad prywatnymi projektami. Wieczorami można się było spodziewać co najmniej dwukrotnie więcej ludzi. Kilvin wprawdzie był w gabinecie, jak zawsze, ale panowała bardziej rozluźniona atmosfera. Wszyscy byli zajęci, ale nikt się rozpaczliwie nie spieszył.

W rogu warsztatu dostrzegłem Felę. Pracowicie obkuwała kawałek obsydianu wielkości dużego bochna chleba. Nic dziwnego, że jej tu dotąd nie spotkałem, skoro bywała w warsztacie o tak wczesnej porze.

Mimo ostrzeżenia Maneta postanowiłem w ramach pierwszego własnego projektu wykonać serię niebieskich żarników. Praca była ryzykowna, ponieważ wymagała użycia koścismoły. Z drugiej strony wiedziałem, że popyt na nie będzie duży, a cały proces zajmie mi nie więcej jak pięć godzin wytrwałej pracy. Nie tylko zdążę na czas, żeby spotkać się z Denną w „Eolu", ale może otrzymam od Kilvina niewielką zaliczkę i dzięki temu nie pójdę na obiad z pustą sakiewką.

Zgromadziłem potrzebne narzędzia, znalazłem sobie okap z wyciągiem pod wschodnią ścianą. Miejsce wybrałem w pobliżu cieku – jednego z pięciusetgalonowych zbiorników z utwardzanego szkła, rozstawionych na terenie całego warsztatu. Gdyby komuś zdarzyło się rozlać na siebie coś niebezpiecznego podczas pracy pod okapem, mógł zwyczajnie pociągnąć za rączkę cieku i natychmiast obmyć się w strumieniu zimnej wody.

Rzecz jasna, póki będę uważał, żaden ciek nie będzie mi potrzebny. Ale dobrze było mieć któryś w pobliżu, na wszelki wypadek.

Uruchomiłem wyciąg i podszedłem do stołu, na którym trzymano koścismołę. Mimo iż wiedziałem, że nie jest bardziej niebezpieczna niż piła do kamieni tudzież koło spiekalnicze, widok opalizującego metalu wywołał u mnie lekką nerwowość.

Poza tym dzisiaj pojemnik wyglądał jakby inaczej. Przechodząc obok, zwróciłem na to uwagę jednego z najbardziej doświadczonych rzemieślników. Jaxim miał wygląd charakterystyczny dla wszystkich pracowników znajdujących się w środku jakiegoś wielkiego projektu – był wymęczony, jakby nie potrafił usnąć, póki wszystko nie zostanie dopięte na ostatni guzik.

– Czy tu powinno być tyle szronu? – spytałem, wskazując na pojemnik ze smołą. Przy krawędziach zgromadziły się wielkie zacieki szronu niby drobne porosty. Powietrze nad metalem migotało od zimna.

Jaxim przyjrzał się i wzruszył ramionami.

– Lepiej, żeby był zbyt zimny niż niedostatecznie zimny – powiedział i zachichotał bez wesołości. – He, he. Bum.

Nie mogłem się z nim nie zgodzić i uznałem, że ma to coś wspólnego z niższą temperaturą panującą rankiem w warsztacie. Nie płonął żaden piec, a większość palenisk w kuźni pozostawała wygaszona i martwa.

Uważając na to, co robię, powtórzyłem sobie w głowie procedurę dekantowania, żeby niczego nie opuścić. Wokół pojemnika było tak zimno, że oddech zamieniał się w parę. Pot na moich rękach sprawił, że przymarzły mi do pojemnika, jak dziecięcy język przymarza do rękojeści pompy w środku zimy.

Zlałem mniej więcej uncję gęstego, oleistego płynu do fiolki ciśnieniowej i szybko zamknąłem wieko. Następnie wróciłem pod swój okap i zacząłem przygotowywać materiały. Po kilku chwilach spędzonych wśród gorączkowych przygotowań przystąpiłem do powolnego, żmudnego procesu przygotowywania składników domieszkujących do kompletu niebieskich żarników.

Kilka godzin później moje skupienie przerwał głos, który znienacka odezwał się za moimi plecami. Nie był to krzyk, ale ton był poważny, a tego nie wolno zignorować, kiedy się pracuje w Rzemiosze.

Głos powiedział:

– O mój Boże.

Ze względu na to, czym się właśnie zajmowałem, w pierwszej kolejności wzrok mój powędrował do pojemnika z koścismołą. Kiedy zobaczyłem ciemny płyn na jednym z rogów pojemnika i na nodze warsztatu, ciemną kałużę na podłodze, po plecach pociekła mi strużka zimnego potu. Grube drewno nogi warsztatu było już niemal całkiem przeżarte. Prawie od razu rozległo się pamiętne posykiwanie i bulgotanie – to kałuża na podłodze zaczęła wrzeć. W głowie kołatało mi się wciąż jedno zdanie z pokazu Kilvina: „Oprócz właściwości korozyjnych w stanie gazowym substancja jest łatwopalna..."

Wciąż jeszcze się tylko przyglądałem zmartwiały, kiedy noga załamała się i blat warsztatu zaczął się przechylać. Opalizujący pojemnik potoczył się po nim. Gdy uderzył w kamienną podłogę, okazało się, że metal był tak zimny, iż nie tylko pękł i wgiął się, lecz rozprysnął się na kawałki niczym szkło. Chlusnął ciemny płyn, całe galony rozlały się po podłodze. Powietrze wypełnił charakterystyczny bulgot i syk – koścismoła zaczęła się ogrzewać od kamieni.

Dawno temu mądry projektant Rzemiochy rozmieścił w każdym warsztacie po kilkanaście odpływów, dzięki którym łatwiej można było sprzątać i radzić sobie z rozlanymi płynami. Co więcej, kamienną podłogę wyposażono w odpowiednie uchyły, dzięki którym płyny mogły swobodnie spływać do otworów odpływowych. Teraz, kiedy pojemnik rozsypał się w drobny mak, szeroka struga oleistego płynu popłynęła w dwie różne strony, kierując się do dwu różnych odpływów. Nie przestawała jednak kipieć i powoli tworzyła się nad nią tłusta chmura oparów, ciemnych jak smoła, żrących i gotowych w każdej chwili buchnąć płomieniem.

Między tymi dwiema odnogami ciemnych oparów znalazła się Fela, która pracowała przy bocznym stole w rogu warsztatu. Stała z otwartymi ustami, wrośnięta w ziemię ze strachu. Ubrana była odpowiednio do swej pracy w warsztacie: cienkie spodnie, cieniutka lniana koszula, podwinięte rękawy. Długie ciemne włosy spięła w kitkę, niemniej i tak sięgały jej prawie do pasa. Zapali się jak pochodnia.

Pokój zaczynał się wypełniać szaleńczymi okrzykami, powoli do wszystkich zaczynało docierać, co się stało. Ci wykrzykiwali polecenia, tamci tylko darli się w panice. Na podłogę leciały narzędzia i na poły ukończone projekty, a ludzie jeden przez drugiego uciekali do wyjścia.

Fela ani nie krzyczała, ani nie wołała o pomoc. To oznaczało, że nikt poza mną nie miał pojęcia, w jakim znalazła się niebezpieczeństwie. Jeśli można było wyciągnąć jakieś wnioski z pokazu Kilvina, za chwilę całe pomieszczenie stanie w płomieniach i wypełni się żrącym oparem. Nie było czasu...

Zerknąłem na narzędzia i materiały leżące na blacie pobliskiego warsztatu, szukając czegoś, co mogłoby się przydać. Ale tam nic nie było: gmatwanina bazaltowych bloków, szpule miedzianego drutu, na poły wytrawiona półkula ze szkła, która zapewne miała się stać jedną z lamp Kilvina...

I wtedy w jednej chwili wiedziałem już, co robić. Schwyciłem szklaną półkulę i rozbiłem o jeden z bazaltowych bloków. Pękła, ja zostałem z cienkim, zakrzywionym kawałkiem szkła w ręku; miał rozmiar mojej dłoni. Drugą ręką schwyciłem mój płaszcz ze stołu i obszedłem okap z wyciągiem.

Przycisnąłem kciuk do krawędzi szkła i poczułem niemiłe, rwące doznanie, a potem ostry ból. Zrozumiałem, że krew popłynęła, w następnej chwili rozsmarowałem ją po szkle i wypowiedziałem wiązanie. Ponieważ stałem przed samym ciekiem, upuściłem szkło na podłogę, skoncentrowałem się i mocno nadepnąłem na nie nogą, miażdżąc pod obcasem buta.

Moim ciałem szarpnął mróz, jakiego jeszcze nigdy w życiu nie czułem. Nie ten zwykły mróz, który zimą szczypie w skórę.

Zimno uderzyło w całe moje ciało naraz, niczym grzmot. Poczułem je na języku, w płucach, wątrobie.

Ale miałem, czego chciałem. Wzmacniane szkło cieku pokryło się siatką niezliczonych pęknięć... zdążyłem jeszcze tylko zasłonić oczy, zanim rozsypało się na kawałeczki. Pięćset galonów wody uderzyło mnie niczym olbrzymia pięść, zbijając z nóg. Przemokniętego do nitki woda poniosła mnie i popłynąłem między stołami.

I choć zareagowałem szybko, okazało się, że zbyt wolno. W rogu warsztatu zobaczyłem oślepiający szkarłatny błysk. Nastąpił samozapłon i opary tryskały kanciastymi językami gwałtownego czerwonego ognia. Płomienie z pewnością szybko ogrzeją resztę smoły, przez co wrzeć będzie jeszcze szybciej. Od tego opar zgęstnieje, a płyn z kolei ogrzeje się jeszcze bardziej...

Biegłem, a ogień się szerzył. Mknąłem za podwójnym śladem, jaki zostawiła ciecz, spływając ku odpływom. Płomienie gorzały gwałtownie, tworząc dwie ściany ognia i skutecznie odcinając ten kąt warsztatu. Były już tak wysokie jak ja i wciąż rosły.

Feli udało się wydostać zza warsztatu, biegła teraz przy ścianie do jednego z odpływów w podłodze. Ponieważ koścismoła ściekała w kierunku kratki zabezpieczającej odpływ, przy samej ścianie została szczelina, w której nie było ognia ani oparów. Fela miała właśnie przedostać się przez nią, kiedy ciemny opar zaczął się kłębić nad kratką. Z jej gardła wyrwał się krótki, przeszywający krzyk, cofnęła się. Tymczasem opar zapłonął, ciecz zawrzała, a wszystko utonęło w kuli ognia.

W końcu dotarłem za ostatni z warsztatów. Nie zwalniając, wciągnąłem oddech, zamknąłem oczy i przeskoczyłem ponad oparami, nie chcąc, żeby żrąca substancja dotknęła moich nóg. Poczułem przelotne muśnięcie intensywnego żaru na dłoniach i twarzy, ale mokre ubranie za nic nie chciało się zająć, co mnie uratowało przed oparzeniem.

Ponieważ oczy miałem zamknięte, wylądowałem niezgrabnie, uderzając biodrem o kamienny blat warsztatu. Zignorowałem ból i pobiegłem ku Feli.

Ona tymczasem cofała się przed ogniem w stronę zewnętrznej ściany warsztatu. Zobaczyła mnie i w obronnym geście uniosła dłonie.

– Opuść ręce! – wrzasnąłem i podbiegłem do niej z ociekającym wodą płaszczem w rozpostartych dłoniach.

Nie mam pojęcia, czy mnie usłyszała przez wycie płomieni, ale zrozumiała. Opuściła ręce i dała krok w moją stronę.

Kiedy pokonałem te kilka dzielących nas kroków, obejrzałem się za siebie i zobaczyłem, że płomienie buzują znacznie mocniej, niż sądziłem. Opary snuły się nisko nad podłogą, warstwą grubą co najmniej na stopę i czarną jak sadza. Płomienie sięgały już tak wysoko, że nie potrafiłem wzrokiem przebić ich zasłony, a co dopiero stwierdzić, jak jest gruba.

Fela otuliła się płaszczem, ja uniosłem go tak, żeby osłaniał jej głowę.

– Będę cię musiał wynieść – krzyknąłem, opatulając ją ściśle. – Jeżeli spróbujesz sama przejść, przypalisz sobie nogi.

Krzyknęła coś w odpowiedzi, ale słowa stłumiły warstwy mokrej tkaniny, poza tym pewnie i tak bym ich nie usłyszał w wyciu ognia.

Podniosłem ją, ale nie na ręce, jak uczyniłby zapewne Książę Wytworny z którejś książki z bajkami, tylko zarzuciłem na ramię jak worek ziemniaków; jej kość biodrowa boleśnie wbiła się w mój bark. Ruszyłem w kierunku ognia. Czułem żar bijący we mnie, prawą ręką osłoniłem twarz, modląc się, by wilgoć moich spodni uratowała nogi przed żrącym działaniem oparów.

Zanim wszedłem w płomienie, nabrałem głęboko tchu – powietrze było ostre i kwaśne. Odruchowo rozkaszlałem się. W tej samej chwili, gdy wstąpiłem w płomienie, wciągnąłem w płuca kolejny haust płonącego powietrza. Moje kostki przeniknął ostry chłód oparów, resztę ciała spowiły płomienie; biegłem, kaszląc i krztusząc się złym powietrzem. Zakręciło mi się w głowie, poczułem w nozdrzach woń amoniaku. Jakaś racjonalna część mego umysłu powtórzyła kilka razy słowa: „Oczywiście, dzięki temu zachowuje stan lotny".

Potem ciemność.

Kiedy się obudziłem, pierwszą rzeczą, która przyszła mi do głowy, bynajmniej nie była żadna z myśli, o jakie moglibyście mnie podejrzewać. Aczkolwiek, jeśli kiedyś byliście młodzi, zapewne wcale was to nie zdziwi.

– Która godzina? – zapytałem oszalały.

– Pierwszy dzwon po południu – odparł kobiecy głos. – Nie próbuj wstawać.

Załamany opadłem na łóżko. Godzinę temu miałem się spotkać z Denną w „Eolu".

W żołądku coś mnie boleśnie ściskało. Rozejrzałem się po otoczeniu. Specyficzna woń środków antyseptycznych w powietrzu wskazywała, że znajduję się gdzieś w Medicum. Łóżko potwierdziło podejrzenia: dostatecznie wygodne, żeby w nim spać, ale nie na tyle, żeby się wylegiwać.

Odwróciłem głowę i zobaczyłem znajomą parę uderzająco zielonych oczu okolonych krótko przystrzyżonymi blond włosami.

– Och – spojrzałem znowu w sufit. – Cześć, Mola.

Mola stała obok jednej z lad, które okalały pokój na całej długości ścian. Ubrana była w klasyczne ciemne barwy, jak wszyscy pracujący w Medicum, przez co jej jasna cera wydawała się jeszcze jaśniejsza.

– Cześć, Kvothe – powiedziała, dalej pisząc coś w karcie historii choroby.

– Słyszałem, że otrzymałaś w końcu promocję na El'the – przypomniałem sobie. – Gratulacje. Wszyscy od dawna uważali, że ci się to należy.

Uniosła wzrok, blade usta wygięły się w nieznacznym uśmiechu.

– Żar najwyraźniej nie uszkodził pozłoty na twoich ustach. – Odłożyła pióro. – Jak się miewa reszta twojej osoby?

– Z nogami jest wszystko dobrze, tylko lekko zdrętwiały, ale pewnie jestem nieźle poparzony, a ty zdążyłaś już temu zaradzić. – Uniosłem prześcieradło, zajrzałem pod nie, a potem szybko opatuliłem się na powrót. – Najwyraźniej jestem też w zaawansowanym dezabilu. – Na moment zdjął mnie atak paniki. – Co z Felą?

Mola pokiwała poważnie głową, podeszła bliżej, stanęła przy łóżku.

– Ma kilka siniaków, których się nabawiła, kiedy ją upuściłeś, jest też trochę poparzona w okolicy kostek. Ale wyszła z tego w lepszym stanie niż ty.

– Co z pozostałymi z Rzemiochy?

– Zaskakujące, ale jeśli wziąć pod uwagę, co się stało, obyło się bez ofiar i poważnych obrażeń. Kilka oparzeń od ognia i kwasu. Jeden przypadek zatrucia metalem, ale niegroźny. Najwięcej kłopotów przy pożarach sprawiają zatrucia dymem, najwyraźniej to, co się tam paliło, nie dymiło mocno.

– Wydzielało za to amoniakowe opary. – Kilka razy na próbę głębiej pooddychałem. – Ale z moimi płucami też chyba wszystko w porządku – oznajmiłem z ulgą. – Wciągnąłem tylko parę razy powietrze, zanim zemdlałem.

Rozległo się pukanie do drzwi i w szparze ukazała się głowa Sima.

– Nie jesteś nagi, co?

– Zasadniczo tak – odparłem. – Ale te najgorsze części ciała mam zakryte.

Za Simem wszedł do pomieszczenia Wil, zdecydowanie zaniepokojony.

– Nie jesteś już nawet w połowie tak czerwony jak wcześniej. To chyba dobry znak.

– Nogi będą go bolały przez czas jakiś, ale nie ma żadnych trwałych uszkodzeń ciała – powiedziała Mola.

– Przyniosłem ci świeże rzeczy – wesoło poinformował mnie Sim. – Te, które miałeś na sobie, do niczego się już nie nadawały.

– Mam nadzieję, że wybrałeś coś stosownego z mojej obszernej garderoby? – zapytałem sucho, żeby ukryć zawstydzenie.

Sim wzruszeniem ramion zbył mój komentarz.

– Przynieśli cię tu bez butów, ale nie mogłem znaleźć drugiej pary w twoim pokoju.

– Nie mam zapasowej pary butów – powiedziałem, biorąc z jego rąk węzełek z ubraniem. – W porządku. Zdarzało mi się już chodzić boso.

Z mojej małej przygody wyszedłem bez trwałych uszkodzeń. Aczkolwiek wówczas nie było chyba żadnej części ciała, która nie dawały mi się we znaki. Grzbiety dłoni i szyję miałem poparzone, na łydkach i kostkach – które zanurzyłem w ognistych oparach – liczne oparzenia od kwasu.

Mimo to, kulejąc, pokonałem długie trzy mile za rzekę do Imre. Wbrew wszystkiemu żywiąc nadzieję, że Denna wciąż będzie na mnie czekać.

Deoch przyglądał mi się badawczo, kiedy szedłem przez plac w kierunku „Eola". Potem obejrzał sobie mnie od stóp do głów.

– Mój chłopcze! Wyglądasz, jakbyś spadł z konia. Gdzie twoje buty?

– Dzień dobry, dzień dobry – zagaiłem sarkastycznie.

– Już prawie dobry wieczór – sprostował, znacząco zerkając na słońce.

Chciałem przecisnąć się obok niego, lecz zatrzymał mnie ręką.

– Obawiam się, że jej już tu nie ma.

– Na sczerniałe...go cholernego sodomitę. – Zgarbiłem się, zbyt zmęczony, żeby bodaj przekląć właściwie mój los.

Deoch obdarzył mnie współczującym uśmiechem.

– Pytała o ciebie – powiedział, wyraźnie chcąc mnie pocieszyć. – I czekała naprawdę długo, prawie godzinę. Nigdy jeszcze nie widziałem, żeby ktoś tak długo siedział bez ruchu.

– Wyszła z kimś?

Deoch wbił wzrok w swoje wielkie dłonie, w których wciąż obracał miedziany grosz.

– Ona nie jest z tych dziewczyn, co potrafią dłuższy czas spędzić samotnie... – Znowu to współczujące spojrzenie. – Kilku odesłała z kwitkiem, ale w końcu wyszła z jednym facetem. Nie sądzę, żeby naprawdę, w ścisłym sensie słowa, z nim wyszła, jeśli rozumiesz, co chcę powiedzieć. Od jakiegoś czasu też szukała sobie mecenasa, a ten facet na takiego właśnie wyglądał. Siwowłosy, bogaty, znasz ten typ.

Westchnąłem.

– Gdybyś ją zobaczył, powiedz jej... – Urwałem, próbując ująć w słowa to, co się niedawno wydarzyło. – Czy potrafisz określenie „przymusowo zatrzymany" wyrazić bardziej poetycko?

– Myślę, że tak. Opiszę jej twój wynędzniały wygląd i bose stopy. Położę porządne fundamenty, na których będziesz mógł dokonać aktu prostracji.

Wbrew sobie uśmiechnąłem się.

– Dzięki.

– Mogę ci coś postawić? – zapytał. – Dla mnie jest jeszcze trochę za wcześnie, ale dla przyjaciela zawsze mogę zrobić wyjątek.

Pokręciłem głową.

– Muszę wracać. Mam dużo do zrobienia.

Pokuśtykałem z powrotem do „Ankera". Gdy wreszcie wszedłem do wspólnej sali, aż wrzało w niej od plotek na temat pożaru w Rzemiosze. Nie mając ochoty odpowiadać na żadne pytania, opadłem na krzesło stojące przy stoliku na uboczu i poprosiłem jedną ze służących, żeby mi przyniosła miskę zupy oraz kawałek chleba.

Kiedy jadłem, moje wyczulone uszy podsłuchiwacza wychwyciły fragmenty rozmów prowadzonych przy sąsiednich stolikach. Dopiero kiedy usłyszałem wszystko z ust zupełnie obcych mi osób, dotarło do mnie, co uczyniłem.

Przyzwyczaiłem się, że ludzie o mnie mówią. Jako się rzekło, aktywnie tworzyłem swoją reputację. Ale tym razem chodziło o coś innego – tym razem to było naprawdę. Plotka już zdążyła ubarwić szczegóły i niejednoznaczne fragmenty, ale jądro historii pozostało nienaruszone. Uratowałem Felę, wpadłem w płomienie i wyniosłem ją w bezpieczne miejsce. Właśnie tak, jak Książę Wytworny z jakiejś książki z bajkami.

Po raz pierwszy dane mi było poczuć smak tego, jak to jest być bohaterem. Spodobało mi się.

Rozdział 67

Kwestia rąk

Po obiedzie „U Ankera" postanowiłem pójść do Rzemiochy i się zorientować w rozmiarach zniszczeń. Z zasłyszanych historii wynikało, że ogień szybko stłumiono. Jeżeli tak było, może uda mi się skończyć pracę nad niebieskimi żarnikami. Jeśli nie, przynajmniej odbiorę płaszcz.

Ku mojemu zaskoczeniu większość Rzemiochy wyszła z pożaru bez szwanku, tylko północno-wschodnia część warsztatu była zupełnie zniszczona. Nie zostało nic prócz pobojowiska pokruszonego kamienia, szkła i popiołu. Na połamanych blatach warsztatów lśniły nici miedzi i srebra, podobnie błyszczała podłoga w miejscach, gdzie żar stopił inne metale, które spłynęły kałużami.

Znacznie bardziej niepokojące niż widok tej ruiny było to, że warsztat był całkowicie opustoszały. Nigdy wcześniej nie widziałem go w takim stanie. Zapukałem do drzwi gabinetu Kilvina, zajrzałem do środka. Pusto. To już było bardziej zrozumiałe. Bez Kilvina nie miał kto zorganizować sprzątania.

Ukończenie żarników trwało wiele godzin, znacznie dłużej, niż początkowo zakładałem. Ból nie pozwalał mi się porządnie skoncentrować, a obandażowane kciuki uniemożliwiały skuteczne operowanie dłońmi. A przecież, jak w wypadku większości prac rzemieślniczych, i tu potrzebne były sprawne ręce. Nawet cienka przecież warstwa bandaży stanowiła ogromne utrudnienie.

Mimo to bez dalszych wypadków skończyłem mój projekt i właśnie przygotowywałem się do testu żarników, kiedy w korytarzu usłyszałem głos Kilvina, przeklinającego w siaru. Zerknąłem przez ramię i zobaczyłem, jak ciężko wchodzi przez drzwi do swego gabinetu. Za nim szedł jeden z gillerów mistrza Arwyla.

Zamknąłem wyciąg nad okapem i poszedłem do gabinetu Kilvina, uważając, gdzie stawiam bose stopy. Przez okno dostrzegłem, że mistrz gestykuluje niczym chłop zapędzający krowy na pastwisko. Jego ręce były zabandażowane niemal po łokcie.

– Starczy – gderał. – Sam się wszystkim zajmę.

Tamten wczepił się w rękę Kilvina i zaczął poprawiać bandaże. Mistrz za wszelką cenę próbował się uwolnić, w końcu uniósł ręce poza zasięg tamtego.

– *Lhinsatva*. Dość już tego.

Giller powiedział coś, ale zbyt cicho, żebym usłyszał, a Kilvin tylko pokręcił głową.

– Nie. I żadnych leków. Dość już się wyspałem. – Potem zobaczył mnie i gestem zaprosił do wejścia. – E'lir Kvothe. Muszę z tobą porozmawiać.

Nie wiedząc, czego się spodziewać, wszedłem do gabinetu. Kilvin obrzucił mnie mrocznym spojrzeniem.

– Widzisz, co znalazłem po tym, jak pożar został ugaszony? – zapytał, gestem wskazując kłąb ciemnej odzieży leżący na jego prywatnym warsztacie.

Ostrożnie uniósł jeden z krańców zabandażowaną ręką i rozpoznałem sczerniałe resztki mojego płaszcza. Kilvin szarpnął raz, mocno, rękaw oderwał się i poleciał na bok.

– Nie dalej jak dwa dni temu rozmawialiśmy o twojej złodziejskiej lampie. A dzisiaj znajduję ją w miejscu, gdzie każdy człowiek podejrzanej konduity może ją sobie przywłaszczyć. – Popatrzył na mnie groźnie. – Co masz do powiedzenia w tej sprawie?

Zagapiłem się na niego.

– Przepraszam, mistrzu Kilvin. Ale... Wynieśli mnie...

Zerknął na moje nogi, wciąż z ponurym marsem na czole.

– I dlaczego jesteś bez butów? Nawet E'lir powinien mieć więcej rozsądku i nie przychodzić boso w takie miejsce. Jestem mocno rozczarowany twoją postawą.

Kiedy, jąkając się, szukałem jakiegoś wyjaśnienia, ponury grymas Kilvina zmienił się nagle w szeroki uśmiech.

– Oczywiście, żarty sobie z ciebie stroję – oznajmił łagodnie. – Winien ci jestem bezgraniczne podziękowania za wyciągnięcie Re'lar Feli z pożaru. – Sięgnął dłonią, jakby chciał mnie poklepać po ramieniu, ale w pół gestu najwyraźniej przypomniał sobie o zabandażowanych rękach.

Z ulgi nogi się pode mną ugięły. Wziąłem lampę i obróciłem kilka razy w dłoniach. Najwyraźniej nie zaszkodził jej ani ogień, ani żrące działanie koścismoły.

Kilvin wyciągnął mały woreczek i położył na stole.

– Te rzeczy znalazłem w twoim płaszczu – powiedział. – Sporo tego było. Kieszenie miałeś pełne jak worek druciarza.

– Jesteś wyraźnie w dobrym nastroju, mistrzu Kilvin – powiedziałem ostrożnie, zastanawiając się, jakim też środkiem przeciwbólowym nafaszerowano go w Medicum.

– Zaiste, jestem – oznajmił radośnie. – Znasz powiedzenie: *Chan Vaen edan Kote*?

Przez chwilę próbowałem rozgryźć znaczenie słów.

– Siedem lat... Nie wiem, co oznacza *Kote*.

– Co siedem lat spodziewaj się katastrofy – przetłumaczył. – To stare powiedzenie, ale prawdziwe. Ta nastąpiła z dwuletnim opóźnieniem. – Gestem zabandażowanej dłoni wskazał zniszczony warsztat. – A kiedy przyszła, okazała się wcale nie taka przerażająca. Lampy nieuszkodzone. Nikt nie zginął. Ze wszystkich drobnych obrażeń moje okazały się najgroźniejsze, jak być powinno.

Przyjrzałem się jego zabandażowanym rękom, a w żołądku ścisnęło mnie na myśl, że coś mogłoby zaszkodzić jego cudownym dłoniom mistrza rzemiosła.

– Jak się czujesz? – zapytałem ostrożnie.

– Oparzenia drugiego stopnia – powiedział i gestem zbył moje ewentualne wyrazy zatroskania, zanim otworzyłem usta. – Tylko parę pęcherzy. Bolesne, ale żadnej spalonej skóry, żadnej przewlekłej niezdolności do pracy. – Westchnął z irytacją. – Mimo to przez następne trzy cykle będę miał cholerne trudności z robotą.

– Jeżeli wszystkim, czego potrzebujesz, są ręce, mistrzu Kilvin, mogę ci użyczyć swoich.

Skłonił mi się z szacunkiem.

– To zaiste hojna propozycja, E'lir. Gdyby to była tylko kwestia rąk, chętnie bym z niej skorzystał. Ale po większej części na moją pracę składa się sygaldria, z którą... – urwał, uważnie dobierając słowa – ...kontakt młodego E'lira byłby raczej niewskazany.

– Wobec tego może powinieneś awansować mnie na Re'lara, mistrzu Kilvin – powiedziałem z uśmiechem. – W ten sposób lepiej bym ci się przysłużył.

Roześmiał się basowo.

– Może tak się stanie. Jeśli wciąż będziesz wykonywał równie znakomite prace.

Zamiast dalej ryzykować, postanowiłem zmienić temat.

– Co się stało z pojemnikiem?

– Zrobił się zbyt zimny – wyjaśnił Kilvin. – Metal stanowił tylko warstwę zewnętrzną, chroniącą szklane naczynie w środku i utrzymującą niską temperaturę. Podejrzewam, że sygaldria pojemnika była źle wykonana, więc robił się coraz zimniejszy. Kiedy substancja zamarzła...

Pokiwałem głową, zrozumiawszy wreszcie.

– Wewnętrzne szklane naczynie popękało. Jak butelka piwa, kiedy zamarznie. A potem substancja przeżarła się przez metal pojemnika.

Kilvin pokiwał głową.

– Najbardziej niezadowolony jestem z Jaksima – oznajmił ponuro. – Powiedział mi, że zwracałeś mu uwagę.

– Przekonany byłem, że cały budynek spłonął – zauważyłem. – Nie potrafię sobie wyobrazić, w jaki sposób udało ci się tak łatwo opanować pożar.

– Łatwo? – zapytał, a w jego głosie brzmiało lekkie rozbawienie. – Szybko, prawda. Ale nie powiedziałem, że poszło łatwo.

– Wobec tego, jak ci się udało?

Uśmiechnął się do mnie.

– Dobre pytanie. A jak myślisz?

– Cóż, słyszałem, jak jeden student mówił, że wyszedłeś z gabinetu i wezwałeś imię ognia jak Taborlin Wielki. Powiedziałeś: Ogniu, zgaśnij, a ogień okazał ci posłuszeństwo.

Kilvin zaśmiał się tubalnie.

– Podoba mi się ta historia – powiedział, wciąż uśmiechając się szeroko w cieniu swej brody. – Ale ja też mam pytanie. Jak ci się udało wydostać z pożaru? Substancja wytwarza ogromną temperaturę. Dlaczego nie zostałeś tak bardzo poparzony?

– Użyłem cieku, żeby się zmoczyć, mistrzu.

Kilvin patrzył na mnie w zamyśleniu.

– Jaxim widział, jak skakałeś przez ogień na kilka chwil przed tym, nim substancja się rozlała. Z cieku można szybko zaczerpnąć dużo wody, ale nie aż tak szybko.

– Obawiam się, że go zniszczyłem, mistrzu Kilvin. Nie potrafiłem wymyślić innego sposobu.

Kilvin, mrużąc oczy, spojrzał przez okno gabinetu, zmarszczył brwi, a potem wyszedł i skierował się ku przeciwnej ścianie warsztatu i strzaskanemu ciekowi. Ukląkł, wziął w zabandażowane palce nierówny odłamek szkła.

– Jak, na wielki świat, zdołałeś strzaskać mój ciek, E'lir Kvothe?

W jego głosie brzmiała taka konsternacja, że nie mogłem się nie roześmiać.

– Cóż, mistrzu Kilvin, według studentów wystarczył jeden cios mojej mocarnej dłoni.

Kilvin znów wyszczerzył zęby.

– Ta historia też mi się podoba, ale i w nią nie wierzę.

– Bardziej godne zaufania źródła podają, że użyłem żelaznej sztaby z pobliskiego warsztatu.

Kilvin pokręcił głową.

– Jesteś w porządku, ale to wzmocnione szkło wykonałem własnymi rękami. Potężny Cammar nie potrafiłby go strzaskać młotem. – Upuścił odłamek szkła i podniósł się. – Niech inni opowiadają sobie, co chcą, ale my możemy wymienić między sobą nasze tajemnice.

– To nie jest żadna tajemnica – przyznałem. – Znam sygaldrię wzmacnianego szkła. Co mogę zrobić, mogę zniszczyć.

– Ale jakie było źródło? – zapytał Kilvin. – W tak krótkim czasie nie mogłeś sobie nic przygotować... – Uniósł obandażowany kciuk. – Krew – powiedział, a w jego głosie zabrzmiało zaskoczenie. – Wykorzystanie ciepła swojej krwi zasługuje na miano zachowania nieprzemyślanego, E'lir Kvothe. A co z dreszczami z powodu wiązania? A co, gdybyś doznał szoku hipotermicznego?

– Możliwości wyboru miałem raczej ograniczone, mistrzu Kilvin – broniłem się.

Kilvin w zamyśleniu pokiwał głową.

– Jestem pod wrażeniem. Rozwiązałeś, co ja związałem, nie mając do dyspozycji nic prócz krwi. – Dłonią próbował pogładzić się po brodzie, skrzywił się, gdy mu to uniemożliwiły bandaże.

– A co z tobą, mistrzu Kilvin? Jak tobie udało się zgasić pożar?

– Nie użyłem imienia ognia – przyznał się. – Gdyby Elodin tu był, wszystko zapewne okazałoby się znacznie prostsze. Ale jako że imię ognia nie jest mi znane, musiałem zdać się na własną przedsiębiorczość.

Spojrzałem na niego powściągliwie, niepewny, czy przypadkiem znowu nie żartuje. Czasami nie bardzo potrafiłem się zorientować w żartach Kilvina wygłaszanych z nieodmiennie kamiennym obliczem.

– Elodin zna imię ognia?

Kilvin pokiwał głową.

– Na całym Uniwersytecie znajdziesz takich może dwóch lub trzech, ale Elodin opanował te kwestie najlepiej.

– Imię ognia – powiedziałem powoli. – I mogliby je wypowiedzieć, a ogień zrobiłby, co by chcieli, jak w wypadku Taborlina Wielkiego?

Kilvin znowu pokiwał głową.

– Ale to są tylko opowieści – oponowałem.

Obrzucił mnie rozbawionym spojrzeniem.

– A jak myślisz, skąd się biorą opowieści, E'lir Kvothe? W każdej tkwi ziarno prawdy o świecie. – Kilvin zawahał się przez moment, potem wzruszył potężnymi ramionami. – Trudno o tym mówić w tym języku. W dowolnym języku. Zapytaj Elodina... on niczym innym się nie zajmuje, tylko studiowaniem takich spraw.

Z autopsji wiedziałem, jak pomocny potrafi być Elodin.

– A więc jak ugasiłeś pożar?

– Nie ma w tym żadnej tajemnicy – zaczął. – Byłem przygotowany na taką okoliczność i trzymałem w gabinecie maleńką fiolkę substancji. Wykorzystałem ją do stworzenia więzi i tym sposobem odprowadziłem ciepło z tego, co się rozlało. Substancja zrobiła się zbyt zimna, żeby dalej parować, a resztka oparów wypaliła się sama. Większość substancji spłynęła przez odpływ, podczas gdy Jaxim i pozostali za pomocą wapna oraz piasku poradzili sobie z resztkami.

– Nie mówisz chyba poważnie – protestowałem. – Tu było wnętrze paleniska. Dokąd odprowadziłeś tyle thaumów ciepła? Co z nimi zrobiłeś?

– Na taki właśnie wypadek trzymam w pogotowiu pusty pochłaniacz ciepła. Pożar jest najmniejszym z kłopotów, na które jestem przygotowany.

Gestem dłoni zbyłem jego wyjaśnienia.

– Nawet gdyby, nie ma sposobu. To musiało być... – Zacząłem w głowie liczyć, ile ciepła trzeba by odprowadzić, ale pogubiłem się właściwie od razu, nie wiedząc zresztą nawet, jak zacząć.

– Oceniam, że musiało być tu osiemset pięćdziesiąt milionów thaumów – podpowiedział mi Kilvin. – Choć będziemy musieli sprawdzić filtry, żeby otrzymać dokładniejszy wynik.

Odebrało mi mowę.

– Ale... jak?

– Szybko. – Wykonał znaczący gest zabandażowanymi dłońmi. – Choć bynajmniej nie łatwo.

Rozdział 68

Wiecznie zmienny wiatr

Z trudem przeżyłem następny dzień – bosy, bez płaszcza, dręczony ponurymi myślami na temat własnej przyszłości. W świetle mojej rzeczywistej sytuacji atrakcyjność nowej roli bohatera szybko przygasła. Dysponowałem jednym obszarpanym zestawem garderoby. Moje oparzenia były wprawdzie drobne, ale za to nadzwyczaj dokuczliwe. Nie miałem pieniędzy na środki przeciwbólowe ani nowe rzeczy. Żułem gorzką korę wierzby i pogrążałem się w ponurym nastroju.

Moja nędza wisiała mi nad głową niczym ciężki kamień. Nigdy wcześniej tak jaskrawo nie dostrzegałem różnicy między mną a pozostałymi studentami. Wszyscy uczęszczający na Uniwersytet mieli jakieś zabezpieczenie. Rodzice Sima wywodzili się z aturańskiej szlachty. Wil pochodził z bogatej rodziny kupieckiej w Shald. Gdyby im się nie powiodło, zawsze mogli wziąć kredyt, podpisując go rodzinnym nazwiskiem, albo napisać list do domu.

Ze mną było inaczej – nie miałem nawet na buty. Posiadałem tylko jedną koszulę. Jak mam utrzymać się na Uniwersytecie przez lata, których trzeba, aby stać się pełnym hermetykiem? Jak mam zdobywać wyższe tytuły, skoro zabroniono mi wstępu do Archiwów?

Do południa zdołałem się do tego stopnia pogrążyć w czarnych myślach, że podczas lunchu warknąłem na Sima i pokłóciliśmy się jak stare małżeństwo. Wilem się nie wtrącał, z pozoru zainteresowany wyłącznie swoim posiłkiem. Ostatecznie, w desperackim wysiłku rozproszenia mojej chandry, zaprosili mnie na sztukę *Trzy grosze za nic*, którą grano dziś wieczorem na drugim brzegu rzeki. Zgodziłem się pójść, ponieważ słyszałem, że aktorzy wystawiają oryginał Feltemiego, a nie jedną z ocenzurowanych wersji. Sztuka powinna dobrze pasować do mego nastroju, ponieważ była pełna czarnego humoru, tragedii i zdrad.

Po lunchu przekonałem się, że Kilvin zdążył już sprzedać połowę moich żarników. Ponieważ z oczywistych przyczyn miały być to jedne z ostatnich żarników, jakie zostaną wytworzone w najbliższym czasie, cena była wysoka, a ja otrzymałem z niej nieco ponad półtora talenta. Spodziewałem się, że Kilvin wyśrubował sumę, co nieco uraziło mą dumę, ale z drugiej strony darowanemu koniowi nie patrzy się w zęby.

Jednak nawet to nie potrafiło poprawić mi nastroju. Choć stać mnie już było na buty i używany płaszcz. Gdybym wypruwał sobie żyły przez resztę semestru, może zarobię dość, aby spłacić procenty u Devi i czesne. Myśl ta jakoś nie przyniosła mi radości. W większym niż zwykle stopniu świadom byłem, jak niepewna jest moja sytuacja. Znajdowałem się o włos od katastrofy.

Potem poczułem się jeszcze gorzej, więc opuściłem zajęcia z zaawansowanej sympatii na rzecz wycieczki na drugi brzeg rzeki, do Imre. Myśl o ewentualnym spotkaniu Denny była jedyną rzeczą, jaka mogła nieco rozjaśnić ten dzień. Musiałem jej wyjaśnić, dlaczego nie przyszedłem na umówiony obiad.

Po drodze do „Eola" kupiłem parę niskich butów, dobrych do wędrówki i na tyle ciepłych, że spokojnie mogłem myśleć o nadchodzącej zimie. Znowu prawie opróżniłem sakiewkę. Wychodząc od szewca, ponuro przeliczyłem posiadane pieniądze: trzy joty i denar. Więcej pieniędzy miałem, żyjąc na ulicach Tarbean...

– Dzisiaj zdążyłeś na czas – powitał mnie Deoch, gdy zbliżałem się do „Eola". – Ktoś już na ciebie czeka.

Poczułem, jak głupawy uśmiech wypełza mi na twarz, klepnąłem go w ramię i wkroczyłem do środka.

Jednak zamiast Denny dostrzegłem siedzącą przy stoliku Felę. Stanchion stał obok, gawędząc z nią. Kiedy mnie zobaczył, pomachał i odszedł na swoją zwyczajową grzędę przy barze; przechodząc obok, klepnął mnie w ramię.

Na mój widok Fela wstała i podbiegła do mnie. Przez mgnienie oka wyobrażałem sobie, że rzuci mi się na szyję, jak podczas sceny spotkania kochanków z jakiejś aturańskiej tragedii. Ale w ostatniej chwili się zatrzymała, zafalowały jej czarne włosy. Wyglądała ślicznie jak zawsze, choć jej urodę szpecił wielki purpurowy siniak na jednej z wydatnych kości policzkowych.

– Och, nie – powiedziałem, sięgając do własnego policzka w odruchu współczucia. – To przeze mnie, dlatego że cię upuściłem? Tak mi przykro.

Obrzuciła mnie pełnym niedowierzania spojrzeniem, potem wybuchła śmiechem.

– Przepraszasz mnie za to, że mnie wyciągnąłeś z piekła płomieni?

– Tylko za to, że zemdlałem i cię upuściłem. To była czysta głupota. Zapomniałem wstrzymać oddech i zaczerpnąłem trochę złego powietrza. Poza tym nic ci się nie stało?

– Przynajmniej w żadnym z miejsc, które mogłabym pokazać publicznie – powiedziała, krzywiąc się lekko i poruszając biodrami w sposób, który natychmiast zburzył spokój mego ducha.

– Mam nadzieję, że to nic strasznego.

Teraz już się trochę zeźliła.

– Tak, dobrze. Spodziewam się, że następnym razem sobie lepiej poradzisz. Dziewczyna, której się ratuje życie, oczekuje, że stanie się to odpowiednio delikatnie.

– No, jasne – powiedziałem – potraktujmy tamto jako ćwiczenia.

Na mgnienie zapadła między nami cisza, uśmiech Feli trochę zbladł. Ręka, którą do mnie wyciągnęła, zawisła w pół drogi, potem opadła bezwładnie.

– Poważnie, Kvothe. Ja... to była najgorsza chwila w całym moim życiu. Wszędzie był ogień... – Spuściła wzrok, zamrugała. – Wiedziałam, że umieram. Naprawdę wiedziałam. Ale po prostu stałam tam... jak jakiś przerażony królik. – Uniosła wzrok. Mrugając, próbowała pozbyć się łez. Po chwili znowu się uśmiechnęła, oszałamiająco jak zawsze. – Potem ty się pojawiłeś, biegłeś przez ogień. To była najbardziej niesamowita rzecz, jaką w życiu widziałam. To było jak... widziałeś kiedyś *Daeonicę* na scenie?

Pokiwałem głową i uśmiechnąłem się.

– To było jak ta scena, kiedy Tarsus wydostaje się z piekła. Przebiegłeś przez ogień i już wiedziałam, że wszystko będzie dobrze. – Zrobiła pół kroku w moją stronę, położyła mi rękę na ramieniu. Przez materiał koszuli czułem jej ciepło. – Umierałam tam... – Urwała zawstydzona. – Powtarzam się.

Pokręciłem głową.

– To nieprawda. Widziałem cię. Szukałaś drogi wyjścia.

– Nie. Tylko stałam. Jak jedna z tych głupich dziewczyn w bajkach, które czytała mi moja matka. Zawsze ich nienawidziłam. Zawsze pytałam: Dlaczego ona nie wypchnie wiedźmy przez okno? Dlaczego nie zatruje jedzenia ogra? – Fela stała teraz ze wzrokiem wbitym w ziemię, włosy opadały jej po obu stronach twarzy. Jej głos cichł z każdym słowem, aż w końcu szeptem dokończyła: – Dlaczego ona tam siedzi i czeka, aż ją uratują? Dlaczego sama się nie uratuje?

Położyłem dłoń na jej ręku w sposób, miałem nadzieję, kojący. I wtedy coś zauważyłem. Jej dłoń nie była delikatna i krucha, jakiej się spodziewałem. Była mocna, z odciskami, dłoń rzeźbiarki, dłoń, która zaznała godzin ciężkiej pracy i dłuta.

– To nie jest ręka panienki – powiedziałem.

Spojrzała mi w oczy, jej oczy lśniły od łez. Zaskoczona roześmiała się, ale wyszło to jak szloch.

– Nie... co?

Zarumieniłem się zakłopotany tym, co powiedziałem, niemniej postanowiłem kontynuować:

– To nie jest dłoń jakiejś omdlewającej księżniczki, która siedzi, szyje koronki i czeka, żeby ją książę uratował. To jest dłoń kobiety, która po linie z własnych włosów wydostałaby się na wolność albo we śnie zabiła ogra, który ją niewolił. – Spojrzałem jej w oczy. – I jest to dłoń kobiety, która sama wydostałaby się z pożaru, gdyby mnie tam nie było. Może poparzona, ale cała. – Uniosłem jej rękę do ust, pocałowałem. Wydało mi się to jedyną właściwą reakcją. – Ale niezależnie od wszystkiego cieszę się, że mogłem pomóc. – Uśmiechnąłem się. – Więc... jak Tarsus?

Znowu oślepił mnie jej uśmiech.

– Jak Tarsus, Książę Wytworny i Oren Velciter w jednej osobie – powiedziała, śmiejąc się, i uścisnęła mocno moją dłoń. – Chodź. Mam coś dla ciebie.

Fela zaprowadziła mnie do stolika, za którym wcześniej siedziała, i podała mi węzełek materiału.

– Popytałam Wila i Sima, co chciałbyś najbardziej dostać, i jakoś tak najbardziej stosowny wydał mi się... – Urwała, znienacka zawstydzona.

To był płaszcz. W barwie głębokiej, leśnej zieleni, świetny materiał, znakomity krój. I bynajmniej nie został kupiony z jakiegoś wozu gałganiarza. To był rodzaj ubrania, o którego posiadaniu nigdy w życiu nawet bym nie mógł marzyć.

– Poszłam do krawca i kazałam mu wszyć do środka kieszenie – tłumaczyła nerwowo. – I Wil, i Sim mówili mi, jakie to dla ciebie ważne.

– Jest piękny – powiedziałem.

Znowu się uśmiechnęła w ten swój jedyny i niepowtarzalny sposób.

– Rozmiarów musiałam się domyślać – przyznała. – Zobaczmy, czy pasuje. – Wyjęła płaszcz z moich rąk i podeszła zupełnie blisko, żeby mi go udrapować na ramionach; jej dłonie błądziły po moim ciele w sposób aż za bardzo kojarzący się z uściskiem.

Stałem tam, żeby użyć słów Feli, jak przerażony królik. Była tak blisko, że czułem ciepło jej ciała, a kiedy pochyliła się, żeby poprawić ułożenie płaszcza, jedna z jej piersi musnęła moje ramię. Stałem nieruchomy jak posąg. Nad ramieniem Feli widziałem Deocha, który szczerzył się szeroko ze swego miejsca przy drzwiach.

W końcu Fela odsunęła się, zmierzyła mnie krytycznym wzrokiem, potem znowu znalazła się bliżej i poprawiła drobne fałdki płaszcza marszczące się na moich piersiach.

– Dobrze ci w nim – powiedziała. – Kolor płaszcza podkreśla barwę twoich oczu. Choć oczywiście wcale tego nie potrzebują. Są najbardziej zielone ze wszystkich zielonych rzeczy, jakie dzisiaj widziałam. Jak kawałeczki wiosny.

Kiedy Fela znów się odsunęła, żeby podziwiać swoje dzieło, zobaczyłem znajomą postać wychodzącą z „Eola" frontowymi drzwiami. Denna. W drzwiach mignął mi tylko jej profil, ale poznałem ją równie niewątpliwie, jak poznałbym swoje dłonie. Co widziała i jakie wnioski z tego wyciągnęła... mogłem tylko zgadywać.

Moim pierwszym odruchem było biec za nią. Wytłumaczyć, dlaczego przedwczoraj nie przyszedłem na naszą randkę. Przepraszać. Wyjaśnić, że kobieta, w której ramionach, praktycznie rzecz biorąc, właśnie się znajdowałem, tylko wręcza mi podarunek, nic więcej.

Fela wygładziła płaszcz na moich ramionach i spojrzała na mnie oczami, które jeszcze przed chwilą lśniły od łez.

– Pasuje idealnie – powiedziałem, ujmując fałdę płaszcza, a potem odsuwając połę na bok. – Nie zasługuję na taki dar i nie powinnaś mi go kupować, ale bardzo dziękuję.

– Chciałam, żebyś wiedział, ile dla mnie znaczy to, co zrobiłeś. – Sięgnęła ręką i znowu dotknęła mego ramienia. – Poza tym, to naprawdę nic takiego. Jeżeli jest coś, co mogę dla ciebie zrobić... Każdą rzecz. To tylko przyjdź... – Urwała, przyglądając mi się z zastanowieniem. – Dobrze się czujesz?

Zerknąłem ponad jej ramieniem na drzwi. Denna z pewnością już odeszła daleko. Nigdy nie zdołam jej dogonić.

– Czuję się świetnie – skłamałem.

Fela postawiła mi kolejkę i przez jakiś czas rozmawialiśmy o różnych nieważnych rzeczach. Byłem zaskoczony, dowiadując się, że od kilku miesięcy pracuje z Elodinem. Rzeźbiła dla niego trochę, a on w zamian próbował ją uczyć. Wypowiadając ostatnie słowo, przewróciła oczami. Budził ją w środku nocy i zabierał do opuszczonego kamieniołomu na północ od miasta. Wkładał jej mokrą glinę do butów i kazał w nich chodzić cały dzień. A nawet... zarumieniła się, pokręciła głową i dalej za nic nie chciała opowiadać. Byłem ciekawy, lecz nie chciałem jej zawstydzać, więc nie drążyłem tematu; ustaliliśmy tylko między sobą, że Elodin jest naprawdę mocno zakręcony.

Przez cały czas siedziałem twarzą do wejścia, na próżno czekając, aż Denna wróci i będę mógł jej wszystko wyjaśnić.

W końcu Fela poszła na Uniwersytet, ponieważ miała mieć

zajęcia z matematyki abstrakcyjnej. Ja zostałem w „Eolu", pochylony nad szklaneczką trunku, zastanawiając się, jak wszystko naprawić między Denną a mną. Chętnie bym się porządnie upił na smutno, ale nie było mnie na to stać, więc w końcu też pokuśtykałem powoli przez rzekę, a w drodze przyświecało mi zachodzące słońce.

Dopiero kiedy miałem się udać na zwyczajową wędrówkę po dachach Maius, przypomniała mi się jedna z rzuconych mimochodem uwag Kilvina. Skoro większość koścismoły spłynęła przez kratki...

Auri. Mieszkała w tunelach pod Uniwersytetem. Pognałem do Medicum na łeb, na szyję, nie zwracając uwagi na obolałe, wymęczone ciało. W połowie drogi dopisało mi szczęście i wpadłem na Molę, która właśnie przemierzała dziedziniec. Krzyknąłem i pomachałem, żeby zwrócić jej uwagę.

Kiedy się zbliżyłem, Mola zmierzyła mnie podejrzliwym spojrzeniem.

– Nie masz zamiaru zaśpiewać dla mnie serenady, co?

Mimowolne poprawiłem położenie paska od futerału na ramieniu, ale pokręciłem głową.

– Potrzebuję pomocy – wyjaśniłem. – Mam przyjaciółkę, której mogło stać się coś złego.

Westchnęła zmęczona.

– Powinieneś...

– Nie mogę iść po pomoc do Medicum. – Wewnętrzny niepokój odbił się w mym głosie. – Proszę, Mola. Obiecuję, że nie zabiorę ci więcej niż pół godziny, ale musimy tam iść zaraz. Boję się, że i tak może już być za późno.

Najwyraźniej przekonało ją coś w tonie mojego głosu.

– Co się stało twojej przyjaciółce?

– Oparzenia, może od kwasu, może zatrucie dymem. Jak ludzie, którzy wczoraj ucierpieli od pożaru Rzemiochy. Może gorzej.

Mola natychmiast ruszyła z miejsca.

– Wezmę swój zestaw pierwszej pomocy z pokoju.

– Zaczekam tutaj, jeśli nie masz nic przeciwko temu. – Usiadłem na najbliższej ławce. – Tylko bym ci zawadzał.

Kiedy Mola wreszcie wróciła, zaprowadziłem ją pod południowo-wschodnie skrzydło Maius, tam, gdzie z dachu sterczą trzy zdobne kominy.

– Po nich możemy się dostać na dach.

Obrzuciła mnie zagadkowym spojrzeniem, lecz na razie nie paliła się do zadawania oczywistych pytań.

Powoli zacząłem się wspinać po kominie, wykorzystując sterczące fragmenty kamieni w roli uchwytów dla rąk i podparć dla nóg. To była jedna z najłatwiejszych dróg wiodących na dach Maius. Wybrałem ją po części dlatego, że nic nie wiedziałem na temat wspinaczkowych umiejętności Moli, a po części, ponieważ w obecnym stanie sam nie miałem ochoty na sportowe wyczyny.

Po jakimś czasie Mola dołączyła do mnie na dachu. Wciąż miała na sobie ciemny ubiór noszony przez personel Medicum i tylko narzuciła na niego ciemny płaszcz zabrany z pokoju. Poszliśmy okrężną drogą, omijając bardziej niebezpieczne części dachu Maius. Noc była bezchmurna, cienki sierp księżyca oświetlał nam drogę.

– Gdybym nie wiedziała lepiej – powiedziała Mola, gdy okrążyliśmy wysoki czarny komin – uznałabym, że chcesz mnie zwabić w jakieś ustronne miejsce dla niecnych celów.

– Dlaczego sądzisz, że tak się nie stanie? – spytałem niefrasobliwie.

– Nie wyglądasz mi na kogoś takiego – wyjaśniła. – Poza tym ledwie chodzisz. Gdybyś czegoś spróbował, po prostu zepchnę cię z dachu.

– Jesteś dla mnie zbyt uprzejma – powiedziałem, chichocząc. – Nawet gdybym nie był półkaleką, i tak mogłabyś mnie bez trudu zrzucić z dachu.

Potknąłem się na jakiejś niewidocznej przeszkodzie i omal nie przewróciłem – moje ciało nie bardzo chciało mnie słuchać. Usiadłem na podniesionym fragmencie dachu i czekałem, aż miną chwilowe zawroty głowy.

– Dobrze się czujesz? – zapytała Mola.

– Chyba nie. – Zmusiłem się, by wstać. – To zaraz za tym następnym dachem – tłumaczyłem. – Najlepiej będzie, jak zostaniesz trochę z tyłu i zachowasz ciszę. Na wszelki wypadek.

Podszedłem na skraj dachu. Spojrzałem w dół – żywopłot, jabłonka. Wszystkie okna były ciemne.

– Auri? – zawołałem cicho. – Jesteś tam? – Czekałem, z każdą sekundą robiąc się coraz bardziej nerwowy. – Auri, nic ci się nie stało?

Cisza. Zacząłem cicho przeklinać pod nosem.

Mola skrzyżowała ramiona na piersiach.

– Dobra, myślę, że wykazałam się już odpowiednią dozą cierpliwości. Możesz mi powiedzieć, o co tu chodzi?

– Chodź ze mną, a wszystko ci wytłumaczę. – Podszedłem do miejsca, gdzie rosła jabłonka, i ostrożnie zacząłem po niej schodzić. Ominąłem żywopłot i dotarłem do żelaznej kratki. Unosił się nad nią amoniakowy zapach koścismoły, słaby, ale uporczywy. Szarpnąłem za kratkę, uniosłem ją kilka cali, zanim znów o coś zahaczyła. – Kilka miesięcy temu poznałem tu kogoś, przyjaciółkę – powiedziałem nerwowo, wsuwając rękę między pręty. – Mieszka tam, na dole. Martwię się, że coś jej się mogło stać. Mnóstwo substancji spłynęło z Rzemiochy do ścieków.

Mola milczała dłuższą chwilę, po czym rzekła:

– Mówisz poważnie.

Ja tymczasem macałem rękoma w ciemnościach pod kratką, starając się znaleźć jakiś zamek czy coś innego, za pomocą czego Auri ją zamykała.

– Kto w ogóle chciałby mieszkać tam, w dole? – dziwiła się Mola.

– Ktoś bardzo przestraszony – odpowiedziałem. – Ktoś, kto boi się głośnych odgłosów, ludzi, otwartego nieba nad głową. Prawie miesiąc zabrało mi wywabienie jej z tuneli, nie wspominając już o nakłonieniu do mówienia.

Mola westchnęła.

– Usiądę sobie, jeśli nie masz nic przeciwko temu. – Ruszyła w stronę ławki. – Cały dzień byłam na nogach.

Wciąż szperałem palcami pod kratką, lecz choć bardzo się starałem, nie mogłem nigdzie znaleźć żadnego zatrzasku. Wreszcie zirytowany schwyciłem pręty i szarpnąłem mocno, potem jeszcze raz i jeszcze. Kratka jęknęła metalicznie, ale innych efektów nie osiągnąłem.

– Kvothe?

Uniosłem wzrok i zobaczyłem Auri na krawędzi dachu, a właściwie jej sylwetkę malującą się cieniem na tle nocnego nieba i mgiełkę włosów aureolą okalających twarz.

– Auri! – Poczułem, jak całe napięcie nagle opuszcza mnie, zostawiając uczucie zmęczenia i miękkość w kolanach. – Gdzie ty się włóczysz?

– Niebo było zachmurzone – padła prosta odpowiedź, a tymczasem Auri ruszyła po krawędzi dachu w kierunku miejsca, gdzie rosła jabłonka. – Poszłam cię szukać na wierzchu. Ale księżyc się pokazał, więc wróciłam.

Zeszła na dół po drzewie i stanęła jak wryta, zobaczywszy na ławce skuloną, owiniętą płaszczem postać Moli.

– Przyprowadziłem kogoś z wizytą – wyjaśniłem najdelikatniej jak umiałem. – Mam nadzieję, że nie masz nic przeciwko.

Auri milczała przez chwilę.

– Jest miły?

– To ona. Tak, jest miła.

Auri uspokoiła się nieco i podeszła kilka kroków.

– Przyniosłam ci piórko z wiosną, ale skoro się spóźniłeś... – popatrzyła na mnie ponuro – zamiast niego dostaniesz monetę. – Trzymała ją w wyprostowanej ręce, między kciukiem a palcem wskazującym. – Dzięki niej będziesz bezpieczny w nocy. Przynajmniej na tyle, na ile ktokolwiek może być bezpieczny. – Z daleka wyglądała jak aturańska moneta pokutna, ale dostrzegłem błysk srebra w księżycowej poświacie. Nigdy w życiu nie widziałem takiego pieniądza.

Przykląkłem, otworzyłem futerał z lutnią i wyciągnąłem zeń niewielkie zawiniątko.

– Ja mam dla ciebie parę pomidorów, fasolę i coś specjalnego. – Podałem jej maleńki woreczek. Dwa dni temu, zanim jeszcze zaczęły się moje kłopoty, wydałem na jego zakup większość posiadanych pieniędzy. – Sól morska.

Auri wzięła mały skórzany woreczek do ręki i zajrzała do środka.

– Cóż, to miło, Kvothe. Co mieszka w soli?

Śladowe minerały, pomyślałem. Chrom, bassal, malium, jod...

wszystko, czego potrzebuje twoje ciało, a czego najprawdopodobniej nie ma w jabłkach, chlebie i innych rzeczach, jakie możesz sobie znaleźć tu i ówdzie.

– Sny ryb – powiedziałem – I pieśni żeglarzy.

Auri pokiwała głową zadowolona. Usiadłem na ziemi i rozłożyłem serwetkę, na której ze zwykłą starannością ułożyłem jedzenie dla niej. Przykucnęła do posiłku, wzięła do ręki zieloną fasolkę i zanurzyła w woreczku z solą. Przyglądałem się jej uważnie – wyglądała zdrowo, choć w słabym świetle księżyca trudno to było stwierdzić z całą pewnością.

– Dobrze się czujesz, Auri?

– Święty Boże, tak – odparła, a oczy jej się rozszerzyły. – Rozlało się wszędzie, a ryjówki i szopy uciekały w popłochu, starając się wydostać na powierzchnię.

– Ani kropla cię nie dosięgła? – dopytywałem się dalej. – Nie oparzyłaś się?

Pokręciła głową, uśmiechając się jak nieśmiałe dziecko.

– Och, nie. Nic mi się nie mogło stać.

– Ogień nie dotarł blisko ciebie? – koniecznie chciałem się upewnić. – Nie wdychałaś oparów?

– Dlaczego miałabym wdychać te opary? – Auri spojrzała na mnie jak na głupiego. – Całe Podspodzie śmierdzi teraz jak kocie szczyny. – Zmarszczyła nos. – Wyjątkiem jest Dół i Poniże.

Uspokojony nieco dostrzegłem, że Mola niecierpliwi się na swej ławce.

– Auri, moja przyjaciółka może podejść bliżej?

Auri zamarła z uniesioną do ust fasolką, po chwili jednak najwyraźniej uznała, że nic jej nie grozi, i skinęła głową; jej delikatne włosy rozsypały się wokół głowy.

Skinąłem na Molę, która powoli ruszyła w naszą stronę. Trochę niepokoiłem się, jak przebiegnie ich spotkanie. Mnie całe miesiące ostrożnych podchodów zabrało wywabienie Auri z tuneli pod Uniwersytetem, w których mieszkała. Bałem się, że się wystraszy i na całe miesiące zniknie w podziemiach, gdzie nie było sposobu jej znaleźć.

Dałem dziewczynie znak ręką i zatrzymała się.

– To jest moja przyjaciółka Mola.

– Cześć, Mola. – Auri uniosła wzrok i uśmiechnęła się. – Masz słomiane włosy, jak ja. Chcesz jabłko?

Twarz Moli na szczęście nie zdradzała żadnych uczuć.

– Dziękuję, Auri. Z przyjemnością.

Auri poderwała się na równe nogi i pobiegła do miejsca, gdzie gałęzie jabłonki zwieszały się nad krawędzią dachu. Potem wróciła do nas, a w biegu jej włosy powiewały za plecami jak chorągiew. Podała Moli jabłko.

– W środku jest życzenie – poinformowała ją rzeczowo. – Upewnij się najpierw, że to jest to, czego chcesz, zanim ugryziesz kawałek. – To rzekłszy, usiadła i elegancko przeżuła następną fasolkę.

Mola przez dłuższą chwilę przyglądała się jabłku, dopiero potem odgryzła kęs.

Auri tymczasem bez dalszych przerw skończyła swój posiłek i zawiązała woreczek z solą.

– Teraz graj! – powiedziała z podnieceniem. – Graj!

Uśmiechając się, wyciągnąłem lutnię i przesunąłem palcami po strunach. Na szczęście zabandażowany był kciuk lewej ręki, gdzie zasadniczo nie powinien przysparzać większych trudności.

Strojąc lutnię, przyglądałem się Moli.

– Możesz iść, jeśli chcesz – poinformowałem ją. – Nie chciałbym przypadkowo uwieść cię moją serenadą.

– Och, nie wolno ci iść. – Auri zwróciła się do Moli, a wyraz jej twarzy był śmiertelnie poważny. – Jego głos jest jak burza z piorunami, a jego dłonie znają wszystkie sekrety, ukryte w zimnej, ciemnej ziemi.

Kąciki ust Moli wygięły się w uśmiechu.

– Myślę, że mogę zostać, żeby tego posłuchać.

A więc grałem dla nich obu, a ponad głowami gwiazdy miarowo obracały się w swoim kręgu.

– Dlaczego nikomu nie powiedziałeś? – zapytała mnie Mola, kiedy wracaliśmy po dachach.

– Uznałem, że nikt nie musi wiedzieć – wyjaśniłem. – Gdyby chciała, aby ludzie dowiedzieli się o jej istnieniu, wyobrażam sobie, że sama by im powiedziała.

– Wiesz, o co mi chodzi – powiedziała z irytacją Mola.

– Wiem, o co ci chodzi – westchnąłem. – Ale co dobrego by z tego przyszło? Jej jest dobrze tak, jak jest.

– Dobrze? – W głosie Moli zabrzmiało niedowierzanie. – W łachmanach, na poły umierająca z głodu? Potrzebuje pomocy. Jedzenia, ubrania.

– Przynoszę jej jedzenie – upierałem się. – Ubrania też jej przyniosę, gdy tylko... – Zawahałem się, nie chcąc jej informować o nędzy, w jakiej się znalazłem, a przynajmniej nie wprost. – Gdy tylko coś znajdę.

– A po co czekać? Gdybyś komuś powiedział...

– Racja – skwitowałem sarkastycznie. – Pewien jestem, że Jamison pospieszyłby z pudełkiem czekoladek i puchową pościelą, na pierwszy znak, że pod Uniwersytetem mieszka wygłodzona, na poły zwariowana studentka. Zamknęliby ją, sama wiesz.

– Niekoniecznie... – Nawet nie pofatygowała się, żeby dokończyć zdanie; wiedziała, że mam rację.

– Mola, jeśli ludzie przyjdą jej szukać, po prostu zagrzebie się głęboko w tunelach. Tylko ją spłoszą, a ja nie będę mógł pomóc jej nawet w ten drobny sposób.

Mola spojrzała na mnie, skrzyżowała ręce na piersiach.

– Świetnie. Na razie. Ale będziesz musiał później mnie tu przyprowadzić. Przyniosę jakieś swoje rzeczy. Będą dla niej za duże, ale i tak lepsze niż to, co ma na sobie.

Pokręciłem głową.

– To na nic. Kilka cykli temu przyniosłem jej używaną sukienkę. Powiedziała, że wkładanie cudzych rzeczy jest niehigieniczne.

Mola wydawała się skonsternowana.

– Nie wyglądała mi na Cealdankę. Wcale.

– Może po prostu w ten sposób ją wychowano?

– Czujesz się już lepiej?

– Tak – skłamałem.

– Drżysz. – Wyciągnęła rękę. – Dawaj, oprzyj się na mnie.

Otuliłem się moim nowym płaszczem, ująłem jej dłoń i tak ruszyłem w długą, mozolną drogę powrotną do „Ankera".

Rozdział 69

Wiatr albo kobiece kaprysy

Przez następne dwa cykle mój nowy płaszcz ogrzewał mnie podczas okazyjnych spacerów do Imre, gdzie wciąż bezskutecznie szukałem Denny. Zawsze znajdowałem sobie jakąś wymówkę, aby udać się za rzekę: pożyczenie książki od Devi, obiad z Threpe'em, występ w „Eolu". Ale prawdziwym powodem nieodmiennie pozostawała Denna.

Kilvin sprzedał resztę moich żarników, nastrój mi się poprawił, oparzenia zaleczyły. Miałem już pieniądze na takie luksusy, jak mydło i zapasowa koszula. Dzisiaj szedłem do Imre po wkłady z bassalu, których potrzebowałem na mój nowy projekt: dużą lampę sympatetyczną, z dwoma żarnikami, jakie zostały mi z poprzedniego projektu. Miałem nadzieję ładnie na niej zarobić.

Dziwne może się wydawać, że wciąż kupowałem materiały za rzeką, lecz kupcy mający sklepy przy Uniwersytecie często korzystali z lenistwa studentów i zawyżali ceny. Spacer wydawał mi się niewielką ceną za zaoszczędzenie kilku groszy.

Uporałem się z zakupem i skierowałem do „Eola". Deoch stał na swym zwykłym posterunku.

– Miałem dla ciebie oko na twoją dziewczynę – poinformował mnie.

Zirytowany tym, jak przejrzyste muszą być moje uczucia, odmruknąłem:

– Ona nie jest moją dziewczyną.

Deoch przewrócił oczami.

– Dobra. Na tę dziewczynę. Dennę. Dianne, Dyanae... jakkolwiek każe dziś do siebie mówić. W każdym razie nie mignęła mi ani razu. Popytałem nawet trochę, nikt jej nie widział od całego cyklu. Co oznacza, że pewnie opuściła miasto. U niej to zwykła rzecz. Wyjeżdża i wraca, nikomu nic nie mówiąc.

Próbowałem ukryć rozczarowanie.

– Nie trzeba było robić sobie tyle zachodu – powiedziałem. – Ale mimo to dzięki.

– Pytałem nie tylko ze względu na ciebie – przyznał Deoch. – Mnie też nie jest obojętna.

– Doprawdy? – zapytałem tak bezbarwnym głosem, na jaki tylko było mnie stać.

– Nie patrz na mnie w ten sposób. Nie robię ci konkurencji. – Uśmiechnął się krzywo. – Przynajmniej nie tym razem. Może nie jestem taki bystry jak wy tam, na Uniwersytecie, ale potrafię zobaczyć księżyc na nocnym niebie. Jestem wystarczająco mądry, aby drugi raz nie wsadzać ręki do tego samego ognia.

Zmagałem się, aby na mojej twarzy nie było widać targających mną uczuć. Wstyd mi było, ponieważ zazwyczaj nie pozwalam sobie na tak wyraźne okazywanie emocji.

– A więc ty i Denna...

– Stanchion wciąż mi nie daje spokoju za to, że uganiałem się za dziewczyną dwa razy młodszą od siebie. – Wzruszył z zakłopotaniem swymi potężnymi ramionami. – Mimo to dalej nie jest mi obojętna. Ale teraz myślę o niej raczej jak o jednej z mych młodszych sióstr.

– Od jak dawna ją znasz? – zapytałem, autentycznie ciekaw.

– Nie powiedziałbym, że ją znam, chłopcze. Ale poznałem ją... kiedy?... jakieś dwa lata temu. Nie, nie tak dawno. Może rok i trochę... – Deoch przeczesał dłońmi blond włosy, przeciągnął się jak długi, mięśnie ramion zagrały pod materiałem koszuli. Potem westchnął rozdzierająco, rozluźnił się i zerknął na pusty wciąż jeszcze plac. – Przez kilka godzin jeszcze mało kto tu przyjdzie. Stary człowiek ma wymówkę, żeby usiąść i się napić. – Skinieniem głowy wskazał bar.

Przyjrzałem się Deochowi: umięśniony, opalony.

– Stary człowiek? Wciąż masz wszystkie włosy i zęby, nieprawdaż? Ile masz lat, trzydzieści?

– Nic tak nie czyni mężczyzny starym jak młoda kobieta. – Położył mi rękę na ramieniu. – Chodź, napijemy się. – Podeszliśmy do długiego mahoniowego baru, on przyjrzał się baterii butelek, mruknął: – Piwo usypia pamięć, brandy budzi ją z drętwoty, najlepsze jest wino na serca tęsknoty. – Umilkł, spojrzał na mnie spod nastroszonych brwi. – Reszty nie pamiętam. Może ty?

– Nigdy tego nie słyszałem – odparłem. – Ale Teccam twierdzi, że ze wszystkich alkoholi tylko wino stosowne jest na wspominki. Powiada, że dobre wino gwarantuje jasność i skupienie myśli, a równocześnie odrobinę rozświetla i podbarwia przeszłość.

– No właśnie – rzucił, szperając wśród stojaków. W końcu wyciągnął butelkę, uniósł do światła, spojrzał. – Przyjrzyjmy się jej więc w kolorze różowym, co? – Wziął dwa kieliszki i zaprowadził mnie do odosobnionej wnęki w kącie pomieszczenia.

– A więc znasz Dennę nie od dzisiaj – zacząłem, kiedy nalewał każdemu z nas do kieliszka jasnoczerwonego wina.

Oparł się o ścianę.

– To jest znajomość z dużymi przerwami. Szczerze mówiąc, to głównie jej nie widywałem.

– Jaka była wtedy?

Przez kilka długich chwil Deoch zastanawiał się nad odpowiedzią. Najwyraźniej pytanie potraktował znacznie poważniej, niż oczekiwałem.

– Taka sama – oznajmił na koniec. – Przypuszczam, że była młodsza, ale z kolei teraz wcale nie wydaje mi się starsza. Zawsze wydawała mi się dość dorosła, jak na swoje lata. – Zmarszczył brwi. Nie. Nie chodzi o to, że stara, tylko bardziej...

– Dojrzała? – podsunąłem.

Pokręcił głową.

– Nie. Nie znam dobrego słowa, żeby to wyrazić. To jest tak, jakbyś patrzył na wielki dąb. Nie podziwiasz w nim tego, że jest starszy od innych drzew albo wyższy. Ma w sobie coś, czego inne drzewa nie mają. Pogmatwane gałęzie, solidność, doniosłość. – Deoch skrzywił się zirytowany. – Cholera, to jest chyba najgorsze porównanie, jakiego w życiu użyłem.

Poczułem, jak moje usta rozciągają się w uśmiechu.

– Przyjemnie zobaczyć, że nie tylko ja mam kłopoty z ujęciem jej w słowa.

– Ją nie bardzo się da w ogóle ująć – zgodził się Deoch i wypił resztę wina z kieliszka. Potem wziął do ręki butelkę i lekko trącił szyjką krawędź mojego szkła.

Wypiłem szybko, a on nalał mi znowu.

Deoch tymczasem mówił dalej:

– Wtedy była po prostu nieokiełznana i dzika. I równie piękna, równie łatwo wpadająca w oko i chwytająca za serce. – Znowu wzruszył ramionami. – Jak już mówiłem, taka sama jak dziś. Melodyjny głos, zawsze w biegu, ostry język, w równej mierze przedmiot admiracji mężczyzn, jak niechęci kobiet.

– Niechęci? – zapytałem.

Deoch spojrzał na mnie takim wzrokiem, jakby nie miał pojęcia, o co pytam.

– Kobiety nienawidzą Denny – oznajmił spokojnie. Z tonu głosu wynikało, że stwierdza oczywistość, nam obu od dawna znaną.

– Nienawidzą? – Nie potrafiłem się uporać z tą myślą. – Dlaczego?

Deoch spojrzał na mnie z niedowierzaniem, potem wybuchnął gromkim śmiechem.

– Dobry panie, naprawdę nic nie wiesz o kobietach, co?

W zwykłych okolicznościach zareagowałbym gniewem na ten komentarz, ale rozumiałem, że Deoch wcale nie chce mi dokuczyć.

– Sam się zastanów. Jest czarująca i śliczna. Mężczyźni ciągną do niej jak jelenie w okresie godów. – Wykonał ręką zamaszysty gest. – Kobiety muszą jej nienawidzić.

Przypomniałem sobie, co Sim powiedział o Deochu niecały cykl temu: „Znowu udało mu się zdobyć najpiękniejszą kobietę w całym lokalu. Tego faceta naprawdę można znienawidzić".

– Zawsze odnosiłem wrażenie, że jest raczej samotna – zagaiłem. – Może to dlatego.

Deoch uroczyście pokiwał głową.

– Jest w tym ziarno prawdy. Nigdy nie widziałem jej w towarzystwie żadnej kobiety, a z mężczyznami układało jej się jak... – Urwał, szukając odpowiedniego porównania. – Jak... cholera. – Westchnął zawiedziony.

– Cóż, wiesz, jak to mówią: Znalezienie właściwej metafory jest trudne jak... – Przyglądałem mu się z namysłem. – Trudne jak... – Ręką zrobiłem taki ruch, jakbym coś chwytał.

Deoch się roześmiał i nalał nam obu. Powoli zaczynałem się odprężać. Jest rodzaj braterstwa rzadko spotykanego wśród mężczyzn, którzy nie walczyli ze wspólnym wrogiem albo nie znali tej samej kobiety.

– Wtedy też tak często znikała? – zapytałem.

Pokiwał głową.

– Żadnego ostrzeżenia i już jej nie było. Czasami na cykl. Czasami na całe miesiące.

– Nie masz niestałości nad wiatr albo kobiece kaprysy – zacytowałem. Chciałem, żeby brzmiało zabawnie, a wyszło gorzko. – Domyślasz się może, dlaczego tak było?

– Sam długo się nad tym zastanawiałem – rzekł filozoficznie Deoch. – Myślę, że po części taka jest jej natura. Po prostu ma w sobie pociąg do włóczęgi.

Jego słowa osłabiły nieco moją irytację. Kiedy jeszcze żyłem w wędrownej trupie aktorów, ojciec czasami kazał nam się pakować, mimo iż mieszkańcy chętnie nas witali i szczodrze dzielili się zawartością sakiewek. Później, pytany przeze mnie, często na siłę doszukiwał się jakichś wyjaśnień: złe spojrzenie konstabla, zbyt częste tęskne westchnienia młodych żon...

A czasami nie znajdował powodu. „My, Ruh, zostaliśmy stworzeni dla drogi, synu. Kiedy moja krew mówi mi, że czas ruszać w drogę, jestem rozsądny i słucham jej".

– Ale najprawdopodobniej odpowiadają za to okoliczności jej życia – kontynuował Deoch.

– Okoliczności? – zapytałem zaciekawiony. Kiedy byliśmy razem, nigdy nie wspominała o swojej przeszłości, a ja nigdy nie wypytywałem. Wiedziałem, jak to jest, kiedy nie chce się mówić o sobie.

– Cóż, ona nie ma żadnej rodziny ani środków utrzymania. Żadnych przyjaciół, którzy pomogliby w biedzie.

– Ja też tego nie mam – poskarżyłem się, ponieważ od wina zdążyłem już trochę zmarkotnieć.

– Ale w twoim wypadku rzecz ma się inaczej – zauważył Deoch ze śladem przygany w głosie. – Mężczyźnie łatwiej sobie poradzić w świecie. Dostałeś się na Uniwersytet, a gdybyś się nie dostał, mógłbyś robić wiele innych rzeczy. – Obrzucił mnie domyślnym spojrzeniem. – A co ma robić młoda, ładna dziewczyna bez rodziny? Bez posagu? Bez domu? – Zaczął wyliczać na palcach. – Zostają jej żebry i ulica. Może też być kochanką jakiegoś lorda, co na jedno wychodzi. A obaj wiemy, że nasza Denna nie ma w sobie tego, co pozwalałoby jej zostać utrzymanką lub nałożnicą.

– Są jeszcze inne prace – powiedziałem, również odliczając na palcach. – Szwaczka, tkaczka, służąca...

Deoch parsknął i obrzucił mnie pełnym niesmaku spojrzeniem.

– Daj spokój, chłopcze, nie jesteś przecież taki głupi. Wiesz, co dzieje się w tych miejscach. I wiesz, że śliczna dziewczyna bez żadnej rodziny jest tam wykorzystywana równie często jak dziwka, a płaci się jej znacznie mniej.

Wykpiony zarumieniłem się, znacznie bardziej niż w normalnych okolicznościach, ponieważ wino dawało już o sobie znać. Czułem lekkie mrowienie w wargach i koniuszkach palców.

Deoch nalał nam znowu.

– Jest podszyta wiatrem, ale to nie powód, żeby patrzeć na nią z góry. Musi korzystać z nadarzających się sposobności. Jeżeli ma szansę wybrać się w drogę z ludźmi, którym podoba się jej śpiew, albo z kupcem, który uzna, że jej śliczna buźka pozwoli mu sprzedać więcej towarów, nie można jej winić, że pakuje się i opuszcza miasto. A jeśli nawet kupczy trochę swoim czarem, też bym jej za to nie potępiał. Młodzi dżentelmeni zalecają się do niej, kupują prezenty, suknie, biżuterię. – Wzruszył ramionami. – Jeżeli nawet sprzedaje potem te rzeczy, nie ma w tym nic złego. To są prezenty, o które się nie prosiła, i może robić z nimi, co jej się spodoba. – Deoch popatrzył mi głęboko w oczy. – A co ma robić, jeśli jakiś dżentelmen zbytnio się spoufali? Albo zdenerwuje, że nie otrzymał tego, co w swoim mniemaniu kupił i za co zapłacił? Do kogo ma się wtedy zwrócić o pomoc? Żadnej rodziny, żadnych przyjaciół, żadnej pozycji. Żadnego wyboru. Żadnego, jak tylko oddać mu się wbrew woli... – Twarz

Deocha była ponura. – Albo uciec. Uciec najszybciej jak się da i szukać lepszego klimatu. Dziwisz się więc, że trudniej ją złapać niż niesiony wiatrem liść? – Pokręcił głową, wbijając spojrzenie w swe dłonie splecione na stole. – Nie, nie zazdroszczę jej takiego życia. Ani jej nie osądzam. – Wydawał się zmęczony i nieco zawstydzony swoją tyradą. Nie patrząc na mnie, rzekł: – Mimo wszystko pomógłbym jej, gdyby tylko chciała. – Zerknął na mnie i uśmiechnął się zakłopotany. – Ale ona nie jest z tych, które o cokolwiek proszą. Ani trochę. Mowy nie ma. – Westchnął i w równej części rozlał ostatnie krople wina do kieliszków.

– Dzięki tobie ujrzałem ją w nowym świetle – oznajmiłem szczerze. – Wstyd mi, że sam tego nie dostrzegłem.

– Cóż, ja zacząłem wcześniej niż ty – lekko skwitował moje wyznanie. – Znam ją dłużej.

– Niemniej, dziękuję – powiedziałem, unosząc kieliszek.

Poszedł za moim przykładem.

– Za Dyanae – wzniósł toast. – Najpiękniejszą.

– Za Dennę, źródło wszelkich rozkoszy.

– Młodą i dziką.

– Promienną i słodką.

– Zawsze pożądaną, zawsze samotną.

– Tak mądrą i tak głupią – powiedziałem. – Smutną i wesołą.

– Bogowie mych ojców – z szacunkiem zaczął Deoch. – Abyście na zawsze taką ją ustrzegli: niezmienną, przekraczającą wszelkie me zrozumienie i bezpieczną.

Obaj wypiliśmy i równocześnie odstawiliśmy kieliszki na stół.

– Ja postawię następną butelkę – zaproponowałem. Mocno odbije się na mym skąpo wykorzystywanym kredycie w barze, ale Deoch na to zasługiwał. Z każdą chwilą lubiłem go coraz bardziej, poza tym myśl, że jednak nie stanie mi na drodze, napawała mnie trudną do wyrażenia radością.

– Strumień, kamień i niebo – zaklął, pocierając twarz. – Nie dam rady. Jeszcze butelka, a przed zmierzchem będziemy sobie podcinać żyły nad rzeką.

Dałem znak służącej.

– Bzdury – powiedziałem do Deocha. – Wypijmy coś mniej sentymentalnego niż wino.

Nie zdawałem sobie sprawy, że jestem śledzony, póki nie wróciłem na Uniwersytet. Może dlatego, że głowę miałem do tego stopnia wypełnioną myślami o Dennie, iż na nic innego nie zostało w niej miejsca. A może po prostu już zbyt długo żyłem cywilizowanym życiem i stępiały mi odruchy, które mozolnie wypracowałem sobie na ulicach Tarbean.

A najprawdopodobniej dużo miała z tym wspólnego porzeczkowa brandy. Z Deochem rozmawiałem jeszcze długo, w sumie zdążyliśmy osuszyć prawie pół butelki. Resztę zabrałem ze sobą, ponieważ wiedziałem, że Simmon za nią przepada.

Poza tym chyba naprawdę to bez znaczenia, dlaczego ich wówczas nie zobaczyłem. Skutek byłby ten sam. Szedłem właśnie kiepsko oświetloną aleją Newhall, kiedy otrzymałem tępym narzędziem cios w tył głowy. Zawiniętego we własny płaszcz zawleczono mnie prawie nieprzytomnego w boczną uliczkę.

Oszołomienie wprawdzie szybko minęło, ale kiedy doszedłem do siebie i otworzyłem usta, poczułem, jak zamknęła je czyjaś ciężka dłoń.

– W porządku, dupku – przemówił w moje ucho niski męski głos. – Mam tu nóż. Będziesz się szarpał, a oberwiesz. Więc spokój. – Potem poczułem delikatne szturchnięcie pod żebra z lewej strony. – Sprawdź szperacz – powiedział do swego kompana.

W mętnym świetle bocznej uliczki widziałem tylko zarysy wysokiej sylwetki. Tamten skłonił głowę, zerknął na coś trzymanego w dłoni.

– Nie widzę.

– Wobec tego zapal zapałkę. Musimy mieć pewność.

Lekki niepokój, który dotąd odczuwałem, zmienił się w panikę. To nie był pierwszy lepszy napad rabunkowy w ciemnej uliczce. Nie wywrócili mi kieszeni w poszukiwaniu pieniędzy. To było coś innego.

– Wiemy, że to on – odrzekł niecierpliwie wyższy. – Zróbmy to i po sprawie. Zimno mi.

– Jak cholera. Sprawdź teraz, póki go mamy w ręku. Już dwa razy go zgubiliśmy. Nie mam zamiaru znowu spieprzyć sprawy, jak w Anilin.

– Nienawidzę tej rzeczy – poskarżył się wysoki, grzebiąc w kieszeniach; zapewne w poszukiwaniu zapałki.

– Nie bądź głupi – zrugał go ten, który mnie trzymał. – W ten sposób robota jest czystsza. Prostsza. Żadnych mylących rysopisów. Żadnych imion. Nie trzeba zakładać masek. Idziesz za igłą, znajdujesz człowieka i wykonujesz robotę.

Rzeczowy ton głosu przeraził mnie do cna. Ci ludzie byli zawodowcami. I nagle dotarło do mnie bez żadnych wątpliwości, że to Ambrose zdecydował się na ostateczne rozwiązanie kłopotów ze mną.

Przez chwilę myśli goniły jak oszalałe w mej głowie. Zrobiłem jedyną rzecz, jaką mogłem zrobić: upuściłem do połowy pełną butelkę brandy. Szkło roztrzaskało się na kamieniach, w nocnym powietrzu rozeszła się woń czarnych porzeczek.

– No, świetnie – syknął wysoki. – A może pozwolimy mu też uderzyć w dzwon?

Uścisk tego, który stał za mną, zacieśnił się. Potrząsnął mną mocno. Tak, jakby miał w rękach niegrzecznego szczeniaka.

– Nie rób tego więcej – powiedział wściekły.

Obwisłem bezwładnie, chcąc uśpić jego czujność. Potem spróbowałem wymamrotać wiązanie przez usta zakneblowane ręką.

– Na wielkie cycki – odrzekł tamten. – Jeżeli wlazłeś w szkło, to jest twoja cholerna... auuuu! – krzyknął przestraszony, gdy kałuża brandy u jego stóp stanęła w płomieniach.

Skorzystałem z chwilowej nieuwagi i skręciłem się w uścisku. Ale nie dość szybko. Nóż wyorał linię palącego bólu na moich żebrach. Niemniej udało mi się wyrwać i pobiegłem uliczką.

Nie uciekłem daleko. Uliczka okazała się ślepym zaułkiem, zamykała go goła ściana z cegieł. Żadnych drzwi, okien, nic, za czym mógłbym się ukryć ani po czym mógłbym się wspiąć na mur. Byłem w pułapce.

Odwróciłem się i zobaczyłem, że tamci dwaj blokują wyjście z zaułka. Ten potężniejszej postury tupał wściekle, próbując ugasić płomień.

Moja lewa noga też płonęła, ale nie dbałem o to. Nawet najgorsza oparzelina będzie moim najmniejszym problemem, jeśli szybko czegoś nie zrobię. Ponownie rozejrzałem się dookoła, ale zaułek był deprymująco ogołocony z wszelkich przedmiotów. Rozpaczliwie przeszukałem kieszenie płaszcza, próbując wymyślić jakiś plan. Kilka kawałków miedzianego drutu – to na nic. Sól, żebym mógł nią cisnąć w oczy ścigających? Nie. Suszone jabłko, pióro, atrament, marmurowa kulka, sznurek, wosk...

Ten potężniejszy tymczasem zdusił płomienie i obaj ruszyli wolnym krokiem w moją stronę. Światło płonącej kałuży brandy odbijało się w ostrzach ich noży.

Wciąż przetrząsając niezliczone kieszenie mego płaszcza, znalazłem coś, czego nie rozpoznałem dotykiem. Potem sobie przypomniałem – to był woreczek opiłków bassalu, które kupiłem na moją lampę.

Bassal jest lekkim, srebrzystym metalem, wykorzystywanym w niektórych stopach. Manet – jak zawsze pedantyczny w roli nauczyciela – zadbał o to, aby każdy z nas znał niebezpieczeństwa związane z pracą nad określonymi substancjami. Po doprowadzeniu odpowiedniej ilości ciepła bassal płonie intensywnym, białym płomieniem.

Pośpiesznie rozwiązałem woreczek. Cały kłopot polegał na tym, że nie wiedziałem, czy mi się uda. Takie rzeczy jak knot świecy lub alkohol można zapalić stosunkowo łatwo. Potrzebna jest tylko skoncentrowana wiązka ciepła. Bassal jest inny. Potrzebuje naprawdę wysokiej temperatury, żeby zapłonąć, i dlatego właśnie nie martwiłem się i spokojnie nosiłem go w kieszeni.

Bandyci przeszli kilka kolejnych kroków. Szerokim łukiem cisnąłem w ich stronę garść opiłków bassalu. Mierzyłem w twarze, ale nie liczyłem, że trafię. Opiłki właściwie nic nie ważyły, to było jak rzucanie garścią śniegu.

Dłonią sięgnąłem ku płomieniowi wciąż liżącemu moją lewą nogawkę i skoncentrowałem się na Alarze. Spora kałuża płonącej brandy zamigotała i zgasła za plecami tamtych, pogrążając uliczkę w ciemnościach. Ale ciepła wciąż było za mało. Powodowany rozpaczą lekkomyślnie sięgnąłem do zakrwawionego boku, skoncentrowałem się i zaczerpnąłem więcej ciepła z własnej krwi – natychmiast poczułem, jak całe moje ciało ogarnia chłód.

Ale potem była już tylko eksplozja jasnego światła – oślepiająca w ciemnościach zaułka. Wcześniej zamknąłem oczy, ale nawet przez powieki płonący bassal poraził mnie blaskiem. Jeden z bandytów krzyknął przeraźliwym, przeszywającym głosem. Kiedy otworzyłem oczy, nie byłem w stanie dostrzec nic prócz tańczących przede mną niebieskich plam.

Wrzask przeszedł w ciche pojękiwania, a potem usłyszałem głuchy łomot, kiedy jeden z tamtych potknął się i przewrócił. Ten wysoki zaczął bełkotać, głosem przypominającym trochę przerażone łkania:

– O, Boże. Tam, moje oczy. Oślepłem.

Podczas gdy nasłuchiwałem, odzyskałem wzrok na tyle, by zobaczyć zarysy zaułka. I ciemne sylwetki obu mężczyzn. Jeden klęczał z twarzą ukrytą w dłoniach, drugi leżał jak długi nieco dalej w alejce. Wyglądało to tak, jakby próbował uciekać, uderzył głową w jakąś belkę i padł nieprzytomny. Rozsypane po kamieniach bruku opiłki bassalu tryskały ognikami niczym maleńkie błękitnobiałe gwiazdy.

Klęczącego oślepiło zapewne tylko na jakiś czas, jednak wystarczy, żeby uciec. Obszedłem go powoli, ostrożnie, starając się stąpać cicho. Serce podeszło mi do gardła, gdy odezwał się znowu:

– Tam? – mówił wysokim, przestraszonym głosem. – Przysięgam, Tam, jestem ślepy. Dzieciak cisnął we mnie błyskawicą.

Przyglądałem się, jak opada na czworaki i maca przed sobą dłońmi.

– Miałeś rację. Nie powinniśmy się za to brać. Nic dobrego nie przyszło z zadzierania z tymi ludźmi – biadał.

Błyskawica. Oczywiście. Nic nie wiedział o prawdziwej magii. Wpadłem na pewien pomysł.

Wciągnąłem głęboki oddech, uspokajając nerwy.

– Kto was przysłał? – zapytałem swoim najlepszym głosem Taborlina Wielkiego. Nie był tak dobry jak głos mego ojca, ale w sumie nieźle mi wyszło.

Osiłek jęknął żałośnie i przestał macać przed sobą rękoma.

– Och, panie. Nie rób nic...

– Drugi raz nie zapytam – uciąłem gniewnie. – Powiedz mi, kto was przysłał. Będę wiedział, jeśli skłamiesz.

– Nie znam imienia – powiedział szybko. – Dostaliśmy pół

monety i włos. Nie znamy żadnych imion. Nie spotkaliśmy się z nim. Przysięgam...

Włos. Przedmiot, który nazywali szperaczem, działał prawdopodobnie na zasadzie różdżki służącej do znajdowania wody. Choć nie potrafiłbym wykonać nic równie zaawansowanego, znałem zasady, wedle których został skonstruowany. Skoro dysponowali włosem, kompas wskaże im mnie wszędzie.

– Jeżeli jeszcze raz was zobaczę, skończy się na czymś znacznie gorszym niż ogień i błyskawica – oznajmiłem złowrogo, wędrując do wyjścia z zaułka. Jeżeli uda mi się znaleźć ich szperacz, nie będę się musiał martwić, że znajdą mnie powtórnie. Było ciemno, miałem naciągnięty kaptur płaszcza. Zapewne nie wiedzą w ogóle, jak wyglądam.

– Dziękuję, panie – bełkotał tamten. – Przysięgam, że po tym wszystkim znikniemy bez śladu. Dziękuję...

Spojrzałem na leżącego. W miarę wyraźnie widziałem tylko blade dłonie na kamieniach bruku; były puste. Rozejrzałem się dookoła, zastanawiając się, gdzie też mógł upuścić włos. Bardziej prawdopodobne wydawało mi się, że go schował. Sięgnąłem dłonią pod płaszcz, szukając wewnętrznych kieszeni. Upadł tak, że większość płaszcza znalazła się pod ciałem. Schwyciłem go delikatnie za ramię, powoli przewróciłem...

Wtedy jęknął i sam z siebie przetoczył się na brzuch. Ramiona rozrzucił szeroko, jedno z nich uderzyło o moją nogę.

Chciałbym móc powiedzieć, że tylko cofnąłem się o krok, wiedząc, że jest oszołomiony i wciąż na poły oślepiony. Chciałbym móc powiedzieć, że zachowałem spokój i zrobiłem wszystko, aby ich jeszcze bardziej nastraszyć albo że przed odejściem wykonałem jakiś dramatyczny tudzież błyskotliwy numer.

Ale nie byłaby to prawda. Prawda była bowiem taka, że uciekłem jak spłoszony jeleń. Przebiegłem niemal pół mili, zanim zdradziły mnie ciemności oraz wciąż osłabiony wzrok i wpadłem na końskie poidło. Obolały, zakrwawiony, na pół ślepy leżałem jakiś czas bez ruchu. Dopiero wtedy zdałem sobie sprawę, że nikt mnie nie ściga.

Wstałem chwiejnie, przeklinając swoją głupotę. Gdybym zachował zimną krew, zapewne odzyskałbym różdżkarski kompas, gwarantując sobie bezpieczeństwo. W takiej sytuacji musiałem przedsięwziąć inne środki ostrożności.

Kiedy wróciłem do „Ankera", przekonałem się, że okna są ciemne, a drzwi zawarte. Pijany i poraniony wspiąłem się do okna, otworzyłem haczyk, pociągnąłem... okno nie chciało się otworzyć.

Minął już przynajmniej cykl od dnia, kiedy wróciłem do karczmy tak późno, że musiałem skorzystać z drogi przez okno. Zawiasy zardzewiały?

Jedną ręką przytrzymałem się ściany, drugą wyciągnąłem lampę i maksymalnie zmniejszyłem jej światło. Dopiero wówczas zobaczyłem, że w szczelinie między oknem a framugą coś tkwi. Może Anker zablokował je jakimś klinem?

Ale kiedy dotknąłem tego czegoś, zorientowałem się, że to nie drewno. To była kartka papieru, wielokrotnie złożona. Wyrwałem ją i wtedy okno otworzyło się bez trudu. Wgramoliłem się do środka.

Koszula była do niczego, lecz kiedy ją zdjąłem, poczułem ulgę. Rana nie okazała się szczególnie głęboka – bolała strasznie, krwi było sporo, ale ostatecznie obrażenie było znacznie mniej poważne niż tamto po chłoście. Płaszcz od Feli też był podarty i dopiero to wyprowadziło mnie z równowagi. Niemniej mimo wszystko łatwiej załatać płaszcz i koszulę niż nerkę. Odnotowałem sobie w myślach, żeby podziękować Feli za wybór grubego materiału.

Jednak szycie mogło zaczekać. Musiałem założyć, że tamte dwa zbiry otrząsnęły się z lekkiego przestrachu, jaki im zafundowałem, i różdżkarskimi metodami ścigają mnie dalej.

Wyszedłem również przez okno, zostawiwszy w pokoju płaszcz, ponieważ nie chciałem zakrwawić framugi. Miałem nadzieję, że późna pora i przyrodzona zręczność pozwolą mi pozostać niezauważonym. Mogłem tylko zgadywać, jakie plotki zaczną krążyć, gdy ktoś zobaczy mnie w środku nocy, zakrwawionego i obnażonego do pasa.

Po drodze na dach w pobliżu Archiwów, wychodzący na dziedziniec z pręgierzem, zebrałem garść suchych liści. W mętnym świetle księżyca widziałem ciemniejsze, bezkształtne cienie liści wirujących na wietrze ponad szarymi kamieniami bruku. Przeczesałem palcami włosy, w rękach zostało mi parę pasemek. Potem paznokciami wygrzebałem odrobinę smoły z dachu i za jej pomocą przylepiłem włosy do liści. Powtórzyłem tę operację kilkanaście razy, a każdy liść zrzucałem z dachu i przyglądałem się, jak wiatr porywa go do szalonego tańca na dziedzińcu.

Uśmiechnąłem się na myśl o kimś, kto teraz próbowałby mnie znaleźć za sprawą różdżkarskich metod. Nie miał jak rozeznać się w labiryncie sprzecznych sygnałów, wysyłanych przez liście wirujące w tę i we w tę.

Nad tym właśnie dziedzińcem znalazłem się nieprzypadkowo – wiatr dmuchał tu naprawdę dziwnie. Spostrzegłem to dopiero wówczas, gdy zaczęły opadać pierwsze jesienne liście. Zauważyłem, że poruszają się w skomplikowanym, chaotycznym tańcu. Najpierw w jedną stronę, potem w drugą – nie było w tym żadnego przewidywalnego wzoru.

Kiedy już się zauważyło te misterne figury, nie sposób było od nich oderwać wzroku. Obserwowane z dachu wydawały się zaiste hipnotyczne. Tak samo jak płynąca woda czy płomienie w obozowym ognisku, które można obserwować godzinami.

Ponieważ byłem zmęczony i poraniony, dzisiejszej nocy wywierały na mnie wpływ raczej uspokajający. Im bardziej przyglądałem się ich poruszeniom, tym mniej przypadkowe mi się wydawały. Zacząłem nawet dostrzegać zarysy podstawowego wzoru, w jaki układały się ścieżki wiatru po dziedzińcu. Z pozoru tylko wydawał się chaotyczny, ponieważ był tak niesamowicie, cudownie skomplikowany. Co więcej, wciąż się zmieniał. To był wzór ułożony ze zmiennych wzorów. To był...

– Wygląda, że studiujesz naprawdę do późna w nocy – usłyszałem cichy głos za plecami.

Wyrwany znienacka z zadumy zesztywniałem, gotów do skoku. Jak komuś udało się mnie podejść niezauważenie?

To był Elodin. Mistrz Elodin. Ubrany w parę połatanych spodni i luźną koszulę. Pomachał do mnie beztrosko ręką i usiadł ze skrzyżowanymi nogami na skraju dachu z taką samą swobodą, jakby zasiadał w pubie nad szklaneczką.

Spojrzał na dziedziniec.

– Dziś w nocy widać to szczególnie dobrze, co?

Zaplotłem ramiona, bezskutecznie próbując przykryć obnażoną, zakrwawioną pierś. Dopiero wtedy zobaczyłem, że krew na moich dłoniach już zaschła. Od jak dawna siedziałem tu nieruchomy, obserwując wiatr?

– Mistrzu Elodin – zacząłem, ale urwałem. Nie miałem pojęcia, co niby można rzec w takiej sytuacji.

– Proszę... tutaj jesteśmy przyjaciółmi. Możesz się więc zwracać do mnie po imieniu, czyli: mistrzu. – Uśmiechnął się leniwie i spojrzał znów na dziedziniec.

Nie dostrzegł, w jakim jestem stanie? Czy po prostu postanowił być uprzejmy? A może... Pokręciłem głową. Z nim nic nie wiadomo. Lepiej niż ktokolwiek inny wiedziałem, że Elodinowi brakuje piątej klepki, jak odpadom w warsztacie bednarza.

– Dawno temu – zaczął Elodin tonem swobodnej konwersacji, nie odrywając wzroku od dziedzińca – kiedy ludzie mówili innym językiem, miejsce to nazywało się Quoyan Hayel. Później nazwano jej Komnatą Pytań, ponieważ studenci zrobili sobie zabawę z wypisywania pytań na skrawkach papieru i rzucania ich na wiatr. Plotka głosi, że odpowiedź można było zgadnąć na podstawie kierunku, w jakim papierek opuścił plac. – Wskazał szczeliny między szarymi budowlami, którymi biegły uliczki. – Tak. Nie. Może. Gdzie indziej. Wkrótce. – Wzruszył ramionami. – Ale to wszystko było pomyłką. Wyrastającą z błędu translacyjnego. Myśleli, że Quoyan jest dawną formą *quetentan*: „pytanie". Ale to jest zupełnie inny rdzeń. Quoyan znaczy „wiatr". I nazwę należy poprawnie przetłumaczyć jako: Dom Wiatru.

Czekałem jeszcze chwilę w nadziei, że powie coś więcej. Kiedy żadne słowa już nie popłynęły, podniosłem się powoli.

– To bardzo ciekawe, mistrzu... – Zawahałem się niepewny, czy mówił poważnie. – Ale muszę już iść.

Elodin machinalnie skinął głową i machnął w moim kierunku dłonią – gest ten mógł być na poły pożegnaniem, na poły odprawą. Ani na moment nie oderwał oczu od dziedzińca, od tańca wiecznie zmiennego wiatru.

Kiedy znalazłem się z powrotem w moim pokoiku „U Ankera", przez długie minuty leżałem w ciemnościach, starając się coś wymyślić. Myśli krążyły powoli. Byłem strasznie zmęczony, ranny i wciąż trochę pijany. Powoli wypalała się adrenalina, która napędzała mnie wcześniej, bok palił i rwał.

Wziąłem kilka głębokich oddechów, spróbowałem skupić myśli. Do tej pory kierował mną instynkt, teraz musiałem się porządnie zastanowić.

Może udać się do mistrzów po pomoc? Na moment nadzieja wezbrała w mej piersi, potem zaraz zgasła. Nie. Nie miałem żadnego dowodu, że to Ambrose jest odpowiedzialny za napaść. Co więcej, gdybym opowiedział im całą historię, musiałbym się przyznać, że wykorzystałem sympatię dla oślepienia i poparzenia napastników. I choć było to w obronie własnej, z pewnością zostałoby zakwalifikowane jako wykroczenie przeciwko zasadom. Relegowano studentów za mniejsze przewiny, najważniejsze było dobre imię Uniwersytetu.

Nie. Nie mogłem ryzykować relegacji. A gdybym poszedł do Medicum, pojawiłoby się zbyt wiele pytań. Gdybym pozwolił się im zeszyć, wieść o moich obrażeniach zaczęłaby krążyć. I Ambrose dowiedziałby się, jak niewiele dzieliło go od sukcesu. Lepiej sprawiać wrażenie, że wyszedłem z przygody bez szwanku.

Nie miałem pojęcia, od jak dawna wynajęci zabójcy Ambrose'a chodzili za mną. Jeden z nich powiedział: „Już dwa razy go zgubiliśmy". To oznaczało, że wiedzą, gdzie mieszkam. Więc w mojej gospodzie nie było bezpiecznie.

Zamknąłem okno i zaciągnąłem zasłony, dopiero potem zapaliłem swoją przenośną lampę. W jej świetle ukazał mi się zapomniany kawałek papieru, który znalazłem wciśnięty w okno. Rozwinąłem go i przeczytałem:

Kvothe,

Wejście na górę było w każdym calu równie zabawne, jak wydawało się w Twoim wykonaniu. Niemniej otwarcie okna zabrało mi trochę czasu. Nie było Cię w domu, więc mam nadzieję, że nie będziesz mi miał za złe, że pożyczyłam papier i atrament, aby napisać ten list. Skoro nie grasz na dole i nie śpisz smacznie w łóżku, można by się cynicznie zastanawiać, co też porabiasz tak późną porą i czy nie są to jakieś zbereźności. Nieszczęśliwie się składa, że dzisiejszego wieczora będę musiała wrócić do domu bez pociechy twojego Towarzystwa i przyjemności rozmowy z Tobą.

Bardzo mi Ciebie brakowało tamtego dnia Felling w „Eolu", ale choć nie przyszedłeś, szczęście mi dopisało i spotkałam interesującego człowieka. Jest raczej dość niezwykły i czekam, żeby móc Ci opowiedzieć choć tę odrobinę, jakiej się o nim dowiedziałam. Następnym razem, kiedy się spotkamy.

Obecnie wynajmuję pokoje pod „Łabędziem i Moczarem" (Moczymordą?) w Imre. Proszę, daj mi znać przed 23 tego miesiąca, a pójdziemy na spóźniony obiad. Po tym terminie będę musiała się zająć swoimi sprawami.

Twoja przyjaciółka i uczennica w rzemiośle włamywaczki

Denna

Pstscrp – Proszę, nie obawiaj się, że zauważyłam, w jakim stanie znajdowała się pościel na Twoim łóżku i na tej podstawie osądzę Twój charakter.

Dzisiaj był dwudziesty ósmy. List nie miał daty, ale prawdopodobnie tkwił na miejscu od półtora cyklu. Musiała wyjechać kilka dni po pożarze w Rzemiosze.

Chwilę się zastanawiałem, co o tym wszystkim sądzić. Czuć się pochlebiony tym, że próbowała mnie odnaleźć? Wściec się, że dopiero teraz przeczytałem list? Jeśli zaś szło o tego „człowieka", którego poznała...

W tej chwili nie umiałem sobie poradzić z własnymi uczuciami, byłem zmęczony, obolały i wciąż cokolwiek pijany. Zamiast tego zająłem się szybkim oczyszczeniem rany, na ile się dało nad zwykłą umywalnią. Zeszyłbym rozcięcie, ale nie mogłem sięgnąć do boku. Kiedy wykręcałem ciało, rana znów zaczęła krwawić, więc tylko odciąłem czystsze kawałki zniszczonej koszuli i wykonałem z nich zaimprowizowany bandaż.

Krew. Ludzie, którzy próbowali mnie zabić, wciąż mieli różdżkarski kompas, a na ostrzu noża jednego z nich została moja krew. Mogła znacznie skuteczniej zostać wykorzystana w kompasie niż tylko włos; co oznaczało, że nawet jeśli wcześniej nie wiedzieli, gdzie mieszkam, teraz będą mogli mnie znaleźć mimo przedsięwziętych środków ostrożności.

Zacząłem się szybko uwijać po pokoiku. Wszystkie wartościowe rzeczy wepchnąłem do worka, jakbym nie wiedział, kiedy wrócę. Pod stosem papierów znalazłem mały składany nóż wygrany od Sima w kąty, o którym zupełnie zapomniałem. W walce jego przydatność była prawie żadna, lecz lepsze to niż nic.

W końcu chwyciłem lutnię, płaszcz i zszedłem po schodach do kuchni, gdzie szczęście mi dopisało, ponieważ znalazłem pusty dzban po velegeńskim winie z szerokim otworem. W sumie był to lichy uśmiech losu, ale trzeba się cieszyć z tego, co się ma.

Skierowałem się na wschód, pokonałem rzekę, ale nie ruszyłem drogą wprost do Imre. Skręciłem nieznacznie na południe, gdzie kilka doków, podejrzana karczma i garstka domów przycupnęły na brzegu rzeki Omethi. Czyli do niewielkiego portu, z którego usług korzystało Imre, zbyt małego, aby zasłużyć na własną nazwę.

Wepchnąłem zakrwawioną koszulę do dzbana z winem i uszczelniłem otwór odrobiną wosku sympatetycznego. Potem wrzuciłem go w wody Omethi i patrzyłem, jak podskakując na falach, płynie z nurtem. Jeżeli zrobią różdżkarski kompas z mojej krwi, będzie im się wydawało, że zmierzam na południe i to szybko. Może pójdą tym śladem.

Rozdział 70

Znaki

Następnego ranka przebudziłem się raptownie. Nie miałem pojęcia, gdzie się znajduję, wiedziałem tylko, że nie w tym miejscu, w którym powinienem, i że coś jest źle. Ukrywałem się. Ktoś mnie ścigał.

Zwinięty w kłębek leżałem w kącie małego pomieszczenia. Na kocu, przykryty płaszczem. Karczma... wspomnienia powoli wracały. Wynająłem pokój w karczmie niedaleko doków Imre.

Wstałem i przeciągnąłem się ostrożnie, żeby nie urazić rany. Wczoraj w nocy zabarykadowałem szafą jedyne drzwi pokoju, a okiennice związałem kawałkiem sznura, mimo iż okno i tak było zbyt małe, żeby przecisnął się przez nie dorosły mężczyzna.

W chłodnym niebieskoszarym świetle wczesnego poranka moje wczorajsze przygotowania wydały mi się żenujące. Nie potrafiłem sobie nawet przypomnieć, czy do posłania sobie na podłodze skłonił mnie strach przed zabójcami czy przed ewentualnym robactwem zamieszkującym łóżko. Tak czy siak, oczywiste było, że przed świtem nie myślałem już szczególnie jasno.

Podniosłem worek podróżny i lutnię, ruszyłem po schodach na dół. Musiałem się poważnie zastanowić, co poczne, ale najpierw potrzebowałem śniadania i kąpieli.

Mimo że noc obfitowała w wydarzenia, obudziłem się wkrótce po świcie, więc w łazience nie było jeszcze nikogo. Umyłem się, zmieniłem bandaż na klatce piersiowej i poczułem prawie jak człowiek. Po zjedzeniu talerza jajek, kilku kiełbasek i pieczonych ziemniaków uznałem, że mogę się spokojnie i racjonalnie zastanowić nad sytuacją. Zdumiewające, jak dobrze się myśli z pełnym żołądkiem.

Siedziałem w odległym kącie maleńkiej karczmy w dokach i pociągałem z kubka świeżo wyciśnięty cydr. Nie przejmowałem się już tym, że wynajęci zabójcy wychyną z mroków i pozbawią mnie życia. Mimo to usiadłem plecami do ściany, w miejscu, skąd miałem dobry widok na drzwi.

Wczorajsze wydarzenia wstrząsnęły mną tak bardzo, ponieważ spadły jak grom z jasnego nieba. W Tarbean każdego dnia spodziewałem się, że ktoś spróbuje mnie zabić. Cywilizowana atmosfera Uniwersytetu uśpiła mnie fałszywym poczuciem bezpieczeństwa. Bodaj rok temu nikomu nie udałoby się mnie tak łatwo podejść. A z pewnością nie zaskoczyłby mnie sam atak.

Mozolnie wykształcone w Tarbean instynkty nakazywały mi natychmiastową ucieczkę. Opuścić to miejsce. Zostawić za sobą Ambrose'a i jego wendetę. Ale to mówiła prymitywna, dzika część mej duszy, która troszczyła się wyłącznie o przetrwanie. Nie potrafiła zaproponować żadnego planu.

Nie mogłem stąd uciec. Zbyt dużo z siebie tu zainwestowałem. Moje studia. Moje próżne nadzieje na zdobycie mecenasa i wciąż żywe na uzyskanie wstępu do Archiwów. Moi wspaniali przyjaciele. Denna...

Powoli karczma wypełniała się żeglarzami i dokerami, którzy wstępowali tu na poranny posiłek, w sali narastał szmer rozmów. W oddali usłyszałem bicie dzwonu – za godzinę zaczynała się moja zmiana w Medicum. Arwyl z pewnością się zorientuje, że mnie nie ma, a on nie wybacza tego rodzaju zaniedbań. Zwalczyłem pragnienie, aby natychmiast gnać na Uniwersytet. Było rzeczą powszechnie znaną, że niewywiązujących się z obowiązków studentów karano wyższym czesnym na następny semestr.

Aby dać rękom coś do roboty na czas, gdy będę się zastanawiał nad najbliższą przyszłością, wyciągnąłem igłę i nitkę i rozłożyłem na kolanach płaszcz. Nóż nocnego zabójcy rozciął go równo na przestrzeni jakiejś piędzi. Zabrałem się do szycia, używając drobnego ściegu, aby nie zostawić widocznego śladu.

Podczas gdy moje dłonie były zajęte, myśli wędrowały swobodnie. Może otwarcie porozmawiać z Ambrose'em? Zagrozić mu? Zapewne nie warto. Doskonale zdawał sobie sprawę, że nie dojdzie do przedstawienia zarzutów. Ale może uda mi się przekonać kilku mistrzów do prawdziwości mojej wersji wydarzeń? Kilvin wściekłby się, gdyby się dowiedział, że wynajęci zabójcy używali różdżkarskiego kompasu, a Arwyl może...

– ...i niebieski ogień. Wszyscy martwi, ich ciała leżą jak rozrzucone szmaciane lalki, a dom rozpada się na kawałki. Ucieszyłem się, że mogę oglądać zagładę tego domu. Uwierz mi, miałem już dosyć.

Ukłułem się w palec, kiedy wyćwiczonym uchem podsłuchiwacza usiłowałem wyłowić z otaczającego szmeru rozmów tę właśnie konwersację. Kilka stolików dalej dwaj mężczyźni siedzieli nad piwem. Jeden był wysoki, łysiejący, drugi gruby i z rudą brodą.

– Jesteś jak stara baba – zaśmiał się ten gruby. – Powtarzasz wszystkie plotki.

Wysoki ze spokojem pokręcił głową.

– Byłem w tawernie, kiedy przynieśli te wieści. Rozpytywali też o ludzi z wozami, żeby im pomogli w przywiezieniu ciał. Cały orszak ślubny i goście, wszyscy zimni. Ponad trzydzieścioro ludzi wypatroszonych jak świnie, dom spalony niebieskim ogniem. I na tym nie koniec dziwnych rzeczy... – Zniżył głos, a reszta rozmowy rozpłynęła się w gwarze sali.

Z trudem przełknąłem ślinę. Powoli oderwałem nitkę z zaszytego rozcięcia i położyłem płaszcz na ławce. Zauważyłem krwawiącą rankę na palcu i mimowolnie wsadziłem go do ust. Wciągnąłem głęboki oddech. Napiłem się cydru.

W końcu podszedłem do stolika, za którym siedzieli rozmawiający.

– Przepraszam, może przypadkiem płyną panowie w dół rzeki?

Spojrzeli na mnie wyraźnie niezadowoleni, że się im przeszkadza.

Mówić do nich per panowie to była pomyłka, powinienem powiedzieć: ludzie, chłopy. Łysy skinął głową.

– Przypłynęliście z Marrow? – zapytałem, na chybił trafił wybierając nazwę jednej z północnych miejscowości.

– Nie – odparł gruby. – Jesteśmy z Trebon.

– Och, to dobrze – ucieszyłem się, a moje myśli galopowały w poszukiwaniu wiarygodnego kłamstwa. – Mam rodzinę w tamtych stronach i myślałem o tym, żeby ją odwiedzić. – Raptem poczułem pustkę w głowie, zupełnie nie wiedziałem, jak zagaić o szczegóły podsłuchanej historii. Spociły mi się ręce. – Wiecie może, czy wciąż trwają przygotowania do święta żniw, czy już jestem spóźniony? – zakończyłem żałośnie.

– Wciąż jeszcze trwa robota na polach – poinformował mnie łysy i znacząco odwrócił się do mnie bokiem.

– Słyszałem, że podczas ślubu coś się wydarzyło...

Łysy odwrócił się z powrotem i przyjrzał mi uważniej.

– Cóż, nie mam pojęcia, jak mogłeś o tym słyszeć. Skoro zeszłej nocy wieści były jeszcze całkiem świeże, a my przycumowaliśmy dziesięć minut temu. – Wyraz jego oczu stwardniał. – Nie wiem, co sprzedajesz, chłopcze. Ale ja tego nie kupię. Spadaj albo oberwiesz.

Wróciłem do stolika, wiedząc, że wszystko definitywnie zepsułem. Usiadłem, położyłem dłonie płasko na stole, żeby tak nie drżały. Brutalny masowy mord. Niebieski ogień. Dziwne rzeczy...

Chandrianie.

Poprzedniego dnia Chandrianie byli w Trebon.

Machinalnie dokończyłem cydr i podszedłem do baru.

Szybko docierało do mnie znaczenie tego, co się stało. Po tych wszystkich latach nadarzała się wreszcie sposobność dowiedzenia się czegoś na temat Chandrian. I to nie z zapisków, wciśniętych między karty ksiąg w Archiwach. Miałem szansę z pierwszej ręki zapoznać się z ich dziełem. Drugiej takiej okazji mogę już w życiu nie mieć.

Warunkiem było jak najszybsze dotarcie do Trebon, póki wydarzenia na świeżo tkwią w ludzkiej pamięci. Zanim ciekawscy tudzież zabobonni wieśniacy zatrą ostatnie ślady. Nie wiedziałem, co mogę znaleźć na miejscu, lecz cokolwiek by to było – każdy okruch wiedzy na temat Chandrian – w porównaniu z tym, co wiem obecnie, stanowić będzie znaczny postęp. A jeśli miałem odkryć cokolwiek użytecznego, musiałem tam dotrzeć tego samego dnia.

Karczmarka żywo uwijała się wśród porannych gości, musiałem więc rzucić żelaznego denara na kontuar, żeby w ogóle zwróciła na mnie uwagę. Po zapłaceniu za pojedynczy pokój, śniadanie i poranną kąpiel denar ten stanowił większość mego doczesnego bogactwa, nie dziwcie się więc, że przezornie przytrzymałem go palcem.

– Czego sobie życzysz? – zapytała, podchodząc.

– Jak daleko jest stąd do Trebon?

– W górze rzeki? Kilka dni.

– Nie pytałem, jak długo się tam płynie. Chcę wiedzieć, jak daleko... – powtórzyłem, kładąc nacisk na ostatnie słowo.

– Nie musisz się zaraz ciskać – zauważyła, wycierając ręce o brudny fartuch. – Rzeką jest jakieś czterdzieści mil. Podróż zabierze ci ponad dwa dni, w zależności od tego, czy popłyniesz barką czy pod żaglem. I od tego, jaka będzie pogoda.

– A drogą?

– Żebym sczerniała, jeśli wiem – mruknęła, potem krzyknęła do kogoś za barem. – Rudd, jak daleko jest do Trebon drogą?

– Trzy, cztery dni – odrzekł pomarszczony mężczyzna, nie unosząc wzroku znad kubka.

– Pytałam, jak daleko – warknęła na niego. – Dalej niż rzeką?

– Znacznie dalej, cholera. Jakieś dwadzieścia pięć lig. Poza tym trudna droga, cały czas pod górkę.

Na Boga, kto jeszcze dzisiaj mierzył odległość w ligach? W zależności od tego, skąd tamten facet pochodził, jego liga mogła liczyć od dwóch do trzech i pół mili. Ojciec zawsze twierdził, że liga tak naprawdę wcale nie jest miarą odległości, tylko sposobem, w jaki chłopi przydają liczbowy wymiar swoim zgadywankom.

Mimo to wiedziałem już, że Trebon znajduje się jakieś pięćdziesiąt do osiemdziesięciu mil na północ. Ponieważ najlepiej zakładać najgorsze, przyjąłem, że było to siedemdziesiąt.

Kobieta za barem zwróciła się do mnie:

– No i już wiesz. Mogę ci jeszcze coś podać?

– Potrzebuję worka z wodą, jeśli masz jakiś, albo butelki, jeśli nie masz. I trochę jedzenia na drogę. Sucha kiełbasa, ser, suchary...

– Jabłka? – zapytała. – Dostałam dzisiaj trochę ślicznych red jenny. Dobre na drogę.

Pokiwałem głową.

– I wszystko inne, co jest tanie i dobrze się przechowa.

– Za denara dużo nie dostaniesz... – powiedziała, zerkając na kontuar.

Potrząsnąłem sakiewką i z zaskoczeniem stwierdziłem, że mam w niej jeszcze cztery denary i miedzianą półgroszówkę, o której istnieniu nie miałem pojęcia. Właściwie to byłem bogaty.

Wzięła moje pieniądze i skierowała się do kuchni. Zwalczyłem przelotny atak paniki na myśl, że znowu jestem całkowicie bez grosza, i szybko przejrzałem w myślach zawartość worka.

Po chwili karczmarka wróciła z dwoma bochenkami czerstwego chleba, grubą, intensywnie pachnącą czosnkiem suszoną kiełbasą, małym serem w woskowej skórce, butelką wody, sześcioma wspaniałymi jaskrawoczerwonymi jabłkami oraz niewielkim woreczkiem, w którym były marchew i ziemniaki. Podziękowałem uprzejmie i wepchnąłem to wszystko do worka.

Siedemdziesiąt mil. Gdybym miał dobrego konia, zajęłoby mi to jeden dzień. Ale dobry koń kosztuje...

Wdychając odór zjełczałego tłuszczu, pukałem do drzwi Devi. Przyszło mi czekać sporą chwilę, przez cały czas tłumiłem w sobie ochotę przestępowania z nogi na nogę. Nie miałem pojęcia, czy Devi będzie już na nogach o tak wczesnej porze, ale musiałem zaryzykować.

Devi w końcu uchyliła drzwi i na mój widok się uśmiechnęła.

– Cóż, to ci dopiero miła niespodzianka. – Otworzyła je szerzej. – Wchodź. Usiądź.

Posłałem jej najlepszy z moich uśmiechów.

– Devi, ja tylko...

Zmarszczyła brwi.

– Wchodź – powiedziała poważniej. – Nie rozmawiam o interesach na schodach.

Wszedłem, zamknęła za mną drzwi.

– Usiądź. Chyba że wolałbyś się położyć. – Skinęła figlarnie w stronę wielkiego łóżka z baldachimem w rogu pokoju. – Nie uwierzysz, co usłyszałam dziś rano – ciągnęła, a w jej głosie pobrzmiewały nutki rozbawienia.

Mimo iż naprawdę mi się spieszyło, zmusiłem się do zachowania spokoju. Devi nie należało popędzać, w takich razach stawała się rozdrażniona.

Usiadła po swojej stronie biurka, splotła dłonie.

– Wychodzi na to, że ostatniej nocy para zbirów usiłowała skraść studentowi sakiewkę. Ku ich zdumieniu okazało się, że trafili na kolejnego młodego Taborlina. Wezwał z nieba ogień i błyskawicę. Jeden został oślepiony, drugi tak oberwał w głowę, że do tej pory nie odzyskał przytomności.

Przez chwilę siedziałem w milczeniu. Jakąś godzinę temu uznałbym te wieści za najlepsze, jakie można usłyszeć. Teraz były zwykłą drobnostką. Niemniej, choć czekało mnie pilniejsze zadanie, nie mogłem przegapić okazji dowiedzenia się czegoś o sprawach, powiedzmy, bliższych domu.

– Nie próbowali mnie okraść – wyjaśniłem.

Devi roześmiała się.

– Wiedziałam, że to ty! Nie umieli o nim nic więcej powiedzieć, tylko że miał rude włosy. Ale mi tego dość.

– Naprawdę oślepł przeze mnie? – zapytałem. – A drugi leży bez przytomności?

– Tak naprawdę, to nie wiem – przyznała Devi. – Wśród nas, ludzi niegodziwego rzemiosła, wieści rozchodzą się szybko, ale głównie są to niepotwierdzone plotki.

Myśli szybko wirowały mi w głowie, wyłaniał się z nich nowy plan.

– Mogłabyś sama puścić w obieg parę plotek? – zapytałem.

– To zależy – uśmiechnęła się paskudnie – od tego, czy są interesujące i jak bardzo.

– Niech się w nich przewija moje imię – powiedziałem. – Niech wszyscy wiedzą, o kogo chodziło. Niech wiedzą, że jestem zły jak diabli i zabiję następnych, którzy po mnie przyjdą. Zabiję ich i tego, który ich wynajął, a także pośredników, ich rodziny, ich psy, wszystkich...

Wyraz rozanielenia na twarzy Devi ustąpił lekkiemu niesmakowi.

– To trochę ponura groźba, nie sądzisz? Doceniam to, że jesteś przywiązany do swojej sakiewki. – Zerknęła na mnie swawolnie. – Poza tym sama mogę się mienić jej cichym wspólnikiem. Ale to nie...

– To nie byli złodzieje – wszedłem jej w słowo. – Wynajęto ich, żeby mnie zabili.

Devi przyjrzała mi się z powątpiewaniem. Wyciągnąłem koszulę ze spodni, pokazałem jej bandaż.

– Mówię poważnie. Mogę ci pokazać, gdzie jeden z nich mnie ciachnął, zanim uciekłem.

Zmarszczyła brwi, wstała i obeszła biurko.

– W porządku, pokaż.

Zawahałem się, ale doszedłem do wniosku, że lepiej, jak zaspokoję jej ciekawość – w końcu chciałem przecież prosić o przysługę. Zdjąłem koszulę i rzuciłem na biurko.

– Bandaż jest brudny – rzekła takim tonem, jakbym ją tym osobiście obraził. – Ściągaj go. – Podeszła do szafki stojącej w głębi pokoju, wróciła z czarną torbą lekarską i miską. Umyła ręce, potem obejrzała mój bok. – Nawet nie kazałeś sobie tego zszyć? – zapytała ze zdumieniem.

– Byłem trochę zajęty – powiedziałem. – Musiałem uciekać na złamanie karku, ukrywałem się całą noc.

Nie zwróciła uwagi na moje słowa i zabrała się do czyszczenia rany z tym charakterystycznym opanowaniem i profesjonalizmem, z którego wynikało, że musiała studiować w Medicum.

– Dużo krwi, ale rana nie jest głęboka – poinformowała mnie. – W niektórych miejscach ostrze nawet nie przecięło do końca skóry. – Wyprostowała się, wyciągnęła z torby jakieś instrumenty. – Ale mimo to trzeba będzie zeszyć.

– Sam bym zeszył – wtrąciłem. – Ale...

– ...ale jesteś idiotą, który nawet nie zadbał, żeby mu porządnie oczyszczono ranę – zdenerwowała się. – Jeżeli wda się infekcja, będziesz miał za swoje.

Oczyściła mi ranę, umyła ręce w misce.

– Musisz wiedzieć, że robię to dlatego, iż mam słabość do chłopców ładnych, niedorozwiniętych i winnych mi pieniądze. Uważam to za rodzaj ubezpieczenia własnej inwestycji.

– Tak, proszę pani. – Syknąłem, kiedy potraktowała ranę środkiem antyseptycznym.

– Rzekomo miałeś być bezkrwisty – zauważyła rzeczowo. – To kolejna legenda, która okazała się nieprawdą.

– Jeśli już o tym mowa. – Ostrożnie sięgnąłem do worka, wyciągnąłem książkę i położyłem na biurku. – Oddaję ci twoje *Rytuały godowe draccusa pospolitego*. Miałaś rację, dzięki rycinom jest znacznie ciekawsza.

– Wiedziałam, że ci się spodoba. – Umilkła i zabrała się do zszywania mnie. Kiedy przemówiła znowu, w jej głosie prawie nie było zwykłej figlarności. – Tych ludzi naprawdę wynajęto, żeby cię zabili, Kvothe?

Skinąłem głową.

– Mieli kompas różdżkarski, do którego wsadzili moje włosy. Dlatego wiedzieli, że jestem rudy.

– Gdyby się Kilvin dowiedział, toby zaczął toczyć pianę z pyska. – Pokręciła głową. – Jesteś pewien, że nie chcieli cię tylko nastraszyć? Poturbować trochę, żebyś nauczył się szacunku dla lepszych od siebie? – Przerwała szycie, spojrzała mi w oczy. – Nie byłeś takim durniem, żeby pożyczać pieniądze od Heffrona i jego chłopców, co?

Pokręciłem głową.

– Ty jesteś moją jedyną jastrzębicą, Devi. – Uśmiechnąłem się. – Po prawdzie, to właśnie dlatego wpadłem dzisiaj...

– A ja sobie już myślałam, że lubisz moje towarzystwo – skwitowała, wracając do igły. Zdawało mi się, że w jej głosie wychwyciłem nutę irytacji. – Pozwól mi najpierw skończyć.

Przez dłuższą chwilę zastanawiałem się nad tym, co powiedziała. Tamten wysoki rzekł: „Zróbmy to", ale faktycznie mogło to oznaczać wiele rozmaitych rzeczy.

– Możliwe, że niekoniecznie chcieli mnie zabić – przyznałem z ociąganiem. – Ale on miał nóż. Nie potrzebujesz noża, żeby komuś spuścić lanie.

Devi parsknęła.

– I nie potrzebujesz krwi, żeby ludzie spłacali ci długi. Jednak to z pewnością pomaga.

Myślałem o jej słowach do momentu, w którym założyła ostatni szew i zaczęła mnie owijać świeżym bandażem. Może rzeczywiście miało to być zwykłe lanie. Anonimowa wiadomość od Ambrose'a, żebym szanował lepszych od siebie. A może zwykła próba nastraszenia mnie. Westchnąłem, próbując podczas tej czynności nie poruszać za bardzo żebrami.

– Chętnie bym uznał, że tak to właśnie było, ale jakoś nie potrafię uwierzyć. Wydaje mi się, że chcieli przelać krew. Coś mi tak mówi w duszy.

Jej twarz spoważniała.

– W takim razie rozpuszczę parę plotek – zgodziła się. – Nie wiem, jakie wrażenie wywarłaby ta groźba o psach, lecz dodam kilka rzeczy, które sprawią, że ludzie dwa razy się zastanowią, zanim wezmą tę robotę. – Zaśmiała się gardłowo. – Po ostatniej nocy już pewnie się zastanawiają. Więc może niech się zastanowią trzy razy.

– Jestem wdzięczny.

– Naprawdę nie ma za co – rzuciła niedbale, wstała i otrzepała kolana. – Drobna przysługa dla przyjaciela. – Umyła ręce w miednicy i beztrosko wytarła o suknię. – Pogadajmy – powiedziała, zajmując swoje miejsce za biurkiem; wyraz jej twarzy znienacka stał się całkiem rzeczowy.

– Potrzebuję pieniędzy na szybkiego konia – powiedziałem.

– Wyjeżdżasz z miasta? – Uniosła jasną brew. – Nie wyglądasz mi na takiego, co ucieka.

– Nie uciekam – wyjaśniłem. – Ale muszę szybko dotrzeć w pewne miejsce. Jakieś siedemdziesiąt mil przed wieczorem.

Oczy Devi się rozszerzyły.

– Koń, który jest w stanie tak szybko biec, będzie trochę kosztował – zauważyła. – Dlaczego nie zmieniać koni po drodze? Szybciej i taniej.

– Tam, gdzie zmierzam, nie ma poczthalterni – powiedziałem. – W górę rzeki, potem na wzgórza. Małe miasteczko zwane Trebon.

– W porządku – rzekła. – Ile potrzebujesz?

– Potrzebuję pieniędzy na kupno szybkiego konia i to bez targowania się. Do tego pasza, jakieś łapówki... Dwadzieścia talentów.

Wybuchła śmiechem i zaraz zakryła dłonią usta. Dopiero po chwili odzyskała panowanie nad sobą.

– Nie. Bardzo mi przykro, ale nie. Mam słabość do czarujących młodych mężczyzn takich jak ty, ale jeszcze nie oszalałam.

– Mam lutnię – powiedziałem popychając nogą futerał. – Jako zastaw. Poza tym wszystko, co mam w środku. – Położyłem worek na biurku.

Wciągnęła głęboki oddech, jakby nie chciała od ręki odprawić mnie z kwitkiem, po czym wzruszyła ramionami i zajrzawszy do worka, poszperała w nim ręką. Wyciągnęła mój egzemplarz *Retoryki i logiki*, a chwilę później lampę sympatetyczną.

– Ojoj – powiedziała zaintrygowana, przesuwając kciukiem przełącznik i kierując jej światło na ścianę. – To jest ciekawe.

Skrzywiłem się.

– Wszystko oprócz tego – oznajmiłem. – Obiecałem Kilvinowi, że nie wypuszczę jej z rąk. Dałem słowo.

Spojrzała na mnie otwarcie.

– Czy kiedykolwiek słyszałeś wyrażenie: żebracy nie mogą być wybredni?

– Dałem słowo – powtórzyłem, odpiąłem srebrną fletnię talentu i przesunąłem po stole tak, że znalazła się obok *Retoryki i logiki*. – Takie rzeczy też nie leżą na ulicy, sama wiesz.

Devi ogarnęła wzrokiem lutnię, książkę, fletnię i znów głęboko westchnęła.

– Kvothe, wiem, że te rzeczy są dla ciebie ważne, ale suma wciąż mi się nie zgadza. Nie jesteś wart tyle pieniędzy. Wart jesteś ledwo cztery talenty, które mi jesteś winien.

Ukłuło mnie to do żywego, ponieważ wiedziałem, że ma rację.

Devi zastanawiała się chwilę, potem zdecydowanie pokręciła głową.

– Nie, same procenty... Za dwa miesiące będziesz mi winien ponad trzydzieści pięć talentów.

– Albo coś równie wartościowego na wymianę – zauważyłem.

Uśmiechnęła się łagodnie.

– A cóż mógłbyś mieć takiego, co by było warte trzydzieści pięć talentów?

– Dostęp do Archiwów.

Devi usiadła sztywno. Lekko protekcjonalny uśmiech zniknął z jej twarzy.

– Kłamiesz.

Pokręciłem głową.

– Wiem, że jest inna droga do środka. Nie znalazłem jej jeszcze, ale znajdę.

– Za dużo w tym wszystkim rozmaitych jeżeli. – Ton głosu Devi był nadzwyczaj sceptyczny. Ale w jej oczach lśniło coś, co nie zasługiwało na przyziemne miano pragnienia. Było bliższe głodu lub żądzy. Wiedziałem, że zależy jej na dostępie do Archiwów równie mocno jak mnie. Może bardziej.

– To ci właśnie proponuję – oznajmiłem. – Jeżeli będę cię w stanie spłacić, spłacę. Jeżeli nie, kiedy znajdę wejście do Archiwów, dopuszczę cię do tajemnicy.

Devi wbiła wzrok w sufit, jakby kalkulując w głowie koszty i zyski.

– Biorąc te rzeczy w zastaw i uwzględniając jako jego część ewentualny dostęp do Archiwów, mogę ci pożyczyć dwanaście talentów.

Wstałem i zarzuciłem worek na ramię.

– Tu się nie targujemy – powiedziałem. – Informuję cię po prostu, jakie są warunki pożyczki. – Uśmiechnąłem się przepraszająco. – Dwadzieścia talentów albo nic. Przepraszam, że nie wyjaśniłem tego na samym początku.

Rozdział 71

Dziwne upodobanie

Trzy minuty później stałem przed drzwiami najbliższej stajni. Dobrze ubrany Cealdanin uśmiechnął się na powitanie i dał krok w moją stronę.

– Ach, młody panie – rzekł, wyciągając rękę. – Mam na imię Kaerva. Mogę spytać...

– Potrzebuję konia – powiedziałem, przelotnie uścisnąwszy mu rękę. – Zdrowego, wypoczętego, odkarmionego. Takiego, który dziś jeszcze ostro pobiegnie sześć godzin bez przerwy.

– Oczywiście, oczywiście – powiedział Kaerva, zacierając dłonie i kiwając głową. – Z boską pomocą wszystko jest możliwe. Chętnie bym...

– Posłuchaj – przerwałem mu znowu. – Spieszę się, więc lepiej darujmy sobie te wstępy. Nie będę udawał, że nie jestem zainteresowany. A ty nie będziesz marnował mojego czasu, pokazując jakieś szkapy i chabety. Jeżeli w ciągu dziesięciu minut nie kupię konia, pójdę gdzie indziej. – Spojrzałem mu w oczy. – *Lhinsatva*?

Cealdanin był wyraźnie wstrząśnięty.

– Panie, konia żadną miarą nie należy kupować w takim pośpiechu. Nie wybiera się w dziesięć minut żony, a w drodze koń jest ważniejszy niż żona. – Uśmiechnął się nieśmiało. – Nawet sam Bóg nie...

I znowu wszedłem mu w słowo:

– To nie Bóg kupuje dzisiaj konia, tylko ja.

Szczupły Cealdanin zamknął wreszcie usta i zaczął się zastanawiać.

– Dobrze – oznajmił na koniec cicho, jakby zwracał się nie do mnie, lecz do siebie. – *Lhin*, chodźmy, zobaczymy, co tu mamy.

Zaprowadził mnie na tyły stajni, gdzie znajdowała się niewielka zagroda dla koni. Wskazał zwierzę stojące przy ogrodzeniu.

– Tamta tarantowata klacz. Jest wytrzymała, zaniesie cię, gdzie chcesz...

Zignorowałem jego słowa i przyjrzałem się kilku koniom wątpliwych zalet, stojącym nieruchomo w zagrodzie. Choć nie miałem ani potrzeby, ani środków, aby trzymać konia, potrafiłem odróżnić dobrego od złego, a żaden z tych, jakie widziałem, nie wydawał mi się odpowiedni.

Zrozumcie, konie wędrownej trupy żyją i umierają u boku swych panów, toteż moi rodzice zadbali, abym w końskiej materii również otrzymał odpowiednie wykształcenie. W wieku ośmiu lat znałem się już na koniach, co zresztą wielokrotnie później mi się przydało. Mieszkańcy miast regularnie próbowali nam wciskać na poły nieżywe tudzież sztucznie ożywione rozmaitymi środkami szkapy, wiedząc, że zanim się zorientujemy, będziemy już wiele mil za miastem. Człowiek, który sprzedał sąsiadowi chorowitą chabetę, mógł się spodziewać nielichych kłopotów, ale co złego przyjdzie z oszukania jednego z tych brudnych złodziei Ruh?

Odwróciłem się do cavlera.

– Zmarnowałeś właśnie dwie cenne minuty mego czasu, a więc prawdopodobnie wciąż nie rozumiesz, o co cię proszę. Wyjaśnię ci wszystko w prostych słowach: potrzebuję szybkiego konia, gotowego od razu do długiej jazdy. Jeśli takiego masz, zapłacę szybko, brzęczącą monetą i bez żadnych dyskusji. – Zakołysałem trzymaną w dłoni, ciężką od niedawna sakiewką, wiedząc, że tym sposobem trącam strunę czułą w duszy każdego Cealdanina. – Jeżeli sprzedasz mi konia, który zgubi podkowę albo okuleje, wreszcie będzie bał się każdego cienia, stracę cenną okazję. W istocie poniosę bezpowrotne straty. Wtedy bynajmniej nie wrócę i nie będę domagał się, żebyś mi je zrefundował. Nie wniosę skargi do konstabla. Tej samej nocy wrócę do Imre i podpalę twój dom. A potem, gdy wybiegniesz przez drzwi w koszuli nocnej i szlafmycy, zabiję cię, ugotuję i zjem. Na twoim trawniku przed domem, na oczach sąsiadów. – Spojrzałem na niego ze śmiertelną powagą. – Tak wygląda kontrakt, który ci proponuję, Kaerva. Jeżeli ci się nie podoba, powiedz od razu, pójdę gdzie indziej. W przeciwnym razie skończ z paradą tych chabet i pokaż mi prawdziwego konia.

Cealdanin spojrzał na mnie, zdumiony raczej niż przerażony moimi pogróżkami. Wyraźnie widziałem, że próbuje jakoś się zorientować w sytuacji. Pewnie myślał, że jestem albo kompletnym szaleńcem, albo synem ważnego szlachcica. Albo jednym i drugim.

– No, dobrze – powiedział w końcu, a z jego głosu zniknęły wszelkie przymilne tony. – Kiedy mówisz o ostrej jeździe, jak ostrą masz na myśli?

– Bardzo ostrą – zapewniłem go. – Muszę dziś jeszcze przejechać siedemdziesiąt mil. Po kiepskich drogach.

– Siodła i uprzęży też będziesz potrzebował?

Pokiwałem głową.

– Nic wymyślnego. Nic nowego.

– Dobra, ile możesz wydać?

Pokręciłem głową i uśmiechnąłem się krzywo.

– Pokaż mi konia i podaj cenę. Vaulder byłby niezły. Może być trochę dziki, dzięki temu będzie miał więcej energii. Niech będzie nawet dobra krzyżówka vauldera z khershaeńskim biegunem.

Kaerva pokiwał głową i zaprowadził mnie z powrotem do frontowej stajni, weszliśmy tylnymi drzwiami.

– Mam khershaena. Pełnej krwi. – Gestem przywołał jednego ze stajennych. – Przyprowadź naszego karego dżentelmena, tylko biegiem.

Chłopak pognał, jakby go goniło.

Kaerva odwrócił się ku mnie.

– Cudowne zwierzę. Zanim go kupiłem, dla pewności przegnałem po bezdrożach. Galopowałem na nim całą milę i ledwie się spocił, a krok miał lekki jak na początku. Zapewniam waszą lordowską mość, że nie kłamię.

Pokiwałem głową, ponieważ khershaen pełnej krwi idealnie

nadawał się do moich celów. Rasa słynęła z legendarnej wręcz wytrzymałości, z drugiej strony ceny też były odpowiednie. Dobrze wyszkolony biegun kosztował kilkanaście talentów.

– Ile za niego chcesz?

– Oddam go za dwie całe marki – powiedział głosem, w którym nie było śladu usprawiedliwienia czy chęci przypodobania się.

Litościwy Tehlu, dwadzieścia talentów. Musiałby mieć chyba srebrne podkowy, żeby tyle kosztować.

– Nie jestem w nastroju na długie targi, Kaerva – powiedziałem szybko.

– Dałeś mi to całkiem jednoznacznie do zrozumienia, panie – odparł. – Podaję ci uczciwą cenę. Oto on. Sam zobacz, dlaczego tyle kosztuje.

Chłopiec przybiegł, prowadząc za sobą cudownego potwora. Co najmniej osiemnaście piędzi wysokości, dumnie wyprostowany kark, czarny od nosa do koniuszka ogona.

– Uwielbia biegać – pochwalił go Kaerva z autentyczną miłością w głosie. Pogłaskał konia po gładkim czarnym karku. – Przyjrzyj się maści. Nawet jednego siwego włoska, dlatego też wart jest dwudziestu i ani szeląga mniej.

– Na maści mi nie zależy – stwierdziłem z roztargnieniem, szukając u konia śladów jakichś obrażeń lub oznak podeszłego wieku. Nic nie znalazłem. Młody, silny, z lśniącą sierścią. – Chcę, żeby szybko biegł.

– Rozumiem – powiedział przepraszająco. – Z mojego punktu widzenia maść jest istotna. Gdybym poczekał cykl, dwa, jakiś młody lord zapłaciłby i za wygląd.

Wiedziałem, że to prawda.

– Jak ma na imię? – zapytałem i podszedłem powoli do karego konia, potem pozwoliłem mu powąchać moją rękę, żeby przyzwyczaił się do mej bliskości. Targować można się szybko, zbliżenie z koniem zabiera czas. Tylko głupiec poganiałby w tej sprawie dumnego młodego khershaena.

– Jeszcze go nie otrzymał – padła odpowiedź.

– Jak masz na imię, chłopie? – zapytałem łagodnie, żeby przyzwyczaić go do brzmienia mojego głosu. Delikatnie obwąchał moją rękę, nie spuszczając ze mnie wielkiego, inteligentnego oka. Nie cofnął się, ale nie był też całkiem spokojny. Chciałem go uspokoić brzmieniem głosu, więc cały czas mówiłem, zbliżając się jeszcze bardziej. – Zasługujesz na dobre imię. Nie wyobrażam sobie, żeby jakieś lordziątko z urojeniami na punkcie własnej mądrości mogło ci nadać straszne imię w rodzaju Mrok, Heban czy Ogonek.

Znalazłem się tuż przy nim, położyłem dłoń na jego karku. Po skórze konia przebiegł lekki dreszcz, ale się nie odsunął. Nade wszystko chciałem się zorientować, jaki ma temperament, było to w mojej sytuacji co najmniej równie ważne jak wytrzymałość. Nie mogłem ryzykować, że wskoczę na grzbiet płochliwego konia.

– Ktoś bardziej rozgarnięty zapewne nazwałby cię Żużel lub Kruk, ale te imiona źle wróżą. Albo Łupek, które pasuje raczej do pieszczoszka stojącego w stajni. A już zupełnie skandalem byłoby dać ci imię Czarnuszek, obraźliwe dla takiego księcia jak ty.

Mój ojciec zawsze w ten sposób przemawiał do koni: rytmiczną, cichą litanią. Głaszcząc jego szyję, mówiłem przez cały czas, nie zwracając zupełnie uwagi na wypowiadane słowa. Koń nie rozumie słów, ważny jest tylko ton głosu.

– Przebyłeś daleką drogę. Powinieneś nosić dumne imię, aby ludzie nie uważali cię za byle kogo. Twój pierwszy właściciel był Cealdaninem? – zapytałem. – *Ve vanaloi. Tu teriam keta. Palan te*?

Czułem, jak na dźwięk mego głosu i słów znajomego języka pod skórą konia rozluźniają się mięśnie. Cały czas uważnie go obserwując, powtórzyłem pieszczotę z drugiej strony. Chodziło o to, aby przywykł do mnie.

– *Tu Ketha*? – mówiłem. – Jesteś węglem? *Tu mahne*? Jesteś cieniem?

Chciałem powiedzieć „półmrok", ale nie potrafiłem sobie przypomnieć odpowiedniego słowa w siaru. Nie chcąc umilknąć, mówiłem dalej i równocześnie oglądałem kopyta, czy nie ma w nich pęknięć lub zadziorów.

– *Tu Keth-Selhan*? Jesteś pierwszą nocą?

Wielki karosz zniżył łeb i szturchnął mnie chrapami.

– Podoba ci się to imię, co? – Roześmiałem się cicho, ponieważ wiedziałem, że zwietrzył właśnie paczuszkę suszonych jabłek, którą miałem schowaną w kieszeni płaszcza. Ważne było to, że już mnie poczuł. Jeżeli czuł się na tyle pewnie w mojej obecności, żeby obwąchiwać w poszukiwaniu jedzenia, zapewne nie będzie miał nic przeciwko wytężonej całodziennej jeździe.

– Keth-Selhan wydaje się imieniem dla niego stosownym – rzekłem, zwracając się do Kaervy. – Coś jeszcze muszę o nim wiedzieć?

Kaerva wydawał się zdeprymowany.

– Zarzuca trochę łbem w lewą stronę.

– Trochę?

– Trochę. Być może z tej strony będzie też bardziej płochliwy, ale ja tego nie widziałem.

– Jak jest szkolony? Krótkie wodze czy w stylu trupy?

– Krótkie wodze.

– Świetnie. Została ci minuta, żeby dobić targu. To jest niezłe zwierzę, ale nie dam za niego dwudziestu talentów. – Mój głos był spokojny i pewny, ale w sercu nie miałem już nadziei. Koń był naprawdę cudowny, a umaszczenie czyniło go wartym co najmniej dwudziestu talentów. Mimo to udawałem, że się targuję, mając nadzieję, że tamten może opuści do dziewiętnastu. Dzięki temu miałbym na pokój i posiłek, gdy dotrę do Trebon.

– No, dobra – powiedział Kaerva. – Szesnaście.

Tylko dzięki temu, że lata spędziłem na scenie, nie rozdziawiłem szeroko ust.

– Piętnaście – powiedziałem szybko, udając irytację. – I w tej cenie znajdzie się siodło, uprząż oraz worek owsa. – I zacząłem odliczać pieniądze z sakiewki, jakbyśmy już dobili targu.

Niewiarygodne, ale Kaerva pokiwał głową i zawołał jednego z chłopców, który miał mi przynieść uprząż oraz siodło.

Odliczałem mu pieniądze do ręki, a tymczasem jego stajenny siodłał wielkiego karosza. Cealdanin unikał mojego wzroku.

Gdybym się tak dobrze nie znał na koniach, musiałbym dojść do wniosku, że właśnie zostałem oszukany. Może koń był kradziony, ale może Kaerva po prostu rozpaczliwie potrzebował pieniędzy.

Jakiekolwiek były powody, nie dbałem o nie. Należał mi się

uśmiech szczęścia. A najlepsze ze wszystkiego było to, że gdy dotrę do Trebon, zapewne będę mógł odsprzedać konia z niezłym zyskiem. Mówiąc szczerze, to będę musiał go sprzedać, gdy tylko trafi mi się okazja, nawet z pewną stratą. Stajnia, pasza i kosmetyka dla takiego konia kosztowałyby mnie grosz za dzień. Nie było mnie stać, żeby go zatrzymać.

Upchnąłem worek podróżny w jukach, sprawdziłem popręg i strzemiona, w końcu wskoczyłem na grzbiet Keth-Selhana. Lekko anglezował w prawo, paląc się do drogi. Dobrze, to już było nas dwóch takich. Szarpnąłem lekko wodze i ruszyliśmy.

Większość problemów, jakie miewa się z końmi, nie jest winą samych koni. Ich źródłem jest ignorancja jeźdźca. Ludzie źle podkuwają swoje wierzchowce, niewłaściwie siodłają, karmią nie tym, co trzeba, a potem skarżą się, że sprzedano im ochwaconą, łęgowatą i niesforną szkapę.

Znałem się na koniach. Rodzice nauczyli mnie jeździć na nich i dbać o nie. I choć zasadniczo większość doświadczeń zdobywałem na bardziej krępych rasach, hodowanych nie do biegu, lecz dla celów pociągowych, w razie potrzeby umiałem pędzić co koń wyskoczy.

Spiesząc się, jeźdźcy często od razu zbyt mocno popędzają konia. Ruszają z miejsca galopem, skutkiem czego w ciągu godziny koń jest na poły zajeżdżony lub okulawiony. Czysty idiotyzm. Tylko skończony drań może tak traktować konia.

Lecz muszę przyznać, że sam zajeździłbym na śmierć Keth -Selhana, gdybym tylko w ten sposób mógł dotrzeć do Trebon na czas. W moim życiu zdarzały się chwile, kiedy gotów byłem być draniem. Zajeździłbym kilkanaście koni, jeśli dzięki temu zdobyłbym informacje na temat Chandrian i dowiedział się, czemu zamordowali moich rodziców.

Jednak rozmyślania o takich skrajnościach nie miały żadnego sensu. Martwy koń nie zaniesie mnie do Trebon. Żywy – tak.

Z początku pchnąłem Keth-Selhana miłym stępem, żeby się rozgrzał. Rwał się do szybszego chodu, zapewne wyczuwając moją niecierpliwość, i wszystko byłoby w porządku, gdybym miał do przejechania milę czy dwie. Ale przed nami było ich co najmniej pięćdziesiąt, toteż musieliśmy obaj zachować cierpliwość. Dwukrotnie więc ostro ściągałem wodze, zanim Keth-Selhan zrozumiał, o co mi chodzi.

Po przejechaniu jakiejś mili pozwoliłem mu trochę pokłusować. Chód miał lekki, nawet jak na khershaena, ale niezależnie od wszystkiego kłus jest już wymagający – czułem, jak szwy naciągają się na świeżej ranie. Po przejechaniu kolejnej mili pchnąłem Keth-Selhana galopem. Dopiero gdy znaleźliśmy się trzy czy cztery mile za Imre, w dodatku na prostym odcinku dobrej drogi, pozwoliłem mu biec cwałem.

Wierzchowiec zwietrzył szansę pobiegania sobie trochę i wyrywał do przodu. Resztki porannej rosy właśnie wypaliło słońce, z pól, gdzie trwały żniwa pszenicy i jęczmienia, chłopi przyglądali się, jak gnamy drogą. Keth-Selhan był szybki, tak szybki, że podczas jazdy czułem wiatr szarpiący płaszcz, którego poły łopotały za mną jak sztandar. Mimo iż zdawałem sobie sprawę, że dzięki temu stanowię widok zaiste dramatyczny, wkrótce miałem dość duszenia się, więc zdjąłem płaszcz i upchnąłem w jukach.

Kiedy przejeżdżaliśmy przez jakiś lasek, ściągnąłem wodze i Selhan zwolnił do kłusa. Dzięki temu on trochę wypocznie i nie będzie nam groziło niebezpieczeństwo wpakowania się na kłodę lub chłopski wóz, niewidoczne za zakrętem drogi. Gdy otworzyły się przed nami pastwiska i długi odcinek wolnej drogi, znowu poluzowałem wodze i polecieliśmy jak na skrzydłach.

Po półtorej godzinie takiej jazdy Selhan spocił się i dyszał ciężko, ale i tak był w lepszym stanie niż ja. Miałem wrażenie, że kolana mam z gumy. Byłem w dobrej kondycji, młody, niemniej po raz pierwszy od lat siedziałem w siodle. Podczas jazdy konnej pracują zupełnie inne mięśnie niż w trakcie wędrówki pieszej, a jazda cwałem wymaga tyleż wysiłku co bieg, chyba że to na konia przerzuca się dodatkowy trud, ale wtedy jest mu podwójnie ciężko.

Wystarczy powiedzieć, że z ulgą powitałem widok linii drzew na horyzoncie. Gdy do nich dojechaliśmy, zeskoczyłem z siodła i zafundowałem nam obu zasłużony odpoczynek. Przeciąłem jedno z jabłek, koń dostał większy kawałek. Po zastanowieniu oceniłem, że choć słońce jeszcze nie stoi w zenicie, przejechaliśmy już jakieś trzydzieści mil.

– To była łatwiejsza część drogi – poinformowałem Selhana, głaszcząc go po karku. – Panie, ależ ty jesteś piękny. Jeszcze nie straciłeś sił, nawet w połowie, co?

Przez następne dziesięć minut szliśmy spacerem, potem szczęście nam dopisało, ponieważ natrafiliśmy na mały strumień z przerzuconym nad nim drewnianym mostem. Pozwoliłem Selhanowi pić przez dobrą chwilę, zanim odciągnąłem go, żeby nie przesadził.

I znów wskoczyłem na siodło i powoli, stopniowo popędziłem konia do cwału. Przytulony do jego karku czułem każdy cal obolałych i obtartych nóg. Tętent kopyt był jak kontrapunkt do leniwej pieśni wiatru, bez końca zawodzącego mi w uszach.

Na pierwszą przeszkodę natrafiliśmy godzinę później, kiedy przyszło nam przeprawiać się przez szeroki strumień. Wprawdzie jego wód żadną miarą nie można było nazwać zdradzieckimi, ale i tak musiałem rozsiodłać konia i przenieść uprząż na własnych barkach. Nie mogłem ryzykować i pozwolić, by Selhan niósł na sobie mokrą uprząż przez długie godziny, jakie nam jeszcze zostały.

Na drugim brzegu rzeczki osuszyłem go kocem i ponownie osiodłałem. Cała operacja zabrała mi pół godziny, co oznaczało, że Selhan nie tylko wypoczął, ale wręcz ostygł, znów więc musiałem go stopniowo rozgrzewać: od stępa, przez kłus, do galopu. Wszystkiego razem podczas przeprawy przez strumień straciłem równą godzinę. Obawiałem się, że jeśli jeszcze raz czeka nas coś takiego, chłód może zaszkodzić mięśniom Selhana. Gdy to nastąpi, sam Tehlu nie będzie w stanie sprawić, aby pocwałował znowu.

Godzinę później wjeżdżałem do niewielkiego miasteczka, które właściwie składało się wyłącznie z kościoła i tawerny stojących obok siebie. Zatrzymałem się, aby Selhan mógł się napić z poidła. Sam rozprostowałem zesztywniałe nogi i z niepokojem sprawdziłem pozycję słońca na niebie.

Po opuszczeniu miasteczka coraz rzadziej napotykaliśmy pola i zagrody. Drzewa rosły gęściej i w większych skupiskach.

Droga była węższa i kiepsko utrzymana, miejscami kamienista, gdzie indziej rozmyta. Jechaliśmy coraz wolniej. Ale prawdę powiedziawszy, ani ja, ani Keth-Selhan nie mieliśmy już ochoty pędzić cwałem.

W końcu dotarliśmy do kolejnego strumienia, który zagrodził nam drogę. W najgłębszym miejscu pewnie nie miał wiele więcej niż stopę. Woda miała ostry, paskudny zapach, po którym domyśliłem się, że w górze rzeczki jest garbarnia albo rafineria. Mostu nie było, więc Keth-Selhan ostrożnie przeszedł na drugi brzeg, niepewnie macając kopytami kamieniste dno. Leniwie rozmyślałem o przyjemności zanurzenia stóp w wodzie po całodniowym marszu.

Strumień nie spowolnił w istotnym sensie naszej podróży, choć podczas następnej półgodziny musieliśmy go przekraczać jeszcze trzykrotnie, gdyż wił się wzdłuż drogi. Ale to była tylko lekka niedogodność, ponieważ woda nie była głębsza niż na półtorej stopy. Podczas każdej przeprawy kwaśny zapach był coraz intensywniejszy. Rozpuszczalniki i kwasy. Jeśli nie rafineria, to co najmniej kopalnia. Trzymałem mocno wodze w dłoniach, gotów w każdej chwili zadrzeć łeb konia, gdyby Selhan próbował się napić, ale na to był za mądry.

Po kolejnej galopadzie dotarliśmy na wzgórze, z którego mogłem dojrzeć małą trawiastą dolinę, a w niej rozstaje dróg. Pod samym drogowskazem siedział druciarz z parą osłów – jeden z nich miał grzbiet tak załadowany workami i tobołkami, że o mało się nie przewracał, drugi był ostentacyjnie wolny od wszelkiego ciężaru. Pasł się na poboczu bitej drogi, dopiero po chwili ujrzałem leżącą obok niego na ziemi stertę bagaży.

Druciarz siedział na małym stołku, wyglądał na przygnębionego. Ruszyłem w dół zbocza. Na mój widok jego twarz się rozjaśniła.

Podjechałem bliżej i mogłem już odczytać napisy na drogowskazie. Do Trebon na północ. Do Temfalls na wschód. Ściągnąłem wodze. Keth-Selhanowi i mnie przyda się wypoczynek, a nie spieszyło mi się tak bardzo, żeby niegrzecznie potraktować druciarza. Wcale, ale to wcale. Nawet jeśli nie brać pod uwagę przesądów, mógł mi powiedzieć, jak daleko mam do Trebon.

– Witaj! – powiedział, osłaniając oczy dłonią i mierząc mnie wzrokiem. – Wyglądasz jak chłopak, który na pewno czegoś chce. – Posunięty w latach, łysiejący, miał okrągłą, przyjazną twarz.

Roześmiałem się.

– Chcę mnóstwa rzeczy, druciarzu, ale obawiam się, że żadnej z nich nie znajdę w twoich workach.

Uśmiechnął się przymilnie.

– Cóż, nie przesądzaj z góry... – Urwał i w zamyśleniu wbił wzrok w ziemię. Kiedy znów spojrzał na mnie, wciąż był przyjazny, ale poważniejszy. – Posłuchaj, będę z tobą szczery, chłopcze. Moja ośliczka skaleczyła sobie kopyto na kamieniu i nie może nieść ładunku. Utknąłem tu na dobre i czekam, aż mi ktoś pomoże.

– W normalnych okolicznościach z radością bym ci pomógł, druciarzu – zapewniłem. – Ale muszę jak najszybciej dostać się do Trebon.

– To ci nie zajmie dużo czasu. – Skinął głową w kierunku wzgórza na północy. – Znajdujesz się zaledwie pół mili od niego. Gdyby wiatr wiał na południe, wyczułbyś zapach dymu.

Spojrzałem we wskazanym kierunku i zobaczyłem dym wznoszący się ku niebu zza wzgórza. Poczułem wszechogarniającą ulgę. Udało mi się, a była ledwie godzina po południu.

Druciarz ciągnął:

– Muszę dotrzeć do doków Evesdown. – Skinął głową w kierunku wschodnim. – Mam umówiony przewóz w dół rzeki i byłbym szczęśliwy, gdyby udało mi się zdążyć, nim łódź odpłynie. – Znaczącym spojrzeniem zmierzył mego konia. – Ale potrzebne mi będzie nowe zwierzę juczne, które poniesie ładunek...

Wychodziło na to, że mój los się na koniec odwrócił. Selhan był świetnym koniem, ale skoro już znalazłem się w Trebon, stanowić będzie tylko nieustanne obciążenie dla mojego ograniczonego budżetu.

Z drugiej strony, nigdy nie należy zdradzać, jak chętnie się byśmy się czegoś pozbyli.

– To jest trochę za dobry koń, żeby wykorzystywać go jako

zwierzę juczne – powiedziałem, klepiąc Keth-Selhana po karku. – To khershaen pełnej krwi i mogę cię zapewnić, że nigdy w życiu nie widziałem lepszego konia.

Druciarz przyjrzał mu się sceptycznie.

– Jest ledwie żywy ze zmęczenia, tyle ci powiem – oznajmił. – Nie da rady przebiec następnej mili.

Zeskoczyłem z siodła i zachwiałem się, gdy moje miękkie nogi omal nie odmówiły posłuszeństwa.

– Nie powinieneś się dziwić, druciarzu. Dziś przebiegł całą drogę aż z Imre.

Druciarz zachichotał.

– Nie jesteś złym kłamcą, chłopcze, ale powinieneś wiedzieć, kiedy się zatrzymać. Za dużej przynęty ryba nie weźmie.

Nawet nie musiałem udawać przerażenia.

– Przepraszam, że wcześniej nie przedstawiłem się właściwie. – Podałem mu rękę. – Mam na imię Kvothe, jestem z wędrownej trupy aktorów Edema Ruh. Nigdy, w najczarniejszą godzinę, nie okłamałbym druciarza.

Uścisnął mi dłoń.

– Cóż – powiedział lekko zbity z tropu – najszczersze przeprosiny dla ciebie i twojej rodziny. Rzadko widuje się kogoś z twego ludu samego na drodze. – Krytycznym spojrzeniem zmierzył konia. – Całą drogę z Imre, powiadasz?

Skinąłem głową.

– To jest ile, sześćdziesiąt mil? Diabelna przejażdżka... – Spojrzał na mnie z domyślnym uśmiechem. – Jak twoje nogi?

W odpowiedzi wyszczerzyłem zęby.

– Powiedzmy, że chętnie ruszę dalej na własnych nogach. Sądzę, że koń przebiegłby jeszcze dziesięć mil. Ale nie mogę tego samego powiedzieć o sobie.

Druciarz znów przyjrzał się zwierzęciu i głośno westchnął.

– Cóż, jako się rzekło, stawiasz mnie w trudnej sytuacji. Ile chcesz za niego?

– Cóż – powtórzyłem. – Keth-Selhan jest pełnej krwi khershaenem, nadto umaszczenie ma śliczne, sam musisz przyznać. Żadnej białej łatki, czysta czerń. Nawet jednego białego włoska...

Druciarz wybuchnął śmiechem.

– Cofam, co powiedziałem – wykrztusił. – Jednak kiepski z ciebie kłamca.

– Nie rozumiem, co w tym śmiesznego – odparłem nieco urażony.

Druciarz spojrzał na mnie dziwnym wzrokiem.

– Nie ma żadnego białego włoska, powiadasz. – Skinął głową w kierunku stojącego za mną Selhana. – Jeżeli on jest cały czarny, to ja jestem Oren Velciter.

Odwróciłem się i zobaczyłem, że lewa tylna noga Keth-Selhana ma wyraźną białą skarpetkę, sięgającą do połowy nadpęcia. Zdumiony podszedłem bliżej i przyjrzałem się jej. Nie była to czysta biel, raczej coś jakby sprana szarość. W nozdrza uderzyła mi słaba woń strumienia, który pokonaliśmy podczas ostatniego etapu podróży – rozpuszczalniki.

– Och, przeklęty drań – mruknąłem z niedowierzaniem. – Sprzedał mi farbowanego konia.

– Czy jego imię nie nasunęło ci podejrzeń? – zachichotał druciarz. – *Keth-Selhan*? Chłopcze, ktoś się z ciebie naigrawał.

– Jego imię oznacza „zmierzch" – powiedziałem.

Druciarz pokręcił głową.

– Twój siaru zardzewiał. *Kel-Selem* byłoby „pierwsza noc". *Selhan* znaczy „skarpeta". A jego imię oznacza: pojedyncza skarpetka.

Przypomniałem sobie, jak zareagował handlarz koni, gdy wybrałem to imię. Nic dziwnego, że wydawał się tak zbity z tropu. Nic dziwnego, że tak szybko i łatwo spuścił z ceny. Uznał, że rozszyfrowałem jego małą tajemnicę.

Na widok mojej twarzy druciarz zaśmiał się, i poklepał mnie po plecach.

– Nie przejmuj się, chłopcze. Od czasu do czasu zdarza się to najlepszym z nas. – Odwrócił się i zaczął szperać wśród swych tobołków. – Myślę, że mam coś, co ci się spodoba. Może wymienisz się za konia. – Uniósł coś czarnego i poskręcanego jak kawałek drewna wyrzucony przez morze na brzeg.

Wziąłem do ręki, przyjrzałem się z bliska. Przedmiot był ciężki i zimny w dotyku.

– Kawałek żelaznej surówki? – zapytałem. – Skończyły ci się magiczne fasolki?

W drugim ręku druciarz trzymał szpilkę. Odsunął ją gdzieś na piędź, puścił. Zamiast upaść na ziemię, szpilka przylgnęła do gładkiej powierzchni czarnego żelaza.

Aż westchnąłem z wrażenia.

– Kamień magnetyczny? Jeszcze w życiu takiego nie widziałem.

– Technicznie rzecz biorąc, to kamień z Trebon – stwierdził rzeczowo. – Ale w sumie masz rację. Mnóstwo ludzi w Imre chętnie weszłoby w posiadanie tego cuda...

Z roztargnieniem pokiwałem głową, obracając kamień w dłoniach. Od dzieciństwa zawsze chciałem zobaczyć kamień magnetyczny. Oderwałem od niego szpilkę, czując, jak cały czas gładki czarny metal ją przyciąga. Ogarnęło mnie poczucie cudowności. Trzymałem w dłoni kawałek gwiezdnego żelaza.

– Jak sądzisz, ile jest wart?

Druciarz parę razy cmoknął.

– Cóż, sądzę, że tu i teraz wart jest tyle co pewien khershaeński juczny muł pełnej krwi...

Bawiłem się kamieniem, parę razy odsunąłem szpilkę i pozwoliłem, żeby ją przyciągnął z powrotem.

– Kłopot polega na tym, druciarzu, że aby zakupić tego konia, zaciągnąłem dług u pewnej niebezpiecznej kobiety. Jeżeli nie sprzedam go korzystanie, mój los nie będzie godny pozazdroszczenia.

Pokiwał głową.

– Za kawałek gwiezdnego żelaza tej wielkości możesz żądać przynajmniej osiemnaście talentów, w przeciwnym razie dasz się okraść. Kupią go jubilerzy albo bogacze żądni nowinek. – Poklepał się po nosie. – Ale jeśli go zaproponujesz Uniwersytetowi, dostaniesz znacznie więcej. Rzemieślnicy uwielbiają kamień magnetyczny. Alchemicy również. Jeżeli dobrze się zakręcisz, możesz dostać godziwą sumkę.

To był dobry interes. Od Maneta wiedziałem, że magnes jest wiele wart i trudno go zdobyć. Nie chodziło zresztą wyłącznie o jego galwaniczne właściwości, ale głównie o metale rzadkie, które w śladowych ilościach występowały w kawałkach niebiańskiego żelaza. – Wyciągnąłem rękę. – Dobijemy targu.

Uroczyście ją uścisnął. Kiedy już sięgał po wodze konia, zapytałem:

– A co mi dasz za uprząż i siodło?

Trochę się obawiałem, że druciarza może zdenerwować moja namolność, ale zamiast tego tylko uśmiechnął się z zażenowaniem.

– Cóż za bystry chłopak – zachichotał. – Lubię ludzi, którzy nie wahają się obstawać przy swoim. Co byś chciał? Mam tu śliczny wełniany koc. Może kawałek mocnej liny? – Wyciągnął zwój liny z juków osła. – Zawsze dobrze mieć przy sobie kawałek sznura. A, może to? – Odwrócił się i mrugnął do mnie. W dłoniach trzymał jakąś butelkę. – Mam tu trochę smacznego wina owocowego z Avenish. Dam ci całe trzy butelki za uprząż twojego konia.

– Przydałby mi się zapasowy koc – przyznałem. Potem przyszła mi do głowy pewna myśl. – Masz jakieś ubrania w moim rozmiarze? Ostatnio niszczę mnóstwo koszul.

Starzec zamarł ze zwojem sznura w jednym ręku i butelką w drugim, potem wzruszył ramionami i znów zaczął szperać w swych workach i tobołkach.

– Słyszałeś może coś na temat pewnego ślubu w okolicy? – zapytałem. Druciarze zawsze wiedzieli, co w trawie piszczy.

– Ślub Mauthena? – Zawiązał jeden z worków, zaczął grzebać w następnym. – Przykro mi mówić, ale spóźniłeś się. Odbył się wczoraj.

Słysząc jego niedbały ton głosu, poczułem, jak mnie ściska w żołądku. Druciarz z pewnością usłyszałby o masakrze. Znienacka przyszło mi do głowy, że być może zadłużyłem się i pokonałem połowę drogi w góry, szukając wyłącznie wiatru w polu.

– Byłeś tam? Zdarzyło się coś dziwnego?

– Oto jest! – Druciarz odwrócił się z koszulą ze zgrzebnego płótna w ręku. – Obawiam się, że to nic szczególnego, ale jest nowa. Cóż, mniej więcej. – Przyłożył ją do mego ciała, żeby sprawdzić czy pasuje.

– Ślub? – Powtórzyłem.

– Co? Och, nie. Nie było mnie tam. Choć z tego, co mi mówiono, było wielkie święto. Jedyna córka Mauthena, więc hucznie wydawali ją za mąż. Przygotowania trwały od miesięcy.

– A więc nie słyszałeś o żadnych dziwnych zdarzeniach? – dopytywałem się dalej, a w żołądku mdliło mnie już nie na żarty.

Bezradnie wzruszył ramionami.

– Jak mówiłem, nie było mnie tam. Ostatnie kilka dni spędziłem koło hut. – Skinął głową w kierunku zachodnim. – Handlowałem z poszukiwaczami złota i góralami. – W pewnym momencie postukał się w skroń. – To mi przypomina, że w górach natknąłem się na bimbrownię. – Znowu zaczął grzebać w jukach, po chwili wyciągnął płaską, ale dość szeroką butelkę. – Jeśli nie lubisz wina, może coś mocniejszego...?

Już chciałem pokręcić głową, ale przyszło mi do głowy, że brandy domowej produkcji może mi się przydać, kiedy wieczorem będę musiał oczyścić ranę.

– Może być... – powiedziałem. – Zależy, co jeszcze jest w ofercie.

– Lubię takich uczciwych młodych dżentelmenów – oznajmił pompatycznie. – Dam ci koc, obie butelki i zwój liny.

– Jesteś nadzwyczaj hojny, druciarzu. Ale wolałbym koszulę zamiast liny i wina owocowego. Tylko będą mi ciążyć w drodze, a mam jeszcze przed sobą spory kawał.

Kwaśną miną zareagował na te słowa, ale poza tym tylko wzruszył ramionami.

– Ty decydujesz, rzecz jasna. Koc, koszula, brandy i trzy joty.

Przypieczętowaliśmy umowę uściskiem dłoni, potem pomogłem mu objuczyć Keth-Selhana, ponieważ miałem niejasne przeczucie, że obraziłem go, odrzucając pierwotną propozycję. Dziesięć minut później on zmierzał już na wschód, a ja wędrowałem śród zielonych wzgórz na północ.

Cieszyłem się, że ostatnie pół mili mogę przejść na własnych nogach, ponieważ dzięki temu miałem okazję rozprostować zesztywniałe mięśnie nóg i pleców. Kiedy wspiąłem się na szczyt wzgórza, zobaczyłem u swoich stóp Trebon, wciśnięte w niewielką dolinę między wzgórzami. Miasteczko żadną miarą nie zasługiwało na miano metropolii – jakieś może sto budynków przy krętych, niewybrukowanych ulicach.

We wczesnych latach mego życia spędzonych w wędrownej

trupie nauczyłem się bezbłędnie oceniać takie miejsca. W istocie niezbyt się to różni od oceny, jakiej muzyk poddaje publiczność, dla której gra w tawernie. Oczywiście w pierwszym wypadku stawka jest znacznie wyższa – kiedy zagra się w tawernie niewłaściwą piosnkę, wygwizdają cię; wybranie niewłaściwego miasteczka może się skończyć znacznie gorzej.

Przyjrzałem się więc Trebon. Widać było, że leży z dala od głównych traktów, coś pośredniego między miejscowością górniczą a rolniczą. Zapewne nikt tu nie okazywał podejrzliwości wobec obcych, z drugiej strony było tak małe, że każdy przybysz natychmiast będzie się tu rzucał w oczy.

Naprawdę zaskoczył mnie dopiero widok ludzi wystawiających wypchanego słomą upiora przed domem. Mimo bliskości Imre i Uniwersytetu Trebon więc zamieszkiwała naprawdę zacofana społeczność. Każde miasto ma własne święto żniw, ale w naszych czasach zazwyczaj ludzie tylko piją wokół ogniska. To, że tutejsi mieszkańcy stosowali się do tradycyjnych zwyczajów ludowych, oznaczało, że zapewne są bardziej przesądni, niż to się normalnie zdarza.

Mimo to ucieszył mnie widok wypchanej sylwetki upiora. Miałem słabość do tradycyjnych dożynek, do zabobonów i tak dalej. W istocie są przecież formą teatru.

Kościół Tehlan był najładniejszym budynkiem w mieście: wysoki na trzy piętra, postawiony z ciosanego kamienia. Niby nie było w tym nic dziwnego, ale nad wejściem, wysoko ponad ziemią przybito do ściany jedno z największych żelaznych kół, jakie w życiu widziałem. Żelazo było zresztą prawdziwe, nie jakieś tam pomalowane drewno. Koło miało z dziesięć stóp średnicy i musiało ważyć dobrą tonę. W normalnych okolicznościach na taki widok zrobiłbym się trochę nerwowy, ale doszedłem do wniosku, że skoro Trebon jest miasteczkiem górniczym, koło stanowi raczej oznakę dumy jego mieszkańców, nie zaś przejaw fanatycznej pobożności.

Większość pozostałych budynków miasteczka była niziutka, ściany z drewnianych bali, dachy kryte cedrowym gontem. I tylko jeszcze karczma sprawiała solidne wrażenie – piętrowa, z pobielonymi ścianami i czerwoną dachówką. Tam zapewne powinienem poszukiwać tych, co słyszeli o nieszczęsnym ślubie.

W środku zastałem ledwie garstkę ludzi, czemu trudno się dziwić, ponieważ żniwa były w pełni, a do zmierzchu zostało wciąż pięć, sześć godzin. Wędrując do baru, za którym stał karczmarz, przybrałem zafrasowaną minę.

– Przepraszam – zacząłem. – Nienawidzę się narzucać, ale szukam kogoś.

Karczmarz był ciemnowłosym mężczyzną z marsem na trwałe przylepionym do czoła.

– Niby kogo?

– Moja kuzynka przyjechała tu na wesele – powiedziałem, sam nie wiedząc, skąd mi się to wzięło – a słyszałem, że były jakieś kłopoty.

Na samo brzmienie słowa „wesele" mars na czole karczmarza się pogłębił, jeśli to w ogóle możliwe. Poczułem, że dwaj mężczyźni siedzący dalej za barem, którzy wcześniej nawet nie zerknęli w moją stronę, jakoś za bardzo właśnie starają się nie patrzeć. A więc to prawda. Stało się coś strasznego.

Karczmarz wyprostował ręce, wsparł się mocno na kontuarze. Nie od razu się zorientowałem, że dotyka żelaznego łebka gwoździa wbitego w drewno.

– Złe rzeczy – powiedział krótko. – Nie mam ochoty na ten temat nic mówić.

– Proszę – pozwoliłem, by w mój głos wkradło się zmartwienie. – Byłem w odwiedzinach u rodziny w Temfalls, kiedy przyszły plotki, że coś się wydarzyło. Wszyscy są zajęci kończeniem zbiorów, obiecałem, że tu zajrzę i zobaczę, co się stało.

Karczmarz zmierzył mnie spojrzeniem od stóp do głów. Jakiegoś poszukiwacza sensacji zbyłby od razu, ale nie mógł tak postąpić z człowiekiem zatroskanym o członka rodziny.

– Na górze jest jedna, co tam była – rzekł krótko. – Nietutejsza. Może to twoja kuzynka.

Świadek! Otworzyłem już usta, żeby zadać kolejne pytanie, ale on tylko pokręcił głową.

– Ja nic nie wiem – rzekł zdecydowanie. – I mnie to nie obchodzi. – Odwrócił się i znienacka strasznie zajęty zaczął polerować kurki beczek z piwem. – Na górze, korytarzem do końca, po lewej stronie.

Schody znajdowały się po drugiej stronie sali. Podchodząc do nich, czułem, jak wszyscy mi się przyglądają. Wymowna cisza i ton głosu karczmarza świadczyły jednoznacznie, że ta, która jest na górze, nie była po prostu kimś tam, że była tą jedyną. Jedyną ocalałą.

Doszedłem do końca korytarza, zapukałem do drzwi. Najpierw cicho, potem głośniej. W końcu powoli je uchyliłem, żeby nie przestraszyć tego, kto jest w środku.

Pokój był wąski, z wąskim łóżkiem. Leżała na nim kobieta w ubraniu, rękę miała owiniętą bandażem. Patrzyła w okno, więc widziałem tylko profil.

Mimo to rozpoznałem ją. Denna.

Musiałem narobić hałasu, ponieważ odwróciła się i spojrzała na mnie. Oczy jej się rozszerzyły i choć raz w trakcie naszej znajomości to jej zabrakło słów.

– Słyszałem, że wpadłaś w tarapaty – powiedziałem nonszalancko. – Pomyślałem sobie, że przyjadę i pomogę.

Na moment oczy jej się rozszerzyły jeszcze bardziej, szybko się jednak opanowała.

– Kłamiesz – odrzekła, uśmiechając się krzywo.

– Kłamię – przyznałem. – Ale to piękne kłamstwo. – Wszedłem do pokoju, cicho zamknąłem za sobą drzwi. – Przyjechałbym, gdybym wiedział.

– Po otrzymaniu wieści każdy może przyjechać – powiedziała wymijająco. – Tylko wyjątkowy mężczyzna pokaże się, nie wiedząc nic z góry o kłopotach. – Przerzuciła nogi przez krawędź łóżka i usiadła twarzą w moją stronę.

Przyjrzałem jej się z bliska. Zauważyłem, że prócz bandaża ma jeszcze siniak na skroni. Podszedłem bliżej.

– Dobrze się czujesz? – zapytałem.

– Nie – odrzekła szczerze. – Ale mogło się skończyć znacznie gorzej. – Powoli wstała, jakby nie była pewna, czy nogi ją utrzymają. Ostrożnie dała kilka kroków i najwyraźniej się uspokoiła. – Dobrze. Mogę chodzić. Wynośmy się stąd.

Rozdział 72

Przy Kurchacie

Kiedy wyszliśmy z pokoju, Denna skręciła w lewo, nie w prawo. Z początku pomyślałem, że może jest zdezorientowana, ale kiedy zobaczyłem tylne schody, zrozumiałem, iż nie chce przechodzić przez wspólną salę. Znaleźliśmy się na dole przy drzwiach prowadzących na zewnątrz. Okazały się zamknięte.

A więc jednak musieliśmy wyjść frontowymi drzwiami. Gdy tylko znaleźliśmy się w sali z wyszynkiem, niemal boleśnie poczułem, jak uwaga wszystkich skupia się na nas. Denna ruszyła prosto do wyjścia, sunąc z powolną nieuchronnością chmury burzowej.

Byliśmy już prawie na ulicy, kiedy stojący za barem karczmarz zawołał:

– Hola! Zaczekajcie!

Denna umknęła wzrokiem. Jej usta zacisnęły się w cienką kreskę, wciąż szła ku drzwiom, jakby niczego nie słyszała.

– Ja się tym zajmę – powiedziałem cicho. – Zaczekaj na mnie. Za chwilkę wracam.

Podszedłem do spoglądającego ponuro karczmarza.

– Więc to jest twoja kuzynka? – zapytał. – Konstabl pozwolił jej opuścić miasto?

– Myślałem, że ciebie to wszystko nie obchodzi – zauważyłem.

– Wcale. Ale korzystała z pokoju, jadła, poza tym musiałem sprowadzić doktora, żeby ją opatrzył.

Spojrzałem na niego twardym wzrokiem.

– Jeżeli w tym mieście jest doktor biorący więcej niż pół grosza, to ja jestem król Vint.

– Wszystkiego razem jest mi winna pół talenta – upierał się. – Bandaże nie są za darmo, musiałem kazać kobiecie, żeby przy niej siedziała i czekała, aż się obudzi.

Bardzo wątpiłem, czy jego koszty wynosiły bodaj połowę wymienionej sumy, z pewnością jednak nie chciałem kłopotów z konstablem. Chciałem jak najszybciej ruszać w drogę. Poza tym, mając na względzie skłonności Denny, martwiłem się, że jeśli spuszczę ją na minutę z oka, zniknie niczym mgła o poranku.

Wyjąłem z sakiewki pięć jot i rzuciłem na kontuar.

– Wilki czują krew – rzuciłem i wyszedłem.

Poczułem absurdalną falę ulgi, gdy zobaczyłem, że Denna czeka na mnie przed karczmą oparta o słupek do przywiązywania koni. Oczy miała zamknięte, twarz wystawiła do słońca. Na głos moich kroków westchnęła z zadowoleniem i odwróciła się.

– Było aż tak źle? – zapytałem.

– Z początku byli nawet mili – przyznała, wskazując karczmę gestem zabandażowanej dłoni. – Ale ta stara kobieta cały czas mnie pilnowała. – Zmarszczyła brwi, odrzucając do tyłu długie czarne włosy; wyraźnie mogłem się przyjrzeć purpurowemu siniakowi, który sięgał w dół od skroni aż do linii włosów. – Znasz ten typ: stara panna w koronkach z ustami jak koci zadek.

Wybuchłem śmiechem, a niespodziany uśmiech Denny był jak promyk słońca zza chmur. Potem jej twarz znów powlekł cień.

– Cały czas na mnie tak patrzyła. Jakby myślała, że powinnam mieć dość przyzwoitości i umrzeć z tamtymi. Jakby to wszystko była moja wina. – Denna pokręciła głową. – Ale i tak była lepsza niż ci starcy. Konstabl kładł rękę na moim kolanie! – Zadrżała. – Sam burmistrz przyszedł i rozwodził się nade mną, jakby mu autentycznie zależało, lecz tak naprawdę to tylko zamęczał mnie bezustannymi pytaniami. Co ty tu robisz? Co się stało? Co widziałaś...?

Ton głosu Denny zmusił mnie do milczenia, choć i mnie pytania cisnęły się na usta; w istocie to zareagowałem tak gwałtownie, że omal nie przygryzłem sobie języka. W mojej naturze leży zadawanie pytań, nie wspominając już, że głównym celem tej szaleńczej wyprawy na pogórze było wyświetlenie tego, co się tu zdarzyło.

Niemniej zrozumiałem, że Denna nie ma w obecnej chwili zamiaru udzielać żadnych odpowiedzi. Poruszyłem ramieniem, poprawiając ułożenie worka na plecach, i wtedy przyszło mi coś do głowy.

– Czekaj. Twoje rzeczy. Zostawiłaś je w pokoju.

Przez mgnienie Denna się wahała.

– Nie sądzę, aby zostało tam coś mojego – powiedziała.

– Jesteś pewna, że nie chcesz wrócić i sprawdzić?

Zdecydowanie pokręciła głową.

– Opuszczam miejsce, gdzie mnie nie chcą – stwierdziła rzeczowo. – O wszystko inne mogę zadbać po drodze.

Ruszyła ulicą, dogoniłem ją szybko. Wkrótce skręciła w wąski zaułek wiodący na zachód. W pewnej chwili minęliśmy starą kobietę, która wieszała przed drzwiami sylwetkę upiora wypchanego owsianymi otrębami. Upiór miał na głowie upleciony ze słomy niby-kapelusz i spodnie z juty.

– Dokąd idziemy? – zapytałem.

– Muszę sprawdzić, czy moje rzeczy nie zostały na farmie Mauthena – wyjaśniła. – Później jestem otwarta na propozycje. Dokąd chciałeś iść, zanim mnie znalazłeś?

– Szczerze mówiąc, to też chciałem się udać na farmę Mauthena.

Denna zerknęła na mnie z ukosa.

– Świetnie. Do farmy jest stąd jakaś mila. Wkrótce tam dotrzemy, a światła zostanie jeszcze aż nadto.

Okolice Trebon są dzikie, nie do końca opanowane przez człowieka – głównie gęsty las miejscami przetykany kamienistymi łatami. Nagle droga skręca i oczom wędrowca ukazuje się małe, piękne pole złotej pszenicy wśród drzew albo na dnie niewielkiej doliny w otoczeniu zboczy z ciemnego kamienia. Na polach pracowali chłopi i robotnicy sezonowi, pokryci omłotem, poruszali się z ociężałością cechującą ludzi, którzy wiedzą, że mają przed sobą jeszcze pół dnia pracy przy żniwach.

Od niecałej minuty wędrowaliśmy drogą, kiedy za plecami usłyszałem charakterystyczny stukot kopyt. Odwróciłem się i zobaczyłem wóz drabiniasty podskakujący na nierównej drodze. Zszedłem z Denną w krzaki rosnące na poboczu, ponieważ wóz i tak ledwie się mieścił na drodze. Kościsty, pomarszczony chłop przyglądał nam się podejrzliwie z kozła, zgarbiony nad trzymanymi w dłoniach wodzami.

– Idziemy na farmę Mauthena! – zawołała Denna, kiedy znalazł się bliżej. – Może mógłbyś nas podwieźć?

Tamten spojrzał na nas ponuro, po czym skinieniem głowy wskazał tył wozu.

– Wysadzę was przy Kurchacie. Stamtąd będziecie musieli pójść pieszo.

Wspięliśmy się na tył wozu, usiedliśmy na samym końcu tak, że nasze nogi zwisały nad ziemią. Podróżowaliśmy niewiele szybciej niż piechotą, ale oboje byliśmy zadowoleni, że możemy odpocząć.

Jechaliśmy w milczeniu. Denna najwyraźniej nie miała ochoty o niczym mówić w obecności chłopa, a ja cieszyłem się z okazji przemyślenia sobie paru spraw. Wcześniej byłem zdecydowany na wszelkie kłamstwa, jakie mi tylko przyjdą na myśl, jeżeli tylko dzięki nim uda mi się wyciągnąć od świadka potrzebne informacje. Denna skomplikowała wszystko. Nie chciałem jej okłamywać, ale równocześnie nie mogłem ryzykować i powiedzieć jej za dużo. Ostatnia rzecz, na jakiej mi zależało, to żeby uznała mnie za szaleńca bredzącego o Chandrianach...

Jechaliśmy więc w milczeniu. Jej bliskość była przyjemna. Zapewne uznalibyście, że dziewczyna w bandażach i z podbitym okiem nie może być piękna, ale Denna była. Piękna niczym księżyc – może nie bez wad, niemniej doskonała.

Chłop odezwał się, przerywając moje zamyślenie.

– Jesteśmy przy Kurchacie.

Rozejrzałem się dookoła, szukając jakiejś kurnej chaty, ale nic takiego nie widziałem. Szkoda, ponieważ może byłaby tu studnia, a chętnie napiłbym się zimnej wody i trochę obmył. Po godzinach wytężonej jazdy byłem spocony i przesiąknięty końskim zapachem.

Podziękowaliśmy chłopu i zeskoczyliśmy z wozu. Denna ruszyła bitym traktem, który wił się w tę i we w tę po stoku wzgórza, między drzewami i rozrzuconymi tu i ówdzie odkrywkami zniszczonego erozją czarnego kamienia. Kondycja Denny poprawiła się wyraźnie od czasu, gdy opuściliśmy karczmę, ale oczy miała wbite w ziemię i z najwyższą uwagą stawiała kolejne kroki, jakby wciąż nie ufała swemu poczuciu równowagi.

Raptem przyszło mi coś do głowy.

– Przeczytałem twój list – powiedziałem, wyciągając z kieszeni płaszcza zwiniętą kartkę papieru. – Kiedy mi go włożyłaś w okno?

– Prawie dwa cykle temu.

Skrzywiłem się.

– Znalazłem go dopiero wczoraj.

Pokiwała głową do jakichś własnych myśli.

– Zmartwiłam się, kiedy nie przyszedłeś. Pomyślałam sobie, że może wypadł albo zamókł i dlatego nie mogłeś go przeczytać.

– Niestety, ostatnio rzadko wchodziłem przez okno – wyjaśniłem.

Denna nonszalancko wzruszyła ramionami.

– Byłam niemądra, zakładając, że robisz to stale.

Próbowałem wymyślić coś, co mógłbym w tej sytuacji powiedzieć, coś, co wyjaśniłoby moje zachowanie wówczas w „Eolu", kiedy Fela dała mi płaszcz. Nic mi nie przychodziło do głowy.

– Przepraszam cię za to, że wtedy nie przyszedłem na ten obiad.

Denna przyjrzała mi się z lekkim rozbawieniem.

– Deoch mi wytłumaczył, że był pożar czy coś. Że jak później przyszedłeś, wyglądałeś strasznie.

– I strasznie się czułem – zapewniłem ją. – Bardziej dlatego, że cię zawiodłem, niż z powodu poparzeń.

Przewróciła oczami.

– Pewna jestem, że musiało to być dla ciebie okropne. Zresztą ostatecznie nic się złego nie stało, wręcz przeciwnie. Kiedy siedziałam tam... sama... zamartwiając się...

– Powiedziałem, że mi przykro.

– ...przysiadł się do mnie starszy dżentelmen. Porozmawialiśmy, poznaliśmy się bliżej... – Wzruszyła ramionami i uciekła spojrzeniem, jakby autentycznie zawstydzona. – Od tego czasu spotykam się z nim regularnie. Jeżeli dalej wszystko potoczy się równie gładko, być może przed końcem roku zostanie moim mecenasem.

– Naprawdę? – zapytałem i owładnęło mną poczucie ulgi. – To wspaniałe, od dawna sobie zasłużyłaś. Kto to jest?

Pokręciła głową, czarne włosy opadły jej na twarz.

– Nie mogę powiedzieć. Ma obsesję na punkcie prywatności. Jeszcze przez co najmniej cykl nie mam prawa zdradzić jego imienia. Zresztą sama do końca nie wiem, czy imię, które mi podał, jest prawdziwe.

– Jeżeli nie masz pojęcia, kim on właściwie jest – stwierdziłem, cedząc słowa – skąd wiesz, że jest dżentelmenem?

To było głupie pytanie. Oboje znaliśmy odpowiedź, mimo to ona wyartykułowała ją wprost:

– Pieniądze. Ubrania. Etykieta. – Wzruszyła ramionami. – A nawet jeśli to tylko bogaty kupiec, wciąż nadaje się na mecenasa.

– Ale już nie idealnego. Rodziny kupieckie nie zapewniają tej stabilności...

– ...a ich nazwiska nie mają tego ciężaru gatunkowego – dokończyła za mnie z kolejnym domyślnym wzruszeniem ramion. – Pół bochenka chleba to lepiej niż nic, a mnie już zmęczyła sytuacja, w której nie mam co jeść. – Westchnęła. – Ciężko pracowałam nad tym, żeby go przekonać. On jest taki ostrożny... Nigdy dwukrotnie nie spotkaliśmy się w tym samym miejscu i nigdy nie było to miejsce publiczne. Bywało, że umawiał się ze mną na spotkanie i nie przychodził. Wprawdzie można powiedzieć, że już się do tego przyzwyczaiłam...

Denna zachwiała się, stąpnąwszy na chybotliwy kamień. Odruchowo wyciągnąłem rękę, zdążyła ją schwycić, zanim upadła, i wesprzeć się na moim ramieniu. Przez chwilę staliśmy przytuleni do siebie, całym ciałem czułem jej ciało.

Pomogłem jej odzyskać równowagę, odsunęła się. Wciąż jednak nie zdjęła ręki z mojego ramienia. Szedłem wolno, czując się, jakby dziki ptak siedział mi na ramieniu, a ja za żadną cenę nie chcę go spłoszyć.

Zastanawiałem się, czy jej nie objąć, po części dla podtrzymania, po części z powodów bardziej oczywistych. Szybko jednak zrezygnowałem z tego pomysłu. Wciąż pamiętałem wyraz jej twarzy, gdy wspomniała o konstablu trzymającym ją za kolano. Co bym zrobił, gdyby tak samo zareagowała na moje poczynania?

Mężczyźni ciągnęli do Denny jak muchy do miodu, z naszych rozmów wiedziałem, jak bardzo ją to męczy. Nie potrafiłem sobie wyobrazić, że mógłbym popełnić tę samą gafę tylko dlatego, że nic nie zrozumiałem. Lepiej nie ryzykować, że ją obrażę, lepiej dmuchać na zimne. Jak już wcześniej tłumaczyłem, istnieje zasadnicza różnica między brakiem strachu a odwagą.

Szliśmy krętą drogą, cały czas pod górę. Wśród drzew panowała cisza i tylko wiatr szeptał w trawie.

– A więc to taki skryty jegomość? – zagaiłem w obawie, że cisza wkrótce stanie się nie do zniesienia.

– Skryty to zbyt łagodnie powiedziane – odrzekła Denna, przewracając oczami. – Kiedyś pewna kobieta dawała mi pieniądze za jakiekolwiek informacje o nim. Udawałam głupią, a gdy doniosłam mu o wszystkim, usłyszałam, że to był test, który sam zaaranżował, aby się przekonać, na ile mi może ufać. Innym razem grozili mi jacyś mężczyźni. Sądzę, że to był kolejny test.

Z jej słów wyłaniał się wizerunek dość złowieszczej postaci – może jakiś zbieg spod karzącej ręki sprawiedliwości albo ktoś ukrywający się przed własną rodziną. Już chciałem się podzielić z Denną swoimi myślami, kiedy zorientowałem się, że patrzy na mnie z niepokojem. Martwiła się więc, martwiła się, że straci w moich oczach, gdy uznam, że ulega wszelkim kaprysom jakiegoś paranoicznego paniczyka.

Wróciłem myślami do rozmowy z Deochem, przypomniałem sobie, że choć mój los był ciężki, jej był bez wątpienia jeszcze cięższy. Do czego sam bym się posunął, żeby wystarać się o mecenasa w osobie jakiegoś możnego szlachcica? Na co bym się zgodził, żeby znaleźć kogoś, kto da mi pieniądze na struny do lutni, zadba o ubranie i jedzenie, obroni przed paskudnymi draniami w rodzaju Ambrose'a?

Zmełłem cisnący się na usta komentarz i uśmiechnąłem porozumiewawczo.

– Lepiej, żeby się okazał bogaty i wart twojego zachodu – powiedziałem. – Worki pieniędzy. Całe skrzynie.

Kącik jej ust drgnął w uśmiechu, uspokoiła się zadowolona, że jej nie odsądzam od czci i wiary.

– Cóż, to by dopiero było, nieprawdaż? – A jej oczy błyszczały i mówiły: „Właśnie, właśnie!" – Z jego powodu tu przyjechałam – ciągnęła. – On mnie prosił, żebym się pokazała na tym weselu. Prowadzi znacznie bardziej wiejskie życie, niż początkowo podejrzewałam, lecz... – Znowu wzruszyła ramionami, co stanowiło milczący komentarz do niezrozumiałych kaprysów szlachty. – Spodziewałam się, że mój przyszły mecenas też się tu pokaże... – Urwała, roześmiała się. – Czy to w ogóle ma jakiś sens?

– Wymyśl dla niego jakieś imię – zaproponowałem.

– Ty wymyśl – odparła. – Przecież na Uniwersytecie uczą cię o imionach?

– Annabelle – poddałem.

– Na pewno nie będę – śmiała się – mówiła o moim potencjalnym mecenasie: Annabelle.

– Książę Nadziany.

– Teraz już sobie kpisz. Spróbuj jeszcze raz.

– Będę wymieniał, a ty mi powiesz, kiedy trafię na to, które ci się spodoba... Fryderyk Kpiarz. Franek. Feran. Forue. Fordale...

Bez końca kręciła głową, a tymczasem wspinaliśmy się na grzbiet wzgórza. Gdy się na nim znaleźliśmy, poczułem gwałtowny powiew wiatru. Denna znowu schwyciła mnie za ramię, drugą rękę uniosłem do czoła, osłaniając oczy przed kurzem i liśćmi. Gdy wiatr cisnął mi w usta zeschły liść, zakaszlałem odruchowo, potem zacząłem się dławić i pluć.

Dennę najwyraźniej rozweselił ten widok.

– Świetnie – powiedziałem, pozbywszy się wreszcie liścia. Był żółty i miał kształt ostrza włóczni. – Wiatr zdecydował za nas. Pan Wiąz.

– Pewien jesteś, że nie Pan Brzoza? – zapytała, oglądając liść. – To dość powszechna pomyłka.

– Smakuje jak wiąz – powiedziałem. – Poza tym brzoza jest rodzaju żeńskiego.

Pokiwała poważnie głową, choć w jej oczach tańczyły wesołe iskierki.

– Wobec tego niech będzie wiąz.

Minęliśmy szczyt wzgórza, wyszliśmy spomiędzy drzew, wiatr znów dmuchnął nam w oczy, powtórnie zasypując liśćmi. Po chwili uspokoił się. Denna odsunęła się ode mnie, mrucząc i przecierając oczy. Miejsce na mym ramieniu, na którym jeszcze przed momentem spoczywała jej ręka, wydawało mi się strasznie zimne.

– Na czarne ręce – mamrotała, trąc twarz. – Mam pełno kurzu w oczach.

– To nie jest kurz – poinformowałem ją, patrząc przed siebie. Jakieś pięćdziesiąt stóp od nas czerniały budynki czegoś, co kiedyś musiało być farmą Mauthena. – To popiół.

Zaprowadziłem Dennę do zagajnika, który częściowo osłonił nas przed wiatrem i przesłonił ponury widok zabudowań farmy. Wyciągnąłem butelkę z wodą, usiedliśmy na powalonym pniu i mogła wreszcie oczyścić oczy.

– Słuchaj – zacząłem z wahaniem – nie musisz tam iść. Sam poszukam twoich rzeczy, jeżeli mi powiesz gdzie.

Jej oczy zwęziły się odrobinę.

– Nie mogę dojść, czy okazujesz mi troskę, czy traktujesz mnie protekcjonalnie...

– Nie mam pojęcia, co tu widziałaś zeszłej nocy. Ani jak delikatnie powinienem cię traktować.

– Zasadniczo nie trzeba mi okazywać żadnej delikatności – ucięła. – Nie jestem zarumienioną stokrotką.

– Stokrotki się nie rumienią.

Denna spojrzała na mnie, mrugając zaczerwienionymi oczyma.

– Zapewne myślisz sobie o drżącej osice lub „dziewicy w pąsach". W każdym razie stokrotki są białe. Nie mogą pokraśnieć...

– To – oznajmiła głosem bez wyrazu – było właśnie protekcjonalne traktowanie...

– Cóż, pomyślałem sobie, że pokażę ci, jak wygląda protekcjonalne traktowanie – rzekłem. – Abyś mogła porównać. I nie pomyliła się, gdy akurat okażę ci troskę.

Przez chwilę patrzyliśmy sobie w oczy, w końcu ona odwróciła wzrok i znowu potarła twarz.

– Dobrze, masz rację – przyznała. Odchyliła głowę do tyłu

i oblała sobie twarz wodą, mrugając gwałtownie. – Tak naprawdę to niewiele widziałam – powiedziała, wycierając się rękawem koszuli. – Grałam przed ślubem, potem drugi raz, kiedy nakrywano do kolacji. Cały czas czekałam na mojego... – uśmiechnęła się słabo – na Pana Wiąza, a wiedziałam, że nie ośmielę się o niego zapytać. Musiałam zakładać, że to wszystko to tylko kolejny test. – Urwała, zmarszczyła brwi. – On wysyła mi takie sygnały. Zawsze znajdzie sposób, żeby powiadomić mnie, iż jest w pobliżu. Teraz też tak było. Więc przeprosiłam słuchaczy i odszukałam go pod stodołą. Trochę spacerowaliśmy po lesie, on zadawał mi pytania. Kto jest na weselu, ilu ludzi, jak wyglądają. – Zamyśliła się. – Teraz, jak o tym myślę, sądzę, że to też był test. Chciał się przekonać, jak bardzo jestem spostrzegawcza.

– Z tego, co mówisz, wygląda mi, że to jakiś szpieg – powiedziałem na pół serio.

Denna wzruszyła ramionami.

– Spacerowaliśmy przez jakieś pół godziny, rozmawialiśmy. Potem on coś usłyszał i kazał mi zaczekać. Poszedł na farmę i długo nie wracał.

– Jak długo?

– Dziesięć minut? – Wzruszyła ramionami. – Sam wiesz, jak to jest, kiedy się na kogoś czeka. Było ciemno, zimno, robiłam się głodna. – Kiedy powiedziała ostatnie słowo, złapała się za brzuch i prawie zgięła wpół. – Bogowie, teraz też jestem głodna. Żałuję, że...

Wyciągnąłem jabłko z worka i podałem jej. Jabłka były wspaniałe, czerwone jak krew, słodkie i kruche. Takie, o których się śni przez cały rok, ale które jeść można tylko podczas kilku tygodni jesieni.

Denna spojrzała na mnie z zaciekawieniem.

– Kiedyś dużo podróżowałem – wyjaśniłem, wyjmując jabłko dla siebie. – I dużo głodowałem. Zazwyczaj więc noszę przy sobie coś do zjedzenia. Kiedy rozbijemy obóz na noc, zrobię ci porządną kolację.

– I na dodatek umie gotować... – Wbiła zęby w jabłko, popiła kęs wodą. – Wracając... zdało mi się, że usłyszałam krzyki, więc ruszyłam w stronę farmy. Kiedy wyszłam na szczyt wzgórza, słyszałam je już bez żadnych wątpliwości. Podeszłam jeszcze bliżej i poczułam dym. Między drzewami zobaczyłam światła pożarów...

– Jakiego koloru? – zapytałem z pełnymi ustami.

Denna spojrzała na mnie ostro, wyraz jej twarzy nagle stał się podejrzliwy.

– Dlaczego o to pytasz?

– Przepraszam, że ci przeszkadzam – powiedziałem szybko, przełykając kęs jabłka. – Skończ opowiadać, wyjaśnię ci wszystko później.

– Ja już się nagadałam – powiedziała. – A ty nawet słowem nie wspomniałeś, co cię przywiodło na ten zapadły kraniec świata.

– Mistrzowie na Uniwersytecie słyszeli jakieś dziwne plotki i wysłali mnie, żebym sprawdził, czy są prawdziwe – skłamałem bez śladu zażenowania czy wahania. Właściwie to wcale nie chciałem kłamać, jakoś tak samo wyszło. Musiałem w końcu się zdecydować i widocznie doszedłem do wniosku, że nie mogę podzielić się z nią prawdą na temat poszukiwania Chandrian. Nie zniósłbym, gdyby Denna uznała mnie za słabego na umyśle fantastę.

– Uniwersytet zajmuje się takimi rzeczami? – zdziwiła się. – Myślałam, że wy po prostu siedzicie i czytacie książki.

– Są tacy, co tylko czytają – przyznałem. – Ale kiedy słyszymy dziwne plotki, ktoś musi udać się na miejsce i sprawdzić, co się rzeczywiście stało. Kiedy w ludziach ożywają zabobony, zaraz patrzą na Uniwersytet i myślą: Któż to taki para się mrocznymi siłami, które lepiej zostawić w spokoju? Kogo najlepiej wrzucić na wielki, buzujący stos?

– Wynika stąd, że często się takimi rzeczami zajmujesz. – Machnęła ręką, w której trzymała na wpół zjedzone jabłko. – Prowadzisz śledztwa?

Pokręciłem głową.

– Nie, po prostu tym razem podpadłem pewnemu mistrzowi. A on już zadbał o to, żebym wyciągnął krótszą słomkę oznaczającą podróż.

Nie było to takie kiepskie kłamstwo, zwłaszcza jeśli ma się

na względzie, że musiałem rzecz całą wymyślić na poczekaniu. Gdyby później zaczęła się rozpytywać, prawda wcale nie musiała wyjść na jaw, ponieważ po części faktycznie tak bywało. W obliczu konieczności jestem świetnym kłamcą. Nie jest to najszlachetniejszy z talentów, ale użyteczny. Zresztą blisko spokrewniony z aktorstwem i gawędziarstwem, których to trzech sztuk uczyłem się u mego ojca, prawdziwego mistrza.

– Opowiadasz tak koszmarne bzdury... – stwierdziła rzeczowo.

Zamarłem z zębami wbitymi w jabłko. Wyjąłem je z ust, na czerwonej skórce zostały białe ślady.

– Proszę?

Wzruszyła ramionami.

– Nie chcesz mi powiedzieć, dobra. Ale nie zmyślaj jakichś historii, powodowany chybionym zamiarem zrobienia na mnie wrażenia lub uspokojenia mnie.

Wciągnąłem głęboki oddech, gotów się bronić, zmieniłem jednak zdanie i wypuściłem powoli powietrze.

– Nie chcę cię okłamywać w kwestii celów mojego przybycia tutaj – powiedziałem. – Ale boję się, co sobie pomyślisz, gdy powiem ci prawdę.

Oczy Denny pozostawały ciemne, pełne namysłu, nie było sposobu nic z nich wyczytać.

– Niech będzie – powiedziała z niedostrzegalnym skinieniem głowy. – Wierzę ci.

Odgryzła kawałek jabłka. Żując go, przez cały czas patrzyła mi w oczy. Jej usta były wilgotne i czerwieńsze niż skórka jabłka.

– Słyszałem pewne plotki – wyznałem na koniec. – I chciałem się dowiedzieć, co tu się stało. To wszystko, naprawdę. Ja tylko...

– Słuchaj, Kvothe, przykro mi. – Denna westchnęła i przygładziła dłonią włosy. – Nie powinnam cię tak cisnąć. W sumie to nie jest moja sprawa. Rozumiem, że każdy może mieć swoje tajemnice.

W tamtej chwili omal jej wszystkiego nie powiedziałem. Całej historii o moich rodzicach, Chandrianach, człowieku z czarnymi oczami i uśmiechem rodem z koszmaru. Ale bałem się, że będzie to brzmiało jak rozpaczliwe wymysły dziecka przyłapanego na kłamstwie. Zamiast tego wybrałem drogę tchórza i zmilczałem.

– W ten sposób nigdy nie znajdziesz swojej prawdziwej miłości – zauważyła Denna.

Otrząsnąłem się z zadumy skonsternowany.

– Proszę, co powiedziałaś?

– Zjadłeś ogryzek jabłka – stwierdziła rozbawiona. – Najpierw zjadłeś miąższ, a potem ogryzek od dołu do góry. Nigdy jeszcze nie widziałam, żeby ktoś tak robił.

– Stare przyzwyczajenie – stwierdziłem lekceważąco, nie chcąc jej mówić prawdy. A mianowicie, że w moim życiu były lata, gdy ogryzek jabłka stanowił jedyną część jabłka, jaka mi się mogła trafić, i że bodaj za to byłem wówczas wdzięczny niebiosom. – Co wcześniej powiedziałaś?

– Więc nigdy się nie bawiłeś w ten sposób? – Uniosła swój ogryzek i dwoma palcami ujęła ogonek. – Wybierasz w myślach literę i zakręcasz. Jeżeli ogonek się nie oderwie, wymyślasz następną literę i znowu kręcisz. Kiedy wreszcie ogonek się urwie... – jej się właśnie urwał – ...znasz pierwszą literę imienia osoby, w której się zakochasz.

Spojrzałem na nędzną resztkę ogryzka, która została mi w dłoni. Za krótki, żeby schwycić i zakręcić. Zjadłem więc resztkę i wyrzuciłem ogonek.

– Pewnie jest mi pisane nie zakochać się.

– Znowu ta sztuczka z siedmioma słowami – powiedziała, uśmiechając się. – Zdajesz sobie sprawę, że zawsze to robisz?

Dłuższą chwilę mi zabrało zrozumienie, o czym mówi, ale zanim zdążyłem coś odpowiedzieć, Denna ciągnęła:

– Słyszałam, że nasionka mogą zaszkodzić. Że jest w nich arszenik.

– To jest gadanie starych bab – protestowałem. Zadałem to pytanie Benowi, kiedy jeszcze podróżował z naszą trupą. – To nie jest arszenik, tylko cyjanek i nie ma go dość, aby zaszkodził, chyba żeby się beczkę zjadło.

– Och. – Denna przyjrzała się badawczo pozostałości swojego jabłka, a potem zjadła je od dołu do góry.

– Opowiadałaś mi właśnie, co się stało z Panem Wiązem, kiedy ci niegrzecznie przerwałem – zagaiłem tak łagodnie, jak tylko umiałem.

Denna wzruszyła ramionami.

– Niewiele więcej zostało do opowiadania. Zobaczyłam ogień, podeszłam bliżej, usłyszałem kolejne krzyki i cały ten rwetes...

– A ogień?

Zawahała się.

– Był niebieski.

Poczułem, jak wzbiera we mnie coś w rodzaju mrocznego podniecenia. Oczekiwanie na to, że wreszcie dowiem się czegoś na temat Chandrian, i obawa, że tak blisko nich się znalazłem.

– Jak wyglądał ten, który cię zaatakował? Jak udało ci się uciec?

Zaśmiała się gorzko.

– Nikt mnie nie zaatakował. Zobaczyłam sylwetki na tle pożaru i uciekałam co sił w nogach. – Uniosła zabandażowaną rękę i dotknęła skroni. – Musiałam wpaść prosto na drzewo i stracić przytomność. Następnego ranka obudziłam się w miasteczku. To jest drugi powód, dla którego chciałam tu wrócić – tłumaczyła. – Wątpię, żeby Pan Wiąz wciąż tu na mnie czekał. Nie słyszałam, żeby w miasteczku ktoś wspominał o znalezieniu jeszcze jednego ciała, ale nie mogłam pytać, żeby nie nabrali podejrzeń.

– A poza tym jemu by się to nie spodobało – rzekłem.

Denna kiwnęła głową.

– Nie wątpię, że zrobiłby z tego kolejny test, dotyczący kwestii tego, czy potrafię trzymać usta zamknięte na kłódkę. – Obrzuciła mnie znaczącym spojrzeniem. – Jeśli już o tym mowa...

– Jeżeli kogoś znajdziemy, będę udawał bezgraniczne zdumienie – powiedziałem. – Nie martw się.

Uśmiechnęła się nerwowo.

– Dzięki. Mam tylko nadzieję, że ocalał. Zainwestowałam dwa pełne cykle, żeby go do siebie przekonać. – Po raz ostatni napiła się z mojej butelki i oddała mi ją. – Rozejrzymy się, dobrze?

Chwiejnie się podniosła, ja tymczasem wepchnąłem butelkę z powrotem do worka podróżnego, obserwując ją kątem oka. Przez większą część roku pracowałem w Medicum. Denna uderzyła się w lewą skroń wystarczająco mocno, żeby podbić sobie oko i żeby siniak rozpełzł się daleko za ucho, aż do linii włosów. Prawą rękę miała zabandażowaną, a z jej ruchów wnioskowałem, że musi mieć porządnie obity lewy bok, jeśli nie pęknięte żebra.

Może i wbiegła na drzewo, lecz musiało być to drzewo o bardzo dziwnym kształcie.

Jednak zmilczałem. Nie chciałem jej naciskać.

Jak mógłbym? Sam dobrze wiedziałem, że każdy ma swoje tajemnice.

Farma nie wyglądała nawet w połowie tak przerażająco, jak można sobie było wyobrazić. Stodoła zmieniła się w stertę popiołu i desek. Przy poidle sterczał poczerniały od ognia wiatrak. Wiatr próbował nim obracać, ale zostały tylko trzy skrzydła, więc cała konstrukcja tylko bezustannie kiwała się w jedną i w drugą stronę.

Nigdzie nie było żadnych ciał. Tylko głębokie koleiny, które wozy wyżłobiły w mchu, kiedy zwożono nimi zabitych.

– Ilu ludzi było na weselu? – zapytałem.

– Dwudziestu sześciu, licząc parę młodą. – Denna machinalnie kopnęła sczerniałą deskę, na poły zagrzebaną w popiołach pozostałych po stodole. – Na szczęście w tej okolicy zazwyczaj pada wieczorami, w przeciwnym razie mielibyśmy pożar lasu porastającego zbocze góry...

– Może to jakaś lokalna waśń, która wybuchła z całą mocą? – zapytałem. – Rywalizujące rodziny? Odrzucony zalotnik, który zapragnął się zemścić?

– Oczywiście – łatwo zgodziła się Denna. – W takich małych miasteczkach warunkiem spokoju są właśnie takie rzeczy. Ci ludzie przez pięćdziesiąt lat potrafią chować urazę o to, co Tom powiedział o Kari. – Pokręciła głową. – Ale nie dochodzi do masowych zabójstw. To byli normalni ludzie.

Normalni, lecz bogaci, pomyślałem, idąc w kierunku budynku. Na taki stać tylko bogatą rodzinę. Fundamenty i podmurówka z solidnego szarego kamienia. Górne piętro z gipsu i drewnianych bali, przy czym rogi też wzmocniono kamieniami.

Teraz jednak ściany pochylały się do wnętrza, w każdej chwili grożąc zawaleniem. Okna i drzwi ziały czarną sadzą, której jęzory okalały framugi. Zerknąłem przez drzwi i zobaczyłem, że szary kamień ścian też pokrywa gruba warstwa sadzy. Na sczerniałej podłodze wśród szczątków umeblowania walały się resztki naczyń kuchennych.

– Jeżeli naprawdę zostawiłaś tu swoje rzeczy – zwróciłem się do Denny – to tak, jakbyś ich już nie miała. Wprawdzie mogę poszukać...

– Nie bądź głupi – ucięła. – Budynek zaraz się zawali. – Postukała zwiniętą dłonią we framugę. Ta odpowiedziała głuchym echem.

Zdziwiony tym odgłosem podszedłem bliżej, żeby się przyjrzeć. Podważyłem drewno paznokciem, długa na moją dłoń drzazga odeszła bez najmniejszego oporu.

– To jest próchnica, a nie drewno – zauważyłem. – Po wydaniu całych tych pieniędzy czemu szczędzić na framugę?

Denna wzruszyła ramionami.

– Może to skutek żaru?

Z roztargnieniem pokiwałem głową i ruszyłem w dalszy obchód, przyglądając się wszystkiemu z uwagą. Pochyliłem się i podniosłem kawałek poczerniałej dachówki, wymruczałem pod nosem wiązanie. W rękach poczułem przelotne tchnienie zimna, na krawędziach drewna zatańczyły płomyki.

– Takich rzeczy na co dzień się nie widuje – powiedziała Denna. Jej głos był spokojny, ale czuło się, że jest to wymuszony spokój, jakby ze wszystkich sił starała się nie okazać, pod jakim jest wrażeniem.

Proste więzi sympatetyczne są na Uniwersytecie czymś tak powszednim, że nigdy się nie zastanawiałem, jak to może wyglądać w oczach innych ludzi.

– Tylko drobna igraszka z ciemnymi mocami, które lepiej zostawić w spokoju – oznajmiłem wesoło, unosząc płonącą dachówkę. – Ostatniej nocy ogień był niebieski, tak?

Pokiwała głową.

– Jak płomień miejskiego gazu. Jak lampy, których używają w Anilin.

Dachówka płonęła zwykłym, radosnym pomarańczowym płomieniem. Nawet śladu niebieskiego odcienia, choć oczywiście zeszłej nocy mogła się palić na niebiesko. Rzuciłem ją na ziemię i zgasiłem ogień butem.

Kolejny raz obszedłem dom. Coś nie dawało mi spokoju, ale nie potrafiłem stwierdzić, co to jest. Czułem, że powinienem wejść do środka i się rozejrzeć.

– W sumie nie był to aż tak wielki pożar! – zawołałem do Denny. – Co zostawiłaś w środku?

– Nie aż tak wielki? – powtórzyła z niedowierzaniem, wyłaniając się zza rogu. – Przecież została ruina.

Wskazałem ręką.

– Dach nie przepalił się na wylot, może tylko przy kominie. To oznacza, że ogień prawdopodobnie nie uszkodził za bardzo drugiego piętra. Tam trzymałaś rzeczy?

– Miałam tam trochę ubrań i lirę, którą kupił dla mnie Pan Wiąz.

– Grasz na lirze? – Byłem zaskoczony. – Ile strun?

– Siedem. Ale dopiero się uczę. – Roześmiała się krótko, niewesoło. – Uczyłam się. Mogę grać na wiejskich weselach i tyle.

– Nie marnuj swojego talentu na lirę – powiedziałem. – To archaiczny instrument, który nie zostawia miejsca na subtelność. Oczywiście nie ingeruję w twój wybór – dodałem szybko. – Chodzi o to, że twój głos zasługuje na lepszy akompaniament, niż może ci dać lira. Jeżeli szukasz instrumentu strunowego, który mogłabyś wozić ze sobą, wybierz raczej półharfę.

– Jesteś słodki – powiedziała. – Ale to nie ja wybrałam lirę. Pan Wiąz kazał mi na niej grać. Następnym razem powiem mu o półharfie. – Rozejrzała się bez celu dookoła i westchnęła. – Jeżeli jeszcze żyje.

Zerknąłem przez jeden z ziejących otworów okiennych, żeby się rozejrzeć w środku; kawałek framugi został mi w ręku.

– To też jest spróchniałe. – Roztarłem w dłoniach drewniany pył.

– Właśnie. – Denna wzięła mnie za rękę i odciągnęła od okna. – Wszystko tu tylko czeka, żeby się zawalić. Lepiej nie wchodzić do środka. Jak sam powiedziałeś, to tylko lira.

Pozwoliłem się odciągnąć od budynku.

– Na górze może być ciało twojego mecenasa.

Denna pokręciła głową.

– To nie jest człowiek, który rzucałby się w płomienie. – Spojrzała na mnie twardym wzrokiem. – A poza tym, co właściwie chciałbyś tam znaleźć?

– Nie wiem – przyznałem. – Ale jeśli nie w środku, to gdzie szukać klucza do rozwiązania zagadki tego, co się tu zdarzyło?

– Może mi powiesz, jakie jeszcze plotki słyszałeś? – zapytała Denna.

– Nie ma tego aż tak dużo – poinformowałem ją, zastanawiając się nad tym, co powiedział flisak. – Grupa ludzi została wymordowana na weselu. Nikt nie ocalał, wszyscy rozszarpani jak szmaciane lalki. Niebieski ogień.

– Tak naprawdę to nikt tu nikogo nie rozszarpał – sprostowała Denna. – Z tego, co słyszałam w mieście, to byli posiekani: nożem i mieczem.

Od przybycia do miasta nie widziałem, aby ktoś nosił przy pasie coś więcej niż podręczny nóż. Najbardziej zbliżone do groźnej broni były sierpy i kosy chłopów na polach. Zerknąłem za siebie na przechylony budynek, wciąż przekonany, że coś mi umyka...

– A więc jak sądzisz, co się tutaj zdarzyło? – dopytywała się.

– Nie wiem – przyznałem. – Na poły spodziewałem się, że nic nie znajdę. Wiesz, jak plotka potrafi wszystko wyolbrzymić. – Rozejrzałem się dookoła. – Niebieski ogień też złożyłbym na karb plotki, gdybyś nie potwierdziła.

– Inni ludzie też widzieli – kontynuowała. – Jeszcze wszystko się tliło, kiedy przyjechali po mnie i ciała.

Znowu rozejrzałem się wokół, tym razem już poirytowany. Wciąż czułem, że czegoś nie widzę, nie rozumiem, ale za nic nie potrafiłem wymyślić, co to może być.

– Co myślą w mieście? – zapytałem.

– Ludzie nie chcieli ze mną rozmawiać – rzekła gorzko. – Ale udało mi się podsłuchać fragmenty wymiany zdań między konstablem a burmistrzem. Ludzie szeptali coś o demonach. Właśnie przez ten niebieski ogień. Należy się więc spodziewać, że święto żniw będzie w tym roku mocno tradycyjne w charakterze. Mnóstwo ognisk, cydru i wypchanych upiorów...

Nie mogłem się przestać rozglądać. Zwalona ruina stodoły, wiatrak z trzema skrzydłami i wypalona skorupa domu. Sfrustrowany przeczesałem palcami włosy. Ani na moment nie opuszczała mnie myśl, że coś przegapiłem. Spodziewałem się tu znaleźć... coś. Cokolwiek.

I kiedy tak stałem, uderzyło mnie, jak głupia była moja nadzieja. Co właściwie chciałem tu znaleźć? Odciski butów? Kawałek materii wydarty z czyjegoś płaszcza? Jakąś zgniecioną kartkę z zapisanymi przez kogoś kluczowymi informacjami, podrzuconą w miejscu, gdzie mógłbym ją znaleźć? Takie rzeczy zdarzają się tylko w bajkach.

Wyciągnąłem butelkę, wypiłem resztę wody.

– Cóż, nie mamy tu już czego szukać – oznajmiłem, wędrując w kierunku poidła. – Co chcesz robić dalej?

– Muszę się jeszcze trochę rozejrzeć – wyjaśniła. – Są szanse, że mój przyjaciel dżentelmen gdzieś tu leży ranny.

Objąłem spojrzeniem okoliczne wzgórza i pola pszenicy w jesiennej pozłocie, miejscami zielone pastwiskami oraz sosną i jodłą. Nakrapiane wszędzie ciemnymi bliznami zboczy i kamiennych odkrywek.

– Musielibyśmy przeszukać spory obszar... – zacząłem.

Pokiwała głową, na jej twarzy odbiła się rezygnacja.

– Muszę przynajmniej spróbować.

– Mam ci pomóc? – zaproponowałem. – Znam się trochę na lesie...

– Z pewnością nie miałabym nic przeciwko, gdybyś mi dotrzymał towarzystwa – zgodziła się. – Zwłaszcza biorąc pod uwagę, że w tych stronach może bawić trupa zbłąkanych demonów. Poza tym obiecałeś, że mi ugotujesz kolację.

– I tak też uczynię. – Minąłem sczerniały wiatrak i znalazłem żelazną pompę. Schwyciłem rączkę, oparłem się na niej całym ciężarem... i omal nie upadłem, gdy pękła u podstawy.

Patrzyłem tępo w odłamaną rączkę. Była do cna przeżarta rdzą, właściwie rozłaziła mi się w rękach rudymi płatami.

W nagłym rozbłysku pamięci przypomniałem sobie, jak przed laty wracałem na miejsce, gdzie wymordowano moją trupę. Przypomniałem sobie, jak chciałem się oprzeć na czymś, a mocna żelazna obręcz koła wozu rdzą rozsypała mi się w rękach. Przypomniałem sobie grube, solidne drewno rozpadające się pod dotykiem dłoni.

– Kvothe? – Zobaczyłem tuż przed sobą twarz Denny, troskę w jej oczach. – Dobrze się czujesz? Tehlu sczerniały, usiądź, bo się przewrócisz. Coś ci się stało?

Przeszedłem kilka kroków i usiadłem na krawędzi poidła, ale wtedy gruba deska zapadła się pode mną niczym spróchniały pniak drzewa. Pozwoliłem, by siła ciężkości dokonała swego, i wylądowałem na trawie.

Podetknąłem Dennie pod nos przerdzewiałą rączkę pompy. Zmarszczyła brwi.

– Ta pompa była nowa. Ojciec chwalił się, ile kosztowało osadzenie jej na szczycie wzgórza. Wciąż mówił o tym, że jego córka nie będzie trzy razy dziennie nosić wody w wiadrach pod górkę.

– Jak sądzisz, co się tu wydarzyło? – zapytałem. – Ale szczerze.

Rozejrzała się dookoła, siniak na skroni ciemną plamą odcinał się od bladej cery.

– Myślę, że kiedy skończę już szukać swojego mecenasa, umyję ręce i zapomnę o tym miejscu.

– To nie jest odpowiedź – zaoponowałem. – Pytam, co twoim zdaniem się tu wydarzyło?

Przyglądała mi się dłuższą chwilę, dopiero potem odpowiedziała:

– Coś złego. Nigdy w życiu nie widziałam demona i nie spodziewam się go zobaczyć. Ale króla Vint też nigdy nie widziałam...

– Znasz tę dziecięcą rymowankę?

Denna spojrzała na mnie pytająco, a wtedy jej zaśpiewałem:

Gdy niebieski płonie ogień,
Co robić? Co robić?
Zmykać czas. Kryć się w las.

Gdy rdzą płaczą ostrza mieczy?
Komu wierzyć? Komu wierzyć?
Bądź sam jeden. I skamieniej.

Denna z każdą chwilą robiła się coraz bledsza, gdy docierało do niej, co chcę powiedzieć. W końcu pokiwała głową i cicho, pod nosem zaśpiewała refren:

Widzisz damę jak śnieg bladą,
Co w milczeniu się przechadza?
Co mają w planie? Co mają w planie?
Chandrianie. Chandrianie.

Denna i ja siedzieliśmy na patchworku pikowanym przez promienie słońca przesączające się przez jesienne liście, z dala od zrujnowanych zabudowań farmy.

Chandrianie. Chandrianie naprawdę tu byli. Wciąż próbowałem dojść do ładu z myślami, kiedy ona się odezwała:

– To właśnie spodziewałeś się tu znaleźć?

– Tego właśnie tu szukałem – odrzekłem.

Chandrianie byli tu poprzedniego dnia.

– Ale tak naprawdę nie wierzyłem – mówiłem dalej. – Wyprawiając się na poszukiwanie skarbów w dzieciństwie, wcale nie spodziewasz się ich znaleźć. Uganiasz się po lesie za elfami i dennerlingami, ale nie po to, żeby je naprawdę złapać.

Wymordowali moją trupę i zabili wszystkich gości na weselu.

– Do diabła, przez cały czas chodziłem do Imre, żeby cię znaleźć, ale tak naprawdę nie wierzyłem, że znajdę... – Urwałem, zdając sobie sprawę, że plotę trzy po trzy.

Denna zaśmiała się i to chyba trochę rozładowało napięcie. Naprawdę nie było w jej głosie ani trochę kpiny, tylko czyste rozbawienie.

– A więc jestem skarbem albo elfem?

– Jesteś jednym i drugim. Ukryta, cenna, zawsze pożądana, zawsze samotna. – Spojrzałem w jej oczy, moje usta same wypowiadały kolejne słowa: – I z elfa jest też w tobie dużo.

Istnieją naprawdę. Chandrianie istnieją naprawdę.

– Nie ma cię nigdzie tam, gdzie szukam, w końcu pojawiasz się niespodzianie. Jak tęcza.

Przez ostatni rok w głębi serca pielęgnowałem milczące obawy. Czasami martwiłem się, że wspomnienia zguby mojej trupy i Chandrian stanowią jakiś dziwny rodzaj kompensacyjnego, traumatycznego snu, który stworzył mój umysł, aby pomóc mi się uporać z utratą całego świata. Ale teraz miałem coś, co można było potraktować jako dowód. Istnieli naprawdę. Pamięć mnie nie zwodziła. Nie byłem szalony.

– Kiedy byłem dzieckiem, pewnego wieczora przez godzinę ścigałem tęczę. Zgubiłem się w lesie. Rodzice odchodzili od zmysłów. Mnie wydawało się, że jeszcze chwila, a ją schwycę. Widziałem miejsce, gdzie dotykała ziemi. Taka właśnie jesteś...

Denna położyła mi rękę na ramieniu. Zaskoczony, poczułem przez koszulę ciepło jej ciała. Wciągnąłem głęboki oddech, a wraz z nim zapach jej włosów ciepłych od słońca, woń zielonej trawy, jej czystego potu, jej oddechu pachnącego jabłkiem. Wiatr westchnął wśród liści, zaigrał jej włosami tak, że musnęły mi twarz.

Dopiero kiedy nagła cisza zstąpiła na polanę wśród drzew, zrozumiałem, że od kilku minut cały czas paplam do siebie w głowie. Zarumieniłem się ze wstydu i rozejrzałem dookoła, raptownie przypominając sobie, gdzie jestem.

– W twoich oczach pojawił się taki dziki blask – odezwała się delikatnie. – Nie przypominam sobie, abym cię już widziała w takim stanie.

Powoli odetchnąłem.

– Zawsze jestem w takim stanie – rzekłem. – Tylko tego nie okazuję.

– To właśnie chciałam powiedzieć. – Odsunęła się na krok, jej dłoń powoli ześlizgiwała się po mojej ręce, wreszcie puściła mnie. – Więc co teraz?

– Ja... nie mam pojęcia. – Rozejrzałem się bezradnie dookoła.

– To też w niczym nie przypomina dawnego ciebie – zauważyła.

– Napiłbym się wody – powiedziałem, a potem uśmiechnąłem się głupawo, tak to dziecinnie zabrzmiało.

Odpowiedziała szczerym uśmiechem.

– Od tego można zacząć – zakpiła dobrotliwie. – A potem?

– Chciałbym się dowiedzieć, dlaczego Chandrianie uderzyli właśnie tutaj.

– Co mają w planie...? – zacytowała, a w oczach miała powagę. – Ciebie nie interesują żadne półśrodki, nieprawdaż? W jednej chwili chcesz się po prostu napić wody, w drugiej poznać odpowiedź na pytanie, które ludzie zadają sobie od... cóż, od zawsze.

– Jak myślisz, co się tu stało? – powtórzyłem po raz kolejny swoje pytanie. – Jak myślisz, kto pozabijał tych ludzi?

Skrzyżowała ramiona na piersiach.

– Nie mam pojęcia – odrzekła. – To mógł być właściwie... – Urwała, przygryzła dolną wargę. – Nie. To kłamstwo – rzekła na koniec. – Wiem, że dziwnie to zabrzmi, ale myślę, że to byli oni. Mam wrażenie, jakbym opowiadała bajkę, ale to dlatego, że sama nie chcę uwierzyć. Ale muszę. – Zerknęła na mnie nerwowo.

– Dobrze to słyszeć. – Wstałem. – Powoli już zaczynałem sądzić, że pomieszało mi się w głowie.

– Co też nie jest wykluczone – skwitowała. – Nie jestem najlepszym kamieniem probierczym zdrowia twego umysłu.

– Wydaje ci się, że zwariowałaś?

Pokręciła głową, a w kąciku jej ust pojawił się ledwie dostrzegalny uśmieszek.

– Nie. A tobie?

– Też nie bardzo.

– To albo dobrze, albo źle, zależy – stwierdziła. – Jak chcesz się zabrać do rozwiązania tajemnicy wieków?

– Muszę się przez chwilę zastanowić – powiedziałem. – Tymczasem poszukajmy twego tajemniczego Pana Wiąza. Chętnie zadałbym mu kilka pytań dotyczących tego, co widział na farmie Mauthena.

Denna pokiwała głową.

– Wymyśliłam sobie, że wrócę do miejsca, gdzie mnie zostawił, za tamtym wzgórzem, a potem przeszukam teren między nim a budynkami. – Wzruszyła ramionami. – Nie jest to jakiś wyrafinowany plan...

– Ale przynajmniej wiemy, od czego zacząć – uspokoiłem ją. – Jeżeli wrócił na farmę i przekonał się, że ciebie nie ma, mógł w tamtym miejscu zostawić jakiś ślad, którym pójdziemy.

Denna poprowadziła mnie w las. Wśród drzew było znacznie cieplej. Z jednej strony dawały osłonę przed wiatrem, z drugiej nie zatrzymywały promieni słonecznych, gdyż wiele zdążyło już zrzucić liście. Tylko wysokie dęby wciąż pyszniły się zielonymi koronami, jak zadbani starcy.

Podczas naszej wędrówki próbowałem wymyślić jakiś powód, dla którego Chandrianie mieliby zabić tych wszystkich ludzi. Jakie były zbieżności między tym weselem a moją trupą na postoju?

„Czyiś rodzice śpiewali całkiem niewłaściwe piosenki".

– Co śpiewałaś ostatniej nocy? – zapytałem. – Na weselu.

– To, co zawsze – powiedziała Denna, rozkopując stertę zeschłych liści. – Raczej wesołe rzeczy. *Piszczałkę. Chodź się wykąpać w rzece. Miedziany garnek.* – Zachichotała. – *Wannę cioci Emmy...*

– Nie – wyrwało mi się. – Niemożliwe. Na weselu?

– Poprosił o nią pijany dziadek. – Wzruszyła ramionami, przedzierając się przez splątane zarośla pożółkłych ostrężyn. – Uniosło się kilka brwi, ale w sumie niewiele. Tu ludzie mocno stąpają nogami po ziemi.

Dalej wędrowaliśmy w milczeniu. Wiatr świstał w gałęziach wysoko nad naszymi głowami, ale do naszych uszu docierały tylko jego szepty.

– Nie sądzę, żebym w życiu słyszał: *Chodź się wykąpać...*

– Myślałam... – Denna zerknęła na mnie przez ramię. – Próbujesz podstępem mnie skłonić, żebym ci zaśpiewała?

– Oczywiście.

Odwróciła się i uśmiechnęła do mnie ciepło, włosy opadały jej na twarz.

– Może później. Zaśpiewam ci w zamian za kolację. – Doszliśmy do wysokiej odkrywki ciemnego kamienia. Słońce tu nie docierało, więc zaraz zrobiło się chłodniej. – Wydaje mi się, że tu mnie zostawił. – Wskazała dłonią, rozglądając się niepewnie dookoła. – Ale za dnia wszystko wygląda inaczej.

– Chcesz przeszukać teren dzielący nas od budynków w linii prostej czy obejść kilka razy to miejsce?

– Pójdziemy po spirali – zdecydowała. – Ale najpierw musisz mi powiedzieć, za czym mam się rozglądać. Jestem dziewczyną z miasta.

Szybko przekazałem jej tę skąpą wiedzę, jaką miałem na temat lasu. Pokazałem jej miękkie podłoże, na którym but zostawia wgłębienie lub odcisk. Na przykładzie sterty liści, w którą weszła, wytłumaczyłem, po czym poznać, że tak się stało. Zademonstrowałem, gdzie połamała gałązki ostrężyny, przez którą się przedzierała.

Nie oddalaliśmy się od siebie, ponieważ co dwie pary oczu to nie jedna, poza tym żadne z nas nie miało ochoty zostać samo. Wędrowaliśmy w tę i we w tę, z każdym krokiem oddalając się coraz szerszym kręgiem od kamieni.

Po pięciu minutach zacząłem sobie zdawać sprawę z bezsensowności naszych poczynań. Las był po prostu zbyt wielki. Denna szybko doszła do identycznych wniosków. Te wskazówki, które zazwyczaj znajduje się w bajkach i których my szukaliśmy, jakoś nie chciały się zmaterializować. Nigdzie nie było oderwanych strzępków odzieży na gałęziach ani głębokich odcisków butów, ani opuszczonych obozowisk. Znajdowaliśmy natomiast grzyby, żołędzie, komary i odchody szopa, sprytnie zasypane igłami sosny.

– Słyszysz plusk wody? – zapytała Denna.

Pokiwałem głową.

– Naprawdę strasznie chce mi się pić – powiedziałem. – Chętnie też bym się umył.

Bez słowa porzuciliśmy nasze poszukiwania i kierując się odgłosem płynącej wody, zeszliśmy w dół stoku do gęstego sosnowego zagajnika, gdzie płynął urokliwy strumień szeroki na może dwadzieścia stóp.

Ta woda nie pachniała odpadkami z huty, napiliśmy się więc prosto ze strumienia i napełniłem butelkę.

Doskonale orientowałem się w bajkowych motywach. Kiedy para młodych ludzi znajduje się nad rzeką, nietrudno sobie wyobrazić, co będzie dalej. Denna będzie się kąpać po drugiej stronie pobliskiej sosny, na piaszczystym brzegu, z dala od moich oczu. Ja usunę się na bok, żeby jej nie podglądać, ale wciąż będę mógł słyszeć jej głos. Wtedy... coś się wydarzy. Ona poślizgnie się i skręci kostkę albo przetnie sobie stopę na ostrym kamieniu, a ja pobiegnę jej na pomoc. A wtedy...

Lecz to nie była opowieść o dwojgu kochankach spotykających się nad rzeką. Po prostu opryskałem wodą twarz, a potem odpoczęliśmy w miłym towarzystwie. Podzieliliśmy się jabłkiem, podając je sobie między kolejnymi kęsami, co – jeśli nigdy jeszcze się nie całowało kobiety – zbliżone jest do pocałunku.

Aż wreszcie, po wesołych przekomarzaniach, Denna zaśpiewała dla mnie. W piosnce *Chodź się wykąpać* znalazła się jedna zwrotka którą chyba zaimprowizowała na poczekaniu. Nie zacytuję jej tutaj, ponieważ zaśpiewała ją dla mnie, a nie dla was. A skoro nie jest to opowieść o dwojgu młodych kochankach, którzy spotykają się nad rzeką, słowa Denny do niej nie pasują i zatrzymam je dla siebie.

Rozdział 73

Świniaki

Gdy po jabłku zostało już tylko wspomnienie, osuszyliśmy nogi, które wcześniej moczyły się w strumieniu, i zaczęliśmy się zbierać do odejścia. Zastanawiałem się nad zdjęciem butów, ponieważ stopom, które biegały po tarbeańskich dachach, nie zaszkodzi nawet leśne poszycie. Ale nie chciałem wyjść na młodzieńca pozbawionego kultury, więc włożyłem skarpetki, mimo iż były wciąż mokre i lepkie od potu.

Zawiązywałem właśnie but, kiedy z lasu dobiegł do naszych uszu cichy odgłos. Jego źródło znajdowało się gdzieś za kępą grubych sosen.

Szybko wyciągnąłem rękę i dotknąłem ramienia Denny, aby zwrócić jej uwagę. Gdy na mnie spojrzała, przyłożyłem palec do ust.

– Co? – wyszeptała niemymi wargami.

Przysunąłem się bliżej, aby mówić jak najciszej.

– Chyba coś słyszałem – szepnąłem, zbliżając głowę do jej głowy. – Pójdę sprawdzić.

– Pójdziesz jak cholera – odszepnęła, a jej twarz wydawała się śmiertelnie blada w cieniu sosen. – Te właśnie słowa powiedział Wiąz wczoraj w nocy. Niech mnie diabli, jeżeli tobie również pozwolę zniknąć.

Zanim zdążyłem odpowiedzieć, usłyszałem wśród drzew jakieś poruszenie. Szeleściła ściółka leśna, potem rozległ się ostry trzask łamanej gałęzi sosny. W miarę jak hałasy robiły się coraz głośniejsze, słyszałem też odgłosy oddechów jakiegoś wielkiego stwora. Potem basowe zwierzęce pochrząkiwania.

A więc to nie człowiek. Ani Chandrianie. Moja ulga trwała jednak krótko, ponieważ znowu rozległo się pochrząkiwanie i odgłosy węszenia. Zapewne dzika świnia szła się napić w rzece.

– Stań za mną – nakazałem Dennie.

Większość ludzi nie zdaje sobie sprawy, jak niebezpieczne potrafią być dzikie świnie, zwłaszcza jesienią, kiedy odyńce walczą ze sobą. Sympatia w takim wypadku nie na wiele mi się przyda. Żadnego źródła, żadnego wiązania. Pod ręką co najwyżej gruba gałąź. Może zainteresuje się kilkoma jabłkami, które zostały na ziemi?

Dzika świnia wypadła zza nisko wiszących gałęzi pobliskiej sosny, węsząc i pohukując. Ważyła prawdopodobnie dwa razy tyle co ja. Kiedy uniosła wzrok i nas zobaczyła, z jej gardła wydobył się niski, basowy odgłos. Podniosła łeb, nozdrza zadrgały, próbowała złowić nasz zapach.

– Nie uciekaj, bo pobiegnie za tobą – powiedziałem cicho, wysuwając się przed Dennę. Z braku czegoś lepszego wyciągnąłem składany nóż i otworzyłem kciukiem. – Cofnij się i wejdź do rzeki. One nie lubią pływać.

– Nie wydaje mi się niebezpieczna – powiedziała za moimi plecami Denna, normalnym głosem. – Wygląda na raczej zaciekawioną niż rozeźloną. – Urwała. – Oczywiście doceniam twoje szlachetne poświęcenie i tak dalej.

Po bliższym wejrzeniu przekonałem się, że Denna ma rację. Faktycznie była to locha, a nie samiec, a spod warstwy błota prześwitywała różowa skóra świni domowej, nie zaś brązowa szczecina dzikiej. W końcu zwierzę znudziło się, opuściło łeb i zaczęło ryć wśród niskich krzewów rosnących pod sosną.

Dopiero wtedy zorientowałem się, że kucam w półprzysiadzie z ręką wyciągniętą jak zapaśnik. W drugim ręku trzymałem żałosny składany nóż, z ostrzem tak krótkim, że trzeba było je kilkakrotnie przykładać, żeby przeciąć większe jabłko. Najgorsze zaś ze wszystkiego było, że miałem tylko jeden but. Wyglądałam absurdalnie – jak szalony Elodin w najgorszych chwilach.

Poczułem, że palą mnie policzki, musiałem być czerwony jak burak.

– Litościwy Tehlu, wyszedłem na idiotę.

– Prawdę mówiąc, to mi pochlebia – powiedziała Denna. – Wyjąwszy kilka dość irytujących sytuacji prężenia mięśni w jakichś barach, chyba nigdy nikt nie stanął jeszcze w mojej obronie.

– Tak, oczywiście. – Nie unosiłem wzroku, wkładając drugą skarpetkę, a potem but. Byłem zbyt zawstydzony, żeby jej spojrzeć w oczy. – Marzeniem każdej dziewczyny jest zostać uratowaną przed świnią z zagrody.

– Mówię poważnie.

Dopiero wtedy spojrzałem na nią i zobaczyłem na jej twarzy subtelne rozbawienie, ale żadnego szyderstwa.

– Wyglądałeś naprawdę... groźnie. Jak wilk stroszący sierść na karku. – Urwała, przyglądając mi się uważniej. – A właściwie raczej jak lis. Jesteś zbyt rudy na wilka.

Uspokoiłem się nieco. Zjeżony lis jest lepszy niż kretyn w jednym bucie.

– Ale muszę ci powiedzieć, że nóż trzymasz źle – kontynuowała rzeczowo, skinieniem głowy wskazując moją dłoń. – Gdybyś naprawdę wbił go w ciało, ręka ześlizgnęłaby ci się i urżnąłbyś sobie kciuk. – Sięgnęła ręką, ujęła moje palce i lekko zmieniła ich położenie na rękojeści. – Jeżeli tak go będziesz trzymał, nic ci się nie stanie. Złą stroną jest to, że tracisz swobodę w nadgarstku.

– Wiele masz za sobą walk na noże? – zapytałem rozbawiony.

– Nie tak wiele, jak można by sądzić – odrzekła z nieśmiałym uśmiechem. – To jest kolejny rozdział z tej sczytanej książki, którą wy, mężczyźni, tak chętnie się posługujecie, gdy się do nas zalecacie. – Przewróciła oczyma zirytowana. – Nie potrafię zliczyć mężczyzn, którzy próbowali skraść mi cnotę, ucząc, jak jej bronić.

– Nigdy cię nie widziałem z nożem – stwierdziłem. – Dlaczego?

– A po co miałabym nosić nóż? – spytała. – Jestem delikatnym kwiatuszkiem i tak dalej. Kobieta, która pokazuje się wszędzie z nożem, w oczywisty sposób prosi się o kłopoty. – Sięgnęła głęboko do kieszeni i wydobyła z niej długi, smukły kawałek metalu, lśniący na krawędzi. – Niemniej kobieta, która nosi przy sobie nóż, jest gotowa na kłopoty. Ogólnie rzecz biorąc, lepiej wydawać się bezbronną. Bezpieczniej.

Tylko to, że mówiła tak rzeczowym głosem, sprawiło, że nie zdumiałem się do głębi. Jej nóż był znacznie dłuższy niż mój i nie był to nóż składany. To był prosty kawałek metalu, z rękojeścią owiniętą cienką skórką. Widać było, że absolutnie nie nadaje się do jedzenia ani drobnych prac przy obozowym ognisku. Znacznie bardziej przypominał te ostre niczym brzytwa chirurgiczne noże z Medicum.

– Jakim sposobem możesz go trzymać w kieszeni i nie pociąć się przy okazji? – zapytałem.

Denna odwróciła się bokiem, żeby mi zademonstrować.

– Kieszeń jest rozcięta w środku. Nóż mam przywiązany do nogi. Dlatego jest taki płaski. A więc, jak widzisz, noszę nóż. – Schwyciła skórkową rękojeść i podsunęła mi go do obejrzenia. – Właśnie tak. Kciuk musisz trzymać równolegle do płaskiego boku.

– Próbujesz skraść mi cnotę, ucząc mnie, jak jej bronić? – zapytałem.

– Jakbyś miał w ogóle jakąś cnotę. – Roześmiała się. – Próbuję cię uchronić przed obcięciem sobie ślicznego kciuka następnym razem, gdy będziesz bronił dziewczynę przed świnią. – Przechyliła głowę na bok. – Jeśli już o tym mowa. Wiesz, że kiedy się złościsz, twoje oczy...

– Hola, świniaki! – Dobiegł do nas spomiędzy drzew męski głos, któremu towarzyszył stłumiony dźwięk dzwonka. – Świniaki, świniaki, świniaki...

Wielka locha zastrzygła uszami, a po chwili pobiegła przez zarośla w stronę, skąd dobiegał głos. Denna wykorzystała tę chwilę, żeby z powrotem umieścić nóż w rozciętej kieszeni, a ja podniosłem swój worek. Szliśmy za lochą wśród drzew, póki nie dotarliśmy do miejsca, gdzie nad strumieniem stał jakiś mężczyzna, otoczony szóstką wielkich świń, które kręciły się wokół niego. Była wśród nich również dzika świnia ze sterczącą szczeciną oraz mnóstwo prosiąt plączących się pod nogami.

Świniopas zmierzył nas podejrzliwym spojrzeniem.

– Halo! – krzyknął. – Nie bójta się. Tyż nie gryzie.

Był chudy i pomarszczony od słońca, szczękę porastała niechlujna broda. Jego długi kij miał na szczycie zaimprowizowany dzwonek z brązu, na ramieniu wisiała poszarpana torba. Pachniał znacznie lepiej, niż można by sądzić, a to dlatego, że w przeciwieństwie do żyjących w zagrodzie, przebywające na swobodzie świnie potrafią zadbać o czystość. Zresztą nawet gdyby pachniał typowym chlewem, nie mógłbym robić mu z tego zarzutów, ponieważ wiele razy w życiu sam nie pachniałem piękniej.

– Pomyślołem sobie, żem coś słyszoł nade rzeką – powiedział, a jego akcent był tak ciężki i lepki, że można było go omalże poczuć na języku. Moja matka nazywała go akcentem dolin, ponieważ spotykało się go tylko w miasteczkach, które nie miały bliższych kontaktów ze światem. Dzisiaj nawet w tak zagubionej wśród pól i lasów miejscowości jak Trebon ludzie zasadniczo mówią już bez akcentu. Żyjąc od lat w Tarbean i Imre, nie potrafiłem sobie przypomnieć, kiedy słyszałem podobną wymowę. Tamten musiał się wychować naprawdę na odludziu, zapewne gdzieś wysoko w górach.

Podszedł do miejsca, gdzie staliśmy, spojrzał na nas zmrużonymi oczyma. Jego twarz była ponura.

– Czego tu szukajom? – zapytał podejrzliwie. – Śpiewym słyszoł.

– Śpiewoła moja kuzynka – powiedziałem, wskazując Dennę skinieniem głowy. – Ma naprawdę pikny głos na śpiewanie, co nie? – Podałem mu rękę. – Strraszniem się ucieszył, że was spotykomy, panie. Jestem Kowthe.

Kiedy usłyszał, że zwracam się do niego w podobny sposób, z początku wydawał się lekko przestraszony, ale po chwili jego twarz się wypogodziła.

– Ano tyż się cieszę, panie Kowthe – powiedział, ściskając mi rękę. – Rzadko dzisiaj spotkać kogo, co porządnie mówi. Chłopy w okolicy mówiom już, jakby mieli wełne w gębach.

Roześmiałem się.

– Mój tatko mawiali: Wełna w gębach, wełna we łbie.

Też się do mnie wyszczerzył i jeszcze raz potrząsnął moją ręką.

– Na imie mom Skoivan Schiemmelpfenneg.

– Imie mocie jako król – powiedziałem. – Nie obrazicie się, jak skrócimy jego do Schiem?

– Wszystkie moje tak robiom – wyszczerzył się znowu, klepiąc mnie po plecach. – Schiem lubi takie miłe ludzie, jako wy są. – Jego spojrzenie biegało ode mnie do Denny i z powrotem. Denna, to trzeba jej oddać, nawet nie mrugnęła, słysząc, jak mówię na jego modłę.

– Wybaczcie – powiedziałem, wskazując gestem w jej stronę. – Schiem, to jest moja ulubiono kuzynko.

– Dinnaeh – przedstawiła się Denna.

Zniżyłem głos do scenicznego szeptu.

– Miło jest dziewucha, ino stydliwo. Obawiom się, że mało od niej usłyszymy...

Denna zrozumiała już, na czym ma polegać jej rola. Bez wahania wbiła wzrok w ziemię i nerwowo zaczęła wykręcać palce. Uniosła oczy na tyle tylko, aby uśmiechnąć się do świniopasa, a potem znowu wbiła spojrzenie w ziemię, tworząc tak idealny wizerunek zawstydzonej skromności, że sam o mało nie dałem się nabrać.

Schiem grzecznie dotknął czoła i ukłonił się.

– Miło was poznać, Dinnaeh. Nigdym w życiu tak ślicznego nie słyszał głosu – powiedział, wciskając z powrotem na głowę bezkształtny czarny kapelusz.

Kiedy Denna wciąż nie potrafiła spojrzeć mu w oczy, odwrócił się do mnie.

– Miłe stadko. – Gestem wskazałem świnie kręcące się wśród drzew.

Pokręcił głową, chichocząc.

– To nie stadko. Krowy, owce chodzom w stadach. Świniaki dajom trzódkę.

– Istnie? – zapytałem. – Przyjacielu Schiem, a dałoby się u was kupić śliczniutkiego świniaczka? Z kuzyneczką nie jedlim dzisiaj kolacji...

– Może i tak – powiedział ostrożnie, a jego wzrok powędrował do mojej sakiewki.

– Jak jom dla nas sprawisz, dom ci cztery joty – zaproponowałem, wiedząc, że to uczciwa cena. – Ino tylko, jak nam przyjemność sprawisz i usiędziesz z nami.

Delikatnie sondowałem sytuację. Ludzie wykonujący samotne prace, jak pasterze owiec i świniopasy zazwyczaj albo uczą się czerpać radość z własnego towarzystwa, albo tęsknią za rozmową. Miałem nadzieję, że Schiem zalicza się do tej drugiej kategorii. Potrzebowałem informacji na temat wesela, a nikt z mieszkańców miasta nie wydawał się skłonny do pomocy.

Uśmiechnąłem się więc chytrze i zanurzyłem rękę w worku podróżnym, a potem wyciągnąłem z niego butelkę brandy kupioną od druciarza.

– Mom tu nawet do zakropienia świniaka odrobinkę czego. Jeśli nie mosz nic przeciwko kropelce z ludźmi obcymi i porą wczesną...

Denna zorientowała się i na krótką chwilę uniosła wzrok, złapawszy spojrzenie Schiema. Potem znowu spojrzała w ziemię.

– Matula wyprowadzili mnie no ludzi – powiedział świątobliwym tonem świniopas, przykładając dłoń do piersi. – Pijom tylko, kiedym spragniony lubo kiedy duje wicher. – Dramatycznym gestem zdjął z głowy bezkształtny kapelusz i skłonił się lekko przed nami. – Ale wy dobre som ludzie. Z radością zasiędę z wami do świniaka.

Schiem wziął młodego prosiaka na sznur, odprowadził w las, gdzie zabił go i oprawił długim nożem wyciągniętym z torby. Ja oczyściłem kawałek gruntu z liści, a potem z kamieni szybko zaimprowizowałem palenisko.

Po chwili pojawiła się Denna z naręczem chrustu.

– Jak rozumiem, chodzi o to, żeby wycisnąć z tego gościa wszelkie informacje, jakie się tylko da? – powiedziała mi na ucho.

Skinąłem głową.

– Przepraszam za tę nieśmiałą kuzynkę, ale...

– Nie, to był dobry pomysł. Nie mówię płynną gwarą, a on zapewne łatwiej się otworzy przed kimś, kto tak samo gada. – Spojrzała ponad moim ramieniem w las. – Już prawie skończył. – Odeszła, kierując się ku rzeczce.

Potajemnie rozpaliłem ogień za pomocą sympatii, podczas

gdy Denna nacięła rozwidlonych gałęzi wierzby, które miały nam posłużyć do nadziewania kawałków mięsa. Wkrótce wrócił Schiem ze zgrabnie poćwiartowanym prosięciem.

Podczas gdy prosię piekło się nad ogniem, dymiąc i roniąc krople tłuszczu w żar, puściłem w krąg butelkę brandy. Sam udawałem, że piję – podnosiłem tylko butelkę do ust i moczyłem wargi. Ale Denna przechyliła swoją z taką wprawą, że po chwili jej policzki poróżowiały. A ponieważ wiatr faktycznie dął, wkrótce nos Schiema nabrał miłej czerwonej barwy.

Początkowo, póki prosię się piekło, Schiem i ja nie rozmawialiśmy o niczym szczególnym. Im dłużej się mu przysłuchiwałem, tym bardziej jego akcent gubił się w głębi mej głowy i tym mniej trudu miałem z utrzymywaniem swojego. Kiedy prosię stało się kruche i pokryło miłą dla oka skórką, ledwie o nim pamiętałem.

– Dobrze ci idzie z nożem – skomplementowałem Schiema. – Alem się zdziwił, żeś tego malucha przy innych świniakach rżnął...

Pokręcił głową.

– Świniaki to wredne dranie. – Wskazał jedną lochę, która właśnie biegła ścieżką na miejsce, gdzie przedtem oprawił prosiaka. – Widzisz? Zeżre flaki małego. Świniak jest chytry, ale uczuć ni mo.

Schiem oznajmił, że prosię się już upiekło, wyciągnął z torby bochenek okrągłego wiejskiego chleba i podzielił na trzy części.

– Baranina? – mruknął pod nosem. – Kto bedzie jadł baraninę, kiedy może mieć kawał boczku? – Podniósł się, nachylił nad ogniskiem i zaczął dzielić prosię swym długim nożem. – Czego byś chciała, panienko? – zapytał Dennę.

– Niewybrednam, panie – odparła. – Zjem, co mi podacie.

Zadowolony byłem, że kiedy się odezwała, Schiem akurat na mnie nie patrzył. Jej akcent nie był doskonały, zbyt przeciągała „o" i mówiła zbyt gardłowo, ale w sumie poszło jej nieźle.

– Ni mo się czego krępować – zapewnił ją Schiem. – Jedzenia dużo, dla wszystkich starczy.

– Jak już pytocie, to zawsze te tylne części najbardziej lubiałam – powiedziała Denna, potem zaczerwieniła się jakby z zakłopotania i znowu wbiła wzrok w ziemię. Tym razem jej samogłoski były znacznie lepsze.

Schiem dowiódł swej prawdziwie dżentelmeńskiej natury, powstrzymując się od jakichś rubasznych komentarzy, i po prostu położył gruby plaster wieprzowiny na jej kawałku chleba.

– Na ręce uważojcie. Niech się wystudzi.

Wszyscy zjedli, po czym Schiem nałożył każdemu po drugiej porcji, potem po trzeciej. Nie minęło dużo czasu, jak oblizywaliśmy tłuszcz z palców, napchani po dziurki w nosie. Postanowiłem, że pora przejść do rzeczy. Jeżeli teraz Schiem nie będzie miał ochoty na plotki, to już jej nigdy nie nabierze.

– Zdziwiło mnie, żeście sie ze świniakami wybrali, kiedy ludzie nic tylko o tych złych sprawach gadajom.

– Niby jakich?

Jeszcze nie wiedział o masakrze na weselu. Doskonale. Choć niczego od niego się nie dowiem o samych wydarzeniach, chętniej będzie mówił o poprzedzających ślub okolicznościach, jakie być może do nich doprowadziły. Nawet gdyby wszyscy w mieście nie byli przestraszeni na śmierć, wątpliwe wydawało mi się, aby szczerze powiedzieli mi coś o zmarłych.

– Słyszołem, że były jakieści kłopoty na zagrodzie Mauthena – powiedziałem, starając się nie zdradzić nic ponad potrzebę.

Prychnął.

– Ni powiem, co by mnie to zaskoczyło.

– A to czemu?

Schiem splunął.

– Mautheny to straszna zgrajo i niczego dobrego po nich się spodziewać nie można. – Znowu pokręcił głową. – Jo się przy Kurchacie nie pętom, bo mi matula rozumu do łba wbili. A Mautheny mądre nie som.

Dopiero jak Schiem wypowiedział nazwę tego miejsca w swoim ciężkim akcencie, usłyszałem ją właściwie. To nie była żadna kurchata. Nazwa nie miała nic wspólnego z kurną chatą. „Ja się przy Kurhanie nie pętam". Chodziło o zniekształcony „kurhan".

– Jo nawet świniaków tu nie pędzę, a ten bidny drań chałupę stawio... – Pokręcił głową zdegustowany.

– Ludziska im nie gadoli? – poddała Denna.

Z gardła świniopasa wydobył się nieprzyjemny odgłos.

– Mautheny ludzisków nie słuchojom. Nic nie zamyka uszu jak piniądz.

– No, ale to dom ino – stwierdziłem lekceważąco. – Nikomu krzywdy nie czyni.

– Chłop chcioł dla córy mieć dom z widokiem, nic w tym złego ni mo – zgodził się Schiem. – Ale kiedy fundamentów nakopali, kości jakich znaleźli i nie stali kopoć... i to już w zwykłej gupocie się nie mieści.

– Niemożliwe! – powiedziała wstrząśnięta Denna.

Schiem pokiwał głową, pochylił się naprzód.

– Ale i nie to najgorsze było. Kopoł, kopoł, kamieni jakie znalozł. I przestał kopoć? – Parsknął. – Wyciągać zaczoł, coby na chałupę mioł!

– A czymu nie miołby kamienia użyć, co go znolozł? – spytałem.

Schiem spojrzał na mnie, jakbym był przygłupi.

– Robiłbyś chałupę z kamieni z kurhanu? Kopołbyś w kurhanie, żeby potem z tego robić córze ślubny prezent?

– Znalazł co? Co to było? – Podałem mu butelkę.

– No, i to jest właśnie jedno wielko tajemnico, nie? – rzekł gorzko Schiem, popijając z butelki. – Z tego, com słyszał, cały czas tu robił, kopoł fundament, wyciongał kamieni. Potem znalozł pokój, co też był z kamienio, zamknięty. Ale kazał wszystkiem się zamknąć, co znalazł, coby córze wielką niespodziankę zrobić na weselisko.

– Jaki skarb? – spytałem.

– Nie piniądze. – Pokręcił głową. – O tym Mauthen by nie zmilczał. To było pewnikiem coś jak... – otworzył usta, zamknął, wyraźnie szukając słowa – ...jako to mówiom, co bogate ludzie na półki kładą, co by innym pokazywać?

Bezradnie wzruszyłem ramionami.

– Pamiątki rodzinne? – podpowiedziała Denna.

Schiem położył palec na nosie, a potem wyciągnął go w jej stronę i uśmiechnął się.

– Istnie. Jakaś błyskotka, co się mioła ludziom spodobać. Mautheny lubiom się podobać, tak.

– A więc nikt nie wiedzioł, co to było? – dopytywałem się dalej.

Schiem pokiwał głową.

– Jeno garstka wiedzieli. Mauthen, brat jego, syny dwa, może żonka. Cała zgraja przez pół roku łaziła i kpiła z ludzi, dumne jak biskupy.

To stawiało wszystko w nowym świetle. Musiałem wrócić na farmę i jeszcze raz wszystkiemu się dokładnie przyjrzeć.

– Widzieliście może kogo w okolicy? – zapytała Denna. – Szukomy wuja naszego.

Schiem pokręcił głową.

– Nie mogem rzec, cobym znoł.

– Martwiom się o niego – naciskała.

– Przecie cię nie okłamię, panienko – odparł. – Ale kiej som do lasu poszedł, to może źle być.

– Kręcą się tu jakie złe ludzie? – indagowałem dalej.

– Nie takie, co myślisz – odparł. – Ja się tu nie pętom, ino raz w roku przy jesieni. Źreć świniaki mojom co tutaj, ino nie za wiele. Dziwne chodzom po tym lesie. A na północy to już wcale. – Spojrzał na Dennę, potem wbił wzrok w ziemię, najwyraźniej niepewny, czy powinien mówić dalej.

To były właśnie takie informacje, na jakich mi zależało, więc zbyłem ten komentarz lekceważącym gestem w nadziei, że go tym sprowokuję.

Schiem zmarszczył brwi.

– Dwie nocki temu, kiedym wstał, coby... – zawahał się, zerkając na Dennę – ...coby zrobić rzeczy, o których nie godomy, światłam widział na północy. Wielkie światło i niebieskie. Jako ognisko, tyle co zara zgasło. Ot, tak.– Pstryknął palcami. – Potem nic. Trzy razy. Samżem się aż spocił.

– Dwie nocki temu? – zapytałem.

Wesele było zeszłej nocy.

– Powiedzioł żem, co dwie nocki, nie? – upierał się Schiem. – Od tamtąd na południe wędruję. Coby ni mieć nic do roboty z tym niebieskim ogniem.

– Schiem, pytom cię. Niebieski ogień?

– Jo tam nie jestem żaden Ruh, cobym bajki opowiodoł za

grosze, chłopcze – powiedział, wyraźnie już zirytowany tym, że mu nie wierzę. – Cołe życie tu przesiedziałem. Wszystkie wiedzą, cosik siedzi w góroch na północy. Nie bez przyczyny ludziska tam nie łażą.

– Nie ma tam żadnych farm? – zapytałem.

– Ni mo, i ni może być, tam ino skały – powiedział impulsywnie. – Myślicie, że jo ni wim, jak świca czy ognisko wyglondajom? Niebieskie było, powiadom. Wielkie ognie, niebieskie. – Wykonał zamaszysty gest. – Jakbyś gorzałki w ogień naloł.

Postanowiłem nie drążyć dalej tematu. Wkrótce Schiem westchnął głęboko i podniósł się.

– Świniaki już wyżarły pewnie wszystko do gołego – oznajmił, biorąc do ręki swój kostur. Potrząsnął nim, a zaimprowizowany dzwonek zadźwięczał nieczysto. Świnie zbiegły się posłusznie ze wszystkich stron. – Hola, świniaki! – zawołał. – Świniaki, świniaki, świniaki! Tu mi, gadzino!

Zawinąłem resztki upieczonego prosięcia w kawałek juty. Denna poszła kilka razy nad rzekę z butelką i zagasiła ogień. Kiedy skończyliśmy, Schiem miał już swoją trzódkę pod kontrolą. Okazała się znacznie większa, niż myślałem. Jakieś dwadzieścia pięć wyrośniętych macior, młode prosiaczki i locha z posiwiałym szczeciniastym grzbietem. Pomachał nam krótko na pożegnanie i odszedł bez słowa; dzwonek na jego kiju dźwięczał, poszczękując, a świnie szły za nim luźną gromadką.

– Cóż, nie było to szczególnie subtelne – zauważyła Denna.

– Musiałem go trochę przycisnąć – wyjaśniłem. – Przesądni ludzie nie lubią mówić o rzeczach, których się boją. W każdej chwili mógł się zamknąć na dobre, a ja musiałem się dowiedzieć, co takiego widział w lesie.

– Ja bym to z niego wyciągnęła – powiedziała. – Muchy ciągną do miodu i te rzeczy.

– Zapewne masz rację – przyznałem, zarzucając worek na ramię i ruszając. – Ale uwierzyłem ci, kiedy powiedziałaś, że nie mówisz gwarą.

– Mam czułe ucho – stwierdziła, wzruszając ramionami. – Łatwo podłapuję takie rzeczy.

– Cołkiem mnie zaskoczyłoś... – Ugryzłem się w język i splunąłem. – Cholera. Teraz przez cały cykl nie będę się mógł pozbyć tego akcentu. Utkwił jak kawałek chrząstki między zębami.

Denna ponuro rozglądała się wokół.

– Myślę, że powinniśmy wrócić do przeczesywania lasu. Znaleźć mojego mecenasa, może jakieś odpowiedzi.

– Naprawdę to już nie ma sensu – zaoponowałem.

– Wiem, ale nie mogę zrezygnować, nie próbując przynajmniej.

– Nie o to mi chodziło. Zobacz... – Wskazałem na miejsce, gdzie świnie ryły w ściółce i liściach, szukając jakichś swoich przysmaków. – Te świnie pasły się wszędzie. Nawet jeśli był jakiś ślad, już nigdy go nie znajdziemy.

Wciągnęła głęboki oddech, potem wypuściła go w postaci zmęczonego westchnienia.

– Zostało coś jeszcze w tej butelce? – zapytała posępnie. – Wciąż boli mnie głowa.

– Ależ idiota ze mnie – rzekłem, rozglądając się dokoła. – Szkoda, że nie powiedziałaś wcześniej. – Podszedłem do młodego drzewka wierzby, naciąłem kilka długich pasków kory i przyniosłem jej. – Wewnętrzne włókna pomagają na ból.

– Dobrze jest mieć ciebie pod ręką. – Podważyła odrobinę kory paznokciem i wsadziła do ust. Zmarszczyła nos. – Gorzkie.

– Po tym się poznaje prawdziwe leki – zauważyłem. – Jeżeli smakują słodko, są tylko cukierkiem.

– Czy nie tak toczy się świat? – zapytała. – Zawsze chcemy słodyczy, ale naprawdę potrzebujemy tylko tego, co nam nie smakuje. – Uśmiechnęła się przy tych słowach, lecz wyłącznie samymi ustami. – Jeśli już o tym mowa – ciągnęła – jak mam szukać mojego mecenasa? Jestem otwarta na wszelkie propozycje.

– Mam pomysł – odrzekłem, poprawiając worek na ramieniu. – Ale najpierw musimy wrócić na farmę. Trzeba się czemuś bliżej przyjrzeć.

Z powrotem znaleźliśmy się na Kurhanie i natychmiast zauważyłem, skąd wzięła się nazwa. Wokół wznosiły się dziwne, nieregularne kopce, mimo iż w pobliżu nie było żadnych skał.

Teraz, kiedy już wiedziałem, czego szukać, nie sposób było ich przegapić.

– Czemu musisz się przyjrzeć? – zapytała Denna. – Powinieneś wiedzieć, że kiedy spróbujesz wejść do domu, będę musiała temu zapobiec, nawet uciekając się do przemocy.

– Przyjrzyj się domowi – odparłem. – A teraz popatrz na zbocze, wyłaniające się zza drzew za domem. – Wskazałem ręką. – Wszędzie wokół skały mają ciemną barwę...

– ...a kamienie podmurówki są szare – dokończyła.

Pokiwałem głową.

Wciąż przyglądała mi się wyczekująco.

– I co to dokładnie oznacza? Jak powiedział, wykorzystali kamienie z kurhanu.

– W tej okolicy nie ma kurhanów – tłumaczyłem. – Ludzie budują kurhany w Vintas, gdzie jest to tradycyjny sposób pochówku, albo w nisko położonych, bagnistych miejscach, gdzie nie można wykopać grobu. Znajdujemy się prawdopodobnie pięćset mil od najbliższego prawdziwego kurhanu.

Podeszliśmy do zabudowań farmy.

– Poza tym do budowy kurhanów nie używa się kamieni. A nawet jeśli, nie używa się ociosanych i wygładzonych kamieni, jakie tu widzimy. Zostały tu przywiezione z daleka. – Przesunąłem dłonią po gładkiej powierzchni szarej ściany. – Dlatego że ktoś chciał zbudować coś, co przetrwa długo. Coś solidnego. – Odwróciłem się do Denny. – Myślę, że znajdował tu się stary fort, broniący wzgórza.

Denna zastanawiała się przez chwilę.

– Dlaczego więc nazwali to wzgórze od kurhanu, jeżeli nie ma tu kurhanów?

– Przypuszczalnie dlatego, że okoliczna ludność nigdy nie widziała prawdziwego kurhanu, tylko słyszała o nim w opowieściach. Kiedy natrafili na wzgórze z wielkimi nasypami... – Wskazałem dziwnie ukształtowane kopce. – Kurhan.

– Ale to jest zapadła dziura – powiedziała, błądząc wzrokiem po otoczeniu. – To jest kompletne odludzie...

– Teraz tak – zgodziłem się. – Ale w czasach, kiedy postawiono ten kurhan? – Wskazałem gestem przecinkę wśród drzew na północ od spalonej farmy. – Podejdźmy tam na chwilę. Chciałbym się jeszcze czemuś przyjrzeć.

Wyszliśmy spomiędzy drzew porastających północny grzbiet wzgórza i oczom naszym odsłonił się cudowny widok. Czerwienie i żółcie jesiennych liści zapierały dech w piersiach. W oddali dostrzegłem kilka domów i stodół, rozproszonych wśród złotych pól i zielonych pastwisk nakrapianych białymi cętkami owiec. I strumień, w którym z Denną moczyliśmy nogi.

Na północy natomiast widziałem stoki, o których wspominał Schiem. Dziki krajobraz.

Pokiwałem głową do swoich myśli.

– Stąd masz widok na trzydzieści mil w każdą stronę. Jedynym wzgórzem, z którego perspektywa jest jeszcze lepsza, jest to. – Wskazałem wzgórze przesłaniające częściowo północne zbocza. – Ale jego szczyt, praktycznie rzecz biorąc, kończy się wierchem. Jest zbyt wąski, aby zbudować na nim porządne fortyfikacje.

Rozejrzała się, namyśliła, potem skinęła głową.

– Masz rację, przekonałeś mnie. Było tu ufortyfikowane wzgórze. Co dalej?

– Cóż, przed rozbiciem obozu na noc chciałbym dotrzeć na tamto wzgórze. – Wskazałem palcem ostry szczyt, który przesłaniał nam widok północnych zboczy. – To tylko mila czy dwie, a jeśli naprawdę na północy dzieje się coś dziwnego, stamtąd będziemy mogli wszystko zobaczyć. – Zastanawiałem się przez chwilę. – Poza tym, jeżeli Wiąz znajduje się gdzieś w promieniu dwudziestu mil, będzie mógł zobaczyć nasze ognisko i trafić do nas. Nawet gdyby się ukrywał i nie chciał wrócić do miasteczka, być może zwabi go samotny ogień.

Denna pokiwała głową.

– To z pewnością lepsze niż przedzieranie się przez krzaki.

– Czasami zdarza mi się coś wymyślić – oznajmiłem, a potem wykonałem ceremonialny gest w stronę wzgórza. – Proszę, panie przodem.

Rozdział 74

Ostaniec

Mimo zmęczenia Denna i ja wędrowaliśmy szybkim krokiem, toteż na północne wzgórze dotarliśmy w momencie, gdy słońce zachodziło za góry. I choć las porastał wzgórze dookoła, szczyt był łysy jak czaszka kapłana. Nieograniczony niczym widok we wszystkich kierunkach zapierał dech w piersiach. Żałowałem tylko, że podczas naszej wspinaczki niebo zasnuły chmury, powlekając je szarością łupku.

Na południu leżało kilka niewielkich farm. Parę strumieni i wąskich dróg wiło się wśród drzew. Na zachodzie góry wznosiły się niczym odległy mur. Na wschodzie i południu widziałem dym unoszący się ku niebu i niskie, brązowe budynki Trebon.

Spojrzałem na północ i przekonałem się, że wszystko, co mówił świniopas, jest prawdą. Nie dostrzegłem żadnych znaków bytności człowieka. Żadnych dróg, farm, dymów z kominów, tylko coraz bardziej nierówny teren, nagie skały i drzewa wczepione w zbocza.

Na szczycie naszego wzgórza leżało kilka szarych kamieni. Trzy były połączone, tworząc wielki łuk, a może masywną bramę. Dwa pozostałe leżały obalone, jakby wypoczywały w gęstej trawie. Ich obecność wydawała mi się dziwnie uspokajająca, jakbym nieoczekiwanie znalazł się w towarzystwie starych przyjaciół.

Kiedy się tak rozglądałem, Denna usiadła na jednym z szarych kamieni. Poczułem na twarzy krople deszczu i wymamrotałem przekleństwo, nasuwając na głowę kaptur płaszcza.

– Nie potrwa długo – pocieszyła mnie Denna. – Padało przez

kilka ostatnich wieczorów. Napływają chmury, leje przez jakieś pół godziny, potem się wypogadza.

– Dobrze – ucieszyłem się. – Nie lubię spać na deszczu.

Położyłem worek za jednym z szarych kamieni, żeby go ochronić przed wilgocią, i we dwójkę zabraliśmy się do rozbijania obozu. Bez słowa, każde z nas zajęło się swoim, jakbyśmy już setki razy to robili. Denna oczyściła miejsce pod ognisko i nazbierała kamieni. Ja przyniosłem naręcze chrustu i szybko rozpaliłem ogień. Podczas następnego spaceru do lasu zerwałem trochę szałwii i nakopałem dzikiej cebuli, którą zauważyłem, gdy szliśmy pod górę.

Rozpadało się mocno, wkrótce jednak deszcz przeszedł w mżawkę. Zająłem się kolacją. W małym rondelku ugotowałem gulasz z resztek wieprzowiny, marchewek i ziemniaków, dodałem znalezioną cebulę. Doprawiłem solą, pieprzem i szałwią, wreszcie przy ogniu podgrzałem bochenek suchara i zdjąłem woskową skórkę z sera. Na koniec między rozgrzanymi kamieniami otaczającymi ognisko umieściłem dwa jabłka. Upieką się akurat, gdy przyjdzie pora na deser.

Nim kolacja była gotowa, Dennie udało się zgromadzić spory stos drewna na opał. Rozłożyłem dla niej koc, a potem zasiedliśmy do posiłku, który skwitowała aprobującymi pomrukami.

– Takim traktowaniem można dziewczynę rozpuścić na dobre – powiedziała, gdy skończyliśmy jeść. Teraz siedziała oparta wygodnie o jeden z szarych kamieni. – Gdybyś miał przy sobie lutnię, zaśpiewałbyś mi kołysankę i wtedy już wszystko byłoby idealnie.

– Dziś rano spotkałem na drodze druciarza, próbował mi sprzedać butelkę owocowego wina – poinformowałem ją. – Żałuję, że nie skorzystałem.

– Uwielbiam owocowe wino – oznajmiła. – Było truskawkowe?

– Tak myślę – przyznałem.

– Cóż, tak to się kończy, gdy nie posłuchasz spotkanego na drodze druciarza – zganiła mnie, choć oczy jej się już zamykały. – Taki bystry chłopak jak ty, który słyszał tyle historii, powinien wiedzieć lepiej... – Nagle wyprostowała się, wskazując gdzieś ponad moim ramieniem. – Patrz!

Odwróciłem się.

– Na co mam patrzeć? – zapytałem.

Niebo wciąż było zaciągnięte grubą warstwą chmur i krajobraz kąpał się w oceanie czerni.

– Patrz dalej. Może znowu... Tam!

Zobaczyłem. Iskierka niebieskiego światła w oddali. Wstałem, zgasiłem ognisko, aby jego łuna nie raziła oczu. Denna stanęła obok mnie i z zapartym tchem oboje czekaliśmy. Doczekaliśmy się – kolejny rozbłysk niebieskiego światła, tym razem silniejszy.

– Jak myślisz, co to jest? – spytałem.

– Jestem niemal pewna, że wszystkie kopalnie rudy znajdują się bardziej na zachód – rzekła z namysłem Denna. – Więc to nie one.

Kolejny rozbłysk. Wydawało się, że jego źródłem są zbocza, co oznaczało, że jeśli jest to ogień, musi być naprawdę wielki. Przynajmniej kilka razy większy od naszego ogniska.

– Powiedziałaś, że twój mecenas opracował system sygnałów, którymi powiadamiał cię o swojej obecności – rzekłem, cedząc słowa. – Nie chcę się wtrącać, ale czy to nie...

– Nie. One nie mają nic wspólnego z niebieskim ogniem – odparła i zachichotała cicho, widząc moje zmieszanie. – To byłoby zbyt złowieszcze, nawet jak na niego.

Jeszcze przez czas jakiś obserwowaliśmy noc, ale rozbłyski niebieskiego światła już się nie powtórzyły. Wreszcie podniosłem z ziemi gałąź grubą jak mój kciuk, przełamałem na pół i z pomocą kamienia wbiłem oba kawałki w ziemię niczym maszty namiotu. Denna pytająco uniosła brew.

– Łącząca je linia wskazuje w kierunku światła – wyjaśniłem. – Ponieważ w tych ciemnościach nie widzę żadnych znaków rozpoznawczych, dzięki nim rankiem będziemy wiedzieli, gdzie się świeciło.

Zajęliśmy nasze poprzednie miejsca, dorzuciłem do ognia, snop iskier pofrunął w górę.

– Jedno z nas powinno chyba pilnować ognia – pomyślałem na głos. – Na wypadek, gdyby ktoś się pokazał.

– Ja i tak zazwyczaj nie przesypiam całej nocy – poinformowała mnie Denna. – Więc nie powinno być z tym problemu.

– Masz kłopoty ze spaniem?

– Miewam sny – rzekła takim tonem, z którego jasno wynikało, że nic więcej mi na ten temat nie powie.

Oderwałem kulkę jakiegoś brązowego rzepa, który przyczepił się do mojego płaszcza, i cisnąłem w ogień.

– Myślę, że potrafię sobie wyobrazić, co się zdarzyło na farmie Mauthena.

Uniosła głowę.

– Powiedz.

– Pytanie brzmi: Dlaczego Chandrianie uderzyli właśnie w tym miejscu i czasie?

– Musiało chodzić o wesele.

– Ale dlaczego to właśnie wesele? Dlaczego tej nocy?

– Dlaczego mi po prostu nie powiesz? – rozeźliła się Denna, trąc czoło. – Nie próbuj mnie wciągać w zabawę w rodzaju „nagły błysk olśnienia", jakbyś był moim nauczycielem.

Poczułem, że znowu rumienię się ze wstydu.

– Przepraszam.

– Nie przepraszaj. W normalnych okolicznościach nic by mi się bardziej nie spodobało, jak odrobina przerzucania się inteligentnymi uwagami z tobą, ale to był długi dzień i boli mnie głowa. Omiń więc wstępy...

– Chodzi o to, co Mauthen znalazł, kiedy rozkopywał stary fort na wzgórzu, szukając kamieni – tłumaczyłem. – Wykopał coś w ruinach, a potem miesiącami się tym przechwalał. Chandrianie się dowiedzieli i przybyli, żeby to zabrać – skończyłem z nutą dumy w głosie.

Denna zmarszczyła brwi.

– To się nie trzyma kupy. Jeżeli chcieli tylko zabrać przedmiot, mogli poczekać do zakończenia wesela i zabić wyłącznie młodą parę. Byłoby znacznie łatwiej.

To mnie trochę zbiło z pantałyku.

– Masz rację.

– Natomiast twoje tłumaczenie miałoby znacznie więcej sensu, gdyby przyjąć, że chcieli zatrzeć wszelkie ślady po tym przedmiocie. Jak Stary Król Celon, kiedy uznał, że regent ma zamiar ogłosić jego zdradę. Zabił całą rodzinę tamtego i spalił ich posiadłości, żeby wieść się nie rozeszła i żeby zniszczyć wszelkie ewentualne dowody.

Denna machnęła ręką w kierunku południa.

– Ponieważ można się było spodziewać, że wszyscy znający sekret znajdą się na weselu, Chandrianie właśnie dlatego przybyli w jego trakcie i wymordowali wszystkich, którzy cokolwiek wiedzieli, a potem zniszczyli lub zabrali to coś. – Wykonała charakterystyczny gest płaską dłonią. – Pozamiatali.

Siedziałem ogłuszony. Nie tyle tym, co powiedziała Denna, choć oczywiście było to znacznie bardziej przekonujące wyjaśnienie niż moje. Przypomniałem sobie, co się przydarzyło mojej trupie. „Czyiś rodzice śpiewali niewłaściwe piosenki". Ale oni nie tylko moich rodziców zabili. Uczynili to ze wszystkimi, którzy byli dostatecznie blisko, aby móc usłyszeć bodaj fragment pieśni.

Denna opatuliła się moim kocem i skuliła na ziemi plecami do ognia.

– Pozwolę ci rozmyślać nad moją inteligencją w czasie, gdy będę spała. Obudź mnie, gdy będziesz chciał się czegoś dowiedzieć.

Udało mi się nie zasnąć głównie dzięki sile woli. Też miałem za sobą długi, wyczerpujący dzień – przejechałem sześćdziesiąt mil, przeszedłem pieszo z pół tuzina. Ale Denna była ranna i bardziej potrzebowała snu. Poza tym nie chciałem przegapić ewentualnych rozbłysków niebieskiego światła na północy.

Żadnych się nie doczekałem. Dokładałem do ognia i zastanawiałem się, czy Wil i Sim martwią się moim nagłym zniknięciem z Uniwersytetu. Co się dzieje z Arwylem, Elksą Dalem i Kilvinem? Czy zachodzą w głowę, co się ze mną stało? Powinienem zostawić jakąś kartkę...

Nie miałem jak określić godziny, ponieważ niebo wciąż zasnuwały chmury. Ale musiałem dołożyć do ognia po raz szósty czy siódmy, kiedy zobaczyłem, jak ciało Denny znienacka sztywnieje, a potem ona budzi się raptownie. Wprawdzie nie usiadła na posłaniu, lecz urwał się miarowy oddech, a w ciemnościach zobaczyłem jej rozbiegane ciemne oczy; sprawiała wrażenie, jakby nie wiedziała, gdzie się znajduje.

– Przepraszam – powiedziałem, głównie zresztą po to, aby mój głos mógł stać się dla niej rodzajem oparcia w jej zagubieniu. – Obudziłem cię?

Uspokoiła się odrobinę, usiadła.

– Nie, ja... Wcale. Teraz przez jakiś czas już nie zasnę. Chcesz, żebym cię zmieniła na warcie? – Przetarła oczy i spojrzała na mnie ponad ogniem. – Głupie pytanie. Wyglądasz strasznie. – Zaczęła wyplątywać się z koca. – Masz...

Zbyłem ją lekceważącym gestem ręki.

– Możesz go zatrzymać. Mi wystarczy płaszcz. – Naciągnąłem kaptur na głowę i położyłem się w trawie.

– Cóż za dżentelmen – drażniła się ze mną lekko, naciągając koc na ramiona.

Zrobiłem sobie poduszkę z podwiniętej ręki i usnąłem w trakcie wymyślania jakiejś celnej repliki.

Obudziłem się z mętnego snu o wędrówce zatłoczoną ulicą i zobaczyłem nad sobą twarz Denny, zaróżowioną i całą w roztańczonych cieniach ogniska. W sumie było to bardzo przyjemne przebudzenie.

Miałem właśnie powiedzieć coś na ten temat, kiedy położyła palec na moich ustach, co zdeprymowało mnie na przynajmniej kilkanaście rozmaitych sposobów.

– Cicho – szepnęła. – Posłuchaj.

Usiadłem.

– Słyszysz? – zapytała po chwili.

Nadstawiłem ucha.

– Tylko wiatr...

Pokręciła głową, gestem kazała mi zamilknąć.

– Teraz!

Usłyszałem. Z początku pomyślałem, że to tylko obsuwający się kamień, ale nie, ponieważ ten dźwięk nie ucichł w oddali. Brzmiał raczej tak, jakby ktoś ciągnął coś po stoku wzgórza.

Poderwałem się na równe nogi, rozejrzałem dookoła. Kiedy spałem, wiatr rozwiał chmury i teraz księżyc zalewał okolicę blado srebrzystą. Nasze wielkie palenisko pełne było żarzących się głowni.

I wtedy, z niezbyt oddalonego miejsca na stoku, dobiegł mnie dźwięk... gdybym powiedział, że łamanej gałęzi, skłamałbym. Kiedy ktoś przedziera się przez las i złamie gałąź, skutkiem jest krótki ostry trzask. To dlatego, że gałąź, którą przypadkiem da się złamać, nie może być zbyt gruba.

Usłyszałem więc odgłos, który nie miał nic wspólnego z dźwiękiem łamanej gałązki. To był długi trzask. Dźwięk, który wydaje gruba jak noga gałąź, kiedy ją odłamywać od pnia.

Odwróciłem się ku Dennie i wtedy usłyszałem inny dźwięk. Jak miałbym go opisać?

Kiedy byłem mały, moja mama zabrała mnie do menażerii w Senarin. Wtedy pierwszy i jedyny raz w życiu widziałem lwa i słyszałem, jak ryczy. Pozostałe dzieci w tłumie widzów bały się, ja śmiałem się urzeczony. Jego głos był tak głęboki i niski, że czułem, jak rezonuje echem w moich piersiach. Spodobało mi się strasznie, dlatego pamiętam o tym do dziś.

Dźwięk, który dane mi było słyszeć na wzgórzu niedaleko Trebon, nie był wyciem lwa, ale w ten sam sposób odzywał się w moich piersiach. To był rodzaj chrząkania, ale jeszcze głębszego niż ryk lwa. Bardziej kojarzącego się z hukiem gromu w oddali.

Pękła kolejna gałąź, tym razem prawie na szczycie wzgórza. Spojrzałem w stronę, z której dobiegał ów dźwięk, i zobaczyłem wielki kształt, mętnie rysujący się w blasku ogniska. Poczułem, jak ziemia lekko drży pod moimi stopami. Denna spojrzała na mnie oczyma wielkimi od strachu.

Schwyciłem ją za rękę i pobiegliśmy na przeciwną stronę wzgórza. Z początku Denna pozwoliła mi się wlec, potem, gdy zobaczyła, dokąd zmierzam, zaparła się nogami.

– Nie bądź głupi – syknęła. – Połamiemy karki, biegnąc w nocy przez las. – Rozglądała się nerwowo w lewo i w prawo, wzrok jej padł na szary kamień. – Podsadź mnie, potem ja cię wciągnę.

Splotłem palce, tworząc oparcie dla jej stopy. Stanęła na moich rękach, a ja wypchnąłem ją w górę tak mocno, że prawie wyskoczyła w powietrze. Zaczepiła palcami o krawędź kamienia.

Odczekałem krótką chwilę, dopóki się nie podciągnęła, zarzuciłem worek na ramię i zacząłem się gramolić po ścianie masywnego kamienia.

Właściwie powinienem powiedzieć, że ją drapałem. Lata oddziaływań atmosferycznych wygładziły kamień niemal doskonale. W końcu ześlizgnąłem się na ziemię, a moje palce wciąż bezskutecznie drapały gładką powierzchnię.

Przebiegłem pod łukiem, wdrapałem się na jeden z leżących kamieni i skoczyłem.

Całym ciałem mocno uderzyłem w kamień, odebrało mi oddech, poczułem ostry ból w kolanach. Rękoma wprawdzie schwyciłem górny kamień łuku, ale nie mogłem znaleźć zahaczenia dla palców...

Denna złapała mnie za rękę. Gdyby była to jakaś heroiczna pieśń, opowiedziałbym wam, jak to mocno ujęła moją rękę i zdecydowanym ruchem wciągnęła mnie w bezpieczne miejsce. Prawda jednak jest taka, że jedną dłonią schwyciła fałdę mojej koszuli, podczas gdy drugą trzymała mnie za włosy. Ciągnęła z całej siły i na tyle długo odwlekała mój upadek, że znalazłem uchwyt dla rąk i wgramoliłem się na górny kamień obok niej.

Leżeliśmy, dysząc, i spoglądaliśmy w dół. Pod nami na wzgórzu niewyraźny kształt krążył wokół naszego ogniska. Skąpany w półcieniach sprawiał wrażenie większego niż jakiekolwiek zwierzę, jakie w życiu widziałem – z masywnym ciałem zdał mi się ogromny niczym wóz i czarny. Podszedł bliżej, ale poruszał się, jakby pełzał, a nie truchtał na podobieństwo byka czy konia. Wiatr rozdmuchał ognisko i wtedy zobaczyłem, że tułów znajduje się nisko przy ziemi, jak u jaszczurki.

Kiedy wszedł w krąg światła, podobieństwo stało się jeszcze wyraźniejsze. To była po prostu wielka jaszczurka. Nie długa jak wąż, tylko kwadratowa jak żużlowy pustak. Gruby kark niepostrzeżenie przechodził w łeb o kształcie wielkiego płaskiego klina.

Połowę odległości dzielącej go od szczytu wzgórza do naszego ogniska pokonał w gwałtownym zrywie. Chrząknął znowu, głębokim basem przypominającym echo gromu, który ponownie poczułem w piersiach. Kiedy minął leżący w trawie szary kamień i znalazł się jeszcze bliżej, zrozumiałem, że oczy bynajmniej mnie nie zwodzą. Był większy od szarego kamienia. W kłębie wysoki na sześć stóp, długi na piętnaście. Wielki jak furmanka. Jak dziesięć byków razem wziętych.

Poruszał wielkim łbem w tył i w przód, rozdziawiając potężny pysk i smakując powietrze.

Potem nastąpił wybuch niebieskiego ognia. Tak nagły, że mnie oślepił, obok usłyszałem stłumiony krzyk Denny. Osłoniłem głowę i poczułem, jak ogarnia nas fala gorąca.

Przetarłem oczy, znowu spojrzałem w dół i dostrzegłem, że zwierz podszedł bliżej ognia. Był czarny, pokryty łuską, masywny. Chrząknął znowu tym swoim gromowym basem, potem zadarł łeb i plunął kolejnym wielkim jęzorem kłębiącego się niebieskiego ognia.

To był smok.

Rozdział 75

Interludium – posłuszeństwo

Kvothe zawiesił głos, jakby na coś czekał. Chwila ciszy w karczmie „Ostaniec" przeciągała się, póki Kronikarz nie uniósł wzroku znad kartki.

– Daję ci okazję, żebyś coś powiedział – rzekł Kvothe. – Coś w rodzaju: „Niemożliwe!", albo: „Nie ma takich istot jak smoki..."

Kronikarz wytarł do czysta stalówkę pióra.

– Nie jest moją rolą wtrącać komentarze do opowieści – zaczął skromnie. – Jeżeli twierdzisz, że widziałeś smoka... – Wzruszył ramionami.

Kvothe obrzucił go spojrzeniem pełnym rozczarowania.

– To mówi autor *Rytuałów godowych draccusa pospolitego*? To mówi Devan Lochees, wielki demaskator?

– To mówi Devan Lochees, który zgodził się nie przeszkadzać i nie zmieniać nawet jednego słowa w zapisywanej historii. – Kronikarz odłożył pióro, rozmasował dłoń. – Ponieważ takie były warunki, na jakich udzielono mu dostępu do historii, którą bardzo chciał usłyszeć.

Kvothe przyjrzał mu się oczyma bez wyrazu.

– Czy słyszałeś kiedyś wyrażenie „biały bunt"?

– Słyszałem – potwierdził Kronikarz.

– Ja też mogłem to powiedzieć, Reshi – lekko dodał Bast. – A ja na nic się nie zgadzałem.

Kvothe patrzył to na jednego, to na drugiego.

– Niewiele jest rzeczy równie odrażających jak całkowite posłuszeństwo. – Westchnął. – Lepiej, żebyście obaj o tym pamiętali. – Dał znak Kronikarzowi, żeby ten znów wziął pióro do ręki. – No, cóż... To był smok.

Rozdział 76

Rytuały godowe draccusa pospolitego

To smok – szepnęła Denna. – Tehlu, strzeż nas i miej w swej pieczy. To smok.

– To nie jest smok – wyjaśniłem. – Nie ma takich istot jak smoki.

– Spójrz na niego! – syknęła. – Stoi tam! Masz przed sobą wielkiego przeklętego smoka!

– To jest draccus – powiedziałem.

– Jest cholernie wielki – mówiła Denna, a w jej głosie pobrzmiewała histeria. – Jest to cholernie wielki smok i zaraz tu przyjdzie, i nas zje.

Nagle spojrzała na mnie i wybuchnęła śmiechem. Nie był to śmiech histeryczny, ale bezradny śmiech kogoś, kto właśnie usłyszał coś zabawnego i teraz dusi się ze śmiechu. Zasłoniła usta dłońmi i trzęsła się ze śmiechu, a jedynym odgłosem były ciche rzężenia dobywające się zza jej palców.

Tymczasem u naszych stóp trysnął kolejny jęzor ognia. Denna zamarła, odjęła ręce od ust. Spojrzała na mnie rozszerzonymi oczyma, a potem cicho, lekko drżącym głosem zawyła:

– Muuuu.

Przerażenie opuściło nas tak szybko, że oboje znów o mało co nie wybuchliśmy śmiechem, śmiechem czystej ulgi. Kiedy więc ją znowu skręciło i przyłożyła dłonie do ust, ja również zacząłem się śmiać, a brzuch mi się trząsł od powstrzymywania głośnego wybuchu. Leżeliśmy na kamieniu jak dwoje rozchichotanych dzieci, podczas gdy pod nami wielka bestia chrząkała i węszyła wokół naszego ogniska, od czasu do czasu plując językami ognia.

Po kilku ciągnących się minutach odzyskaliśmy panowanie nad sobą. Denna otarła łzy z oczu, wciągnęła głęboki, drżący oddech. Przysunęła się bliżej i oparła o mój bok.

– Posłuchaj – powiedziała cicho, a tymczasem oboje spoglądaliśmy przez krawędź kamienia. – Ta istota nie żywi się trawą – zauważyła. – Jest wielka. Nigdy nie znalazłaby tu dość pożywienia. Spójrz na ten pysk. Spójrz na te zęby.

– Właśnie. Są płaskie, a nie spiczaste. Je drzewa. Całe drzewa. Spójrz jaki jest wielki. Skąd miałby wziąć wystarczająco dużo mięsa? Musiałby zjadać codziennie dziesięć jeleni. Nie ma mowy, żeby przeżył!

Odwróciła głowę i spojrzała na mnie.

– Skąd, do diabła, mógłbyś to wiedzieć?

– Czytałem o tym na Uniwersytecie – wyjaśniłem. – W książce zatytułowanej *Rytuały godowe draccusa pospolitego.* Ziajanie ogniem jest częścią jego rytuałów godowych. Jak upierzenie u ptaków.

– Chcesz powiedzieć, że ten stwór w dole – szukała odpowiednich słów i jej usta przez moment poruszały się w milczeniu – chce dosiąść naszego ogniska? – Przez chwilę wyglądała, jakby zaraz miała znowu wybuchnąć śmiechem, ale ponownie wciągnęła długi, urywany oddech i dzięki temu udało jej się nad sobą zapanować. – To jest coś, co naprawdę muszę zobaczyć...

Poczuliśmy, jak kamień pod nami zatrząsł się w posadach, a świat wokół nas znacznie pociemniał.

Patrząc w dół, mogliśmy obserwować draccusa, który tarzał się w naszym ognisku jak wieprz w błocie. Ziemia trzęsła się pod potężnym wijącym się cielskiem, wkrótce ognisko całkiem zgasło.

– Ten potwór musi ważyć... – Denna zająknęła się, pokręciła głową.

– Jakieś pięć ton – uznałem. – Co najmniej.

– Mógłby nas dopaść. Byłby w stanie obalić te kamienie.

– Na ten temat nie mogę się wypowiadać – stwierdziłem, płasko uderzając ręką o kamień i starając się, aby moje słowa brzmiały przekonująco. – Stoją tu od dawna. Jesteśmy bezpieczni.

Tarzając się w naszym wielkim ognisku, draccus porozrzucał

po całym wzgórzu płonące głownie. Teraz podszedł do miejsca, w którym leżała i żarzyła się zwęglona kłoda. Obwąchał ją, potem przewrócił się na nią, wgniatając w ziemię. Na koniec powstał, znowu obwąchał kłodę i zjadł ją. Bez przeżuwania. Połknął gałąź w całości, jak żaba świerszcza.

Jeszcze kilka razy dane nam było obserwować te konsumpcyjne czynności. Draccus wędrował wokół niemal wymarłego już ogniska. Węszył, tarzał się po palących głowniach, potem – zagaszone – połykał.

– Myślę, że to ma sens – skomentowała Denna, przyglądając się temu. – Mieszka w lesie, który podpala. Gdyby nie miał w głowie czegoś, co go zmusza do zionięcia ogniem, nie przeżyłby długo.

– Zapewne z tego też powodu tu przylazł – dodałem. – Zobaczył nasz ogień.

Po kilku minutach węszenia i tarzania się draccus wrócił na miejsce, gdzie znajdowały się sczerniałe resztki naszego ogniska. Okrążył je kilkakrotnie, potem wlazł do środka i położył się. Skuliłem się w sobie, ale on tylko mościł się przez kilka chwil jak kwoka na jajach. Na wzgórzu pod nami zapanował całkowity mrok, rozświetlany tylko bladym blaskiem księżyca.

– Jak to możliwe, że nigdy dotąd nie słyszałam o tych zwierzętach? – zapytała Denna.

– Są bardzo rzadkie – wyjaśniłem. – Ludzie je zabijają, ponieważ nie rozumieją, że są stosunkowo niegroźne. Poza tym nie rozmnażają się łatwo. Ten pod nami ma pewnie z dwieście lat i długo już nie pożyje. – Zamyśliłem się. – Założę się, że na całym świecie nie ma więcej niż kilkaset draccusów o tych rozmiarach.

Przyglądaliśmy się bestii przez kilka chwil, ale nawet nie drgnęła. Denna ziewnęła szeroko.

– Boże, ależ jestem zmęczona. Nie ma nic bardziej wyczerpującego niż świadomość bliskiej a nieuchronnej śmierci. – Przewróciła się na plecy, potem na bok, a potem znowu twarzą w moją stronę, próbując znaleźć wygodną pozycję. – Panie, ależ tu zimno. – Wyraźnie drżała. – Rozumiem już, dlaczego skulił się na naszym ognisku.

– Możemy zejść na dół i odszukać koc – zaproponowałem.

Parsknęła.

– Lepiej nie. – Ale trzęsła się naprawdę mocno, otaczając ramionami.

– Masz. – Wstałem i zdjąłem płaszcz. – Otul się nim. To niewiele, ale lepsze niż goły kamień. – Podałem jej okrycie. – Nie zasnę i będę pilnował, abyś nie spadła.

Patrzyła na mnie przez dłuższą chwilę i już myślałem, że odmówi. Ale w końcu wzięła płaszcz i owinęła się nim.

– Ty, panie Kvothe, z pewnością wiesz, jak zabawić dziewczynę.

– Poczekaj do jutra – obiecałem. – Dopiero się rozkręcam.

A potem siedziałem w ciszy, próbując się nie trząść z zimna. W końcu oddech Denny się wyrównał. Obserwowałem śpiącą ze spokojem chłopca, który nie ma pojęcia, jak jest głupi ani jak okropne nieszczęścia przyniesie następny dzień.

Rozdział 77

Zbocza

Obudziłem się, zupełnie nie pamiętając, jak zasnąłem. Denna delikatnie potrząsała mnie za ramię.

– Nie ruszaj się zbyt gwałtownie – mówiła. – Do ziemi daleko.

Powoli rozprostowałem zwinięte w kłębek ciało. Mięśnie unisono zaprotestowały przeciwko wczorajszemu traktowaniu. Uda i łydki były jednym bólem.

Dopiero wtedy zdałem sobie sprawę, że znów mam na sobie płaszcz.

– Obudziłem cię? – spytałem Dennę. – Nie pamiętam...

– W pewnym sensie – wyjaśniła. – Zasnąłeś i przewróciłeś się na mnie. Nawet ci powieka nie drgnęła, kiedy cię przeklinałam... – Urwała i przyglądała się, jak powoli wstaję. – Dobry panie, zachowujesz się, jakbyś był własnym zreumatyzowanym dziadkiem.

– Wiesz, jak to jest – tłumaczyłem się. – Po przebudzeniu ciało jest zawsze najbardziej zesztywniałe.

Uśmiechnęła się porozumiewawczo.

– My, kobiety, zasadniczo nie mamy takich problemów. – Ale w miarę jak mi się przyglądała, wyraz jej twarzy robił się coraz bardziej poważny. – Nie żartujesz, co?

– Zanim cię wczoraj znalazłem, przejechałem ponad sześćdziesiąt mil – przyznałem. – A zupełnie odwykłem od końskiego grzbietu. Poza tym, kiedy wczorajszej nocy skakałem na kamień, uderzyłem się naprawdę mocno.

– Źle się czujesz?

– Paskudnie – odparłem. – Wszystko mnie boli.

– Och – jęknęła, zasłaniając dłonią usta. – Twoje piękne ręce!

Spuściłem wzrok. Od razu zrozumiałem, o co jej chodzi. W trakcie szaleńczych prób wspinaczki na szary kamień solidnie je sobie podrapałem. Odciski od strun uchroniły czubki palców przed poważniejszymi obrażeniami, ale kostki miałem zdarte do krwi, pokrywała je zaschnięta brązowa skorupa. Dotąd nie zdawałem sobie z tego sprawy, ponieważ wszystko inne bolało mnie tak bardzo, że dłoni nie czułem.

Na ten widok ścisnęło mnie w żołądku i dopiero kilkakrotne zaciśnięcie i rozprostowanie palców upewniło mnie, że to tylko zdarta skóra, a nie jakieś poważniejsze kontuzje. Jak każdego muzyka używającego rąk i mnie dręczyły obawy, że coś im się stanie. Praca w Rzemiosze dodatkowo nasilała te obawy.

– Tylko wygląda źle, naprawdę nic mi się nie stało – uspokoiłem ją. – Kiedy draccus odszedł?

– Dobre kilka godzin temu. Wkrótce po tym, jak słońce wzeszło.

Spojrzałem w dół z wysokości kamiennego łuku. Wczoraj wieczorem szczyt wzgórza porastał dywan zielonej trawy. Dziś wyglądało to jak pole bitwy. Trawa była pognieciona, miejscami wypalona. Powierzchnię ziemi znaczyły wgłębienia wszędzie, gdzie jaszczur tarzał się lub wlókł cielsko po ziemi.

Zejście z szarego kamienia okazało się trudniejsze niż wejście. Od samego szczytu łuku do ziemi było jakieś dwanaście stóp, czyli dość wysoko, aby nie ryzykować skoku. W normalnych okolicznościach zresztą nie martwiłbym się tym, teraz bałem się, że zesztywniałe, posiniaczone ciało nie sprosta zadaniu, czego skutkiem może być zwichnięta kostka.

W końcu udało nam się zejść dzięki linie zaimprowizowanej z paska od worka. Denna zaparła się i schwyciła jeden koniec, ja ostrożnie opuściłem się na ziemię. Oczywiście worek pękł, wszystko się wysypało, niemniej większych szkód – poza zielonymi plamami od trawy na spodniach – nie było.

Potem Denna zawisła na palcach, a ja schwyciłem ją za nogi i ostrożnie postawiłem na ziemi. Choć byłem strasznie posiniaczony, okazja przelotnego choćby potrzymania jej w ramionach znacznie poprawiła mi nastrój.

Pozbierałem swoje rzeczy i zasiadłem z igłą i nitką, żeby zaszyć worek. Po chwili Denna powróciła z krótkiej wyprawy między drzewa, po drodze podnosząc z ziemi koc, który zeszłej nocy został na dole. W kocu było kilka wielkich dziur zostawionych przez pazury wędrującego draccusa.

– Widziałaś kiedyś coś takiego? – zapytałem, wyciągając w jej stronę obciążoną dłoń.

Uniosła brew.

– Ile razy jeszcze usłyszę te słowa?

Uśmiechając się, podałem jej kawałek czarnego żelaza, które otrzymałem od druciarza w zamian za konia.

– To kamień magnetyczny? – zapytała.

– Nie mogę się nie dziwić, że od razu zgadłaś.

– Znałam człowieka, który używał go jako przycisk do papieru. – Westchnęła rozgoryczona. – Bez przerwy musiałam wysłuchiwać, ile jest wart i jaki jest rzadki, i jak to on zrobił sobie z niego właśnie przycisk do papieru. – Parsknęła. – To był kompletny głupiec. Masz jakieś żelazo?

– Sama sobie poszukaj. – Wskazałem gestem mój rozrzucony dobytek. – Musi tu coś być.

Denna usiadła na jednym z powalonych szarych kamieni, zaczęła się bawić magnesem i kawałkiem pękniętej żelaznej sprzączki. Ja zreperowałem worek, potem przyszyłem pasek, mocno, żeby drugi raz się nie oderwał.

Dennę tymczasem pochłonął bez reszty cud kamienia magnetycznego.

– Jak to działa? – zapytała w pewnej chwili, odsuwając sprzączkę i puszczając ją. – Skąd się bierze siła przyciągania?

– To jest rodzaj siły galwanicznej – wyjaśniłem, ale zawahałem się i po chwili dodałem: – Tak naprawdę nie mam pojęcia.

– Czy przypadkiem nie jest tak, że przyciąga tylko żelazo, ponieważ sam jest z żelaza? – zastanawiała się na głos, próbując bezskutecznie osiągnąć ten sam efekt ze swoim srebrnym pierścionkiem. – Może gdyby ktoś znalazł magnes zrobiony z brązu, przyciągałby tylko brąz?

– Może oddziaływałby na miedź i cynk – dopowiedziałem. – Ponieważ brąz jest stopem tych dwóch metali. – Przewróciłem worek na właściwą stronę i zacząłem się pakować.

Denna oddała mi kamień magnetyczny i podeszła do resztek naszego paleniska.

– Zanim odszedł, zjadł całe drewno – oznajmiła.

Poszedłem się rozejrzeć. Ziemia wokół naszego ogniska wyglądała, jakby stratował ją cały legion jazdy. Czubkiem buta rozgrzebałem spory kawał przemoczonej darni. Zobaczyłem coś i pochyliłem się, żeby to podnieść.

– Popatrz na to.

Denna podeszła bliżej, pokazałem jej, co znalazłem. To była jedna z łusek draccusa – gładka i czarna, w kształcie łzy, wielkości mniej więcej mojej dłoni. W środku miała ćwierć cala grubości, na brzegach znacznie mniej.

Podałem łuskę Dennie.

– To dla ciebie, moja pani. Na pamiątkę.

Zważyła podarek w dłoni.

– Jest ciężka – powiedziała. – Poszukam takiej samej dla ciebie... – Pochyliła się i wbiła wzrok w ziemię wśród resztek naszego ogniska. – Myślę, że razem z drewnem zjadł też trochę kamieni. Wieczorem naznosiłam ich znacznie więcej.

– Jaszczurki tak mają – wyjaśniłem. – Kamienie w żołądku pomagają im trawić pożywienie. Miażdżą nieprzeżutą strawę.

Denna przyjrzała mi się sceptycznie.

– To prawda. Kury też tak robią – dodałem.

Pokręciła głową i z powrotem wbiła wzrok w rozgrzebywaną ziemię.

– Posłuchaj, z początku sobie wyobrażałam, że napiszesz piosenkę o tej przygodzie. Ale im dłużej cię słucham, tym bardziej tracę nadzieję. Krowy i kury. Gdzie twój romantyzm?

– Wystarcza mi to, co widzę, nie muszę nic dodawać – broniłem się. – Jeśli się nie mylę, łuska jest chyba częściowo z żelaza. Jak miałbym uczynić ją jeszcze bardziej niesamowitą?

Podniosła łuskę do oczu, przyjrzała jej się uważnie.

– Chyba żartujesz.

Uśmiechnąłem się.

– W okolicznych kamieniach jest mnóstwo żelaza – tłumaczyłem dalej. – Draccus połyka kamienie, które powoli ścierają się w jego żołądku. A metal przenika do kości i łusek. Rok za rokiem skóra mu się złuszcza, potem ją zjada, dzięki czemu żelazo zostaje w organizmie. Po dwustu latach... – Postukałem łuską w szary kamień. Odpowiedziała dźwięcznym echem: coś jakby dzwonek albo kawałek glazury.

Oddałem łuskę Dennie.

– Można sobie wyobrazić, że w epoce poprzedzającej współczesną ludzie polowali na draccusy z powodu żelaza – wymądrzałem się. – Sądzę, że nawet dzisiaj alchemik by sowicie zapłacił za łuski czy kości. Organiczne żelazo to prawdziwa rzadkość. Zapewne ma wielorakie zastosowanie.

– Wygrałeś. Możesz napisać piosenkę. – Oczy jej się zaświeciły na sam pomysł. – Pokaż mi magnes.

Wyciągnąłem go z worka i podałem jej. Przybliżyła łuskę do magnesu. Natychmiast gwałtownie przylgnęły do siebie, z tym samym dźwięcznym odgłosem. Denna uśmiechnęła się szeroko, wróciła do resztek ogniska i zaczęła przesuwać magnes nad pobojowiskiem, szukając kolejnych łusek.

Spojrzałem na północne zbocza.

– Nie znoszę dzielić się złymi wieściami – zacząłem, wskazując na ledwie widoczną smużkę dymu sączącego się ponad rosnącymi w oddali drzewami. – Ale tam coś się tli. Zniknęły paliki oznaczające kierunek, ale chyba tam właśnie widzieliśmy w nocy niebieski ogień.

Denna wciąż przesuwała magnesem w tę i we w tę ponad wzruszoną ziemią.

– Draccus nie może być odpowiedzialny za to, co zdarzyło się na farmie Mauthena. – Gestem wskazała poczerniałą, wilgotną ziemię. – Zostawiłby mnóstwo takich śladów, a nic nie zauważyliśmy.

– Nie myślę o farmie – sprostowałem. – Myślę o tym, że czyjś mecenas mógł zeszłej nocy rozdrażnić go wesołym ogniskiem.

Twarz Denny sposępniała.

– Jeżeli draccus go znalazł...

– Nie przejmowałbym się za bardzo – wtrąciłem szybko. –

Skoro jest taki bystry, jak twierdzisz, zapewne był równie bezpieczny jak u siebie w domu.

– Pokaż mi dom, który byłby bezpieczny przed tym stworem – oznajmiła ponuro, oddając mi magnes. – Chodźmy zobaczyć.

Choć do miejsca, gdzie nad lasem unosiła się smużka dymu, było ledwie kilka mil, dotarliśmy tam nieprędko. Obolali, zmęczeni, nie spieszyliśmy się, ponieważ żadne z nas nie wiązało większych nadziei z tym, co tam zastaniemy. Po drodze podzieliliśmy się ostatnim jabłkiem i połową bochenka suchara. Naciąłem kory wierzbowej, oboje zżuliśmy kilka włókien. Po godzinie mięśnie w nogach rozluźniły mi się dostatecznie, żeby marsz nie wywoływał nieustannego bólu.

W miarę jak zbliżaliśmy się do miejsca przeznaczenia, szliśmy coraz wolniej. Łagodne wzgórza ustąpiły stromym zboczom i gołoborzom. Musieliśmy je omijać, nadkładając drogi, co czasami wydłużało marsz ponaddwukrotnie.

Poza tym pojawiały się też inne przeszkody, na przykład zagajnik dojrzałej jarzębiny, przez który przedzieraliśmy się całą godzinę. Wkrótce potem natrafiliśmy na strumień, przy którym zatrzymaliśmy się na popas. Moja ukształtowana przez opowieści wyobraźnia już podsuwała mi widoki romantycznej kąpieli, okazało się jednak, że strumień ma tylko sześć cali głębokości. Z kąpieli więc nici.

Było już wczesne popołudnie, kiedy wreszcie znaleźliśmy się w miejscu, znad którego unosił się dym. A to, co tam zastaliśmy, dalece odbiegało od naszych oczekiwań.

Przed oczyma mieliśmy odosobnioną dolinkę, wciśniętą między zbocza. Mówię „dolinka", choć w istocie był to raczej spory taras u podnóża górskiego zbocza. Po jednej stronie znajdował się urwisty stok ciemnej skały, po drugiej przepaść. Razem z Denną dwukrotnie próbowaliśmy nań podejść, zanim w końcu odkryliśmy drogę. Na szczęście dzień był bezwietrzny i dym bił prosto jak strzała w bezchmurne niebo. Gdyby nie to, prawdopodobnie nigdy byśmy tam nie trafili.

Ongiś zapewne rósł w tym miejscu miły lasek, teraz teren

sprawiał wrażenie, jakby przeszło przezeń tornado. Połamane, wyrwane z korzeniami, sczerniałe drzewa. Wszędzie wielkie połacie gołej ziemi i skały – dzieło jakiegoś farmera-giganta, który oszalał w trakcie orki.

Dwa dni temu nawet nie byłbym się w stanie domyślić, co spowodowało te zniszczenia. Lecz po tym, co zobaczyłem zeszłej nocy...

– Jak sobie przypominam, twierdziłeś, że są zasadniczo niegroźne... – rzuciła Denna, odwracając się w moją stronę. – Ale tu sobie chyba zdrowo pofolgowały.

Poszliśmy przez zwalisko, ostrożnie wybierając drogę. Biały dym unosił się nad głęboką dziurą, pozostałą po wielkiej korzeniowej bryle obalonego klonu. Źródłem dymu było parę głowni tlących się na dnie.

Czubkiem buta machinalnie kopnąłem kilka grud ziemi do dziury.

– Cóż, dobre wieści są takie, że nie ma tu twojego mecenasa. Złe wieści... – Zawiesiłem głos, wciągnąłem powietrze w nozdrza. – Czujesz to?

Denna poszła za moim przykładem i pokiwała głową, marszcząc nos.

Wspiąłem się na pień powalonego klonu i rozejrzałem dookoła. Wiatr zmienił kierunek i zapach stał się silniejszy – coś jakby gnijąca padlina.

Zeskoczyłem na ziemię i podszedłem do podnóża zbocza. Znajdowała się tam niewielka chata z bali, roztrzaskana w drobny pył. Zapach padliny stał się silniejszy.

– Dobra – powiedziała Denna, przyglądając się ruinie. – To mi bynajmniej nie wygląda na niegroźne zwierzątko.

– Nie wiemy, czy na pewno draccus jest za to odpowiedzialny – broniłem się. – Jeżeli tu również uderzyli Chandrianie, ogień mógł zwabić draccusa, który dokonał reszty zniszczeń.

– Myślisz, że to też dzieło Chandrian? – zapytała. – Nie pasuje mi to do wszystkiego, co o nich słyszałam. Przecież powiada się, że uderzają jak błyskawica, potem znikają. Nie wpadają z wizytą, podpalają, co im wpadnie w ręce, a potem wracają po załatwieniu kilku spraw.

– Nie wiem, co myśleć. Ale dwa zniszczone domy... – Zacząłem grzebać w ruinach. – Sensowne wydaje mi się podejrzenie, że coś łączy te dwie sprawy.

Denna wciągnęła głęboki oddech. Powędrowałem spojrzeniem za jej wzrokiem i zobaczyłem rękę wystającą spod ciężkiej kłody.

Podszedłem bliżej. Wszędzie roje much. Zasłoniłem dłonią usta w próżnym wysiłku ochrony przed smrodem.

– Nie żyje od ponad dwu cykli. – Pochyliłem się i podniosłem jakąś gmatwaninę drewna i metalu. – Spójrz na to.

– Przynieś bliżej, to spojrzę.

Wróciłem do miejsca, gdzie stała. Przedmiot był zniszczony i przez to omal nierozpoznawalny.

– Kusza.

– Na wiele mu się nie przydała – skwitowała Denna.

– Pytanie jednak brzmi, po co mu w ogóle była. – Przyjrzałem się grubej żelaznej sztabie, z której wykonane było łuczysko. – To nie jest broń myśliwska. Z takiej kuszy strzela się na polu bitwy do rycerzy w zbrojach. Jest zakazana.

Denna parsknęła.

– Takie prawa nie mają tu zastosowania. Sam wiesz.

Wzruszyłem ramionami.

– Ale to droga zabawka. Dlaczego ktoś, kto mieszka w maleńkiej chatce z klepiskiem, miałby mieć kuszę za dziesięć talentów?

– Może wiedział o draccusach – podsunęła Denna, rozglądając się z niepokojem dookoła. – Osobiście nie miałabym nic przeciwko kuszy w ręku.

Pokręciłem głową.

– Draccusy są płochliwe. Trzymają się z dala od ludzi.

Denna spojrzała na mnie z niedowierzaniem i wskazała ruinę chaty.

– Pomyśl o dzikich zwierzętach w lesie – tłumaczyłem. – Dzikie stworzenia unikają kontaktu z człowiekiem. Sama powiedziałaś, że nigdy nie słyszałaś o draccusie. Są po temu określone powody.

– Może jest wściekły?

To mnie otrzeźwiło.

– Niesamowity pomysł. – Rozejrzałem się dookoła po zwalisku. – Bo inaczej w jaki sposób mogłoby do tego dojść? Ale czy jaszczur może w ogóle złapać wściekliznę?

Denna przestąpiła niepewnie z nogi na nogę, nerwowo rozglądając się wokół.

– Jest jeszcze coś, co chciałbyś tu sprawdzić? Bo jak nie, to się wynośmy. Nie chcę tu być, kiedy potwór powróci.

– Myślę, że ktoś powinien go pogrzebać...

Denna pokręciła głową.

– Ja tu dłużej nie zostanę. Powiemy ludziom w mieście, żeby się tym zajęli. W każdej chwili draccus może wrócić.

– Ale po co? – zapytałem. – Po co miałby tu wracać? – Wskazałem ręką. – To drzewo zostało wyrwane z korzeniami cały cykl temu, a to na przykład ledwie kilka dni...

– Co cię to obchodzi? – zapytała Denna.

– Chandrianie – oznajmiłem zdecydowanie. – Chcę wiedzieć, po co tu przybyli. Może panują nad draccusem?

– Nie sądzę, żeby tu byli – zaoponowała Denna. – Na farmie Mauthena może tak. Ale to tutaj to po prostu dzieło wściekłej jaszczurzycy. – Spojrzała na mnie przeciągle, wpatrując się z napięciem prosto w oczy. – Nie mam pojęcia, po co tu przyszedłeś ani czego szukasz. Ale sądzę, że nie znajdziesz.

Pokręciłem głową, rozglądając się.

– Wydaje mi się, że musi istnieć jakiś związek między tym miejscem a farmą.

– Chciałbyś, żeby istniał taki związek – oznajmiła łagodnie. – Ale ten człowiek nie żyje już od dawna. Sam powiedziałeś. Poza tym przypomnij sobie drzwi i poidło na farmie. – Pochyliła się i postukała kłykciami w jeden z bali zawalonej chaty. Drewno odpowiedziało głębokim, solidnym odgłosem. – Przyjrzyj się łuczysku kuszy... metal nie zardzewiał. Ich tu nie było.

Opadły mnie czarne myśli. Wiedziałem, że ma rację. W głębi duszy wiedziałem, że na siłę czepiam się urojeń. Mimo to wydawało mi się, że nie powinienem rezygnować, nie spróbowawszy wszystkiego.

Denna ujęła mnie za rękę.

– Daj spokój. Chodźmy. – Uśmiechnęła się i pociągnęła mnie za sobą. Jej dłoń była chłodna i delikatna. – Jest wiele znacznie bardziej interesujących rzeczy, niż uganiać się...

Spomiędzy drzew doleciał nas głośny odgłos łamanej gałęzi: ttttrach, trach, trrrach. Denna puściła moją rękę i odwróciła się w stronę, z której przyszliśmy.

– Nie... – powiedziała. – Nie, nie, nie...

Wystarczyło sobie wyobrazić nadciągającego draccusa, żebym otrząsnął się z próżnych spekulacji.

– Nic nam nie grozi – zapewniłem ją, tocząc wzrokiem dokoła. – Nie potrafi się wspinać. Jest zbyt ciężki.

– Na co wspinać? Na drzewo? Drzewa to on przewraca dla zabawy!

– Na zbocze. – Wskazałem na stromy stok wznoszący się nad niewielkim laskiem. – Chodź...

Z trudem przedzieraliśmy się przez wykroty i zwalone pnie w kierunku zbocza. Za plecami słyszeliśmy huczące, gromom podobne pochrząkiwanie. Odważyłem się spojrzeć przez ramię, ale draccusa wciąż przesłaniały drzewa.

Dotarliśmy wreszcie do podstawy zbocza i zaczęliśmy się rozglądać za wygodnym miejscem do wspinaczki. Po dłużącej się minucie szaleńczych poszukiwań wyszliśmy z gęstego zagajnika sumaków i odnaleźliśmy połać rozoranej ziemi. Draccus tu kopał.

– Patrz! – Denna wskazała na rozpadlinę w licu zbocza, głęboką szczelinę szerokości gdzieś dwóch stóp. Dostatecznie dużą, aby człowiek mógł się przecisnąć, ale zbyt wąską dla jaszczura. Na skałach wokół niej widać było ślady pazurów, wszędzie walały się kawałki głazów.

Denna wcisnęła się do wąskiej szczeliny, ja poszedłem za nią. W środku było ciemno, jedyne światło dawała wstążka niebieskiego nieba wysoko nad głowami. Miejscami ledwo się przeciskałem. Kiedy po dotknięciu ścian rozpadliny zbliżyłem do oczu ręce, przekonałem się, że są czarne od sadzy. Draccus zapewne pluł ogniem w przejście, niezdolny utorować sobie drogę do wnętrza.

Po kilkunastu stopach szczelina rozszerzyła się nieco.

– Tu jest drabina – powiedziała Denna. – Wchodzę na górę. Jeżeli zwierz plunie za nami ogniem, to będzie jak kanał w trakcie ulewy.

Poszedłem za nią. Drabina była nieporządnie zbita, ale mocna. Po przejściu jakichś dwudziestu stóp znaleźliśmy się na niedużej skalnej półce. Z trzech stron mieliśmy ciemną skałę, z czwartej otwierał się widok na zrujnowaną chatę i powalone drzewa. Pod ścianą zbocza stała drewniana skrzynka.

– Widzisz go? – zapytała Denna, spoglądając w dół. – Powiedz mi, że nie podrapałam sobie kolan bez potrzeby.

Usłyszałem głuche łupnięcie i poczułem, jak plecy owiewa mi fala ciepła. Draccus chrząknął i kolejny jęzor ognia lizał wąską szczelinę pod nami. Potem rozległ się gwałtowny, wściekły hałas, jakby ktoś gwoździem drapał dachówkę – to draccus szaleńczo rył w skale zbocza.

Denna spojrzała mi głęboko w oczy.

– Nieszkodliwy.

– Nie nas ściga – powiedziałem. – Widziałaś. Drapał już tę ścianę na długo przed naszym przyjściem.

Denna usiadła.

– Co to za miejsce?

– Jakby strażnica – zgadywałem. – Możesz stąd dostrzec całą dolinę.

– Że strażnica, to oczywiste. – Westchnęła. – Pytam o całe to miejsce.

Otworzyłem drewnianą skrzynkę, która stała pod ścianą zbocza. Wewnątrz był szorstki wełniany koc, worek z wodą, trochę suszonego mięsa i kilka paskudnie ostrych bełtów do kuszy.

– Nie mam pojęcia – przyznałem. – Może on się ukrywał.

Hałas u naszych stóp ucichł. Denna i ja spojrzeliśmy równocześnie na obrócone w perzynę miejsce. W końcu draccus odstąpił od zbocza i ruszył wolno, żłobiąc nieregularne zagłębienie w gruncie.

– Nie rusza się tak szybko jak zeszłej nocy – zauważyłem. – Może faktycznie jest chory.

– A może zmęczony całym dniem spędzonym na tropieniu nas i próbach pozabijania. – Spojrzała na mnie. – Usiądź.

Przez ciebie robię się nerwowa. Na razie nigdzie się nie wybieramy.

Usiadłem i razem przyglądaliśmy się, jak draccus, kołysząc się, wraca na środek doliny. W końcu podszedł do drzewa wysokiego na jakieś trzydzieści stóp i bez wysiłku obalił je. Zaczął je pożerać, zaczynając od liści. Potem – równie łatwo jak owca kępkę trawy – schrupał gałęzie grubości mego nadgarstka. Gdy oczyścił pień, uznałem, że wkrótce przestanie, ale on po prostu przytknął wielki, płaski pysk do jednego z końców i machnął łbem. Pień sypnął drzazgami, pękł, a draccus został z wielkim, ale dającym się połknąć szczytem drzewa, który pochłonął w całości.

Denna i ja skorzystaliśmy z okazji, aby też się posilić. Trochę suchara, kiełbasa oraz reszta moich marchewek. Wahałem się, czy zaufać jedzeniu w skrzynce, ponieważ należało brać pod uwagę ewentualność, że żyjący tu człowiek był nieco zwariowany.

– Wciąż nie mogę się nadziwić, że żyjący w okolicy ludzie nigdy go nie widzieli – stwierdziła Denna.

– Zapewne widywali go z daleka – wyjaśniłem. – Świniopas powiedział, że wszyscy wiedzieli, iż w tych lasach żyje coś niebezpiecznego. Prawdopodobnie po prostu zakładali, że to jakiś demon czy inny nonsens w tym stylu.

Denna zerknęła na mnie, wyraźnie rozbawiona.

– I to mówi człowiek, który przybył do miasteczka szukać Chandrian.

– To jest zupełnie inna sprawa – protestowałem impulsywnie. – Nie włóczę się wszędzie, szerząc historie o duchach i ściskając żelazo. Jestem tu, aby poznać prawdę. Żeby zdobyć informacje bardziej wiarygodne niż opowieści z trzeciej ręki.

– Nie chciałam ci dopiec. – Denna się wzdrygnęła. Znowu spojrzała w dół. – To naprawdę niezwykłe zwierzę.

– Kiedy o nim czytałem, nie mogłem uwierzyć w te opowieści o ogniu – przyznałem. – Wydawały mi się zbyt wydumane.

– Bardziej wydumane niż jaszczurka wielkości konnego wozu?

– To jest tylko kwestia rozmiarów. Ale ogień nie jest zjawiskiem naturalnym. Proste pytanie: skąd się bierze ogień? Przecież jaszczur nie płonie w środku.

– Nie zostało to wyjaśnione w tej twojej książce? – spytała Denna.

– Autor przedstawił kilka swoich hipotez, ale na tym poprzestał. Nie udało mu się żadnego złapać i przeprowadzić sekcji.

– To zrozumiałe – skwitowała Denna, przyglądając się, jak jaszczur nonszalancko przewraca następne drzewo i zaczyna konsumować. – W jaką sieć go złapać, w jakiej trzymać klatce?

– Podaje jednak kilka interesujących teorii – kontynuowałem. – Wiesz, że krowie łajno wydziela palny gaz?

Denna odwróciła się w moją stronę i wybuchnęła śmiechem.

– No, nie. Poważnie?

Pokiwałem głową, szczerząc się.

– Dzieciaki ze wsi zabawiają się, krzesząc iskry na świeże krowie placki i przyglądając, jak płoną. Dlatego właśnie farmerzy, którzy używają go jako nawozu, muszą uważać z jego przechowywaniem. Gaz się gromadzi, a potem może wybuchnąć.

– Jestem dziewczyną z miasta – chichotała. – Nie bawimy się w takie zabawy.

– Nie wiesz, co straciłaś – ciągnąłem. – Autor sugeruje, że draccus może gromadzić ten gaz w jakimś pęcherzu. Lecz jak go zapala? I tutaj autor podsuwa sprytny pomysł z arszenikiem. Co, chemicznie rzecz biorąc, ma sens. Arszenik i gaz kopalniany eksplodują, kiedy je połączyć. Tak właśnie powstają błędne ogniki na bagnach. Ale moim zdaniem nie ma to większego sensu. Gdyby miał tyle arszeniku w ciele, dawno by się zatruł.

– Mm, hm – mruknęła Denna, wciąż nie odrywając wzroku od draccusa na dole.

– Z drugiej strony, jeśli się nad tym zastanowić, do zapalenia gazu wystarczy maleńka iskra – prowadziłem dalej swój wywód. – A znamy mnóstwo zwierząt, które mają dość siły galwanicznej, żeby taką iskrę wytworzyć. Dźgające węgorze, na przykład, potrafią wytworzyć jej dość, aby zabić człowieka, a mają ledwie kilka stóp długości. – Machnąłem ręką w kierunku draccusa. – Tak wielkie zwierzę z pewnością może wytworzyć iskrę o dostatecznej mocy.

Miałem nadzieję, że Denna będzie pod wrażeniem mojej pomysłowości, ale ją bez reszty pochłaniała scena rozgrywająca się poniżej.

– Wcale mnie nie słuchasz, co?

– Nie bardzo – zgodziła się, odwracając się ku mnie i uśmiechając. – To znaczy, ja tu nie widzę żadnej zagadki. Zwierz je drewno. Drewno się pali. Dlaczego nie miałby zionąć ogniem?

Kiedy próbowałem wymyślić jakąś odpowiedź na tę uwagę, wskazała palcem na dolinę.

– Spójrz na te drzewa w dole. Czy nie wydają ci się dziwne?

– Prócz tego, że zostały przewrócone i prawie ze szczętem pożarte? – zapytałem. – Nieszczególnie.

– Zobacz, jak leżą. Trudno to dostrzec, ponieważ teraz jest tu zupełne pobojowisko, ale wyglądają, jakby wcześniej rosły w rzędach. Jakby ktoś je posadził.

Teraz, kiedy zwróciła już moją uwagę, zobaczyłem, że przed przyjściem draccusa spory szmat drzew chyba rósł w rzędach. Dwanaście rzędów, w każdym dwadzieścia drzew. Po większości pozostały obecnie tylko pniaki lub dziury w ziemi.

– Dlaczego ktoś miałby sadzić drzewa w środku lasu? – zamyśliła się na głos. – To nie sad... Widzisz jakieś owoce?

Pokręciłem głową.

– Poza tym draccus pożarł tylko te drzewa – zauważyła. – W środku lasu jest wielka pusta przestrzeń. Pozostałe wprawdzie też obala, ale tylko te obala i zjada. – Zmrużyła oczy. – Jakie drzewo żre teraz?

– Stąd nie potrafię stwierdzić – powiedziałem. – Klon? Może lubi słodycze?

Przez dłuższą chwilę przyglądaliśmy się w milczeniu, wreszcie Denna wstała.

– Cóż, ważne, że nie drapie ścian i nie pluje ogniem w nasze plecy. Zobaczmy, dokąd wiedzie ta wąska ścieżka. Zakładam, że do wyjścia.

Zeszliśmy po drabinie i ruszyliśmy w powolną, krętą wędrówkę dnem wąskiej szczeliny. Zakręcała, wiła się dwadzieścia stóp, póki nie wyprowadziła nas na dno maleńkiego wąwozu, ograniczonego stromymi ścianami.

Wyjścia nie było, ale wyraźnie ktoś z tego miejsca korzystał. Rośliny wykarczowano, ziemię ubito. Ktoś wykopał dwa długie doły na ogniska, na ceglanych platformach stały nad nimi spore metalowe patelnie. Skojarzyły mi się z kotłami do wytapiania zwierzęcego tłuszczu. Ale były szerokie i stosunkowo płytkie, jakby rynki do pieczenia ogromnych ciast.

– Naprawdę lubi słodycze! – Denna się zaśmiała. – Tamten facet wyrabiał tutaj klonowe cukierki. Albo syrop.

Podszedłem bliżej, żeby się przyjrzeć. Wokół walały się jakieś wiadra, w których nosi się sok klonowy przerabiany potem na syrop. Otworzyłem drzwi do maleńkiej, zbitej z desek szopy, i zobaczyłem więcej wiader. Długie drewniane łyżki do mieszania syropu, skrobaczki, żeby go wydobywać z patelni...

Ale coś mi tu nie pasowało. W lesie rośnie pełno klonów. Nie ma sensu ich uprawiać. Poza tym czemu w tak odległym miejscu?

Może facet był zwyczajnie szalony. Bezmyślnie wziąłem do ręki jedną ze skrobaczek, podniosłem do oczu. Brzeg był poczerniały, coś jakby smoła...

– Fuj! – odezwała się Denna za moimi plecami. – Gorzki. Chyba go przypalili.

Odwróciłem się i zobaczyłem, że Denna stoi obok jednego z dołów. Z dna patelni oderwała wielki placek lepkiej substancji i właśnie odgryzła kęs. Był czarny, zupełnie nie przypominał głębokiego bursztynu klonowego cukierka.

W przebłysku olśnienia zrozumiałem, co tu się naprawdę działo.

– Nie!

Spojrzała na mnie skonsternowana.

– Nie jest aż takie złe – powiedziała z ustami pełnymi lepkiej substancji. – Dziwne, ale tak naprawdę wcale nie jest niesmaczne.

Podszedłem i uderzeniem wytrąciłem jej z ręki czarny naleśnik. W jej oczach błysnął gniew.

– Wypluj! – krzyknąłem. – Już! To trucizna!

Wyraz jej twarzy w okamgnieniu przeszedł od gniewu do strachu. Otworzyła usta i wypluła kęs na ziemię. Potem splunęła kilkakrotnie czarną, lepką śliną. Wcisnąłem jej w rękę butelkę z wodą.

– Przepłucz usta – nakazałem. – Przepłucz i wypluj.

Wzięła butelkę i wtedy sobie przypomniałem, że jest pusta. Resztką wody popiliśmy obiad.

Rzuciłem się biegiem do wąskiej szczeliny. Skoczyłem na drabinę, wbiegłem na górę, porwałem worek z wodą, w jednej chwili byłem na dole i pomknąłem z powrotem do wąskiego wąwozu.

Denna siedziała na ziemi, z rozszerzonymi oczami, bardzo blada. Wcisnąłem jej w dłonie worek, wlała sobie wodę do ust tak gwałtownie, że się zakrztusiła, potem dławiąc się trochę, wypluła.

Sięgnąłem do najbliższego dołu na ognisko, pogrzebałem głęboko w popiołach, na dnie znalazłem nie wypalone do końca głownie. Wyciągnąłem garść. Potrząsnąłem ręką, otrząsając je z popiołu, i wcisnąłem jej w dłoń.

– Jedz – powiedziałem.

Spojrzała na mnie nierozumiejącym wzrokiem.

– Jedz! – Potrząsnąłem jej przed nosem garścią zwęglonych głowni. – Jeżeli zaraz tego nie przeżujesz i nie połkniesz, przyłożę ci i siłą wcisnę do gardła! – Włożyłem jedną do ust. – Zobacz, nic ci się nie stanie. – Zacząłem mówić łagodniejszym głosem, miejsce rozkazu zajęło błaganie. – Denna, uwierz mi.

Wzięła kilka zwęglonych głowni, wsadziła do ust. Twarz miała wciąż bardzo bladą, w oczach pojawiły się łzy. Ale zżuła garść i popiła wodą, krzywiąc się.

– Oni tu uprawiali cholerne ophalum – wyjaśniłem wreszcie. – Jestem idiotą, że się wcześniej nie domyśliłem.

Denna zaczęła coś mówić, ale wszedłem jej w słowo.

– Nic nie mów. Jedz węgiel. Ile tylko zmieści się w żołądku.

Pokiwała poważnie głową, spojrzała na mnie szeroko rozwartymi oczyma. Przeżuła, zakrztusiła się trochę, wreszcie przełknęła kolejną porcję węgla drzewnego, popijając wodą. I tak kilkanaście razy pod rząd, raz za razem, na koniec znów przepłukała usta.

– Co to jest ophalum? – zapytała cicho.

– Narkotyk. To są drzewa dennera. Zjadłaś właśnie spory kawał żywicy dennera. – Usiadłem obok niej i położyłem dłonie płasko na kolanach, żeby opanować ich drżenie.

Usłyszawszy to, zamilkła. Wszyscy wiedzieli, co to jest żywica dennera. W Tarbean zbierano z ulic sztywne ciała miłośników słodyczy, którym zdarzyło się przedawkować w zaułkach i na gankach Nabrzeża.

– Ile połknęłaś? – zapytałem.

– Tylko żułam ją jak toffi. – Jej twarz znów powlekła bladość. – Resztki wciąż tkwią między zębami.

Dotknąłem worka z wodą.

– Płucz usta.

Płukała dokładnie, po kolei pod każdym policzkiem, wreszcie wypluła. Potem znowu. Próbowałem oszacować, ile narkotyku dostało się do jej organizmu, ale zmiennych było za dużo. Nie wiedziałem, ile połknęła, jak czysta była żywica i czy plantatorzy destylowali ją wcześniej lub oczyszczali w inny sposób.

Otworzyła usta, wystawiła język.

– W porządku, jestem czysta.

Roześmiałem się z wysiłkiem.

– Wszystko, tylko nie czysta – powiedziałem. – Twoje usta są całkiem czarne. Wyglądasz jak dzieciak, który bawił się w skrzyni z węglem.

– Ty nie wyglądasz wcale lepiej – zrewanżowała się. – Wyglądasz jak szczotka kominiarska. – Wyciągnęła rękę i dotknęła gołej skóry na moim ramieniu. Podczas biegu po worek z wodą musiałem rozedrzeć koszulę na kamieniach. Uśmiechnęła się nieprzekonująco, w oczach wciąż tkwiło przerażenie. – Dlaczego mam pełno węgla w brzuchu?

– Węgiel to chemiczna gąbka – wyjaśniłem. – Wchłania narkotyki i trucizny.

Jej twarz odrobinę pojaśniała.

– Wszystkie?

Przez chwilę chciałem skłamać, ale uznałem, że lepiej tego nie robić.

– Większość. Na szczęście od razu go zjadłaś. Wchłonie większość połkniętego narkotyku.

– Ile?

– Jakieś sześć części z dziesięciu – powiedziałem. – Może trochę więcej. Jak się czujesz?

– Przestraszona – odrzekła. – Trzęsie mnie ze strachu. Ale poza tym bez zmian. – Nie wstając, nerwowo poprawiła pozycję, przypadkowo jej dłoń oparła się na lepkim placku żywicy, który wcześniej wytrąciłem jej z ręki. Odepchnęła go i wytarła ręce o spodnie. – Ile czasu minie, zanim się okaże, co ze mną?

– Nie mam pojęcia, jak czysta była substancja – przyznałem. – Jeżeli wciąż była surowa, dłużej będzie przenikać do organizmu. To dobrze, ponieważ efekty rozciągną się w czasie.

Poszukałem tętna na jej szyi. Puls miała przyspieszony, ale mi też krew szybciej krążyła w żyłach.

– Popatrz tutaj. – Machnąłem uniesioną dłonią i obserwowałem jej oczy. Źrenice słabo reagowały na światło. Położyłem jej rękę na głowie i pod pozorem zajrzenia pod powieki nacisnąłem mocno siniak na skroni. Nawet nie drgnęła ani w inny sposób nie zdradziła się, że poczuła ból.

– Wcześniej myślałam, że mi się tylko wydaje – powiedziała Denna, przyglądając mi się uważnie. – Ale twoje oczy naprawdę zmieniają kolor. Normalnie są jasnozielone ze złotą obwódką wokół...

– Mam to po matce – wyjaśniłem.

– Ale przyglądałam się im przy różnych okazjach. Kiedy wczoraj ułamałeś rączkę pompy, były ciemnozielone, takie muliste. A kiedy świniopas powiedział te obraźliwe słowa na temat Ruh, na chwilę stały się zupełnie ciemne. Myślałam, że to chodzi o światło, ale teraz już wiem, że nie.

– Dziwne, że zauważyłaś – powiedziałem. – Jedynym człowiekiem, który mi o tym wspomniał, był mój stary nauczyciel. Lecz on był hermetykiem, co oznacza, że do jego profesji należało uważne przyglądanie się światu.

– Cóż, do mojej profesji należy uważne przyglądanie się tobie. – Lekko przechyliła głowę. – Wzrok ludzi prawdopodobnie przede wszystkim przyciągają twoje włosy. Tak bardzo się rzucają w oczy. Nie sposób... nie sposób na nie patrzeć. A twoja twarz naprawdę cały czas się zmienia. Zawsze nad nią panujesz, nawet nad tym, co robią twoje oczy. Ale na ich kolor nie masz wpływu. – Uśmiechnęła się słabo. – Teraz są blade. Jak zielony szron. Musisz się strasznie bać.

– Podejrzewam, że to tylko staromodna żądza – powiedziałem szorstko. – Rzadko się zdarza, żeby piękna dziewczyna dopuściła mnie do siebie tak blisko.

– Zawsze opowiadasz mi najpiękniejsze kłamstwa – powiedziała, uciekając wzrokiem. – Umrę?

– Nie – oznajmiłem z całą mocą. – Na pewno nie.

– Może... – Spojrzała na mnie i uśmiechnęła się znowu. Jej oczy były wilgotne, choć nie płakała. – Mógłbyś to jeszcze raz głośno dla mnie powiedzieć?

– Nie umrzesz – powtórzyłem, podnosząc się. – Chodź, zobaczymy, może nasz przyjaciel jaszczur już sobie poszedł.

Wolałem, żeby chodziła i czymś zajęła uwagę, napiliśmy się więc trochę wody i poszliśmy do strażnicy. Okazało się, że draccus wygrzewa się w słońcu.

Skorzystałem z okazji, żeby wepchnąć do worka koc i suszone mięso.

– Wcześniej poczucie winy nie pozwalało mi okraść zmarłego – wyjaśniłem. – Ale teraz...

– Przynajmniej teraz wiemy, dlaczego ukrywał się pośrodku kompletnej głuszy z kuszą, zaopatrzoną strażnicą i tak dalej – podsumowała Denna. – Mała tajemnica została odkryta.

Zacząłem już wiązać worek, ale przyszło mi coś do głowy i spakowałem również bełty.

– A one na co? – zapytała.

– Będą coś warte – wyjaśniłem. – Zaciągnąłem dług u niebezpiecznej osoby. Przyda mi się każdy grosz... – Urwałem, myśli gorączkowo galopowały mi w głowie.

Denna popatrzyła na mnie i zorientowałem się, że doszła do podobnych wniosków.

– Wiesz, ile może kosztować taka masa żywicy? – spytała.

– Nie bardzo – powiedziałem, myśląc o trzydziestu patelniach i o przyklejonym do dna każdej wielkim jak talerz płacie czarnej, lepkiej żywicy. – Myślę, że dużo. Bardzo dużo.

Denna kołysała się z boku na bok.

– Kvothe, sama nie wiem, co o tym myśleć. Widziałam już dziewczyny uzależnione od tego towaru. Ale potrzebuję pieniędzy. – Roześmiała się gorzko. – Teraz nie mam nawet zapasowego kompletu garderoby. – W jej oczach rozbłysło zmartwienie. – Z drugiej strony nie wiem, czy aż tak bardzo jej potrzebuję.

– Myślałem o aptekach – wtrąciłem szybko. – Przedestylują to i zrobią lekarstwo. To jest silny środek przeciwbólowy. Cena oczywiście nie będzie nawet w połowie tak wysoka, jaką daliby tamci ludzie, mimo to pół bochenka...

Denna uśmiechnęła się szeroko.

– Zdecydowanie wolę pół bochenka. Zwłaszcza od chwili, gdy mój tajemniczy mecenas najwyraźniej zniknął.

Wróciliśmy do wąwozu. Tym razem, gdy wyszedłem ze szczeliny skalnej, zobaczyłem całą instalację w zupełnie innym świetle. Każda z patelni była teraz równowartością masywnej monety w kieszeni. Czesne za następny semestr, nowe rzeczy, wolność od długu u Devi...

Zobaczyłem, że Denna przygląda się patelniom z tą samą fascynacją, choć oczyma nieco bardziej szklistymi od moich.

– Dzięki temu będę mogła wygodnie przeżyć rok – oznajmiła. – I nic nikomu nie zawdzięczać.

Ruszyłem do szopy z narzędziami, znalazłem po skrobaczce dla każdego z nas. Po kilku minutach pracy połączyliśmy wszystkie czarne, lepkie placki w wielką kluchę rozmiarów arbuza.

Denna zadrżała i spojrzała na mnie z uśmiechem. Policzki miała zaróżowione.

– Teraz poczułam się naprawdę dobrze. – Skrzyżowała ramiona na piersiach, roztarła ręce. – Naprawdę, naprawdę dobrze. Ale nie sądzę, że to tylko na myśl o tych pieniądzach.

– To żywica – powiedziałem. – Dobry znak, że trwało to tak długo, zanim poczułaś kopa. Martwiłbym się, gdyby to nastąpiło wcześniej. – Spojrzałem na nią poważnie. – Teraz posłuchaj. Musisz mi powiedzieć, kiedy poczujesz ciężar w piersiach albo będziesz miała kłopoty z oddychaniem. Jeżeli nie wystąpi żaden z tych symptomów, wszystko będzie dobrze.

Denna pokiwała głową, wzięła głęboki oddech i powoli wypuściła powietrze z płuc.

– Słodki aniele Ordalu w niebiesiech, czuję się bosko. – Spojrzała na mnie, w jej oczach mignął lęk, ale szeroki uśmiech uparcie wypełzał na twarz. – Uzależnię się od tego?

Pokręciłem głową. Denna westchnęła z ulgą.

– Wiesz, co jest najbardziej cholernie niesamowite? Boję się, że się uzależnię, ale w ogóle mnie nie obchodzi, że się boję. Nigdy w życiu tak się nie czułam. Nic dziwnego, że nasz łuskowaty przyjaciel wciąż wraca po więcej...

– Litościwy Tehlu – powiedziałem. – Jakoś mi to nie przyszło do głowy. Dlatego właśnie próbował pazurami ryć w skałach, żeby się tam dostać. Czuł żywicę. Od dwóch cykli żre drzewa, po trzy, cztery dziennie.

– Największy ze wszystkich miłośnik słodyczy wracał po swoją działkę. – Denna się roześmiała, lecz raptem jej twarz stężała ze zgrozy. – Ile drzew zostało?

– Dwa lub trzy – powiedziałem, myśląc o rzędach dziur w ziemi i połamanych pniakach. – Ale kiedy tu wróciliśmy, mógł zjeść następne.

– Widziałeś kiedyś miłośników słodyczy na głodzie? – zapytała ze smutkiem w głosie Denna. – Wariują.

– Wiem – odparłem, myśląc o tamtej dziewczynie w Tarbean, która tańczyła nago w śniegu.

– Jak myślisz, co zrobi, kiedy skończą mu się drzewa?

Zastanawiałem się przez dłuższą chwilę.

– Zapewne będzie szukał więcej. I nie znajdzie. Zacznie szaleć. Poza tym zapamięta, że ostatnie miejsce, gdzie znalazł drzewa, znajdowało się blisko małego domku pachnącego człowiekiem... Musimy go zabić.

– Zabić? – Roześmiała się, potem znowu przycisnęła dłonie do ust. – Nie mając nic prócz mego głosu śpiewaczki i twojej męskiej brawury? – Niepowstrzymanie zaczęła chichotać, mimo iż przyciskała obie dłonie do ust. – Boże, tak mi przykro, Kvothe. Jak długo będę się w ten sposób zachowywać?

– Nie wiem. Ophalum działa euforycznie...

– Tak, właśnie. – Mrugnęła do mnie, wciąż się szczerząc.

– Potem przychodzi stan maniakalny i, w zależności od dawki, ewentualnie deliryczny, wreszcie wyczerpanie.

– Może choć raz prześpię całą noc do rana – zauważyła. – Nie możesz przecież poważnie sądzić, że zabijesz tego stwora. Za pomocą czego? Zaostrzonego kija?

– Nie może biegać swobodnie. Trebon znajduje się zaledwie pięć mil stąd. Poza tym otaczają je mniejsze rozproszone farmy. Pomyśl o zniszczeniach, jakie spowoduje.

– Ale jak? – powtórzyła. – Jak można zabić coś takiego?

Wróciłem do maleńkiej szopy.

– Jeżeli szczęście nam dopisze, to ten facet miał dość rozumu, żeby schować gdzieś zapasową kuszę... – Zacząłem grzebać w szopie, wyrzucając przez drzwi, co mi wpadło w rękę. Długie łyżki do mieszania, wiadra, skrobaczki, łopatę, kolejne wiadra, antałek...

Antałek był rozmiaru niewielkiej baryłki na ale. Wyniosłem go na zewnątrz i odbiłem wieko. Na dnie znajdowało się naoliwione płótno, zawierające wielką grudę czarnej żywicy dennera, przynajmniej czterokrotnie większą niż ta, którą razem z Denną udało się nam zlepić.

Wyciągnąłem zawiniątko i położyłem na ziemi, potem rozwinąłem płótno, żeby Denna też mogła zobaczyć. Popatrzyła, westchnęła głęboko, parę razy podskoczyła w górę i w dół.

– Kupię sobie konika! – zaśmiała się.

– Nie wiem, jak to będzie z konikiem – powiedziałem, wykonując w myślach parę obliczeń. – Ale myślę, że zanim podzielimy pieniądze, powinniśmy ci kupić dobrą półharfę... – zaproponowałem. – Zamiast jakiejś durnej liry.

– Tak! – krzyknęła Denna, a potem zarzuciła mi ramiona na szyję w jakimś dzikim, obłędnym uścisku. – A tobie kupimy... – Przyjrzała mi się ciekawie, jej brudna od sadzy twarz znalazła się kilka cali od mojej. – Co byś chciał?

Zanim zdążyłem cokolwiek powiedzieć, draccus zawył.

Rozdział 78

Trucizna

Wycie draccusa było jak głos trąby, jeżeli potraficie sobie wyobrazić trąbę wielką jak dom i zrobioną z kamienia, grzmotu oraz płynnego ołowiu. Tym razem nie poczułem echa rezonującego w piersiach. Poczułem je pod stopami, ponieważ ziemia się zatrzęsła.

Na głos przeraźliwego wycia oboje podskoczyliśmy. Denna uderzyła mnie głową w nos. Zachwiałem się, oślepiony bólem. Niczego nie zauważyła, ponieważ sama tymczasem się potknęła i zwaliła na ziemię, cały czas się śmiejąc, bo jej się ręce i nogi poplątały.

Pomogłem jej wstać i wtedy do naszych uszu doleciał odległy łomot. Oboje ostrożnie wspięliśmy się na strażnicę.

Draccus próbował... podskakiwać. Poza tym zataczał się po okolicy niczym pijany pies i obalał drzewa z taką łatwością jak chłopiec łodygi kukurydzy rosnące na polu.

Z zapartym tchem przyglądałem się, jak podszedł do wielkiego dębu, stuletniego co najmniej i masywnego niczym szary kamień. Wspiął się na tylne łapy, przednie oparł na jednej z niskich gałęzi, jakby chciał się wspiąć. Gruba jak pień drzewa gałąź pękła z łomotem.

Draccus znowu wspiął się na tylne łapy, opadł na drzewo. Przyglądałem się pewny, że nadzieje się na ułomek gałęzi, ale poszarpana włócznia twardego drewna ledwie wgięła mu łuski na piersi, po czym pękła. Draccus uderzył w pień drzewa i choć dąb się nie złamał, popękał z trzaskiem, jaki wydaje błyskawica.

Draccus rzucał się dookoła, podskakiwał, padał, tarzał się po ostrych ostrogach skał. Odbijało mu się wielkimi jęzorami płomienia, na koniec znowu zaatakował spękany dąb, bijąc weń wielkim tępym klinem łba. Tym razem obalił go, wyrywając z korzeniami i powodując potężną eksplozję ziemi i kamienia.

Zrozumiałem, że próżne byłyby wszelkie poczynania mające na celu wyrządzenie krzywdy tej istocie. Właśnie udowadniał, że nawet jego własna potężna siła nie jest w stanie wyrządzić mu najmniejszej krzywdy.

– Nie da się go zabić – stwierdziłem. – To jak walczyć z burzą. Nie ma na niego sposobu?

– Trzeba ją zwabić na krawędź przepaści – stwierdziła rzeczowo Denna.

– Ją? – zapytałem. – Dlaczego sądzisz, że to samica?

– A dlaczego sądzisz, że to samiec? – odparowała, a potem potrząsnęła głową, żeby rozjaśnić myśli. – Mniejsza, to bez znaczenia. Wiemy, że ciągnie do ognia. Po prostu trzeba rozpalić ognisko i zawiesić je na gałęzi. – Wskazała kilka drzew przechylonych nad krawędzią urwiska u naszych stóp. – Potem, kiedy pobiegnie, żeby je zgasić... – Dłońmi wykonała obrazowy gest oznaczający upadek.

– Myślisz, że to go zmoże? – zapytałem z powątpiewaniem.

– Cóż – zaczęła – kiedy strząśniesz mrówkę ze stołu, nic jej się nie stanie, mimo że dla mrówki upadek ze stołu jest jak upadek z urwiska. Ale gdyby któreś z nas spadło z dachu, poważnie byśmy się poranili, ponieważ jesteśmy cięższi. Sensowne wydaje się założenie, że im coś większe, tym ciężej gruchnie. – Rzuciła znaczące spojrzenie na draccusa. – A większym już być nie można.

Oczywiście miała rację. Mówiła bowiem o stosunku powierzchni do objętości, choć nie wiedziała, jak to właściwie ująć słowami.

– Przynajmniej się porani – kontynuowała Denna. – A wtedy... nie wiem... możemy zrzucać na niego kamienie czy co. – Spojrzała na mnie. – Co? Co jest nie w porządku z moim pomysłem?

– Nie jest zbyt bohaterski – skwitowałem. – Oczekiwałem czegoś bardziej spektakularnego.

– Cóż, zbroję i rumaka bojowego zostawiłam w domu – odparowała. – Jesteś po prostu zazdrosny, ponieważ twój wielki uniwersytecki mózg nie potrafił nic wymyślić, a mój plan jest naprawdę błyskotliwy. – Odwróciła się i wskazała na zamknięty wąwóz. – Ogień rozpalimy w jednej z tych metalowych patelni. Są szerokie i płytkie, szybko się rozgrzeją. Była tam jakaś lina w tej szopie?

– Ja... – Poczułem znajome ściskanie w żołądku. – Nie. Nie sądzę.

Denna poklepała mnie po ramieniu.

– Nie patrz w ten sposób. Kiedy sobie pójdzie, przeszukamy ruiny domu. Założę się, że tam znajdziemy jakiś sznur. – Spojrzała na draccusa. – Szczerze mówiąc, wiem, jak ona się czuje. Ja też chętnie bym sobie pobiegała i poskakała.

– To jest właśnie stadium maniakalne, o którym wspominałem – rzekłem.

Po kwadransie draccus zniknął z doliny. Dopiero wtedy Denna i ja opuściliśmy naszą kryjówkę; ja niosłem worek, ona ciężkie zawiniątko z naoliwionego materiału, w którym znajdowała się cała znaleziona przez nas żywica – prawie pełny buszel.

– Daj mi ten magnes – zażądała, kładąc zawiniątko na ziemi. Podałem jej. – Ty poszukasz sznura, a ja zrobię ci prezent. – Odbiegła lekkim krokiem, a wiatr rozwiewał jej ciemne włosy.

Szybko przeszukałem chatkę, starając się wstrzymywać oddech. Znalazłem toporek, potłuczone naczynia, baryłkę zarobaczonej mąki, zbutwiały siennik, kłębek szpagatu i... żadnej liny.

Denna krzyknęła do mnie jeszcze z lasu, potem przybiegła i wcisnęła mi w dłoń czarną łuskę. Była ciepła od słońca, nieco większa niż moja zdobycz i bardziej owalna.

– Uprzejmie dziękuję, moja pani.

Ukłoniła się czarująco i uśmiechnęła szeroko.

– Lina?

Uniosłem kłębek szorstkiego szpagatu.

– To jest najbardziej zbliżone do liny ze wszystkiego, co mi się udało znaleźć. Przykro mi.

Denna zmarszczyła brwi, ale zaraz wzruszyła ramionami.

– Cóż, dobrze. Teraz twoja kolej, żeby coś wymyślić. Masz może na podorędziu jakąś dziwną, cudowną magię Uniwersytetu? Ciemne moce, które lepiej zostawić w spokoju?

Obracając łuskę w dłoniach, zacząłem się zastanawiać. Miałem wosk, a łuska stworzy równie dobrą więź jak włos. Mogłem ulepić simulacrum draccusa, ale co dalej? Lekkie oparzenie łapy zapewne nawet nie zwróci uwagi stwora, który wylegiwał się na leżu z płonących głowni.

Ale laleczka może posłużyć do znacznie bardziej złowrogich przedsięwzięć. Do czynów, których dobry hermetyk nawet czysto hipotetycznie nie powinien brać pod rozwagę. Czynów dokonywanych za pomocą szpilek i noży, za których sprawą znajdująca się nawet w odległości wielu mil ofiara może się wykrwawić.

Spojrzałem zamyślony na łuskę w dłoni. Była w zasadzie z żelaza, w środku grubsza niż moja dłoń. Nawet gdybym miał laleczkę, a energię czerpał z rozpalonego ogniska, nie byłem pewien, czy łuski nie ochronią potwora przed moją sympatią.

A najgorsze ze wszystkiego było to, że nawet gdybym spróbował, skąd miałbym wiedzieć, że zadziałało? Nie mogłem znieść myśli, że siedzę przy jakimś ognisku i wbijam szpilki w woskową lalkę, podczas gdy kilka mil stąd oszalały z narkotycznego głodu draccus tarza się w płonących ruinach zagrody niewinnych chłopów.

– Nie – powiedziałem. – Żadnej magii nie potrafię wymyślić.

– Możemy iść do miasteczka i poprosić konstabla, żeby zebrał tuzin ludzi z łukami i pomógł nam zabić oszalałe od narkotyków, wielkie jak dom pisklę smoka.

I wtedy mnie oświeciło.

– Trucizna – oznajmiłem. – Będziemy musieli go otruć.

– Masz przy sobie dwie kwarty arszeniku? – zapytała sceptycznie. – Choć nie wiadomo, czy nawet tego by wystarczyło na takiego olbrzyma.

– Nie, nie arszenikiem. – Czubkiem buta pchnąłem zawiniątko z naoliwionego materiału.

Spojrzała w dół.

– Och – rzekła, a usta wygięły jej się w podkówkę. – Co z moim konikiem?

– Prawdopodobnie będziesz musiała z niego zrezygnować – stwierdziłem. – Ale wciąż zostanie nam dość, żeby ci kupić półharfę. Gotów jestem się założyć, że za ciało draccusa dostaniemy znacznie więcej pieniędzy. Łuski będą sporo warte. A przyrodnicy na Uniwersytecie oszaleją z radości, gdy będą mogli...

– Nie musisz mnie przekonywać – ucięła. – Wiem, że tak trzeba. – Spojrzała mi w oczy, skrzywiła się. – Poza tym musimy się zachować jak bohaterowie i zabić smoka. Jego skarb to w tym wypadku tylko dodatkowa premia.

Roześmiałem się.

– Wobec tego – zacząłem – myślę, że powinniśmy wrócić do szarego kamienia i rozpalić ognisko, które go zwabi.

Denna chyba nie zrozumiała.

– Dlaczego? Wiemy, że tu wróci. Dlaczego tu nie rozpalić ogniska i nie zaczekać?

Pokręciłem głową.

– Zobacz, ile drzew dennera zostało.

Rozejrzała się dookoła.

- Zjadł wszystkie?

Pokiwałem głową.

– Jeżeli zabijemy go dziś wieczorem, nocą możemy być w Trebon – powiedziałem. – Jestem już zmęczony spaniem na gołej ziemi. Mam ochotę na kąpiel, ciepły posiłek i prawdziwe łóżko.

– Znowu kłamiesz – oznajmiła wesoło. – Z każdą chwilą coraz lepiej ci to wychodzi, ale dla mnie jesteś przejrzysty jak czysty strumień. – Wbiła mi palec w pierś. – Powiedz prawdę.

– Wolałbym znaleźć się w Trebon – upierałem się. – Na wypadek gdyby się okazało, że zjadłaś więcej żywicy niż to dla ciebie dobre. Nie ufam wprawdzie żadnemu z tamtejszych doktorów, można jednak liczyć na to, że będą mieli jakieś medykamenty, które ci pomogą. Tak na wszelki wypadek.

– Mój bohaterze. – Uśmiechnęła się. – Jesteś słodki, ale czuję się świetnie.

Sięgnąłem ręką i uderzyłem ją w ucho, jednym palcem, ale mocno.

Uniosła rękę do skroni, porządnie rozeźlona.

– Au... och. – Wyglądała, jakby nie rozumiała, o co chodzi.

– Wcale nie bolało, co?

– Nie – przyznała.

– Oto masz prawdę – oznajmiłem z całą powagą. – Myślę,

że nic ci nie będzie, ale nie mam pewności. Nie wiem, ile tej substancji dostało się do twojego organizmu. Za godzinę pewnie będę lepiej wiedział, tymczasem jednak wolałbym być bliżej Trebon. To znaczy, jeżeli nie będę cię musiał tam nieść. – Spojrzałem jej głęboko w oczy. – Nie igram z życiem ludzi, na których mi zależy.

Słuchała mnie z pokorą i uroczystym wyrazem twarzy. Potem znowu powrócił ten uśmiech.

– Lubię męską brawurę – powiedziała. – Pokaż mi to jeszcze raz.

Rozdział 79

Słodkie słówka

Powrót na wzgórze szarych kamieni zabrał nam jakieś dwie godziny. Poszłoby szybciej, gdyby nie to, że faza maniakalna Denny rozwijała się z pełną siłą, a jej dodatkowa energia, zamiast być jakąkolwiek pomocą, stanowiła zdecydowane utrudnienie. Zupełnie nie potrafiła się skoncentrować, a jej uwagę coraz to odwracały kolejne atrakcje.

Pokonaliśmy ten sam płytki strumień, przez który przechodziliśmy podczas drogi w tamtą stronę, a choć wody było w nim tylko po kostki, Denna uparła się na kąpiel. Obmyłem się nieco, potem dyskretnie usunąłem na bok i słuchałem z oddali jej dość pikantnych śpiewów. Zresztą parokrotnie w sposób raczej niedwuznaczny zapraszała mnie, abym do niej dołączył.

Nie muszę tu chyba podkreślać, że nie dałem się skusić. Są odpowiednie słowa, którymi określa się mężczyzn wykorzystujących kobiety nie w pełni panujące nad sobą, lecz żadnego z tych słów w żadnych okolicznościach nikt nigdy nie użył w odniesieniu do mnie.

Gdy dotarliśmy wreszcie na szczyt wzgórza szarych kamieni, wykorzystałem nadwyżkę energii Denny i zapędziłem ją do zbierania drzewa na opał. Tymczasem sam zbudowałem jeszcze większe palenisko niż zeszłego wieczora. Im większy ogień, tym łacniej przyciągnie draccusa.

Usiadłem na ziemi z zawiniątkiem z naoliwionego płótna, otworzyłem je. Żywica zapachniała ziemią i jeszcze czymś... jakby słodką, uwędzoną mierzwą.

Wróciła Denna, rzuciła na ziemię naręcze chrustu.

– Ile chcesz tego poświęcić? – zapytała.

– Wciąż się zastanawiam – odparłem. – Trzeba będzie zgadywać.

– Po prostu daj mu wszystko – zaproponowała Denna. – Lepiej dmuchać na zimne.

Pokręciłem głową.

– Nie trzeba od razu szaleć. To byłoby marnotrawstwo. Poza tym z właściwie oczyszczonej żywicy otrzymuje się silne środki przeciwbólowe. Ludziom przyda się lekarstwo...

– ...a tobie przydadzą się pieniądze – weszła mi w słowo.

– Przydadzą się – przyznałem. – Ale szczerze mówiąc, myślałem raczej o twojej harfie. Straciłaś lirę w tamtym pożarze. Wiem, jak to jest obywać się bez instrumentu.

– Słyszałeś historię o chłopcu ze złotymi strzałami? – zapytała Denna. – Kiedy byłam dzieckiem, nie dawała mi spokoju. Musisz naprawdę kogoś bardzo nienawidzić, żeby strzelać do niego złotymi strzałami. A może po prostu zatrzymać złoto i wrócić do domu?

– Nasza sytuacja rzuca nowe światło na tamtą historię – podsumowałem, zerkając na worek. Podejrzewałem, że za taką ilość żywicy dennera w aptece z pewnością dadzą nam co najmniej pięćdziesiąt talentów. A może nawet i sto, w zależności od stopnia czystości substancji.

Denna wzruszyła ramionami i bez słowa wróciła do lasu po kolejne naręcze chrustu, ja tymczasem oddałem się spekulacjom na temat tego, ile żywicy dennera potrzeba do zabicia pięciotonowego jaszczura.

To był prawdziwy koszmar domysłów i spekulacji, w dodatku nie dysponowałem żadnymi miarami ani przyrządami pozwalającymi uzyskać dokładny pomiar. Zacząłem od kawałeczka wielkości ostatniego członu mego małego palca, przyjmując, że tyle właśnie żywicy połknęła Denna. Z drugiej strony nie należało zapominać, że prawie natychmiast przyjęła sporą dawkę węgla drzewnego, co z pewnością przynajmniej o połowę musiało osłabić skuteczność dawki ophalum. W ręku została mi kulka czarnej żywicy nie większa niż ziarnko grochu.

To była dawka, która wprawiła dziewczynę w euforię i dodała jej energii. Draccusa chciałem zabić. W tym celu potroiłem dawkę, a potem dla pewności jeszcze raz potroiłem. Efektem była kulka wielkości sporego, dojrzałego winogrona.

Przyjąłem, że draccus waży pięć ton, czyli osiemset kamieni. Wagę Denny oceniałem na osiem, dziewięć kamieni; żeby nie ryzykować, postanowiłem przyjąć, że jest to osiem. Co oznaczało, że dla zabicia draccusa potrzebowałem stukrotnie większej porcji niż ta, którą miałem w ręku. Utoczyłem dziesięć kulek wielkości winogrona, połączyłem je razem. Teraz porcja żywicy miała rozmiar moreli. Potem utoczyłem jeszcze dziewięć identycznych kulek i umieściłem w drewnianym wiadrze, które przynieśliśmy z plantacji dennera.

Denna wróciła z lasu, zrzuciła obok mnie kolejne naręcze chrustu, zajrzała do wiadra.

– To już wszystko? – zapytała. – Nieszczególnie tego dużo.

Miała rację. Dawka nie wydawała się imponująca w porównaniu z potężnymi rozmiarami draccusa. Wyjaśniłem jej, jak doszedłem do takiego a nie innego wniosku. Pokiwała głową.

– Niewykluczone, że masz rację. Nie powinieneś jednak zapominać, że prawie od miesiąca żre drzewa. Zapewne ma podwyższoną tolerancję.

Pokiwałem głową i dorzuciłem do wiadra jeszcze pięć kulek w rozmiarach moreli.

– Poza tym może być bardziej odporny, niż ci się wydaje. Nie wiesz, czy żywica działa tak samo na jaszczury jak na ludzi.

Znowu skinąłem głową i dorzuciłem do wiadra pięć kolejnych identycznych kulek. A potem, po chwili namysłu, dodałem jeszcze jedną.

– Razem jest ich dwadzieścia jeden – wyjaśniłem. – Dobra liczba. Trzy siódemki.

– Nie zaszkodzi mieć szczęście po swojej stronie – zgodziła się Denna.

– W końcu chcemy, żeby umarł szybko – powiedziałem. – To będzie bardziej humanitarne dla draccusa i bezpieczniejsze dla nas.

Denna spojrzała mi w oczy.

– Więc co? Podwajamy porcję?

Skinąłem głową, ona zaś znowu ruszyła w las. Utoczyłem jeszcze dwadzieścia jeden kulek i wrzuciłem do wiadra. Kiedy wróciła z opałem, właśnie lepiłem ostatnią.

Ubiłem żywicę na dnie wiadra.

– Tego powinno być aż nadto – oznajmiłem. – Taka ilość ophalum wystarczyłaby do dwukrotnego wymordowania całej populacji Trebon.

Denna i ja naraz zajrzeliśmy do wiadra. Jego zawartość obejmowała mniej więcej jedną trzecią zapasów żywicy, jakie znaleźliśmy. Tego, co zostało w naoliwionym płótnie, starczy na półharfę dla Denny, spłacenie mojego długu u Devi i jeszcze zostanie na kilka miesięcy wygodnego życia dla obojga. Pomyślałem o nowym ubraniu, komplecie nowych strun do lutni, butelce owocowego wina z Avennish...

A potem pomyślałem o draccusie, wyrywającym drzewa z korzeniami, jakby to były źdźbła pszenicy, i miażdżącym je ciężarem swego ciała.

Raz jeszcze więc podwoiłem dawkę, tocząc z żywicy następne czterdzieści dwie kulki wielkości moreli, a Denna tymczasem nosiła z lasu naręcza chrustu.

Gdy tylko rozpaliłem ogień, lunął deszcz. Tym razem ognisko było większe niż zeszłej nocy – mieliśmy nadzieję, że jaśniejszy ogień szybciej zwabi jaszczura. Chciałem, aby Denna jak najszybciej znalazła się we względnie bezpieczniejszym miejscu, jakim jawiło się w moich oczach Trebon.

Na koniec za pomocą znalezionych w tamtej chatce toporka i szpagatu skonstruowałem drabinę. Wyglądała okropnie, ale da się po niej wejść. Oparłem ją o szczyt łuku z szarego kamienia – Denna i ja mieliśmy otwartą drogę do schronienia.

Nasza kolacja w niczym nie przypominała wspaniałości z poprzedniej nocy. Spałaszowaliśmy resztkę zeschłych sucharów, suszone mięso i upieczone w ognisku ziemniaki.

Podczas posiłku opowiedziałem Dennie całą historię pożaru Rzemiochy. Po części dlatego, że byłem młody i byłem mężczyzną, i rozpaczliwie chciałem zrobić na niej wrażenie, a po części dlatego, że chciałem wytłumaczyć, iż nie przyszedłem na tamten obiad z przyczyn całkowicie ode mnie niezależnych. Denna była znakomitą słuchaczką – uważną i odpowiednio reagującą w stosownych chwilach.

Już się nie martwiłem, że mogła przedawkować. Po tym, jak naniosła porządną stertę opału, mania zaczynała ją powoli opuszczać, zostawiając dziewczynę w omal sennym letargu. Z drugiej strony pamiętałem, że długofalowymi skutkami narkotyku będą wyczerpanie i ogólne osłabienie. Wolałbym, aby w tym momencie znajdowała się już bezpiecznie w łóżku w Trebon.

Skończyliśmy jeść, przenieśliśmy się na miejsce pod jednym z szarych kamieni. Podwinąłem rękawy koszuli.

– Dobra, muszę cię zbadać – oznajmiłem teatralnie.

Uśmiechnęła się leniwie zza półprzymkniętych powiek.

– Naprawdę wiesz, jak prawić dziewczynie słodkie słówka, nie?

Sprawdziłem jej tętno we wgłębieniu szyi nad obojczykiem. Było wolne, ale równe. Szarpnęła się lekko pod moim dotykiem.

– Łaskoczesz.

– Jak się czujesz? – zapytałem.

– Zmęczona. – Jej głos był lekko niewyraźny. – Dobrze się czuję, ale zmęczona i trochę mi zimno...

Choć nie mogę powiedzieć, żebym tego nie oczekiwał, zaskoczyły mnie jej słowa, w końcu siedzieliśmy ledwie kilka stóp od buzującego ogniska. Wyciągnąłem z worka dodatkowy koc i przyniosłem jej. Opatuliła się mocno.

Pochyliłem się tak, aby jej spojrzeć prosto w oczy.

– Masz taką słodką twarz – powiedziała, przyglądając mi się sennym wzrokiem. – Jak doskonała kuchnia.

Opanowałem cisnący się na usta uśmiech. To było delirium. Raz po raz będzie zapadać się w nie i budzić, mieszać rzeczywistość z wizjami, póki głębokie wyczerpanie nie zepchnie jej w czarną niepamięć. Kiedy na ulicach Tarbean widziało się kogoś, kto bełkotał coś do samego siebie, najczęściej nie był to żaden szaleniec, tylko miłośnik słodyczy, który przesadził z dennerem.

– Kuchnia?

– Tak – wytłumaczyła. – Wszystko pasuje, a cukiernica stoi w miejscu idealnie wybranym.

– Co czujesz, gdy nabierasz tchu? – zapytałem.

– Nic, wszystko jest normalnie – odrzekła skwapliwie. – Trochę ciężko, ale w sumie normalnie.

Kiedy to usłyszałem, serce zabiło mi mocniej.

– Co chcesz przez to powiedzieć?

– Mam kłopoty z oddychaniem – poinformowała mnie. – Od czasu do czasu ściska mnie w piersiach i wtedy czuję się, jakbym oddychała przez warstwę budyniu. – Roześmiała się. – Powiedziałam: budyniu? Miałam na myśli melasę. Jak przez słodki melasowy budyń.

Zwalczyłem odruch, żeby jej wytknąć, iż przecież miała mi powiedzieć, gdy tylko będzie jej trudno oddychać.

– Teraz też jest ci trudno oddychać?

Wzruszyła ramionami.

– Muszę posłuchać twojego oddechu – powiedziałem. – Ale ponieważ nie mam tu żadnych instrumentów, musisz trochę rozpiąć bluzkę, wtedy będę mógł przycisnąć ucho do skóry.

Denna przewróciła oczami, po czym rozpięła guziki znacznie głębiej, niż było to konieczne.

– To jest naprawdę coś nowego – oznajmiła ironicznie i na chwilę była jakby znowu dawną sobą. – Tego jeszcze nikt ze mną nie próbował.

Odwróciłem głowę i przycisnąłem ucho do jej mostka.

– Jak brzmi głos mego serca? – zapytała.

– Bije wolno, lecz równo – odrzekłem. – To dobre serce.

– Mówi coś?

– Nic nie słyszę – powiedziałem.

– Wsłuchaj się uważniej.

– Weź kilka głębokich wdechów i przestań gadać – nakazałem. – Muszę posłuchać twojego oddechu.

Słuchałem. Powietrze wlatywało do płuc, a jedna z jej piersi uciskała moje ramię. Wypuściła powietrze i poczułem na karku jej ciepły oddech. Dostałem gęsiej skórki na całym ciele.

Potrafiłem sobie jako żywo wyobrazić pełne dezaprobaty

spojrzenie Arwyla. Zamknąłem oczy i spróbowałem się skupić na tym, co robię. Oddech szumiał w jej płucach niczym wiatr wśród koron drzew. Wpływał i wypływał, słyszałem cichy szelest, jakby ktoś miął papier, coś jak leciutkie westchnienia. Ale żadnego wilgotnego odgłosu, żadnego bulgotania.

– Twoje włosy pachną naprawdę ładnie – powiedziała.

Usiadłem prosto.

– Wszystko dobrze – zapewniłem ją. – Nie zapomnij mi powiedzieć, jeżeli się coś pogorszy albo bodaj zmieni.

Pokiwała potulnie głową, uśmiechnęła się marzycielsko.

Zirytowany tym, że draccus najwyraźniej się ociąga, dorzuciłem do ognia. Zerknąłem na północne zbocza, ale w mętnym świetle niczego nie mogłem dostrzec prócz zarysów drzew i skał.

Niespodziewanie Denna wybuchła śmiechem.

– Określiłam twoją twarz jako cukiernicę czy coś w tym rodzaju? – zapytała, spoglądając na mnie. – Czy w ogóle w tej chwili mówię z sensem?

– To tylko lekkie delirium – zapewniłem ją. – Będzie ci się wszystko trochę mieszać, potem zaśniesz.

– Mam nadzieję, że dla ciebie jest to choć w połowie tak zabawne jak dla mnie – stwierdziła, otulając się mocniej kocem. – To jak sen pod puchową pierzyną, tylko nie jest tak ciepło.

Wspiąłem się po drabinie na szczyt łuku z szarego kamienia, gdzie wcześniej umieściłem nasz dobytek. Z płóciennego węzełka wziąłem kilka garści żywicy dennera, zszedłem na dół i wrzuciłem ją do ogniska. Zapaliła się gwałtownie, wydzielając kwaśny dym, który wiatr zaniósł na północ i zachód, ku niewidzialnym zboczom. Miałem nadzieję, że draccus go zwęszy i popędzi co sił.

– Kiedy byłam malutka, przeszłam zapalenie płuc – zaczęła Denna bezbarwnym głosem. – Dlatego moje płuca nie są w najlepszym stanie. Straszne jest nie móc czasem zaczerpnąć tchu. – Mówiła z półprzymkniętymi powiekami, jakby do siebie. – Przestałam oddychać na dwie minuty i umarłam. Czasami zastanawiam się, czy to wszystko nie jest jakąś pomyłką, skoro przecież miałam nie żyć. Ale jeśli jednak nie jest, to muszę tu być z jakiegoś powodu. A jeśli jestem tu z jakiegoś powodu, to nie wiem jakiego.

Było możliwe, że zupełnie nie zdaje sobie sprawy z tego, co mówi, a jeszcze bardziej prawdopodobne było, że części jej mózgu już śpią i rankiem nie będzie nic pamiętała. Ponieważ nie wiedziałem, jak zareagować, tylko pokiwałem głową.

– To są twoje pierwsze słowa, jakie do mnie wypowiedziałeś. „Zastanawiałem się, co właściwie tutaj robisz". Moje siedem słów. Sama od tak dawna się nad tym zastanawiam.

Skryte za chmurami słońce musiało wreszcie zajść za góry na zachodzie. Kiedy okolica pogrążyła się w mroku, szczyt niewielkiego wzgórza zamienił się w wysepkę zagubioną pośród wielkiego oceanu nocy.

Głowa Denny najpierw opadała jej na piersi, po chwili podrywała się gwałtownie. Podszedłem i wyciągnąłem ręce.

– Chodź, draccus wkrótce tu będzie. Musimy wspiąć się na kamienie.

Skinęła głową sennie i wstała, wciąż owinięta kocem. Podprowadziłem ją do drabiny. Powoli, chwiejnie wspięła się na szczyt łuku z szarego kamienia.

Na górze, z dala od ognia, było zimno. Wiatr owiewał nasze ciała, potęgując uczucie chłodu. Rozłożyłem koc na kamieniu, Denna usiadła na nim, nakryła się drugim. Chłód chyba obudził ją trochę, rozejrzała się wokół żałośnie, zadrżała.

– Cholerny kurczaczku. Chodź na obiad. Zimno mi.

– Miałem nadzieję, że teraz będę cię już kładł do ciepłego łóżka w Trebon – przyznałem się. – I tyle z genialnego planu.

– Ty zawsze tak dobrze wiesz, co robisz – rzekła mgliście. – Jesteś taki ważny dla mnie, ty i te twoje zielone oczy, którymi patrzysz, jakby ci na mnie zależało. To dobrze, że masz inne rzeczy do roboty. Wystarczy mi, że czasami mogę cię mieć dla siebie. Raz na jakiś czas. Wiem, jakie to dla mnie szczęście, że mogę cię mieć choć na trochę.

Mechanicznie kiwałem głową, obserwując okolicę i wypatrując oznak zbliżającego się draccusa. Siedzieliśmy jeszcze długo, z oczyma wbitymi w ciemność. Denna chyba zdrzemnęła się na moment, potem gwałtownie wyprostowała i zadrżała.

– Wiem, że nie uważasz mnie... – Urwała.

Ludzi w delirium najlepiej rozśmieszać, żeby nie reagowali gwałtownie.

– Przez cały czas o tobie myślę, Denna – powiedziałem.

– Nie zachowuj się protekcjonalnie – zirytowała się, ale po chwili jej głos złagodniał. – Nie myślisz o mnie w taki sposób. Trudno. Ale jeżeli też jest ci zimno, możesz przyjść tu i mnie przytulić. Chociaż odrobinę.

Z sercem w gardle podszedłem i usiadłem obok, otaczając ją ramionami.

– Jak miło – powiedziała, rozluźniając się. – Wydaje mi się, jakby nigdy w życiu nie było mi ciepło.

Siedzieliśmy, patrząc na północ. Opierała się o mnie, rozkoszując się mymi objęciami. Specjalnie oddychałem płytko, żeby jej nie działać na nerwy.

Denna poruszyła się lekko, wymruczała:

– Jesteś taki delikatny. Nigdy się nie narzucasz... – Urwała znowu, wtulając się w moją pierś. Potem podniosła się. – Wiesz, że mógłbyś, to znaczy, narzucać się bardziej. Choć odrobinę.

Siedziałem w ciemnościach, trzymając ją, usypiającą, w ramionach. Była ciepła, miękka i niewyobrażalnie droga memu sercu. Nigdy wcześniej nie trzymałem w ramionach kobiety. Po kilku chwilach rozbolały mnie plecy, które musiały utrzymywać nasz wspólny ciężar. Zaczęła mi drętwieć noga. Jej włosy łaskotały mnie w nosie. Mimo to nawet nie drgnąłem, nie chcąc zniszczyć najwspanialszej chwili mego życia.

Denna poruszyła się przez sen, potem zerknęła spod oka i odsunęła gwałtownie.

– Połóż się – powiedziała głosem całkiem wyraźnym. Zaczęła się zmagać z kocem, wyciągając go spomiędzy nas. – No już. Przecież tobie też musi być zimno. Nie jesteś kapłanem, więc nie popełnisz grzechu. Będzie dobrze. Oboje poczujemy się lepiej.

Objąłem ją ramionami, narzuciła na nas koc. Leżeliśmy przytuleni do siebie, jak łyżeczki w szufladzie. Rękę podłożyłem jej pod głowę, tworząc poduszkę. Skuliła się lekko, wtulona we mnie tak, jakby było to łatwe i naturalne, jakby była stworzona, żeby leżeć w tym miejscu.

Leżąc przy niej, zrozumiałem, że się myliłem – dopiero teraz nadeszła najcudowniejsza chwila mego życia.

Denna poruszyła się przez sen.

– Wiem, że nie chciałeś – oznajmiła wyraźnie.

– Czego nie chciałem? – zapytałem cicho. Jej głos brzmiał inaczej, nie był już znużony. Zastanawiałem się, czy przypadkiem nie mówi przez sen.

– Wtedy. Powiedziałeś, że mnie uderzysz i napchasz siłą węgla do gardła. Nigdy byś mnie nie uderzył. – Lekko zwróciła głowę w moją stronę. – Nie uderzyłbyś, prawda? Nawet dla mojego dobra?

Poczułem przenikający mnie zimny dreszcz.

– O co ci chodzi?

Na chwilę zapadła cisza i już zacząłem myśleć, że usnęła, kiedy odezwała się znowu:

– Nie powiedziałam ci wszystkiego. Wiąz nie zginął na farmie. Znalazł mnie, gdy szłam w stronę pożaru. Wrócił po mnie i powiedział, że wszyscy zginęli. Powiedział, że ludzie będą coś podejrzewać, kiedy okaże się, że jestem jedyną ocalałą...

Poczułem, jak wzbiera we mnie mroczny, dławiący gniew. Wiedziałem, co zaraz usłyszę, ale pozwoliłem jej mówić. Nie chciałem tego słyszeć, niemniej wiedziałem, że komuś musi powiedzieć.

– Nie zrobił tego znienacka – ciągnęła dalej. – Upewnił się najpierw, że sama tego chcę. Wiedziałam, że nie będzie to wyglądało przekonująco, jeżeli sama się uderzę. Zapytał, czy naprawdę tego chcę. Zmusił mnie, żebym go poprosiła, aby mnie uderzył. Dla pewności. I miał rację. – Przez cały czas nawet nie drgnęła. – Przecież nawet w takiej sytuacji, jak była, nie do końca uwierzyli, że nie miałam z tym nic wspólnego. Gdyby mi tego nie zrobił, pewnie bym siedziała w więzieniu. Powiesiliby mnie.

Zapiekło mnie w żołądku.

– Denna – powiedziałem. – Mężczyzna, który był w stanie coś takiego ci zrobić, nie jest wart twego czasu. Najmniejszej odrobiny ciebie. To nie jest tylko kwestia posiadania połowy bochenka. On jest ze szczętem zepsuty. Zasługujesz na coś lepszego.

– Kto wie, na co naprawdę zasługuję? – zapytała. – On nie jest najlepszą okazją z wielu. Jest jedyną. On albo głód.

– Masz inne możliwości – zacząłem, ale umilkłem, przypomniawszy sobie rozmowę z Deochem. – Masz... masz...

– Mam ciebie – powiedziała sennie. Wprost namacalnie czułem w jej głosie ciepły, senny uśmiech, jak u dziecka, które kładziemy do łóżka. – Będziesz moim ciemnookim Księciem Wytwornym i obronisz mnie przed świniami? Zaśpiewasz mi? Porwiesz mnie na najwyższe drzewa... – umilkła.

– Tak – zapewniłem ją, ale wtedy usłyszałem równy oddech i zrozumiałem, że wreszcie usnęła.

Rozdział 80

Dotyk żelaza

Leżałem z otwartymi oczyma, czując na ramieniu delikatny oddech Denny. Nawet gdybym chciał, nie potrafiłbym usnąć. Jej bliskość wzniecała we mnie burzę uczuć, a zarazem, paradoksalnie, przytulny spokój, jakim emanuje na przykład ciche mruczenie kota. Leżałem więc, rozkoszując się tym stanem, a każda chwila była niczym drogocenny klejnot.

Wtedy usłyszałem odległy trzask pękającej gałęzi. Potem następny. Chwilę wcześniej niczego tak bardzo nie pragnąłem jak tego, aby draccus jak najszybciej pojawił się przy naszym ognisku. Teraz oddałbym prawą rękę, żeby przez następne pięć minut wałęsał się gdzie indziej.

Przylazł jednak. Ostrożnie zacząłem się wyplątywać z objęć Denny. Ledwie drgnęła, pogrążona w głębokim śnie.

– Denna? – Potrząsnąłem nią delikatnie, potem mocniej. Nic. Nie byłem zaskoczony. Mało jest rzeczy równie głębokich jak sen miłośnika słodyczy.

Przykryłem ją kocem, położyłem przy jednym boku mój worek podróżny, a przy drugim węzełek z naoliwionego płótna, tworząc zaimprowizowany kojec. Jeżeli zacznie się rzucać we śnie, to zanim przetoczy się na krawędź kamienia, najpierw na coś wpadnie.

Przeszedłem na drugą stronę skały, spojrzałem na północ. Niebo wciąż było zasnute grubą warstwą chmur, poza kręgiem światła nie było nic widać.

Ostrożnie pomacałem palcami i znalazłem gałązkę, którą wcześniej położyłem na szarym kamieniu. Do jej końca przywiązany był szpagat, a do niego sznurowy uchwyt wiadra, stojącego w pół drogi między ogniskiem a kamieniem. Nade wszystko obawiałem się, że draccus może przypadkowo zmiażdżyć wiadro, nim zwęszy jego zawartość. Wymyśliłem sobie, że w takim wypadku wciągnę wiadro na górę, a potem znowu opuszczę. Denna wyśmiała mój plan, nazywając go łowieniem kury na wędkę.

Draccus pojawił się na szczycie wzgórza i głośno chrzęszcząc, przedzierał się przez krzaki. Zatrzymał się tuż za krawędzią światła. Jego ciemne oczy połyskiwały czerwienią, szkarłatny poblask kładł się na jego łuskach. Zahuczał głośno, a potem powoli zaczął okrążać ognisko, kołysząc głową w tył i w przód. Wreszcie plunął językiem ognia – w tej czynności wcześniej nauczyłem się domyślać powitania lub wyzwania.

Wreszcie skoczył w kierunku ognia. Mimo iż widok ten miałem okazję podziwiać nie po raz pierwszy, znowu zaskoczyła mnie szybkość, z jaką ogromne zwierzę potrafiło się przemieszczać. Zatrzymał się tuż przed ogniskiem, powęszył trochę, po czym ruszył w kierunku wiadra. Choć było wykonane z mocnego drewna i mogło pomieścić przynajmniej dwa galony syropu, przy masywnym łbie draccusa wydawało się maleńkie jak filiżanka. Zwierz obwąchał je znowu, szturchnął nosem, przewrócił. Wiadro potoczyło się krzywo, niemniej lepka żywica była mocno ubita. Draccus dał następny krok, znowu głośno powęszył, wreszcie wziął wiadro do pyska.

Poczułem taką ulgę, że omal nie zapomniałem wypuścić gałązki z ręki. Draccus zaczął żuć wiadro, miażdżąc je w masywnych szczękach; ostre szarpnięcie wyrwało szpagat z mojej dłoni. Tymczasem jaszczur zarzucał łbem, przełykając lepką masę.

Usiadłem, przyglądając się zwierzęciu spacerującemu wokół ogniska. Draccus zionął jęzorem niebieskiego ognia, potem kolejnym, wreszcie przewrócił się na grzbiet i zaczął tarzać w ognisku, rozrzucając i wgniatając w ziemię płonące głownie.

Gdy ogień zgasł, jaszczur odtworzył rytuał z poprzedniej nocy. Włóczył się dookoła, szukając rozrzuconych głowni, tarzał się po nich, a potem pożerał drewno. Wyobrażałem sobie, jak każda gałąź i korzeń wpychają żywicę dennera głębiej w otchłań żołądka, po drodze rozcierając ją i ułatwiając rozpuszczanie.

Na tych obserwacjach zszedł mi kwadrans, podczas którego

draccus zakończył obchód terenu. Wedle moich kalkulacji mniej więcej w tym czasie powinien zacząć zdradzać pierwsze objawy działania żywicy. Spożył przecież sześciokrotną śmiertelną dawkę. Wstępne fazy euforii i manii powinny minąć błyskawicznie. Potem delirium, paraliż, śpiączka i śmierć. Cały proces nie powinien potrwać dłużej niż godzinę, może nawet mniej.

Kiedy spokojnie oddawał się swym normalnym czynnościom i pożerał zagaszone głownie, poczułem ukłucie żalu. To było naprawdę wspaniałe zwierzę. Nie mogłem znieść myśli o konieczności zabicia go, jeszcze bardziej niż myśli o zmarnowaniu wartego ponad sześćdziesiąt talentów ophalum. Lecz wiadomo było, co się stanie, jeśli zwierz zostanie na wolności. Nie chciałem mieć na sumieniu śmierci niewinnych.

Wkrótce draccus przestał jeść. Już tylko tarzał się po rozproszonych głowniach, dławiąc ich żar. Ruszał się za to znacznie żwawiej, co stanowiło oznakę, że żywica dennera zaczyna działać. Dużo też chrząkał – głębokim basem. *Chrum. Chrum*. Struga niebieskiego ognia. Potarzać się. *Chrum*. Potarzać się.

W końcu wszystko zgasło prócz warstwy żarzących się głowni na miejscu ogniska. Jak wcześniej draccus stanął nad nimi, legł i wówczas na szczycie wzgórza zapanowały całkowite ciemności.

Tylko chwilę leżał bez ruchu. Potem chrząknął znowu. *Chrum. Chrum*. W ciemnościach rozbłysł jęzor niebieskiego ognia. Draccus wcisnął się brzuchem głębiej w głownie, kokosił się. Jeżeli to był początkowy stan fazy maniakalnej, to jak na mój gust przyszła trochę za późno. Wedle moich obliczeń, powinno się już zaczynać delirium. Odmierzyłem zbyt małą dawkę?

W miarę jak moje oczy powoli przyzwyczajały się do ciemności, orientowałem się, że nie są one wcale tak absolutne. Z początku uznałem, że to chmury się przerzedziły i księżyc wschodzi nad horyzontem. Ale kiedy się odwróciłem, zobaczyłem, o co chodzi.

Na południowym wschodzie, ledwie dwie mile od miejsca, gdzie się znajdowałem, nad Trebon świeciła łuna. I to nie blada łuna okien rozjarzonych światłem świec, ale łuna tańczących płomieni. Na moment zdało mi się, że miasto płonie.

Potem zrozumiałem: święto żniw. W centrum miasta rozpalono wielki stos, obok domów płonęły mniejsze ogniska, przy których mieszkańcy częstowali cydrem spracowanych żniwiarzy. Przez całą noc będą pili i ciskali w płomienie przygotowane wcześniej upiory. Manekiny z pszenicznych otrębów, owsianego omłotu, słomy, plew. Manekiny zrobione po to, aby zapłonąć raz, jasno i gwałtownie, podczas rytualnego końca roku, i tym sposobem odstraszyć wyimaginowane demony.

Za plecami usłyszałem pochrząkiwanie draccusa. Zerknąłem przez ramię. Leżał zwrócony łbem w przeciwną stronę niż Trebon, patrzył ku ciemnym zboczom północy.

Nie jestem człowiekiem wierzącym, ale przyznam, że modliłem się wówczas. Modliłem się do Tehlu i wszystkich jego aniołów, błagając o śmierć draccusa, o to, żeby po prostu zasnął w spokoju, żeby się nie odwrócił i nie dostrzegł świateł miasta.

Czekałem kilka długich minut. Z początku myślałem, że śpi, ale kiedy wzrok mi się już na dobre przyzwyczaił do ciemności, zobaczyłem, że rytmicznie zarzuca łbem – w górę i w dół, w górę i w dół. A równocześnie ognie Trebon wydawały mi się coraz jaśniejsze. Minęło pół godziny, odkąd zwierz pożarł żywicę. Dlaczego jeszcze nie umarł?

Zdjęła mnie ochota, aby cisnąć mu resztkę, ale się nie ośmieliłem. Gdyby draccus bodaj spojrzał w moją stronę, zobaczyłby miasto na południu. A nawet gdyby worek wylądował mu prosto pod pyskiem, po pożarciu go mógłby zechcieć poprawić położenie cielska na resztkach ogniska. Może...

Wtedy draccus zawył, potężnym i głębokim głosem, jak za tamtym razem. Nie miałem wątpliwości, że w Trebon go usłyszano. Nie byłbym zaskoczony, gdyby echo dotarło aż do Imre. Zerknąłem na Dennę. Poruszyła się przez sen, ale nie obudziła.

Draccus podskoczył na posłaniu z żarzących się głowni i w tym momencie skojarzył mi się z rozdokazywanym szczeniakiem. Gdzieniegdzie żar wciąż jeszcze pełgał, więc mogłem zobaczyć, jak wielki łeb bestii kołysze się z lewa na prawo. Nozdrza łapią wiatr. Draccus odwraca się...

– Nie – powiedziałem na głos. – Nie, nie, nie.

Jaszczur spojrzał w kierunku Trebon. Widziałem, jak tańczące płomienie miasta odbijają się w wielkich ślepiach. Z gardła szerokim łukiem wyleciał strumień niebieskiego ognia. To samo zachowanie co wcześniej – powitanie lub wyzwanie.

Potem rzucił się biegiem, jak opętany runął w dół zbocza. Usłyszałem łomot obalanych i wyrywanych z korzeniami drzew. Kolejny ryk.

Kciukiem włączyłem swoją lampę sympatetyczną, przykląkłem obok Denny, mocno szarpnąłem za ramię.

– Denna. Denna! Trzeba wstawać!

Ledwie drgnęła.

Uniosłem jej powiekę, zajrzałem w oko. Źrenica normalnie zareagowała na światło, zwężyła się od razu. Oznaczało to, że żywica dennera przestała działać i została wypłukana z organizmu. Denna była po prostu normalnie wyczerpana, nic więcej. Aby się dodatkowo upewnić, uniosłem obie jej powieki, zbliżyłem do nich światło.

Tak. Źrenice reagowały prawidłowo. Wszystko z nią w porządku. Jakby dla potwierdzenia moich domysłów Denna skrzywiła się strasznie i odwróciła od światła, mamrocząc niewyraźne i zupełnie nie przystające damie słowa. Nie zrozumiałem wszystkiego, ale najczęściej powtarzały się: „kurwiarz" i „odpierdol się".

Zawiniętą w koc zarzuciłem ją sobie na ramiona i ostrożnie zszedłem na dół. Potem położyłem ją na ziemi między filarami łuku z szarego kamienia. Podczas mojej krzątaniny chyba trochę doszła do siebie.

– Denna?

– Moteth? – mruknęła, jeszcze śpiąc. Pod powiekami jej oczy ledwo się poruszały.

– Denna! Draccus pobiegł do Trebon! Muszę...

Urwałem. Po części dlatego, że oczywiste było, iż znowu straciła świadomość, a po części, ponieważ tak naprawdę wcale nie wiedziałem, co mam zrobić.

Ale coś zrobić musiałem. W normalnych warunkach draccus unikałby miasta, lecz oszalały od narkotyku, opętany manią mógł w nieprzewidziany sposób zareagować na ognie święta żniw. Jeżeli zniszczy miasto, będzie to moja wina. Coś trzeba było zrobić.

Z powrotem wspiąłem się po drabinie, schwyciłem oba nasze pakunki i pędem wróciłem na dół. Rozwiązałem worek, wysypując jego zawartość na ziemię. Wśród rozsypanych przedmiotów znalazłem bełty do kuszy i owinąwszy je moją porozdzieraną koszulą, wepchnąłem z powrotem do worka. Dorzuciłem żelazną łuskę. Butelkę z wodą wsadziłem do zawiniątka z naoliwionego płótna i ono również trafiło do worka.

Usta miałem zupełnie wyschnięte, więc napiłem się wody z worka, zatkałem go i zostawiłem dla Denny. Obudzi się strasznie spragniona.

Zarzuciłem worek na ramię, paskiem przez pierś. Potem włączyłem lampę sympatetyczną, wziąłem do ręki toporek i pobiegłem.

Trzeba było zabić smoka.

Jak szalony biegłem przez las. Światło lampy sympatetycznej kołysało się dziko, wyławiając z mroku przeszkody na mej drodze na moment, nim na nie wpadłem. Nic więc dziwnego, że ostatecznie przewróciłem się i pokoziołkowałem po stoku. Gdy się podniosłem, bez trudu odzyskałem lampę, ale toporka już nie szukałem, ponieważ w głębi ducha i tak nie wiązałem z nim większych nadziei w spotkaniu z draccusem.

Zanim dotarłem do drogi, przewracałem się jeszcze dwukrotnie. Gdy w końcu znalazłem się na ubitej ziemi, pochyliłem głowę jak sprinter i pognałem w kierunku odległych świateł miasta. Zdawałem sobie sprawę, że draccus porusza się szybciej, lecz z drugiej strony mogły go spowolnić drzewa, mógł zgubić drogę. Jeżeli pierwszy dotrę do miasta, ostrzegę mieszkańców, będą mogli coś przedsięwziąć...

Gdy jednak dotarłem do granicy lasu, zobaczyłem, że miasto świeci jaśniejszym, dzikszym blaskiem. Domy płonęły. Słyszałem już praktycznie bezustanny ryk draccusa, przerywany od czasu do czasu krzykami i przenikliwymi wrzaskami ludzi.

Zwolniłem i do miasta wbiegłem truchtem, łapiąc oddech. Potem wspiąłem się po ścianie na dach jednego z niskich domów, żeby się zorientować w sytuacji.

Płonące polana i bierwiona walały się po całym placu. Kilka pobliskich domów i sklepów wyglądało jak zbutwiałe beczki potraktowane kopniakiem, konwulsyjnie skakały po nich płomienie. Gdzieniegdzie ogień lizał już drewniane gonty dachów. Gdyby nie wieczorny deszcz, miasto paliłoby się jak sterta słomy, a tak pożar objął tylko kilka budynków. Niemniej los Trebon wydawał się przesądzony.

Nigdzie nie widziałem draccusa, słyszałem tylko donośne trzaski – to potwór tarzał się w ruinie płonącego domu. Wysoko ponad dachy trysnął jęzor niebieskiego płomienia, do mych uszu znowu dobiegł ryk. Słysząc go, aż się spociłem. Któż mógł wiedzieć, co się działo w zaćmionym narkotykiem mózgu zwierzęcia?

Wszędzie było pełno ludzi. Jedni stali, nie wiedząc, co się dzieje, inni w panice uciekali do kościoła, szukając schronienia w kamiennym budynku pod osłoną żelaznego koła, mającego strzec od demonów. Ale drzwi kościoła pozostawały zamknięte, więc ci, którzy tam dotarli, musieli szukać azylu gdzie indziej. Kolejni przyglądali się z okien, zdjęci zgrozą, zapłakani. Niemniej zaskakująco wielu mieszkańców już się organizowało – stworzyli szereg między miejską cysterną znajdującą się na dachu ratusza a najbliższym płonącym budynkiem i podawali sobie wiadra z wodą.

I wtedy zrozumiałem, co muszę zrobić. Poczułem się tak, jakby mnie znienacka wypchnięto na scenę. Zniknęły gdzieś strach i wahanie. Została tylko rola do odegrania.

Skoczyłem na najbliższy dach, przeszedłem zeń na następny i tak parę razy, póki nie dotarłem do domu stojącego przy rynku, którego dach powoli się zajmował od rozrzuconych przez draccusa bierwion. Oderwałem jeden gruby gont – już tlił się na brzegach – i pobiegłem w stronę ratusza.

Znajdowałem się ledwie dwa dachy odeń, kiedy się poślizgnąłem. Zbyt późno zrozumiałem, że właśnie wskoczyłem na dach karczmy – i nastąpiłem nie na drewniane gonty, ale ceramiczne dachówki śliskie od deszczu. Ześlizgując się, przycisnąłem do piersi gont, ponieważ wolałem spaść, niż go wypuścić z ręki. Na szczęście zatrzymałem się na krawędzi dachu. Przez moment serce biło mi jak oszalałe.

Chwilę leżałem bez tchu, potem zzułem buty, zahaczając nogą o nogę. Gdy poczułem znajomy dotyk dachu pod bosymi stopami, wiedziałem, że odtąd będę mógł biec swobodnie, ześlizgiwać się, biec i skakać znowu. W końcu zawisłem na jednej ręce i podciągnąłem się na płaski kamienny dach ratusza.

Z nadpalonym gontem w dłoni podszedłem do drabiny przystawionej do krawędzi cysterny, szepcząc bezdźwięczne podziękowania temu, kto zdecydował się nie kryć jej dachem.

Podczas mojej napowietrznej gonitwy gont przygasł, tylko na krawędzi pozostała nitka czerwonego żaru. Rozdmuchałem ją ostrożnie i po chwili wesołe płomyki zatańczyły na powierzchni drewna. Przełamałem go w połowie, a jedną część upuściłem na płaski dach, na którym stałem.

Odwróciłem się i objąłem wzrokiem miasto. Moją uwagę przyciągnęły najwyżej sięgające ku niebu płomienie. Zlokalizowałem sześć najgroźniejszych ognisk pożaru. Elxa Dal wciąż powtarzał, że wszystkie ognie są w istocie jednym ogniem i że ogień słucha rozkazów sympatetyka. Bardzo dobrze – wszystkie ognie są jednym ogniem. Ten ogień. Ten fragment płonącego gontu. Mruknąłem pod nosem wiązanie, skupiłem się na Alar. Paznokciem kciuka wydrapałem pośpiesznie w drewnie runę *ule*, potem *doch*, wreszcie *pesin*. W tym krótkim czasie, jaki mi to zabrało, cały gont już palił się i dymił, rozgrzewając w dłoni.

Zahaczyłem stopą o ostatni szczebel drabiny i przechyliłem mocno nad krawędzią cysterny tak, aby gont zanurzyć w wodzie. Poczułem, jak woda chłodem oblewa mi rękę, lecz zaraz zrobiła się cieplejsza. Drewno znalazło się w całości pod wodą, a mimo to mglista kreska żaru wciąż pełgała po jego krawędzi.

Drugą ręką wyciągnąłem z kieszeni składany nóż i przybiłem gont do ściany cysterny, dzięki czemu moja zaimprowizowana sygaldria nie mogła wypłynąć na powierzchnię. Nie miałem wątpliwości, że jest to najszybciej zmajstrowany naprędce pochłaniacz ciepła w całej historii świata.

Z niejakim wysiłkiem stanąłem znów na drabinie i rozejrzałem się po cudownie ciemnym mieście. Płomienie przygasły, w większości miejsc pozostał po nich tylko wiśniowy żar. Nie udało mi się zgasić ognia, ale osłabiłem jego żarłoczność, dzięki czemu mieszkańcy miasta mieli przynajmniej jakąś szansę ocalenia.

Na tym jednak nie mogłem poprzestać. Zszedłem na dach i wziąłem do ręki przed chwilą upuszczoną połowę wciąż płonącego gontu. Ześlizgnąłem się po rynnie na ziemię i ciemnymi uliczkami pognałem na rynek pod kościół tehlan.

Zatrzymałem się przy wielkim dębie rosnącym przed wejściem, drzewo wciąż jeszcze pyszniło się gęstą szatą zeschłych jesiennych liści. Ukląkłem, otworzyłem worek podróżny i wyciągnąłem z niego naoliwione płótno, w którym znajdowała się resztka żywicy. Wylałem na nią brandy z butelki, podpaliłem od płonącego gontu. Żywica natychmiast zajęła się ogniem, wokół rozszedł się gryzący, słodki dym.

Potem wziąłem nietkniętą żarem krawędź dachówki w zęby, podskoczyłem, wciągnąłem się na najniższą gałąź i zacząłem wspinać po drzewie. Okazało się to znacznie łatwiejsze niż wspinaczka po ścianie budynku. Praktycznie rzecz biorąc, w jednej chwili znalazłem się dość wysoko, żeby móc przeskoczyć na szeroki kamienny parapet okna na pierwszym piętrze kościoła. Oderwałem od konara dębu cienką gałązkę i wsadziłem do kieszeni.

Po kamiennym parapecie dotarłem do miejsca, gdzie przymocowane do muru wisiało wielkie żelazne koło. Lazło się po nim jak po drabinie, choć żelazo zdawało się zaskakująco zimne pod dotykiem wciąż spoconych dłoni.

Tym sposobem znalazłem się na szczycie koła, a stamtąd podciągnąłem się na dach najwyższej budowli miasteczka. Rozejrzałem się dookoła – ognie wciąż się paliły, choć słabo, okrzyki grozy ustąpiły łkaniom i cichym, naglącym nawoływaniom. Wyjąłem z ust fragment gontu i rozdmuchałem go tak, że znowu zapłonął. Potem skoncentrowałem się, wymruczałem kolejne wiązanie i przysunąłem do ognia gałązkę dębu. Znowu objąłem wzrokiem miasteczko i spostrzegłem, że żar z chwili na chwilę przygasa.

Minęła sekunda.

Dąb zapłonął nagłym, jasnym płomieniem. Jaśniej od tysiąca pochodni, ponieważ wszystkie liście zajęły się w jednej chwili.

W nagłym rozbłysku światła zobaczyłem, jak dwie ulice dalej draccus podnosi łeb na swym leżu. Ryknął i ruszył biegiem w stronę płonącego dębu, po drodze plując ogniem. Zbyt szybko próbował wziąć zakręt na rogu ulicy i wpakował się całą swoją masą w ścianę jakiegoś sklepu, rozbijając ją w drzazgi.

Zbliżywszy się do drzewa, zwolnił, raz za razem plując ogniem. Liście zdążyły się już spalić w krótkotrwałym rozbłysku płomienia, zostały po nich tysiące żarzących się płatków, przez co drzewo wyglądało jak gigantyczny, dopiero co zgaszony kandelabr.

W przyćmionym czerwonym świetle draccus był zaledwie cieniem. Ale widziałem, jak rozgląda się wokół zdziwiony, gdzie zniknął ogień. Masywny klin głowy kołysał się w tę i we w tę. Zakląłem pod nosem. Nie dotarł jeszcze odpowiednio blisko...

Wtedy jaszczur prychnął tak głośno, że nawet ja usłyszałem. Łeb poruszył się gwałtownie, gdy w jego nozdrza uderzył słodki dym płonącej żywicy. Wciągnął powietrze, chrząknął i dał kolejny krok w kierunku dymiącego tobołka z dennerem. W jego zachowaniu nie sposób było już dopatrzyć się ostrożności, jaką wykazywał wcześniej. Można rzec, że praktycznie rzecz biorąc, skoczył na kluchę narkotyku i chapnął dymiący worek szeroko rozwartą paszczą.

Wciągnąłem głęboki oddech i potrząsnąłem głową, próbując otrząsnąć się ze słabości, jaka mnie powoli ogarniała. Miałem za sobą dwa dość trudne akty sympatii. Wyczerpały mnie, została pustka w głowie.

Ale jak powiadają, do trzech razy sztuka. Podzieliłem umysł na dwie części, a potem nie bez trudu, wyodrębniłem w nim jeszcze trzecią. Ponieważ wiedziałem, że nie obejdzie się bez potrójnego wiązania.

Kiedy draccus żuł swoją zdobycz, próbując przełknąć lepką masę żywicy, poszperałem w worku i wyciągnąłem ciężką czarną łuskę. Spod płaszcza wydobyłem magnes. Jasno i wyraźnie wypowiedziałem wiązania, skoncentrowałem się na Alar. Potem zbliżyłem magnes i łuskę, póki nie poczułem ich wzajemnego przyciągania.

Skoncentrowałem się, nadałem myślom bieg.

Puściłem kamień magnetyczny. Skoczył w kierunku żelaznej łuski. W tej samej chwili u moich stóp rozległa się eksplozja – to wielkie żelazne koło wyrwało się ze ściany kościoła.

W dół poleciała tona kutego żelaza. Gdyby ktoś obserwował całą sytuację, zapewne zauważyłby, że koło spada szybciej, niż wynikałoby to z działania siły ciężkości. Zauważyłby, że spadało pod kątem, jakby draccus je przyciągał. Jakby karząca dłoń Tehlu kierowała je ku bestii.

Ale w pobliżu nie było żadnego wiarygodnego świadka tych zdarzeń. I nie było żadnego Boga, którego dłoń prowadziła żelazny pocisk. Byłem tylko ja.

Rozdział 81

Duma

Spojrzałem w dół i zobaczyłem draccusa przygniecionego wielkim żelaznym kołem. Leżał smętnie, bez ruchu, w ciemnościach przed frontem kościoła. Mimo wszystko zrobiło mi się go żal.

Nadeszła długo wyczekiwana chwila wytchnienia. Mimo dymu jesienne powietrze było świeże i słodkie, a kamień dachu kościoła przyjemnie chłodził moje stopy. I kiedy upychałem z powrotem do worka łuskę oraz magnes, gdzieś w głębi serca poczułem zadowolenie. Wciągnąłem głęboki oddech i rozejrzałem się po mieście, które uratowałem.

Potem usłyszałem jakieś skrzypienie i poczułem, że dach usuwa mi się spod nóg. Fronton budynku pochylił się, zaczął pękać. Zachwiałem się, tracąc oparcie pod nogami. Rozejrzałem się za jakimś dachem, na który mógłbym bezpiecznie przeskoczyć, ale w pobliżu takowego nie było. Cofałem się więc tylko bezradnie, a strop kościoła walił się przede mną.

W akcie desperacji spróbowałem przeskoczyć na poczerniałe gałęzie dębu. Udało mi się nawet jedną schwycić, lecz od razu załamała się pod moim ciężarem. Spadłem, odbiłem się kilka razy o niższe gałęzie, uderzyłem w głowę i zapadłem w ciemność.

Rozdział 82

Jesion i wiąz...

Obudziłem się w łóżku. W pokoju. W karczmie. Nic więcej nie wiedziałem. Czułem się tak, jakbym oberwał kościołem w głowę.

Byłem umyty i zabandażowany. Od stóp do głów. Ktoś uznał, że trzeba opatrzyć wszystkie moje niedawne obrażenia, nieważne jak były drobne. Głowę, klatkę piersiową, kolano i stopę miałem dokładnie owinięte białym lnem. Ktoś nawet oczyścił i opatrzył drobne w sumie obrażenia moich dłoni oraz ranę od noża sprzed trzech dni, kiedy to zbiry Ambrose'a próbowały mnie zabić.

Największym niepokojem napawał mnie wielki guz na głowie. Kiedy spróbowałem usiąść, zabolało strasznie i na chwilę świat zawirował dookoła. Każde poruszenie zdawało się poglądową lekcją z anatomii pourazowej. Przerzuciłem nogi przez krawędź łóżka, skrzywiłem się: „głęboki uraz tkankowy mięśnia półścięgnistego w prawym kolanie". Usiadłem: „naderwanie mięśnia skośnego, może chrząstki między dolnymi żebrami". Wstałem: „lekkie naciągnięcie sub... trans... cholera, jak on się nazywa"? Wyobraziłem sobie zmarszczone powieki Arwyla za okrągłymi szkłami okularów.

Moje rzeczy zostały uprane i zacerowane. Ubrałem się, powoli smakując wszystkie te podniecające sygnały, jakie wysyłało mi ciało. Byłem zadowolony, że w pokoju nie ma lustra, ponieważ z pewnością musiałem wyglądać strasznie. Bandaż na głowie mnie irytował, zdecydowałem jednak na razie go zostawić. Niewykluczone, iż tylko on chronił moją głowę przed rozsypaniem się na kawałki.

Podszedłem do okna. Niebo było zaciągnięte, w szarym świetle miasteczko wyglądało strasznie – wszędzie nic, tylko sadza i popiół. Sklep po przeciwnej stronie ulicy wyglądał jak domek dla lalek zmiażdżony żołdackim buciorem. Ludzie snuli się, grzebiąc żałośnie w ruinach.

Poczułem na policzkach lekki cug – to otworzyły się drzwi, stanęła w nich dziewczyna. Młoda, ładna, skromna, jedna z tych, jakie pracują w tego rodzaju gospodach: Nellie. Nell. Dziewczyna, która spędza życie z oczyma na stałe wbitymi w ziemię, ponieważ karczmarz ma temperament, ostry język i nie waha się użyć ręki. Zagapiła się na mnie, wyraźnie zaskoczona, że widzi mnie już na nogach.

– Ktoś zginął? – zapytałem.

Pokręciła głową.

– Chłopak Lirama ma paskudnie złamaną rękę. Paru ludzi się poparzyło i takie tam...

Na te słowa poczułem wszechogarniającą ulgę.

– Nie powinieneś wstawać, panie – dodała. – Doktor powiedział, że zapewne się nie obudzisz. Powinieneś odpoczywać.

– Czy... moja kuzynka wróciła do miasta? – dopytywałem się dalej. – Dziewczyna, którą znaleziono na farmie Mauthena? Jest tutaj?

Dziewczyna pokręciła głową.

– Tylko ty, panie.

– Która godzina?

– Kolacja jeszcze niegotowa, panie. Ale mogę ci coś przynieść, jeśliś głodny.

Mój worek podróżny leżał obok łóżka. Zarzuciłem go na ramię, wydał mi się dziwnie lekki bez zwyczajowej zawartości – została tylko łuska jaszczura i kamień magnetyczny. Rozejrzałem się w poszukiwaniu butów i przypomniałem sobie, że zeszłej nocy zrzuciłem je z nóg, aby mieć lepszą przyczepność podczas wędrówki po dachach.

Wyszedłem z pokoju i skierowałem się do wspólnej sali. Dziewczyna nerwowo dreptała za mną. Za barem stał ten sam facet, z tym samym grymasem na twarzy.

Podszedłem do kontuaru.

– Moja kuzynka – zapytałem. – Jest w mieście?

Karczmarz zerknął ponuro na drzwi, przez które zaraz za mną weszła dziewczyna.

– Nell, co ty sobie, na diabelnego Boga, wyobrażasz, pozwalając mu wstać? Nie masz nawet tyle rozumu, co Bóg dał psu.

A więc naprawdę miała na imię Nell. W innych okolicznościach uznałbym tę zbieżność za zabawną.

– Chłopcze, gęba musi cię strasznie boleć. Ja na sam widok o mało nie umarłem. – Aż się zakrztusił, tak go rozśmieszył własny żart.

Spojrzałem na niego wymownie.

– Pytałem o moją kuzynkę.

Pokręcił głową.

– Nie pojawiła się tu już. I szerokiej drogi na manowce, takie jest moje zdanie.

– Przynieś mi chleb, owoce i mięso, jakie tam się znajdzie w kuchni – zażądałem. – Oraz butelkę owocowego wina z Avennish. Najlepiej truskawkowe, jeśli masz.

Oparł się o bar i spojrzał na mnie spod uniesionych brwi. Ponury grymas na stałe przyklejony do twarzy zmienił się w nieznaczny, protekcjonalny uśmieszek.

– Nie ma sensu się ciskać, synu. Skoro już wstałeś, konstabl chętnie z tobą pogawędzi.

Zmełłem w ustach cisnące się na język słowa, wciągnąłem uspokajający oddech.

– Słuchaj, mam za sobą kilka zdecydowanie denerwujących dni, głowa boli mnie w sposób, którego nie jesteś w stanie sobie wyobrazić, ponieważ brakuje ci do tego rozumu, a moja przyjaciółka może być w opałach. – Spojrzałem na niego lodowatym wzrokiem. – Nie chcę być niemiły. Grzecznie cię proszę, żebyś mi przyniósł to, co przed chwilą zamówiłem. – Wyciągnąłem sakiewkę. – Nadzwyczaj uprzejmie proszę.

Na jego twarzy wreszcie odbił się rosnący gniew.

– Ty pyskaty, zadufany koguciku! Jeżeli zaraz nie okażesz odrobiny szacunku, posadzę cię i przywiążę do krzesła, póki nie przyjdzie konstabl.

Rzuciłem żelaznego denara na kontuar, drugi trzymałem zaciśnięty mocno w garści.

Spojrzał ze złością.

– Co to jest?

Skoncentrowałem się i poczułem chłód pełznący po ręce.

– To jest twój napiwek – powiedziałem w momencie, gdy nad denarem zaczęła się unosić smużka dymu. – Za szybką i uprzejmą obsługę.

W politurze wokół denara zaczęły się pojawiać bąbelki i po chwili sztukę żelaza otoczył czarny krąg. Karczmarz tylko patrzył, oniemiały i przerażony.

– Teraz przynieś mi, o co prosiłem – oznajmiłem, patrząc mu prosto w oczy. – I worek z wodą. Albo spalę to miejsce z tobą w środku, a potem zatańczę w popiołach wśród twoich poczerniałych, żałosnych kości.

Z pełnym workiem wróciłem na wzgórze szarych kamieni. Bosy, zadyszany, z nieznośnym łupaniem w głowie. Denny nigdzie nie było.

Szybko przeszukałem okolicę, lecz znalazłem tylko mój porozrzucany dobytek, nietknięty. Oba koce. I tylko worek z wodą był prawie pusty. Być może Denna po prostu przed chwilą zareagowała na zew natury.

Czekałem. Czekałem znacznie dłużej, niźli miało to sens. Potem wołałem ją, z początku cicho, później głośniej, choć przy każdym krzyku głowa omal mi nie pękła. W końcu już tylko siedziałem. A przed oczami miałem tylko jeden obraz – Denna budzi się samotna, obolała, spragniona i zdezorientowana. Co czuła?

Potem pojadłem trochę, próbując wymyślić, co robić dalej. Przemknęło mi przez głowę, żeby otworzyć butelkę wina, ale z góry wiedziałem, że to kiepski pomysł, ponieważ bez wątpienia miałem lekkie wstrząśnienie mózgu. Zwalczyłem irracjonalne podejrzenie, że Denna mogła w swoim delirium odejść w las i że tam powinienem jej poszukać. Zastanawiałem się nad rozpaleniem ognia, po którego blasku mogłaby mnie odnaleźć...

Ale nie. Wiedziałem, że po prostu odeszła. Obudziła się, zobaczyła, że mnie nie ma, i poszła sobie. Przecież powiedziała wtedy, gdy wychodziliśmy z karczmy w Trebon: „Opuszczam miejsce, gdzie mnie nie chcą. O wszystko inne mogę zadbać po drodze". Pomyślała, że ją zostawiłem?

Różne myśli chodziły mi wówczas po głowie, czułem jednak, że nigdzie w pobliżu jej nie ma. Spakowałem więc worek. Na wypadek gdybym się jednak mylił, napisałem kartkę wyjaśniającą, co się stało, i informującą, że cały następny dzień będę czekał na nią w Trebon. Zwęgloną gałęzią napisałem jej imię wielkimi literami na jednym z szarych kamieni, a obok niego narysowałem strzałkę wskazującą miejsce, gdzie zostawiłem przyniesione jedzenie, butelkę wody i koc.

W końcu odszedłem. W nastroju niezbyt przyjemnym. Dręczony niezbyt miłymi myślami.

Kiedy wróciłem do Trebon, nad miasto właśnie spływał zmierzch. Wspiąłem się na któryś z dachów, uważając przy tym bardziej niż zwykle. Mojej głowie należało się kilka dni rekonwalescencji, na razie mogłem bezgranicznie ufać własnemu poczuciu równowagi.

Niemniej wędrówka na dach karczmy nie nastręczała szczególnych trudności i wkrótce odzyskałem zostawione wczorajszej nocy buty. Oglądane z wysokości w przyćmionym świetle Trebon sprawiało ponure wrażenie. Frontowa część budynku kościoła zmieniła się w stertę gruzów, prawie trzecią część miasta znaczyły blizny pożarów. Jedne budynki ogień tylko liznął, z innych nie zostało nic prócz sczerniałego drewna i popiołów. Mimo wysiłków mieszkańców, gdy straciłem świadomość, ogień musiał się wymknąć spod kontroli.

Spojrzałem na północ i objąłem wzrokiem szczyt wzgórza szarych kamieni. Miałem nadzieję ujrzeć choć iskierkę ognia, ale rzecz jasna nic nie zobaczyłem.

Przeszedłem na płaski dach ratusza i wspiąłem się po drabinie na krawędź cysterny. Była prawie pusta. Woda głębokości kilku stóp lizała ściany zbiornika, jej poziom znajdował się znacznie niżej niż przyszpilony przeze mnie do ściany poczerniały gont. To wyjaśniało obecny stan miasta. Kiedy poziom wody opadł poniżej mojej zaimprowizowanej sygaldrii, ogień rozgorzał na powrót. Mimo to moje działania spowolniły rozprzestrzenianie się pożaru. Gdyby nie to, z Trebon zapewne zostałyby zgliszcza.

Wróciłem do gospody, w której właśnie zbierali się na plotki pragmatyczni, pokryci sadzą ludzie. Mojego nachmurzonego przyjaciela nigdzie nie było widać, choć przy barze stała gromadka mieszkańców, dyskutując w podnieceniu o czymś, co mieli przed oczami.

Burmistrz i konstabl też byli wśród zebranych. Gdy tylko mnie zobaczyli, otworzyły się przed nami drzwi prywatnej salki.

Nie miałem ochoty rozmawiać, świat jawił mi się w ponurych barwach, a po wydarzeniach kilku ostatnich dni jakoś nie onieśmielało mnie dwóch brzuchatych starców. Zdawali sobie z tego sprawę i wzbudzało to ich nerwowość. Bolała mnie głowa, nie miałem ochoty na żadne tłumaczenia, niewygodna cisza jak najbardziej mi odpowiadała. Oni z kolei czuli się zmuszeni czymś ją wypełniać, a z pytań, jakimi mnie zasypywali domyśliłem się większości tego, co wiedzieć chciałem.

Na szczęście miasto nie ucierpiało tak bardzo, jak można by sądzić. Ze względu na święto żniw pożar nie zastał nikogo w łóżku. Dużo siniaków, osmalonych czupryn, ludzi, którzy nawdychali się dymu, ale prócz kilku przypadków poważnych poparzeń i jednego człowieka, któremu spadająca belka zmiażdżyła rękę, w sumie to chyba ja najgorzej ucierpiałem.

W ich oczach nie ulegało najmniejszej wątpliwości, że draccus jest demonem. Wielkim, czarnym demonem plującym ogniem i jadem. Jeżeli nawet w jednym czy drugim sercu pojawił się cień wątpliwości, zniknął, gdy bestię powaliło żelazo kierowane ręką samego Tehlu.

Powszechna zgoda panowała również w kwestii, że to demon odpowiedzialny jest za zniszczenie farmy Mauthena. Wniosek jak najbardziej uzasadniony, mimo iż całkowicie błędny. Lecz każda próba przekonania ich byłaby stratą czasu.

Mnie znaleziono nieprzytomnego na żelaznym kole, które zabiło bestię. Lokalny konował najlepiej jak potrafił poskładał mnie do kupy, a nieświadom wyjątkowej odporności mej czaszki, wyraził poważne wątpliwości na temat tego, czy kiedykolwiek odzyskam przytomność.

Z początku przeważały opinie, wedle których byłem po prostu niczego nieświadomym obcym, któremu być może jakimś cudem udało się zrzucić koło znad wejścia do kościoła. Jednakże moje cudowne ozdrowienie w połączeniu z tym, że wielu widziało, jak wypaliłem czarny krąg w kontuarze, kazało ludziom nadstawić ucha na to, co od początku mówili pewien młodzik i stara kobieta – że kiedy stary dąb zapłonął jak pochodnia, widzieli ludzką sylwetkę na dachu kościoła. Człowiek ten stał w blasku płonącego dębu. Unosił ręce, jakby się modlił...

Na koniec wreszcie burmistrzowi i konstablowi zabrakło słów, które mogłyby wypełnić zalegającą między nami ciszę, i potem już tylko siedzieli w milczeniu, popatrując to na siebie, to na mnie.

I wtedy zrozumiałem, że oni nie widzą młodego obszarpanego nędzarza. Widzą tajemniczą, poharataną postać zabójcy demona. Postanowiłem nie wyprowadzać ich z błędu. Uznałem, że już najwyższy czas, aby i mnie dostał się łut niezasłużonego szczęścia. Jeżeli uznają mnie za bohatera czy świętego, będę mógł to wykorzystać w razie ewentualnych kłopotów.

– Co chcecie zrobić z ciałem demona? – zapytałem i zobaczyłem, jak się uspokajają. Do tej chwili wypowiedziałem ledwie kilkanaście słów, a na ich dociekliwe pytania reagowałem głównie posępnym milczeniem.

– O to proszę się nie martwić, panie – zapewnił mnie konstabl. – Wiemy, jak postępować.

Poczułem ściskanie w żołądku, ponieważ wiedziałem, co zaraz usłyszę: spalą i pogrzebią. Zwierzę było prawdziwym cudem, naukową osobliwością, a oni je po prostu cisną w ogień i zakopią. Znałem skrybów w Archiwach, zapalonych przyrodników, którzy daliby sobie rękę obciąć, żeby móc zbadać rzadki okaz. W głębi serca miałem nawet nadzieję, że gdybym dostarczył im takiej sposobności, z wdzięczności mogliby mi załatwić zniesienie zakazu wstępu do Archiwów.

Poza tym zostawały jeszcze łuski i kości. Setki funtów zdenaturyzowanego żelaza, za które alchemicy gotowi byliby wziąć się za łby...

Burmistrz skwapliwie pokiwał głową i zaintonował:

– Powiem ci, co zrobić trza. Wykop dół dziesięć na dwa. Jesion, wiąz i jarzębina... – Odkaszlnął. – Oczywiście dziura musi być większa. Ludzie pracują na zmiany, żeby uwinąć się z tym jak najszybciej. – Podsunął mi pod nos swoją dłoń wnętrzem do góry, z dumą demonstrując świeże pęcherze.

Zamknąłem oczy i zwalczyłem pokusę, aby zacząć ciskać przedmiotami i przeklinać ich w ośmiu językach. To wyjaśniało opłakany stan miasta. Zamiast brać się do likwidowania szkód, wszyscy zajęci byli paleniem i grzebaniem istoty wartej królewskiego okupu.

Jednakże nic w tej sprawie nie mogłem zrobić. Wątpliwe mi się zdało, czy reputacja, jaką obecnie cieszyłem się w miasteczku, ochroni mnie, gdy zostanę przyłapany na wykopywaniu demona.

– Dziewczyna, która ocalała z wesela u Mauthenów – zagaiłem. – Czy ktoś ją może dzisiaj widział?

Burmistrz pytająco zerknął na konstabla.

– Ja nic na ten temat nie słyszałem. Myślisz, że w jakiś sposób była powiązana ze sprawą bestii?

– Co? – Podejrzenie było tak absurdalne, że w pierwszej chwili nie zrozumiałem, co tamten chce powiedzieć. – Nie! Nie opowiadaj bzdur. – Potoczyłem po obu groźnym spojrzeniem. Ostatnią rzeczą, na jakiej mi zależało, było wmieszanie Denny w całą sprawę. – Pomagała mi w moich czynach. – Stwierdziłem, pieczołowicie dobierając odpowiednio wieloznacznych słów.

Burmistrz złym okiem spojrzał na konstabla, potem przeniósł wzrok na mnie.

– Czy twoje... dzieło u nas jest już ukończone? – zapytał, wyraźnie uważając, żeby mnie nie urazić. – Za nic nie chcę się wtrącać w twoje sprawy... ale... – Nerwowo oblizał wargi. – Dlaczego to wszystko nas spotkało? Czy jesteśmy już bezpieczni?

– Jesteście tak bezpieczni, jak to tylko możliwe pod moją pieczą – odrzekłem niejednoznacznie. Uznałem, że takie słowa zabrzmią odpowiednio bohatersko. Jeżeli całym zyskiem, jaki miałem wynieść z tej przygody, była odrobina reputacji, równie dobrze mogła być to właściwa reputacja. Wtedy przyszło mi coś do głowy. – Żeby naprawdę zadbać o wasze bezpieczeństwo, muszę wiedzieć jedną rzecz. – Pochyliłem się ku nim, splotłem palce. – Muszę wiedzieć, co Mauthen wykopał w Kurhanie.

Popatrzyli po sobie, a ja niemalże mogłem dostrzec myśli krążące w ich głowach: „Skąd on o tym wie?"

Odchyliłem się na oparcie krzesła, zwalczyłem cisnący się na usta uśmiech kota w gołębniku.

– Jeżeli dowiem się, co Mauthen tam wykopał, będę mógł przedsięwziąć kroki, aby coś podobnego drugi raz się nie wydarzyło. Wiem, że to była tajemnica, lecz z pewnością ktoś w mieście wie coś na ten temat. Rozpuśćcie wieść, że chcę się z nim spotkać. – Wstałem energicznie, ale sporej siły woli potrzebowałem, żeby się nie skrzywić, tak mnie wszystko bolało. – I chcę, żebyście się z tym uwinęli szybko. Jutro wieczorem wyjeżdżam, mam do załatwienia na południu sprawy nie cierpiące zwłoki.

Potem wyszedłem, a poły płaszcza dramatycznie powiewały za moimi plecami. Ponieważ w pierwszym rzędzie i przede wszystkim jestem wędrownym aktorem, kiedy znajdę się już na scenie, wiem, jak w odpowiedni sposób zagrać wyjście.

Następny dzień upłynął mi na rozkoszowaniu się smacznym jedzeniem i wylegiwaniu w miękkim łóżku. Wykąpałem się, zadbałem o niezliczone obrażenia i zasadniczo skorzystałem z okazji do zasłużonego wypoczynku oraz odrobienia zaległości w spaniu. Przyszło kilka osób, lecz nie powiedziały mi nic więcej ponad to, o czym już wiedziałem. Mauthen wydobywał z kurhanu kamienie i w trakcie tego procederu coś znalazł. Co to było? Coś. Nikt nie umiał mi więcej powiedzieć.

Siedziałem właśnie na podłodze obok łóżka, zabawiając się pomysłem napisania pieśni o draccusie, kiedy rozległo się nieśmiałe pukanie do drzwi.

– Wejść.

Drzwi się uchyliły i pojawiła się w nich główka. Dziewczynka lat mniej więcej trzynastu rozejrzała się nerwowo po pomieszczeniu, a potem wsunęła do środka, delikatnie zamykając za sobą drzwi. Miała bladą twarz z wyraźnymi plamami rumieńców na policzkach i kręcone włosy w myszowatym kolorze. Oczy ciemne, zapadnięte, jakby przed chwilą płakała, nie przespała nocy albo jedno i drugie.

– Chciałeś się dowiedzieć, co Mauthen wykopał? – Zerknęła na mnie, ale zaraz uciekła wzrokiem w bok.

– Jak masz na imię? – zapytałem łagodnie.

– Verainia Greyflock – odpowiedziała posłusznie i szybko się ukłoniła, z oczyma wbitymi w podłogę.

– Śliczne imię – próbowałem dodać jej odwagi. – Verain to śliczny czerwony kwiatek. – Uśmiechnąłem się do niej zachęcająco. – Widziałaś go kiedyś?

Pokręciła głową, ani na moment nie odrywając wzroku od podłogi.

– Ale tak sobie myślę, że chyba nikt nie mówi do ciebie Verainia – ciągnąłem. – Wołają cię Nina?

Dopiero wtedy na mnie spojrzała. Blady uśmiech pojawił się na jej zbolałej twarzyczce.

– Babcia do mnie tak mówi.

– Podejdź tu, Nina. – Poklepałem ręką brzeg łóżka, ponieważ poza tym w pokoju nie było żadnych siedzeń.

Usiadła, ręce splotła na podołku, ale cały czas nerwowo wyłamywała place.

– Ja to widziałam. Tę rzecz, którą wykopali w kurhanie. – Zerknęła na mnie przelotnie, ale zaraz znów spuściła wzrok. – Jimmi, najmłodszy syn Mauthena mi pokazał.

Poczułem, jak serce szybciej zaczyna mi bić.

– Co to było?

– To był wielki, fantastyczny dzban – powiedziała cicho. – Taki duży. – Jej ręka zawisła gdzieś trzy stopy od podłogi. Drżała. – Były na nim różne rysunki i napisy. Naprawdę fantastyczny. W życiu nie widziałam takich kolorów. A jedne rysunki świeciły, jakby były ze złota i srebra.

– Co było na rysunkach? – pytałem dalej, starając się, aby w moim głosie nie odbiło się zniecierpliwienie.

– Ludzie – rzekła. – Głównie ludzie. Była kobieta trzymająca złamany miecz i człowiek obok uschniętego drzewa, i inny człowiek, którego nogę szarpał pies... – Urwała.

– Był tam ktoś z białymi włosami i czarnymi oczami?

Spojrzała na mnie ze zdumieniem i pokiwała głową.

– Przestraszyłam się na jego widok. – Zadrżała.

Chandrianie. To była waza, na której przedstawiono Chandrian i ich symbole.

– Pamiętasz coś jeszcze z tych obrazków? – kontynuowałem. – Nie spiesz się, pomyśl.

Zastanowiła się.

– Był taki jeden bez twarzy, tylko kaptur na głowie, a pod nim nic. U jego stóp stało lustro, a nad głową miał różne księżyce. Wiesz, pełen księżyc, półksiężyc, sierp księżyca. – Wbiła wzrok w ziemię, myśląc. – I była tam kobieta... – Zarumieniła się. – Trochę rozebrana.

– Pamiętasz coś jeszcze? – spytałem.

Pokręciła głową.

– A to pismo?

– To było jakieś obce pismo. Nic nie rozumiałam.

– Myślisz, że mogłabyś to pismo narysować?

Znowu pokręciła głową przecząco.

– Widziałam je tylko przez chwilę – tłumaczyła się. – Jimmy i ja wiedzieliśmy, że dostaniemy lanie, jak nas złapią. – Nagle jej oczy wezbrały łzami. – Czy demony po mnie też przyjdą, ponieważ to widziałam?

Pogłaskałem ją uspokajająco, ale ona i tak wybuchła płaczem.

– Od czasu, jak się tamto wydarzyło u Mauthenów, ja się boję – łkała. – Mam sny. Wiem, że po mnie przyjdą.

Podniosłem się i usiadłem obok niej na łóżku, otoczyłem ramieniem, próbowałem uspokoić. Jej szlochy powoli cichły.

– Nikt po ciebie nie przyjdzie.

Wreszcie spojrzała mi prosto w oczy. Już nie płakała, lecz widać było, co czuje. W głębi serca wciąż się bała. I żadne słowa jej nie pocieszą.

Wstałem i podszedłem do miejsca, gdzie leżał mój płaszcz.

– Dam ci coś – zaproponowałem, sięgając do jednej z kieszeni. Wydobyłem z niej część lampy sympatetycznej, nad którą właśnie pracowałem w Rzemiosze: dysk z błyszczącego metalu z subtelnie wytrawionymi runami sygaldrii. – Podałem jej. – Kiedy byłem w Veloran, zdobyłem ten urok. Veloran leży daleko, za górami Stormwal. To najlepszy amulet przeciwko wszystkim demonom. – Ująłem ją za rękę i wcisnąłem w nią metal.

Nina opuściła wzrok, potem znowu na mnie spojrzała.

– Tobie nie będzie potrzebny?

Pokręciłem głową.

– Mam inne sposoby, żeby sobie zapewnić bezpieczeństwo.

Ścisnęła w dłoni przedmiot, po jej policzkach znów popłynęły łzy.

– Och, dziękuję. Zawsze go będę nosić przy sobie. – Zaciskała piąstki tak, że aż pobielały jej kłykcie.

Zgubi go. Nie zaraz, ale za rok, dwa lub dziesięć. Taka jest ludzka natura. A kiedy zgubi rzekomy amulet, będzie się bała jeszcze bardziej.

– Nie ma potrzeby – powiedziałem szybko. – Oto, jak działa. – Chwyciłem rękę, w której ściskała kawałek metalu, i zamknąłem w swojej. – Zamknij oczy.

Nina zamknęła oczy, a ja powoli wyrecytowałem pierwsze dziesięć wersów *Ve Valora Sartane*. Nie bardzo zresztą stosownych do sytuacji, ale nic innego do głowy mi nie przyszło. Tema jest językiem o nadzwyczaj dźwięcznej fonetyce, zwłaszcza jeśli wypowiada się słowa głębokim barytonem, jak to zrobiłem.

Skończyłem, a wtedy otworzyła oczy. Były pełne zadziwienia, łzy zniknęły.

– Teraz jest już dostrojony do ciebie – wytłumaczyłem. – Niezależnie od wszystkiego, niezależnie gdzie trafi, będzie cię chronił i zapewniał bezpieczeństwo. Możesz go nawet połamać i przetopić, a czar i tak zadziała.

Zarzuciła mi ramiona na szyję, pocałowała w policzek. Potem odsunęła się gwałtownie i zarumieniła. Jej twarz nie była już ani blada, ani zbolała, oczy lśniły. Wcześniej tego nie zauważyłem, ale była piękna.

Wkrótce potem wyszła, a ja usiadłem na łóżku, żeby się zastanowić.

Na przestrzeni ostatniego miesiąca udało mi się wyciągnąć kobietę z piekła płomieni. Wezwałem ogień i błyskawicę na zabójców, a potem im uciekłem. A nawet zabiłem istotę, która –

w zależności od punktu widzenia – mogła być smokiem lub demonem.

Ale dopiero wówczas, w tym pokoju, poczułem się w pewnej mierze jak prawdziwy bohater. Jeżeli więc zastanawiacie się nad przyczynami, które uczyniły ze mnie tego człowieka, jakim się stałem, jeżeli szukacie moich początków, to powinniście pamiętać o tamtej chwili.

Rozdział 83

Powrót

Wieczorem spakowałem wszystkie swoje rzeczy i zszedłem do wspólnej sali. Mieszkańcy miasta mierzyli mnie spojrzeniami, szeptali między sobą w podnieceniu. Idąc w kierunku baru, usłyszałem kilka z tych komentarzy i zrozumiałem, o co chodzi – jeszcze wczoraj widzieli mnie obandażowanego od stóp do głów, domyślali się więc, że jestem okropnie poraniony. Dziś bandaże zniknęły, a ich oczom ukazały się tylko drobne obrażenia. Następny cud. Nie mogłem się nie uśmiechnąć.

Ponury karczmarz poinformował mnie, że nawet przez myśl mu nie przeszło obciążyć mnie jakimikolwiek opłatami, skoro przecież całe miasteczko ma u mnie dług i tak dalej. Nalegałem. Nie, nie. Pod żadnym pozorem. Nawet nie chciał o tym słyszeć. Wręcz przeciwnie, gdyby tylko było coś, co mógłby zrobić, żeby okazać mi swoją wdzięczność...

Zastanawiałem się przez moment. W końcu powiedziałem, że skoro już o tym wspomniał, gdyby na przykład zawieruszyła mu się gdzieś jeszcze jedna butelka truskawkowego wina...

Potem udałem się do portu w Evesdown i zarezerwowałem miejsce na barce płynącej w dół rzeki. Czekając, aż odbije od brzegu, rozpytałem dokerów, czy w ciągu ostatnich kilku dni nie widzieli młodej kobiety. Ciemnowłosa, śliczna...

Widzieli. Pojawiła się tu wczoraj po południu i odpłynęła w dół rzeki. Z ulgą przyjąłem wiadomość, że jest bezpieczna i – jak należało domniemywać – w stosunkowo dobrym zdrowiu. Ale poza tym nie wiedziałem, co myśleć. Dlaczego nie pojawiła się w Trebon? Może uznała, że ją opuściłem? Czy pamiętała cokolwiek z tego, o czym rozmawialiśmy tamtej nocy, leżąc przytuleni na szarym kamieniu?

Przybiliśmy do nabrzeża w Imre kilka godzin po świcie i natychmiast udałem się do Devi. Po kwadransie żywiołowych targów oddałem jej kamień magnetyczny i pojedynczy talent w zamian za wymazanie mojej krótkoterminowej pożyczki w wysokości dwudziestu talentów. Wciąż byłem jej winien pierwotnie pożyczoną sumę, lecz po wszystkim, przez co przeszedłem, dług w wysokości czterech talentów nie wydawał mi się już jakoś szczególnie złowieszczy, mimo iż moja sakiewka znów świeciła pustkami.

Jakiś czas zabrało mi przywrócenie ładu w moim życiu. Nie było mnie tylko cztery dni, ale wielu ludziom należały się przeprosiny i wyjaśnienia. Nie przyszedłem na umówione spotkanie z hrabią Threpe, przegapiłem dwie lekcje z Manetem oraz obiad z Felą. Przez dwa wieczory Anker musiał się obchodzić bez muzyka. Nawet Auri udzieliła mi lekkiej nagany za to, że ją zaniedbywałem.

Straciłem po kilka wykładów z Kilvinem, Elksą Dalem i Arwylem. Wszyscy trzej przyjęli moje przeprosiny, kwitując je rodzajem pobłażliwej dezaprobaty. Zdawałem sobie sprawę, że gdy nadejdzie pora ustalania czesnego na następny semestr, zapłacę w brzęczącej monecie za niespodziewaną i zasadniczo niewyjaśnioną absencję.

Znacznie ważniejsze było załatwienie spraw z Wilem i Simem. Słyszeli plotki o studencie napadniętym w zaułku. Ponieważ na co dzień mogli oglądać zadowoloną minę Ambrose'a, doszli do wniosku, że uciekłem z miasta albo, co gorsza, obciążony kamieniami wylądowałem na dnie rzeki Omethi.

Tylko oni dwaj usłyszeli w miarę wyczerpującą opowieść o tym, co się ze mną działo. I choć nie zdradziłem im całej prawdy na temat motywów, które mną kierowały względem Chandrian, zrelacjonowałem im, co się wydarzyło, i pokazałem łuskę. Okazali zdumienie, lecz z drugiej strony w całkiem niedwuznacznych słowach dali do zrozumienia, że następnym razem albo zostawię list, albo przyjdzie mi srodze zapłacić.

I przez cały czas wszędzie rozglądałem się za Denną, ponieważ jej należały się najważniejsze wyjaśnienia. Lecz jak zawsze na próżno.

Rozdział 84

Niespodziewana burza

W końcu spotkałem się z Denną i doszło do tego w ten sam sposób jak zawsze – to znaczy czystym przypadkiem.

Spieszyłem dokądś z głową nabitą rozmaitymi myślami i skręciwszy za róg, omal na nią nie wpadłem.

Przez sekundę staliśmy oboje jak wryci, zaskoczeni, nie wiedząc, co powiedzieć. Mimo iż wcześniej w każdym cieniu i oknie powozu widziałem jej twarz, teraz jej widok mną wstrząsnął. Pamiętałem kształt jej oczu, ale już nie siłę wyrazu. Ich ciemną barwę, ale nie głębię. Na jej widok zabrakło mi tchu, jakbym znienacka znalazł się głęboko pod wodą.

Wcześniej wiele czasu poświęciłem na wyobrażanie sobie przebiegu naszego spotkania. Tysiące razy odgrywałem tę scenę w głowie. Obawiałem się, że będzie zimna, wyniosła. Że mnie zruga za to, że zostawiłem ją samą w lesie. Że będzie milcząca i zbolała. Obawiałem się, że może się rozpłakać, przekląć mnie lub po prostu odwrócić się i odejść.

Denna natomiast uśmiechnęła się z niekłamaną radością.

– Kvothe! – Schwyciła moją rękę obiema dłońmi. – Tęskniłam za tobą. Gdzie się podziewałeś?

Poczułem taką ulgę, że aż ugięły się pode mną kolana.

– Och, sama wiesz. Tu i tam. – Nonszalancko machnąłem ręką. – W okolicy.

– Zostawiłeś mnie wtedy na lodzie – oznajmiła z udawaną przyganą. – Czekałam, ale odwilż nie nadeszła.

Już miałem zacząć jej wszystko wyjaśniać, kiedy przywołała gestem stojącego z boku mężczyznę.

– Wybacz mi niegrzeczność. Kvothe, to jest Lentaren. – Wcześniej wcale go nie zauważyłem. – Lentaren, Kvothe.

Lentaren był wysoki i szczupły. Dobrze umięśniony, dobrze ubrany i ewidentnie szlachetnej krwi. Linii szczęki mógłby mu pozazdrościć murarz, zęby miał białe i proste. Wyglądał w każdym calu niczym Książę Wytworny z bajki. Wszystko w jego postaci i wyglądzie mówiło o pieniądzach.

Uśmiechnął się do mnie swobodnie, po przyjacielsku.

– Miło cię poznać, Kvothe – powiedział, kłaniając się lekko.

Zupełnie odruchowo odpowiedziałem ukłonem na jego ukłon, uśmiechnąłem się najbardziej czarująco.

– Do usług, Lentaren. – Zwróciłem się do Denny. – Któregoś dnia musimy się umówić na obiad – zaproponowałem beztrosko, unosząc leciutko jedną brew, co miało znaczyć: „Czy to jest Pan Wiąz"? – Mam ci do opowiedzenia parę interesujących rzeczy.

– Oczywiście. – Leciutko pokręciła głową, więc: „Nie". – Odszedłeś, zanim skończyłeś swoją ostatnią historię. Byłam strasznie rozczarowana, że nie doczekałam końca. Po prawdzie, to wariuję z ciekawości.

– Och, to tylko ta sama stara śpiewka, którą już tyle razy wcześniej słyszałaś – stwierdziłem. – Książę Wytworny zabija smoka, ale traci skarb i dziewczynę.

– Ach, więc to tragedia. – Denna wbiła wzrok w ziemię. – Nie jest to zakończenie, na które liczyłam, ale przypuszczam, że niczego innego nie oczekiwałam.

– Byłaby to z pewnością tragedia, gdyby cała rzecz na tym miała się skończyć – przyznałem. – Ale tak naprawdę zakończenie zależy od tego, jak się je zinterpretuje. Wolę widzieć w nim wątek, który czeka na pomyślny ciąg dalszy.

Obok nas ulicą przetoczył się powóz, Lentaren ustąpił mu z drogi, przy okazji rzekomo przypadkowo ocierając się o Dennę. Machinalnie wzięła go pod ramię.

– Osobiście nie przepadam za historiami w odcinkach – oznajmiła, a wyraz jej twarzy stał się na chwilę poważny i nieodgadniony. Potem wzruszyła ramionami i uśmiechnęła się do mnie krzywo. – Ale z pewnością wielokrotnie już w tej sprawie zdarzało mi się zmieniać zdanie. Może mnie przekonasz do swych racji.

Wskazałem futerał z lutnią wiszący na moim ramieniu.

– Przez większość wieczorów wciąż grywam „U Ankera". Gdybyś miała ochotę posłuchać...

– Z pewnością przyjdę. – Denna westchnęła i spojrzała na Lentarena. – Już jesteśmy spóźnieni, nieprawdaż?

Zmrużył oczy, spojrzał na słońce, przytaknął.

– Jesteśmy. Ale jeśli się pospieszymy, wciąż możemy ich dogonić.

Zwróciła się do mnie:

– Przykro mi, ale jesteśmy umówieni na przejażdżkę.

– Nie śmiałbym cię zatrzymywać – odparłem, wdzięcznie usuwając się na bok.

Lentaren i ja pożegnaliśmy się grzecznymi, zdawkowymi ukłonami.

– Wkrótce przyjdę cię posłuchać – powiedziała na pożegnanie, odwracając się przez ramię.

– Idź. – Skinąłem głową w kierunku, w którym się udawali. – Nie chcę cię zatrzymywać.

Odwrócili się i poszli. Przyglądałem się, jak wędrują po bruku imreańskiej ulicy. Razem.

Kiedy przybyłem na miejsce, Wil i Sim już na mnie czekali. Zajęli ławkę z doskonałym widokiem na fontannę stojącą przed „Eolem". Woda spływała po posągach nimf ściganych przez satyra.

Postawiłem futerał z lutnią obok ławki i otworzyłem zatrzask, żeby struny lutni też skorzystały z odrobiny słońca. Nie spodziewam się, aby ktoś, kto nie jest muzykiem, mnie zrozumiał.

Wil poczęstował mnie jabłkiem. Wiatr uganiał się po placu, obserwowałem, jak układa fałdy kurtyny z muślinowej mgiełki rozsnuwanej przez kropelki wody nad fontanną. Kilka liści czerwonego klonu tańczyło na kamieniach. Im również się przyglądałem – ich podskokom, obrotom i osobliwym wzorom, jakie rysowały w przejrzystym powietrzu.

– Jak mniemam, w końcu odnalazłeś Dennę? – zapytał po jakimś czasie Wil.

Pokiwałem głową, nie odrywając wzroku od liści. Tak

naprawdę nie miałem ochoty wdawać się w żadne wyjaśnienia.

– Pomyślałem tak, ponieważ milczysz w ten sposób – ciągnął dalej.

– Nie poszło, jak chciałeś? – cicho zapytał Sim.

– Nie poszło, jak miałem nadzieję – sprostowałem.

Mądrze pokiwali głowami, a potem zapadła kolejna chwila ciszy.

– Zastanawiałem się nad tym, co nam powiedziałeś – znowu odezwał się Wil. – Co twoja Denna powiedziała. W całej tej historii zieje wielka dziura.

Sim i ja spojrzeliśmy na niego zaciekawieni.

– Powiedziała, że szukała swojego mecenasa – sprecyzował Wilem. – Włóczyła się z tobą po lesie dlatego, że chciała go znaleźć. Ale później powiedziała, że uratowała się z napadu... – Wil znacząco zawiesił głos. – ...ponieważ spotkała go, gdy wracała na płonącą farmę. To się nie zgadza. Dlaczego miałaby go szukać, skoro wiedziała, że jest bezpieczny?

To mi nie przyszło do głowy. Zanim jednak zdążyłem wymyślić jakąś odpowiedź, Simmon pokręcił głową.

– Po prostu znalazła sobie wymówkę, żeby spędzić z nim czas – oznajmił, jakby to było zupełnie oczywiste.

Wilem lekko zmarszczył brwi.

Sim patrzył po nas, to na jednego, to na drugiego, wyraźnie zaskoczony, że musi nam jeszcze cokolwiek tłumaczyć.

– Oczywiste jest, że ona coś do ciebie czuje – zaczął, a potem odliczał na palcach: – Przyszła do ciebie do „Ankera". Odnalazła cię tamtej nocy w „Eolu", kiedy mieliśmy się napić. Wymyśla sobie wymówkę, żeby przez kilka dni włóczyć się z tobą po jakimś odludziu...

– Sim – rzekłem zirytowany. – Gdyby była mną zainteresowana, znalazłbym ją wcześniej niż dopiero po miesiącu poszukiwań.

– To jest błędne rozumowanie – bronił się Sim. – Oparte na błędnej przesłance. W ten sposób jesteś w stanie dowieść tylko tego, że jej źle szukałeś albo że jest trudna do znalezienia. A nie, że jej nie obchodzisz.

– W samej rzeczy – wtrącił Wil, najwyraźniej biorąc stronę Sima – ponieważ to ona częściej do ciebie przychodzi, prawdopodobne wydaje się założenie, że musi więcej czasu wkładać w szukanie ciebie. Niełatwo cię znaleźć. Stąd można wnosić, że się tobą interesuje.

Pomyślałem o liście, który mi zostawiła, i przez chwilę zabawiałem się myślą, że Sim może mieć rację. Na wspomnienie naszej nocy na szarym kamieniu w mym sercu rozpaliła się iskierka nadziei.

Potem przypomniałem sobie, że tamtej nocy Denna była w delirium, i przypomniałem ją sobie uwieszoną na ramieniu Lentarena. Pomyślałem o wysokim, przystojnym Lentarenie i pozostałych niezliczonych mężczyznach, z których każdy mógł jej coś ofiarować. Coś znacznie bardziej wartościowego niż niezły głos i męska brawura.

– Wiesz, że mam rację! – Simmon odgarnął włosy z oczu i roześmiał się chłopięco. – I żadne twoje pokrętne argumenty nie przekonają mnie, że jest inaczej! Straciła dla ciebie głowę. A i tobie brakuje piątej klepki, więc jesteście dla siebie stworzeni.

Westchnąłem.

– Sim, jestem szczęśliwy tak jak jest, że mogę mieć ją za przyjaciółkę. To jest wspaniała osoba, a przebywanie z nią sprawia mi radość. To wszystko. – Zmusiłem się, żeby słowa te wypowiedzieć z odpowiednią dozą jowialnej beztroski, aby Sim mógł skorzystać z okazji i zmienić temat rozmowy.

Sim przyglądał mi się przez chwilę, potem zbył całą sprawę wzruszeniem ramion.

– Jeżeli naprawdę tak jest – oznajmił, machając dłonią, w której trzymał kurczęce udko – to musisz wiedzieć, że Fela przez cały czas mówi o tobie. Uważa cię za niesamowitego faceta. Poza tym uratowałeś jej życie. Jestem pewny, że masz u niej szansę.

Wzruszyłem ramionami, przyglądając się wzorom, w jakie wiatr układał mgiełkę wody nad fontanną.

– Wiesz, co powinniśmy... – Sim urwał w pół zdania, spojrzał gdzieś za moje plecy, a jego twarz znienacka straciła wszelki wyraz.

Odwróciłem się, żeby zobaczyć, na co patrzy, i przede wszystkim dostrzegłem pusty futerał od lutni. Lutnia zniknęła. Potoczyłem dookoła szalonym wzrokiem, gotów poderwać się na nogi i pobiec jej szukać. Ale nie było takiej potrzeby – kilka stóp ode mnie stał Ambrose z garstką przyjaciół. W dłoni swobodnie trzymał moją lutnię.

– Och, litościwy Tehlu – mruknął cicho Simmon. Potem normalnym głosem dodał: – Ambrose, oddawaj.

– Cisza, E'lir – warknął Ambrose. – To nie jest twoja sprawa.

Podniosłem się, nie spuszczając wzroku z niego i mojej lutni. Już przywykłem do myśli, że Ambrose jest ode mnie wyższy, ale kiedy teraz stałem przed nim, okazało się, że nasze oczy znajdują się na tym samym poziomie. Ambrose'a też to chyba zaskoczyło.

– Oddawaj – powiedziałem, wyciągając rękę. Z zaskoczeniem stwierdziłem, że nie drży, nawet odrobinę. W środku cały się trząsłem: w połowie z wściekłości, w połowie ze strachu.

Dwie części mego umysłu próbowały się przekrzykiwać. Pierwsza wołała:

„Proszę, tylko nic nie rób. Nie tym razem. Nie niszcz jej. Proszę, oddaj mi ją. Nie trzymaj jej za szyjkę w ten sposób".

Druga nuciła:

„Nienawidzę cię, nienawidzę cię, nienawidzę cię" – jakby spluwała krwią.

Podszedłem o krok.

– Oddaj. – Mój głos dziwnie brzmiał w moich uszach: odległy, bezbarwny. Pozbawiony wyrazu, jak pozbawiona wyrazu musiała być moja twarz. Ponieważ już przestałem się trząść w środku.

Ambrose zawahał się na moment, jakby wychwycił coś w tonie mego głosu. Wyczułem jego niepokój – nie zachowywałem się w taki sposób, jakiego się spodziewał. Usłyszałem, jak za moimi plecami Wilem i Simmon wstrzymują oddech. Wśród przyjaciół Ambrose'a też przeszło lekkie poruszenie, stracili pewność siebie.

W końcu jednak Ambrose uśmiechnął się, uniósł brew.

– Ale napisałem dla ciebie piosenkę i potrzebuję akompaniamentu.

Brutalnie ścisnął lutnię i przesunął palcami po strunach, wcale nie zamierzając z niej wydobyć żadnego rytmu ani melodii. Przechodzący obok ludzie zatrzymali się, aby posłuchać.

Żył sobie raz Kvothe, krętacz mały,
Co dowcipem w ludzi lubił godzić.
Mistrzom jego mądrości się spodobały,
Więc chłostą kazali nagrodzić.

W tej chwili już dość sporo przechodniów słuchało, śmiejąc się z przedstawienia, jakie dawał Ambrose. Ten, ośmielony, wykonał głęboki ukłon.

– Wszyscy śpiewają! – krzyknął, wznosząc do góry ręce jak dyrygent orkiestry, a mojej lutni używając jako pałeczki.

Dałem kolejny krok naprzód.

– Oddawaj albo cię zabiję. – W tym momencie naprawdę mówiłem, co myślę.

Wokół nas znów zapanowała cisza. Zorientowawszy się, że nie uzyska ode mnie tego, czego chciał, Ambrose próbował udawać beztroskę.

– Niektórzy nie mają poczucia humoru – oznajmił z westchnieniem. – Łap.

Rzucił mi lutnię, ale lutnie nie są przeznaczone do rzucania. Instrument zakręcił niezgrabnie w powietrzu, a kiedy próbowałem go schwycić, okazało się, że złapałem tylko powietrze. I w tamtej chwili nie miało dla mnie żadnego znaczenia, czy Ambrose był po prostu niezgrabny, czy świadomie okrutny. Moja lutnia uderzyła korpusem w kamienie bruku, rozległ się odgłos pękającego drewna.

Odgłos ten przywiódł mi na myśl tamtą straszną chwilę, gdy w pokrytym sadzą zaułku Tarbean pod ciężarem mojego ciała pękł instrument ojca. Pochyliłem się, aby podnieść lutnię – jęknęła jak ranne zwierzę. Ambrose już odchodził. Spojrzał jeszcze przez ramię, a w jego oczach zobaczyłem iskierki rozbawienia.

Otworzyłem usta, żeby zawyć, zapłakać, przekląć go. Ale z mojego gardła wyrwało się coś innego, słowo, którego nie znałem i nie potrafiłbym sobie przypomnieć.

A potem nie słyszałem już nic, tylko wycie wichru. Nadleciał na plac niczym niespodziana burza. Pobliski powóz zaczął się ślizgać bokiem po bruku, spłoszone konie wspięły się na zadach. Z czyjejś ręki wyleciały nuty i obsypały nas niczym iskry kuriozalnej błyskawicy. Wiatr popchnął mnie do przodu. Wszyscy mieli trudności z utrzymaniem się na nogach. Ale wszyscy prócz Ambrose'a jakoś sobie radzili – on jeden toczył się bezwładnie po ziemi, jakby tknięty ręką Boga.

Potem wszystko umilkło. Wszędzie wokół latały kartki papieru miotane wiatrem jak jesienne liście. Ludzie rozglądali się wokół oszołomieni, z potarganymi włosami i ubraniami w nieładzie. Kilku dalej chwiało się na nogach, wciąż stawiając opór wichrowi, który już nie dął.

Bolało mnie gardło. Trzymałem w dłoni zniszczoną lutnię. Ambrose chwiejnie się podnosił. Jedną ręką ściskał drugą, wygiętą pod dziwnym kątem, spomiędzy włosów sączyła się krew. Wyraz dzikiego strachu w jego oczach dał mi chwilę słodkiej satysfakcji. Przelotnie zastanowiłem się, czy nie krzyknąć na niego jeszcze raz i zobaczyć, co się stanie. Czy wicher znowu przybędzie? A może ziemia się rozstąpi i go pochłonie?

Usłyszałem rżące w panice konie. Z „Eola" i innych budynków stojących wokół placu wysypywali się ludzie. Muzycy patrzyli po sobie dzikim wzrokiem i wszyscy mówili jeden przez drugiego.

– ...to było?

– ...wszędzie rozrzucone nuty. Pomóżcie mi, zanim...

– ...zrobił. Ten, tam, z rudymi...

– ...demon. Demon wiatru i...

Speszony toczyłem dookoła dzikim wzrokiem, póki Wilem i Simmon mnie nie odciągnęli.

– Nie wiemy, dokąd go zaprowadzić – mówił Simmon do Kilvina.

– Opowiedzcie mi wszystko jeszcze raz – spokojnie poprosił mistrz. – Ale tym razem tylko jeden z was niech mówi. – Wskazał Wilema. – Spróbuj wyrażać się systematycznie.

Znajdowaliśmy się w gabinecie Kilvina. Drzwi były zamknięte, zasłony zaciągnięte. Wilem zaczął od początku wyjaśniać, co się wydarzyło. W miarę jak się rozkręcał, coraz częściej przechodził na siaru. Kilvin tylko kiwał głową, a jego twarz krzepła w wyrazie coraz głębszego namysłu. Simmon słuchał uważnie, od czasu do czasu wtrącając jakieś słowo.

Siedziałem na stołku. W głowie gonitwa myśli i na poły wyartykułowanych pytań. Bolało mnie gardło. W ciele czułem zmęczenie, ociężałość i resztki adrenaliny. A pośrodku całego tego zamętu, w centrum mojej klatki piersiowej, płonął gniew jak palenisko kuźni rozdmuchiwane miechem. Wszystko wokół wydawało mi się jakieś odległe, jakby owinięte dziesięciocalową warstwą wosku. Nie było żadnego Kvothe'a, tylko to pomieszanie, gniew i odrętwienie spowijające te uczucia. Byłem jak wróbel pochwycony przez niespodziewaną burzę, niezdolny znaleźć bezpiecznej gałązki, w którą mógłby wczepić pazurki. Nie panujący nad ciskającym go w tę i we w tę wiatrem.

Wilem docierał chyba do końca swych wyjaśnień, kiedy do pomieszczenia bez pukania i zapowiedzi wszedł Elodin. Wilem umilkł. Zerknąłem tylko przelotnie na mistrza imion, a potem wbiłem znów wzrok w strzaskaną lutnię w moich dłoniach. Obracałem nią bezustannie, a ostre krawędzie kaleczyły mi palce. Obojętnym wzrokiem przyglądałem się krwi skapującej na podłogę.

Elodin podszedł i stanął tuż przede mną, ani słowem nie odezwawszy się wcześniej do nikogo z pozostałych.

– Kvothe?

– Z nim nie jest dobrze, mistrzu – powiedział Simmon, a jego głos drżał ze zgryzoty. – Nie można z nim nawiązać kontaktu. Nic nie mówi. – Lecz choć słyszałem jego słowa, wiedziałem, że mają jakieś znaczenie, a nawet znałem te znaczenia, nie potrafiłem ich zrozumieć.

– Wydaje mi się, że coś mu się stało z głową – próbował wyjaśnić Wilem. – Patrzy na ciebie, ale w oczach ma pustkę. To są oczy jak u psa.

– Kvothe? – powtórzył Elodin. Kiedy nie odpowiedziałem ani nie uniosłem wzroku znad lutni, sięgnął ręką i delikatnie ujął w nią mój podbródek, póki nasze spojrzenia się nie spotkały. – Kvothe.

Zamrugałem.

Popatrzył mi głęboko w oczy. Jego oczy były ciemne, a ich widok jakoś pomógł mi dojść do siebie. Uciszył burzę szalejącą we mnie.

– *Aerlevsedi* – rzekł. – Powtórz.

– Co? – zapytał Simmon gdzieś z daleka. – Wiatr?

– *Aerlevsedi* – cierpliwie powtórzył Elodin, wciąż ze skupieniem zaglądając mi w oczy.

– *Aerlevsedi* – powtórzyłem tępo.

Elodin na mgnienie przymknął powieki. Jakby próbował usłyszeć cichą melodię niesioną przez wiatr. Bez jego oczu, na których mogłem się skupić, znowu zacząłem odpływać. Spojrzałem na połamaną lutnię w dłoniach, zanim jednak odszedłem za daleko, znowu ujął mnie za podbródek.

I znowu spotkały się nasze spojrzenia. Odrętwienie zaczęło mijać, ale burza wciąż szalała w mojej głowie. Potem oczy Elodina się zmieniły. Nie patrzył już na mnie, spojrzał we mnie. Inaczej tego nie potrafię opisać. Sięgał spojrzeniem głęboko, nie patrzył mi w oczy, ale zaglądał poprzez nie do duszy. Jego spojrzenie wniknęło we mnie i usadowiło się stabilnie w mojej piersi, jakby sięgnął w jej głąb obiema dłońmi, jakby mógł poczuć pod palcami kształt moich płuc, poruszenia mego serca, żar mego gniewu, zarys burzy, która we mnie szalała.

Nachylił się i musnął ustami moje ucho. Poczułem jego oddech. Przemówił... i burza ucichła. Znalazłem sobie wreszcie miejsce, na którym mogłem przycupnąć.

Jest taka gra, w którą w pewnym wieku bawią się wszystkie dzieci. Rozkłada się ramiona, a potem kręci, kręci, póki świat nie zaczyna się zlewać. Najpierw czuje się dezorientację, ale jeśli człowiek kręci się dalej, dostatecznie długo, świat znowu staje się solidny, w głowie przestaje się kręcić, ponieważ kręcimy się wtedy razem z kręcącym się światem.

Kiedyś trzeba się wreszcie zatrzymać, a wówczas świat odzyskuje swój kształt. I wtedy zawrót głowy uderza niczym grom, wszystko się kołysze, porusza. Świat chybocze się wokół nas.

To właśnie nastąpiło, kiedy Elodin uciszył burzę w mojej głowie. Raptem poczułem, że wszystko wiruje, krzyknąłem, uniosłem ręce, żeby się czegoś przytrzymać, żeby się nie przewrócić... na bok, do przodu, do tyłu. Kiedy moje stopy zaplątały się pode mną i runąłem na podłogę, schwyciły mnie czyjeś ręce.

To było przerażające, ale w końcu minęło. Kiedy doszedłem do siebie, Elodina już nie było.

Rozdział 85

Ręce uniesione przeciwko mnie

Simmon i Wilem odprowadzili mnie do mojego pokoju pod „Ankerem", położyli do łóżka, w którym spędziłem osiemnaście godzin ukryty za wrotami snu. Kiedy następnego dnia się obudziłem, czułem się zaskakująco dobrze, zwłaszcza mając na uwadze, że spałem w ubraniu, a mój pęcherz osiągnął chyba rozmiary arbuza.

Los uśmiechnął się do mnie, ponieważ dał mi dość czasu, abym się posilił i wykąpał, zanim nasłał na mnie gońca Jamisona. Miałem się stawić w Komnacie Mistrzów. Za pół godziny stanę na rogach.

Ambrose i ja staliśmy przed stołem mistrzów. Ambrose oskarżył mnie o wykroczenie przeciwko obowiązującym regułom. W zamian ja oskarżyłem go o kradzież, zniszczenie mienia i Zachowanie Nieprzystające Członkowi Arkanów. Po poprzednim pobycie na rogach zapoznałem się z *Rerum Codex*, w którym sformułowane zostały oficjalne reguły obowiązujące na Uniwersytecie. Znałem je wszystkie jak własną kieszeń.

Co się akurat raczej nieszczęśliwie składało, ponieważ wiedziałem dokładnie, w jakie się wpakowałem kłopoty. Zarzut wykroczenia przeciwko regułom był zarzutem poważnym. Jeżeli uznają mnie winnym świadomego i celowego zamachu na Ambrose'a, zostanę wychłostany i relegowany z Uniwersytetu.

Co do tego, że Ambrose poniósł krzywdę w wyniku moich działań, nie było żadnych wątpliwości. Był posiniaczony, kulał. Czoło znaczył dojrzały strup w jaskrawoczerwonym kolorze.

Rękę trzymał na temblaku, ale w tym wypadku pewien byłem, że jest to element odgrywanego przezeń teatru.

Kłopot polegał na tym, że nie miałem zielonego pojęcia, co się właściwie wydarzyło. Nie znalazłem okazji, żeby z kimkolwiek porozmawiać. Lub choćby podziękować Elodinowi za wczorajszą pomoc w warsztacie Kilvina.

Mistrzowie pozwolili każdemu z nas wygłosić swoją mowę. Ambrose zachowywał się najlepiej jak umiał, co oznaczało, że był nadzwyczaj grzeczny i odzywał się rzadko. Wkrótce zacząłem podejrzewać, że jego ospałość wynika z przedawkowania środków przeciwbólowych. Sądząc po szklistych oczach – laudanum.

– Rozpatrzmy skargi w porządku zgodnym z ich wagą – oznajmił rektor, kiedy każdy z nas zrelacjonował swoją wersję wydarzeń.

Mistrz Hemme dał znak ręką. Rektor skinął mu, że może mówić.

– Przed głosowaniem powinniśmy skumulować zarzuty – oznajmił. – Skargi E'lira Kvothe są redundantne. Nie można oskarżyć studenta zarówno o kradzież, jak i zniszczenie tej samej własności: albo jedno, albo drugie.

– Dlaczego tak twierdzisz, mistrzu? – zapytałem grzecznie.

– Ponieważ to zakłada posiadanie jakiejś drugiej własności – odparł rozsądnie Hemme. – Jak można posiadać coś, co się zniszczyło? Jeden lub drugi zarzut powinien zostać wycofany.

Rektor spojrzał na mnie.

– E'lir Kvothe, chcesz wycofać jedną ze swoich skarg?

– Nie, panie.

– Wobec tego proszę o głosowanie nad oddaleniem zarzutu kradzieży – powiedział Hemme.

Rektor spojrzał na niego, milcząco karcąc za zabranie głosu bez pozwolenia, potem zwrócił się do mnie.

– Upór w obliczu argumentu trudno nazwać chwalebnym, E'lir, a mistrz Hemme sformułował przekonujące rozumowanie.

– Rozumowanie mistrza Hemme jest błędne – stwierdziłem rzeczowo. – Kradzież zakłada wejście w posiadanie cudzej własności. To absurd dowodzić, że nie można zniszczyć tego, co się ukradło.

Zobaczyłem, że kilku mistrzów kiwa głowami, ale Hemme trwał przy swoim.

– Mistrzu Lorren, jaka jest kara za kradzież?

– Student może otrzymać nie więcej jak dwa baty pojedynczym biczem przez plecy – wyrecytował Lorren. – I musi zwrócić stronie pokrzywdzonej rzeczoną własność albo równowartość rzeczonej własności plus karę w wysokości jednego srebrnego talenta.

– A kara za zniszczenie własności?

– Student musi zrekompensować lub zreperować zniszczoną własność.

– Widzicie? – mówił Hemme. – W ten sposób istnieje możliwość, że będzie musiał dwa razy zapłacić za tę samą lutnię. To jest sprzeczne z poczuciem sprawiedliwości. To jak karanie go dwa razy za tę samą rzecz.

– Nie, mistrzu Hemme – wtrąciłem. – To będą dwie oddzielne kary: za kradzież i zniszczenie własności. – Rektor obrzucił mnie tym samym spojrzeniem, które wcześniej ściągnął na siebie Hemme za odzywanie się bez prawa głosu, ale postanowiłem się nie przejmować. – Gdybym mu pożyczył lutnię, a on by ją zniszczył, to byłaby jedna rzecz. Gdyby ukradł mi ją i poza tym pozostawił w stanie nienaruszonym, to byłoby coś zupełnie innego. Nie jedno albo drugie: jedno i drugie.

Rektor postukał kłykciami zwiniętej dłoni w stół, żeby nas uciszyć.

– Jak rozumiem, nie masz zamiaru wycofać żadnego z zarzutów?

– Nie.

Hemme uniósł dłoń, otrzymał pozwolenie na zabranie głosu.

– Wobec tego proszę o głosowanie w sprawie oddalenia zarzutu kradzieży.

– Kto za? – zapytał zmęczonym głosem rektor.

Hemme uniósł rękę, dołączyli doń Brandeur, Mandrag i Lorren.

– Pięć i pół do czterech, skarga zostaje utrzymana – oznajmił rektor i szybko przeszedł do następnego punktu, żeby nikt znowu nie zakłócił przebiegu posiedzenia.

– Kto uważa, że Re'lar Ambrose winny jest zarzutu zniszczenia własności?

Wszyscy unieśli dłonie oprócz Hemme'a i Brandeura. Rektor spojrzał na mnie.

– Ile zapłaciłeś za lutnię?

– Dziewięć talentów i sześć. – Skłamałem, wiedząc jednak, że to sensowna cena.

Słysząc to, Ambrose nie wytrzymał.

– Daj spokój. W życiu nie miałeś w ręku dziesięciu talentów.

Zdenerwowany rektor zastukał kłykciami w stół. Ale tymczasem Brandeur uniósł rękę, prosząc o prawo zabrania głosu.

– Re'lar Ambrose podniósł ciekawą kwestię. Skąd student, który przybył do nas w stanie skrajnej nędzy, zdobył takie pieniądze?

Kilku mistrzów przyjrzało mi się badawczo. Spuściłem wzrok, jakby zawstydzony.

– Wygrałem w kąty, panowie.

Wśród mistrzów poniósł się pełen rozbawienia szmer. Elodin roześmiał się w głos. Rektor uderzył w stół.

– Re'larowi Ambrose wymierza się karę dziewięciu talentów i sześciu. Czy któryś z mistrzów jest przeciwko?

Hemme uniósł rękę, został przegłosowany

– Przejdźmy do oskarżenia o kradzież. Ilu batów domaga się strona skarżąca?

– Ani jednego – oznajmiłem. Uniosło się kilka brwi.

– Kto uważa, że Re'lar Ambrose winny jest kradzieży? – zarządził głosowanie rektor.

Hemme, Brandeur i Lorren nie podnieśli dłoni.

– Re'lar Ambrose zostaje zobowiązany do zapłacenia stronie skarżącej dziesięciu talentów i sześciu. Czy któryś z mistrzów jest przeciwko wnioskowi?

Tym razem Hemme nie podniósł ręki, tylko popatrzył ponuro.

Rektor wciągnął głęboki oddech i wypuścił go głośno.

– Mistrzu archiwisto, jaka jest kara za Zachowanie Nieprzystające Członkowi Arkanów?

– Student może ponieść karę pieniężną, zostać wychłostany,

zawieszony w prawach członka Arkanów albo wydalony z Uniwersytetu, w zależności od powagi oskarżenia – spokojnie odrzekł Lorren.

– Jakiej kary domaga się strona skarżąca?

– Zawieszenie w prawach członka Arkanów – powiedziałem, jakby to była najnormalniejsza rzecz na świecie.

Ambrose stracił panowanie nad sobą.

– Co? – powiedział z niedowierzaniem, odwracając się ku mnie.

Hemme wtrącił:

– Herma, to się już staje śmieszne.

Rektor spojrzał na mnie z niejaką przyganą w oczach.

– Obawiam się, że muszę się zgodzić z mistrzem Hemme, E'lir Kvothe. Nie wydaje mi się, aby istniały podstawy do żądania takiego wymiaru kary.

– Nie zgadzam się – powiedziałem, gromadząc wszystkie zdolności perswazji. – Pomyślcie o tym, co właśnie usłyszeliście. Motywowany wyłącznie osobistą niechęcią do mojej osoby Ambrose postanowił publicznie mnie wyszydzić, a potem ukraść i zniszczyć jedyną przeze mnie posiadaną rzecz, która ma jakąś wartość. Czy w ten sposób powinien się zachowywać członek Arkanów? Czy taką postawę chcecie upowszechniać wśród innych Re'larów? Czy wśród studentów, których kształcicie na hermetyków, chcecie upowszechniać małostkową złośliwość i nikczemność charakteru? Minęło dwieście lat, odkąd spalono ostatniego hermetyka. Jeżeli będziecie wręczać guldeny takim kłótliwym dzieciakom jak ten – wskazałem gestem Ambrose'a – ten długotrwały pokój i bezpieczeństwo w ciągu paru lat się skończą.

Przekonałem ich. Widziałem to po ich twarzach. Stojący obok mnie Ambrose nerwowo przestąpił z nogi na nogę, jego oczy biegały po twarzach mistrzów.

Po chwilowej ciszy rektor zarządził głosowanie.

– Niech podniosą ręce ci, którzy są za zawieszeniem Re'lara Ambrose?

Podniosła się dłoń Arwyla, potem Lorrena, Elodina, Elksy Dala... Zapanowało napięcie. Patrzyłem to na Kilvina, to na rektora w nadziei, że ich dłonie dołączą do pozostałych.

Chwila minęła.

– Skarga zostaje oddalona.

Ambrose wypuścił długo wstrzymywany oddech. Ja poczułem tylko lekkie rozczarowanie. Po prawdzie to byłem raczej zaskoczony, że udało mi się aż tyle załatwić.

– Teraz – zaczął rektor, jakby gotując się do poważnego wysiłku. – Skarga o wykroczenie przeciwko regułom wniesiona przeciwko E'lirowi Kvothe.

– Od czterech do piętnastu batów pojedynczym biczem i obligatoryjna relegacja z Uniwersytetu – wyrecytował Lorren.

– Ilu batów domaga się strona skarżąca?

Ambrose odwrócił się, żeby na mnie spojrzeć. Omalże widziałem trybiki obracające się w jego głowie, kiedy próbował oszacować, jak wysoką cenę może mi kazać zapłacić, aby wciąż mieć mistrzów po swojej stronie.

– Sześciu.

Poczułem w żołądku ołowiany ciężar strachu. Ale ani na jotę nie obchodziły mnie baty. Gotów byłem znieść i dwadzieścia, jeżeli dzięki temu uniknąłbym relegacji. Jeśli mnie wyrzucą, moje życie straci sens.

– Panie rektorze? – powiedziałem.

Obrzucił mnie zmęczonym, przyjaznym spojrzeniem. W jego oczach wyczytałem, że rozumie, ale nie ma innego wyjścia, jak pozwolić sprawom biec swym naturalnym torem. Łagodna litość w jego wzroku przeraziła mnie najbardziej. Wiedział, co zaraz nastąpi.

– Tak, E'lir Kvothe?

– Mogę coś powiedzieć?

– Już wygłosiłeś swoją mowę obrończą – uciął zdecydowanie.

– Ale ja nie mam pojęcia, co się właściwie stało! – wybuchłem. Dławiąca mnie panika rozerwała zewnętrzną maskę opanowania.

– Sześć batów i relegacja – ciągnął rektor oficjalnym tonem, ignorując mój wybuch. – Kto jest za?

Hemme uniósł rękę. Brandeur i Arwyl poszli za jego przykładem. Poczułem, jak upada we mnie wszelka nadzieja, gdy rektor uniósł dłoń, za nim Lorren, Kilvin i Elxa Dal. Ostatni był Elodin, który uśmiechnął się leniwie i przebierał palcami uniesionej ręki, jakby mi machał na pożegnanie. Wszystkie dziewięć rąk uniosło się przeciwko mnie. Zostanę wydalony z Uniwersytetu. Już po mnie.

Rozdział 86

Ogień sam w sobie

Sześć batów i relegacja – ponurym głosem oznajmił rektor. Relegacja, pomyślałem tępo, jakbym nigdy jeszcze nie słyszał tego słowa. Relegować, wydalić. Omal namacalnie czułem zadowolenie stojącego obok Ambrose'a. A mnie się zdało, że zaraz się obłożnie rozchoruję na ich oczach.

– Czy któryś z mistrzów jest przeciwko wykonaniu kary? – zapytał rytualnie rektor, a ja wbiłem wzrok w posadzkę.

– Ja.

Ten energiczny głos mógł należeć tylko do Elodina.

– Kto za wnioskiem o zawieszenie wykonania kary?

Uniosłem spojrzenie akurat na czas, żeby zobaczyć rękę Elodina. Elksy Dala, Kilvina, Lorrena, rektora. Wszystkie prócz dłoni Hemme'a. Wstrząśnięty, omalże nie wybuchłem gromkim śmiechem ulgi. Elodin znów uśmiechnął się do mnie w ten swój chłopięcy sposób.

– Relegacja anulowana – zdecydowanie oznajmił rektor, a ja znowuż nieomal poczułem, jak Ambrose'a opuszcza poczucie satysfakcji. – Jakieś dalsze kwestie? – W głosie rektora wyłowiłem osobliwą nutę. Czekał na coś.

Przemówił Elodin:

– Wnoszę o to, żeby Kvothe został awansowany do rangi Re'lara.

– Wszyscy za?

Równocześnie uniosły się wszystkie ręce prócz dłoni Hemme'a.

– Kvothe zostaje wyniesiony do rangi Re'lara z piątym dniem miesiąca Fallows, a jego opiekunem zostaje ustanowiony Elodin.

Koniec posiedzenia. – Rektor wstał zza stołu i natychmiast ruszył w stronę drzwi.

– Co? – krzyknął Ambrose, rozglądając się dookoła, jakby nie wiedział, komu zadać to pytanie. W końcu pokuśtykał za Hemme'em, który szybko szedł do wyjścia w ślad za rektorem i większością pozostałych mistrzów. Zauważyłem, że kuśtyka znacznie słabiej niż na początku procesu.

Ogłupiały stałem, nic nie rozumiejąc, a tymczasem Elodin podszedł do mnie i uścisnął moją bezwładną dłoń.

– Zdumiony? – zapytał. – Chodź, przejdziemy się i wszystko ci wyjaśnię.

Po ocienionym chłodzie Nyż jaskrawe światło popołudniowego słońca poraziło moje oczy. Elodin niezgrabnie ściągnął przez głowę szatę mistrza. Pod spodem miał prostą białą koszulę i parę raczej mało szacownie wyglądających spodni, przewiązanych w pasie kawałkiem poprzecieranego sznurka. Wierzchy jego stóp mogły się poszczycić tą samą zdrową opalenizną co ramiona i twarz.

– Wiesz, co oznacza słowo: *Re'lar*?

– Tłumaczy się to jako „mówca".

– Ale czy wiesz, co oznacza? – z naciskiem wymówił ostatnie słowo.

– Tak naprawdę, to nie – przyznałem.

Elodin nabrał tchu w płuca.

– Dawno, dawno temu był sobie pewien Uniwersytet. Został zbudowany na fundamentach starszego Uniwersytetu. Nie był szczególnie duży, dawał może schronienie jakimś pięćdziesięciu uczonym. Ale był to najlepszy Uniwersytet w promieniu wielu mil, ludzie więc przybywali nań zdobywać wiedzę, a potem go opuszczali. Na Uniwersytecie zgromadziło się małe grono uczonych, których wiedza dalece wykraczała poza matematykę, gramatykę i retorykę. Otworzyli odrębny kierunek badań. Nazwali go Arkanami i z początku rzecz była przedsięwzięciem nadzwyczaj skromnym i prowadzonym raczej bez rozgłosu. Stworzyli wewnętrzną hierarchię, a awansować w tej hierarchii można było wyłącznie dzięki swoim zdolnościom i w żaden inny sposób. Wstęp do tego grona uzyskiwali tylko ci, którzy dowiedli, że potrafią widzieć rzeczy takie, jakie są same w sobie. Zostali nazwani E'lir, co bierze się od „tego, kto ujrzał". A jak sądzisz, jak stali się Re'larami? – Spojrzał na mnie wyczekująco.

– Mówiąc.

Roześmiał się.

– Racja! – Przystanął, spojrzał mi w oczy. – Mówiąc co? – Jego spojrzenie było jasne i ostre.

– Słowa?

– Nazwy rzeczy – oznajmił z podnieceniem. – Czyli ich imiona, które są formą świata i drogą ku potędze dla człowieka zdolnego je wymówić. W tamtych pierwotnych czasach Arkana były małym gronem ludzi, którzy rozumieli rzeczy. Ludzi, którzy znali potężne imiona. Z początku nauczali niewielu, powoli, ostrożnie kierując ich ku potędze i mądrości. I magii. Prawdziwej magii. – Ogarnął spojrzeniem budynki i kłębiących się wśród nich studentów. – W owych czasach Arkana były mocną brandy. Teraz są winem zdrowo rozrzedzonym wodą.

Czekałem, póki się nie upewniłem, że skończył.

– Mistrzu Elodin, co się wczoraj wydarzyło? – Wstrzymałem oddech, wbrew sobie mając nadzieję na sensowną odpowiedź.

Spojrzał na mnie zagadkowo.

– Wezwałeś wicher po imieniu – oznajmił, jakby sprawa była oczywista.

– Ale co to oznacza? I co masz na myśli, mówiąc „po imieniu"? Czy to jest zwykłe imię, jak „Kvothe" albo „Elodin"? Czy coś bardziej w stylu Taborlina, który znał imiona wszystkich rzeczy?

– Po trosze jedno i drugie – powiedział mistrz, machając do ślicznej dziewczyny wychylającej się z okna pierwszego piętra.

– Ale jak imię może w ten sposób oddziaływać na świat? Kvothe i Elodin to są po prostu grupy dźwięków wydawanych przez nasze gardła, nie ma w nich żadnej mocy.

Słysząc to, Elodin uniósł brew.

– Doprawdy? Patrz. – Rozejrzał się po uliczce. – Nathan! – zawołał. Jakiś chłopak odwrócił się i spojrzał w naszą stronę. Rozpoznałem w nim od razu jednego z gońców Jamisona. – Nathan, chodź tutaj!

Tamten ruszył biegiem i po chwili był przy nas.

– Tak, panie?

Elodin wręczył mu swoją szatę mistrza.

– Nathan, byłbyś tak miły i zaniósł mi ją do pokoju?

– Oczywiście, panie. – Chłopak wziął szatę i już go nie było.

– Widziałeś? Imiona, za pomocą których zwracamy się do siebie, nie są Imionami. Ale mimo to też mają moc.

– To nie jest magia – protestowałem. – Musiał cię posłuchać. Jesteś mistrzem.

– A ty jesteś Re'larem – oznajmił niewzruszenie Elodin. – Wezwałeś wicher, a wicher cię posłuchał.

Chwilę zmagałem się z tą koncepcją.

– Twierdzisz, że wiatr jest żywy?

Wykonał zagadkowy gest dłonią.

– W jakiejś mierze. Większość rzeczy jest jakoś tam żywa.

Postanowiłem podejść do kwestii z innej strony.

– Jak mogłem wezwać wicher, jeśli nie wiem jak?

Elodin głośno klasnął w dłonie.

– To jest naprawdę znakomite pytanie! Odpowiedź odwołuje się do tego, że każdy z nas ma dwa umysły: umysł świadomy i umysł śpiący. Nasz świadomy umysł to ten, który myśli, mówi i rozumuje. Ale śpiący umysł jest potężniejszy. Potrafi głębiej wejrzeć w istotę rzeczy, w jej serce. To jest ta część nas, która śni. Wszystko pamięta. Daje ci intuicję. Umysł świadomy nie rozumie natury rzeczy. Śpiący umysł tak. Z góry wie o rozmaitych rzeczach, o których nie wie umysł świadomy. – Spojrzał na mnie. – Pamiętasz, jak się czułeś, kiedy wezwałeś imię wiatru?

Pokiwałem głową, nie chcąc rozgrzebywać przykrych wspomnień.

– Kiedy Ambrose zniszczył twoją lutnię, przebudził twój śpiący umysł. A ten, niczym śpiący snem zimowym niedźwiedź, którego szturchnięto płonącą żagwią, wstał na tylne łapy i wyryczał imię wiatru. – Zamaszyście gestykulował ramionami, ściągając na nas zdziwione spojrzenia ze strony mijanych studentów. – Po wszystkim twój świadomy umysł nie wiedział, co począć. Został sam na sam z rozwścieczonym niedźwiedziem.

– A co ty zrobiłeś? Nie pamiętam tego, co wówczas mi szeptałeś do ucha.

– To było imię. To było imię, które uspokoiło rozwścieczonego niedźwiedzia, skłoniło, aby znów zasnął. Ale teraz już nie śpi tak głęboko i smacznie jak przedtem. Będziemy musieli go obudzić, tym razem powoli, i zapanować nad nim.

– Dlatego właśnie zgłosiłeś wniosek o zawieszenie mojej relegacji?

Machnął lekceważąco ręką.

– Tak naprawdę wcale nie groziło ci wydalenie. Nie jesteś pierwszym studentem, który w gniewie wezwał imię wichru, choć nie zdarzyło się to już od lat. Za pierwszym razem śpiący umysł zazwyczaj budzą jakieś silne uczucia. – Uśmiechnął się. – Imię wiatru przyszło do mnie, kiedy kłóciłem się z Elksą Dalem. Gdy wykrzyczałem je, jego piecyki eksplodowały chmurą płonącego popiołu i żarzących się węgli – zachichotał.

– Co zrobił, że się tak rozgniewałeś?

– Nie chciał mnie nauczyć pewnego zaawansowanego wiązania. Miałem dopiero czternaście lat i byłem E'lirem. Powiedział mi, że muszę zaczekać, aż zostanę Re'larem.

– Są zaawansowane typy wiązań?

Wyszczerzył się do mnie.

– Tajemnice, Re'lar Kvothe. Na tym właśnie polega bycie hermetykiem. Ale skoro już zostałeś Re'larem, jesteś upoważniony do zapoznania się z rzeczami, które wcześniej nie były dla ciebie dostępne. Zaawansowane wiązania sympatetyczne, natura imion i nazw. Trochę parania się wątpliwymi runami, jeśli Kilvin uzna, że jesteś gotów.

Nadzieja wezbrała w mojej piersi.

– Czy to oznacza, że otrzymam teraz dostęp do Archiwów?

– Ach – rzekł Elodin. – Nie. W żadnym razie. Rozumiesz, Archiwa są domeną Lorrena, jego królestwem. Tych tajemnic nie mam prawa zdradzać.

Na wspomnienie o tajemnicach mój umysł natychmiast podsunął mi tę, która męczyła mnie już od miesięcy. Tajemnicę spoczywającą w sercu Archiwów.

– A co z tymi kamiennymi drzwiami w Archiwach? – zapytałem. – Czteropanelowymi drzwiami. Skoro już jestem Re'larem, może mi powiesz, co się za nimi skrywa?

Elodin roześmiał się.

– Och, nie. Nie, nie. Ciebie nie interesują jakieś drobne sekrety, co? – Poklepał mnie po plecach, jakbym powiedział właśnie wyjątkowo świetny żart. – *Valaritas*. Boże. Wciąż pamiętam, jak to jest, stać pod tymi drzwiami i zastanawiać się. – Roześmiał się znowu. – Litościwy Tehlu, mnie to omalże nie wpędziło do grobu. – Pokręcił głową. – Nie. Nie wejdziesz za czteropanelowe drzwi. Ale – rzucił mi konspiracyjne spojrzenie. – Skoro jesteś Re'larem... – Obejrzał się dookoła, jakby w obawie, że ktoś nas może podsłuchać. Nadstawiłem ucha. – Skoro jesteś Re'larem, przyznam, że tajemnica rzeczywiście istnieje. – Uroczyście mrugnął do mnie.

Mimo rozczarowania nie potrafiłem powstrzymać uśmiechu cisnącego się na usta. W milczeniu minęliśmy Maius, potem „U Ankera".

– Mistrzu Elodin?

– Tak? – Nie odrywał wzroku od wiewiórki, która przemknęła drogą i wspięła się na drzewo.

– Wciąż nie wszystko rozumiem w odniesieniu do imion.

– Nauczę cię, jak zrozumieć – obiecał mi lekkim tonem. – Natury imion nie da się opisać, a tylko doświadczeni rozumieją.

– Dlaczego nie da się tego opisać? – spytałem. – Jeżeli coś rozumiesz, możesz to opisać.

– Możesz opisać wszystkie rzeczy, które rozumiesz? – zdziwił się, spojrzał na mnie z ukosa.

– Oczywiście.

Elodin wskazał palcem na ulicę.

– Jaki kolor ma koszula tego chłopca?

– Niebieski.

– Co rozumiesz przez niebieski? Opisz to.

Przez chwilę zmagałem się w daremnej próbie.

– A więc niebieski to nazwa, imię?

– To słowo. Słowa są bladymi cieniami zapomnianych imion. Jako że imiona mają moc, słowa też ją mają. Słowa mogą rozpalić ogień w ludzkich umysłach. Mogą sprawić, że najtwardsze serca zapłaczą. Jest siedem słów, które sprawią, że ktoś cię pokocha. Istnieje dziesięć słów, które złamią wolę najsilniejszego mężczyzny. Ale słowo to nic innego jak wizerunek ognia. Imię jest ogniem samym w sobie.

W tym momencie zakręciło mi się w głowie.

– Wciąż nie rozumiem.

Położył dłoń na moim ramieniu.

– Używanie słów do rozmowy o słowach to jak próba posłużenia się ołówkiem, żeby namalował obraz samego siebie, na samym sobie. Niemożliwe. Zwodnicze, frustrujące. – Uniósł rękę wysoko ponad głowę, jakby chciał dotknąć nieba. – Ale są drogi wiodące do zrozumienia! – krzyknął, śmiejąc się jak dziecko. Wyrzucił w górę obie ręce ku bezchmurnemu garbowi nieba nad głowami, wciąż się śmiejąc. – Patrz! – krzyczał, odchylając głowę do tyłu. – Niebieskie! Niebieskie! Niebieskie!

Rozdział 87

Bezczelność

On zupełnie, ze szczętem oszalał! – powiedziałem wieczorem tego samego dnia do Simmona i Wilema. Siedzieliśmy „U Ankera".

– Jest mistrzem – taktownie upomniał mnie Sim. – I twoim opiekunem. A z tego, co nam właśnie opowiedziałeś, wynika, że tylko dzięki niemu cię nie relegowano.

– Nie twierdzę, że nie jest inteligentny, poza tym widziałem, jak robił rzeczy, których za nic nie potrafiłbym wyjaśnić. Ale jest zupełnie obłąkany. Na okrągło rozprawia tylko o imionach, słowach i mocy. Brzmi nieźle, póki on to mówi. Ale tak naprawdę sensu w tym nie ma za grosz.

– Przestań się skarżyć – zwrócił mi uwagę Simmon. – Nawet jeśli masz ześwirowanego opiekuna, i tak szybciej niż my zostałeś Re'larem. I zapłacono ci dwadzieścia srebrnych talentów za to, że złamałeś rękę Ambrose'owi. Wykręciłeś się sianem. Chciałbym mieć chociaż w połowie tyle szczęścia co ty.

– Nie całkiem wykręciłem się sianem – zauważyłem. – Mimo wszystko jeszcze mnie wychłostają.

– Co? – zdumiał się Sim. – Myślałem, że powiedziałeś, że ci zawiesili wykonanie kary?

– Zawiesili mi relegację z Uniwersytetu – wyjaśniłem. – Chłosty nie.

Simmon zamarł z rozdziawionymi ustami.

– Mój Boże, czemu nie?

– Wykroczenie przeciwko regułom – cicho stwierdził Wil. – Nie mogą pozwolić, żeby student wykręcił się sianem po tym, jak uznali go winnym wykroczenia.

– To właśnie Elodin powiedział. – Napiłem się. Potem znowu.

– Nie obchodzą mnie ich argumenty – zapalczywie rzekł Simmon. – To barbarzyństwo. – Ostatnie słowo podkreślił uderzeniem pięścią w stół; szklanka przewróciła się, a ciemna plama scuttena rozlała się po stole. – Cholera. – Chwiejnie podniósł się i nerwowo manipulując rękoma, próbował nie dopuścić, żeby ściekła na podłogę.

Śmiałem się niepowstrzymanie, póki łzy nie zaczęły mi ciurkiem płynąć z oczu i nie rozbolał brzuch. Kiedy w końcu doszedłem do siebie, poczułem, jakby mi zdjęto z ramion wielki ciężar.

– Kocham cię, Sim – oznajmiłem szczerze. – Czasami wydajesz mi się jedynym uczciwym człowiekiem ze wszystkich, jakich znam.

Zmierzył mnie spojrzeniem.

– Upiłeś się.

– Nie, taka jest prawda. Jesteś dobrym człowiekiem. Lepszym, niż ja kiedykolwiek będę. – Znów spojrzał na mnie w taki sposób, jakby nie wiedział, czy się z niego nie wyśmiewam. Podeszła służebna dziewka z mokrą szmatą, wytarła stół, a potem skwitowała nasze zachowanie kilkoma jadowitymi komentarzami. Sim miał tyle przyzwoitości, że wstydził się za wszystkich.

Kiedy wróciłem na Uniwersytet, zapadła już noc. Na krótko wstąpiłem do swego pokoju „U Ankera", żeby zabrać parę rzeczy, a potem ruszyłem na przechadzkę po dachach Maius.

Z zaskoczeniem stwierdziłem, że Auri czeka na mnie na dachu, mimo iż niebo było bezchmurne. Siedziała na niskim ceglanym kominie, beztrosko machając bosymi stopami. Jej włosy muślinową chmurką układały się wokół sylwetki.

Kiedy podszedłem bliżej, zeskoczyła i dała niezgrabny krok w bok, który mógł być ukłonem.

– Dobry wieczór, Kvothe.

– Dobry wieczór, Auri – odparłem. – Jak się miewasz?

– Miewam się cudownie – oznajmiła zdecydowanie – a i noc

jest cudowna. – W trakcie wymiany uprzejmości obie ręce trzymała za plecami i przestępowała z nogi na nogę.

– Co mi dzisiaj przyniosłaś? – zapytałem.

Obdarzyła mnie promiennym uśmiechem.

– A co ty mi dzisiaj przyniosłeś?

Wyciągnąłem spod płaszcza niedużą butelkę.

– Przyniosłem ci trochę wina na miodzie.

Ujęła butelkę obiema dłońmi.

– Cóż, to dopiero drogocenny dar. – Z ciekawością obejrzała butelkę. – Pomyśl o tych wszystkich pijanych pszczołach. – Wyciągnęła korek i powąchała go. – Co jest w środku?

– Słońce – odparłem. – I uśmiech, i pytanie.

Zbliżyła wylot butelki do ucha i uśmiechnęła się do mnie.

– Pytanie jest na dnie – wyjaśniłem.

– Bardzo ciężkie pytanie – skomentowała, a potem wyciągnęła rękę w moją stronę. – Przyniosłam ci pierścień.

Był zrobiony z wygładzonego, ciepłego teraz drewna.

– Co on robi? – zapytałem.

– Chroni tajemnice.

Też zbliżyłem go do ucha.

Auri z powagą pokręciła głową, jej włosy mgiełką rozsypały się wokół głowy.

– Nie wyjawia tajemnic, ale je chroni. – Podeszła bliżej i wyjęła mi z ręki pierścień, a potem wsunęła na mój palec. – Posiadanie tajemnicy powinno wystarczyć – skarciła mnie taktownie. – Wszystko inne byłoby chciwością.

– Pasuje – powiedziałem, cokolwiek zaskoczony.

– To są twoje tajemnice – poinformowała mnie takim tonem, jakby coś tłumaczyła dziecku. – Na czyjże inny palec miałby pasować?

Auri odrzuciła włosy do tyłu, a potem znowu wykonała to dziwne pół kroku w bok. Prawie jak ukłon, jak drobny krok w tańcu.

– Zastanawiałam się, czy może zechciałbyś dziś zjeść ze mną kolację, Kvothe – rzekła, a jej twarz była poważna. – Przyniosłam jabłka i jajka. Mogę ci też zaproponować znakomite wino na miodzie.

– Z przyjemnością zjem z tobą kolację, Auri – odrzekłem ceremonialnie. – Przyniosłem chleb i ser.

Auri zbiegła lekko na dziedziniec i po kilku minutach wróciła z delikatną porcelanową filiżanką dla mnie. Nalała miodowego wina dla nas obojga, swoje wypiła serią drobnych łyczków ze srebrnej miseczki żebraczej, nie większej od naparstka.

Na czas posiłku przysiadłem na jednym z dachów. Miałem wielki bochenek ciemnego jęczmiennego chleba i kawałek twardego białego sera z Dalonir. Auri miała dojrzałe jabłka i pół tuzina nakrapianych brązowymi plamkami jajek, które jakimś sposobem ugotowała na twardo. Zjedliśmy je z solą, którą wyszperałem z kieszeni mojego płaszcza.

Posiłek zasadniczo zjedliśmy w milczeniu, zwyczajnie ciesząc się wzajemnym towarzystwem. Auri siedziała ze skrzyżowanymi nogami, prostymi plecami, a jej włosy spływały z ramion. Jak zawsze elegancka subtelność, z jaką jadła, zmieniła ten zaimprowizowany piknik na dachu w proszony obiad w komnatach jakiegoś szlachcica.

– Od jakiegoś czasu wiatr zwiewa liście w Podspodzie – zaczęła Auri pod koniec jedzenia. – Przez kratki i tunele. Wszystkie osiadają w Padole, a więc ostatnio strasznie tam szeleści.

– Doprawdy?

Pokiwała głową.

– I matka sowa się wprowadziła. Uwiła sobie gniazdo na samym środku Szarego Tuzina, bezczelna jak mało kto.

– A więc to rzadkość?

Przytaknęła.

– Oczywiście, sowy są mądre, cierpliwe i ostrożne. Mądrość wyklucza bezczelność. – Napiła się z miseczki, elegancko trzymając uchwyt między kciukiem i palcem wskazującym. – Dlatego właśnie z sów są kiepskie heroiny.

Mądrość wyklucza bezczelność. Po moich ostatnich przygodach w Trebon nie mogłem się z tym nie zgodzić.

– Ale ta sowa ma naturę awanturniczą? Poszukiwaczka przygód?

– O, tak – zgodziła się Auri, jej oczy zrobiły się wielkie. – Niczego się nie boi. Ma oblicze jak niegodziwy księżyc.

Nalała sobie znowu maleńką miseczkę miodowego wina, resztkę przelała do filiżanki. Po przechyleniu butelki do góry dnem złożyła usta w ciup i dmuchnęła dwa razy w szyjkę, tak że ta wydała huczący odgłos.

– Gdzie moje pytanie? – chciała się dowiedzieć.

Zawahałem się niepewny, jak zareaguje na moją prośbę.

– Zastanawiałem się, Auri. Czy nie miałabyś nic przeciwko, żeby mi pokazać Podspodzie?

Auri uciekła wzrokiem, nagle zawstydzona.

– Kvothe, myślałam, że jesteś dżentelmenem – powiedziała, obciągając znaczącym gestem swoją obszarpaną koszulkę. – Wyobraźcie sobie, prosić dziewczynę o pokazanie jej podspodzia. – Spuściła wzrok, włosy opadły jej na twarz.

Na chwilę wstrzymałem oddech i następne słowa dobrałem ostrożnie, żeby jej przypadkiem nie przepłoszyć z powrotem pod ziemię. Kiedy tak sobie myślałem, zorientowałem się, że Auri zerka na mnie zza zasłony włosów.

– Auri – zapytałem powoli – żartujesz sobie ze mnie?

Popatrzyła mi w oczy i uśmiechnęła się.

– Tak, jasne – oznajmiła dumnie. – Czy to nie cudowne?

Przez ciężką metalową kratkę na opuszczonym dziedzińcu Auri zaprowadziła mnie w Podspodzie. Wziąłem moją przenośną lampę, żeby oświetlać sobie drogę. Auri miała własne źródło światła, coś, co trzymała w zwiniętych dłoniach, a co dawało słabą, niebieskozieloną poświatę. Byłem ciekawy, co to jest, lecz nie chciałem wydobywać z niej zbyt wielu tajemnic naraz.

Z początku Podspodzie wyglądało dokładnie tak, jak oczekiwałem. Tunele i rury. Rury ściekowe, rury kanalizacyjne, instalacja parowa i gazowa. Wielkie czarne rury z żeliwa, którymi mógłby się przecisnąć dorosły człowiek, mniejsze, mosiężne, błyszczące rurki, nie grubsze niż kciuk. Poza tym bezkresny labirynt kamiennych tuneli, rozwidlających się i schodzących pod dziwnymi kątami. Jeżeli miejsce to zostało zbudowane wedle jakiegokolwiek projektu, nawet nie potrafiłem sobie wyobrazić jego założeń.

Auri poprowadziła mnie krętą trasą, dumna jak matka, podekscytowana jak mała dziewczynka. Jej entuzjazm okazał się zaraźliwy i wkrótce sam też uległem podnieceniu przygodą, zapominając na chwilę o pierwotnych powodach, dla których chciałem zbadać tunele. Nie ma nic równie rozkosznie tajemniczego jak sekret ukryty na własnym podwórku.

Zeszliśmy po trzech spiralnych klatkach schodowych z kutego czarnego żelaza i dotarliśmy do Szarego Tuzina. Poczułem się, jakbym stanął na dnie wąwozu. Zadzierając głowę, widziałem słaby cień księżycowej poświaty, sączącej się przez kratki odpływowe na górze. Matki sowy nie było, ale Auri pokazała mi gniazdo.

Im głębiej wszak schodziliśmy, tym dziwniejsze stawało się otoczenie. Okrągłe tunele, którymi biegły ścieki i rury, ustąpiły korytarzom o kwadratowym przekroju i klatkom schodowym zasłanym gruzem. Zbutwiałe drewniane drzwi wisiały na zardzewiałych zawiasach, gdzieniegdzie ziały wejścia do wpółzawalonych komnat pełnych próchniejących stołów i krzeseł. W jednym pokoju dostrzegłem podwójne okno w ceglanej framudze, mimo iż wedle mego rozeznania znajdowaliśmy się co najmniej pięćdziesiąt stóp pod ziemią.

Zagłębiliśmy się jeszcze bardziej, aż dotarliśmy do Samodna, pomieszczenia przypominającego katedrę, tak wielkiego, że ani niebieskie światło Auri, ani moje czerwone nie sięgało stropu. Wszędzie wokół nas stały wielkie, stare machiny. Niektóre rozsypane na kawałki – połamane sprzęgła dłuższe niż wzrost człowieka, skruszałe skórzane pasy transmisyjne. Wielkie drewniane belki, które pod dotykiem eksplodowały chmurami białego grzyba, ale też ogromne niczym szeregi żywopłotów.

Inne maszyny były z pozoru nietknięte, choć i na nich czas odcisnął swe piętno. Podszedłem do żelaznego bloku wielkiego jak wóz drabiniasty i w ręku został mi płat rdzy rozmiarów talerza. Pod nim nie było nic prócz... rdzy. Obok bloku znajdowały się trzy wielkie kolumny, pokryte tak grubą warstwą zielonej patyny, że przypominała mech. Przeznaczenia wielu z potężnych machin nawet nie sposób było zgadywać, ponieważ wyglądały nie tyle na zardzewiałe, ile na stopione. Ale dostrzegłem coś, co mogło być kołem wodnym, wysokim na trzy piętra. Leżało w suchym kanale, który biegł przez środek pomieszczenia.

Miałem zaledwie nikłe wyobrażenia na temat tego, jakie mogło być przeznaczenie tych maszyn. Nie miałem pojęcia, dlaczego stały tutaj od niezliczonych wieków, głęboko pod ziemią. Nie wydawały się...

Rozdział 88

Interludium – szukam...

Mężczyzn siedzących w karczmie „Ostaniec" zaskoczył głośny łomot buciorów na podeście schodów. Kote w pół zdania poderwał się i już biegł do baru, zanim drzwi frontowe się otworzyły, wpuszczając do środka pierwszych zwiastunów tłumu, który miał tu dziś zawitać, albowiem była noc Felling.

– Głodni ludzie czekają, Kote! – zawołał Cob zaraz od drzwi.

Shep, Jake i Graham następowali mu na pięty.

– Sprawdzę, co mam w kuchni – uspokoił ich karczmarz. – Mogę zaraz iść i coś przygotować, chyba że najpierw wolelibyście się napić.

Odpowiedział mu chór radosnej aprobaty, a mężczyźni zajęli miejsca za barem. Od razu można było poznać, że nie pierwszy raz zdarza się ta wymiana zdań i że zrytualizowane kwestie wypowiadane są ze swobodą, z jaką wchodzi się w wygodne buty.

Kronikarz przyglądał się rudowłosemu mężczyźnie za barem. Nie zostało w nim nic z Kvothe'a. Zwykły karczmarz – przyjazny, usłużny i tak skromny, że omal niewidzialny.

Jake wypił solidny łyk z kufla, nim dostrzegł Kronikarza siedzącego w odległym kącie pomieszczenia.

– No popatrz, popatrz, Kote! Nowy klient. Do diabła, mamy szczęście, że starczyło dla nas miejsc.

Shep zachichotał. Cob odwrócił się na stołku i bezwstydnie wbił spojrzenie w tę część sali, gdzie Kronikarz z Bastem siedzieli za stołem i gdzie pióro Kronikarza wciąż wisiało nad kartką papieru.

– To jakiś skryba czy co?

– Tak – szybko potwierdził Kote. – Przybył do miasta wczoraj wieczorem.

Cob przyglądał się spod zmrużonych powiek.

– Co on pisze?

Kote ściszył nieco głos, tym samym odciągając uwagę nowych gości od tamtej dwójki.

– Pamiętacie, jak Bast pojechał do Baedn? – Żywo pokiwali głowami. – Cóż, okazuje się, że przestraszył się zarazy i od tego czasu marudzi ciągle o swoich latach. Uznał, że skoro nadarza się okazja, najlepiej będzie spisać testament.

– Ponieważ czasy są, jakie są, trudno odmówić mu rozsądku – ponuro skwitował Shep. Wypił ostatni łyk piwa i z trzaskiem odstawił kufel na kontuar. – Proszę jeszcze raz to samo.

– Wszelki pieniądz, jaki zaoszczędziłem, w czas mojej śmierci przechodzi na Mądrą Wdowę – oznajmił głośno Bast, tak że było go słychać w całej sali. – Aby mogła wychować i uposażyć swe trzy córy, jako że wkrótce znajdą się w wieku zamążpójdźnym. – Z konsternacją spojrzał na Kronikarza. – Czy jest takie słowo: „zamążpójdźny"?

– Podrosła nam ostatnio mała Katie, co nie? – rzekł nostalgicznie Graham, a pozostali pokiwali głowami.

– Pracodawcy memu zostawiam swoją najlepszą parę butów – mówił wspaniałomyślnie Bast. – I wszelkie moje spodnie, które będą nań pasować.

– Chłopak ma znakomite buty – stwierdził Cob, zwracając się do Kote'a. – Zawsze tak uważałem.

– A rozdziałem reszty mego ziemskiego dobytku niech zajmie się pater Leoden, który obdzieli nim na równi swych parafian, jako że dla mej nieczystej duszy nie będzie zeń żadnego pożytku.

– Chciałeś powiedzieć „wieczystej", nieprawdaż? – niepewnie zapytał Kronikarz.

Bast wzruszył ramionami.

– Nic więcej na razie nie potrafię wymyślić.

Kronikarz pokiwał głową i szybko zgarnął do swej skórzanej torby papier, pióra i kałamarz z atramentem.

– Pójdźcie tu więc! – zawołał do niego Cob. – Nie siedźcie sami.

Kronikarz na moment znieruchomiał, ale w końcu ruszył w stronę baru.

– Jak masz na imię, chłopcze? – indagował Cob.

– Devan – odparł Kronikarz. Twarz mu drgnęła, odkaszlnął. – Proszę o wybaczenie, Carverson. Devan Carverson.

Cob przedstawił wszystkich po kolei, potem zwrócił się z powrotem do nowego gościa:

– Skąd przybywasz, Devan?

– Z dala, zza Brodu Abbotta.

– Przywozisz jakieś wieści z dalekich stron?

Widząc groźne spojrzenie, jakim zmierzył go Kote zza baru, Kronikarz nerwowo poruszył się na stołku.

– Cóż, sytuacja na drogach jest raczej kiepska...

To natychmiast wywołało lawinę podobnych narzekań i Kronikarz się uspokoił. Tamci wciąż jeszcze sarkali, gdy drzwi otworzyły się i do karczmy wszedł czeladnik kowalski, po swojemu chłopięcy, umięśniony, spowity zapachem dymu z paleniska. Na ramieniu niósł żelazny pręt. Na moment przystanął, żeby przytrzymać drzwi wchodzącemu za nim Carterowi.

– Głupio wyglądasz, chłopcze – ofuknął go Carter, powoli wchodząc do wnętrza. Poruszał się z tą charakterystyczną sztywnością człowieka, który niedawno odniósł poważne obrażenia. – Ponoś to jeszcze trochę, a ludzie zaczną o tobie gadać jak o Szalonym Martinie. Będą mówić o tobie: „ten szalony chłopiec z Rannish". Chcesz tego wysłuchiwać przez następne pięćdziesiąt lat?

Czeladnik kowalski niepewnie poprawił uchwyt na żelaznym pręcie.

– Niech sobie gadają – mruknął z nutą uporu w głosie. – Od czasu, jak musiałem tam pójść i zająć się zwłokami Nelly, mam sny o tych pająkach. – Pokręcił głową. – Do diabła, można by pomyśleć, że to ty będziesz w każdej dłoni nosił żelazo. Tamten stwór mógł cię zabić.

Carter zignorował jego słowa. Kulejąc, ruszył w kierunku baru. Na jego twarzy widniał grymas napięcia.

– Miło widzieć, że już wstałeś i chodzisz, Carter! – zawołał Shep, unosząc w jego stronę kufel. – Myślałem, że jeszcze przez dzień, dwa poleżysz w łóżku.

– Trzeba czegoś więcej niż kilka szwów, żeby mnie uziemić – odparł Carter.

Bast demonstracyjnie podsunął swój stołek rannemu, potem szybko usiadł jak najdalej od czeladnika. Wszyscy po kolei witali się z Carterem.

Karczmarz natomiast zniknął w tylnym wyjściu i po chwili wrócił z kuchni z tacą, na której parowały miski gulaszu i świeżo upieczony chleb.

A tymczasem przy barze wszyscy słuchali opowieści Kronikarza:

– ...o ile dobrze pamiętam, kiedy to się wydarzyło, Kvothe właśnie przebywał w Severen. Szedł do domu...

– To nie było Severen – sprostował Stary Cob. – To było na tym Uniwersytecie.

– Może i tak – zgodził się Kronikarz. – Niemniej wędrował późną porą do domu i w zaułku napadli na niego jacyś bandyci.

– To było w świetle dnia – upierał się Cob. – W samym środku miasta. Wokół było mnóstwo ludzi, to się działo na oczach wszystkich.

Tym razem Kronikarz zdecydowanie pokręcił głową.

– Pamiętam ten zaułek. Tak czy siak, bandyci zaskoczyli Kvothe'a. Chcieli ukraść mu konia. – Urwał i czubkami palców potarł czoło. – Czekajcie, nie tak. W zaułku nie miałby przecież konia. Więc może to jednak było na drodze do Severen.

– Mówię ci, że to nie było w Severen! – obstawał przy swoim Cob i mocno poirytowany uderzył dłonią w kontuar. – Tehlu i tak dalej, przestań już. Wszystko pomieszałeś.

Kronikarz zarumienił się ze wstydu.

– Raz tylko słyszałem tę opowieść, całe lata temu.

Kote obrzucił Kronikarza mrocznym spojrzeniem, a potem z trzaskiem postawił tacę na barze i wszyscy na razie zapomnieli o całej historii. Niemniej Stary Cob jadł tak szybko, że omal się nie udławił, i w końcu musiał popić stojący w gardle kęs solidnym łykiem piwa.

– Ponieważ widzę, że powoli radzisz sobie z kolacją – rzekł niezbyt dyplomatycznie do Kronikarza, wycierając usta rękawem – zapewne nie będziesz miał nic przeciwko temu, jeżeli za ciebie podejmę opowieść?

– Jeżeli jesteś pewny, że znasz prawdę... – z wahaniem odparł Kronikarz.

– Oczywiście. Ja wiem wszystko – zapewnił go Cob, odwracając się na stołku ku swym przyszłym słuchaczom. – Dobra. Dawno temu, kiedy Kvothe był jeszcze szczeniakiem, poszedł na Uniwersytet. Ale, rozumiecie, nie mieszkał na samym Uniwersytecie, ponieważ był tylko zwykłym, prostym człowiekiem. Nie stać go było na to wytworne życie, jakie tam prowadzą.

– Jak to możliwe? – wtrącił czeladnik. – Wcześniej powiedziałeś, że Kvothe był tak bystry, że zapłacili mu za to, aby u nich został, choć miał zaledwie dziesięć lat. Dali mu sakiewkę pełną złota i diament wielki jak jego kciuk, i całkiem nowego konia z rzędem, i nowe buty, i worek pełen owsa, i wszystko inne.

Cob polubownie skłonił głowę.

– Prawda, taka jest prawda. Ale od czasu, jak Kvothe dostał to wszystko, minął już rok czy dwa. Poza tym musicie pamiętać, że prawie całe to złoto rozdał jakimś biednym ludziom, których domy się spaliły.

– Spaliły się podczas wesela – wtrącił Graham.

Cob pokiwał głową.

– A Kvothe musiał przecież coś jeść i wynająć sobie pokój, i kupić więcej owsa dla swojego konia. Więc w tym czasie, o którym mówię, większość złota już się rozeszła. Więc Kvothe...

– A co z diamentem? – dopytywał się chłopiec.

Stary Cob lekko zmarszczył brwi.

– Ponieważ Kvothe'a nie było stać na drogie życie na Uniwersytecie, zamieszkał w pobliskim mieście, w miejscu zwanym Amary. – Rzucił Kronikarzowi znaczące spojrzenie. – Kvothe miał tam pokój w karczmie, w którym mógł mieszkać za darmo, ponieważ zrobił wrażenie na wdowie będącej właścicielką tej karczmy i pomagał jej w obowiązkach utrzymania przybytku.

– Grał tam też dla gości – dodał Jake. – Nikt tak jak on nie potrafił grać na lutni.

– Zajmij się swoją kolacją i pozwól mi skończyć moją historię, Jacob – warknął Stary Cob. – Wszyscy wiedzą, że Kvothe był mistrzem lutni. Dlatego też zrobił takie właśnie wrażenie na wdowie, a granie muzyki wieczorami należało do jego obowiązków. – Napił się i podjął wątek: – Tak więc pewnego dnia Kvothe był na mieście, załatwiając jakieś sprawy dla wdowy, kiedy jeden gość wyciągnął nóż i zagroził, że jeśli Kvothe nie odda mu pieniędzy wdowy, wypatroszy go na miejscu. – Cob wyimaginowanym nożem ciachnął w kierunku chłopca i obrzucił go złowrogim spojrzeniem. – A musicie pamiętać, że Kvothe był naonczas tylko szkrabem. Nie miał miecza, a nawet gdyby go miał, to jeszcze nie zdążył się nauczyć uczciwej szermierki od Adem.

– A więc co Kvothe zrobił? – zapytał czeladnik kowalski.

– Cóż. – Cob oparł się o bar. – Był jasny dzień, a oni znajdowali się na samym środku rynku Amary. Kvothe już miał zawołać konstabla, ale ponieważ zawsze miał oczy i uszy otwarte na oścież, to zobaczył, że zęby napastnika były białe, bardzo białe...

Oczy chłopaka zrobiły się okrągłe jak spodki.

– To był miłośnik słodyczy?

Cob pokiwał głową.

– A co gorsza, tamten zaczął się pocić jak zgoniony koń, oczy zaczęły mu biegać, ręce... – Cob otworzył szeroko oczy, wyciągnął przed siebie ręce i zatrząsł nimi. – Więc Kvothe natychmiast zrozumiał, że tamtego ten głód męczy strasznie i że zabiłby własną matkę dla złamanego grosza. – Cob napił się znowu, dzięki czemu napięcie wśród słuchaczy odrobinę wzrosło.

– I co zrobił? – wyrwało się siedzącemu przy drugim końcu baru Bastowi, który nerwowo wykręcał palce.

Karczmarz spiorunował swego ucznia spojrzeniem.

– Cóż, z początku się zawahał, a tymczasem tamten już szedł na niego z nożem i Kvothe wiedział, że drugi raz nie poprosi – ciągnął Cob. – Więc Kvothe użył czarnej magii, którą znalazł zamkniętą w tajemnej książce na Uniwersytecie. Wymówił straszne, sekretne słowa i wezwał demona...

– Demona? – omal nie zakrztusił się czeladnik. – Takiego jak ten...

Cob powoli pokręcił głową.

– Och, nie, ten w niczym nie przypominał pająka. Był czymś znacznie gorszym. Ten demon zrobiony był z cienia i skoczył na bandytę, i ugryzł w pierś, tuż nad sercem, i wypił z niego całą krew, jak my wysysamy sok ze śliwki.

– Na sczerniałe dłonie, Cob – powiedział Carter, a w jego głosie brzmiała wyraźna przygana. – Przez ciebie chłopiec będzie miał w nocy koszmary. Napcha sobie głowę głupotami, a później przez rok będzie chodził z tym żelaznym prętem.

– Ja słyszałem, że było inaczej – powoli zaczął Graham. – Słyszałem, że się paliło, a w domu została kobieta i Kvothe wezwał demona, żeby go ochronił przed ogniem. Potem wbiegł do płonącego domu i wyciągnął damę z płomieni, a ona w ogóle nie była poparzona.

– Powinniście posłuchać samych siebie – oznajmił Jake zdegustowanym głosem. – Jesteście jak dzieciaki w Pełni Zimy. Demony ukradły moją lalkę. Demony rozlały mleko. Kvothe nie zadawał się z demonami. Był na Uniwersytecie, gdzie uczył się wszystkich możliwych imion, racja? Gość rzucił się na niego, a on wezwał z nieba ogień i błyskawicę, jak Taborlin Wielki.

– To był demon, Jake – gniewnie protestował Cob. – W przeciwnym razie w tej historii nie byłoby nawet odrobiny sensu. To był demon, którego on wezwał, i ten demon wypił krew tamtego gościa, i wszyscy, którzy to widzieli, stali jak rażeni gromem. Ktoś powiadomił kapłanów, kapłani poszli do konstabla, a konstabl poszedł do karczmy wdowy i jeszcze tej samej nocy wyciągnął Kvothe'a z jego pokoju. Potem wsadzili go do więzienia za prowadzanie się z ciemnymi mocami i tak dalej.

– Ludzie prawdopodobnie zobaczyli ogień i pomyśleli, że to demon – upierał się Jake. – Wiecie, jacy są ludzie.

– Nie, ja nie wiem, Jacob – warknął Cob, krzyżując ramiona na piersiach i opierając się o bar. – Może ty mi powiesz, jacy są ludzie? I może po prostu zaczniesz dalej opowiadać tę przeklętą historię, a tymczasem...

Na dźwięk ciężkich buciorów łomoczących po podeście przed drzwiami karczmy Cob urwał. Po chwili ktoś zaczął się zmagać z klamką.

Wszyscy odwrócili się i spojrzeli na drzwi zaciekawieni, kto to może być, ponieważ wszyscy stali bywalcy znajdowali się przecież w środku.

– Dwie nowe twarze w jeden dzień – cicho oznajmił Graham, wiedząc, że dotyka drażliwego tematu. – Być może twój okres posuchy dobiega końca, Kote.

– Zapewne na drogach się uspokoiło – powiedział Shep, kierując swe słowa do wnętrza kufla, a w jego głosie zabrzmiała nuta ulgi. – Rychło w czas. Przydałaby się odrobina szczęścia.

Klamka szczęknęła i drzwi otworzyły się powoli, szeroko, tak że skrzydło uderzyło w ścianę. W ciemnościach za drzwiami stał jakiś mężczyzna, jakby wahając się, czy wejść do środka.

– Witamy w karczmie „Ostaniec"! – zawołał zza baru karczmarz. – Czym mogę służyć?

Tamten wszedł do oświetlonego wnętrza, a podniecenie chłopów dodatkowo podsycił strój tamtego – sztukowana zbroja i miecz przy boku jednoznacznie wskazywały na najemnika. A samotny najemnik to nie był widok wzbudzający zaufanie nawet w najlepszych czasach. Wszyscy wiedzieli, że różnica między bezrobotnym najemnikiem a zbójcą zależy wyłącznie od okoliczności.

Co więcej, na tego akurat najemnika wyraźnie nastały ciężkie czasy. Do dolnych części nogawek jego spodni i niewyprawionej skóry sznurowadeł gęsto przylegały brązowe rzepy. Koszulę miał z cienkiego lnu, barwionego na piękny, głęboki, królewski błękit, ale była poszarpana i brudna od błota. Włosy tworzyły tłusty kołtun. Oczy miał ciemne i podkrążone, jakby nie spał od wielu dni. Wszedł do środka, nie zamykając za sobą drzwi.

– Wygląda mi na to, że od dawna jesteś w drodze – zagaił Kvothe. – Zapewne masz ochotę się napić i coś zjeść? – Nie doczekawszy się odpowiedzi, dodał: – Nikt nie będzie miał ci za złe, jeżeli zechcesz się najpierw przespać. Musisz mieć za sobą kilka ciężkich dni. – Kvothe zerknął na Basta, a ten szybko zsunął się ze stołka i poszedł zamknąć drzwi karczmy.

Najemnik potoczył wolno wzrokiem po wszystkich siedzących przy barze, po czym zajął puste miejsce między Kronikarzem a Starym Cobem. Potem oparł się ciężko na kontuarze i wymamrotał coś pod nosem. Kvothe zareagował na to swoim najbardziej profesjonalnym uśmiechem karczmarza.

Pod drzwiami Bast tymczasem zamarł z dłonią na klamce.

– Proszę? – zapytał Kvothe, pochylając się ku tamtemu.

Najemnik uniósł wzrok, spojrzał w oczy Kvothe'a, a potem zakołysał się na stołku. Jego oczy reagowały w zwolnionym tempie, jakby cierpiał na uraz po ciosie w głowę.

– *Aethin tseh cthystoi scthaiven vei.*

Kvothe pochylił się bliżej.

– Przepraszam, mógłbyś jeszcze raz powtórzyć? – Kiedy z ust tamtego nie wyszło żadne słowo, rozejrzał się po mężczyznach siedzących za barem. – Ktoś zrozumiał, co on powiedział?

Kronikarz uważnie przyglądał się najemnikowi, wbijając po kolei spojrzenie w jego zbroję, pusty kołczan i świetną błękitną koszulę z lnu. Wzrok skryby z całą intensywnością wwiercał się w niego, ale najemnik najwyraźniej tego nie czuł.

– To siaru – wszechwiedzącym tonem powiedział Cob. – Śmieszne. On w niczym nie wygląda jak zły szeląg.

Shep roześmiał się, kręcąc głową.

– Nie. On jest pijany. Mój wuj zwykł tak bełkotać. – Szturchnął Grahama łokciem pod żebra. – Pamiętasz mojego wuja Tama? Boże, w życiu nie widziałem człowieka, który by tyle pił.

Wciąż stojący przy drzwiach Bast próbował zwrócić uwagę Kote'a dyskretnymi gestami, ale ten był zajęty próbami pochwycenia wzroku najemnika.

– Mówisz aturańskim? – zapytał, wolno wymawiając słowa. – Czego chcesz?

Spojrzenia najemnika i karczmarza na moment skrzyżowały się.

– *Avoi*... – zaczął, potem zamknął oczy i przechylił na bok głowę, jakby nasłuchując. W końcu znów uniósł powieki. – Ja... chcę... – zaczął po raz wtóry, powoli i z mocnym akcentem. – Ja... szukam... – Urwał, znowu spojrzał nierozumiejącym wzrokiem, a jego spojrzenie zaczęło błądzić bez celu.

– Ja go znam – rzekł Kronikarz.

Wszyscy jak jeden mąż spojrzeli na skrybę.

– Co? – zapytał Shep.

Twarz Kronikarza była zagniewana.

– Ten facet i czterech jego przyjaciół obrabowali mnie jakieś pięć dni temu. Z początku go nie rozpoznałem. Wtedy był gładko ogolony, ale to on.

Za plecami najemnika Bast gestykulował coraz mniej dyskretnie, próbując wciąż zwrócić uwagę swego mistrza, niemniej Kvothe jak poprzednio skupiony był na tamtym.

– Jesteś pewny?

Kronikarz roześmiał się gorzko.

– Ma na sobie moją koszulę. Zniszczył ją zupełnie. Kosztowała mnie całego talenta. Nigdy już jej nie włożę.

– Wtedy też był w takim stanie?

Kronikarz pokręcił głową.

– Wcale, ale to wcale. Był najgrzeczniejszym zbójcą, jakiego można spotkać na drodze. Uznałem wówczas, że zanim zdezerterował, musiał był młodszym oficerem.

Bast wreszcie dał sobie spokój z dyskrecją.

– Reshi! – zawołał, a w jego głosie pobrzmiewała desperacja.

– Chwila, Bast – rzekł Kvothe, wciąż próbując coś wycisnąć z oszołomionego najemnika. Pomachał mu ręką przed oczyma, pstryknął palcami. – Hej?

Oczy tamtego podążały za ruchem dłoni Kvothe'a, ale wyraźnie nie docierało doń nic z tego, co przy nim mówiono.

– Ja... szukam... – rzekł powoli. – Ja szukam...

– Czego? – zdenerwował się Cob. – Czego szukasz?

– Szukam... – jak niewyraźne echo powtórzył najemnik.

– Z przyjemnością wyobrażę sobie, że to mnie szuka, żeby mi zwrócić mojego konia – spokojnie oznajmił Kronikarz, dając krok w kierunku mężczyzny i chwytając rękojeść jego miecza. Jednym ruchem wyciągnął go z pochwy, albo raczej spróbował wyciągnąć. Ponieważ ostrze, zamiast swobodnie się wyślizgnąć, wyszło do połowy i utknęło.

– Nie! – krzyknął Bast spod drzwi.

Najemnik tępo popatrzył na Kronikarza, ale nie uczynił żadnego ruchu, żeby mu przeszkodzić. Kronikarz tymczasem stał w dziwnej pozycji, wciąż trzymając rękojeść miecza tamtego. W końcu pociągnął mocniej i ostrze do końca wyszło z pochwy. Całe było w plamach krwi i rdzy.

Kronikarz cofnął się o krok i wycelował czubek miecza w najemnika.

– I koń to tylko na początek. Po zastanowieniu doszedłem

do wniosku, że szuka mnie również, aby zwrócić mi pieniądze i abym ułatwił mu przyjemną pogawędkę z konstablem.

Najemnik spojrzał na czubek miecza, który kołysał się niepewnie przed jego piersią. Przez chwilę jak zahipnotyzowany śledził wzrokiem ruch stali.

– Zostaw go w spokoju! – przenikliwie krzyknął Bast. – Proszę!

Cob pokiwał głową.

– Chłopak ma rację, Devan. Facet ma coś nie w porządku z głową. Nie mierz w niego, jeszcze zemdleje i nadzieje się na czubek.

Najemnik mechanicznym gestem uniósł rękę.

– Ja szukam... – powiedział, odsuwając na bok miecz, jakby to była gałązka zagradzająca ścieżkę w lesie.

Kronikarz ze świstem wciągnął oddech i szarpnął miecz do siebie; ostrze przesunęło się wzdłuż dłoni tamtego, utaczając krew.

– Widzisz? – rzekł Stary Cob. – Co ci mówiłem? Chłopina jest zagrożeniem dla samego siebie.

Najemnik przechylił głowę na bok. Uniósł rękę do oczu, obejrzał ją. Wzdłuż kciuka sączyła się cienka strużka ciemnej krwi, zbierała się na końcu palca i kapała na podłogę. Potem ze świstem wciągnął powietrze przez nos, a jego szkliste, zapadnięte oczy znienacka spojrzały bardzo bystro.

Uśmiechnął się szeroko do Kronikarza, rysy jego twarzy ściągnęły się.

– *Te varaiyn aroi Seathaloi vei mela* – powiedział głębokim basem.

– Nie... nadążam – odparł Kronikarz, zbity z tropu.

Uśmiech tamtego zniknął jak zdmuchnięty. Wzrok stwardniał, w oczach zabłysnął gniew.

– *Te-tauren sciyr-loet? Amauen.*

– Nie potrafię zrozumieć, o co ci chodzi – rzekł Kronikarz. – Ale nie mów do mnie takim tonem. – Miecz znowu pojawił się między nimi, celując w pierś najemnika.

Najemnik spojrzał na ciężką, poszczerbioną klingę, jego czoło pokryły głębokie zmarszczki konsternacji. A potem w jednej chwili, jakby wszystko zrozumiał, na powrót uśmiechnął się szeroko. Odrzucił do tyłu głowę, wybuchnął gromkim śmiechem. Ale z jego gardła nie wydobył się ludzki odgłos, jakiego można było oczekiwać. Śmiał się dziko, zwierzęco, jego śmiech przypominał krzyk jastrzębia.

Potem najemnik wyciągnął przed siebie skaleczoną dłoń i chwycił czubek miecza, a zrobił to tak gwałtownie, że żelazo aż zadźwięczało pod uderzeniem. Wciąż dziko roześmiany zacisnął uchwyt, wyginając klingę. Z jego ręki krew tryskała szeroką strugą, ściekając po ostrzu miecza na podłogę.

Patrząc Kronikarzowi prosto w oczy, najemnik szybkim ruchem skręcił dłoń w nadgarstku, a miecz pękł z dźwiękiem umierającego dzwonu. Kiedy Kronikarz wbijał osłupiałe oczy w złamaną broń, najemnik podszedł o krok i lekko położył drugą rękę na ramieniu skryby.

Kronikarz próbował krzyknąć, ale głos uwiązł mu w gardle, szarpnął się, jakby dźgnięty rozgrzanym pogrzebaczem. Dziko zaczął wymachiwać ułomkiem miecza, trafił w rękę, którą trzymał go najemnik, ostrze głęboko weszło w ciało. Na twarzy tamtego nie odbił się ból, jaki musiał przecież odczuwać, ani bodaj iskra zrozumienia tego, co się stało.

Wciąż dzierżąc ułamany czubek miecza w dłoni, najemnik znów się zbliżył w stronę Kronikarza.

W jednej chwili pojawił się obok niego Bast, rzucił się na najemnika barkiem z taką siłą, że ciało tamtego roztrzaskało w drzazgi barowy stołek, a potem ciężko uderzyło w mahoniowy bar. Szybki jak błyskawica Bast schwycił głowę najemnika obiema dłońmi i uderzył nią w kant baru. A potem z wyszczerzonymi zębami bił nią w powierzchnię kontuaru: raz, drugi...

I jakby czyn Basta przebudził wszystkich ze snu, w pomieszczeniu rozpętało się piekło. Stary Cob odsunął się od baru, przewracając przy okazji stołek. Graham zaczął krzyczeć coś na temat konstabla. Jake próbował pobiec w stronę drzwi, lecz potknął się o przewrócony stołek Coba, wywracając jak długi. Czeladnik kowalski schwycił swój żelazny pręt, ale ten wypadł mu z ręki, odbił się wielkim łukiem od podłogi i potoczył pod jeden ze stołów.

Bast wydał krzyk zaskoczenia. Jego ciało poleciało przez salę i wylądowało na blacie jednego z masywnych stołów, który załamał się pod jego ciężarem, i Bast runął między deski jak szmaciana lalka. Najemnik podniósł się, lewą stronę jego twarzy obficie zalewała krew. Odniesione urazy najwyraźniej zupełnie nie robiły na nim wrażenia, ponieważ odwrócił się w stronę Kronikarza, w zakrwawionej dłoni wciąż ściskając ułamek klingi.

Za jego plecami Shep sięgnął po nóż leżący obok zjedzonego do połowy kręgu sera. Był to tylko nóż kuchenny, ostrze miało długość jakiejś piędzi. Z ponurym obliczem farmer podszedł do najemnika od tyłu i dźgnął go mocno, zatapiając ostrze na całą długość w miejscu, gdzie ramiona spotykają się z karkiem.

Zamiast runąć jak długi, najemnik odwrócił się i chlasnął Shepa wyszczerbionym ostrzem miecza. Chlusnęła krew, Shep chwycił się za twarz. Potem, ruchem tak szybkim, że przypominał zwykłe drgnienie ręki, najemnik machnął ostrzem i zanurzył je w piersi Shepa. Ten zatoczył się do tyłu, na bar, a potem zwalił na podłogę z ułamanym fragmentem miecza sterczącym spomiędzy żeber.

Najemnik wyciągnął rękę za siebie i z ciekawością dotknął rękojeści noża sterczącej z karku. Na twarzy miał raczej wyraz konsternacji niż złości, szarpnął za drewno. Kiedy nie zechciało wyjść, zaśmiał się znowu tym swoim ptasim śmiechem.

Farmer rzęził i wykrwawiał się na podłodze, a najemnik tymczasem jakby zapomniał, co tu właściwie robi. Jego spojrzenie wędrowało po sali, ogarniając połamane stoły, kominek z czarnego kamienia, wielkie dębowe beczki. Na koniec spoczęło na rudowłosym mężczyźnie za barem. Kvothe nawet nie drgnął. Ich oczy spotkały się.

Najemnik znowu spojrzał przytomniej, przyjrzał się temu, który stał przed nim. Na jego usta znów wypełzł ten sam szeroki, pozbawiony wesołości uśmiech, któremu makabryczny charakter nadawała krew zalewająca twarz.

– *Te aithiyn Seathaloi*? – zapytał ostro. – *Te Rhintae*?

Ruchem omal niedbałym Kvothe schwycił butelkę z kontuaru i cisnął nią ponad barem. Uderzyła najemnika prosto w usta, rozprysła się na tysiąc odłamków. Powietrze wypełnił ostry zapach czarnego bzu, alkohol zalał wciąż wyszczerzone usta i ramiona tamtego.

Kvothe wyciągnął rękę i umoczył palec w kropli, która trysnęła na kontuar. Mruknął coś pod nosem, na czoło wypełzł mu mars koncentracji. Wbił skupiony wzrok w zakrwawionego człowieka stojącego po drugiej stronie baru.

Nic się nie stało.

Najemnik sięgnął ponad kontuarem, schwycił Kvothe'a za rękaw. Karczmarz dalej stał bez ruchu, a na jego twarzy nie było śladu ani strachu, ani gniewu, ani zaskoczenia. Wydawał się tylko strasznie zmęczony, oszołomiony i rozczarowany.

Zanim jednak najemnik zdołał złapać Kvothe'a porządnie za rękę, zachwiał się, ponieważ Bast schwycił go od tyłu. Udało mu się jedną ręką otoczyć kark tamtego, podczas gdy paznokciami drugiej ryt bruzdy w skórze jego twarzy. Najemnik ujął obiema rękoma dłoń, która otaczała jego szyję, próbując się wyślizgnąć z uchwytu. Kiedy dłonie najemnika dotknęły jego ręki, twarz Basta wykrzywił grymas bólu. Wyszczerzywszy zęby, próbował wolną ręką sięgnąć oczu tamtego.

Przy drugim krańcu baru czeladnik kowalski w końcu wyciągnął swój żelazny pręt spod stołu, wyprostował się na całą długość i zaszarżował poprzez powalone stołki i ponad ciałami leżących na podłodze. Krzycząc, zamachnął się mocno żelaznym prętem.

Na widok atakującego czeladnika, oczy wciąż wczepionego w najemnika Basta rozszerzyły się w nagłym ataku paniki. Puścił chwyt, wycofał się, stopy zaplątały mu się w resztki barowego stołka. Padł na plecy, a potem rozpaczliwie próbował odtoczyć się na bok.

Najemnik odwrócił się i zobaczył chłopca. Uśmiechnął się i wyciągnął zakrwawioną dłoń. Ruch był pełen wdzięku, niemal leniwy.

Czeladnik kowalski odtrącił jego rękę. Kiedy żelazo w nią uderzyło, najemnik już się nie uśmiechał. Chwycił się za rękę, splunął i syknął niczym zdenerwowany kot.

Chłopiec powtórnie uderzył żelaznym prętem, tym razem trafiając tamtego w żebra. Siła ciosu odrzuciła go od baru, powalając na czworaki. Wrzasnął jak zarzynane jagnię.

Czeladnik kowalski ujął pręt w obie dłonie i spuścił żelazo na plecy najemnika z takim zamachem, jakby rąbał drwa. Rozległ się chrzęst pękających kości. Żelazna sztaba zadźwięczała cicho, niczym stłumiony mgłą odgłos oddalonego dzwonu.

Zakrwawiony mężczyzna, mimo iż miał przetrącony grzbiet, wciąż próbował się czołgać w kierunku drzwi karczmy. Na jego twarzy nie było już żadnego wyrazu, usta miał rozdziawione w krzyku równie niskim, stałym i bezmyślnym jak odgłos wiatru w koronach drzew. Czeladnik kowalski bił już tymczasem bez przerwy, machając ciężkim żelazem tak łatwo, jakby to była wierzbowa witka. Kilka razy uderzył w podłogę, zostawiając w niej głębokie ślady, potem złamał tamtemu nogę, rękę, kolejne żebra. Mimo to ciało najemnika wciąż pełzło ku drzwiom, wrzeszcząc i zawodząc głosem, w którym nie było już nic ludzkiego.

Na koniec chłopiec trafił w głowę i najemnik zwiotczał. Na chwilę zaległa martwa cisza, potem najemnik odkaszlnął głęboko mokrą flegmą i zwymiotował na podłogę wstrętny płyn, gęsty jak smoła i atramentowo czarny.

Minęła jeszcze chwila, nim chłopak przestał znęcać się nad leżącym trupem, a nawet gdy już przestał, wciąż trzymał na ramieniu pręt gotowy do uderzenia, dysząc ciężko i tocząc wokół dzikim wzrokiem. W końcu jego oddech uspokoił się, w ciszy dał się słyszeć przytłumiony szmer modlitwy, dobiegającej z drugiego końca sali, gdzie Stary Cob wtulał się w czarny kamień kominka.

Po kilku minutach nawet modlitwa ucichła i cisza powróciła do karczmy.

W ciągu następnych paru godzin „Ostaniec" stał się centrum uwagi całego miasteczka. Wspólna sala była pełna ludzi, szeptów, mamrotanych pod nosem pytań i urywanych łkań. Mniej ciekawscy albo bardziej taktowni mieszkańcy stali na zewnątrz, zaglądając przez okna i plotkując o tym, co usłyszeli.

Jak dotąd nie pojawiły się żadne wiarygodne relacje, tylko masa plotek. Martwy był bandytą, który chciał obrabować karczmę. Przybył zemścić się na Kronikarzu, który rozdziewiczył jego siostrę w Brodzie Abbotta. Był leśnym człowiekiem, który zwariował. Był starym znajomym karczmarza, który przybył po spłatę zaciągniętego długu. Był ekszołnierzem, który oszalał w szeregach, walcząc z buntownikami w Resavek.

Jake i Carter zwrócili uwagę na uśmiech najemnika, a choć uzależnienie od dennera było raczej problemem miejskim, nawet tutaj ludzie słyszeli o miłośnikach słodyczy. Trzypalcy Tom wiedział co nieco o tych sprawach, ponieważ trzydzieści lat temu wojował trochę pod starym królem. Wyjaśnił wszystkim, że po czterech granach żywicy dennera można człowiekowi uciąć rękę, a on się nawet nie skrzywi. Wziąwszy osiem granów, sam sobie przerżnie kość. Po dwunastu granach po operacji zacznie tańczyć, śmiejąc się i śpiewając *Druciarza Tannera*.

Ciało Shepa zostało nakryte kocem, kapłan od razu się nad nim pomodlił. Później konstabl je obejrzał, ale najwyraźniej cała sprawa dalece wykraczała poza jego kompetencje i dokonał oględzin, ponieważ tego spodziewano się po jego urzędzie.

Po jakiejś godzinie tłum zaczął rzednąć. Przybyli bracia Shepa z wozem, żeby zabrać ciało. Ich ponure, zaczerwienione oczy przepłoszyły większość pozostałych gapiów, którzy jeszcze kręcili się dookoła.

Mimo to wciąż wiele pozostawało do zrobienia. Konstabl próbował wydobyć od świadków i bardziej wygadanych gapiów w miarę spójną relację na temat niedawnych wydarzeń. Po kilku godzinach wysłuchiwania dzikich spekulacji historia zaczęła się powoli klarować. W końcu wszyscy zgodnie doszli do wniosku, że napastnik był uzależnionym od dennera dezerterem, który przybył do ich miasteczka akurat w momencie, w którym opuścił go rozum.

Wszyscy zgadzali się w jednej sprawie: że czeladnik kowalski postąpił słusznie, wręcz zachował się bardzo dzielnie. Mimo to żelazna ręka sprawiedliwości domagała się osądzenia go, co miało nastąpić w przyszłym miesiącu, kiedy do miasta zawita sąd objazdowy.

Konstabl udał się do domu, do swej żony i dzieci. Kapłan zabrał szczątki najemnika do kościoła. Bast uprzątnął zniszczone umeblowanie, składając je przy drzwiach do kuchni, gdzie przyda się na podpałkę. Karczmarz siedem razy mył podłogę we wspólnej sali, póki woda nie przestała się zabarwiać na czerwono przy każdym wyciśnięciu szmaty. W końcu nawet najbardziej zapamiętali gapie opuścili swoje posterunki, zostawiając tylko zwyczajowych gości nocy Felling, minus, oczywiście, jednego.

Jake, Cob i pozostali prowadzili często urywaną rozmowę, mówiąc o wszystkim, tylko nie o tym, co się wydarzyło, kryjąc się w poczuciu bezpieczeństwa, jakie dawało im towarzystwo przyjaciół. Po kolei zmęczenie wyganiało ich z „Ostańca". Na koniec został tylko czeladnik kowalski, który siedział ze spojrzeniem wbitym w złożone dłonie. Tuż obok jego łokcia na mahoniowym kontuarze spoczywał żelazny pręt.

Minęło prawie pół godziny, nim ktoś się odezwał. Kronikarz siedział przy stole, udając, że z zapałem spożywa miskę gulaszu nałożonego przez Kvothe'a i Basta. Kiedy popatrywali po sobie i czekali, aż chłopiec pójdzie, w sali gromadziło się jakieś mgliste napięcie.

Karczmarz podszedł do niego, wycierając ręce w czystą lnianą szmatkę.

– Cóż, chłopcze, sądzę, że...

– Aaron – wszedł mu w słowo czeladnik kowalski, nie unosząc spojrzenia znad swego kufla. – Mam na imię Aaron.

Kvothe poważnie pokiwał głową.

– Niech będzie, Aaron. Przypuszczam, że sobie na to zasłużyłeś.

– Nie myślę, żeby to chodziło o dennera – gwałtownie powiedział Aaron.

Kvothe zastygł.

– Proszę?

– Nie myślę, żeby to był miłośnik słodyczy.

– A więc zgadzasz się z Cobem? – zapytał Kvothe. – Myślisz, że się wściekł?

– Myślę, że miał w sobie demona – oznajmił chłopiec, ostrożnie dobierając słowa, jakby od dawna zastanawiał się nad tym, co powie. – Wcześniej nic nie mówiłem, bo nie chciałem, żeby ludzie pomyśleli sobie, że mam nie po kolei w głowie, jak Szalony Martin. – Uniósł wzrok. – Ale dalej uważam, że miał w sobie demona.

Kvothe uśmiechnął się łagodnie i gestem dał znak Bastowi oraz Kronikarzowi.

– Nie boisz się, że też tak o tobie pomyślimy?

Aaron poważnie pokręcił głową.

– Nie jesteście stąd. Widzieliście różne miejsca. Wiecie, co się dzieje w świecie. – Obrzucił Kvothe'a spojrzeniem pozbawionym wyrazu. – Myślę sobie, że też wiecie, że to był demon.

Bast zamarł pod kominkiem, gdzie akurat wymiatał palenisko. Kvothe z ciekawością przechylił głowę, nie uciekając spojrzeniem przed wzrokiem Aarona.

– Dlaczego tak sądzisz?

Czeladnik kowalski skinął ręką za bar.

– Wiem, że masz tam grubą dębową pałkę na pijaków. I cóż... – Zerknął znacząco w stronę miecza, złowrogo wiszącego nad barem. – Tylko z jednego powodu chwyciłeś za butelkę, a nie za broń. Nie chciałeś wybić tamtemu zębów. Chciałeś go podpalić. Tylko że nie miałeś pod ręką ani zapałki, ani świecy. Moja mama czytywała mi z *Księgi Ścieżki* – ciągnął dalej. – Tam pojawia się mnóstwo demonów. Są takie, co kryją się w ludzkich ciałach, jak my przykrywamy się owczą skórą. Myślę sobie, że to był po prostu zwykły facet, który miał w sobie demona. Dlatego nic mu nie można było zrobić. Bo to było tak, jakby ktoś robił dziury w twojej koszuli. Dlatego też nie mówił do rzeczy. Mówił mową demonów.

Aaron wbił wzrok w kufel, który trzymał w dłoniach, kiwając głową do jakichś swoich myśli.

– Im więcej myślę, tym bardziej mi się wszystko zgadza. Ogień i żelazo. To jest sposób na demony.

– Miłośnicy słodyczy bywają strasznie silni, silniejsi, niż można by sądzić – zauważył Bast z drugiej strony sali. – Raz widziałem...

– Masz rację – powiedział nagle Kvothe. – To był demon.

Aaron spojrzał prosto w oczy karczmarzowi, pokiwał głową i znów wbił spojrzenie w zawartość kufla.

– A ty nie chcesz nic mówić, ponieważ jesteś nowy w mieście, a interes słabo się kręci.

Kvothe skinął głową.

– I nic dobrego mi nie przyjdzie z tego, jeśli powiem ludziskom, co? – dodał chłopak.

Kvothe wciągnął głęboki oddech i wypuścił go powoli.

– Zapewne nie.

Aaron wypił ostatni łyk piwa, odsunął od siebie po kontuarze pusty kufel.

– Dobra. Chciałem tylko to usłyszeć. Musiałem się upewnić, czy nie oszalałem. – Podniósł się, wziął do ręki ciężki żelazny pręt, oparł na ramieniu, ruszył w kierunku wyjścia. Nikt nie odezwał się ani słowem, kiedy tak szedł, wychodził i zamykał za sobą drzwi. Jego ciężkie buty załomotały głucho na drewnianym podeście, potem zapadła cisza.

– Ten chłopak ma w sobie znacznie więcej, niż można by przypuszczać – stwierdził na koniec Kvothe.

– To dlatego, że jest taki wielki – zauważył rzeczowo Bast, który wciąż udawał, że czyści palenisko. – Was, ludzi, łatwo zwodzą pozory. Ja od początku na niego uważam. Jest znacznie bystrzejszy, niż wszyscy sądzą. Zawsze uważnie obserwuje i zadaje pytania. – Zaniósł szczotkę z powrotem za bar. – Przez niego robię się nerwowy.

Kvothe wydawał się rozbawiony tą uwagą.

– Nerwowy? Ty?

– Ten chłopak ma w sobie tyle żelaza. Cały dzień przy żelazie, piecze je, wdycha jego dym. Potem przychodzi tu z tym swoim bystrym wzrokiem. – W oczach Basta zalśniła głęboka dezaprobata. – To nie jest naturalne.

– Naturalne? – odezwał się na koniec Kronikarz. W jego głosie pobrzmiewały histeryczne nuty. – Co ty możesz wiedzieć o tym, co jest naturalne? Właśnie widziałem, jak demon zabił człowieka. To jest naturalne? – Kronikarz odwrócił się do Kvothe'a. – W każdym razie, co on, u diabła, tutaj robił? – zapytał.

– Najwyraźniej szukał – odparł Kvothe. – Tyle zdołałem zrozumieć z tego, co mówił. A ty, Bast? Zrozumiałeś coś więcej?

Bast pokręcił głową.

– Przede wszystkim rozpoznałem brzmienie słów, Reshi. On się wyrażał strasznie archaicznie. Nie potrafiłem się w tym połapać.

– Świetnie. Więc szukał – znienacka zgodził się Kronikarz. – Czego szukał?

– Prawdopodobnie mnie – ponuro oznajmił Kvothe.

– Reshi – upomniał go Bast – robisz się sentymentalny. To nie była twoja wina.

Kvothe obrzucił swego ucznia przeciągłym, zmęczonym spojrzeniem.

– Powinieneś wiedzieć lepiej, Bast. Wszystko to moja wina. Scraele, wojna. Wszystko przeze mnie.

Przez moment Bast miał taki wyraz twarzy, jakby chciał zaprotestować, ale nie potrafił znaleźć odpowiednich słów. Po dłuższej chwili uciekł wzrokiem, pokonany.

Kvothe wsparł się łokciami na barze, westchnął.

– No dobra, myślisz, że kto to był?

Bast pokręcił głową.

– Wychodzi na to, że to był jeden z *Mahael-uret,* Reshi. Tancerz skóry. – Mówiąc to, marszczył brwi, jakby nie miał pewności.

– To nie był jeden z twoich? – zdziwił się Kvothe.

Przyjazne zazwyczaj spojrzenie Basta rozbłysło gniewem.

– To nie był jeden z moich – rzekł z urazą. – Mael nawet nie mają wspólnej z nami granicy. Znajdują się tak daleko, jak tylko coś się może znajdować w Krainie Elfów.

Kvothe przeprosił go lekkim skinieniem głowy.

– Po prostu przyjąłem, że wiesz, kto to był. Zaatakowałeś bez wahania.

– Wszystkie węże kąsają. Reshi. Nie muszę znać nazwy gatunku, żeby wiedzieć, że są niebezpieczne. Od razu rozpoznałem istotę z Mael. To mi wystarczyło.

– A więc prawdopodobnie tancerz skóry? – Kvothe się zamyślił. – Czy przypadkiem nie wspominałeś, że odeszli wiele wieków temu?

Bast kiwnął głową.

– Poza tym wydawał się... jakiś taki tępy i nie próbował się przenieść do nowego ciała. – Bast wzruszył ramionami. – W dodatku wciąż żyjemy. To wskazuje, że mieliśmy do czynienia z kimś innym.

Kronikarz z niedowierzaniem przysłuchiwał się rozmowie.

– Chcecie powiedzieć, że żaden z was nie wie, kto to był? – Popatrzył na Kvothe'a. – Powiedziałeś chłopcu, że to był demon!

– Dla chłopca to był demon – zauważył Kvothe – ponieważ takie pojęcie najłatwiej mu zrozumieć, zresztą stosunkowo niewiele odbiega od prawdy. – Zabrał się do metodycznego polerowania kontuaru. – Dla wszystkich pozostałych mieszkańców był to miłośnik słodyczy, ponieważ z taką myślą będzie im łatwiej zasnąć w nocy.

– Cóż, dla mnie to też był demon – ostro rzekł Kronikarz. – Ponieważ moje ramię zrobiło się zimne jak lód, gdy go dotknął.

Bast podszedł szybko do niego.

– Zapomniałem, że położył na tobie rękę. Pozwól, niech zobaczę.

Kiedy Kronikarz zdejmował koszulę, Kvothe poszedł zamknąć okiennice. Ramiona Kronikarza wciąż pokrywały bandaże, jakie nałożono mu przed trzema dniami po ataku scraela.

Bast obejrzał jego ramię.

– Możesz nim ruszać?

– Bolało jak jasna cholera, kiedy mnie dotknął, czułem się, jakby coś mi rozerwał w środku. – Zirytowany niedokładnością własnego opisu pokręcił głową. – Teraz tylko dziwnie się czuję. Jakby odrętwienie. Jakby mi ręka zdrętwiała w jednej pozycji.

Bast szturchnął jego ramię palcem, przez cały czas przyglądając mu się z powątpiewaniem.

Kronikarz spojrzał z powrotem na Kvothe'a.

– Chłopiec miał rację w kwestii ognia, nieprawdaż? Póki o tym nie wspomniał, nie rozumiaaaaaauuuu! – krzyknął skryba, odskakując od Basta. – W imię Boga, co to było? – zażądał wyjaśnień.

– Podejrzewam, że barkowy splot nerwowy – sucho odrzekł Kvothe.

– Muszę się przekonać, jak głębokie są obrażenia – tłumaczył zupełnie nieporuszony Bast. – Reshi? Mógłbyś mi przynieść trochę gęsiego tłuszczu, czosnek, musztardę... Mamy te zielone rzeczy, które pachną jak cebula?

Kvothe pokiwał głową.

– Keveral? Myślę, że trochę jeszcze zostało.

– Przynieś, i bandaże też. Trzeba przyłożyć na to maść.

Kvothe pokiwał głową i ruszył w kierunku drzwi za barem. Gdy tylko zniknął za nimi, Bast pochylił się do ucha Kronikarza.

– Nie pytaj go o to – szepnął natarczywie. – W ogóle o tym nie wspominaj.

Kronikarz nie zrozumiał.

– O czym mam nie mówić?

– O butelce. O sympatii, której próbował.

– A więc próbował podpalić tego stwora? Dlaczego nie zadziałało? Co się...

Bast zacisnął uchwyt na barku Kronikarza, kciuk wbił w zagłębienie pod obojczykiem. Skryba znowu krzyknął.

– Nie wspominaj o tym – ponownie syknął mu do ucha Bast. – Nie zadawaj pytań. – Trzymając Kronikarza za ramiona, potrząsnął nim, jak rozzłoszczony rodzic niesfornym dzieckiem.

– Dobry panie, Bast. Jego wycie słychać aż w kuchni! – zawołał Kvothe zza drzwi.

Bast wyprostował się i posadził Kronikarza na krześle, karczmarz tymczasem pojawił się w drzwiach.

– Tehlu i tak dalej, jest biały jak ściana. Wszystko będzie dobrze?

– To nie bardziej poważne niż odmrożenie – lekceważąco skwitował Bast. – Nie moja wina, że wrzeszczy jak dziewczyna.

– Cóż, uważaj na niego – poradził Kvothe, kładąc na stole dzbanuszek z tłuszczem i garść ząbków czosnku. – Ta ręka będzie mu potrzebna jeszcze przez parę dni.

Kvothe obrał i zmiażdżył czosnek. Bast rozrobił maść, posmarował wstrętnie pachnącą mieszaniną ramię skryby, a potem owinął bandażem. Przez cały czas Kronikarz ani drgnął.

– Będziesz w stanie jeszcze dziś coś napisać? – zapytał Kvothe, kiedy skryba był już z powrotem ubrany. – Wiele dni nas jeszcze dzieli od prawdziwego zakończenia, ale zanim noc minie, mogę się jeszcze podzielić z tobą rozwiązaniami kilku wątków.

– Dam radę pisać jeszcze przez wiele godzin. – Kronikarz

pospieszył rozpakować torbę, przez cały czas ani razu nie spojrzawszy w stronę Basta.

– Ja też wytrzymam. – Bast odwrócił się do Kvothe'a, jego twarz promieniała zainteresowaniem. – Chcę się dowiedzieć, co znalazłeś pod Uniwersytetem.

Kvothe uśmiechnął się słabo.

– Tak sobie właśnie myślałem, Bast. – Podszedł do stołu, usiadł. – Pod Uniwersytetem znalazłem to, czego najbardziej na świecie chciałem, jednak nie okazało się to tym, czego oczekiwałem. – Dał znak Kronikarzowi, żeby wziął pióro do ręki. – Jak to często bywa, gdy spełni się pragnienie swego serca.

Rozdział 89

Miłe popołudnie

Następnego dnia zostałem wychłostany na wielkim brukowanym dziedzińcu, który nazywano Quoyan Hayel. Dom Wiatru. Nazwa wydała mi się dziwnie stosowna.

Zgodnie z tym, co przewidywano, wydarzenie przyszły oglądać spore tłumy. Setki studentów wypełniły plac, tak że dla następnych zabrakło miejsca. Siedzieli więc w drzwiach i oknach. Kilku nawet, żeby lepiej widzieć, wspięło się na dachy. Nie mogłem ich winić. Niełatwo o darmową rozrywkę.

Otrzymałem sześć batów pojedynczym biczem przez plecy. Nie chcąc rozczarować mojej publiczności, dałem jej coś, o czym mogła długo mówić. Powtórkę poprzedniego numeru. Nie płakałem, nie krwawiłem, nie zemdlałem. Opuściłem dziedziniec na własnych nogach i z wysoko uniesioną głową.

Gdy już Mola nałożyła mi na plecy pięćdziesiąt siedem szwów, pocieszyłem się wyprawą do Imre, gdzie wydałem pieniądze Ambrose'a na lutnię nadzwyczajnej urody, dwa komplety używanej odzieży dla mnie, małą buteleczkę własnej krwi i ciepłą nową sukienkę dla Auri.

Mimo wszystko było to bardzo miłe popołudnie.

Rozdział 90

Na poły zbudowane domy

Każdej nocy wędrowałem w towarzystwie Auri po podziemiach. Widziałem tam wiele ciekawych rzeczy, o których być może później trzeba będzie wspomnieć, ale na razie poprzestańmy na wymienieniu tylko kilku z wszelakich osobliwości Podspodzia. Razem zwiedziliśmy takie cuda, jak: Padół, Klasy, Las, Wykop, Strumyczek, Dychy i Świecznik...

Te nazwy, z początku zupełnie pozbawione sensu, okazywały się idealnie dostosowane do rzeczywistości, kiedy w końcu przychodziło mi ją zobaczyć na własne oczy. Las oczywiście w niczym nie przypominał normalnego lasu. Była to amfilada zrujnowanych korytarzy i komnat, których stropy podtrzymywała konstrukcja z grubych drewnianych dźwigarów i filarów – las kolumn. W Strumyczku po jednej ze ścian spływała cieniutka strużka świeżej wody, do której ciągnęły świerszcze, napełniając długie, niskie pomieszczenie swoimi piosenkami. Klasy były wąskim korytarzem, którego posadzkę przecinały głębokie szczeliny. Nazwa stała się jasna dopiero, kiedy Auri przedostała się na drugą stronę charakterystycznymi skokami – jak dziewczynki w dziecięcej zabawie.

Wreszcie po kilku dniach Auri zabrała mnie do Zawodzia, które stanowiło gmatwaninę krzyżujących się tuneli. Mimo iż znajdowaliśmy się przynajmniej sto stóp pod ziemią, tunelami stale hulały przeciągi, niosąc woń kurzu i skóry.

Właściwie inne wskazówki już mi nie były potrzebne. Znalazłem się blisko tego, czego szukałem. Mimo to nie dawało mi spokoju, że nie bardzo rozumiem, skąd wzięła się nazwa tego miejsca, bałem się, że coś mi umyka.

– Dlaczego nazywasz to miejsce Zawodziem? – zapytałem Auri.

– Bo tak brzmi jego nazwa. – Wiatr rozwiewał jej włosy za plecami jak muślinowy sztandar. – Nazwy są imionami rzeczy. Po to ich się używa.

Wbrew woli uśmiechnąłem się. Nigdzie wokół nie widziałem żadnej wody.

– Ale czemu to miejsce ma akurat taką nazwę? Dlatego że jest za Strumyczkiem, przez który kiedyś przechodziliśmy, więc „za wodą"?

Odwróciła się i spojrzała na mnie, przekrzywiając głowę. Podmuch zwiał jej włosy na twarz, odsunęła je ręką.

– To nie jest „za wodzie" – powiedziała. – To jest „zawodzie".

Nie rozumiałem, o co jej może chodzić.

– Zawodzie? – zapytałem. – Miejsce, do którego chciałem, żebyś mnie zawiodła?

Auri roześmiała się, najwyraźniej zachwycona.

– Może być. Ale postaraj się bardziej.

Próbowałem wymyślić coś innego. Przyszło mi do głowy, że być może domyśliła się, że czegoś szukam, i przyprowadziła mnie w to miejsce, aby zażartować z moich nadziei, aby zobaczyć moją minę, gdy się zawodzę. Tyle też jej powiedziałem.

– Nie, nie bój się. Nie zawiedziesz się.

Wydęła delikatnie policzki i z cichym charakterystycznym pohukiwaniem wypuściła powietrze. Potem spojrzała na mnie roześmiana, jakby właśnie udała jej się magiczna sztuczka.

Zawodzie, oczywiście, pomyślałem. Miejsce, w którym zawodzi wiatr. Uśmiechnąłem się szeroko, ze zrozumieniem.

Wyjaśniwszy sobie tę drobną tajemnicę, Auri i ja zabraliśmy się do metodycznej eksploracji Zawodzia. Po kilku godzinach zacząłem się orientować w topografii tego miejsca i powoli domyślałem się, w którą stronę powinienem pójść. Pozostawało znalezienie odpowiedniego tunelu wiodącego we właściwym kierunku.

Ale to okazało się przedsięwzięciem tak trudnym, że można było osiwieć. Tunele wiły się, niby prowadząc okrężną drogą, ale w istocie skręcając na manowce. W tych rzadkich wypadkach, gdy udało mi się znaleźć korytarz wiodący przez czas dłuższy we właściwą stronę, w końcu okazywało się, że przegradza go ściana. Kilka tras w pewnym momencie wychodziło na pionowy szyb, wiodący w górę lub w dół, po którym nie miałem się jak ani po co wspinać. W jednym dotarłem do kraty z grubych żelaznych prętów zatopionych w kamieniach ścian – koniec drogi. W jeszcze innym korytarzu ściany zwężały się systematycznie, aż została między nimi szczelina szerokości ledwie piędzi. Następny, którego spróbowałem, skończył się zapadliskiem drewna i ziemi.

Po kilku dniach poszukiwań natrafiliśmy wreszcie na wiekowe zbutwiałe drzwi. Kiedy spróbowałem je otworzyć, spróchniałe drewno rozpadło mi się pod palcami.

Auri zmarszczyła nos i pokręciła głową.

– Podrapię sobie kolana.

Kiedy zaświeciłem lampą do wnętrza, zrozumiałem, przed czym chciała mnie przestrzec. Sufit pomieszczenia opadał zakosem, na przeciwległym krańcu znajdował się ledwie trzy stopy nad podłogą.

– Zaczekasz na mnie? – poprosiłem, zdejmując płaszcz i podwijając rękawy koszuli. – Nie wiem, czy bez ciebie znajdę drogę na wierzch.

Auri pokiwała głową, ale widać było, że pomysł nieszczególnie przypadł jej do gustu.

– Wiesz, że zawsze łatwiej wleźć niż wyleźć. Tam może być wąsko, utkniesz.

Próbowałem nie myśleć o takiej ewentualności.

– Tylko się rozejrzę. Za pół godziny będę z powrotem.

Przekrzywiła głowę.

– A jeżeli nie?

Uśmiechnąłem się.

– Będziesz musiała mnie uratować.

Pokiwała głową, a jej twarz nabrała uroczystego wyrazu, jak u dziecka, które rozumie, że sprawa jest poważna.

Zębami chwyciłem moją lampę sympatetyczną, kierując czerwone światło w czarną jak sadza ciemność przede mną. Potem opadłem na czworaki i ruszyłem przed siebie, drapiąc kolanami nierówny kamień podłogi.

Po kilku zakrętach strop tunelu stał się jeszcze niższy, zbyt niski, żeby iść na czworakach. Przez chwilę zastanawiałem się, co robić, potem położyłem się na brzuchu i popełzłem, pchając przed sobą lampę, a każdy ruch ciała naciągał rzędy szwów na plecach.

Jeżeli nigdy nie zeszliście głęboko pod ziemię, wątpię, abyście byli sobie w stanie wyobrazić, jakie to uczucie. Ciemność jest absolutna, omal dotykalna. Czai się poza kręgiem światła, w każdej chwili gotowa zalać człowieka niepowstrzymaną powodzią. Powietrze jest całkowicie nieruchome. Jedyne odgłosy to te, które się samemu wydaje. Oddech huczy w uszach. Serce łomoce. I ani na moment nie można się pozbyć świadomości, że nad głową wiszą tysiące ton ziemi i kamienia.

Mimo to parłem naprzód, poruszając się cal za calem. Ręce miałem pokryte ziemią, zaprawą i ceglanym pyłem, pot zalewał mi oczy. W pewnym momencie przestrzeń tunelu jeszcze bardziej się zwęziła, a ja przed sekundą popełniłem ten błąd, że pozwoliłem uwięznąć ręce przyciśniętej do boku. Zalał mnie zimny pot, wpadłem w panikę. Przez chwilę się szarpałem, próbując uwolnić rękę...

Po kilku przerażających minutach udało mi się. Jeszcze chwilę leżałem bez ruchu, trzęsąc się w ciemnościach, potem ruszyłem dalej.

I znalazłem to, czego szukałem...

Wydostawszy się z Podspodzia, dostałem się przez okno i zamknięte drzwi do kobiecego skrzydła Oficyn. Zapukałem cicho do pokoju Feli, nie chcąc przy okazji obudzić innych dziewczyn. Mężczyznom nie pozwalano samym włóczyć się po kobiecym skrzydle Oficyn, zwłaszcza o tej porze.

Musiałem zapukać trzy razy, zanim za drzwiami usłyszałem cichy szmer znamionujący czyjąś aktywność. Po chwili Fela otworzyła drzwi. Jej długie włosy były zupełnie rozczochrane. Oczy jej się kleiły, wyjrzała na zewnątrz z wyrazem absolutnego oszołomienia na twarzy. Na mój widok zamrugała kilkakrotnie, jakby się nie spodziewała, że faktycznie ktoś będzie pod drzwiami.

Pod prześcieradłem, którym się owinęła, była bez najmniejszych wątpliwości całkiem naga. Nie mogłem tego nie zauważyć, ponieważ widok jej cudownej figury, jej pełnych piersi był jednym z najbardziej uderzających erotycznych przeżyć mojego młodego życia.

– Kvothe? – zapytała, jak na okoliczności głosem zdumiewająco opanowanym. Próbowała się ściślej owinąć prześcieradłem, co nie bardzo jej wyszło. Wprawdzie podciągnęła je wyżej na ramiona, ale za to ukazała wręcz skandalicznie dużo swych długich, kształtnych nóg. – Która to godzina? Jak się tu dostałeś?

– Powiedziałaś, że jeśli będę kiedyś czegoś potrzebował, mogę prosić cię o przysługę – powiedziałem naglącym tonem. – Mówiłaś poważnie?

– Cóż, tak. Oczywiście – odparła. – Boże, jak ty wyglądasz. Coś się stało?

Spuściłem wzrok i zdałem sobie sprawę, jak muszę wyglądać. Byłem brudny, na ubraniu pozostały ślady czołgania się po podłodze tuneli. Rozdarłem spodnie na kolanie i chyba również skórę, ponieważ pod rozdarciem prześwitywała czerwień. Wcześniej byłem tak podekscytowany, że nawet nie pomyślałem o przebraniu się.

Fela cofnęła się i szerzej otworzyła drzwi, zapraszając mnie do środka. Leciutki podmuch sprawił, że prześcieradło jeszcze ściślej przylgnęło do jej ciała, rysując na moment idealne kształty jej figury.

– Chcesz wejść?

– Nie mogę zostać – powiedziałem bez zastanowienia, przezwyciężając ochotę zupełnie otwartego gapienia się. – Chciałbym, żebyś jutro wieczorem spotkała się z moją przyjaciółką w Archiwach. O piątym dzwonie, pod czteropanelowymi drzwiami. Dasz radę?

– Mam wykład – powiedziała. – Ale jeśli to takie ważne, mogę go opuścić.

– Dziękuję – powiedziałem cicho i poszedłem.

Zapewne wiele możecie wywnioskować na temat wartości

mego odkrycia w tunelach pod Uniwersytetem z faktu, że dopiero w połowie drogi do pokoju „U Ankera" zrozumiałem, iż półnaga Fela chciała mnie zaprosić do siebie.

Następnego dnia Fela opuściła wykład z Zaawansowanej Geometrii i udała się do Archiwów. Zeszła na dół kilkoma kondygnacjami schodów i przez labirynt korytarzy oraz regałów dotarła do jedynego fragmentu ściany w całym kompleksie, który nie był przesłonięty książkami. W ścianie osadzone były czteropanelowe drzwi, ciche i nieruchome niczym góra: *Valaritas*.

Fela rozejrzała się nerwowo dookoła i przestąpiła z nogi na nogę.

Po dłuższej chwili z ciemności wyłoniła się zakapturzona postać, wstępując w krąg karminowego światła jej przenośnej lampy.

Fela uśmiechnęła się niepewnie.

– Cześć – powiedziała cicho. – Przyjaciel prosił mnie... – Urwała i skłoniła głowę, próbując dojrzeć twarz w cieniu kaptura.

Prawdopodobnie doskonale wiecie, czyją twarz tam ujrzała.

– Kvothe? – zapytała z niedowierzaniem i w panice rozejrzała się wokół. – Mój Boże, co ty tu robisz?

– Wkraczam na zakazany teren – oznajmiłem radośnie.

Schwyciła mnie za rękę, a potem zaprowadziła przez labirynt półek do jednej z nisz dla czytelników, rozsianych po całym terenie Archiwów. Wepchnęła mnie do środka, szybko zamknęła za sobą drzwi i oparła się o nie.

– Jak tu się dostałeś? Lorrenowi chyba żyłka pęknie! Chcesz, żeby nas oboje relegowali?

– Ciebie nie relegują – zapewniłem ją beztrosko. – W najgorszym razie uznają cię winną Świadomej Zmowy. A za to nie mogą cię relegować. W najlepszym skończy się niewielką grzywną, ponieważ kobiet nie poddaje się chłoście. – Poruszyłem lekko ramionami, czując tępy ból szwów na plecach. – Co, moim zdaniem, jest z lekka niesprawiedliwe.

– Jak się tu dostałeś? – powtórzyła. – Korzystając z czyjejś nieuwagi, prześlizgnąłeś się obok biurka?

– Lepiej, żebyś nie wiedziała – zastrzegłem się.

Oczywiście dostałem się tu przez Zawodzie. Od pierwszej chwili, gdy w wiejącym tam wietrze wyczułem zapach starej skóry i kurzu, wiedziałem, że Archiwa muszą być niedaleko. Wśród labiryntu tuneli ukryte były drzwi, które zaprowadziły mnie prosto na najniższy poziom Magazynów. Drzwi były po to, aby skrybowie mogli mieć dostęp do systemu wentylacyjnego. Oczywiście teraz je zamknięto, ale to nigdy nie stanowiło dla mnie większej przeszkody. Gdy mi tylko zależało, potrafiłem otworzyć każdy zamek.

Oczywiście, nie wspomniałem Feli o tym wszystkim. Wiedziałem, że moje sekretne wejście do Archiwów pozostanie dostępne tylko dopóty, dopóki jego istnienie zostanie utrzymane w tajemnicy.

– Posłuchaj – zacząłem szybko. – Tu jestem bezpieczny jak u siebie w domu. Przebywam tu już od wielu godzin i nikt nawet nie zbliżył się do mnie. Każdy ma własne światło, więc łatwo mi ich unikać.

– Po prostu mnie zaskoczyłeś – wyjaśniła Fela, odrzucając na ramiona długie czarne włosy. – Masz rację, choć tu akurat nie jest najbezpieczniej. – Otworzyła drzwi i wyjrzała na zewnątrz, upewniając się, że nikt nie idzie. – Skrybowie od czasu do czasu urządzają najścia na nisze dla czytelników, żeby sprawdzić, czy nikt nie śpi albo nie uprawia seksu.

– Co?

– W Archiwach dzieje się wiele rzeczy, o których nie masz pojęcia. – Uśmiechnęła się i otworzyła szeroko drzwi.

– Dlatego właśnie potrzebuję twojej pomocy – poinformowałem ją, kiedy weszliśmy pomiędzy półki. – Za nic nie potrafię się rozeznać w tym miejscu.

– A czego właściwie szukasz? – zapytała Fela.

– Tysiąca różnych rzeczy – powiedziałem z całą szczerością. – Ale możemy zacząć od historii Amyr. Cała literatura faktu na temat Chandrian. Mówiąc szczerze, to cokolwiek na jeden z tych dwóch tematów. Na własną rękę nic nie potrafiłem znaleźć.

Nawet nie próbowałem skrywać goryczy brzmiącej w moim głosie. Żeby po całym tym czasie wreszcie dostać się do Archiwów i nie znaleźć żadnej z poszukiwanych odpowiedzi? To było jakieś szaleństwo.

– Myślałem, że będzie tu panował większy ład – narzekałem.

Fela zachichotała gardłowo.

– A jak byś to zrobił? To znaczy, jak byś tu wprowadził większy ład?

– Przez ostatnie kilka godzin tylko nad tym się zastanawiałem – odparłem. – Najlepiej byłoby wszystkie książki ułożyć tematycznie. Rozumiesz: historia, pamiętniki, gramatyka...

Fela przystanęła, z jej piersi wydobyło się głębokie westchnienie.

– Podejrzewam, że możemy mieć to od razu za sobą. – Na chybił trafił wyciągnęła książkę z półki. – O czym jest ta książka?

Otworzyłem ją i przerzuciłem kartki. Zapisane były ręką dawnego skryby, pajęczym, trudnym do odczytania charakterem pisma.

– Wygląda jak pamiętnik.

– Jaki pamiętnik? Jak byś go sklasyfikował względem innych pamiętników?

Wciąż przerzucając stronice, dotarłem do pieczołowicie wyrysowanej mapy.

– Tak naprawdę wygląda bardziej na dziennik z podróży.

– Świetnie – pochwaliła mnie Fela. – Więc gdzie byś go umieścił w dziale z dziennikami z podróży?

– Ułożyłbym je zgodnie z geografią – kontynuowałem; zabawa zaczynała mi się podobać. Przerzuciłem jeszcze kilka stron. – Atur, Modeg i... Vint? – Zmarszczyłem brwi i zerknąłem na grzbiet starej książki. – Kiedy ją napisano? Przecież Imperium Aturańskie wchłonęło Vint ponad trzysta lat temu?

– Ponad czterysta lat temu – poprawiła. – A więc, gdzie umieściłbyś dziennik z podróży do miejsc, które już nie istnieją?

– W takim razie zapewne umieściłbym go w dziale historycznym – powiedziałem, ale już bez wcześniejszego animuszu.

– A co, jeśli przedstawione w nim wydarzenia nie są prawdą? – Fela nie miała zamiaru mi odpuścić. – Kiedy oparte są na zasłyszanych opowieściach i wydarzeniach, których autor nie widział na własne oczy? A co, jeśli są całkowicie fikcyjne? Zbeletryzowane dzienniki z podróży cieszyły się wielką popularnością w Modeg kilka wieków temu.

Zamknąłem książkę i odstawiłem na półkę.

– Powoli zaczynam rozumieć, w czym tkwi problem – rzekłem z namysłem.

– Nie, nie rozumiesz. – Fela nie dawała za wygraną. – Tylko musnąłeś powierzchnię problemu. – Gestem dłoni wskazała otaczające nas szeregi regałów. – Przypuśćmy, że jutro zostajesz mianowany mistrzem archiwistą. Ile czasu zabrałoby ci uporządkowanie tego wszystkiego?

Popatrzyłem dookoła po niekończących się szeregach półek ginących w mroku.

– To jest praca na całe życie.

– Doświadczenia pozwalają przypuszczać, że na znacznie dłużej – sucho skwitowała Fela. – Pomieszczono tu ponad trzy czwarte miliona tomów, a liczba ta nie uwzględnia glinianych tabliczek, zwojów ani epigrafów z Calupteny. – Lekceważąco machnęła dłonią. – Przyjmijmy więc, że spędziłeś lata na zbudowaniu idealnie uporządkowanego systemu, w którym znajdzie się miejsce dla historycznego-fikcyjnego-pamiętnika-dziennika z podróży. Ty i twoi skrybowie następnie poświęcacie lata na znalezienie, uporządkowanie i sklasyfikowanie dziesiątków tysięcy książek. – Spojrzała mi w oczy. – Potem umierasz. Co się dzieje dalej?

Zaczynałem rozumieć, do czego zmierza.

– Cóż, w doskonałym świecie następny mistrz archiwista zaczyna w miejscu, gdzie ja skończyłem, rzecz jasna – stwierdziłem.

– Niech żyje doskonały świat – ironicznie rzuciła Fela, odwróciła się i poprowadziła mnie dalej wśród regałów.

– Mam przez to rozumieć, że nowy mistrz archiwista zazwyczaj ma własne pomysły na organizację całości?

– Nie zawsze tak się zdarza – przyznała Fela. – Bywa, że następuje po sobie kilku, którzy konsekwentnie pracują nad jednolitym systemem. Ale wcześniej czy później pojawia się ktoś, kto wierzy, że zna lepszy sposób, i zaczyna wszystko od nowa.

– A więc o ilu różnych systemach możemy tu mówić? – Między odległymi półkami dostrzegłem kołyszącą się iskierkę czerwonawego światła, która zmierzała w naszą stronę.

Fela zmieniła kierunek, prowadząc nas jak najdalej od światła i tego, kto mógł nieść w ręku lampę.

– To zależy, jak je liczyć – wyszeptała. – W ciągu ostatnich trzystu lat pojawiło się ich przynajmniej dziewięć. Najgorszy okres mieliśmy jakieś pięćdziesiąt lat temu, kiedy mniej więcej co pięć lat pojawiał się nowy mistrz archiwista. Skutkiem tego było powstanie wśród skrybów rozmaitych frakcji, z których każda posługiwała się innym systemem katalogowania i każda wierzyła nieugięcie, że jej system jest najlepszy.

– Brzmi jak wojna domowa – skomentowałem.

– Święta wojna – poprawiła mnie Fela. – Nadzwyczaj cicha, podjazdowa krucjata, w której każda ze stron wierzyła, że broni nieśmiertelnej duszy Archiwów. Skrybowie kradli sobie wówczas woluminy, skatalogowane w innych systemach. Ukrywali przed sobą książki, zmieniali ich ustawienie na półkach.

– Jak długo to trwało?

– Jakieś piętnaście lat – wyjaśniła Fela. – I mogłoby trwać do dzisiaj, gdyby skrybowie mistrza Tolema nie ukradli w końcu katalogów Larkina i nie spalili ich. Po tym larkiniści musieli zrezygnować.

– A morał z tej historii wynika taki, że książki mogą wzbudzać w ludziach najsilniejsze namiętności? – zakpiłem dobrodusznie. – I stąd potrzeba urządzania najść na nisze czytelnicze?

Fela pokazała mi język.

– Morał z tej historii jest taki, że zapanował wówczas kompletny bałagan. Kiedy Tolem spalił katalogi Larkina, „straciliśmy" prawie dwieście tysięcy książek. Zostały tylko karty wskazujące, gdzie się znajdowały. Po pięciu latach Tolem zmarł. Zgadnij, co się wówczas stało?

– Nowy mistrz archiwista chciał zacząć od zera?

– To wszystko jest jak niekończące się szeregi na poły zbudowanych domów – tłumaczyła, wyraźnie wytrącona z równowagi. – W którymś ze starych systemów znalezienie książki nie sprawia trudności, a więc nowy system tworzy się na podobieństwo starego. Budowniczowie nowego domu kradną drewno z budowli wzniesionej wcześniej. Stare systemy klasyfikacji wciąż tu są, ale tylko we fragmentach i kawałkach. Wciąż znajdujemy obszary książek, które skrybowie ukrywali przed sobą.

– Widzę, że ta sprawa nie daje ci spokoju – stwierdziłem z uśmiechem.

Dotarliśmy do schodów.

– Ta sprawa nie daje spokoju żadnemu skrybie, który choć dwa dni poświęcił na pracę w Archiwach – zapewniła mnie Fela. – Ludzie w Czytelni skarżą się, kiedy godzinę muszą czekać na zamówioną książkę. Nie zdają sobie sprawy, że to nie jest takie proste, jak podejście do półki z tabliczką „Historia Amyr" i wyciągnięcie danej pozycji.

Odwróciła się i ruszyła po schodach. Poszedłem za nią w milczeniu.

Rozdział 91

Warta wszelkich zabiegów

Po tych wszystkich wydarzeniach jesienny semestr zaczął się toczyć ustalonym trybem. Fela powoli wtajemniczała mnie w ukryte mechanizmy funkcjonowania Archiwów, a ja cały wolny czas spędzałem na próbach odkrycia odpowiedzi na tysiące dręczących mnie pytań.

Elodin robił co mógł, aby mnie uczyć, a przynajmniej takim mianem zapewne należało określić jego wysiłki, niemniej w moich oczach znacznie bardziej przypominały one próby wprowadzenia zamętu do mej głowy niż rzeczywiste wyłuszczanie trudnych kwestii imion. Nie dokonywałem żadnych postępów, więc nie mogłem się nie zastanawiać, czy przypadkiem postęp w tej sprawie w ogóle jest możliwy.

Cały czas, jakiego nie zabierały mi studia i potajemne wizyty w Archiwach, spędzałem na drodze do Imre, zmagając się z wróżącym zimę wiatrem, nad którego imieniem w tych chwilach jakoś nie chciało mi się zastanawiać. Poszukiwania Denny zawsze zaczynałem od „Eola", a w miarę jak pogoda się pogarszała, coraz częściej tam zachodziła. Gdy spadły pierwsze śniegi, mogłem liczyć, że raz na trzy zobaczę ją w środku.

Nieszczęśliwie się składało, że nadzwyczaj rzadko mogłem mieć ją tylko dla siebie, ponieważ zazwyczaj ktoś dotrzymywał jej towarzystwa. Jak to ongi wspomniał Deoch, nie należała do osób uskarżających się na samotność.

Mimo to wciąż tam chodziłem. Dlaczego? Ponieważ za każdym razem, gdy mnie widziała, w jej oczach rozbłyskiwały iskierki światła i przez moment cała promieniała. Podrywała się, podbiegała do mnie, brała za rękę. A potem uśmiechnięta prowadziła mnie do swego stolika i przedstawiała swojemu nowemu mężczyźnie.

Większość z nich z czasem poznałem. Żaden nie był dla niej odpowiedni, traktowałem więc ich z pogardą i nienawidziłem. Oni w zamian nienawidzili i bali się mnie.

Ale odnosiliśmy się zawsze do siebie nadzwyczaj uprzejmie. Zorientowałem się, że to rodzaj gry. Jej mężczyzna zapraszał mnie do stolika, potem ja stawiałem mu coś do picia. W trójkę rozmawialiśmy, a w jego oczach powoli pojawiał się cień, kiedy musiał się przyglądać, jak Denna uśmiecha się do mnie. Usta zaciskały się w wąską kreskę, kiedy słuchał, jak spontanicznie śmieje się z moich żartów, historii, piosenek...

Oni wszyscy zawsze zachowywali się w ten sam sposób, jakby za pomocą drobnych gestów chcieli potwierdzić, że ona do nich należy. Ujmowali za rękę, całowali, wymownie kładli dłoń na ramieniu.

Uganiali się za nią z desperackim uporem. Niektórzy zwyczajnie zazdrościli mi, widząc we mnie rywala. Ale inni od początku wiedzieli, o co chodzi, widać to było w ich oczach. Wiedzieli, że ich zostawi, i nie wiedzieli dlaczego. Chwytali się więc jej jak tonący brzytwy, nie dbając, że porżną sobie palce. Chwilami prawie było mi ich żal. Prawie.

A więc nienawidzili mnie i nienawiść tę widziałem w ich oczach, gdy Denna nie patrzyła. Proponowałem następną kolejkę, ale nieszczęśnik upierał się, że to on ją postawi, a ja wtedy grzecznie zgadzałem się, dziękowałem, uśmiechałem.

Znam ją dłużej – mówił mój uśmiech. – Prawda, ty miałeś ją w ramionach, czułeś smak jej ust, ciepło jej ciała i to jest coś, czego mi nigdy nie było dane zaznać. Ale w jej sercu jest takie miejsce, które przeznaczone jest wyłącznie dla mnie. Nie wedrzesz się tam, choćbyś nie wiem jak próbował. A potem, jak już cię rzuci, ja wciąż tu będę i razem się pośmiejemy. W jej wnętrzu świeci moje światło. Będę przy niej na długo po tym, jak zapomni twoje imię.

A nie chodziło tylko o jednego czy dwóch. Zmieniała mężczyzn jak rękawiczki. Potem rzucała, rozczarowana. Albo zawiedziona, jeśli to oni ją zostawili, z obolałym sercem, smutna, ale nigdy bliska łez.

Choć raz czy dwa widziałem, jak płakała. Ale nie z powodu mężczyzny, którego rzuciła albo który ją rzucił. Płakała nad sobą, ponieważ w jej sercu tkwiła brocząca rana. Nie potrafiłem się domyślić, kto jej to zrobił, a nieośmieliłem się zapytać. Zamiast tego robiłem wszystko, żeby jej ulżyć, i pomagałem odwrócić myśli ku rzeczom milszym niż sprawy tego świata.

Od czasu do czasu rozmawiałem z Wilemem i Simmonem na temat Denny. Jako prawdziwi przyjaciele zawsze dawali mi rozsądne rady i w równym stopniu okazywali współczucie.

Współczucie doceniałem, ale ich rady były zupełnie do niczego. Wciąż słyszałem, że powinienem powiedzieć prawdę, otworzyć przed nią serce. Zabiegać o nią. Pisać dla niej wiersze. Słać róże.

Róże. Nie znali jej. Mimo iż mężczyzn Denny nienawidziłem, od nich przyswajałem sobie lekcje, jakie w innych okolicznościach nie byłyby mi dane.

– Nie rozumiesz – tłumaczyłem Simmonowi pewnego popołudnia, gdy siedzieliśmy pod pręgierzem – że mężczyźni uganiają się za nią bez ustanku. Potrafisz sobie wyobrazić, jak ona się z tym wszystkim czuje? Jakie to dla niej męczące? Jestem jednym z jej niewielu prawdziwych przyjaciół. Nie chcę narażać tego, co nas łączy. Nie będę się jej narzucał. Ona tego nie chce. Nie będę jednym z setki zalotników o maślanych oczach, którzy ciągną za nią jak stado baranów.

– Po prostu nie potrafię pojąć, co ty w niej widzisz – powiedział Sim, ostrożnie dobierając słowa. – Oczywiście, jest czarująca. Fascynująca i tak dalej. Ale z drugiej strony wydaje się raczej dość – zawahał się – okrutna.

Pokiwałem głową.

– Taka jest.

Simmon przyglądał mi się przez chwilę wyczekująco, wreszcie rzekł:

– Co? Nie będziesz jej bronił?

– Nie. Okrutna to właściwe słowo. Ale wydaje mi się, że mówisz „okrutna", myśląc o czymś zupełnie innym.

Przez czas jakiś Sim milczał, wreszcie odparł:

– Sądzę, że ona może być i taka, jak myślisz, ale oprócz tego okrutna również.

Dobry, szczery, delikatny Sim. Nigdy nie potrafił wprost mówić źle o innych, zawsze były to tylko aluzje. A nawet one nie przychodziły mu łatwo.

Spojrzał mi w oczy.

– Rozmawiałem z Sovoyem. Wciąż nie może dojść do ładu po tej sprawie z nią. Rozumiesz, naprawdę ją kochał. Traktował jak księżniczkę. Wszystko by dla niej zrobił. Ale i tak go rzuciła, bez słowa wyjaśnienia.

– Denna jest dziką istotą – wyjaśniłem. – Jak siuta albo letnia burza. Kiedy burza zwali twój dom albo złamie drzewo, nie mówisz, że jest niegodziwa. Ani okrutna. Ponieważ zachowuje się po prostu w zgodzie ze swoją naturą i tylko przy okazji komuś dzieje się krzywda. To samo odnosi się do Denny.

– Co to jest siuta?

– Sarna.

– Myślałem, że sarna to samica jelenia.

– Sarna to samica kozła. Dzikiego kozła. Zdajesz sobie sprawę, że nic dobrego nie przyjdzie ze ścigania dzikich istot? Jak zaczniesz się za nimi uganiać, tylko je spłoszysz. Pozostaje stać spokojnie i mieć nadzieję, że z czasem sama do ciebie przyjdzie.

Sim pokiwał głową, ale widziałem, że nic nie rozumie.

– Wiesz, ze kiedyś to miejsce nazywali Komnatą Pytań? – stanowczo zmieniłem temat rozmowy. – Studenci zapisywali pytania na skrawkach papieru i rzucali je na wiatr. W zależności od kierunku, w jakim papier wywiewało z placu, otrzymywałeś różne odpowiedzi. – Gestem wskazałem przerwy w zabudowie z szarego kamienia, które wcześniej pokazał mi Elodin. – Tak. Nie. Może. Gdzie indziej. Wkrótce.

Wybił dzwon na wieży, Simmon westchnął, rozumiejąc, że nasza rozmowa dobiegła końca.

– Gramy dzisiaj w kąty?

Pokiwałem głową. Kiedy poszedł, sięgnąłem po płaszcz i wydobyłem z niego list, który Denna zostawiła mi w oknie. Po raz nie wiadomo który przeczytałem go. Potem pieczołowicie oddarłem fragment papieru z jej imieniem, zwinąłem i rzuciłem na wiecznie wiejący na dziedzińcu wiatr, który dołączył karteczkę do tańca nielicznych już jesiennych liści.

Papierek zawirował na kamieniach bruku. Kręcił się, wzlatywał, a kreślone przezeń w powietrzu wzory były zbyt skomplikowane, abym je zrozumiał. Ale choć czekałem do chwili, gdy niebo pociemniało, wiatr nie wywiał imienia Denny z placu. Kiedy opuszczałem dziedziniec, moje pytanie wciąż wędrowało po Domu Wiatru, pozbawione odpowiedzi, wciąż wahając się między: Tak. Nie. Może. Gdzie indziej. Wkrótce.

Na koniec muszę jeszcze wspomnieć o mojej przewlekłej waśni z Ambrose'em. Każdego dnia chodziłem jak na szpilkach, czekając na jego zemstę. Ale miesiące mijały i nic się nie działo. W końcu doszedłem do wniosku, że zrozumiał swoją lekcję i dał mi spokój.

Rzecz jasna, myliłem się. Myliłem się tak, że bardziej mylić się nie można. Ambrose nauczył się tylko tego, że należy się lepiej przygotować. W końcu porachował się ze mną, a jego zemsta spadła na mnie jak grom z jasnego nieba i jej skutkiem zmuszony zostałem do opuszczenia Uniwersytetu.

Ale, jak to powiadają, to jest już zupełnie inna historia.

Rozdział 92

Muzyka, co gra

Myślę, że na razie na tym poprzestaniemy – rzekł Kvothe, gestem każąc Kronikarzowi odłożyć pióro. – Mamy już osnowę opowieści. Kanwę, na której można będzie wyhaftować pełny obraz. – Kvothe podniósł się zza stołu, rozprostował plecy. – Jutro czekają nas moje ulubione opowieści. O podróży na dwór Alverona. O tym, jak u Adem uczyłem się walczyć. O Felurianie... – Wziął zza baru czystą lnianą serwetkę i zwrócił się do Kronikarza z pytaniem: – Będziesz jeszcze czegoś potrzebował, zanim udasz się na spoczynek?

Kronikarz pokręcił głową, rozumiejąc grzeczną odprawę.

– Dziękuję, niczego mi nie potrzeba. – Spakował wszystko do płaskiej skórzanej torby i ruszył na górę, do swego pokoju.

– Ty też, Bast – powiedział Kvothe. – Ja wszystko posprzątam. – Uniósł dłoń, uprzedzając ewentualne protesty swego ucznia. – Idź. Potrzebuję trochę czasu, żeby się zastanowić nad jutrzejszą opowieścią. Sam dobrze wiesz, że te rzeczy nie rodzą się same z siebie.

Bast wzruszył ramionami i również skierował się ku schodom. Jego stopy twardo stukały na drewnianych stopniach.

Kvothe natomiast przystąpił do cowieczornego rytuału. Wymiótł popioły z wielkiego kamiennego kominka, naniósł drewna na następny dzień. Wyszedł na zewnątrz, żeby zgasić lampy oświetlające godło „Ostańca", lecz przekonał się tylko, że zapomniał je wieczorem zapalić. Zamknął karczmę, po namyśle zostawił klucz w drzwiach, na wypadek gdyby Kronikarz obudził się wcześniej i zechciał wyjść.

Potem zamiótł podłogę, umył stoły, wytarł kontuar baru,

a wszystko ze zwykłą metodyczną precyzją. W końcu przystąpił do polerowania butelek. Podczas tej ostatniej czynności w jego oczach pojawiło się to niewidzące spojrzenie – wspominał. Nie nucił, nie pogwizdywał. Nie śpiewał.

Kronikarz niespokojnie kręcił się po swoim pokoju, zbyt nerwowy, żeby zasnąć. W końcu wstał, wyjął z torby zapisane karty i ulokował w bezpieczniejszym miejscu, to znaczy w drewnianym kufrze z wieloma szufladami. Potem wyczyścił stalówki wszystkich swoich piór i odłożył, żeby wyschły. Wreszcie ostrożnie zdjął bandaż z ramienia, wyrzucił śmierdzący okład do nocnika i zamknął wieko. Umył się w miednicy.

Ziewnął, podszedł do okna i objął wzrokiem miasteczko, choć zupełnie nie było na co patrzeć. Żadnych światełek, najmniejszego poruszenia. Uchylił okno, wpuścił do środka świeże jesienne powietrze. Zaciągnął zasłony, rozebrał się do snu, rzeczy powiesił na oparciu krzesła. Na koniec zdjął proste żelazne kółko z szyi i położył na nocnym stoliku.

Szukając wygodnej pozycji, stwierdził ze zdumieniem, że za dnia ktoś w cudowny sposób zmienił mu pościel. Len był wykrochmalony i miło pachniał lawendą.

Po chwili namysłu znowu wstał, podszedł do drzwi, przekręcił klucz w zamku. Potem klucz też położył na nocnym stoliku, zmarszczył brwi, wziął z niego żelazne kółko i z powrotem zawiesił na szyi, wreszcie zdmuchnął lampę i wpełzł pod pościel.

Przez blisko godzinę wiercił się w słodko pachnącym łóżku, nie mogąc zasnąć. Na koniec westchnął ciężko i odrzucił pościel. Siarkową zapałką zapalił lampy, wstał z łóżka. Podszedł do masywnego kufra z szufladami stojącego przy oknie i pchnął go. Z początku mebel nawet nie drgnął, ale kiedy Kronikarz przyłożył się bardziej, kufer zaczął się wolno przesuwać po gładkiej drewnianej podłodze.

Po jakiejś minucie ciężki mebel barykadował drzwi pokoju. Dopiero wtedy Kronikarz wrócił do łóżka, zgasił lampę i szybko zapadł w głęboki i spokojny sen.

W pokoju było ciemno choć oko wykol, kiedy obudził go lekki dotyk na policzku. Szarpnął się dziko, co bardziej było odruchem człowieka raptownie przebudzonego niż chęcią wyrwania się z uścisku. Jego okrzyk stłumiła dłoń zakrywająca mu usta. Po pierwszym odruchu paniki Kronikarz legł bezwładny, już nie próbując krzyczeć.

– To tylko ja – szepnął Bast, nie odejmując ręki od ust tamtego. Kronikarz wybełkotał coś niezrozumiale.

– Musimy porozmawiać. – Bast klęczał przy łóżku i przyglądał się otulonej pościelą, niewyraźnej sylwetce leżącego mężczyzny. – Ja zapalę lampę, a ty nie będziesz wydawał głośnych odgłosów, dobra?

Kronikarz skinął głową, przynajmniej na ile umożliwiała mu to ręka Basta. Chwilę później zapłonęła zapałka, wypełniając pokój chybotliwym czerwonym światłem i drażniącą wonią siarki. Zaraz zastąpił ją łagodniejszy blask lampy. Bast poślinił palce, zdusił w nich zapałkę.

Jeszcze lekko drżący Kronikarz usiadł na łóżku i oparł się o ścianę. Był nagi, więc szczelnie otulił się kocem od pasa w dół. Zerknął w stronę drzwi. Ciężki kufer stał na miejscu.

Bast powędrował wzrokiem za jego spojrzeniem.

– Można by stąd wnosić, że nie darzysz nas pełnym zaufaniem – oznajmił sucho. – Lepiej, żeby się nie okazało, iż na podłodze zostały ślady. Jego takie rzeczy zupełnie wyprowadzają z równowagi.

– Jak się tu dostałeś? – dopytywał się Kronikarz.

Bast gwałtownie zamachał uniesionymi rękoma.

– Cicho! – syknął. – Musimy być cicho. On ma słuch jak jastrząb.

– Jak... – zaczął znowu Kronikarz, tym razem znacznie ciszej, jednak zaraz urwał. – Jastrzębie nie mają uszu.

Bast spojrzał na niego ze zdumieniem.

– Co?

– Powiedziałeś, że ma słuch jak jastrząb. To nie ma sensu.

Bast zmarszczył brwi i zbył go lekceważącym gestem dłoni.

– Wiesz, o co mi chodzi. Nie może wiedzieć, że tu jestem. – Przysiadł na skraju łóżka i machinalnie wygładził spodnie.

Kronikarz zebrał w garść koc owinięty wokół bioder.
– Po co tu przyszedłeś?
– Jak już powiedziałem, musimy porozmawiać. – Bast z powagą przyglądał się Kronikarzowi. – Musimy porozmawiać na temat tego, po co tu przybyłeś.
– Tym się zajmuję – odrzekł zirytowany Kronikarz. – Zbieram opowieści. A kiedy mam szansę zbadać prawdziwość dziwnych plotek, sprawdzam, czy kryje się w nich ziarno prawdy.
– Z ciekawości zapytam, jaka to tym razem była plotka? – dociekał Bast.
– Wychodzi na to, że upiłeś się w trupa i puściłeś farbę w towarzystwie pewnego woźnicy – rzekł Kronikarz. – Mając na uwadze okoliczności, zachowałeś się raczej nieostrożnie.
Bast obrzucił Kronikarza pogardliwym spojrzeniem.
– Spójrz na mnie – powiedział takim tonem, jakby zwracał się do dziecka. – Pomyśl. Czy jakiś poganiacz wołów mógłby mnie upić? Mnie?
Kronikarz otworzył usta. Zamknął je. Znów otworzył.
– Wobec tego...
– To był mój list w butelce. Jeden z wielu. Tak się po prostu zdarzyło, że ty byłeś pierwszą osobą, która znalazła go i przeczytała.
Kronikarz przez dłuższą chwilę trawił uzyskaną informację.
– Myślałem, że się ukrywacie.
– Och, ukrywamy się, ukrywamy – gorzko skwitował Bast. – Znaleźliśmy sobie miejsce tak bezpieczne i miłe, że on tu praktycznie wrasta w ziemię.
– Mogę zrozumieć, że czujesz się tu nieco znudzony – rzekł Kronikarz. – Ale szczerze mówiąc, nie mam pojęcia, co mogą mieć wspólnego złe nastroje twego mistrza z ceną masła.
Oczy Basta rozbłysły gniewem.
– Wszystko mają wspólnego z ceną masła! – wycedził przez zęby. – I poza tym to nie chodzi tylko o złe nastroje, ty durny, wredny *anhaut-fehn*. To miejsce go zabija.
Twarz Kronikarza pobladła.
– Ja.. nie... – wykrztusił tylko.
Bast zamknął oczy i odetchnął, wyraźnie próbując ochłonąć.

– Ty po prostu nie masz pojęcia, co się tu dzieje – rzekł wreszcie, zwracając się raczej do samego siebie niż Kronikarza. – Dlatego właśnie przyszedłem, żeby ci wytłumaczyć. Od miesięcy czekam, aby ktoś się pojawił. Ktokolwiek. Nawet starzy wrogowie chcący wyrównać rachunki byliby lepsi niż to. Ale ty jesteś prawdziwym uśmiechem losu. Nadajesz się idealnie.

– Do czego niby? – zapytał Kronikarz. – Nawet nie wiem, na czym polega problem.

– To jest... słyszałeś kiedyś historię o Martinie Lalkarzu?

Kronikarz pokręcił głową, a Bast westchnął zawiedziony.

– A sztuki? Widziałeś *Ducha i gęsiareczkę* albo *Króla za pół grosza*?

Kronikarz zmarszczył brwi.

– To jest o tym, jak król sprzedał swoją koronę sierocie?

Bast przytaknął.

– A potem chłopak został lepszym królem niż poprzednik. Gęsiareczka przebiera się za księżną i wszyscy są zdumieni jej wdziękiem oraz urokiem. – Zawahał się, szukając stosownych słów. – Rozumiesz, istnieje fundamentalna różnica między tym, czym się człowiek wydaje, a tym, kim jest. Między pozorem a bytem. Wszystkie dzieci w Krainie Elfów o tym wiedzą, ale wy, śmiertelnicy, zawsze zapominacie. My rozumiemy, jak niebezpieczna może być maska. Wszyscy stajemy się tymi, których udajemy.

Kronikarz uspokoił się nieco, wyczuwając, że rozmowa zeszła na znajomy teren.

– Podstawy psychologii. Ubierz żebraka w bogaty strój, a wszyscy będą go traktować jak szlachcica i w końcu on dostosuje się do ich oczekiwań.

– Tak, ale tylko po części, zresztą nie najważniejszej – zgodził się Bast. – Prawda leży głębiej. Chodzi o... – Urwał na moment. – Chodzi o to, że wszyscy opowiadają sobie w głowach historie na własny temat. Wszyscy. Przez cały czas. Ta historia czyni cię tym, kim jesteś. Stwarzamy samych siebie na gruncie tej opowieści.

Kronikarz zmarszczył brwi i otworzył usta, chcąc coś powiedzieć, ale Bast przerwał mu gestem uniesionej dłoni.

– Nie, posłuchaj. Już wiem, jak to powiedzieć. Załóżmy, że

spotykasz dziewczynę: skromna, cicha. Jeżeli powiesz jej, że jest piękna, pomyśli sobie, że jesteś słodki, ale nie uwierzy. Będzie uważała, że jest piękna tylko w twoich oczach. – Bast leniwie wzruszył ramionami. – Choć czasami tego wystarczy. – Oczy mu pojaśniały. – Ale jest lepszy sposób. Pokażesz jej, że jest piękna. Stworzysz ze swoich oczu zwierciadła, swymi dłońmi wymodlisz jej ciało. To jest trudne, bardzo trudne, ale jeżeli ci rzeczywiście uwierzy... – Bast zamachał dłonią w podnieceniu. – Wtedy zmieni się historia, jaką na temat samej siebie opowiada sobie w głowie. Zmieni się. Nie będzie już „widziana piękną". Będzie „pięknem widzianym".

– Co ty chcesz, u diabła, powiedzieć? – warknął Kronikarz. – Pleciesz trzy po trzy.

– Plotę o rzeczach zbyt głębokich, żebyś zrozumiał – zirytował się Bast. – Ale postaraj się jeszcze odrobinę, a może pojmiesz. Zastanów się nad tym, co on dzisiaj powiedział. Ludzie widzieli w nim bohatera, więc grał swoją rolę. Bohaterstwo nosił jak maskę, aż w końcu uwierzył w nie. I tym sposobem maska stała się prawdziwym obliczem. Ale teraz... – Urwał.

– Teraz ludzie widzą w nim karczmarza – wtrącił Kronikarz.

– Nie – cicho zaprzeczył Bast. – Rok temu ludzie widzieli w nim karczmarza. Zdejmował maskę, kiedy znikali za drzwiami. Ale teraz on widzi w sobie karczmarza, i do tego karczmarza nieudacznika. Widziałeś, jak się zachowywał, kiedy wieczorem przyszedł Cob z tamtymi. Widziałeś dzisiaj ten cień człowieka stojący za barem? Kiedyś to była rola...

Bast spojrzał na Kronikarza podekscytowany.

– Ale ty się idealnie nadajesz. Możesz mu pomóc przypomnieć sobie, jaki był. Tak ożywionego nie widziałem go od miesięcy. Wiem, że tobie może się udać.

Kronikarz zmarszczył czoło.

– Nie jestem pewien...

– Wiem, że się uda – zapewniał go Bast. – Kilka miesięcy temu też czegoś takiego próbowałem. Namówiłem go, żeby zaczął spisywać wspomnienia.

Kronikarz aż podskoczył.

– Napisał pamiętniki?

– Zaczął pisać – skorygował Bast. – Z początku był strasznie podniecony. Przez wiele dni o niczym innym nie mówił. Zastanawiał się, gdzie zacząć. Po pierwszym wieczorze spędzonym na pisaniu był znowu dawnym sobą. Wydawał się trzy stopy wyższy, jakby aureola spowijała jego głowę. – Bast westchnął. – Ale coś się stało. Następnego dnia przeczytał, co napisał, i znowu pogrążył się w przygnębieniu. Stwierdził, że od początku był to zły pomysł.

– Co z kartkami, które zapisał?

Bast skulił się w sobie, rękoma wykonał taki gest, jakby coś od siebie odrzucał.

– Co tam było? – naciskał Kronikarz.

Bast pokręcił głową.

– Nie wyrzucił ich. Po prostu... już do nich nie wracał. Od miesięcy leżą na jego biurku.

Ciekawość Kronikarza była wręcz dotykalna.

– Nie mógłbyś po prostu... – Przebierał przez chwilę palcami. – No, wiesz, posprzątać ich?

– *Anpauen*. Nie. – Bast wyglądał na zdjętego grozą. – Wściekł się, kiedy je przeczytał. – Zadrżał lekko. – Nie wiesz, jak to jest, kiedy on się naprawdę wścieknie. Lepiej wtedy nie drażnić go czymś takim.

– Przypuszczam, że ty wiesz najlepiej – z powątpiewaniem rzekł Kronikarz.

Bast skinął współczująco głową.

– Właśnie. Dlatego przyszedłem, żeby z tobą porozmawiać. Ponieważ ja wiem najlepiej. Musisz uważać i odwodzić jego uwagę od mrocznych spraw. Jeśli nie... – Bast wzruszył ramionami i powtórzył gest naśladujący zgniatanie i wyrzucanie kartki papieru.

– Ale ja zapisuję historię jego życia. Prawdziwą historię. – Kronikarz bezradnie opuścił ręce. – Bez mrocznych stron będzie to tylko głupia b... – Urwał w pół słowa, umykając nerwowo spojrzeniem.

Bast uśmiechnął się jak dziecko, które przyłapało kapłana na przeklinaniu.

– Dalej – nalegał, a jego oczy były pełne zadowolenia, twarde i straszne. – Powiedz to.

– Tylko głupia bajka o elfach – dokończył Kronikarz drżącym głosem. Zbladł jak ściana.

Uśmiech Basta stał się jeszcze szerszy.

– Nic nie wiesz o Krainie Elfów, jeśli uważasz, że w naszych opowieściach nie ma ciemnych stron. Ale mniejsza o to, w końcu to też tylko bajka o elfach, ponieważ ja ci ją opowiadam.

Kronikarz z wysiłkiem przełknął ślinę, odzyskując powoli panowanie nad sobą.

– Chciałem powiedzieć tylko tyle, że on opowiada prawdziwą historię, a prawdziwe historie mają swoje ciemne strony, jak życie. Spodziewam się, że jego życie ma tych stron znacznie więcej. Jest poplątane, chaotyczne i...

– Wiem, że nie możesz go skłonić, aby o nich nie opowiadał – przyznał Bast. – Ale możesz go trochę poganiać, żeby się nad nimi nie rozwodził. Możesz mu pomóc wgłębić się bardziej w te dobre opowieści: o przygodach, kobietach, walkach, podróżach, jego muzyce... – Urwał nagle. – Cóż... o muzyce nie. O to go nie pytaj i nie pytaj, dlaczego już więcej nie czyni magii.

Kronikarz zmarszczył brwi.

– Czemu nie? Muzyka wydaje się dlań...

Wyraz twarzy Basta był grobowy.

– Po prostu nie – uciął krótko. – To nie są właściwe tematy. Powstrzymałem cię wcześniej – znacząco poklepał Kronikarza po ramieniu – ponieważ wyraźnie chciałeś go zapytać, co się nie udało w jego sympatii. Ale wtedy nie wiedziałeś. Teraz wiesz. Zamiast tego skup się na bohaterskich czynach, na jego inteligencji. – Machnął ręką. – Na takich rzeczach.

– Naprawdę nie do mnie należy nadawać kierunek jego opowieści – obruszył się Kronikarz. – Ja tylko zapisuję. Jestem tu po to, żeby wysłuchać opowieści. Mimo wszystko opowieść jest najważniejsza.

– Naszczać na twoją opowieść – zaklął Bast. – Zrobisz, co mówię, albo złamię cię jak drewno na podpałkę.

Kronikarz zamarł.

– A więc twierdzisz, że to dla ciebie pracuję?

– Twierdzę, że do mnie należysz. – Wyraz twarzy Basta był śmiertelnie poważny. – Aż do szpiku kości. Ja cię tu ściągnąłem, żebyś posłużył moim celom. Jadłeś przy moim stole, uratowałem ci życie. – Wskazał na obnażoną pierś Kronikarza. – Po trzykroć jesteś mi winien. A to czyni cię bez reszty moim. Narzędziem mojej woli. Zrobisz, co mówię.

Kronikarz zadarł podbródek, wyraz jego twarzy stwardniał.

– Zrobię, co uznam za stosowne – oznajmił, powoli unosząc dłoń do kawałka metalu dotykającego skóry na piersiach.

Wzrok Basta biegał od jego twarzy ku żelaznemu kółku i z powrotem.

– Myślisz, że ja tu się zabawiam w jakieś gierki? – W jego głosie brzmiało niedowierzanie. – Myślisz, że żelazo cię przede mną obroni?

Pochylił się naprzód, odsunął dłoń Kronikarza i zanim tamten zdążył choćby drgnąć, schwycił krążek czarnego metalu. W jednej chwili jego ręka zesztywniała, a powieki zamknęły się w grymasie bólu. Kiedy otworzył je na powrót, oczy miały barwę ciemnego błękitu: głębokiej wody lub nieba o zachodzie. Pochylił twarz ku twarzy Kronikarza. Skryba wystraszył się i próbował odsunąć, ale Bast trzymał go za ramię i nie puszczał.

– Posłuchaj mych słów, człeczyno – syknął. – Nie myl mnie samego z maską, jaką noszę. Widzisz plamki słońca igrające na powierzchni wody i zapominasz o czarnej, chłodnej głębinie. – Ścięgna w dłoni Basta chrupnęły, kiedy zacisnął chwyt na żelaznym krążku. – Posłuchaj. Nic mi nie możesz zrobić. Nie uciekniesz, nie schowasz się. W tej sprawie nie sprzeciwisz mi się. – Kiedy mówił, jego oczy stawały się coraz bledsze, póki nie nabrały barwy czystego nieba w południe. – Przysięgam na wszystko, co we mnie najlepsze: jeżeli nie zrobisz tego, co chcę, reszta twojego krótkiego śmiertelnego cyklu będzie symfonią cierpienia. Przysięgam na kamień, dąb i wiąz... staniesz się ściganą zwierzyną. Niewidziany będę cię ścigał i gasił każdą iskierkę radości, jaką znajdziesz. Nigdy nie zaznasz pieszczoty kobiety, chwili wytchnienia, spokoju ducha. – Oczy Basta miały już niebieskobiały kolor błyskawicy, mówił głosem napiętym i zapalczywym. – I przysięgam na nocne niebo, jak też wiecznie zmienny księżyc: jeżeli doprowadzisz mego mistrza do rozpaczy, rozpruję cię i rozbryzgam dookoła jak dziecko błotnistą kałużę. Skręcę struny z twoich flaków i na nich będziesz mi przygrywał do tańca. – Bast pochylił się jeszcze bliżej, póki ich twarzy nie dzieliło jeno parę cali, a jego oczy nabrały barwy opali, białych niczym księżyc w pełni. – Jesteś wykształconym człowiekiem. Wiesz, że nie ma czegoś takiego jak demony. – Uśmiechnął się potwornym uśmiechem. – Jest tylko mój lud.

Nachylił się jeszcze bliżej, jeśli to w ogóle było możliwe. W jego oddechu Kronikarz poczuł woń kwiatów.

– Jednak nie jesteś na tyle mądry, aby bać się mnie tak, jak na to zasługuję. Nie znasz nawet pierwszej nuty muzyki, która przygrywa mi do życia.

Wreszcie Bast odsunął się, wyprostował, cofnął kilka kroków od łóżka. Stanął na krawędzi kręgu światła rzucanego przez lampę, otworzył dłoń i żelazny krąg potoczył się z głuchym brzękiem po podłodze. Po chwili przeczesał palcami włosy.

Kronikarz nawet nie drgnął. Siedział blady i zlany potem.

Bast pochylił się, podniósł żelazny pierścień za urwany kawałek sznurka, zawiązał znowu zręcznymi palcami.

– Posłuchaj, nie ma powodu, byśmy nie mogli być przyjaciółmi – stwierdził rzeczowo, podając rzemyk Kronikarzowi. Jego oczy miały znowu barwę ludzkich niebieskich oczu, uśmiech był ciepły i czarujący. – Nie ma powodu, żeby każdy z nas nie dostał tego, czego chce. Ty będziesz miał swoją historię. On będzie mógł ją opowiedzieć. Poznasz prawdę. On przypomni sobie, kim naprawdę jest. Wszyscy na tym wygrają, a potem rozejdziemy się każdy w swoją stronę, szczęśliwi jak skowronki.

Kronikarz wyciągnął rękę po rzemyk, palce leciutko drżały.

– A ty co będziesz z tego miał? – zapytał głosem suchym jak pieprz. – Czego ty właściwie chcesz?

Pytanie najwyraźniej zaskoczyło Basta. Zamarł i przez moment stał w niezgrabnej pozie, zniknął gdzieś cały jego koci wdzięk. Przez chwilę wydawało się, że zaraz wybuchnie płaczem.

– Czego ja chcę? Chcę odzyskać mojego Reshi. – Mówił głosem głuchym, niepewnym. – Chcę, żeby był z powrotem taki jak kiedyś.

Zapadła kłopotliwa cisza. Bast rękoma potarł twarz, z wysiłkiem przełknął ślinę.

– Za długo już tu siedzę – oznajmił znienacka, podchodząc do okna, uchylając je. Z jedną nogą po drugiej stronie zawahał się jeszcze i obejrzał na Kronikarza. – Chciałbyś coś, zanim zaśniesz? Szlafmycę? Dodatkowe koce?

Kronikarz tępo pokręcił głową, a Bast pomachał mu i zniknął za oknem. Zamknęło się delikatnie.

Epilog

Cisza na trzy ręce

Znów była noc. Karczmę „Ostaniec" spowijała cisza i była to cisza na trzy ręce.

Przede wszystkim grało w niej to puste, głuche echo, które pojawia się tam, gdzie milkną rzeczy, przyroda, ludzie. Gdyby w stajni stały konie, rżałyby, przestępowały z nogi na nogę i w końcu rozniosłyby ciszę na strzępy. Gdyby w gospodzie był tłum klientów lub bodaj garstka gości spędzała w niej noc, ciszę wypełniłby szmer ich oddechów, może nawet chrapanie i w końcu cisza pierzchłaby niczym rosa przed słońcem. Gdyby grała muzyka... ale nie, oczywiście muzyka nie grała. Po prawdzie nie było żadnej z wymienionych rzeczy i dlatego cisza trwała.

W „Ostańcu" pewien człowiek kulił się na miękkim, słodko pachnącym posłaniu. Bez ruchu, czekając na sen, leżał wpatrzony otwartymi szeroko oczyma w ciemność. W ten sposób dodawał drobny, uporczywy motyw, który grał w przestrzeni głuchej ciszy. Swego rodzaju harmonię, kanon.

Trzecią melodię ciszy wyłowić było niełatwo. Gdyby posłuchać przez jakąś godzinę, być może usłyszałoby się ją w grubych kamiennych ścianach pustej sali z beczkami piwa i w płaskim szarym metalu miecza wiszącego nad barem. W mętnym świetle świec wypełniających roztańczonymi cieniami pokój na piętrze. W zwariowanej formie pogniecionych kart papieru porzuconego i zapomnianego pamiętnika na biurku. I w dłoniach człowieka, który za nim siedział, zmuszając się, by ignorować stronice napisane i poniechane dawno temu.

Mężczyzna miał włosy rude jak płomień. W ciemnych oczach czaiło się nieobecne spojrzenie; poruszał się z zabarwioną zmęczeniem ospałością znamionującą tych, którzy wiele wiedzą o różnych rzeczach.

„Ostaniec" należał do niego i do niego też należała trzecia melodia ciszy. Zresztą jak najbardziej stosownie, ponieważ była to najgłębsza partia ciszy, otulająca pozostałe. Była głęboka i rozległa niczym schyłek jesieni. I ciężka jak wielki kamień wygładzony przez wody rzeki. Cierpliwy, przywiędły oddech człowieka, który czeka na śmierć.